荡寇英雄传 一

铁灶 著

作家出版社

图书在版编目（CIP）数据

荡寇英雄传 / 铁灶著 . -- 北京：作家出版社，2025.6
ISBN 978-7-5212-2798-7

Ⅰ. ①荡…　Ⅱ. ①铁…　Ⅲ. ①长篇小说—中国—当代
Ⅳ. ① I247.5

中国国家版本馆 CIP 数据核字（2024）第 086120 号

荡寇英雄传

作　　者：铁　灶
责任编辑：杨新月
装帧设计：金　泥
封面绘图、插图：小岛
出版发行：作家出版社有限公司
社　　址：北京农展馆南里 10 号　　**邮　　编：**100125
电话传真：86-10-65067186（发行中心）
86-10-65004079（总编室）
E-mail:zuojia @ zuojia.net.cn
http://www.zuojiachubanshe.com
印　　刷：唐山嘉德印刷有限公司
成品尺寸：152 × 230
字　　数：1148 千
印　　张：89.5
版　　次：2025 年 6 月第 1 版
印　　次：2025 年 6 月第 1 次印刷
ISBN 978-7-5212-2798-7
定　　价：158.00 元（全四册）

目录

一　风云际会

一条玉带般的清水河，在一座古色古香的城池旁边绕了半个圆圈，一路奔腾，扑进了波涛翻滚的长江中。

五匹高头大马越过了河上的石拱桥，穿过了壁砖斑驳穹顶陆离的灰色城门。骏马的铁蹄敲打着街道上的斜纹石板，发出了铮铮之声。马上乘坐着四名盔甲鲜明的壮硕军官和一位身着青衣的干瘦老者。老者头戴六合帽，肩上披着一个扣紧了骨质扣鼻的油乎乎的羊皮褡裢。老者左顾右盼，马鞭一扬："哎，我说把总大人，来过临江城吗？一晃三十多年了，小人学徒时曾驻足临江三年，别看临江城不是什么通都大邑，可古迹颇多。等交了差，小的带各位军爷到府后街走上一走。那条街又称木楼大街，古香古色，街道两边一水儿的垂花木楼，座座飞檐斗拱，座座雕梁画栋。赶上逢五排十的临江大集，商贾云集，大街上货物多不胜数，争奇斗艳，人流更是水泄不通……"

枣红马上坐着一个面色黝黑的大胡子军官，听了干巴老者的话，大黑巴掌摸了摸鸟翅环上的风云偃月刀，一抖链子连环甲，侧身道：

“好啊！等办完了正事就溜达溜达，让你老来个故地重游，旧梦重温。不过，眼下可是公事要紧，我总觉得有人跟踪，却又不见贼人的踪影。留意你的褡裢，小心阴沟里翻了船……”

干巴老者摇了摇头，夹杂着几根白毛的细眉一挑，咧着漏风的瘪嘴笑道：“唉，把总大人多虑了，有您周大把总亲自出马，鸡鸣狗盗的鼠辈岂敢班门弄斧？哈哈！再说，咱们也到地头了，无虑，无虑，哈哈，无虑也！”

“驾！”周把总叫了一声，虎目一睁，向一片披着鱼鳞瓦的屋顶望去。

黛色的屋顶上，一个灰衣人狸猫似的一跃，跳到了屋脊后。等周把总目光扫过，他又鱼跃而起，鼠窜而行。

阳光穿透了云层，射在老者的褡裢上。老者身子一歪，褡裢袋口处霞光一闪而灭。灰衣人急刹脚步，凝神俯望。

干巴老者毫不知情，继续夸夸其谈：“临江人杰地灵，多出才子佳人，最近出了个临江神童，此子七步能诗，五步能曲，一笔好字不让严嵩。科考之际，一篇文章更是石破天惊，皇上看了连说三个好字。”

周把总哈哈大笑，小手指钩住灰白的鞭梢，紫色的鞭杆轻轻敲击着长满老茧的有着裂纹的大黑巴掌：“你是说临江县太爷的公子吗？哈哈！我们千里奔波，就是来会这个神童，褡裢里的宝物也是……”周把总说到这里忽然闭了嘴，方盘大脸上突现警戒之色。他向两侧的屋宇望了望，改了话题：“听说了吗？金文杰高中了进士，今年才十八岁，是我大明开国来最年轻的一位进士。天才呀，如今朝野震动，被誉为大明骄子了。”

干巴老者斜了一眼摇头晃脑的周把总，轻声道：“大明骄子？好狂的一个绰号！等会儿小人要擦亮眼睛仔细瞧瞧，领略一下大明骄子的风采。”

今天大集，府后街上人声鼎沸。忽然，街西头传来一阵铜锣声，两乘八抬大轿从人群中长蛇似的钻了出来。前面的衙役鸣锣开道，后面衙役的麾幢高打，燕尾形的两队兵丁握着明晃晃的钢刀，驱赶着乡民。

队伍停在了县衙的后门口。衙役弯腰掀开了厚厚的绒布轿帘，轿杆一低，走出了两个文官。文官一胖一瘦，一高一矮，都穿着崭新的官服。胖文官胸前的方形补子上绣着五彩锦鸡，瘦文官胸前的方形补子上绣着振翅鸂鶒。胖文官腆着蛤蟆肚子抬了抬白萝卜似的手指，几个衙役立即抬来了一块七八尺长的黑漆牌匾，呼啦啦登上了白色的石头台阶。

县衙后门的斜对过有个微微前倾的木头酒楼。二楼的垂花窗向上高高支起，两个喝茶人正凭窗而望，谈兴正浓。一个商人模样的人端着细瓷茶杯自言自语："他们怎么来了？大轿停在县衙后门口，难道他们要从后门入衙吗？真是奇哉怪也。"

员外模样的人闻言一愣，眯着小眼问道："年兄，你可识得这二位高官？"

身穿交领丝袍的商人放下茶杯，摸着花白的胡须叹道："有过一面之缘。看见了吧，那个细皮白肉蛤蟆眼的胖子，是江南军务总督赵文华，那个留着鲇鱼须的瘦高个，是湖广道御史崔家语，此人有两个外号，一曰'崔大耙子'，二谓'崔大屁精'，溜须拍马的功夫名动江湖……"商人左右瞧了瞧，低声道，"赵文华是严嵩的干儿子，当朝的工部侍郎，兼任江南军务总督，总领浙闽抗倭事宜，权倾江南。听说此人非常阴险，外号人称'阴扇子'，是条吃人不吐骨头的恶狼。他千里奔波到此，必有所图。你说说，他为何而来？"

身着盘领团花袍的员外探头看了看，不以为意地说道："贺喜吧，庆贺金公子高中进士呀。你看，牌匾都挂起来了，难道还有他图？"

商人摇了摇头，皱眉道："贺喜？绝不可能！你是不知道，严嵩和赵文华是金县令的死对头，金县令一降再降，全拜二人所赐。此次科考，金县令的儿子殿试文章出类拔萃，听说嘉靖皇上看了龙颜大悦，拍案叫好。可是，严嵩和赵文华一唱一和，竭力诋毁，硬把金公子贬出了一甲，落了个二甲头名，并令金公子回乡候旨。他们恨不得把金公子立地踩死，还会贺喜？正是那句老话，有才不如有人，他能平安地待在家里就不错了……"

员外抖了抖宽大的绣花袍袖，瞟了一眼屋顶熏得发黑的柁木檩架，说道："不公啊，怪不得人们说今年的科考二甲头名胜一甲，还说大明出了一位天之骄子，原来如此。百姓们不患贫而患不公，他们会不会听到了百姓的呼声，改弦更张了呢？"

"不可能！严嵩父子的心黑透了，一向赶尽杀绝，他们绝不会弃恶向善。夜猫子进宅，无事不来，等着瞧吧，临江或有惊天之变！"

此时，牌匾挂好了，只见长方形的牌匾中间写着十个龙飞凤舞的金漆大字："父子双进士母女两枝花。"下面还有一排小字："双进士文章甲天下两枝花风韵冠中华。"

上款"贺金文杰高中进士"，下落"严嵩书于大明嘉靖二十八年己酉秋"。

江南军务总督赵文华腆着大肚腩，看着牌匾抚须大叫："好字！好字！嘿，真不愧当朝第一笔！"

湖广道御史崔家语颤着刀螂腿随声附和："字好！词好！此匾必当名垂青史，在我大明上国留下一段佳话！哈哈！哈哈！"

商人收回了目光，端起了茶杯，叹道："严嵩是个奸臣，也是一位书法大家。匾上的字龙飞凤舞、雄浑壮阔，果有真才实学。"

员外的目光闪了闪，接口道："不错！不过，金公子号称文、琴、字三绝，想必金公子的字更胜一筹了？严嵩的字再好，不是没有称绝吗？"

此时，金县令和他的公子金文杰迎了出来。金公子不过十八岁年纪，身材修长，头顶青色的文生帽，身披皂边月白袍，风度翩翩。再看他的父亲，临江县的父母官金世清，他虽然身穿发了白的、两个胳膊肘都带着补丁的旧官袍，却也似玉树临风。

“下官迎接来迟，恕罪恕罪！”金县令走下台阶，皱着眉头拱了拱修长的大手。金公子错身上步，细眼微张，淡然道：“学生恭迎二位大人光临！二位大人请！”

赵文华嘿嘿一笑，一抖官帽上的乌纱翅，酸溜溜地说道：“恭贺金公子金榜题名，后生可畏呀，后生可畏。来来来，我来介绍一下，这位是崔大人，新任湖广道御史，不是当年那个阶下囚了，你们敬着点。哈哈，这可应了那句老话了，三十年河东，三十年河西，风水轮流转。金大人，你不会介意吧？”

金县令眉毛一扬，沉声道：“下官岂敢介意？请！”

崔家语鼠目一睁，嘿嘿一笑：“过去的事不用提了，当年，我也是该有牢狱之灾，你抓了我，我不怪你，过去的事过去算了，鄙人岂是小肚鸡肠之人？二位请看这块牌匾，这可是内阁首辅大臣严嵩严阁老亲笔书写、总督赵大人亲自押送来的金字牌匾，你们父子真是天大的面子。严阁老对二位是青睐有加，鄙人今后还要仰仗二位提携呢。嘿嘿，嘿嘿……”

“严阁老如此看重下官父子，实不敢当。”金县令向上瞟了一眼，眉头皱起，暗想：“弄这样一块言过其实赞誉过度的牌匾挂在门楣上，不定会引起多少文人墨客才子佳人的愤怒和嫉妒，攻击和谩骂会接踵而至，这是给我们挖陷阱设路障啊，阴险！卑鄙！”金县令嘴角痉挛似的抽搐几下，牙齿咬得咯咯有声，脸色由白转青。金公子仿佛听见父亲正在咀嚼着什么坚硬的东西。片刻后，青色渐退，平静再次布满了金县令白皙的脸颊。金县令淡淡地抬了抬手，昂首道：“二位大人，请到舍内用茶。”

崔家语连忙上前。他侧着身子，伸着一只手，哈着腰快步走着。就像一只领着一群母鸡去抢食的骚包公鸡。他一边斜着身子前进一边探着手说道：“总督大人请，总督大人请……”

赵文华肉眼泡子一抬，提着官袍挺着蝈蝈肚子迈开了两条短腿，晃着膀子登上了台阶。

楼上的商人叹了口气，抬头望向天上缓缓移动的冰山似的白云，摸着被百年风雨侵蚀得色彩斑驳的雕花窗棂，恨声道：“唉，夜猫子进宅，无事不来！”

赵文华和崔家语摇晃着官帽上的乌纱翅慢腾腾地穿过县衙后院，来到了二堂大厅。金文杰正要抬手让座，却见崔家语抢先一步来到椅子旁，掏出了一块雪白的细纱面巾，撅着消瘦的屁股擦起椅子来。他擦完了座板又擦靠背，擦完了靠背又擦弧形扶手。整个椅子擦了一遍，这才把赵文华让到太师椅上。赵文华坐好了，他直起了腰，倒退了几步，背着的手摸到了黑红色的椅子把手后，才小心翼翼地坐了下去。接着，他腰板一挺，笑容陡敛，脸上浮现出一股傲慢之色。金文杰看罢一呆，片刻后嘴角微微上翘，脸上荡起了一丝不易察觉的轻蔑笑意。

金县令对这一切好像司空见惯，不冷不热地寒暄着：“请用茶，这是武夷山新茶，一个老朋友捎来的，二位大人请慢用。”

崔家语端起青花茶碗，掀开盖子，看着茶水道：“嗯，颜色还不错……”

一个衙役带着周把总来到了二堂，金县令和金公子一见，立即起身迎接。赵文华蛤蟆眼一睁，看了一眼风尘仆仆的来人，哼了一声，继续品茶。他用茶碗盖子慢慢拨着漂浮在茶碗里的几片翠绿茶叶，眼睛凝视着绿莹莹的茶水，似乎正在茶水中寻找奇珍异宝。周把总一见赵文华和崔家语在座，赶紧向端坐不动的二位高官弯腰一躬，朗声道：“戚继光麾下把总周四海参见总督大人，参见崔大人。

今天卑职有事求见金公子，不知二位大驾在此，打扰了二位大人的雅兴，还请海涵。”

赵文华头一抬，蛤蟆眼一瞪，尖声道：“哦？戚继光派你来的？”他的语音轻浮，声调里流露着轻蔑的味道。

“回大人的话，卑职路过临江，冒昧过府，一是祝贺金公子金榜题名，二来卑职有点私事叨扰金文杰公子。”

“私事叨扰金公子？那好，你们另觅处所一晤吧，我这里还有要事和金县令相商。文杰贤侄，你带他们下去吧。”说完，赵文华的蛤蟆眼皮一垂，继续观看他的茶水。

“是，是，卑职告退。”周把总躬身后退。

“二位大人安坐，学生失陪片刻。”金公子说罢一伸手，带着周把总出去了。金公子穿廊过府，把几位客人让到了临着后街的一处小院，进了西厢房。房里有几位贺客在座，他们见来了差官，连忙起身告辞。西厢房是金文杰的起居室，分成明暗两间。明间是客厅兼书房，布置简单。侧面墙前立着木条书架，书架上摆满了各种线装书籍。正面墙前摆着一张裂了几道缝、上着黑漆的八仙桌子。桌子虽旧，黑色的桌面上却一尘不染。桌上摆着文房四宝，一个青石镇尺下压着几张大红拜帖。墙壁上挂着两个未曾装裱的无轴条幅，右侧写的是“勤能补拙拙聪慧”，左侧写的是“熟能生巧巧嫣然”。

金文杰敛过茶壶茶碗，涮洗了一遍，重新泡上了茶。安排好了，金文杰礼让道：“几位大人稍等片刻，茶一会儿就好。”

周把总恭谨地站起来，拱手道：“金公子不必客气，不才冒昧前来，还望见谅。我等一来是祝贺金公子金榜题名，二来是有事相求公子，还请公子鼎力相助。”

金文杰微微一笑，说道：“大人客气了，大人请坐……”

县衙后门外聚集了不少人，商人和员外也下了楼。众人看着牌匾，小声议论着，有人赞叹严嵩的书法好，有人夸奖金家父子的才华高，有人颂扬金家母女容貌俏。这时候，有几个相貌丑陋的汉子挤进来，伸长了脖子往上瞧。为首的丑汉脖子上长了一个香瓜大小的肉瘤子，他晃着梳着丸子髻的大脑袋问道："母女两枝花，风韵冠中华。厉害呀，这不成仙女了吗？这母女谁见过，是不是言过其实，还是真的貌美如花？"

"这娘儿俩岂止貌美如花，简直是西施重生、貂蝉再世，说'母女两枝花'绝不夸张。啧啧，漂亮得很哟！人见人爱……嗨！保准一见就叫你神魂颠倒，东南西北都分不清了！"商人抖了抖宽大的绣花袖子，伸出大拇指一比，晃着脑袋说道。

"果真如此？"

"果然如此！"

"好！好！乡亲们，小的是要把式卖艺的，今天赶上临江这等喜事，也来凑凑热闹，卖膀子力气，献献丑。练得好，众位捧捧场，喊声好。练得不好，众位吐口唾沫。帮帮忙，让让场，小的分文不取，只想博乡亲们一笑。众位如若看小的们练得不错，求各位乡亲给金家通传一声，说常山刘记杂耍班子祝贺金家父子步步高升，祝金家母女芳华永驻……哎，来啦！来啦！"脖子上长瘤子的家伙嬉皮笑脸，抱拳作揖，团团转着拜场。他紫色的大嘴一张，露出了牙缝里塞着黄白食物残渣的两排黄牙，顿时腥风四射。

围观的人后退了，让出了一个两丈方圆的场子。杂耍班子敲锣打鼓，两个戴着四方帽的小伙子蹦到场子中间，蜘蛛似的叉着两条腿，探着两只手，围着场子转悠起来。

"让让！让让！"东边来了一群人，为首的是一个中年女子和两个如花似玉的少女。中年女子上襦下裙，一头乌发瀑布似的垂落身后。她身后两个花季少女，穿着鲜艳的短衫褶裤，身形玲珑，细腰丰臀，就像杂草丛中两朵盛开的鲜花，碧水潭中两枝浮出水面的芙蓉。两个少女头绾坠马髻，乌发上插着一支凤头玉簪，玉簪上坠着一颗指肚大小的明晃晃的珍珠。珍珠随着她们轻盈的脚步欢快地跳跃着。

活动筋骨的俩小子不蹦跶了，呆呆地盯着这三个与众不同的女人。四只贼眼只管在少女的胸脯上扫来扫去，恨不得要看到里面去。他们心里起了波澜，一个小子情不自禁地喊出声来："嘿，大美人！小美人！号称'母女两枝花'的母女没见着，倒来了三个天仙女！嘿嘿，真是大饱眼福，大饱……"

"叫唤什么？小心你的狗眼，讨厌！"一个少女杏眼一瞪，呵斥了他们一声。说话的小子话说了一半，口虽张着，却没了声音。另一个少女一皱鼻子，冲着他们耸肩膀、翻白眼，表达心中的厌恶。

这俩小子赶紧收回了目光，又弯腰瘸腿地活动起来，可他们的眼睛还在瞟来瞟去。

脖子上长瘤子的家伙好像认识这三个女人，颠颠跑过来，抱着拳头说道："不知长发婆大驾光临，兄弟有失远迎，告罪告罪！不知什么风把您的大驾吹来此地？难道小小的临江县城，竟有稀世珍宝出世不成？"

长发婆道："脖子瘤，咱们井水不犯河水。你干你的，我干我的，少打听闲事。"原来这脖子上长瘤子的家伙叫脖子瘤。长发婆说着抬手一指，冷言道："你们往东边点，让开大门，我们也撂个场子，一块儿凑凑热闹。让乡下佬们瞧瞧我的俩徒弟美不美，什么'两枝花'，好大的口气，也不怕风大闪了舌头！"

脖子瘤讪笑道："好好好，兄弟今天可要大开眼界了。是该比比，看看武林四仙子中的金珠仙子、银珠仙子漂亮呢，还是母女两枝花俊俏？我们挪挪，小孩拉屎，挪挪窝！走走！往后挪，往后挪，再走点！"脖子瘤挥舞着两只古铜色的大巴掌，像赶鸭子一样赶着杂耍班子离开了大门口。接着，他缩着脖子悄声道："放明白点，你们的贼眼别乱出溜，那仨娘们咱可惹不起，那留长发的，是黑旗船长江分舵的英舵主，绰号长发婆。那俩闺女，是她的女儿，长发婆管她们叫徒弟，其实就是她的女儿。她们姐俩是武林中赫赫有名的美人，号称双珠仙子，一个名叫金珠，一个名叫银珠。她们是劫财盗宝的强盗，跑到临江干吗来了？难道这里真有稀世珍宝出世不成？”

一个脸长着黑记吊着眼的小子眨着吊眼道：“她们是不是争风吃醋，跑到这儿比美来了？”

一个黑炭似的黑小子一耸肩膀道：“或许临江县真有宝物出现呢？也说不定，哎，你看！”黑小子的黑手一指，脖子瘤看见房顶上飘下一个灰衣人。来人像只灰色的蝙蝠，双臂一展就飘到了长发婆跟前。他和长发婆耳语了几句，一抱拳，一个跟头翻上了墙头，接着倒纵斜飞，猴子似的蹿房越脊而去。

脖子瘤竖起拇指赞道：“好高明的轻功！看来临江真有宝贝出现了，黑旗船向来不走空门。”

黑小子一眨眼，问道：“听说长发婆的眼睛可以看见地下八尺之物，看水能见到十丈以下，是真的吗？”

脖子瘤白眼珠子翻了黑小子一眼，一转身走了。吊眼小子看见脖子瘤走远了，一耸肩膀，说道：“你不会去问问她？”

“你以为我不敢……”黑小子一转脸，看见脖子瘤回头望来，赶紧闭了嘴，又装模作样地蹦跶起来。

有人觉得不对劲，嘀咕起来：“哎，哎，看到了吗，这仨女人够漂亮，不服气，找上门来了，等会儿准有热闹看。”

商人火了，骂道：“你混账！金县令对治下庶民爱如子侄，是天底下少有的清官，你小子敢是吃里爬外吗？”

说话的人一缩脖子，员外一拉商人的长袍开了口：“哪能呢，他不过随便说说，如果金县令真有麻烦，大伙都不干！咱们摊上一个廉洁公正的县官，是几辈子修来的福。大伙听着，谁敢找金县令的麻烦，咱们就叫他吃不了的包子——兜着走……”

西厢房里，金文杰公子托着一个青白相间的玉石雕件，满脸欣喜之色。一座巴掌大小的青山坐落在白色的沙滩上，山峰上缭绕着棉絮般的白云，山脚下流淌着青色的溪流。可以看出，白云和沙滩都是上好的羊脂白玉雕成，山峰则是润泽的青玉刻就，这是一个三色的玉石摆件。难能可贵的是棉絮般的白云里隐隐有红光闪烁，而沙滩状的底座上那条溪流则是青光流动。此物温润光洁，色彩天然衔接，看了令人心旷神怡。

周把总一探身子，轻声道：“怎么样，喜欢吗？”

金公子抬头，大拇指一伸，大声道：“好！”

“哈哈，拿布套来！”周把总一伸手，接过一个黑色布套，抬手就往金公子头上套去，同时道：“把手收回去，你在黑暗中再看看宝物，或有不同。”

金公子眼前一黑，被黑布套住了身子。金公子抬起手来，只见眼前似有一点红光。红光手指肚大小，似一轮红月悬挂在高山之巅。啊，红月亮，月亮中的山河玉兔清晰可见。红月亮穿行在白云中间。它照亮了棉絮般的白云，照亮了豆青色的山峦，照亮了闪着晶光的乳白色的沙滩。“啊，山峰河流如梦似幻，红月行空似假又真，奇哉！妙哉！”

“此物名曰‘云遮月’，”周把总摘下金公子身上的布套，说道，“乃稀世之宝也。”

金文杰公子放下“云遮月”，冲周把总微微一笑，问道：“此宝让我大开眼界，不知世间竟有如此巧夺天工的奇珍，但不知将军拿来此宝，有何见教？”

周把总笑道：“公子，我家将军戚继光敬请公子大笔一挥，书写‘文死谏，武死战’六个小字，由雕工刻于‘云遮月’底座上，以彰显我华人之魂、武将之魄。”周把总说着把“云遮月”拿起来，翻转过去，指着白玉底座道，“刻在这里，此羊脂玉近乎透明，雕刻反字，上面仍可看得一清二楚。”

金文杰赞道：“文死谏，武死战！好，有气势！学生就此献丑了，写不好还请见谅。字的大小还请大人示下。”

周把总身子向后一靠，全身松垮下来，大黑手轻轻拍了一下椅子扶手，道：“字的大小，请公子自行斟酌吧。”

金文杰没有考中状元心有不甘，接到了回家的旨意，立即快马加鞭回到了故里。父母知道了缘由，安慰了一番，夸奖了一番，让他心中的郁闷一扫而空。今天堂报驰到临江，引起了满街的欢腾，县衙里也是贺客盈门。此时的金文杰如同一个初会情郎的少女，心中一片光明，充满了美好的憧憬。金文杰愉快地答应了周把总的请求，拿来宣纸，从笔筒中抽出一支狼毫，接着蘸墨润笔，书写起来。这时候，在旁边喝茶的三个军官和那个干巴老者凑过来，观看金文杰挥毫。顷刻之间，六个玉米粒大小的黑字从笔端流淌出来，字字铁画银钩、龙飞凤舞。

“好，好，笔力不让严嵩，气势不输柳公，果然一笔好字！”干巴老者摇头晃脑，津津乐道。

“谢谢夸奖！”金文杰略一沉吟，再次运笔。金文杰将这六个字一连写了三遍，这才放下毛笔，笑道：“烦请各位比较一下，觉得哪条适用，就选用哪条吧。笔力仅此而已，学生献丑了。”

“好字！好字！老魏，剩下的就看你的啦！”周把总对干巴老者说完，又给金公子介绍道：“这位是珠宝玉器行里的雕刻名家小刀子魏，别看他其貌不扬，镂月裁云正是他的拿手好戏。此宝正是出自小刀子魏之手，精雕细刻，历时半年有余。”

小刀子魏从褡裢里掏出一个小木架，把“云遮月”卡在架子上，他看了看桌上的字条，又看看周把总，似乎在请示。

“写得都不错，你选吧。我和金公子还有要事相商。”小刀子魏拿着字条走了。周把总又道：“金公子，前些日子，我家将军戚继光拜读了公子大作《大江记》，拍案叫绝，认为此文可媲美范仲淹《岳阳楼记》、诸葛孔明《后出师表》，神采飞扬，大气磅礴。将军立即搜集了公子的其他佳作，逐一阅读，读后啧啧称赞，称公子不愧‘临江神童’之称号，不愧‘大明骄子’之美誉。”

听到夸奖，金文杰笑了，细长的眼睛更细了，一股快意涌上了心头，连忙道：“过奖，过奖了！学生愧不敢当，学生愧不敢当！”

周把总一抱拳，敛容道：“当前，倭寇横行东南，黑帮为祸西北，大明百姓生灵涂炭。我们泱泱大国，竟屡受小小民族欺辱，可悲可叹！究其原因，并非我大明软弱可欺，乃国策不当。国家倡文而抑武，闭塞言路，令军民离心离德。习武者、抗敌者均无前途可言，致使国家积弱任人宰割。敬请公子挥动如椽之笔，匡正国策，救黎民于水火之中。”周把总一脸凄苦，又言道：“不知金公子可曾听说抗倭名将俞大猷俞将军？”

金文杰正容道：“听说过，俞将军曾带领几百明军与倭寇周旋四十余天，救出千余百姓。俞将军两次负伤，一次肠子流了出来还在阵前御敌，正是我大明王朝的一名赫赫虎将。”

周把总悲声道：“正是这样一员虎将，因为不拍严嵩的马屁，被严嵩老贼诬陷入狱，差点掉了脑袋。还是戚将军凑了三千金，托人送给了严嵩，苦苦求情，这才保住了俞将军的性命，目前他取保在家，做短工糊口。卑职原在俞将军麾下任职，一起浴血拼杀数年，如此下场，你说叫人寒心不寒心？”

金文杰面色一正，沉声道：“的确让人不寒而栗。”

周把总接着说道：“二堂里那个军务总督赵文华，是严嵩老贼的干儿子，是严嵩老贼的铁杆打手，他正是陷害俞将军的帮凶，叫你父亲小心些。这里有我家将军戚继光的书信一封，敬请公子观阅。”

金文杰连忙起身，双手接过书信，拆开仔细阅读。金公子看完了书信，郑重道：“戚将军字里行间一片爱国之情，一片殷切之望，令人感动。我愿写一篇文武并重的文章以正视听，但学生人微言轻，能否使朝廷清醒惊觉，尚未可知，戚将军忧国忧民，学生钦佩之至！”

“好！好！”一片喊好的声浪传进书房，外面街道上好像很热闹。三个军官互相看看，打了声招呼，跑出去了。

府后街上，人声鼎沸。要把式的人正在练飞叉，飞叉哗啦啦响，在一个大汉身上旋转，大汉在地上旋转，一时间掌声如雷。这边鼓声刚停，那边锣声又响，两个美丽少女柳絮般飘上了绳索。一个少女腿一抬，一条修长的秀腿笔直地踢向空中，然后弯腰下臂，手抓绳索，来了一个双腿一字横空。另一个少女在绳索上翻起了慢筋斗，她腰身柳条般的柔软，身子行云流水般旋转起来。

突然，嘈杂声消失了，府后街上鸦雀无声。众人的眼光都转向了县衙的后门。长发婆转目一看，原来金县令的妻子和女儿出来了。先出来的是金文英金小姐，后面跟着的是她的母亲夏秀梅。金小姐脸蛋红扑扑的，她蹙着白玉般的瑶鼻，和仆人刘妈抬着一个水桶款款行来。金夫人夏秀梅闪着亮晶晶的眼睛，端着一摞细瓷茶碗跟在后面。两个衙役在门前摆了一张桌子，金文英母女摆瓷碗倒茶水，两个衙役也开始在桌子上摆放点心。

长发婆柳腰一摆，风似的飘到金夫人面前，惊得金夫人身子一歪，差点摔下台阶。长发婆仔细打量着金夫人，一看金家母女简直就像姐妹俩，金夫人四十来岁的人了，看起来却像个出嫁不久的少妇。她面色红润，柳叶眉，丹凤眼，身材高挑而匀称，皮肤细腻而光洁，微微发胖的身材更增加了她成熟丰满的风采。金小姐酷似她母亲，简直是一个模子里脱出来的。高挑的个子，玉琢的五官，凝脂的肌肤，身穿粉色交领右衽衫和绿色浮云流水裙，真是娇艳欲滴。长发婆看着金夫人母女俩，就像看见了两朵鲜花，一朵盛开怒放，一朵含苞欲展，顿觉一股酸意涌上心头。金小姐带着少女的羞涩和矜持伫立台阶上，乌黑的眼珠偷偷转动，悄悄打量眼前的献艺人。母女二人站在门口，任由清风吹拂着她们额前弯曲的几绺乌发，摇摆着她们顺如流水的丝裙，犹如仙女下凡一般。长发婆暗自叹一声，心说："盛名之下，果无虚士。要说美貌，自己或许和她不相上下，要说风韵，自己万万不如。"她银牙一咬，恨恨地退了下去。金家母女看到了长发婆和那两个美丽少女，也是惊讶万分，心说哪儿来如此漂亮的三个女子？尤其这两个女孩，十五六岁的年龄，细瓷般的脸蛋，灵动多情的杏仁眼，淡红色的嘴唇和端正小巧的粉白细腻的鼻子，看一眼就会让人恋恋不舍。这五个女人互相观望，眼波流动，惺惺相惜，暗暗较上了劲。周围的人看到这五位天仙般的女人，啧啧称奇，他们再也控制不住了，纷纷向前拥来，有人跳脚蹦高，有人伸脖子瞪眼，一时间人潮涌动。

"咚咚咚！咕噜噜咚！"一阵炒豆般的鼓声响起，接着传来脖子瘤驴嗓子大叫："大变活人喽！大变活人喽！"

一个大汉拿着皮鞭，朝人群上空啪啪猛抽，人们潮水般地退了回去。两个大汉把一顶轿子抬到了场子中央，四面的轿帘都掀到了轿顶上，露出了黄色的木框和黑色的座椅。一个美貌的小姑娘扭着腰肢走进轿子，两个轿夫放下轿帘，抬着轿子前转几圈，后转几圈，左颠右颤之后，轿子放在地上。脖子瘤走过来，双手运功，跺脚运气，一声大吼："起！"双手对着轿帘狠狠一击，绣花轿帘呼的一声飞上了轿顶。睁眼再看，轿子里面空无一人。两个轿夫装成哑巴，双手比比划划地找人，把轿子弄了个底朝天。大家只看见了轿子厚重的木框和敦实的座椅，人影皆无。接着，轿帘一合，轿子两转，小姑娘一掀轿帘走了出来，她玉臂轻摇，手中的丝巾摆来摆去，顿时掌声如雷。脖子瘤抱着拳头团团转，沙哑的声音响起来：“各位老少爷们，各位小姐大婶，小的练有六神大搬运，哪位赏脸，进轿子试试，小的保准神不知鬼不觉地把你运走。来来来，请请请，哪位赏脸？”这时，人丛中走出一个黑小子，憨头憨脑地问道：“让我瞧瞧，你们不是骗人吧？”

脖子瘤舔了舔大黄牙，诙谐地说道：“瞧吧，来来，随便瞧，随便看。别瞧到眼里拔不出来就行。”

黑小子围着轿子转，砸砸这儿敲敲那儿，忽然鼓掌大笑，说道：“在这儿了。”他蹲下身子，双手在地上乱扒，扒了满手泥土，什么也没扒着。他两手一摊，苦笑道：“真见鬼了，地上没有洞。没洞怎么会把人变走？真是邪了门了！”说完站起来，拍了拍手就往回走。

脖子瘤伸手拦住他，说道：“哎，慢走，慢走，怎么？想来就来，想走就走哇，那可不成。”

“坏了吧？我一看就知道这两拨人不是省油的灯，哼，还不定要出什么事呢。”人们议论纷纷。

脖子瘤道：“这样吧，小的也不难为你，你进轿子，让我把你运走，让你到城南的清水河里洗个澡，抓王八去，哈哈哈！”

黑小子一愣，缩头缩脑地说：“我可不去。”

“不去也得去，去也得去！”说着，脖子瘤一个箭步上前，一把抓住黑小子脖领子，像提小鸡一样提起来，塞进轿子里。

二堂大厅里，金县令正和两个狗官争吵。湖广道御史崔家语手里拿着一串豆粒珍珠，伸着脖子瞪着眼，活像一只斗架的公鸡：“……你就是一根筋不转弯，放着河水不行船，严阁老贵为内阁首辅大臣，可以说一人之下万人之上，看上你家小姐，那是看得起你，你别弄个鸡飞蛋打，赔了夫人又折兵！”

金县令背着手，标枪似的站在文书案前，鼻梁上沁出了一层细小的汗珠。他看了一眼窝坐在太师椅里纹丝不动的赵文华，冷言道：“此事不可。听说严阁老的发妻主内，持家甚严，从不许严阁老纳妾。文英去了能有名分吗？难道让她当通房的侍女，还是做暖床的丫鬟？女儿是我的心头肉，只要我的脑袋还长在肩膀上，就不会委屈她做小妾，遑论没有名分的侍女。严阁老最近身体欠佳，就让他安心养病吧，二位大人不必多言了。”

赵文华看着烟熏色雕花窗棂，看着窗棂上摇曳的树影，一只胖手轻轻揉搓着暗红色的椅子扶手，一副胸有成竹的模样。金县令明白了，原来这两个贪官早有预谋，看上他女儿金文英了，前来贺喜是假，为严嵩老贼寻乐子是真。这位严嵩严阁老，金县令太清楚了，他生于大明宪宗成化十六年，七十岁高龄了，拉帮结派阴险狡诈，是个吃人不吐骨头的主。而且，听说这老鬼最近精神不佳，病病恹恹的，这是要女儿文英去承欢解闷呀，真是岂有此理！

赵文华和崔家语这俩小子一肚子坏水，时刻惦记着巴结严嵩。严嵩的七十大寿就要到了，两人商量送礼，送什么好呢？严嵩位极人臣，金银财宝无数，什么都不缺，什么东西才能讨他的欢心呢？还挺费心思。唉，这俩小子经过半个月的昼思夜想，终于想起来了，他们知道金县令的女公子金文英是个绝色佳人，严嵩的七十大寿上如果献上金文英小姐，岂不弄个满堂皆惊？再说，顺便还可以恶心一下两榜进士出身的金县令。让他在儿子高中进士的时候，当头泼上一盆冷水，让他妻离子散爱女受辱。金文英进了相府，凭着严夫人凶狠霸道醋气熏天的做派，不把花容月貌的金文英小姐搓熟了捏扁了岂会罢休。金县令打他们一来，就知道这俩小子没安好心，没想到他们竟然想坑害自己的女儿，不由得怒火填膺，心道：“你们巴结严嵩，想拿我的孩子送礼，休想！”可是，他们俩一个是挑刺的阎王，一个是兵部侍郎，权大势重，怎么应付？

这时赵文华身子一挺，蛤蟆眼一瞪，阴沉沉地说道：“金大人！

这么说连我的面子也不给了？”

金县令压抑着心中的怒火，把旧官袍宽宽的袖子一抖，凛然道：“在这件事上，谁的面子也给不了，还请二位大人海涵。”

崔家语晃动了一下乌纱帽翅，撇着黑红色的大嘴说道：“我说金大人，你要一条道走到黑了？非在一棵树上吊死人不可了？这些年来，你不想想，别人做官是越做越大，步步高升，你呢？是小孩打出溜，顽童下楼梯，一步一降。你从三品詹事，降到四品府台，又降到五品同知，好了，如今来到临江县，当了个小小的七品县令，原因何在？放着阳关大道你不走，偏走独木桥！老想当清官，什么一身正气、两袖清风，迂腐！愚蠢！结果如何呢？到处碰壁，四面楚歌！现在，你不为自己着想，总该为儿子想想吧？他就要步入仕途了，严阁老出面帮忙是个什么劲头？他要挑刺儿挡道又是个什么劲头？俗话说，朝里有人好做官，廷上无人升迁难。你们是有真才实学，我们知道，那又怎么样？不怕没好事，就怕没好人。直说了吧，我不是什么好人，不是什么君子，纯粹小人一个。你敬我一尺，我敬你一丈，顺我者昌，逆我者亡！你顶着干，你顶得了吗？你当年把我下了大狱，我不是照样出来了吗？”崔家语说得嘴角冒白沫，颤着刀螂身子夸夸其谈，还时不时偷看赵文华的脸色。这时，他手捂胸前方形补子，指头抚摸鸂鶒图案上微微凸起的绣线，自鸣得意地说道：“十年前你是四品大员，我是八品小吏，如今呢？我上你下，虽然你我品级一样，我却是督察你之人。你知道为什么吗？告诉你吧，只要公鸡还在打鸣，母鸡还在下蛋，你就应该顺应你的上宪，你就要溜须拍马，你就得请客送礼，否则，嘿嘿，你准玩完……”

“咳、咳！”赵文华咳嗽了几声，崔家语立即闭了嘴。赵文华脸上的肥肉抖动了几下，阴险地笑了笑，说道：“严阁老想要办的事哪有办不成的，谁挡得了？你家小姐嫁了严阁老，吃香的喝辣的，要风得风，要雨得雨，那是一步登天。这样的美事，打着灯笼也找不着。来的路上，我还和崔大人说呢，你看人家金世清生的孩子，男的天才，女的天仙。”说到这儿，他看了看不露声色的金县令，呷了口茶水，觍着脸说道：“话说回来，严阁老要整治你，你还活得了吗？常言道，‘人在矮檐下，怎敢不低头’，找你的碴还找不到？捏死你，就像捏死个蚂蚁。到了那天，是砍头是蹲大狱还不一定呢，剩下她们母女，还不是严阁老手里的面团，要圆则圆，要方则方？到那时再想名正言顺地进府就难了，你想想吧。”

金县令仰面大笑，断然道：“二位大人，金某不才，骨气还有。如果人人不秉持正义，人人矮檐下低头，国将何国？家将何家？想我金某，绝不会趋炎附势，绝不会出卖女儿的幸福。礼物敬请拿回。回话严阁老，金某不敢高攀。”

赵文华勃然变色，腾地站起来，叫道：“你知道你家公子为什么没有得中状元吗？还不是因为你的固执，因为你的孤僻！金文杰的文章振聋发聩，如长虹经天、春雷动地。字里行间才情四溢，此卷惊动了满朝大臣。皇上拿着他的试卷爱不释手，惊道：‘此卷震古烁今，我大明百九十年来，无此佳卷，天降骄子于大明也。’可惜呀可惜，就在皇上朱笔将落未落之际，严阁老率众大臣群起而攻之，众口铄金，皇上还不是依了严阁老之言，把金文杰贬出了一甲？其实，我等都明白，文章本无错，祸根远千里！是你！为臣子者逆流而动，标榜清廉，处处和大臣们作对，我们岂能让你的儿子荣登榜首？岂能让你的儿子光宗耀祖？你的儿子毁在你手里！是你断送了他的前程！今天，我们再给你一个机会，只要你幡然醒悟、悬崖勒马，你的儿子还会大放异彩，你也会官复原职！你要执迷不悟，继续我行我素，哼哼，只怕是你儿子永无出头之日，你也难免牢狱之灾！”

金县令闻言大怒，厉声道：“我早知道你们卑鄙无耻、翻云覆雨，无所不用其极！告诉你，我绝不会和你们同流合污！绝不会屈从你们的淫威！你有千条妙计，我有一定之规！我们父子视荣华富贵如粪土，视高官厚禄如草芥！我们安身立命，但求无愧于天、无愧于地、无愧于民，何惧前途暗淡！何惧牢狱之苦！”

赵文华蛤蟆眼一瞪，拍着桌子吼道：“好你个金世清，敬酒不吃吃罚酒！录事们何在！”

外面立即跑进来三个儒生打扮的老先生。赵文华对崔家语一努嘴，崔家语心领神会，大声喊道：“你们三个给我听着，给我好好查查临江县的账目，查查金世清办的案件，查查县里的赋税，你们知道什么叫‘吹毛求疵’吗？知道什么叫‘鸡蛋里挑骨头’吗？你们就这么查，查出毛病有赏，查不出毛病，小心你们的狗腿！明说吧，我们是来挑刺的！我来坐镇，非把临江县折腾个翻江倒海不行，非把这个不识抬举的芝麻官装进大牢不可！你们谁抓住了他的把柄，立下功劳，我立刻禀明严阁老，让他接任临江县。嘿嘿，我就不信他胳膊能拧得过大腿！我就不信鸡蛋碰得过石头！”崔家语双眼狰狞，恶狠狠地吼叫着。吼完了，忽然嘿嘿一笑，媚笑地看看赵文华。脸色变化之快，表演之精彩，令人毛骨悚然。赵文华站在椅子前，面无表情，手指笃笃地敲着桌子。崔家语心领神会，脸色立刻变了，吼道：“去大堂！”

“慢！”金县令脸色铁青，霍然转身。

赵文华的蛤蟆眼立即睁大了，堆满肥肉的脸上露出了一丝喜色，连忙摆了一下猪蹄似的胖手。崔家语马上明白了，说道：“好，先等会儿，等会儿，我说嘛，金县令还是能识时务的，傻子才肯抗上呢！”

金县令怒火填膺，剑眉一立，厉声道：“我想告诉二位，我金世清别的没有，硬骨头二百多根！哼哼，金某向来没事不找事，有事不怕事，既然二位威逼胁迫，我也不会束手就擒，我会上书朝廷辩白是非，会撰文立书，揭露二位奸臣的丑恶嘴脸。二位这样不择手段地逼良献媚，或许能成就我英名留世，二位却要遗臭万年！哈哈，哈哈……”金县令抬头纵声大笑，笑声中透出一股悲凉、无助、彷徨之意。

赵文华蛤蟆眼一瞪，喷着唾沫星子怒道：“奏本写文章，没用！谁会相信你？即使有人相信，谁敢虎嘴里拔牙？醒醒吧！你睁眼看着吧，看看你家文英这小丫头片子能不能逃出赵某人的五指山！欲加之罪，何患无辞！走！去大堂，我就不信找不到收拾你的借口！”赵文华的一对蛤蟆眼瞪得溜圆，公鸭嗓子里发出的声音无比邪恶，冷飕飕、阴森森，就像地狱里魔鬼发出的嚎叫。

金县令针锋相对，毫不示弱，洪亮的声音在客厅里回旋而起：“善恶终有报，因果有轮回，不信走着看，天道饶过谁！哈哈哈……走！”

赵文华脸上的肥肉一阵哆嗦，胖手一抬，指着金县令的鼻子道：“善报，什么善报？我不要善报，只要现报！”

二 急转直下

西厢房里，“云遮月”雕刻完毕，宝光流动，底座上“文死谏，武死战”六个小字在溪流旁时隐时现，散射着淡淡霞光。周把总使了个眼色，小刀子魏搓了搓带着玉石碎屑的老手，提着褡裢出去了。

周把总捧起“云遮月”送到金公子手上，躬身一拜，说道：“戚将军将此宝送与公子，权当润笔之资，望公子大笔一挥，写出一篇惊天动地的文章，匡扶国策，呼啸正气，救黎民于水火。”

“这如何使得？”金公子闻言大惊，连忙放下“云遮月”，抱拳还礼，正色道，“‘云遮月’请带回，文章我会写，惊天动地不敢说，学生一定会尽心竭力，不负戚将军之望。”金公子暗下决心：“戚将军如此看重国家大事，不惜重宝求文，真乃当世豪杰，我当助之！”

周把总摇头道：“‘云遮月’不必带回了，戚将军已经在浙南誓师，就要和倭寇拼个你死我活了，我们无法带着宝物上战场。再说了，再金贵的东西也不如生命金贵，既然命都不要了，身外之物还有何用？瓦罐不离井台破，将军难免阵前亡。做武将的，脑袋系在腰带上，已将生死置之度外，还有什么东西值得留恋呢？文官就不一样了，即使入伍，也是有仗不打，有功第一。长此以往，有谁还愿意习武呢？戚将军苦口婆心，要我们以国家为重、黎民为先，不必计较个人得失。我们是为了大明王朝，为了黎民百姓，才坚持下来。大明的前途，我们的归宿，全仰仗公子的惊天大笔了，拜托了！”周把总虎目里泪光闪动，忽然离座而起，横跨两步，高大的身躯跪了下去。金公子大吃一惊，慌忙离座还礼。二人跪在八仙桌前，黑白分明的四只大手紧紧握在一起。金公子心情激荡，嘴唇发抖，语音发颤：“我立刻撰文立说，决不辜负将军厚望，但‘云遮月’决不敢留。”

周把总脸现恳求之色，说道：“‘云遮月’不能带回，这是戚将军交给卑职的重任，金公子不能陷我于不义。公子请起！请起！快快请起！”

府后街上，大变活人的黑色轿子还在颠三倒四，看来黑小子已被变走。

脖子瘤拍胸脯打屁股，比划着说道：“下面一次变走俩人，信不信？我的六神大搬运已经登峰造极，能把俩人一并变走。来来来，哪二位过来试试？”

第一次被变走的小姑娘，闪动着两道弯弯秀眉，舞动着粉色的花边绣裙，飞一样奔上了台阶，一把抓住了金文英的小手，娇声道：“咱俩试试吧，好玩着呢。”说着拉着金小姐就走。金文英脸色绯红，向后退着身子，一只手使劲推着小女孩，挣扎着不肯前去。小姑娘又加了一只手，双手拽住了不放。金文英欲罢不能，神色娇羞一片。“妙！妙！”观众欢呼怂恿，小姑娘连拉带拽，把金文英拉进了轿子，轿帘迅速放下了。

长发婆看罢摇摇头，说道：“造孽啊！造孽！”

一个小伙子跑来，在长发婆耳边嘀咕了几句。长发婆抬头看了看被白云裹挟渐渐移向正南的太阳，命令道："收拾家伙，离开这个是非之地！"大汉们立即弯腰瘸腿地行动起来。金珠和银珠腰肢一扭，凌空迈步，轻飘飘脱离了绳索落向地面。

轿子在原地停了片刻，再次东颠西颤、前转后转地折腾了一番，掀开轿帘一看，轿子里果然空无一人，把二位姑娘变走了。百姓们看得心旷神怡，同声叫道："好！"

忽听砰的一大响，脖子瘤放了一个惊天动地的响屁。他双手捂着屁股大叫："坏了，裤裆崩破了！"说着一抬手，裤裆上出现了一个大洞，大洞的周围耷拉着破布条子，真像崩开了花一样。

人们笑得前仰后合，金夫人也忍俊不禁。长发婆瞅了瞅空荡荡的轿子，摇摇头，带着手下匆匆走了。脖子瘤也捂着屁股一溜烟跑了。

"小姐！小姐！你在哪里？"刘妈急了，伸长脖子，扯着嗓子叫起来。金夫人一看女儿没有回来，也慌了，也"文英文英"地喊叫起来。

长着一身胖肉的员外脸色忽然变了，叫道："坏了，别是那个来了？"

"哪个来了？"商人惊问。

"嘘——"员外伸出胡萝卜似的手指在嘴唇上一横，低声道，"西北道上的桃花会！专门掠夺漂亮姑娘。他们'打迷花''夺人轿''兜窝子'，无恶不作。哎哟，是他们，是他们，这是他们的'夺人轿'！呀，完了，完了，金小姐羊入狼群了，她才十六岁呀！被成群的色鬼蹂躏，怎么受得了？"

商人的脸立刻黄了，颤抖着花白胡须道："别胡说，官家小姐他们也敢掠？"

员外一只手按在胸口上，一只手像抓到了烫手的东西，宽宽的袖子像风中的树叶一样抖动着："但愿不是他们。老天保佑！老天保佑！不过，听说他们的势力早到江南了，城里那些有漂亮姑娘的妓院，都是他们的舵口。”

“啊，那咱们赶紧告诉金县令去。走啊，别犹豫了，甭管对不对，咱们先提个醒儿，走，走啊！”两人说着撩起长袍奔向了县衙的后门。

大堂里烟气腾腾。一张束腰雕花八仙桌子旁坐着三位老者，中间一位身穿灰布长袍，头顶平定四方巾，三根手指飞快地上下滑动，噼里啪啦打着算盘。枣红色的算珠上蹿下跳，争先恐后地撞击着裹着铜叶的算盘框子，就像一群被网兜网住的蝌蚪。他左侧的老头弯腰低头默默地在一张黄纸上记着什么，右边的老头手捻纸页翻动着蓝皮线装账本，还摇头晃脑地念着干巴巴的数字。金县令卓立窗前，脸上无悲无喜冷漠淡然。他或许是神经麻痹了，不知眼前的风险？或许是已经看破了红尘而认命随缘？或许是心坚似铁而无所畏惧？其实，金县令的内心正在翻江倒海。他正在竭力控制着自己的情绪，平息着心中涌动的滔天巨浪，把不甘、愤懑、躁动的熊熊烈火浇灭，把缠绕自己的蛛网般的灰色丝线一根根扯断。他就这样久久地伫立着，面向支起的窗户，凝视着院子里的一棵老态龙钟、生命力顽强的老柳树。老柳树弯腰驼背，历经了上百年的风霜洗礼和雷电击打，腆着裸露在外的一段白色肚皮。文书案旁，崔家语向里侧着身子，一只手放在桌子上，拇指和食指夸张地叉开着，比成一个倒写的八字，嘴里叽里咕噜说着什么。准是一件让他们开心的事。赵文华猪蹄似的肥手捧着茶杯，后仰着身子，张着鲇鱼嘴，颤动着发白的舌头呵呵大笑起来。

笃笃，笃笃，刘妈来到了门口，敲了敲敞开的花格门，向着金县令伸出手指钩了两钩。

赵文华见刘妈脸现惊慌，蛤蟆眼一瞪，恶声恶气地说道：“什么事，过来说，没看见正在查账吗？”

“小姐不见了！”刘妈抹了一下额头的汗水，颤着两只小脚向前走了几步，慌慌张张地说道，“府后街来了一群耍把式卖艺的，他们大变活人，一个丫头拉着小姐进了轿子，三晃两晃，就把小姐变走了。我们前街后街都找遍了，也不见小姐的踪影。”

“耍把式的呢？”金县令一怔，急忙问。拨打算盘的手停住了，大堂里的人都竖起了耳朵。

刘妈道：“早走了，一眨眼工夫，跑得没影没踪了。”

“怎么这么巧？怕是一个连环计吧？”金县令眉头一皱，连忙喊道：“刘捕头！”

“在！”一个黑脸衙役大步走进来。

金县令沉声道：“立即带你班人马，缉拿耍把式卖艺的，四处拦截！”

刘捕头大声道：“是！”

金县令又道：“还有，你告诉王先生，让他带几个人求告乡亲父老，请他们协助追查。”

“是！”刘捕头的话音刚落，一个衙役闯进来：“报——县太爷！戚继光将军的辎重队在南十里铺遭倭寇袭击，派人求援，来人就在门外，受了重伤。”

刘捕头刚要迈步，听见这话就站住了。

“啊！”金县令闻言一惊，剑眉一立，大声道，“刘捕头！集合三班衙役，火速增援十里铺！”

“是！那，那，小姐怎么办？”刘捕头瞪着黑亮的大眼问道。

“让王先生求告左邻右舍，让他们帮忙查一查，公事要紧。杨三！”金县令对刚才进来的衙役喊道，“你赶紧去公子书房，请几位军官过来，看看是否认识送信儿人。刘捕头，衙前集合人马，如果军官们到了，立即启程驰援。你给我留下一匹马，我安顿一下，随后追赶。”

金县令吩咐完毕，寒着脸对赵文华和崔家语道：“军情紧急，恕下官不奉陪了！”

赵文华哈哈一笑，站起身来，背着手慢条斯理地说道：“去吧，去吧，我们先查着。不过，如果倭寇在你的治内横行无忌，后果如何，你当清楚。我看呀，你不如……啊？哈哈！我知道，我知道，你是不见棺材不落泪，不撞南墙不回头，去吧，去吧！”

崔家语眼睛里荡起了笑意，一只手抚摸着颧骨下面瘪进去的腮帮子，揶揄道：“就你们那俩人也敢打倭寇？朝廷数万大军反复征剿，屡战屡败，就凭你们几个老弱残兵，也敢去捋倭寇的虎须？那不是老寿星上吊——找死吗？依我说，你趁早答应了这门亲事，我们还可以在严阁老面前给你美言几句，保你一家平安……”

金县令看着幸灾乐祸的两个贼子，剑眉一立，厉声道：“住口！对付倭寇，打得过要打，打不过也要打！打死一个少一个！打不过就任他横行霸道吗？废话少说，想要叫我卖女求荣，门也没有！我就是掉了脑袋也不会让女儿跳进火坑！”说罢，金县令一撩官袍，大步走了出去。

靠墙边的石榴树下，金夫人母子正听员外、商人诉说桃花会的恶行，看见金县令匆匆赶了过来，立即止了话语。金夫人连忙迎上去，急切地问道：“有文英的消息吗？”

金县令一挥手，说道：“回去说话，快走！二位高邻，请转告乡亲们，帮忙寻找一下我的女儿，拜托了！金某拜托了！”金县令说罢，大步流星向后院奔去。

金夫人一看老爷脸色苍白，拉了金公子一下，转身就走。金公子刚迈动脚步，就看见周把总带着三名手下飞奔而来，周把总边跑边喊：“金公子，周四海拜别了，请公子勿忘所托……”

金公子连忙止步，抱拳道：“周大人保重，学生定当尽力而为……"

话音刚落，周把总已经穿过月亮门不见了。金公子转身再看，父亲已经闪进了后院大门。金公子立即发足疾奔。进了客厅，金公子看见父亲脸色铁青，手里攥着一把鲨鱼皮鞘宝剑，两道剑眉皱成了一团，顿时一惊，一颗心怦怦狂跳起来。金县令看了看妻子，看了看儿子，喘了一口粗气说道："赵文华、崔家语前来说媒，让文英给严嵩老贼做小妾，贺他的七十大寿，我没有答应。赵文华和崔家语这俩奸臣正在查账，要置我于死地。文英的失踪，恐怕与他们有关。如今倭寇又出现在南十里铺，袭击戚继光的辎重，情势倍加凶险。我此去救援，怕是凶多吉少。就是活下来，辎重受损，我也难逃保护不利的罪名。"金县令看着金公子，说道："你怕死吗？我们全家已经命悬一线，我没有叫你留在京城，你不怪我吧？我是怕你受我的牵连。如今想不受牵连也不行了。"

金夫人看着脸色铁青的丈夫，忽然感觉自己身上冷飕飕的，一股凉气从脚底升到心头。

金县令压了压心中的怒火，盯着金公子道："文杰，你今年十八岁了，是个男子汉了。十余年来，你读书孜孜不倦，终于金榜题名，为父为你的成就而骄傲。但是，从今天起，你就要面对新的人生了。"金县令浑身颤抖，一层泪水化作水雾蒙住了明亮的眼眸。他眨了眨眼睛，把泪水挤在一边，沉声道："你生在一个污吏横行的年代，活在一个是非颠倒的王朝。在这个昏天黑地的社稷里，你要明辨是非、分清善恶，选准前进的方向。一旦看准了方向，就要坚定不移地走下去。男怕选错行，女怕嫁错郎。选对了道路才是实现抱负的关键。我相信你的眼光，你会冲破千难万险，走上一条辉煌灿烂的金光大道。"

金县令抬头望望屋顶，眼光似乎要透过屋顶的天花板看到秋高云淡碧蓝如洗的天空，看到遥远的家乡和父老亲朋饱含期望的面容。

片刻后，金县令收回了深邃犀利的目光，再次叮咛道：“前路长满了荆棘，布满了陷阱。你要记住，上贼船容易，而下贼船难，对错往往就在一念之间，凡事要三思而后行，莫以善小而不为，莫以恶小而为之。我走后你们立即收拾细软，雇辆马车去梁家营投奔梁秀才。安顿好你母亲，再去十里铺附近打探消息。不论我死活，只要倭寇袭击得逞，你就带着你的母亲远走高飞，但不要回沧州老家。你妹妹就托付刘妈和梁伯代为寻找，不要因为她的事情耽搁了你们的行程！”

金夫人泪流满面，悲声道：“老爷，我们不能一起逃走吗？”

金县令苦笑了一下，说道：“傻话，大敌当前，我岂能弃官而逃？文杰，为人一生不可怕死、不可怕苦、不可怕事！你要牢记这三不怕。”金县令的眼眶红了，他慈爱地看着金公子，柔声道：“为父再也不能帮到你了……你要小心严嵩、赵文华、崔家语之流，他们无所不用其极。我相信你，你一定能走出困境，并有所作为！如果有机会，你就帮帮老家你的大伯和二伯，我这些年只尽忠了，没有尽孝。你爷爷奶奶都是他们安葬的，我做到三品大员也没帮过家里一丁半点，我愧对我的两位哥哥。记住，你就算走投无路，也不能给老家的亲人带去危险。你要保护好你母亲，照顾好你的妹妹！”

金公子扑通一声跪倒在地，哽咽道：“文杰……谨记父亲教诲！”

金县令深深地看了一眼妻子，拉住她的手，颤声道：“夫人珍重！”

“老爷……”金夫人浑身一震，感觉丈夫这一眼传来的情意竟似清水河之水，绵绵无尽，那双大手传来的温暖，竟似寒冬腊月射来的阳光，悠悠无穷。金夫人看着丈夫匆匆而去，千言万语哽在喉头，竟然一句话也没说出来。

文杰站起来，扶住摇摇欲坠的母亲，低声道：“母亲，我们去收拾应用之物吧。”

金夫人看着儿子，眼中泪花涌动，哽咽道：“你父亲此去危险万分，你妹妹又被骗走了，这可怎么办哪？老天爷呀，你怎么还不开眼啊……”

金公子鼻子一酸，眼泪几乎夺眶而出，连忙低头出去了。金公子回到西厢房，包起了自己心爱的瑶琴，拣了几件衣服，又拿了几管自己喜欢的毛笔。这时，他看见了桌子上的“云遮月”，立刻拿起来，叹了口气，掀开包袱的一角塞了进去。金公子提起一长一圆两个包袱，向外走去。走到门口，金公子停了脚步，回头望去，简易的没有油漆的木条书架上整齐摆放着发了黄的线装书籍，开了缝翘了边的八仙桌子闪射着暗淡的幽光，黑乎乎的桃形砚台里散发着淡淡的墨香。还有，墙壁上自己亲手写的已经发黄的励志条幅，还有，妹妹亲手绣的大公鸡图案的粗布门帘，还有……还有……金公子一时百感交集，他眼里噙着的泪水终于流了下来，顺着下巴滴下，摔碎在干燥的方砖上。金公子深深吸了一口气，抓着袖口沾了沾湿润的眼睛，低头向母亲住的屋子跑去。

县衙前，金县令上了马，马鞭一挥，泼刺刺一阵马蹄声响，骏马风驰电掣而去。

卧室里，金夫人一边翻箱倒柜，一边和刘妈交代着什么。刘妈一边叠着衣服，一边哭哭啼啼。

金公子穿过客厅，轻手轻脚地走进了卧室。他瞟了一眼床上的大小包袱，看着弯腰埋头在板柜里挑选衣物的母亲，轻声道：“母亲，我去雇车了。东西少拿点吧，或许我们去一两天就回来了……”

金夫人抬起了头，柔声道：“去吧，什么车都行，要快。”

金公子看见母亲面色苍白，眼睛红肿，仿佛一下子老了许多。鼻子一酸，低声道：“知道了，我就去。”

金公子低着头向外走去，耳边传来母亲柔和的声音：“刘妈，进士帽放回去吧，网巾带上两条……”

金公子回来了，三个人提着六七个大小包袱出了后门。门外停着一辆拉货用的矮厢马车，金公子把包袱放进车厢，扶着母亲上了车。金公子一挥手，马车动了。刘妈扶着车厢的老手颤巍巍地松开了。她抓起衣角擦了擦混浊的眼睛，又用袖口抹了一下干瘪哆嗦的嘴唇，呆呆地目送着金家母子。马车走了好远，她才大声喊道：“夫人，你放心吧，我会找到小姐的，就是拼了我这条老命，我也要把小姐找回来，你们放心吧！”

马车出了城门，过了清水河上的石板桥，驶上了一条奔向西南方向的乡间小路。金公子看了一眼南去十里铺的能容下四辆马车并行的黄土大道，仿佛看见了倔强的父亲正提着宝剑纵马疾驰。金公子心中暗自祷告，祝愿父亲得胜而归，祝愿戚家军的辎重安全无恙。金县令确实在纵马疾驰。他已经看见了喘着粗气拿着兵刃狂奔的众位衙役。金县令一手抓着缰绳，一手紧握着宝剑，修长的大手把蒙着鲨鱼皮的木质剑鞘攥得咯吱咯吱作响。他颧骨下面平滑光洁的肌肉轻轻颤抖，两道倔强的漆黑剑眉中间沁出了细细的汗珠，细长的扁桃仁似的眼睛里闪动着冰冷坚毅的光芒。西去的马车也在疾奔，金公子眯着眼背靠着车厢矮小的立板，望着通往小梁村的掩映在杂草丛中的弯曲小路，望着两边翻滚着金色浪花、弥漫着袅袅水汽的稻田，望着散射着白光的有着透明薄冰一样的淡蓝晴空，思绪和马车一起奔向了远方。小梁村距离县城十五里，马车飞快行驶着，咕噜噜的车轮声和啪嗒啪嗒的马蹄声划破了原野的宁静。

十里铺距离县城十里，有二百多户人家，是个大村。村南驿道的西侧有一片几百亩大的水塘，东侧是一条旧河的河堤。河堤上有好多一搂多粗的柳树。辎重队的护卫官兵死守着一丈多高的河堤，抵抗着倭寇。进攻的倭寇骑马而来，有八九百人。他们矮小精壮，光额短髻，穿着宽腿裤子光着脚板，手持闪闪发光的长把倭刀，高举着招魂幡一样的条形旗子疯狂地冲锋。这时，周把总带着三个军官赶到了，他们骑着战马直接冲了进来。他们如同几头猛虎扑进了狼群，犹如一勺冷水泼进了沸腾的油锅，倭寇们登时炸了群。周把总丈二长的风云偃月刀左劈右砍，奋力冲杀，企图和被困的官兵们会合。倭寇们回身扑来，竭力阻止他们前进。四个天神般的军官东砍西杀，所到之处，血肉翻飞。一个歪嘴倭寇嗷嗷叫了几声，带着一群倭寇从侧面扑来。激战中，歪嘴倭寇把周把总的一个同伴斩落马下。周把总早已看见这个歪嘴的倭寇了，大吼一声，立马回身，呼的一声，掌中的风云偃月刀“力劈华山”而下。歪嘴倭寇和另一个倭寇同时举刀相迎，只听当啷一声脆响，血花飞溅，歪嘴倭寇连肩带背丢掉了大半个身子，另一个倭寇也失去了一只胳膊。接着，周把总一声大吼，催马向前，风云偃月刀吞吐闪烁，左一刀右一刀，刀刀血花飞扬。就在周把总大刀又砍倒一个倭寇的同时，一把倭刀无声无息地袭来，砍在他的小腿上，半截小腿带着马镫一起跌落马下。周把总眉头一皱，风云偃月刀一拧，一招“回头望月”击了出去。刀似飘风，刀似逸电，噗的一声，这个倭寇的头颅飞上了天空。周把总失去了平衡，身子一歪栽下马来。一个倭寇扑来，咔嚓一声，一刀砍掉了他的左臂。周把总怒吼一声，单手擎刀，大吼一声：“横扫千军！”大刀斜起横飞，一刀将这个倭寇分成了两半……

“杀呀……”金县令挥着宝剑，带着衙役冲来了。一个小县的衙役，连狱卒在内也不过七八十人，还有一些上了岁数跑不动的，冲锋接敌时也就五六十人。金县令是个文官，马上的功夫极其有限。但事到如今，他只有拼命，杀掉一个算一个。戚家军辎重队的护卫军卒也呐喊着冲下了河堤，向援军靠拢。霎时间战场上杀声震耳，血肉横飞。周把总不愧久经沙场，虽只剩下一条腿、一只手，仍然跪在地上，挥舞着大刀，他沙哑的声音震撼着天地：“杀！杀！杀！”不一会儿，金县令跌落马下，和一个倭寇滚在了一起。两榜进士出身的金世清县令，死死抱住敌人，用头狠狠撞击倭寇的脸。倭寇终于松了手，金县令抓起了宝剑，咬着牙用力一戳，宝剑刺进了倭寇的胸膛。金县令摇摇晃晃地站起来，举起了带血的宝剑，高呼道："儿郎们！冲啊，为国尽忠、为民就义的时候到了！"喊罢，他又扑向了倭寇……

"保护县太爷，保护我们的金砖县令……"十里铺村口，拥出了一群衣衫褴褛的百姓，他们拿着铁叉，拿着棍棒，拿着镰刀和斧头，潮水般地涌来。领头的是一位六十多岁的老者，他是十里铺村的村长，名叫张德钟。此人面色黝黑，为人正直，在村里威信极高。当他得知他们敬爱的县令率领衙役们冲进了战场，忙带着乡亲们赶来增援。"杀啊！杀倭寇啊！保护我们的金砖县令呀……"十里铺的百姓把金县令叫作金砖县令，叫了好多年了，用以表达他们对金县令的爱戴。他们喊着，叫着，和倭寇混战在一起。大堤下又飞起了一片血雨，一顿饭的时间过去后，老村长也血战而死……

倭寇窜进村里，见人就杀，见房就烧。一个秃顶倭寇哇哇叫着砍倒一个孕妇，又挥刀追赶一个七八岁的小男孩。

小男孩跑着，喊着："贼倭寇，丧天良，杀人放火又抢粮……"

清风呜咽，柳叶悲鸣。英雄的鲜血染红了长堤，堤坡上尸横遍野。辎重队押运的几十万弓箭化为灰烬。运送弓箭的大车在燃烧，十里铺村的房屋在燃烧，西边的晚霞在燃烧……

马车还在小跑。金公子听着花轱辘轧地的咕噜声和枣木车轴发出的吱扭声，舒开长腿蹬住了对面的车厢板，阻挡着跳动下滑的包袱，还不时地催促着车把式："快点，再快点，再加五个大钱，快点！"金夫人坐在包袱上默不作声，她淡红油亮的两片薄嘴唇紧紧抿在一起，闭成了一个向外凸起的新月形，细长灵动的眉毛深锁紧蹙，鱼尾似的眼角上挂着几颗晶莹的泪珠，一缕弯曲的葡萄须似的小发卷在白玉般的额头轻轻颤动。

小路拐了一个弯，钻进了一片稀疏的枣林。枣子已经熟了，红彤彤的枣子就像万绿丛中点缀的红玛瑙，荡漾着枣香。忽然，前方的道路上出现一条大船，一条挂着黑色旗帜的黑色的大船，堵住了马车的去路。“吁——”车把式吆喝了一声勒住了马车。

车把式放眼望去，只见黑色大船缓缓飘来，船底贴着路面辚辚滑行，如同航行在微波荡漾的湖面上。黑旗点缀黑船，有如鬼魅。大船中央建有二层黑色小楼。小楼门窗紧闭，桅杆上的黑旗上绣着一个硕大的金色元宝。大黑旗随风招展，金元宝熠熠发光。

“怎么回事？船怎么跑到陆地上来啦？陆地行船？见鬼了！见鬼了！”车把式慌忙跳下车，拉住了白马。他揉揉眼睛，惶恐地盯着缓缓靠近的黑色大船。

金公子觉得形势不对，忙向来路看去，同时叫道：“快掉头，回去！躲开它，快！快！”

“对，对，惹不起，咱躲得起。”车把式赶紧去拉白马，可是他双腿发软，手也不听使唤，费好大劲才掉过了马车头。再看来路，顿时目瞪口呆，只见来路上飘着两顶黑绸子大轿，没有轿夫，没有声音，硕大的轿子贴地疾行，犹如飘来了两朵黑色的乌云。两顶大轿飘到马车前方无声无息地停住了，堵在小路上。忽然，轿帘一掀，蹦出来八个黑衣大汉。呼啦一声，黑衣人排列大轿前。再看这八人，高的高，矬的矬，歪的歪。高的像旗杆，矬的像水缸，歪的像大虾。往脸上看，这边一个人龇牙咧嘴，那边一个人吊眼斜鼻，最高一人满脸的血斑。这些人犹如牛鬼下了界，蛇神临了凡。

车把式再也把持不住了，一屁股坐在地上，嘴唇发紫浑身发抖：“鬼，鬼……”

金夫人一把抓住金公子的手，叫道：“文杰，不用怕，他们在装神弄鬼！”话虽如此，金公子还是感觉到母亲的手在剧烈地抖动着。

“要解闷！桃花会！”轿子前八个丑鬼同声大叫，金公子吓了一跳。

“要解馋！黑旗船！”身后的黑船上也发出了雷鸣般的吼声。

金夫人转头一看，黑色大船上不知什么时候站满了人，其中两个姑娘，正是卖艺踩绳的那两个少女。两个少女依然紧绷着她们秀美的小脸，苗条的身子依然穿红挂绿，金钗上的珍珠依然光彩夺目。

车把式手扶车辕，晃晃悠悠地站起来，对金公子母子说：“遇上那个了，有什么好东西拿出来吧，咱们，咱们活命要……要……要紧！”一边说着，身子一边筛糠似的抖动着，扑通一声，又跌倒了。

金公子听了他们的帮号，知道遇上了黑道人马。金公子飞快地盘算着，左瞅瞅右瞧瞧，寻找逃走的路径。忽然，他发现了四只明亮的眼睛，那是两个姑娘的眼睛。她们正在打量自己。这两个姑娘卓立黑旗船上，明眸流波，光彩照人。金公子可没工夫理睬她们，眼光在她们面前一扫而过。可那两个姑娘却仍然目不转睛地盯着金公子，正在仔细打量着眼前这个传奇少年。她们看见，眼前的少年进士个子很高，剑眉细眼，单眼皮，高鼻梁，面色白里透红，浑身上下散发着一股带着青涩的蓬勃朝气，心道：“这就是那个临江神童、大明骄子？好一个潇洒的少年书生！”

轿前站的八人忽然闪在两旁，两顶大轿的轿帘呼的一声飞到了轿顶，接着两个人从轿子中钻了出来。金夫人一看就急了，一拉金公子，叫道：“是他们！是他们变走了文英！还我的文英！还我的文英！”金夫人喊着站起来，金公子慌忙扶住了母亲。

出来的两人，其中一人正是脖子瘤，他那香瓜大小的肉瘤子颤巍巍地闪着紫光。另一个人是个中年胖子，他满头的白发梳成了一个丸子头，衬托着黑炭似的面容，正是黑白分明。脖子瘤上前一步，躬身一礼，驴嗓子一张：“桃花会江南分舵副舵主脖子瘤刘全乐拜见黑旗船长发婆英前辈，晚辈这厢有礼了。”敢情脖子瘤真姓刘，他向黑旗船行礼，对金夫人的话不理不睬。

金夫人转眼一看，黑旗船上人分两队，长发婆从中间走了出来。她杏眼圆睁，叫道："脖子瘤，人已经叫你弄到手了，怎么又跑到这里来装蒜？你就不会积点阴德，少干一些缺德的事？"

"英前辈，在下不当家不做主，跑腿的一个，上头要这娘儿们。"他用黑乎乎的大手一指金夫人，说道，"属下敢不从命。我们不会影响您的生意，贵我两家交好，咱们是一根绳上的两只蚂蚱，晚辈岂敢稍有不敬？您要看着在下不顺眼，不如叫在下先把活干完了滚蛋如何？"

脖子瘤能说会道，心狠手辣，是黑道上的一位枭雄。长发婆素手一摆，示意他们赶紧办事，办完了事赶紧走人。

脖子瘤腰板一挺，黑手一挥，叫道："黑子、疙瘩李，上！"

两个如狼似虎的大汉闻声蹿到大车旁，面如锅底的黑小子一挥手，一个巴掌抽在车把式脸上，把他打出去一丈多远。金公子看到，打人的黑小子全身黑得发亮，胳膊上的横肉也闪着黑光，只有眼睛里露着些许的白色，不用说，他就是黑子了。车把式刚刚爬起来，黑子进步挥掌，啪的一声脆响，又把他打倒了。车把式只觉得两眼金花乱冒，歪倒在路边，再也爬不起来了。一个满脸疙瘩的大汉蹿上马车，一只手抓住金夫人的头发，一只手托着金夫人的下巴就往下拖。金夫人伸手抓住了车厢板的立柱，挣扎着不肯下车。金公子看见疙瘩李黑不溜秋的脏手抓着母亲的头发往下猛拽，一下子就急了，眉毛一轩，立即扑上去撕扯疙瘩李。这时，黑子蹿上了马车，眼睛一瞪，反手一个嘴巴抽在金公子脸上，打得金公子两眼直冒金星，啪唧一声摔倒在车厢板上。疙瘩李打开了金夫人的手，抓着金夫人的头发猛地往下一拽，拖着大喊大叫的金夫人下了车。金公子翻身立起来，又要扑去，吼道："放下我母亲！"

"找死！"黑子一闪，拦在金公子身前，一掌把金公子打了一个大跟头。金公子晃晃荡荡站起来，觉得脑袋嗡嗡作响。牙有点疼，鼻子有点酸，抬手一摸，手上见了血。他想哭，可不能哭。金公子一咬牙，疯了似的扑向黑子。黑子一声暴喝："找死！"左拳一晃，右拳呼的一声从左臂下穿出，这是一招简单的"小鬼穿梭"，黑色的拳头闪电般击来。金公子没有打过架，哪里躲得开？他眼见对面一拳打来，下意识抬手阻挡，哪知黑子的前拳正是诱敌的招式，等他的手臂抬起来了，黑子的另一个拳头从他臂下穿过，嗡的一声击来。金公子一闭眼，只听砰的一声闷响，黑子铁锤般的拳头击在了金公子的鼻子上。金公子眼前一黑，仰身向后跌去。这下他可受了伤。金公子挣扎了一会儿才爬起来，耳朵里轰隆隆闷响，眼前人影乱晃。但是，怎么也不能让他们抢走母亲，金公子眼睛红了，晃着晕乎乎的脑袋就要扑过去。黑子的脸色一黑，牙一咬，飞起一个窝心脚，直奔金公子心口踹来。金夫人一看不好，声嘶力竭地喊起来："不要！不要！饶了我儿，我跟你们走，你们饶了我儿……"

正在此时，两个人影扑到金公子身前，一个人双手一封，一个人单手一拉，同时叫道："回去！"黑子噔噔噔倒退了三步，定睛一看，黑旗船上踩绳的两个少女正俏立金公子身旁，其中一个少女扶住了满脸是血的金公子。

脖子瘤一看双珠仙子插了手，讪讪说道："二位仙子莫要生气，不知哪位是金珠仙子？哪位是银珠仙子？"脖子瘤流里流气地说着，迈着方步走来。他见二位珠仙子脸沉似水，连忙把后面的话咽了回去，回头瞪了黑子一眼，冲车把式一努嘴。车把式已经坐起来，正惶恐地看着金公子。黑子一个箭步蹿下马车，一步跃到车把式跟前，双手抓住他的头猛然一拉一扭，咔嚓一声，把车把式的颈骨拧断了。黑子松了手，车把式身子一歪，睁着惊恐的眼睛扑倒在地。

金夫人见丑鬼们如此残忍，身子像风中的树叶一样哆嗦起来。再看文杰，鼻子塌了，只剩下了两个鼻孔。门牙斜了，满脸是血。

左边的脸颊高高鼓起，一个黑色的手掌印壁虎似的趴在脸上。金夫人知道不能硬拼了，再拼就没命了。连忙喊道：“文杰，你不要管为娘了，赶紧去找你爹，我死不了，他们不会让我死，你别管我了！你走吧！快走吧！你别管我了，你要忍辱偷生！你们放了我儿子，不然我死给你们看……”金夫人扭着身子挣扎，声嘶力竭地叫喊。

两个丑鬼抓住了金夫人的胳膊，一个丑鬼抄起了金夫人的脚，一声喊喝，把金夫人装进了轿子。金夫人叫喊的声音传出了一半，随着轿帘放下，戛然而止。

脖子瘤向金珠、银珠两个少女一抱拳，退在了轿子前。

长发婆俊脸含煞，向脖子瘤喊道：“怎么还不滚？还等什么？”

脖子瘤道：“英前辈，我桃花会做事干净利索，一向不留后患，您老办完事，小的替您清理现场，免得惹麻烦。”

“你要赶尽杀绝吗？”一个少女呵斥。

脖子瘤答：“正是！小姐好聪明。”

“你敢！”另一个少女叫道。

红衣少女拔下头上的玉簪，扶住金公子，轻声说道：“你别动，我把你的鼻子撬出来，别动……”红衣少女三剜两撬，撬起了文杰的鼻子，随手掏出一瓶药膏，用玉簪细头蘸了药膏，捅进了文杰的鼻孔里，同时温言道：“鼻子会肿的，不过不碍事了……”

脖子瘤一撇嘴，叫道：“肿不了啦，一会儿就见阎王了，肿什么肿！”

这时，绿衣少女看了看金公子流血的嘴，手上抹点药膏，说道：“张嘴！呀……好多血耶！”嘿的一声，她把金公子的门牙按正了。然后说道：“吃东西别用门牙了，四五天就牢固了！”

这时，长发婆喊道：“金珠，退后！你问问金公子，‘云遮月’藏在哪里？先把东西拿过来再说。”接着又对身旁的两个人道：“你们俩下去看看。”

红衣少女轻轻问道："金公子，'云遮月'呢？"

"在包里。"金公子擦一下嘴角的血，两眼喷着火，紧盯着声息全无的黑色轿子。

两个大汉跳上大车，扫视着车厢里的包袱。一个大汉看见一个蓝色的小包袱，伸手抄起来，打开一看，"云遮月"果然在里面。他拿了"云遮月"，扔下包袱，噔噔噔跑上了大船。另一大汉像猎犬一样，在车厢里转了两转，忽然提起包了瑶琴的长包袱，掀开一角瞅了一眼，夹起包袱顺着梯子上了黑船。

红衣少女对绿衣少女道："银珠，你带公子上船吧。"

叫银珠的绿衣少女望着气得发抖的金公子，悄悄说道："金公子，跟我们走吧，那混蛋要杀你灭口呢！你加入了黑旗船，以后才有机会救你的母亲。"说着扯了扯金公子的衣角，"不然谁也救不了你。"

"金珠、银珠，你们回来！"长发婆叫道。

"金公子要加入黑旗船哩！"金珠高声喊道。

"真的？"长发婆一呆，眼睛忽然亮了，笑道，"呵呵，你小子还算有眼光，想我们黑旗船威震四海，成为我们黑旗船的人，天下去得！"长发婆又对旁边一个大汉叫道："李路！你把黑旗船的宗旨给他说说，免得他日后反悔！"

脖子瘤一听，连忙喊道："英前辈！英前辈！我们向来抢人灭口，您可不能坏了我们的规矩，您办完事，请先行一步，让晚辈把这里清理干净，免得官府找咱们麻烦。姓金的小子是个公子哥，一个臭秀才，他能干什么？担水劈柴都干不了，俗话说'百无一用是书生'，您还是先行一步吧。"

金珠杏眼圆睁，叫道："谁说他没用，他可是两榜进士，你没听说吗？金公子是临江神童、大明骄子，文章甲天下！你们一刀杀了他，不怕遭天谴吗？"

脖子瘤道："哦，我明白了，是二位珠仙子不想杀他，是不是？入不入黑旗船尚在其次，对不对？别忘了，小白脸可没有好心眼……另外，我们的规矩，二位仙子可是知道了，叫作‘抢人必灭口，斩草不留根’！”

“你……”金珠一时语塞。

长发婆怒斥：“脖子瘤，你给我听着，少胡说八道，这小子真的加入了黑旗船，你们就死了杀人的心，把黑旗船的规矩告诉他！”

金公子听他们争论，知道自己危在旦夕，挣扎也没用，正所谓肉在砧板上，任人宰割。他豁出去了，索性坐在车厢帮上，静待其变。

叫刘路的汉子往前挪了挪，高声道：“我们黑旗船是一个富有的帮会，‘劫财不害命，劫富不济贫’是我们的宗义，‘吃好穿好’是我们的生活方向，‘疾有所医，老有所赡，功有所奖’是我们行动的准则。我们总舵主四海财君仁德宽厚，思贤若渴……”

金公子看到，白头黑脸的人凑到脖子瘤跟前，两人咬耳嘀咕，似乎正在商量什么。

“……总之，黑旗船是一个讲究吃喝的帮会，入了黑旗船，享一辈子口福，要不，怎么叫‘要解馋，黑旗船’呢。不过，一入帮会，终身不得叛帮，凡叛帮者一律诛九族、点天灯！”

“怎么样？听清楚了？”长发婆问。

脖子瘤也高声说：“慢点慢点。我们也商量了一下，既然金公子大有才干，我们也欢迎公子入会，我们桃花会是个大名鼎鼎的帮会，刚才听到我们的帮号了吧？‘要解闷，桃花会’！嘿嘿，桃花会是个销魂天国、爱欲之乡……”

“少听他胡说，快跟我们走。”银珠拉住金公子的手，金公子没有动，把她的素手轻轻推开了，他似乎要听听脖子瘤的胡说八道。

“你……”银珠秀眉一皱，叹了一口气，安静下来。

“在我们这里，男女随便同宿，不用搞什么三媒六证，不用拜天祭地。本会妓院遍布天下，美貌姑娘尽汇其中。帮中之人进入分文不取，看上谁就是谁。”脖子瘤说得两眼放光，瞪着大眼叫道，“来吧！加入桃花会，就是进入了淫乐福地、爱欲天堂，包你日日花天酒地欲仙欲死，夜夜莺歌燕舞醉生梦死！”

“淫徒！”金珠轻啐一口。

“色鬼！”银珠重啐一口。

金公子看着囚禁母亲的轿子，双眼冒火，钢牙紧咬。

“千万别上当，‘夺人灭口’是他们的传统。他们把你骗去了，抽空一刀，宰了你！”金珠的声音娇嫩悦耳，天真地比划着。

脖子瘤听见了，说道：“没有的事，我们一向守信用，何必骗一个书呆子。”

银珠盯着金公子柔声道：“你看看他们，他们那儿有你这样的男人吗？他们那里，男的都是相貌奇丑的丑八怪，抢来的女的个个美貌如花，癞蛤蟆配天鹅，真是天下一大奇观……”

“想好了吗？”长发婆抬头看看天色，不耐烦地问。

金公子眼里燃烧着仇恨的烈火，脑海里蒸腾着报复的烈焰。怎么办？不去吧，看样子他们不会放过自己，去吧，那可真是上了贼船，一失足便成千古恨哪！金公子站起来，一股热血涌上了心头。他和他父亲一样，身体里流的是倔强顽强的血。他大声道：“桃花会劫走我妹妹，抢走我母亲，金文杰与你们有三江之恨、四海之仇！岂会与你们这帮衣冠禽兽同流合污，不要做黄粱梦了！”金公子转头又看了看金珠姑娘和银珠姑娘，缓声道：“你们那里我也不能去，道不同，不相为谋。”

金珠姑娘一脸惋惜，劝道：“你不去，命就丢了。命没有了，天大的志气还有什么用？我们……”

金公子觉得自己的热血在奔流，在澎湃，在燃烧，他大声道：“男子汉大丈夫顶天立地，岂可贪生怕死！”

“好哇，那可省事了。”脖子瘤前腿一抖，得意地颤起了身子。

“师父——”金珠和银珠同声叫了起来。二人急得跺脚。接着她们转脸看向长发婆，满眼都是求助之意。不言而喻，她们想救金公子。

长发婆说话了，毕竟她们母女连心。她说道：“脖子瘤，我看这样，我们向来是劫财不要命。今天，我们既然拿了金公子的宝物，就要保住他的性命，不然，我们的牌子不就砸了？你们今天不能动金公子，错过今天，我们就不管了。以后你们爱怎么着就怎么着，你看如何？”

“这……这……行，行，行！看您的面子，我们今天放过他。错过今天，我想您不会再插手吧？”

“不会，不会。”长发婆信誓旦旦。

“好，哈哈，哈哈！上天我追到你凌霄殿，入地我追到你九龙宫。”脖子瘤说着唱了起来，一边唱一边斜着眼珠看向双珠仙子，不知是要追金公子还是要追二位姑娘。

“呸！丑八怪！”金珠脸色一变，啐道。

“癞蛤蟆！”银珠杏眼一翻，骂道。

金珠双手一振跳下马车，接着腾身而起，脚点船梯，嗖的一声跃上了船。脖子瘤暗暗点头，说道：“身手不错。”忽然，金珠随手一扬，一个瘦长的包袱飞了回来，银珠一把接住，弯腰放在马车上。银珠盯着金公子看了几眼，翩然而去。金公子看见了银珠抛来的目光，那里蕴含着一股浓浓的惋惜之情。

黑旗船缓缓驶离了，甲板上人影皆无，静悄悄的。

桃花会的轿子冉冉升起，也飘然离去。

金公子怔怔地呆立马车上，好像做了一场噩梦，刚才发生的一切都不是真的。

黑旗船快速滑行，渐渐远去。二楼的绣房里，金珠和银珠眉头紧锁，坐卧不安。长发婆眼睛盯着“云遮月”，口中说道：“你们救不了金公子，不用瞎操心了，桃花会向来心狠手辣，一定会杀了金公子灭口，这是他们的规矩，他们也不敢坏了规矩。”

“什么破规矩？”银珠气愤地说，“人都抢走了，还杀得一个不剩，太残忍了。师父，咱救下他吧，他可是一个才子呢，听说他有过目不忘之能，瑶琴弹得好极了，就这么死了，岂不可惜？”

金珠站起来，走到长发婆跟前，大眼一扑闪，轻声道：“要不，咱们把他抓来，强迫他留在船上？看脖子瘤还有什么办法！”

长发婆摇摇头，缓缓说道：“姓金的小子是个拧种，他宁死不屈。况且，咱们已经答应桃花会了，怎好中途变卦？再说了，即使他加入了黑旗船，得到咱们的庇护，如果桃花会执意要杀他，一封信到了总舵主四海财君那里，我们还不是要交人？行了，咱们的心尽到了，让他自生自灭吧……”

金珠皱眉，说道：“我看见黑子和那个疙瘩李没有走，藏在树林里，是不是……”

长发婆道：“他们肯定会跟踪金公子，但是，半夜之前他们不会动手，过了半夜就难说了。没办法，你们别折腾了，咱们和桃花会都是黑道上的，我们不能开罪他们，不然四海财君饶不了你们姐妹。”

金珠叹道：“唉！可惜了！一代天骄。”

银珠摇摇头，说道：“一颗文曲之星，马上就要陨落了。”

长发婆打开窗户，看着窗外景色。船在前进，树在倒退，天上白云在一碧如洗的苍穹间流动着。她叹了口气，惋惜地说道：“让他自生自灭吧！我们救不了他。如果他父亲能够得胜而归，他或有一线生机。如果他父亲不在了，他肯定见不到明天的太阳了。官府无能，累及百姓啊。”

金珠、银珠闪着亮晶晶的眼睛低声道：“愿金县令得胜而归，愿金公子吉人天相！”

三　鼎力相助

“母亲！母亲！你保重啊……父亲，你怎么样了？”金公子仰天呼号，泪水簌簌而下。

路边香风依然，田野恢复了往日的宁静。

金公子觉得鼻子断了似的疼痛，伸手一摸，觉得大了许多。金公子把尸体抱上马车，叹道：“黑帮如此猖獗，视我等为鱼肉，如何是好？朝廷奸佞专权，欺压良善，又当如何？戚继光说得不错，是该写篇震惊朝野的文章了。唉，病根在于朝廷，大明王朝已经病入膏肓，可悲，可叹……赶紧去小梁村吧，见了梁伯再去十里铺，只要父亲安然无恙，任何艰难险阻都会迎刃而解。”金公子战战兢兢地去牵那匹白马，刚到近前，白马嘟噜噜打个喷嚏，啪啪跺着带着白毛的蹄子，昂首长嘶。金公子身上激起了一层鸡皮疙瘩，脸唰地白了，惊恐地张着嘴。金公子按按胸口，踮脚探手，一把抓住了马缰绳，拉着白马拐弯。白马可不听话，坐着屁股打着喷嚏连连后退。放弃吧，去十里铺要用马车，不放弃吧，这个白毛畜生不听使唤。金公子火了，猛地一扯缰绳，吼道：“掉头！跟我走！”

白马再次昂头，唏律律一阵嘶鸣。金公子额上急出了一层密密的汗珠。他真想大哭一场，泪水在眼眶里打着滚。金公子强忍着泪水，咬紧牙关，连拉带拽地折腾了一阵子，马车终于掉转了方向。金公子摇晃着马鞭，却赶不走它。金公子火冒三丈，大吼道："驾！驾！走！"

马车动了。金公子忽然想起，赶车的常叫驾、吁、喔，向前走可能是驾。接着金公子喊道："驾！驾驾！"白马鼻翼翕动了两下，一扬马头，颠颠小跑起来。金公子这才知道喊对了，马鞭子扬起，跟着马车，踩着路边被无数人践踏过的紫色小草向前奔去。

枣林深处，两顶黑绸子大轿停在一棵枣树下，几名丑陋的大汉站在脖子瘤身前。脖子瘤黑着脸说道："黑子，你和疙瘩李盯住了那个小进士，三更一过，立即把他咔嚓了，有碍眼的一块干掉，干完了就地掩埋。做干净点，完了活马上归队。"

黑子和疙瘩李挺胸抬头，右拳击左掌，齐声答道："属下遵命！"

黑子腾身而起，随手在树上揪了一个大枣，然后脚尖点地，嗖的一声远去了。疙瘩李也急忙晃动双臂，猫腰紧追。

脖子瘤嘿嘿一笑，说道："金家那两枝花都到手了，把那枝小花带过来，让我看看她嫩不嫩、香不香。"

金文英被推了过来。她双手被绑，嘴堵手巾，蒙着泪水的丹凤眼里满是惊恐。她紧夹着双腿，身子筛糠似的抖动着。

脖子瘤歪着脖子，斜着眼睛，上下打量着金文英。他用粗糙黝黑的大手托起金文英细瓷般的下巴，摸摸她端正的鼻子，揉揉她粉白的脸蛋，然后拍拍她微微上翘的屁股，吓得金文英呜呜地叫，眼泪顺着粉嫩的脸颊成串地滴落，就像断了线的珍珠。

县衙里，赵文华和崔家语走了。一群人围着刘妈和王先生，商量寻找金文英的办法。刘妈沙哑着嗓子，一边唠叨，一边比划。

外出的人回来了，都在摇头叹息。

员外献计道："我们应当发布消息，张贴告示，悬赏捉拿常山刘记杂耍班子。以金县令在本县的威望，只要这些人还在临江县内，老百姓就会去寻找，这可比我们十几个人瞎跑强多了。"

商人道："对！还有，查找脖子上长肉瘤的家伙！"

刘妈一拍大腿，急道："对呀，对呀，那就快写！写告示，快写！快写！"

王先生喊道："好，就这么办！拿笔墨来，大家齐忙动手！"

刘妈跑前跑后，没头苍蝇似的乱转。有人说："看哪，刘妈真急了！"

"她是文英的奶妈，和亲妈一样，能不急吗？十六岁的大姑娘丢了，谁不心疼？这可是心头肉啊！"

"你们不知道吧，金县令还救过刘妈的命呢……"商人瞅瞅颠着小脚跑来跑去的刘妈，继续道，"当初，金县令主政南京应天府，一天傍晚回府，一个脏兮兮的要饭婆子拦轿喊冤，金大人带回去一问，问出一件惊天动地的冤案来……"

王先生正在指挥："东胜，你和刘金龙，带二三十张告示一路向北。小李子和亮子带几十张向西北，见村就贴……"

七八个人被派了出去，王先生继续书写告示。

商人接着说道："刘妈的丈夫姓刘，在南京闹市上有四间门脸房，坐北朝南临着大街。门脸虽然不宽，但进深很长，宽四间，深十四间，前街通后街。两面临街的宝地呀。刘家开了一间茶馆，在南京小有名气。当年，湖广道御史崔家语在南京还是一个八品的赋税官。一天崔家语找到刘家，要买他家的房产并入自家的酒楼。刘家不卖，崔家语火了，吼叫道：'不卖，好，那你等着，我还不买了，等你白白送给我……'果不其然，姓崔的勾结同僚，诬陷刘家通匪窝盗，把刘妈的丈夫和儿子打进了死牢。刘妈迫不得已，只好拿着房契去求情。姓崔的一见刘妈，奸笑着说道：‘怎么，房契送来了？早知今日，何必当初呢？哈哈……’事后，崔家语仍不放过刘家父子，秋后问斩于街头。刘妈气个半死，疯了似的四处打官司告状，结果四处挨板子，悲惨地流浪街头。

“金大人审理此案，判令崔家语发还房产，并捉拿崔家语入狱。但是，南京镇守太监力保崔家语无罪，金大人就把官司打到了北京。官司是打赢了，金大人也被免了职，唉……刘妈不敢在南京待了，就跟了金县令，辗转来到了临江……”

商人问道：“既然官司打赢了，那崔家语怎么又放出来了，还升了官？”

员外道：“有人保他。金大人离开了南京，他又翻了案，有什么办法？听说严嵩亲自出面担保，谁还能奈何得了他？”

胖子道：“如今他成了专挑毛病的道御史，怕是要报当年的牢狱之仇了。看看，他刚上任，就到了临江城。唉，大明不幸，社稷不幸啊。”

马车驶进了小梁村，老远就望见了梁秀才家那片占地颇广有着白墙灰瓦的豪宅。金公子把马车停在街道上，摸了摸麻木肿胀的鼻子，走进了梁家大院的拱形大门。金公子觉得好像有人窥视，回头一望，远处有个人影一闪不见了。金公子的心咯噔了一下，知道桃花会的人跟来了，立即用手按了按心口，自我安慰道：“不用管它！只要父亲得胜而归，几个毛贼还不是手到擒来？”

进了梁家大院，一股新稻谷的香气和鲜苜蓿草的甜味迎面扑来。金公子猛吸了两口气，冲着正房屋子高声喊道：“梁伯在家吗？梁伯在家吗？”

“在家，在家。”话音刚落，一个头戴文生帽、身穿圆领灰布长衫的老者掀开竹帘走出来。他看见了鼻青脸肿的金公子，大吃一惊，慌忙跑下台阶，急呼道："金公子！是你？你怎么来了？你这是怎么啦？伤着了？这是咋整的？"

"梁伯！"金公子鼻子一酸，几颗泪珠滴落下来。金公子低了低头，忍住了涌动的泪水，低声道："我奉父命，带着家母前来投奔，不想路上遭遇黑帮，家母被桃花会劫去了……请伯父找一个车把式，带我去十里铺。倭寇在十里铺袭击戚继光的辎重队，父亲带着衙役们赶去救援，我要去看看胜败如何。"

"啊？他去救援？他怎么能去救援？他是个文官呀！子亮！子亮！"梁伯大声呼喊起来。

"唉！来了，爹！"一个二十来岁的小伙子从厢房里蹦出来，他一见金公子，急忙道："金公子来了，稀客呀……"

梁秀才伸手打断了他的话，急忙道："叫上你那帮兄弟，抄家伙，跟我去十里铺打倭寇。多喊几个人，套上马车……"

梁伯母走出来，看见模样狼狈的金公子，惊叫一声，连忙呼喊女儿："秀英！秀英！快出来，你文杰哥来了，金公子来了！"

一个梳着牡丹发髻、穿着布衣长裙的姑娘在门口探了一下头，一掀竹帘跑出来。她看见了鼻青脸肿的金公子，脸色一变，急道："金公子，你这是怎么了？挨打了？谁这么大的胆子，敢打我们的进士公子？"

金公子悲声道："遇见黑帮了，一言难尽。"

"啊？哥！哥！"秀英一跺脚，瞪着大眼喊道，"赶快找人，给金公子报仇，咱们可不能吃这个哑巴亏！大家一块去，打烂那帮野人！"

金公子连忙摇手，慌忙道："不用了，先去十里铺见我父亲要紧。我父亲正在十里铺和倭寇开仗呢。"

"啊？"秀英闻言脸色又是一变。秀英见金公子不肯进屋，连忙端来半盆水，拿来了面巾，给文杰擦洗脸上的血迹。不一会儿，梁子亮带着十几个小伙跑来了。他们拿着红缨枪，扛着钢叉，提着斩马刀，大呼小叫着跑进来。小伙子们牵来了几匹骡马，他们七手八脚地套马车，手忙脚乱地配鞍具，安排好了，一声呐喊出了院子。两辆马车，五六匹骡马，顺着街道轰隆隆冲出村子。小梁村离十里铺有十四五里，不到半个时辰就看见了十里铺蜿蜒如龙的长堤。路上，金公子把今天的遭遇简单讲了讲，直听得子亮等人咬牙切齿，咒爹骂娘。梁伯则弯着腰，皱着眉，唠唠叨叨地软声安慰。

金县令与梁秀才是莫逆之交，梁伯上午还到县里祝贺金公子高中进士。半天之隔，金公子落难求助，真乃沧桑之变。金公子得到梁伯的鼎力相助，心也踏实了许多。

城南的清水河里，河中心停泊着一艘官船。赵文华、崔家语正在倚栏小酌，几个红男绿女环绕身旁。崔家语好像有点烦躁，不时地走来走去。赵文华眉头一皱，训斥道:“你坐下好不好，沉住气！别走来走去的，哪像个朝廷命官的样子？哼！”

崔家语赶紧点头哈腰，消瘦的脸上堆起哭似的笑容:“是！是！总督大人教训的是，学生谨遵教诲。”

“报——”一个衙役走进来，单腿一跪，说道，“启禀大人，十里铺战斗结束，金县令等人全部殒命，戚家军护卫队全军覆灭。据查，戚家军护卫队共捐躯一百二十八人，衙役殒命八十四人，十里铺的百姓死了三百多人。倭寇死尸共计二百三十七具。戚家军护送的三千长弓、十万箭矢化为灰烬。”

“金县令呢？”赵文华尖细阴森的声音响起来。

衙役回答:“死了，很惨。”

“见着尸体了。”

“见到了。”

赵文华两手一拍，笑道："很好，一块石头落地了，下去吧。"

"是！属下告退！"来禀报的衙役站起身来，躬身退了出去。

赵文华拧了一下怀中姑娘的脸蛋，乐呵呵地说道："就凭县衙里的乌合之众，也敢去碰如狼似虎的倭寇，简直是拿着鸡蛋碰石头，一群不知死活的东西！不过，倭寇死得可不少。奏章怎么写，得琢磨琢磨。"

"报，桃花会江南舵副舵主脖子瘤求见。"又有人进来禀报。

"快请！你们都下去，快点！"赵文华坐正了身子，摆了摆猪蹄似的胖手，把一帮红男绿女赶走了。

船头传来咚咚的脚步声，脖子瘤一掀门帘，走进了客厅。

崔家语瞪着干涩的圆眼，急不可待地问道："怎么搞的，怎么现在才来？人呢？金文英那小妞呢？"

脖子瘤见这俩赃官伸脖子瞪眼，模样猴急，脸上浮现出一丝得意的狞笑。他走到桌子跟前，抄起茶碗，咕咚咕咚灌了几口茶水，这才懒洋洋地说道："来了。"

崔家语看了看赵文华，眼睛盯着脖子瘤问道："怎么用了大半天的工夫？莫不是你们沾了腥？"

"不敢，严阁老要的人，我们怎敢乱来？完璧归赵，我们弟兄只是看了看……"脖子瘤俩眼一眯，淫笑道，"乖乖，金小姐的身子，简直刚从牛奶里捞出来，光白细腻，滑溜溜、腻乎乎，别提多动人了，尤其那俩奶子头，粉红色，晶莹剔透……"

"你没吃口？"赵文华揶揄地说。

"吃了，就因为这么一吃，把小丫头吓死了。"

"啊？"赵文华、崔家语的脸色唰地变了，崔家语一把抓住脖子瘤的衣襟，激动得要动手。脖子瘤轻蔑地哼了一声，膀子一抖，崔家语螳螂似的身子就跌了出去。脖子瘤又伸手一拉，说道："慢点，御史大人。"

脖子瘤转身又倒了一杯水，大咧咧地坐到太师椅上。看了看目瞪口呆的二位大人，说道：“又活过来了。”

“哎呀我的妈呀，你怎么说话大喘气呀，吓死我了。”崔家语脸色苍白，连忙用手抚摸没有几两肉的心口。

赵文华长出了一口气，嘟噜着大脸蛋子问道：“那小进士金文杰呢？解决了吗？”

“他可没有，金夫人被我们弄到手了。我们正要杀姓金的小子，黑旗船把他救走了。”脖子瘤眼珠一转说了谎话。

“黑旗船，他们不也是黑道上的吗，怎么，你们窝里反了？”

脖子瘤两手一摊，说道：“看情景，长发婆的两个女徒弟看上小进士了。他妈的，那二珠也是两枝花。”

“二猪？”崔家语诧异地问。

“长发婆的两个女徒弟，也是她的一对宝贝女儿，人称双珠仙子，金珠和银珠。武林四仙子听说过吗？花仙子白凤，天仙子岳霞，珠仙子金珠，珠仙子银珠。她们是当今武林的四大美人。金珠、银珠是其中的二位仙子。这俩少女长得漂亮得很哪。”

赵文华站起来，走到脖子瘤身前，恶狠狠地说道：“金文杰一定要死，他和他爹都是拧种，一样的威武不屈。斩草不除根，春风吹又生。”他转过头又对崔家语道：“金文杰的文章你看过没有？那才叫气势磅礴，那才叫字字千钧，字里行间，英气逼人。此子不除，必成大患。还望刘大侠彻底解决，让我们一劳永逸才好！嘿嘿！”

脖子瘤摸摸他的紫色瘤子，装作为难的样子，说道：“此事可难办哪，黑旗船那边也是好手如云。难，难哪。”

崔家语急道：“那怎么办？不行就找刺客？”

脖子瘤晃晃脑袋，说道：“这样吧，我豁出去了，就是得罪了黑旗船也要杀了金文杰，谁让我是二位的朋友呢。”

赵文华哈哈一笑，说道：“既然刘大侠这样说，那是万无一失了，可敬可敬。不过……”

脖子瘤歪着脖子问：“不过什么？”

崔家语心领神会，立即说道：“要提头来见！对不对？总督大人？”

“嘿嘿！”赵文华抚须大笑，说道，“我说小崔呀，你还得高升，揣摩上宪的意思，你有过人之能，行！行！嘿嘿，嘿嘿……”

脖子瘤瞥了他俩一眼，轻蔑地哼了一声，说道：“鄙人明白了，鄙人告辞！”

崔家语拱手道：“恭送刘大侠，刘大侠慢走。”

脖子瘤钻进了树林子，看了看等在这里的一群丑八怪，一晃脑袋说道：“老疤瘌、麻二，你们俩再跑一趟，会合黑子和疙瘩李，把金公子的人头提回来。我总觉得姓金的小子有点不对劲，又不知道哪里不对劲，刚才俩狗官一说，我才想起来，每回杀人灭口，咱们还没动手，被杀的人早就吓瘫了，光等着挨刀。这姓金的小子可不一样，他面不改色，还夸夸其谈，真是个不怕死的鬼。杀一个书生，派四个人出手有点可笑，但是，还是他妈的稳妥一点好，小心行得万年船！你们俩滚吧，早去早回！”

“是！属下遵命！”两人拳掌一击，嗖的一声蹿出去了。

二人走后，脖子瘤和白发黑脸的汉子坐在土埂上，背靠着一棵水桶粗的扭着腰身的老枣树继续闲话。脖子瘤皱着眉说道：“依我看，当初分舵主答应把金文英这等绝世美人送给严嵩是错的，他妈的大错特错！这等绝色美人应归桃花会所有。我们是干什么的？我们是集聚天下美女的帮会！我们应当把她抢回来，献给总舵主。白头翁，你说呢，我们是不是立即向总舵飞鸽传书，直接请示驮龙总舵主？”

原来这白头黑脸的家伙叫白头翁。白头翁默默地听着，哼哼哈哈的说不出个所以然来，敷衍道：“好，好，不过，不过，这个……”

脖子瘤却兴致勃勃，一只手摸着紫乎乎的瘤子，继续说道："金文英小姐，天下奇女子也，想我桃花会大名鼎鼎，网尽天下美色，如何能把这等花魁拱手送人？官府连小小的倭寇都制服不了，我们何必巴结他们？不睬他又能奈我何？当然，我们只是如实禀报，如何定夺由总舵主裁决，你意下如何？"

"你看着办吧，咱俩谁跟谁，我听你的，你说怎么办就怎么办，我听从就是了。"白头翁老奸巨猾，不肯踩泥。

"那好，我立即写信。飞鸽四五天就能飞到天山，四五天再飞回来。一个来回十来天，足够了。这俩狗官的坐船慢得很，至少要走半个多月才能到达北京，如果驮龙总舵主同意，咱们就冒充黑旗船，在运河里劫他娘的！"

不一会儿，脖子瘤写好信，装进竹管里。竹管系在信鸽腿上，脖子瘤抬手一送，扑棱棱，信鸽飞出树林，一个转弯钻进白云中。

金公子和梁伯、子亮等人风风火火地赶到十里铺，战场上早已偃旗息鼓。一些老弱的村民正在清理战场。

金公子放眼望去，死尸像稻草个子似的摆了一地。尸体压着尸体，血水连着血水，到处都是残肢断臂和丢弃的兵器。堤上有几个隆起的还在冒烟的灰堆，其中一个大堆里还不时飞出几片还在燃烧的闪着青色光斑的灰烬。"爹！爹！"文杰心急如焚，狂奔着大声疾呼。

"金县令，金县令。"梁伯也一边呼喊，一边放眼寻觅。

"金公子！金公子！"一个老者向金公子连连招手。金公子一看，认识，他是周把总带来的雕刻行家小刀子魏。金公子踩着尸体间的空隙跑了过去，一看，父亲面朝下背朝天地趴在血泊里。他背上露着两尺多长的一段带血的刀刃，胸脯没有着地，那里支着半尺来长的缠着皮革的刀柄。他一只手前探，似乎要抓什么东西，另一只手握着宝剑，却离开了身体。他背上还有好几道伤口，像小孩子的嘴一样翻着白肉。鲜血染红了肘部带着补丁的旧官袍，少了一个纱翅的乌纱帽滚落在松软的土地上。

“爹！爹……”金公子猛扑过去，一把抱住了父亲的头，号啕大哭。金公子一天之中经历了天翻地覆般的变化。一十二年的寒窗苦读，终于金榜题名，耳边一片颂扬声。上午，金家还高高兴兴地迎来送往。下午，父亲战死，母亲和妹妹被抢，自己惨遭毒打还被追杀……这些画面重重叠叠断断续续地在眼前闪现，击打着他的心，撕扯着他的肺。这是为什么？这该怎么办？金公子真如万丈高楼失脚，大风大浪中断桨覆舟，从天上跌到了地下，从人间跌到了地狱。他悲恸欲绝，他哭喊连天，脑袋嗡的一声巨响，竟然昏厥过去。

“金公子，金公子，你醒醒！金公子醒醒！”梁伯和小刀子魏齐声呼唤。

金公子渐渐苏醒了，他听见了梁伯亲切的声音：“金公子，你要挺住，你还有好多大事要做，你的母亲等着你去救，你的妹妹等着你去找，你是金家唯一的男子汉了……你要像个大丈夫，天塌下来也要顶住！世上没有翻不过去的山，没有过不去的河，站起来，站起来……”金公子擦了擦泪水，咬了咬牙，踉踉跄跄地站起来。

小刀子魏拉住了金公子的手，柔声劝道：“金县令英勇无畏，众衙役个个舍生忘死，他们无愧于天地，无愧于百姓。周把总和众将士也是奋不顾身，浴血奋战。还有，十里铺村的老村长也是了得，他带领众乡亲们出来增援，流尽了最后一滴血……倭寇们丢下两百多具尸体逃窜而去。金县令以一个文官之躯，开抗倭先河，大长了我大明上国之威风，你父亲是个英雄，你是英雄的儿子，你可要挺起胸膛来呀……”

金公子觉得天旋地转，眼前人影乱晃。父亲是他心中的偶像，是他的精神支柱，如今，这根支柱也倒了。金公子心里喊道：“这可怎么办？我是孤儿了，我如何救得母亲，如何救得妹妹？就是安身立命，怕也是难上加难了。”

一个老者走过来，颤巍巍地说道：“金公子，节哀顺变吧，英灵入土为安。你看金县令的遗体是否就地掩埋？乡亲们商量了一下，准备挖三个坑，一个埋金县令，一个埋戚家军官兵，一个埋葬英勇就义的衙役们，不知公子意下如何……”

“我看行，”梁伯看着金公子说道，“趁着大伙都在，齐齐动手，挖坑埋人。只是金县令缺口棺材。”

金公子强忍心中的悲痛，压抑着不住耸动的肩膀，悲声道：“棺材就不用了，人死如灯灭，不用也罢。烦请魏老爷子到村里寻找笔墨纸张，如果能觅到三块石碑更好，没有石碑找几块木板也行，我要给勇士们树碑立传……”

小刀子魏大声道：“有石碑，有笔墨，都准备好了，那边！”小刀子魏抬手一指，果然，不远处躺着三块崭新的石碑，原来小刀子魏早准备好了。

金公子向梁伯和老者说道：“那就麻烦各位了。请梁伯和这位大伯安排吧，我去书写碑文。”

“好，好！”梁伯和老者答应着，立即指挥众人挖坑收尸。

金公子踉跄着走到石碑前，挥笔书写碑文，写着写着，泪水就像断了线的珍珠，扑簌簌地滚落下来。这正是：男儿有泪不轻弹，只因未到伤心处。这时，衙役们的妻儿老小陆续赶到了，霎时间河堤旁哭声一片。金公子写完碑文，又在三张黄纸上分别写下了“祭文”两个大字和简单的几句悼词。小刀子魏立即掏出家伙，叮叮当当地敲打起来。

夕阳的光辉透过树枝的缝隙溅落在堤坡上，犹如亮起了一片斑斓陆离的银光闪烁的繁星。远处，两个白点顺着长堤飞奔而来。仔细一看，原来是两个人。前面是一位穿青挂皂的秃顶老者，斜背宝剑。后面跟着一个如花似玉的少女，秀发垂肩。老者身高体瘦，秃顶白眉，颏下飘着一绺稀疏的白须。额头的横纹和颧骨下的褶皱记录着他经历的沧桑，但那双微微发黄的眼睛却闪耀着玩世不恭、睥睨四方的犀利光芒。少女高挑，穿着一身白色长裙，腰间扎着一束黄色丝带，丝带的末端系着两个拳头大小的红色绒球，绒球在她腰畔欢快地跳跃着。两人健步如飞，一步五尺，两步一丈，好似御风而行。白衣少女被冒出地面的横在堤坡上的树根绊了一下，惊叫一声，向前跌去。秃顶老者闻声侧步，一把抓住白衣少女的胳膊，拉直了她的身子。秃顶老者松开老手，瞪着干瘪的双眼大声道：“还逞能不？要不是你爷爷我眼疾手快，看不把你摔个嘴啃泥！”

白衣少女一耸双肩，说道：“才不会呢，你以为你是谁呀，哼！我正想施展一下‘鹞子翻身’，谁让你拉住我了？害得我不能一展英姿！”

秃顶老者一摸秃脑袋，叫道：“嘿，还真敢吹，也不怕吹掉了底！哎，到了，到了，你听听，哭得多惨哪，倭寇这群王八羔子混蛋……”

“……王八蛋！”秃顶老者还没说完，白衣少女清脆的声音接上了茬，把秃顶老者未说完的三个字堵了回去。白衣少女咯咯一笑，作势又要前蹿。秃顶老者一把拉住她，说道：“行啦行啦，我们走过去，别显摆你的臭轻功了。咱们两条腿量地，走着！”

“走就走。”少女站直了身子，拢拢头发，整整衣裙，歪头瞅瞅秃顶老者，问道：“怎么样？您孙女还行吧？”

秃顶老者哈哈大笑，说道：“行！屎壳郎戴花——臭美！”

少女小嘴一撇，笑道：“差！屎壳郎下山——滚球！”

“哈哈……”爷儿俩说说笑笑，来到了战场。

村北官道上，奔来了两匹高头大马。双马铁蹄翻飞，蹄声嘚嘚，竟然整齐划一。马上两个大汉非常魁梧，都是武师打扮。一个浓眉大眼，皮肤略黑，高大而威猛；一个皮肤白皙，猿臂蜂腰，英俊而潇洒。皮肤略黑的武师身后背着喇叭状的一个长把铁铃。猿臂蜂腰的武师后背上斜插着一柄两尺来长的铁扇。两人目视前方，放马小跑，转眼之间来到了战场。二人在一棵大树前飞身下马，缰绳绕树一盘，一系，并肩向前走来。

这时，金公子看看黄纸上的字干透了，折了两折，揣入怀中。他抬头西望，夕阳映红了天边的彩霞，树梢上泛起了一层波浪似的金光。忽然，金公子的眼光停在一棵大树下，那里立着两个人，其中一个疤瘌眼，曾经站在两顶飞轿前，他们和脖子瘤是一伙的。“怎么，桃花会的人跟来了？”金公子的心猛地收紧了。金公子转目再看，乡亲们都在忙碌，抬尸体的抬尸体，挖坑的挖坑，只有这两个丑鬼，躲在大树下，悠闲地晃着身子。

金公子假装没看见，慌忙低下头，老牛似的梗着脖子向人群奔去。

疤瘌眼看了一眼低头疾行的金公子，哈哈一笑，说道：“他们应当多挖一个坑，不然还得劳动你我的大驾，嘿嘿，麻二你说……”

麻二颤着二郎腿说道：“怎么样？我说对了吧？他一定会来这儿，这多省事。等会儿把他也埋在这里，让他们父子就个伴，父子双进士变成了父子双进土，那该多好，啊？哈哈……”

疤瘌眼抱着胳膊道：“你说副舵主怎么那么胆小，杀个臭秀才也派四个杀手？就是交给我一个人来办也是大材小用，要不是让我们过了三更再动手，我可以当着这些人的面把他宰了。嗨，等着吧，在这儿等总比黑子他们强，咱们还能看看热闹呢。他们呢，在枣树林子里抱着肩膀转磨吧。”

麻二道："到时候我们提着小进士的人头去见他们，黑子准吓一跳，他肯定黑着脸说：'嗐，谁叫你们把他杀了？你们敢跟我抢功？'我就说：'奉副舵主的钧旨，对不起，兄弟我捷足先登了。'啊，哈哈……"

金公子来到了梁伯跟前，刚要说发现匪徒的事，忽然，他看见了自己的妹妹金文英。这好比漆黑的夜里忽然看见了灯火，落水者忽然看见了大块木板，一股喜悦油然而生。秃顶老者和白衣少女正向他们走来，那白衣少女不正是自己的妹妹金文英吗？金公子激动了："我总算还有一个亲人，太好了！"金公子三步并作两步，跑到了白衣少女跟前，说道："妹妹！你逃出来了？"金公子一把抓住白衣少女的手，兴奋得连声音都变了。

"放手！你疯啦，谁是你妹妹！"白衣少女甩脱了金公子的手，反手推了金公子一把，把金公子推了个趔趄。

金公子惊异地看着白衣少女，伸手要摸她的头，白衣少女用手一挡，嗔道："你干吗？"

金公子疼爱地说："文英，我是你哥呀，你怎么了，别吓唬哥哥……"说着，眼中的泪水流了下来。

这时，梁伯也急忙跑过来，高兴地说道："金小姐，你逃出来了？太好了！"

"哎呀，你们怎么搞的，谁是金小姐啊！"白衣少女急了，跺着脚叫道："爷爷，爷爷，你给他们说说，你看，他们都疯了！"

秃顶老者哈哈一笑，说道："你不是能说会道吗？你不是死人都能说活了吗？你自己说呀。"

"爷爷！哎呀，你不管？好！一会儿你孙女被人认走了，看谁给你点烟！哼！"白衣少女跺着脚发嗔。

"谁那么大胆？哎哎，我说，你们睁大了眼，仔细看看，她是谁？你们的人有我孙女这么漂亮吗？有吗？有吗？岂有此理！八有此外！”秃顶老者摇头晃脑，一副游戏人间的样子。

梁伯看着这位美丽脱俗的少女，奇道：“你真不是文英？”

“真真假假，假假真真！”秃顶老者晃着脑袋叫道，“真真假假真亦假，假假真真假亦真，真金不怕火炼，火炼……”

“爷爷！爷爷！”白衣少女拦住了秃顶老者的话头，跺着脚说道：“我叫白凤，不是你们的文英。你们看仔细了，真是活见鬼了。”

金公子上前一步，一伸手，白衣少女惊叫一声，吓得退了一步。金公子焦急地说：“让我看看你的左胳膊。你胳膊上有一片红痦子，状如蝎子……”其实，金公子已经看出不同了，这个姑娘比妹妹略高，也比妹妹丰满，不过他不愿意相信，还抱着最后一丝希望不放。妹妹小臂上有一片红痦子，个个米粒大小，红艳欲滴。红痦子有鸡蛋大小的一片，图案酷似昂头翘尾的蝎子。妹妹为此颇为不喜，曾想找人除掉，受到母亲的阻拦才留了下来。

白凤美丽的丹凤眼扑闪了一下，乖乖地撩起袖子，露出了一段雪白的玉臂，玉臂上光滑如镜，没有任何瑕疵。

金公子看罢，伤心欲绝，喃喃说道：“你不是我妹妹，真的不是我的妹妹。”

白凤一呆，丹凤眼一眨不眨盯着金公子道：“你是谁？怎么会丢了妹子？你的妹子真的像我吗？”

梁伯上前一步，拱手道：“打扰二位高贤了。这位是我们县太爷金世清的公子金文杰。他父亲为救援戚家军辎重队，率全体衙役血战倭寇，都战死了……他妹妹金文英和他母亲夏秀梅号称母女两枝花，风韵冠中华。当然，这位小姐的容貌，也是、也是冠绝中华……金小姐被桃花会掳走，金夫人也被桃花会劫持……他妹妹长得确实与姑娘一模一样，你们是两朵同样的奇花！误会！误会！到现在我还是觉得你就是我那文英侄女哪。”

白凤笑了，抖动着两条细细的弯弯的柳眉，迷人的双眼皮一开一合，美丽的丹凤眼里荡起了无边的春意，整个人就像一朵刚刚吐蕊的鲜花。梁伯看罢一呆，顿觉自己的心跳加速，心道：“好一个绝色美人！真是一笑倾城！”同时，他也感觉到了不同，文英的笑含蓄温柔，这女孩的笑带着野性，带着撩人的魅力。白凤眼里秋波荡漾，油亮红润的嘴唇一张：“谢谢夸奖！哟，你就是那个临江神童，那个号称大明骄子的小进士？”

“打扰了，谬赞愧不敢当。”金公子连忙抱拳施礼。

白凤看见，眼前这个高人半头的瘦长青年神色黯然，剑似的眉毛，挺直的鼻子，细长的眼睛，眼角上还挂着点点泪痕。呀，好秀气的一个小伙子。就是鼻子有些大，啊，肿了吧？对，挨打了，还涂着药呢。

这时，金公子抬手一指树下二人，低声说道：“梁伯，树下那两个人，是桃花会的匪徒，劫持我母亲时他们在场。”

梁伯一听，惊道：“哦，那可不能放过他们！”梁伯立即召集他的子侄们，要他们悄悄过去，活捉那两个匪徒。这帮年轻人一见对方仅有两人，立即兴奋起来，一声呐喊，一齐扑了出去。这俩匪徒正谈天说地，突见一群小伙子拿着家伙扑过来，吓了一跳，转身就跑。就在这时，突见两道白影，掠过追赶的人群，扑到匪徒身后。原来，秃头老者和白凤姑娘听见了金公子的话，见这俩匪徒摆臂狂奔，知道这些乡民赶不上，这才跃身追来。这俩匪徒也是久经沙场，听到身后风声飒响，立即回身迎敌。秃头老者跃到一个匪徒跟前，突然头向左摆，左脚右跨，再一拧腰，转到匪徒右侧。秃头老者这一招叫“青龙摆尾”，是欲右先左的骗敌之术，敌人哪见过这等高超的武功，身子一下子被引到左面，右侧暴露给了老者。秃头老者轻舒猿臂，不慌不忙，啪的一声，击在匪徒右肋上。咔嚓一声，匪徒断了几根肋骨，一头栽在地上。白凤也追上了另外一个匪徒，她腾身跃起，起左脚一弹，匪徒双手一封，封空了。接着右脚弹起，噗的一声，踢中了匪徒的下巴。白凤也是左脚假弹，右脚真踢。匪徒一溜跟头向后跌去。白凤身子一纵，跟着挥手又是一掌。突然，人影一晃，有人拦在身前，手掌一带，化解了她的掌力，随即一声轻叱传来：“住手！”

白凤一看，一个面色白皙猿臂蜂腰的长身公子拦在了身前。白凤丹凤眼一翻，叫道：“闪开！”声到人到，一掌攻去，猿臂人举掌拦击，两人霎时打在了一起。白凤伸粉拳，蹬秀腿，使出三十二路白神掌，招招进击。只见她人影翻飞，白衣飘舞，掌影如花。猿臂人忙于应付，不得已连连后退。忽然，猿臂人长啸一声，低身猱进，双手勾打连环，一路反击过来。数招后，两人又回到起手之处。白凤自幼习武，在爷爷亲自教导之下，白神掌已有六成火候。在年轻一代中，已是出类拔萃的好手了。她随爷爷到江湖历练，第一次正式交手，竟然遭到反击，不由得怒火渐生。本来她不知来人为何拦她，是敌是友尚未分清，未下杀手。但见三十二路白神掌拿不下对方，反被逼退，立即把六十四路白神掌都使了出来。再看白凤，脚下带起了尘土，衣袖带起了风声，一双纤纤玉掌罩住了猿臂人。猿臂人虽落下风，却也应付得潇洒自如，进退趋避无不得体。打着打着，猿臂人忽然一个踉跄，小腿肚子挨了白凤一脚。猿臂人冷哼一声，伸猿臂，长身行，忽然猫一样地跃起，右手一晃，左手如电，一个“高探手”抓住了白凤的右臂，转身便摔。白凤一下子被摔了出去，她在空中一连翻了两个筋斗，噔噔噔倒退了好几步，这才站住了脚。白凤睁大眼睛看着猿臂人，霎时惊呆了。猿臂人看着这位身着白衣的美丽姑娘，摸了摸隐隐作痛的小腿，诧异不已。白凤吃了亏，俊脸一寒，翻身又起。

秃头老者伸手拦住了白凤，笑道：“行了，行了，平局，平局，你们俩平局！”

白凤抬眼再看，自己追的那个匪徒，已经被猿臂人的同伴抓住了，气也消了一大半。

猿臂人的同伴上前问道："敢问这位前辈，可是黄山白神庄的白庄主，人称铁嘴华的白老先生吗？"他见秃顶老者不否认，抱拳道，"晚辈北直隶铁铃马森林，这位是在下义弟铁扇荆长生。这位姑娘一定是花仙子白凤白姑娘了？"

秃头老者咧嘴大笑起来，说道："我就是铁嘴钢牙白耀华，口无遮拦的铁嘴华！铁嘴华就是老夫也！哈哈！老眉咔嚓眼的还行吧？我说，听说铁扇公子左手快如闪电，手指头能夹住苍蝇，竟连邻居家的蝇虫都被夹绝了，被北武林称为'闪电手'。今日一见，果真盛名无虚。听说铁铃公子的铁铃是一柄摄魂铃，出道五年无一败绩，厉害！我说，这可正应了那句老话，长江后浪推前浪，一浪更比一浪强。时不我予，时不我予呀，哈哈！这位是我的宝贝孙女白凤。白凤，你们认识认识，他们是大名鼎鼎的雄州二公子。"

白凤双瞳剪水，光洁如玉白里透红的脸蛋上荡起了甜甜的笑容："公子就是荆轲的传世后代、号称'铁扇公子'的荆长生吗？听说你为了和义兄朝夕相处，举家搬到义兄的家乡雄州，搬到白洋淀边的一个小渔村里，可真是多情多义啊。哦，这位就是独闯烧车淀、力战十八魁的铁铃公子马森林了？不错，兄弟二人联袂闯荡，形影不离，真令人羡慕呀……"

"花，花仙子……白……姑娘，白，失……敬！"铁扇公子有点结巴，说话本来就费劲，再见到这么漂亮的姑娘盯着自己，心怦怦一阵狂跳，更结巴了。不过，他的话却让白凤脸上的寒霜解冻了。白凤人称花仙子，她也是武林四仙子之一，加上双珠仙子金珠和银珠，小小的临江县，一天到了四仙子中的三位仙子。

"来来来，铁扇公子，拔出你的扇子，老朽见猎心喜，也活动活动筋骨。来来来，不打不成交。也叫小丫头看看，她爷爷的功夫比她高出多少。来来，乖孙女，你瞧好了！”铁嘴华不管铁扇公子乐意不乐意，挥掌攻上。铁扇公子满脸惊愕，心说怎么见面就打呀？但也没办法，人家出手了，你总不能等着挨打，再说了，武功要再上一层楼，只有和高人较量才能进步。这和下棋一样，光找比自己臭的下，棋艺焉能提高。

这一番打斗，可比刚才精彩多了，铁扇公子已经用上了铁扇。铁嘴华手不停嘴不停，一边打一边解说，难得他说打两不误。俗话说，外行看热闹，内行看门道。自打白凤和铁扇公子交手到现在，却有一个外行人正在认真地看门道，他就是金文杰金公子。金公子两眼紧盯着他们的一招一式，仔细地观看，他要把他们的招式印在脑海里，镌刻骨髓中。因为，挨打的屈辱炙烤着他的心，长了这么大，第一次挨打，就被打得这么狠，打得这么重，打得他毫无还手之力。金公子的心在流泪，心在淌血！他银牙紧咬，发誓要报仇雪耻。铁嘴华和铁扇公子拳来掌去，金公子聚精会神观看铁嘴华的招式，铁嘴华出手的部位、出手的变化，以及脚下的动作。金公子看得清清楚楚。金公子读书时被称为“神童”，有过目不忘之能。其实金公子自己明白，那不是过目不忘，而是一套特殊的记忆方法。十几年来，他随父在京城，在保定府，在南京和临江辗转迁徙，无论是在轮声辚辚的马车中，或是嘈杂喧嚣的闹市间，他都能做到对周围的情景听而不觉、视而不见，进入忘我境界。有一次，他坐在院子里看书，妹妹叫他去吃饭，在他跟前跳脚大喊大叫，他都没听见，木头人似的盯着他的书，惹得母亲父亲都跑来了，吓了大家一跳。你说他记忆好，可是，母亲让他去杂货铺买盐，他到了小铺，却忘了要买什么，跑回家问明白了，再回去，又忘记了买多少。金公子知道，人的记忆能力相差无几，只有专心致志、一心一意，抓住了事物的特点，才能牢记。后来，金公子刻意培养这方面的能力，一来二去，他有了一套适合自己的记忆方法，练就了一手超凡的记忆能力。今日地覆天翻般的变化，对他的打击太大了，犹如晴天霹雳。金公子开始留意武技了，以备自卫之用。因此，花仙子白凤和铁扇公子一交手，金公子就留了心，等到铁嘴华连打带讲，演示武功，花仙子白凤领会多少不知道，金公子屏息细看、神游忘我，白神掌的招式全部印入了脑海中。他眼前只见铁嘴华的招式，耳边只闻他的解说。梁伯连叫了他两次，他一次都没听见。现在，就是在他耳边放爆竹，他也听不见了。

这时，铁嘴华和铁扇公子已经拉大了距离，铁嘴华双手穿梭，掌风呼啸。铁扇公子辗转腾挪，铁扇左封右拒，已经相形见绌。但是，他的左手仍让人忌惮，不时灵蛇般地突然蹿起。白凤脸上渐渐露出了微笑，她已看出，铁扇公子坚持不了多久了。忽听铁嘴华一声暴喝："回风刀——" 只见铁嘴华一跃而起，手掌如刀，手臂如月，呼的一声旋劈而下。只听噗的一声，铁扇公子的铁扇落了地，人也跌了出去。

四 前途茫茫

铁铃公子上前一步，拱手道："今日有幸一睹黄山白神掌，晚辈荣幸之至！"

"大，开、开……眼……眼界！佩、佩……佩服！"铁扇公子站起来，薄薄的嘴唇不住地翕动，费劲地表达着心意。

铁嘴华哈哈大笑，一捋稀疏的花白胡子，朗声道："客气了。我说，两位不愧'雄州二公子'的称号，再历练几年，武林中就鲜有敌手了。"

白凤俊目闪动，再次打量雄州二公子，心说："年轻人中，恐怕就数这二人出类拔萃了，两人长相也不错，可惜，铁扇公子有点结巴。铁铃公子不结巴，却没有铁扇公子英俊。那个小进士呢，细高挺拔，虽说愁眉不展，却也风度脱俗。不过，他不是武林中人。我真像他妹妹吗？如果有个进士哥哥也不错……"白凤甜甜地想着，丹凤眼里荡漾着秋波。白凤十八岁了，和金公子同岁，可能女孩子成熟得早些，金公子还没有动过情，白凤却开始留意身边的男孩了。

这时候，铁嘴华一晃脑袋，说道："这俩小子是桃花会的色鬼。

金公子的母亲、妹妹被他们劫持，父亲战死。咱们分头审审，看能不能找出点线索，帮帮金公子。唉，年头不济，蛤蟆老鼠大眼贼都出来了，大明乱成了一锅粥了。”说完，铁嘴华一把抓住一个色鬼的脖领子，叫道：“白凤，走，跟爷爷收拾色鬼去。”

白凤抿嘴一笑，斜眼瞟了铁扇公子和铁铃公子一眼，一蹦一蹦地走了。

铁扇公子和铁铃公子互相看看，抓住另外一个色鬼，拉上了大堤。

金公子紧走两步，追赶铁嘴华。梁伯一伸手拉住了他，说道：“金公子，别追了，他们是武林豪客，等会儿必有交代。天黑了，咱们还是赶紧下葬吧。”

金公子一看，天真的黑下来了，灰蒙蒙的暮色像一片巨大的灰网，笼罩了大地。有人点起了火把，照亮了围着一圈浮土的坟坑。坟坑两大一小，周围站着一些衣衫褴褛的村民。金公子犹豫了一下，看着梁伯道：“好吧，那就下葬。”

“好！下葬！先安葬军官士兵！”梁伯一声喊喝，人们动了起来。几个人抬着周把总的尸身下去了，一个人抱着一条断腿跟在后面。大家听从梁伯的指挥，陆续将一百二十八名官兵的尸体放进了左边的大坑，残缺不全的尸骨也拼凑起来，放了进去。

梁伯喊道：“再点几个火把，来呀，安葬我们的县太爷！金县令，你走好啊！金县令，一路走好啊！”

金公子跪在坟坑前，哭泣出声。

金县令的尸体放进了中间的小坑，连同手里的宝剑一同放入坑底。有人捡了一面绣着“大明”二字的三角牙旗盖在了尸体上。接着，梁伯又指挥众人把衙役和乡亲们的尸体放入了右边的大坑。

“填土！”梁伯一声令下，众人纷纷挥起了铁锹。霎时尘土飞扬，哭声一片。梁伯喊道：“没铁锹的替换着干！诸位齐心动手，好让英灵早点安息！火把举高点！来，来，你们几个，这边来，这边来，站在坑边上！”

金公子放声痛哭，哭得惊天动地。他仿佛要把心中的悲痛、委屈和思念一齐发泄出去，一齐埋进松软的泥土里。

梁伯跑前跑后，大声招呼着：“你们几个，把石碑抬过来！你也去，你也去，大家小心点，别磕着碰着，小心点！”

新坟堆起来了，石碑立起来了。几十支火把将河堤照得银白雪亮。铁嘴华爷孙俩和雄州二公子也回来了。

“祭奠开始！”梁伯高喊。

金公子掏出一张纸，轻轻展开了，黄纸上露出了“祭文”两个黑色大字。梁伯看罢一呆，心道：“这就是一个进士的祭文吗？怎么只有两个字？这……”正在思忖间，金公子已经跪了下去，冲着坟头四拜，然后站起来，举起只有两个字的祭文朗诵起来：“祭先父金世清文——

“先父金世清幼时家贫而苦学，中进士而入翰林。忠于朝廷，敢于犯颜，秉公文章，清廉为官。贬府台，就盐官，做县令，志不减。为官步步降，名声节节升。不悔其廉，不圆其方，我行我素，亢亢汤汤。

“先父金世清疼妻爱子，慈祥和善。余幼不羁，作学贪玩，父夜伴读，彻夜无眠，日复一日，年复一年……”

金公子哽咽，抹一把泪水，继续朗诵心中的祭文：“儿中秀才母欢腾，儿中进士父泪涟。乡朋来贺，茶水为宴。

“先父金世清先公后私，秉公执政意志坚。舍妹丢失，倭寇进犯，率众出击，寻妹拖延。文官杀敌忘生死，血染河堤心志坚。

“呜呼！我英勇、廉洁、慈祥的父亲！愿你英灵佑我，劈山而救母，浴海而挽妹，习武有成，荡倭寇于国门之外，灭黑帮于山水之间！

“哀哉！伏惟尚飨！”

梁伯连忙端起酒碗，斟满烈酒，递给金公子，金公子将酒洒在地上。接过火把，将祭文点燃。梁伯大声喊道：“跪拜，一叩首，二叩首，三叩首，再叩首！”人们按口令，连连叩首拜祭。

金公子走到周四海等人墓前，又掏出了另一张祭文。梁伯明白了，立即让他的一个侄子接了过去，举起了只有两个字的祭文黄纸。金公子面对着祭文高声朗诵：

“祭周四海把总及众官兵文——

“周四海把总午前来见，赠宝求文，急国家所急，忧国家所忧。欲匡倡文抑武之道，欲发文昌武盛之声。为民族想，变法求新。为社稷谋，欲挽狂澜。获知倭寇奔袭，四骑来援。断臂仍杀，失腿还战。戚军卫队，百二十四名英烈，灵台不灭，英气浩荡！池水泱泱，堤柳苍苍。身入黄土，魂飞故乡。为国捐躯，人神共仰！”

“呜呼痛哉！伏惟尚飨！”

金公子接过酒，又一次祭拜。祭文在燃烧，人们在梁伯指挥下再次致哀。接着，金公子走到埋葬衙役和乡民的坟墓前，回头望望，众多熟悉的身影出现在他的身后，耳畔传来一片抽泣声。

“祭众衙役众乡亲文——”金公子大声念道，“刘文强捕头及众衙役，皆国精粹，民族榜样。随父在衙，清风两袖。然人穷而志不短，非索非贪。养家糊口，几度艰难。得知倭寇来犯，飞驰沙场。村长张德钟，率乡亲参战。村民土著，洒血献身，情操比圣耀临江。石碑锵锵，坟茔芳芳。阴阳两隔，亲情难忘。舍身就义，日月同光！”

起风了，火把上的火焰在摇曳，树影在摇曳，人影在摇曳，金公子的声音也在摇曳，声音直上云霄：“蝶恋花·长堤祭——”

妻殒夫君儿殒父，笑貌音容，转瞬埋黄土。泪雨纷纷迷冢墓，哭声烈烈鸣天鼓。

倭寇凶残于恶虎，抢掠烧杀，祸水吞白骨。歃血英雄驱鬼雾，山河且为忠魂舞。

“呜呼哀哉！伏惟尚飨！”

金公子压抑着悲痛接过酒，泼洒在地，屈身向死者叩头。这一次，没等梁伯发话，人们就跪倒了，一齐叩首。拜祭之后，金公子转向了父老乡亲们，叩头答谢。

白凤始终站在金公子身后，和爷爷一起聆听金公子的祭文。这时，她悄悄问爷爷：“‘尚飨’是什么意思？这篇祭文编得真好，朗朗上口，了不起。”

铁嘴华道：“要不怎么叫‘文章甲天下’呢，服了？”

梁伯就在他们身边，接口道：“‘尚飨’是祭祀用语，意思是请过世的人享受筵席。”梁伯悄声对白凤说：“你读过金公子的《大江记》吗，那才是不可多得的文章呢，啧啧，用语之精辟，天下无出其右。气势之磅礴，前无古人。刚才那几句祭文是词牌《蝶恋花》，有气势吧？好文哪好文，祭文中精品，可惜未留墨宝。”

金公子正和乡亲们说话，铁嘴华过来拍拍金公子的肩膀，说道：“哎，我说小进士，那俩狗贼让我们打发了，他们正是桃花会的色鬼。你母亲在他们手里，你妹妹交给阴扇子赵文华了，赵文华要把她送往严嵩府。我们帮你去救人，救得成救不成就看她们的造化了。”

“白老先生，晚生谢谢您了，金文杰谢谢您了。”金公子说着就要跪下，铁嘴华一把拉住了他，说道：“慢着，慢着，这事还不定怎么着呢，别跪，别跪！”

金公子对铁嘴华的武功钦佩不已，暗想：“我要是有他那样的武功，就可以与桃花会放手一搏了，就可以救出母亲和妹妹了，对！我要习武，求求这位高人吧。”金公子立刻抱拳道：“白老先生，晚生目睹先生神技，仰慕万分，不知晚生能否有幸列于先生门墙之下，聆听先生教诲？文杰定会尊师重道，朝夕侍奉，终生不敢有负先生。收下我吧，我要荡寇灭匪报仇雪恨，我要救母救妹行孝仗义……先生，您就收下学生吧！”说着，金公子又要下跪。白凤在旁边站着呢，一伸手拉住了他，急道：“不行不行，这可不行，你认了我爷爷做师父，岂不高出我一辈了？这可不行……”

铁嘴华看了一眼白凤，截住她的话头，笑呵呵地说：“我东跑西颠，没个准地儿，带不了徒弟。你要学徒，我给你介绍个地方。不过，我看你还是不要改行，你十年寒窗，苦读诗书，取得今日成就不易。你是文中之龙啊，弃之岂不可惜？你要习武，就得从头来，冬练三九夏练三伏，伤筋动骨，苦得很哪！再说你的岁数也大了，筋骨已经硬了，更难学了。练武辛苦不说，挨打也是经常的，武打武打，练武靠打！棍棒督促，你受得了吗？就是这样，也要下上十年的苦功，像她这样——”铁嘴华指了指白凤，“练了十二年了，家传的武功，练到现在，也就是一个二流之能。可像她这样的年轻人，武林中又能有几个呢？练武练得像那么回事，要千中选一，练成二流之能，还要千中选一。至于步入武林之巅，更是难上加难了，既要有悟性，又要有名师，还要肯下苦功。总之，没有铁打的意志和天赐良机，要出人头地是不可能的，我劝你不要白白地浪费光阴，以文报国也是一样的。”

金公子耳边响起了父亲的声音：“男怕选错行，女怕嫁错郎……”可是，我要救我的母亲，救我的妹妹，靠别人能行吗？即使当了官，能借官府之力救自己的亲人吗？不要说文官，武官也不能擅自调动兵马呀。报仇雪耻只有靠自己，习武是唯一的途径。他们的招式手法看清了，翻来覆去，不就是六十四式吗？我背负着血海深仇，还有什么苦不能吃呢？要救自己的母亲和妹妹，练武是唯一的路径。想到这儿，金公子铁了心，咬着牙说道：“晚生习武的决心已下，还请白老先生成全。从今天起，晚生名字不叫金文杰了，改名金戈，金戈铁马的金戈。为了救母救妹，消灭倭寇和黑帮势力，金戈将不惜一切代价！”

铁嘴华摸了摸自己发亮的秃顶，看着金公子露着凶光的一双细眼，看着他双手紧握的拳头，一本正经地说道：“既然这样，你就去武夷山找岳武院，那是个习武的地方。你见到岳院主或大堂主，你就说是我介绍去的，准能收留你。岳武院是当今武学四大高山之一，是我大明王朝武学的巅峰之所。武林四大高山你知道吗？武夷岳武，嵩山少林，太行奔雷，黄山白神。这是当今武林中最有名的四大门派。武夷岳武，就是武夷山岳武院。岳武院的岳武功是武林一绝。当然，你要学他们的岳武功很难，先学些基本的功夫吧，学会六十四路岳武枪也行啊。你是不到黄河不死心了？到时候你就知道了，累趴下了可别找我！桃花会阴魂不散，非杀了你不可，你在那里躲躲也好，一群挨千刀的乌龟王八蛋。”

白凤见金公子真要弃文习武，有点惋惜，也有点可怜，就说道：“你去了岳武院，去找天仙子岳霞，你就说我是你的……噢，就说我认识你，她就会帮助你，给你——”白凤说着，拔下了头上的垂珠金钗，递给金公子，继续说道，“你就说我送给她的，要她照顾你。”

金公子接过垂珠金钗，连忙道谢：“谢谢小姐，多谢小姐。”

铁嘴华摇摇头，喃喃道：“年轻人热血沸腾，不撞南墙不回头！瞎子点灯——”

“白费蜡！”白凤一耸鼻子，接着说道，“说不定他真能变成一朵武林奇葩呢！你别隔着门缝看人，把人看扁了！真是小看东吴，哼！”

铁嘴华道：“骑驴看唱本——咱们走着瞧吧，百分之百！千分之千！”

“你敢打赌吗？”白凤道，“你输了就把最后几招白神掌传给我！”

“少来！”铁嘴华晃着秃脑袋说道，“你休想带走白家的绝技，我才不上当呢！其实金公子习武半途而废是铁定的！”接着他又唱道：“人的命，天早定，胡思乱想不顶用，白凤耍心眼，仍然不顶用！哈哈，哎，哎，不顶用！”

白凤水汪汪的大眼一眨，大声道：“哼，我不姓白吗？还说我是爷爷的眼珠子呢，有这样的眼珠子吗？偏心眼！”

铁扇公子和铁铃公子牵着马走来，铁铃公子喊道：“铁嘴华，白姑娘，告辞了，后会有期！”

铁嘴华抬手道：“后会有期……”

金公子想要当面谢谢雄州二公子，还没等开口，却见雄州二公子已经飞上马背，二人一抖缰绳，健马唏律律一阵嘶鸣，顿时铁蹄翻飞，绝尘而去。

新月如同一只银色的小舟停泊在稀疏的枝丫间，吐着火舌的火把游龙似的在长堤上穿行。人们逐渐散去，火把渐渐稀少。金公子的身子融入淡淡的夜色中，默默地伫立着，一动不动。他看着光头上闪着暗淡幽光的铁嘴华和白衣飘飘面目已经模糊的白凤，恋恋不舍。千言万语哽在喉头，却不知如何去说。梁伯催促了几次，金公子依然不肯移动脚步。

铁嘴华见金公子呆立不动，知道他还想跟着自己，就嗨了一声说道：“过来吧！”金公子闻言大喜，踏着被血水浸泡过的松软如毯的草地跑过来：“白老先生……”

铁嘴华抽出一个玉嘴花杆的旱烟袋。烟袋锅子在荷包里一拧，掏了出来。白凤摸出一个火折子，拔开盖子噗地吹了一口，一股紫红色的半寸长的火苗立刻冒了出来。铁嘴华叼着烟袋凑过去，吸了一口，烟袋锅子跟着亮了起来。铁嘴华嘴里含着烟袋的玉石嘴子问道：“你不去武夷山了？”

金公子眼里燃起了希望的火焰，急忙道：“去呀！当然，跟着您最好。我不怕吃苦，我保证……实在不行，我就去岳武院。我一定要学好武功，替父报仇，为母雪耻，没有武功肯定不行。您老是不是改主意了？”

“是改主意了，也可以说没改主意，其实是没改主意。”铁嘴华抬起头来，看了看等在大树下的那些模糊身影，说道，“你告诉他们，就说我改主意了，要把你带走，咱们撒个弥天大谎。你先跟着我走，等没了人，再悄悄转回小梁村。桃花会杀你之心不死，咱们摆下一个迷魂阵，让他们不知道你的去向，懂了吗？”

金公子的身子一下子软了，身高也仿佛矮了一截。金公子抱拳缓声道：“金戈明白了，多谢了，多谢！”

白凤带着疑惑的银铃般的声音随着一股潮气传了过来：“你真叫金戈了？”

金公子一挺胸脯，眼睛里闪着坚定的光芒，道：“我真叫金戈了，金戈铁马的金戈。金文杰的下半生就是一支金色的长戈！”

金戈深一脚浅一脚地跑回去，老远就喊：“梁伯！梁伯！铁嘴华老先生答应我跟他去了，我不回村了。多谢梁伯照顾，多谢各位兄弟帮忙！金某有生之年，定当报答各位乡亲的大恩大德！多谢！多谢了！”

“好啊，你就去吧！我们也会打听你母亲、你妹妹的消息，那几个包袱我给你留着。你要学会照顾自己，要学会忍让，记住活下来最重要。”梁伯说完扬扬手，上了马车。

枣树林里生起了一堆篝火。篝火上支着一个歪七扭八的木架子，架子中央吊着两片黑乎乎的流着油脂的狗肉。

疙瘩李抄起一根树枝，挑了挑燃烧未尽的柴火，望着空中羽毛似的灰烬说道："怎么还不回来，按说他妈的早该回来了。"

黑子忽然一摆手，侧耳听了听，说道："来了，来了！"

这时，疙瘩李也听见了车轮声，随后嘈杂的话语声传了过来。

黑子下巴一抬，说道："你去看看，是他们吗？"

疙瘩李站起来，懒洋洋地说道："不是他们是谁呀？不用看了。"

黑子黑手一扬，吓得疙瘩李赶紧一闪，歪着身子跑向了路边。片刻后，疙瘩李晃着身子回来了，龇着牙说道："就是他们，两辆马车，五六匹骡马，一群不知死活的臭小子……"

黑子一边用树枝扑打火种，一边说："开吃！吃饱了喝足了半夜动手。都是黑旗船跟着瞎搅和，耽误老子快活，真不是个东西！"

疙瘩李接过树枝，缩着身子，东扑一下西抽一下扑击着火苗，噼噼啪啪抽打了一阵子，红彤彤的火苗渐渐熄灭了，冒起了一股呛人的带着酸味的黑烟。疙瘩李扔掉烧秃了的枣木杆子，甩甩手，凑到黑子身边说："黑哥，你别说，黑旗船两位珠仙子可真他妈的漂亮，美，简直就是两朵带露的鲜花！那身条，那脸蛋，我一见就心动，就……"

黑子一晃黑色的拳头，吓了疙瘩李一跳。黑子恶狠狠地说道："凭你也敢想双珠仙子？想她们姐妹俩？瞧你的熊样子，蜡烛不叫蜡烛……"

疙瘩李一缩脖子，懒洋洋地说道："我不是随便说说嘛！你不想？"

众人回到小梁村，一窝蜂似的散了。二更时分，金戈被悄悄地送了回来。梁伯母一面做饭，一面唠唠叨叨地安慰金戈。小梁村大多人家姓梁，梁秀才家道殷实，饭菜自然丰盛。女儿梁秀英脸上洋溢着笑容，小燕似的飞前飞后，殷勤地招待金戈。梁秀英和金戈的妹妹岁数差不多少，十六七岁，由于金梁两家交好，秀英对金戈十分熟悉，心里早就爱恋着这位少年进士，只是没有表白而已。但是，女儿的心事瞒不过母亲，梁伯母拉她到一边，悄悄说："你喜欢金公子吗？"

秀英低着头，不敢吭声，梁伯母说："你既喜欢，你就去说，你要告诉他。"

秀英道："我可不敢，他能看上我吗？他是大明骄子，他要笑话我，我上哪儿死去？"

梁伯母笑道："看得上看不上我不知道，但他绝不会笑话你。他不喜欢你，也不会让你难堪，他是有学问的人，怎么会让你尴尬呢？你放心吧。"

梁秀英嗔道："你们做主不就得了？我怎么好意思……"

梁伯母一笑，说道："也好，不过，我看现在不是时候。他在悲痛之中，不会考虑自己的终身大事。"

饭后，梁伯带着金戈到了西厢房，这是梁家的客房。两人来到方桌前，梁伯右手一伸，宾主落了座。梁伯道："等会儿我给你写一封推荐信，就说铁嘴华推荐你去的，也顺便介绍一下你的状况，希望岳武院能够另眼相看。"金戈一想，也好，省得自己多费口舌。梁伯走后，金戈着手收拾东西。打开母亲带来的几个包袱，看见了母亲的衣服，看见了三两多银子和几件首饰，也看到了妹妹的几件绣着花的漂亮裙子。另一个包袱里包着父亲的长袍和褶裤，最大的一个包袱里是自己的衣物，春夏秋冬的衣服全带全了，网巾也带了两条。想起母亲的良苦用心，心里又是一阵痛楚。不知不觉，泪水又流了下来。金戈从小就没有单独出过门，如今要孤单一人上路，心里七上八下的。金戈用颤抖的手挑了几件衣服，包了一个简单的包袱，抓起纹银掂了掂，放进去一两多。金戈看看桌子上的瑶琴，又想起一家人围坐一起听他弹琴的情景……

"我来了。"随着话音，秀英端着一个托盘走了进来。托盘里摆着精致的茶壶茶碗。秀英歪着头冲金戈浅浅一笑，说道：“上好的西湖龙井，已经泡好了……”

“梁小姐，谢谢你了！”金戈连忙站起来。

秀英把托盘放在桌子上，提起茶壶，哗啦啦，杏绿色的茶水注进了细瓷茶碗。秀英放下茶壶，眼睛看向金戈的鼻子，温声道：“还疼吗？我拿面巾再给你焐焐？”秀英话语温柔，声音里充满了慰藉之意。

金戈心里一热，连忙道：“不用了，鼻子麻酥酥的，不怎么疼了。谢谢你，早点回去安歇吧！”

秀英掏出一条绣花手帕，红着脸递给金戈，道：“金公子，小妹祝愿你学武有成，祝你一帆风顺！”金戈接过手帕，秀英又叮咛道：“金公子，你是个顶天立地男子汉，一定会闯出一片新天地，这是我爹写的推荐信，收好吧。”秀英把一封未封口的信交给了金戈。

金戈放好了书信，回头道：“我四更天就走，你告诉梁伯，派人把我赶来的大车送回府后街，我在那儿雇的马车，让人把马车停在那里就行，他的家人自会来找，可怜的车把式……包袱就放在这里吧，三两多银子，我留下一两，剩下的交给车把式的家人吧……”

秀英推开了金戈的手，柔声道：“包袱放这儿，银子你带走，我娘还给你准备了银子呢。车把式的事我爹会安排好，你路上雇辆马车，省得跑路。”

金戈摇头道：“不用了，坐车比步行也快不了多少，五六百里路，几天就到。”

秀英掏出几两银子，塞进金戈的包袱里，叮嘱道：“你要孤身上路了，一切要小心，钱财不可露白，凡事要忍耐。记住，留得青山在，不怕没柴烧……”说着说着，秀英的鼻子也酸了，眼泪几乎掉下来。她抹着眼睛道：“如果你不累的话，就把今天祭文《蝶恋花》写下来，留作纪念。”

金戈点了点头，低声道：“不累，我一会儿就写。”

秀英拿来纸墨，两人又嘀嘀咕咕说了会儿话，秀英起身告辞。

两个黑衣人趴在正房的房顶上，正往下看。他们看见金公子送走了一位姑娘，又看见金公子进了屋，接着听见了闩门声。

房上的一个黑衣人道：“下去吧，快三更了，干吗那么较真？干完事赶紧走人。”

另一个黑衣人道：“等会儿！急什么，马上就三更了，差一小会儿都等不及了？”

“嗨，那个小妞长得不错，办完了正事，我和她亲热亲热行不行？”

“闭上你的臭嘴！正事还没干，光想邪的歪的！”

过了一会儿，金戈写完了字，吹灭了蜡烛。地面上印着被窗棂粉碎的银白月光，方桌上的黄纸散发着淡淡的墨香。金戈躺在床上翻来覆去睡不着。一会儿是母亲带泪的眼睛，一会儿是父亲铁青的面容，一会儿是妹妹秀丽的倩影。迷糊了一会儿，眼前又出现了黑子那个黑色的拳头。金戈心里暗暗咬牙，恨恨地说道：“我一定要报仇雪恨！我一定要练好武功！”金戈侧了一下身子，把头埋进热烘烘软绵绵的枕头里，带着万千的思念睡着了。睡梦之中，忽听屋门吱扭一响，金戈如闻惊雷，呼地坐起来。蒙胧间见一个黑影扑过来，金戈本能地向里一滚。噗的一声，一个人影趴在床上不动了。“谁？”金戈跳起来，激灵灵打了个冷颤，身子贴饼子似的贴上了墙壁。

一个人举着火把进了屋，亮光霎时充满了房间。金戈看见了站在床前的铁扇公子荆长生，看见了高举火把的铁铃公子马森林。铁铃公子目光炯炯，左手举着火把，右手提着一个耷拉着脑袋的黑衣人。这时，铁扇公子伸手一抓，把趴在床上的黑衣人摔在地上。黑衣人手里握着一把牛耳尖刀，脑浆迸裂，已经死透了。铁铃公子缓步走来，一松手，手中的黑衣人也软软地倒了下去。金戈一看，这人正是桃花会的色鬼疙瘩李，那个脑浆迸裂的人，正是仇人黑子，他们已经一命呜呼了。

“铁扇公子、铁铃公子，多谢二位大侠的救命之恩！”金戈明白了，是雄州二公子救了自己。这时梁伯和子亮兄妹听见动静，跑过来了，连忙招呼雄州二公子。听说金戈险些被刺杀，秀英着实吓了一跳，脸都白了。金戈看看三更也过了，睡也睡不着了。走吧，客走主人安。就说道：“梁伯、子亮、秀英、二位大哥，我看天色不早了，就此别过吧。”

秀英急忙道：“还早呢，三更刚过……”

金戈叹道：“走吧，桃花会杀我之心不死，还是早走为妙。”

梁伯一想也对，立刻叫子亮去套马车，要子亮送金戈一程。金戈推托道：“不用了，一个人动静小，乡亲们也不知道我回来了，这个迷魂阵还有用。”

梁伯恋恋不舍地说：“那好吧，你小心点，我们就不送了。”

秀英道：“不，我要送金公子出村。”

金戈看了看秀英，轻声道：“不用了，我要悄悄走，谢谢你了。”

梁伯母也起来了，一只手端着油灯，一只手掌立起为油灯挡着风，小心翼翼地走过来。金戈打了声招呼，快步闪出了大门。

梁伯看着金戈消失在夜色中，回身对雄州二公子道：“老朽感谢二位恩公出手相助，二位恩公能否在舍下盘桓几天，让老朽略尽地主之谊？”铁扇公子点了点头，铁铃公子道：“也好，我们兄弟就在府上叨扰几天，顺便听听桃花会的动静，那就有劳了。”

梁伯道：“太好了，里边请，里边请！”

月光朦胧，大地上飘荡着一层淡淡的薄薄的雾。薄雾随风飘动，就像天边飘来的一片银纱。金戈放眼望去，附近的村庄漆黑一片，似乎隐藏着无数凶险；近处的树林黑影婆娑，好像潜伏着无数鬼怪。金戈身上的寒毛立了起来，耳边的声音也放大了无数倍，仿佛听见了自己的心跳声。金戈一步一颤，战战兢兢地走在田野上。他不敢走大路，不敢进村庄，横穿稻田向着南方走去。忽然，金戈发现前面站立着一个黑影，黑影直挺挺的一动不动。金戈头皮发奓，身上惊起了一层鸡皮疙瘩。“这是什么东西？不是妖怪吧？”金戈蹲下身子，看了半天也不敢移动脚步，牙齿咬得咯咯响。怎么办？进还是退？金戈银牙暗咬，心道：“神鬼怕恶人，我不应害怕，父亲说得好，为人不可怕死，不可怕苦，不可怕事！”金戈暗暗鼓励自己，慢慢站起来，一步一步向前走去。到了，金戈终于走到了黑影前。月光下，却见一个树桩孤零零地站在田野上。金戈松了一口气，用手按了按怦怦狂跳的胸脯，回头向来路望了望，只见两个黑影晃晃荡荡地向这边走来。黑影高大无比，脚步无声。金戈的脑袋嗡地响了一下，扭头就跑。冷汗顺着下巴成串地流下，打湿了他的衣襟。忽然，金戈一脚踩空了，扑通一声摔了一个嘴啃泥。他一骨碌爬起来，狂奔而去。过了好久，金戈觉得后面的黑影不见了，回头一看，果然后面什么也没有。金戈喘了一口气，放慢了脚步。身上的衣服被汗水打湿了，贴在身上，湿漉漉的难受。金戈解开丝绦，敞开了胸怀，喘着粗气站住了。金戈望了望穿行在薄云中的一弯新月，又看了看群星环绕的北极星辰，一时思绪万千。昨天还是万人称颂的少年进士、文章甲天下的大明骄子，今夜却像一个孤魂野鬼，亡命天涯。似锦的前程，犹如一个绚丽的气泡，眨眼间破灭了。看来，天下最美好的最让人留恋的还是亲情啊，其他都是烟云。金戈迈开了长腿，急忙向南奔去。

这时，清水河里的官船启动了，大船扯起了风帆，向下游驶去。船舱里灯光明亮，赵文华和崔家语兴致勃勃地看着金文英小姐。金文英已经松了绑，伏在桌子上哭哭啼啼。几个丫鬟婆子轮流劝说着，崔家语也在旁边不住地唠叨。过了一会儿，文英止住了哭声，被带了下去。崔家语咧着鲇鱼嘴嘿嘿大笑，说道：“总督大人，还是您高明，把金世清弄得家破人亡，还让其女儿对我们感恩戴德，认您为义父。高明！高明！”

“义父？那是哄小孩的玩意儿。只要寿宴上她能笑脸相对，甘心承欢，我们就大功告成。过后她再哭爹喊娘吃卤上吊，与我等毫无干系。”

“实在是高明！您双管齐下，左右逢源，金文英一网成擒。佩服！佩服！实在是佩服……”

赵文华哈哈一笑，说道：“双管齐下？你别让‘三箭齐发’听见了！哈哈！”

崔家语吃了一惊，啊的一声叫出来：“三箭齐发？难道说倭寇来临江不是巧合？高啊！金世清做梦也想不到呀，一了百了，高！实在是高！堪称神来之笔！总督大人，下官要永远跟着您，给您当一辈子奴才，沾您点神光……”

“哈哈……”赵文华咧嘴大笑，说道，“你的意思我明白，到了北京，我向严阁老提提，调你去南京，弄个府台当当，这次，你的功劳不小。”

崔家语笑道：“下官不敢居功，全凭总督大人谋划得当，我们三箭齐发，明暗双行，金文英不得已甘当贺礼，高明！实在是高明！”

赵文华摇晃着脑袋说道：“我们千里奔波，岂可空手而回？行了，不要拍马屁了，你盯紧了脖子瘤，一定要杀了金文杰灭口，不然，我们的把戏就会拆穿。你找个人，专门负责这件事。大寿之后，你就准备走马上任吧，我想严阁老一定会应允的，嘿嘿……”

东方露出了一抹亮光，夜幕渐渐拉开了。深邃的天空中，仍然散落着几颗晨星，地面上依然漆黑一片。金戈深一脚浅一脚地疾行，露水打湿了他的裤脚。突然，一只云雀被他惊起，扑棱棱射向了高空。接着，远处传来几声嘹亮的鸡鸣，霎时间南唱北和，鸡鸣一片。

忽然，前面的村庄里传来马蹄声，霎时杀声四起。金戈本来紧张的神经更加紧张了，他慌忙跑到一片树林里，三蹿两抱，爬上了一棵大树。金戈藏好了身子，低头一看，脚下是一片坟茔，十几棵翠柳笼罩着一片荒草萋萋的坟头。金戈正了正身子，拨开浓密的枝叶，抬头向村里望去。

村里开了锅似的翻腾着，一队队人马冲进村里。从衣服上看，有乡勇，有官兵。但是，这些穿得破破烂烂的人却进退有序，显然是一支训练有素的人马。金戈注目观瞧，终于看明白了，官兵和乡勇正在围歼一群倭寇。倭寇们哇哇叫着反击，官兵乡勇们奋不顾身地冲杀，战斗异常激烈。金戈看见了一员猛将，他带着几个人站在一座高高的屋顶上。此人铜盔铁甲素罗袍，面色淡黑。他手持一把盘龙铁臂弓，正在不断拉弓放箭。嗖嗖嗖，一支支利箭呼啸着钻进倭寇群里。他的旁边，有人高举着一面三角大旗，大旗蓝底金字，一个斗大的“戚”字熠熠闪光。

这难道就是戚家军？金戈心里狐疑着。他不知道，这正是刚刚组建的戚家军，正是戚家军到了。使弓箭的，就是大名鼎鼎的抗倭名将戚继光。最近，戚继光被朝廷任命为游击将军，自行组织新军，以抗击日益强大的倭寇。戚继光在义乌招收了三千矿工，从兵备处抽调来了一百多名军官，又从武夷山岳武院招来了数十个武术好手，组成了一支剿寇之军，老百姓称呼这支军队为戚家军。朝廷发来了一批辎重，包括军装、弓箭、长矛等，戚继光派卫队押送，不承想在临江出了错。戚继光得到探报，星夜赶来。倭寇撤出战斗后走了几十里，夜宿花街，被戚继光摸清了。这批倭寇是大肚狮子松仁的部下，有九百来人。松仁亲自来了，他是军务总督赵文华约来的。

戚

松仁也是罪有应得，他带着十几个人赶回驻地时，戚继光早把村子围定了，他在明朝的大地上猖狂惯了，犹入无人之境，直接放马奔来，被戚继光一箭射了个透心凉，死尸滚落马下。等把这十几个倭寇歼灭了，再看被射死的大胖子，躯干魁伟，戴铜兜鍪，上披铜甲，下束牛皮，胸前挂着一个狮子标记，才知道是射杀了倭寇的一大王者，大家顿时欢呼起来。接着，他们发动了进攻，金戈也正好赶到了村口。

村里的战斗还在继续，倭寇已经被压缩在几个大院里，戚继光站在房顶上，虎目圆睁，盘龙铁臂弓砰砰连弹。他的弓箭封锁着西房的屋门，倭寇出来一个射倒一个，出来俩，射杀一双。院子里，十几个士兵们正在围剿几个倭寇。士兵们三人一组，一个士兵拿着红缨枪，一个士兵举着刀和盾牌，一个士兵端着弓箭围着一个倭寇大战。这些倭寇虽然是武士，单打独斗能力很强，但是面对三种兵器组合的战斗小组，也是力有未逮。这时，砰一声，一支雕翎箭射中了一个倭寇的肩膀，射了他一个趔趄。就在他身形晃动的时候，红缨枪刺到了，噗的一声，半尺多长的锐利枪尖扎进了他的肚子。血水喷在红缨上，红缨更红了。拔出了枪尖，踹倒了死尸，三个士兵抬头看了一眼站在房顶上的威风凛凛的戚继光，看了一眼迎风招展的戚字三角大旗，哇的一声大叫，向残余的倭寇冲去。

嘚喽一声，一支狼牙箭射了上来，狼牙箭破空的刺耳声竟是劲急至极！戚继光飘身一闪，接着反手一弓，当的一声，狼牙箭被击飞了。戚继光正待回击，嘚喽一声，又一支利箭飞来，其速如电。戚继光霍地车转身形，虎目圆睁，砰砰的两声，连珠箭出手了，二箭一前一后，流星赶月般飞了出去，前箭与敌箭空中相遇，啪地火星一冒，两箭一齐掉落院中，后箭吱溜一声，灵蛇似的钻进了一个柴棚。顿时柴棚里传出来一声凄厉的哀号。三个士兵使个眼色，一齐扑进了柴棚。扑啦啦，几只母鸡咕咕叫着飞了出来，接着一个脑门上钉着雕翎箭的倭寇被拉了出来。

“杀呀！为护卫队兄弟们报仇哇！”

街道上，戚家军将士犹如一股冲破了堤坝的洪水，滚滚向前。他们三人一组，两人一伙。大喊大叫着冲锋。他们挺着红缨枪呼叫，他们扬着大刀怒吼，他们端着弓箭攻击。喊杀声，叫骂声，撞击声，惊天动地。刀光闪，银枪闪，冷箭闪，血花飞溅。

一个篱笆墙院子里，七八个光着膀子、光着脚丫子的倭寇应付着嗖嗖作响的三条红缨枪，两个倭寇正在篱笆墙边着急红眼地解着马缰绳。十来匹战马拥挤在一起，惊骇地竖起耳朵，打着响鼻。三个穿着便服的枪手前扑后拒闪展腾挪，杀得风生水起。这时，一个年轻的倭寇被红缨枪刺中了咽喉。红缨枪的力度很大，一下子洞穿了他的脖子。红缨枪抽了出来，年轻的倭寇扔掉了钢刀，跪倒地上。他举起苍白的双手要去按住伤口，但是，他哆哆嗦嗦的手抬到了肩膀的高度，就无力地垂了下去。血水汩汩地从他脖子的伤口处流淌下来。他灰白的嘴唇哆嗦着，失去了神采的大眼看着自己被鲜血染红的肚皮倒了下去。呼啦一声，篱笆墙被撞倒了。一声呐喊，十几个戚家军的士兵冲进来，组成了阵势围杀剩下的倭寇。已经解掉缰绳还没有备好鞍具的战马惊恐地扭动着屁股，踢着后腿。晕头转向的倭寇退到马群里，人挤马，马挤人，一时间人喊马嘶，乱成了一团。不大一会儿，这群倭寇就睁着惊恐的眼睛倒了下去。

街道上，一匹流着血的枣红马拖着一个倭寇的尸体从篱笆墙边跑过，死尸的一只脚套在马镫里，红马拖着血肉模糊的尸体在硬邦邦的街道上翻滚着。还有几匹无鞍的嘴边耷拉着缰绳的战马咴律律叫着跑出了村子。金戈眺望着这一切，心中的热血仿佛沸腾了，被他抓住的柳枝也激烈晃动起来。

乡亲们明白过来了，纷纷拿着趁手的家伙跑了出来。受了一夜的气，终于能发泄了。他们成群结队地转悠起来，搜索着落单的倭寇，围堵乱窜的马匹。一个拄着拐杖的老爹自始至终看着这场战斗，这时他挑起了大拇指，比划着大声喊道：“戚继光，好样的！”

天亮了，初升的太阳露出了她美丽的笑脸，圆圆的红红的毫不刺眼。金戈从未见过如此鲜红的颜色，也从没见过如此圆的太阳。一抹彩云飘来，靠在太阳身上，给太阳披上了一件五彩斑斓的彩衣。金戈一扫心中的阴霾，高兴起来，刚要从树上跳下来，忽然看见几个人鬼鬼祟祟地窜进了坟地。金戈低头一看，吓了一跳，来人不是别人，正是桃花会的几个匪徒，带头的正是那个白发黑脸的家伙。金戈一哆嗦，赶紧缩脖子藏好，吓得大气也不敢出了。

白头翁等人到了坟地后，立即趴在弯月形的坟圈子后面，仰着脖子观看村里的战斗。他们一边巴头探脑地看着，一边嘀嘀咕咕地议论着。一个马脸色鬼说：“那个使弓的大汉是谁？好厉害！”

白头翁道：“可能是游击将军戚继光，想不到，大肚狮子的铁骑，竟然不堪一击！”

一个满嘴黑牙的色鬼插言道：“那得分是谁，我敢说，一万明军也挡不住他们一个大队。他们可不是普通的士兵，一水的倭国武士。你看到那些短打扮、穿着蓝衣的人了吗？他们是来自岳武院的武师，刚入伍，还没来得及换服装呢。不然的话，他们怎么是倭国武士的对手。”

一个大脑袋色鬼跪了起来，探头向外看了看，转脸道：“听说这些武士来自浪武社，又有人说是狼武社，他们供奉着什么猿、狮、虎、豹、狼、猫六大兽……”

“他们是一群到处流浪的武士，在本土待不住了，跑到大明来抢地盘。你说的六兽是武士的六个等级，最高的一级是猿，那是社长或者长老才能达到的级别。”白头翁又向村子里张望了片刻，接着又说，“猿狮虎，豹狼猫，武士等级森严，任何人不敢轻侮。现在他们的势力遍及东南沿海，人马分成三个部落，首领称为大王者。最大的一批倭寇是白狮子和黑狮子二大王者辖治的部落，有两万多人。其次是盘踞浙江的花狮子新野一郎，一万多武士。还有矮狮子和大肚狮子二位大王者的部落。这个部落分成两部分，矮狮子盘踞海岛，和浪武社总部在一起，有近万人。大肚狮子手下人马号称一万，实际只有六千人。可是，他这六千人是骑兵，是倭寇的精锐，他本人也是一个凶残的家伙。”

他们议论着，金戈可惨了，本来他打算下去，正好去见戚继光，现在这几个匪徒藏在这里，他不敢动了。过了一会儿，战斗结束了，戚继光的队伍撤出了村子，他们牵着马、提着兵刃，绺绺行行，鱼贯而去。

队伍走了好久，白头翁等人也没有离去的意思，几个人竟然躺在了草地上，眼睛望着天空，继续闲聊。满嘴黑牙的色鬼头枕着手，望着湛蓝的天空，对嘴里嚼着紫色草茎的马脸色鬼道：“蓉花镇的血案是大肚狮子制造的吧，他们一夜屠杀了五千多百姓，妇孺不留，震惊了朝野，这头狮子可够狠的。”

“他却在花街这个小河沟里翻了船，让这批叫花子捡了个便宜。等着吧，倭寇们一定会报复，一定把戚家军杀个鸡犬不留。”大头色鬼用两根手指头挤完了两眼间的粉刺疙瘩，手指在黑嘴里一送，吮吸几口，抬头向树林望来。

金戈的心怦怦狂跳起来，身子不住地抖动。虽然藏身处在坟茔的侧面，也隔着几棵大树，但要认真看，还是不难发现自己的身影。金戈紧紧贴在大树后，暗自咬牙，不断鼓励自己：“别怕！男子汉大丈夫，生有何欢，死有何惧？任凭风狂雨猛，应当泰然处之！”正在这时，两只马蜂飞来，在金戈面前嗡嗡叫着，转来转去，不肯离去。不一会儿，又来了四五只，一只落在了金戈肩膀上，一只落在了金戈的头上。金戈可不敢动，心里祷告着：“走吧，我可是落难的人，别欺负我！”

马蜂在树枝之间追逐着，嬉戏着，蹁跹着，时而停留在碧绿的柳叶上，时而纷飞于金戈的网巾旁。微风过处，嗡嗡的声音四溢，让人昏昏欲睡。金戈一转脸，发现脑后不远的树杈上，趴着一个碗大的蜂巢，密密麻麻的黄色马蜂犹如一队队整装待发的战士，金戈的脸唰地白了。

阳光越来越强，枝叶的影子落在地上，不住地摇曳。地上，传来轻轻的鼾声，他们竟然睡着了。金戈也是一夜未睡，眼皮直打架，可他却不敢闭眼，任凭马蜂们飞来舞去，一动不动。

中午时分，大路上驰来三匹快马。坟地里的色鬼们惊醒了，有人蹿了出去，发出了一声呼哨，路上的三匹快马弯脖转头，奔驰过来。当先一骑快马上坐着脖子瘤。他黑着脸，紫色的瘤子微微颤动着，马鞭子啪啪响着抽打空气，吼道：“他妈的，四个大活人去拾掇一个臭秀才，到现在还不见回来，活不见人，死不见尸。他奶奶的，气死我了！你们倒凉快得很，怎么样，没见着大肚狮子吧？听说他们打了败仗？”

白头翁赶紧上前，拉住了马缰绳，划拉着淌着汗水的耷拉着鬃毛的马脖子说道：“没见着，我们刚到，村子里就打起来了，我们了解过了，大肚狮子给戚继光射死了……”

脖子瘤道：“那你们倒美了，挺了一上午尸？”

“我们不是在等你吗，怎么，那个小进士跑了？”

坟地里的几个色鬼连忙上前奉承，一个色鬼说道：“如果跑了，肯定是黑旗船捣的鬼，不然他插翅难飞……”

“他们敢！”脖子瘤猛地回头看向白头翁，恶狠狠地说，“你派人去查查，要是他们干的，马上飞鸽传书，找四海财君说话。我们三家有协约，我谅这帮小蹄子不敢。是不是临江地面又来了什么高人？”

白头翁摇头道：“不会吧？我看没事，他一个小进士能跑到哪儿去？去十里铺看看，他爹死在那儿，说不定……”

脖子瘤一摆手打断了他的话，说道：“你带着几十个弟兄留在临江县，四处撒网，一定要灭了金文杰这个臭小子，活要见人，死要见尸。还有，飞鸽传书，通知马脸孙，叫他带几十人过来，让他们去周围几个县设卡拦截，绝不能放跑了金文杰。你们要挨家逐户地搜查，一片一片地梳理。他妈的，我就不信这个小进士能上天入地！”脖子瘤用马鞭抽打着树身，嘀嘀咕咕地说道：“他不会投奔了戚家军？看看吧，实在找不到，就发绿林帖，我们一定要把他的人头提回来！赵文华那个王八蛋瞪眼等着呢！他奶奶的，我得先走了，我要把金夫人先送走，你们重点排查小梁村和十里铺。还有，你让马脸孙连夜设卡，不得有误！”说着，他抬头朝枝繁叶茂的大柳树看了一眼，金戈吓得一哆嗦。

“是！”白头翁毕恭毕敬地答应着。脖子瘤左手一搭马鞍，脚尖点地，嗖的一声翻上了马背。他稳稳当当地坐在马上，立即和白色的高头大马融为了一体。脖子瘤一抖缰绳，快马呼啦一声冲出了坟地。

等脖子瘤他们走远了，白头翁这才道：“我们也行动，抓人去！奶奶的，还叫大爷们费事，该死的小进士。”几个人站起来，拍打一下身上的泥土，急急忙忙地走了。

等这伙人走得看不见了，金戈这才下了树。突然，丁零零，銮铃声响，又有快马奔来。金戈脸色一变，身子一纵扑进草丛里。

五

弃文习武

丁零、丁零、丁零……铃声渐渐远去。

金戈擦了一把冷汗，望了望远去的枣红马，叹了口气，说道：“好险！”

金戈四下里看了看，整理了一下衣服，向南奔去。走了半个多时辰，碰到老乡一打听，才知道跑了半宿才跑了三十多里路，还没跑出临江县的界域呢。金戈一听就急了，拔腿就跑。他知道，一帮阴魂不散的色鬼正在四处拉网，能不能逃出去，就靠自己的两条腿了。

金戈急急如漏网之鱼，一路飞奔，跑不动了，走几步，喘过气来接着还跑。好在时下已是初秋，田里食物极多，什么萝卜芹菜、蔓菁曲菜，都可以填饱肚子。天黑了，金戈的心火也退了，做贼似的溜进了一个小镇，找了一个不起眼的小饭馆，要了两碗米饭，点了一盘木须肉。店小二看见金戈带着大小两个包袱，知道是出远门的，就上前搭讪：“嗨，我说客官，要不要住店？本店备有三间客房、一间大通铺，便宜。这个小镇上，开店的没几家。要说便宜，就数咱们这家了。”

“不知道自己跑了多远，问清楚了再定行止吧。”金戈想罢抬头问道：“小二哥，这里离临江城多少里？”

小二斜着眼看了看金戈沾着灰尘的长袍大褂，瞄了一眼蒙着一层泥土的圆口靸鞋，讪笑道：“六十六里。头一回出门吧？你可得小心着，这年头，兵荒马乱，走夜道可不是闹着玩的。昨天临江县的一个村子叫倭寇烧了，把戚家军的辎重劫了。”

靠窗的一张餐桌旁围着五六个年轻人，听了小二的话，一个红脸小伙回过头来，说道：“你这消息已经晚了半月，今天早上，戚家军过来了，围了花街，把袭击辎重队的倭寇大队灭了，倭寇七百轻骑，一个没剩！戚继光亲自出马，大战倭寇的长江统领大肚狮子，一箭射在大肚狮子的肚脐眼上，箭头从屁眼穿了出去，嘿，前眼进后眼出，吓得倭寇的随从拉了一裤子。”

小二咧着嘴乐了，接口道：“这位大哥说笑了，箭从肚脐眼进去，从屁眼出去？这也太邪乎了，莫非是从上往下射的！”

一个长衫青年傲然道：“你说对了，戚继光的箭是从房顶上射下来的！你知道大肚狮子肚子多大，足有两尺多！肚脐眼露着箭尾，屁眼外面露出箭头，你说巧不巧？来！为了庆祝戚家军首战大捷，为了庆祝消灭大肚狮子，共饮一杯！”

“好！”这帮年轻人哄然一声，一齐举杯，霎时酒杯叮当乱响。一杯烈酒入了肚，红脸小伙更兴奋了，大声问道：“你知道戚继光多高？你知道他的盘龙铁臂弓多长？”

小二摇摇头，说道：“不知道，不知道。”

红脸小伙转过头去，对他的朋友说：“喝酒！喝酒！明天投军去！不宰他十个八个倭寇，绝不回家！”

“好！算上我一个！杀倭寇去！”

“我也去！大家一起去！杀他娘的！”

年轻人吵吵嚷嚷，准备去投军。小二惦记着刚才的话茬，走上前来，麻利地给几位年轻人满上酒，笑眯眯地问道：“戚继光到底多高？弓有多长？你们见着了？”

长衫青年道：“多高？站在你这破屋里顶破了你的屋顶。弓多长？告诉你，四尺长的盘龙铁臂弓，家传的，两膀没有千斤之力，休想拉得开。一箭能穿透一沓子倭寇，有人数过。听说他还能射出双箭和连珠箭，第一箭叫‘一箭落幽雁’，第二箭叫‘双箭并蒂莲’，第三箭叫‘三箭灭三酋’。听说他情急之下可以连发四箭，第四箭叫作‘四箭四狼翻’！啪啪啪，一口气三箭，啪啪啪，十口气三十箭，射死了四十倭寇，箭如飞蝗一样前赴后继，明白了？”

小二一挑大拇指，羡慕地说道：“一箭落幽燕，双箭并蒂莲，三箭灭三酋，四箭四狼翻。真乃神人也。哎，不对呀，三十箭应当射死三十个倭寇呀，怎么射死了四十个倭寇？怎么会多出十个来？瞎说！你净瞎说！”

“你这就不懂了，有十箭一箭穿透了两个倭寇，不正好是四十个吗？蠢材！”

“哈哈……”

“‘灭三酋’是什么意思呀，这……”

“不懂了吧？酋是敌酋的酋，敌人的首领，三酋就是倭寇的三个首领。这还是戚继光刚当都指挥使不久，六千倭寇攻打龙山，我明军苦苦支撑了两个时辰，溃败了。正在这时，戚继光率援军赶到，他站在高坡之上，弯弓搭箭，嗖嗖嗖三箭射死了三个敌酋，明军士气大振，一鼓作气夺回了龙山。事后就有了‘三箭灭三酋’的传说。龙山的百姓们歌曰：‘将军三箭定龙山，壮士长歌倭胆寒……’”

“厉害！着实厉害！”

“知道吗？戚家军首战花街就大获全胜，光是战马就得了好几百匹，事情就发生在今天的黎明……”

金戈听着讲述，心说一传十，十传百，夸大在所难免。我今天被困花街村外老柳树，与戚继光失之交臂，亲眼目睹了这场战斗。戚继光个子高不假，却也八尺不到，比自己还略矮一点。四尺铁臂弓是真的，双箭齐射也是真的，三箭灭三酋没看见。金戈不愿多话，想起脖子瘤和白头翁，就觉得脊梁骨冷飕飕的。连夜走吧，困了就在野地里迷糊会儿，总比住店安全些。想好了，金戈付了饭钱，背起包袱出了店门。

金戈走在漆黑的大路上，一路向南。金戈一步迈不了一尺，觉得两条腿就像绑上了大石头，沉重无比。金戈一步三晃，咬牙坚持了半个时辰，实在走不动了，找了个干净的田埂，一摊烂泥似的坐了下去。金戈枕着包袱躺在田埂上，望着缀满星星的夜空，不觉间，泪水涌出了眼眶。大地已经沉睡了，只有青蛙和蟋蟀唱着无忧无虑的歌。黄色的稻谷、不知名的野花，散发着淡淡的幽香。远处，宁静安详的村庄和枝繁叶茂的树林都蒙上了一层黑色的面纱。

蚊子嗡嗡叫着飞来，轮番袭击。金戈不住用手驱赶，过了一会儿，两个眼皮紧得厉害，再也睁不开了，渐渐进入了梦乡。

金戈一觉睡到大天亮，爬起来一摸，好家伙，脸上起了好多大包，手上沾了不少蚊子血。金戈心道:“哪儿来这么多的蚊子？”金戈找到一个水坑，洗了把脸，摸摸鼻子，已经不疼了，水面上浮现出金珠和银珠靓丽的面容，金戈恨她们夺宝，又感激她们相助，自语道:“金戈但有出头之日，定要报答二位小姐的相救之恩，也要收回‘云遮月’，那是戚将军的珍宝，不能在我手里失去。”金戈抬起头来，看了看寂静无声的原野，望了望云团飘移的浩瀚长空，奔向了大路。官道上已经有人来往，步行的、骑马的，稀稀拉拉迤逦而行。金戈问明路径，系紧身上的包袱，迈开大步向前奔去。

中午，一个城池遥遥在望。金戈渐渐看清了黑洞洞的城门，脚步慢了下来。城门前人来人往。忽然，一个杂货铺子里蹿出了几个相貌丑陋的人，抓住了一个年轻的书生。金戈一惊，心道："桃花会的爪牙，不好！"金戈急忙转身，跑到一个烧饼铺前。这时，丑鬼们放了那位书生，顺着大街望来。一个大嫂拿起一个烧饼，诧异地看着脸色苍白的金戈。金戈伸出颤抖的手，哆哆嗦嗦地接过烧饼。慌慌张张地吃了几口，偷眼再看，那几个丑鬼已经登上了杂货铺子的台阶。金戈知道这是桃花会的暗卡，幸亏前面有个书生路过，不然的话，怕是凶多吉少了。绕吧，宁走十步远，不走一步险。金戈想好了，给了烧饼钱，转身就走。金戈慌慌张张地逃出了北关，穿田绕城。在一个农户家里，金戈和一个老汉换了一件带着补丁的旧大褂，要了一顶破草帽。绕到城南的大路上，金戈已经变成了一个邋遢的农夫。金戈回头看了一眼几里外的灰色城墙，自语道："伍子胥过韶关，一夜愁白了头，想必是韶关无路可绕。我呢，还好，绕过来了，真是不幸中的万幸！"

走着走着，金戈觉得两只脚火烧火燎地疼，每走一步都针扎似的。金戈咧着嘴，咬着牙，一步一步地往前挪。每逢道路有弯，金戈都计算着最近的路线，多一步也不愿走了。见到了硬弯，他干脆下了道，抄近走到田里。就这样，他一天赶了九十多里。傍晚时分，他来到了一个小镇，看见一家饭店，被一个站街的伙计迎了进去。

店堂里明亮宽绰，柜台旁一架硬木楼梯直通二楼，桌椅杯盘也挺讲究，就是没有客人。金戈找了一张八仙桌子，刚要坐下，掌柜的就过来了，抬手让道："先生，请高升一步，步步高升！"意思是要他上二楼。金戈一步也不愿意走了，可看见掌柜的殷勤笑容，就没有拒绝。这就是善良人的缺点，耳根软。凡事应该自己拿主意，他再怎么礼让也不去。无事献殷勤，非奸即盗，一点不假。

金戈迈着沉重的双腿，扶着雕花栏杆，费力地登上了二楼。一看，楼上有几桌客人，但大部分的座位还空着，看来饭店不怎么景气。

小二提着茶壶走过来，倒了一碗茶，赔笑着问道："客官吃什么？本店煎炒烹炸、生猛海鲜、南北大菜，应有尽有，爱吃甜的有闽粤糖醋茄子，爱吃酸的有山西醋熘丸子，爱吃香的有金华火腿香肠……"

金戈摆摆手，不让他说了，金戈出身官宦之家，上过大酒楼，见过大世面，微笑着说道："把菜单拿上来，让我瞧瞧。"

小二走了，一会儿拿来一张描金红纸，双手递给金戈。金戈看了看，点了俩菜，按他本意，一菜一汤、两碗米饭，行了。可是，这是大饭店，自己又不喝酒，点一个菜寒酸了点，来俩菜吧，不过，那也是拣便宜的要。金戈一家人节俭惯了，习惯改不了，要了一个鱼香肉丝，一个家常豆腐，都是三四个铜板一盘的便宜菜。接着又要了一个鸡蛋汤，外带两碗米饭。

小二眼皮一翻，嘟噜着脸蛋子走了。过了好一阵，也不见饭上来。敢情掌柜的不乐意了。等吧，金戈的耐心还是有的。这时候，旁边桌上一个歪着脖子敞着胸怀的年轻人哼哼唧唧地走过来，一拉板凳，打横坐下了。歪脖人二郎腿一跷，上半身吃了烟袋油子似的颤悠着，手指一敲桌子，问道："小子，你这包袱里包的是什么？大爷我看了半天了，怎么也猜不透，长长的、窄窄的，什么东西？打开看看，让大爷我过过眼。"

嗨，碰上地痞无赖了，屋漏偏逢连阴雨！金戈细眼一瞟，那边桌子旁还坐着一个和他一样打扮的人。那人敞胸露怀，胸膛上毡子似的黑毛足有半寸长，脸上还带着一处刀疤，一看就知道不是个好人。

金戈连忙应付道："里面是把琴，没什么看头，老哥请吧！"

歪脖人眼睛一瞪，骂道："嗨！小子！大爷看你的，那是给你脸，你他妈的怎么不识抬举？是不是要大爷我替你娘管教管教你？"

听到"你娘"二字，金戈腾地火了，呼地站起来，眉毛一立，厉声道：“你说什么！”

歪脖人吓了一跳，眼见这个穿戴寒酸的小伙子高出了自己一头，泰山压顶似的瞪视着自己，身子一歪，连板凳一起摔倒了。他手掌拄地，一抬屁股站起来，倏忽退后两步，一伸手从后腰间摸出了一把牛耳尖刀。歪脖人歪着脖子猫着腰比划了一下，又退了一步，两只贼眼惶恐地看着挺身玉立的金戈。金戈要是沉着脸再吼两句，这小子肯定滚下楼，那个刀疤脸汉子也会夹着尾巴跑路。这俩地痞，百分之百的欺软怕硬的主。可是，金戈看见了刀，想起了两次挨打，胆怯了，悻悻地坐了下去。

一直关注动静的刀疤脸站起来，踱了几步，在两张桌子之间站住了。他左看看金戈，右看看金戈，忽然乐了。他看见金戈的破草帽下露出了一缕漆黑油亮的头发，看见了发髻上垂落在脑后的半截蓝色布带，又看见了露在破烂衣袖外那双白皙修长的手。细看金戈的脸蛋，白里透红，既不像久历风雨的练家子，也不像风吹日晒的农夫，倒像一个易了装束的文弱书生。刀疤脸嘿嘿一笑，一个箭步蹿过来，抬腿就是一脚，踢向金戈身下的板凳。咔嚓一声，板凳腿断了，金戈扑通一声跌在地板上。刀疤脸跃步向前，抬手就给了金戈一个大耳光，接着上前一步，抬起了脏兮兮臭烘烘的大脚，踩在金戈的胸口上。歪脖人也蹿过来，嘿嘿一笑，说道：“嘿！他妈的臭小子，原来是个驴粪球，外面光！个头不小，草包一个！吓了老子一大跳！”说着，他伸出了黑红色的大手，三拉两扯，麻利地解开了金戈的包袱，露出了里面的古琴，这是一把黑红色的闪着淡淡乌光的古琴。他可不识货，骂道：“他妈的是一把破琴！一把破琴包这么严实干什么？会弹吗？给大爷们弹个曲儿，解解闷！弹得好听，饶了你个王八羔子！”

刀疤脸瞟了一眼桌上的古琴，嘿嘿笑了一声。邻座的客人见势不好，赶紧结账溜走了。边角处一张桌旁围着几位老者，他们嘀咕几句，一个头顶五梁冠的老先生咳嗽了一声开了腔：“你俩干什么？欺负外乡人吗？我告诉你们，咱们这可是礼仪之乡！别在这儿干缺德事！不然，我们这几个老骨头可不是吃素的！”

“不是，不是。我们看这小子的穿戴不伦不类，不像个好人，只想逗逗他，绝不敢欺生。”刀疤脸的脚放开了金戈，又喝道，“会弹琴吗？弹一段曲子给大爷们听听！”

金戈抖抖衣服，一翻身爬了起来，冲着几个老者弯了弯腰，行了个礼，一声不吭地把琴摆好了。“这位公子，把琴收了吧，不用听他们的。”又一个老者说话了，“你们两个，吃饱了没？吃饱了滚蛋！再胡闹，我就叫衙门收了你们，滚！”

金戈看着瑶琴一时无语。他的琴艺没的说，母亲就是行中高手。他自幼接受熏陶，又加上天资聪颖，这时候的琴艺可以说当世无双。可是，这哪是弹琴的地方啊？刀疤脸一看势头不好，连忙说道：“我们还没吃饱呢，你看，菜刚上齐……”

“那你们就老老实实地吃饭，如果再敢欺负人，我们马上叫衙门抓人！”

“是！是！我们不敢了。”

小二送菜来了，看见断了的板凳，眼珠子一转，叫道：“嗨！这板凳谁弄折的？这可是古玩意儿，有钱也买不着！”

刀疤脸张了张嘴，看了几个老者一眼，又抿上了。金戈怕多事，就说：“我赔吧，多少钱？”

小二道：“你去和掌柜说，我可做不了主。”

最先开口的老者扭过身来说道：“凳子是他俩踢折的，叫他俩赔。不过，这也不是什么好木头，已经糟透了，不然不会一脚就踢折。小伙子，你吃你的饭，吃完了走人，看哪个敢难为你。”

金戈连忙站起来拱手说：“晚辈这厢有礼，多谢几位长者仗义执言！小子感激不尽！”

第一个为他说话的老者接着说道：“人都有为难遭窄的时候，出门在外更是不容易，我们这些老块块只能动动嘴皮子。小伙子，吃饭吧，踏踏实实地吃。他们再敢造次，就让他们去吃牢饭！”

“谢过几位长者！”金戈已经没了食欲，拨了一些鱼香肉丝到饭碗里，搅和一下，扒拉了几大口就要结账。小二道：“下去结吧，到柜台上去结。”

金戈下了楼，掌柜张口就要一两纹银。一两银子，那是一个衙役三月的薪酬，能买二百斤大米。金戈看着掌柜一副奸商的模样，估计他早就准备了说辞，二话不说，扔下一两碎银子转身就走。离开了这家黑心的饭店，金戈找了一个客栈住了下来。金戈心道：“‘车船店脚牙，无罪也该杀’，说得真有道理。今天还真亏了几位老先生仗义，不然真走不了啦。以后若有能力，也要出手帮助那些被欺负的人。”

金戈要来了洗脚水，脱了鞋一看，好家伙，脚上打了好多血泡，有几个已经破了。金戈自幼读书，哪走过这么多路。他不知道怎么办了，忙喊店小二。店小二弄来了一根马尾，帮忙把血泡穿破了。金戈又要来针线，把长衫上的一个口子缝好了。多亏秀英的银子了，不然，再上武夷山，非得讨着饭去不可了。金戈洗漱完毕，就坐在床边，比比划划，琢磨起铁嘴华的掌法来。

第二天，金戈一下地，脚底下似有钢针扎上来，忍不住哎哟一声，瘫在床上。心说：“这可怎么办？”正在这时候，店小二过来了，说道：“客官，有一辆马车去东台，空车，你要是搭车走，管车把式一顿午饭就成。庄稼汉的饭，能吃饱了就成。你可以搭六十里车。我看你的脚够呛，就搭了一个话……”

金戈急忙道：“太好了，谢谢你，我搭车，我搭车，你让他等等我，我就到。”

店小二道：“好，我让他等着你，莫急，莫急。”

金戈还有三两银子，他知道省着花，可是，再碰上几个地痞，再省也没用。搭车走吧，尽快赶到武夷山才是上策。

这是一辆拉货的板车，金戈把包袱放在车板上，坐在了车把式旁边。车把式一声吆喝，骨碌碌，马车驶上了大路。

接下来，金戈心眼活动了，一路上有车搭车，没车走路。第五天，金戈的脚也好了，人也到了武夷山。

这天上午，金戈来到了武夷山东坪，岳武院的所在地。金戈奔上山岭，抬眼一看，只见一块狭长的坪坝坐落在山腰上。它面对峡谷，背倚高山，气势不凡。这时，一个樵夫走了过来，金戈拦住了他，问道："这位老哥，请问山下的庄园可是岳武院吗？"

樵夫放下了柴担，抬头看了看金戈，说道："不错，下面就是岳武院，武林四大高山之首的岳武院，它身后这座山名叫飞鹰岭，它前面的峡谷名叫半壁峡。岳武院坐南朝北，虎踞龙盘，占的是块风水宝地啊。怎么，小哥可是来习武的？"

金戈道："正是，谢谢老哥指教。"

"好啊，那可来对地方了，岳武院的岳武功举世无双，天下无敌，哈哈……"樵夫放声大笑，一弯腰担起了担子走了，随后飘来一段低沉嘶哑的歌声。

站在飞鹰岭上，放眼眺望，眼前的山脉峰峦叠嶂，万绿丛涌。岳武院堂舍错落有致，修竹连绵。金戈心说："好一个美丽如画的地方。"

金戈扔了草帽，脱了补丁摞补丁的长衫，换上蓝色的皂边长袍下了山。金戈穿过了宽阔的广场，来到了一座高大的殿堂前。金戈抬头望去，只见殿堂的门楣上悬挂着一块巨大的牌匾，上书"岳武院"三个大字。

金戈自言自语："这就是岳武院了，武林的四大高山之一。这里距离当朝四大书院之一的武夷书院仅一山之隔，差别却相去万里。

唉，当初曾想殿试之后，游学武夷书院，瞻仰朱子旧居。不想今日，却以金戈之名、一个习武者的身份来到了武夷山。”

金戈说明了来意，有人带着他走进了岳武大殿。大殿内宽敞明亮，两排铜盆粗的红漆柱子耸立殿中。正面墙壁前摆着一张大理石面的八仙桌子，两边各有三把高背太师椅。八仙桌子后是一个狭长的黑色靠山几，几上摆满了胆瓶胆罐。东西两侧，各有三张八仙桌子，都配着棕色的藤椅，像是招待客人的地方。金戈被让到一张桌子旁，一个穿灰袍的老者走了过来，看了梁秀才写的举荐信，抱拳道："久仰金公子大名，今日得见，三生有幸！快请坐，来人，上茶！"

一个身穿短衫长裤的少年端来了茶水。

"金公子，我先介绍一下，这里是岳武院的内务大堂，是接待客人、办理院务的地方。老朽在此任协理，鄙姓杨，贱名三平，人们叫我杨白丁。惭愧！我也是读书人，六次乡试，竟然无缘功名，蠢材呀蠢材。金公子，看你信上所言，你要来此习武，这怎么可以！你的文学造诣如日中天，前途不可限量，何以弃长取短？救母救妹，报仇雪恨，应当交由官府去办才是。"

杨协理是个热心人，他坐在金戈旁边，滔滔不绝地说起来："岳武院有练武堂、习武堂、精武堂、神武堂四大学堂。练武堂、习武堂是基础学堂，学习十六路枪法、十六招散手，以及骑马射箭的基础功夫。练武堂都是些青年人，不收银两，但必须耕作，武徒的吃喝要靠自己的劳动解决。一到抢种抢收的季节，整天下地。只有农闲之时，才会全天习武。不论多忙，早课和晚课都要坚持。习武堂只招收儿童，他们以习武为主，兼学文学。岳武院的武徒通过比武晋级，每月到了月圆之夜，岳武院都要进行比武较技，那叫作'月圆较技'。比武夺魁之后，可以进入精武堂学习。到了精武堂之后，还可以通过'双节争锋'晋升到神武堂。双节是八月十五中秋节和正月十五元宵节两个节日。打进了神武堂，才能带你到岳家宗庙正式拜师，才能登堂入室，才能算岳武院的正式门徒。”

金戈听着，心里暗暗盘算：“我要争取一年之后打进精武堂，两年之内打进神武堂……”正想着，杨协理的声音又钻进了他的耳朵：“……来练武堂学习的，多数是些矿工农夫，地痞流氓也混杂其中，你一介书生，怕是吃不消，去习武堂学习吧，你的岁数又大了……”

这时，一个身着交领长衫的中年男子走了过来，杨协理连忙站起来，说道：“大堂主，黄山白神庄的铁嘴华捎来口信，介绍这位金公子来我院习武。”说着，将梁秀才写的举荐信递了过去。

金戈赶紧站起来，肃立一旁。只见这位大堂主膀大腰圆、浓眉大眼，浑身上下散发着一股锋锐之气。大堂主看完了，把书信还给了杨协理，说道：“金公子文章甲天下，是文坛中的大才，可敬可佩。但不适宜练武，请回吧，不是我们驳铁嘴华的面子，实在是你这样的公子哥吃不消这种苦。再说你岁数也大了，就是肯下功夫，也难有成就，不如继续你的文章之道。人各有所长，各有所攻，你要我拿笔写字，我觉得比拿着一条大枪还沉呢，公子还是请回吧。”

金戈抱拳在胸，恳求道：“我有血海深仇，还有顽强的毅力，请大堂主给我一个机会，让我试一试。”

“哦？”大堂主眉头一皱，思索了一下，说道，“你不怕苦？真愿意试试？”

金戈坚定地说道：“我不怕苦，愿意一试。”

大堂主哈哈一笑，说道：“好！可有一样，你只能去练武堂，那里可是农忙以务农为主，农闲以练武为主的地方。精武堂专门练武，但要凭真实功夫打进去。我们向来一视同仁，不能因为你是铁嘴华介绍来的就照顾你，也不会因为你是什么文章甲天下的进士，什么大明骄子，就另眼相看，你明白吗？”说着，他摇了摇头，叹道，“你的筋骨已经定型了，要练出点名堂来，难！说实在的，你在这儿是白费工夫，可惜了，一点好处也没有。”

正说着，一个腰板笔直红光满面的老者从角门里走出来，杨协理和大堂主连忙迎上去。金戈站立当场，不知如何是好。这时，杨协理把举荐信递了过去，说道：“院主，这位公子是铁嘴华介绍来的。”

大堂主说道：“爹，他是来习武的，他就是新科进士金文杰，文章震古烁今的大明骄子。”

老院主一声不吭走过来，看了一眼金戈，撩起长袍坐下了。金戈身子微震，觉得老院主的双眼好似两把利剑，神光锐利。老院主看完了书信，抬起布满青筋的大手，摸了摸灰白色的山羊胡子，问道：“小兄弟，你在哪儿碰见那个疯老头的？他身体怎么样？是不是还是满嘴的胡说八道？”

金戈连忙抱拳施礼，说道：“晚辈在临江县十里铺村遇见了白老前辈，那里是倭寇袭击戚家军辎重队的战场。我们正在埋葬壮士的遗体，白老前辈来了。他身体很好，还带着他的孙女白凤。”

“白老前辈？你就叫他铁嘴华，他乐着呢！他可是个没大没小的老家伙，不喜欢人家叫他前辈，也不喜欢叫他名字。”老院主哈哈大笑，说道，“好哇，他还是待不住的脾气，一天瞎跑不住脚啊！”

大堂主笑道：“爹，怕是他害怕家里那个母老虎，不敢沾家吧？啊？哈哈……”

老院主身子往后一仰，靠在椅背上大笑起来：“唉，他哪样都好，偏偏怕媳妇，这又有什么办法？这叫卤水点豆腐，一物降一物，谁克谁是一定的。”接着，他又瞅了瞅金戈，说道：“哎，你不用学武了，就在大堂教书法，讲四书五经，我们多给银两。”

金戈摇摇头，说道：“我，我还是去练武吧。我的血海深仇要靠我的双手去报，我的母亲和妹妹还等着我去救，还望院主成全！”

“这个……”老院主沉吟不语了。大堂主回头说道：“我已经劝过了，他执意要下去，我看就叫他下去试试，受不了再回来，不让他试试他怎么知道锅是铁打的呢。”

老院主双眼盯着金戈，继续劝道：“你的岁数大了，骨骼已经定型，基本功难以练成，如果学学那些三脚猫的功夫，来个上阵杀敌什么的还可以。你要步入武林之巅，成为武术大家，比登天还难。”

金戈银牙暗咬，坚定地说：“我不怕苦，不怕难，我还是想试一试。”

老院主又看了一眼金戈，哈哈一笑，喊道：“虎子，你过来，你练练腿功，给金公子瞧瞧。”

“是！”端茶送水的小伙子从里屋蹦了出来。只见他双手一分，右脚嗖的一声踢向空中，双脚上下一条线，停得笔直。接着他右腿落地左脚又起，又来了一个立式一字马。他左脚落地，右腿向后反踢，同时双手上举，腰向后弯，啪的一声，来个反身手脚相连，上半身弯成了一个反接的圆圈。接着，他侧身旋转，后踢连环，前踢立马。只见他腿脚干净利落，身子柔软矫健。忽然，他一跃而起，来了一个横空劈叉。小伙子也是存心卖弄，落地之后，马上翻了一溜儿空心筋斗，打了几个旋风腿。

啪啪啪，掌声响起。金戈一看，杨协理眯着眼咧着嘴，正使劲鼓掌。

老院主山羊胡子一撅，笑道：“虎子进步不小啊，该奖！该奖！”又对金戈说道：“看见了吧，这就是基本功，要从小练起，长大了，腿上那条大筋就难以拉长了……你来两下，让我们看看你的基本功。”

金戈踌躇道：“我……不行，我没练过。”

大堂主笑着走过来，说道：“你试试，让我们看看你筋骨的柔韧度，也好有个底呀。”

金戈站起来，脱下长袍走到大殿当中，右腿使劲向上踢去。脚抬起来不到肩膀高，身体一歪，差点闹个坐蹲。金戈摇晃了一下站住了，顿时脸色绯红。

“哈哈！”大家都笑起来。

金戈伸出一根手指说道：“一年！一年之后，我会踢得和他一样高，一样好！”

老院主摇头笑道：“不可能！不可能！就是从小练起，也不敢说能踢得像他一样好。你的大筋难以拉长，骨骼基本成型，要成为武术大家是不成了，练些基本功夫还行，木已成舟，你就死了这条心吧！”

金戈的眼里喷射出坚定的光芒，边穿长袍，边恳求道：“金戈恳请院主准我一试。一年之后踢不了一样高，我自动退出岳武院。”

老院主不高兴了，沉脸道：“哼！不听老人言，吃亏在眼前！你非要碰个头破血流不可就去试试，撞了南墙可别找我。到时候练成四不像，就自己夹着包袱走人吧！杨协理，你安排一下。”

杨协理叹口气，轻声对金戈说道：“听人劝，吃饱饭！你真的要这样？”

金戈目光炯炯，坚定地说道：“我一定要试上一试！”心里却说：“他们和铁嘴华的口气一模一样，我真的不行吗？看来困难绝对小不了，不脱层皮，那是不成啦！我到底行不行呢？要救母亲和妹妹，学好武功是唯一的途径，不行也得行！再说，桃花会苦苦追杀，没有武功也对付不了他们。我宁可练死，也绝不能苟且偷生！出水再看两腿泥吧！”

杨协理让金戈把瑶琴和银两寄存在内务大堂里，命虎子带着金戈去练武堂。金戈走后，杨协理还不住摇头叹气：“可惜了，自找罪受！”

虎子带着金戈来到大殿前的广场，对金戈道：“来，我给你介绍介绍岳武院。你看，那就是咱们待过的岳武大殿，它后面是院主大院，那座细高细高的白色钟楼就矗立在院主大院里。院主大院后面是家庙小院。家庙小院紧贴着陡峭的山崖，那里是禁地，外人可不让进去。”虎子抬手又一指，“那边，岳武大殿西边的那条小街叫作小西街，住着家眷，大堂主的家就在那里。东边那几栋房子是客院，叫东客院。往东看，两里外的那个靠山大院，是精武堂。再向东走出三四里，靠山坡的那几排平房，是练武堂，那就是你要去的地方。西面，和精武堂对称的是神武堂，再往西走，和练武堂对称的是习武堂。”

金戈眨眨眼睛，看着精神抖擞的虎子，和声道：“兄台练了几年武功了？”

虎子微微一笑，说道：“我六岁的时候就来了，练十多年了，在习武堂长大的。大前年打进了精武堂，在精武堂待了两年多，刚到内务大堂来。你真的是个进士？”

金戈苦笑道：“是的，没错……”

虎子瞪着大眼仔细地看了看金戈，问道：“进士不是个大官吗？有功名在身，怎么还来习武？受这个罪？”

金戈咬牙切齿地说道：“我家破人亡了，母亲和妹妹被桃花会掳走，父亲和倭寇血战而死。我要报仇！我要救回我的母亲和妹妹！”

虎子一呆，说道：“你成孤儿了？我也是。要习武，来岳武院算是来对了地方。当今武林，习武不来岳武院，只有去少林寺了。太行奔雷寨去不得，黄山白神庄不招外姓人……武林四山，岳武为首！走吧，跟我走。”

金戈来到练武堂，被分到了第六队。六队的宿舍在第三排的西侧，是一个四开间的大屋子，靠北墙搭着一个长长的通铺，通铺上乱七八糟地扔着七八条破被子。也有一些草帘子当作被褥扔在床板上。屋子的西侧立着一个崭新的枪架子，二十多条红缨枪齐刷刷地插在架子上。

中午，六队的武徒们回来了，准备吃饭。他们看见新来的金戈，立刻围过来，像看怪物一样看着他。金戈也打量着他的同伴，只见这些同伴大部分光着膀子，只有七八人穿着只有前后两片布的背心。他们头上裹着黑乎乎的网巾，下身穿着宽腿裤子，露着黑油油的胳膊和黑乎乎的小腿，脚上穿着露脚趾的粘着黄泥巴的草鞋。变了颜色的背心和又肥又短的裤子上散发着难闻的汗腥味。金戈呢，身穿圆领皂边蓝长衫，脚登着千层底的靸鞋，油亮的发髻上插着一支白玉簪子，长短不齐的蓝色飘带上闪着淡淡的蓝光。

金戈赶紧抱拳道:“兄弟初来乍到，鄙姓金名戈，请各位师兄多多关照。”

虎子走到一个络腮胡子大汉前，嘀咕了几句，回身道:“各位兄弟，这位金戈兄弟是黄山白神庄铁嘴华介绍来的，杨协理要兄弟们照顾他一二。”虎子转过身来，又对金戈道:“这是你们队长，马大响马队长，你们要多亲多近。诸位师兄师弟忙着，兄弟告辞了。”

虎子走了，高大憨厚的马队长看着金戈的衣着皱了皱眉，伸手往床铺上一指，说道:“你就睡在那儿。等会儿跟兄弟们去吃饭，饭后去割稻子。”

第六队共有二十四人，分成三组，金戈分在第二组，组长是个矬胖子，大家叫他坐地炮。他身高不到五尺，体重却有一百六七十斤。

饭堂很长，摆着五六排方桌，方桌的方木腿钉在土里，看起来非常整齐。一组武徒围着一张桌子。今天吃捞面，桌子上摆了一个大盆，一人一个大黑碗，大家拿筷子往碗里捞面条，然后倒上点食醋、酱油，抓把青菜，狼吞虎咽地吃起来。大家你争我夺，风卷残云，一抹嘴就吃饱了。金戈呢，一碗面条还没吃完，别人三碗已经下了肚，再想吃，没了。

一块狭长的平坝上，种着大片的水稻。稻子熟了，金黄一片。随着秋风，稻浪一排排地涌向远方。练武堂二十个小队先后走过来，四五百人站在地头上，宛若一条灰色的长龙。

一人六垄，兄弟们猫腰挥镰，唰唰唰，割倒了一大片。转眼之间，长龙变成了羊群，稀稀拉拉地散开了。金戈抬头看，地头上就剩下自己一人了。金戈擦把汗，猫腰紧割。两边的稻子割倒了，垄稻子失去了支撑，不少的稻子倒了下去，更不好割了。他割着割着，手上打起了泡，腰也疼得厉害，直了直腰。过了一会儿，金戈又直起了腰，他看见大部分黑鬼子似的兄弟已经割到了地头，正指手画脚地议论他。一会儿，他们开始往回割，不久就和金戈碰了头。

坐地炮来到金戈跟前，黑着脸说道："你把腰猫下，别老直腰。你割一会儿直一会儿腰，还不得割到猴年马月去！"说着，他做了个示范。金戈学着他的样子割了起来。腰疼，金戈又直起了腰。

"猫下腰！"坐地炮吼叫着，啪！他给金戈背上来了一镰把。

金戈瞪着眼睛问道："你怎么打人？"

坐地炮吼道："猫下腰！快割！"

"你看他那身穿戴，少爷羔子似的！"

"还不快割！再不割揍死他！"

"揍他！"几个黑鬼子跟着起哄。

看见黑鬼子们气愤的面容，金戈赶紧猫下腰，继续割稻子。几天的遭遇，让金戈彻底理解了"忍气吞声"的含义，也知道了"谁知盘中餐，粒粒皆辛苦"的真实意境。他不会使巧劲，镰刀也是别人挑剩下的，一点也不快。这一切，他都赶上了。大家一口气割了两个来回，他是越落越远。还好，回来的时候，眼前的稻子一段一段都被人割倒了。最后，他咬着牙，鼓着劲，费了九牛二虎之力割到了头，抬头再看，地里一个人也没有了，自己比别人少割了好多，还不如别人快。

"干活我不行，习武行不行？"金戈自言自语，有生以来，十八年没有挨过一次打，可最近这几天，一连三次挨打。金戈的眼睛红了，他的心在滴血！他咬牙切齿地说：“别人能干的我一定能干，别人能行的我一定能行！我向来比别人下的功夫大，比别人动的脑筋多，我一定会比他们更优秀！天将降大任于斯人也，必先苦其心志，劳其筋骨，饿其体肤……我一定能行！我一定能行！”金戈脱掉长袍，解下了小衣，也光了膀子。他冲着旷野振臂高呼：“我一定能行……”

金戈蹒跚着回到练武堂，弟兄们已经吃了晚饭。

马队长端来一碗米饭，说道：“吃吧，快点吃，马上就要上晚课了。”

金戈接过碗，说道：“多谢。”赶紧狼吞虎咽地吃起来，什么斯文，一边去吧。

马队长又掏出两个辣椒，放到碗上，说道：“你知道他们为什么恨你吗？咱们干活，按人头分活，今天下午，咱们每人分了二十四垄，你只割了一半，往回割的时候，兄弟们替你割了好几垄，你知道不知道？如果你一个劲地干，少割点也就罢了，可你磨磨蹭蹭，割一会儿直一回腰，他们自然恼你了。”突然，当当当，钟声响了。马队长霍地站起来，叫道：“拿条红缨枪，跟我到外面站队，你跟在我后面！”

队伍很快集合好了，武徒们跑步来到操场上。各队按固定的位置站好，人与人之间拉开了距离。咕噜噜，咚！咚！战鼓敲响了。“呀！呀！呀！”武徒们端着红缨枪向前刺去。马队长来到金戈身边，说道：“你看我的，先学突刺！”他说着示范了一遍，接着讲解道：“左脚向前踢一步，注意，是踢出一步，不是迈出一步。双手握枪，甩腕向前，然后猛推。先甩后推，手腕带动小臂，小臂带动大臂，同时腰上挺力，猛刺出枪！关键要掌握踢、甩、挺三个字，掌握关键才能枪出如风，才能气势如虹！来，你再看我的！”

马队长边讲解边示范，金戈很快领会了诀窍，随着鼓声，金戈也“呀呀”叫起来。一枪一枪又一枪向前刺去，金戈的红缨枪也颤抖着“毒蛇吐芯”了。

当当当，远处传来一阵钟声。武徒们放下了枪，开始练习拳脚。这时候，鼓声起了变化，由间断沉闷变得连贯急促起来。武徒们的呀呀声变成了嘿嘿声，大地上也传来了脚板踏地的噗噗声。马队长又来了，说道：“他们在练岳武拳，一共十六招。现在你来学习第一招‘玉女穿梭’，看好了！”马队长说着身子一侧，左手拳先闪电似的一弹，拳头弹出半尺戛然而止。此时，弹出去的左臂欲展未展，蓄势不动。马大响喊道：“这是前一半，再看下一半！”说罢右拳一转，从左臂下箭似的穿出，呼地击了出去。

马大响收了身子，解释道：“第一步是左手弹拳左脚上步，接着转腰，同时右手穿击而出！关键是左手的弹拳，要似展未展，似攻未攻。似乎要击打敌人的眼睛，突然半途而止。这是虚招，真正的打击在右拳上。你再看！”马大响说着又示范了一遍，只见他出拳干净利索，带起了一股凉风。金戈一看，这不是黑子打自己鼻子的那一招拳吗？他的前拳似乎要打我的脸，我一拦，假的，拦空了，他的后拳打中了我的鼻子……就是这一拳！马队长讲得详细，金戈学得认真。随着鼓声，马大响反复示范这一拳。金戈心领神会，片刻后，也打得似模似样了。马队长高兴了，咧着大嘴呵呵笑起来，说道：“好！很好！你很聪明，理解得很快，就这么练。记住，要快，要稳，要狠，要有节奏感。看我的！”马大响说着又打了几遍。过了一会儿，金戈这一拳竟然跟上趟了。当然，力度还差得远。

又传来一阵钟声，下晚课了。自由练习开始了，马队长专心打拳去了。金戈四下里看看，那边一群武徒在练枪，这边一伙武徒在练拳，还有几个武徒在木头架子上练习腿功。边边角角，还有些武徒正在聊天。金戈走到练习腿功的木头架子旁，把一条腿放上去，开始压腿。他嘿嘿连声，不一会儿，练得满头大汗。

“金小子，你过来！”金戈听见了喊声，回头一看，身后来了几个人，都是自己一个队的。为首一个猴头猴脸的家伙说：“听说你带来几套衣服，借给师兄们穿穿怎么样？看见了吧，哥几个的衣服都快露屁股了。”

另一个猥琐的小子嬉笑道：“这位大哥姓马，以后你叫他马大哥。你小子叫金哥？怎么不叫金嫂哇？啊？看你细皮嫩肉的，不如叫金嫂得了，让大伙稀罕稀罕你，啊，哈哈，哈哈……”

“我看叫金龟得了，”一个黑炭头似的小子，用手比划乌龟的样子，“你看他割稻子时那模样，一步迈不了四指，真比乌龟爬还慢！”

“你们看看，这小子还人模狗样地穿着长衫，假装先生呢。”

马猴黑黑的轻浮的眉毛一拧，瞪着眼睛说道：“哎，说话呀，怎么着？舍不得你那几件破衣服吗？啊？哑巴啦？装什么三孙子呀？”

金戈看这几个小子似乎不怀好意，心里忐忑不安，不知如何应对。

“怎么着，犯困了？来，咱们帮他醒醒！”马猴一声令下，几人一拥而上，你推我搡，不知谁趁机给了金戈一拳，打得金戈直咧嘴。

“停！停停！嗨，小子，想通了吗？好，你想好了再说，不就是几件破衣裳吗？好像掏了你的心肝一样，小气鬼，呸！我们走！”马猴子一跺脚，几个人一窝蜂似的散了。

金戈心里难受，想哭，真想大哭一场，但他不能。泪水在眼眶里转来转去，没有掉下来。现在，金戈心里不仅有仇恨，还有耻辱。他暗暗告诫自己：“我要付出百倍的努力，我要无敌于天下……”

金戈脱下长袍，解了小衣光着膀子练了起来。练拳脚，练刺杀，练腿功，汗水成串地顺着下巴往下流，滴在胸脯上，滴在泥土里。月亮升起来了，操场上空荡荡的，金戈还在练习。“苦不苦，想想遭侮辱；累不累，想想母和妹！”他编了一句口号激励自己。

六 琴声激荡

大堂主家在小西街的尽头。院子里有八间带有门廊的覆盖着青瓦的正房，五间东厢房，五间西厢房。西厢房最南边一间是门房。一道矮小的缠绕着喇叭花茎的竹篱笆插在厢房南侧，把一个与主院面积相当的小花园隔离出来。篱笆墙的两扇小门对着飞鹰岭那陡峭的点缀着紫色荆条的褐色崖壁。正房里灯火通明。东厢房靠南侧的三间房是个连三的大厅，稻草苫子遮挡了门窗，黑漆漆的看不见一点光亮。

苫子房大厅中央，大堂主双膝并拢，身子微弓。他忽然蹬地扭腰，上半身向左前方探出去二尺，又倏忽拧身回晃，向右前方蹿出去。啪唧一声，他跌了出去，趴在地上活像一个大壁虎。早有准备的大堂主一个鲤鱼打挺跃起来，用手背抹了一下额头上的汗珠，眉头皱了起来。他伸伸脖子扭扭腰，缓缓走回大厅中央，长出了一口气，缓缓蹲下身子，接着摇头摆臂，上半身突然向左前方探出，同时左脚掌内侧着力，身子一晃而回，再次向右前方蹿去。但是，他的左脚落地时重心不稳，又扑通一声跌倒了。大堂主伸出右掌啪啪拍着铺在地面上的棕丝地毯，似乎要把心中的不甘拍出去。大堂主嘴巴张张合合，不知嘟哝着什么，趴了好一会儿，这才慢腾腾地爬起来。他习惯性地扯扯衣角，朝着透着些许亮光的窗户走去，在一个雕花春凳上坐下来。

砰砰！砰砰！厚重的松木板门传来沉闷的敲击声，接着，一个清脆悦耳的少女声传了进来："爹，练完了吗？练完了快出来，该我了！"

大堂主按了按扎在腰间的一掌宽的牛皮带，大声道："练完了，这就出去。"

"快点，我娘早出来了，就等你了，快点！"

"来了，来了。"大堂主抓起衣架上的淡蓝色交领绣花袍，走到灯架前吹灭了灯。

大堂主走出东厢房，嘎吱一声带上了房门。他一边缩着胳膊穿袖子，一边对站在门框旁的一个中年妇人轻声道："夫人，岳霞越来越漂亮了，真成了什么天仙子了，有些武徒看见她眼都直了。你可看紧点，别弄出事情来。"说完，大堂主的目光转向持枪而立的女儿岳霞，眼睛里流露出涓涓爱意。

岳夫人转过身来，素手伸到大堂主胸前，摸索着给他扣上大襟旁的一个布袢，嗔道："你这是什么话，我看紧点？你当爹的就不管了？"

大堂主一抻一挽，麻利地系好腰间的绛红色的丝绦，扭头笑道："管，管，不过，管教女儿还是以夫人为主，我不是忙嘛。"

正房屋檐下挂着两个水桶大小的白色灯笼。灯笼微微晃动，方砖地上泛起了一片如雪的银光。岳霞上襦下裙，头上梳着一个青螺髻，耳畔坠着一个绿莹莹的水滴形玉坠，鸭蛋形的脸蛋上镶嵌着一双黑白分明的杏核眼，一只葱白一样的手上抓着一支红缨如血的藤蛟枪。西厢房前，站着一个身材矮小的圆脸姑娘。她也是上襦下裙，头上梳着双螺髻，圆圆的眼睛里流露着一股倔强泼辣的神气。岳霞号称天仙子，也是武林四美之一。她和花仙子白凤、珠仙子金珠、珠仙子银珠合称武林四仙子。四位姑娘一时瑜亮，名号越来越响亮了。别说，这几位姑娘的长相还真名副其实。眼前这位天仙子岳霞，中等身材，体态丰盈，确实是一个人见人爱的美人。

“看招！”岳霞一声轻叱，使开了岳武枪。岳武枪一共六十六路，岳霞学了三十四路。练武堂的武徒只能学习十六路岳武枪和十六招岳武拳，合称为三十二枪拳。晋升到精武堂，可以学到三十二路岳武枪和三十二手岳武拳，称为六十四枪拳。如果打进神武堂，拜了师，可以学习第一阶岳武功，学全六十四路岳武枪和六十四手岳武拳，合称岳武百枪拳。这时候，大枪使开了，第一枪，毒蛇出洞。第二枪，插花盖顶。第三枪，老树盘根。左三枪，白鹤展翅、喜鹊登梅、怪蟒翻身。右三枪，祥龙腾空、灵蛇摆尾、乌龙入渊。岳霞吐气开声，大枪风声雷动。接着，大枪一箭双雕扎眉心，锁定双眼；大枪二龙出水刺咽喉，捎带双肩；大枪三星奔月刺前心，忽射双腿。纵向刺杀是枪，横着抽打是棍，上崩、下砸、里撩、外划，啪啪啪，银蛇摇尾刺青天，呼呼呼，金针探海扎浪花！

“好！”圆脸姑娘跳着喊起来。

岳霞收了式子，胸脯起伏，脸上红云密布。

大堂主赞道：“好！有进步！最后两招还是差点，什么时候使用这两招时不勉强，岳武功的第一阶就算练成了。”

岳霞呼呼喘着粗气说：“不行啊，实在憋不住了，气不够用！我怕这辈子也不能一口气完成三十二招了。三步追风，我是追不成了，要不让我试试第二阶岳武功？第二阶也有三步吧？我先试一下第二阶的第一步，或许我一下子练成也说不定呢。”

大堂主哈哈一笑，说道：“你不用妄想了，我不会传你的。老祖宗的遗训谁敢违背？再说了，第二阶也是基本功，你练了也没多大用处。你就死了这条心吧，踏踏实实练你的第一阶岳武功。”

岳霞跺着脚嗔道：“知道了。哼，不学就不学，还落个轻松呢！”

大堂主回头看看岳夫人，说道：“夫人，今天岳武院来了一个大人物，一个进士，一个名动大明王朝的少年进士。”

“进士？”岳夫人诧异地问道。

大堂主笑道：“新科二甲头名进士，有文章、琴艺、书法三绝之称的金文杰金公子，就是传说中的那个临江神童，他改名金戈，投奔我岳武院，习武来了。”

“喔？二甲头名进士，他多大了？”岳夫人一听来了兴趣。

“十八。”大堂主岳中海看了一眼凑过来的岳霞，继续说道，“据说，他本应拿一甲头名状元，因受严嵩一党的排挤，这才屈居探花之后，成了兵头将尾的二甲第一。他现在家破人亡，投奔岳武院了。”

岳霞一蹦，喜道：“好啊！我看看去，他长什么样子？我学琴正好缺个师父呢，天上掉下个师父来，太好了！”

大堂主摇头道：“现在不行，他去了练武堂，练武去了。让他练上半年试试，到时候碰个头破血流，回到内务大堂，你再行拜师不迟。”

岳霞秀眉一皱，问道：“他为什么会碰个头破血流呢？”

大堂主哈哈一笑，说道：“他是个公子哥，一个细皮嫩肉的公子哥，受得了那个苦吗？他那两条腿硬得赛条棍子，弯都弯不下，还能练武？除非草鸡打鸣公鸡下蛋！等着瞧吧，半年之后，教琴的师父就来了。”

稻田里稻浪滚滚，武徒们一字排开，一声喊喝，顿时镰刀挥舞。金戈仍然在最后，但已经落得不是太远。马队长替他割倒了一片，金戈见了，急挥镰刀追赶，夕阳西下之时，他跟了上去……

月光照在运河上，河面泛起了一片乳白色银光。一艘黑船转过河湾，望见了远处停泊的一艘官船。官船上灯火通明。

黑船停下了，一群黑衣人悄悄潜入水中。

过了一会儿，黑衣人爬上官船，挥刀杀人。官船上一片混乱，赵文华、崔家语被打翻在地。一个丫鬟跑了出来，被一个黑衣人一刀砍成两截。扑通扑通几声，几个半死的衙役被扔进河里。片刻后，嘈杂的声音消失在夜幕中。

官船动了，缓缓靠了岸。黑衣人鱼贯下船，一个人被绑住身子抬走了……

黑衣人沿着河岸一溜小跑，片刻回到黑船上，黑船立即拔锚起航，转眼间消失不见。

官船上一片死寂。过了好一会儿，赵文华的公鸭嗓子响起来："来人！来人！"

"快来人哪！"崔家语也撅着屁股号叫起来。

"大人……"一个满脸是血的衙役爬过来。

赵文华急道："快去看看金小姐！"

脸上带血的衙役捂着漏风的嘴说道："金小姐被贼人劫走了。"

"啊？"赵文华一摊泥似的瘫了下去，拍着大腿叫道，"我的寿礼！我的寿礼！啊，完了，我的宝贝寿礼！到家门口，丢了！"

崔家语哆嗦着站起来，大声尖叫："快快报知通州衙门，让他们火速追查！快！快！快！"

皎洁的月光洒满了练武场，地面上好像铺了一层散碎的白银。金戈正在月光下翻腾。他跃高纵低，拳脚生风。他已经练成了三枪，学会了四拳。他练得有声有色，练得汗流浃背。听着沙沙声、砰砰声和嘤喽嘤喽的虫鸣声，金戈的心情开朗起来。练武场外的草丛里坐着三个人，坐地炮、马猴正听一个黑衣人训斥。黑衣人说道："分舵主阴阳魔有令，命你们两个在武夷山一带查找一个叫金文杰的人，此人十八九岁，高高的个子白净脸，是一个漂亮小伙。此人文才很高，号称大明骄子。你们重点排查武夷书院，见到此人格杀勿论。另外，总舵主驮龙魔王传来号令，要我们不惜一切代价，罗致天下美女。岳武院的岳霞是武林四仙子之一，位列名单榜首，如果有机会把她擒到手，那可是大功一件。”

“特使，你可认识金文杰其人？”马猴眨巴着猴眼问道。

“不认识，怎么？”

马猴道：“是这样，前些天我们队里来了个人，也姓金，个头挺高，年岁都差不多，也有文才，可他不叫金文杰，叫金戈。那不，就是那边练功的小子。”

黑衣人扭头一看，说道：“那还不好说？咱们过去看看。你站在他背后，冷不丁大喊‘金文杰’，看看他的反应。他要是金文杰，必然下意识地答应。如果他答应，我们就……”黑衣人用手向下狠狠一砍，叫道，“咔嚓了他！”

原来，坐地炮和马猴是桃花会派在岳武院的奸细。桃花会江南分舵为了追杀金文杰，派出了十几路追杀使。这个黑衣人就是桃花会的追杀使之一。

三个人悄悄来到金戈的身后。金戈正练腿功，他的双腿已经压成了一字，豆大的汗珠布满了他的脸颊。金戈一边压腿，一边琢磨拳脚要点，双手不停地比划着。

“金文杰！”马猴在金戈身后突然大叫一声。

金戈进入忘我境界，充耳不闻。

“金文杰！”坐地炮和马猴同时大吼。

金戈感觉有人大叫，缓缓回过头来，一看是马猴和坐地炮，眉头立即一皱，回过头去继续练功，没有搭理他们。马猴贼心不死，转到金戈的对面，问道：“你原名是不是叫金文杰？”

“你什么意思？”金戈眼睛一立，厉声反问。

黑衣人伸手一拦，说道：“不是他，走吧，我还要赶回去。”

金戈早看他们不顺眼，巴不得他们快走，哼了一声，继续加紧练功。

月圆之夜到了。圆圆的月亮高高地挂在夜空上，如水的月光笼罩着一字排开的三个较技台。较技台四角上插着四支巨大的火把，火把突突冒着一尺多长的火舌。马大响队长活跃在空手台上。他一路过关斩将，进入了决赛。这时，一个蓝衣少年跳上台来，与马队长对垒，二人拳来脚去很快打在一起。两人蹿蹦跳跃，拳脚带风，用的都是十六招岳武拳。但是，招式是死的，人是活的，十六招岳武拳一经推演，变化多多。金戈注目观瞧，只见马大响一招一式清楚至极。突然，蓝衣少年一个“真假弹腿”飞来，马大响脚步一错，暴退斜飞。马大响落地之后双腿微微一弯，突然腾身而起，接着一个摆拳唰地击了出去。马大响身材高大，这个摆拳打得又快又狠。

这一招实在太快，金戈吃了一惊，啊的一声叫了出来。

蓝衣少年神色一紧，低头避过，同时右手一拨一带，一招“顺手牵羊”反守为攻。马大响攻势不改，左手急探，改拳为爪，一式“金龙探爪”向下抓去。蓝衣少年一声清啸，身子滴溜一转，来了一招“上砸下挑”，接着一招“扁踹登天”。马大响撤步回身，身形左转，右掌穿梭而出，呼的一声向对方腰间拍去。蓝衣少年立即含腰收腹，双手封出。马大响见久攻不下，突然暴喝一声，左掌斜劈，右拳直击，拳掌连环劈出。马大响拳出如山，掌起惊虹，瞬息之间，连续劈出一十二记岳武拳。

“好，好！”金戈耳边响起了一阵喊好声。金戈侧目一看，马猴等人正跳着脚喊好。金戈目光回转，只见马大响招招进逼，拳风猎猎。这时，蓝衣少年似乎难以招架了，不住地后退。突然，马大响也使出了“扁踹登天”，只听砰的一声，一脚踹在蓝衣少年的小腹上。蓝衣少年啊的一声大叫，飞出了较技台。

“好！”马大响胜了，台下喊声震耳。另一个较技台上，枪法较技还在进行。武徒们穿着竹片盔甲，端着裹了毛毡的大头木枪，呀呀叫着蹿来蹦去。

马队长走了，进了精武堂。坐地炮当了第六队的队长，马猴当了组长。金戈的眉头皱了起来，心说：“怎么轮到这俩王八蛋管着我，真是倒霉透了，嗨，忍着吧。”

冬天到了，农活少了，武徒们可以整天练功了。金戈的胳膊，肿得萝卜似的，起了一层亮皮，大腿也粗了许多。就是这样，他还是每天提前起来，一个人在操场上狠练不止，一到晚上，整个人就瘫了。同队的武徒们见他练武如此疯狂，又见他不穿长袍大褂了，也就不再刁难他。

这一天，岳霞闲来无事，对着镜子端详自己玉雕般的俊脸，对身旁的圆脸姑娘道：“凤玲，你说那个小进士怎么样了？是不是正在哭天抹泪？他还能坚持几天？”

叫凤玲的圆脸姑娘仰着笑脸蹦过来，眼睛里闪过一丝狡黠的光芒，笑道：“我怎么知道？他来仨多月了，估计苦头吃得差不多了，要不，我去看看？”

岳霞转过脸来，笑道：“好啊，你偷偷地去，悄悄地看，明白吗？”

凤玲撇嘴一笑，说道：“明白，小姐的心思我还不明白。当探子是我的拿手好戏，你就等着瞧好吧，我的大小姐。”

岳霞脸上飞起了两朵红云，轻声叫道：“你说什么呀？死丫头，找死啊！”

凤玲跑出去了，银铃般的笑声洒了一路。

傍晚，武徒们自由活动，金戈拿着一根棍子，来到山崖前的一棵槐树下。槐树上吊着一个木人。所谓木人，其实就是一段木头，上端有个人头似的木头疙瘩，下端分了两个短杈，绳子拴着它的脖子吊在树上。碰巧，木头人的脖子旁还有个小疙瘩，金戈叫它“脖子瘤”。金戈端着木棍，啊啊叫着，一枪又一枪狠狠地刺向“脖子瘤”。毒蛇出洞、怪蟒翻身、白鹤亮翅、老树盘根……啪啪！啪啪！刺得“脖子瘤”荡来荡去。

金戈已经学会了十六招岳武枪，也学会了十六式岳武拳。而且，他招招中规中矩，式式稳狠兼备。这因为，金戈不但能下死功夫，还肯动脑筋，睡梦中也在琢磨枪经拳理。怎么出招，怎么收势，招招式式做到了胸有成竹。这也和他的书法一样，这个字没写呢，脑子里已经把它写好了，怎么下笔，起在哪儿，落在哪儿，气势、布局，都在胸中。这个字写出来，也就活了。练武也是一样，胸有成招，打起来就流畅了。所以，金戈远离大伙，躲在没人的地方，一个人练，一个人喊。他胳膊缠着布条，腿肚子上裹着绷带，嘶哑的喊声伴随着脚的踏地声，对着“脖子瘤”一阵猛刺。忽然，金戈嗨的一声大喊，一个“横架抽山”抽射出去，咔嚓一声，鸡蛋粗的木棍断成了两截。金戈一扬手，半截断棍飞了出去，呆呆地看着伤痕累累的“脖子瘤”。

凤玲早来了，她站在山崖旁，躲在一棵大树后，仔细看着这疯狂的一幕。她惊呆了，这个头戴网巾、穿着宽衫短裤的细高小伙是那个小进士吗？看了一会儿，凤玲莲步轻摇，扭着腰肢向前走来。她贴着山崖，掩着树木，渐渐走近了。她的好奇心驱使着她来到金戈跟前，她要仔细地看看这个传奇人物。

金戈拉开了架势，开始击打槐树旁的一个竹人。一捆水桶粗细的竹片上打了三道箍，当作竹人的身子，中间插着茶碗粗的一捆竹片当腿，埋在土里。金戈施展开了十六招岳武拳，一路进击。金戈嗨嗨连声，眼睛里喷着复仇的火焰，打得凶狠至极。凤玲看得出来，

金戈的招式气势不凡，已经有了岳武功的神韵。

金戈的手包着碎布，依然有鲜血流出。竹片虽然柔软，富有弹性，而且连接地面的竹束能屈能伸，但拳头依然硬不过竹片。

打了一遍之后，金戈凝神伫立，宛如一座石像，不动了。凤玲看清楚了，这是一个挺拔的青年，细长的双腿，细长的双眼，脸色白中带黑，身上散发着一股勃勃朝气。凤玲还发现，金戈眉宇之间闪耀着一股坚毅的神色，身上散发着一股不逊的傲气。

凤玲怔怔望着金戈，惊疑不定。心说："这哪像传说中的少年进士，哪像一个文静的书生，这分明是一个疯子，一个武痴。"凤玲是岳霞的贴身丫鬟，她是一个孤儿，从小被大堂主一家收养。因此，她既是丫鬟，又算主人。而且她被允许习武，除岳武功外，她可以学习岳霞所学的全部武功。因此，凤玲对金戈所练的十六枪、十六拳太熟悉了，她觉得金戈的三十二枪拳已经练出了神韵，一招一式，无不气势磅礴。虽然，某些招式还有些生硬，但神韵已出，霸气已显，峥嵘的豪气已经冲天而起。这和一个人的书法一样，一个字的某一笔稍嫌不足，但整个字的气势、神韵有了，不足之处早晚会得到弥补。反之，神韵没有，气势没有，笔画再好，搭在一起也是一个无精打采的字。岳霞的枪法拳招练得非常熟，但凤玲总觉得缺点什么，现在知道了，缺气势，缺精神，缺一股战无不胜的气概。凤玲惶惑了，这就是那个号称文章、琴艺、书法三绝的大明骄子？当她再看到金戈肿得发亮的大腿，看见他滴答着鲜血的双手，感觉一阵眩晕，忍不住叫道："你疯啦，哪有这么练的？"

金戈早就看见她了，一个脑后飘发的小姑娘躲在大树后偷看自己。他不愿意搭理她，也没工夫搭理她。凤玲见金戈不理睬自己，哼了一声走了。金戈喃喃道："别来了，不要打搅我！"

凤玲回去了，添油加醋地一说，岳霞坐不住了。岳霞心地善良，她立即做出了一个大胆的决定，拿了几贴舒筋健骨的膏药，倒了半瓶父亲用的蛇皮油，让凤玲给金戈送去。凤玲道：“好吧，我就去。别碰个钉子就行，这个人傲着呢，他不搭理我。”

岳霞啊了一声，惊道：“他不搭理你？你和他说话了？”

凤玲眼珠骨碌一转，隐瞒了实情，说道：“或许他没听见吧，我问了一句，他正疯了似的打竹人呢，没有吭声。”

岳霞又道：“哦？那他长得什么样？”

“什么样？细高个，细长眼，比一般人高出半头。皮肤白里透红，多少带点黑，是不怕晒的那种。怎么说呢，俊着呢，一身的英气，是个挺秀气的公子，我去了。”凤玲说罢连蹦带跳地跑了出去。

过了几天，岳霞放心不下，就和凤玲一起来看金戈。岳霞和凤玲转过一排翠柳，远远看见一个小伙子在山脚下蹿腾跳跃。到了跟前，凤玲嗨了一声，说道：“金戈，我们小姐来了。小姐，他就是那个小进士，金戈金文杰。”

金戈看见了天仙子岳霞，忽然想起，花仙子白凤还捎来一支金钗，要他交给岳霞，托她照顾自己。金戈上前一步，抱拳道：“多谢岳小姐的灵药，金戈这厢有礼了！”

岳霞圆睁着杏眼看着金戈肿胀的胳膊，惊道：“呀，练成这样还练哪，你不怕练出毛病来？蛇皮油没涂吗？”

金戈微微一笑，说道：“涂了，一天涂三次，涂了药也得练哪，不碍事的，在下谢过岳小姐。”

凤玲也笑了。她看见金戈一笑眼睛更细了，弯弯的、细细的，就像一叶扁舟。不过，那眼皮半掩的眸子却非常亮。

岳霞又看了一眼金戈，说道：“你就叫我岳霞吧，打进了神武堂，我们就是师兄妹了。”岳霞刻意打扮了一下，她认为自己非常美丽，男孩子见到他，都会魂不守舍。可是，她见金戈的眼光只在她脸上扫了一下，之后淡淡地笑了笑，并没有再多看自己一眼。其实，金戈已经注意到岳霞的美丽了，那粉红的脸蛋和匀称的五官让他眼睛一亮。不过，他觉得岳霞的美丽和自己的妹妹差不多，只比妹妹丰满一点而已。

凤玲揶揄道：“不要舍不得用，蛇皮油还有好多呢。我们小姐把大堂主的蛇皮油全藏起来了，给你留着呢。”

岳霞面色一红，轻轻斥道：“多嘴！”

金戈闻言再次抱拳，深深一躬，说道：“金戈多谢小姐的盛情。我在临江遇到了白凤白姑娘，她捎来一支金钗，让我交给你，托你关照在下一二……”

“啊，你见到白凤了？”岳霞眼珠一转，心道：“噢，怪不得他对我不在意呢，原来见过花仙子白凤了。可是，白凤虽然很漂亮，我也不差呀，她不就是比我高一点吗？别的方面我毫不逊色，再说，女孩子长那么高有什么用？”

金戈答道：“是的。金钗放在我的包袱里，包袱在杨协理那里存着，抽空我拿给你。”

岳霞抿嘴一笑，说道：“不用了，就在你那放着吧，等你打进了精武堂，再取出来给我也不迟。”

金戈淡然道：“也好！”

“你悠着点，练武要循序渐进，不可操之过急。我们回去了，你忙吧。”岳霞说完摆摆手走了。

金戈连忙拱手道：“小姐慢走。”

春节前夕，金戈的腿不再肿胀了，腿功和腰功也大有长进，拳脚也是熟极而流。

新年就要到了，学院放假半个月，练武堂半数人回了家，习武堂的武徒们也走了一大半。这一天，虎子来到练武堂，见了金戈，说是杨协理请他去大堂一趟。金戈当时也没有什么事，就答应了，抬脚就走。

来到岳武大殿，金戈看见杨协理正和大堂主说话，招待客人的桌子上有好多打开的红纸，还有几副写好的对联。金戈一看就明白了：“杨协理要我写对联。”金戈拱手抱拳，说道：“大堂主好，杨协理好，金戈有礼了。”

杨协理赶紧过来，开门见山地说道：“金公子，老朽恳请公子大笔一挥，写副对联，一般的小对子我划拉划拉就行了。大门上的对联想请公子帮忙书写。”

金戈笑道：“好说，好说，恭敬不如从命，献丑莫怪。”

杨协理眼里荡着笑意说道：“虎子，上茶！”

金戈来到大殿门外，看了看大门的柱子，又看了看横梁，沉思了片刻，迈步回到了大殿。桌子上摆着四张红纸。杨协理说道：“每个柱子用四张纸可好？”

金戈答道：“行，行，大小正好，小了衬不起来。”

金戈看了看笔架，取出一管大号的毛笔。听见杨协理吩咐虎子研墨，随便看了一眼，就坐下来，和杨协理聊起了闲篇。

大堂主凑过来，问了问金戈练武的事。金戈也请教了几个拳法中的问题。大堂主吃了一惊。金戈问的拳理，都问到关节上了，有的问题还颇难回答。大堂主连说带比划，总算说清楚了。金戈明白了“练武不练功，白费十年功”的意思，也明白了“一力降十会”的道理，因此获益匪浅。墨磨好了，金戈试了试，又动手磨了一小会儿。杨协理和虎子把两张八仙桌并在一起，铺好了红纸。金戈运笔挥毫，上联一气呵成：“岳武院武学昌盛扬威耀武。”接着，下联也是一挥而就：“岳武功武技光大盖世横空。”金戈润了润笔，接着笔走龙蛇，横批“武夷雄风”也出现在红纸上。

“好字，好词，厉害厉害！果然出手不凡。果然出手不凡！”杨协理连声称赞，说道，“金公子，我杨某人虽是白丁，可从来不服人，今天真的服了你了，真佩服阁下的手笔……一挥而就，笔力超凡。厉害！大堂主快来看看！”

大堂主看了，也连声说好。

过年了，鞭炮声此起彼伏。下雪了，武夷山银装素裹。

操场上，还有一个孤零零的身影，那就是金戈。他还在练功，他思念父亲，思念母亲，思念妹妹。金戈不住鞭策自己：“我要牢记父亲的三不怕：‘不能怕苦，不能怕死，不能怕事！’我一定百倍努力，尽快救出母亲和妹妹，尽快替父亲报仇雪恨！”除夕的鞭炮声抽打着他的心，昔日过年的情景历历在目，父亲和母亲的身影晃来晃去，妹妹美丽的身姿影影绰绰……而今年的除夕，只有自己，就像一只孤雁孤苦伶仃。金戈吼道：“苦不苦，想想遭侮辱！累不累，想想母和妹！”金戈光着上身，穿着短裤，在风雪中上下翻飞。

初五，武夷书院的秦院长带着几人上了山，给岳武院岳北老院主拜年来了。武夷山一文一武两大学院名声显赫，来往密切。秦院长一行人来到了大殿门前，大堂主、二堂主、杨协理等人连忙降阶迎接。

秦院长一见众人，抱拳道：“新年好，新年万福！”

大堂主拱手还礼，笑道：“同禧同贺，新春同乐！”

二堂主和杨协理也举手相邀：“请到大厅里奉茶，各位高邻请！”

秦院长正要上台阶，忽然停住了脚步。眼睛盯住大殿柱子上新贴的对联，呆住了。他对大堂主等人的再次相请没有理睬，口中咦了一声，忽然退后几步，双眼仍然凝视着对联。接着，他抬头看了看横批，口中又咦了一声，痴痴不动了。

众人随着他的目光，也转向了对联。

秦院长摇头晃脑，叫道：“高啊！妙啊！好字！好词！这是谁写的对联？神来之笔啊，岳武院来高人了……诸位请看，这字笔力遒劲潇洒，字字龙飞凤舞，和严阁老的书法不相上下，一代书法大家！一代书法大家！这是谁写的字？我怎么看着有点面熟呢？来，大家再看这对联上的词句，好狂啊！‘岳武院武学昌盛扬威耀武……'"

这时候，老院主岳北迎下来，三堂主、四堂主、五堂主也出来了，天仙子岳霞也跑出大殿，迎接她的义父秦院长。

岳霞跑下台阶，亲切地喊："义父！"

秦院长眼睛仍然看着对联，说道："霞儿，你来得正好，来来来，快看这一副对联，'……岳武功武技光大盖世横空'！好大的气势！'横空'？霞儿，'横'字何解？这一个'横'字画龙点睛，如响惊雷。岳武院藏龙卧虎啊，好文啊好文，好字啊好字！不虚此行，不虚此行！"

"义父，这'横'字是不是和范仲淹《岳阳楼记》中的鹰击长空的'击'字、鱼翔浅底中的'翔'字异曲同工？"

"说得好，霞儿说得好，同是惊人妙语！"秦院长纵声大笑。

"义父，《岳阳楼记》是您特别喜欢的文章，霞儿敢不牢记？"

大堂主拉住秦院长的胳膊往上拽，说道："老爷子都下来了，看见好文好字就走不动了？请吧！"

"请，请！"众人齐声礼让。

众人落座之后，经过一番客套，秦院长又提起对联之事，说道："门口的对联出于哪位高人之手？还请告知。"

杨协理得意非凡，好像字是他写的："秦院长不愧当世大儒，慧眼识珠，一眼就看出这副对联的不同凡响，厉害！写字的人号称'文章甲天下'，更有文章、琴艺、书法三绝的美誉。"

秦院长一呆，惊道："莫非是大明骄子、临江神童、少年进士金文杰的大作？此子失踪数月，文坛震动，莫非竟隐藏于此？"秦院长霍地站起来，双眼充满了殷切之望。

杨协理洋洋得意，笑嘻嘻地说道："正是此人，他丧父失母，立志报仇，投身岳武院习武来了。"

"啊，岂可如此，岂有此理！"秦院长手拍桌子，显得有些激动，“这怎么行？他是大明王朝的一颗文曲之星，岂能就此陨落，他在哪里？他在哪里？”说着，起身要走。

岳老院主知道了因由，立刻派人去叫。秦院长伸手拦住了，定要亲自去请。众人一看秦院长脸色肃穆，就由大堂主、杨协理、岳霞陪同他去见金戈。众人踏雪而去，岳老院主来到大殿外，打量秦院长说得神乎其神的对联。消息传出去，片刻之间，大殿门前聚集了不少人。

金戈正在屋子的一角练倒立，褂子的下摆翻落，露出了麦色的肚皮。两个武徒坐在通铺边上，正在对弈自制的土棋。床板上画着四横四竖八条歪歪曲曲的墨线，几个手指肚粗的方木块和圆木块交织在一起。马猴子站在通铺边叉着腰伸着脖子观战。坐地炮正指挥一个高个子武徒用铁锨铲地面上鸡蛋似的土疙瘩。秦院长一行人进了屋，武徒们见来了客人，立即聚拢过来。金戈也收了式子，瞪着疑惑的眼睛站在一旁。突然，坐地炮发现人群中的岳霞，忍不住啊了一声。岳霞号称天仙子，武林四美之一，过年了，她换上了新装，洁白如玉圆润光滑的脸蛋泛着淡淡的红光，交领绣花小袄裹着丰满的胸脯，淡绿色的裙子衬托着两条修长的美腿。再加上丰盈的身材曲线、精致靓丽的五官、凝脂般的肌肤，就像一朵绽放在高山之巅的雪莲。这时，岳霞偷偷地瞟了金戈一眼，红润油亮的嘴唇一动，流淌出一股甜甜的笑意。

“金兄弟，”杨协理来到金戈身旁说道，“我给你介绍一下，这位是武夷书院院长，当世大儒秦文浩。这位是朱子的玄孙，理学大家朱盟。这位是文学巨匠江立仁江先生。”他知道金戈认识大堂主，没介绍。他看见岳霞正盯着金戈，说道：“这位是大堂主的千金、秦院长的义女，天仙子岳霞小姐。诸位听说你在练武堂，专程过来看望。”说罢，他转过头来，提高了声音对秦院长等人说：“这位就是名满华夏的大明骄子、临江神童、少年进士，号称‘文章甲天下’的金文杰金公子。”

“啊？金文杰！”马猴惊叫一声，扑通跌了一个坐蹲，两只猴眼瞪圆了，就像两颗黑色的葡萄粒。岳霞突然听见他大喊大叫，吓了一跳。坐地炮赶紧上前把他拉起来，并用另一只粗手捂住了他的猴嘴。

“幸会！幸会！不想我武夷山飞鹰岭下，屈居着一条文中之龙！”秦院长已经拱起了手，脸上露出了欣喜之色。

金戈一抱拳，笑道：“蒙当世大儒、文章泰斗秦老师亲临，学生汗颜。理学大师朱先生名闻四海，文学巨匠江先生誉满江湖，诸位大豪光临，武院生辉。学生蒙大堂主、岳小姐关照，不胜荣幸。多次蒙杨协理照顾，更是难以言谢。宿舍寒酸，待客不周之处还请见谅。”金戈也转文了，正是见什么人说什么话。

大堂主见屋里连个凳子都没有，木板床上东一片稻草帘子西一床破被子，实在是不能待客，就说：“金戈，院主老爷子想见见你，这里也无法待客，你就陪客人一起去内务大堂吧。”

“是，大堂主。”金戈顺手拿起衣服，一边穿着一边往外走。雪越下越大了，天灰蒙蒙的，飘洒着铜钱大小的雪花。

金戈一路欣赏雪景，一路和秦院长闲谈，不知不觉到了岳武大殿。众人谦让着进大殿，酒菜立刻上了桌。

练武堂操场上，坐地炮和马猴正在窃窃私语，马猴叫道：“他妈的，金戈就是金文杰，金文杰就是金戈！上回特使一说，我就觉得像他。怎么办？金戈回来，马上干掉？”

坐地炮皱着眉头说道：“收拾他还不是小菜一碟！你骗他去峡谷边，我在那儿等着，咱俩把他打下峡谷，一了百了。”坐地炮沉思了一下，补充道：“你就说半壁峡的护峡石掉了几块，我叫他去整理，谅他不敢推托。我带上兵刃，在那儿等你们。”

“他死了，会不会怀疑我们？他现在名气可够大！”

坐地炮恶狠狠地说："怀疑什么？他失足掉下峡谷，关别人屁事？逼紧了，大不了下山走人。他奶奶的，就这么定。"

"好！就这么办！"两人商量好了。

大殿里酒意正浓，被称为文学巨匠的江立仁举起酒杯，说道："金公子，兄弟有个不情之请，秦院长对'岳武功武技光大盖世横空'一句大加赞赏，请问，'横'字何解？"

中国有句老话，叫作"文人相轻"，这话一点也不假。这个江立仁看见金戈木簪布衣，腰间系着一条发了白的黑丝带，脸上露出了讥讽之意。

金戈笑了笑，说道："解法因人而异，学生以为'横'字可作拦住、横空讲，就是在漫漫天空拦住一切。我们也可以理解为蛮横的横，肆无忌惮，任岳武功在武林横行无忌。"

江立仁脑袋一晃，道："不妥，怎么会有两种解释呢？金公子号称文章甲天下，用词应当精准确切，应当惊世骇俗。两种解释，兄弟不敢苟同，我看……"

"喝酒！喝酒！"秦院长知道江立仁好抬杠，连忙岔开话题，说道："金公子，老朽有一事相求。"

金戈恭敬地说道："秦院长请讲。"

秦院长道："公子的《大江记》《问琴》《月亮之歌》三篇大作已经收藏于书院，可惜未能收藏到公子的墨迹。我想请金公子大笔一挥，留下墨宝一篇，以供学子们瞻仰，不知可否？当然，润笔之资，武夷书院当慷慨解囊。"

金戈微微一笑，说道："秦院长客气了，我原本打算今冬拜访当朝第一书院，不想天降大祸，使我以一介武徒的面貌与各位大豪相见。惭愧！秦院长不必客气，学生的拙作定当双手奉送，不敢丝毫有求。"

秦院长点头赞赏，又道："这位姑娘是我的义女，岳北岳老院主的长孙女，她擅歌舞，通音律，憾缺明师。闻金公子文章、琴艺、书法三绝，琴艺还在书法之上，能否指导一下霞儿的琴技？”

金戈略一思索，笑道：“前辈指示，晚生敢不从命？只是晚生来此习武，功课繁多，琴艺之道只能略加奉陪，‘指导’二字愧不敢当。”金戈心说：“我可没有工夫伺候什么小姐。”

岳霞微微一笑，轻声道：“金公子可否雅奏一曲，一展风采，令我等一饱耳福？”

金戈笑道：“破衣烂衫，何来风采，见谅！见谅！”

江立仁见到机会，立即起身道：“金公子号称文章甲天下，能否以新年为题，作赋一篇，以供我等瞻仰？”

“文章甲天下乃为戏言，先生岂可当真。”金戈心想，“怪不得父亲见了严嵩的牌匾眉头紧皱，原来严嵩是为我们树敌，让我们当靶子。木秀于林，风必摧之，果然诚不我欺。”

江立仁摸着下巴，眯着有点斜的眼睛，继续挤对道：“金公子何必谦虚，难道只是金玉其外、败絮其中吗？你的大名响彻大江南北，难道名不副实？来一篇吧，让我们一聆公子的惊人妙语……”

“来人哪，给金公子拿几身衣服来，把我的那件蓝缎子菊花袍送给金公子。”岳老院主看不惯江立仁的酸态，解围道，“再拿一双鹿皮快靴、一顶玄色无峰帽。我为岳武院有金公子这样的才子而高兴，特批金公子进入精武堂。哈哈！千军易得，一将难求嘛！”

金戈抱拳一揖，虔诚地说道：“多谢岳院主厚爱。不过，学生进精武堂，要靠自己双手打进去。正月十五月圆之夜，金戈上台较技，多谢岳院主的美意了。多谢！”说完，他看了看岳霞，看了看秦院长，又道：“为报答二位院主关怀之情，报答各位仁兄的殷切之意，金戈就弹奏一曲，不过金某半年未触琴弦，手指僵硬，如果音色有污各位的耳鼓，还请见谅。”

虎子赶紧把瑶琴抱过来，递给了金戈。金戈把瑶琴置于矮桌上，然后端坐挺胸，凝思片刻，双手忽然一动，铮……铮……琴音铮铮流淌而出，抑扬顿挫，悦耳动听，有如空谷鸟鸣，有如泉水飞溅。金戈身子微微晃动，琴音绕梁而起，好像一条美丽的彩带，在空中缓缓飘飞，又好像山谷间的小溪，轻快流淌。岳霞听得心旷神怡，忍不住站起来，凝神聆听。铮……铮……琴音急缓交错，有时如雨打荷花，有时如清泉滴水。铮……铮……铮……殿外雪花飞舞，殿内琴音飞旋，金戈百感交集、思绪万千，想到江立仁的题目，酝酿片刻，一缕清朗悦耳略带温软的声音脱口而出：

弯弯小河，绿毯大地，风吹草儿低。
春风漫舞织新衣。
新年来兮，几回梦里飘飘飞，
展翅翱翔，乘云驾雾归故里。
浓浓乡音响在耳，
谆谆叮咛传软语。
敲锣打鼓放鞭炮，
张贴春联好欢喜。
几回梦里归？
美梦兮美梦，
何时带吾梦里归？

铮……铮铮……古琴铮铮大震了几声：

翩翩雪花，
白绒大地，
风吹雪花飞。
雪花飘飘绣新衣，

春节来兮，几回梦里飘飘飞。

跃马扬鞭，千里驰骋归故里。

含情脉脉问长短，

喜笑颜开说天地。

灯火辉煌吃年饭，

祝福声声好欢喜。

几回梦里归，

美梦兮美梦，

何时带吾梦里归？

点点白帆，

彩带河水，

风吹浪花急，

浪花荡漾编新衣。

春天来兮，几回梦里飘飘飞，

扬帆直泻，脚踏轻舟归故里。

歌声飘飘传情意，

琴声悠悠诉心曲，

成群结伙去拜年，

牵手郊游好欢喜。

几回梦里归，

美梦兮美梦，

何时带吾梦里归？

铮……铮铮……琴音错落，如大小珍珠落玉盘。

金戈的歌声清幽婉转，声震屋宇，余音在众人耳边久久回荡不散。犹如一股清冽的甘泉滋润着人们喉咙，又像一股和煦的春风温暖着人们的胸怀。

“好！好！”久久之后，众人哄然叫好。

江立仁瞪着斜眼站起来，短而粗的眉毛抖动着，嘴巴张成圆月形，又闭成月牙状。发黄的脸颊上也是四季变换，一会儿是寒冬腊月，满脸冰寒，一会儿是三伏盛夏，红头涨脸。他的身子好像骑在马背上，起伏不定，一会儿颓废地坐下去，一会儿歪歪斜斜地站起来。秦院长见他神情恍惚、坐立不安，急忙拉了他一把，并把他修长纤细的手死死按在椅子上。

岳老院主腰板一挺，站立起来，大声说道：“好！歌唱得好！琴弹得好！赋写得好！来，来来！金公子请入席，诸位请举杯。年前，我戚家军张坑大捷，歼灭了倭寇两千多，这是倭寇入侵我大明以来遭受的第二次沉重打击，也是戚家军创建以来第二个胜利！而且我军以三千对两千五，仅伤亡数十人，开战史之先河！实在是可喜可贺！戚家军派人来岳武院报捷，共享胜利之悦，有请杨伞杨哨长！”

一个精壮的矮个汉子走出来，来到大厅中央，抱拳道：“岳院主、各位堂主、各位师兄师弟、各位高邻，在下杨伞，出身岳武院精武堂，张坑大战时，我在戚将军麾下任伍长，今奉戚将军之命，回院报讯张坑大捷。

“占据张坑的倭寇纠集近三千人。他们占据张坑后，把男人们全部驱赶出村，我们找到游荡在村边的老少爷们，了解地形地物，演习夜袭。在老少爷们的带领下，在一个伸手不见五指的漆黑之夜，我们衔枚光脚探手猫腰摸进村子，做到了鸡不叫狗不咬，四更梆子响起时，我们动了手。不到一个时辰，战斗结束。我们全歼两千五百三十一名倭寇，己方仅伤亡七十一人，可谓大捷，特向岳武院报捷报喜！”

“好！庆祝戚家军张坑大捷，举杯！”

“祝贺戚家军旗开得胜！举杯！”

“在这次战斗中，我击杀了三名倭寇，我所带领的一伍士兵共击毙倭寇十一名。‘天天评’之后，我得授乙级功，全伍丙级功！”

“好样的！没丢岳武院的脸！”

“现在我要讲一下戚将军的‘四三兵经’。什么叫‘四三兵经’呢？岳武院的武徒都知道‘三三兵经’。那是我们岳武院的老祖岳飞岳王爷创造的治军兵经：‘明号令，公赏罚，同甘苦。’岳王爷把‘三三兵经’用于统军始终，使岳家军所向无敌，纵横大江南北，立下八百破十万的不世奇功。戚继光将军在‘三三兵经’上增加了‘积功升’三个字，变成了四句三字兵经……”

“胡闹！‘三三兵经’能随便添字减字吗？”岳老院主勃然大怒，站起来瞪着眼大声吼叫。

“院主，让晚辈把话说完……”

“你说！”岳院主哼了一声，沉着脸地坐下了。

杨伞和风细雨地说道：“‘积功升’确有其用，它可以激励士兵的斗志。我就是凭借着一个乙级功、三个丙级功、一个全伍丙级功晋升到了哨长，现在带领二十伍士兵，备感荣耀啊。不是‘积功升’的治军之策，我一个从军不到一年的小兵，不要说当哨长，恐怕伍长也当不上呀。士兵们要出人头地，要升迁，就要努力获取军功，积攒军功。所以，战斗中人人奋勇向前，千方百计想方设法多杀敌人。另外，‘积功升’也使士兵之间守望相助，每个士兵都怕自己一伍中有人生病或受伤，军务分配按伍计算，不论人头的多寡，人员减少就成为了队伍的大忌。所以，士兵之间都会细心关照，真是不是父子兄弟，胜似父子兄弟，生怕减员的事情发生。”

杨伞看看众人，又说道：“因此，‘明号令，公赏罚，同甘苦’重要，‘积功升’也作用非小。戚将军把此兵经改名为‘武穆兵经’，之所以让我回院岳武院解释‘武穆兵经’，正是因为它继承了岳王爷的‘三三兵经’，脱胎于‘三三兵经’，戚将军说不敢贪没继承之功，兵经之前冠名武穆，与‘孙子兵法’并驾齐驱呀……”

“哼，别出心裁！标新立异！不过，‘武穆兵经’的名字不错，但多了三个字，那还算岳家的治军兵经吗？”

杨伞道：“当然算呀，只多了三个字，发展了一点点啊。”

“当然算，当然算。”众人随声附和。

岳老院主脸色变了几变，慢慢由阴转晴，突然大声道：“为庆贺戚家军大捷，为彻底消灭倭寇，为还我大明王朝一片安宁乐土，来，共饮一杯！”

“庆祝戚家军张坑大捷！”众人站起来，一起举杯祝贺。人们心里都明白，戚家军不少官兵来自岳武院。戚家军的胜利，也就是岳武院的胜利。戚家军光荣，岳武院与有荣焉。

岳老院主高兴起来，昂着头道：“月底，我院再补充戚家军三十名士兵。来，让我们预祝他们再展神威，预祝戚家军再立新功！再尽一杯！”

“好！”众人哄然叫好，齐声道，“祝戚继光将军再接再厉，重创倭寇！干杯！”

酒宴上的气氛越来越热烈。

岳霞端着酒杯，给爷爷敬酒，给义父敬酒，最后她来到金戈面前，脸色一红，羞涩地说道：“闻金公子抚琴雅奏、引吭高歌，如沐春风。小妹还请金公子多多教诲，小妹敬公子一杯，请……”岳霞面如朝霞，脸上飞起一片红云，慌张中一饮而尽。金戈连忙起身，细眼里荡起了浓浓的笑意，一饮而尽。

雪还在下，山野一片洁白。金戈觉得头重脚轻，好像走在大风中，又好像踩在棉花上。金戈竭力控制着发飘的两条腿，歪歪斜斜地向练武堂走去。这是他家破人亡后第一次被人肯定，第一次被人捧，难免高兴、得意，他多喝了两杯。

七

情难自已

金戈刚进队舍，马猴就带着一股臭脚丫味迎上来。他脖子一歪，龇着牙道：“怎么才回来？嘿，还喝了酒。真他奶奶的不知道天高地厚！猫尿都敢喝！走，跟我去半壁峡，修坝墙去，上头差下来的！”

金戈知道，半壁峡就是平坝北边那道峡谷。峡谷深近百丈，常年云封雾锁。为防意外，峡谷边上每隔几尺就摆了一块石头，以示边界。武徒们管这些石头叫坝墙。金戈见马猴贼眼珠子骨碌碌乱转，似乎不怀好意，细长的眼睛一瞪，厉声道：“谁差的？兄弟们都闲着，我一回来就有活了？我喝多了，去不了，不去！”

马猴嘴一咧，眼皮一翻，抬起了细长的指甲里塞着泥的猴爪子，点着金戈的鼻子叫道：“嘿，反了你了！这可是队长说的，你小子敢不去？”

金戈脖子一梗，大声道：“已经放假，你少狐假虎威！”

马猴一蹦老高，捋胳膊卷袖子，颤着眉毛，瞪着猴眼叫道：“哎呀，尾巴翘到天上去了，别觉着你喝了几天墨水，就了不起，在武学院里你狗屁都不是！别仗着长得高点就高人一等，豆芽长一房高也是菜货！除了接骆驼屎狗屁用没有！来！兄弟们，修理修理他，这小子皮痒了，三天不打，上房揭瓦！来呀！兄弟们过来，揍兔崽子！”

几个下棋的弟兄慢腾腾地走过来，看了看红头涨脸昂首挺立的金戈，没动手。一个高个子武徒打着哈哈劝道：“金戈，你去一趟不得了，干点活还能把你累死？得，得，看样子你小子真喝多了，你不去我们去，反正闲着没事干。兄弟们，走，咱们瞧瞧去。”

马猴叉着腰吼道：“不行，就叫他去！别人谁也不能去，妈的，他不去也得去！”说着扬起了黑色的拳头。

金戈脚下不稳，但头脑清楚。见他要动手，厉声道：“打架斗殴，寻衅滋事，院规无情！你们都看见了，他这是故意挑衅……”

有人抓住了马猴麻秆似的细手腕，劝道：“算了，算了，有人去就行了呗，何必动手呢？坏了院规，二堂主知道了，少不了一顿臭揍。”

马猴见武徒们不向着他，急得猴脸铁青，一股尖锐嘶哑的声音挤出了喉咙：“行，行，好小子，你给我等着！骑驴看唱本——咱们走着瞧！看老子怎么收拾你！我不信你能成了精！”

马猴跑到半壁峡，见了坐地炮，气急败坏地说道：“金戈不来，我要揍他，他拿院规吓唬老子。还别说，这小子红了，跟院主都说上话了，来硬的怕是不行。”

坐地炮站起来，摸了摸耷拉着肥肉的重下巴，说道：“嘿，他敢不听话？臭鱼烂虾也敢翻出浪花？行，那就让他再活上几天，过得了初一，过不了十五，小鬼还能逃出阎王爷的手掌心？奶奶个孙子的！”

马猴往前凑了凑，仰着猴脸献媚道：“对，咱有的是机会，老虎还有打盹的时候，何况他还归咱们管，机会多的是，他掉不了蛋。听说这小子要参加正月十五的月圆较技，咱们能不能在擂台上名正言顺地揍死他……”

“什么？他敢参加月圆较技？”坐地炮弯腰捡起一个鸡蛋大小的石子，转身投向了流云飞渡的峡谷，眼光也随着石子沉了下去。片刻后，他收回了目光，缓缓说道：“来了半年的狗屁书生也敢参加比武晋级？你听谁说的？”

马猴觍着猴脸道：“王祥说的，他说金戈向他打听了比武规则，还请教了较技心得，说……”

坐地炮皱着眉向岳武广场方向望了望，打断了马猴的话：“太好了！不过，八月十五，正月十五，双节月圆争锋要双倍录取，倒真是个机会。”

马猴往前凑了凑，瘦削的脸上露出了比哭还难看的笑容，伸着脖子道：“要录取八人了，枪法四人，拳脚四人，那么大哥肯定能进精武堂了，小弟这里先行恭喜大哥。”

坐地炮嘿嘿一笑，说道：“十人，弓箭还有两个名额呢。弓箭比试，也只有中秋节、元宵节才会有，一年两次。这次希望比较大。习武堂的那些‘职业杀手’节前回来的不多。金戈比试拳脚还是比试枪法？不会参加弓箭比试吧？”

马猴摇头道：“比弓箭不可能，没见他练习。我看他会比拳脚，比枪法那么危险，他应该不会去冒险。我看还是通知特使吧，到时候弄不死他，吃不了的包子可要兜着走。”

坐地炮胳膊一抡，一拳狠狠砸向空中，接着身子一矮，摆了一个“夜战八方式”。他摇头摆尾，嗖嗖击出两拳。然后脚步一撤，缓缓放下双手，吐出一口浊气。坐地炮一长身形，说道：“暂时不必通知特使，他知道了，咱就没有回旋余地了。咱俩先谋划谋划，最好在较技台上要了他的狗命……打他的软肋，对！这小子个子高，咱俩分别砸他软肋。砸断他的肋骨，穿破了内脏，活神仙也救不了他……”

“他要是比试枪法呢……”

“那就更好办了，刺他下巴，刺他的裆，你忘了，那里没有护甲，去年月圆较技就出过一回事，不是一个兄弟被刺死了吗？要不，我们逼他转身逃跑，然后刺他的后背，一枪击断了他的肋骨，这小子就一命呜呼了，哈哈！”

“刺后背？那可犯规！”

“犯规不就是挨一顿鞭子吗，还打得死人呀？月圆较技，哪年不出几次事？别啰嗦了，按计行事。你看见他准备竹甲了吗？没竹甲怎么比枪啊？定是比拳脚了，准备吧！”

初八上午，金戈和十几个兄弟正在操场上练枪，远处奔来了两匹白马。一个姑娘骑着一匹黑毛瘦腿的白马，牵着一匹棕色脑门的白马。两匹白马嘚嘚小跑而来。有个武徒认识这个姑娘，和旁边的武徒说道：“她是岳小姐的丫鬟凤玲，骑着一匹马，拉着一匹马，干吗来了？来接人？接谁？”

旁边的武徒道：“我哪知道，反正不是接我，也不是接你。”

正议论着，双马来到金戈面前，凤玲一扭腰肢，轻飘飘地跳下马背。

金戈收回红缨枪，诧异地看向披着天蓝披风的凤玲。凤玲圆圆的大眼里浮闪着揶揄的笑意，娇声道：“金大公子，我家大小姐有请。喏，鸿雁传书！”说着，伸出手来，纤细的手指捏着一个折成燕子状的纸笺。

金戈拆开纸笺，一股香气扑鼻：“金公子，岳霞冒昧相邀，不胜惶恐。前两天家母催我邀请公子，行拜师之礼，小女子心中忐忑，未敢造次。今闻公子要参加元宵节月圆较技，有几句话不吐不快，不得已打扰之。敬请会晤片刻，岳霞敛衽。”

金戈见凤玲黑白分明的大眼里似笑非笑，一副古怪的模样，一时踌躇不决。

凤玲脚上的牛皮直缝靴踩踏着马鞭子的白色鞭梢，一只白嫩的小手转动着裹着羊皮的鞭子手柄，眼里闪动着狡黠的目光："走吧，大明骄子，我们小姐可是望眼欲穿哪……"

金戈擦了一下额头细密的汗珠，犹豫道："这个……"

凤玲一把抓住金戈的手，大声道："走吧，我们小姐可说了，请不到你，我就不用回去了，你想要我的命啊？"

金戈一瞥之间，看见了武徒们嫉妒的目光，连忙缩手，急道："好，我去，我去。"

金戈赶紧接过缰绳，抓住马鞍，抬起蒙着一层尘土的布鞋笨拙地伸进脚镫，偷看了一下正在盯着他的凤玲，使劲一扳马鞍骱翻上了马背。"驾！"凤玲笑着一抖缰绳，白马掉头而去。金戈赶紧拉了拉缰绳，夹紧双腿，歪着僵硬的身子驱赶白马。白马跺着蹄子扭着屁股转过身躯，在凤玲银铃般的笑声中迈开了四蹄。双马蹄声嘚嘚，二人身形起伏，片刻间远去了。双马踏上了半壁峡木桥，金戈身子稍稍放松，向后拽了一下缰绳，侧目看去，只见峡谷的内侧壁立千仞，外侧的缓坡上松柏葱茏。"驾！驾！"耳边传来凤玲清脆的叫声，金戈转脸看见，凤玲娇小的身子就像长在白马上一样，随着白马的起伏远去了。木桥前方连着一个凸起的小山头，山头旁有一条蜿蜒向下的山路。凤玲在山头上一转弯不见了。金戈细眼一眯，立即俯身催马。转过弯道，只见远处蓝光一闪，凤玲又隐去了身影，只有清脆的笑声和马鞭子啪啪声还飘荡空中。金戈纵马急追，片刻后看见了催马扬鞭的凤玲。双马一前一后，沿着起伏的山间小路奔驰起来，嘚嘚，嘚嘚，清脆的蹄声敲打着坚硬的山路，震动着寂寞的荒山。双马来到一座山崖下，二人弃马步行，顺着一条羊肠小道蜿蜒而上。金戈和凤玲踏着被长茎草搭成拱门的有着碎石的山间小径，拨开伏在褐色岩石上向外探着身子的紫色荆条，来到了一个上覆危崖下临绝壑的岩洞中。

紫色披风一闪，岳霞从洞中迎了出来。凤玲对她一眨眼，笑道：“来了。”

岳霞脸现娇羞之色，看了一眼行色匆匆的金戈，小扇似的睫毛一垂，轻声道：“金公子，小女子打扰了。”说罢，岳霞微微敛衽。

一股温馨的似香非香的气息扑面而来，金戈的鼻子翕动了一下，抱拳道：“有劳小姐等候！”

金戈举目四望，只见洞穴宽敞深邃，洞顶危岩倒悬，洞壁怪石嶙峋。

岳霞见金戈脸现欣喜之色，温言道：“这洞名叫‘虎溪洞’。再往上走，就到虎啸岩了，岩上石壁斜覆，岩下山溪回流，地势高敞独耸，是武夷山的一大景观，今天不上去了。来，跟我来，看一下这里的景色。”

金戈跟着岳霞来到洞口一块瓢形岩石上，顺着岳霞葱白似的手指向外看去，只见流云如水，峭壁凌空。金戈精神一振，顿觉一股豪气冲天而起。岳霞道：“此山壁立，相传曾有仙人骑虎吼啸其上，故名‘虎啸岩’。其实虎啸之声，就是来自这个石洞，山风灌洞，有如虎啸，声传空谷而震慑群山。”

金戈回首道：“哦？那岂不是‘空穴来风’和‘骑虎难下’吗？好！”

岳霞一愣，接着淡红的嘴唇一张，笑道：“不愧进士之才，出口成章。”

凤玲缓步来到近前，眉开眼笑：“二位，进洞吧，洞里风小。”

二女前面莲步轻摇，金戈后面漫步缓行。停脚后，金戈轻声道：“不知岳小姐投书宠召，有何见教？”

岳霞大眼忽闪了几下，娇声道：“听说金公子要参加月圆较技，不知金公子有几分把握？较技伤人，时有发生，小女子担心则个。”

金戈看了一眼岳霞光洁细腻的带着淡淡红晕的俊脸，说道：“要说把握，哪里有？练武的目的就是格斗，就是生死相搏，较技近似实战，正是提高武技的重要途径，在下岂可因危而退？”

岳霞道：“你们马队长不是两个月前才打进精武堂吗？你们相处得如何？你可以向他请教，毕竟他打过几场，有实战经验。”

金戈觉得岳霞言之有理，细眼一睁：“有道理。我们亲如手足，他是我的启蒙老师，是该讨教一番。”

岳霞忽然道：“能否让我打几下？”

金戈一呆，诧异道：“什么？打几下？为什么？”

岳霞乌黑明亮的带着戏谑之色的眼珠转了转，笑嘻嘻地说道：“看看你挨打的功夫如何？嘻嘻，怎么，不敢和小女子过招？”

金戈一怔，看着岳霞俊俏的脸蛋、迷人的眼睛，一时不知如何回答才好。

岳霞素手一抬，十指穿花似的一拉一带，脱下了披风。岳霞把披风放在长石上，一牵金戈的衣袖，把他拉到宽敞的地方。岳霞立定脚步，抱拳出声：“请！”接着她俊脸一肃，粉拳呼的一声打来。金戈吃了一惊，连忙撤步还招。眨眼之间，岳霞的拳势展开了，眼前一片拳影。金戈一边退让，一边挥掌应对，脸色渐渐凝重起来。

凤玲跳着脚喊道：“还手啊！还手啊！别退了，快还手！”

金戈一想也对，进攻才是最好的防守。金戈身子一挺，立即挥拳反击。

岳霞见金戈不退了，道了声好，立刻身子下沉，一双素手急风暴雨般地攻过去。

“好！好！”凤玲看见两人互不相让，格斗甚是激烈，跳着脚喊起来。

几十招过去，金戈放开了手脚，只见他五指展开如刀，五指收拢拳头似锤，招招大开大合，招招气势磅礴。岳霞则是拳脚如飞，身形如电。突然，岳霞一晃香肩，身形滴溜一转，闪到了金戈的一侧。金戈见势不妙，猛然吐气开声，左臂横扫，右臂直击，使出了一招“玉女穿梭”。接着，金戈一连三抓，连演一招“狸猫亮爪”。霎时间，虎溪洞内风声呼啸，劲气横流，激得边角之处的草屑浮动起来。

岳霞没想到金戈的功力如此精纯，心中暗喜，立即精神抖擞，抢攻而上，同时娇叱一声：“看招！”一招“八方风雨”呼的一掌拍出。倏忽间，岳霞的素手贴着金戈的手臂穿了进去，啪的一声，印在了金戈的胸膛上。金戈一呆，却听岳霞叫道：“凝神！又来了！”

“好！好！”凤玲跳着脚喊起来，额前微微卷曲的刘海随着她身形颤动起来。

金戈的功夫长于沉稳，长于狠辣，速度和变化就不如岳霞了，不久他又挨了一掌。不过，岳霞的劲力不足，打得不重，岳霞反被他刚猛的拳风带得摇摇晃晃。金戈知道岳霞手下留着情呢，立刻凝神敛意，留神观察岳霞招式。这时候，岳霞的身体活动开了，手脚更快了，她犹如一只粉蝶，在烂漫山花间翩翩起舞，又像一只山雀，在茸茸的草地上蹿蹦跳跃。

“停！”岳霞一声娇叱，闪身退步。

金戈退步停手，再看岳霞，只见她胸脯起伏不定，玉琢般的脸蛋上红云密布。这时，岳霞微微一笑，说道：“功夫不错，深得‘沉稳’二字。不到半年，有此身手，实属不易，能够上台较技了。不过，速度稍嫌慢了一点，如果出手再快些，那就好上加好了。要知道，差之毫厘，失之千里，往往寸许之差，满盘皆输，你说对吗？”

金戈喘着粗气叹道：“不错，你的速度比我快多了，我也想快，练了好长时间了，就是快不了，力不从心啊。”说着，金戈扎个马步，肩膀一晃，啪啪啪，击了三拳。

“看我的！”岳霞没有作势，唰唰唰，闪电似的拍出三掌。岳霞站直了身子，说道：“听说过没有？有招胜无招，一力降十会，快招破大力，骗招才无敌。你听说过没有？你现在有招了，力气也不错，前两句练得差不多了，该练第三句了，那就是快招破大力，快，就是你下一阶段的目标，明白吗？”

几句话，就给金戈点着了指路的明灯。

凤玲凑过来说：“知道了吧？苦练三年，不如师父一言！”

金戈随岳霞来到长石旁边，坐在地毯上。岳霞拿出一页黄纸递给金戈。金戈见纸上画着几个小人，或站或坐。纸的一侧还有密密麻麻的文字。岳霞指点着图形，说道：“要想快，就要学会运气。”

金戈心说：“难道是岳武功？”

岳霞圆眼一瞟，好像看透了他的心思，笑道：“这可不是岳武功，你不用瞎猜。这是道家的吐纳功法，能不能提高速度我可不知道，我觉得你可以试试。”

金戈调整呼吸，做了几个动作，觉得不难练。

“你理解力很强，不愧大明骄子，你留着吧。”岳霞素手拨了一下耳边的一绺秀发，笑吟吟地把那张写满字迹的黄纸递给金戈，说道，“这页功法来自我外婆家，本来我想练练，一直没有得空，你试试吧，或许有点用处。”

金戈接过黄纸，看了岳霞一眼，心道：“怎么不传我岳武功呢？那可是武林中赫赫有名的武功心法。道家的气功，怕是不行吧，名不见经传啊。”

金戈在岳武院待了半年多，耳濡目染，江湖上的事知道了不少。他听说，江湖上有四种功夫出类拔萃，一是岳武院的岳武功，二是少林寺的易筋经，三是黄山白神庄的白神掌，四是太行山奔雷寨的奔雷拳。刚猛上岳武功为首，轻灵上白神掌第一，博大精深要数少林寺的易筋经。金戈练习三十二枪拳，早就练得滚瓜烂熟了，可他不敢走样，不敢创新。他从小学习书法，临帖二王，师法颜柳，又把张旭的《古诗四帖》等著名字帖临摹了六七年。各家名篇大作都印在脑海里，融会贯通之后，才敢抛开束缚恣意书写，这才渐渐写出了自己的风格，写出了一手青出于蓝而胜于蓝的好字。他认为文武道理相通，打好基础，才能筑屋起楼。金戈一边想着，一边心不在焉地看着黄纸上的道家功法。

岳霞看了看洞外的天色，又看了看沉默不语的金戈，说道："临阵磨枪，不快也光。我预祝你圆月之时圆你晋级之梦！"

金戈收起黄纸，抬头道："借小姐吉言，成我鸿鹄之志！"

金戈来到精武堂，找到了马队长。马大响见金戈寻来很高兴，听了金戈的打算，说道："你要一次过关，不大可能，闯闯也好，打一次总结一次经验，进步会很快。这次机会很好，据说报名比试拳脚的只有四五十位，比平时少一半，比枪法的更少了，只有三十几人。枪法、拳脚都要录取四人，你赶上了，机会难得。坐地炮的功夫也不错，基本功扎实，也有过几次较技经验，你和他打，输多赢少。他个矮，你要攻击他，主要是攻击他的头和下巴……你打算比拳脚呢还是比枪法？"

金戈道："我没想好呢，既然比枪法的人少，我就比枪。"

马大响道："好啊，比枪虽然危险一些，但是获胜的机会却多。"

金戈和马大响闲聊起来，问起了岳武功。马大响道："岳武功是岳武院的不传之秘，打进精武堂，再打进神武堂，方可拜师，才能算岳武院的正式弟子，到那时可以学到第一阶岳武功。可是，没有几个人能打进神武堂，神武堂每年只选拔两次，每次只选一个人。得了第一之后，院主还要亲自面试，接下来还要调查你的来历，方方面面都没疑点，才能进入神武堂。他们拿着岳武功当命根子，防得特别严，想要学到岳武功，难得很。"

金戈的心一下子凉了半截，岳武功是他们的独家秘技，怪不得岳霞只给道家气功，兴许她也不会岳武功呢。

马大响又道：“岳武院的岳武功分三个阶段，传子不传女，像天仙子岳霞这样的掌上明珠，最多也只能学到第一阶岳武功。”

金戈没辙了，看来只有先练道家功法了。

第二天，金戈和杨协理要了一张纸，写了祭文《蝶恋花·长堤祭》，去了武夷书院。秦院长看见金戈送来了墨迹，很高兴。看过之后，连连称赞，立即叫人安排酒席。金戈连忙拦住，说道：“院主，学生此来想借几本书，不知可否？饭就不用了，找到书即刻告辞。”

秦院长婉言道：“不行，不行，金公子大驾光临，岂可匆匆而去？你要什么书，我派人去找。”

“我想看看关于武功、气功、经络方面的书籍，不知有没有，我还是自己去找吧，院长派人带路即可，饭不要安排，我时间很紧。”

金戈说的是实话，时间很紧，还有几天就是正月十五了。金戈看了岳霞给的那篇道家气功，有些地方不大明白，想找点有关医学之类的书籍研究一下。金戈向来采取“理解记忆法”，不理解的不肯接受。

秦院长可不这么想，他怕金戈是假客气。他一边让人安排酒宴，一边亲自带着金戈去了书库。

书库很大，藏书摆满了十间大屋，武夷书院不愧江南第一书院。金戈找来找去，找到了几本书，一本《气脉论》，一本《心肌活血》，一本《孙子兵法》。这时，秦院长拿来了《文杰集》和戚继光的《纪效新书》。

金戈看见戚继光的书，惊奇地说：“哟，戚将军还能著书立传呢，这本书可要仔细看看。”说完马上又后悔了，心道：“你有那么多时间吗？”

想是想，金戈还是拿上了戚继光的书。饭很丰盛，金戈心急火燎，表面上还是笑脸应酬。本朝人的习惯礼节，以饭局最为重要，习惯如此，又有什么办法？

吃完饭，出了武夷书院大门，等送行的人回去了，金戈撒腿就跑，一口气跑到山上，找了个向阳的山坡，把书拿出来，背靠着一块被千百年风雨冲刷得千疮百孔的褐色岩石，如饥似渴地读起来。

这几天，金戈上午练枪，下午读书，早晚练习基本功，时间安排得严严实实。岳霞知道金戈要比试枪法，送来了父亲用过的竹甲，帮着金戈穿戴起来。竹甲分三部分，胸甲、臂甲和头甲。胸甲用七片手掌宽的竹片连在一起，上端护到脖子，下端护到小腹和双肋。臂甲护住了双臂，头甲护住了脸面。大腿、后背不用保护，比武时禁止击打。不论怎么保护，比武都难免误伤。岳霞道："你试试吧，不行我再给你改改，这几天你要穿着竹甲练习，要尽快适应它。"

"好，我会的！"金戈掏出了写有道家功法的黄纸，还给了岳霞，说道，"我记住了，也理解了，这是一种运气行功的方法。谢谢你！"

凤玲道："呀，你背过了？"

金戈笑道："早背过了，岂是今天？我要去练功，对不起，不送了。"

凤玲眉毛一挑，瞪着眼问道："呀，你赶我们走？"

岳霞胳膊肘一碰凤玲的腰肢，说道："让他走吧，我们可不敢耽误他的时间，他是一刻值千金，走吧。"

凤玲转过头来，坏笑道："啊？你以为是春宵呢？"

岳霞的脸腾地红了，赶紧转过身去，行云流水般地走了。

金戈笑了笑，一抖手腕，大头木枪嗖地刺了出去。

正月十五元宵节，也是小年。这天晚上，一抹薄云飘忽不定，皓月时隐时现。岳武院的三个较技台上火舌摇曳，人影翻飞。

枪法较技比较危险，大堂主和三堂主担任裁判。参加枪法较技的共有三十三人，抽签分成十六组，其中有个三人组。第一轮较技之后，各组留一个获胜者，产生十六强。然后再抽签，比试后产生八强，接下来再分组对打，最后四名获胜者进入精武堂。金戈抽在第九组，这是一个二人组，对手是习武堂的一个十五岁少年，他年纪虽小，却有九年的习武历史，是一个劲敌。马大响、岳霞陪在金戈身旁，商量着对策。

台上，争斗激烈。凤玲在人群里转来转去，她找到了抽到九号签的十五岁少年，把他拉到了人群外，两人嘀嘀咕咕地说了一阵子。

坐地炮和马猴得知金戈参加枪法比试，高兴得跳起来，赶紧改了报名。两人时不时地看看金戈，好像在看待宰的羔羊。马猴嘿嘿冷笑，说道："一会儿就有人号啕大哭了。"

坐地炮道："哭？怕是哭都没眼泪了，哈哈！"

较技台上，坐地炮取胜。接着，马猴胜出。

"第九组：金戈，黄得林。上台！"

马大响拍拍金戈肩膀，鼓励道："上！"

金戈英姿勃发，手持大头木枪登上了较技台。十五岁少年和金戈过了几招，忽然抱着肚子蹲在台上，冲着裁判直摆手，大叫："哎哟，我肚子疼，哎哟，我不行了，我认输！我认输！"说罢，捂着肚子跑下台去。

"第九组，金戈胜出——"

金戈不露声色地走下台，他觉得自己运气真好，白捡了一场胜利。金戈知道拼过一场，体力会下降不少。

马大响很高兴，岳霞笑逐颜开，凤玲也偷偷地娇笑。过了一会儿，凤玲与岳霞窃窃私语，岳霞笑着拧了凤玲一把。

薄云飞走了，月亮露出了皎洁的圆脸。二次抽签开始了，马猴和金戈抓到了一起，第五组。马猴瞅瞅金戈，不住地冷笑。

第四组比试结束了，轮到马猴和金戈上台。二人身穿竹甲，手提大头木枪，大步走上了较技台。较技开始了，两人都是快攻。金戈枪出如箭，进退如风。马猴上蹿下跳，吼声连连。二人越打越快，当当当一阵连响，金戈连刺了一十二下，马猴连挡了一十二枪。

“好！”凤玲和岳霞忍不住大声叫好，凤玲还啪啪鼓起了掌。

马大响也喊了声好，转头对岳霞说：“金戈还真行！我还以为他是瞎胡闹呢，没想到他真有两下子，进步如此之快，神了！你看，他站如泰山，动如脱兔，枪出如风，好！好！马猴不行了，快看，马猴真的不行了！”

砰的一声，金戈的大头木枪刺中了马猴的肩胛，马猴一晃身子，闹了个趔趄。按说马猴应当认输了，可他没有，一招似是而非的“金针探海”猛击金戈的大腿。金戈垫步后撤，马猴跃步进击，嗡的一声，木枪横扫而来。

“嗨，这是什么枪法呀？瞎打呀，这不是耍无赖吗……”凤玲看情形不对，喳喳地叫起来。

马大响道：“只要不犯规，什么招式都可以用，只要你练会了岳武十六枪，什么打法都能应付。”

几个回合过去，金戈适应了他这种瞎打，稳住了阵脚。接着，金戈发动了攻势。金戈吐气开声，大头木枪伸缩不定，灵蛇般蹿跃着。马猴急了，猴子似的上蹦下跳，嘴里发出了刺耳的呵呵声。

众人看得心旷神怡，同声叫道：“好！”

又过了几个回合，马猴力不从心了，每次双枪相交，他都要后退，不敢硬碰了。金戈看在眼里，喜在心头。金戈试探一击，马猴大枪一挺，接着身子下蹲，金戈知道他又要后退了，立即大吼一声，一跃而起，一招“蛟龙出渊”呼的一声刺了出去。此时，马猴正在后退，前力已失，后力未生，金戈的大头木枪唰的一声就到了，只听砰的一声大响，金戈的大头木枪重重地刺中马猴的左胸，马猴啊的一声大叫，呼的一声跌了出去。

哗！掌声四起。

大堂主叫道：“金戈胜出！”

凤玲迎上去，拉着金戈回来了。马大响拍拍金戈的臂膀，说道：“行！打得不错！你身子稍微高了点，应当尽量降低自己的重心。另外，不出击时，要用肩膀对着他，不给敌人正面。你看，要这样……”马大响端起金戈的大头木枪，侧着身子滑动起来。

“对！对！有道理，有道理。”金戈擦把汗，接过大头木枪，学着马大响的样子侧身滑动了几下。

过了一会儿，争夺四强的较技开始了，金戈没有与坐地炮抓到一组。坐地炮的胖脸变成了一个大苦瓜，对着马猴骂骂咧咧，撒着心中的怒气。过了一会儿，凤玲知道了金戈的对手姓名，又要行动，被岳霞拉住了。

金戈再次上台，与他对垒的是一个黑大个。黑大个稳扎稳打，枪法凶狠泼辣。但是，他的左眼角在流血，经过两场激战，他已经受伤在先。金戈却显得生龙活虎，每一招都是劲力十足。同时，金戈降低了重心，侧着身子，进攻的速度更快了，防守的范围更小了，加之对方按着规矩比武，没有不良企图，金戈少了后顾之忧，枪法更见凌厉。黑大个脸上的鲜血越流越多，染红了半片竹甲，渐渐失去了进攻能力。金戈知道机会来了，立即大吼一声，大头木枪狂风骤雨般攻了过去。黑大汉转着圈后退，无力还手了。两个裁判看出情形不对，连忙高喊：“停！停！金戈胜出！”

“好！”岳霞和凤玲欢呼雀跃。马大响一个箭步跑上台去，拉着金戈下了较技台。岳霞满脸都是笑意，她紧走两步，笑道：“祝贺金公子打进精武堂！”

“恭喜！恭喜！”六队的几个队友也跑来祝贺。

大堂主双眼霍霍放光，怎么也不相信这是真的，这怎么可能？来了半年的小进士打进了精武堂？

马猴蹲在一旁气鼓鼓的，跺着脚咒爹骂娘。

不一会儿，又一场较技结束，坐地炮胜出。

凤玲跳到金戈面前，叫道：“金公子，你得请客。请请我们小姐，请请马大哥，还有我……”

金戈笑容满面，说道：“好！我请客，让我们共醉一场！”

竹林里，坐地炮和马猴蹲在地上，坐地炮阴沉着脸，骂道：“呸！你真是个饭桶，你怎么不刺他的裆呢？你不会由下往上刺他的下巴吗？怕犯规是不是？㞞包软蛋，这下美了？”

“你不知道，这小子神了，功夫一日千里，我估计那个小美人传给他功夫了。你没见，天仙子岳霞和他形影不离。还有马大响那个王八蛋，简直成了他的师父了，尽在一边出馊主意。”马猴又懊丧地说，“我看我们应该立即禀报特使，这小子功夫一日千里，再过一段时日，怕是弄不住他了。”

坐地炮悻悻地说道：“急什么，他还能飞上天？进了精武堂，少说他也得待上一年半载，甭急。这小子自由了，难免东游西逛。咱俩蒙面袭击他，你我带上兵器，要他的命还不是易如反掌？俗话说，明枪易躲，暗箭难防！如果告诉了特使，特使给咱们定下一个期限，咱俩要是误了期，那可是吃不了的包子——兜着走！”

“对，那就慢慢来，省得打草惊蛇……”

“我们盯住他，带上弓箭！冷不防，嗖，一箭给他来个透心凉！”

马猴假装中箭，捂着胸脯叫道：“哎哟！完了，我要见阎王了！哈哈！”

坐地炮恶狠狠地说道：“还要带上匕首，割下他的脑袋，弄个无头案！让他尸首不全，死无葬身之地！”

马猴斜着眼说道：“把他那一嘟噜也割下来，送给岳霞，准吓她个半死，让她抱着一个死太监去哭吧。哈哈，哈哈哈……”

金戈带着衣物来到了精武堂，与一个黑脸汉子住一个屋。一间屋子两个人，每人一张单人床，靠窗还放着一张木头方桌。

马大响给金戈介绍了一下精武堂，领他看了演武厅，去了餐厅。马大响边走边说：“这里伙食很好，顿顿有汤有菜，条件比练武堂优越多了，一百多人，种着十几亩菜地，劳作很少，基本上是天天练武。”

快到中午了，内务堂的杨协理来了，说是大堂主有请。金戈随着杨协理到了小西街，岳霞和凤玲迎了出来。

一股淡淡的花香从门洞里迎面扑来。金戈提心吊胆地随着二位姑娘走进了三间宽的吊着木板顶棚的堂屋。迎门的墙壁前摆着一张紫红色的瘦腰八仙桌，后侧盖着一条一丈多长的黑漆漆的栎木条几，条几上摆着各式各样不同朝代的胆瓶胆罐，条几左侧立着一个没有上漆的兵器架子，架子上立着几杆红缨枪，挂着几把刀剑，还插着两把匕首。条几右侧立着一个枣红色的双层衣架。锃光瓦亮的八仙桌上果香四溢。两个圆形瓷盘里分别盛着绿色的甜瓜、紫色的葡萄。堂屋左侧靠窗的地方摆着一张椭圆形餐桌和几把高背椅子，另一侧靠墙的地方摆着一张雕花春凳。餐桌旁站着一位体态丰满的夫人。她头戴步摇，身着紫色长裙，正在摆弄桌子上的杯盘。凤玲赶紧上前介绍，岳霞忙着安排座位。

众人在八仙桌子旁的太师椅上坐下了，岳夫人看着金戈不紧不慢地说道：“岳霞从小就喜欢歌舞，可咱们是武学世家，哪有人懂得这些高雅的东西，就认了秦院长做义父，可秦院长也忙啊。现在好了，有你这个大才子在她身旁，熏也熏会了她……”

“娘，金公子过去是文豪，现在是武痴……杨协理，我们入席吧。”岳霞一指餐桌，就要把杨协理带过去。

杨协理站起身来，摇着手说道：“等会儿吧，大堂主还没来呢。”

金戈跟着站起来，说道：“也是，大堂主呢？怎么……”

岳夫人拿起刀子，拣了一个甜瓜，一边削着皮一边说：“过去吧，我们先用着，不用等他。他说他有点事，等一会儿才能回来，杨协理，你们入席吧。”

杨协理看看金戈，迟疑道：“再等会儿吧？不着急，你说呢金公子？”

金戈摸着衣襟上的布袢，小声道：“等会儿吧，还是——等会儿吧。”

岳霞瞟了一眼金公子，说道：“娘，你不是给金大哥缝了一身衣服吗？还不让金大哥试试。”岳霞不再叫金公子，改口金大哥了。

岳夫人一乐，说道：“急什么？还不是你叫缝的？见了你金大哥，看把你乐的。”

“娘——”岳霞的脸腾地红了，扭头跑进了东侧的卧室里。

“杨协理，霞儿是你看着长大的，她心地善良、聪明，这可不是咱们自夸。”岳夫人忽然话题一转，说道：“凤玲，你带金公子到小姐屋里坐坐，我和杨协理有话说。”

凤玲带着金戈进了东边的卧室。这是小姐的闺房，是一间连二的大屋子。屋子中间摆着两张矮桌，桌上摆着瑶琴。岳霞见金戈进来，连忙站起来，腼腆地说道：“小妹冒昧，叫凤玲把大哥的瑶琴拿来了，大哥不会见怪吧？”

金戈看了看自己那把古铜色的瑶琴，刚要说话，忽见凤玲连连摇手，接着又招了招手。凤玲站在门边，鬼鬼祟祟的，似乎正在偷听岳夫人和杨协理的谈话。这时，凤玲再次招手，要岳霞过去偷听。岳霞羞得满脸通红，偷偷看了金戈一眼，正好金戈也向她看来，两人四目相对，岳霞羞得连脖子也红了，神态娇羞无限。金戈刚要说话，却听见凤玲嘘了一声，又连连摇手，接着把食指放在嘴上比了比。这时，杨协理的声音隐隐约约地传进来："……这事包在我身上，不是吹，岳霞小姐可是万里挑一的美人，号称天仙子，要人品有人品，要模样有模样……"

岳霞立即明白了，一颗心怦怦狂跳起来，再不敢看金戈了。她缓缓坐在琴桌旁，轻轻拨动了琴弦，一曲《高山流水》渐渐响起，琴声铮铮，如珠落玉盘。客厅里，杨协理停止了说话，侧耳倾听。岳夫人手捧茶杯，似在沉思。闺房里，金戈在岳霞对面的矮桌后坐了下来，手抚瑶琴，一时遐想联翩。

堂屋里，大堂主进来了，岳夫人摆摆手，示意他坐下。

一曲终了，堂屋里响起了啪啪的掌声。闺房里，凤玲也在鼓掌，金戈也拍了几下手。

铮铮……金戈也弹奏起来，也是《高山流水》，同是一首曲子，金戈的琴声激越、意象深远，似乎已经脱出了原曲的束缚。霎时间，屋里响起了潺潺的流水声，响起了风摆松林的呼啸声。远处，似乎有野马在奔腾，近处，似乎有秋风在悲鸣。岳霞的眼前，出现了一座巍峨的高山，出现了一道飞泻的瀑布，出现了幽静的原始森林，出现了百花齐放的峡谷。岳霞默默走到金戈身旁，看着金戈飞旋的五指，感受着金戈澎湃的心跳，领略着古琴发出的震撼之声。

一曲终了，堂屋里传来大堂主的声音："果然琴声激越，果然气势磅礴！好一曲《高山流水》！"

接着，屋里屋外同时响起了掌声。

金戈站起来，和岳霞并肩走出了闺房。

大堂主看见金戈出来，微微一笑，说道："来，这边坐，这是家宴，不必拘谨。"

金戈谦让了一下，在杨协理的下首坐下了。

凤玲给各位倒上酒。岳霞叫凤玲入座，凤玲不肯，岳夫人发话了："你就坐吧，也没外人，你不是我们的二女儿了？"

凤玲小圆脸一红，敛衽为礼，笑道：“凤玲谢座。”

大堂主爽朗地说：“坐吧，什么时候学会谦让了？哈哈……来，我先敬金公子一杯，今后小女还要劳金公子多多费心。”大堂主说完，一饮而尽。

金戈端起酒杯，喝了一口，说道：“谢谢伯父伯母的款待。”

大堂主一伸大拇指，夸奖道：“我再敬金公子一杯。金公子由文转武，仅半年时间就打进了精武堂，开历史之先河，简直让人难以置信。经过了解才知道，半年之中，公子三次练得腿肿如桶，三更之前更是从未睡过觉……毅力之大，令人钦佩……”

岳霞笑道：“金大哥毅力过人，小妹叹服。”

大堂主又道：“杨协理，我俩也干一杯，来，干！”

金戈在精武堂如鱼得水，武功大进。他常上飞鹰岭，一个人躲在密林中苦练，晚上则到岳霞家里教琴。坐地炮也秘密跟踪了几次。

这天晚上，金戈又来到岳霞家。见岳夫人正在院子里摆弄花草，连忙站住脚步，说道：“伯母好。”

“金公子来啦，岳霞！金公子来了！”岳夫人浅浅一笑，说道：“她在屋里等你呢，去吧。”

金戈刚进客厅，岳霞已经笑吟吟地掀起了闺房的门帘，笑道：“欢迎金公子大驾光临！”

“岳小姐好！”金戈看见岳霞的笑脸，不由得心跳加速，三步并作两步，迫不及待地跨进了闺房。和岳霞交往了一个多月，金戈发现自己一天不见岳霞，就失魂落魄。他终于明白什么叫“一日不见，如隔三秋”，这些文人的形容词真是入木三分。金戈见到岳霞，老有一股冲动，老想抱抱她……金戈发现自己爱上岳霞了，岳霞美丽的身影老在眼前晃动，爱情的火焰燃烧着他的心。在精武堂，他曾下决心：“你肩挑救母救妹的重担，怀揣为父报仇的志愿，岂能满脑子都是岳霞，真是岂有此理！”可是一到晚上，两条腿就自动向岳霞家走来，恨不得插翅而飞。等见到岳霞，冲动的火焰就会呼呼燃烧起来。

岳霞坐在琴桌后面，开始抚琴。“听听我这段《高山流水》有进步吗？我的金先生……”

琴声悠扬，带着金戈的思绪飞向远方。

琴声停了，岳霞扭头看看忘情的金戈，说道：“哎，哎，想什么哪？”

“很好，有进步。”

“你听见了吗？哼！”

金戈走过去，忽然抓住岳霞的手，岳霞惊呆了，像被蝎子蜇了一下，急忙抽手。金戈如梦惊醒，吓了一跳。岳霞看着惊慌失措的金戈，轻声笑道：“你好大胆子！”

金戈见岳霞没有怪罪的意思，心里的石头放下了，鼻子上沁出了一层密密的汗珠。

岳霞笑道：“你的脸怎么红了？”

金戈回答：“精神焕发！”

“鼻子怎么出汗了？”

“高山流水！”

“嘻嘻……”

“哈哈……”

“你坐一会儿，我去去就来。”红光满面的岳霞跑出去了。

岳夫人看着容光焕发的女儿，招手把她叫到身旁，轻声细语地说：“霞儿，你喜欢金公子？”

“嗯。”

“娘也喜欢他。不过，你可要把握自己，你是老爷子的掌上明珠，是岳武院的千金大小姐，千万别出乱子，咱可丢不起人，话是拦路虎，你要非礼勿动，非礼勿视……

“娘——”岳霞撒娇。

“你一定把握住，娘会成全你的……”

“娘——”

金戈正在屋内徘徊，焦急地等待岳霞。岳霞回来了，金戈看着岳霞的靓丽面孔，闻着她如兰的气息，越看越美，越看越慌，心中的烈火又呼呼地燃烧起来。金戈喘着粗气，张开颤抖的双手要搂抱岳霞，岳霞像是受惊的兔子，一下子跳开了。接着，岳霞俊脸一寒，正色道：“金公子，请你自重！”

金戈一呆，犹如一盆冷水浇在了头上。金戈脸上浮起了一种不自然的笑容，尴尬地说道：“我……我开玩笑，开玩笑，对不起！我不是故意的。”

话是拦路虎，一点也不假。金戈没有和女孩子交往的经验，窘得不知如何是好，心说：“她要是告诉别人自己轻薄她，自己的脸往哪儿搁呀？怎么这么鲁莽？”岳霞轻轻的一句话，吓得金戈魂飞魄散。金戈尴尬地笑笑，自找台阶下，一拍脑袋道：“哦，对了，马队长约我有点事，你看我这记性，差点给忘了，再见，再见。”说完，慌慌张张，拔腿就跑。

“你去哪儿？哎，哎，你……”岳霞话还没有说完，金戈逃也似的去了。

金戈一口气跑到飞鹰岭上，远眺山下连绵的灯火，心里一酸，叫道：“该死！人家是千金大小姐，你是谁？不是过去的公子哥了，你是一个落魄江湖的孤儿，癞蛤蟆还想吃天鹅肉！再说你是一个有血海深仇的人，母亲和妹妹还在火坑之中，等着你去救，父亲的大仇也未报，你武艺未成就敢胡思乱想，该打！该打！”金戈啪啪给了自己几个嘴巴。

金戈走到竹林空地，开始练功。他发疯地折腾。到了后半夜，金戈的心平静了，这才拖着沉重的双腿下了山。

半壁峡的坝墙旁，有三个黑影正在说话。其中有马猴和坐地炮，另一个黑影，想必是什么“特使”了。

特使正在厉声呵斥他俩：“金文杰既在山上，为什么不早些回报，你们想抢头功吗？知情不报，不要命了是不是？啊？”

坐地炮忙说好话：“属下不敢，属下不敢！我们才知道，姓金的小子红着哪，天仙子岳霞看上他了，我们正想禀报，您就来了……”

特使转脸问马猴：“那更要早点下手了！你们不是春节前就知道了吗？江南分舵为他派出去了一百多号人，在江南江北大肆搜捕，副舵主脖子瘤亲自出马，那个军务总督赵文华催命鬼似的成天死催，你们却胆敢知情不报，活腻了是不是……”

坐地炮急道：“刚知道，我们刚知道，你别听马猴放狗臭屁！”坐地炮转脸呵斥马猴：“你准是春节前知道的？知道了为什么不告诉我？整天胡说八道！”

马猴连忙打圆场，说道：“我们刚知道，年前的时候有点怀疑，没有认准……”

特使骂道：“混蛋！说话着三不着两的，下回弄清楚了再说！”

“是！是！”马猴向前凑凑，巴结着说，“这小子每天下午去飞鹰岭，在竹林里练功，那是一个非常隐蔽的地方，咱们可以在那儿下手，我们已经谋划好几天啦。”

“哦？那好，你带我去看看！”特使冷冷说道，“伏击就不用你们了。你们继续在岳武院隐蔽，总舵传来必杀令，务必格杀金文杰。另外又传来擒拿令，擒拿武林四仙中的天仙子岳霞，擒拿花仙子白凤。我带人去杀金文杰，你给我盯住了天仙子岳霞，只要她落了单，立即通知分舵擒拿。另外，你们的首要任务是什么，还记得吗？”

坐地炮连忙说：“记得，记得，盗取岳武功。”

特使道：“好！你能打进精武堂，很好！马猴，限你半年之内，也打进精武堂，半年进不去，自己跳崖吧！”

马猴小鸡啄米似的点着头说：“是！是！是！”

特使缓了口气，说道：“舵主指示，要尽快盗取岳武功！你，坐地炮，一年内要打进神武堂，尽快拜师学艺……”

坐地炮吓得一哆嗦，啊了一声，惶恐道：“这，恐怕……”

特使道：“这什么这！恐什么恐！必须！一定！否则的话……哼哼！”

坐地炮惶恐地答道：“是，是。”

漆黑的夜色中，三个黑影晃了几晃，不见了。

八　女生外向

第二天下午，金戈一如既往上了后山，走进竹林。竹林深处蹲着一高一矮两个蒙面人，他们看见金戈走过，悄悄跟来。金戈听见动静，停住了脚步。高个蒙面人蹿出来，问道："你是金文杰？"

金戈一听就明白了，他们是桃花会的匪徒。金戈没有答话，噌地退了一步，四下里看了看。

高个子蒙面人轻蔑地说道："嗬，会武功了？"

金戈肃然道："多少会点。"

"上！"高个子蒙面人一声呐喊，手持匕首扑过来。矮个子蒙面人赶紧迂回包抄。金戈一看不好，转身就跑。他沿着羊肠小道向竹林深处奔去。两个蒙面人紧追不舍，三人一前两后，在竹林小道上跑得飞快。跑到竹林茂密处，金戈霍然回身扑击。在这狭窄的竹林小道上，只能一个人和金戈对敌，后面的蒙面人要想穿过密密匝匝的竹子，绕到金戈身后，可要费点时间。金戈把握战机，与正面之敌激斗起来。金戈力求速战速决，招招进击。数招之后，金戈发现对方熟习他的三十二招岳武拳，立即改用铁嘴华的六十四式白神掌。

自从金戈看到了铁嘴华的六十四式白神掌，就把它印在了脑海里。进了精武堂，金戈学全了三十二招岳武拳，也加深了对白神掌的理解。最近几天，金戈试着练习，一经演练，发现白神掌别有洞天。此掌法飘逸轻灵，用意不用力，和岳武拳的拳理正好相反。因此，金戈练累了岳武拳，就改练白神掌。这样一来，金戈的拳脚功夫刚柔相济，岳武拳和白神掌一日千里。因此，金戈练得更勤快了。不过，金戈只能在这片竹林中秘密练习，怕武徒们看见生出误会。现在，金戈的白神掌一经使出，对面的蒙面人立刻手忙脚乱了。桃花会这个特使对岳武拳、岳武枪有些了解，凡是坐地炮会的，他都会。金戈突然变了招式，顿时打了他一个措手不及。蒙面人眼见金戈的双掌飘飞，不时突破他的防线，立刻大喊起来："快过来，快过来！"

矮个蒙面人一见不好，急折竹子，斜着身子奋力穿插，同时高喊："来了，来了，就来了！"

金戈斜眼一瞟，看见矮个子蒙面人已经穿到侧前方，立即卖个破绽，转身就跑。高个子蒙面人见金戈跑了，撒腿就追。这样，追逐的三个人又变成了一前两后。跑了几十丈，金戈再次回身扑敌。这时，金戈心中已有了杀敌预案，想好了破敌的招数，金戈一步跃到敌人面前，突然一个"下砸上挑"，接着一个"玉女穿梭"。高个子蒙面人仰身一侧，歪在毛竹上。金戈身子一蹲，左脚暴起，一个"扁踹登天"呼的一声踹了出去。这一脚正踹在高个子蒙面人的肋骨上，耳闻嘎巴一声脆响，高个子蒙面人肋骨尽断，一口鲜血喷了出来。矮个子蒙面人追了上来，眼见同伴毙了命，顿时惊呆了。金戈忽觉左小腿有点不对劲，低头一看，裤腿开了一个口子，小腿上殷红一片，不知什么时候受了伤。矮个子蒙面人也发现了金戈小腿上的血迹，顿时精神大振，呀的一声大叫，冲了过来。

金戈虽然武功大进，但毕竟是空手对敌，弱了几分，腿上带了伤，就更弱了。而且，矮个子蒙面人稳扎稳打，是个心机深沉之人。

几十个照面过去，金戈发现自己心慌气短，鲜血已经染红了麻鞋，不禁焦急起来。敌人很狡猾，知道了金戈的弱点，一味游斗，不肯拼命。金戈脑海里思绪飞旋，心道：“耗下去可不行，一定要速战速决。对，先逼退他，设法取到死人手中的匕首，然后包扎伤口，如果流血不止，那就完了。”

金戈想罢，紧攻了几招，突然退到蒙面死人身旁，一弯腰取到了匕首，接着扯下了死人的蒙面巾，跪地裹伤。

伤口还没裹上，敌人飞扑而至，两人又打在一起。敌人加紧了攻击，生怕金戈包扎伤口。这样一来，金戈得到了拼命的机会。金戈匕首连挥，竹林里响起了一阵叮当声。

十几个回合过后，蒙面人一收匕首，疾退了两步，再次游斗。

金戈不敢怠慢，立即做了个跪地裹伤的动作，蒙面人果然扑来。就在这一瞬间，金戈银牙暗咬，突然一招“冷送秋烟”，虚点咽喉，接着“毒蛇出洞”斜刺敌胸。

金戈这招拐腕斜刺，既快又狠，不再封挡敌人刺向小腹的匕首，用的是同归于尽的打法。蒙面人大吃一惊，稍一迟疑，金戈的匕首已经刺中他的心脏，随即，他的匕首也插进了金戈的小腹。金戈用手抱住了肚子，觉得一点力气也没有了，软软地倒在了地上。他望了望竹叶间透过来的点点阳光，慢慢合上了双眼。

晚上，岳霞在闺房里等着金戈，蜡烛已经燃掉了一寸多长，金戈还没有来。岳霞忽然双手捂脸，抽泣出声。凤玲哼了一声，一跺脚跑了出去。

凤玲风风火火地来到精武堂，闯进了金戈的屋子。屋子里一个人也没有，一盏油灯放在白森森的桦木桌上，豆大的火苗照亮了空荡荡的屋子。金戈床铺上的被子叠得整整齐齐，桌子的一角放着几本黄色的线装书，枪架上挺着两杆孤零零的红缨枪。凤玲眉头一皱，拧身跃出屋子，头上双螺髻一晃，小燕似的掠过院子。一伸手，在一间贴着门神吊着门环的板门上砰砰敲打起来："马师兄，马师兄，你在吗？你看见金戈了吗？"

"在！在！"屋里传来了马大响憨厚低沉的声音，接着脚步声响，屋门吱呀一声打开了。马大响高大的身影闪了出来，他厚厚嘴唇一张，憨声道："金戈？吃晚饭的时候就没见他，他没在小姐那儿？"

凤玲眉头一拧，急道："没有啊，昨天晚上……对了，他同屋的人呢，他有没有见到金戈？"

"要不去饭堂看看？今晚有人在讲兵书战策，看看他在不在那儿。"马大响带着凤玲来到了饭堂。一看，大厅里稀稀拉拉坐了几十人，正听一个老先生讲《孙子兵法》。凤玲目光扫过，没有看见金戈的身影。马大响和凤玲对望了一眼，拉着一个脸色黝黑的武徒出了大厅，马大响问道："小黑，你见金戈了吗？"

"没，没见到。好像吃晚饭的时候就没看见他。"黑脸武徒瞟了一眼娇小的凤玲，眨着眼说道，"对，他没吃晚饭，他的筷子碗没动过。"

凤玲皱着眉问道："那他去哪儿了？"

"他傍晚总去后山练功，这些日子从不间断，好像还没回来。"

"小黑和金戈住一个屋。"马大响对凤玲说了一句，又转头道："麻烦你了。"

"不麻烦。"黑脸武徒搓着手应道。凤玲一跺脚，说道："马师兄，麻烦你再找找，有信儿立即告诉小姐，我先回去说一声。"

岳霞坐在琴桌前，修长白皙的玉手覆盖在琴弦上，两只水汪汪的杏仁眼里闪着泪光。片刻后，她拨动了琴弦，琴声断断续续，杂乱无章。门帘一掀，凤玲带着一股凉风跑了进来："小姐，金戈吃过午饭就上了山，到现在还没有回来，晚饭还没吃呢！"

岳霞噌地站起来，素手一抬，将挡在眼前的一绺秀发抹到耳后，急道："啊？他会不会出事？我们快去找找，没有特殊的事，他绝不会失约的，快！"

岳霞走了几步，看见凤玲从衣柜里拿出了一件披风，连忙说道："不穿了，我们快走，拿上我的藤蛟枪。"

凤玲扔下披风，跟着岳霞跑出了闺房。凤玲在堂屋的枪架子上抄起了一杆红缨枪，刚要出去，岳夫人喊住了她们，说道："我们一起去，到你爹那儿拿上几个火把，叫上虎子。"

岳霞扶着门框急道："娘，您就不用去了，估计没有什么大事，叫虎子跟着我们吧。"

岳夫人想了想，又说："要不你们带上几条鬈毛犬？它们可是找人能手。"

凤玲说道："对呀，我们带上两条狗！"

岳霞、凤玲、虎子三人来到了精武堂，见到了马大响，领着两条鬈毛犬进了金戈的住房，拿来金戈的衣服和鞋子，让鬈毛犬闻了闻，然后急匆匆地奔向了后山。

飞鹰岭上，坐地炮一手拿着火把，一手提着红缨枪，在金戈平时练功的竹林里搜寻着。因为特使没回去。

坐地炮看见了一个身穿黑衣的死人，他警惕地蹲下身子，四下里打量起来。四周有打斗的痕迹，地上有血迹。坐地炮用手指蘸了一点血水，举到鼻子前闻了闻，然后站起身来。坐地炮高举火把，向前方照去。摇曳的火光透过竹叶的缝隙，照亮了弯曲的竹林小路，洒下了斑驳的碎光。前面躺着两个人，其中一个黑衣人蒙着脸。坐地炮一惊，立即蹲下身子，再次张望起来。忽然，身后的小路上火光闪动，两只牛犊似的猎狗飞快扑来。

坐地炮连忙熄灭了火把，钻进了竹林。

猎狗到了近前，冲着坐地炮逃走的方向汪汪乱叫。后面，一溜火把飞扑而至。

“这里有人！啊，前面还有两个！”虎子一个箭步蹿到近前，他发现了躺在地上的金戈，立刻喊叫起来：“金戈！金戈！金戈在这里！”

“汪汪！汪汪！”两只猎狗仰着脖子，抖着脖间毛茸茸的狗毛，冲着黑乎乎的竹林继续狂吠。

岳霞、凤玲和马大响到了。岳霞看见了面无血色的金戈，立刻叫起来：“金戈，金戈，我是岳霞，你怎么啦，啊，他的肚子……”

马大响拉开岳霞，蹲下了身子，看了看金戈的伤口，摸了摸金戈的脉搏，急道：“虎子，快，拿匕首，赶紧削竹子做担架！金戈还有气，火把！”

凤玲赶紧将火把拿到近前。马大响脱下了自己的褂子，刺啦几声，扯了几条布，包住了金戈的肚子。

“小腿！看，他的小腿！”凤玲看见了金戈腿上的血迹，立即指着金戈还在冒着血泡的染成紫色的小腿叫喊起来。

刺啦刺啦几声，马大响又扯下了几条布，三缠两绕包住了金戈的小腿。

这时，虎子和岳霞做好了担架，几个人托肩膀抬大腿把金戈放了上去。岳霞看着面色苍白的金戈，想起了昨晚金戈离去时慌乱的神情，睫毛扇动，眼泪顺着如玉的腮帮子成串地滴落下来，在印有光斑的地面上摔成了无数碎花。汪汪！汪汪！猎狗伸着脖子，仰着头，冲着竹林继续咆哮。凤玲举高了火把，照了照黑黝黝的竹林，呵斥道：“别叫了！回去！”这时，马大响和虎子已经抬起了担架，岳霞抽泣着说道：“凤玲，你在前面带路，我押后，赶紧下山。”

“是，小姐！”凤玲答应了一声，跑到担架前面，举着火把向前奔去。

他们走后，坐地炮钻了出来，他看了看躺在地上的两个死人，走到高个子黑衣人跟前，狠狠踢了一脚。

岳霞的闺房里，金戈躺在床上，大堂主又缝又洗，紧张地忙碌着。马大响和虎子举着灯笼，一声不响地站在床铺两端。凤玲和岳夫人站在大堂主身旁，一个端着脸盆，一个端着托盘。岳霞站在一旁，泪水洗过的美丽面颊上虔诚一片，她双手捧心，不住地嘟哝着："老天保佑，救活金戈吧！菩萨显灵，救救金戈吧……"

岳霞念叨着，看见父亲转过身来，擦了把汗，脱了白布围裙。岳夫人仰着脸，看看丈夫的眼睛问道："他还有希望？"

"有是有，微乎其微。先是腿上流血过多，后来又伤到了肠子，看他的造化吧。把他抬出去，如果在霞儿的屋子里没了气，岂不晦气？"

岳霞连忙上前拦阻，仰着脸道："爹，你歇会儿吧。娘，你也歇了吧。不要动他了，有什么事明天再说，他不会死的。"

大堂主的手背在衣角上蹭了蹭，两道漆黑的剑形浓眉皱了起来。岳夫人看着嘴角微微抽动的丈夫，皓腕一碰大堂主的胳膊，连忙道："好吧，让霞儿看着安排吧。"

岳霞看了看默默伫立一旁的马大响和虎子，说了几句客套话，福了两福，把他们送了出去。岳霞回到堂屋，看见膀大腰圆的父亲和体态丰腴的母亲闷声不响地坐在八仙桌子旁，立即柔声道："爹，娘，你们歇了吧，我和凤玲看着他。他不会死的，只要还有一口气，他就会挺过来。你们累了，早点安歇了吧。"

大堂主站起来，看着岳霞玉雕般的俊脸，说道："好吧，我和你娘先睡了，有事叫我们。你也别着急，万事自有定律，听天由命吧。"

岳霞看着父母进了卧室，身子一拧，立即跑进了闺房。看见守在床边的凤玲，吩咐道："凤玲，你告诉张妈，让她炖一碗人参燕窝汤来。”

凤玲放下蜡烛，柔声道：“我炖吧，张妈已经歇了。”

岳霞来到金戈身边，深情地望着金戈苍白的脸，说道：“也好。”

过了一会儿，凤玲端来人参燕窝汤，岳霞舀了一勺，俯下身子，一点一点地滴在金戈苍白的嘴唇上。金戈没有动，汤汁顺着嘴角流了出来。岳霞用手巾沾了沾金戈紧紧闭合在一起的略显苍白的嘴唇，又轻轻擦了一下金戈带着一层细细绒毛的下巴，轻轻地呼唤起来。岳霞轻轻地抚摸着金戈，就像一个贤惠的母亲正在抚摸一个初生的婴儿。

凤玲一只手擎着蜡烛，一只手拎着托盘，任凭蜡烛滚烫的泪珠滴在她纤细的手指上，一动也不动。蜡烛照亮了凤玲稚嫩的圆脸，照亮了她微微上翘的小嘴，照亮了她微皱的眉头和一双带着倔强和野性的眼睛。

夜深了，岳霞仍然守在床边，她对着金戈的脸，轻轻唱起《大风歌》：“大风起兮云飞扬，威加海内兮归故乡，安得猛士兮守四方……”

第二天下午，凤玲看了看一动不动的岳霞，说道：“小姐，你歇会儿吧，让我看着他，难道你连我都不相信吗？”

岳霞没有理睬凤玲，眼睛仍然盯着金戈，突然，岳霞呼地站起来，欢声道：“啊！动了，他动了！”

凤玲目光一转，喜道：“怎么，他动了？”

“对，他嘴角动了一下，快，人参汤！人参汤！”岳霞美丽的双眼睁得溜圆，身子蹦了起来，大喊道。

凤玲也是一跳老高，应声道：“好，我热热去，马上就来！”

十天后，金戈已经坐了起来。岳霞非常高兴，像小鸟一样地跳来跳去，嘴里还哼着不知名的小曲。这天下午，岳霞坐到金戈床边，说道：“出事的前一天晚上，你是不是不高兴了，我，我……知道你喜欢我，我也喜欢你。可是，我是岳武院的长孙女，要做表率，凡事不能越礼，希望你能明白……”

金戈低声道：“是我不好，我昏了头……实在抱歉……”

“不，我也喜欢。只是不到时候，将来……将来洞房花烛夜，我一定让你欺负个够……”岳霞羞红了脸，俊美的脸蛋更加光彩照人了。

金戈眼睛一亮，说道：“真的？”

岳霞静静地看着金戈道：“当然！”

“那么我现在就欺负你！”金戈假装伸手拉她。

岳霞身子一闪，娇笑道：“你吃了熊心吞了豹胆啦？真是色胆包天！”岳霞忽然做了个噤声的手势，悄声问：“那天是谁暗算你？”

金戈神色一暗，说道：“桃花会的色鬼，他们阴魂不散。”

“过几天你就要搬出去了，我非常担心。俗话说，不怕贼偷，就怕贼想。桃花会贼心不死，我们必须有个应对之策。我已想了几夜，我想把岳武功传给你，就是我会的第一阶岳武功。你要偷偷地学，秘密地练，不能让我爹知道。你将来打进神武堂，行过拜师之礼，就可以学习这一阶岳武功了，算我提前教你了。第一阶岳武功有三步，也叫三步追风。这个名称不能说出去，岳武功有三阶也不能说出去，这是岳武院的核心机密。第二阶也有三步，第三阶岳武功只有两步。第二阶、第三阶岳武功绝不外传，岳家的女孩子也不让学。我也是留了心才知道的。桃花会赶尽杀绝，你时刻都有生命之忧，你学会了第一阶岳武功，岳武枪和岳武拳就有了灵魂，速度会快上很多，你的武功就会上一个大台阶。”

金戈眯着眼说道：“这样行吗？我会不会连累你？”

岳霞回头看了看，身子往前凑了凑：“你学会了，争取今年打进神武堂就是了，我只不过帮他们提前教了你。你早晚都要打进神武堂的，怕什么？再说，我和你还有区别吗？早晚还不是一家子？我早豁出去了，不过，第一阶岳武功我还没练好呢。行了，你听我说：‘蹲练力意动练气，连吸连呼一口气。’这就是第一阶法诀。先说第一句蹲练力意的力，意思是半蹲着练力量；蹲练力意的意是说心存意念。存什么呢？两句话，我力大无穷！我快如闪电！也就是心存目标，明白了？”岳霞说着走到门口，掀起帘子偷偷看了看，从墙角处抄起两个小石锁，举在肩头，半蹲着起伏了几次，挺着胸脯说道：“怎么练力就不多说了，就是平常的一些练法，只是心存目标而已。”

金戈的细眼眯成了一条缝，思绪飞快地运转着。岳霞咽了口唾沫又说道：“连吸连呼一口气是重点，连吸连呼是连续吸气，然后连续吐气，一个循环叫作一口气。就这样……”岳霞做了一个示范，然后说：“一口气的练习是用来扩大肺的储气量，同时逼你提高速度……比如说练拳，你一口气打完一拳不难，要是一口气打五拳呢？十拳呢？就难了。你要循序渐进，当你一口气能打完十六拳，或练完十六枪，第一阶的第一步就算练成了。如果你能一口气不走样地打完二十六招拳法或使出二十六招枪法，便练成了第二步。第三步是再加上六招，一个呼吸间打完三十二拳或使完三十二枪，就算练成了第一阶岳武功。一口气练完三十二招比较困难，我练了这么多年，一个连续呼吸最多练完三十招，后两招有些勉强。当然，要是不求稳准狠，我也算练成了。练习时还要涂抹岳氏秘制的蛇皮油……”金戈听到这儿，微微昂起了头，明白了，这是一种扩胸的方法，一种憋气逼你提高速度的方法。岳霞把金戈的头轻轻按了按，温言道：“第一阶岳武功的真谛就是‘快’。一口气也好，两口气也罢，目的是‘快’。秘密都是窗户纸，一捅就破。刚练习时进步不明显，天长日久效果就出来了。比如‘扁踹登天’这一招，一般人要用两个眨眼的时间完成，第一阶练成后，你一个眨眼就能完成，或者半个眨眼就能完成，这样，对敌时效果就明显了。战斗时可以自由呼吸，不必再蓄气。当然，敌人不强时，也可以连吸连吐锻炼自己。你要秘密练习，不能让别人看出来，听出来。记住，要循序渐进，不能一口吃个胖子。我相信你，一定比我练得好。”

精武堂内，马大响找到了五堂主，两人聊了几句，马大响说明了来意。五堂主道：“行，就叫金戈搬你屋吧，把那个谁，郎子吧？对，让郎子和金戈换一换。”

过了几天，金戈被凤玲搀扶着回到了精武堂，和马大响住在了一起。坐地炮见金戈回来了，也装模作样地过屋探望了一下。

夕阳下山的时候，马猴来到了精武堂。坐地炮头一摆，带着他来到操场边上。马猴一看周围没人，立即骂了起来：“什么狗屁特使，俩人宰一个，还没收拾掉！让我自个儿去，也是手到擒来。冷不防射他一箭，来个穿糖葫芦，他还能躲得了？光想争功，什么玩意儿！”

坐地炮抚腕叹道：“金戈这小子命真大。这样吧，你负责暗杀金戈，我负责盗取岳武功，至于岳霞嘛，咱们看看情形再说，如何？”

马猴吓了一跳，叫道：“我负责刺杀金戈？我一个人？”

坐地炮眯着眼笑道：“你刚才不是说一个人就能手到擒来吗？怎么，变卦了？要不，咱俩换换，你去盗取岳武功？”

“不不，我不是这个意思。”马猴仰着尖下巴道，“我想，我们应该立即告知分舵，叫他们另派人来，咱们还是以盗取岳武功为主。”

坐地炮哈哈一笑，斜着眼说道：“盗取岳武功是重中之重，刺杀金戈，劫持岳霞，是捎带手的活，我们可以见机而行。我看还是要分下工，你主要负责刺杀金戈，我主要负责盗取岳武功。你说得对，明枪易躲，暗箭难防。你躲在暗处，出其不意，一击定可取他性命。”

马猴马上后悔了，只好说：“好吧！我试试吧！”

坐地炮厉声道：“哼！不是试试，是必须！你可听清楚了！”

马猴立即右拳击左掌，挺胸叫道："是！属下听清楚了！"

金戈的身体渐渐复原了。一到天黑，当最后一道霞光在地平线上消失的时候，金戈就来到岳霞家。金戈在琴声掩护下，一会儿蹲身练力，一会儿挥拳练气。一晃三个月过去了，金戈练气小成。唰唰唰，金戈拳出带风，一口气完成了十个动作。

这一天，金戈正在操场练拳，岳霞带着白凤来了。白凤依然穿着一身白色衣裙，蓬松的乌发头上斜插着一根珠光闪烁的步摇，腰上缠着一条粉色丝绦，丝绦上缀着两个拳头大小的绿色绒球。金戈一见，又差点认作妹妹。金戈双眼霍霍放光，问道："你是白姑娘？"

白凤嫣然一笑，说道："不错，你又认错人了？"

金戈的眼睛黯淡了，叹道："不敢，金戈不敢。"

岳霞咯咯娇笑，说道："看看吧，这就是临江那个神童，那个文章甲天下的小进士。怎么样，还像个进士吗？"

白凤嘴角往上一翘："哎呀，真看不出，真像个武师了。是不是岳姑娘给你吃偏饭了？快说！"

岳霞嗔道："去你的，你的嘴怎么那么损？快赶上你爷爷了，干脆，你叫个……叫个铁嘴凤得啦！"

"好你，敢给我起外号！"白凤说罢，追打岳霞。岳霞画着龙飞奔，跑来跑去，她一闪身，藏在金戈身后，吐吐舌头，叫道："嘚喽喽，逮不着！哎哟哟，气死了！"

白凤呼的一个"左闪右进"，用上了轻功。金戈一躲，正好和白凤撞在了一起。一股香气，立刻涌进了金戈的鼻孔。金戈一怔，白凤嘤的一声跳开了。金戈闪目再看，两个姑娘已经搂在一起。白凤在挠岳霞的胳窝，岳霞跳着脚娇笑。金戈看见凤玲孤零零站在一旁，圆圆的眼睛里满是羡慕之色，立刻冲她笑了笑。

闹完了，白凤说道："哎，金公子，岳霞说你已经闯过了基础大关，登堂入室了，打进了精武堂，你练练，让我开开眼。”

白凤随着铁嘴华到了岳武院，首先打听金戈。提起金戈，岳霞滔滔不绝，直劲夸奖。言语之间，流露出一股爱意。当然，岳霞自己并未觉得。白凤暗自一笑，立刻知道了岳霞的心意。对一个落魄书生，白凤没往心里去。但对自己帮过的人还是有些念想的，就急急忙忙拉着岳霞来找金戈。白凤和金戈身体接触的瞬间，心里生出了一种异样的感觉，或是一种快感，或是一股热流，让她莫名其妙地兴奋起来。白凤按了按自己的心口，心道：“他总归不是门里出身，练功没心法，能练出个什么名堂？半路出家的一个门外汉，会有什么出息？”

岳霞赶紧拦住，急道：“他的伤才好，那怎么行！”

金戈却说：“不打紧，白姑娘要看，我就练练。白姑娘出身武林世家，法眼如炬，还请多多指教。不知道你和白老前辈可曾打听到我母亲和妹妹的下落……”

白凤看着金戈黑红的脸膛，说道：“你走后，我们四处打探，抓了桃花会的一个小头目，他说桃花会的人押着你母亲去了陕西，你妹妹被赵文华带着去了北京。我们刚想追下去，戚继光将军的大队人马就到了，那几天忙得团团转，就把这件事放下了。再说了，桃花会狡猾得很，追也不见得追得上。”

金戈黯然道：“那就多谢了，我们到那边去。”金戈一指旁边的土坡。土坡高有丈许，好像一弯新月，护卫着坡内地毯似的绿茵。翻过月牙坡，金戈站住了，抱拳道：“金戈还有一请，在下献丑之后，还请白姑娘练一趟白神掌，让在下领略一下白姑娘的风姿。”原来，金戈还有个想法，自己答应了表演，再请她演示武功，她自然就不好拒绝了。

“哎哟！”白凤叫了一声，说道，“好哇，你在这儿等着我呢。好吧，你练完了，请岳霞表演一番，岳霞演完了，我也练练，不让你吃亏就是。真是的，鸡蛋掉到油篓里——”

岳霞一呆，秀眼一扑闪，问道：“什么意思？此话怎讲？”

白凤咯咯娇笑，说道：“滑蛋一个！咯咯……”

岳霞扑哧笑了，站在一边的凤玲也抿嘴乐了。岳霞斥道：“你真是你爷爷铁嘴华的孙女！”

金戈的脸红了，他虽然满腹经纶，此时却无言以对，只好尴尬地笑笑。

岳霞笑够了，喊道：“凤玲，帮我把枪拿来。”

“是，小姐。”凤玲答应了一声，转身跑了。

金戈拉开了架势，岳霞忙道：“悠着点！”

金戈蹲身垫步，立即施展开了三十二式岳武拳。他听了岳霞的话，没有连续用气，只亮招式。金戈的招式熟极而流，泾渭分明，片刻之间三十二招岳武拳就打完了，金戈收了式子道：“献丑！献丑！”

白凤闪着丹凤眼问道：“打完了？”说完，又转头看了看岳霞。

岳霞笑道：“打完了。他只学了三十二招岳武拳和三十二招岳武枪，到精武堂后又受了伤，怎么样，还入法眼吗？”

白凤心道：“这丫头真的爱上金戈了，没错，看她的神情，比她自己练还上心呢。她比我小一岁，知道动情了。我呢？雄州二公子行不行？他们在哪里呢？”一边想着，一边说：“行，练得不错，真的不错。”

这可是白凤的心里话，她眼光高着呢，一般的还真看不上。她看见，金戈的弹拳击出，中途戛然而止，拳头纹丝不动，胳膊、腰、腿含劲未发，可以想见，一发之下，必然石破天惊。她自己为了达到这个境界，下了十二年苦功，似乎还没有这样的气势。其实，她不知道，岳武拳的精髓就是刚烈，就是气势，就是大开大合。白神掌则是轻盈灵动，以柔克刚。因此，要比气势，白神掌自然不行了。

可是白凤不明白，还真的佩服起金戈来了。

岳霞看白凤不住点头，一个劲地夸奖金戈，登时心花怒放。她也亮开了架势，打起岳武拳来。她打的也是三十二招岳武拳，这几乎是岳武拳的全部了，岳武拳还有四招，那是她没有学过的。岳霞的拳势和金戈不一样，一方面，女孩的气力天生弱些，再者，她要顾及自身形象，少了棱角，减了霸气。而且，她为了要让金戈能看清楚，放弃了速度。白凤看了，眉头轻轻皱了皱。金戈则聚精会神，眼光追随着岳霞的动作。金戈知道，同是一套拳法，每个人打出来都有他自己的特点，往往差之毫厘，失之千里。一套拳很快打完了，金戈立即鼓掌叫好。白凤心里一动，扭头看了看金戈。看表演，看杂耍，看完要鼓掌，这是金家的传统。不管演得好演得坏，都要鼓掌，都要表示感谢。演得好，可以热烈些，演得不好，也要表示一下。

白凤整整衣服，拉开架势，展开了身形。白凤白衣猎猎，秀发飘飘，四方八面一片掌影。白凤忽地一掌向西，忽地一脚向东，忽地拔地而起，忽地低首旋身。她虚虚实实，真真假假，前扑后拒，犹如一只白色的蝴蝶翩翩起舞，又似一只绿色的蜻蜓盈盈掠波。白凤打得兴起，俊美的脸蛋红扑扑的，丝绦上的绣球激烈地跳跃着，渐渐进了忘我之境。金戈抱元守一，心中一片空明，眼睛盯着白凤的一举一动，将她所有的招式都印进脑海里。白凤六十四招白神掌很快打完了，倏然收势。金戈大声叫好，使劲鼓掌，脸上却无表情。他脑海里回放着白凤的六十四招白神掌，同他在临江看到的白神掌比较着。还好，岳霞鼓完掌后，正和白凤说笑，金戈反常的举动没有引起她们的注意。片刻之间，金戈将六十四式白神掌回放完毕。金戈知道了，白凤的白神掌稳健，是基础，铁嘴华的白神掌刁钻，是衍生。用书法比喻，白凤的白神掌是正楷，铁嘴华的白神掌是行书。金戈看过之后，获益匪浅。人就是这样，你只要刻苦努力，就会有收获，中国有句古话说得好，天道酬勤。学习也是一样，刻苦必能上进，懒散定会随波。白凤看金戈习武的决心大，把不可能变成了可能，就把六十四式白神掌认真地表演了一番，心说："看看吧，这就是白神掌，怎么样？"她认为，你就是看上百遍，也记不住十分之一，再说，记住就会呀，那不成了神仙了？

这时候，金戈回过神来，听见白凤正说："白神掌六十九招，我只会六十四招。谁叫我们是女儿身呢？白神掌的后五招，怎么也不让学，气死人了！"

岳霞说道："哟，铁嘴华才留下五招啊？够意思了，岳武枪六十六招，我才会三十二招，差三十四招呢？"

白凤道："你忘记那句老话了？'行百里路半九十'。爷爷说，后五招比前面六十四招还重要呢，是绝招，平时提都不让提……"

"我更不行了！"岳霞懊恼地说道，"岳武功只让我学一阶，后两阶瞧都不让瞧。他们真不讲理，都是一样的人，就是不让我们女孩子学……"

白凤看一眼金戈，笑道："你找个倒插门呀，娶个男的，不就成了？"

岳霞嗔道："去你的！娶一个男的，娶俩男的也不行！"

"啊哟，还想娶俩男的呢，野心不小啊！"

"去你的！"岳霞伸出素手捶打白凤，脸蛋红扑扑的。

凤玲回来了，把藤蛟枪交给了金戈。金戈使过这支枪，这支枪的枪杆是产自缅甸森林中韧性极强、硬度极大的一种铁皮藤条，表面还缠有钢丝棕绳。八尺的枪杆，可以折个对头弯，但是寻常的刀剑砍在枪杆上，只能留下一道白印。

金戈接过藤蛟枪，挺枪一抖，顿时枪尖乱颤。扑棱一声，金戈的大枪"毒蛇出洞"，噗的一响，金戈的大枪"鼓瑟弹琴"。接下来，金戈的红缨枪啪啪啪三声连响，连演"插花盖顶""白鹤亮翅""老树盘根”。眨眼间金戈的大枪使开了，月牙坡下顿时草屑横飞，啸声四起。白凤两只俊眼瞟来瞟去，心头一阵震撼：“果真是学什么像什么，不愧是大明骄子，真是邪了……”忽然，她心里产生了一种酸溜溜的感觉。

这时候，虎子跑来了，喊道：“小姐，大堂主叫你们回去呢，酒席摆好了。”

岳霞说道：“好，我们马上就来。金戈，歇了吧。”

金戈收了式子，笑道：“有污视听了。”

白凤俊眼含笑，说道：“练得很好，真的。”

岳霞说道：“走吧，看看铁嘴华去。”

金戈把枪递给岳霞，凤玲伸手接了过去。岳霞和白凤上了土坡，见金戈没有跟来，停住了脚步，岳霞回身道：“走啊，你怎么不走啊？”

金戈一笑说道：“你们去吧，我不去了。”

白凤笑道：“去吧，我爷爷要见你呢！”

“不去了，晚上我去看望白前辈。”金戈看着高坡上的三位姑娘，心想：“我算什么，我去了，如果不让入席，那多尴尬？”

她们走了，金戈盘腿坐在地上，回想白凤的六十四招白神掌。想罢，看看四周没人，立即拉开了架势，一招一式地演练起来。他虽然没有白凤打得那样快，却比白凤打得更加圆滑，招招行云流水。白凤做梦也想不到金戈也会白神掌。金戈打了一遍之后，觉得学习白神掌，应当先学白凤的“正楷”，以后再学铁嘴华的“行书”。金戈高兴得一蹦老高，跳着脚跑上了月牙坡。这时，凤玲回来了，老远就喊：“哎！大堂主叫你哪，叫你去大殿陪客。”

金戈紧走几步下了坡，问道：“合适吗？我去了算个干什么的？”

凤玲眼里闪烁着狡黠的光芒，说道：“去吧，有人想你呢。”

金戈闻言心里一荡，就像流过了一股蜜汁，刚要张嘴，却听凤玲咯咯一笑，又说道：“铁嘴华找你呢，他要看看你的功夫！你呀，能推就推，推不掉也不要真卖力气，明白吗？”

金戈看着凤玲似笑非笑的脸，不解地问道：“为什么？”

凤玲仰着脖子说道：“岳老院主最小气，最怕家传的功夫外泄。三十二式岳武拳虽然公开，他也不愿叫外人观看。”凤玲伸出小手比划着，“他的心眼特小，就像针尖一样。”

“明白了，”金戈眯着细眼说道，“我要藏着点。”

一进大殿，金戈就听见了铁嘴华爽朗的笑声，听见了他那风趣的话语。铁嘴华看见了金戈，立即叫道：“说曹操，曹操到。来吧，小进士！”

金戈走近两步，抱拳在胸，恭敬地说道：“白前辈好！各位好！金戈这厢有礼了！”说完，深深地鞠了一躬。

铁嘴华道：“免了免了，你别左一个前辈右一个前辈地叫，叫得我都老了，你叫我白耀华，或者铁嘴华就行。哈哈，我说，小进士，听说你的头皮挺硬的？”

“头皮硬？什么意思？”金戈是丈二的和尚，摸不着头脑了。这时候铁嘴华又说话了：“你没有碰个头破血流？头三脚踢过来了是不是？行！了不起！被窝里放屁——能文能武！放屁扭了腰——带劲！”

忽然，他起身滴溜一转，念起了顺口溜：“金文杰，把武练，一气跑上岳武院！不撞南墙不回头，进士习武是奇观！”

念完又说道：“好好，来，你过来，先来杯酒，喝完了给我露两手，让我看看大明王朝文进士的武功夫——文进士，武功夫，气得夫子光屁股！”

“哈哈……”众人一阵哄笑。

“来，过来坐！”铁嘴华喊。

主桌上坐着铁嘴华、岳老院主、大堂主、二堂主、岳霞和白凤，还有一个有点残疾的老头和杨协理。金戈听说过，残疾老头是岳霞的三爷爷，练功练瘫的岳西。旁边，还有一桌，分别坐着三堂主、四堂主、五堂主，以及和大堂主平辈的叔伯兄弟们。岳霞眼波流动，似乎招呼金戈坐过去。白凤眼睛余光一扫，看见了岳霞眼含希冀之色，一扭腰肢站起来，丹凤眼里秋波一荡，招手道："金公子，过来，坐这儿。"

虎子赶紧搬来一张椅子，他不知道放到哪里合适，提着椅子犹豫着。这时，岳霞也站起来了。金戈没有过去，说道："晚辈不敢就座，谢谢各位。"

铁嘴华却道："来来，过来，有什么敢不敢的？你是当朝进士，论学问数你最大，论岁数数我最大，咱俩挨着，来呀！"

金戈摆摆手，说道："晚辈不会喝酒，就不坐了，前辈请坐，二位小姐请坐。"金戈彬彬有礼，谦让着，心说："如果岳院主不发话，自己绝不能坐过去。"

铁嘴华比划着说道："得，不坐就不坐吧。那么，你就壁虎子掀门帘——露一小手？"

金戈谦虚道："金戈初入武学门径，不入各位大师的法眼，这样吧，我刚来时，看见虎子师兄的腿功十分出色，我也练了一年了，我也翻翻筋斗，练练腿功，博各位一笑，如何？"

"好！"铁嘴华一拍桌子，说道，"好！硬软功夫，各有千秋，行！来吧！"说着，他倒上了一杯酒，又说道："昔日关云长温酒斩华雄，今日金戈温酒翻筋斗！哈哈……"

金戈双手叉腰，左脚呼地踢起，脚尖绷直，双腿上下一条线。此时他昂首挺胸，亭亭而立。接着，金戈左脚落地，右脚又起，也是踢得笔直。金戈左脚落地，右脚向后反踢，身子踢成一个反接圆圈。去年金戈来的时候，虎子就做过这个动作，但他那个圆圈不能停住，金戈这个反身圆圈停住了。接着，金戈打出一串"飞翅"，翻起一串空心筋斗，其中不少跟头飞起了一人来高，顿时掌声四起。

金戈收住势子，连连作揖谢场。

酒足饭饱，杯盘碗筷都撤下去了，茶碗端上来了。铁嘴华离座而起，站在八仙桌前，手中烟袋一比划，“铁嘴”开讲了。铁嘴华清了清嗓子，拉长了声音说道：“各位，听了——二月初二，龙抬头，白铁嘴，凤丫头，风餐露宿去泉州！你们可知道，我们去泉州干什么？”

铁嘴华顿了顿，说道：“我们去泉州去访俞大猷，当朝抗击倭寇的名将，被严嵩陷害蹲了三年大狱的，差点掉了脑袋的，现在穷得叮当烂响的俞大猷俞大将军。”

铁嘴华滴溜转了一圈，烟袋在空中点了一点，说道：“你们猜，到了泉州，我们碰见了谁？”

白凤接茬说道：“碰见了谁？你不说大家怎么会知道？”

铁嘴华道：“你过来，给爷爷帮腔，你陪着我说，来来！碰见了谁？戚继光！戚继光带着他的亲兵卫队，骑着高头大马，正赶往泉州洛江河。巧了，这叫来得早不如来得巧，戚继光给我们爷儿俩让出了两匹马，我们浩荡而去。

“经别人指点，我们到了俞大猷住的场房。什么叫场房啊，就是盖在脱粒晒粮场上用来看场的小房子。俞大猷三年大狱，房子和地都卖光了，老娘也病死了，住进了看场院用的一间破草房，冬天屋里可以看月亮，夏天屋里可以晒米糠。官居三品的一省总兵，一贫如洗！我们拐过了一个弯，到了俞大猷的草房后，听见了乒乒乓乓打斗声。你猜怎么回事？打起来了！”

铁嘴华说话时，向来是带表演的，眼珠转，肌肉颤，手脚也跟着比划。说到这儿，他端起了茶壶，哗哗地往茶碗里倒水。

岳老院主道：“行啦，别卖关子了，快说吧！”

铁嘴华哈哈一笑，说道：“白凤，过来，该你说了。”

白凤看了金戈一眼，站起来说道：“你就说呗，我哪说得明白。”

铁嘴华笑道：“说得明白，说得明白。你是谁呀，我白铁嘴的孙女啊！你怎么说不明白，来来，过来！”

白凤站起来，脸一红，说道：“你这不是赶着鸭子上架嘛，好，我就把下面发生的事给大家说说。”

白凤娇声道：“我们飞身下马，兔起鹘落，蹿到房前一看，好家伙，一群和尚围住了一个红脸大汉，正在动手。红脸大汉手使一条镔铁齐眉棍，蹿来跃去，手中的齐眉棍犹如一团黑云，在他身前滚来滚去，只听啪的一声，一个和尚的禅杖飞上了天，当的一声，一个和尚的戒刀落了地，砰的一声，一个和尚摔了个倒栽葱。围观的几个大和尚同声叫好。我转目一看，围观的和尚当中，有两个大和尚我认得，一个是赫赫有名的嵩山少林寺住持，人称笑面佛的无悔大师，一个是少林寺达摩堂住持铁手佛无欲大师。旁边的和尚，好像是少林寺的八大金刚。嗬，少林和尚跑到福建干什么来了？他们为什么动手？那红脸的中年汉子，是不是俞大猷？”白凤的声音清脆，悦耳动听。

铁嘴华插嘴道：“猜对了，那红脸膛留着满嘴黑胡子的中年人，正是抗击倭寇的英雄，外号‘榆木头’的俞大猷俞将军！那些光头和尚，正是嵩山少林寺的高僧。”

“为什么叫‘榆木头’呀？”

“俞大猷为救被严嵩陷害的抗倭英雄张经，北上京师，数次在大理寺鸣冤叫屈，数次被赶出来，一怒之下，他用他的铁棒打碎了大理寺门前的登闻鼓，轰动京师。说书的把这一段故事叫作俞大猷‘大闹大理寺，棒打登闻鼓’。虽说他把自己闹进大牢也没把张经闹出来，却救了他的儿女，免去了张经的灭族之罪，也算没有白折腾。从此之后，人们都知道俞大猷是一根死脑筋，不达目的誓不罢休，生死不惧，就像老榆木疙瘩头一样，不怕碾不怕磨不怕死，所以绰号榆木头。”

白凤说道：“哦，明白了，咱们接着说。这时候，双方的打斗告一段落，他们看见了我爷爷，登时围上来。俞大猷拄着齐眉棍呵呵大笑，他的笑声粗野豪放，刺人耳鼓。这时候，我爷爷问道：‘你们怎么翻脸不认人，自己人跟自己人打起来了？’笑面佛哈哈大笑，上前一步，说道：‘铁嘴华，你是狗拿耗子——多管闲事！’我爷爷回道：‘你是狗咬吕洞宾——不识好人心！’笑面佛说：‘你是夜猫子进宅——无事不来！’我爷爷道：‘你是黄鼠狼给鸡拜年——没安好心！’

“两人说完长声大笑。这两人正笑着，场院里呼啦来了一帮人，人群里走出一位布衣老者，把俞大猷叫到一边去了，两人低声嘀咕了半天，忽然争吵起来。只听俞大猷道：‘俞家棍法是传了好几代了，可没有明令禁止外泄！现在国难当头，正是用它的时候，倭寇在我大明境内烧杀抢掠，是可忍孰不可忍！我要把俞家棍法传给少林寺，传给少林僧兵，要他们用俞家棍法打击倭寇，正是物归所用！二叔，大义当前，你们不必拦我。’

“那个老者叫道：‘既然你一意孤行，我就不说了。不过，你如果再行坐牢，俞家的族人不会管你！你虽然是我们俞家的骄傲，也是我们俞家的……俞家的……内奸！你好自为之吧。’说完，这位老者带着一帮人哼哼着走了。”

铁嘴华接着说道：“俞大猷出狱后，被禁锢在村里，不能上阵杀敌。他托人捎信给少林寺，要将家传的俞家棍法传给少林，求和尚们以俞家棍法抗击倭寇。说大点，他是为大明武学添砖加瓦，说小点，他在动员少林寺和尚下山抗敌。俞大猷豪迈豁达，大义为先，令人佩服。那些小心眼的族人，也奈何不了俞大猷，他一向较死理，一条道走到黑。”

白凤又道：“俞大猷摒弃门户之见，心高志远，确实令人可敬可佩。这时候，俞大猷拿出一个线装小本，当面交给笑面佛，朗声道：

‘俞家棍法正式并入少林。’笑面佛合掌当胸，低宣佛号：‘阿弥陀佛！少林弟子牢记俞施主的恩惠，当刻碑立传，明示后人。’”

铁嘴华接着叙述道：“众人在草垛旁席地而坐，谈论天下形势。这时候，戚继光将军向俞大猷请教用兵方略，两人一谈就是半天，晚饭后更是谈到了天明。鸡叫后，大家一骨碌爬起来，戚继光握住俞大猷的手，他说……”

白凤接着说：“‘闻君一席话，胜读十年书。’然后，戚继光向我爷爷一拜，恳求道：‘南塘有一事相求！’我爷爷道：‘请讲，戚将军不必客气。’戚继光道：‘俞大猷乃一代名将，窝在家里实在可惜，我想请铁嘴华辛苦一下，募集一些活动经费，以恳求我皇重新起用俞大猷将军，让俞大猷将军重返沙场，继续建功立业。’

“‘阿弥陀佛！’笑面佛道，‘少林寺节衣缩食，愿认捐白银五百两。偏劳老施主了。’我爷爷道：‘什么世道，卖命打倭寇，还得送礼。真是岂有此理！好吧，我就勉为其难吧！’”

白凤的声音刚落，铁嘴华接着说道：“这不，我的两双鞋都跑烂了，总共募集了三千六百两银子。”

白凤接着说：“我爷爷偷着卖了家里六十亩茶园，那是黄山最好的茶园，捐出了八百两纹银。”

岳老院主的脸色唰地变了，沉着脸说道：“我早就知道，你一来准没好事，我们可不比你们黄山白神庄，你们花销少，殷实。我们这一千多号人，一千多张嘴。好吧，既然你来了，怎么也不能叫你空手回去，给你捐点，嗨，豁出去了，给你二百两！”

铁嘴华哈哈大笑，说道：“二百两，屎壳郎打哈欠——怎么张个臭嘴！乘以十！两千两，少一个子也不行！”

岳老院主脸色更难看了，哭一样，说道：“你逼我上吊得了，两千两，打我接管岳武院，岳武院还没有存过两千两银子。算了，再加一百两吧。”

铁嘴华道："这件事等会儿再说，听说你们武夷山有个韩家大院，是吗？他家的茶山占了半个武夷山，可有此事？"

岳老院主说："韩家确实富有，说占半个武夷山有点夸张。他家有钱，拿出三五千两银子，就像拔了身上的一根汗毛。不过，韩山居此人抠门得很，外号人称'韩三尖儿'，钱都穿到肋条板上了，抠门得很。你们上韩家大院募捐，怕是要碰一鼻子灰。"

铁嘴华笑道："有枣没枣也要打它一竿子，嘿嘿，你带我们去，你去了不用说话，你看我们爷儿俩的表演就行了。"

白凤道："爷爷，我就不去了，我要在武夷山上转转。"

铁嘴华没理她，继续对岳老院主说："我还有一件礼物送给你们呢，当白要你们的银子？"

岳老院主的眼睛睁大了，说道："什么礼物？你又有什么狗屁礼物？"

白凤说道："上山的路上，我们看见了可疑人，爷爷跟上去了，查清了，是桃花会的人，白头翁带着十几人来了，要完成什么差事。我爷爷抓了两个，一个家伙挺顽固，咬舌自尽了，还有一个，绑在竹林里。"

金戈一听就明白了，桃花会是为自己来的，白头翁这家伙来了，脖子瘤说不定也在附近。岳老院主道："他们要对付金戈，还想顺手牵羊，那是白天做梦。不过，我还是谢谢你们的援手。"

铁嘴华一指金戈，说道："他的行踪已经暴露，桃花会贼心不死，一定要把他杀了灭口。据说，他们抢人后从来不留活口，'抢人必灭口'，确实是他们的铁律。我看不如让我把金戈带走……"

"不！"岳老院主斩钉截铁地说道，"小小的桃花会，岳武院还没有放在眼里。生死由命，富贵在天！金戈他命大，在哪儿也死不了！"

岳霞心里咯噔一下，心说："这可怎么办？他们真来了！"

九

铤而走险

金戈离开了大殿，向精武堂走去，凤玲追了上来，喊道："哎，金公子，跟我回家吧，回家吃饭，小姐一会儿就回来了。"

金戈心里一热，摸着脑门道："这个，合适吗？"

凤玲左右看看，嘴角一动，脸上浮现出诡秘的笑容，低声道："合适，你忘啦，俗话说得好，丈母娘疼女婿，真心实意。跟我走，准没错。"

金戈脸一红，低声道："可不敢瞎说，让别人听见可不得了。"

"走吧，你准不愿意去呀？"凤玲一扯金戈的衣袖，摇摆着身子道，"走吧走吧！装傻充愣假憨厚！哼！"

看着干净清爽的院子，闻着淡淡的花香，金戈迈着轻快的脚步来到屋门口。凤玲说了一声"金公子来了"，歪着头挑起了绣花门帘。金戈轻轻跺了一下脚，掸了一下衣衫上的尘土，轻轻迈过门槛进了屋。岳夫人听说金戈还没吃饭呢，立即吩咐道："叫张妈做饭，做两个顺口的，把腊肉拿出来，多切点。"

凤玲嗯了一声，摇晃着发穗跑了出去。

不一会儿，两菜一汤端了上来，金戈谦让了一下，津津有味地吃起来。岳夫人坐在八仙桌子旁边，兴致勃勃地看着金戈吃饭。金戈刚放下筷子，一杯新沏的茶水立刻送到面前，岳夫人温声道："有空就回家吃饭，怎么着也比大锅饭好吃。"

金戈见岳夫人眼里爱意流淌，心里热乎乎的，连忙道："好的，好的，谢谢伯母。"

金戈喝了几口茶水，岳夫人瞅着金戈的裤子说道："裤脚破了，进屋去，我给你补补。"说着岳夫人起身离座，进了上房。金戈后面跟着，心里忐忑不安。到了上房屋里，岳夫人道："裤子脱下来，一会儿就好，来，坐这边。"岳夫人一指挂着轻纱床帷的栎木大床。

"这，这怎么……"金戈心道："脱了裤子，就光了屁股，怎么脱？"

岳夫人笑了笑，扔过一件长袍，说道："披上它，脱下来吧。"

金戈脸红了，穿上长袍，弯着腰褪下了裤子，拎在手道："这个……"

岳夫人伸出手来，和言道："行啦，拿来吧，没和你说吗，这就是你的家。"

金戈看着岳夫人慈爱的目光，看着她坐在绣墩上一声不响地飞针走线，心好像都被融化了。裤子缝完了，岳霞和白凤回来了。她们还没进屋，笑声已经传来。金戈急忙穿好裤子，脱下长袍，飞似的跑出上房。

白凤进了门，看见了面红耳赤的金戈，跳着脚说道："好哇，你在这呢。我说去精武堂找你，岳霞死活不去，原来早就回家了。好啊，敢跟我来这一手。"说着，回手抓了岳霞一把。岳霞一闪，白凤没抓着。转身间，白凤看见了岳夫人款步走出来，立即停了手，笑着说道："伯母好。"

岳夫人微微一摆身子，说道："好，你们到里屋喝茶去，凤玲，你提着茶壶。"

金戈、白凤跟着岳霞进了闺房。白凤突然一把抱住了岳霞，说道："行啊你！你人小鬼大，胆子不小！"

岳霞扭着身子挣扎，央求道："别折腾了，白凤姐！你看你，真成铁嘴凤了。"

"啊？"白凤拧了岳霞一把，叫道，"你再敢胡说！"

岳霞吓得直缩脖子，连说："小妹不敢！小妹不敢！"

白凤一只玉手伸到岳霞胸前，说道："拿来？"

岳霞诧异地问："什么？"

白凤道："我的金钗！让金戈带来的信物，还不还来，难道你要贪墨了不成？"

"金钗？噢——"岳霞想起来了，急忙道，"在金戈那儿！他和我说了，你交给他一支漂亮的金钗，让他转交我，托我照看他。可是，他始终没有把你的宝贝交给我，只说了说。他中间骑了驴，黑起来了，他舍不得给我，你和他要。"

白凤听说金戈收着自己的金钗，黑白分明的丹凤眼里堆起了动人的笑意。金戈一直看着她们说笑，连一个插嘴的机会都没有，这时听见话题牵扯到自己了，连忙说："是在我手里，一直没有机会拿给岳小姐，我这就去找来还给你……"说着，金戈站起来就要走。白凤一伸手拉住了他，眼波一荡，说道："算啦，算啦，你留着吧，算个纪念。等你发达了，别忘了我这个介绍人就行了。"

金戈没有理解话中的含意，坚持道："那怎么行？我用不着它，还是还给你吧！"

白凤丹凤眼里满是揶揄的笑意，说道："要还，就还我支好的，原来的那个不行了，送出去的东西泼出去的水，我怎能收回来？你要还就带点利息，还我支翠玉宝石钗吧！"

"哟，好贪心哪！小算盘打得够精的！"岳霞手指一抹自己的脸蛋，羞她。

金戈一怔，笑道："好吧，我确实应当报答小姐的介绍之情，在下就还你支翠玉宝石钗。"金戈有信心了，仿佛看见了一条光明大道。

说笑之间，几个人围着桌子坐下来，茶水沏好了，凤玲一杯一杯端到三人面前，然后恋恋不舍地出去了。

白凤喝着茶，再次打量金戈。白凤发现金戈的确是一表人才，高高的个子，小麦色的皮肤，刀削的面颊，匀称的五官，细长的眼睛。乍看吧也不怎么俊，但是耐看，越看越觉得顺眼，越看越觉得喜欢，就连嘴边淡淡的绒毛也带着一股勃勃向上的活力。金戈也在打量白凤，因为她长得特别像自己的妹妹，她们简直是一个模子里脱出来的。白凤和岳霞都是美人，两人并排坐在一起，正是桃李芬芳，各有胜场。白凤身材高挑，犹如一棵修竹挺拔玉立。细瓷般的脸蛋上镶嵌着一双迷人的丹凤眼，如同清晨的露珠，晶莹剔透。黑黑的微微上扬的柳叶眉，周正的温润光洁的鼻梁，淡红的细腻性感的嘴唇，再加上时不时荡起的迷人微笑，使得她就像一朵山花，有一种艳丽、干练、野性的美，让人看了流连忘返。岳霞呢，她身材丰满圆润，光洁如玉的脸蛋上闪耀着一双美丽的杏核眼，尤其那细腻多纹、温润舒展的双眼皮，一眼就让人沉醉其中。还有那编贝的牙齿、圆润的脸蛋、淡淡的笑意，处处给人一种温婉可亲的感觉，她好像一朵盛开的玫瑰，让人爱恋，让人心旷神怡。总之，她俩都是美女中的美女，丽人中的丽人。

白凤还在打量金戈，心说："如果自己有这么一个夫君，走在大街上岂不让人羡慕，那才叫郎才女貌，人前显圣呢。自己随爷爷闯荡江湖，不就是想看看当今武林中的年轻俊杰吗？赫赫有名的铁扇公子和铁铃公子见到了，心里未起涟漪。二杰三秀中的二杰，见了一个，见面不如闻名。"唉，白凤暗叹一声。白凤当初见到金戈，他还是一个落魄书生，虽然对他的才学很是佩服，但他毕竟与自己的道路不同，没有任何的想法。今日再见金戈，他居然堂堂正正地成了武林人，白凤心里起了波澜。白凤再看看美若天仙的岳霞，一声叹息，心说岳霞已经捷足先登，抓住他了，自己何必与人争锋？再说了，金戈毕竟不是门里出身，名门大派的绝技不会传给他，无论怎么用功，也是难以登堂入室。他能有多大建树呢？最终还是个半路出家的门外汉。白凤自己安慰自己，心里那股蠢蠢欲动的火焰被自己扑灭了。这时，她爽朗地说道："桃花会贼心不死，金公子可要小心了。"

岳霞一听，脸上的笑容立刻消失了，连忙拉住白凤的手，说道："那可怎么办？我们在明，他们在暗。况且，就是明对明的金戈也打不过他们哪，他练武才一年多一点呢。白凤姐，你说该怎么办呢？"

白凤看看左右，低声说道："我有一个好办法，就是不知道你肯不肯。"

岳霞油亮红润的嘴唇一张，急忙道："说吧，别卖关子了，你真是你爷爷的孙女，事事卖关子……"

"你说什么？你再敢说……"白凤丹凤眼圆睁，又要抓她。

岳霞一躲，差点碰翻了茶杯。岳霞的手和金戈的手同时扶住了茶杯，一只麦色修长的大手盖住了一只白皙柔软的小手。金戈心里一荡，赶紧缩手。岳霞脸色一红，神色娇羞一片。两人四目相视，竟然痴了。白凤咳嗽了一声，说道："哎，哎，怎么着？整天在一块，还看不够呀……"

岳霞赶紧转过身去，红着脸说："好姐姐！你给我们出个主意吧，帮帮金戈，算妹子欠你个人情，今后你若用得着妹子，只要你一句话，上刀山下火海，我都去。"

白凤看着岳霞焦急的样子，心里很不是滋味，心说："这丫头铁了心了，爱金戈胜过爱自己了。我呢？我怎么办呀？"白凤看看金戈，再看看岳霞，悄悄地说道："你把你的岳武功传给他不就行了？他学会了岳武功，自保还发愁吗？"

岳霞皱了皱眉，说道："那怎么行？我爷爷把岳武功当成命根子，再说了，我只会一阶岳武功，他学了也管不了多大用，你还有什么好办法？都拿出来吧！"岳霞的心眼也不少，她和白凤虽是莫逆之交，但也不肯透露金戈已经学了第一阶岳武功。

白凤笑道："再一个办法就是把金戈藏起来，永远藏在你屋里！让他不见天日，来个金屋藏娇吧。"

"去你的！"岳霞倚上身来，双手搂住白凤的肩膀，亲切地说道，"别闹了，好姐姐，你能不能把黄山的白神掌传给金戈？"

白凤丹凤眼一翻，一把推开了岳霞，盯着岳霞的杏眼道："嘿，你想得倒美，噢，你不把自己的功夫传给心上人，倒打起我的主意了，真是岂有此理！要我说，金戈的生死全在你一念之间。帮人帮到底，送人送到家。金戈又不是外人，你要他发誓不传出去，你救了他的性命，他还能把你卖了？"

听到这儿，金戈的嘴角抽动了一下，说话了："二位小姐不必为我操心了，想我救母救妹的大任未卸，消灭倭寇为父报仇的壮志未酬，阎王爷不会把我叫走。二位小姐把心放在肚里，我不会有事的。"

岳霞听了，默默无语，一片愁云爬上了她美丽的脸颊。

白凤的丹凤眼眨了眨，忽然转了话题，她对金戈道："我真的很像你妹妹吗？世上竟有这等奇事，你哪一天找到了她，一定告诉我一声，我一定和她比一比。"

第二天，铁嘴华和白凤走了，忙着募捐去了。

一晃两个月过去了，到了五月初，金戈的岳武功大有长进，能够一个呼吸打完三十招岳武拳了，已经赶上岳霞。而且，金戈还练熟了黄山的六十四路白神掌。金戈发现，白神掌用意不用力，如果游斗，使用白神掌更加流畅。因此，金戈制订了一整套的练习方案，日夜苦练。他不去后山了，他常到半壁峡一个叫三台的地方去练功。这里离岳武大殿一里多地，视野开阔，可以避免桃花会的袭击。岳霞也常过来陪他，她和金戈形影不离。他们的关系，已经成了公开的秘密。

晚上，金戈依然去岳霞家，他依然一天不去就抓耳挠腮。但他不再教琴了，岳霞知道他时间宝贵，进门就安排他练功。即使如此，岳霞还是提心吊胆，不断托人打听桃花会的消息，不断提醒自己的父亲，四下里搜寻桃花会的踪迹。

一个漆黑的夜晚，十几个蒙面人背着钢刀，拿着铁锹，带着铁镐，顺着半壁峡的坝墙悄悄来到了三台，到了金戈练功的地方。黑脸白发的白头翁指着一块大石头，低声道："停下，第一组就在这儿挖，挖宽绰点，一个坑要能蹲下三个人。第二组、第三组跟我来。"白头翁带着几个黑衣人向前走了十来步，钢刀在地上画了一个圈，说道："第二组在这儿挖，第三组跟我走！"剩余的黑衣人跟着他又走了十几步，白头翁一跺脚，说道："你们在这儿挖，挖深点，挖宽点！"

"是！"剩下的黑衣人答应了一声，挥动了铁锹。

白头翁转身看了看半壁峡，嘿嘿笑了几声。半壁峡黑漆漆的深不见底，就像是一条黑色的蟒蛇横卧在山坡上。峡谷边上的坝墙石，一般都是半人来高、水桶粗细，只有这个地方，有三块比八仙桌子还大的石头，稀稀拉拉摆在峡谷边上，因此被叫作三台。金戈常到三台附近练功，马猴也多次跟踪。他见无计可施，就告知了白头翁。白头翁悄悄来过几次，看清了地形，终于想出了一个办法，决定在大石旁边挖几个大坑，提前埋伏，等金戈来了，一举射杀。

"报——"一个黑衣人走过来，低声说道，"表土下面净是碎石，挖不动，您过去看看吧，是不是换个地方？”

“不行，就在那儿挖，挖不成竖的，挖个横的也行！我选的位置最好，不能换！”白头翁说着走了过去。

到了五更天，十几个黑衣人挖成了三个小坑，一个坑里勉强蹲下一个人，埋伏九个人的计划落了空。白头翁抬头看了看天色，说道：“一个坑里留一个人，盖上盖子，做好伪装，其他人全部撤离。我在当中的坑里埋伏，大头鬼在东边坑里埋伏，小秃子在西边坑里埋伏。绳子呢？你们赶紧系好抛下去，这头拴在中间那块大青石上，一定要拴好系牢伪装好，确保我们的退路畅通！”

下午，金戈提着红缨枪向三台走来。快到三台了，金戈忽然停住了脚步，他举目四望，心里生出了一种异样的感觉，觉得不对劲。金戈仔细看看，三个灰褐色的长满青苔的砾石规规矩矩地蹲在峡谷边上，没有异样。向远处看看，对面的山坡上有几个樵夫，正背靠着光秃秃的寸草不生的青石休息呢。他们的柴草东倒西歪，眼睛却注视着这边。金戈立即生出了警觉，峡谷对面的山坡上从来没有出现过樵夫，樵夫也不会坐在陡峭的山坡上休息。金戈下意识地向后退去。就在这时，砰的一声，尘土飞扬，砾石旁冒出了三个蒙面人，两个人开弓放箭，一个人提刀扑来。金戈大枪一摆，击落了两支狼牙箭。再看，手持钢刀的蒙面人已经扑到了跟前，这个人黑脸白发。“白头翁！”金戈大叫一声，转身就跑。

金戈经过一年多的苦练，脚下功夫已是非同小可。他撒开脚丫子，提着大枪飞奔。三个蒙面人紧追不舍，白头翁一马当先，跑得飞快，转眼间就追到了金戈身后。金戈觉得身后冷飕飕的，一股冷风袭来，金戈暗叫不好，大枪猛然向后一捌，撒了手。金戈头也不回，继续向前蹿去。当的一声，大枪落了地，同时听到了一个嘶哑的声音：“好小子，竟敢使诈，看老子怎样收拾你！”白头翁追着金戈一路飞奔，离岳武大殿越来越近了。大殿门前的值日武徒已经看见了拼命逃跑的金戈，砰的一声，一只信炮飞上了天空。接着，钟楼上的钟敲响了，一面旗帜指向了岳武广场。霎时，大殿里冲出来一伙人，接着，精武堂和神武堂也有人冲了出来。这时白头翁再次追到金戈的身后，嗨的一声大喊，亮晶晶冷飕飕的鬼头大刀直劈而下，嗤的一声，金戈的白褂子一分两半，如同蝴蝶的两个翅膀，呼啦一声飞舞起来。金戈光溜溜的背上出现了一条半尺多长的口子，转眼间便有鲜血涌出来。白头翁因为挥刀一劈，又和金戈拉大了距离。这时虎子等人呐喊着扑来了，白头翁顾不上追赶金戈了，大骂一声，掉头就跑。等岳武院的人马追到峡谷边，他们已从准备好的绳子上溜了下去，随后点燃浇了油脂的棕绳，一溜火舌长龙似的爬了上来。

岳霞知道了，慌忙赶来，拉着金戈就走。到了家，急忙给金戈上药止血。

金戈笑道："不深吧，我觉得没事，不怎么疼。"

岳霞皱着眉道："深倒不深，可够长的。"

岳夫人看了看金戈背上的刀痕，说道："悬哪，再深一指，你就完了，就伤到脊椎骨了，你再也跑不动了。"

岳霞一边上药，一边埋怨："你怎么啦，为什么光跑不还手啊？"

"他们人多，我怕我不行，三十六计，走为上。"

岳夫人道："对呀，好汉不吃眼前亏！跑得好，瞎逞能怎么行？说不定你就真的见不着他了，他们还拿着弓箭呢！再说，他们三个打一个，人多势众！就是单打独斗也不行啊，那个白头翁号称鬼刀白头翁，我做姑娘的时候他就成名了，金戈岂是他的对手？"

上完了药，岳霞用一种黏合伤口的膏药糊在伤口上，又扯了几条白布，把金戈的上身裹起来。左一道右一道，像大姑娘裹胸一样，里三层外三层，裹成了一个大粽子。裹完了伤，岳霞道："娘，你给金大哥找件褂子吧，他那两半的褂子扔了算啦，血淋淋的。"

金戈一把抓过两半的带血的白褂子，说道：“别扔，别扔，留着。缝缝洗洗，冬天可以穿在里面，不碍事。”

凤玲跑来了，一双圆眼盯着金戈的白色裹胸道：“不要紧吧？院主叫你呢，他们都在大殿等你呢，快去吧。”

金戈立即站起来，挺胸说道：“好，我马上就过去。”

岳夫人拿来一件月白的纺绸褂子，递给金戈。说道：“你试试吧，或许小点。”

金戈穿在身上，岳霞给他抻了抻，又抓住衣襟下面的扣鼻，麻利地塞进另一片褂子的扣襻里，两只大手和两只小手穿花似的忙活了一阵子，布条扣襻都扣好了。岳霞退了几步，美丽的杏核眼上下打量着金戈，轻启朱唇道：“短了点，袖子也短了点……”

金戈朗声笑道：“行，小点更显精神！”

金戈走了，岳霞的脸色由晴转阴，仿佛一朵乌云爬上天空，遮住了美丽的月亮。她扭着腰肢，摇摆着素花裙子走来走去，不安不定。

晚上，金戈又来了，岳霞正色道：“我考虑了好多日子了，我们要想个法子，彻底解决桃花会的纠缠。他们阴魂不散，不想个办法不行啊！不然的话，不定哪一天就会栽在他们手里。”

金戈沉思道：“不错，我与桃花会有血海深仇，不共戴天，迟早要拼个你死我活。只是现在不是时候，不是我不敢对敌。”

岳霞一跺脚，说道：“哎呀，我不是这个意思。我是说，你只有快速提高自身的武功，凭自己的本事，能够对付他们才行。我想，唯一的一个办法就是学会全部的岳武功。我想去偷岳武功，偷到手后再传给你。你要是有我父亲那样的身手，三五十个匪徒也近不了身，还怕他们吗？”

金戈吃了一惊，急道：“不可！不可！岳武功是岳武院的命根子，守卫森严，岂能说偷就偷，你爷爷要是知道了，不把你打死才怪！”

“顾不了那么多了，”岳霞坚定地说道，“我们不把岳武功传出去，早晚归还岳家就是了。”她咬了咬嘴唇，继续说道：“岳武功是看得很严，但那要分谁去偷。金大哥，你跟我来，你随我到院子里转转。”

金戈跟着岳霞来到院子里，穿过矮小的竹篱笆，走进了南侧的小花园。花园里树木稀疏，花草零星，多是铺着青砖的空地。东南角上有一片修竹，修竹旁有一个圆形石桌和四个圆鼓石凳。西侧是一堵磨砖对缝的灰色高墙，墙前有一个小小的池塘。西墙外就是家庙小院了。池塘旁的墙壁上开着一个月亮门。岳霞指着月亮门道：“打开这扇门，就可以进入家庙小院了。家庙小院比我家院子大不了多少，它北面的正门和院主大院相通。院主大院里矗立着钟楼，你站远点就看见它了。钟楼高高耸立，日夜看守着家庙。”

金戈知道，岳武功就藏在家庙里，和这里仅仅一墙之隔。这时岳霞又说道：“家庙小院里养着几条鬈毛犬，负责喂养这些鬈毛犬的就是我母亲。我和这些鬈毛犬也很熟，能够自由进出家庙小院。那回你负伤，还是鬈毛犬带着我们找到你的。走，我们去那边坐坐。”

金戈和岳霞来到石桌旁，撩开了几棵弯腰到石鼓上空的修竹，坐了下来。岳霞继续说道：“岳武功一共八步，分三阶，据说阶阶不同，练成后力大无穷，身出幻影。我爷爷练了大半辈子也没练成，我父亲和我三叔父也练了许多年了，他们也止步不前。我父亲就在东厢房里练习。你看，苫子房的草苫子多厚呀，白天屋里都要点灯。父亲进出锁门，从不让人看。我只知道他每次出来都黑着脸，应该是没有进展。听说我的大爷爷岳南，也就是我爷爷的亲大哥，岳武功练到了第八步，他枪出带声，脚起带风，身出幻影，打遍天下无敌手……可惜，功成之后，仅半年多的时间，他就心火不灭，自焚而亡。”

金戈的心思像脱缰的野马一样，飞驰而去，心说：“我要是枪出带声，身出幻影，天下无敌该多好啊。我单枪匹马灭了桃花会，救出母亲和妹妹，杀了赵文华和崔家语。然后和戚继光将军并肩作战，杀得倭寇血流成河，杀得倭寇尸横遍野，把他们像赶鸭子一样赶出国境，让我大明百姓安居乐业，岂不乐哉快哉？”

岳霞一指石崖，道：“那边的石崖上有一个天然石洞，洞外盖着三间瓦房，瓦房的门楣上挂着一个黑漆牌匾，上书‘岳家庙’三个金字，这就是岳武院的岳家庙了。进了家庙，石洞正面供着一座石像，那是我家老祖岳飞岳王爷。”

“啊！大宋爱国英雄，岳飞岳鹏举，是你家的先人？失敬了，怪不得，各堂的彩旗上都绣着‘精忠报国’四个大字呢。我明白了，岳氏一门乃忠烈之后。”

岳霞微微一笑，轻声道：“不错，我们正是岳飞的后人，是岳飞岳王爷的嫡亲血脉。家庙东侧墙壁前立着两块石碑，一块石碑上刻着岳氏家谱家训，一块石碑上刻着岳武功。不过，石刻的岳武功只有第一阶是真的，后面两阶都是假的，真正的岳武功藏在岳氏密洞中。供桌下面有条暗道，钻进去打开后侧的石门，就能进入岳氏密洞了。进了岳氏密洞，才会看见真的岳武功，它刻在密洞的石壁上。这个秘密知道的人极少，连我娘都不知道。眼下，岳武院知道这个秘密的，只有三个人，那就是我爷爷、我爹爹和我。小时候，有一天我在家庙里玩耍，看见爷爷和爹爹从密洞里钻出来，爷爷对我爹爹说：‘岳氏密洞就交给你了，没事不准进去，不准告诉任何人。对你的兄弟子侄们，也要守口如瓶，切记，切记。’当时我爹爹的脸色好怕人，他沉声说：‘放心吧，我已经看明白了，记住了，没有特殊的事，我不会贸然进洞，也不会告诉任何人。’说着，他们朝先祖的石像拜了拜，走了出去。他们走后，我赶紧从石碑后面转出来，溜回了家。从此以后，我再也没有去过家庙。你帮我准备好笔墨，帮我谋划一下，我会神不知鬼不觉偷到真正的岳武功。”

金戈沉默了，思考了半天，摇头道：“这样不好，不如讲明了，去求你爷爷，偷自己家的东西，那不成家贼了？”

岳霞笑了，说道：“求爷爷，笑话！想都别想，岳武功是他的命根子，不要说我们做女儿的不让学，就是他的子侄们，不经过反复考察，也休想得到一句口诀，更不用说进入家庙了。”

金戈想了想，觉得这事还是不能干，说道：“不行，不行！太危险了，让你爷爷知道了还了得？再说，就是去，也是我去，起码我不用抄写，看上一两遍就记住了，怎么说也不该让你冒险呀。”

从此之后，岳霞天天和金戈提起这件事，金戈没有答应。这天，她把想法告诉了凤玲，凤玲也过来劝说，凤玲道：“金公子，你要救你的母亲，救你的妹妹，没有岳武功怎么行？你打得过脖子瘤他们吗？你要替你父亲报仇雪恨，铲除倭寇，你打得过倭寇那几头狮子吗？你就是想保住性命，没有岳武功也不行啊。你不要辜负小姐的心意了，现在只有这一条道可走，别无选择。况且，你就要成为岳家的女婿了，你发誓不把岳武功传出去，连自己的子女也不传还不行吗？有机会的话，你多多报答岳家就是了。”

金戈仿佛看见了母亲那期待的目光，仿佛看见了妹妹含泪的眼睛。金戈心潮起伏，牙关咬得咯咯响，闺房里一时沉寂无声。过了一会儿，金戈说道：“好！我发誓不把功夫传出去，救回母亲和妹妹之后，我不再使用岳武功，偷就偷！”

“好！”岳霞和凤玲情不自禁地欢呼起来。

在岳霞和凤玲的反复动员下，金戈下定了决心去偷盗岳武功。他们开始准备了。首先，金戈要和这几条鬈毛犬混熟。岳霞带着金戈去喂这些鬈毛犬，一来二去，金戈就和这些高大威猛的鬈毛犬混熟了，有时他偷偷地溜进小院，鬈毛犬立即围过来，摇头摆尾的十分亲热。他们计划在六月十五月圆之夜下手。那天，凤玲上钟楼缠住值班的武徒，岳霞在小院里把风，金戈通过月亮门进入家庙，盗取岳武功。计划制订好了，金戈还是忐忑不安。而岳霞和凤玲却很坚定，不断鼓励他，岳霞说道：“你学好功夫，下山杀倭寇，建功立业。灭了桃花会，让众多姐妹脱离苦海，乃大义所在。你保证岳武功绝不外传就对得起天地良心，你怕什么？”

金戈暗下决心：“我是男子汉大丈夫，岂能畏首畏尾的不如一个女子，我应当勇往直前！应当视死如归！”但他也知道，岳武功是岳武院的独门秘技，视如生命，一旦发现被盗，自己死了不算，二位姑娘的性命怕是难保，起码凤玲是死定了。他看看两位姑娘，说道：“你们俩就不必帮忙了，一旦事情败露，后果不堪设想。”

岳霞疼爱地看了看凤玲，温言说道：“凤玲，你就不必去了，那天我上钟楼，我去分散值班人员的注意力。”

凤玲摇头道：“你去哪行啊，你是小姐，怎能自贬身份？我不怕死，小姐待我情同姐妹，我又是一个孤儿，我了无牵挂……小姐，金公子，你们就让我去吧！”

金戈抬起头，望望茫茫夜空，望望浩瀚银河，一时思绪万千。自言自语道：“我认准的事向来不动摇，向来百折不挠，可是这次，我总是犹豫不决，心里不安不定的，这是为什么？”

凤玲嘻嘻一笑，说道：“那是你从来没做过贼！万事开头难嘛！”

十四晚上，离月圆之夜还有一天了，金戈和岳霞照例去喂狗，事毕后，他们走进了闺房。岳霞坐在琴桌前，双手轻轻滑动，琴音叮叮咚咚响了起来。琴音时高时低，时有时无，仿佛一根游丝，在遥远的天际飘荡。良久之后，岳霞淡红色的双唇一张，一曲清音脱口而出：

琴声愁，琴声忧，
琴声伴我上高楼，
双手奉上月宫酒，

润我情人喉。

念悠悠，思悠悠，
琴声伴我梦中游，
长歌动地天书来，
解我情人忧。

铮……铮……琴音低旋，金戈也吟唱出声：

琴声愁，琴声忧，
琴声飞上月宫楼，
嫦娥挥手玉兔来，
伴君天下游。

念悠悠，思悠悠，
琴声随我云中游，
长袖一舞山花开，
与君情无休。

十五的月亮升起来了，好大，好圆，就像一盏明灯悬挂在高高的天幕上。岳武院广场上人声鼎沸，较技台上龙腾虎跃。坐地炮转转悠悠，始终不见金戈的身影，心中暗想："他上哪儿去了？今天月圆较技，他能不来吗？"他又转了几圈，还是没有看见金戈。坐地炮找到了马猴，嘀咕了两句，奔向了岳霞家。这时，凤玲已经上了钟楼，岳霞也送金戈进了家庙小院。金戈一进去，鬈毛犬立即前扑后拥地围过来。金戈脚步轻快，像一片落叶，轻飘飘地跃到了家庙门前。金戈右手拿着一把钥匙，左手抓住了门上的牛鼻子大锁，钥匙轻轻插进了锁孔。金戈没有转动钥匙，他静静站在那里，一动不动。

岳霞站在月亮门口，看着静止不动的金戈，不知发生了什么事，霎时间脸上冒出了一层细细的汗珠。岳霞突感心跳加速，怦怦直响。忽然，她身后传来了轻微的喘息声，岳霞一激灵，寒毛马上立了起来。

“你们好大的胆子！快回屋！”岳夫人低沉的声音传过来。

岳霞回头一看，母亲就站在自己身后，脱口叫道：“娘！”

岳夫人继续说道：“回去！这里有我，你快走！”

月光黯淡下来，金戈仍然默默地站在台阶上。他眉头紧锁，双手颤抖，脸上冒出了豆大的汗珠。金戈的脑海里掀起了波涛，一个声音说：“不论你有千万个理由，不告而取，也是做贼！这一步跨出去容易，你做过贼的名誉就永远洗刷不掉了。倘若给人知道了，你父亲的一世英名也让你丢光了，你读过圣贤之书，以后如何面对众人？大明骄子变成大明贼子，你颜面何在？”另一个声音却说：“为了救母救妹，你应该不拘泥小节，应当勇往直前，快进去，这是个千载难逢的机会！”他幼承庭训，深知千里之堤溃于蚁穴的道理。这时候，父亲临别时的叮咛响了起来：“莫以善小而不为，莫以恶小而为之！”金戈想到这里，冷汗滴滴答答地流了下来，自言自语道：“不行，我不能去偷！我要自己研究，我要自己闯，路是人走出来的，既然前人能够创出岳武功，我为什么不能创出个金武功？男子汉大丈夫须当顶天立地，有所为，有所不为，岂可偷偷摸摸，不劳而获？”

这时，一道流星划过灿烂的夜空，留下了一道长长的亮痕。金戈心中一亮，坚定了自己的信心。他迅速地退出了小院。风玲在钟楼上看到了天上的流星，也看到了快速退去的金戈。她又和值班的武徒聊了一会儿，匆匆下了钟楼。

金戈前脚从小院走出来，坐地炮后脚就进了院子，他一眼就看见了金戈。金戈站在月亮门旁和岳夫人说着什么，而通往家庙的月亮门敞开着。坐地炮疑心顿起，喊道：“金戈，较技已经开始了，马猴要你去助威呢，怎么咱们也是一个队的……哎，岳小姐呢？”

金戈还没答声，岳霞就从暗处转了出来，冷冷地说道：“他还有事，不能去！你走你的，走吧，快走！”岳霞玉手一抬，赶他出去。

坐地炮看见岳霞脸色不善，又见金戈不理睬他，就讪讪地说道：“好，那我先走了。金戈，你可快点去，老六队的弟兄们都等着你呢。”

坐地炮走了，金戈和岳霞回到了闺房。金戈一脸歉意，对岳霞说道：“我不能去偷，我于心不安。我要自己探索，要自己研究。路是人走出来的，前人能做到的，我们就应该做到，前人做不到的，我们也要做到。何况我已经学会了第一阶岳武功，已经进了门，何愁找不到路径？”

岳霞惊道：“那可不行，第二阶岳武功定有变化，或从头再来，或另辟蹊径。没有口诀和纲领，瞎闯瞎练必出状况。不是练疯了，就是练残了，从来没一人练对过。”

金戈的柳眉皱成了一条线：“你大爷爷是怎么练成的？岳武功又是谁发明的？”

岳霞拉了拉金戈的手，温言道：“大爷爷当然是按着口诀练的。至于创始人，自是岳王爷初创，又经过几代人探索，付出了不少的伤残，几经修改才获成功的。”

金戈拉了拉岳霞的手，说道：“不错，路是走出来的，走的人多了，才有路，但总有人要先走。”

岳霞耐心解释：“难，即使能够成功，也要数年之后，桃花会可不等你。我父亲勤学苦练，又有纲领要诀在手，到现在也只练到了枪出带风而已，你怎能一蹴而就？”

金戈神色一凛，坚定地说道：“世上无难事，只怕有心人。前人能做到的，我就一定能做到，前人做不到的，我也要做到！”

岳霞杏眼圆睁，急道：“你千万小心，一个练不好人就彻底毁了。”

金戈瞟了一眼糊在花窗上被月光照得银白雪亮的窗户纸，又看了一眼矮桌上闪动着暗淡幽光的古琴，最后看向岳霞明艳的脸蛋和带着忧色的眸子，坚定地说道：“我会小心谨慎的，我要制订一个详细的练功方案，缓步向前，你就放心吧。不过，要是一点风险都不冒，那也不成。无限风光在险峰。人只有站在险峰之巅，才会看到风光无限！天道酬勤，天道酬勇！”

“这可不是闹着玩的，好多人都练坏了，我三爷爷就练坏了，终身瘫痪，你没见他被人抬来抬去，你要是练坏了，我……我怎么办……”岳霞连连摇头，急得脸都白了。

金戈缓声道：“岳家再三强调不让自行探索，有两个可能：一个是吓唬人，防止岳武功流传出去；二是确有前辈在探索中失败，而且不止一人，有过沉痛的教训，所以传下警讯。两者相较，第二个可能大些。虽然打进神武堂的外姓人不多，但历年都有人打进去，他们都是出类拔萃的人物，都学了第一阶岳武功，却没有一个人掌握全部的岳武功，必有原因。看来，第二阶会有很大的变化，或者重起炉灶也未可知，绝不是循序渐进……”

岳霞道：“可不敢乱猜，你……”

金戈望着岳霞床架子上挂起的粉色床幔，摇头道：“第二阶岳武功应当有意想不到的变化，如果能够顺杆子爬，这多年来早就被人掌握了。”

沙沙沙，堂屋里传来急促的脚步声，凤玲一掀帘子走进来。她看向并排而坐的金戈和岳霞，劈头就问：“怎么啦？出什么事了？”

“没出事，谢谢你的帮忙。”金戈连忙站起来解释，“我反复思考，还是不能做贼。我要自己探索，我要自己闯出一条路来，不然我会内疚一辈子。”

岳霞拉住凤玲，让她坐在自己身旁，拢了拢她额前微微凌乱的稍稍卷曲的几绺秀发，拍着她的肩膀道：“早点歇了吧，辛苦你了。让他再想想吧，不急，我们有的是机会。”

“没有事了就撵我走呀？”凤玲呼地站起来，满脸的不高兴。忽然，凤玲脸色一变，低声道：“回来时我遇见坐地炮了，这小子拦住我问这问那，死缠烂打，我看这小子可没安好心，咱们可要防着点。”

“嘿，他敢！”岳霞说道，“他再来就把他的腿打断！”

金戈沉默了一会儿，走到屋子中央，铺开地毯，练起了柔功。凤玲围着金戈转了几圈，揶揄道：“呀，柔功练得不错呀，比女孩子的身子都软了，准备改行打把式卖艺呀？”

金戈缓缓收了势，说道：“任何功夫都有用，俗话说好汉子打不过赖戏子。为什么呢，戏子天天练功，特别是柔功。你不练柔功？”

“虎子从小就卖到戏团，你赶不上他，别和他比了……”

“我答应过老院主，一年赶不上虎子，就夹着包袱走人，不练可不行。”

“行，找不到方向，就先练柔功，艺不压身。”岳霞左右看了看，又低声道，“要不我们在帘子房上想想办法，看看父亲在帘子房到底练些什么……”

金戈扭扭脖子，挥手道：“不用了，我会找到门路的，相信我。”

宿舍里，金戈坐在桌子前，就着小油灯正看孙子兵法。他皱着眉，眯着眼，盯着“兵者，诡道也”几个字，脑子里翻江倒海：“兵者，诡道也……武者，什么道也？有招胜无招，一力降十会，快招破大力，骗招才无敌。骗招才无敌……身出幻影是不是骗术？是不是诡道？”金戈拿起一支毛笔，蘸上墨汁，在砚台边上顺了几下笔，在札记本上写了起来，唰唰写了几行，又拧头沉思起来。梆梆梆！梆梆梆！远处传来三更天的报更声。睡在单人床上的马大响拉了拉被子，翻了一个身，迷迷糊糊地说：“你还不睡呀，四更了吧，再不睡就天亮了，天天这样熬夜怎么行……”

金戈看了一眼把头埋在枕头里的马大响，轻声道：“刚三更，你睡吧，没到四更呢。”

“三更也该睡了，赶紧睡吧……”

“好的，好的。”

这时，金戈终于厘清了头绪，写道：“兵者，诡道也；武者，有招胜无招，一力降十招。快招胜力招，骗招才无敌，骗至尊也！”随后想到，快和骗才是王道。“玉女穿梭”一招，前拳虚弹，后拳直击，是骗；白神掌中的二踢脚，前脚为骗，后脚为真；还有，“旋转肘”一招，头左摆而身右走，然后转身肘击，都是骗在先。岳武功的核心应该是快和骗。要想使用好骗招，练好柔功是必须的，这与我兑现诺言也不冲突。我就先练习柔功，练好柔功再继续深入探索，只要看准目标，就能找出一条路来。

窗户纸发白了，金戈伸个懒腰站起来，伸手拿过交领宽袖衫套在身上，摸索着系好了丝绦。看了一眼还在蜷着身子大睡的马大响，在桌子的抽屉里摸出一把黑乎乎的牛角梳子，把头发向上梳成一束，然后盘了一下，拿起一条淡蓝色的布带绕了几圈，打了一个蝴蝶结。耳边传来马大响匀称的低沉的呼噜声，金戈踮着脚尖，蹑手蹑脚来到屋门前，轻轻拉开门闩推开了门。一股凉风带着草木的清香迎面扑来，金戈激灵灵打个冷颤，疲倦立刻消失得无影无踪了。金戈关好屋门，拿着红缨枪，悄悄地奔向了飞鹰岭。金戈来到坡顶，踩着一块屋面大小的微微向外倾斜的青色石板练起功来。一口气打完三十二拳，又一口气练完了三十二枪。金戈长出了一口气，开始练习柔功。金戈脱下衣服，在腰上、腿上涂抹了一层蛇皮油，身子蛇似的蠕动起来。他左盘右转，前弯后弓。同时，他连吸连呼，胸部像蛤蟆一样一起一伏鼓荡着。

一个黄纸本子摊在白森森的方桌上，上面写满了密密麻麻的蝇头小楷。三个月过去了，金戈规划好了自己的岳武功。他的练习总纲是：一练气，二练柔，三练身法与骗术。金戈把他的岳武功也划分了三阶段，也制定了三阶的练习口诀。当然，他目前正练的还是第二阶——柔功。至于第三阶，只是有了一个大概的设想而已。这个设想的立足点就是骗术。他昼思夜想，迷迷糊糊做了一个奇怪的梦，就是左脚向左边踢出，身子向左探出了三尺，然后拧腰回身向右猛蹿，嗖的一声蹿到了右边。接着一巴掌拍死了脖子瘤，把他打了个万朵桃花开。金戈坐起来，望着透过窗户纸落在桌子上淡淡的月光，点着了油灯。他觉得脑子非常清晰，打死脖子瘤的情景不断在眼前闪动，如梦似幻。金戈立即把这种步伐记下来，起名“左晃右蹿步”。接着琢磨出“右晃左蹿步”，就是身子向右探出亮相，突然回身左蹿。金戈脑洞大开，进而设想了“前晃后跃步”“后退前冲步”“蹿高伏低步”“下蹲腾跃步”和“陀螺旋转步”等步伐，一共九种，并起名“九转迷魂步”。他看着自己的设想，着实兴奋了好几天，心说：“我的岳武功设计成功了，不管对不对，有了目标就可迈开大步。如果练成了就会身出幻影，达到骗至尊的最高境界，管他是不是岳武功！”

每当傍晚，当晚霞的余晖退尽之时，金戈就到岳霞家里去练习柔功。每当启明星升起的时刻，金戈就跑到飞鹰岭练习九转迷魂步。虽说金戈不断地跌倒，有时摔得鼻青脸肿，但他还是坚定不移地练下去。转眼间一年过去了。这天清晨，当东方刚刚露出鱼肚白的时候，金戈擦了一把汗水，蹲下身子，默默看着东方，静静等待着那轮给大地带来无限生机的红色朝阳。渐渐地，东方出现了一片橘红色的向上散射的霞光，飞来了一条薄薄的长河似的彩云，霞光和彩云越来越亮，越来越艳丽。一轮红彤彤的宫灯似的圆球升起来，白色渐渐代替了红色，渐渐变得耀眼夺目，突然间喷射出了万道金光。就在宫灯似的太阳现身的刹那，金戈蹲下了身子，然后下腰、侧翻、反踢，接着快速地扭动身躯，蛇晃而动。金戈的身子比起一年前柔软了许多，他一侧身，头竟然能够触碰到地面了。身子柔动数遍之后，金戈突觉血气澎湃，脑中阵阵轰鸣，一股大力涌来。金戈抬肘抱拳，蹲身吸气。这时他双脚分开与肩同宽，双膝并拢，突然脚掌内侧用力，头向左前方晃出三尺，同时左脚右踢，瞬间身子蛇扭而回，嗖的一声，向右前方蹿了出去。金戈收住了脚，啊了一声，叫道："哎呀，晃过去了！哎呀，反蹿成功了！"金戈摸了摸垂在脑后的蓝色飘带，接着再练"左晃右蹿步"，一晃一蹿，连续成功。金戈喜不自禁，大声道："我知道了，左晃右蹿步，回身时要快如闪电！"金戈喊完后自觉失态，赶紧用手捂住了嘴巴，接着缩着脖子向四外望了望，见周围没有一个人，这才挺起了胸膛。

金戈仰望苍天，低声道："爹，娘，你们的儿子练对了！岳武功的第一阶是练气，第二阶是练柔，第三阶是练习身法和骗术。枪出带声已经成了，幻影也出来了，太好了！你们的儿子不会辜负你们的期望，你们的儿子报仇有望了！"

人的一生难免上当受骗，钱财受点损失也没什么，还不至于伤筋动骨。可是，对敌作战时受骗上当可不得了，那是要丢命的。因而，武者，快胜力，奇制胜，骗至尊也，此乃武之大道。这也正是岳武功的核心，纲领就是"一练气，二练柔，三练步法和骗术"。与金戈探索的岳武功不谋而合。而金戈的岳武功就缺最后那几个绝招了，那是两招枪法和一招掌法，还有藤蛟枪、樟脑蛇皮油的制作方法，以及岳氏白药的配方等等。就武功来说，这些都不是最重要的。不论怎么说，金戈的路子走对了，坚持练下去，岳武功就会大成。金戈迈着轻快的步子，走进了一片竹林。这是他以前练功的地方，这里有他亡命的小路。金戈踏着竹林小路上斑斓的光点，喜滋滋地大步前行。忽然，金戈听见了脚步声，一、二、三、四，有四个人，正从四个方向悄悄地围过来，显然来人不怀好意。金戈今非昔比，心中豪气顿生，厉声叫道：“什么人？出来吧，不必鬼鬼祟祟！”

“哈哈……金公子，别来无恙！”一个既熟悉又陌生的声音响了起来。

金戈转头一看，不觉一惊，来人不是别人，正是自己的仇人，桃花会江南分舵的副舵主脖子瘤，俗话说“仇人见面，分外眼红”，金戈心中的怒火立刻蹿起来，厉声道：“脖子瘤，是你！我母亲在哪儿？我妹妹在哪儿？快说！”

“哎呀，火气不小啊，我听说你在练岳武功，是不是有些门道了？”脖子瘤一脸的不屑，笑道，“大爷我早就知道你躲在岳武院，只是老子最近老是瞎忙，没空收拾你。嘿嘿，如今你是小兔子跑到磨道里——充开了大耳朵驴啦，哈哈……”

“哈哈，哈哈……”另外三个色鬼，也跟着起哄。

金戈怒火中烧，迈开大步走向脖子瘤。

“小子，生气啦？好，我来告诉你，我刚从西北回来，看见你娘了。嘿，你娘更漂亮了！成了妓院里的头牌了，红得很哪！不是有人介绍，我怎么也不信，她就是我睡过的那个美娇娘，哈哈……”

金戈闻言大怒，一跃而至，左拳一弹，嗡的一声，拳头直奔脖子瘤的面门。金戈这一拳快如闪电，风声贯耳。脖子瘤认识这招“玉女穿梭”，知道前拳乃是诱敌之招，但他还是不敢不应，急忙缩颈藏头。这时，金戈右拳呼的一声从左臂下穿出，直击脖子瘤的下巴。脖子瘤见金戈的拳势凶猛，急忙撤步回身。哪知，金戈这一拳突然暴长，竟然跟踪而来。脖子瘤一看不好，急抬左臂上架，砰的一声，他的手腕封上了金戈的胳膊，但是，金戈的胳膊并没有被封开，脖子瘤觉得自己的手腕好像封在一条铁棍上。脖子瘤心知不妙，大叫一声，向后便倒。金戈的右拳贴着脖子瘤的瘤子穿了过去。金戈一拳走空，改拳为爪，呼地向下一按，接着身子下蹲，左脚飞起，一招“扁踹登天”呼的一声踹了出去。脖子瘤风吹草低，使了个“长虹卧波”，急忙倒地伏身。金戈这一脚贴着脖子瘤的肚皮飞了过去，一股凉风直透脖子瘤的心窝。脖子瘤吓得魂飞魄散，急忙侧身翻滚，刚站起来，却见金戈身子一拧，来了一个“旋风扫地”，接着一招“勾搭连环”奔腾而来。这是一组勾拳，拳拳弧形，上勾、下勾、左勾、右勾，勾下巴、勾腋窝。金戈含恨而发，恨不能一拳砸烂脖子瘤的脑袋。脖子瘤眼见金戈的拳势如惊涛骇浪，凶猛异常，立刻大惊失色。到了此时，脖子瘤才知道金戈的厉害，十几年来，还没有一个人能让他连避三招而无力还手，脖子瘤一边抵挡一边大声疾呼：“快上……”

勾拳再次落空了，金戈不由得细眼圆睁，大吼一声，脚掌内侧一用力，“左晃右蹿步”使了出来。金戈的上身向脖子瘤左前方一探，吸引脖子瘤侧身防左，接着金戈拧腰回身，嗖的一声闪到了脖子瘤的右侧。接着金戈扣手抬肘，霍然转身，一个“肘锤流星”击在脖子瘤的软肋上。只听咔嚓一声，脖子瘤的身子呼地飞起来，如同断了线的风筝，啪嗒一声，跌在竹林里不动了。金戈打死了脖子瘤，立刻回身对付夹击他的另一个色鬼，又一个“左晃右蹿步”，这一晃向左前方晃出两尺多，对方急忙右转应对。金戈的身子闪电般地转了回来，向右前方蹿去。而这个笨拙的色鬼还傻傻地跟着金戈的残影向右转呢，竟然把整个后背暴露出来。金戈立即刹住了脚步，疾舒猿臂，挥手就是一掌。金戈这一掌含恨而发，砰的一声击在色鬼后脑勺上，把他打得飞起来，额头撞在岩石上，噗的一声撞了一个万朵桃花开。死尸倒地，脑门塌了一大块，鲜血咕咚咕咚冒出来。剩下的两个色鬼吓得目瞪口呆，一个转身就跑，另一个瞪眼横刀，蹲着身子看着金戈瑟瑟发抖。金戈脚尖点地，身子一振而起，一个箭步跃到蹲身横刀的色鬼面前，伸手叼住了擎刀的手腕，接着蹬腿挺腰，一个下勾拳打在色鬼的下巴上，只听咔嚓一声，把色鬼打得双脚离了地，嘴里喷出了一股含着唾液星子的鲜血，仰面朝天倒了下去。金戈看了一眼远去的色鬼，猎豹似的跃过一段斜坡，向着奔跑的色鬼扑去。

这时，躲在草丛里的坐地炮战战兢兢地站起来，他满脸的惊恐，叫道：“身出幻影，掌起带风，好厉害的岳武功！无敌的岳武功！”坐地炮四下里看了看，踮着脚尖跑到撞破前额的死鬼跟前，挥刀割下了他的脑袋，一溜烟跑了。

金戈在半山腰追上了那个亡命的匪徒，一掌劈死了他。金戈把他的尸体拉了回来，准备把这四个色鬼埋在一起，却发现一个色鬼没了头，岩石上只留下了一片黑红色的血迹。金戈大吃一惊，立即飞身而起，在竹林间蹿蹦跳跃，寻找可疑人。然而，金戈转了几圈，竹林里人影皆无。

十 血肉情缘

精武堂大厅里，五堂主和马大响正在闲话，坐地炮提着一个蓝布包袱闯进来，见面就喊："五堂主，我有要事禀报！"

"哦，"五堂主看了一眼坐地炮手里还在滴血的蓝布包袱，皱着眉头摆了一下手。马大响立刻站起来，斜了坐地炮一眼，转身向外走去。五堂主看见马大响出了门，瞪着眼说道："什么事？说吧。"

"五堂主请看。"坐地炮把包袱放在地上，打开来，一颗血淋淋的人头露出来。

五堂主霍地站起来，"怎么回事？什么人的头？"

"谁的头不知道，你看这里。"坐地炮指着人头上脑门塌陷的地方，说道，"正面对敌时能够击打到对方的后脑，并把敌人打得飞起来，撞破颅骨，是什么功夫？"

"正面对敌时打击对方的后脑？还能把敌人打得飞起来，撞破颅骨？怎么有这样的功夫？人头哪里来的？"五堂主的脸色变了，两道剑眉立了起来。

坐地炮缩头缩脑地说道："刚才在飞鹰岭上，我见到金戈掌毙四人，使得好像是岳武功，他左一晃，右一晃，就闪到了敌人的身后。而且，他脚出带风，拳出带声。”

“金戈？这怎么可能？他怎么会岳武功？胡说八道！他拳出带声，身出幻影，练到岳武功第三阶了？不可能！绝不可能！是你亲眼所见还是道听途说？”五堂主对金戈大有好感，对坐地炮的话颇为怀疑。

坐地炮缩着又短又粗的脖子说道：“我亲眼所见。他一走开我就割下了人头。如果我骗你，天打五雷轰，让我不得好死。”

五堂主眉头紧皱，盯着坐地炮问：“你和那些丑鬼是一伙的？”

“不、不不，不是。”坐地炮连连摇手，紫色的厚嘴唇哆嗦起来，“我在附近练功，听见、听见了打斗声，我、我悄悄过去看了看，没、没敢吭声。”

五堂主拧着眉头在大厅里来回踱步，蓝花交领绣袍的下摆抖得唰唰作响。过了一会儿，他停住脚步，厉声道：“金戈没有发现你？”

坐地炮望着五堂主那犀利的目光，吭哧道：“没、没有，他没有。”

五堂主的两片薄嘴唇使劲抿住了，目光紧紧盯住了坐地炮，又问：“你藏的地方离他们有多远？”

坐地炮歪歪脑袋，吭哧道：“二十多丈吧，不，三十多丈。”

五堂主下巴仰了仰，眼光转向了一只在空中来回飞舞的绿头苍蝇，说道：“这更不可能了，岳武功练到第八步，耳聪目明，这么一点距离怎么会没有发现你？”

坐地炮急得抓耳挠腮，仰着脸说道：“我真在附近，或许他的功力未到三阶吧。”

“你带我去现场看看，把人头包好。”五堂主接着喊道，“来人！”

一个武徒跑进来，五堂主一指地上的包袱道：“包袱看好，我一会儿就回来，不要打开！”

武徒一抱拳，道：“是，五堂主。”

五堂主看了一眼腿短腰粗的坐地炮，大声道：“头前带路，看看去。”

“是！”坐地炮转身出了屋，一边走一边嘀咕：“是不是禀报院主一声，然后再……”

五堂主走在坐地炮后面，呵斥道：“少说废话，快走！”

“是！”坐地炮加快了脚步，过了一会儿又低声道：“金戈可能还在那儿呢，他会不会，会不会杀人灭口？”

“难道他还能胜过我吗？怕死鬼，走你的！”五堂主脸沉似水，脚步急促。坐地炮不敢吭声了，颠颠小跑着向前奔去。

金戈在周围转了几圈，什么也没发现，就穿过竹林下了山。五堂主和坐地炮沿着小路上来了，片刻间就到了翠竹林。坐地炮一看尸体没了，马上就慌了神，东一头西一头地找起来。他一边转悠一边嘟囔：“就在这里呀，怎么没了，金戈拉走了吧？”过了一会儿，坐地炮在竹林深处找到了尸体，叫起来：“在这里，在这里，竹叶盖着呢！”

五堂主闻声走了过来，蹲下身子查看尸体，看见脖子瘤的肋骨塌了一大块，骨碴白森森的，眉头锁得更紧了。尸体看完了，五堂主拍拍手站起来，回头问道：“这些人是桃花会的？”

坐地炮赶紧摇头：“不知道，我可不知道。”

五堂主脸色一寒，说道：“好了，尸体先别动，回去吧，回去再说。把你的嘴巴闭紧了，不要乱嚼舌头根。”

坐地炮连连点头，说：“是，是。”

岳武大殿里，岳家主事的人都来了，正在紧急会商。老院主岳北居中而坐。他脸色阴沉，骨节峥嵘的大手托着稀疏的山羊胡子，好像托着千钧重担一样。大堂主岳中海坐在他的下首，两眼凝视着坐地炮，眉宇间的皱纹麻花似的拧在一起。三堂主岳中勋坐在另一侧，眼睛里寒光闪射。二堂主、四堂主、五堂主、六堂主在大堂主身侧顺序而坐，岳老院主的几个子侄和神武堂的四大干将则坐在三堂主的下首。

大堂中央摆着一具尸体，托盘里盛着一颗人头。坐地炮正猫着腰，瞪着眼，两只短手比划着诉说金戈的杀人经过。坐地炮添油加醋，说得嘴角上冒出了一层白沫。

坐地炮讲完了，岳老院主说道："你们看看人头，看看尸体，有不明白的，尽管发问。"大堂主首先离了座，蹲下身子，看了看尸体，提起被清洗干净的人头看了看，拧着眉头站起来。这时，看人头的看人头，看尸体的看尸体，问话的问话，大殿里弥漫着一股浓重的煞气。

"我说几句。"三堂主岳中勋一挺身站起来，大声道，"这件事宁可信其有，不可信其无。先把金戈抓起来再说，如果他跑了，事情就难办了。"

"对，不管他练的是不是岳武功，就凭他在飞鹰岭上杀人，就该把他抓起来，然后再行调查。"五堂主也随声附和。

"我附议！"有人说。

"我赞成！"有人道。

大堂主回到座位上，看了众兄弟一眼，说道："我说几句。我认为应当把金戈叫过来，大家当面问个清楚，然后再行定夺。我们不能只听一面之词，应当给金戈一个辩白的机会。"大堂主自从一听见这事，心里就翻了个儿，他可喜欢金戈了，认定金戈就是他家女婿，金戈和岳霞的相爱已经不是秘密，他有责任保护金戈。他心里盘算着："不能让他们把金戈抓起来，屈打成招就麻烦了。"想到这儿，大堂主又说："桃花会几次对金戈暗下毒手，金戈死里逃生，如果金戈杀了人，那也是自保，杀死几个桃花会的贼子有何不可？桃花会贼子敢到岳武院撒野，弄不好岳武院里有他们的内应，你说是不是，坐地炮？”

“我、我怎么知道。”坐地炮避开了大堂主犀利的目光，一缩脖子。

三堂主大声道：“杀几个人倒无所谓，可他使的是岳武功！”

大堂主缓声道：“是不是岳武功，等问了金戈才能知道，先不要下结论。”

五堂主一按扶手站起来，沉声道：“好，我去叫金戈。”

岳老院主双眼一瞪，说道：“这样吧，五堂主，你去把金戈找来问话。三堂主，你也去。”

金戈正在屋里和马大响说着什么，五堂主和三堂主一推门走了进来。五堂主犀利的目光直射金戈，沉声道：“院主找你，跟我们走一趟。”

金戈连忙起身：“好。马师兄，我们回头再聊。”

金戈跟着五堂主出了门，顿觉不妙，心道：“这二位堂主一前一后，分明是怕我跑了。他们的脸色不善，带着一股杀气，肯定是坐地炮偷了人头，告了我的刁状。他们知道我打死了人，知道我学了岳武功，怎么办？他们问起来，我应该怎样回答？给他一个一问三不知行不行？肯定不行，再说脖子瘤断的是右肋骨，丢失的人头被击打在后脑勺上，留下痕迹也说不定，明眼人一看就知道是骗敌诱敌的招式！如果承认身有岳武功，怎么学的？岳霞教了我第一阶段的岳武功，其他岳武功是自练的，这样说行不行？会不会连累岳霞？一概不承认，能搪塞得过去吗？哎呀，如何回答才好呢？”

进了岳武大殿，金戈看见岳家管事的人都到了，也看见了当厅而立的坐地炮，看见了人头和脖子瘤的尸体，立刻明白了，马大响猜对了，就是这小子告了黑状。

岳老院主眼眉一立，瞪着眼问道：“金戈，我问你，你如实回答，如果你胆敢撒谎欺瞒，我叫你求生不能，求死不得！”老院主声色俱厉地叫道，“山上的人可是你杀的？”

金戈脑海里飞快旋转，是如实回答还是顶住？

“快说！”有人吼叫。

“能让这个下三滥回避吗？”金戈用手一指坐地炮。金戈在争取时间，他脑子里翻江倒海，思绪就像乱麻一样，一时难以捋清头绪。

“你先出去！”岳老院主说。

坐地炮缩缩脖子，悻悻地退了出去。

金戈知道杀人不承认不行，人证物证俱在，再说杀几个桃花会的色鬼不应当吗？那么，会岳武功也否认不了，至于会几阶岳武功，可以少说一些。谁教的，非说出岳霞不可，第一阶岳武功不是绝密，岳家的女儿可学，神武堂的外姓人也可以学。她未经许可教会了我，有多大罪过呢？总之不是杀头之罪！至于柔功，那是看了虎子表演后，答应老院主一年后赶上他才练习的。这有多大错呢？偷盗绝技，那是犯了武林的大忌，是掉头之罪，我自行探索有多少不是呢？总之不是杀头之罪吧？人生以诚为本，实话实说吧。硬顶不是明智之举，糊弄别人会适得其反。“九转迷魂步”说不说呢？虽说是自创的，可是，没准和岳武功第三阶一样呢，岳霞说过，她大爷爷岳南练到了身出幻影，枪拳带风的境地。到底怎么说？

“快说！”三堂主一拍桌子，震得茶碗都蹦起来。他眼眉直立，凶神恶煞般地冲着金戈吼叫。

金戈仰起头，说道：“人是我杀的，他们是桃花会的匪徒。他们曾在飞鹰岭伏击我，差点要了我的命，后来又在半壁峡设伏，砍了我一刀。这次他们来了四个人，我先下手为强，杀了他们。他们四个自认侮辱过我的母亲，罪不容赦！”金戈不慌不忙，侃侃而谈。

岳老院主的眼瞪圆了，眼珠子里射出了一道寒光，厉声道：“你用的可是岳武功？”

金戈眼珠一转，看见十几双眼睛狠狠盯着自己，看见大堂主微微摇了摇头。

金戈左手紧握右手，身子颤抖了一下，看着岳老院主说道：“不错，是岳武功。”

“啊！”众人齐声惊呼。呼啦一声，站起来十几个人，还有两个堂主扑过来，一把抓住了金戈。大堂主的脸色立刻灰暗了，一屁股跌在椅子里。

“你们都回去！让他继续说！”老院主一声吼叫，扑上来的人又回去了。

金戈咬了咬嘴唇，朗声道：“上次我被桃花会匪徒击伤，差点丧命，在大堂主家养伤，岳霞小姐见我屡遭追杀，就传了我第一阶岳武功，要我练好防身，并要我一年内打进神武堂，再补拜师之礼。”

老院主的身子向前探了探，瞪着眼问道：“这么说你仅会一阶岳武功了？”

“胡说八道，老实说！不说实话宰了他！”有人恶狠狠地喊。

“是！我害怕桃花会再次伏击我，学会了一阶岳武功后仍不放心，就胡乱练了起来，想自己琢磨后续的岳武功，东练一下西练一下，也不知道练得对不对，只是咬着牙没日没夜地苦练不停，是不是练对了也不知道。”

“啊，你是怎么练的？说！说！说！”

“敢胡说八道就打死他！”有几个堂主站起来。他们个个横眉立目，龇牙咧嘴，饿狼似的盯着金戈。

金戈环顾一周，看见了众多狰狞的面容，看见了大堂主灰暗的脸色。金戈拖着长声道：“第一阶练成之后，我找不到方向，就重点练习了柔功。主练腰肢，次练筋脉关节，目标是柔身蛇动，二练柔而已……”

“啊！二练柔？柔身蛇动？这不是第二阶的练功纲领吗？”有人喊。

岳老院主一摸稀疏的胡须，咬着牙叹道：“好，好，果然会琢磨，琢磨得一字不差。”

金戈眉头一皱：“一字不差？太巧了吧？”

三堂主一拍桌子道：“是太巧了，巧得不能再巧了！”

“真是我自行琢磨的！我绝不骗人！”金戈理顺了思路，一股激情油然而生，大声道，“我屡遭桃花会袭击，生死悬于一线，只有练好了武功才能自保，这是我唯一的生路，所以，我冒死探索第二阶岳武功。我想练对了更好，练不对走火入了魔，也死而无憾，省得天天担惊受怕，夜夜煎熬。谁知道我没有练死，误打误撞，竟然练成了。”

岳老院主呼地站起来，厉声道：“误打误撞？好个误打误撞！纲领怎能一字都不差呢？嘿，骗三岁的小孩呢？第一阶岳武功是练力练意练气。第二阶是练柔。两阶岳武功练法大相径庭，前后根本不搭边界，岂能举一反三，岂能顺序推理？赶紧说实话吧，不然我们就不客气了！看你原来是个文人，不然的话，早就大刑伺候了。实话实说吧，免得皮肉受苦！”岳老院主说完坐下了。接着他摆了摆手，招呼其他人坐下。

金戈看见众人似乎不信，转眼望了望大堂主，说道：“二练柔确系我自行研究所得。当初我初到岳武院，曾经立下誓言，一年内柔功赶不上虎子师兄，自己夹着包袱走人，怎敢轻视柔功。我绝无偷窃岳武功，金戈可以对天明誓。”

“一练气，二练柔，三练什么？你说！”

“三练？三练……没有三练。我就练到这儿了……”金戈明白了，岳武功第一阶段重点是练气，第二阶段就是练柔，可不敢说“三练步法和骗术”，如果再雷同，那就跳到黄河里也洗不清了。

“那脖子瘤的肋骨是怎么断的？你厉害呀，桃花会的副舵主都被你打死了，本院的几位堂主也不敢说几招之内灭了他。你是怎么打击到他侧面肋骨的？”老院主厉声问。

“我也不知道，我一闪身，就给了他一肘锤……”

“哈哈！胡说八道！你要肘击他身侧的肋骨，必须移动到他侧面。他只要稍稍一扭身子，就能再次面对你。可是，你却闪到他的侧面去了，他都没来得及转身面对，你怎么闪的？他是傻子吗，站着不动，让你闪到他的侧面？你当我老糊涂了呀，来来来，你给我闪一个看看。”

“你用的是‘左闪右蹿步’吧？不用‘左闪右蹿步’，脖子瘤岂会上你的当！说吧……”

金戈一惊，心道：“坏了，名字又相同了？可不敢承认了，再承认就真的说不清了。”连忙否认：“什么‘左晃右蹿步’？我不知道……”

“你不知道？那你对敌时怎么打到敌人的后脑勺的？是敌人转过身去等着你去打吗？”

金戈摸摸鼻子，应道：“他想逃跑，我，我才打到的……”

“胡说八道！坐地炮说那人根本没跑，你们是正面对敌……”

金戈瞪着眼急道：“别信坐地炮，他故意害我……”

“看来你是不吃敬酒吃罚酒了，把他吊在钟楼上，严刑拷打，增加一个值班的，看紧他。”老院主目光盯住三堂主，说道：“三堂主，你和五堂主负责审讯，一定弄清他岳武功的来源，不说实话打死活该！”

金戈喊道：“岳院主，一阶以后的岳武功真的是我自个琢磨的，你们不能这样啊！”

岳老院主吼道：“带走！带走！”

金戈被带走了，老院主怒气未消，对大堂主道：“大堂主，你把岳霞关起来，她敢擅自把岳武功传给外人，吃里爬外，反了她了！”

金戈被押上钟楼，吊在横梁上。三堂主和五堂主搬了个椅子坐下来，审讯金戈。

三堂主看了看吊在空中的金戈，狠狠地说道：“说吧，怎么偷的？男子汉大丈夫，敢做敢当，岂可做缩头乌龟？”

金戈昂头道：“三堂主、五堂主，我冤枉啊！我绝对没偷岳武院的岳武功。”

三堂主道：“缩头是一刀，伸头也是一刀，何必呢！来人，鞭子伺候，看他的嘴硬还是鞭子硬！打！”

金戈大叫：“冤枉！”

皮鞭左一下右一下，雨点似的抽在金戈身上。

岳霞被一条精钢锁链锁在门框上，她一边摇晃着门框，一边大喊：“娘，你快去救金戈，他是冤枉的！他是冤枉的！”

岳夫人愁眉不展，轻声道：“你泥菩萨过河——自身难保，还管得了别人吗？”

岳霞喊：“娘，你放我出去，我要见我爷爷。”

岳夫人叹道：“没用，你爷爷虽然疼你，可他更疼岳家的岳武功。等你爹回来再说吧。”

岳霞急道：“他们会不会打死金戈？”

岳夫人叹了口气，说道：“难说，按你爷爷脾气，唉，难说……”

岳霞跺脚叫道：“凤玲呢，叫她快去找我爹爹呀！”

“别急了，急也没用。你爹因为你不好说话，但他一定会想办法的，绝不会袖手旁观。凤玲早出去打听消息了，此时还能在家待着？”

钟楼上，皮鞭停下了。

“喷水！别装死！”三堂主走过来，托起金戈的下巴，问道：“说吧，怎么偷的？谁出的主意？还有谁学了第二阶、第三阶岳武功？说！快说！”

金戈睁开了双眼，回答道：“我没有……”

“打！”

啪啪！皮鞭又抽了下去。打人的或许是累了，或许是心有点软了，鞭子的力度不再那么狠毒了。

金戈昏了过去。

“停！你们看好他。”五堂主说，“三哥，走吧，咱们喝酒去。明天再审，这小子骨头很硬，打死就坏了。咱们有的是时间，不信撬不开他的嘴。走走，喝酒去，我弄了几个鄱阳湖大螃蟹，喝几杯去。”说罢，拉着三堂主走了。

凤玲溜了上来，媚笑着讨好看守人，她要看望金戈。看守人死活不让她靠前，凤玲含泪而去。

下午，大堂主、二堂主、三堂主等人陆续走进岳武大殿，堂会又开始了。有人说：“别审了，把金戈拉出去，一刀宰了算了，免得岳武功外泄。”

有人道：“金戈说第二阶岳武功是自创的，也有可能。此人聪明无比，我看应当让他接着练，说不定他真能练成第三阶岳武功……”

三堂主冷声道：“他已经练成第三阶岳武功了！坐地炮说他左一晃，右一晃，就晃到了敌人的身侧，这不是身外化身么？这不是身出幻影吗？要不然，他能收拾得了脖子瘤？我都不敢说一个不剩地灭了脖子瘤等人。你们看清了没有，脖子瘤断的是软肋骨，位置在侧面偏后，那不是一般人能打到的地方，你们谁能打到敌人侧面偏后的肋骨？他身上岳武功绝不止一阶两阶，而是三阶大成！你们还稀里糊涂呢！我们一定要撬开金戈的嘴！一定要问出练功方法！还要查查咱们家里有没有内贼！”

大堂主一瞪眼，说道：“你什么意思？”

三堂主沉着脸道：“什么意思，大伙心里都清楚……”

岳老院主皱了皱眉道：“别说了！明天接着审，先问出金戈的练功方法，人稍后处理。大堂主，你就睡在内务大堂里，少见你妻子，少见岳霞，她们的事过后再追究！”

金戈苏醒了，值班的武徒也换了人。凤玲终于上来了，正要给金戈上药，发现三堂主正嗒嗒向上走来，凤玲一跃，蹿到了大钟下，抓着钟锤链子攀了上去。两个值班的武徒吓坏了，战战兢兢地看着三堂主。三堂主走到金戈身边，仔细看了看金戈的脸色，说道：“把他放下来，绑在柱子上，再给他弄点饭吃，别饿死他！你们给我看好了，别让凤玲上来。跑了金戈，要你们的小命！”

“是！是！”两个武徒放下金戈，把他绑在柱子上。三堂主拉了拉绳索，见绑得很紧，满意地点了点头。三堂主嘿嘿冷笑了两声，走到钟楼南侧，扶着滑石栏杆向家庙看去。家庙小院里寂寂无声，几只鬈毛犬伸着舌头蹲在家庙台阶上，遥望着星空。过了一会儿，三堂主收回了目光，再次来到金戈身前，围着金戈转了两圈，冷笑着走下钟楼。值班的武徒看见三堂主走出了院主大院，这才擦了一把汗。凤玲跳下来，跑到金戈身前，打开药盒，要给金戈上药。一个武徒疾步上前，伸手去抓药盒，同时说道：“小姑奶奶，你快走吧，我们给他上药。”

凤玲扭身一躲，说道：“不行，还是我来，上完了药我还要喂饭呢。”

“你饶了我们吧，快走吧！我们保证给他上好药还不行吗？保证喂饱他还不行吗？”两个武徒围住了凤玲，四只手来夺药盒。

凤玲一看两个武徒真急了，就松了手，瞪着眼说道：“好吧，你们的手可要轻一点，饭也要喂饱，不然的话，咱们没完！”

“行！行！没问题，放心吧！”两个武徒连推带搡，把凤玲赶走了。

凤玲到了家，说了金戈的事。岳霞听说金戈被打得遍体鳞伤，美丽的眼睛扑闪了几下，眼角立刻涌出一股清澈的泪水。眼泪顺着洁白如玉的脸颊慢慢流淌，流到细瓷般的下巴上，结成泪珠，滴滴答答地溅落在素花衣襟上。

第二天，金戈又被带到岳武大殿，再次接受岳家的审讯。

坐地炮跟来了，在大殿外打听消息。这时，他看见了凤玲。凤玲迎面走来，眼睛红红的，显然是哭过了。凤玲一抬头，看见坐地炮正幸灾乐祸地看着她，心里的怒火立即蹿起来，骂道：“是你个矬地丁告的刁状吧？不得好死的东西，看看你的德性，奶奶不疼，爷爷不爱，人见人腻的丑八怪。老天爷白给你披了一张人皮！”凤玲恨不得咒死他，就搜集天下最恶毒的语言咒骂他，“看看你的脸，红不溜丢黑不溜秋，看看你的鼻子，大头朝下鼻孔朝天，整个一个人不人鬼不鬼的怪物，白天没空，晚上也该找个地方撞死。再看看你的身子，鸭子脚，刺猬腿，蝈蝈肚子蛤蟆腰！整个是一个人渣！头顶上长疮，脚底下流脓，坏透了的东西！坟头上插烟筒，缺德带冒烟的玩意儿！一张纸画个鼻子，不要脸的狗食！有人生没人管的废物……”凤玲伸着脖子叫骂，语言中充满了诅咒，每一个字都喷上了毒液和火焰。

“你，你，”坐地炮被凤玲骂得七窍生烟，浑身颤抖，大叫道，“你，你和姓金的什么关系，你们……”

“什么关系，好关系！怎么着？我喜欢他，我爱他，怎么着？我看上他了，我倒贴，你管得着吗？嫉妒啊，瞧瞧你的德性，癞蛤蟆似的，天下男人死绝了，也不会有女人喜欢你！打一辈子光棍吧你！王八羔子绿豆眼的矬地丁！”

“你，你讨打？”

凤玲仰着脖子，晃着脑袋叫道："你敢！借给你三个胆子！呸！鹰鼻鹞眼不可交，矬子杀人不用刀……矬子要杀金公子，胡编乱造瞎造谣！哦，我知道了，你是桃花会的人，你是最无耻的色鬼！你和追杀金公子的人是一伙的。蹦蹦蹦，矬地丁！梆梆梆，武大郎！"

"气死我了！你等着瞧！"坐地炮瞪了凤玲一眼，闯进了大殿。

大殿里，金戈正在叙述自己练习柔功的经过，坐地炮闯进来。

"出去！"有人怒斥。

"我有重要的事禀报！"坐地炮气急败坏地喊叫。

三堂主站起来，一摆手，说道："你先出去，等一会儿我叫你。"

坐地炮老牛似的梗着粗脖子走了出去，片刻后三堂主也迈着大步走出来。三堂主叉着腰和仰着头的坐地炮在台阶上小声说着什么。坐地炮指手画脚，说得又急又快。凤玲踩着大殿的阴影，斜着身子侧耳倾听。

大殿里，金戈还在接受轮番质问。这时，五堂主问道："你是怎么想起练柔功的？你不觉得这是多此一举吗？"

金戈答道："我刚来时看见虎子给我表演，我就说一年后赶上他，老院主还不信……"

岳老院主一摆手，说道："你可知道，今天岳家的岳武功，经过八代人的努力，付出了一死七伤的代价，才取得今日成就，来之不易呀。你进过岳家庙了吧，应该知道我岳家的来历……岳家的祖训你看到了吧？"

金戈摇头道："晚辈不知。"

"你应该知道！"岳老院主厉声道，"传子不传女，传壮不传弱，独守岳武密，泄密杀不孝！"

三堂主进来，在老院主耳边耳语。老院主听完后说："叫他进来。"

坐地炮又走了进来，挺着水桶身子站在金戈旁边。

"你说吧。"老院主说。

坐地炮大声说道:“是这样，金戈是从练武堂六队出来的，我们一个队，很熟。六月十五月圆较技时，六队的马猴较技闯关，找到我，要我和金戈给他站脚助威。可是，我在较技场上转了几个圈，怎么也找不到金戈。我想他可能和岳小姐在一起，就到大堂主家去找，进了大堂主家的院子，看见金戈在通往家庙的月亮门旁边站着，当时月亮门大敞遥开。我叫金戈，他不应。接着岳小姐就出来了，二话不说就赶我走。回来的路上，我看见凤玲慌慌张张地迎面跑来，我拦住她问话，她死活不理睬我。后来我一打听，才知道她刚从钟楼上下来。现在我明白了，金戈醉心武学，月圆较技他该到场，可他没来，这是为什么？我想，金戈没有重要事情，绝不会不去看月圆较技，他那天一定有更重要的事情，这是其一。其二，那天凤玲上钟楼干什么去了？我了解过，她带着瓜子，和值班的武徒聊天来着，如果没事，她会跑上钟楼和值班的武徒聊天吗？钟楼南面就是家庙小院，家庙是武徒们保护的重点，她是不是有意转移值班武徒的注意力？另外我再提个佐证，家庙里的那几条鬈毛犬和金戈很熟，金戈进出家庙院，鬈毛犬们不叫不闹。这不是小秃头上的虱子——明摆着吗？圆月较技的晚上，他金戈在干什么？在偷岳武功！”

坐地炮说得合情合理，金戈叹了口气，心道:“原来这小子早就盯着我呢。但是，我确实没有进入家庙，我问心无愧！”

三堂主眼眉一挑，厉声道:“金戈，你还有什么话说？”

金戈胸脯一挺，答道:“说什么？说我没去看月圆较技？说我在家庙月亮门旁？说鬈毛犬和我很熟？这些又能说明什么？鬈毛犬和我熟是因为它们救过我的命，我喜欢它们。那天晚上没有去看较技，那是因为岳霞小姐找我有事，在我心里，岳霞的事比任何事都重要，比武较技算什么？在月亮门旁，那是因为伯母正在喂狗，我也喜欢狗，过去看看，有什么不对吗？至于坐地炮，我早就怀疑他了，这小子可能是桃花会的奸细，他千方百计想置我于死地。”金戈说得不紧不慢，条理清楚。

岳老院主眼睛一立，叫道：“凤玲呢？叫凤玲！”

凤玲早就等在门外，听到喊声，身子一扭走了进来。她没有解释什么，首先攻击坐地炮，凤玲说道：“坐地炮是桃花会的奸细，目的就是害死金公子，桃花会两次在岳武院对金戈下手，没有内应怎么能做得到？金戈杀人被坐地炮看见了，怎么那么巧？你们看看他对金戈的事多么上心，处心积虑置金戈于死地，你们再看他那副长相，牛鬼蛇神似的，还不明白吗？”

“你胡说！”坐地炮听了胆战心惊。

凤玲上前一步，仰着脖子喊道：“你才胡说！你是奸细！你是奸细！”

岳老院主一拍桌子，叫道：“他的事你别管，我问你，你月圆之夜上钟楼干什么去了？”

凤玲一转身形，面对了岳老院主，轻声道：“我去找人，找亮子聊天，亮子那天值班。”

岳老院主吼道：“钟楼是聊天的地方吗？”

凤玲抬头道：“那也没规定不让上去说话啊。”

岳老院主山羊胡子撅起来，大手一拍桌子，怒声道：“把金戈押回去，严加看管。”又对坐地炮和凤玲吼道：“你们俩也滚！滚！滚！”

金戈被押走了。坐地炮和凤玲吵吵嚷嚷，也走了。

晚上，岳家的主要人物再次聚集在大殿里，研究金戈的处置方法。他们的意见不一致，以三堂主为首的几个人主张长期囚禁，慢慢拷问，一定问个水落石出。以五堂主为首的几人认为，既然金戈触犯禁忌，应当斩首示众，以儆效尤。大堂主和四堂主则说没有证据证明金戈偷盗，就该放了，不能错杀无辜，也不能长期囚禁。

争论了一个晚上，堂会不欢而散。

衣衫不整头发散乱的金戈被反绑在柱子上。金戈沉思默想，谋划脱身之道。他知道，自己已经命悬一线，最好逃走，日后再做解释。怎么逃？没有外人帮助，要想逃出岳武院，势比登天。“左晃右蹿步”练会了，“右晃左蹿步”应该也不难……金戈胡思乱想，身子不自主地晃动起来。

第二天上午，岳老院主叫来大堂主，单独和他商量处理金戈的方法。

“我知道你心疼岳霞，我何尝不是呢？唉，命啊，金戈哪样都好，谁知道……唉……”老院主唉声叹气，说道，“救是救不了了。”

大堂主道：“你认为金戈真的偷了秘技？”

“九成九。金戈是个武痴，练武不要命，观摩月圆较技何等的重要，月圆之夜他却没去。如果没有特殊的事情，我想不出他不去的原因。另外，凤玲上钟楼聊天也不对，男女授受不亲，岂能无故聊天？再说那是值岗的地方，责任重大，怎么聊？再说了，哪天聊天不行，偏挑月圆较技之夜？这些都说不通，她有转移值班人视线的嫌疑。金戈喂狗也不对，家庙里的狗由你媳妇专管，连堂主们都不准照面，金戈为何能去？他们是不是早有预谋？金戈屡遭桃花会伏击，几乎丧命，不快速提高武功，生命堪忧。从这一点来看，他有偷盗岳武功的动力。”岳老院主叹了一口气，“你媳妇应该知道真相，就怕她们母女一心，不肯如实相告。”

大堂主道：“我已经问过家惠了，她说金戈绝对没有偷盗岳武功，她信誓旦旦，不像说谎。她说金戈是冤枉的。”

岳老院主叹道：“这件事不必追查了。现在是，金戈已有岳武功在身，据我观察，他的岳武功应在你我之上。金戈此人聪明绝顶，果然一代天骄。先是一介书生，经过三场两榜，小小年纪得中进士。来到岳武院，半年就打进了精武堂，那也是开历史之先河，又半年时间学会岳武功，超过你我或者能和你我比肩。偷也好，自创也好，有如此成就，确实是武林的一朵奇葩。唉，可惜呀，可惜！他不是我岳家的子孙。桃花会处心积虑要杀死他，也不无道理，此子不除，桃花会必然会在他手里灰飞烟灭。同时，岳武功也不再姓岳，他会青出于蓝而胜于蓝。金家的金武功定会名震四海，岳武院当在江湖中除名。”

大堂主身子前倾，满脸狐疑地问道：“爹，你是说他的功夫已经过了第七步？”

“差不多吧，第七步岳武功的门槛一过，第八步那些绝招一学就会，就像骏马翻过了高山到了平原，快船驶过了三峡而扬起了风帆，挡不住了！”老院主认真地说道，“你大伯父岳南的岳武功曾经练到第八步，他脚出带声，身出幻影，人称无影侠。可惜，你大伯父昙花一现，如过眼的流星，一晃而逝。随着功夫练成，心火不退，烧得他横蹦，仅仅炫耀了六个月就自焚而亡。”

大堂主道：“所以，大伯父的练功方法，您下令禁止修习。那么，金戈又是怎么突破的呢，他有没有内火升腾呢？”

“现在没有。如果内火焚心，一到黎明就会发作，发作时会大吼大叫。今天卯时我过去看了一下，他平静得很，没有任何内火攻心的征兆。当初你大伯父带我去扫荡群魔，每天黎明时分，他就嘴咬木棍，还要我把他绑住。他心火上升时撕心裂肺，疼得他满地打滚，其状况惨不忍睹。”

大堂主道：“或许金戈还没有完全练成第七步吧？”

岳老院主道：“那也差不多了，能晃到脖子瘤身侧，不会‘九转迷魂步’怎能做到？你的‘左晃右蹿步’练得怎么样了？”

“还不行，小晃可以，大晃不行。要晃出三尺开外而回，每次都会跌倒……”

“他们主张留下金戈，也有一定道理，或许能帮助我们迈过这个门槛也说不定。唉，留下他，霞儿怎么办？听说她不肯吃饭？”

大堂主神色黯淡：“依我说，要么立即杀掉金戈，要么放掉金戈，长期囚禁，于理不合，岳霞也受不了。”

岳老院主晃晃脑袋，叹道：“可是，金戈的确是个人才，杀了可惜，不杀又没办法。我看这样，你去和他谈谈，能不能把他的真实进境问出来，把他的练功窍门问出来。”

大堂主眉头一皱，问道：“如果他说了呢？是不是可以放他一马？”

岳老院主摇摇头，说道：“到时候再说吧，或许能给他一条生路。”

大堂主走了，他心情沉重。他知道，即使金戈说出练习方法，也不会自由了。

岳霞拖着锁链，焦急地乱转，她摔打屋里的东西，乒乒乓乓，屋里茶壶茶碗乱飞。她拿起了自己的瑶琴，看了看又放下了。她哭，她喊，她跳着脚折腾。

大堂主来到了钟楼上，一看，三堂主和五堂主正在拷打金戈。

金戈被绑在柱子上，他遍体鳞伤，衣服都染成红色，变成了一个血人。

一把熨衣服用的三角烙铁，正在一个火炉上烧着，烙铁已经通红。

大堂主目不忍睹，脸上现出了怒意。五堂主看见大堂主脸色不善，找个借口走了。三堂主却道：“大哥，你来得正好，一块收拾这个臭小子，这小子骨头硬得很，不过，哼！没有人能扛过岳武院的酷刑！烙铁烧好了，是不是大哥先下手？”

大堂主皱皱眉头说：“你先下去，我有话问他。”

三堂主一瞪眼，叫道：“嗨，你有话问他，我不能听啊？你们有什么背言背语的？你问你的，我审我的，咱们各不相干。”

大堂主火了，厉声说道："这是院主的意思，下去！"

大堂主喜欢金戈，看到他被打得遍体鳞伤，心就像被针扎了似的疼痛。再说，这个三堂主是他大伯父岳南的儿子，他虽然比自己小几岁，可他向来不服自己，而且作风硬朗，存有继承院主大位之心。他的功夫，确实是同辈中的佼佼者。可是有一样，他太傲了，眼高于顶，就凭这一点，他当不了院主。

"对不起！"三堂主冷言道，"我们也是奉了院主的命令审问金戈。你们甭想捏咕什么？"

大堂主眼眉一立，叫道："你说什么？"

三堂主冷笑道："谁不知道金戈偷盗岳武功是里应外合？你少来这一套！先把自个的屁股擦干净了再说吧。"

大堂主一听，腾地火了，他这两天正心烦呢，气不打一处出，心中的怒火呼地蹿起来。他当即一个嘴巴抽过去，三堂主立即撤步还掌，噼里啪啦，两人打在了一起。

金戈闭目养神，对外面的打斗声充耳不闻，连呼连吐，玩命地蓄气扩胸。金戈发着狠吸气，发着狠憋气，胸脯鼓鼓的，手指粗的绳索吱吱作响。突然，金戈一仰脖子，一口热气喷了出去："啊……啊……"一股浑厚的声浪脱口而出，直冲云霄。

大堂主和三堂主一惊，同时住了手。二人怔怔地看着野狼一样仰面呼号的金戈，看着蛇一样盘旋扭动的金戈。

"啊……"金戈的呼声如若龙吟鹤唳，回荡九霄。

岳霞听见了，喊道："是金戈！是金戈！金戈……金戈……"岳霞呼喊，拼命地摇晃门框。

岳老院主来了，金戈啸声渐渐停止。岳老院主知道了大堂主和三堂主动了手，骂了他们一顿，吼道："都回大殿！马上开堂会！你们看好这小子！"

岳武大殿里，岳家的主要人物都到了，一时议论纷纷。二堂主道："为了金戈闹得一家子不和可不好，俗话说，家和万事兴，我们应该当机立断。我看……杀了算了！"

五堂主说道："行！我同意，封住口子就行。立即执行，免得夜长梦多。"

三堂主厉声道："不行，怎么也得叫他开口，我要知道他的岳武功是怎么练成的！还有，我们也要查查，岳武院里有没有内奸！"

大堂主怒道："好，你问！你查！你随便查随便问！但是有一样，我们是侠义道上的英雄，是武林中的正当门派，不是土匪，不是黑帮，我们不能刑讯逼供。你再使用这种没人性的酷刑，就给我滚出岳武院！"

三堂主噌地站起来，立着眼眉叫道："滚出岳武院？凭什么？岳武院又不是你一家的！你滚还差不多！"

岳老院主冷哼一声，一拍桌子，厉声道："好了，别吵了！不用问了，你们问也问不出个所以然来，问急了，他乱说一顿，还不是没用？后晌，二堂主、四堂主、五堂主，你们带着精武堂的弟兄们去半壁峡行刑，斩杀金戈！大堂主、三堂主，你们俩不用去了。"

下午，金戈被押赴半壁峡。人们前呼后拥地跟着，黑压压一片。

金戈歪歪斜斜地走在路上，左顾右盼，寻找岳霞。他希望能见上岳霞一面。

凤玲得到消息，风风火火地跑回家，进屋就喊："小姐！小姐！不好了，不好了，他们把金戈带往半壁峡，要杀头问斩了！"

"什么？快开锁！开锁！开锁！"岳霞疯了似的摇晃门框。

"好，好，我开锁，娘陪你去！"岳夫人拿出了钥匙，可是她的手发抖，钥匙竟然插不进锁孔。凤玲一把抓过钥匙，咔嚓开了锁，唰啦啦摘了锁链。岳霞一步蹿到兵器架子旁，伸手从兵器架子上取了两把匕首，叫道："凤玲，拿兵刃，和他们拼了！"

金戈被押到半壁峡三台，来到他练功的地方。

二堂主一声大喊：“跪下！”

金戈大叫：“冤枉！冤枉！我冤枉啊……”

“准备行刑！”

坐地炮举起鬼头大刀，看了看金戈的脖子，一阵嘿嘿冷笑。

二堂主喊：“行——”

“慢着！”岳霞来了。围观的人哗啦闪开了一个口子，岳霞冲了进来。

坐地炮一看不好，刀头往下一落，心说：“先砍了再说！”

忽然，马大响斜身一靠，把坐地炮靠了个趔趄，鬼头刀砍偏了，砰的一声砍在地上，溅起了一蓬尘土。接着，马大响蹲身错步，一脚把坐地炮踢了个跟头。

“你……”坐地炮摊着失去钢刀的粗手，惊愕地看着马大响。

“滚！旁边待着去！”马大响对他怒目而视。

来路上，岳霞、凤玲和岳夫人被二堂主，五堂主等人拦住了。

“岳霞——”金戈大喊。

“金戈——”岳霞回应。

突然，岳霞右手中的匕首一挥，刺向了二堂主。二堂主旋身撤步，右手一伸，抓向匕首。却见岳霞匕首一回，插进了自己左小臂，半尺长的匕首透臂而出。

“啊！”有人惊呼。

接着，岳霞右手抓过左手中的匕首，对准了自己胸膛。岳霞举起了带着匕首的玉臂，高声叫道：“二叔让开！再不让开我马上就死在你面前！让开！”

人们惊呆了，刑场上霎时寂静无声。轻风摆动着岳霞的藕荷色的衣裙，抚摸着岳霞凝脂般的玉脸。凤玲趁机向前冲去。

“你敢！”二堂主起身拦截。

岳霞一步拦住了二堂主，高喊：“爹，为女儿报仇！岳中亮逼死了我！”举刀向着自己胸口插落。二堂主顾不得追赶凤玲了，一把抓向岳霞的手腕。但是，晚了，匕首已经深深地刺了进去。

“岳霞！岳霞！天哪……”岳夫人顿足哀号，人们骚动了，纷纷拥来。要知道，岳霞不但是大堂主家的千金宝贝，也是岳武院的骄傲。她是人见人爱的武林四仙子之一，人们心中的圣女仙姑，如今，她要香消玉殒了。

凤玲跑到金戈身旁，割断了他身上的绳索。坐地炮见金戈没有了束缚，慌忙溜走了。

“金……金戈！我……”岳霞颤抖出声，“金戈……”

二堂主一见岳霞还没死，登时回过神来，他看见金戈没了束缚，立即喊道：“精武堂弟兄们，四面围住，不准放走金戈，谁敢放敌，按通敌罪问斩！”他情急之下，把三面包围喊成了四面包围。

岳夫人抱着岳霞来到金戈身边。金戈看见岳霞手腕和胸口各插着一把匕首，不禁一哆嗦，顿时热泪盈眶，连忙呼道：“岳霞——”

“金戈，你抱……抱我吧，你不是很想……抱抱……我吗，本来……我要在……洞房……让你抱……的……”岳霞眼上蒙着一层水雾，嘴唇翕动，费力地表达着心中愿望。

金戈接过岳霞，紧紧抱在胸前，低声道：“岳霞，我爱你，我永远爱你！”

岳夫人看见有人向岳武大殿跑去，急忙道：“金戈，你把岳霞给我，赶紧逃走吧，他们叫人去了，如果岳霞的爷爷来了，一切都完了。”

走，往哪儿走？金戈看看，三面人墙，一百多武林好手，三位堂主三角形占位把守，正如铁桶一般。另一面是深不见底的峡谷。金戈把岳霞交给了岳夫人，伸手摸向插在岳霞心口的匕首。“别拔！”

凤玲一声惊叫。

“金戈，你快走吧！我会……等着你！我生是你的人，死……是你的鬼……”岳霞努力抬起了头，挂在睫毛上的一颗泪珠滚落了，“凤玲，我的信……”

凤玲秀目含泪，鼻翼翕动，从怀里掏出了一个折叠成小燕的信笺，说道：“小姐让我送上钟楼，可是，我上不去了，对不起……”

金戈拆开信笺，细眼一扫，几行娟秀的字迹立即印在了脑海里，他深深地看了一眼岳霞，朗诵道：

“余幼好歌舞兮，见公子而心仪。看眼睛而知情意，闻呼吸而知性急。本待洞房之夜兮，酒醺时而任淋漓。未亲芳泽而折羽，恨兮悔兮！”

马蹄声响，几匹快马飞奔而来。这里离院部只有一里多地，眨眼之间，快马就奔到了跟前。岳夫人看见岳老院主和大堂主来了，三堂主和其他几位堂主也来了，神武堂的几位干将也来了，急忙道：“金戈，你快跑！”

“我要跳峡！”金戈一转身，向绝壁走去，边走边唱：“恨兮悔兮！酒醺时而任淋漓，腾云雾兮乘黄鹂，后会有期！”

岳夫人说道：“往西点，西边谷壁上有好多小树，你要能抓住它，上天会保佑你……”

岳霞努力睁开了一双圆眼，嘶声喊道：“金戈，你要……努力……”

面前的峡谷被称为半壁峡，岳武院所在的这一面几乎直上直下，深达百丈。下坠途中要抓住绝壁横生的小树，谈何容易？成功率微乎其微，但这也是唯一希望。因为，金戈不会同岳霞的父亲动手，不会同老院主动手，他也认为自己不是他们的对手。

“岳霞！岳霞！”大堂主掠下马背，高喊着奔来。

金戈向西走，岳夫人抱着岳霞往西走，凤玲也往西走。

三堂主也掠下了马背，冲进了包围圈。

“酒微醺而任淋漓，腾云雾兮乘黄鹂……”金戈叫着，向崖外冲去。忽然，一股疾风吹过来，金戈乘风扑出了绝壁，投身峡谷浮云中。

人们向下看去，只见峡谷内白云翻滚，几只山雀扑棱棱飞渡而去。

十一 劫后余生

金戈跃入峡谷，平展身体呈大字形，双手抓住衣角向下飘去。耳边风声呼啸，眼中山影疾飞。他努力观瞧，紧张思索，寻找崖壁上的树木。他看见了，左下方，枝叶朦胧，树影婆娑。他调整了一下姿势，向树影扑去，好快，树影扑面而来！金戈闭眼伸手，他感觉到抓到了一个树杈。只听咔嚓一声，树杈一弯折断了，金戈死死抱紧树杈，身子向下滑了一尺多，树杈撕裂了树身，下沉了一尺多。

树杈折断处还有一部分连着大树，撕裂的木质露着白森森的颜色。树杈晃晃悠悠，金戈晃晃悠悠。金戈睁眼一看，脚下离谷底还有一丈来高。谷底阴暗潮湿，布满了鹅卵石。不远处有一条蛇形小溪，溪中流水淙淙。金戈定了定神，跳了下去。

“谢天谢地！我金戈大难不死，逃过了这次劫难！”金戈落地后，兴奋得两眼放光。头顶上传来了呼喊声，金戈抬头一望，天空上飘浮着一条白云，犹如一条白色的飘带悬挂在绝壁上。

金戈感到一阵疼痛，低头一看，一截衣袖不知道哪里去了，胳膊上擦掉了拳头大的一片肉皮，鲜血淋漓。胸脯上也有鲜血冒出，锁骨旁还插着一截筷子长的树枝。金戈拔掉树枝，撕下了另一截衣袖，扯成布条，缠住还在流血的胳膊。这时，金戈才感觉到身上火辣辣的疼痛。金戈瞟了一眼地势，决定沿着峡谷上溯。因为下行半里，盘山道上有条小路折向谷底，三堂主他们要下谷搜寻，必定顺着那条小路而来。一想到三堂主狰狞的面孔，金戈不由得哆嗦了一下，立即迈动双腿，向上游奔去。谷底曲折，溪水时隐时现，但潺潺的流水声始终伴随在耳边。这里本来就阴暗，再加上晚霞正在消退，谷底已经昏沉沉一片。谷底渐渐升高，到了一个斜坡前，峡谷豁然开朗。金戈爬上坡顶，放眼望去，只见谷外星光灿烂，四野黑压压一片，天已经黑透了。耳边山风呼啸，眼前黑影重重。黑暗，眼前又是一片黑暗，无边无际的黑暗，神秘莫测的黑暗。金戈凝目，只见疏疏的林、淡淡的月、黝黝的山，一切都是黑沉沉的，似乎隐藏着无尽的凶险。金戈看清了黑的深浅层次，有的地方漆黑如墨，有的地方漆黑如烟。蓝黑在天上，银黑在水中，漆黑在林间。浓妆淡抹都是黑，大地像是笼罩了一层浓浓的黑烟。金戈看罢，叹了口气，一种悲凉之感立刻布满了全身，知道自己再次成了亡命之徒。金戈辨明了方向，投身到无尽的黑暗中。

树林里燃着几堆篝火，铁嘴华和白凤坐在一堆篝火前。木柴在火焰中噼啪作响，暗红色的火舌像红色的布条一样蹿向天空，一群飞蛾就像暴风卷起的雪片一样在火舌上方飞舞。篝火旁还坐着一个戎装在身的高大将军，火光照耀下，只见他浓眉大眼、高鼻阔口，一张方盘大脸上布满了风霜。密林深处，隐约可见低矮的草棚和移动的哨兵。木柴噼噼啪啪响个不停，夹杂着腥而潮湿的大海气息。

铁嘴华看着眼前的将军道：“戚将军，银子就筹到了这么多，先用着吧，我们再去想办法。”

戚继光放下手中的木柴，拍手笑道：“够了，够了，俞大猷走马上任后，我们一定宴请二位。俞大猷是个有名的酒鬼，也是一名英勇善战的猛将。”

铁嘴华哈哈大笑，说道：“我说，还是打了胜仗再请吧，你们已经两战两捷了，倭寇红了眼。听说他们几部联合在一起，正寻你们决战。还是小心为妙，毕竟你们人马还少，经不起折腾。”

戚继光看了看摇曳不定的火苗，说道：“我们会小心的，我们不会和他们决战，时机未到。饭要一口一口地吃，仗要一场一场地打。我们要不断蚕食他们的力量，时机成熟之后，才会与之一决雌雄！”

白凤对戚继光笑了笑，说道：“我爷爷说了，我们接着去募捐，去南京，去杭州，去通都大邑。我爷爷说了，尽量多筹银两，解你们的后顾之忧。”

戚继光看了看脸蛋红扑扑的白凤，抱拳道：“那可多谢了，戚继光代将士们谢谢二位了。”

铁嘴华掏出了紫杆烟袋，一边往烟袋锅里装烟一边说：“我知道你们用钱的地方多着哪，盔甲不全，帐篷不齐，弓箭不足。得，我们连夜走吧，月白风清，正好练练腿。白凤，咱爷儿俩走着！”

“是！爷爷！”白凤清脆地答应了一声，一提衣裙站起来。

戚继光和铁嘴华先后站起，戚继光惊道：“这就走？不住一夜？”

铁嘴华手里的烟袋一晃，说道：“不住了，连夜走吧，夜路走得快。”

戚继光陪他们向外走去，火光照亮了他身上的铜盔铁甲，照亮了露在背上的一段盘龙铁臂弓，照亮了箭壶外闪动着斑斓色彩的箭尾雕翎。戚继光边走边说：“那个金文杰怎么样了？他挺过来了？”

白凤转脸道：“金戈可神了，打进精武堂了，已经不是当年那个小进士了。岳武拳、岳武枪练得像模像样，果然是个大明骄子，学什么像什么。”

戚继光闻言一愣，停住了脚步：“哦？这么说他真的弃文从武了？岂不可惜？我还等着他的大块文章呢。有机会见了他，代我邀他军中一叙，就说戚继光翘首以待。”

铁嘴华的烟袋叼在嘴上，白凤腰肢一扭，蹿到篝火旁引来火种，一扬手，点着了烟袋锅子里的烟。铁嘴华吸了两口，张着半边嘴说道：“过一段吧，岳北那老家伙拿他当宝贝了，不会轻易放他出来。”

白凤一笑，说道：“话可以捎到，他什么时候来就难说了。你别送了，我们走了，我爷爷看见你们缺衣少食，早就坐不住了，你让他睡他也睡不着，走啦，走啦。”

戚继光停住了脚步，扬了扬手。铁嘴华和白凤看了看戚继光，脚尖点地，嗖的一声，向前奔去，转眼间消失不见了。

峡谷内，一溜火把蜿蜒而来，狗叫马嘶，回声震耳。三堂主、五堂主，以及神武堂的干将和马大响、坐地炮等百十号人沿着峡谷追来。凤玲也尾随着他们到达了谷底，当她得知金戈活着逃走，立刻喜滋滋地回去了。

追寻的人马速度很快，他们很快到达了峡谷的尽头。

金戈翻过了两座山头，向前奔跑。远处，有火光闪动，金戈加快了脚步。渐渐看清了，山凹处有一个简陋的窝棚，窝棚前燃烧着一堆篝火。篝火上吊着一个砂锅，一个十来岁的小女孩正在火堆旁煮食物。金戈来到近前叫道：“小妹妹，你好，你家大人呢？”

小女孩陡然看见黑暗中钻出一个衣着不整的人，吓得浑身哆嗦。“在，在……”她吭哧了两句，转身哀声大叫：“爹——爹——有人来了！”

“来了，来了，别怕！”一个瘸腿人拄着拐杖，从黑暗中走了出来。小女孩惶恐地看了金戈一眼，飞似的跑过去，藏在瘸腿人身后，蓬乱的头发下露出了一双惊恐的眼睛。

金戈歉然道：“这位老哥，兄弟路过贵地，吓着您的孩子了，对不起。”

瘸腿人向前几步，来到金戈面前，打量了一下胳膊上缠着布条的金戈，说道：“没关系，我的孩子天生胆小，来，坐！坐！”他指了指面前一块石头，又道：“请问壮士哪里人？”

金戈舔着干裂的嘴唇道：“我是岳武院的武徒，遭人诬陷，逃难的。”

瘸腿人的眼光在金戈脸上转了转，把小女孩从身后拉到身前，说道：“岳武院，好地方！那是练武的地方，戚家军不少人是从那儿出来的。兰子，看看蘑菇煮烂了没有？烂了给叔叔盛点。将就着吃吧，唉……”瘸腿人摇摇头，又说道：“兰子，这位叔叔身上有功夫，将来给你杀倭寇，给你娘报仇！”

小女孩一双漆黑的大眼睛眨了一下，流露出疑惑和希冀的光芒。她小嘴一张，嫩声问道：“叔叔，你敢杀倭寇吗？”

“敢哪！小妹妹，叔叔的功夫就是用来杀倭寇的，你看！”金戈站起来，啪啪打了几拳。这几下可不是江湖卖艺的把式，那是真功夫。拳风临身，瘸腿人和小女孩呼吸为之一闭，身子好像被推了一把似的。

“叔叔真棒！我给你盛蘑菇去。蘑菇汤，鲜得很哩。”叫兰子的女孩子高兴了，一蹦一蹦地走了。

瘸腿人拐杖一拄，忽然跪下了。他眼含热泪，激动地说：“壮士，请你给我们报仇！一个月前，倭寇血洗了小马村，三四个倭寇侮辱小女，我拦阻他们，被打断了腿。小兰子才十来岁啊，哪里受得了。我妻子拼命护着她，也被打死了……小兰子鲜血淋漓呀，……我们没脸见人，躲进了深山……请壮士为我们报仇雪恨啊……”瘸腿人说着泣不成声。

金戈咬牙切齿，怒道：“这帮倭寇太没人性了，我一定会替你们报仇的，彻底消灭这群衣冠禽兽！”

小兰子端着一个黑碗走来，说道："叔叔，吃吧，长大了我也要学功夫，杀倭寇。"

金戈接过碗来，低头道："好啊，到时候我来接你，教你功夫。叔叔被人追赶，吃点食物要赶紧走。"

远处，一溜火把迤逦而来，好快。

金戈狼吞虎咽，吞下了一大碗蘑菇。金戈回头看了看，放下碗，说道："我要走了，他们要是追问你们父女，你们可以实话实说，不必隐瞒。他们追不上我。我走了，谢谢你们。"

"一会儿我们就躲起来，让他们看不见……"瘸腿人的话还没说完，已经不见了金戈的人影。

金戈玩命地奔跑，两个时辰后，他来到大路上。金戈调匀气息，箭似的向西北射去。武夷山西北方向有烟波浩渺的鄱阳湖，进入湖泊，那些鬈毛犬就无能为力了。金戈头脑清楚，凡事谋后而动，选择的方向非常正确。后半夜了，清风拂面，万籁俱寂，金戈的脚步伴随着蟋蟀的鸣叫，流星赶月般向前飞驰。大地渐渐苏醒了，远山、近树、草丛都掀开了神秘的面纱。群星缓缓退去，启明星眨着亮晶晶的眼睛，紧紧盯着金戈飞驰的身影。

火把的长龙尾随而来，距离却越来越远，渐渐消失不见了。

群星再次退去，朦胧的晨光中，只见一个碧波万顷、天水相连、烟波荡漾的美丽湖泊出现在眼前。

湖边，一条双层楼船正缓缓驶离码头。金戈三步并作两步奔至岸边，高声喊喝："船家慢行！搭我一个！"喊着，金戈飞身而起，扑向了船尾。

"回去！"甲板上一个髯须大汉挥动竹篙，迎面击来。

金戈吸气探手，一按篙头，一个鹞子翻身飘落甲板。金戈长身而起，又含笑一躬，抱拳道："打扰船家了，请搭在下一个！"

髯须大汉吃惊地看了看衣不遮体的金戈，眉头一皱，说道：“这不是游船，下去吧。吵醒我家主人，没有好果子吃，快下去！”

金戈放眼一望，湖面上静悄悄的，没有往来的船，只有脚下这条大船扬起了风帆。金戈收回目光，又是深深一躬，恳求道：“这位大哥，在下被人追杀，你行行好，搭在下一段，一旦遇到往来舟船，在下即刻离开。在下就在船尾稍坐一下，绝不影响你们，好不好？”

“不好！别婆婆妈妈的，赶快下去！”髯须大汉横眉立目，似乎恼怒了。他望了一眼寂静无声的船楼，眼神中露出一丝惶恐。这时，又有两个大汉走过来。

楼船已经驶离了湖岸，金戈看了看清澈的湖水，心说：“游回去不难，可是，附近没有起航的船，我怎么逃？追踪的队伍很快就会来到湖边，不行，无论如何要跟着这条大船走……”

三个大汉围了上来，似乎要动手。看他们谨慎小心的样子，似乎害怕惊动了楼船的主人。

“上！”髯须大汉一声低喝，三人一齐扑了上来。金戈身形滴溜溜一转，一把抓住了髯须大汉的手腕，身子一侧，手一牵，嗖的一声，把他抛进了湖里。接着，金戈豹子似的翻腾而起，左一招“白猴亮爪”，右一招“魁星踢斗”，只听扑通扑通两声，剩下的两个大汉也跌进了湖中。船上一阵骚乱，七八个大汉拿着兵刃扑过来。

有人喊：“好小子，吃了熊心吞了豹胆，胆大包天，敢跑到阎王殿来撒野，剁了他！”

兵刃明晃晃，脚步咚咚响，他们一拥而上。

金戈一个“左晃右蹿步”冲出重围，接着腾身一跃，一把抱住了楼船的桅杆。金戈回头看了看追来的大汉，手脚并用，噌噌几声蹿起了一丈多高。金戈向下瞟了一眼，冷笑一声，接着猿攀猴跃，嗖的一声，蹿上了风帆的横杆。金戈的目的是借船逃走，不愿杀人，只好先躲一躲。

船头犁开了镜子般的湖面，继续航行。甲板上，人更多了，落水的三个大汉已经爬上来。他们指手画脚，骂骂咧咧。这时，二楼上一扇雕花风门吱扭一声打开了，一个头发蓬松的姑娘探出身来，冲楼下喊道：“吵什么？烦死人了！”

“小姐，你看上边！”髯须大汉浑身湿漉漉的，用手一指蹲在横杆上的金戈。

姑娘一抬头，和金戈望了个眼对眼，姑娘陡然吃了一惊。

“你是金珠？”金戈盯着姑娘问。

金珠姑娘看着猴子一样蹲在横杆上的金戈，惊奇地问道：“可是小进士金文杰金公子大驾光临？”

“不敢，正是金某，多谢姑娘当年的救助之恩！”蹲在横杆上的金戈抱拳行礼。

金珠喜动颜色，低头对甲板上的人说：“没事了，自己人。”接着抬起头，对着金戈嗔道：“下来吧，别像猴子一样蹲在那儿了。”

“谢了！”金戈站起来，顺着横杆跑了几步，双手一展扑了出去。在几个大汉的惊呼声中，金戈轻飘飘地落在二楼阳台上。金戈直起身子，正和金珠来了个脸对脸。金珠一惊，簪子上的那颗拇指肚大的珍珠噌地跳起来。

金戈咧嘴道：“金珠小姐，在下有一事相求。”

“何事？说吧。”金珠眼睛里充满了喜悦之色。

“我想搭你们的船离开这儿。”

金珠抿嘴一笑，说道：“行啊，可以，你去哪儿？”

“去哪儿？我还没想好，反正离开这里就行。”金戈说着，转眼向湖边望去。湖边聚集了不少人，狗吠声清晰可闻。金戈收回了目光，看着珠仙子金珠靓丽的笑脸，说道：“我被人追杀，不论去哪儿，躲开那群人就行。”

“金珠，你在和谁说话呢？”屋里传来了银铃般的少女声。

金珠对金戈眨眨眼，娇笑道：“来贵客了，你天天念叨的人来了。”

“去你的，我哪有天天念叨的人。啊，莫非……瞎说，这怎么可能呢？”屋子里响起了脚步声。金珠俊目闪动，悄悄问金戈：“你怎么知道我是金珠呢，我手下的人有时都分不清谁是金珠，谁是银珠，你怎么一见面就知道我是金珠？”

“很简单，我会相面啊，不过……”金戈故意不说，却问道，“你告诉我，你们黑旗船是怎样在陆地上航行的，船底上有轱辘？”

“窗户纸，一捅就破！简单！”金珠咯咯一笑，漆黑的大眼睛闪出了狡黠的光芒，调皮地说道，“不过，那可是秘密，不可说，不可说也！”

“真的是你！还没死哪？”银珠的头从门帘后面探出来，她睡眼惺忪，一双杏核眼里流露着惊讶和喜悦。

“几次到了奈何桥，又被阎王爷撵回来了。这不，撵到你们身边来了，还望二位小姐再次援手。”金戈肚里咕噜噜直响，又道，“能不能给点吃的？我跑了十几个时辰，肠子都跑细了……”

“进来吧！”二位珠仙子将金戈让进小楼。小楼里布置典雅，带幔帐的两张雕花睡床，一个镶着铜镜的梳妆台，一侧立着红木衣柜和梨木衣架，屋子中央摆着栎木圆桌和雕花绣墩，花格窗户旁站着一尊人形木雕落地灯。

一会儿，丫鬟端来几样点心，端来了一盘熏鱼和一盘肉干。金戈边吃边谢，吃得很快，看来他真的饿了。

“金公子，你洗个澡吧，洗完了澡睡会儿觉，睡醒了咱们再聊。”金珠瞟了一眼金戈，站起来，说道：“来人，准备洗澡水。”

“是！”门外有人答应。

金珠转身下了楼。银珠却有点性急，走了几步脚又站住了。她腰肢一扭，又回到了金戈身边，她睁着一双好奇的大眼睛，盯着金戈问道："两年多了，你都在哪儿猫着？是桃花会追你吗？你还真行，桃花会追了两年多了都没捉到你，行啊你。"

"还行吧？"金戈诙谐地说道，"不瞒你说，我是飞毛腿，脚心长了两片黑毛，跑起来腾云驾雾。"

"你骗谁？飞毛腿，我还飞毛仙呢！"银珠撇撇嘴。

金戈细眼盯着银珠道："你不信？"

银珠咯咯笑道："不信！当初挨打的时候，你怎么一步也跑不动啊？呀，你的鼻子，呀，呀，一点伤痕都没落下，还那么周正。牙呢？张开嘴让我瞧瞧，嘿，牙也没事，一颗都不少，太好了，你可得好好谢谢我，要不是我，你就变成缺牙的豁风嘴了。"

金戈抱拳当胸，诚恳谢道："二位仙子的大恩金戈没齿不忘，定当涌泉相报！"

银珠一愣，道："金哥？"

金戈傲然道："哦，我改名了，叫金戈，金戈铁马的金戈。"

银珠俊眼含笑，说道："金哥，你这不是要占我们的便宜吗？真是的！"

说话期间，丫鬟们摆好了木捅，倒好了热水。

银珠看看木桶里的水差不多了，伸出白玉般的小手试了试水温，说道："你先洗吧，过一会儿我再来。"银珠说完身子一转，扭着细腰走了。金戈看着银珠曲线玲珑的身姿，一时浮想联翩。

一楼客厅里，金珠和银珠倚窗而坐。

"金珠，你看金公子会不会加入我们黑旗船呢？"银珠目光中流露出一股企盼的神色。金珠随手推开一扇窗户，远处的湖光山色一齐涌入眼底。她摇摇头，喃喃道："我看不会，他穷途末路时都不肯加入黑旗船，现在有功夫在身，更不会入伙了。"

"我们黑旗船有什么不好？有吃有喝，逍遥自在，比哪个帮派不强？"银珠眼睛里流露出惋惜的神色，接着话题一转，说道，"他有功夫？练了两年多的功夫也叫功夫吗？简直笑死人了。你看他的狼狈样，就差光屁股了，咯咯……”

金珠没有笑，她站起来，缓缓走到门边，伸手推开了舱门。银珠诧异地看了一眼金珠，跟了过去。金珠走到甲板上，望着碧波荡漾的湖水，轻轻说道：“刚才李路、张金财、马子三个人拦截金公子，都被金公子一招扔进了湖里，你能做到吗？”

“他们三个人，一招被扔进湖里？那怎么可能？我不信！”

“桃花会的脖子瘤，带着几队人马，追了他两年，都没捉住他，你信吗？”

“这个……”

一个丫鬟走过来，手里拿着金戈带血的衣服，瞅着两位珠仙子，说道：“金公子的衣服，都烂了，怎么办？”

银珠接过带血的衣服，闻了闻，一股血腥味和汗酸味涌进鼻孔里。“扔了吧，脏兮兮的。”银珠一抬手，嗖的一声，破衣服飞进湖里。

楼上，金戈的头从窗户里探出来，喊道：“嗨！我的衣服！怎么给扔啦？”

银珠冲金珠做个鬼脸，咯咯一笑，说道：“不要啦，给你买新的！反正不让你光着，放心吧……”

金戈张嘴大喊：“我的信……”

金珠抬起头问道：“什么信？”

金戈又叫：“诗……”

银珠咯咯笑了，说道：“什么湿呀干的……”

“哎呀，衣服里有封信……”说着，金戈一抽头，不见了。

金珠赶紧问那个丫鬟：“佩儿，你没掏掏他的衣袋？”

佩儿一低头，低声道：“没有，我怎么敢哪。”

银珠命令道：“下去捞，把他的书信捞上来！”

“我去吧！”金戈出现在二楼凉台上，他身上围着一条浴巾。说着，金戈飞身而起，双手一张，如同一只硕大的鱼鹰弧飞而下，嗵的一声射进了水中。金戈在水里睁眼观瞧，周围什么也没有。金戈双脚一蹬，蹿出了水面，他看了看方向，又一个猛子扎了下去。金戈双手一伸一拨，双脚一蹬一合，青蛙似的顺流而下。片刻后，金戈看见了几片布，立即抓住布片浮出了水面。布片有两个筒，是条裤子。金戈随手一扔，一缩脖子，再次潜入水中。

一个女孩子潜水游来，这是一个穿着红兜肚的小姑娘，她手上拿着一团布，嘴里嘟噜噜吐着气泡。

金戈看见了，立刻抓住了那团布。金戈三翻两翻，找到了衣袋。翻过来一看，信纸已经烂了，墨迹黑乎乎的一片。金戈扔掉了布团，哗啦一声钻出了水面。他抖抖头上的水，脸现懊悔之色。

小姑娘双脚一打水花，也钻出了水面。

金珠手扶栏杆，喊道：“找到了吗？”

金戈看见银珠正在脱衣服，身上露出了红兜肚，立刻喊道：“找到了！找到了！不用下来了。”喊罢，金戈张开双臂，奋力游向大船。小姑娘游来了，她速度很快，片刻间追上金戈。她看见金戈转过头来，立即说道：“跟我来，船边有软梯。”

金戈随着小姑娘来到楼船一侧，看见了一条小船，也看见一架软梯。金戈抓住软梯，奋力一拉，呼的一声跃上了甲板。

金戈身上滴着水，向前走去。金珠和银珠快步迎上来。忽然，金珠一声惊叫：“你这是怎么啦，这是伤吗？怎么会有这么多伤？”

银珠也大叫：“呀，呀，怎么搞得遍体鳞伤！”

金戈看了看自己肌肉隆起的身子，紧了紧浴巾。满身的伤痕、鞭痕纵横交错，左一道，右一道，蟒蛇似的缠绕着他。胳膊上、胸脯上被树枝捋掉了好多肉皮，一片一片的红肉就像刚切开的花心萝卜。金戈笑道：“有打的，有剐的，不碍事。”

“谁这么缺德？谁这么狠心？这还是人吗？快来，快跟我来！”银珠大呼小叫，拉着金戈就走。

金珠看了看身上滴水的小姑娘，说道：“佩儿，你去找金财，叫他去刘仙镇买几套衣服，长袍大褂来两件，中衣膝裤来三套，文生帽子要一顶，直缝快靴嘛……先来一双。要好料子的，衣服的大小和金财差不了多少，叫李路也去。你告诉他们，楼船会在石钟山下等着他们俩。”

佩儿躬身道：“是！大小姐！我马上通告张金财，知会李路。”

片刻后，楼船后侧的小船离开了楼船，吱扭吱扭叫着划走了。

楼上，金戈围着浴巾坐在绣墩上，银珠正给他上药。银珠剪掉了一块肉皮，小心翼翼地涂上药膏。银珠轻轻问道：“疼吗？”

金戈笑道：“不疼，疼的时候早过去了。银珠，求你点事行吗？”

“啥事？说吧，只要我能办的，我就会尽力。”银珠抓住金戈的胳膊，小心翼翼地把一块烂肉皮掀掉，抹上药。

金戈道：“我是从岳武院逃出来的，岳霞小姐为了救我，用匕首刺穿了自己的小臂，又在自己心口上扎了一刀。我想你们黑旗船能人多，能不能打听一下她的消息？”

银珠脸色唰地一变，当啷一声，药盘子掉在了地上。金戈一惊，看见银珠的秀脸绷紧了，一双杏核大眼紧盯着自己。银珠两片红润油亮的嘴唇一张，大声道：“是不是那个号称天仙子的岳霞？她看上你了是不是？要不然她怎么舍命救你？”

金珠摇动着裙摆袅袅走来，看了看目瞪口呆的金戈，笑道：“你先睡一会儿，这件事我来安排。”接着，俊脸转向银珠，嗔道：“干吗呢？一会儿风一会儿雨，吃了爆竹药了你？一会儿金戈睡你的铺，收拾去！”

银珠走到梳妆台前坐下，看着镜子里的俊脸，问自己：“你怎么啦？难道你爱上他啦？”心里像打翻了五味瓶子，酸甜苦辣，纷至沓来，不经意间，泪水蒙住了她美丽的大眼。

金珠见银珠不去收拾床铺，就拉着金戈来到床榻前，掀开了绣着茶花的白色床帷。银珠一见，擦把眼睛，慌忙扑过来。她一把抓起被子旁的一件粉色绣花兜肚，藏在了身后。金戈偷看银珠的脸色，银珠也正好转过脸来偷看金戈，两人四目相对，银珠脸上飞起一片红云，扑哧一声笑了，一颗晶莹的泪珠随着笑声从眼角上滴了下来。

金戈睡下了，不久就响起了轻微的鼾声。

傍晚，岳武大殿里死气沉沉，留守的岳武精英们神色不宁。岳老院主居中而坐，瞪视着一个报信的武徒。报信的武徒道："金戈逃进了鄱阳湖，三堂主正在组织船队，准备搜湖，三堂主请求支援。"

岳老院主身子一正，眼睛一瞪，大声叫道："二堂主！"

"在！"二堂主赶紧站起来。

"你带领练武堂所有人马，立即赶往鄱阳湖，会同三堂主和五堂主搜湖。你们要立即封锁鄱阳湖的出口，务必在鄱阳湖内格杀金戈，以免岳武功外泄！"岳老院主两眼布满了血丝，看来这两天没睡好。因为岳霞的垂危和反叛，激起了老头子心中的怒火。他把手往桌子上狠狠一拍，瞪着眼吼道："你们要全力以赴！违令者，杀！阻挡者，杀！犹豫不决者，杀！杀！"

石钟山下，一艘巍峨的双层楼船泊在危岩下。这里，轻风鼓浪，水石相击，洞穴中涛声隆隆作响。二楼上，金戈醒了，身上的伤口凉飕飕的，不怎么疼了。金戈穿上佩儿送来的新衣，叠好被子，懒洋洋地走到圆桌前，端起了一杯香茗。金戈已经完全变了样，他内穿鹦哥绿的对门中衣，外罩月白色的交领绣花袍，腰间围着天蓝色丝绦，头戴四方巾，脚蹬鹿皮靴，又成了一个文雅书生。只是他的脸色黑了点，一双细长的眼睛亮了点，让人感觉到了一股江湖豪气。

金戈慢慢喝着茶水，眼光穿出船舱，穿过群山，飞上了岳武院。他仿佛听到了悠扬的琴声，听到了岳霞悦耳的笑语。金戈慢慢站起来，走到窗前，遥望远方，眼前出现了岳霞那美丽无瑕的脸庞，浮现出她插着匕首的葱白似的胳膊，浮现出刺入胸膛的那把手柄上镶着玉片的匕首……金戈的心就像被刀割一样疼痛起来，呼道："上天啊，你保佑一下岳霞吧，让她渡过难关。给我个机会，让我报答她的恩情！苍天啊，金戈求求你了……"金戈祷告良久，知道最要紧的还是尽快打听到岳霞的消息，立刻转身下了楼。

一楼船舱大厅里，有几个人正在说话。金珠、银珠一左一右坐在方桌旁。一个猥琐的汉子站在大厅当中，诉说着什么。银珠打量着穿戴整齐的金戈，金珠招呼道："来，这边坐。"说着拉了拉身旁的凳子。银珠笑笑，说道："正说岳武院呢，你来得真巧。好，继续说吧。"

猥琐汉子接着说道："岳武院正在捉拿的小伙子叫金戈，说是此人偷了岳武院的镇山之宝岳武功，还说此人逃进了鄱阳湖。"他看了一眼金戈，又说道，"他们正在调集人手，准备大力搜湖。"

金珠皱眉，问道："他们来了多少人？"

"有五六百人，人数还在增加……"

金珠惊道："好家伙，他们是倾巢而出了！"

银珠美目闪动，关切地问道："那个号称天仙子的岳霞怎么样了？"

另一个大汉向前一步，躬身回答："属下探知，天仙子岳霞危在旦夕，她胳膊上的匕首透臂而过，心口上插了一把匕首，匕首直没把柄。不过，现在还没有死信传出。"

"啊！直没把柄？没有吧？好像没那么深吧？"金戈闻言大惊，噌地站起来。

银珠身子一扭，看了一眼金戈，说道："啊！那还活得了？也好，早死早超生。”

“怎么说话呢？”金珠瞪了银珠一眼，歉意地看了看金戈。

银珠伸了一下粉红色的舌头，对手下人说：“你还有事吗？没事下去吧。”

报信的人走了，金珠看着焕然一新的金戈，笑嘻嘻地说道：“怪不得武功大进呢，原来得了岳武院的镇山之宝了，捎带手还得了天仙子的芳心，一箭双雕，厉害！厉害！还真看不出来呀！”

金戈颓然坐下，痛苦地说道：“我可没偷他们的岳武功，我学艺用功，靠自己的双手打进了精武堂，我跟岳霞学了一阶岳武功，第二阶岳武功是我自己摸索的，他们赖我偷了他们的岳武功，天大的冤枉，气死人了……”

“偷了岳武功又怎么啦？偷与不偷，有啥区别呢？我还想偷呢，就是偷不着！真是的！偷了就偷了，怕什么？”银珠出身黑旗船，是非观念不清，不分青红皂白，嗵嗵嗵来了一炮。

“来人，拔锚起航，船出鄱阳湖，入长江，顺流下放五十里待命。”金珠兴致勃勃，嘻嘻一笑，大声叫道，“摆酒船头，为金公子逃离虎口接风洗尘！”

“是！属下遵命！”李路大步走进来，抱拳应声。

楼船缓缓移动了。不一会儿，船头的酒菜也摆好了。金戈由二位美丽的少女陪坐船头，沐香风，观胜景，和昨日的阶下之囚有了天壤之别。矮桌上摆了两个大盆。一个盆里盛着几只半尺来长的螃蟹，一个盆里盛一只南瓜大小的甲鱼。接着，又端上来四盘黄黄绿绿的青菜。东西不多，但件件令人称奇。高脚杯里是鲜红如血的葡萄酒，两边盘腿陪坐着两位珠仙子，一个穿红，一个挂绿。两个少女婷婷袅袅，美玉般的两张秀脸如同两朵盛开的鲜花，两双美丽的眼睛如同两对闪烁的星辰。楼船越行越快，湖面上荡起了一层如银的浪花。

金珠举起了酒杯，看着身后飘着束发、绣袍盖着屈腿的金戈，说道:“金公子，小妹祝你脱离虎口！干杯！”

金戈举起酒杯，说了声谢谢，一仰脖子干了杯中酒。酒杯刚放下，哗啦啦，红色的酒水又满了杯子。银珠一举酒杯，笑吟吟地说道:“金公子，小妹祝贺你重获新生！大展宏图！干杯！”

三个人说着，喝着，甲板上不时响起银铃般的笑声。良久，楼船来到了鄱阳湖口。金戈抬头远望，只见长江浊水浩荡而来，长驱直入，一泻千里。鄱阳湖的碧水蜂拥而出，浪涛翻滚，席卷而去。江水、湖水汇合，清浊争斗，激荡澎湃。金戈的心情也像这清浊交锋的激流，激荡不已。金戈忽然站起来，端着酒杯远望武夷山，低声吟道:

明月几时有？把酒问青天。不知天上宫阙，今夕是何年。我欲乘风归去，又恐琼楼玉宇，高处不胜寒。起舞弄清影，何似在人间。

转朱阁，低绮户，照无眠。不应有恨，何事长向别时圆。人有悲欢离合，月有阴晴圆缺，此事古难全。但愿人长久，千里共婵娟。

金戈念完了，一仰脖子，杯中酒入了肚。

“好词，千里共婵娟！”金珠、银珠也举起了酒杯，一饮而尽。

金戈缓缓坐下了，他看着二位珠仙子说道:“这是东坡先生的《水调歌头》，写得情深意切。唉，人有悲欢离合，人有旦夕祸福，果然不假……”

金珠眨着黑白分明的杏眼接口道:“对呀，世事难料嘛！”

金珠和银珠两个少女情窦初开，目光围着金戈转动，脸上荡漾着纯真的笑容，身体上散发着少女特有的朝气。这时，银珠拿过金戈的酒杯，粉臂一抬，哗啦啦，红色的酒液一泻而下，瞬间注满了酒杯。银珠端起酒杯，慢慢送到金戈手上，说道：“酒满心诚，再来一杯！”

金戈接过酒杯，放在桌子上，看着银珠说道：“谢谢，缓缓再喝吧。”

“那就吃点菜，来，吃点菜！”金珠夹起一块粉白的虾肉，送到金戈面前。

金戈连忙道：“谢谢！你们吃吧，不要照顾我了，谢谢二位姑娘！”

第二天，鄱阳湖大孤山下来了一条豪华游船。一艘雕梁画栋的双层画舫徘徊在波光粼粼的湖面上，一群牛鬼蛇神正在船中集会。一个硕大的丑鬼端坐在楼厅正中。这个人左边脸白森森的，白得让人恶心，那是白癜风造成的。右边脸黑乎乎的，布满豆粒大的麻子，那是天花造成的。这人的头发也是一边白一边黑，黑白分明。就在这张阴阳脸上，还趴着一个硕大无比的蒜头鼻子，鼻子上布满大小不等的疙瘩。他左眼很小，右眼上翻，嘴唇黑厚，牙齿东倒西歪。此人虽然相貌丑陋，却肩宽背厚、高大壮硕，黑褐色的腱子肉不住地颤动。此人真可以说是丑得无与伦比，丑得盖世无双。但是，他浑身上下却散发着一种坚毅、威猛、狠毒的气息，令人不敢逼视。他就是桃花会江南分舵的舵主阴阳魔。传说他白天是男，晚上是女，是个一昼御女数人而不疲的淫魔，他也是桃花会五大魔头之一。这时，只听他瓮声瓮气地说道：“驮龙魔王传下骷髅牌，要格杀金文杰那个小进士，为我们的副舵主脖子瘤报仇！他就是现在岳武院的叛徒金戈。”他一摆手，旁边的一个丑鬼，端出一个托盘，上面堆满了古铜色的木牌，这些木牌都是紫檀木的，入手沉重，他拿了两个木牌在手，左右敲击，木牌发出清脆的金属声。他又道：“骷髅牌，阎王令，黑道喽啰全出动，杀了牌中短命鬼，一生纳福不用动。这首律令你们可听说过？”

“听说过！”几个丑八怪大声吼叫。

“这就是驮龙魔王的骷髅牌，你们自个看吧！”阴阳魔毛茸茸的大手一张，当啷一声，木牌落在托盘里。

骷髅牌发到众人手里，一双双贪婪的眼睛盯在骷髅牌上。牌子上方印着一个骷髅头，下方印着十字交叉两根肋骨。这些图案是烫印的，描着金漆。骷髅牌背面刻着几行蝇头小字：“金戈又名金文杰，七尺青年，白面细眼，人头换黄金万两、美女十名。”丑鬼们盯着木牌，神情欢喜无限。

阴阳魔大嘴一咧，瓮声瓮气地说道：“刚接到消息，金戈逃出了岳武院，现身鄱阳湖，你们立即将骷髅牌分发下去，动员所有黑道人马拦截捉拿。麻三！你立即上武夷山，持令责罚坐地炮、马猴两个废物，告诉他们，探听金戈的消息，监视岳霞，再有差错，定斩不饶。”

“是！属下得令！”一个小麻子走出来，躬身领命。

二楼上，金戈正坐着发呆。他发现自己的武功出现了问题，或是被捆住手脚时练功练出了毛病，或是身上的隐疾发作了，心里火烧火燎地难受，稍稍一用气，肋叉子就撕裂般地疼痛。金戈焦躁不安，站起身来，捂着肋骨在船楼内来回走动，思绪像波涛一样翻腾不息：哪里出了问题？

下午，太阳在鄱阳湖上洒下了一片银光，湖面上就像泛起了一层跳荡的水银。岳武院搜湖的一条艚船犁开了银光，靠近了大孤山下停泊的那艘豪华画舫。精武堂的一个武徒站在船头高叫：“游船上的人听了，岳武院跑了一名叛徒，我们奉院主之命前来搜查，望船主和游人配合，各自安坐，不可乱动！我们搜查完毕即刻就走，打扰之处还请见谅。”说着，有个武徒用铁钩子钩住了游船，把两条船拢在一起。数十武徒拿着红缨枪跳上了游船。他们刚要进入楼厅，就被几个丑鬼拦住了。一个丑鬼说道：“这里没有岳武院的叛徒，各位请回！”

岳武院的武徒说：“没有没关系，我们进去看看就走。”

阻拦的丑鬼道：“不行，不能看，这不是一般的游船。”

岳武院的武徒傲慢地说：“二般的游船也得搜！滚开！”

阻拦的丑鬼瞪眼道：“你敢！”

岳武院的武徒非搜不可，船上丑鬼拦住不让。双方正在争执，突然，陡闻楼厅里一声大吼：“要解闷，桃花会！”

接着整个游船震动，吼声如雷：“要解闷，桃花会！”

刹那间，一群丑鬼冲了出来，举刀就砍，搂头就剁。岳武院的人急忙挺枪应对，一时间刀枪并举，鲜血飞溅。

三堂主岳中勋正在这条艚船上，他一见形势突变，立即抄起九尺红缨枪，飞身跃上了前甲板。啪啪啪，像穿蚂蚱一样，双臂一晃就扎死了几个丑鬼。后甲板上，精武堂的武徒们却被丑鬼们砍倒了几个。艚船上的武徒们一声呐喊，纷纷跃上船来。这时候，后甲板上出现了一个相貌奇丑的阴阳人，提着一根硕大狼牙棒，带着一股腥风扑出来。他一尺长的大脚丫子踩得船板吱吱作响，胆瓶粗细的狼牙棒舞得呼呼生风。岳武院的武徒沾着死，碰着亡，顿时倒了一大片。前甲板上，三堂主大显神威。后甲板上，阴阳魔八方显圣。

三堂主打光了前甲板的色鬼，冲进了楼厅，向后扫荡。他舞起六十六路岳武枪，刺挑抽砸，如同虎入羊群。大厅里的牛鬼蛇神如同丧家之犬，死的死，逃的逃。忽然，一个相貌奇丑的阴阳人飘到三堂主身前，他高大的身子竟然落地无声。

“阴阳魔？”三堂主瞳孔紧缩。

“正是老夫！哪位堂主当面？”阴阳魔的小眼精光四射。

三堂主答道:“岳武院三堂主岳中勋！”

三堂主知道自己遇上了劲敌。人的名，树的影，阴阳魔的名气太大了，他是江南黑道中的一把好手。这个魔鬼的劣迹，三堂主听得太多了，知道他是个传奇式的人物，武林中妇孺皆知并且噤若寒蝉。阴阳魔出身于白山黑水之间，他凶残成性，淫邪成狂，十八岁便杀师奸妹，荡平了周围的大小山寨。二十岁遍扫了中原大地所有黑道高手。后来他独闯天山，挑战桃花会，被驮龙魔王收服，成了桃花会的一员干将。江湖上传言，阴阳魔天资奇高，无论任何门派的武功，只要被他看上一两回，他就能学个八九不离十。因此，他懂得数十家武功。而且，他天生神力，手使的利齿狼牙棒将近一百斤，挥舞起来，任何人都难以靠近。再加上他的怪样儿，阴阳魔的大名早已传遍了整个武林。

三堂主大枪一颤，身上的骨节发出了噼啪之声，霎时间，一股杀气弥漫了全船。三堂主一声大叫，红缨枪如出水蛟龙，唰唰唰，一连三枪。一枪直奔颈嗓咽喉，一枪直奔小肚，一枪斜插软肋。一枪三奔，如同闪电流星般地刺出来。三枪不分前后，一闪而至。这是岳武枪的精华，名叫“三星赶月”。阴阳魔狼牙棒晃动，枪棒相碰，火星迸溅。阴阳魔上前一步，缩短距离。三堂主后退一步，力保间隔。他知道，阴阳魔的狼牙棒六尺来长，远近皆宜。而自己的红缨枪长九尺，利于远攻。让敌人进到六尺以内，红缨枪就难以施展了。两人一进一退，三堂主就吃了亏，因为阴阳魔已经占领了大厅的中央，自己后退的余地有限了，如果负隅而战，那就麻烦了。因此，三堂主寻求积极进攻，不敢后退了。两个人枪来棒去，几十回合过去，不分胜败。阴阳魔的利齿狼牙棒舞得风声雷动，啸声震耳。突然，阴阳魔暴喝一声，狼牙棒“力劈华山”一击而下，一条棒影，宛如乌云盖顶，呼的一声砸了下来。

三堂主冷哼一声，双膀一较劲，舌尖一顶上颚，举着大枪迎了上去，喊声：“开！”三堂主使的是一支九尺长的镔铁枪，枪杆黝黑，闪着乌光。只听砰的一声，三堂主的镔铁枪架住了利齿狼牙棒。接着，三堂主力贯双臂，再吼一声，左把拉，右把推，两只胳膊大力一合，用枪杆抽射敌人的头颅。这招叫作“横架抽山”，是破解“力劈华山”的妙招。大枪在架开对方兵器的瞬间，利用两只胳膊的合力抽射敌人。三堂主这一架一拧，那是轻车熟路，加之抽打用的是杠杆之力，这一抽射，可以说力逾千斤，就是犀牛的牛头，被他的枪杆抽上，也要给抽碎了。

可是，对方是阴阳魔，他这一架，狼牙棒没有弹起多高，他这一拧，狼牙棒的狼牙卡住了他的枪杆，他只拧掉了一个狼牙，枪杆没有抽出多远。他立刻觉得大事不妙，登时觉得一股大力迫来，扑通一声，压得他双脚劈叉，坐倒地板上。阴阳魔脸色狰狞，咬牙瞪眼，双手奋力下压狼牙棒，一股巨大的压力，像海浪，一层层、一波波，排山倒海般地压下来。

一个受了伤的丑鬼，挣扎着坐起来，用一把刀慢慢地捅向了三堂主的后腰，刀碰肉体，这个色鬼奋力一推。三堂主惊叫一声，缩腰扫脚，一腿扫在这个色鬼的肚子上，嗷的一声惨叫，色鬼嘴里吐了一摊鲜血，立刻歪倒了。同时，三堂主眼睛的余光发现狼牙棒压下来了，连忙撒手后滚，但是，已经来不及了。他看见狼牙棒压向了他的肚皮，看见了阴阳魔狰狞的笑容。

这时候，二堂主带着两条艚船赶来了，二堂主跳上船，首先看到了三堂主的尸体，他肝胆俱裂，大吼一声，举枪就刺。岳武院的武徒们也纷纷扑上船来助战。

十二　四面楚歌

岳武院搜湖，人马过于分散了，也是该着出事，阴阳魔早不来晚不来，黑旗船刚走，他们就到了。

二堂主上了船，立即和阴阳魔战在一起。阴阳魔手中的狼牙棒嗡嗡叫着，逼得二堂主手忙脚乱。助战的武徒，根本靠不了前，狼牙棒扫着一点，兵刃就上了天。而且，二堂主的功夫也比不上三堂主，要不三堂主怎么七个不服八个不忿呢。几招过去，当一声大响，枪棒相交，二堂主的大枪呼的一声飞上了天。二堂主一看不好，往后一跃纵入湖中。哪知阴阳魔残忍无比，他高大的身子也跟着飞了出去，对准二堂主没入湖水的地方，利齿狼牙棒嗡的一声砸了下去，水花溅起一丈多高。接着，阴阳魔也沉入湖底，湖面上荡开了一片涟漪。片刻后，哗啦一声，阴阳魔水鬼似的跃了出来，狼牙棒一搭船舷，一个鹞子翻身落在船上。阴阳魔手拄狼牙棒仰面大笑，两膀一抖，水花飞溅。他看了一眼艚船上的武徒，厉声道："滚吧，岳武院也不过如此！"

岳武院的武徒们惊呆了，怔怔的不知如何是好。

阴阳魔走到船尾，呼的一声提起了铁锚。游船动了，带着一股浓浓的血腥味渐渐远去。

过了好久，五堂主才带着几条船赶来。现场一片混乱，治伤的治伤，打捞尸体的打捞尸体。

五堂主的眼睛红了，他暴跳如雷。二堂主的尸体捞上来了，接着三堂主的尸体也被抬上了船。五堂主伏在尸体上放声大哭，哭声响彻云天。

岳武大殿里，岳老院主震怒了，他倔强的脾气火山般地爆发了。他眼睛瞪得溜圆，山羊胡子撅得老高，一只骨节峥嵘的大手拍得桌子啪啪山响："大堂主！马上制作双龙令牌，格杀金戈。三十年没动过的双龙令，即刻重出江湖！为三堂主报仇！为二堂主报仇！你即刻制作三百块双龙令牌，烫印完毕立即上少林、上武当，请求双龙合璧。我要发动中原武林所有的白道豪杰，一齐追杀叛徒金戈！"

大堂主闻言一激灵，站起来答道："孩儿遵命！父亲，请您暂息雷霆之怒，请您节哀顺变，双龙令下从无漏网之鱼。可是，可是……杀死二弟、三弟的是桃花会的阴阳魔，并不是金戈呀，是不是应该……"

岳老院主一拍桌子，吼道："罪魁祸首就是金戈！盐从哪儿咸？醋从哪儿酸？他不逃跑，哪有此等祸事？阴阳魔的账也要记下，他也跑不了！"

双龙令乃白道豪杰共奉的令牌，你若不遵，等于退出了白道武林，谁敢哪。双龙令牌由两块合金印模烫印而成。一块印模存在少林寺，一块印模由岳武院保管。要用时，截取巴掌大的一块竹片，将印模烧红后印烫，烙出一个飞龙图案。再由少林寺取出另一块印模，烫印竹牌的另半侧，组成双龙戏珠图案。印模乃波斯高手铸造，双龙栩栩如生，极尽精致繁复之能事。令牌背面书写令词。所以，制好单龙令牌，还要赶去少林寺，请求烫印另一半图案，否则单龙无效。而且，武当派向有夜光粉，涂于印痕处，令牌夜间闪闪发光。因此，要发双龙令，必须三家同意方可，缺一不行。一般来说，一家相求，另外两家不会拒绝。可是，双龙令三十年没有出现江湖了。

大堂主忧心忡忡，信步来到空旷的广场上，他心里翻江倒海，默默看着往返移动的萤火虫般的灯火，聆听着断断续续的哭声。

长江岸边，黑旗船二楼上灯火通明。金珠正在铺床，银珠正在洗脚。银珠粉白细嫩的脚丫子在水盆里轻轻搅动，美丽的杏核眼津津有味地看着金戈，惬意地哼着一支乡间小曲。金戈双手托头，屈腿盘坐，舒展着修长的身子，调理着内息，压制着烦躁的纷乱的思绪。金戈张嘴吐出了一口浊气，一收小腿，呼的一声站起来。金珠莲步轻摇，笑吟吟地走过来，说道："晚上你睡我的床吧，我和银珠睡一个床。都收拾好了，你早点歇了吧。"

金戈惊讶地问道："我们睡一屋？这不太好吧！"

金珠笑道："将就点吧我的大公子，这是船上，没有多余的房间。"

"楼下客厅呢？对，我睡楼下舱厅就行。"金戈细眼一眯，咧着嘴笑道，"我可怕打扰二位小姐的好梦。"

银珠擦干净了双脚，白皙的脚丫子一伸一拖，穿上了绣履，腰肢一挺站起身来。随着头上的珍珠晃动，娇嗔道："舱厅里要睡十多人呢，没你的位子。你就睡在这儿吧，我们女孩子都不怕，你个大男人怕哪个呀，真是的！"

金戈想想只好从权，说道："好吧，恭敬不如从命。夜间打扰二位小姐，先请原谅。"

"打扰？打扰什么？哎呀，打呼噜啊你？"银珠睁着美丽的大眼睛，满脸的疑问。

金戈看她认真的样子，故意吓唬她："不光打呼噜，我还说梦话打梦拳呢，全活儿！”

银珠瞪大了眼睛，一矮身子叫道：“啊，我的天，真的吗？那我可没法睡了。”

金珠坐在梳妆台前，端详着自己美丽的面容，长长的睫毛忽闪了几下，转头说道：“他逗你玩呢，赶紧把水倒了，睡觉去，小瞌睡虫怎么不困了？”

“你才不困呢，”银珠一扭小蛮腰，说道，“我先睡了。”说完撩起绣帐，一弯腰钻了进去。金珠皱着眉头看了一眼洗脚木盆，吹灭了蜡烛。

天蒙蒙亮时，银珠要小解，悄悄下了床。她摸出床下的便盆，向凉台走去。忽然，她看见前面有一个半人高的黑影，黑影似乎正在蠕动。银珠一激灵，身上的汗毛立了起来。银珠按住心口凝神再看，只见黑影如风摆树叶般地抖动着，这是什么东西？“金珠！金珠！快起来！”银珠扑到床上，使劲地摇晃金珠。金珠一翻身坐起来，睁开了惺忪的睡眼，怒道：“诈尸呢？你发什么疯呀，叫唤个啥？”话音刚落，金珠就看见了地板上的黑影，连忙跳下床，冲到黑影跟前叫道：“金戈！金戈！是你吗？”

没有声音，黑影抖得更厉害了，隐约传来咯吱咯吱的叩牙声。银珠也光着脚丫子近前来。四只乌黑的大眼转动了一会儿，她们看清楚了，光着脊背的金戈正坐在地板上，双目紧闭，身子剧烈抖动着。

金珠瞪着眼道：“银珠，金戈好像不对劲！”

银珠伸出一只粉嫩的小手，摸了一下金戈的脑门：“金戈，你怎么啦？呀，好烫啊！”

金珠也伸手摸了一下，叫道：“怎么？发烧了？”

银珠跳着光脚道：“对，发烧了，烧得厉害，干烫干烫的。这可怎么办？娘在这儿就好了。”

金珠一晃脑袋道:“先给他败败火吧，别烧坏了脑子！拿些酒来，搓脑门，搓身子，把体温降下去再说。”

银珠身子一颤，仰着粉脸问道:“行不行啊？他不是走火入魔了吧？”

“试试看吧，不行再说。”

金戈试练岳武功，路子走对了，如果循序渐进，应该一路畅通。因为被困钟楼时玩命地连续聚气，憋着憋着岔了气。再加上岳霞生死不明，导致他急火攻心，走上了前任院主岳南走过的老路。

金珠和银珠姐妹俩急了，她们早就爱上了金戈，虽然她们还不太明白自己的感情，但金戈的喜怒哀乐已经影响了她们的情绪。她们放倒了金戈，一个倒酒，一个擦拭，两人上下其手，忙得满头大汗。

心火烧得金戈七窍生烟，烧得心神欲灭。他想喊，他想叫，却不能出声。惶恐间，突觉干燥的皮肤上有丝丝凉气透入，仿佛在干燥的沙漠上炙烤了几日后忽然跳进了清凉的小河，好像三伏天的赶路人喝到了一碗冰镇酸梅汤，身心一下子清爽起来。金戈激灵灵打个冷颤，赶紧平心静气。半个时辰之后，金戈稳住了心神，心火渐渐隐去，身子不再抖动了。

“谢谢你们，起来吧！”金戈舔了一下嘴角上紫色的燎泡，翻了个身，蒙眬间看见双珠姐妹守在身前，叹道，“又欠了你们一笔人情，金戈此生真不知如何报答二位姑娘的救护之恩了。”

金珠拽了一下抹胸，又摸了一下小衣，这才说道:“哎呀，你把我吓死了，吓得我魂都出来了……”

“谢天谢地！”银珠弯弯的柳叶眉毛一扬，大眼扑闪了几下，嘴角荡着笑意说道，“多亏了我发现得早，不然的话，你麻烦大了……”

金戈抿了一下嘴唇，又问道:“你们在我身上涂的什么呀，凉飕飕的？还有，你们的手法好奇特，那是什么功夫啊？我紧绷的肌肉都被你们舒开了。”

金珠似笑非笑地看着金戈，道：“我们练的功夫叫‘寒心功’，娘说的，可能是气话吧。至于真正叫个啥子，娘没有告诉我们。你身上擦的是酒，一坛子好酒，全倒在你身上了，当然凉了。我还没告诉你，长发婆是我们的母亲，我们从小叫她师父，外人不知道这层关系，你别说出去。”

金戈笑道：“不会的，我怎敢乱说？你放心吧。”

银珠点燃了蜡烛。姐妹俩看见了金戈嘴上的燎泡，四五个绿豆大小的紫色燎泡爬在淡红的嘴唇上，赶紧去找药。

下午，双珠仙子接到了飞鸽传书，长发婆要她们三日内赶到南京。银珠算算时间不紧，说道：“不急，等打探消息的人回来了，咱们就走，时间绰绰有余。”

金珠看看金戈，说道：“李路他们该回来了，恐怕岳武院人马还在鄱阳湖里折腾呢。要不咱们先走，留下一条舢板等他们？”

金戈萎靡不振，看出双珠姐妹征求自己的意见，打起精神道：“再等等吧，一个时辰后，他们再不回来咱就走，行吧？”

银珠道：“行啊，你说怎样就怎样。”

过了一会儿，银珠跑了出去，她站在凉台上手搭凉棚眺望。远处，一条小船顺流而下。银珠扭头高喊：“准备开船，李路他们回来了。准备顺流下放，天黑后择地抛锚！”

甲板上传来应答声：“是！准备顺流下放，天黑后择地抛锚！”

金珠和银珠拉着金戈来到一楼大厅，片刻后李路就快步走进来，抱拳道：“禀报二位小姐，岳武院的搜湖人马和桃花会的一艘游船在石钟山下发生血战，据说岳武院吃了大亏，有人看见桃花会分舵主阴阳魔现身游船上，阴阳魔得胜而回，湖面上传来了哭声，搜湖已经停止了……”

金戈闻言一惊，问道：“桃花会的阴阳魔？他是什么人？”

银珠转脸道：“他是桃花会江南分舵的舵主。此人是个恶魔，手使一条上百斤的巨齿狼牙棒，单打独斗，岳武院除了岳北老爷子外，恐怕没人能治住他。”

金戈又问：“不知可有堂主伤亡？”

李路道：“这个可不知道，我们靠不了前，他们口风很紧。不过，岳武院好像损失惨重，隐隐约约听见有人哭喊三堂主、二堂主。”

“什么？”金戈一惊，心道：“二位堂主会败在阴阳魔手下？不可能吧？”金戈心里顿时七上八下地翻腾起来。

金珠眨眨眼睛，问道：“天仙子岳霞呢，可有消息传出？”

李路摇摇头，说道：“没有消息传出，想必安然无恙。”

金戈闻言暗想：“没消息就是没事，有事肯定有消息传出。岳武院的医术在江南首屈一指，一定会治好岳霞的，我不必担心。”

船动了，顺流而下。金戈心烦意乱，无精打采地回到二楼，紧了紧绣花长袍，一侧身子歪倒在床铺上。

大堂主家，岳霞苏醒了。她插向心窝的匕首被二堂主打歪了，没有伤到心脏。就是这样，她也是流血过多，几乎丧命。凤玲见她无神的圆眼睁开了，喜极而泣，岳夫人也是泪花闪动。大堂主在旁边站着，心里翻江倒海，酸甜苦辣一齐涌上了心头。他俯下身子，摸了摸岳霞的额头，心里悬的一块石头终于落了地。岳霞苍白的嘴唇一张一合，似乎要说什么。凤玲眉飞色舞，轻声说道：“小姐，你放心吧，金戈他还活着，他逃走了，他远走高飞了，武徒们没有抓住他。”凤玲说着，从褥子下面摸出一截白色的衣袖，在岳霞眼前晃了晃，说道：“他抓住了悬崖上的大树，树枝折了，他落在了地上。他安然无恙，看，这是他挂在树杈上的半截袖子。”

岳霞的嘴角动了动，凤玲立即把半截袖子放到她的脖子上。

大堂主说：“谢天谢地，总算捡回了一条小命。这几天最怕发烧，让她少见外人，按时吃药，人参等大补的东西不可吃，多吃些大枣鸡蛋。”

岳夫人泪光闪动，看着岳霞默不作声。大堂主看看妻子，宽厚的大脸上浮现凝重之色，低声道：“霞儿没事了，我要去趟少林寺。”

岳夫人脸色一变，盯着大堂主道：“什么没事了，危险期还没过呢。不行，你不能走。”

大堂主皱了皱刷子似的浓眉道：“老爷子昨天发的话，按说昨天就该走。可是，我放不下霞儿，现在霞儿没有事了，再不走就说不过去了。再说了，我不去，别人也会去。我去了和笑面佛说说，兴许他们不同意发双龙令呢？咱们的女儿一心扑在金戈身上，发了双龙令，金戈再无立锥之地，霞儿受得了吗？”

岳夫人沉吟了一下，缓声道：“这样啊，那你就去吧。你告诉他们，金戈绝对没有偷盗岳武功。请他们不要发双龙令，不要追杀金戈。可是，我还是有点怕，霞儿的伤要是有反复怎么办？我一个人……”

大堂主握住她的手，柔声道：“我们的孩子至情至义，上天会保佑她。一旦伤势反复，你去找四堂主，他会帮助你，放心吧。”

这时，凤玲抱着一摞线装书走过来，一本一本码在岳霞的床头。凤玲低着头对岳霞说：“小姐，金戈的衣物和书籍都拿回来了，一本不少，一共十三本。他藏在木盒里的札记也拿来了，放在一起，你要不要看？”

大堂主听见“札记”二字，心里一动，立即转目望去。只见岳霞点了点头，凤玲打开了一个没皮的线装本子，本子上写满了密密麻麻的蝇头小字。

岳霞看见了金戈的字迹，眼里闪起了亮光。凤玲道：“放在你身边吧，什么时候想看，我就翻给你，好不好？”

岳霞嘴角动了动，似乎同意了。凤玲把线装本子放在岳霞枕头旁，站起身来，走到大堂主跟前说："大堂主，听说您要去少林寺了？您……"

大堂主立刻摇了摇手，接着向外一指，转身出去了。

凤玲看了岳霞一眼，跟了出去。到了堂屋，凤玲站在大堂主身前，轻声道："大堂主，您是不是要去少林寺了？您告诉他们，千万不能发双龙令，金戈是冤枉的，您要和他们说清楚，要不然，金戈出了事，小姐可活不成了。"

大堂主眉头一皱，盯着凤玲问道："金戈真的没偷岳武功吗？真是自己练的吗？"

凤玲仰着脸急道："您连自己的女儿都不相信啦？她会骗您吗？金戈真的没有偷！您看看他的札记就清楚了，上面有他的练功方法。"

大堂主忽然想起了什么，嘱咐道："你和霞儿说一声，让她把金戈的札记交给她母亲秘密藏好，千万不能叫别人知道。至于那些医书嘛，最好也收起来，或许金戈还有用处。"

凤玲说道："行，我和小姐说去。另外，大堂主此去，最好能够找到铁嘴华，把金戈的事和他说说，让他劝劝院主。除了他，没人敢和院主叫板了。铁嘴华说通了老爷子，金戈回来就万事大吉了。"

大堂主哼了一声，说道："你说得轻巧，老爷子打定了主意，八头牛也拉不回来！不过，确实也只有铁嘴华敢和他较真了。我去找找看，你可要看好霞儿，有事你去找四堂主，他会帮忙的。"

大堂主出了小西街，来到广场上，只见穿白戴孝的人走来走去。较技台前搭了一个灵棚，两口白茬棺木摆在灵棚中。大堂主叹了口气，迈着沉重的脚步向前走去。片刻后他登上了岳武大殿的青石台阶，推开厚重的雕花门，抬步走了进去。

大殿里，岳老院主端坐在太师椅中，正呆呆出神。大堂主放轻脚步，慢慢走到父亲跟前，低声道："爹，我安排好了，明早动身去少林寺。”

岳老院主精神不振，似乎老了许多，他沉着脸说道：“准备好了就立即出发，马不停蹄，早去早回。”

大堂主低头应道：“是！爹，五毒师太那儿给信了吗？”

岳老院主道：“给了，再有两三天就到了。”

大堂主双眉一皱，脸现忧虑之色，说道：“五毒师太出了名地护犊子，他儿子死了，她能不闹吗？我看，我们要有所准备，要不，我等几天再去？等二弟三弟下了葬再走？”

岳老院主沉思了片刻，说道：“这样吧，你把中民叫来。让他和虎子去少林寺，去武当山，你留下来。我怕五毒师太去找霞儿，你媳妇对付不了她。三堂主给她惯坏了，目空一切。我听说，老二安排好了联手搜湖，老三硬是不干，非要各搜各的。我知道，他急于抓住金戈，逼出练功之法，非要一条道走到黑。可惜了你的二弟，也跟着没了，腌心哪！唉！”

三堂主是已故院主岳南的儿子，岳南的岳武功练到第八步，成为岳家的一位杰出人才，可是他功成不久，便被心火逼得自焚而亡。他小老婆扔下六岁的三堂主，一跺脚出了家，在九华山慈心庵当了庵主。这个小老婆擅长五毒，武功也不错，渐渐闯出了名号，被称为“五毒师太”。五毒师太唯一的儿子死了，自然应该通知她，要不然，她非闹个天翻地覆不可。

过了一会儿，岳老院主的四侄子岳中民来了，岳老院主交代了一番，掏出两封信，让他和虎子连夜下山。

黑旗船继续顺流而下，天黑后，楼船接近安庆，泊在码头旁。另有几条篷船、七八条艚船跟了上来，稀稀拉拉泊了一大串。

金戈醒了，整理了一下衣冠，强打精神下了楼。金珠、银珠和几个手下正在厅中议事，金戈打个招呼，径自来到船头观看长江夜景。金戈望着奔流不息的滚滚江水，一时思绪万千。金戈转了几圈，想起了李白的诗句，轻轻吟道：“故人西辞黄鹤楼，烟花三月下扬州。孤帆远影碧空尽，惟见长江天际流。”

“好诗！好诗！”银珠闻声走了过来。

金戈目光黯淡，回身道：“这是李白的《送孟浩然之广陵》，这首诗写得情真意切，令人不胜唏嘘。”

金珠也出来了，接口道：“什么诗呀词的，我们姐俩可听不懂。我们没喝多少墨水，你是大明骄子，教教我们吧，也省得你整天心绪不宁。”

银珠一听，高兴得跳起来，拍手叫道：“好啊好啊，有个进士当老师，那可赶上公主王孙了。”

金戈苦笑了一下，说道：“好啊，只要你们想学就行。那就拜师吧。”

银珠身子一扭，下巴一扬，哼了一声说道：“哎呀？还要拜师啊！我才不干呢，你只比我大两三岁，要拜师我就不学了。”

金珠跺着脚嗔道：“才不呢，哼！”

金戈被她们天真的情绪感染，欢快起来，笑道：“不拜就不拜，弄点好吃的请请我也行啊。”

金珠贴在银珠身上，左手拉着了银珠的左手，右手搭在银珠的肩膀，歪着头说道：“要说吃，那可是黑旗船的拿手戏，生猛海鲜、飞禽走兽，你说吧，要什么有什么。而且，天下名厨尽汇我黑旗船，要不，黑旗船怎敢喊出‘要解馋，黑旗船’的帮号呢？我敢说，要论吃喝，皇宫大内也赶不上我们。”

银珠反手一揽金珠的纤腰，张开小嘴说道：“我知道，你看不起我们黑旗船，是不是？嫌我们是黑道上的，是不是？可是，我们从来不杀人害命，除非迫不得已。我们黑旗船的总舵主四海财君，乃是一代枭雄，他任人唯贤求才若渴。金公子如果加入我们黑旗船，一定会被他重用，而且，我们也可以一辈子不分离了……”

金戈摇摇头，说道：“我不会加入黑旗船，我和二位姑娘相交，另当别论。我会珍惜我们之间的友情。”金戈说着转移了话题，一指江边那些船，说道：“这些船都是你们的吧？”

银珠一笑，说道：“你看出来了？都是咱们的船。”

“咱们的船？”金戈笑了笑，接着说道，“那可不少啊，十几条呢。”

金珠放下手来，腰肢一扭移开身子，说道：“呀，这才几条船呀？好歹我们也是黑旗船长江船队呢，百多条船呢，师父领着一些，柳眉师妹领着一些，我们带着十几条，等到南京会齐了，一齐航行，那才壮观呢。”

银珠笑道：“来人哪，拿几把椅子来，搬张桌子，我们要在船头请大明骄子讲学布道！”

金戈道：“好啊，月明星淡，涛声悦耳，正好舞文弄墨。”

金珠一笑：“我去拿笔墨……”

金戈一愣，发觉金珠这一笑竟然那么动人，那么勾魂。金珠转身走了，金戈却觉得金珠的笑脸仍在眼前晃动。金戈不知道，是她美丽的杏核眼在笑，还是小巧红润的嘴唇在笑，还是白皙光滑的脸蛋在笑。对，是她的眼睛在笑！不，是她整个人都在笑。金戈觉得自己好像看见一只孔雀开了屏，一朵含苞欲放的花蕾吐出了花蕊。金戈摇摇头，眨了一下细长的眼睛，心道，太美了，世间怎么会有如此动人心魄的笑容呢？这不是迷死人不偿命吗？金戈转眼再看看摇晃着两只小手、燕子一样奔来跑去的银珠，心道：“金珠和银珠个子虽然稍矮，但更显得娇美。这是一种清纯的美、露珠的美、山林的美。白凤个子高挑，流露的是野性的美、白杨的美、山花的美。岳霞中等身材，身上的美是丰满的美、圆润的美、含苞欲放的美。”

相较于白凤、岳霞，金珠和银珠清纯得就像池塘里的两枝荷花，纯粹、自然、恬静。她们体态玲珑，腰肢曲线分明，玉脸如粉雕，就像画卷里走出来的一对美丽村姑。尤其她们那双黑葡萄似的、仿佛会说话的眼睛，把一种清纯自然、无邪无畏、天真烂漫的天性表现得淋漓尽致，让人自然而然地生出一份呵护之心。

金珠回来了，桌子也摆好了，三个人先后落座。金戈铺开宣纸，大笔一挥，写下了李白的《送孟浩然之广陵》，接着摇头晃脑朗诵了一遍，然后开始讲解。金戈讲了一阵子，见二位姑娘听得兴趣索然，微微一笑，说道："今天到此为止，改天我们再学，我也该练功了。"

凌晨，金戈按时起床了。他蹲在地板上，一种惶恐袭上心头，练还是不练？怎么练？练！岳武功是我安身之本，不练怎么行？金戈连续吸气不吐气，心里默数着数字，还没数到四百，气就憋不住了，一股热浪涌上心头，肋骨火烧般地疼痛起来。坏了，心火又上来了！金戈大吃一惊，立即盘腿坐了下去。珠仙子姐妹早就留了心，一见金戈身形摇动，立刻过来帮忙。她们忙了一个更次，金戈这才安定下来。姐俩心想："这可不是个办法，如果一练功就要上火，那可怎么办？"

金珠拉着银珠走到圆桌旁，坐到绣墩上。江风带着湿湿的凉凉的气息涌进鼻孔，朦胧的月光抚摸着两个女孩的愁容。金珠看着银珠说道："我们把寒心功传给金戈吧，让他改练寒心功，不然恐怕是不妙。"

银珠一只小手托着细瓷一样的下巴，沉思着说道："这能行吗？"

金珠羊脂玉般的两只小手摆弄着衣角，低声道："不然怎么办？让他不练功，放弃武功，他肯定心有不甘。"

银珠道："要不先劝劝他，让他歇一段时日再说……"

金珠道："怕是不行，我们还是转移他的注意力为好，就让他练一下我们的寒心功吧，这功法轻灵飘逸，或许……"

银珠摇头道：“可是，没有经过母亲允许，能行吗？”

金珠道：“权宜之计，帮他转移一下注意力。他也不会真学，有什么不行的？”

“那，好吧。”

早饭后，楼船顺江而下。二楼上，金珠、银珠和金戈蹲在地板上，金珠正讲寒心功，银珠配合做动作。银珠细心讲解：“沉根下臀，缩肩塌腰……摇头晃脑鸭子走，猿起猿落高探手……要用意不用力，轻灵飘逸……做到‘鸭子走，麻雀跳，猴子行’……”

不到一个时辰，姐俩就传授完了。金戈明白了，这是一种轻身的功法，用意不用力，使用这种意念驱使武技，或许心火不生。

船队泊在荒凉的江边，月色流霜，江水流银。金戈听着江涛拍岸声，难以入眠，直到中宵，才迷糊了一会儿。睡梦中，他看到岳霞带着满身鲜血奔来。金戈啊的一声惊醒了。他翻身坐起，伸了个懒腰，摸索着穿上鞋子下了床。金戈站在地板上，沉根下臀，缩肩塌腰，练习鸭子步。金珠和银珠听见动静，也披上衣服坐起来。

练着练着，金戈忽觉口干舌焦，知道心火上升了，不由得焦躁起来。

银珠一看不对，立即跑过来，口喊：“静心，静心！”

金珠麻雀似的蹦过来，轻声道：“别急！轻呼吸……身体放松……轻呼吸……默念我要心如止水……”

银珠牵住金戈的一只手，金珠也轻舒秀臂，扶住了金戈的腰，带着金戈缓缓移动。金戈的身子渐渐稳住了。金珠和银珠见状大喜，知道寒心功起作用了。转着转着，心火消失了，金戈叹道：“多谢二位姑娘了。”

银珠眉开眼笑：“管用！寒心功讲究心如止水，多急的事也不能急。你要静下心来修炼这门功法。”

下午，船到南京，金戈匆匆上了岸。晚上，金戈提着一个柳条箱子回来了。银珠快步迎上去，皱着眉头道："我师父在里面，找你有话说。她说好说赖你都担待着，她是我们的母亲。记住啊，凡事忍耐一二，不可逆了她的心意。"说着，牵了牵金戈的手，以示嘱托，以示亲热。

"好的，你放心吧。"金戈整整衣服，恭恭敬敬地走进了船舱。

长发婆居中而坐，金珠看见了金戈，立即站起来，说道："你回来了，这是我师父，长发婆。"又对长发婆说："师父，他就是金戈，当年的金文杰，您救过的小进士。"

金戈放下柳条箱，躬身行礼，说道："晚辈参见英前辈，多谢前辈的救命之恩。有生之年，金戈定当涌泉相报。"金戈曾经听到脖子瘤叫长发婆为英前辈，不知道是不是姓英，跟着叫吧。

"免礼。"长发婆细细打量金戈，好久不见，金戈少了一些书生气，多了一股英气，豪气仍然不减。

"人是没的挑，人中之龙，只是多灾多难。目前，你再次四面楚歌了！"长发婆把桌上的一块紫檀木牌拿起来，冷冷地说道，"这是黑道上的骷髅牌，格杀你金戈金文杰，我黑旗船昨天才收到。骷髅牌标明赏金万两、秀女十名。我听说你杀了脖子瘤，还听说你偷了岳武功？你名动江湖了。现在江湖上谣言四起，还说你杀了岳武院的二堂主、三堂主以及岳武院二十多名武徒，我看你好像没那么大的能耐？"

金珠把骷髅令牌递给金戈，金戈拿起来观瞧。银珠走到长发婆一侧，倚在她身边。

金戈放下令牌，细眉一挑，说道："前辈，我没偷岳武功，更没杀三堂主、二堂主，再说，我也杀不了他们。脖子瘤确实是我杀的。"

"哦？那也不简单哪，脖子瘤可不是省油的灯，那也是桃花会里一等一的好手。"她看了看金戈，又说道，"听说你一练功就心闷上火？我这俩徒弟对你一往情深，从道义上讲，我们应该奉令捉拿你，最起码驱赶你，可这姐俩怕你内火升腾时无人相助，又怕你出去后孤立无援。这样吧，我来看看，尽量帮帮你，行与不行，过几天你都要离开黑旗船。盗亦有道，我们不能背信弃义。这两天你就待在船上，哪儿也不要去了。”然后，又对金珠说道：“通知下去，船队停泊僻静处，拉开距离。”

金珠道：“是！师父。”

第二天凌晨，长发婆来了，正赶上金戈心火发作。长发婆手抵金戈后心，一阵揉搓一阵拍打。金戈感觉浑身轻松，心情舒畅。不多久心火就消退了。

“转过身来！”长发婆又在金戈胸前敲打片刻，说道，“你的心火由功而生，要想根除，当抛弃其功。”

金戈摇头道：“费尽千辛万苦，才练成了岳武功，怎可轻易抛弃？再说，没有岳武功，我父仇难报，母亲、妹妹难救，况且身侧还有两路追兵，我、我实在不敢抛弃……”

长发婆站起来，打开楼窗，一股冷风吹了进来。金珠、银珠一左一右，站在长发婆旁边，默不作声。长发婆叹道：“就这样让你走了，这俩孩子也不会安心。看在你至情至孝的分上，我把压箱底的宝贝交给你，哦，是借给你。此宝名曰‘天龙爪’。遇有追兵，你可以借助此爪蹿房跃脊，逃之夭夭。”

“师父！”金珠银珠同声惊呼。

长发婆摆摆手，继续说道：“寒心功也要勤加练习。为了它，我费尽了心血，受尽了欺辱，用好了，也不比岳武功差多少。至于岳武功，即使不能抛弃，最近也不能练习了。好好保管天龙爪，我借给你，以后还是要还的。当年九头鸟抓住了银珠，要我用天龙爪来交换，我都没换，银珠差点为此丧了命……”

银珠急忙道：“师父！他不知道我是您的女儿，要不然您不会死扛。”

“总之，天龙爪来之不易，你要收藏好。金戈，你要记住，打不过，逃，不要逞强。留得青山在，不怕没柴烧。你是不会加入我们黑旗船了？你说过，有生之年会报答我，我不需要你的报答，但是，你要好好对待我的俩徒弟，一旦你有了安身立命之地，速来迎接我的徒弟，我的意思你可明白？”

“娘！”银珠叫了一声，扑入母亲怀里。金珠激动万分，也叫了一声“娘”。姐妹俩悲喜交加，有生以来第一次叫了娘。

金戈右腿一撤，左腿一弯，接着右腿再一弯，双膝着了地。金戈举起一只手，庄重地说道：“金戈发誓，终生不忘前辈所托！”

金戈也为长发婆的真情感动。她为了女儿，豁出去了。

长发婆掏出拳头大的一团物件。一抖手，一个黑乎乎的爪子连着一团黄澄澄的绳索出现在桌子上。爪子黝黑，绳索橘黄。她说道：“她们姐俩会用，让她们教你吧，我走了。”

金戈赶紧起身恭送，朗声道：“多谢前辈成全！”

天龙爪手掌大小，闪着墨玉般的光泽。金珠拿起天龙爪，沉声道：“你来看，这几个爪子是陨铁打制，非常锐利，且抓物无声。这黑色的绳子叫天龙索，极富弹力。用的时候，你把天龙爪扔出去，手上一感力道，立即跃起，可借弹力一跃而上。如果你从高处向下落，落地后向上一抖绳子，爪子就能张开，天龙爪就能顺利收回来了。”

银珠摸着黝黑的绳索说：“天龙索虽然只有筷子粗细，却能吊起两三个人，而且弹力极大。天龙索长有两丈，我们却能把天龙爪扔上三丈多高的墙，师父能扔到四丈远近。往下落，我们能落到六丈多深的坑中。你看这爪子，非常锋利，平放的木板都能抓得住，如果抓高墙、抓房脊、抓树木和岩石，那是百发百中。”

金珠补充道：“天龙索拴在腰上，天龙爪放在镖袋里，用时掏出来一扔就行。”

银珠又道：“用多少拉出多少。比如，你要翻一丈高的墙，你拉出五六尺就够用了，一只手抓在五六尺处，一只手上扔，一感应力道就跃起，一下子就能站到墙头上了……”

金戈摸了摸黄色的天龙索，摸了摸光滑锐利的天龙爪，不禁热泪盈眶。

金珠拉住金戈的手道：“走，练练去！”

姐俩轮番示范，不到半天工夫，金戈就掌握了要领。一扬手，天龙爪就飞上了桅杆，手一紧，金戈就腾身而起，呼的一声飞了上去。

银珠鼓掌大叫：“好！”

金珠道：“抽空到外面练练，练上房，练过墙，练越沟，越熟越好，要熟练估量绳索的长度。不过，要找没人的地方练，不能让人看见。”

银珠道：“还有，不到万不得已不要用。比如说，能借助墙头上房，借助大树过沟，就不能动用天龙爪。财宝动人心，尽量不要露白。”

“好的，我知道了。”金戈提着天龙爪，看看面前两个美丽少女，心里感慨万千，暗自发誓，心说：“心地多善良的姑娘啊，我一定不会辜负你们！”

三人回到船舱坐下，金珠道：“我们应当打造一条可以折叠的大枪，八尺长的铁杆枪，折叠后变成四尺，平时叠好背在背上，用时打开迎敌。这样，行动方便，不会引人注目。要是提着一条大枪满大街走，太过显眼了。”

银珠道：“对！我听说过，有人使过这种折叠枪。我派人打听打听去，看谁能做，立即做上一两杆。”

金戈奇道：“有这种枪吗？连接的卡扣怎么处理？结实不结实呢？”

金珠道：“有这种枪，两折的三折的都有，还有分体插接的。天下之大，能工巧匠多多。总之，我们多派几个人去找，打造几种，任你选择。”

金戈道：“好啊，先来个两折八尺长的吧。三折的也行，三折要九尺长的。”

金银二珠连忙派人四处寻找兵器作坊，打造折叠枪。另外银珠拿出十个金元宝，派人打造金镖。

姐妹俩又缝制了一个鳄鱼皮的围腰镖袋，左侧兜里盛着天龙爪，右侧几个小袋装了几个金镖和一些散碎的银子。银珠告诉金戈，一旦缺钱花，可变卖金镖。

杭州西湖，一艘豪华的游船正在游弋。江南军务总督赵文华和湖广道御史崔家语面对面坐在船头，他们中间放着一张矮桌，桌子上摆着一副围棋，黑白棋子已经布满了大半个棋盘。赵文华身旁跪着两个少女，一个少女举着剥了皮的香蕉，一个少女端着敞着盖的茶碗。赵文华拿着白色棋子沉思着，棋子将落未落。这时，崔家语抬起了头，说道：“总督大人，最近朝廷可有消息？”

赵文华盯着棋盘，说道：“没消息，再等等吧。”

崔家语的瘦长脸上挤出了一丝笑容，低声道：“下官有个变通的办法，您看行不行，让下官调任南京任御史，奉敕巡查江南三道，那里离家近点，离您也近点，下官也可以多多聆听您的教诲。”

赵文华看了一眼崔家语，棋子落到了棋盘上，说道：“好啊，你算盘打得够精的，巡察江南三道，这样的御史比督察院的六品经历毫不逊色，真有你的。好，我给义父写封信，咱就换个法子，平调一下。好，这样好。不过，上回的事咱们没办好，咱们要想方设法立上一功，只要义父一高兴，咱们什么都有了，赶紧想办法吧。”

崔家语媚笑道：“好好，这事交给下官吧，这回保准叫严阁老开心。”

赵文华蛤蟆眼一睁，问道：“怎么？你有办法了？”

崔家语道：“听说戚继光正在保奏俞大猷呢，我们何不狠狠敲他一笔？”

赵文华摇摇头，说：“戚继光是个穷光蛋，敲碎了骨头也榨不出四两油，不过，敲还是要敲的。那个金文杰呢？还是一点消息都没有？你最近和桃花会联系了没有？”

崔家语道：“前些日子联系过，他们还没找到金文杰，怕是早死了，他一个穷书生能跑到哪里去？哎哟，别跑到戚家军去，跑到那儿，桃花会可就没辙了。”

赵文华接过茶碗，喝了一口，道：“还真得去看看，你抽空跑一趟，仔细查查。”

崔家语连忙道：“好，下官明天就去。”

黑旗船上，两折的八尺铁杆枪送来了，还有一柄铁杆插接枪。金戈发现双折枪不如插接枪稳定，就选了铁杆插接枪。金珠、银珠又让人做了一个樟木枪匣，枪匣背在后背上，插接枪插进枪匣里。金戈走了走，蹦了蹦，右手在肩头上一抓一拔，插接枪闪电般地飞到身前。金戈跨步抖腕，插接枪咔的一声接好了。接着，金戈跃步挺枪，扑棱一声，铁枪“毒蛇出洞”了。

金珠眼含热泪，银珠忍泣出声：“黑旗船顶楼上建有鸽子房，黑旗船长江船队有三艘带黑旗的鸽子楼船，你见到了鸽子楼船就可以上去，黑旗船的切口你是知道的。”金戈也动了情，轻轻拉拉她们的手，亲切地说道：“我知道了，我们很快就会见面。”

“抽空来看我们！”银珠叮咛。

金珠嘱咐：“尽量别在白天走动。”

夜深了，金戈挥挥手，恋恋不舍地离开了楼船，消失在黑暗中。

十三 初试锋芒

金戈走后，金珠和银珠上了长发婆的坐船。船厅内，一幅地图摆在方桌上。几个人围在一起，听一个黑衣人说着什么。长发婆看见金珠、银珠来了，低声道：“他走了？”

珠仙子姐妹神色黯淡，齐声道：“走了。”

长发婆一指方桌上的皮革地图，柔声道：“黑鱼帮正在打捞沉船。据说此船是波斯大盗独眼龙的翔龙宝船，一百多年前沉没激流中，数十年来不断有人搜寻，均未觅到踪影。最近一段时间黑鱼帮三条大船抛锚江中，徘徊不走，经查，黑鱼帮已经找到了沉船并开始打捞。”长发婆说到这里，离开了桌子，走到窗前，望了望摇曳闪烁的渔家灯火，看了看泛着粼光的滔滔江水，突然车转身形，冷然道：“从今日起，密切监视黑鱼帮的一举一动，伺机夺宝！据说沉船中不仅有大批的翡翠玛瑙，还有一颗拳头大小的‘天王星’宝石，一颗鸡蛋大小的‘海王星’宝石，一颗西瓜大小的南海夜明珠。沉船上的珠宝价值连城，正是我长江船队建功立业之机，我船队在鄱阳湖勘查水下城堡没有结果，也正好将功补过。现在，传我黑旗令：长江船队所有船只秘密靠拢南京三家湾，依次往返于打捞现场，严密监视黑鱼帮的动向，宝物一旦出水，务求一击成功！”

“属下领命！”众人一齐抱拳，同声应答。

长发婆眼光扫过几位手下，接着命令道：“金珠、银珠，你们负责水中探察，设法接近沉船，为船队进击提供确切消息。”

金珠和银珠上前一步，拱手道：“属下领命！”

月朗星稀，金戈走在洒满银光的街道一侧，就像一条河中溜边的黑斑鱼。他低着头，侧着耳，漆黑的眼睛警惕地望着漆黑的街道，黑乎乎的鹿皮快靴踩在黑乎乎的阴影上，传来轻微的哒哒声。金戈考虑，如果躲进郊外的农家小院，隐蔽是隐蔽了，消息就会闭塞，不如在南京城里找一处官宦人家的闲宅，或者找一处私人花园隐蔽起来，这样进出方便，消息灵通。客栈是不能去的，那是搜查人员必到的地方。俗话说“小隐隐于野，大隐隐于市”，有一定道理。金戈转来转去，发现了一个偌大的花园。花园坐落在小河旁，围墙沿着河堤蜿蜒盘旋，一条黑乎乎的河沟钻进了园内。金戈跳上墙头，举目瞭望，园内树影婆娑，不见灯火。墙内站立着一排垂柳，柳丝依依，长叶蔓蔓。往里看，隐约可见小桥流水，曲径幽兰。金戈揭下一块瓦片，向远处投去。猛闻几声狗吠，一条黄狗扑过来。金戈一看没人，一个箭步蹿到黄狗跟前，挥掌击去，把黄狗扇了一个跟头。接着金戈双掌翻飞，把黄狗圈在掌内。黄狗被打得翻滚哀嚎，撒了一地尿。金戈收了掌势，拍拍它的脊背，划拉划拉它的黄毛，放脱了它。黄狗站起来，夹着尾巴颠颠转圈，以示臣服。金戈抚摸了一下它凌乱的黄毛，扔下一块牛肉。它立即摇头摆尾，亲热起来。

“黄黄！黄黄！”一个苍老的声音传过来，一盏西瓜灯笼颤巍巍地靠近。金戈纵身一跃，消失在黑暗之中。

花园的西北角有一间破旧的哨楼。这是一座双层的独角楼，楼上门窗紧闭。金戈奋力一跃，双手扒住了二楼的青砖窗台，接着身子一荡，翻了上去。金戈轻轻敲打窗户，侧耳凝听。簌簌簌，窗纸响了，一条手指长的壁虎爬走了。它爬了三尺之遥，又停了下来，抬起肮脏的布满疙瘩的小脑袋看着金戈，一动不动了。草丛中，一只蟋蟀振翅高歌，卖力地鸣叫着。远处传来小贩隐约的叫卖声："瓜子……瓜子……西瓜子……葵花子……香喷喷的瓜子……"

没有异样，金戈捅破窗纸，挑开窗户里面的屈戌儿，掀开窗户翻进屋子。楼内尘土老厚，墙角堆着一堆杂物，杂物旁开着一个洞，一架木梯直通楼下。金戈简单清扫了一下，又从原路翻出来，巡视整个花园。金戈在花草树木的掩映下，踮着脚前进，一会儿蹲身不动，一会儿猫走鹤行。转了一圈之后，金戈来到了花园的东北角，蹲在几株夭矫的苍松下，伸着脖子张望。脚下的卵石花径上生满了绿茸茸的青苔，显然少人走动。几丈之外有一座小桥，碧绿的溪水就像一条小蛇，弯了几弯，穿桥而过。一只鸭形小船系在一棵柳树上，柳枝如伞，把小船遮盖得严严实实。月光从柳枝的缝隙中穿过，落到河里，水面上泛起了一片散碎的银光。金戈的眼光顺着小河西行，看见了一个月亮门，月亮门镶嵌在起伏的覆着瓦片的围墙上。旁边蹲着两间起脊的门房，屋檐下挂着一盏亮着红火苗的风灯。看园子的老两口正在门前闲话，黄狗卧在他们身前，伸着红红的舌头向这边张望着。

金戈起身向南，奔向了主宅。金戈跳上一棵大树，拨开树枝一看，眼前的这片宅院屋脊叠嶂，瓦片叠鳞，气势恢宏。

金戈打听了一下，才知道这是湖广道御史崔家语的宅院。几年前他从一个盐商手上买来的。据说盐商吃了官司，崔家语八方说情，大事化小，小事化了，他没花几个钱，就把豪宅弄到了手。金戈打听清楚后回到角楼上，摘下插接枪，坐在楼板上，闭上了细长的眼睛。

岳武院广场上乱哄哄的，穿白戴孝的人走来走去，烧纸拜祭的人进进出出。

天空像一块蓝宝石，一丝云彩也没有。一辆马车从半壁峡木桥上冒出来，啪的一声鞭响，马车带着一股尘土，骨碌碌疾驰而来。马车未到灵棚，哭声已经震耳：“我的儿呀，你死得惨哪，你不要走啊，你的亲娘来了，你的亲娘看你来了……”

灵棚里，立刻有几个穿白戴孝的人迎了上去，搀扶着一个哭喊连天的老尼姑下了车。老尼姑五十来岁，穿灰衣戴灰帽，抖动着两条花白的眉毛，哭着喊着走到棺木前。她身后跟着四个年轻俊俏的小尼姑，她们干号着，低头尾随。老尼姑一眼就看见了三堂主的棺材，一屁股坐在架棺木的板凳头上，拍打着棺木放声痛哭。一个戴着重孝的少妇跪在她脚边，陪着她嘤嘤啜泣。少妇的身旁还依偎着一个七八岁的男孩和一个刚会走路的女孩，两个小孩也头戴白色孝帽，身穿白衣孝衣，眼睛里噙着泪花，嘴角一撇一撇的。

老尼姑菱形眼里闪着泪光，拍打棺木，号啕痛哭：“儿呀，儿呀，我苦命的儿呀，你幼年不幸丧父，你母亲又被逼出家，你自幼孤苦伶仃，六岁就举目无亲了。你在孤独中成长，在泪水中成家！可是，你继承了你父亲的遗志，你继承了你父亲的才华，你成了岳氏一门的顶梁之柱！你正在年富力强之际，怎么撒手走了？怎么撇开你的母亲了？回来吧，看看你的儿子，他们还小，看看你的媳妇，她还年轻，看看你的母亲，你还未送终！你于心何忍？你这不是撕我的心吗！儿呀儿呀，我苦命的儿呀，你的亲娘来了……为娘我一定给你报仇雪恨，让你死得瞑目！让我撕烂那个吃里爬外的小婊子，给你报仇雪恨……”老尼姑的哭声凄惨，正如俗话所说：“娘哭儿，哭断肠。儿哭娘，哭几场。”此话当真不假。

大堂主腰系白带，在旁边接待客人，听着老尼姑怨毒的哭喊，激灵灵打了一个冷颤。

哭了好一阵子，人们劝住了老尼姑，四个光着头的小尼姑开始烧纸，开始哇啦哇啦地诵经。

年轻的少妇搀扶着几欲昏厥的老尼姑，带着两个孩子走到棺材后面，哭诉事情的经过。大堂主冷眼观瞧，打量着三堂主的生身之母，多年不见，五毒师太并未见老，依然眉清目秀。这位只比自己大了几岁的大娘，仍然语言犀利，仍然傲气逼人。她接到噩耗，立即来武夷山奔丧。她本是岳南的小老婆，是老院主岳北的嫡亲嫂子。她虽为嫂子，年岁却比岳老院主小了许多。可是，岳老院主脾气倔强，五毒师太年轻张狂，岳南死了，叔嫂俩针尖对麦芒，不停吵闹。后来，她一跺脚出了家。来的路上，她已经把三堂主的死因打听得差不多了，她怨恨岳霞，认为这一切都是岳霞造成的。岳霞不传岳武功给金戈，什么事都不会发生。再说了，她儿子认为金戈偷了岳武功，那就是金戈偷了岳武功。她对自己的儿子非常欣赏，非常宠爱，认为自己的儿子聪明无比，和他父亲岳南一样，是个天才。这时，她听了儿媳妇的叙述，更是火冒三丈。啪地一拍棺木，尖声叫道："儿子，不是你没有抓到金戈吗？为娘给你抓，我要把他放在你坟前火化！还有岳霞那个小婊子，我马上就去收拾她！"五毒师太咬牙切齿，语音疯狂恶毒。

五毒师太转过身子，对四个念经的尼姑怒道："别念了，抄家伙，跟我去撕那个小贱货！"

五毒师太带着徒弟，风风火火地直奔岳霞家。大堂主就在灵堂前，这一切都看在眼里。他把灵棚的事情和杨协理交代了一下，拔腿就跑，片刻间追上了五毒师太。一伸手，拦住了五毒师太的去路，大堂主眼睛一瞪，寒着脸问道："师太，请问，你们要去哪儿？"

五毒师太鼻子里一哼，森然道："去哪儿？当然是去你家，找岳霞那个小婊子算账去。她勾引外人，偷盗岳武功，罪不可赦！金戈行刑前，她寻死吓人，放跑了金戈，胆大包天！我倒要看看她是什么东西变的，她真不怕死吗？那就死给我看看！她折腾死了几十人，自己倒在家里养伤，门也没有，闪开！”说着就是一掌。

大堂主嗖地一退，又呼地跃回，急道：“三堂主是阴阳魔杀的，关岳霞什么事？你想以大欺小？”

五毒师太怒目圆睁，吼道：“以大欺小就以大欺小！怎么着？闪开！再不闪开，老尼就要大开杀戒了。”

大堂主闻言眼眉一立，立即撤步蹲身，拉开了架势，同时喝道：“那就在我身上踏过去！”

五毒师太一回手，从后腰上抽出一把拂尘。这是一把黑色的拂尘，一看就知道，拂尘丝上染有剧毒。这时她脸色如霜，杀气汹涌，咬牙切齿叫道：“阻我者死！挡我者亡！”说着，拂尘晃动，荡起一片乌云，劈头盖脸地打了下去。

大堂主身形滴溜一转，呼的一掌拍出。

“住手！”一声暴喝响起，大堂主闻声退了一步。五毒师太也收了势子，她转眼一看，岳老院主来了，他后面还跟着一个二人抬，抬子上坐着一个人。

五毒师太看了一眼来人，收起拂尘，冷哼道：“哼！来救兵了，谁来也不行，我非得撕烂那个小贱人不可！”

岳老院主来到近前，一抱拳，肃然道：“大嫂请息雷霆之怒，到大殿里说话。一家人，什么话都好说，什么事都好商量，别让外人看热闹。”

二人抬上的枯瘦老头道：“大嫂，三弟这厢有礼了。”

五毒师太脸色如霜，冷冷说道：“就在这儿说吧！正好你们哥俩都在这儿。说吧，岳霞里通外敌，盗走岳武功，阻止行刑，放走了贼人。你们说，怎么处置？”

二人抬上的老头道：“大嫂，咱们还是到大殿里去说，你让他们抬着我在这里耍猴吗？大殿里去说，天塌不下来，狗吃不了日头，世上还有解决不了的事情吗？走，走，大殿里说去。”

“好吧，岳西，今天我就看你的面子，不过，你可要主持公道。你要偏袒他们父子，咱们没完！哼……别怪我到时候翻脸不认人！”五毒师太说着，瞪了大堂主一眼，带着四个徒弟，杀气腾腾地直奔岳武大殿。

进了大殿，五毒师太不肯坐下，吵吵嚷嚷，执意要处置岳霞，看样子不杀岳霞绝不罢休。岳西坐在椅子上比比划划，不断劝说，怎么说五毒师太也不应。岳老院主一声不吭，大堂主憋着一肚子气，脸色铁青。

突然，五毒师太急了，大吼大叫："岳北！你是岳武院的院主，你接了你大哥的位子，你说，岳武院的院规还要不要？要是不要，你就放个屁！别在那里装狗熊！”

“你嚷叫什么？”岳老院主的脾气也上来了，叫道，“要不要关你什么事？你是出家之人，泼出去的水！岳武院的事，没你说话的份，趁早闭嘴！”

五毒师太拂尘一扬，啪的一声抽在桌子上，八仙桌子哗啦一声散了架。五毒师太瞪着菱眼骂道："放屁！放狗屁！岳武院不是你一家的！是岳氏一族前仆后继用鲜血换来的，不是你大哥把院主的位子传给你，你还不是狗屁不是？你敢私心偏袒，我就召集岳氏宗族，废了你！”

岳老院主两手一摊，吼道："好，你快点联络去，正好废了我，我也好歇歇身子，过几天舒心的日子。”

这时候，杨协理跑来，急道："武夷县的县太爷来了，正吊嗐呢，谁去招呼一下？”

大堂主看看父亲，说道："我去，我去看看。”

岳老院主下巴仰了仰，大堂主转身出去了。

五毒师太转头对她四个徒弟说：“你们四个，立即去鄱阳湖秘密访查，金戈那个小王八蛋八成还窝在湖里呢，他跑不远！你们给我仔细搜查，挨家挨户地搜，一条船一条船地查，找到了马上告诉我！找不到人，就不用回来了，死在那儿算啦！谁杀了他，我就叫谁接我的掌门之位，你们去吧！”

“是，师父。”四个女尼单掌一竖，行个礼，扭着身子走了。

目送徒弟们走出殿门，五毒师太转脸看着岳老院主，一拍桌子，又叫起来：“你赶紧秉公处理，不收拾岳霞，咱们没完！”说罢，她一屁股坐在地上，捶胸拍腿，哇哇大哭。边哭边数落着：“岳南啊，你睁眼看看，咱们的儿子给一个小婊子害死了，没人管啊……你睁开眼吧，你最疼爱的弟弟岳北，他欺负我啊，咱的儿子给害死了，他不管啊，你看看吧，这就是你最疼爱的弟弟呀……”

岳老院主脸色铁青，一甩袖子出去了，临走看了残疾哥哥岳西一眼。岳西点点头，表示心领神会。岳西一摆手，立刻有人拉起了五毒师太，岳西赔着笑脸，东一句西一句地劝说起来。

岳夫人知道了，赶紧闩了大门，和凤玲里里外外地忙活起来。岳霞躺在床上，脸色苍白，嘴唇没有了往日的红润。岳霞默默盯着一扇窗户，思念着金戈。岳霞看见了金戈细高的身体，细长的眼睛；岳霞看见金戈正在打拳，正在弹琴；往日的情景走马灯似的出现在眼前，但她怎么努力，就是看不清金戈的面容。过了一会儿，岳霞倦了，她长长的睫毛缓缓垂下来，覆盖在粉色的弧形的眼皮上。

一连几天，金戈晚出早归。除了在小摊上买点食物，就是练功。练习寒心功，练习枪法和拳法，不再练气了。偶尔也步入闹市，打听一下江湖消息。

这天下午，金戈正在小憩，忽听街上传来噼里啪啦的鞭炮声。金戈一翻身坐起来，心说：“娶亲的？死人的？街上怎么这么热闹？”

“乒乒乒……吱……嗒！”鞭炮声越来越大，似乎还有欢呼声。金戈整理了一下衣服，悄悄打开窗户，向外看了看，一按窗户框，噌地蹿了出去。金戈落脚墙头上，拨开柳丝远望，只见小河对面的街道上有人欢呼跳跃，有人在拉鞭放炮。一个小伙子点着了一个双响，腾——嗒！双响在高空炸响了。金戈看看周围没人，轻轻一跃，跳下墙头，然后紧了紧腰间的丝绦，扶正了头上的网巾，大模大样地穿过一座石桥，来到大街上。

“戚家军大捷！戚家军大捷！”人们奔走相告，人们欢呼雀跃。

一个小伙子站在一个酒楼的台阶喊道：“戚家军长田大捷！歼灭了一千八百多倭寇，无一漏网，我军仅阵亡三人！戚家军长田大捷！歼灭了一千八百多倭寇，无一漏网！我军仅阵亡三人！这是戚家军第三次大捷！这是我大明王朝的第三次大捷！戚家军英雄！戚家军威武！”

“戚家军英雄！戚家军威武！”台阶下聚集了上百人，齐声呐喊。

“各位各位，我作为向导亲眼见证了此次大捷，现在给大家讲一讲。各位静一静，听我说！事情是这样的，因逢大雨，倭寇被困长田谷的半山腰上，无法下山。我戚家军得到了消息，冒雨赶来。他们只带干粮和兵器，撒丫子飞跑，两天急行军三百里，在第二天子夜，泥人似的戚家军将士们赶到了长田谷，他们休息了半宿，于凌晨发动了进攻。之前，戚家军抽出了一个哨队，在山谷下游一个狭窄处挂柳堆石，准备拦击顺流而逃的倭寇。当时，大雨瓢泼，疾风呼啸，戚家军将士们从山上往山下扑，从上风头往下风头扑，浑身滴着水、脸上流着泥浆的戚家军将士们猛虎一样，扑进了倭寇的营地。由于连日大雨，倭寇竟然没设岗哨，戚家军将士们如入无人之境，洪水般冲到了倭寇的帐篷前。一个个拉帐篷的绳索被砍断了，钉着帐篷角的木橛子被拔起了，没了束缚的篷布拧着麻花飞上了天，一群群横躺竖卧的倭寇瞪着迷茫的眼睛看着飞向远方的帐篷，看着天上翻滚的乌云和呼啸而来的密集雨水，看着蹚着雨水扬着明晃晃钢刀冲过来的泥人，竟然呆呆的不知所措。等一个个人头落地，他们才慌忙撅着屁股爬起来，去抓兵器。帐篷接连不断地起飞，人头接二连三地落地，倭寇乱成了一团。有些倭寇清醒了，他们抱着头，连滚带爬地向山下逃去。战斗只持续了一顿饭的时间，昏头涨脑的倭寇就被戚家军歼灭了，只有几十个脑瓜子灵活的倭寇逃下了山，扑进了谷底激流中。当他们仰着脖子游到挂柳堆石的河湾处，被早就等在那里的一哨人马截住了，先是一阵乱箭疾射，接着一阵刀砍枪扎，不大一会儿，倭寇都死鱼似的翻着身子，打着旋向下游漂去……”

金戈也跟着呐喊了一阵，吐出了压抑在心中的一口恶气。金戈见人们散去，抬脚进了一家酒店，拣了一个偏僻的座位坐下了。他要了两个菜、一壶酒，自斟自饮起来。

店小二格外勤快，声音里带着一股欢悦：“来了您哪，一壶酒！来了您哪，木须肉！”

金戈的座位旁边，几个年轻人围着一张圆桌正在高谈阔论，一个短打扮的小伙子说：“嗨，今天咱们不醉不归，一千八百二十一个倭寇，全都命丧黄泉了，一个不剩！而且，我军仅阵亡三人！痛快！痛快！喝酒！敬戚老虎戚继光一杯，敬戚家军英雄们一杯！干！”

金戈也端起一杯酒，遥祝了一下，一口喝干了。

一个穿长衫的公子道：“知道吗，戚家军和当年的岳家军一样，个个生龙活虎，而且继承发扬了岳武穆的‘三三兵经’，更名为‘武穆兵经’。”

一个头戴四方巾的年轻人问道：“武穆兵经？武穆兵经是什么？”

长衫人得意道：“不知道吧？就是‘明号令，公赏罚，同甘苦，积功升’。‘积功升’三字是戚继光添加的。四三一十二个字，又叫‘四三兵经’。我一个当家子哥哥在戚家军当兵，他们打完仗立即评功论奖，绝不亏待弟兄们。所以嘛，人人奋勇向前。

“知道吗？这次冒雨奔袭，戚家军跑了一天后夜宿一个村庄，房子不够住，连门洞、猪圈、马棚都挤满了人，天还下着大雨呢，虽说只能休息两个时辰，有个地方能避着雨迷糊一会儿，那也是再美不过的事了。挤不下怎么办？戚将军查看之后，就让军官们来到大街上集合，要他们自个找高点的地方，冒雨休息。戚继光找到了一个大磨盘，爬了上去，背靠着石磙子，淋着雨盘腿卧脚而坐。一个老乡拿来一口大锅和一根棍子，顶在碾盘的中柱上，总算遮住半截身子。戚继光就这样睡了一个多时辰。你们说说，这样的同甘苦怎么会不凝聚人心……”

短打扮小伙一放酒杯，说道：“真了不起，戚继光像父兄一样疼爱士兵，士兵们怎么会不一条心？怪不得两天能淋着雨跑三百里路，就是跑吐了血也要跑到底呀……”

这时，有人唱起歌谣：“戚军爷，名继光，爷未来兮民遭殃。戚爷举旗荡倭寇，昊天无涯佑海疆……”

听完带着浓浓乡音的歌谣，金戈心就像大海的波涛一样汹涌澎湃起来，再看这些高谈阔论的年轻人，一股亲近之情油然而生。这时，有一个低沉的声音钻进金戈的耳朵，声音有些沙哑。金戈寻声望去，侧后方的一张方桌旁坐着两个彪形大汉。一个大汉背上插着一把明晃晃的钢刀，一个大汉腰悬宝剑，一看就知道是武林人。这时，腰悬宝剑的大汉说道：“嗨，最近还有个消息，知道不？据说，绝迹三十年的双龙令就要重出江湖了，岳武院派人去了嵩山少林寺。届时，各大门派的精英都要集中在一起，同进同退，一致对敌。”

背单刀的大汉道：“喔，江湖上又有什么大事发生了，要打倭寇吗？”

悬宝剑的大汉道：“不是，听说要对付岳武院的一个叛徒，一个偷了岳武功的小贼，此人名叫金戈，年纪轻轻，二十岁刚到，不得了，听说岳武功第八步都练会了，武功已经登峰造极，能够蹿房越脊，身出幻影了！”

“哦？这么厉害？”

“还有，黑道上也传出了骷髅牌，也在追杀金戈，赏金万两、美女十名呢！”

“哦？新鲜！黑白两道追杀同一个人？这怎么可能呢？这人长什么样子？能使黑白两道联手对敌？这不是日头从西边出来了吗？真新鲜，倭寇还没赶走，桃花会又来了，公然抢男霸女，现在又冒出一个金戈来，唉，世道乱了！鸡飞狗跳，蛤蟆老鼠大眼贼都蹦出来了……”

金戈付了账，老牛似的低着头走了，心说：“双龙令？什么东西？怎么会对付我？桃花会传骷髅牌追杀我理所当然，因为我们势不两立。白道英雄为什么听信岳武院一面之词呢，难道他们是非不分了吗？”金戈回到花园里，掏出几块卤肉喂了狗，蹿上了小楼。

子夜，金戈在花园里转了一圈，踩着漆黑的树影来到主宅前，纵身上了房。金戈屈膝猫腰，高抬脚，轻落地，悄悄寻找崔家语的书房。忽然，金戈听见院子里有人嘀哩嘚嘞说着外国话，连忙蹲身观瞧，只见一个管家模样的人提着一个灯笼，带着两个宽衫短裤人走进客厅。金戈一惊：“倭寇！两个倭寇！”金戈左右瞧瞧，一晃身形，一朵棉花似的落在天井里，接着轻轻一跃，狸猫似的来到走廊上。金戈脚尖着地，贴着窗户紧走了几步，闪到廊柱后张望了一下，院子里黑乎乎的，毫无声息。金戈屏住呼吸挪到窗户前，伸出食指在嘴里沾了一点唾沫，在窗户纸上捅了个小洞。金戈伏下身子，一只眼睛对着小洞向里望去。

客厅里，湖广道御史崔家语睁着三角眼，看着托盘里一堆霞光闪闪的珍珠。他身前站着两个矮胖子。两年多不见，崔家语还是螳螂似的精瘦，猴子脸上的媚笑还是那么恶心。这时他点头哈腰地说道："牧村先生客气了，这怎么好意思？"然后他一指托盘里的珍珠，压低嗓音道，"都是给我的？"

叫牧村的倭寇摇了摇头，生硬地说道："不，不。这是八十颗绝好的南海珍珠，千挑万选才凑齐的，你的看看，个个龙眼大小，个个圆润光洁，你的，二十颗，赵文华总督二十颗，严嵩严阁老四十颗，明白？"

这两人真是倭寇，怪不得说话嘀哩嘚嘞，大脑袋的倭寇是密使牧村，小脑袋的倭寇是个卫士。

崔家语的眼光黯淡了，一伸脖子，架子端起来，说道："说吧，什么事？"

牧村的大脑袋一晃，大咧咧地说道："听说，戚继光要当指挥使了？这可不行，这对我们大大不利，威胁的，大大的。"

崔家语冷笑一声，道："这可不是严阁老的意思，那是张居正、谭纶等人的保举。戚继光也确实打了胜仗，你们连败三场了，这叫一而再，再而三，戚继光都三连胜了，你们也太不争气了。"

牧村哈哈一笑，说道："你们中国人有句名言，叫作'胜败乃兵家常事'，给他点甜头尝尝又有何妨？你没听说过先甜后苦吗？你没听说过先打的兔子背着沉吗？不过，千万不要让戚继光当都指挥使，最好让嘉靖皇帝撤了戚继光，他太狡猾了！刀猿说了，此事办成，黄金美女大大地给，你给严阁老说说。"

崔家语道："好吧，我给严阁老说说，顶不顶用，那就难说了。"

牧村一抱拳，道："哟西，哟西。"

金戈不觉怒火填膺，心道："好你个崔家语，竟敢里通外国，甘当汉奸卖国贼。抽空咱们新账老账一块算算！"

一会儿，倭寇密使告辞出去了。等他们离开了崔宅，金戈悄悄跟了上去，心想："出了城门，先宰了你们再说。"

这俩倭寇吊儿郎当，穿街过巷，走进了一家灯火辉煌的妓院。嘿，这俩倭寇好大的胆子，竟敢逛妓院。金戈闪身来到僻静处，看了看一人多高的墙头，身子一纵而起，右脚点墙，左手一挎，接着小腹一用力，嗖的一声翻了上去。金戈手掌一拄墙头站起来，顺着墙头小跑几步，一个箭步跃上房顶。金戈弯着腰，迈着碎步，瞄着倭寇的去向来到了后院。一抬头，看见一个提着灯笼的汉子陪着两个倭寇走进了一个灯火辉煌的大厅。金戈伏身向下一看，只见院子里亮如白昼，五开间的大厅门窗大开，厅内高朋满座。院子也相当宽阔，房檐下挂着一排灯笼，西北角立着一棵枝繁叶茂的古槐，地面上铺着青色的方砖，方砖的白灰缝就像画的一样整齐……金戈正在观看，猛听一声大喊："朋友，既来之，则安之，何不下来共饮一杯？"

喊声刚落，大厅内走出来一个白发黑脸人，两个倭寇也抱着胳膊出来了，身后还跟着七八个丑鬼。这时，两侧也有了动静，金戈转目一看，心里咯噔一下，只见周围的房顶上站满了人，高的高，矬的矬，黑压压一片。金戈转睛再看院中那个黑脸白发的中年人，不禁心中大怒，心说："好啊！真是踏破铁鞋无觅处，得来全不费功夫！白头翁，今天你我冤家路窄，在这儿碰上了！好，我就先拿你开刀！难道这里是桃花会的窝点？"

这个妓院的确是桃花会的窝点，难怪倭寇竟敢大摇大摆地走进来，他们本是蛇鼠一窝。金戈噌地站直身子，抽出背后的插接枪，咔的一声接好了。夜色中，金戈高高在上，披清风，浴星光，恍如天神。

"金戈？金文杰！他是金戈！他是骷髅牌鬼！好啊，我们正找你不见，寻你不着，今天你竟送上门来了，太好了！弟兄们，杀了他，黄金万两、美女十名！"白头翁瞧清楚了，高声喊喝。

有人问:“他就是金戈?他就是偷岳武功的小贼,骷髅牌鬼?”

“什么的干活?金戈?骷髅牌鬼?我的会会!”那个矮小精壮的倭寇卫士摇头晃脑,不可一世地大叫,“汉人,草包的干活,你的下来!”

金戈闻言勃然大怒,十个手指像铁条一样箍紧枪杆,一晃身形飘落院中。

丑鬼们呼啦围上来,倭寇卫士双手一振,厉声道:“别动!他是我的!”

白头翁也伸手一拦,怪叫道:“金戈!你看好了,这位是黑狮子座下三十六武士之一的穿山猫英岗太君,金戈,你还不授首更待何时?诸位站好了,看看穿山猫威震中华的夺魂刀!”

穿山猫抽出一把四尺长刀,这是一柄长把窄刃倭刀。他踏前几步,双手握刀,自左上而右下,斜斜一挥。这一挥,他双手尽展,刀风飒然,劲道凌厉已极。金戈身形一侧,轻飘飘地让了过去,但觉一股凉风从身旁掠过。穿山猫一刀不中,二刀又来,斜扫横抹。金戈插接枪扑棱棱挑起,截击柳条刀。突然,柳条刀扑棱一声,忽地一个九十度急转,顺着金戈的枪杆电射而上,一闪而至。当的一声,柳条刀碰上了插接枪的卡扣。瞬息之间,穿山猫变成了一只巨大的野猫,刀影弥漫,猫影横空,逼得金戈团团乱转。猛听得嗤的一声,金戈的袖子被柳条刀削去一片,疾风带着布片旗帜般飞上了天空。

“好!”围观的色鬼们大声喝彩。

“哎哟,只差一点呀!”一个女人叫了一声。

俗话说行家伸伸手,就知有没有。这一伸手,金戈知道了,怪不得这头野猫目空一切,他还真有些骄傲的资本。穿山猫的倭刀霹雳闪电,源源而至。金戈纵跃闪躲,插接枪不发。两人面对面,一个扑击,一个闪避,穿山猫呵呵猫叫,始终不能得手。金戈一吸一呼，气息悠长，进退如意。尽管穿山猫的攻击如急风暴雨，金戈防守得风雨飘摇，却也有惊无险。就像激流中的一叶扁舟，虽然摇摆不定，却能够破浪而行。此时的金戈，眼放豪光，凝神聚念，仔细观瞧穿山猫的刀技，特别是那九十度急转之刀。若不是插接枪连接处有卡扣阻挡，说不定还真得撒手扔枪。翻来覆去，百十个回合过去，金戈对穿山猫的刀法已经看清了，每一招，每一式，出手姿势、方位和变化已经了然于胸。

原来穿山猫的刀法，来来去去三十六刀，刀刀凌厉狠辣，不求变化繁复，但求精奇迅捷，和岳武枪的路子基本相同，不过刀法更重于狠辣。在穿山猫眼里，金戈身形潇洒、脚步灵活，攻守趋避恰到好处，只是不敢硬拼，心想:“这算什么，一个一味躲避的懦夫而已！”这时，穿山猫忽然停手，刀扛右肩，挺着厚厚的胸脯吼道:“懦夫！用你的枪！懦夫！光会跑吗？你他妈妈的！”他在中国待了多年，别的没学会，骂街的话倒是学会了几句。

金戈长身玉立，在晚风中飘飘欲仙，冷笑道:“一旦使我的插接枪，你的脑袋吃饭就不香了！”

“吃饭不香了？为什么？为什么吃饭不香了？你的胡说！”

“哈哈，哈哈！”金戈放声大笑，说道，“在身上扎个透明的窟窿，你吃饭还香吗？蠢材！”

“八嘎！放臭屁你妈妈的！”

金戈听他骂人，心中怒火燃烧，插接枪一抖，一枪三奔，枪出如电，一枪直奔他的颈嗓咽喉，一枪直奔他的心脏，一枪直奔他的小腹，三枪一闪而至。再看穿山猫，拨打前枪落空，斜扫第二枪又无兵刃相交，顿觉不妙，索性不守了，牙齿一咬，倭刀横扫而来。但是，刀到中途，其力已衰，金戈插接枪七寸长的三棱枪尖，已经刺进了他的小腹……

“哇呀呀……”不知倭寇密使喊了句什么。金戈抽出插接枪，一个箭步，冲到跺脚号叫的倭寇密使面前，一枪贯脑而过。

呼啦一声，桃花会的丑鬼们一拥而上。霎时间，吼叫声、吆喝声、惨叫声响成一片。金戈插接枪上下翻飞，横砸竖挑，如同虎入羊群，片刻后，院子里的丑鬼全都躺下了。金戈细眼一扫，房顶上的丑鬼们已经不见了，白头翁已经爬上了高高的墙头。金戈立即掏出一枚金镖，一抖手打了出去。只听哎哟一声，白头翁摔出了墙外。金戈四下里看了看，走进大厅，料理了几个藏在桌椅后的残敌，出来再看，院子里静悄悄的，人影皆无。

金戈来到高墙边，纵身跃上墙头，低头一看，墙外黑乎乎的，什么也没有。金戈心想："白头翁跑了，这是被人救走了，还是没打中他？那就让他再活几天吧，这个账早晚会算清的！"

金戈回到大院，摘下一个灯笼，掏出了摇曳着火苗流着血泪的红色蜡烛，举到窗前。他望着雕花的门窗，洁白的窗纸，不觉犹豫起来，喃喃道："大火一起，会不会连累周围的邻居？如果连累了无辜百姓可就糟了。算了吧，不能殃及池鱼。"想到这，金戈甩手扔掉了蜡烛，抄起了一把钢刀，一刀剁下了倭寇密使的人头，提在手里扬长而去。

回到崔家花园，掏出一块黑布，蒙住脸。金戈提着人头上了房，猫腰走过几处屋脊，跳落院中。金戈蹲下身子看了看，一个箭步蹿到崔家语的寝室前，撬门进了屋。金戈晃动火折子点燃了蜡烛，一看，崔家语的猴头歪在绣花枕头里，嘴里流着酸臭的口水，一缕干涩发黄的头发马尾巴一样横在枕头外，呼呼睡得正香。金戈一只手抓住崔家语的头发，一只手捂住龇着牙打着呼噜的瘪嘴，轻轻一带，崔家语就像一把宝剑出匣一样，从被窝里被抽了出来："汉奸！看看那是什么？"说着，金戈把崔家语的头一拧，让他的猴脸对准了蹲在桌子上的倭寇头颅，同时右手松开了一条小缝。

"啊……好汉，好汉饶命……"崔家语看见了血淋淋的人头，吓得魂飞魄散。

“把倭寇给你的八十颗南珠交出来！快！”

“好，好！是，是！”崔家语的麻秆腿筛糠似的抖动着，一步挪不了四指。

金戈轻轻一送，崔家语啪唧摔了一跤。

“拿拿，好汉饶命，大爷饶命……”崔家语爬到床前，揭开地毯，掀起一块方砖，摸出一个铁盒。崔家语颤抖着站起来，哆嗦着打开了盒子……

金戈一看，里面珠光闪动，似乎还有别的宝物。金戈伸手抓住了铁盒，崔家语却不放手：“我给你拿，拿，拿给你……”

“放手！”金戈左手一抓一甩，倭寇的人头向他飞去。扑通一声，死人头砸在活人头上，崔家语啊了一声向后倒去。金戈看了看铁盒，厉声道：“今天先把你的脑袋寄存在你的脖子上，再敢和倭寇勾搭，我就剥你的皮！抽你的筋！再敢不利于戚家军，我要你的狗命！”说完，金戈托着铁盒出了门。

“你不能啊，我的宝贝啊！”崔家语双手捧着血肉模糊的脸，跺脚大叫。

金戈离开了崔家大院直奔江边，走下大堤，一眼就看见了那艘黑旗船。楼船的二楼上还亮着灯。“后半夜了，她们还没睡？”金戈一个鹞子翻身，向楼船扑去。

“谁？”黑暗中传来喝问声。

“要解馋！”金戈答了一声，手腕一扬，脚点船板，一拽斜挂的绳索，射向了二楼凉台。

“黑旗船！”有人应声。

二楼里有了动静，吱扭一声，楼门打开了，露出了佩儿的脸。佩儿道：“金公子来啦？快请进！”

“金戈告进！”金戈应了一声，收起天龙爪进了屋。

佩儿把金戈让到圆桌旁，仰着笑脸道：“快请坐！二位小姐有事，吩咐我等待公子，公子真的来了。来人哪！摆席！”

“摆席？哦，不用了，都后半夜了，迷糊一会儿就该吃早饭了。”金戈放下手中的铁盒，摘下插接枪，扭身坐在绣墩上。

佩儿道：“金公子，你先洗洗脸。”说着端来明晃晃的盛着热水的宽沿铜盆，放在凳子上。有人开始上菜，二凉二炒二炖二蒸，八菜一汤转眼之间就上齐了，比酒楼上菜还快。接着，佩儿抱来了一坛陈年女儿红。

金戈洗完脸，看着桌子上的酒菜，食指大动。走了七八天，只下过一回饭店，天天在小摊上买点包子点心之类的食物吃，真有点馋了。兜里虽然有钱，也不敢去饭店，怕暴露行踪。现在，金戈可以放心大胆吃上一顿了，就像常年奔波在外的人回到家一样。

佩儿倒上了一杯酒，双手捧给金戈，笑道：“公子，我们船主，哦，我们两位小姐，天天盼星星盼月亮似的盼着您回来，天天准备筵席等着您。”她歪着天真可爱的小脑袋，掰着手指算着，“今天是第七天，筵席都准备七回了，唉，真不凑巧，两位小姐今晚不能回来，那边很忙。”

天天准备筵席等待？这是何等的深情厚意？金戈心里立即生出了一股暖流。他看了看佩儿，叹道：“二位小姐待我如此，金戈真是三生有幸！”金戈饮了一口酒，佩儿马上给他满上，然后道：“您多吃点菜。”

饭后，佩儿又准备了洗澡水，金戈洗浴之后立即躺在床上，不久就进入了梦乡。

打捞现场，黑鱼帮的三条大船和数条小船围成了一个圆圈，不少人忙来忙去。黑旗船的船队往返经过。黑鱼帮主黑鱼范四坐在高脚椅子上，伸着脖子瞪着眼睛盯着过往船只。

水下，金珠和银珠游来了，她们身穿水靠，美人鱼似的贴着泥沙轻轻漫游，苗条的身子随着水波上下起伏，头上的秀发随着水流蛇行漂荡。金珠素手一指，银珠看见了沉船的轮廓，看见了忙碌的水手。金珠和银珠趴在泥沙上，观察了片刻，一个仰身旋转，游了回去。一条下行的艚船过来了，她们从船的另一侧上了船。

嵩山少林寺门前，岳中民和虎子快步走来。十方禅院前的土坑里斜着一块石碑，一群和尚围着石碑忙碌着。虎子上前一看，这是一块纪念俞大猷赠送棍法的石碑。虎子打个问讯，说明了来意，立刻被一个小和尚带进山门。院子里，几队僧人正在练武，练棍法的练棍法，练刀枪的练刀枪，练拳脚的练拳脚。他们来到西厢房，休息了片刻，被带进了一间宽敞明亮的禅房。禅房里，两个身披红色袈裟的大和尚面门而坐。知客僧道:“这是鄙寺住持笑面佛无悔大师，这位是达摩堂住持铁手佛无欲大师。二位施主请坐。”说着，他将岳老院主写的书信递了过去。笑面佛看完书信，递给铁手佛，然后双手合十，沉声道:“阿弥陀佛！二堂主和三堂主英年早逝，遗憾之至。还请二位施主回去之后，代我慰问岳老院主，说老衲闻讯悲痛万分。”

这时，虎子卸下背篼，从背篼里掏出一块未完成的双龙令牌，递给笑面佛，笑面佛看见铁手拂点头示意，立即说道:“二位请暂住本寺，待我召集本寺长老，禀明事情原委，再着手制作双龙令，使之双龙合璧，可否？”

岳中民一抱拳，答道:“如此多谢了，晚辈告退。”说着起身，跟着知客僧下去了。

等岳中民和虎子走后，笑面佛说道:“我们商量一下，给武当风云剑华清子写封信，三家共同发起双龙令，一则，号令武林豪杰协助岳武院捉拿叛徒金戈，二则，号令武林豪杰集合东南沿海，协助戚继光剿灭倭寇。戚继光乃当世英雄，少林僧兵理应助之。我等安排一下，然后率众下山，移师南少林，师弟意下如何？”

铁手佛合十道：“此计甚妙，一举两得。”

笑面佛道：“那就知会各位长老，议事堂议事。”

第二天，岳中民和虎子离开了少林寺，笑面佛送到山门外。岳中民止步回头，抱拳道：“大师留步，晚辈告辞。”

笑面佛微微一笑，合掌道：“岳施主，老衲和鄙师弟即将率领少林武僧下山，前往南少林。届时，岳武院、少林寺在福建鼎足而立，必定活捉金戈，臂助戚继光，以便安定武林，安靖我大明江山。老僧入闽之后，会先行拜访岳武院。请转告岳院主，我少林众僧定会遵奉双龙令调遣，全力以赴。”

“晚辈静候各位大师光临武夷山，告辞了，再会！”岳中民说罢，和虎子大步向山下走去。

黑旗船上，金戈正摆弄一个小铁盒。他拿出四十颗滚圆的珍珠，放在一个盘子里。珍珠个个龙眼大小，滴溜溜倍儿圆。霎时间，盘子里放射出一片淡淡的霞光。佩儿睁大眼睛看着满盘子的珍珠，流露着羡慕的目光。金戈问道：“佩儿，你看这珠子好吗？”

“好啊，好啊，真漂亮！我还没有见过这么多、这么大、这么齐整的珠子呢。二位小姐尊称金珠、银珠，可她们俩只有两颗大珍珠，一人一颗。你这一下子弄来了这么多的大珍珠，好极了，棒极了！”佩儿俯身桌面，伸出细白的小手，小心翼翼地摸了摸盘中的珍珠。

金戈从铁盒内拣出一支珠花簪子，这是一支黄金打造的珠花簪子。珠子虽小，但也精致，它珍藏在铁盒之内，想必价值不菲。金戈说道：“这个送给你吧！”

“送给我？”佩儿用手指着自己微翘的鼻子，眼睛一眨不眨盯着金戈，满脸的惊疑。金戈笑了笑，把珠花簪子插在她头上。金戈想起了忠心耿耿的凤玲，想起了情深义重的岳霞，马上挑选几件首饰放进了镖袋，又把另外四十颗珍珠包成两包，分别放了进去。这下金珠和银珠缝的镖袋变成了百宝袋。接着，金戈把盘子里的珠子一粒一粒地放回铁盒，然后看了看不知所措的佩儿，说道："盒里的珠子和首饰，交给你们小姐，就说我送给她们的。"

佩儿的眼睛眨了眨，脸上露出了恋恋不舍的神色，问道："金公子可是要走？"

金戈站在窗前，看着奔腾而去的江水，幽幽地说："再等一晚上，小姐们再不来我就走了，过几天我还会来的。"

黑鱼帮的一帮伙计上了岸。他们三三两两进了酒馆，大吃大喝。金珠和银珠来了，她们扮成两个乡村姑娘，一扭一扭地来到酒店，招惹那些水手。水手们哪见过这么漂亮的村姑，顿时苍蝇似的围上来。她俩故作惊慌失措，落荒而逃。几个水手嬉笑着追来，跟着她们跑进了树林。过了半晌，她俩出了林子，从容不迫地走了。

三更过后，珠仙子姐妹仍未回来，佩儿趴在桌子上睡着了。金戈悄悄起床，背好了插接枪，蹑手蹑脚来到二楼凉台，纵身一跃，投进如墨的夜色中。

十四　南京夺宝

金戈回到崔家花园，发现有人巡逻了，角楼上也有了灯光。金戈抿嘴一笑，转身离开，另寻栖身之地。

金戈顺着河堤信步而行，忽闻衣袖带风之声，一个白衣人向他撞来。金戈急忙躲闪，白衣人一掠而过。“什么人？”金戈一声暴喝，一纵身子追了过去。金戈双脚轮番点地，追得如风似箭。白衣人潇潇洒洒，跑得快如流星。两人一前一后，片刻间来到城外。这时，金戈已经接近了白衣人，一声断喝：“朋友，慢走！”说着一把抓去。

白衣人突然“燕子回翔”，嗖的一声转了方向。白衣人转弯极快，金戈一把没抓着。等金戈拐弯再追，又拉开了七八尺距离。嘿！这是什么人？难道是桃花会的探子？再追！金戈争胜之心乍起，唰唰唰，又追了个伸手可及。不想白衣人滑溜异常，身子一矮，来了个“蹲身舒腿”。饶是金戈动作敏捷，还差点被绊个跟头。金戈跃过白衣人之时，鼻尖闻到了一股淡淡的兰花香气，心里一惊，站住了。白衣人跑出几丈远，见金戈不追，也停下了。她忽然咯咯一笑，说道：“追呀，傻瓜，怎么不追了？”

这是一个熟悉的声音，这是一个悦耳的声音。金戈脑海里立即浮现出一个姑娘的身影，一个花一样的白衣姑娘。其时正当黎明，大雾迷天。流动的雾团，就像水中漂浮的轻纱，又像随风飘荡的炊烟。扑朔迷离之中，一个苗条修长的身影卓然而立，她白衣胜雪，如梦似幻。金戈定睛再看，白衣人脸上蒙着一块白色的面纱，面纱上面闪着一对亮晶晶的丹凤眼。她云螺似的发髻上斜插着一朵紫色的玫瑰，腰间围着一条杏黄色的丝带，丝带一侧缀着两个绿色的绒球。对面的姑娘也在打量着金戈，清澈的眼波轻轻流动，变换着梦幻般的色彩。

这双眼睛太迷人了，这是白凤的眼睛。她是花仙子白凤？异地他乡，不会这么巧吧？金戈不敢贸然相认，试探着问道："姑娘何人？引诱在下来此，意欲何为？"

蒙面女孩一闪，飘然而至，扬手道："看打！"

她说打就打，只见她腰肢一摆，一招"白蛇吐芯"直射金戈的面门。金戈立即退步还掌，使出了三十二式岳武拳。金戈见招拆招，见式破式，立即和她打在一起。几个回合之后，金戈知道对方是谁了，她的招式太熟悉了，是六十四路白神掌。金戈对这套掌法练了千百遍，杀死桃花会特使用的就是这套掌法。今天遇上了嫡传的功夫，金戈一边应付，一边细心观瞧，机会难得啊。一会儿，白衣人六十四路掌法使完，又从头来过。金戈左封右拒，守得轻松自如，对方的招数怎么来，怎么去，看得清清楚楚。打着打着，金戈也使出了六十四路白神掌，同样素手翻飞，同样翩翩起舞。两人再也不像比武了，倒像师兄妹间拆招过式。

"住手！住手！嘿，我说，好你个金戈金文杰，什么时候把黄山的白神掌偷走了，啊？真是岂有此理！真是岂有此理！"

金戈闻声撤步，转头一看，只见铁嘴华蹲在一个水桶粗的树墩上，烟袋锅子指指点点，老眼瞪得溜圆。这时，铁嘴华的烟袋杆一点，又数落开了："我还说岳北冤枉你了，大明骄子怎么会去偷岳武功，嘿，没想到你还真是个贼！"

铁嘴华摇头晃脑，比比划划，似乎恼怒了，又似乎在说笑。金戈赶紧躬身施礼，说道："金戈拜见白老前辈！"又转头向蒙面白衣人拱手，恭敬地说道："白姑娘安好！"

白凤解下了面纱，露出了她那美丽无瑕的面孔。她凤眼含春，下蹲敛衽，夸道："金公子果然大才，数月不见，已经名动江湖。小妹今日领教，亦是甘拜下风，只不过我想不透，金公子是如何学会白神掌的？"

金戈微微一笑，戏道："小可不才，却有过目不忘之能，白小姐在岳武院当面传技，难道这么快就忘了？"

"啊？"白凤惊道，"你看过一次，就全记住了？就全学会了？完了，完了，我要晕倒了。"

金戈奇道："晕倒？你为什么会晕倒？"

白凤悔道："我又使了两遍，岂不是又让你学走了？你都学走了，我不晕倒才怪！"

金戈哈哈大笑，说道："刚才白姑娘连使两遍六十四路白神掌，在下一一看在眼里，并且一一铭记心中，多谢白姑娘不吝赐教！"

白凤美目闪动，跳脚发嗔："气死我了！不行，你把你的岳武功教给我。功换功，不然的话，我可不干……"

铁嘴华从腰间摸出一个紫色荷包，烟袋锅塞进去拧了拧，接着烟袋杆一送，叼在嘴上。他咧着紫色的嘴唇嘟囔着："火！给爷爷点烟！少听他瞎胡扯，什么过目不忘？过目不忘就能打得那么流畅吗？骗哪个三天不吃饭的呢？"

白凤赶紧拿出火折子，拔开帽，噗地吹了一口。火折子里冒出了一股细小的火苗，烟袋锅子伸过去，猛抽了一口，铁嘴华惬意地哼了一声。白凤盖好火折子，瞟了金戈一眼，说道："你再打一遍白神掌，给爷爷看看，看看你到底偷了多少？”

金戈笑道：“好啊，在下正要请教，那就献丑了！”说完，金戈把插接枪放在地上，拉开架势打起来，一招一式打得清清楚楚，毫不拖泥带水。而且身形缩肩塌背，招式飘逸灵动，俨然一派宗师。

白凤看得既惊且喜，神色阴晴不定。

六十四路白神掌打完，金戈面不改色，气不长出。白凤双手连拍，称赞道：“好棒！爷爷，爷爷，他打得行云流水，比您都不差呢！你是怎么学到的？真是奇哉怪也。”

铁嘴华站起来，烟袋锅子往鞋底上狠狠一敲，说道：“拐子的屁股——邪了门了！嘿！我说，真像那么回事，来，来！让爷爷我掂量掂量你！看看你到底有多少斤两！”

铁嘴华上前一步，嗖的一掌攻来。

“不敢！”金戈飘然一退，举手相迎。

铁嘴华的攻势如同狂风骤雨，六十四招白神掌霎时间展开了。他打的可是“行书”，同样的招式，变化多多。金戈忙于应付，对方的招式就记不清了。铁嘴华的身体渐渐活动开了，“浪里穿花”“捕风捉影”“白猿摘果”三招急攻而至。金戈顺势而为，手起掌落，“清风拂月”“乱弹琵琶”“画地为牢”三招连续拍出。铁嘴华越战越勇，掌势飘忽不定，金戈一看不好，大声道：“好，来而不往非礼也！”金戈长吸了一口气，立即改用三十二路岳武拳。金戈吐气开声，霎时间脚下荡起了尘土，衣袖上带起了风声。

白凤心头狂震，心道：“连爷爷都治不住他了，他怎么这样聪明？偷到了岳武功，还学会了白神掌，果真是个大明骄子，学什么像什么。他现在文武双全，如果我要和他结成夫妇，岂不令人羡慕？听说岳霞没事了，她为金戈刺臂剜心，岂是容易夺过来的？”

白凤正在胡思乱想，忽听铁嘴华一声暴喝：“回风刀——”

“啊！第六十五招！”白凤一声惊叫。铁嘴华身子旋转而起，手掌如刀，手臂似月，呼的一声斜劈而下。金戈见来势凶猛，立即撤步侧封。刀势如箭，双臂接触的刹那间，金戈顿感压力千钧，寒气彻骨，不由得噔噔噔连退了好几步。

“告诉我！”铁嘴华一步迫来，怒道，“六十四路白神掌你可以比着葫芦画瓢，白神掌的心法是怎么来的？难道也是看出来的吗？在哪儿偷的？怎么偷的？说！说！快说！”

金戈见铁嘴华的样子不像玩笑，立即站直了身子，恭恭敬敬地答道：“我哪知道白神掌的心法，您误会了。”

“误会？你使用六十四路白神掌时，沉根下臀，缩肩塌背，而且摇头摆尾，猴起猿落，灵动飘逸之气贯穿始终，你以为我老眼昏花，这些都看不出来吗？岂有此理！快说，白神掌心法从何而来？今天说不出个所以然来，看我不打断你的狗腿！”铁嘴华号称铁嘴钢牙，能言善辩，其实他是刀子嘴豆腐心。他的语言虽然咄咄逼人，脸上却无愠色。

金戈叹道：“天下之大，无奇不有，白神掌未必就是白家的独门秘技，世上类似的东西很多。我知道一种寒心功，其纲领就是沉根下臀、缩肩塌背、鸭走雀跃、猴起猿落，用在白神掌上得心应手。此功叫寒心功，从一个婆婆那儿学来的。”

金戈近日天天练习寒心功，用以压制心火。因此，金戈的寒心功进展神速，练习白神掌时，发现辅以寒心功，白神掌打起来行云流水。所以，每当使用白神掌，就按寒心功的心法行功，白神掌更加飘忽轻灵了。

铁嘴华眼睛一瞪，问道：“婆婆？她叫什么名字？哪个门派的？多大岁数了？”

“这个……”金戈踌躇了，能不能把黑旗船说出来？不能，她们是黑道上的。再说，她们接到了骷髅牌，并没有捉拿自己，不能让别人知道自己和黑旗船有关系。金戈摇头道：“对不起，我不能说……”

铁嘴华瘪嘴一张，吐出了飘花白玉烟嘴，爬着蚯蚓状青筋的布满老茧的手托住紫红色的木质烟杆，闪着金光的黄铜烟锅一点金戈，晃着秃顶大声道：“什么，不能说？我说，给你棒槌你就纫针啊？给你二两颜色就开染坊啊？我说，你小子知道不知道什么叫心怀坦荡、有问必答，什么叫知无不言、言无不尽？我说，什么叫言者无罪，闻者足戒……”

“算啦，爷爷，别问了！他不说算了。我们自己也能查出来，纸里还能包得住火？”白凤有心偏袒金戈，急忙过来打圆场。她拦住了爷爷，冲金戈眨了眨眼，回头对爷爷一笑：“他肯定有难言之隐，或是人家不让说。他是谁呀，赫赫有名的大明骄子，岂敢失信于人？下来我们慢慢地查、悄悄地访，如果他欺骗了我们，我们再找他算账也不迟，我们现在不是还要用他吗？”

铁嘴华看了看金戈，掏出紫色的荷包，烟袋锅子又伸了进去，拧着烟袋锅子说道：“好吧，看着凤丫头的面子，先饶过你，事后发现你骗了我，看我不扒了你的皮，抽了你的筋！”

白凤看着书生打扮的金戈，笑道：“你挑了桃花会的南京会馆，杀了倭寇使者，大快人心。这件事闹得满城风雨，你的行踪暴露了，黑白两道全奔南京来了。爷爷命我在夜里行走，希望引你出来，你果然上了钩……”

“婆婆？你说那婆婆长得什么样？”铁嘴华忽然想起了什么，打断了白凤的话，再次追问。他盯着金戈，眼睛里流露出一股希冀之光。

金戈摇摇头，说道：“不能说，真的不能说。”

铁嘴华怒道：“嘿！你还真守信用，你说说婆婆的长相又能怎样？她是不是长得很俊？四十来岁？”

金戈道：“不能说，不知道。您别问了，我真的不能说。”

白凤道："算啦，别逼他了，说正事吧，正事要紧。"

铁嘴华一看天已大亮，点了点头。烟嘴再次叼在嘴里，吸了一口，接着一股白烟从鼻孔里冒出来。眨了一下黄眼说道："黑鱼范四你知道不？南京水路码头的头子，黑鱼帮的帮主，南京黑道上的一杆大旗。他们最近在长江里打捞波斯巨盗独眼龙的沉船，出水就在这几天了。目前黑旗船不断往返，也有染指迹象。我们伺机夺宝。戚家军的队伍扩大了，急需军费，俞大猷也等着疏通……用钱的地方多着呢，这是关乎国家存亡的大事，你该出手！"

金戈听说为了戚继光，马上兴奋起来，连忙问道："你们筹了多少钱了，上回你们到岳武院的时候，不是正在筹集银两吗？"

铁嘴华道："筹集了七千多两，已经送去了，这点钱只够塞牙缝的。戚家军五六千人马，七千两银子才合上一人一两多一点，就是吃饭，也吃不了几天哪。他们还要置办盔甲，置办弓箭，置办帐篷，俞大猷也等着疏通呢。朝廷拨了三千人的军饷，层层克扣，到了戚继光手里所剩无几。没办法，我们爷儿俩跑吧，求爷爷，告奶奶，腿都跑细了，又凑了一千多两。现在机会来了，独眼龙的财宝就要出水了，这可是天赐良机，是天上掉下来的一块肥肉。"

金戈喃喃道："你刚才说，黑旗船也会参与争夺？"

铁嘴华道："是呀，要不然他们在那儿瞎转什么？"

金戈一皱眉，迟疑道："这个……"金戈心想："为了戚家军，我应该全力以赴。只是不能与珠仙子姐妹发生冲突，她们是自己的救命恩人，自己欠着她们天大的人情呢。"

铁嘴华道："怎么，你和黑旗船有瓜葛呀？黑旗船可是一伙强盗，他们不是抢过你的宝物吗？你的'云遮月'让他们夺走了对不对？那是戚继光送给你的，戚继光老打听你的消息，对你期望可不小！"

白凤道："是呀，戚大哥叫你去呢，要我们捎信给你，他说他翘首以待。十天前我们见了他。"

金戈不好意思地说：“戚将军送给我无价之宝，我弄丢了，惭愧啊……”

白凤一撇嘴，说道：“什么弄丢了，是给黑旗船抢去了，你以为我们不知道吗？金珠和银珠拦着脖子瘤，不让杀你，说什么‘劫财不要命’，留下了你的一条小命，对不？怎么，这就下不了手了？”

金戈笑道：“你怎么这么清楚？你看见了？”

白凤一翻白眼，道：“比看见还真呢，你忘了？我们审过桃花会的色鬼。”

金戈道：“喔，我明白了。”

白凤长长的睫毛一张一合，一双妙目紧紧盯着金戈，说道：“黑旗船是一伙劫道绑票的强盗，金珠和银珠是强盗的女儿。自古正邪不两立，你可要想清楚。”

铁嘴华也劝道：“大义当前，岂可因小而失大！”

金戈犹豫了片刻，终于下定了决心，说道：“好，我去！我蒙面去，帮助戚家军乃是大义所在，我义不容辞！”

白凤一惊，瞪着眼问道：“蒙面去？你真和她们交了朋友啦？她们可是一伙江洋大盗！”

“行了行了，废话少说，都蒙面去，免得日后麻烦。”铁嘴华说着，手一抹，脸上多了一块黑布，黑布上露着他的秃头和一双黑黑的眼睛。金戈扑哧笑了，看着他油光水亮的秃顶，心说：“就凭这独一无二的光头，人们也会猜到你是谁，光蒙住鼻子嘴巴管什么用？”正想着，铁嘴华脑袋一晃，一块黑布翻了过去，盖住了他的光头。再看他的脑袋，变成了一个黑炭头，炭头上露着两个黑洞，黑洞里闪着一双犀利的眼睛。金戈的眼光直了，笑道：“妙极！真乃神来之笔！”铁嘴华哈哈大笑，抬手一抹，头上的黑布不见了。接着他倒纵斜飞，一个空中盘腿，坐上树墩。白凤腰肢一弯，双手按地，突然一个“侧手翻”，唰的一声，站在了铁嘴华身旁。接着她一笑，素手一招，叫道："过来，咱俩一边一个，左金童，右玉女。"

金戈应声道："好啊！"

金戈背起插接枪，迈步向前。白凤呼的一跃而至，一把拉住金戈的手，叫道："哎呀，快点嘛！"金戈感觉白凤的手好光滑，好柔软，心里怦地一跳。

金戈看见铁嘴华的一双黑眼正向他们看来，脸色一红，紧走了几步，吭哧着说道："白前辈，我……"

"叫铁嘴华！要不就叫白耀华！"铁嘴华厉声道，"别一个前辈后一个前辈的，要不，你就叫爷爷！"

白凤放了手，跳脚鼓掌，说道："好啊，叫爷爷吧！叫爷爷！"

金戈笑道："那我就叫铁嘴华好了。铁嘴华，您老能不能上一趟武夷山，见见岳院主，替我说说，我真没有偷他们的岳武功……"

铁嘴华一摆手，拦住了金戈的话头，说道："行啊，但不是现在，腾出手来我就去。岳北这老头子昏了头，这么好的孙女婿不要，倒霉去吧！我去，除了我，真没有人敢跟他较真！哼，自打皇上封了他一个五品的芝麻官，尾巴就翘到天上去了。屁！一分钱的俸禄都没有，赏个空名，还挺美呢。走吧，赶早不赶晚，黑鱼帮出货就在这两天了。"

铁嘴华跳下树墩，嗒嗒向前走去。金戈在后面跟着，边走边说："不知岳霞的伤怎么样了，岳武院的医术名动江南，应该没事了吧？"

白凤扭头笑笑，说道："行了，这件事交给我吧，包在我身上，我给你打听去，你不用惦记了，惦记也是白惦记。俗话说得好，是福不是祸，是祸躲不过，干惦记管什么用？"

长江水面上，七八条大船围成一个圆圈。黑鱼帮的帮众上上下下，忙得热火朝天。出水的货物不断送到黑鱼范四跟前。黑鱼范四黑着脸，挺着微微隆起的肚子，大马金刀地坐在一个高背靠椅上。两个二尺多长带着水锈的栎木箱子抬过来，有人打开了其中一个。众人眼前一亮，嗬，只见木箱之内，尽是珠宝玉器，一个西瓜大小米黄色圆球依偎在珠宝当中。

“夜明珠，哈哈……”黑鱼范四一蹦而起，高兴得手舞足蹈，“发财了！发财了！钉上钉上，打开那箱子瞧瞧！”

砰砰砰，箱子重新钉上了，刚要开启另一个箱子，突然，上游下来了几条艚船，船头朝着排子船撞来。同时，黑旗船的一艘艚船和几条乌篷船横向冲来，咔嚓嚓，黑鱼帮的排子船被撞开了，黑鱼范四脸色一黑，高声喊道：“拦住他们！拦住他们！拦住有赏！”接着又低声叫道：“快，搬箱子，上小船，快跑！他妈的，黑旗船想捡便宜，真不要脸！走！”

乒乒乓乓，前面打起来了。霎时间，排子船上杀声阵阵，倒海翻江。黑鱼范四跳上了一条快艇，两个箱子也抬上去了。黑鱼范四亲自抄起一根竹篙，一点木排，快艇一晃，嗖地冲了出去。六个大汉喊着号子，拼命划桨。快艇乘风破浪，箭一般地射向岸边。快艇靠了岸，黑鱼范四一声呼哨，岸上拥出来几十个帮众，众人一声呐喊，拥着黑鱼范四向一片林子窜去。他们刚跑进树林，忽然发现一条黑旗船迎面飘来。黑色的船，黑色的旗帜，黑色的门窗。巨大的黑旗船黑乎乎的，充满了鬼气。

“不好！往回跑……”黑鱼范四说着转身回奔。刚迈了一步，黑鱼范四哎哟了一声，站住了，来路上也有一艘黑旗船如飞而至。黑鱼范四急了，跺脚大叫：“挡住！挡住！他妈的挡住！”说着带人横里蹿去。他们刚出了树林，又被逼了回来。霎时间，树林子里兵刃交击，乒乒乓乓打在了一起。

铁嘴华、白凤和金戈三人蒙着面，蹲在一棵枝叶茂盛的柳树上，正低头观瞧。过了一会儿，铁嘴华悄声道：“金戈、凤丫头，你们俩去抢那两口箱子，抢到手就跑，直奔秦淮河。我断后，要快！这条黑鱼快不行了，抢不到两个，抢到一个也行，不可恋战，走！”

铁嘴华一声令下，三人如同离弦的箭，射向了战场。金戈和白凤并肩而上，手起掌落，混战的人被拍飞了，金戈和白凤各自抄起一个木箱，扛在肩头，飞驰而去。

“快追，箱子被人抢跑了！”

厮杀停止了，混战的人一齐追来。铁嘴华横身一跃，挡在众人面前，双掌上下翻飞，霎时间打倒了一片。

金戈和白凤一路飞奔，来到一座小山跟前，刚想松口气，陡闻一声娇叱：“呔！站住！放下箱子，饶你们不死！”

金戈抬头一看，激灵灵吓出了一身冷汗，拦在前头的不是别人，正是珠仙子姐妹。只见金珠、银珠秀目圆睁，脸沉似水，手上提着明晃晃的柳叶钢刀。这姐妹俩居高临下，煞气逼人。

金戈转身就跑，横向奔去。银珠见来人一照面就跑，抖手就是一枚钢镖。金戈一矮身子，当的一声，镖中木箱。接着，镖到人到，银珠连人带刀扑了过来。金戈急忙前蹿。银珠忽然看见蒙面人后背上的枪匣，枪匣的上端露着半截枪杆。她脚步一停，连忙喊道：“金戈！是你吗！”银珠一连串地呼叫。金戈默不作声，一路飞奔而去，银珠顿时愣住了。

“截住她！”后面传来金珠的喊声。银珠一回头，一个蒙面女子飞逃而来。银珠连忙上前夹击。蒙面女子扔掉箱子，和珠仙子姐妹打在一起。金珠、银珠围住了蒙面女子，两把柳叶刀上下翻飞，蒙面女子欲走不能，陷入苦战之中。银珠忽然住了手，喊道：“你走，你滚！”蒙面女人一声不吭，飞也似的跑了。金珠正纳闷为什么放走了她，忽见银珠眼里泪水涌出，顺着光洁无瑕的脸蛋流下来。

“怎么啦你？啊，哭啥？”

“金戈，是金戈！哇……他们一伙的！哇……”银珠号啕大哭。

金戈来到河边，刚上了船，白凤飞驰而来，她一把拉下面纱，气呼呼地问道：“你怎么扔下我不管？你真差劲！”

“我……我……那是银珠……”金戈一时语塞。

白凤满脸的不高兴，叫道：“什么金珠银珠？差点要了我的命！你倒好，一个人撒腿跑了，真不够意思，箱子丢了，看你和爷爷怎么说。”

片刻后，铁嘴华疯疯癫癫地跑来了，笑道：“怎么样，到手了？”

白凤噘着嘴说道：“到什么手，半路杀出个程咬金，差点把命丢了。”

“哈哈，程咬金？程咬银也不行，哪个王八蛋能斗过你们俩联手，放眼当今武林，能打过你俩联手的王八蛋还没生出来呢。想骗我，王奶奶玉奶奶——差一点！”

“爷爷！我们不是扛着箱子吗？多沉哪，快压死我了。”白凤摸摸肩膀。

铁嘴华道：“你们不会放下箱子，大活人叫尿憋死——”

“爷爷！你说话斯文点好不好！”白凤脸色一红，看了金戈一眼，说道，“两头猪打了我们的伏击！”

铁嘴华道：“两头猪？哦，双珠仙子金珠、银珠？她们俩也不是你俩的对手啊。行了行了，金戈说吧，你少插嘴。”

“我们拿回了一箱。”金戈叹道，“都是我不好……”

“是我……”白凤觉得委屈，泪水在眼眶里打起了转。

“行了，一箱就一箱，快打开看看，别是一堆大石头，那条黑鱼什么屎都拉。在哪儿呢？打开打开！”铁嘴华说着，一个“乳燕投林”射进了船舱。

湿漉漉的木头箱子被打开了，箱子里满是莹莹之光。珍珠玛瑙光华夺目，翡翠玉石五彩缤纷。一个玉匣被打开了，一颗鸡蛋大小的蓝色宝石射出了耀眼的光芒。“海王星！”白凤一声惊叫。白凤忘了刚才的不快，纤纤玉手拿起“海王星”，三个人六只眼睛凑在一起，一眨不眨地盯着这颗海蓝色的宝石。

“好好瞧，别把眼珠子瞧掉喽，哈哈哈……还有更大的呢。”铁嘴华翻出了另一个玉盒，拿出来一个拳头大小的白宝石，“哎哟，天王星……”白凤一把抢过来，高兴得蹦起来。铁嘴华摇头晃脑唱道：“天王星，海王星，天上星星亮晶晶……”他唱着走到后艄，摇起橹，兴奋地高喊：“开船喽——”

“爷爷！”白凤拿着两颗宝石跳过来，叫道，“爷爷，咱们家那六十亩茶园应该买回来了吧，我留下一颗星……”

铁嘴华停住手，直起身子，眼睛瞪得铃铛一样大，吼道：“什么？一颗星换那六十亩茶园？就是给全黄山的茶园也不换！你给我好好地看着，一个珠粒也别动，这是戚家军的救命钱。”

白凤央求道：“这不是咱们弄来的吗，戚家军一下要不了那么多。”

铁嘴华双手一推一拉，船橹摇动了，小船咿咿呀呀叫着离开岸边。铁嘴华一边摇橹，一边说：“白家人长着手呢，要茶园，自己开去，那六十亩茶园还不是自己开出来的？少废话，打完倭寇再说，和倭寇开仗用钱的地方多着呢。将士们提着脑袋瓜子玩命，我们丢掉几十亩茶园又算得了什么？”

船在走，水在响。哗哗……哗哗……白凤见铁嘴华专心摇橹，噘着小嘴走进了船舱。金戈看她噘嘴的样子很好笑，偷偷一乐。白凤怒道：“乐什么？小心乐掉了下巴，砸了脚面！”

银珠寒着脸跑回了黑旗船。船员们打招呼她也不理，噔噔噔，一口气跑上了二楼，当啷一声，把刀丢到地板上。佩儿见银珠回来了，急忙迎上来，说道：“二小姐，你怎么才回来呀，你看，这是什么？”佩儿指着桌子上的小铁箱，“金公子送来的珠宝箱，给小姐们的，四十颗好大好圆的珍珠……”

银珠不听珠宝箱还好，一听气就上来了，说道：“哼，他倒会借花献佛，刚才干啥来着？我才不稀罕呢！”说完，拿起珠宝箱，呼地推开楼窗，手一扬，珠宝箱画着一道弧线，砰的一声落到江中。

“啊？小姐，你这是……”佩儿惊呆了。

“慢说小小的珠宝箱，就是金山银山，又能怎么样？金山银山换得了人心吗！”银珠说完，趴到桌子上放声大哭。

佩儿看见银珠肩膀耸动，泪水打湿了绿色的衣袖，顿时手足无措。

片刻后，银珠抬起头，瞪着泪眼叫道：“叫他们开船！离开这个鬼地方！”

佩儿躬身领命：“属下领命！我这就去告诉李路。”

不一会儿，船上的人行动起来了，升帆的升帆，拔锚的拔锚，楼船驶离了江边。

金珠把白凤丢弃的宝箱交给了母亲，乘小船回到楼船上。佩儿叫住了她，两人嘀嘀咕咕地说了好一阵子。

金珠和佩儿上了楼，一看银珠正歪着脖子喝酒，金珠道：“你干吗呢？疯了你！”

“你管我呢，哈哈，喝死才好呢，省得心烦！”银珠一只手把着细瓷酒壶，袖子湿了一大片的那只手攥着青花酒杯，满脸的醉意。

“你可知道，金戈在船上等了我们一天两夜？”

“什么时候？”银珠摇晃着站起来，用酒壶拄着桌子，泪眼圆睁。

佩儿又扶她坐下了，柔声道：“前天晚上，你们刚走，金公子就来了，第二天他待了一整天，晚上又等了多半宿，快天明了才走。”

“那，那你为啥不派人去叫我？”

“我敢吗，我只不过是个小丫头……他特意拿来一个珠宝箱，送来四十颗又大又圆的南珠，个个这么大个，他说了，你们名字叫金珠、银珠，应该有天下最好的珍珠！一人二十颗，做成项链戴在脖子上，那才是名副其实呢……”

“那珠宝箱呢？”银珠睁大眼睛问。

“你扔到了江里……”

“啊？我……”银珠懊悔得要打自己。金珠连忙拉住她，对佩儿说：“拿出来吧。”又对银珠说：“多亏佩儿打捞上来了，你呀你！”佩儿跑出去，一会儿又跑了回来，她抱来小铁盒。佩儿打开盖子，四十颗滚圆的珠子光华流动，珠子旁边还有一对玉镯，也是灿烂夺目。

银珠问道：“他没有忘记我们？”

金珠说：“没有！肯定没有，他不是忘恩负义的人。”

佩儿道：“金公子见不到你们，愁眉不展，整天坐卧不安呢！”

“你敢胡说，死丫头！”银珠满脸醉意，一把拉住佩儿，身子一晃，哇的一声，吐了佩儿一身。

银珠吐完了，又问：“刚才，刚才不是他？”

金珠说：“你说是他，我又没看见……”

“他背着枪匣呢，就是他！我们做的枪匣，我能认错吗？呜呜……”银珠跺着脚又哭起来。

金珠一皱眉，说道：“告诉李路，通知六号、七号、八号艚船，通知第三哨的所有帆船，随我们沿江上溯，再进鄱阳湖，继续探察水下城。”

“金戈，金戈……他要找我们……怎么办？”银珠停止了哭泣，醉眼蒙眬地问。

金珠乌云满面，说道：“他要找我们，自然找得着……”

乌篷船上的西瓜风灯映出一团亮光，铁嘴华正喝小酒。金戈和白凤在船头并肩坐着看夜景。铁嘴华的声音传来：“你们俩听着，打明个起你们练习划船，别尽使唤老头子，我们要在秦淮河里躲个十天半月的，避避风头，然后沿长江逆流而上，去鄱阳湖。到了那儿，我上岳武院，给你小子说情去，不然，你小子一辈子东躲西藏的，怎么干事？”

白凤娇声道：“哟，在这儿猫半个月？那不得闷死？”

铁嘴华端着酒杯道：“闷死也得闷着，你们俩不许惹事，谁也不许上岸！”

白凤道：“买吃的呢？”

铁嘴华道：“有老头子我代劳，你们练练划船掌舵，还要多练功。俗话说，拳不离手，曲不离口，别整天凑在一起闲聊！”

乌篷船泊在一段僻静的河道里。白天除了练划船就是睡觉，一到晚上，金戈就跳到岸上摸黑练功，一练就是半夜。白凤在一边陪着，两个人比比划划，亲密无间。十几天一晃而过，这天，铁嘴华说：“你们换换装，我们该走了。”

天气转凉了，金戈一算，离开岳武院快两个月了。他戴上斗笠，披上蓑衣，和白凤一同摇橹，小船拐来拐去，进了长江。第二天，乌篷船张起了风帆，铁嘴华掌着舵，借着东风溯江而上。金戈和白凤坐在铁嘴华身边，听着铁嘴华诙谐的话语。这时白凤问道：“岳北那老头子要是不听你的劝告，继续追杀金戈怎么办？”

铁嘴华道：“走一步算一步，车到山前必有路，船到桥头自然直，到时候再说。实在不行你们先去戚家军效力，我再去搬动少林掌门、武当掌教、奔雷寨主，三山四派齐上岳武院，他再不给面子，看我不拔了他的老牙！我就不信猫吃核桃狗上树！”

白凤笑道：“嗬，四大高山齐会武夷山，再加上一个武当派，那可不得了，他非给面子不可了。”白凤看看金戈，说道：“金戈，你知道当今武林的四大高山吗？”

金戈细眼一张，盯着白凤的俊脸道：“听说过，不太详细，你给说说。”

白凤道：“武夷岳武、嵩山少林、太行奔雷、黄山白神，这就是当今武林的四大高山。爷爷，为什么我们排最后，是不是我们的功夫不如他们？”

铁嘴华一只手扳着舵，一只手装烟，说：“火！”

白凤赶紧取出火折子点烟，同时催道：“说呀。”

铁嘴华吸了一口烟，说道：“要说功夫深奥，首推岳武功；要说博学多艺，当数少林；霸道要说奔雷拳；飘逸潇洒谁也比不上白神掌。其实，奔雷拳和白神掌谁也比不过武当剑。牛鼻子老道们之所以隐忍不发，是在等待一个恰当的时机。”

一提到岳武院和岳武功，金戈的脸上就生出愁云。自己岳武功有麻烦了，岳霞生死不明，现在又得罪了金珠、银珠，嗐，简直是一团糟。

白凤站起来，走进舱内。一会儿，她又探出头来，向金戈招招手，说道：“来，进来！”

金戈刚走到舱门口，白凤就抓住他的手，拉着他进了船舱。金戈觉得白凤的手特别柔软，心里生出了一种异样的感觉，一颗心扑通扑通地狂跳起来。白凤轻轻一带，拉他坐下了。金戈一看，小桌子上摆着茶壶茶碗，茶碗里茶水冒着热气，看样子是刚沏上的。白凤脸蛋红扑扑的，看着金戈道：“刚才不高兴了？想什么呢？”

白凤一问，金戈的思绪又飞走了，他猜想银珠是不是认出了自己，会不会告诉长发婆。金戈心道：“我对不起你们。可是，毕竟民族大义重于泰山，又有什么办法呢？你们千万不要怪我，我不会忘恩负义的。”金戈一脸的内疚，默默无语，尽管白凤有意开解，金戈还是心神不定。

小船沿江上溯，几天后到了鄱阳湖。

金戈穿着短衣长裤，戴着斗笠，站在船头向外眺望。忽然，他看见黑旗船擦肩而过，金珠和银珠姐妹正站在二楼凉台上，正朝他们的小船张望。金戈刚要喊叫，忽然一只香喷喷的手捂住了他的嘴，一个轻轻的、温柔的声音钻进了耳鼓："正邪不两立，我的金公子！"接着，金戈觉得耳边吹来一股热气，白凤悦耳的声音又响起来："小心我们的宝箱。"

想起护宝的责任，金戈的眼光黯淡了，他轻轻拿开白凤的手，走进了船舱，轻声道："她们怎么也回来了？"

铁嘴华问清了金戈探索岳武功的经过，说道："我说，我去岳武院，你们找个僻静地方待着，我去个三五天就回来。五天后，你们到这儿来接我。不，你们的船就在双钟山下停着吧，我去找你们，你们千万不可离船，小心我们的珠宝箱子。"

铁嘴华提着旱烟袋，哼着小调，晃晃荡荡地走了。乌篷船离开了岸边，咿咿呀呀叫着划向了湖心。

第二天下午，铁嘴华来到了武夷山岳武院。一进大殿，看见岳老院主正独自闷坐。几个月不见，他似乎苍老了许多。岳老院主看见铁嘴华，脸上立即堆起了笑容，起身叫道："老伙计来啦，快泡茶。太好了，我正有事找你呢。"

铁嘴华掌中的烟袋杆滴溜一转，哈哈大笑："你找我？你找我准没好事！说吧，是不是要我给你打听消息？"

岳老院主上前一步，拉着铁嘴华的手道："嘿，你就是我肚里的蛔虫，我想什么你都知道，来人哪，摆酒，摆酒！"

铁嘴华道："怎么，还没吃午饭吗？现在晌不晌夜不夜的，见面就摆酒？"

"管他什么时辰呢，你来了咱就喝两口！这么多日子了，就我一个人喝闷酒，酒到了嘴里什么味都不知道了，唉，烦透了！烦死了！”岳老院主叹了口气，问道，“你都听说了？”

岳老院主把铁嘴华按在椅子上，自己回到主座上。铁嘴华看着脸色蜡黄的岳北，再看看他身上皱巴巴的交领团花袍，看看他脸上微微凸起的布满皱纹的颧骨，探着身子说道：“听说了，说是你们和桃花会干了一仗，损失不小？”

岳老院主叹道：“唉，一言难尽！”

酒菜来了，很简单。松花蛋，煮花生，拌鲜笋，拍黄瓜，一坛花雕。岳老院主一伸手，两人来到客桌前，分宾主坐下来。嗵嗵嗵，脚步声响，大堂主走进来。他风尘仆仆，大步流星。铁嘴华瞟了一眼大堂主沾着泥浆的鹿皮快靴，说道：“中海来了，来，过来陪老夫喝一杯。”

大堂主在桌前站住了，方盘大脸上挤出了一丝笑容：“不了，您两位喝吧，我有些事要去安排，失陪一会儿。”

“那好，你先忙吧。”铁嘴华说着端起了酒杯，岳老院主手上的酒杯往前一送，两个酒杯轻轻一碰，接着到了嘴边。二人一仰脖子，同时干了。几杯酒下了肚，两人的话就多了。这时候热菜也上来两个，也是普通的菜，看来岳武院的日子真的不富裕。

岳老院主叹道：“三堂主太骄傲了，犯了兵家大忌。再说了，阴阳魔有备而来，又是在船上，三堂主撞到网上了，可惜二堂主，也搭了刀。”

铁嘴华道：“这么说，外面的传言是真的了，三堂主、二堂主和一百多名武徒，被桃花会的阴阳魔打死了？”

岳老院主勃然大怒，一拍桌子，骂道：“放屁！不是一百多个，是二十几个。添油加醋，没一个好东西！”

铁嘴华干了一杯，岳老院主却干了两杯。

岳老院主又道：“老哥我求你一件事，你给办办，让我出出心中的恶气。”

铁嘴华说道:“我说，是不是和桃花会大战一场，杀了阴阳魔，挑了他的盘子？”

“不，阴阳魔不着急，他跑得了和尚跑不了庙，我说的是金戈。金戈是岳武院的叛徒、贼子，盗走了岳武功，必须全力追杀。你在江湖上人缘好、面子宽，你给传传，叫大家伙留神这厮，抓到他，我岳武院必有重赏。打死也行，岳武院也有重报。我岳武院说出去的话板上钉钉，绝不食言。”

“我说，你这就不对了，有仇的报仇，有冤的申冤。你应当集中兵力对付阴阳魔，哪天你去剿桃花会，你告诉老兄弟一声，兄弟我甘当马前之卒。至于金戈嘛，我看，你还是算了吧。”

“你说什么？”岳老院主酒杯一捏，啪的一响，酒杯碎了，酒花飞溅，怒道，“算了？没门！”

铁嘴华哼了一声，说道:“没门走窗户！”啪，手中的酒杯也捏碎了。接着铁嘴华哈哈一笑，说道:“老伙计，你还不知道你错在哪里？一开始，你们就不应该对付金戈，这一切都是你的错！”

“你说什么！”岳老院主双眼圆睁，接着转头吼道:“来酒！来酒！”

杨协理快步走来，手中拿着几个兰花细瓷酒杯。哗啦啦，杯中又注满了酒。岳老院主抄起酒杯，一仰脖子干了。

铁嘴华吃了口菜，慢条斯理地说道:“你明明知道金戈的岳武功不是偷的，却诬陷他偷了你们的岳武功，你是怕岳武功不再为岳家独有，是不是？还有，你们想逼他说出练功方法，对不对？他就要成为岳家的女婿了，你要是直来直去地问，他能不说实话吗？可是，你怕你家的岳武功外泄，你怕外姓人会了岳家的武功，你恼羞成怒了……”

“够了！够了！你少胡说八道！”岳老院主一拍桌子，桌上的杯盘乱跳。

铁嘴华夹起了一段翠绿的豆角，看着岳老院主道："我说，听说你要传双龙令，对付金戈？我告诉你，千万不可！万万不可！我们要对付的是倭寇，是桃花会，是黑旗船，不是金戈！我说，金戈是自己人，他父亲是一代清官，他本人对倭寇黑帮也恨之入骨，你不能是非不分善恶不辨一意孤行。你再对付金戈，会付出更大的代价！"

"你气死我了！"啪，又一个酒杯被岳老院主捏碎了。

铁嘴华一抬脚上了椅子。他蹲在椅子上，伸着脖子说道："金戈此人聪明绝顶，乃人中之龙。就凭岳霞传给他的第一阶岳武功，就破了岳家谜局，推断出第二阶、第三阶的练功方法，确有过人之处。还是安抚他，收服他为好，他会成为岳家的顶梁柱……"

"住嘴！你给我住嘴！"

"……金戈命不该绝，你收手吧！除了我敢劝你，没人敢对你直言。良药苦口利于病，忠言逆耳利于行，悬崖勒马，犹未晚矣！你好好想想吧！"

岳老院主恼羞成怒了，拍着桌子叫道："你是咸吃萝卜淡操心，你给我滚！你给我走！走！走！走得远远的！"

铁嘴华哈哈大笑，说道："说到痛处了！捅了你的肺管子了，掰了你的逆鳞了。你看你的脸都黄了，鼻子也歪了！哈哈哈……"

砰，又一个杯子被捏碎了。

铁嘴华把筷子上夹住的一段豆角放进嘴里，一边嚼着，又伸出了筷子，夹起了杏黄色的胡萝卜片，不紧不慢地送进嘴里。

大堂主回来了。他身上的月白交领短袍换成了蓝色白边长袍，脚上的鹿皮快靴换成麻布靸鞋，腰间的丝绦似乎也换过了，人也显得精神了。他恭敬地站在铁嘴华身边，一只手提着茶壶的铜系子，一只手扶着茶碗，茶壶一歪，一股黄澄澄的茶水画了个弧形，流进了残存着少许茶水的兰花茶碗里。

岳老院主瞪着双眼，吹着山羊胡，看着铁嘴华吃东西。铁嘴华晃着光秃秃的脑袋，颤动着几根白胡子，腮帮子一鼓一鼓地咀嚼着食物。吃得差不多了，铁嘴华抓起茶碗，咕咚咕咚灌了几口茶水，打了个饱嗝，跳下了椅子。他看了看面色不善的岳北和默默无语的大堂主，拍了拍肚子笑道："我吃饱了，喝足了，话也说完，该走了。"

大堂主赶紧跟过去，为铁嘴华拉开了厚重的雕花大门。

岳老院主抓起酒坛子，哗啦啦往嘴里倒，他连喝了几口，忽然站起来，摔了酒坛子，接着乒乒乓乓地摔盘子摔碗。

铁嘴华走到门口，听见动静，回头道："摔吧摔吧，摔完了买新的！走错了路，可没有卖后悔药的！棋错一步，满盘皆输！想想吧，你该清醒了，金戈不能再追了，他命不该绝……"铁嘴华说着大步走下了台阶。

大殿里传出岳老院主的吼声。铁嘴华看了一眼愁容满面的大堂主，说道："我回去了，你去看看他吧，希望他能考虑我的话，清醒清醒。他说三堂主骄傲，其实他最骄傲，谁的话也听不进去。好，我走了，你回去吧。"铁嘴华说完，手一背，嗒嗒地走了。

十五 情深意切

铁嘴华嘴角上带着笑意，迎着夕阳下山了。天空像水洗过的蓝宝石，蓝得发亮。树林里鸟儿叽叽喳喳地啼啭，山坡下小草闪着翡翠般的光泽。一队大雁排成人字，在蓝天上嘎嘎叫着比翼联飞。铁嘴华叹道："武夷山的秋天，真是迷人。"

铁嘴华在木桥前一拐，踏上了通向谷底的小路。小路贴着峭壁辗转起伏而下。铁嘴华走过一段柏木栈道，看见了悬挂在壁间的一池清水。他掬起一捧清澈冷冽的泉水，汲了几口，然后仰天大笑。笑过后，铁嘴华抬头看了看布满绿色青苔的褐色崖壁，摸了一下只有几根白毛的秃下巴，哼着小曲向下走去。到了谷底，铁嘴华沿溪上溯，不久就来到金戈落谷的地方。他抬头向上看了看，叹道："就这么几棵破树就抓住了，真乃奇迹。唉，大难不死，必有后福呀！"铁嘴华掏出烟袋叼在嘴上，取出火折子一甩，竹筒里立刻冒出了红色的火苗。烟袋锅子亮了几亮，发出了嘶嘶响声，金黄色的烟丝被点燃了。他干瘪的腮帮子瘪了几瘪，一缕白烟从他翕动的鼻孔里钻了出来。他惬意地哼了一声，摇晃着身子迈开了一双干瘦的老腿。

走出峡谷，夜幕降临，铁嘴华看见了远方的一处篝火。篝火在微风中摇曳，如烟花在夜幕中绽放。他看见了两个忙活的身影，看见了两匹高头大马。双马见到陌生人，唏律律一阵嘶鸣。

“嗬，雄州二公子，忙什么呢？”铁嘴华大声喊道。

铁扇公子满头大汗，铁铃公子一身尘土。一人拿着一个崭新的窗户，一人拎着一把斧头，听见了铁嘴华的喊声，一齐向黑暗中望去。铁扇公子撒手扔掉手中的窗户，迎上来：“铁……铁嘴……嘴侠！是……是……你！”

“铁嘴华，您好！您老这是打哪儿来呀？”铁铃公子握着斧子奔过来，说完了又向铁嘴华身后望去。

铁嘴华看了看泥头鬼脸的雄州二公子，哈哈大笑，说道：“我刚从岳武院下来，和岳北老头子干了一架，气得他吹胡子瞪眼，摔盘子摔碗！我说，这老家伙鬼迷心窍了，变成了一个糊涂透顶的糊涂蛋！”

正说着，一个小女孩跑过来，她捧来了一个黑瓦罐，娇声道：“老爷爷，您喝水吧。”

瘸腿猎人一拐一拐地从黑暗中走出来，叹道：“身在武夷山，没有武夷茶。贵客将就着喝点白开水吧，这儿的水可甜呢！这两位大哥也歇歇，俗话说得好，赶活不赶饭，咱们该吃饭了。”

铁嘴华看清了，雄州二公子正在帮着猎人建窑洞。石洞口已经插好了木头框子，窗台也垒好了。石洞一丈多深，里面封了一人多高的一堵石墙。

瘸腿猎人看见铁嘴华打量窑洞，说道：“好人哪，这两位大哥真是热心肠啊！头一回见面，见我们爷儿俩没家没业的，非给我们安个家不可，忙了好几天啦，真是好人哪！我真不知道该怎样答谢才好。”

铁铃公子笑道：“冬天快到了，住在四面透风的窝棚里，怎么过？孩子也受不了呀。反正我们有的是力气，用完了还长呢！山上有的是石头，多的是木料，耽误三五天工夫就搞好了，猎人大哥不必客气。”

铁嘴华一听，伸出了大拇指，说道：“好！好样的！雄州二公子果然侠义心肠。告诉你们爷儿俩吧，他们二位可是武林中响当当的人物，号称雄州二公子，这位是铁扇公子荆长生，这位是铁铃公子马森林。你们是不是要去岳武院？”

铁铃公子答道：“正是，正是。听说岳武院受到了桃花会的袭击，我们正想去看看，需要帮忙就伸伸手。”

瘸腿猎人连忙道：“哎呀，原来是二位大侠——哦，三位大侠。来来，赶紧歇会儿。哎呀，真不知道该怎么答谢几位恩人才好。兰子，快打洗脸水……”

叫兰子的女孩端来一个瓦盆，盆里荡漾着清水。仰着小脸看着雄州二公子，说道：“叔叔洗手吧。老爷爷，您也和我们一起吃饭吧，饭已经熟了。”

铁铃公子摸摸小兰子的头，说道：“小兰子真懂事，你看她多机灵啊。”

铁嘴华笑道：“好，那我就尝尝，小兰子的手艺不错吧？哈哈……”

雄州二公子过去洗手，铁嘴华蹲在地上抽烟。他吧嗒了几口，接着刚才的话茬说道：“我说，你们去岳武院看看吧，现在的岳武院乌烟瘴气，死气沉沉。岳北这个老倔头把气撒在了金戈身上。金戈，你们认识，就是咱们在临江县见过的金文杰，那个小进士。岳武院放着仇人阴阳魔不找，非要找金戈算账，还要发双龙令拿人，他是鬼迷心窍了，轻重缓急都不知道了！”

铁铃公子甩了甩手，直起了腰，说道：“我们也听说了，有人说是金戈偷了岳武院的岳武功，还听说天仙子岳霞为了阻止行刑，匕首刺腕穿心，救得金戈逃走了。还听说金戈的岳武功练到了第八步，练会了八步赶蝉功，能飞檐走壁了。我们半信半疑，过来看看，也想见见金戈。金戈能够摆脱桃花会追击，步入武术之林，可不简单呀。习武才两年多，就有了这样的成就，真了不起。”

铁嘴华说道：“我说，金戈是一代清官金世清之子，生死关头都不肯加入黑旗船，这些事你们都知道，他怎么会自甘堕落盗取岳武功？不可能，这个说法不可信。我倒听说，天仙子岳霞传了金戈一阶岳武功，金戈又自己琢磨了两阶岳武功。桃花会的脖子瘤带人找上门去，金戈用岳武功杀死了他们，也暴露了身上的功夫。岳家赖他偷了岳武功，其实是怕岳武功流传出去，怕岳武功不为岳家所独有。这件事是小葱拌豆腐——一清二白，小秃头上的虱子——明摆着。”

铁扇公子结结巴巴地说道：“对，对。我，我，我……也，也……有……同感，说……得……得……对！”

小兰子又端来一个小瓦盆，盆里热气腾腾，肉香扑鼻。铁嘴华用鼻子一嗅，笑道：“好香！”

接着，瘸腿猎人拿来几个黑碗、几双筷子，又拿来三个装着米饭的竹筒，歉然道：“山野之中，没有什么好食物招待诸位大侠，这是山鸡炖蘑菇，佐料也不全，凑合着吃吧。”

铁嘴华道：“好啊，山鸡炖蘑菇，好！这叫来得早不如来得巧，赶上了，那就尝尝武夷山的山珍吧，我可不客气了！”

几人围拢来，边吃边谈。铁嘴华刚吃过不久，也不怎么饿，捞起一只鸡爪子啃起来。一边啃，一边对雄州二公子说：“你们去了岳武院，见见大堂主岳中海，他是个明白人。他是岳霞的父亲，回来的时候你们和他要两袋大米，送给猎人兄弟，他们大米有的是。”

瘸腿人连连称谢，说道：“谢谢！谢谢！看看，净赶上好人了。兰子！赶快谢谢爷爷，谢谢叔叔！”

小兰子小嘴一张，清脆地叫道：“谢谢爷爷！谢谢叔叔！”

瘸腿猎人接着说道："说实在的，我们躲进山里，也就是打着活一天算一天啦。我们没脸见人哪，唉，好死不如赖活着，凑合着吧。我倒没什么，可怜我的孩子，她才十来岁，就跟着我受这个罪……"说着，眼圈红了。

铁嘴华说道："这样吧，我今晚就睡在这里，明天帮帮忙。木匠活我不行，打打下手还可以，我也卖把子力气，人多好干活。我看这窑洞再有一两天就弄好了。"

铁扇公子摇头道："不，不……用。"

铁铃公子停下筷子，看着铁嘴华说道："今晚我们再鼓捣半宿，明天就完工了，您老要是愿意帮忙，就劳烦您下山一趟，买点东西。他这里需要些窗户纸，缺些钉子。窗户要糊好，冬天山风大。当然，您老要是有空的话。"

铁嘴华笑道："有空，有空！行！这事交给我办吧。我现在就走，咱们明天见吧。"铁嘴华说着站起来，就着篝火点着了烟，抽了两口，嗒嗒地走了。猎人道："哎，老哥，说走就走啊？"

"走啦，走啦，明天见……"铁嘴华答应着，融进夜色中。

乌篷船停在双钟山下。船舱里，风灯轻轻摇着。矮脚方桌上摆着红红的湖蟹、黄黄的湖虾。金戈和白凤面对面坐着，正在舱中小酌。几杯酒下肚，话就多了，山南海北聊起来。白凤面如朝霞，秀眼扑闪，红润的樱桃小嘴轻轻汲着杯中酒，秀发半掩的玉耳听着金戈滔滔话语，心道："怪不得岳霞和金珠、银珠都看上了他，和他在一起，如沐春风。听他说话，如饮甘泉。"白凤是个讲究实际的人，开始她看不上金戈，那是因为金戈不会武功。上次到武夷山时看见金戈学会了六十四枪拳，心有所动，但也没怎么上心。因为金戈毕竟不是门里出身，认为他不会有大的作为。今天不同了，金戈不但有岳武功在身，而且还有了一身阴柔的功夫，武功超过自己，也超过了雄州二公子，成了武林的一朵奇葩。虽然目前四面楚歌，可是，如果有白神庄护着，他们又能把金戈怎么样？想来想去，白凤情愫暗生，寻思：“一个人来此一生，得到一个心爱的男人，与自己潇洒走过一生，那才是最大的幸福。机不可失，失不再来，我要争取一下。”想到这，白凤拿出了笔墨，在方桌上铺了一张宣纸，挥笔写道：“我欲与君相知，长命无绝衰。山无陵，江水为竭，冬雷震震夏雨雪，天地合，乃敢与君绝。”

一篇表白爱情的古老诗句留在纸面上。墨迹工整，没有女人那种娟秀的韵味，字里行间流露出一股峥嵘之色。金戈看罢一惊，赞道：“看得出来，白姑娘的书法下过功夫，临过名帖。不错！不错！很有气势！没想到白姑娘竟然文武双全！佩服！佩服！”

“不敢！”白凤嘴角一动，笑道，“我这才叫班门弄斧呢，在你这个大进士面前那才是小巫见大巫呢！不过，和你比我不行，和一般人比我还真不服气，不瞒你说，我也号称黄山女秀才呢！”

“哦，那也是文武全才了？”

“跟你没法比，别笑话我，你是大明骄子，有文章、琴艺、书法三绝之称，你才是真正的文武双全！”白凤抱拳当胸，真真假假地比划着，最后一句还唱上了，“还请金公子不吝赐教。”

白凤的意思，再明白不过了，再加上她那火辣辣的眼神，傻子也明白是什么意思。金戈更是心知肚明，但是，他不能接受白凤。前有岳霞，生死不知，后有金珠、银珠，对自己恩重如山，怎么敢再招惹一个白凤？他只好装聋作哑，推脱搪塞了。何况，金戈觉得自己的心火越来越盛，大有压制不住的感觉。一想到功夫，金戈的眉头就皱了起来。每次练功，心里都是寒热争斗，这何时是个头呢？他知道，安下心来解决练功问题才是当务之急。可是，白凤俊眼传情，身子有意无意地接触，引得他心头小鹿乱撞，欲望的烈火渐渐燃烧起来，一种激情在他心里澎湃激荡，几欲控制不住。金戈暗道："这就是情了，真是让人难以自制。古人之言诚不我欺。"但是，岳霞的那次翻脸相对，在他心里烙下了深刻的印痕，对白凤的热情既喜且怕。正是一朝遭蛇咬，十年怕井绳。这时，他眼前闪过岳霞那秀丽的面孔，闪过金珠和银珠那清纯的面容，心里翻江倒海："你可要对得起岳霞，对得起金珠、银珠。而且，你面对各路人马的追杀，生死难料，岂可误己误人？白凤啊，金某有生之年，定当对你爱护有加，定会报答你的知遇之恩。男女授受不亲，你一定要克制，一定要非礼勿视，非礼勿动……"

"想什么呢，脸上阴晴不定？"白凤紧挨着金戈，两只水汪汪的丹凤眼秋波暗送，一双纤纤玉手悄悄钻进了金戈的手掌中。

"我想你们对我这样好，我不知道如何报答才好，我欠的债越来越多了……"金戈轻轻推开白凤那只柔软温暖的小手。

"你们？'你们'都包括谁？"白凤打断了金戈的话头，盯着金戈的眼睛问。

金戈目光远去，低声道："天仙子岳霞小姐舍身相救，双珠仙子金珠、银珠鼎力相帮，还有你，花仙子白凤白小姐，对我情深义重，有诸位红粉知己相知相助，金戈幸何如之！死亦何憾？只是当务之急，我要设法熄灭我的心火。我现在胸闷心焦，牙也疼，舌也疼，心火越来越盛了，只靠寒心功压制，怕是有压不住的一天……"

看到金戈愁眉不展，白凤知道金戈所言非虚，急忙道："那可怎么办？要不找个大夫看看？"

金戈叹道："不用，这是心火，一般大夫治不了，还是自己想办法吧。"

白凤漆黑的眸子盯着金戈，温言道："来，再喝一杯，一醉解千愁。"

大堂主家，岳霞正对着蜡烛垂泪，她的身体已经痊愈了。岳武院过的是刀头舐血的日子，治疗刀剑之伤自有绝技，大堂主又是个中高手，岳霞的伤自然好得快了。烛光闪烁，照亮了岳霞那张令人垂涎的俊脸。岳霞站起来了，走到琴桌旁，缓缓坐了下去。她手抚瑶琴，遥想远方。风玲站在一侧，默默地看着岳霞。阴沉的天气加上阴沉的心情，压得她仿佛喘不过气来。

岳霞的手指一拨，琴弦颤动，铮地发出了一声轻响。接着，琴音叮叮咚咚，缓缓流动起来，岳霞红润油亮的嘴唇一张，一缕轻音悠悠出口，划破了静静的夜空：

悠悠白云哟，亭亭的大雁。
请你停一停，请你站一站，
带去我的祝福，带去我的思念。
远方的情人哟，你可平安?
寒冬来临，可有棉衣换?
风雪猖狂，可有屋御寒?
愿我的真情，编就一条红线，
牵你的魂魄，进我的梦苑，
拴紧你我，两心永相连。

悠悠白云哟，亭亭的大雁。
请你停一停，请你站一站，
带去我的爱情，带去我的思念。
远方的情人哟，可有留恋?
满眼陌生，是否能心安?
人情炎凉，是否遭白眼?
愿我的爱情，酿造醇香美酒，
滋润你喉头，浇灌你心田，

甜甜蜜蜜，两心永相连！

悠悠白云哟，亭亭的大雁。
请你停一停，请你站一站，
带去我的情义，带去我的思念。
远方的情人哟，可在企盼？
人生艰辛，可曾遇困难？
忧愁烦恼，可曾抛脚边？
愿我的情意，织成一匹锦缎，
披在你身上，暖在你心间，
锦缎环绕，两心永相连！

余音袅袅，岳霞泪光闪动。凤玲走过来，轻轻靠在岳霞身边，悲声道："小姐，明天是九月初一，公子走了两个多月了，你伤也好了，我们不如出去走走……"

"找他去？"岳霞眼睛一亮。随即双睫微合，眼光又黯淡了，轻轻说道："人海茫茫，何处寻芳草？"

"人挪活，树挪死，我们且到江湖上走一遭，碰上更好，碰不上就算秋游，何必作茧自缚，看他们的白眼？呸！一帮小人！再不行咱们就去你外婆家，到南京散散心，我们好久没见着云表姐了。"

"天高任鸟飞，海阔凭鱼跃，也好。可是，就怕爹爹不让去。"

凤玲转到岳霞身前，拉着她的双手，轻声说道："你留下一封信，偷着走，谁拦得了咱们？"

岳霞目光闪动，犹豫道："这样行吗？我看还是说一声好。"

凤玲摇头道："你一说就去不成了，老爷子肯定不放你走，你想啊，他们都恨着咱们呢……"

岳霞皱眉道："让我想想。"

第二天中午，岳中民和虎子回来了。

他们带回了双龙令，大殿里响起了欢呼声。岳老院主哈哈大笑，朗声说道："双龙令，阎王令，群起攻击难逃命。"

虎子把背袋中的双龙令牌倒出来，哗啦啦，堆满了八仙桌子。岳老院主随手抓起几个令牌看了看，放下了，又抓起了另外几个令牌，再看看，脸上的皱纹舒展开了，堆满了笑容。他看着令牌上栩栩如生的双龙，看着令牌上熠熠闪光的字迹，纵声大笑。忽然，他的笑容凝结了，片刻后，笑容重现他饱经风霜的脸上，他低声念道："追杀金戈，剿灭倭寇。"

他左右手各持一个双龙令牌，双手一合，啪的一响，大声道："事情有个先来后到，先追杀金戈，后协助戚继光剿灭倭寇，正好一举两得！"

大堂主、五堂主、四堂主，以及岳老院主的子侄们围在桌子前，齐声叫好。岳老院主叫道："咱们议一下，打个商量，看看怎么行动。虎子，你去宾客院，把五毒师太请过来，你把来龙去脉和她说一说，哼！唯小人与女子难养也！"

众人正在议论着，五毒师太拿着一块令牌进来了，她狞笑着叫道："请出了双龙令，报仇有望了，怎么不早说一声？"

岳老院主说道："我自有安排，何必早说。"

"不过，追杀金戈、剿灭倭寇的八字中间应该再加四个字，灭桃花会！"

"这……对！不过，不要改动令牌了，我和和尚道士们说一下就行了。"

"哼，我不管什么戚家军八家军，杀了金戈和阴阳魔再说。"五毒师太拿起一块双龙令，贪婪地看着栩栩如生的双龙，吟道，"双龙令，阎王令，神鬼见了难逃命！三十年了，三十年了！一晃三十年过去了。那时，我才十八岁，双龙令现身江湖，群豪毕至，旌旗猎猎，战鼓轰鸣……”

岳老院主接着说道：“为追剿黑风教，双龙令出，先后动员了三千多豪杰参战。武林一片血雨腥风，历时三年，黑风教彻底覆灭。我的大哥岳南，正是当年的双龙令主，他带领武林豪杰南北驰骋，岳武院是何等的威风。”

五毒师太泪花闪动，低声道：“我就是那个时候跟了你大哥……这么说，你是双龙令主了？岳武院再次执掌双龙令了？”

岳老院主道：“这个嘛，还没说定，等笑面佛和风云剑到了再议。你说说，令牌怎么分派？你们都坐下，大家一块议议。”

五毒师太沉思一下，说道：“附近的武林名门望族，一律发牌。远处的只发给声名显赫的帮派，重点是长江沿岸。金戈进入鄱阳湖，不藏在附近，就是北出长江顺流而下，不然不能消失得那么快。我们立即行动，不用等他们会齐，我们一边联络，一边下山，先入鄱阳湖，再出长江，下南京，沿路搜剿！”

“大堂主！”岳老院主命令道，“你们拟个名单，按省份划分，分别派人投放双龙令牌。重点是一京六省，南京、福建、江西、浙江、湖广、山东、四川。挑选练武堂的武徒做信使。按师太的意思，其他几个偏远的省份只送给大门大派。”

大堂主起身答道：“遵令！”

杨协理拿来纸笺，拿来笔墨。大堂主一摆手，几个人围过来，杨协理赶紧铺开纸笺，几个人低声商量起来。

片刻后，名单拟好了。大堂主走过来，双手递给岳老院主，岳老院主一摆手，说道：“念念吧！”

“是！”大堂主转过身子，退了一步，然后念道：“太行山奔雷寨老奔雷父子，江西郑家庄铁胳膊郑振廷师徒，湖广神鞭门神鞭赵旭，蓬莱五真观五真道人，南京月亮山庄庄主金蝉腿李方亮，峨眉派掌门黑剑罗仁杰，南少林掌门黑脸佛无欲大师。江南三秀：铁笔秀才向阳，铁剑秀才诸葛云，算盘秀才常方圆。江北二杰：刀杰杨帆，枪杰陈子銮。雄州二公子：铁铃公子马森林，铁扇公子荆长生……不算嵩山少林寺、武当山两大门派，共计一百四十八家……”

岳老院主思索了一下，说道：“大理段氏呢？”

四堂主站起来，说道：“在这儿，边远门派的名单在我这呢！我来念念，看看有落下的没有……云南滇池五拳门，大理段氏三杰，保定府铁枪门，沧州五虎会，贵州刁水王仁忠，陕西华山派，潼关刘家堡刘守仁，祁连山白剑门……”

黑旗船抛锚鄱阳湖中，金珠和银珠在水下游动，姐妹俩苗条的娇躯随着水流摆动，光洁细腻的脖子上挂着一串珍珠，珍珠好大好圆。她们在水草中穿梭，在河床上起伏。过了一会儿，姐妹俩打个浪花回到船上，一挥手，又有两个人跳下水去。

珠仙子姐妹上了二楼，金珠从床下掏出一个小箱子，打开箱盖，捧出一件珍珠衫，披在身上，珍珠霞光闪闪，珍珠衫松松垮垮，显然有点大。银珠瞪着眼看了看金珠，从一个小箱里拿出一件温玉裙。裙子由大大小小、形状不一的玉片连成，玉片薄如贝壳，质地细腻坚硬，颜色以黄为主，伴有黑白青紫。银珠穿在身上，也有些肥大，但感觉凉丝丝的非常舒服。姐俩不是第一次试穿这两件宝衣了。这是宝箱里的东西，宝箱里除了夜光珠之外，还有一件珍珠衫、一件温玉裙，以及大量的珠宝玉器。金珠秘密留下珍珠衫和温玉裙，其他珍宝交给了长发婆。长发婆押着珠宝箱子去了南海，向四海财君进贡去了。这几天，二位珠仙子天天摆弄这两件宝衣。这时，姐妹俩两张俊脸互相观看，愁眉不展，相对无言。

乌篷船上，金戈脚跟提起，脚掌内侧着地，塌肩缩腰，正摇头摆臂练习鸭子走。白凤歪在被褥上，闭着眼睛假寐。金戈练功完毕，站起身子。白凤丹凤眼一睁，笑道：“练完了？”

金戈抬头叹道：“练完了。”

白凤抬手将额前的一绺秀发顺到耳后，笑眯眯地说道：“你的寒心功，和白神掌功法差不多，就连练功的姿势都是一模一样，鸭子走、猴子跳正是白神掌的基础功法，说不定是那俩珠……不说了，不说了，说深了，你又不高兴了。哎，她们俩是你的救命恩人……其实，早晚你们要兵戎相见，我说的话放这儿，信不信拉倒。”

金戈细眼圆睁，盯着白凤问道：“为什么呢？不会吧？”

白凤肃然道：“不会八？还不会九呢！你是正道的武师，以社稷利益、民族利益为重，忠君爱国，是我大明王朝的正义侠士。而她们母女呢，是一伙强盗，说白了，是一伙水贼。你和她们是猫和老鼠的关系，是猎人和豺狼的关系，能搅在一起吗？除非你放弃你的信义，甘愿背上骂名，也去做贼，否则，正邪不两立，早晚要火拼一场。”

金戈默默无语，心说：“白凤说得有些道理，已经碰出火花了。”

白凤看着金戈，美丽的丹凤眼一扑闪，继续说道：“你和岳霞也不可能了。岳北岳老爷子，你知道他有多倔强？他是一个一条道走到黑的人。我敢说，我爷爷此去岳武院说情，肯定碰一鼻子灰，顶多和岳老爷子吵一架而已。只要岳老爷子活着，你和岳霞的结合就不用想了，他就是把岳霞剁巴剁巴喂了狗，也不会给你，你就死了这条心吧！”

金戈急道：“你爷爷要是搬出少林寺、武当派去说情呢？再加上武林四山中的太行山奔雷寨，他总不能把人都得罪了吧？”

白凤摇摇头，说道：“都得罪了倒不一定。可是，爷爷去求这几家说情，人家肯不肯来还不一定。就是肯来，几位当家人上了武夷山，也未必会和我爷爷一样，为了你，真杀实砍地去说，为了你，肚肠子都倒出来，满腔热情地为你争，满腔热忱地为你辩。总之，即使岳武院不追杀你了，你也休想娶到岳霞，按着岳老爷子的脾气，不追杀你已经是万幸了，让你娶他的孙女，嘉靖皇帝来了也不行！你就死了这条心，当个爆竹放了听个响吧！”

金戈沉默了，岳老院主的确有点不讲理，确实倔强顽固，那又有什么办法？

白凤抛了个媚眼，说道：“话说回来，我们俩结合才是天作之合，你我道义相同，我长得不算难看吧？我不是自夸，我敢说我比她们哪个都不差！你我郎才女貌、门当户对，就连练的功夫都相同，我们携手并肩，共同剿杀倭寇，共同消灭桃花会，救回你的母亲和妹妹。然后一同笑傲山林，一同游侠江湖，那才是一对神仙眷侣呢，你我朝夕相对，将是何等的快哉！”

白凤画了一幅美丽的图画，展现在金戈面前。金戈看着白凤光洁如玉的俊脸，看着她小扇似的睫毛，看着她双眼皮下一对迷人的丹凤眼，欣然向往。但是，他对岳霞的情很深，岂是几句话就能动摇得了？他对于金珠、银珠的救命之恩，也是念念不忘，关系岂能说断就断？金戈心说：“看看再说吧，我绝不能忘恩负义！”

白凤又道：“你整天东躲西藏，也不是办法，你做了黄山白神庄的娇客，谅岳武院再也不敢捉你。桃花会也会退避三舍，世上的人都会高看你一步。”

白凤这句话说出来，却适得其反，金戈有点不爱听了，他也是一个骄傲的人。心道：“哟，我不依靠白神庄的庇护就不能生存了？岂有此理！”

晚上，凤玲听到虎子回来的消息，知道他们带回了双龙令。仔细打听之后，岳老院主的计划都清楚了，立即告诉了岳霞。岳霞一听就慌了，顿时不知如何是好。凤玲道：“咱们赶紧走，连夜下山。

先去鄱阳湖，在那里打听打听，在鄱阳湖找不见金戈，咱们就雇船，顺长江下放，咱们一路放出风去。到了外婆家，求你表姐表弟，让他们派人寻找金戈。月亮山庄在武林也是响当当的一号，在南京更是首屈一指的大门派，他们派出人马，可比咱俩寻找强多了，兴许马上就会找到金戈。”

岳霞皱眉道：“找到了他又能怎么样？我们哪有能力对抗双龙令？”

凤玲说道：“我们是不能，但是有人能，戚继光能。双龙令再厉害也不能和官军斗，你说是不是？再说，我们三人在一起，怎么也比他孤身一人瞎闯强啊。”

岳霞站起来，抄起桌子上一本书，抖了抖又放下了，接着又拿起来又放下，反反复复拿起放下，放下又拿起，最后一咬牙道：“好吧，你去安排，我写封信，留给父母。”

凤玲嘱咐道：“我们行走的路线你别说，防备老爷子派人追赶。”

三更一过，岳霞和凤玲悄悄溜出家门。凌晨时分，她们已经出了半壁峡。山野里，两个女孩跃马扬鞭，直指鄱阳湖。

这时候，大堂主和岳夫人快马加鞭奔出了小西街。原来，大堂主夫妻起床后发现了岳霞留下的书信，知道她们出走了。夫妻俩立刻着了急，慌忙策马追赶。双马奔到半壁峡，迎面碰上了岳老院主。岳老院主起早遛弯回来，老远看见大堂主夫妇纵马疾驰，连忙拦住问话。大堂主跳下马背，支支吾吾地说不出个所以然来。岳夫人一掠而下，急道：“岳霞和凤玲出走了，我们去追，她们走了不久。”

岳老爷子一听，眼眉立刻竖了起来，大声叫道：“走了好，死了活该！不准追！你们胆敢离开岳武院，就永远别回来！”

岳夫人也急了，喊道：“不回来就不回来，我的女儿非找不可！”

岳老院主眼睛一瞪，吼道：“反了！反了！中海，你给我休了她，走了穿红的，还有挂绿的。你就一个爹，你要谁，你说！”

四堂主正在附近，听见争吵跑过来，一边劝一边推，把岳老院主劝回了大殿。大堂主把岳夫人拉到一边，说道：“要不这样，雄州二公子来了，住在宾客院，我们昨晚聊了半宿，很是投缘。他们曾经在临江县小梁村救过金戈，言语之间，他们很是同情金戈。他们还和我要了两袋大米，说是送给峡谷外一个瘸腿猎人和女儿。这二人非常仗义，不如托付他们去追赶霞儿，让他们把霞儿送回来。过个两三天，等老爷子气消了，咱俩再走。在这个节骨眼上，咱们不能跟老爷子较劲啊。”

岳夫人哭道：“也好，我去见雄州二公子，要等你等，我要和他们一起去。霞儿还小，不知江湖险恶，她危险万分……”

大堂主劝道：“你就别去了，你去了只能添麻烦。你武功有限，他们是照顾你呀，还是替你去找人？霞儿肯定躲着咱们，但不会躲着雄州二公子。他们找起来也方便，你就别去了。”

岳夫人拧着眉头，一跺脚道：“好吧，那就让他们先走。”

过了一会儿，铁铃公子和铁扇公子牵着马嗒嗒走来，大堂主连忙上前致谢，说道：“大米的事你们放心吧，一会儿我就叫人送过去，多送几袋。岳霞的事，就拜托二位了！岳中海拜托了！”

岳夫人泪水涟涟，千叮咛万嘱咐，她的目光送走雄州二公子，一颗心也跟着他们远去了。

中午时分，岳霞和凤玲骑马走进了一个小镇，来到一家酒楼前，凤玲道：“小姐，我们歇会儿吧，吃点东西再走。”

“好吧。”岳霞答应了一声，两人离鞍下马。店小二连忙走上前来，接过了缰绳。一股香喷喷的肉香味和酸溜溜的汗腥味从酒楼里向岳霞主仆迎面扑来。进了门一看，吃饭的人真不少。商贩走卒、工匠猎户，形形色色的人占据了大部分座位。岳霞扫了众人一眼，腰肢一扭，走向楼梯。凤玲一把拉住了她，马鞭子一指："我们就在楼下吃吧，这里人多嘴杂……"

"喔？也好。"岳霞漆黑的眼珠转了转，立刻明白了，穿过人群向一张歪斜的方桌走去。店小二提着茶壶跟过来，看了看女扮男装的二位俏姑娘，皱了一下眉头，说道："二位公子，楼上有雅座，这里……"

凤玲道："不用了，就在这儿凑合着吃吧。我们急着赶路，你随便炒俩菜，来个鲫鱼汤，再来两碗米饭就行。"

"好，鲫鱼汤一个、小炒两个、米饭两碗……"店小二放下茶壶，象征性地划拉划拉桌子，拉着长声喊着走了。

看见店小二离去，凤玲拿过茶壶，倒了两碗茶水，低声道："要打听消息，就要和这些人坐在一起。"

岳霞晃动了一下头上的网巾，道："能找到铁嘴华也行啊，凭他的威望，站出来一嚷嚷，白道豪杰们都会给面子……"

凤玲左右望望，说道："是呀，铁嘴华敢于说直理，不怕得罪人，可他在哪儿呢？他可是一个站不住脚的人。"

秃顶的铁嘴华就在这个酒楼里，就在二楼上。他在临街的一张桌子旁坐着，酒菜已经上齐，正在自斟自饮。

一楼大厅里乱哄哄的，声音大得把房子都要抬起来。细心分辨，有用的话倒也不少。岳霞主仆二人一边吃饭，一边侧耳细听。这时，一个声音钻进了她们的耳朵："我昨天在半壁峡外见到瘸腿猎人，他搬进了新窑洞，他说是雄州二公子给修的，雄州二公子鼓捣了好几天，刚刚修好。瘸腿猎人一个劲夸雄州二公子，说这两人是天底下最好的好人，白天干一天，晚上忙半宿，还自带吃食。他说雄州二公子去了岳武院，打听金戈的消息去了……"

"金戈？就是那个偷了岳武功的小贼？"

"可不是嘛，如今也不知道他跑到哪儿去了，正是泥牛入海，音讯皆无。”

“你说天仙子岳霞怎么那么傻，豁出命救人。可金戈这一走，怕是这辈子也见不着面了……”

“唉，这可没准，你忘了，千里姻缘一线牵。”

“牵什么牵？这叫剃头的挑子——一头热，痴情女子薄情汉，历来如此，唉……”

岳霞皱了皱眉头，放下筷子。凤玲看看岳霞，低声道：“吃吧，他们爱说什么说什么，咱们拣有用的听……吃，多吃点。”

岳霞看了看凤玲，又拿起了筷子。过了一会儿，凤玲看见岳霞实在不想吃了，起身道：“掌柜的，算账！”

“来了！”店小二颠颠跑过来，收起桌子上的几个铜板。

岳霞和凤玲神情落寞地走出酒楼大门，铁嘴华也哼哼唧唧地下了楼。岳霞主仆纵马刚走，铁嘴华也晃晃荡荡地来到大街上。他叼着烟袋，看了一眼远去的双马，看着马背上身子起伏的二人，哼了一声，一紧腰间的丝绦，迈开了细长的双腿。

乌篷船泊在远离岸边的湖面上，金戈和白凤正在舱内练功。一会儿，白凤练功完毕，悄悄打开宝箱，取出“海王星”。白凤把“海王星”托在手上，换着角度观看。白凤水汪汪的大眼里，映射着宝石的光彩。她娇嫩如花的脸上，流露着贪婪的神色。

金戈站起来，看着她的样子，笑起来，问道：“怎么，你喜欢它？”

白凤一歪头，认真地说：“太喜欢了。你说，咱们留下它行不行？把‘天王星’和那些珠宝给了戚家军还不行吗？”

“东西是我们的，你喜欢什么就留下什么，这有什么行不行的。”金戈不以为然。

白凤高兴得孩子般地跳起来，忽然，嘴一撇，说道：“爷爷肯定不干！唉，还是放下吧，其实我也没什么用。”

金戈向远处看了一眼，说道：“今天是第五天，按说铁嘴华该回来了。”

白凤眼睛盯着箱子里的珠宝，随口说道：“差不多了，你当爷爷愿意跟岳老头磨牙呀，还不是为了你。”白凤说着翻出两颗蚕豆大小的红绿宝石，又说道，“你知道吧，爷爷为了给戚家军凑钱，偷着卖了家里的六十亩茶园，你知道那是多好的一片茶园呀，绿油油的，就在白神庄西面丘陵上。我奶奶知道后气得不得了，爷爷吓得不敢回家了。不如这样，你留下这两颗红绿宝石，有机会卖了，咱们偷偷地把那六十亩茶园买回来，还给奶奶，省得爷爷不敢回家，你说好不好？”

金戈说道：“好啊，那也用不了两颗宝石啊，留下一颗就够了吧？”

白凤嗔道：“那一颗你也留着，干吗都给了戚家军呢？你要娶亲，你有钱吗？你拿什么娶？你先留起来，爷爷要是知道了，你就说你有用，他就不好意思逼你了，他要知道我拿了，非打我一顿不可。”

白凤拿出手帕，包起两颗红绿宝石，小心翼翼地递给金戈。金戈接过，塞进镖袋里。白凤看见金戈的镖袋，说道：“这镖袋好漂亮啊，还有背带呢，这是什么皮子？好漂亮啊！”

金戈笑道：“这是鳄鱼皮的，它是我的百宝袋。”

白凤摸了摸金戈的镖袋，忽然说：“这么多东西？都有什么宝贝？鼓鼓囊囊的？”

金戈一捂盛珍珠的袋子，说道：“没有什么好东西，不入姑娘法眼。”

白凤见金戈捂住了袋子，更惊奇了，说：“哟，还真有宝贝呀！看你个紧张劲儿，谁抢你的？什么宝贝？拿出来瞧瞧，难道比箱子里的东西还金贵吗？”

金戈掏出了一袋珍珠，说道：“不金贵。不过，我的珠子也不含糊。”说罢，金戈拉过一个盘子，提起袋底一倒，哗啦啦，珍珠落满盘。

白凤看见了四十颗又圆又大的南珠，不禁一呆，咦了一声，说道：“哎呀，你还真的有宝贝！”

“喜欢吗？”

“喜欢呗！太喜欢了！”白凤美目流情。

“送你二十颗，做个项链吧。”

“小气！还不都送我！”白凤撒娇地说。

“一挂项链用不了那么多，贪心鬼，让你挑二十颗！”

白凤把四十颗码在桌子上，认真地挑选。她眼蕴笑意，说道：“呀！一样一样的，没大没小。”尽管说没大没小，她还是一颗一颗地比较着，认真地挑选，眼睛瞪得和珍珠一样圆。最后，她端起盛着二十颗珠子的盘子说：“金戈，我也不白要你的珍珠，这算是卖给你的价钱。”

“卖给我？你把什么卖给我了？”金戈满脸狐疑。

白凤收起珠子，冲金戈做个鬼脸，诡笑道：“我！”她一指自己秀丽的鼻子，说，“我！本姑娘，我把本姑娘卖给你了，呆子！我的人是你的了！你看值不值？”说着，白凤细腻光洁的俊脸生出一片红云，现出了少女迷人的羞态。

“啊，太值了！你真的把自己卖给我了？”

白凤娇羞无限，笑道：“真的，我现在就属于你了，随便你怎么样！”

金戈上前捉她的手，白凤嘤的一声，一头钻进金戈怀里。金戈只觉得热血沸腾，他轻轻抱住白凤，一股冲动澎湃而起……突然，金戈的脑海里现出了岳霞的倩影，仿佛听见了岳霞唱的情歌，仿佛看见了岳霞插着匕首的玉臂。金戈一惊，额头沁出了一层冷汗。金戈的心立即平静了，他缓缓推开了白凤。

白凤抬起头来，望着满脸歉意的金戈，脸唰地白了，说道："又想岳霞了是不是？"

"没，没有……"金戈吭哧着，不知怎么说才好。

白凤嫣然一笑，说道："别骗我，我知道你在想岳霞，我不会怪你，你也不必隐瞒。"

金戈叹了口气，说道："唉，岳霞不知怎么样了？按说应该没事了……"

白凤嘻嘻一笑，说道："肯定没事了，有事江湖上早就轰动了。"白凤心道："我要做到喜怒不形于色，慢慢来，我就不信我会输给岳霞！你要是把持不住，我就要捷足先登了，到那时，岳霞能做个小老婆也就不错了，哼！你呀，早晚是我的，不信走着瞧！"

突然，金戈一推白凤，跃到了窗户前，他从半掩的窗口向外望去，只见一只柳叶小船飞似的划来。金戈叫道："冲我来的，你去看看，我要躲起来。"

白凤一跃而起，向外看了一眼，说道："你躲在哪儿？"

金戈拧着眉道："有地方，来了，你快出去！"

白凤一晃，蹿出船舱，来到了船头。

十六　千里追踪

柳叶船好快，眨眼间靠上来。划船的是两个小尼姑，前舱的尼姑探手抓住了船帮，起身就要过来。

白凤呔了一声，喝道："你干吗？"

后舱的小尼姑看了看白凤玉雕般的脸、洁白的衣裙，眼里流露出惊讶之色，接着脸色一沉，一边漫不经心地荡着木桨，驱动船尾向乌篷船靠拢，一边冷冷地说："找人！"

"找人？"白凤凝眉问道，"找谁？"

前梢的小尼姑脸色平和，直起腰，单掌一竖，温言道："阿弥陀佛，我们一个小师弟逃走了，贫尼奉师父之命四处搜寻，打扰之处还请莫怪。"

白凤嘴角上荡起了一丝轻蔑的笑意，说道："哟，尼姑还有师弟呢？你们是哪个庵的？"

冷面尼姑接口道："你这个丫头什么都不懂，告诉你，我们都是师哥师弟相称，师叔师伯相叫，你以为还是你们俗家女子呢，什么姐呀妹的，俗不俗！"说罢，一按船帮，身子一斜跳上了船。面善的小尼姑也攥着拴船的绳子跃过来。

白凤哼了一声，冷冷地说道："那就看看吧，别看花了眼。"

拴好船，两个灰袍尼姑迈着碎步来到舱门前，向船舱里看去。船舱里布置简单，一目了然，一个人影都没有。

白凤丹凤眼一抬，戏道："看完了吧？放心了吧？赶紧去找你们的小师弟，小心叫桃花会捉了去。"

冷面尼姑抬起手来，一指船舱里二尺见方的珠宝箱，问道："箱子里装的什么？打开看看！"

白凤的脸色一变，斥道："这么小的箱子里也能藏人吗？我看你们是鸡蛋里挑骨头——找碴！下去！不然，本姑娘就不客气了！"

面善尼姑睁着圆眼说道："姑娘息怒，我师弟个子小，藏在箱子里也说不定。你打开瞧瞧不就完了？没有，我们立马走人。看样子姑娘也是武林人，我们供的是一个祖师爷，就赏贫尼一个薄面吧！"

白凤俊脸含煞，怒道："面子已经给你们了，随随便便上别人的船，已经不应该了，还要强看别人的东西，世上哪有这么便宜的事，走吧！"

忽然，冷面尼姑从身后抽出一个细长的竹管，冷冷地说："这位姑娘，看好了，这只竹管里装着五只蜘蛛，云南的五花毒蜘蛛，只要我甩出去，有一只沾上你的身子，你就休想把它弄下去，咬上一口，你就全身溃烂，无药可救，一时三刻，化为脓血。听听，五个小兄弟正蠢蠢欲动呢，你还是乖乖打开箱子吧，别让它们跑出来撒欢。"

白凤闻言一愣，再看那个面善的小尼姑，她袖筒里也露出了一个紫色的竹束，那是四个竹管捆扎在一起的笙状的竹束。白凤红润油亮的嘴唇一张，娇声道："你那竹管里装的又是什么宝贝？"

面善尼姑素脸一扬，得意地说道："里面是四位小姐，四条锦花小蛇，两步断魂的锦花小蛇。"

白凤笑了，柳眉弯成了一轮新月："我知道了，你们是九华山慈心庵五毒师太门下五毒四姑中的两姑，不知阁下是春夏秋冬中的哪两位圣姑？"

手持蜘蛛筒的冷面尼姑道："我是春姑，她是夏姑。不用套近乎了，打开箱子吧，我们看上一眼，没人立马就走。"

白凤冷笑一声，说道："可惜，五毒师太和五毒四姑的大名，还吓不倒我白凤，要看我的箱子，先把我放倒了再说。"

春姑退了一步，惊道："花仙子白凤？"

白凤傲然道："不错，黄山白神庄的大小姐，花仙子白凤。"

两个尼姑互相瞅瞅，夏姑忽然笑了，说道："那咱们更不是外人了，黄山和九华山毗邻而居，我们算是老乡了，还请花仙子高抬贵手，让我们看上一眼，师父严令我们逐船搜查，不准放过任何疑点，还请白姑娘见谅则个。"

原来，五毒师太命她的四个徒弟进驻鄱阳湖，搜查金戈，到现在还没有缴令。她们搜查到此，看见了白凤的船，立即过来了。

白凤摇头道："白神庄的东西，没有被搜查的习惯，要是二位不愿弄僵了，就此下船，彼此还可以留下一个再见的颜面。"

"要是不留颜面呢？"

白凤用手背叉着腰，傲然道："那就要各凭本事了。"

金戈贴在船舱外侧，白凤和两个尼姑的对话，他听得一清二楚。这时，两个尼姑退到舱里，悄悄商量，冷面的春姑道："箱子里一定有鬼，说不定金戈就藏在里面。她就一个人，我再问问，不行的话就动手，先下手为强，后下手遭殃。"

夏姑迟疑道："不好吧？我看……"

春姑怒道："你不怕师父责怪吗？"

夏姑道："再好好说说……实在不行，好，好，就依师兄，反正有解药，死不了人。"

春姑一转身，向前走去，夏姑举着竹束，舱内待机。

金戈小心翼翼地向前挪去，插接枪悄悄接好了，准备支援。船头上，白凤和春姑再次话语交锋，两人互不相让，春姑喊声：“看打！”竹筒一甩，五点寒星直扑白凤的面门。白凤早有准备，拳打脚踢，五只蚕豆大小的花蜘蛛立即被打飞了。两只摔在船板上，一只跌进湖面，另外两只没了踪影。这时，夏姑蹿了出来，手中的竹束一甩，四条小蛇电射而出。白凤一个“长虹卧波”，仰倒在船板上。四条花带子小蛇棍子似的从白凤上方穿过，如同夜鸟投林，嗖的一声钻进了湖里。白凤丹凤眼一霎，双脚一旋，身子旋转着跳起来，花裙子唰的一声，伞一样张开了。夏姑大吃一惊，瞪着眼高叫：“大小姐、二小姐、我的三小姐！你们……”她喊着蛇的名字，声音又尖又细，充满了惶恐。

白凤飘然而落，穿着绣花鞋的双脚不偏不倚，正好踏在两只蜘蛛上，顿时踩出了一摊黑水。这时，春姑竹管又是一抖，不知去向的两只蜘蛛又飞回来，直奔白凤雪白的脖子。原来花蜘蛛有蛛线连着竹筒，春姑又把它们抖了回来。白凤似乎感觉到了危险，身子一矮，来了一招“伏地追风”，花蜘蛛在她头上一闪不见了。

白凤冷笑一声，腰肢一扭，手起掌落，春姑手里的竹筒被击飞，两只蜘蛛也跟着飞出去，跌进了湖里。

“呀，我的花花公子！我的花花公子！”春姑看见两只花蜘蛛被湖水淹没，脸都黄了，跺着脚大叫。

白凤一掌击去，口中叫道：“呸！还花花公子呢！”

春姑撤步还掌，夏姑绕前夹攻，二人双战白凤。白凤拳脚生风，展开了六十四路白神掌，顷刻间，两个小尼姑就招架不住了，身子歪歪斜斜，手忙脚乱，满脸都是惊惧之色。

金戈松了一口气，悄悄收起插接枪，继续贴着船篷窥视。这时，白凤一个“风摆杨柳”，身子一晃闪到了春姑外侧，左手二指一伸，嗖的一声戳向春姑的眼睛。接着白凤腰肢一扭，右手毒蛇般蹿出，直射春姑的脖子。这招叫作“二龙出水”，正是白凤最娴熟的招法之一，就是金戈遇见此招，也难辨真假，也要让她一步。就在此时，只听哎哟一声，春姑的喉咙被白凤的右手钳住了，白凤往下一带，左掌一起，啪的一声，击在她罩着灰僧帽的后脑上。春姑白眼一翻，一头栽倒船板上。这时候，夏姑已经转到白凤的侧面，手中的竹束一昂，嗖的一声戳向白凤白里透红的腮帮子。白凤缩肩塌背，转身前扑，一个“白虎亮爪”抓住夏姑的腰身，接着右脚反踢而起，噗的一声击中夏姑的脑门。夏姑啊的一声大叫，仰面朝天跌了出去。白凤笑了笑，一晃身形跟过去，左手抓住夏姑的衣领一提，右手在她后脑上啪地一拍，接着腰一拧，把夏姑扔到春姑身上。白凤看了看十字交叉趴伏在船板上的两个尼姑，轻轻一跃，来到船舱一侧。金戈侧身贴着船篷，见白凤望来，抬起右手，伸出大拇指夸了夸她，又把食指横在嘴唇上，要她噤声。白凤伸伸舌头，左眼一闭一张，眨了几下眼，然后一扭一扭地走了回去。走到船头，她提起两个尼姑，扔死狗似的把她们扔回柳叶小船，接着解开绳索，一脚把小船踹开了。

小船转着圈漂走了，金戈闪身跳出来，弯腰拾起夏姑丢下的竹束，摆弄起来。

白凤一把拉住金戈的手，把他拉进船舱。低声道：“快藏起来，我的小进士，你可是个宝贝疙瘩，值万两黄金呢，黑白两道都在找你。呀，快扔掉那几个竹管，脏兮兮的，那是蛇的窝。”

“你没听夏姑的叫声吗，是四位小姐。”金戈的手指在竹管里转了转，说道，“好光滑，借助竹管甩出，出速要快许多……”

“快去洗手，呀，呀，脏死了！”白凤夺过竹束，随手丢进湖里。

金戈蹲在船边洗了洗手，站起来问道：“你掌击她们的后脑，她们就晕了，一掌有那么大的劲吗？”

白凤递给他一块手帕，四下里张望了一下，推着金戈走进船舱，说道：“你以为白神掌是花架子？你太小看东吴了。当然，她们也可能装晕，不敢动了。如果掌击她们的颈椎，颈椎一断她们就彻底完了，终生瘫痪。没有深仇大恨，不能下这种死手。白神掌要攻敌之弱，肘击敌人的软肋，掌击敌人的耳台，拳击敌人的鼻梁，掌砍敌人的颈椎……还有，卸敌人的胳膊，扭敌人的脚踝，摘敌人的下巴封嘴，这些你都不会？”

金戈摇摇头，道：“前三个倒是听说过，卸胳膊扭脚踝摘下巴没学过，砍颈椎更不知道了，白神掌还真够阴的……”

白凤丹凤眼一翻：“你说什么？”

金戈连连摇手，嬉笑道：“不是，不是，我是说白神掌专拣弱点打，还会卸骨功。”

“什么卸骨功，真能胡扯。”白凤四下里看了一眼，忙道，“快进去吧，小心被那俩尼姑看见了！”

白凤拉着金戈进了船舱，紧握着金戈的手不撒手：“怎么，手出汗了？掌心湿漉漉的？”

金戈左手一推白凤的皓腕，右手一拉，抽回自己的大手：“是吗？我可不知道。我只是死死地抓着枪杆，怕你撑不住，怕是紧张得出了汗……哎，下巴怎么摘掉的？”

“真想学？”白凤道，“好，我可以教你几手‘卸骨功’，但没有人陪练，你也学不成啊，总不能卸我的吧。”

金戈眯着细眼笑了：“还真叫‘卸骨功’呀？”

白凤摸了一下脖子后面毛茸茸的黑乎乎的小发卷，白了一眼金戈道：“还不是你起的名字，不过好听。我先教给你几套绑人的方法吧，这个好练。什么五花大绑、秦琼背剑、傻子装瓜啊，什么五马倒攒蹄呀，等等。你知道绳子有几种系法吗？来，先练练绳子系法……”

杭州一家妓院里，阴阳魔正抱着一个花枝招展的女人调情，巨大的身子如同抱着一只小母鸡。一个色鬼跑进来，说：“报，分舵主，武夷山消息。”

阴阳魔一推怀中的女人，叫道：“哦，拿来。我看看坐地炮说什么。”

一个丑陋的色鬼躬身递上一个白布条。

阴阳魔看罢哈哈大笑，瞪着小眼叫道：“好！小鸡离了窝，小鹿离了群，嘿嘿！天助我也！天助我也！”阴阳魔一把拉过歪在一旁的女人，亲了一口，然后道：“天仙子岳霞下了武夷山，好，机会来了！哈哈哈……来人哪！通知白头翁和桃花四煞去抓天仙子岳霞……让他们沿长江上溯……你们可有金戈的消息？”

一个麻脸色鬼上前道：“金戈在南京作案后销声匿迹，搜遍了南京的大街小巷，也没见他的踪影，目前不知道他藏匿何处。”

阴阳魔又问：“黑旗船的长江船队在哪里？”

麻子道：“长江船队的主力在鄱阳湖，长发婆带着一个小队出了海。”

阴阳魔道：“那是交贡品去了，看来这娘们又弄到了不少珠宝，真他妈的能干！”

第二天早上，岳霞和凤玲雇了一艘木篷船。船主是对老夫妻，还带着一个十二三岁的孙女做帮手。她们讲好了价钱，寄存了马匹，准备在湖里转转。找不见金戈，就入长江下南京。岳霞和凤玲上了船，换回了女儿装。船老大看见岳霞竟是如此美丽的一个姑娘，心里一惊，差点摔个跟头。

船到湖心，老天爷变了脸，下起了雨。雨点抽打着船篷，发出砰砰的响声。接着天空一声怒吼，霎时雷电交击，大雨倾盆而下。黑色的乌云翻滚着涌来，黄色的狂风咆哮着飞去。突然，湖里亮起了一道巨大的闪电，就像是一支巨大的鞭子劈开了厚厚的乌云，鞭子落地，大地上响起了震耳欲聋的爆响。爆响震得湖水颤抖，震得鱼虾乱窜。接着，鞭子连连挥舞，疯狂地抽打着乌云，抽打着狂风，抽打着湖水。霎时间，风雨雷电大作，整个湖面开了锅似的沸腾了。

凤玲和岳霞紧紧拥抱在一起，惊恐地望着盛开出万千水花的湖面。

金戈躲在舱门后，也在观望这难见的奇景。白凤贴在金戈身后，向外张望着，一绺秀发随风飘起，飞到了金戈胸前。

黑旗船上，银珠愁眉不展，狂风暴雨没有洗去她的愁云。她俊俏的脸探出了窗外，下巴支在窗户框上，漆黑的眼珠凝视着狂风乱舞的天空。

大雨过后，小雨淅沥不断，墨黑色的天空变成了灰蒙蒙的天空。岳霞在船篷里摆好了瑶琴，春笋般的手指轻轻拨动，一阵叮叮咚咚的琴声响起，一曲《高山流水》回荡在风雨飘摇的鄱阳湖上，在水雾朦胧的湖面上弥漫开来。

“高山流水！”金戈跃出船舱。他凝立风雨中，侧耳倾听。白凤跟了出来，一把描花的油布雨伞轻轻罩在了金戈头上，她不解地问：“什么高山流水？”

金戈用手一指嘴唇，道：“嘘——”

琴声若有若无，隐隐约约。

金戈举目眺望，茫茫湖面，水天一色，琴音无踪。

“金戈，你在哪里？”疾风送来隐隐约约的呼叫声。

“银珠，是银珠在叫我！”金戈说着。大步走到后艄，抄起橹，摇动起来，船在风雨中晃晃荡荡地转圈，不肯移动。“白姑娘，你来帮我！金珠和银珠就在附近。”

白凤看看天气，叹口气道："这么大的风，我们一拔锚，小船不定会漂到哪里，它不会听你摆布的。"

金戈一想，也是，风雨之中，老船手都抛了锚，自己如何能驾驭这条小船呢？再听，琴声与呼声皆无，只有风雨争鸣。

黑旗船上，银珠站在二楼凉台上，双手做喇叭状，仍在高喊："金戈，你在哪里……"

乌篷船里，岳霞仍在弹琴。琴音飞旋，伴着她的思绪飞扬而去。

大雨下了多半天，直到傍晚才停。一道七色彩虹在鄱阳湖上现出来了，彩虹在天上画了半个圆圈，又在湖里映出半个圆圈，一条巨大的环形彩虹出现在东方。环形彩虹壮丽无比，七色熠熠生辉。红色鲜艳夺目，橙色明亮耀眼，黄色金光闪烁，绿色娇艳欲滴。蓝色晶莹得像宝石，青色纯洁得像美玉，紫色就像人工裁下的一条紫玫瑰。泊在岸边的渔船起航了，白帆迎风招展，带着涟漪驶向了远方。几只矫健的黑鹰缓缓地拍击翅膀，悬挂在水洗过的碧空中。鄱阳湖上一幅美丽多彩的画卷徐徐展开了。金戈见景生情，放声吟道："七绝·鄱阳红——"

天上彩带落湖中，潋滟鄱阳倒影红。
片片白帆犁云雾，黑鹰点点跃长空。

"好！好诗！"白凤鼓掌大叫。

一条小船犁开了如镜的湖面，箭一样地射来。船头上，铁嘴华叉开双腿，稳稳站立。铁嘴华腰板挺直，面色红润，旱烟袋叼在干瘪的嘴上，一缕轻烟从烟袋锅子里袅袅升起。小船转过双钟山，来到了乌篷船前，铁嘴华一个筋斗跃起，接着一个"平沙落雁"，鹅毛似的落在乌篷船上。"看打！"船舱里忽然击出一只纤纤玉手，露出春笋般的五指。铁嘴华噌地一闪，接着左手一切，右手一抓，刺啦一声，老头手里多了一条白绸子。

“爷爷，你干吗？”白凤翻身坐上了船篷。

“你还不行，毛还嫩着呢！金戈呢？”铁嘴华瞪着眼睛问道。

“在这儿。”声音发自他的身后。

铁嘴华悚然低身，一个扫堂腿向后扫去，但见人影一闪，踪迹已失。铁嘴华的扫堂腿不停，嗖嗖连扫了两圈，站直了身子再看，却见金戈和白凤并肩坐在篷顶上，四条腿晃晃悠悠，两张嫩脸笑意盈盈。

“下来！开船，离开这儿，泊在岸边去，雇马车，明早就开拔，开船！开船！开船！”铁嘴华张着瘪嘴大嚷大叫。

“怎么样，白跑了一趟吧？我早说你是瞎子点灯——白费蜡！”白凤跳下来，泥鳅般地滑过来，抽鼻子瞪眼睛，葱白似的手指点向他。

铁嘴华叫道：“一塌糊涂！糊涂一塌！岳北这个老糊涂是王八吃秤砣——铁了心了！他是茅坑里的石头——又臭又硬！他是吃石头拉硬屎——顽固不化！这老家伙请出双龙令来了，要动员白道武林豪杰，追杀你金戈金文杰。金戈，这回你可捅了马蜂窝了。我说，咱们先去戚家军送东西，事后你留在戚家军效力，我去动员少林住持笑面佛，动员武当掌门华清子，聚集武林名宿齐上武夷山。总之，咱们绝不能自相残杀，绝不能让亲者痛仇者快！”

金戈跳下来，一把抓住铁链，呼的一声把船锚提上船来，放在脚边。他看了看铁嘴华，张了张嘴，欲言又止。白凤一见，一双妙目盯着金戈，却向铁嘴华问道：“见着岳霞了吗？她伤好了吗？”说完，白了金戈一眼。

铁嘴华迈步走向后艄，边走边道：“金戈，你过来摇橹。唉，岳北这个老糊涂把我气蒙了，光顾着和老糊涂斗嘴，岳霞的事忘问了。

不过，我看见大堂主了，他神色不错，估计岳霞早就没事了，早好了，岳武院的岳氏白药与少林寺的九转神丹并驾齐驱，能治不好她吗？开船！开船！开船！”

水波一荡，船动了。

第二天清晨，岳霞乘坐的木篷船扬帆起航了，驶出鄱阳湖，进入浩瀚奔腾的长江中。

金戈乘坐的马车也驶离了湖岸，绕道武夷山，直奔福州。

秋日凄凄，江水离离，木篷船飞泻而下。船老大佝偻着身子把着舵，两只昏黄的眼珠看着滔滔的江水，看着两岸飞速倒退的山林，看着忙着做饭的老婆和孙女，满脸的落寞。岳霞和凤玲在船舱里谈论着金戈，探讨着武功，二人比比划划，神情甚是欢喜。傍晚，当晚霞的余光褪尽时，木篷船来到一个临江的小镇，船老大把船停在码头上准备过夜。船老大一边在木桩上拴船，一边和管理码头的人打着招呼，看样子他经常过往此地，人头挺熟。

晚上，凤玲和岳霞上了岸，打听金戈的下落，所问之人都摇头，没有见过金戈这样的人。凤玲在一堵石墙上用石灰写了“岳武院发双龙令捉拿金戈”几个大字，回到船上。

一夜平安无事，次日早上，他们刚要解船离开，麻烦来了。码头上闯来一伙人，他们抬着两顶轿子，说什么妓院里跑了两个窑姐，他们要逐船寻找。这伙人横眉立目，蛮不讲理，上船就搜，稍有阻拦就是一顿暴打。码头上顿时乱了，凤玲和岳霞感觉情势不对，立即抄起匕首，跃出舱来。

众人眼睛一亮，只见一位天仙般的少女出现在船头，她面似朝霞，肤若凝脂，微风掀起她的罗裙，露出了一段粉白光洁的玉腿。刹那间，整个码头寂静无声，几十只眼睛盯着岳霞。一个黑脸白发人眼里放出了贼光，大叫：“就是她！就是她！岳霞！你跑不了啦！”

几个大汉蜂拥而至，他们立即和岳霞、凤玲打在了一起。

有人喊：“呀，这窑姐可真漂亮，不知是哪个妓院的头牌？”

“太美了！”有人叫道。

众人议论着，船上的打斗也接近尾声，首先凤玲先被打倒了，转而桃花四煞攻击岳霞一人。岳霞顾上顾不了下，顾左顾不了右，只有招架之功了。这还是桃花四煞存心要捉活的，不然早被打倒了。岳霞和凤玲没带红缨枪，觉得出门在外，两个大姑娘扛着两条大枪行走不便，就带了两把匕首。这样一来，她们舍长取短，武功打了折扣。如果她们手拿红缨枪，桃花四煞要想拿住岳霞主仆二人，不流血是办不到的。这时，岳霞被一个恶煞踹中腿肚子，跌倒在地。三个恶煞扑上来，嘁里咔嚓，把她绑上了。岳霞刚要喊叫，口里塞进了面巾。这伙人把岳霞和凤玲塞进轿子，兴高采烈地走了。

黑旗船上，金珠、银珠正在听取探报。一个壮年男子说：“南京一带没有金戈消息。听说三十年前横行江湖的双龙令重现江湖，此令是白道必遵的铁令，岳武院为了追杀金戈，请出了此令。”

“啊，双龙令？天哪！再加上骷髅牌，黑白两道一同追杀金戈，金戈怕是插翅难飞了。他怎么这么倒霉呀，屋漏偏逢连阴雨呀。”

银珠瞪着眼道：“这如何是好？也不知他在哪里。要不你留在这儿，我回去找找？”

“怎么找？除非他找咱们，你知道他躲在哪儿？再说了，师父不叫留他，你找到他又能怎么样？”

“我不管！你们先下去！”银珠撵走手下人，清澈的眼睛带着一股冷气看着金珠说道：“找到了就留下他，我早就后悔了，压根就不该让他走！有人找来，我就和他并肩作战，不就是个死吗？有什么大不了的？你在这儿继续查吧，我带条船回南京。”

金珠右手使劲揉搓着左手指，皱着眉道："我看这样吧，让佩儿和刘妈带着几个人，乘条双桅船去南京，让她们明察暗访，见到金戈就秘密接过来，你看可好？这样比咱们去强，咱俩去太过显眼。"

"也行，就这么办！佩儿！"银珠答应了，转身就喊佩儿。

佩儿跑过来，金珠、银珠立刻交代了一番。佩儿心领神会，立即带着一个婆子跳上了一条双桅大艚船，几人忙活了一阵子，艚船荡着燕尾形的水纹离去了。

一条沙石路上，一匹黄马拉着一辆车厢有点歪斜的轿车，木头车轮吱扭吱扭叫着，一圈一圈向前滚动。车辕上，左边坐着赶车的老汉，右边坐着叼着烟袋的铁嘴华。车厢里，金戈和白凤坐在珠宝箱上，透过四方小窗户，看着车外的风景。小路旁，一边是满眼青翠的山林，一边是一条绸缎般的小溪。蜿蜒的沙石路犹如一条葫芦上的藤蔓，连着一个个依山傍水的村庄。

沿长江奔往南京的大路上，一红一白两匹高头大马嘚嘚小跑而来。马上两名武师威武健壮。一个黑面凤目的武师斜背铁铃，一个蜂腰猿臂的武师背插铁扇。他们正是名声响彻江湖的铁扇公子和铁铃公子，这两位北方大汉形影不离，结成生死弟兄。他们为了金戈，上了武夷山，为了岳霞，又沿长江追赶下来。

走着走着，雄州二公子的坐骑追上一伙带着兵刃的武林人。他们簇拥着两顶黑色大轿。铁扇公子留神一看，这伙人个个奇形怪状丑陋不堪，却武功不弱，个个步伐沉稳身形矫健。尤其一个黑脸白发人更是不俗，行走时脚步轻轻衣袂飘飘。铁铃公子哼了一声，一抖马缰，马挂銮铃叮叮当当一阵脆响，越过了他们。

突然，走在前面的轿子里发出了砰砰之声，这是什么声音？原来，轿子里的凤玲听见了銮铃声，用头撞击轿子。她被绑在椅子上，嘴里塞着破布。她撞得额头流血，还瞪着眼不停地使劲撞击。

铁扇公子勒住了马，说道：“声……声音，砰！砰！”铁扇公子在没有生人的时候，有时也能说上一句半句的短话，不太结巴，就怕着急，越急越结巴。

二人驻马回瞧，抬轿的一伙人也驻足不前，目瞪着他俩。

铁铃公子跳下马，取下背后的铁铃。铁扇公子跟着飞身下马，缓缓抽出背后的铁扇。

“你们是什么人？轿中何人？”铁铃公子马森林黑着脸喝问。他话音低沉，语调中透露着肃杀之意。

那个黑脸白头的中年人上前一步，拱手答道：“二位大侠不必多管闲事，俗话说得好，大路朝天，各走一边。咱们井水不犯河水，二位最好不要惹事上身。”他就是金戈镖下游魂，桃花会南京楼主白头翁，一个老色鬼，一条老泥鳅。

这时候，又听见轿子里砰砰几声大响。

铁铃公子喝道：“我看你们不像好人，非奸即盗！打开轿子看看！”

“他妈的，吼啥子！滚你妈的！”一个歪嘴大汉从白头翁身后蹿上来，手提鬼头大刀，搂头就剁。

铁扇公子一个箭步就贴到了歪嘴大汉身侧，右手铁扇一拨，左手一抓一拧，歪嘴大汉硕大的身子就飞了出去，嗖的一声，摔下了峭壁，摔成了一摊肉泥。

这边，铁铃公子也动了手，手中的铁铃发出一阵清脆的叮当声，荡起一道黑光，两个色鬼的兵刃被砸飞，一个色鬼的脑袋被削去了一半。桃花四煞见势不好，呐喊一声蹿上来，四把鬼头刀耀日生光，一齐扑向铁铃公子。铁扇公子后退一步，挺胸抱扇，傲然而立。他一边观斗，一边留神那个白头黑面人。

这时候，桃花四煞分进合击，潮起潮落，攻得颇有威势。几十招后，双方招法越来越快，已经看不清单刀和铁铃的变化了，只闻铃声一片。铁铃公子的七十二路摄魂铃使开了，霎时间风起云涌。五个人影夹着一团刀光，走马灯似的旋转起来。铁铃公子忽然面色一寒，吐气开声："快滚！再不滚我就要大开杀戒了！"片刻后，突然铃声大作，四把鬼头刀顿时运转不灵了。"哎呀，不好！"四煞中的老二大叫一声，接着，只听噗噗两声闷响，煞二和煞四的脑袋开了花。这时，铁扇公子也扑了上去，霎时，铃声震耳，扇影迷天。顷刻间，七八个色鬼命赴黄泉。

白头翁一看不好，撒腿就跑。一开始，白头翁就知道坏了，他瞧见了那柄黑黝黝的铁铃，瞧见了那把两尺长的铁扇，就知道碰上谁了，心说："怎么碰上他们俩了，坏了，八成要丢人现眼。"他退守轿子旁边，贼眼乱转，盘算着退路。一看手下人冰消瓦解，他立即跳下了悬崖。

煞大和煞三一看白头翁逃了，心里暗骂一声，扭头就跑，也不管躺在地上的煞二和煞四了。两人三蹿两跃，一猫腰钻进了树林子。

铁扇公子插好铁扇，铁铃公子收起铁铃，二人双双来到大轿前，小心翼翼地掀开了轿帘，看见了一个头上流血的姑娘，堵着破布的嘴还在呜呜呜叫。铁扇公子立即掏出她嘴里的破布，铁扇一挥，切豆腐似的切断了缚在姑娘身上的绳索。姑娘急促地叫道："快救小姐，后轿！"

铁铃公子来到后轿，掀开轿帘，看见了绑在轿子里的岳霞。二人一怔，心说，她就是岳霞？岳霞早就听见了打斗声，这时看见雄州二公子，不知是凶是吉，也怔怔地看着他们不敢出声。岳霞虽然惊慌失措，但仍然美丽如霞。她凝脂般的脸蛋上浮着一层淡淡的胭脂之色，双睫微翘，美丽的圆眼里流露着少女特有的惊恐，真是娇艳无比。

铁扇公子看看铁铃公子，铁铃公子看看铁扇公子，两人你看看我，我看看你，竟被岳霞的美丽惊呆了。

铁铃公子退后一步，举手抱拳，说道："敢问姑娘可是天仙子岳霞岳小姐？在下北直隶雄州的马森林，这位是我的义兄荆长生。"

凤玲跑了过来，伸手掏出岳霞口里的面巾，说道："啊，你们是雄州二公子？多谢二位公子搭救。不错，这位就是天仙子岳霞，多谢二位恩公。"凤玲一边说着，一边急急忙忙地解岳霞身上的绳子。

岳霞看见凤玲额头上一片血渍，脱了束缚的右手立刻去摸她的头，同时说道："呀，你的头流血了！呀，起了好大的包！"

凤玲抬手一挡，说道："没事，死不了！下来吧，快谢谢雄州二公子！"

岳霞走下轿来，微蹲为礼，低声道："谢谢二位公子援手相救，岳霞定当知恩图报。"

铁扇公子一摆手，说道："不，不，用……"

铁铃公子眉开眼笑，说道："幸不辱命！我们受你父母所托，寻找你们而来，并负责保护二位姑娘回家。不料在此相遇，太好了，幸不辱命！"

凤玲脖子一梗，叫道："我们不回去！我们要去找金戈，找不见金戈就去南京，去串亲戚！岳武院的人讨厌死了，竟冤枉好人，我们不回去！"

岳霞抿嘴一笑，说道："二位公子，小妹有个不情之请，能否劳动二位公子的大驾，护送小妹前往南京？到了南京，我捎信岳武院报个平安，然后在南京设宴答谢二位公子，可好？"

铁铃公子看见铁扇公子点头，笑着说道："行啊，去南京就去南京，我们正在寻找金戈，去南京转转也好。如果能碰上，就帮帮他。我们相信他不会自甘堕落，不会盗窃岳武功，他现在身受黑白两道追杀，正需要我们援手。"

岳霞听了好感动，看来还是有人相信金戈的。岳霞的眼睛湿润了，她深深地看了雄州二公子一眼。凤玲欢叫起来，说道：“好啊好啊，太好了！咱们一齐去找金戈，要不然我们可不敢去了！我这馊主意差点害了小姐，吓死我了，吓死我了！这下可好了！有雄州二公子护驾，小蟊贼还不望风披靡？太好了！太好了！”

铁铃公子和铁扇公子也很高兴，他们终于不负所托，顺利地找见了岳霞。四个人经过简单交谈，竟然十分投契。商量好了，他们立即牵着红白双马，向前走去。

江边的道路婉转曲折，一侧是奔腾的江水，一侧是起伏的山峦。路边的野花散发着淡淡的清香，树上的鸟儿唱着悦耳的歌谣。马蹄嘚嘚，笑语盈盈，四人双马，漫步而行。

天黑了，他们来到一个江边小镇，走进了一家矗立在峭壁旁的客栈，开了两间上房。一天惊心动魄的经历，使得凤玲和岳霞辗转反侧，难以入睡。峭壁上，出现了三个黑漆漆的人头。月光下，只见其中一个人头的头发雪白如银，眼睛明亮如星。

天亮了，岳霞梳洗打扮完毕，凤玲挑起了门帘。

雄州二公子走到门前，轻咳了一声道：“马森林、荆长生求见。”

岳霞迎到门口，笑吟吟地说道：“二位哥哥请进。”

铁铃公子和铁扇公子随着岳霞进了屋子，铁铃公子站定了身子，问道：“岳小姐，请问我们何时动身？”

岳霞把二位公子让到座位上，说道：“我们在周围留下一些警示，然后就走。凤玲就去办，请二位哥哥稍坐片刻。”

铁铃公子问道：“警示，什么警示？”

“哦，就是写一些字，让金戈留心双龙令。”岳霞见凤玲提来了茶壶，立即拿过茶碗，摆在桌子上。她一边看着凤玲斟茶，一边说：“我想，我们还是坐船去南京，坐船快些。等会儿我们就去江边雇船。马能上船吧？我打听过了，这里到南京还有三百多里路，坐船一天就到了。”

铁扇公子点头道:“行！我和……凤……凤玲，去……写字！”

铁铃公子道:“岳小姐，咱俩去码头雇船。马能上船，只要船够大就行，放心吧。”

铁扇公子和凤玲走了，岳霞和铁铃公子拉着双马来到码头。码头上泊着几条船，其中有两条游船，一条有人雇了，一条太小，马难立足。还有一条货船倒是不小，铁铃公子觉得太破太脏，就站在江边招手拦船。

这时，一条双桅艚船顺流而下，铁铃公子急忙招手。佩儿正站在船头，她瞧了瞧岸边招手的一男一女，哼了一声，转过头去。铁铃公子摇摇头，看见岳霞一动不动，黑漆漆的眼睛还在注视着远去的艚船。等了一会儿，凤玲和铁扇公子来了，正好江面上有一条木篷船驶来，几个人急忙招手。突然，凤玲看见了一个女孩子出现在船头，她挥着小手可劲地摇摆。原来岳霞雇的船来了，木篷船停靠在码头上，船老大惊喜万分，连忙说道:“谢天谢地！谢天谢地！两位小姐没事了，那群王八蛋滚了？”说到这儿，他惶恐地四下里看了看。

“大叔，我们没事了，是这两位大哥救了我们！”岳霞抬手指指铁扇公子、铁铃公子。

“太好了，苍天有眼！苍天有眼哪！上船，来，快上船！”船老大连忙搭上跳板。铁铃公子又从其他船上借了两块跳板，牵着马上了船。两匹马站在船头上，惶恐不安地跺着蹄子。铁扇公子拍拍马的屁股，往下按了按。两匹马仰仰脖子，后腿一屈，一齐卧在船板上。

“等一等，我弄点草就来！”铁铃公子和铁扇公子转身下了船，奔向了山坡。不一会儿他们抱一大捆青草回到船上。片刻后，木篷船离开码头，向下游驶去。

他们走后，白头翁贼头贼脑地钻出来。他雇了那条破船，带着煞大和煞三，远远跟着木篷船。白头翁的脸色阴晴不定，两煞坐立不安。

岳霞像主人一样，把二位公子让进了船舱。

船舱内，岳霞的琴还摆在小桌上，皮箱还立在船舱的一角。岳霞看见凤玲搬来凳子，连忙道：“坐，二位哥哥请坐！”岳霞看见铁扇公子、铁铃公子坐下了，又对凤玲说，“让大婶安排酒宴，我们在船上答谢两位公子救命之恩！你告诉船老大，我们加倍给船钱。”

“是，小姐，我去告诉他们！”凤玲转身走了出去。

“客，客……客气！”铁扇公子因为结巴，脸红了。

“谢谢！”铁铃公子说完解下背后铁铃，放在船板上。

凤玲回来了，看见船板上的铁铃，说道：“铁铃大哥，这是你的铁铃，我看看行吗？”

铁铃公子笑道：“行，看看有什么不行，看吧！”

凤玲随手一提，没提起来，说道：“呀，这么沉？”弯腰再使劲，铁铃离了船板。

岳霞也凑过来，摸摸黑黝黝的铁铃。铁铃细长，喇叭口呈四棱形，锋利异常。细长的铃身上雕刻着葫芦盘肠，一个手指粗细的铃锤吊在铁铃中间。凤玲觉得太重了，连忙放下。岳霞也提了提，说道：“怕有三四十斤吧？”

“三十六斤！慢来！”铁铃公子轻轻接过岳霞手中的铁铃，像是接过一个鸡毛掸子，举重若轻。

“铁铃，故事！马……马阴，阴……阴阳！”铁扇公子指指铁铃，说道，“说……”

铁铃公子拍拍铁扇公子的肩膀，对岳霞主仆说道：“我的铁铃有些来历，这是祖上传下来的，我的家乡在北京城南二百四十里，紧挨着白洋淀，那是个鱼米之乡，是雄州镇所辖的一个小渔村。雄州镇是大宋年间名将杨六郎镇守过的边关古镇，又名瓦桥关。雄州镇西靠白洋淀，南据十二座连桥，东依兵马点将台，是个风景如画的地方。我祖爷外号叫马阴阳，是个风水先生，善于看风水，特别是看阴宅，当初刘伯温走马定北京时，拉我的祖爷昌平定明陵。虽说我祖爷名声很大，家境却贫寒。我的爷爷和二爷爷、三爷爷心有不甘，有一天找到我家祖爷，说道：‘你把别人家都看得发财了，怎么不给自家看看，省得家里穷得叮当烂响。’我祖爷说：‘人人都有转运的机会，有的人能抓住，有的人抓不住。人的性格不同，机遇不同，抓法也不同，最后结果不同，这就是命。这样吧，我给你们哥仨一个机会，今天夜里，你们去十二座连桥，在莲花桥下埋伏，三更天左右有三个强盗路过，你们劫杀他。一次走过一个强盗，你们有三次机会。看你们的造化吧，我泄露天机，恐怕于世不久矣。’”

铁铃公子继续说：“半夜时分，果然一个面黄肌瘦的老头骑一匹黄马嘚嘚走来，这哥仨一看，这是一个痨病鬼，面黄肌瘦，不忍心打，放过去了。等了一会儿，又有马蹄声响，哥仨出来一看，是一个白面书生，骑一匹白马，悠闲走来。哥仨怎么看，这人也不像强盗，也放了。哥仨一商量，最后一个非打不可，不然就没机会了。正说着，一个膀大腰圆的黑大汉骑着一匹黑马走来了。哥仨蹿出去，喊声打，棍棒落下，哗啦一声响，人马散了架子，变成了一堆碎铁。第二天，哥仨回了家，见了父亲一说，父亲告诉哥仨，第一个过去的是万斤黄金，第二个是万斤白银，第三个是万斤响铁。后来，那堆响铁打了九百九十九个铃铛，挂在殿阁上，起名铃铛阁，那条大街也叫作了铃铛阁大街。剩下三十六斤马蹄铁，打了一件手铃，就是我家传的手铃。”

凤玲悠然向往，说：“铁铃大哥，那铃铛阁的铃铛响吗？”

“响啊，可响了，风起铃响，悦耳动听。你听！”铁铃公子，拿起铁铃，轻轻一摇，丁零零，一阵清脆的铃声响起。

铁扇公子说："铁，铃，有，有……秘密……"

咚咚！舱门敲响了。

"来啦！"凤玲跑过去，拉开了舱门。小女孩的头探进来："阿姐，饭快好了，是不是先上酒菜……"

"上吧。"凤玲回过头来又问："什么秘密？"

铁扇公子眼睛看看铁铃公子，催他快说。铁铃公子说："没什么，铃铛的铃锤是暗器，能收能发，铃铛能吸铁……"

"是磁铁吗？好玩，哦，我知道了，能吸住暗器和轻兵器。"

妓院大厅里，阴阳魔正在大发雷霆："没有金戈的消息？他上了天了，还是入了地了？一群饭桶！一百天期限一到，你们还提不来他的人头，就提着自己的脑袋来见吧！岳霞押到哪了？"

"岳霞，她，她被劫走了！"

"啊，"阴阳魔刚坐下，又弹簧似的跳起来。他小眼一瞪，厚嘴一张，舌头一颤，大厅里立即多了一股腥风："谁那么大胆？敢和桃花会作对？"

"是雄州二公子，铁扇公子和铁铃公子。"

"是这俩小子，他妈的，不给他点厉害看看，不知道马王爷三只眼！通知下去，南京各楼人马立即出动，沿江搜索！江南分舵立即移师南京，我要亲自出马捉拿岳霞，杀死金戈，消灭雄州二公子！"他一只大脚蹬上椅子，叉着腰，瞪着眼，"白头翁死了没有？"

"没有，他盯着岳霞呢。"

"好，叫他盯住了！要不然我拔光了他的白毛！"阴阳魔说着，阴阳脸上的黑白肉嘟噜噜直动。

大道上，轿车还在不紧不慢地行进。车厢里，金戈和白凤正在不紧不慢地练功。

车外，田野渐渐荒凉。灰色的天空，黄色的土地，没有一点生机。一只杂毛狗耷拉着耳朵，低着脑袋，灰溜溜从轿车边走过。几个面黄肌瘦的老人聚集在枯树下，坐在歪斜的布满尘土的石头碾盘上，瞪着灰暗的眼睛，目送着轿车。

荡寇英雄传 二

铁灶 著

作家出版社

目录

十七　英雄聚会

大堂主家，岳夫人和大堂主正在争吵。岳夫人左手的皓腕撑着腰肢，伸着脖子大声道："霞儿走了好几天了，你还不去找？你是怎么当爹的？听说街上出了好多'打迷花'的，专迷大姑娘小媳妇，碰上美貌的姑娘，手绢一扬，姑娘就迷糊了。还有桃花会，闹得可凶了，知府的千金都敢劫。霞儿是远近闻名的美人，自个儿又没出过门，不定被多少坏人盯上了呢！想到这些，我就心惊肉跳，这可怎么办呢？急死我了！"

大堂主拧着卧蚕眉，缩着脖子，双手用力绞着一条花边毛巾，低声下气地说道："夫人，你不用担心，霞儿也不是小孩了，有功夫在身，地痞无赖奈何不了她。再说，铁铃公子和铁扇公子已经去找了，他们二人侠肝义胆，定会尽心尽力，再凭咱岳武院的招牌，相信没有几个人敢招惹她……"

"桃花会呢？他们会在乎你吗？"岳夫人圆眼里蒙着一层薄雾，哽咽道，"桃花会丧心病狂，不顾一切，他们敢杀三堂主、二堂主，敢数次进山追杀金戈，会把岳武院的招牌放在眼里？别吹啦！

霞儿是我的心头肉，是我的眼珠子，她要有个三长两短，我就不活了……”

大堂主车转身形，向前走去。忽然身形车转，摆着手大步走回来。他来来回回走了十几趟，停住了脚步，鼓着厚厚的嘴唇叹道：“你叫我怎么去和爹说呢？他肯定不让去。你非要我当个不孝之子吗？唉，你说，一边是父亲，一边是女儿，你让我怎么办呀？”

岳夫人从衣袖里掏出手绢，擦了一下眼睛，缓和了声调：“不用去说，说了也是白说。脚长在自己身上，想走就走。找自己的女儿，天经地义。得罪了父亲，他只会生一时之气。如果女儿出了事，这个家就散了！”

大堂主双眉忽然竖起，咬着牙说道：“也好！也罢！走就走，霞儿万一有个三长两短，再后悔就来不及了。”

第二天清晨，大堂主、岳夫人带着虎子离开了岳武院。他们傍晚赶到鄱阳湖，立即弃马登舟，连夜向南京进发。

这时候，岳霞主仆和雄州二公子已经到了南京。铁铃公子和铁扇公子在骡马市上买了两匹好马，配上了烂银鞍具，四人四马走在南京大街上，立刻引起不少人驻足。有人赞道：“好标致的姑娘，好威武的小伙！”

南京官道上，三辆轿车疾驰而来，马蹄嘚嘚，车轮滚滚。第一辆轿车里，阴阳魔大马金刀地坐在高背靠椅上，一个浓妆艳抹的女子跪在脚边，正给他捶腿。阴阳魔一只手托着黑白分明的下巴，一只黑手轻轻拍打盖着黑色短袍的大腿。

“吁——”赶车的一声吆喝，轿车停了。

阴阳魔睁开了绿豆眼，精光闪射，吼道：“什么事？”

“报——”车厢外有人道，“村里有人办喜事，门前贴着喜字，敲锣打鼓，正在娶媳妇，看样子今天是正日子。小的派人去看看，如果新娘子长得还可以，不妨请舵主辛苦辛苦，给新娘子开开荤！”

远处传来锣鼓声，阴阳魔大笑：“哈哈，好吧，那就勉为其难吧。不过，不好看的可不要，别扫我的兴。他妈的，尽给老子找麻烦！哈哈哈……”阴阳魔淫笑着，用他那棒槌般的手指拧了拧女子的脸蛋。女子苦笑一下，没敢出声。

“抢人啦！”一个男子的声音传来，声音里充满了焦急。

“打强盗啊……”多个喊声传来，声音里充满了愤怒。

奔跑的脚步声越来越近，突然，车帘掀起，一个披红挂绿的新娘子跌进来。

“驾！”随着一声吆喝，轿车动了，咕噜噜的声音又响起来。远处还有打斗的声音，片刻后，打斗声远去了。

车厢里，阴阳魔把新娘子搂在胸前，掀去盖头，硕大的蒜头鼻子在新娘子身上嗅来嗅去，新娘子吓得瑟瑟发抖，眼泪吧嗒吧嗒地掉下来。“哭什么哭！你只是个小点心，老子捉住天仙子岳霞，那才是正餐！脱！快脱，脱光了叫老子瞧瞧嫩不嫩，白不白……”阴阳魔的脏手从新娘子身上往下摸，新娘子筛糠似的哆嗦着，躲闪着，阴阳魔浪声淫调唱道：“两座高山，一马平川，丛林密布，流水潺潺……”

晚上，岳武大殿里灯火通明。岳北老爷子正坐在太师椅上发抖，他花白的山羊胡子翘了起来，骨节嶙峋的手掌拍得桌子当当山响。杨协理弯着腰，低着头，轻声细语地劝说着：“不用生气了，走就走了，过一阵子就回来了。”

“回来？休想！岳武院不是客栈，不是茶寮，不能想来就来，想走就走！”刺啦一声，桌子上的信笺被撕成两半，接着，岳老院主三扯两扯，黄色的信笺被撕成了一把碎片，抛向空中。

忽然，一阵笑声传来，震得窗户簌簌发抖，震得烛光一明一暗。“哈哈哈！哈哈哈……”坪坝上笑声绵绵不绝，犹如巨鼓轰鸣。霎时，整个岳武院鸦雀无声，正是“一鸟入林，百鸟压音”。

岳老院主挺身来到大殿外，站在石板台阶上，昂头背手发出了啸声：“呵……呵……呵……”啸声犹如龙吟大泽，虎啸深谷。

“哈哈！哈哈！”笑声越来越响，仿佛巨鼓已经来到身边。

啸声和笑声，此起彼伏，犹如两条蛟龙，在天空盘旋争斗，又如两只猛虎，在山岗上咆哮厮杀。笑声好像更胜一筹，声音高亢且连绵不断，声音忽左忽右、忽前忽后，来人似乎正在边跑边笑。

岳老院主挺胸提气，脚踏八方，在台阶上来回游走，他的啸声渐渐转强，呵呵声越来越尖，越来越细，越来越高，犹如一根锐利的钢针，刺人耳鼓。

过了一会儿，笑声停止了，啸声也渐渐逝去。人们却感觉啸声和笑声仍响在耳边。

黑暗中，一个胖大的身影无声无息地出现在大殿台阶上，如同鬼魅现身。

岳老院主怒道：“笑面佛，老朽已经恭候多时，你的下马威本院领教了！”

“哈哈！”少林寺住持笑面佛无悔大师面带笑容，抬起两只胖手，合十道，“阿弥陀佛！岳老兄的岳武功一精至斯，老衲钦佩万分！”

岳老院主冷冷一笑，说道：“比起少林易筋经差远了，大师不必客套，大师请！”

笑面佛随着岳老院主进了大殿，二人分宾主落座。杨协理连忙泡上茶，退后恭候。

笑面佛一欠身子站起来，凄然道：“闻二公子、三公子惨遭不幸，少林众僧无不痛心疾首。现在少林众武僧已悉数下山，前往南少林。我寺愿与贵院掎角闽南，号令天下武林，捉拿叛徒金戈，助戚家军平寇，以保我江南百姓安居乐业，以佑我大明江山永祚！阿弥陀佛！”

岳老院主站起来答礼，凛然道：“贵寺移师南少林，好啊！一山二虎，福建该热闹了！好！好！目前倭寇横行，桃花会、黑旗船猖獗，我看，欲荡平倭寇，必须先铲除黑恶势力，清理了自家的后院，方可与倭寇放手一搏！”

笑面佛眉头一皱，问道：“院主的意思是先安内而后攘外？内外有别？”

岳老院主沉声道：“老夫正是此意！”说罢，岳老院主伸手让座。

二人再次落座，笑面佛摇头微笑，说道：“不可，黑恶势力隐藏暗处，为祸有限。而倭寇却明目张胆攻城略地，危害极大，我等岂可舍本逐末？不可，不可也，阿弥陀佛！”

岳老院主脸色铁青，脸上肌肉一跳，恨恨地说：“不杀阴阳魔，不杀金戈，我死不瞑目！”

笑面佛双手合十，善言劝道：“我等平定外患之后，全力追杀此二人，他们还能上天入地不成？到时候还不是摧枯拉朽，风卷残云？你想想看，如果我等受黑帮牵制，让倭寇星火燎原，到时悔之晚矣！”

“不！不！”岳老院主的头摇得像拨浪鼓，花白的山羊胡子激烈地抖动着，瞪着发黄的眼珠叫道，“我疾恶如仇，不报此仇，我寝食难安！金戈是一根带毒的蒺藜，哽在我的咽喉，我还有什么心思剿灭倭寇？追杀金戈，手刃阴阳魔，当务之急也！”

笑面佛手捻佛珠，沉吟片刻，问道：“岳兄可有金戈和阴阳魔的消息？”

岳老院主眼睛一亮，沉声道：“金戈应该在南京一带，前些日子，他在南京杀了倭寇密使。阴阳魔坐船逃走，也可能蛰伏于长江水路。

阴阳魔也在追杀金戈，他蜗居南京的可能性极大。”

“哦，原来如此。”笑面佛想了想，说道，“少林大队人马已经到黄山，我立即通知他们改道南京，并知会武当众星子一路前往。你们也轻骑四出，知会各路豪杰奔赴南京。豪杰们一旦在南京聚首，我们立即采取行动，一举荡平长江沿岸的黑恶势力，狙杀阴阳魔，彻查金戈，你意下如何？”

岳院主一拍桌子，叫道：“好！你我一言为定！”

“到达南京后，贫僧挂单鸡鸣寺。你们也行动吧，你我南京再晤。阿弥陀佛，愿我佛慈悲……”说罢，笑面佛一晃肥胖的身子出了大殿，消失在夜色中。

岳老院主霍地站立起来，高声叫道：“来人！”

四堂主、五堂主、岳中民等人立即来到近前。岳老院主大声道：“派练武堂武徒手持双龙令，通知武林同道，同赴南京，集合于月亮山庄。神武堂、精武堂做好下山的准备。练武堂、习武堂各抽一百名精干武徒，调入内务大堂，随内务大堂出征。精武堂、神武堂、内务堂，三堂即刻准备，三日后祭旗下山！”

“是！”众人齐声应答。

秋风萧瑟，带来了阵阵寒意。马车还在向东奔驰，大海的潮气已息息可闻。忽然，大道上尘土飞扬，衣衫褴褛的百姓慌不择路，蜂拥而来。挑担的推车的，牵牛的拉羊的，跑得气喘吁吁。

“吁——”车把式急忙停住马车，铁嘴华一按车辕，呼地跳到大路上。他拦住一个敞着怀歪着网巾的黑脸老汉，问道：“老哥，前面发生了什么事？”

“倭寇，倭寇……”老汉满脸惊悸，上气不接下气地说道，“前面，倭寇正在屠村！正在杀人放火……”

金戈的脑袋探出车窗，听见老汉的话，一缩脖子不见了。

铁嘴华还在打听详情，金戈和白凤并肩跑过来。金戈拔出插接枪，一指村子，对车把式道："快！赶过去！"

车把式脸色苍白，摇着手说道："不！不！往回跑！不能前进了……逆流而行，马车也走不动啊，赶紧往回跑，不然，倭寇追来就完蛋了！"

金戈满脸杀气，瞅了一眼手捋丝绦的白凤，说道："铁嘴华，您老守着马车吧，我俩先行一步！白凤，我们走！"

"爷爷，宝剑给我！"没等铁嘴华答应，白凤一探手，已经抽出了铁嘴华背上的宝剑。

"哎，哎，我说你们，我说……"铁嘴华还没说完，金戈和白凤已经腾身而起，箭似的向前射去。

车把式揉揉眼睛，喃喃自语："神了，这俩人怎么跑得这样快呀？兔子一样！"

这是一个靠海的镇子，今天大集。街道上火光冲天，呼声震耳。一千多倭寇兵分两路，冲进了镇子。没有跑出去的人都蹲在弯曲参差的、散发着海腥味的街道上，惊恐地望着手持长刀的倭寇。

"出来！统统的出来，不出来死了死了的！不出来死了死了的！"一个穿着皮甲顶着牛角盔的倭寇大嚷大叫，顺着大街走过来。突然，他把两个粗糙的手指填进嘴里，吱地发出一声呼哨。倭寇们哇呀一声大叫，呼啦散开了。他们破门而入，越窗而进，镇子里顿时鸡飞狗跳。一家杂货铺前，一个面色苍白仰面朝天的老汉被拉了出来，倭寇拉着他的双脚，就像拉死人一样把他拉到大街上。

蹲在地上的一个中年汉子站起来，惊叫道："爹！爹！……我的老爹瘫了，走不得路，你们高抬贵手，放了我爹吧……"

一个光脚的倭寇听见了，脸色一黄，快步奔来，挥手一刀把中年汉子劈成两半，骂道："八嘎！站起来的不许，站起来死了死了的！不出来死了死了的！”

拉老汉的倭寇闻声把老汉的双腿狠狠一摔，一脚踹在老汉的肚子上。老汉嘴里立即喷出了一股鲜血，舌头哆嗦着，瞪着愤怒的眼睛死去了。

人们见倭寇如此残忍，都吓得闭上了眼睛。这时候，牛角盔倭寇的声音又响起来，他边走边喊：“小明朝的百姓们听着，浪武社为了和你们共享中华大地，要求你们各家各户交纳铁器，交纳粮食。你们听好了，每户交纳十斤铁器，菜刀、铁锹、锄头都要，是铁就行！另外，每户上交大米一石，限十天内凑齐，运到小梁河出海口。现在，我们要带走本镇的姑娘和小伙，作为抵押。十天后在海边一手交货，一手领人，十三岁以上、二十岁以下的姑娘小伙，统统站出来，不站出来的，发现后灭九族，点天灯的干活！”

几十个少男少女站起来。他们猫着腰，缩着脖子，个个战战兢兢，就像疾风中的一片树叶。

一个老板娘模样的中年女人眼里喷着仇恨的火焰，示意一个女孩不要动。牛角盔倭寇走过来，脚步嗒嗒有声，敲击着人们心口。牛角盔倭寇走到老板娘的女儿前不动了。老板娘的女儿吓得跌坐地上，惊恐地抬起了头。牛角盔倭寇满脸横肉，鼻子下黑漆漆的胡须衬托着两片黑乎乎的厚嘴唇，他恶狠狠地问道：“你的，为什么不站出来？你的，几岁了？你敢抗命？死了死了的！”

老板娘抬头大叫：“她……她才十二岁，不够岁数……”

“不够岁数？起来！起来！我的看看！”牛角盔倭寇说着，一把抓住女孩的头发，把她拉了起来。牛角盔倭寇拉歪了女孩的身子，一只毛烘烘的大手探进女孩衣服里。他一边摸一边放声大笑：“大姑娘了，奶子鼓鼓的！骗人的干活！烧了他们的铺子！”

几个倭寇冲进杂货铺，霎时杂货铺火光冲天。

“我的货，我的房子……”老板娘跳起来，大叫着，冲向杂货铺。

牛角盔倭寇脸色一黑，拔出战刀，扬刀就要斩杀老板娘。正在这时，忽然街口大乱，响起了兵刃撞击声，两个白衣男女闯进来，男的潇洒，女的漂亮，好似一对仙人从天而降。

牛角盔倭寇一惊，吼道："什么的干活？八嘎！八嘎！"他顾不得砍杀老板娘了，哇哇叫着奔向混乱的街口。

金戈使枪，白凤用剑，两人闪电般地杀过来，两人脚步不停，一路腥风，一路血雨。

"呀呀呸！八嘎！八嘎！八嘎！"牛角盔倭寇赶到了，手中的指挥刀狂烈地挥舞着，跺脚高叫，"堵堵堵！截截截！"

金戈和白凤二人交替掩杀，如同鲨鱼游戏大海，如同虎豹奔袭平原。他们跑得飞快，东一枪，西一剑，噗噗噗，死尸就像稻草个子一样，霎时摆了一大串。

"混蛋，八嘎！八嘎，混蛋！"牛角盔倭寇眼看着两个白衣人从身边蹿了过去，鼻子都气歪了，指挥刀舞得嗖嗖作响。

倭寇们乱了，上百个倭寇呼喊着追击金戈和白凤，就像一群没了窝的马蜂。金戈、白凤就像两道白色的闪电，一闪而过。他们身后，升起了一道彩虹，那是鲜血喷成的彩虹。忽然，前面出现了一队倭寇，他们排成人墙，堵住了二人的去路。金戈一拉白凤，两人燕子似的画了个弧形，嗖的一声钻进一条狭窄的胡同。不一会儿，他们从另一个街口奔出来。他们手中枪剑不停，啪啪啪，又有几个倭寇倒下了。倭寇们一声呐喊，又追了过来。白凤娇笑一声，二人鸟儿似的飞上了墙头，猫似的跃上了房顶。金戈伫立在高高的屋脊上，望着蜂拥而来的倭寇，哈哈大笑。笑完了，金戈掏出了三枚金镖，对着房下的倭寇叫道："便宜你们了，矬倭子，尝尝我的金镖吧！"说罢，嗤嗤嗤三声，三枚金镖射向了三个倭寇，噗噗两声，两个倭寇中镖倒地，一个宽衫短髫的倭寇一个鹞子翻身，闪开了。

白凤道："嘿，这小子还有两下子。"

短髻倭寇站起身来，抖了抖身上的蓝布宽衫，摆了摆露着脚踝套着木屐的扁平脚丫，傲然道："花姑娘，美得紧，小明朝的美人，下来，我的会会！"

白凤丹凤眼一瞪，骂道："呸！看你个武大郎的德行，矬不拉唧的，回家会你妈去吧！"

短髻头倭寇一怔，叫道："武大郎？武大郎什么的干活？"

旁边瓦房上，出现了几个倭寇。金戈看见了，叫道："别和他扯皮了，倭寇上来了！"说着一跃而起，扑向房上的倭寇。金戈插接枪一挺，一招"三星赶月"刺过去，两个刚站起身来的倭寇抱着肚子滚下了房。这时白凤也到了，一招"大漠飞沙"扫过，一个倭寇洒下了一片血雨。房顶上还有一个倭寇，看见金戈风似的扑来，吓得哇哇大叫，一脚踏空，仰身跌了下去。

乡亲们蹲在地上，看着飞来蹿去的两个俊男靓女，胆子壮了起来，有人叫道："侠客！侠客！我们大明朝的侠客！"

有人哭了，有人笑了，有人站起来："杀得好！杀死这群乌龟王八蛋！"

"杀呀——"小镇外，冲来了一队官兵。当先的一面三角大旗迎风招展，旗子上斗大的"戚"字在阳光下熠熠闪光。

"戚家军来了！戚家军来了！乡亲们，戚家军来了！"

"快起来，抄家伙，打鬼子呀！"

戚家军的将士们从四面八方拥来。接敌之处，鲜血飞溅，杀声震天。前面的士兵倒下去了，后面的士兵扑上来。他们踏着尸体前进，他们迎着血雨冲锋。

"杀呀……杀！"喊杀声惊天动地。

金戈站在房上，看呆了，大声叫道："好一个戚家军，果然名不虚传！"

将士们嗷嗷叫着，奋不顾身。倭寇被冲垮了，整个镇子沸腾了，喊杀声、怒骂声、兵器撞击声，震撼着大地。

金戈看看自己的插接枪，枪尖上滴答着鲜血，看看白凤的白裙子，染满了血花，变成了一条红艳艳的血花裙。白凤看见金戈打量自己，眼波一荡，笑道："我们下去？"

金戈如梦方醒，大声道："好！下去，助他们一臂之力！"

街口上，一群倭寇挥舞着明晃晃冷飕飕的长刀，正在奋力抵抗，金戈和白凤扑到了，他们在倭寇背后下了手。金戈主攻，白凤掩护，噗噗噗，几个倭寇倒在血泊中。忽闻一声怪叫，七八个倭寇转过身来，看见了金戈和白凤，就像看见了鬼，哇呀一声大喊，撒腿就跑。戚家军将士们一拥而上，就像奔腾的洪水，片刻间淹没了这片犬牙交错的街道。

金戈和白凤追逐着倭寇来到杂货铺子前，对面出现了一队官军，堵住了倭寇们的去路。为首的军官是一个又黑又瘦的年轻人，他手持八尺红缨枪，威风凛凛。只听他大喝一声："站住！矬子们，尔等竟敢在大明境内撒野，还不过来纳命，更待何时？"

牛角盔倭寇跳出来，他双手抱刀，瞪着眼问道："你们，戚家军的干活？戚继光的哪里？我的会会！"

"会你妈！臭矬子，凭你也配？"黑瘦军官垫步向前，红缨枪毒蛇似的蹿腾而起。牛角盔倭寇退步还招，倭刀舞得呼呼作响。黑瘦军官嘿了一声，掌中枪扑棱一声，荡起了一片红光。

"好！"金戈大声叫好。他看出来了，这个黑瘦军官使的正是岳武枪。他的枪法熟极而流，招招行云流水，看来牛角盔倭寇不是他的对手。突然，黑瘦军官一招"四夷宾服"，红缨枪闪电般地刺了出去，倭寇的长刀离手而去，扑哧一声，红缨枪透体而入，刺入了倭寇裹着皮甲的胸膛。

这时，杂货铺的老板娘举起了菜刀，她跺着脚喊道："乡亲们，杀倭寇啊，给亲人们报仇啊……”喊着扑向了倭寇。她的女儿也蹿了出去，手里攥着一把剪刀。稚嫩的脸蛋上闪着愤怒的寒光。片刻之后，嘈杂的声音远去了，牛角盔倭寇胸膛上咕嘟嘟冒着血泡，他张着紫色的嘴唇，龇着几颗焦黄的大板牙，哆嗦着带有血丝的舌头，死鱼般的眼睛不甘心地瞪视着蔚蓝的天空。

“胜利了！”人们欢呼起来。一辆马车骨碌碌驶进镇子，铁嘴华托着长长的烟袋，跟在马车旁。铁嘴华看见满裙子是血的白凤，哈哈大笑，戏道：“哎呀，我说凤丫头今天可真漂亮，白裙子变成血花裙，真正鲜血染成的血花裙。人间难找，世间难求，这血花裙可是无价之宝，多少人的鲜血染成？”

“一百！”白凤小嘴一扁，骄傲地说。

铁嘴华一蹦老高，叫道：“哎哟，那就是说此裙应叫血花百魂裙，无价之宝！无价之宝！哈哈，当真无价之宝啊！你可保管好，等你办喜事时，一定要穿着此裙拜堂，那才叫前无古人，后无来者……哈哈……”

白凤红霞满脸，跺着脚嗔道：“爷爷——你净说疯话！”

傍晚，金戈等人跟着队伍来到了一个小山村。村口锣鼓喧天，百姓载歌载舞，迎接凯旋的队伍。人群前方，并排站着三位军官，中间是位将军，三十来岁，宽肩厚背红脸膛，威风凛凛。金戈近前观看，只见他浓眉大眼、二目如电，站在那里渊渟岳峙，令人不可逼视。

“此人是谁？难道是戚继光？戚将军几年前就名满华夏，岂能如此年轻？不是他，谁又能如此凛凛生威？”

金戈正想着，将军洪亮的声音已经响起：“欢迎铁嘴华大驾光临！铁嘴华威风不减当年，可喜可贺！花仙子白凤白姑娘更是光彩照人！这位一定是文武全才的金戈金少侠了，小弟神交已久！欢迎之至！欢迎之至！请！请！”

后面的几个武官也抱拳出声：“欢迎之至！请！”

金戈挥着手，随同几位军官从人群中穿过。百姓们拿着鸡蛋，捧着米酒，拦截着归来的将士们。

金戈一拉白凤的衣角，悄悄问道：“他就是大名鼎鼎的戚继光？”

白凤丹凤眼一闪，说道：“啊，对呀！”

金戈惊道：“怎么如此年轻？”

白凤咯咯一笑，说道：“他三十岁刚过，怎么不年轻？他二十三岁中武举，二十七岁任都指挥佥事，二十九岁组建戚家军，官拜参将，辖治二十五个卫所七千兵马，了不起吧？”

金戈惊叹一声，轻声赞道：“了不起！我见过他麾下的把总周四海，他已经三十好几了，对戚将军佩服得五体投地，我还以为戚将军……”

白凤小声道：“你以为他是个中年人吧？你以为只有你自己是才子？哼！天外有天，山外有山！世界之大，无奇不有！别老觉得自己了不起！”

金戈笑道：“岂敢，学生岂敢……哦，小生岂敢……小生岂敢……”

白凤丹凤眼含笑，手指一比，又道：“不过呢，你也行，你们俩是春兰对秋菊，各有擅场……”

晚上，戚继光设酒宴招待三位客人，一位知事和两位哨总前来陪客。晚宴之后，戚继光来到金戈住所，过访金戈。

这是一个有着四间草房的独门小院，主人一家惨死倭寇刀下。戚家军秘密集结在附近的几个村子，征用了此房。

白凤正在院子里洗衣服，见戚继光大步走来，连忙放下了手中的衣物，抖着素手高喊：“金戈，金戈，戚大哥来了！”

金戈急忙迎出来，笑道：“恭迎戚将军大驾！里面请！里面请！”

戚继光抱拳一笑，说道：“同请！同请！”

二人携手揽腕走进堂屋，在门桌旁的藤椅上坐下来。白凤女主人似的，满脸洋溢着笑意，连忙泡茶。忙完了，白凤笑道：“我爷爷喝多了，看见你们打了胜仗高兴，多喝了几杯，已经睡下了，你们聊吧……”

金戈和戚继光客套了一番，话入正题。

戚继光说道：“我曾叫周四海拜访公子，求一篇匡扶社稷的文章，不知公子可曾应允？”

见戚继光动问，金戈答道：“我见到了周把总，拜读了您的书信，也收到了您的礼物，不幸的是，那天我遭遇弥天大祸，父亲战死，‘云遮月’被劫……”

“我听说了，”戚继光沉痛地说道，“公子一天内惨遭剧变，失母丢妹，父亲战死沙场，转眼之间失去了一切，并且惨遭桃花会的追杀。公子在这灭顶之灾下挺过来，还学成了骄人的武功，实在是可喜可贺！”

金戈说道：“文章的托付，金戈不敢有忘。等安定下来，一有机会，学生一定尽力而为。不过，要写出一篇震动朝野的文章，从构思到完工，最少耗时两年。没有安定恬静的环境，怕是难以完成。”

“三年写成，便是国家之大幸了！”戚继光不无忧虑地说道，“国家重文而轻武，使国人以文为荣，习武为耻，‘好铁不打钉，好男不当兵’之说广为流传。国家大权尽落文人之手，武将们抛头颅洒热血，却与升迁无缘。今天之战你参加了，看到了吧，将士是如何奋勇向前的，如何浴血奋战的，二十七名将士今日长眠地下。这是二十七条鲜活的性命啊，说没就没了！他们得到了什么？你见过周四海，年仅三十六岁，媳妇还没娶，就已经魂归故里……赵文华、崔家语之类的奸佞文官，却三妻四妾、养尊处优。而我们这些武将，一年之中难得一见妻儿父母，还要从牙缝里挤出钱财孝敬他们。而且，他们鼻子眼稍微有点不通气，我们就得挨督察，遭罢官。俞大猷将军听说过吧？一位赫赫有名的抗倭战将，因不买严嵩的账，遭严嵩诬陷下狱，几乎掉了脑袋，现今去职戴罪在家。朝廷赋予文官督察武官之权，武官只有低声下气了。国家提倡什么，引导什么，乃是社稷之本。如果精忠报国的人必须忍气吞声，国家还能强盛吗？”

“岂有此理！”金戈细眼圆睁，怒道，“这不是黑白颠倒了吗？”

戚继光双眉紧皱，叹道：“我们之所以不怕流血牺牲，奋勇向前，全靠着一个信念，那就是精忠报国，遵从文死谏、武死战之道！人过留名，雁过留声而已。在倭寇横行之时，我们怎敢苟且偷生，在世上白走一趟？”

白凤忙完了，又往茶壶里续上水，坐在板凳上脉脉含情地望着金戈，有时也瞅瞅侃侃而谈的戚继光。

“白姑娘，”金戈关切地说，“你困了就去睡吧，我们且聊呢。”

“你们聊吧，我困了就去睡，我爱听你们高谈阔论。你们俩是惺惺相惜，英雄相见恨晚。当今之世，再难有你们这样的二位高才聚会了，一位文章锦绣、武功登峰，一位文韬武略、军事造极，我可不敢错过……”

“听见赞美了吧，金公子，”戚继光笑道，“白凤姑娘冰雪聪明，眼高于顶，从不轻易夸赞别人的，今天为你转了性子……”

“戚大哥！”白凤跺脚发嗔，满面羞红。

夜深了，金戈换了一根蜡烛，二人继续剪烛夜谈。白凤趴在桌子上睡着了，一绺秀发垂落桌上，脑后露出了一段雪白光滑的脖子和一片毛茸茸的小发卷。

“白姑娘，白姑娘，”金戈摇摇她的肩膀。白凤唔了一声，金戈柔声道：“里屋去睡，啊？”

“不，我还要听你们说话……呢……”白凤嘟嘟囔囔地应了一声，又响起轻轻的鼾声。

戚继光看着金戈，说道：“在治军方面，我们坚持‘同甘苦，明号令，公赏罚，积功升’之规则。‘公赏罚’一条尤为重要。像今天吧，下午打完了仗，晚上就各队评议，功过是非逐级上报，然后实施赏罚。上报朝廷的奏章也要以此为准。官兵的提拔，实行‘积功升’的规则，有功者上，平庸者下，严禁任人唯亲，严禁行贿受贿，将士们按律监督。‘同甘苦’‘明号令’就不用解释了。”

金戈道：“积功升，公平荣升，公平竞争，很好。”

戚继光道：“倡导什么，怎样引导风气，走什么样的道路才能出人头地，此乃社稷之本，此乃国之大事。”

戚继光目光遥远深邃，似乎隐藏着万千忧虑。稍停片刻，他又说：“我军还实行了‘天天练’和‘天天评’。‘天天练’就是每天坚持练兵，无论刮风还是下雨，必须坚持，雷打不动。‘天天评’就是以伍为组，天天晚上在一起评功摆过，用以凝聚人心。有时间看看我写的《纪效新书》吧，还请贤弟提提宝贵意见，文笔比起贤弟的《大江记》和《问琴》来，那可差得多了。”

金戈正色道：“闻君一席话，胜读十年书，将军真乃我朝中流砥柱，金戈佩服之至。可惜，我大明王朝奸佞当道、权臣营私，致使倭寇横行、黑帮猖獗……”

戚继光叹道：“如此以往，朝将不朝，国将不国，我大明王朝必亡于内忧外患之中！”

起风了，烛光摇曳。

院门被悄悄打开了，院子里传来沙沙的脚步声，似乎好多人来到院子里。戚继光脸现疑惑，站起身来，向外走去。

白凤醒了，晕头涨脑地问道：“什么事？”

金戈揶揄道：“没事。快睡去吧，趴着睡了半宿。”

白凤眉眼含笑，说道：“什么睡了半宿，我听你们说呢，根本没睡着。”

金戈站起来，伸了个懒腰，说道：“什么？没睡着？鼻子眼没睡着，一直呼噜呼噜响着！”

白凤扑哧一声笑了，说道：“瞎说！”

金戈来到门外，抬眼一看，天空灰蒙蒙的，一颗星星也没有。院子里黑乎乎的，似乎站了不少人。戚继光正和几个黑影说着什么。戚继光看见了金戈，回到台阶上，和金戈并肩站在一起。他看了看满脸疑问的金戈，说道：“他们都是岳武院的弟子。”他指着前面一位黑瘦的军官，说道：“这位是哨总蒋忠，出身岳武院神武堂，酒宴上你们见过。”

蒋忠就是杀死牛角盔倭寇的那个军官，金戈看了看他，转脸问道：“来问罪的？”

戚继光还未回答，蒋忠上前一步，大声道：“金公子，戚家军将士感谢你助阵杀敌，感谢你为我们筹集了军资粮饷。不过，闻你被岳武院缉拿追杀，说你偷了岳武院的镇山之宝岳武功，我们这些弟兄都出身岳武院，师门之事不敢不问，还望公子给个说法。”

金戈看了看黑压压的人群，知道不说明白恐怕不行，思考了一下，抱拳道：“在下金戈金文杰，受桃花会迫害，家破人亡。铁嘴华路经临江，知我报仇心切，就介绍我到岳武院习武。我由练武堂打进精武堂，后来桃花会得知我在武夷山上，数次下手对我袭击，其中一次使我身受重伤奄奄一息，蒙岳霞小姐出手搭救，治好了我的伤，同时传授了我一阶岳武功，并要我一年内打进神武堂，然后再行拜师之礼。后来，桃花会再次对我突袭，追得我狼狈逃窜，后背又挨了一刀。为了对付桃花会的苦苦追杀，为了报仇雪恨救母救妹，为了消灭倭寇以慰父亲的在天之灵，我冒险自行探索岳武功。目前我确有岳武功在身，但是每当黎明之时，我就心火大盛，苦不堪言。

岳武院说我偷盗岳武功，纯粹是一场误会，我相信总有一天，真相会大白于天下。我金戈在此对天明誓，我的话绝无谎言，如有欺骗，死无葬身之地！”

金戈说完，院子里一片沉默。一棵小白杨玉立在夜色中，桃形的叶子上挂着几颗晶莹的露珠，微风吹过，露珠落下，传来了轻微的滴答声。

片刻之后，蒋忠再次开口：“好！既然金公子对天明誓，岳武功之事不再追究，一旦发现金公子有所欺瞒，我等绝不甘休！今日前来打扰，还请金公子见谅！”

金戈细眼一睁，抱拳道：“好说，好说！”

人们散去了，有一个士兵站在院子里没动。此人好眼熟。金戈定睛再看，穿军服的人竟是马大响，不知道他何时到了戚家军。这时，马大响朝金戈点点头，摇摇手，转身出去了。

戚继光将军拍拍金戈的肩膀，说道：“叨扰了一晚，愚兄告辞了。”

顶盔掼甲的戚继光走了，铁叶锁子甲的碰撞声渐渐远去。金戈暗想，戚继光自称“愚兄”，那是把我看作兄弟了，平添这样一位兄长，那可太好了。金戈默默站在台阶上，正在胡思乱想，忽觉耳朵有些痒，还有些热风吹来，回头一看，白凤贴着自己，伸着嘴巴，正在吹气。

早饭后，铁嘴华把插在剑鞘里的宝剑递给白凤，对金戈说道：“我和戚继光说一声就走了。我去联络少林、武当等门派，齐上岳武院，给你说情去。你们在军中猫着吧。”

金戈道：“那就多谢了！”

“不客气！”说完抬脚就走。

白凤把宝剑挂在丝绦上，看了一眼金戈，说道：“我们出去转转，也送送爷爷。”

金戈笑道：“好啊！”

金戈和白凤跟着铁嘴华来到戚继光的住处，说明了来意，戚继光立即写了一封劝说岳老院主的信，交给了铁嘴华。临走，铁嘴华摇头晃脑地对金戈说道：“金戈，我把白凤这个小包袱留给你了，你可小心点，这鬼丫头一肚子瞎话，吐口唾沫都是空膛的，别让她把你迷住，到时候卖了你，你还得自个儿上车！”

白凤一听，叉腰挺胸，睁着溜圆的丹凤眼怒道：“白铁嘴！你个死老头胡说什么，屎壳郎下山——滚球吧！”

金戈和戚继光听了哈哈大笑。

“说对了！生气了！哈哈！你们俩等着我，先在军中效力吧！”铁嘴华高兴得一蹦一跳，拍着屁股走了。

这天上午，南京鸡鸣寺前，走来了二男二女，男的威武，女的妩媚。走在中间的是岳霞和凤玲，走在两侧的是铁扇公子和铁铃公子。

深秋的鸡鸣寺十分壮观，宝刹庄严，佛光普照。岳霞愁眉不展，缓缓拾阶而上。凤玲扁着嘴，乌黑的眼珠转个不停。三三两两的游人不时飘来惊异的目光，岳霞虽然面色不喜，仍然掩不住她俏丽的风采。

大殿里供奉的是佛祖释迦牟尼，佛祖神像栩栩如生，慈祥地望着他的信民。凤玲请来一束香，点燃后递到岳霞手中，岳霞恭敬地插上香，双手合十，在一个垫子上慢慢跪了下去，她低头合手，默念着自己的愿望，虔诚地一拜再拜。旁边，一个小姑娘也缓缓跪拜下去，嘴里轻轻叫着金戈的名字。岳霞一惊，张开杏眼一望，只见一个十四五岁的小女孩，身子正在一起一伏地叩拜佛祖。

供桌上的铜香炉里插着数十把冒着青烟的线香，一簇簇香头闪着孔雀翎似的蓝色亮光。缭绕的香烟扶摇而上，在殿顶弥漫成一层蓝蓝的薄薄的轻纱，送来了一阵阵淡淡的沁人心腑的幽香。小女孩惊异地瞟了一眼岳霞，站起身来，和一个半大婆子说了句什么，并肩走了出去。小姑娘边走边说，又回头望了岳霞一眼。

岳霞站起身来，对凤玲道："那个扎双螺髻的小女孩也在找金戈，她跪在那里，一直念叨金戈的名字。"

"什么？她也找金戈？一个小女孩？"凤玲的眼睛瞪圆了，眼珠一转，急忙道，"我去看看，问问她。"

岳霞伸手拉住凤玲，说道："不急，我们跟着她们，看看情形再说。"岳霞转脸对雄州二公子浅浅一笑，轻声道："咱们走吧。"

大殿外，小女孩和半大婆子溜溜达达，东张西望，一副找人的样子。不一会儿，她们走进了西侧的塔院。塔院里，一座七层八角佛塔拔地而起。佛塔斗拱重檐、铜刹筒瓦，在阳光下巍峨屹立。

凤玲跟了上去，岳霞和雄州二公子信步而行。岳霞的目光在人群中搜索着，没有金戈的身影，岳霞叹了一口气，知道这样找人如同大海里捞针，希望渺茫。

"小姐，你看！"凤玲跑过来，拉着岳霞就走，抬手指向了一个算卦的地摊。地摊摆在塔下，一个小女孩正在那里测字。岳霞和凤玲快步走过去，算卦的先生在纸上已经写好了一个字，一个拳头大的"金"字。

算卦先生问道："姑娘问啥？"

"我找人，姓金，一个公子，他在南京吗？他平安吗？我们能找到他吗？"小女孩语速急促，连珠炮似的发问。她的话语中透着一股企盼，也带着一股骄傲，说完她斜了岳霞一眼。

"慢，慢，慢！"算卦的伸出三个手指头，说道，"一个问题一钱银子，三个问题三钱银子……"

小女孩撇了一下嘴道："好贵呀！算吧算吧，少不了你的。"

这时，铁扇公子和铁铃公子也凑上来，一齐侧耳倾听。

算卦的说道："一、'金'字是人的姓，金陵地名的头，南京又名金陵，两金相叠，要找的人能在南京找到。”算卦的抬头看了看岳霞，接着说道，“二、‘金’字去掉两点，是个‘全’字，要找的人目前安全。三、去掉的两点像水滴，要在水边或江河湖海边上去寻找。另外白送你一句：‘金’字拆开是‘人’‘王’‘八’三个字，怕是其妻……”

“胡说！”几个人异口同声斥道。

“你们……”算卦人看着这些人，登时不知所措。

岳霞眉头一皱，说道：“我也测个字。”

“一钱纹银。”

“行，测完了就给！”

“姑娘请写。”算卦人递过笔和纸。

岳霞一提裙子，蹲在了地上，写了一个“戈”字。

算卦的看了看，问道：“你问啥？”

岳霞道：“和她问的一样，也是三个问题。我找的人在南京吗？他平安吗？我们能找到他吗？”

“哦？同样的三个问题？好，也是三钱纹银！”

岳霞轻声道：“好的。”

算卦的看了看岳霞，说道：“一、戈为兵器，金属打造，金陵的金为金属之首，所以，在金陵能找到他。‘戈’加提手为‘找’，你们只要肯找，一定找得到。二、‘戈’字加‘單’为戰，‘戈’又为兵器，此人英勇善战，同时有惊有险，但生命无忧。三、‘戈’字去撇为‘弋’，一支带绳的箭，此人抓得住摸得着，你不会失去他，不用担心。”

听了算卦的一番话，岳霞的心情开朗了。几天来，岳霞茶饭不香，思念日重。俗话说“人找人，急死人”，南京偌大的城市，人山人海，哪里正好碰上金戈？她正想着，凤玲掏出了一块碎银子，递给算卦的，说道：“不用找了。”

那个小姑娘也掏出一块碎银子，扔到地上，却叫道：“找来！”

“佩儿——”半大婆子一拉小姑娘。

佩儿道：“不行，找来！凭什么不找？”

突然，一条黑影从算卦人的袖筒里蹿出，啪的一声，地上的银子被黑影劈下了一小块，黑影一缩，大块的银子不见了，剩下一小块孤零零摆在当地。算卦的懒洋洋地说道：“拿去吧，找给你的。”

岳霞和雄州二公子眼尖，看到一条鞭子一伸一缩。

铁铃公子诧异地问道：“神鞭赵旭？”

十八 南京风波

算卦的还没回答，突闻几声桀桀怪笑。笑声瘆人，不见其踪。脸色肃穆的铁铃公子霍然转身，高声喝道：“何方神圣？现身吧！”

“哈哈！现身！”呼的一声，一个高大身影飘落宝塔前，斗大的脸半边黑半边白。

“阴阳魔？”岳霞一声惊呼。

接着，白头翁和桃花二煞从宝塔左侧走出来，一群丑陋的色鬼在宝塔右侧现了身。

阴阳魔黑手巴掌握着六尺狼牙棒往地上砰地一戳，冷笑一声：“铁扇公子、铁铃公子，你们二位成名不易，今天本舵主为天仙子岳霞而来，不关二位的事。咱们是井水不犯河水，你走你的阳关道，我走我的独木桥！牙迸半个不字，嘿嘿！明年的今天，就是二位的忌日！”

铁铃公子轻蔑地咂咂嘴，抬手取下铁铃，一挺胸脯道：“兄弟，你说怎么办？”

铁扇公子猿腰一挺，唰地展开铁扇，傲然道：“打！”

铁铃公子嗖的一声蹿了出去，直奔阴阳魔。铁扇公子腾身一跃，迎上了白头翁和残存的桃花二煞。霎时间，人分两团，捉对厮杀。

岳霞张目观瞧，只见铁铃公子和阴阳魔移行换位，过了一招。此时正在遥遥相对，酝酿着暴风骤雨。铁铃公子的铁铃斜指蓝天，左脚虚点，身子下蹲，一个肩膀对着阴阳魔静止不动。阴阳魔横握巨齿狼牙棒，绿豆眼圆睁，身子一起一伏，跃跃欲试。

“杀！”左侧的牛鬼蛇神一拥而上，狼群似的扑向了岳霞。突然，岳霞身后风声呼啸，算卦的挺身而起，一条蟒蛇般的黑色长鞭呼的一声飞了出去，顿时鞭声雷动。

“哎呀……妈呀……”两个色鬼被抽翻在地，三个色鬼捂着脸满地打滚，还有几个色鬼撅着屁股抱头鼠窜。

岳霞见状大喜，接过凤玲手中的八尺红缨枪，双脚点地，身子斜飞而起，呼的一声扑向了白头翁。红缨枪是上午才买的，岳霞吸取了教训，觉得有枪才踏实。她们买得太及时了，刚买来就派上了用场。铁扇公子以一敌三正在激斗，岳霞带着一股杀气就扑到了，一式“凤凰单展翅”，一式“金鸡乱点头”，登时逼退了白头翁。铁扇公子见机而起，一个“燕子抄水”抓住煞三的手腕，然后挺腰甩臂，嗖的一声，把煞三摔在了凤玲跟前。凤玲抖手就是一枪，扑哧一声，三棱枪尖刺进了他的胸膛。铁扇公子收拾了桃花煞三，吓坏了桃花煞大，他钢刀狂舞，筑成了一道刀墙，只守不攻了。铁扇公子冷笑一声，叫道：“你也跟着煞三一块走吧！”说罢，铁扇公子铁扇一挥，荡起白蒙蒙一片扇影，呼的一声压过去，只听呛啷一声脆响，煞大的钢刀被铁扇击落在地，铁扇公子进步旋身，一个劈掌击在这个凶煞的软肋上，只听咔嚓一声，肋骨断了几根。煞大噔噔倒退几步，仰面跌倒在地上，接着脖子一软，瞪着灰色的眼睛找他兄弟去了。铁扇公子看了一眼和白头翁激斗的岳霞，突然侧身滑步，扑向了阴阳魔。白头翁似乎早有准备，急忙跃步横走，拦住了铁扇公子的去路，喝道：“哪里走？”

岳霞追来，红缨枪扑棱一挺，口中高喊：“看枪！”

铁扇公子看了一眼铁铃公子，铁扇一挥，扫向白头翁的双腿。

铁铃公子和阴阳魔已经过了十几招，两人打得难解难分。阴阳魔力求速胜，铁铃公子力保不败，两人各逞心机。阴阳魔力大棒沉，招招狠砸猛打，如疯似狂。铁铃公子避实就虚，以守为攻，身似游龙。这时，阴阳魔一招“力劈华山”，嗡的一声砸了下来。铁铃公子的铁铃斜走飘飞，在狼牙棒上的内侧轻轻一带，使了一招“霸王卸甲”，要带开他的狼牙棒。哪知阴阳魔反应奇快，狼牙棒一感应铁铃公子的内力，立刻奋力向前，同时霹雳般一声大喝：“好！”铁铃公子顿感压力，双臂咯吱吱作响，铁铃几乎脱手。好个铁铃公子，危急时刻不退反进，双膀较力，铁铃低垂，铃锤飞射而出，噗的一声，击中了阴阳魔的胸膛，阴阳魔噔噔噔倒退了三步，咧了咧又黑又厚的嘴唇，两条刷子似的眉毛立了起来。阴阳魔皮糙肉厚，挨了一下，并没有伤到筋骨。这时，阴阳魔身子一晃，又扑过来，龇着牙骂道：“好小子！敢暗算你爷爷！”

铁铃公子被巨齿狼牙棒震得两臂发麻，心头狂震不已，无力追击。不然的话，已经重创了阴阳魔。铁铃公子知道，自己不能力拼了，只有拖延下去等待援兵。此时，铁扇公子击退了白头翁，扑到铁铃公子身旁，铁扇一挥攻向阴阳魔的侧肋。

“住手！”阴阳魔忽然拖棒后跃，大声疾呼。阴阳魔一看形势不利，眼珠一转，计上心来，嘟噜着半边黑半边白的脸蛋子叫道：“使鞭子的可是神鞭门的赵旭赵掌门？”

算卦的腰板一挺，猥琐形象一扫而光，朗声道：“正是你家大爷！”

阴阳魔晃动着黑白分明的阴阳脸叫道：“赵掌门见好就收吧，何必蹚这趟浑水？我是不知者不怪，如果你执意与桃花会作对，这辈子就别想安心了，我桃花会一向是死缠烂打，不死不休。你在明，我们在暗，你是明枪易躲暗箭难防。最起码，湖广的神鞭门没有太平日子了！想想吧，现在抽身还来得及。”

阴阳魔够聪明，也够损，他敲山震虎，拍打桌子吓唬猫。神鞭赵旭思绪飞转，家业怎么办？神鞭门怎么办？他是家大业大，骡马成群，要给桃花会盯上了，还真不好办。

阴阳魔见神鞭赵旭不吭声，觉得这番话有了效果，接着攻心。他大嘴叉子一咧，瓮声瓮气地叫道：“听说你家千金五位、小公子一个，那可是千亩沃土，独苗一根……”

“呸！阴阳魔，别白日做梦了，姓赵的不是懦夫软蛋！不是吓大的！丫头，你去帮着岳霞，这里交给我了，快去！”说着，神鞭赵旭长臂一展，挥动鞭子，继续抽打那批牛鬼蛇神。也亏了他的长鞭，一扫一大片，几十个色鬼被他的鞭子挡住了，攻不上来。

激战再次开始，雄州二公子双战阴阳魔，阴阳魔可就不行了，铁铃公子和铁扇公子配合默契，力量增加了何止一倍，阴阳魔渐处下风。旁边，岳霞和凤玲双战白头翁，两条红缨枪上下翻飞，把白头翁裹在枪影中。白头翁眼见阴阳魔岌岌可危，自己却抽不出身来，急得哇哇大叫，披散着雪白头发、微微前凸的额头冒出了豆大的汗珠。

阴阳魔虽然身处下风，依然未露败象，他眼观六路、耳听八方，知道再不走就坏了，突然一个暴退跳出圈外，大吼一声：“后会有期！小的们，扯呼！”喊罢跑到墙头边，一纵身子跃了出去。白头翁也哇的一声怪叫，收起单刀就跑。赵旭身前的丑鬼们跑得更快，猴子似的一哄而散。

神鞭赵旭抡起鞭子，抽在空中，啪的一声爆响，接着脚尖点地，转眼而逝。

铁铃公子喊：“赵大侠，请留步……”

凤玲抬手擦了把汗，说道：“他急着回家，拦不住的。”

“哎？她们呢？什么时候走的？”岳霞脸蛋红扑扑的，长长的睫毛一阵扑闪，黑漆漆的眸子转了几转。小姑娘和半大婆子早已不知去向，塔院里静悄悄的。

远处，几十个和尚手持兵刃，匆匆而来。

第二天，岳霞主仆和雄州二公子来到了玄武湖，继续寻找金戈。

这时，大堂主一行也到了南京。他们直奔东郊的月亮山庄，进了岳霞外婆家。岳霞来到南京，本想投奔月亮山庄，因为有雄州二公子陪同，就没有去。俗话说得好，投亲不如访友，访友不如住店。四人住宿客栈，自由自在，无拘无束。虽说没有找到人，有些焦急，但比待在家里舒心多了。

天黑了，戚家军驻地静悄悄的，偶尔传来卫兵的问答声。

金戈练功完毕，坐在床上胡思乱想。白凤倚上身来，在他耳边说着什么。金戈闻着白凤如兰的气息，看着她光洁如玉的面孔，心中的欲火渐渐上升。

嘚嘍嘚嘍，院子里传来蟋蟀清脆的鸣叫声。

白凤挨着金戈，心里美滋滋的，心想：“如果能够未婚先嫁，看你敢不娶我？岳霞要想再嫁人，可就晚了半月了。金戈他饱读圣贤之书，安敢不负责任？事情发生后我马上告诉戚大哥，让戚大哥为我主持公道，在军营里成亲也不错呀。”

油灯摇曳的暗红色火苗照亮了昏暗的房间。墙壁上斜挂的几串红辣椒就像天然的项链一样，装饰着露着土坯的黄色泥墙。两把柳条编成的椅子歪斜着蹲在角落里，四条腿顶着一块木板的桌子上放着一块黑漆漆的砚台，墨池里残存的一汪墨汁散发着淡淡的幽光。周围越来越安静，声音好像飞走了，就像幽灵一样消失得无影无踪。一种好闻的体香却越来越浓，越来越近。金戈的呼吸渐渐急促起来，脑袋嗡嗡作响，一种原始的欲望如同不可遏止的惊涛骇浪，拍打着他的心灵，思绪也像脱缰的野马一样漫无目标地奔腾而去。渐渐地，金戈心旌摇荡，脑门上沁出了一层细细的汗珠。独门独院，孤男寡女肌肤相接，激情再也难禁。但他饱读孔孟之书，岂敢有越礼之举？心道：“她会不会像岳霞一样，突然翻脸？女人心，海底针，她到底是怎么想的？一旦她和戚大哥说我调戏她，我上哪儿死去？”金戈心里既喜欢，又害怕，身子竟不受控制地颤抖起来。

这时，白凤的头靠上了金戈的肩膀，几缕带着淡香的秀发飘到了金戈的唇边，少女的体香气息更浓了。金戈百爪挠心，欲火越来越盛，再也控制不住了，突然，欲火、心火合二为一，他脑袋里嗡的一声巨响，啊的一声大叫出声。白凤觉得金戈的身子一震，一股大力把她掀出一丈多远，砰的一声撞在了门框上。

“啊——啊——”金戈仰脸向天，大声号叫。

叫声震得白凤的耳鼓嗡嗡作响，她赶紧用手捂住了耳朵，惊恐地看着面红耳赤的金戈。

叫声绵绵无休，声音越来越响。忽然，金戈翻腾起来，拳打脚踢，砰的一声，窗户被他掀了出去。

“啊……啊……”金戈跳到院里。他一边翻腾，一边号叫。白凤胆战心惊，欲阻不能。只见金戈忽而一溜筋斗，忽而拳打脚踢，忽而陀螺似的旋转。过了一会儿，他竟然躺在地上。他懒驴打滚，鲤鱼打挺，猴子翻身，疯狂地折腾着。

过了好长时间，金戈的叫声渐渐衰弱，终于无声无息了。这时，东方出现了一片乳白色的曙光，天要亮了。

白凤小心翼翼地走出屋子，定睛再看，只见金戈盘腿坐在地上，大口大口喘着粗气。他周围散落着门窗碎屑和破衣烂衫。白凤看到了好多眼睛——墙头外面，不少人探头探脑，正向院里窥视。

“白凤！金戈！”戚继光的喊声传来，接着咣当一声，院门被推开了。

“戚大哥，我没事。金戈、金戈，他、他疯了……”白凤看着大步走来的戚继光，不知道说什么好了。

戚继光来到了金戈身旁，一群官兵也探头探脑地凑到近前。他们看见，金戈坐在地上，呼哧呼哧喘着粗气，周围仍然热气袭人。

白凤一撩裙子蹲在地上，轻轻叫道：“金戈，金戈，血！啊，金戈嘴里有血！”

金戈嘴唇边有几滴鲜红的血液顺着下巴流了下来，滴在光溜溜的肌肉鼓起的胸脯上。戚继光立刻叫道：“叫大夫来，快！”

大夫来了，金戈的喘息声已经细不可闻，但脸色依然通红。大夫小心翼翼地靠近了金戈，伸出三指搭住了金戈的脉搏。他咦了一声，叫道：“脉搏坚强有力，嗵嗵跳个不停。”说罢，他又摸了摸金戈额头，翻了翻金戈的眼皮，回身说道：“燎泡满嘴，身上滚烫，看样子他是内火大盛，开点泻火的药吃吃吧。”

“好。”戚继光道，“白凤，你收拾一下，另觅住处，凑合一天，队伍就要转移了。”

白凤收拾好东西，扶着目光呆滞的金戈，走上了清冷的街道。一个拿枪的士兵头前带路，三拐两拐，把他们带进了一个围着柳条篱笆的小院。他们前脚离开客院，一群士兵后脚就拥了进去，立即清扫院子，修理门窗。

昏暗的茅屋里，金戈睁开了一双疲惫的细眼，低声道：“我累了，想睡一会儿。不过，我没事了，你不用担心。”

“好哇，你骗人！”白凤的丹凤眼亮了。

金戈摇摇头，无精打采地说道：“不，我有精疲力竭的感觉，确实需要休息一下。”

白凤往前凑凑，伸出两只白皙的小手，轻轻捶打他的肩膀：“吓死我了，摔死我了，你呀你……”

晚上，戚家军拔营了。金戈和白凤坐在马车里，闻着潮湿的腥味的气息，听着辚辚的车声。

南京东郊的月亮山庄依山傍水，是一座堡垒式的建筑。庄园共有三个建筑群。建筑群坐北朝南，一字排开。东宅和西宅都是三进的大院，矗立中央的是一座四进的豪宅。豪宅的前院宽阔，曲廊、亭阁相连，花木、山石点缀，拥有移步换景之妙。各进大院有围墙相隔，又有曲径相通，能启能闭，启则浑然一体，闭则各成一统，颇有武林世家的风范。中宅第二进大院中，屹立着一栋殿式小楼，小楼前出廊子后出厦，飞檐斗拱。楼内的布置更是古香古色、富丽堂皇。

今天，大堂主岳中海带着夫人李家惠和虎子来到了月亮山庄。李家的姑奶奶和姑老爷回门了，大厅里顿时热闹起来，丫鬟和婆子穿梭似的奔走着。月亮山庄把持着南京的当铺和珠宝买卖，财大气粗。月亮山庄本就是武林世家，身后还有岳武院撑腰，一来二去就成了南京城里的武林领袖。这时，大厅里欢声笑语、喜气洋洋。岳夫人也是强展笑颜，忙着应酬。

“姑母、姑父！”一个花枝招展的姑娘走过来，后面跟着一个年轻公子。

“八姐、九弟！”看见侄女、侄子，岳夫人脸上的愁云一扫而光。

姑娘和公子站在岳夫人身前。女孩二十来岁，男孩十七八岁。女的漂亮，男的俊秀。他们是庄主李方亮的女儿和儿子。李家一脉单传，偏偏祖上的规矩不准纳妾。李方亮生了八个女儿，最后才生了一个儿子，起名“李欢乐”，小名“九弟”。他是李家的独苗，从小娇惯，一家人百依百顺，真是揣在怀里怕吓着，含在嘴里怕化了，疼爱得不得了。因此，九弟虽然长得人高马大，实际草包一个，武功只会一些花架子，放鹰打猎、撒娇耍赖倒有一套。

岳夫人可疼爱这个侄子了，这小子嘴也甜，哄得姑母团团转。俗话说，庄稼是人家的好，孩子是自家的好，这话一点都不假。过了一会儿，岳夫人把八姐和九弟拉到一边，悄悄问道：“你们没见霞儿吗？她和凤玲已经来了。”

“啊，表妹来了，好极了。”九弟眼睛一亮，转头问道：“八姐，你没看见她吧？”

八姐道：“没见着，兴许路上耽搁了吧？九弟，赶紧叫你的狐朋狗友去找，你也去！”

“好，只要她在南京，准能找到。我那帮兄弟都在西院闲着呢。姑母，您先歇会儿。我去看看！”说完，九弟一缩脖子出去了。

岳霞、凤玲、铁扇公子和铁铃公子正在玄武湖岸边游走，八只眼睛在人群里搜索着。湖边风景如画，他们却视而不见。岳霞明亮的眸子不停地转动，凤玲的头摆来摆去，铁扇公子和铁铃公子默默无语，目光追逐着游人。

四个人在湖边边看边走，踱过了翠桥，来到了翠洲。翠洲岛上翠柳依依，修竹姗姗，白杨翩翩，淡淡的烟霞笼罩着这片美丽而又恬静的园林。

忽然，凤玲停住了脚步。大家顺她的目光一看，昨天见到的那个小姑娘和半大婆子迎面走来，她们二人也看到了岳霞等人。小姑娘的眼帘一垂，装作陌不相识的样子，漫步而行。

“哎，二位请留步。”凤玲迎上前去，开口道，“请问，二位是不是在找人？我们可不可以坐下聊聊？”

“你们也在找人吧？”小姑娘人小鬼大，不答反问。

“来来来，这边坐坐。”凤玲指着竹林旁的一排竹椅。

小姑娘看看半大婆子，两人走了过去。小姑娘眼珠转动，回身问道：“你们可是在找金戈？”

“你们呢？”凤玲反问。两个丫头斗上了，谁也不吃亏。

小姑娘冷冷说道：“我告诉你，金戈不在南京，别在这儿瞎转悠！”

“那你们在这干什么？”凤玲反问道，“你们不是在找金戈吗？他不在南京？你骗哪个三天不吃饭的呢？我不信！”

“哪个骗你，二十多天前，金戈和一个姑娘劫了黑鱼帮的一箱珠宝，逃之夭夭，你想他还敢在南京露面吗？”

凤玲惊道：“什么，他和一个姑娘劫了一箱子珠宝？这不可能，他躲事还来不及呢，还敢惹祸上身，这怎么可能呢？”

“你这人怎么不识抬举？我骗你干吗！不信拉倒！你愿在这儿瞎转悠，你就转呗，碍我啥事了！”小姑娘说完起身要走。

凤玲急忙拉住她，恳求道：“小妹妹，你说说看，这到底是怎么回事？你是怎么知道的？”

半大婆子走过来，厉声道：“放手！佩儿，我们走！”

凤玲急得跺脚，拦道：“哎，哎……你们……”

佩儿和半大婆子晃晃荡荡地走了。铁铃公子看看岳霞，说道：“这件事可以打听一下，黑鱼帮的珠宝被劫不是件小事，定会有人知情，如果此事确实，我想金戈有可能离开了南京，他能去哪里呢？”

大家默默无语。

忽然，铁扇公子拔出铁扇，在地上写道：“是否去了戚家军？”

铁铃公子忽展笑容，急道：“对呀，用珠宝资助戚家军！对！他可能去了戚家军！”

岳霞喜上眉梢，笑道：“对，我们去海边找他！”

凤玲眉毛一挑，得意地说道：“还是我行吧，套出来了！”

铁铃公子笑道：“走，回客栈！准备准备，我们明天就出发，大家赶海去！”四个人立即起身回转。岳霞脚步轻盈，前后判若两人。她们刚过了翠桥，迎面跑来了几匹马，马挂銮铃叮叮当当。在这里跑马本来是不允许的，看来骑马的人势力不小。

“表妹！表妹！”为首的年轻公子一声大喊，骏马一溜烟冲到了近前。年轻公子一按马鞍，飘下了马背，马鞭子一顶头上的四方巾，笑道：“表妹！可找着你了，姑母和姑父来啦，你怎么不家去？”

岳霞看了一眼来人，矮身一福，说道：“表哥你好，外婆可好？舅舅、舅妈可好？”

来人面带喜色，叫道：“好好好，都好！”

岳霞又道：“我来介绍一下，这位是雄州二公子中的铁扇公子荆长生，这位是雄州二公子中的铁铃公子马森林，凤玲就不用介绍了，你们认识。”岳霞又对二位铁公子说道：“他是我表哥，南京月亮山庄的少庄主李欢乐，小名九弟。这几位……”

“我的朋友，猫三狗四的不用介绍了。走吧，走吧，姑母可急坏了，刚到家就把我派出来了。”九弟回头叫道：“小秃子，赶紧腾出两匹马来，扶着你们的少姑奶奶上马！”

两个小伙子立即牵过两匹马，说道：“请二位姑奶奶上马！”说完，他们跪在马旁，低头弯腰，权作上马的凳子。

岳霞见表哥没有请铁铃公子和铁扇公子的意思，不痛快了，心想：“你怎么这样不懂事，人已经给你介绍了，怎么连个招呼都不打？”便对跪在地上的人说道：“起来吧，我们没有那么娇贵！”转头又对九弟说道：“表哥，你们先回去，给我带个好。我今天要宴请雄州二公子，傍晚回去一趟。但是……也不能叫准。你告诉我娘我爹，我们和雄州二公子在一起呢，叫他们放心，不用惦记。”

九弟急道：“这怎么行？你不回去姑母还不骂死我？走走，二位公子，我请客！咱们一同回去！”

岳霞心道：“晚了，你扫了人家的面子，谁还会去，早干吗去了？笨蛋！”

铁铃公子果然说：“不用了，公子请便！”

岳霞等人溜溜达达，出了玄武湖。九弟跟在后面，啰里啰嗦地劝着。他看铁铃公子等人爱搭不理，没办法了，连忙派人回去报信，自己死皮赖脸地跟下来。他这人也有长处，就是脸皮厚，不怕丢人现眼。你骂他一顿，他也能听着。他爹李方亮曾经说过，他的脸皮比城墙还厚，扎一锥子不流血，攮一锥子不流脓。

饭店里，九弟大嚷小叫：“上菜，拣最好的上，今天这一桌酒席要在南京城里拔个头筹，丢了我的人，看我不烧了你的破楼！”

铁铃公子和铁扇公子看见九弟飞扬跋扈，心里十分厌恶，但是不能不给岳霞面子。酒过三巡，菜过五味，九弟的话更加云山雾罩了，他虽然没有喝多少酒，似乎也醉了，大声道：“不瞒你说，我九弟在这南京地面上，跺一脚，南京城就得颤三颤！我要风有风，要雨有雨，哪个人敢不给我面子，我叫他吃不了的包子——兜着走！两位公子，只要你们用得着我，哼一声就行，天大的事我都能摆平了！”

“烧乳猪来了。”小二上了一道菜。

“炸鱼翅来了。”小二又上了一道菜。

就在这时，楼梯嗵嗵响。铁铃公子转头一看，楼梯口出现了几名大汉，接着岳霞的母亲上来了，再后面出现的是岳霞的父亲和一位红光满面的老头。

“娘，爹，舅舅！”岳霞站起来，眼睛里闪出了泪花。

大堂主走到桌前，抱拳当胸，朗声道：“感谢二位公子一路护送犬女，岳中海这厢有礼了！多谢二位公子精心照顾，多谢了！”

雄州二公子早已站起来，连忙拱手还礼。满面红光的老头大步走过来，笑着拱手道：“来得莽撞，还请二位公子见谅。自我介绍一下，鄙人南京城李方亮。”

“月亮山庄庄主，金禅腿李方亮李庄主亲临，晚辈不胜惶恐！”铁铃公子和铁扇公子连忙还礼。两人心里佩服，看人家待客之道，不容你不服。

岳霞擦干泪花，微微一蹲身子，说道：“舅舅，霞儿有礼了。”转身一指，说道：“这位是铁扇公子荆长生，这位是铁铃公子马森林。他们救过你的外甥女儿，舅舅可不敢怠慢。”

李方亮笑道：“不敢，不敢，霞儿的客人怎敢怠慢？我一听说鼎鼎大名的雄州二公子和你在一起，立即推掉朋友的饭局，连忙赶来，你看我的汗都没来得及擦呢！”

岳霞满脸娇羞，眨着大眼道：“舅舅，你真好！”

九弟惊呆了，为了这俩年轻人，爹爹亲自跑来，值得吗？他哪里知道，雄州二公子乃当今武林的后起之秀，三年多来声名鹊起。俗话说，多个朋友多条路，多个仇人多堵墙。武林人更重面子和义气，结交了这两个人，无疑得到了一大臂助。李方亮高瞻远瞩，给儿子留下万贯家财的同时，更留下了偌大的势力，也就是李家的亲朋好友们。

酒宴继续进行，气氛变得融洽了。九弟悄然无声，收敛了那股狂劲，对雄州二公子恭敬起来。

饭后，李方亮连拉带拽，铁扇公子、铁铃公子和岳霞主仆一起来到了月亮山庄。

这天早上，金戈觉得身子舒坦了不少，他和白凤来到海边。大海风平浪静，金色的沙滩寂静无声。一轮红日披着白纱，在海天连接处遥望着浩瀚无垠的大海，俯视着广袤苍凉的大地。白凤欢呼一声，向着红日奔去。金戈一声呐喊，随后追来。白凤回头看了一眼金戈，脚下发力，疾驰而去。白凤衣裙飘飘，金戈长衫猎猎，两人就像两只海燕翱翔在海滩上。海滩好长，无穷无尽似的，碧海蓝天好美，衬托着两个潇洒的身影。

白凤忽然转向，脚点浪花一掠而回。她这一转折，竟似鸟儿一样宛转如意。金戈一时不察，冲出去老远，等到回过身来，白凤只剩下了一个白点，如白鸽鸿飞冥冥。金戈不由得精神陡长，长啸一声，一道白影一闪而去。

白凤知道金戈追近了，她听见了金戈绵长的呼吸声。白凤忽然脚步一停，跌进了金戈的怀里。

金戈一惊，抱着白凤前冲了几步，然后轻轻推开了她。白凤转过脸来，一双妙目盯着金戈，问道："怎么了？不喜欢我了？喜欢不喜欢都是你的人，早就卖给你了，生是你的人，死是你的鬼，赖上你了！"

"好啊，我巴不得呢……"金戈嘴里说好，脑海里浮现出岳霞的俏脸，浮现出金珠、银珠的倩影。金戈一惊，不由自主退了一步。

白凤看见金戈满脸的迷惘，一颗心不由得沉了下去，幽幽说道："又想岳霞了是不是？你和她已经不可能了，你还想她做什么？"

金戈摇摇头，说道："不，我不能对不起岳霞，也不能对不起金珠、银珠！"

白凤叫道："那你就应该对不起我了？"

金戈低声道："她们对我有救命之恩……"

"我没救过你是不是？哼！没有我和爷爷的介绍，你去得了武夷山吗？"白凤说着，冲向了大海。

金戈叫着追来："不是，我不是这个意思……"

金戈追上了白凤，拉住了她的手。白凤背向着金戈，任凭海浪拍打着她的双腿。金戈扳转白凤的身子，看见了她脸蛋上滚落的泪水，急忙道："我真不是那个意思，我是说，我是说……"

白凤抬起头来，含泪的眼睛看着金戈，说道："你的心意我明白，你深深地爱着岳霞，可是，你和岳武院已经反目成仇，岳老爷子四处追杀你，你和岳霞还有什么希望？你惦记她还有何用？那不是痴心妄想吗？你应该实际一点，我们才是天作之合。岳霞的恩情，我们可以一起去报。至于金珠和银珠，更不可能了，自古正邪不两立，你怎么能和强盗的女儿搅在一起？你想想吧，不能老是看不开。鼎鼎大名的大明骄子，怎么连这么浅显的道理都不懂？难道你不喜欢我吗？”

金戈看着白凤细腻无瑕的俏脸，喃喃道：“我喜欢，我喜欢……”

白凤眼里的泪珠成串地滴落下去，但嘴角上已经露出了笑容。白凤轻轻拉住了金戈的手，踏着海浪返回沙滩。二人伫立沙滩上，白凤看了看湿漉漉的裙子，忽然一笑，叫道：“都是你，赔吧！”

金戈看见白凤笑容灿烂，高兴起来，戏道：“连你的人都是我的了，还赔什么？”

白凤丹凤眼圆睁，叫道：“两码事，赔来？”

金戈诧异道：“呀，赔什么？”

白凤的丹凤眼一忽闪，说道：“两颗宝石！”

铁嘴华把珠宝箱交给了戚继光，“天王星”和“海王星”也给了戚家军，白凤认为风平浪静了，便和金戈要那两颗红绿宝石。金戈说道：“在这儿呢，你要它干什么？”

白凤抛了一个媚眼，说道：“拿来，我放着！”

金戈笑道：“那还不是一样。那好，你放着。”金戈掏出那个手帕包，递给白凤。白凤接过，小心翼翼地打开，看着一红一绿两颗蚕豆大的宝石，心花怒放，不觉亲了一口，说道：“我的好宝贝。”说着，对着阳光，仔细观看起来，一副贪婪的样子。金戈哧地笑了一声，说道：“看你乐的，用你的话说，小心……”

“乐掉了下巴，砸了脚面！”白凤说道，“哎呀，藏在哪儿呀？对了，藏在……去，去，转过脸去！不许偷看！”

“不看，我不看，有什么好看的！”金戈依言转过身去。白凤在自己的胸前摆弄了半天，又把宝石拿出来，懊悔地说道："你再保管一天，晚上，我在抹胸上缝个袋子，你再还给我。"

金戈伸手刚要接，她的手又嗖地缩了回去，叫道："两个都得给我！"

金戈一乐，说道："行！都给你，贪心鬼！"

白凤说道："你那一颗，我给你放着，你要是娶我，就是我的聘礼，不娶我，我就……没收了。"

金戈哈哈大笑，说道："说来说去，这两颗宝石横竖都是你的。你要是都拿走了，我告诉你爷爷去。"

白凤急道："你敢！"说着，轻轻给了金戈一拳。

金戈转身就跑，扬发挑眉道："我告诉铁嘴华去……"

白凤追来，大叫："你敢，看我剥了你的皮！"

跑着跑着，白凤忽然停住脚步，指着海中的一块礁石叫道："你看，你看，那块礁石多怪呀！像个乌龟，你带我过去，我们在乌龟身上练拳，脚踩乌龟，拳打海浪，多有趣哟！"

金戈看了看那块孤零零的礁石，看了看相隔几十丈宽的一片海浪，说道："好，过去就过去！"

白凤娇声说道："你拉着我，我不会水！"

金戈惊骇地左右看了看，说道："这样行吗？男女授受不亲，万一被人看见怎么办？"

白凤哼了一声道："少来，我们是武林人，才不管孔夫子那一套呢！"

"好吧。既然你不会水，那就'嫂溺，援之以手'吧！"说罢，金戈抓住白凤的手，向前奔去。

白凤被扯得身子歪斜，喘着气叫道："什么叫嫂溺，胡扯！"

海水淹没了金戈的小腿，金戈奋力蹚着浪花，叫道："天下溺，援之以道，嫂溺，援之以手，权也。意思是情急之时可以变通，礼让于急！我拉着你的手，不是援之以手吗？”

白凤叫道：“瞎比喻，胡比喻，哎哟……”

金戈撒了手，白凤身子一歪，扑通一声坐倒水里。

金戈奔上礁石，看了一眼踉跄奔来的白凤。礁石十几丈长，两丈多宽，东侧一块礁石高高耸立，真像一个乌龟头。到了近前，白凤疾走几步，弯着腰，提着湿裙子奔上了“乌龟头”，张着樱桃嘴大叫起来。

金戈眺望大海。大海无边无际，天连着水，水连着天，正是沧水碧连天。金戈拔出插接枪，咔的一声接好了，他脚踩黑色的礁石，演练三十二式岳武枪。

白凤坐在“乌龟”头上，春笋般细白的手掌托着细瓷般的下巴，睁着美丽的丹凤眼，兴致勃勃地看着金戈练枪。

金戈的手腕一抖，腰一挺，小腿一踢，大枪嗖的一声“毒蛇出洞”。大枪刺到中途，突然凝止不动，就好似万马奔腾突然止步一般，枪光陡然收敛！此时，金戈含劲未吐，枪势闪烁不定，在行家眼中，金戈全身上下劲力十足，一触即发，大枪已经变成一支利箭，罩定了前方。接着，金戈的枪尖颤动，突然化作万点金星，飞射扑出。似霹雳闪电，似暴雨狂风。插接枪霞光万道、瑞气千条。使到疾处，无数枪影连成了一面光幕，粉碎了飞溅的浪花，遮住了旭日的光芒。

“好！”白凤双手上举，大声疾呼。

这时，金戈的大枪使开了，他枪出如龙，他吼声震天。一遍结束了，再来一遍，一连三遍，一连六遍，一连九遍。金戈吼道：“累不累，想想母和妹！苦不苦，想想遭侮辱！”

金戈放下插接枪，又开始打拳。打一会儿岳武拳，打一会儿白神掌，打得如疯如狂，打得如醉如痴。白凤站起来，大喊起来：“金戈，金戈，你疯了！歇会儿，歇会儿，该我了！”

浪花翻滚，不知什么时候涨潮了。大海吐着白沫，张开双臂，疯狂地扑向了礁石。

一个大浪劈头盖脸地扑来，金戈身形斗转，双手画龙，噗噗、哗哗之声连续响起，掌法有如黄河之水滚滚而来，又如大漠飞沙席卷而去。

白凤惊呆了，忘记了鼓掌，叫道："太厉害了，岳武拳练到顶峰了。现在，怕是爷爷也治不住你了，你真有过人之能！"

海浪又一次扑来，如山的海浪扑向了金戈。只听金戈大喝一声，一跃而起。在震耳的轰鸣中，在弥天的水雾中，巨浪被劈成了万朵银花，飞向高空，开出了一朵巨大的洁白的莲花。

"金戈！"白凤冲过去，拉住了金戈。白凤浑身是水，打着寒颤。头上的绸子花朵跌入了浪花中。

"白凤！不怕！"金戈拍拍白凤肩膀。

白凤抬起头，看看金戈，一指大海，说道："你看，大海被你激怒了，它疯了！"

大海咆哮，波浪翻滚，一次又一次疯狂地扑击着礁石，扑击着金戈和白凤。忽然，一个巨浪吞没了这两个人，浪涛过后，金戈和白凤仍然并肩屹立。潮水，已经涌到了脚下。大潮，九月的大潮来了。

岸上，几个渔民看得目瞪口呆，吓坏了。他们知道，等一会儿，那个礁石只能剩下一个"乌龟头"了。在海浪打击下，上面即使有个铁人，也会被浪涛打下去。而且，在这种大浪下，什么船也休想靠近。唉，这两人要做同命鸳鸯了。

再一看，他们更吃惊了。海浪中，这两个人打起来了，一个使枪，一个使剑，两人时隐时现，在礁石上，在波浪中，打得正欢。

岳武院人马到了南京，岳老院主带着几百武徒住进了月亮山庄。

少林僧兵也到了南京，几个老和尚把他们迎进了鸡鸣寺。武当派人马、江西郑家庄铁胳膊郑振廷父子、湖广神鞭门神鞭赵旭师徒、峨眉黑剑门罗仁杰兄弟也到了南京，他们被安排在西郊凤陵园。霎时，南京城的空气紧张起来。

岳霞听到了他们的谈论，都叫金戈为“小贼”，知道他们矛头所指，金戈首当其冲。岳霞又慌了，感觉到了一股从未有过的恐惧。双龙令重出江湖，实在是非同小可。可是，一进月亮山庄，她就被困住了，二位武林公子也见不着了。岳霞成了热锅里的蚂蚁，急得乱转。

秦淮河里泊着一艘豪华游船，舱厅里坐着阴阳魔和几个色鬼。这时，白头翁起身道：“岳武院的目标是金戈，看来金戈一定藏在南京。我们尽快寻觅，争取赶在他们前头。”

阴阳魔道：“岳霞在哪里？”

白头翁说：“在月亮山庄，她被软禁了。”

阴阳魔叹道：“那我们哪还有戏！”

“有！”白头翁上前一步，低声道，“据坐地炮说，岳霞知道众豪杰来南京捉拿金戈，急得转圈，她一定会逃走。雄州二公子已经离开她了，她再出走，那可是小鹿离了群，小鸡离了窝，您还不手到擒来？嘿嘿，舵主，您销魂的时刻就要到了。”

“哈哈！借你的吉言吧！”阴阳魔咧嘴大笑。

“报！武夷山消息。”

阴阳魔吼道：“什么事？”

“马猴禀报说岳武院高手尽出，现在就剩下了练武堂、习武堂几百武徒，不堪一击，现在正是夺取岳武功的最佳时机。”

阴阳魔一拍桌子，骂道：“他妈的，老子不能分兵，去不了。白头翁，你带几十人去看看，能不能偷袭一下？不行就滚回来。我们不能双管齐下！”

十九 开拓创新

落潮了，海水喘着粗气退向远方。礁石和大陆之间，剩下了一洼细浪。海水清澈，沙粒焦黄。白凤提着湿漉漉的裙子，光着脚，麻雀一样地蹦来蹦去，拣拾贝壳。

傍晚，金戈和白凤提着一袋湿漉漉的贝壳回到驻地。金戈找到戚继光，要了几把倭寇的长刀。其中一把五尺长的直刀锃明瓦亮，刃口锋利，半尺多长的刀把上还镶嵌着几粒红宝石，显然不是一把寻常的刀。金戈画了一张草图，禀明戚继光，到兵器作坊打造兵刃去了。

金戈要打造一杆类似朴刀的枪，金戈起名为铜箍插接单刃枪。枪杆连着倭寇那把两指多宽的墨色直刀。对付武林高手，可以施展三十二路岳武枪，当长枪使用。遇上虾兵蟹将或者使用轻兵器的人，可当朴刀使用，一扫一大片，快刀斩乱麻，遇上巷战、丛林战，左手铜箍棒，右手直刀，便于闪展腾挪。金戈将刀带弧度的那一尺斜着去掉，刀把截短，插入一段木棒内，打上两道铜箍。枪杆部分算上插凸四尺二寸长，尾部也打上两道铜箍，上下插接头处也各打上了一道铜箍。一个工匠见毁了这样一把宝刀，不禁连连叹息。白凤看了一会儿就烦了，噘着嘴道：“我走了，你自个鼓捣吧！”

“走吧，你就等着瞧好吧！”金戈摆了摆手，黑漆漆的两个眼珠继续盯着他的单刃枪。炉火熊熊，铁锤叮当，金戈和几个师傅忙了半个通宵，一把崭新的铜箍插接单刃枪打造好了。金戈挺枪一颤，抖出了磨盘大的一片枪光。回身一劈，风声飒然。金戈摸着黑乎乎的镔铁枪杆，眉头皱了皱，自言自语道：“枪杆有点短，柔软度也不如整体枪杆好。嗨，凑合着用吧，世上没有十全十美的事，使惯了也是一样的。”金戈想罢，双手一按一拧再一拔，单刃枪分开了。双手一插一拧，咔的一声，直刀和枪杆接好了。金戈挺枪卓立，细长的眼睛衬托着细长的身材，脸上散发着灿烂的笑意。这种单刃枪刺杀时切割而进，阻力很小，切口巴掌大小，拔枪极其轻松。不像原来的红缨枪，刺得深了，拔出来可要费把子力气，有时还需要转动枪身。

金戈睡了一上午，午后急不可待地试用单刃枪。来到院子里，金戈脱下长袍，双臂一抖，单刃枪呼的一声刺了出去。半个时辰之后，单刃枪得心应手了。金戈满脸笑容，制造新武器的念头又是一闪，他想制造一种轻巧的小镖，代替笨重的金镖。晚上，金戈找来好多竹管，削削锯锯，写写画画。白凤凑过来了，素手扶了一下额前略带卷曲的一绺秀发，歪着脑袋望着他。金戈回眸一笑：“有了你的活了，枪匣的带子短了，你改改吧，做结实点，装那把单刃枪。”

白凤拉过一个凳子，提了一下绣花裙子坐下了。探着身子道：“嗬，名字都起好了？单刃枪，好听！不过，改枪匣带子我不行，我压根儿就没学过女红，这种事别找我。”

金戈一边忙着手里的活一边道：“那你就找人缝去，你们女人之间也好说话呀。”

白凤晃着头上的步摇说道：“嘿，你当我是你的使唤丫头啊？你想得倒挺美，你甭想使唤我，我还想使唤个人呢，哼！”

金戈歪头看了白凤一眼，说道：“你没看我正忙着吗，给你设计小镖呢。”

白凤白了金戈一眼，葱白似的双手托着细瓷般下巴，皱了皱光滑细腻的鼻子：“给我设计小镖？骗哪个三天不吃饭的呢，我才不信呢，给你自个儿设计还差不多，我说得没错吧？就是给我几枚小镖，那也是搂草打兔子——捎带手！别想骗我，没门！”

金戈一边打磨他的竹筒，一边说：“没门走窗户！你还不信，一种精巧的小镖。就这么一点点，你要不要？”金戈伸出小手指，比了比。

白凤黑白分明的丹凤眼瞪圆了，油亮红润的嘴唇一张：“真的？就那么一丁点？打人管用吗？你要好好琢磨琢磨，要做得小巧玲珑、见血封喉才行。”

金戈细睛张开，望着白凤迷人的丹凤眼说道：“干什么？你要毒药镖啊？”

白凤眼角上出现了一抹动人的笑意：“毒药镖好啊，要他活，可以给他解药。不像无毒镖，一出手就要人的命。”

金戈想了想，一拍脑袋，叫道：“对呀，有道理。这样可以少伤人命，好主意。那就制造两种镖，有毒的无毒的都来点。”

白凤伸手捏住金戈的耳朵，轻轻一扯，得意地笑道：“怎么样，不敢小看东吴了吧？”

金戈扭头挣扎，叫道：“不敢！不敢！金戈什么时候敢过？”

第二天，金戈打造出一百枚筷子粗细、小指长短的锥形镖。镖中灌铅，尾部压上了两根雏鸡的尾翎，装在一个半尺来长、拇指粗细的竹管里。使用时，手握竹管一甩，镖飞如电。白凤一看，非常喜欢，一下子抢了三十管，说道：“我知道了，这竹管有点像春姑装毒蜘蛛的竹筒。”

金戈道：“怎么样？还行吧？”

白凤撇嘴道："还行，差不多！"

他们来到院子里，马上练习。墙上挂了几块木板，作为靶子。只见金戈手腕一抖，突突两响，镖飞靶中。

小镖飞行中，羽毛转动，煞是好看。白凤高兴得手舞足蹈，大叫："哎呀，真好看！真漂亮！这小镖叫什么名字？"

金戈笑吟吟的，反问道："你说呢？"

"凤尾镖！行不行？"

"好哇，凤尾镖，那是你的尾巴镖了！"

白凤脸一红，啐道："去你的！没正经！"她略一沉吟，忽然跳起来，叫道："对了，叫'凤羽镖'，好听吧？"

"凤羽镖"叫了几天，最后还是叫了"凤尾镖"。

白凤卓立院中，乌黑的秀发衬托着她光洁无瑕的俏脸，圆领右衽绸子衫包裹着她似乎要破茧而出的胸脯，白底素花缎子短裙罩着圆滚滚的丰臀，膝盖往下露出的是一段罩着月白褶裤的修长美腿。白凤见金戈正在欣赏她，立即挺胸摇臂、转身飘裙，笑道："好看吗？"

金戈咂着舌头道："好看，真好看！太美了，花仙子之称名副其实！"

白凤扭动了一下腰肢，抛了一个媚眼："反正已经卖给你了，好看赖看都是你的，狗皮膏药，粘上你了！"

金戈嬉笑着说："那可是一朵鲜花……"

白凤接口道："插在粪堆里！"

"好你！找打……"金戈作势扑来。

白凤闪身一蹿，出了院门。白凤前面跑，金戈后面追。两人衣衫飘飘，快似流星。他们来到村外树林里，白凤看看周围无人，停住了，金戈一把抓住她，说道："哪里跑？"

"不跑了！"白凤娇喘连连，扭过头叭地亲了金戈一口。

金戈一惊，一股热血涌上心头。白凤顺势靠在金戈身上。金戈乍着双手，既欢喜又害怕，嘴唇发白，呼吸急促，身子竟然一颤一颤地抖动起来。

“非礼勿视！非礼勿行！莫以恶小而为之！莫以善小而不为！”金戈想起了岳霞，想起了金珠、银珠，想起了圣人之言，喘着粗气闪开了白凤。

白凤的脸唰地变了，她咬咬嘴唇，突然推了金戈一把，飞似的跑了。

金戈大喊大叫，抬脚追去。

今天的月亮山庄真热闹，先是迎进来二十几个大和尚，然后接进去一群蓝衣道士，随后拥进来一批手持兵刃的彪形大汉。顿时，大厅里人满为患，变成了一个吼哇乱叫的蛤蟆坑。这些武林人指手画脚，高谈阔论，声浪一波高过一波。

金禅腿李方亮身为山庄主人，始终带着微笑，来回照应着。岳武院的岳老院主是武林大会的召集人。他见来宾不少，眼角上的皱纹舒展开了，露出了久违的笑容。

岳老院主把少林寺住持笑面佛无悔大师请到上座，把武当掌门风云剑华清子让到笑面佛旁边，依次安排了峨眉山黑剑门掌门人罗仁杰、五毒师太、神鞭赵旭、铁胳膊郑振廷和铁铃公子、铁扇公子等人。主座的下首也坐了不少客人，挨着岳老院主就座的是南少林掌门黑脸佛无欲大师、嵩山少林寺达摩堂住持铁手佛无为大师，以及二杰三秀等人。作为主人，金蝉腿李方亮则陪坐在末席。

安排好了，岳老院主站起来拍拍手，大厅里安静了。他目光从左至右扫视了一遍，大声道：“各位仁兄，各位好友！诸位能遵从双龙令之约，集结南京，岳武院上下诚心感谢！今后，各位如果用得着岳武院，尽管开口，岳武院自当奋勇向前。今日，岳武院不幸，出了个叛徒金戈，盗走了我镇山秘技岳武功，尔后我三堂主、二堂主因追捕金戈惨遭桃花会的毒手。岳武院蒙受奇耻大辱，我等请动双龙令，邀请白道豪杰共襄义举，追杀叛徒金戈。之后，消灭桃花会，摧毁黑旗船，荡平倭寇！还望各位志士同仁，同心协力，共奏凯歌。”岳老院主说到这儿，犀利的目光再次扫视群豪，然后大声道，“此次我们南京集会，发动‘金陵大战’，旨在追杀小贼金戈，顺便清除南京附近桃花会窝点，打击南京附近的黑帮势力。‘金陵大战’要像秋风扫落叶一样，快刀斩乱麻！对于金戈和各路黑帮，一律格杀勿论！”

接着，众人商定了行动指挥、联络方法等，公推岳北院主为总指挥，执掌双龙令旗。

议论完毕，武当掌门风云剑华清子目光一扫众人，问道：“太行奔雷寨为何没人来？岳院主可曾通知他们？”

岳老院主眉头一皱，说道：“通知了，不知因何未到，我派人再催一下。”

笑面佛道：“他们路途较远，或在路上也未可知。我们先行动吧，秋风扫落叶，行动如疾风。阿弥陀佛！”

风云剑华清子也点点头，单掌一立，说道：“也好，那就开始吧，无量寿福！”

岳老院主再次站起来，一举双龙令旗，高声道：“众豪杰听令！”

豪杰们唰地站起来。岳老院主道：“豪杰们分为三队，少林寺和岳武院各为一队，分别驻鸡鸣寺和月亮山庄，其他豪杰由武当派带领，隐蔽于西郊凤陵园。各队到达驻地后，立即侦骑四出，查找金戈，寻觅黑帮，一旦发现目标，全力堵截，务求一击而中！”

“遵命！”豪杰们抱拳应声。

岳老院主道：“好！行动吧！”

“遵命！”众豪杰答应了一声，陆续走出了大厅。

岳霞和凤玲坐在第三进大院的一间客房里，由八姐陪着说话。九弟非常喜欢他这个漂亮表妹，一改往日东颠西跑的性子，假装斯文，围着岳霞转来转去。九弟也成了大会的传声筒，这会儿，他正绘声绘色讲着大会的安排。岳霞听说群豪集会的主要目的是对付金戈，虽在意料之中，依然急得抓耳挠腮、坐立不安。

傍晚，凤玲和岳霞嘀嘀咕咕商量着什么。这时，门一响，九弟进来了，凤玲赶紧迎了上去，笑嘻嘻地说道："听说李公子好打猎？是真的吗？我们小姐最爱打猎了，我们家养了七八条鬈毛犬呢！"

九弟一听，一蹦老高，叫道："啊！表妹爱打猎？那可太好了，那我们可是……可是臭味相投了。"

岳霞抿嘴一笑，说道："那不叫臭味相投，臭味相投是个贬义词，应当说遇到知音了。"

九弟摸摸脑袋，嘿嘿一笑，说道："对对，是遇到知音了。我养了两只猎鹰呢，眼下正值残秋，是狩猎的黄金季节，咱们马上就去？"

岳霞摇头道："你看看什么时辰了，天快黑了，说风就是雨啊？"

"那就明天吧，明天早点去！"九弟眼里流露出企盼的神色。

"好吧，那就起大早去，鸡叫头遍就起！我早就闷得慌了，散散心去。"岳霞又低声道，"你可不能告诉别人，我娘知道了准不让去，明天咱们天不亮就走！"

九弟诧异地问："啊？天不亮就走？干吗去那么早？"

岳霞笑道："哟，怎么着？起不来是不是？这么大了还睡懒觉呀？"

九弟一耸肩，说道："不是不是，我是怕你们起不来，好吧，起早就起早，起大早更安静，一会儿我就去安排！"

岳霞又嘱咐道："你少带点人，有三两人就行了，早点起啊！鸡叫第二遍时我们就出发，回去吧。”

“走吧走吧，记着早起。”凤玲推着九弟出了门。

凤玲把屋门关上，回过身来看着岳霞眨了眨眼。凤玲快步走到桌子前，端起了小茶壶。她一手握着壶把，一手托着壶底，哗啦啦，黄澄澄的茶水注满了茶碗。放下茶壶，凤玲看了一眼岳霞，揶揄道：“看出来没？你表哥喜欢你呀！”

岳霞嘴角一动，红润带着亮光的嘴唇上荡起了一丝轻蔑的微笑。岳霞身子向前微微一倾，轻声道：“今晚你出去一趟，悄悄告诉雄州二公子，让他们明天中午在松林镇等我们。”

凤玲一撇嘴，说道：“我也被监视了，怕是见不到二位铁公子呢。”

岳霞站起来，葱白似的手指一摁凤玲的小鼻子，说道：“他们能看得住你这个机灵鬼？别拿架了，赶紧去办吧！”

“是，我的小姐！”凤玲微微一蹲，抿嘴笑了笑。

第二遍鸡叫之后，九弟悄悄打开了大门，领着岳霞和凤玲离开了后院。两个护院的武师看到少爷和岳霞主仆一身劲装走过来，灯笼晃了晃，没敢吱声就放行了。九弟和岳霞主仆走出大门，立即看见了九弟的两个随从和几匹鞴好鞍具的快马。几个人立即扳鞍入镫上了马，一声吆喝，架鹰带狗飞奔而去。

太阳将到正南时分，九弟等人所乘的五匹快马来到了松林镇外。其中一匹快马的得胜钩上挂了几只兔子，一匹快马的鸟翅环上多了两只山鸡。这时，岳霞勒住了座下白马，转身看了看笼罩在烟雾中的松林镇，又看了看凤玲。凤玲会意，立即仰了仰下巴。九弟正看着南边的一片丘陵，凝视着丘陵上稀疏的松林。忽然，扑棱一声，两个随从臂上的猎鹰挣扎欲起。要知道鹰的眼睛十分厉害，几里外有猎物活动，它都能瞧见。当两只猎鹰再次挣扎时，九弟喊了声：“放！”两个随从同时松开了鹰腿上的细索，两只猎鹰像离弦的箭一样射向了那片松林。九弟眼睛一瞪，拍着大腿喊道："有大家伙，快追！"三人打马狂奔而去。

岳霞见他们跑得踪影不见了，抿嘴一乐，掉转了马头，直奔松林镇。岳霞主仆跃马扬鞭，马蹄雨点般溅落在乡间的小路上。片刻间，两匹白马一前一后驰到了镇口。"吁——"凤玲一声吆喝，白马昂首撮蹄，嘟噜噜打着响鼻站住了。凤玲看看天色尚早，说道："小姐，我们进镇子里看看吧，万一他们早来了呢？"

岳霞直了直身子，道："好，那就进镇吧。"

"驾！"凤玲一提皮条缰绳，白马脖子一挺，唏律律叫着迈开了四蹄。岳霞双腿一夹马肚子，白马抖了抖白色的鬃毛，丁零零，马挂銮铃响了起来。双马在小镇上走了一个来回，来到一棵被风雨摧残得歪了身子空了腹的柳树下，岳霞和凤玲一骗腿跳下了马背。岳霞伫立马前，放眼看去，一丈多宽的街道歪歪斜斜，长蛇似的向前蜿蜒着，杂乱的柴草垛和起伏的粪堆掩映着灰色的残垣陋室和孤寂的门楼。几个肮脏的孩子赤着脚奔来跑去，领头的孩子一只手扶着夹在裤裆下的长棍子，一只手挥舞着柳枝奔跑着。他一边吆喝，一边颤动着带着泥巴的光腿。这时，村头传来马蹄声，雄州二公子驰马一前一后奔进镇子。凤玲高兴地一蹦，挥着小手喊叫起来："我们在这儿！我们在这儿！"

铁铃公子、铁扇公子看见了岳霞主仆，一挥鞭子，两匹骏马嘚嘚跑过来。到了近前，二人飞身下马。岳霞左手抱着右手放于腰侧，微微一蹲道："二位哥哥，我们一起去福建吧？去找戚家军，去找金戈，金戈危险呀！"

铁铃公子和铁扇公子对视一眼，看向岳霞被微风摆动的比甲覆盖的素花长裙，看向她额头黝黑的向内弯曲的毛茸茸的刘海，最后盯在岳霞那端正的五官和白里透红的脸蛋上。几天不见，岳霞似乎更漂亮了，尤其那双动人的眼睛更黑更亮了。这时岳霞扁桃仁似的眼睛里的黑色眸子微微转动，似乎正在询问，又似乎在恳求。铁铃公子赶紧说道：“好哇，我们正有此意。”

岳霞笑了笑，抬手一抹刘海道：“凤玲，你找人给表哥传个话，告诉他，我们和雄州二公子一起走了，要他转告我父母，不必惦记我们。”

“是，小姐！”凤玲摇晃着发穗，燕子似的飞进了一间面食馆。不一会儿，凤玲带着一个店伴模样的小伙子出来了。凤玲抬手指了一下，店伴瞅了岳霞一眼，惊艳得差点跌个跟斗，踉跄了一下，脚下磕磕绊绊地向镇外跑去。凤玲鼻子一耸，哼了一声，快步来到岳霞跟前，说道：“都办好了，我们走吧！”说着四个人上了马，马鞭子一响，四匹快马一溜烟穿出了镇子。

小院里，金戈和白凤正在练功。他光着膀子，呀呀出声，单刃枪在他手里翻飞，人在地上翻飞。突然，金戈呀地大叫一声，蹋步出枪，“振荡出关”出手了，只见金戈手腕一振，单刃枪一颤，弹击左上方。弹击的距离虽然只有三寸远近，却其力千钧。接着，双臂一抖，单刃枪如同一条毒蛇蹿腾而起，其势如电。单刃枪刺到尽头，一动不动，仿佛已经凝固空中。白凤再看金戈，只见他前腿弓，后腿绷，双手握枪，双臂尽展。臂、腰、腿成了一条斜线，单刃枪仿佛要脱手而出。白凤好像看见了一柄欲飞的长刀，仿佛听到了单刃枪发出了嗞嗞声。白凤看在眼里，惊在心头，感觉金戈这一枪仿佛能刺透山岳，撕裂大地。接着，金戈“左右逢源”“划削开花”“横架抽山”几招一闪而过，招招如狂风暴雨，式式似电闪雷鸣。接着，金戈一招由“一枪三奔”改造而成的“六星射月”使出来了，只见金戈的单刃枪射出了六点寒星，呼的一声，寒星一闪而灭。这一枪，敌人从头到小腹，从双肩到双腿，都被他刺过了。六枪都是实枪，并非虚招。金戈呼吸得法，力气大增，速度也快了许多。现在，这招“六星射月”快如闪电，比起三堂主的“一枪三奔”已有天壤之别。

这时候，金戈住了手，抹了一把汗珠道：“白凤，求你点事，把你剑法中砍、抽、削的招式教教我，我要细思八招刀法，倭寇的刀法我看上了五招，还差三招。你练练，让我从你的剑法中挑选几招。”

白凤腰肢一扭，款款走近，笑道：“要刀法找使刀的去，使剑的纵有砍杀，也和使刀的不一样，用剑讲究轻盈灵动，使刀重在力大沉稳，不一样，我的剑招你没用。”

金戈一怔，说道：“去哪儿找使刀的？远水解不了近渴呀，还是看看你的剑法吧。”

白凤眼眉一挑，说道：“嘿，你说得倒是轻巧，你找到使刀的，他就教给你呀？你想得倒美，你不知道武林人都把自己的招式当命根子吗？你也不想想，谁会把家传的刀法教给外人？真是白日做梦！”

金戈一笑，道：“要不我怎么找你呢，把你的剑招说说吧。”

白凤道：“行，不过，有个条件，你把寒心功的来历说给我，让我明白明白我们两家是不是渊源相通。”

金戈摇手，正色道：“不行，不行，我不能说，未经许可，我怎能泄露别人的秘密。不可，不可也。”

白凤一跳，笑道：“要不，你就教我岳武功，让我练成三阶岳武功！”

金戈摇头道：“那可不行，未经许可，我不能私相授受，对不起。”

白凤嘴角一撇，讥讽道：“嘿，这不行那不行，我就能告诉你了？”

金戈笑道：“没关系，除非你不再练剑，否则的话……”

白凤惊道：“啊呀，你真敢偷招呀，那可是武林的大忌！小心我剜了你的眼珠子！”

金戈道：“要不你练剑另找地方，你练剑不背人，还不许别人看哪？岂有此理！”

白凤嗔道：“八有此外！哼！”说着，她抽出宝剑，舞动起来。白凤的宝剑上指蓝天，下点大地，一招一式练给金戈看。这套剑术是黄山白神庄的镇山剑术，轻易不出手。人们只知道黄山白神庄的白神掌厉害，却很少知道白神庄的白神剑也是非比寻常。不过，白凤的剑招照样没有学全，只学了一部分。就是这样，白凤的剑法也甚是了得。霎时间，小院里剑光闪烁，风声雷动。白凤忽而低身猱进，忽而跃起横飞，忽而左挡右封。剑法虚实莫测，脚步进退无常。白凤剑起剑落，每一剑都蕴藏着数种变化。白凤知道金戈正在注目观看，更是卖弄精神，内凝丹田力，剑走云雾生。突然，白凤娇叱一声，来了一招“潜龙升天”，只见她人随剑走，剑随人行，白裙子唰的一声打开了，露出了一段雪白的小腿。金戈双眼微眯，黑漆漆的眼珠在这条窄窄的缝隙里骨碌碌转动。当白凤收剑抱拳之时，他竟忘了鼓掌。等白凤哎哎叫了半天，他这才魂不守舍地鼓起掌来，掌声拍得啪啪山响。白凤哼了一声，说道：“小贼，偷到了没有？”

“啊？你说谁？”金戈一下子跳起来。

“说你！小贼！”白凤说罢，嗖地逃进屋里。

晚上，金戈拿着毛笔，写写画画，反复推敲八招刀法。后半夜，金戈辗转反侧难以入眠，满脑子枪法，他忽而坐起来，秉烛疾书；忽而躺下去，不停翻身；忽而站起来，快走转圈。当想起一式妙招，高兴得手舞足蹈。当推翻了原来的设想，又坐卧不安。金戈折腾了整整一夜，定型了他的八招刀法。接着，他又用了几天时间，完成了整套枪法，起名“天地八八枪”。桌子上摆满了黄纸，黄纸上的字迹密密麻麻。白凤看见了，拿起来一张纸，说道：“嗬，天地八八枪？好狂的名字！”

金戈站起来，傲然道：“此枪法取天地之灵气，聚众家之精华，青出于蓝，当然可以狂一狂了！”

白凤看看金戈，又看看那几张黄纸，微笑道：“还分上八枪、下八枪，一共才十六枪啊，太少了吧？”

金戈一笑，说道：“太少了？不少！忘了那句话了？贵在精，而不在多，最好一枪毙敌。再说了，这天地八八枪，各枪均有变化，并不拘泥。例如，第一枪‘毒蛇出洞’，它是天地八八枪的基本枪法，它直刺而进，只求速度，但也可以虚刺，点刺，诱敌而刺杀空门。‘毒蛇吐芯’就是它的一式变化，大枪伸缩不定，对方一动，大枪再动，后发而先至，一枪建功。”

白凤兴奋地说道：“啊？好家伙，连一些变式也有名字啊，你可真能琢磨！‘天地八八枪’一共有多少变式呢？”

金戈一摸脑袋，说道：“多少变式？那可没算过，各枪的变式有多有少，没有定律，下八枪变化就不多。”

白凤嫣然一笑，看着那张纸念道：“上八枪，‘毒蛇出洞’‘弹震闯关’‘长河落日’‘落月飞仙’‘秋菊开花’‘拧架抽山’‘横扫千军’‘无魂百变’！”

金戈解释道：“第二枪‘弹震闯关’是弹开震开敌人的兵器，然后乘虚刺杀，这路枪法要求大枪震颤有力，一定要震开敌人兵器，进而刺杀。震幅要短，力度要大，做到短而烈、击而快。”

白凤道：“我也学枪吧，你这一说，我们使剑的要吃大亏了。哎，下八枪一定是刀法了？”

金戈道：“不错，下八枪是刀法，也可以是枪法，亦刀亦枪，顺其自然。”金戈拿起纸来，摇头晃脑地念道：“旋风连三斩、疾风扫泥丸、震荡转折刀、荡桨划清波、五龙过长江、霹雳裂冰川、回头望明月、天河波涛翻。各枪不分次序，任意为之，只求克敌制胜。”

白凤连忙截住金戈的话茬，说道：“哎哟我的妈呀，光听名字就够吓人的！你可真厉害，真能琢磨，我等着你的‘天地八八枪’名动江湖吧。”

这几天，正好赶上九月大潮，金戈天天到乌龟礁上练功，一去就四五个时辰。白凤则在海滩上陪练。金戈在惊涛骇浪中，一会儿练他的“天地八八枪”，一会儿练他的“阴阳九九掌”。金戈融合了三十二招岳武拳和六十四招白神掌，取其精华，合成了“阴阳九九掌”。同时，金戈在夜里也悄悄练熟了“左晃右蹿步”，练成了“右晃左蹿步”。金戈下决心，不到万不得已，不会使用这两种步伐。就这样，礁石上不时传来金戈的阵阵吼声：“累不累，想想母和妹！苦不苦，想想遭侮辱！”

白凤注目金戈疯狂的身影，不住摇头叹息。

到了晚上，他们就在院中练习凤尾镖。金戈的凤尾镖已经练得很准了，三十步内的静止目标百发百中。十步之内，对于移动目标，也达到了十发八中。这时，白凤将一个贝壳抛向空中，金戈手一扬，啪的一声，贝壳被凤尾镖击碎了。白凤的凤尾镖也练得像模像样了，十丈之内，固定的目标命中十之八九，移动目标就不行了，有时候竟然一个都打不中。因此，白凤的嘴噘得老高，都能挂上油瓶了，埋怨金戈不肯教她。

金戈笑道：“不用噘嘴，我再给你打造一种更细的镖，我这种镖不适合你，谁叫你抢着要我的？”

白凤叉着腰叫道：“好哇，你真够自私的，不合用的镖还叫我练！马上给我打造新的去，快去！”

金戈一笑，说道：“你手小力薄，镖应该再细些，竹筒再长些，弥补你的力量不足。镖上还要喂毒，争取一下子就让对方无力再战！”

“对呀，无毒不丈夫嘛！”白凤又担心地说道，“你可别到处瞎嚷嚷，让别人送我个‘毒女’之类的外号，就难听死了……”

金戈道：“你把心放到肚里吧，我不会瞎嚷嚷。毒药镖有解药，其实比一镖致命还仁慈呢，对不对？”

白凤眉开眼笑：“对呀！好，你马上画图，等会儿我就去打造，快画！快画！”

白凤拿来笔墨，殷勤地伺候着。

金戈三下五除二画好了图，并写上了说明。他指着图解释说：“你告诉打铁的师傅，前面的小孔有簪子尖粗细就行了。在这个位置，横着也钉个小孔。尾部的孔里灌铅，以增加镖的重量。”

“哟，铅？在哪儿找的铅呀？”

金戈说：“作坊里，那里还有一坨。”

“啊，还有这好玩意儿，好。横向的小孔是干什么用？”白凤指着图纸上的小孔问。

金戈说：“镖入人体，会挤压前端小孔里的毒液，毒液就会从这个横向的小孔里喷出来……”他又学着倭寇语言，说道，“你的明白？”

白凤立正哈腰，诙谐地说道：“明白的大大的！”

金戈又说：“镖的长短按你的小手指……伸出手来！”

白凤乖乖地伸出雪白细腻的小手，哪知金戈手腕一翻，啪的一声，击在她的手掌上。

“呀，你打我？”白凤唰唰几掌攻来，霎时掌影飞舞，笼罩了金戈。金戈身形晃动，白凤掌发无功。

“不行！不让我打一下完不了！”白凤扑上去，一把抱住金戈，张口咬他的脖子。金戈大叫：“饶命！饶命！”

白凤抓住金戈的手，叫道：“不准躲！”说完右手闪电一翻，向金戈手掌击去，啪的一声，小手击中了金戈的大手。金戈五指迅速并拢，白凤的小手尽在金戈掌握之中。两人四目相对，眉目传情。

“金公子，白姑娘，戚将军有请！”院子里传来一个士兵的喊叫声。

金戈说道：“好，我们就去！”

白凤拿起图纸，懒洋洋地说："你去吧，我去打造小镖，有事你告诉我就行了。"

金戈走进了戚将军的居所，卫兵立即过来泡茶。戚继光看见金戈一人，连忙问道："花仙子呢？"

金戈笑道："打飞镖去了，我画了一张图，她拿走了。"

戚继光摸着身上的盔甲道："我今天接到消息，少林寺二百多武僧已在来闽途中，他们将入住蒲田少林寺，岳武院、武当派、峨眉派正陆续赶来。这样，我们的力量就会大增。但是，敌我力量相比，依然是敌强我弱，倭寇总兵力达四万之众，其中的精锐也有两万多。而我们只有八千来人。福建另有明军两万，分别守备福州和厦门，由姜林达和刘冲等人率领，这些人圆滑无比，坐山观虎斗，指望不上。"戚继光说到这里，拿起一本奏章，说道，"我要上奏朝廷，再次力劝朝廷起用俞大猷，此人若能重获兵权，与我并肩作战，将是我们的一大臂助。另外，我也奏请皇上恩准我军机动作战，不受地域限制。现在我越界杀敌，当地的县官府吏颇有微词，粮秣供给更谈不上。朝廷如果能让我纵横江南，回旋之地就大了，形势或可改观。到那时，我们就可以和倭寇放手一搏了。"

金戈心想："朝廷奸佞当道，皇上能准奏吗？"就说："俞大猷将军之名我早有耳闻，听说此人耿直无比，上阵杀寇身先士卒。他从不送礼，靠积功而升任总兵。此人性情暴烈，得罪了严嵩、赵文华之流，几乎丧命。听说多亏将军斡旋，他才得以去职戴罪在家，将军春节前看望过俞大猷，铁嘴华也曾为他出山募捐。"

戚继光放下奏章，说道："说到点子上了，俞大猷就是因为不送礼而被罢官，你父亲金翰林从二品大员降到七品知县，也是同样的原因。今天请你来，就是为了送礼之事。"

金戈一惊，瞪着眼问道："送礼？送什么礼？"

"给贪官送礼！你拿来的'天王星''海王星'宝石，乃无价之宝，对你们几位的慷慨相助，我军将士衷心感谢！为了彻底消灭倭寇，救我大明百姓，我想把这两颗宝石送给严嵩和赵文华……”

“什么？送给这俩奸臣？不！”金戈一按桌子，腾地站起来，脸色唰地白了。他咬牙切齿地说道：“这俩奸臣害得我家破人亡，我恨不得吃他们的肉，喝他们的血！岂能给他们送礼？宝石砸烂了也不给他们！”

戚继光看着情绪激动的金戈，走了过去，拍拍他的肩膀，说道：“坐下，坐下，咱慢慢商量，如果你不同意，咱们就不送。咱们先打个商量，不用着急。来，坐下，你听我说。”戚继光拉着金戈坐下，然后慢慢说道，“他俩是奸臣不假，举国上下，正义之士无不想寝其皮、食其肉。难道我就不恨他们？他们三番五次派人索贿，逼得我裤腰带勒了又勒。可是，目前他们把持着朝政，我们一时半会儿又扳不倒他们。为了消灭倭寇，我们不得已敷衍他们。我们要人、要兵器、要军饷，都要靠朝廷。要朝廷支持就需要他们的支持。给他们送礼，只是权宜之计。如果你父亲金翰林主政当朝，哪里还用得着送礼？‘宁得罪君子，不得罪小人’就是这个道理。这些奸臣，只要得了好处，就会出力，起码不挡我们的道了。我的奏章上了朝，他们一捧，我们的计划得以实现，俞大猷重上战场，我得到了纵横浙闽之权。之后，我让俞大猷带领一哨人马，胡知事带领一哨人马，为我的左右两翼，我带一军居中突破，到那时，我剿寇大军三箭齐发，敌我力量就会发生根本的转变。加之武林豪杰的支持、百姓的拥戴，倭寇就会日落西山，离覆灭不远了。”

金戈摇头道：“这样岂不助长歪风邪气？不行，不行！”

“当初我叫周把总拜见你之时，重宝求文，就是想扭转我大明王朝这股歪风邪气。如果能把这些贪官污吏铲除干净，大臣们都能秉公办事，谁还会拿着东西白白送人？现在贪官当道，不送不行啊。不送俞大猷就掉了脑袋，不送我就不能游击江南。没办法，现在大敌当前，消灭倭寇是我们的第一要务，救民于水火是我们的第一职责，我们的一切所为都要服从这个大局，这叫大事不含糊，小事不拘泥。为什么我在剿寇大军中实行公赏罚呢？就是要刹住下面的行贿之风，这事只能由我们做起，对上行不通啊！事实上，贪官污吏总会有的，行贿送礼也不会销声匿迹。不过，天理昭昭，他们违背天地良心，巧取豪夺，贪到头来终归是一场空，弄不好还要落上一身富贵病。我们没有扭转乾坤的能力，只能以大局为重，顺势而为。我当初送你‘云遮月’时，你有何感想？你虽坚辞不要，但是，你是不是更重视我的委托了？金银财宝只是身外之物，贪官污吏把它视如生命，而你我爱国之士却视为粪土，这些东西和我们的生命相比，和百姓们的生命相比，甚至连粪土都不如！我们以大义为重，只有利用他们了。塞翁失马，焉知非福？他们收受贿赂，是祸而非福也！”

片刻后，戚继光叹了口气，又道：“我为什么千里迢迢派人找你，就是要你写出大块文章，重振朝纲，扭转这股恶腐之风。目前，我们不能等啊……”

金戈想了想，目前的局势，确实应以消灭倭寇为重，送礼既然是权宜之计，且旁观罢了，不必强行阻拦，就说：“我明白了，我们当以大局为重。将军既然要利用他们，小弟遵从便是。”

戚继光方盘大脸上肌肉颤动，哈哈大笑起来，朗声道：“我知道，我晓以大义，公子会同意的。你我都是轻财重义的爱国之士，一切以大义为重，其他从权吧。”

“可是……”金戈担心地说，“一旦有人弹劾你行贿，岂不是费力不讨好？”

戚继光叹了口气，说道：“世道如此，为之奈何？上阵杀敌，我们可将生死置之度外。朝堂之争，我们也要置之死地而后生。如今严嵩之流当道，要做一个忠臣，做一个干将，难啊！既要抗争，也要敷衍，大事不含糊，小事不拘泥，一切为了抗倭大计而已。”

过了片刻，戚继光目光一凛，郑重说道：“我派几个人携带珠宝去南京，一来送礼，二来变卖剩下的珠宝。你和白凤随车前去，保护这批珠宝。到达南京后，由哨总蒋忠去崔家语家，送给他珊瑚树一棵，并让他向严嵩和赵文华转送‘天王星’‘海王星’。同时，我有书信分别知会这几个奸臣，让他们呼应我的奏章，敦促朝廷早下圣旨。之后，你们在南京卖掉剩余珠宝，换回现银。白凤有喜欢的珠宝，就让她留下，女孩子，爱打扮是自然的……”

金戈点头道：“好吧，我们什么时候动身？”

戚继光道：“明天。明日清晨你们就出发，我们的营地也要转移了。”

两人又聊了一会儿，戚继光让卫兵去请白凤，说道：“置备小酒宴请二位，算是愚兄给你们饯行吧。”

一会儿，酒菜摆上了桌，二凉二热，白酒一坛。

戚继光笑道：“简单吧，你我小酌，菜不多，酒管够。”

这时，一个卫兵回来了，说道：“报，白小姐忙着哪，不来了，她说给她带回去两个鸡腿就行了。”卫兵看看桌子上的菜，偷偷一乐。

“鸡腿？哈哈，鸭腿也没有，你通知伙房，给她留下一菜一汤，去吧！”戚继光转头对金戈道：“君子相交，淡如水，贵相知！来，干一杯！”

金戈举起杯，望着戚继光，道：“南塘兄说得好，贵相知，淡如水，敬你一杯！”

两人说到为人处世，戚继光感慨地说：“贤弟，我告诉你，一个计划定下来，或者一件大事一旦定下来，就坚持到底，不要听别人的劝阻，‘听人劝，吃饱饭’，害人不浅哪！你记住了，大事上千万不要听人劝！”

金戈闻言一愣，竟是闻所未闻，细眼一睁，问道：“这是为何？愿闻高论。”

戚继光浅浅喝了口酒，说道：“贤弟才高八斗，写诗论文，当有推敲之时，对‘推敲’二字理解深否？”

“刻骨铭心啊！一字一词，常难定论，需要反复推敲，反复斟酌。一字之差，意境远矣。将军要我作文震动朝野，我说当用时两年以上，实是文章需要字斟句酌之故，语不惊人，何来震动？”

“对呀，你我绝非莽撞之人，决定大事，必经反复论证，方能下定决心。旁人知道后随口议论，他们不涉及切身利益，往往信口开河。你的决心若被干扰，必坏大事。我曾有深刻体会，两次听从他人之言，一次坏事，一次误事。贤弟你还年轻，愚兄与你心心相印，才敢诉说这等肺腑之言。记住，大事独断专行，小事随达活溜。要区分出大事小事，要区分出主干末梢，不可一概而论。”

“高论！高论！小弟隐隐约约懂得这个道理，未曾升华，闻兄之言，小弟茅塞顿开，真是‘朝闻道，夕死可矣’！”

金戈饭后回到小院，白凤还没有回来。金戈立即去兵器作坊找她，一看，白凤乳白的脸上抹着一道黑，手上也是黑乎乎的，正在大嚷小叫：“好！这个好！”

金戈一看，窗台上码了一层细小的钢镖，看样子都修理过了，个个闪着乌光。还有十来枚大点的，正在灌铅。

“嘿，你怎么才来？鸡腿呢？”白凤歪着脖子问。

“鸡身上呢！”金戈比划着说。

“哈哈！”打铁的师父们都笑了。

“好你个金戈，看我用镖打你！”白凤说着手一扬。

金戈噌地蹿了出去，掩在门后嚷道：“投降！小可投降！不才投降！”

“饶你不死！滚进来！”白凤斥道，“我给你打了十枚毒药镖！”

金戈一步跃回，抱拳道：“好啊，那可多谢了！”

又忙了一会儿，两人带着新打造的小镖，乐滋滋地回到了小院。

次日凌晨，金戈练完“九转迷魂步”，又练“天地八八枪”，然后又打起了“阴阳九九掌”。这时，东方已经大亮，白凤还没有起来。金戈来到她的屋子门口，砰砰一阵猛敲。屋里传出一个迷迷糊糊的声音：“进来，门没闩，瞎敲什么！”

金戈进去一看，白凤手拿凤尾镖，斜躺在床上，脸上洋溢着笑容。

“睡觉还这么快乐，梦见什么喜事了？”金戈叫着，快步来到床前，“小懒猫，该起了，天亮了！”

白凤坐起来，迷迷糊糊地说：“你瞎叫什么，我正梦见……”她脸一红，“我正坐花轿呢，众人吹吹打打！你不嫌臊，跑到花轿里和我亲热，你……”

“嘀！做梦……嫁男人，想得美！”金戈一伸手拽起她，“起来吧，洗洗脸，马上要出发了！今天你的功夫未练，路上要补，我们也要坚持‘天天练’！”

“我俩还要‘天天评’呢！”白凤伸个懒腰，打个哈欠，一副睡意未尽的模样。

早饭后，他们上路了，戚继光送到村口。金戈和白凤钻进了一辆木篷轿车，一个年轻的士兵坐在车辕上挥动着长鞭，两匹快马跟在轿车后。马上坐着两个军官，一个是哨总蒋忠，另一个是小旗马大响。戚继光之所以派蒋忠、马大响护送，可能考虑他们都是来自岳武院，彼此有同门之谊。

车轮滚滚。乡村的早晨如同一幅美丽的水墨画，温馨而宁静。远处炊烟袅袅，和飘浮的淡淡的晨雾融合在一起，给大地披上了一层透明的轻纱。金色的晨晖穿过薄雾，散射在原野上，给青翠欲滴郁郁葱葱的禾苗、青草、树木镀上了一层五彩斑斓的金辉。晶莹剔透的露珠挂在草茎上、树叶上、花蕊上，闪耀起无数颗繁星般亮晶晶的珍珠，有如银链。白凤和金戈分别坐在两个箱子上，默默望着窗外，摆弄着他们的凤尾镖。

二十 金陵大战

秋后的南京满眼萧索，冽风扫过，树叶飘零。街头巷尾聚集着不少人，仨一群俩一伙，传播着小道消息。一个茶寮里，围拢着几十个人，一个胖子摇头晃脑地说："花满楼完了，一夜之间被夷为平地……"

一个瘦子伸了伸细长的脖子，说道："那可是咱南京最大最火的妓院啊，听说是桃花会的堂口，势力大得吓人，谁有这么大胆子？前些日子，不是有两个倭寇密探给一个叫金戈的小伙子杀了吗？"

"对，就是那个妓院！还有呢，昨晚上，黑白两道在槐树大街激战了半宿，死了好多人，有人看见拉走了几大车的尸体。听说秦淮河上也大战了一夜，马老板，你不在秦淮河上发财吗？你准知道，你给大伙说说……"

一个老者咳嗽了一声，满是蔫皮的老手摸了摸稀疏发白的山羊胡子，晃着布满白发的脑袋道："你可问着了，我还真见着了。好吧，我就给大伙说说。你们可别说是我说的，这年头，多一事不如少一事。昨天晚上，月明星稀，一群和尚和一伙道士来到了秦淮河，当中还有几个尼姑。你们说说，秦淮河那是什么地方？那是找乐子的地方，怎么会有和尚尼姑光顾呢？我琢磨着事情不对头，赶紧停船靠岸。嘿嘿，哪知我刚到岸边，几个和尚就把我的船占了，叫我开船。为首的大和尚倒挺和气，他身材矮胖，慈眉善目，有人叫他‘笑面佛’。”

“笑面佛？”蹲在墙角的一个猥琐汉子惊叫一声，喃喃说道，“河南嵩山少林寺的住持到南京来了？”

有人道：“少林寺的住持？不会吧，那可是武林‘四大高山’之首啊，他一动，少林寺的和尚还不得都跟来？”

猥琐汉子说：“八大金刚、十六罗汉肯定随行，呀，呀，这可是空前绝后啊！”

“行了，听马老头讲，你们别瞎扯了！”几个人异口同声斥道。

姓马的老头咳嗽了一声，低声道：“几条小船包围了一条豪华游船，你们猜是哪条船？花魁号！”

“啊，桃花会的花魁号回来了！”有人惊叹了一声。

马老头四处看了看，接着说道：“和尚、尼姑、道士们嗖嗖上了船，乒乒乓乓地打起来。船上兵刃乱飞，简直和下冰雹一样。我赶紧把船撑开了，抬头再看，船上已经打成了一锅粥，其中一个丑八怪一边打，一边哇哇暴叫。我抬头一看，差点没把我吓死，这个丑汉身高近丈，脸是半边黑、半边白……”

“阴阳魔？”猥琐汉子再次惊叫。

马老头没理他，两只老手比划着说道：“这个丑鬼手握掸瓶粗的一条巨齿狼牙棒，竖砸横扫，棒打群雄。这个家伙真像个鬼怪，怪不得和尚道士前来擒妖。就在这时候，一个白眉老和尚蹿过去，和这个鬼怪打在一起。这个白眉和尚身材高瘦，两手过膝。他赤手空拳，翻腾跳跃，打得好不潇洒，好不威风。”

“那是铁手佛！”猥琐汉子又道。

马老头脖子一伸，说道：“接着，一个黑面老僧也扑了过去，两个老和尚双战这个魔鬼，几个回合之后，这个阴阳脸的魔鬼就不行了，哀号了一声跃入水中，一个猛子不见了。”

“啊，死了还是跑了？”听者脸现遗憾之色。

马老头摸了一把蒙在头上已经歪了的黑色网巾，咽口唾沫继续说道：“众僧纷纷跳水，在水里扑腾了半天，活不见人，死不见尸。再看花魁号，船上鬼哭狼嚎，死尸下饺子似的往河里扔，噼里啪啦，船周围的河水都染红了。最后，和尚们点着了花魁号，河面上顿时火光冲天……”

墙角边，一个躺在地上的叫花子一收腿坐起来，掰着脏兮兮的脚指头道：“还有呢！长江之上，两艘插黑旗的画舫也遭到了攻击，听说是水盗的船。”

“那是黑旗船！‘要解馋，黑旗船！’呀呀呸！该烧！老子想加入黑旗船，去了几趟，他妈的，他们硬是不要，说俺年岁大了，又说俺没功夫了。他妈的，有功夫去你那儿干吗？……”

“哎哎，你听人家说，别扯淡了！”

“好好，你说说，是谁打击了黑旗船？”

“我到了江边，只看到了燃烧的船……还看见了插在岸边的一面大旗，大旗上写着：武夷岳武……”

“那是岳武院，武夷山的岳武院，他们才是四山之首呢！哎，你们看……”

这时，金戈和白凤乘坐的轿车刚好路过此地，蒋忠和马大响一前一后，跃马提枪，护卫着轿车。马蹄践踏着有些潮湿的散落着树叶的路面，车轮碾压着沙石，嗒嗒声、辚辚声、吱扭吱扭的车轴声击破了街道的宁静。

“……带着红缨枪呢，武林人，少说两句吧，小心祸从口出。”

月亮山庄的大厅里，岳老院主、笑面佛、风云剑等人在座。各路侦探正在汇报，异口同声，没有金戈下落。

岳老院主黑着老脸，命令道：“扩大搜索范围，各村各寨逐个梳理，挖地三尺，也要把金戈挖出来！大堂主！”

“在！”大堂主岳中海应声站起，向前两步，躬身听命。

岳老院主道：“拿我的名帖，去应天府，去见府尹，请求衙役们配合搜捕！”

大堂主应道：“是！属下马上去办！”

夕阳西下，双骑护卫的轿车来到了秦淮河边，走过乌衣巷，进了朱雀街，停在春江客栈大门前。一个头戴双角帽、身着绛色大襟衣的年轻店伴跑过来，欢声叫道：“各位军爷，里边请！”

“给我们开一个小院，我们包下，饭开在屋里！”蒋忠下了马，几个铜板塞到店伴手里，又说道，“好好伺候，废话少说。”

“军爷您放心，小的一定好生伺候。来，这边走，这边走。”店伴缩着脖子说，领着轿车进了一个偏院。

轿车停稳，金戈和白凤下了车。金戈转目观看，小院不大，布局倒也雅致，四间正房、两间配房，院子里方砖墁地。

晚饭后，蒋忠和金戈商量了一下，决定立即去见崔家语，先把珊瑚树和天王星、海王星送过去。蒋忠拿好书信，揣好“天王星”和“海王星”。轿车骨碌碌驶出了客栈。轿车拐来拐去，来到崔府门前。一问门房，崔家语正好在家，蒋忠和马大响立即说明来意，被家丁领了进去。马大响跟在蒋忠后面，手里抱着半人高的珊瑚树，穿堂过院，轻手轻脚地进了内宅客厅。轿车留在了大门外，金戈和白凤坐在车厢里等候。约莫过了一袋烟的工夫，蒋忠和马大响回来了，一声鞭响，轿车骨碌碌掉头而回。

就在这个时候，岳霞、凤玲和雄州二公子来到了海边，找到了戚家军。一个岳武院出身的军官前边带路，走到一座带有门楼的宅院前，军官道：“到了，岳小姐，这就是戚将军的行辕，请稍候片刻，容我禀告一声。”说完，军官对把门的两个卫兵道：“兄弟，劳烦你通禀一下，就说岳武院的大小姐天仙子岳霞求见。”

“啊，岳小姐来了，好，我立即禀报。”一个卫兵应声进去了，工夫不大，卫兵跑回来，老远就喊：“岳小姐请进，戚将军有请。”

岳霞谢了带路的军官，带着凤玲和雄州二公子进了院。

一身戎装的戚继光大步迎出屋子，见到岳霞等人后停住脚步，抱拳道：“岳小姐好，各位好，里面请！”

岳霞还了礼，急忙道：“戚将军，金戈在这里吗？就是那个小进士金文杰。”

戚继光笑了一笑，看了看岳霞身后的三人，问道：“这几位是……”

“啊，我忘介绍了。”岳霞一指雄州二公子，说道，“这两位是雄州二公子，这位是铁扇公子荆长生，这位是铁铃公子马森林。她，凤玲，我的丫鬟，也是我的妹妹。”

戚继光再次举手相让，说道：“哦，欢迎，欢迎，里面请！”

岳霞转身介绍道：“这位就是大名鼎鼎的戚继光戚将军！”

铁扇公子和铁铃公子立即抱拳当胸，点头道：“久仰！久仰！”

戚继光笑道：“武林二位公子侠名远播，今日得见二位尊颜，不胜荣幸，请！里面请！”

岳霞急于知道金戈的消息，走了两步又站住了，眼睛盯着戚继光，颤声道：“金戈，他，他不在这里吗？”

戚继光已经上了台阶，听到岳霞的话，停步转身，俯首道：“金戈走了三天了，去了南京……”

“啊？”岳霞闻言一惊，脸色唰地变了，急忙道，“我爷爷到了南京，少林、武当等各路英雄也到了南京，他们手持双龙令，要展开‘金陵大战’，击杀金戈！”

戚继光闻言一愣，说道：“前些日子，笑面佛来信，说少林僧兵要来南少林寺策应我军，怎么会滞留南京截杀金戈呢？不用急，铁嘴华带着我的书信早就走了，他要集合白道的首脑前往岳武院，给金戈说情。他走了半个多月了，这时应该见着笑面佛了。”

岳霞一跺脚，叫道：“不行，我们马上回去，通知金戈躲避一下……我爷爷太固执了，他不会听从劝阻的！”

戚继光略作思索，走下台阶，皱着眉头说道：“这样吧，你们在这儿歇一宿，缓口气，连续奔波马也受不了。再说，你们就是赶到了南京，作用也不大……”

岳霞急道：“那可怎么办呀？金戈岂不是羊入虎口？”

戚继光看着岳霞焦急的样子，目光一缩，沉声道：“我稍事安排一下，连夜赶往南京。金戈他们已经走了三天，应该快到了，我多带战马少带人，路上连续换马，两天内或能赶到。”

岳霞上前一步，焦急地说道：“谢谢你，你快去吧，救救金戈吧，他是冤枉的！”

戚继光看了一眼西边正在消退的红色晚霞，沉声道：“放心吧，我日夜兼程，会追上他们的。杨伞！”

“在！”

戚继光命令道：“通知卫队，备双马，立即出发！”

杨伞一挺胸，大声道：“是！”

不大工夫，队伍集合完毕，戚继光打个招呼，走了出去。接着蹄声雷动，数十匹快马冲出了村子，冲进晚霞中。

铁铃公子和铁扇公子看见岳霞神色不定，知道她的心思，立即说：“我们也走吧，赶到哪儿算哪儿，跑不动了咱就歇，怎么样？”

岳霞泪光闪动，微微一蹲身子道：“那就辛苦二位哥哥了。”

“走！”铁扇公子喉结鼓动了一下，出了声。

四个人快步出了大门，上马向北疾驰。

春江客栈里，一些肥头大耳的掌柜和带着丫鬟的贵妇们进进出出，他们看到了两床铺的珠宝，一双双贪婪的眼睛都红了。屋子里每次只准进去两三人，屋里的人退出后，再放其他人进去。蒋忠和马大响在屋子里应酬着。金戈在另外一间屋里，披挂整齐，练习着步伐。白凤则上了街，闲逛去了。

一天过去了，成交甚微，只卖了几件首饰。珠宝商们压价压得很低。晚饭后，金戈看了看床铺上灿烂夺目的珠宝，说道："我看，咱们是不是搭个台子，拍卖这批珠宝？我们雇人广撒帖子，明天下午在玄武湖的菱洲小岛拍卖，在小桥上验资，带足银两的人允许入岛竞拍。不然，知道的人太少，一时半会儿怕是卖不出去。"

马大响憨声道："我看这个办法行，不然的话，这些奸商联合起来压价，就是勉强卖出去，也损失不小。不如拍卖。咱们人手不够，可以联络南京的镖局，雇请镖师保护。"

蒋忠拿起一串珍珠项链看了看，又放下了，抬头道："好，这个办法好，这些奸商真不是个东西，挑三拣四，把这些珠宝说得一文不值。我知道，他们想打蘑菇战，耗死咱们。"

金戈道："那好，拍卖就由蒋师兄主持，马师兄协助。我和白凤混在人群中，随机应变。让镖局的镖师们负责验资和保卫，你们看怎么样？"

马大响站起来，说道："好啊，我马上联系镖局。"

金戈道："我来写拍卖告示。"

正说着，白凤进了屋，她手里提着几个黄纸包，笑吟吟地说："累死了，跑遍了南京城，蛇毒粉买来了，给！"说着，她把一个小纸包扔在桌子上。

金戈拿起纸包看了看，说道："走，到你屋里灌。"

金戈和白凤走进了旁边的上房，白凤拿来茶碗，倒水稀释蛇毒粉。金戈找来文房四宝，点水研墨。金戈一边研磨，一边把拍卖计划说了说。白凤调好毒汁，甩了甩手，说道："你尽出馊主意，卖慢点怕什么，我们有的是时间，你着哪门子急？"

"怎么不急，还有好多大事等着我干呢？敢情你无忧无虑，我可不能跟你比。"金戈说着铺开了纸，挥笔书写告示。白凤拿起凤尾镖，开始灌毒汁。金戈写完了几十张告示，白凤也灌完了毒汁。她看着码放整齐的凤尾镖，洋洋得意地说："真没想到，蛇毒粉比金子还贵呢，几家大药铺里的蛇毒粉全被我包圆了！"

金戈一边收拾笔墨，一边问："解药买了吗？"

"解药？哟，忘了！"白凤瞪着眼问道，"哪儿有卖解药的？"

金戈把墨迹干透了的红纸摞在一起，说道："那得现配，这是什么蛇的蛇毒？"

"什么蛇？好几种呢，买得最多的是饭铲头的，还有蝮蛇、百步蛇，搅在一起了。"

金戈看看白凤，说道："算了，过两天，找个名医再配解药吧……"

月亮山庄客厅里，几个当铺掌柜、珠宝店掌柜正向金禅腿李方亮禀告着什么。原来，夫子庙一带的当铺和珠宝店都是月亮山庄的产业，李方亮垄断着南京的珠宝当铺行，难怪珠宝卖不上价。这时，一个胖掌柜赞道："东西是绝对的好东西，琳琅满目，价值五六十万两……"

"啊，五六十万两！这可是一桩大买卖……"李方亮身子向前一倾，瞪着眼说道，"肥猪拱门了，好兆头！哈哈……"

"还有，"胖掌柜接着说道，"我们见到的三个人，似乎武功很高，眼神犀利。据店伴说，还有一男一女两个年轻人，一直没露面，很神秘……”

李方亮说道：“哦，明天你们还去，继续和他们周旋，出三成价，最多出五成的价，他们不卖就沉沉，俗话说得好，货到街头死，我们有的是时间。你们要沉住气，只要他们一急，价就下来了。”

另一个掌柜道：“好，不过……这批财宝的来路……”

李方亮道：“这个你不用管，我会安排的。好了，你们回去吧，按计划行事！既要沉住气，还要盯得牢！”

几个掌柜急忙点头道：“是！”

半夜时分，春江客栈房顶上出现了两个蒙面人。他们悄悄潜到偏院西厢房上，向院内窥视。金戈早就醒了，站在门后凝神以待。咣当一声，旁边的屋门开了，一个白影蹿到院里。跟着白凤的声音响起：“看打！”咕咚一声，一个黑衣人摔了下来。

金戈闻声蹿出房门，手腕一抖，天龙爪飞了出去。手腕一感弹力，立即纵起，嗖的一声上了房。这时，房门又响，马大响和蒋忠走出来，接着赶车的士兵也提着灯笼走出屋子。赶车的士兵走到黑衣人跟前，举灯笼一照，只见黑衣人额头上露着凤尾镖的两根羽毛，已经死透了。

唰唰唰，房顶上脚步声响，金戈把另一个蒙面人追了回来。这时白凤也上了房，她见黑影奔回来，当头又是一镖。

金戈急叫：“慢着！”话音未落，蒙面人身子一晃，一歪脖子摔倒了。

金戈跺脚大叫：“哎呀，要活的！不然我早把他打死了，还轮得着你！”

白凤摆弄着装凤尾镖的小竹管，歪着脖子说道：“你早干吗去了？干吗不早说？嘿！这玩意儿还真行，真不赖！”

金戈一脚把蒙面人踢下房顶，一拉白凤跳下去。蒋忠看了一眼跌下来的黑衣人，说道："小牧，你把两个死人扔到车上，拉出去埋了！"

叫小牧的士兵把灯笼放在地上，抄起死人的双腿就要走。白凤伸手一拦，说道："慢点，等我把凤尾镖起出来再拉走，我的凤尾镖还要呢。"

小牧闻言撒了手，转身道："好，我帮你起。"

天亮了，小牧拿着金戈写好的拍卖告示，跟着一个店伴走了。到一个街口，他们贴了一张告示，又向前走去。

午饭后，胖掌柜拿着金戈写的拍卖告示，匆匆来到月亮山庄。告示交到金禅腿李方亮手里。李方亮看了一眼，说道："拍卖？出高招了，好，咱们接招！他有千条妙计，我有一定之规。哈哈，你们少带银子多带人，围住拍卖台，拖住他们！凡是稀罕东西绝不能放手，不能让外人买去，一定围住了！昨夜我派了两个探子，他们一夜未归，看来这伙人不简单。原来的计划要变了，价格可以适当地提高一些，一句话，真正的好东西绝不撒手……"

这时，岳老院主来到客厅，坐下之后，看到了桌子上的拍卖告示。他伸手拿起了那张红纸，眼睛一扫，噌地站起来，瞪着眼问道："这、这是……在哪儿发现的？"岳老院主的声音都颤抖了。

"大街上。"胖掌柜诧异地看着岳老院主，回答道，"就在我们当铺旁边墙上，各大街都贴着……"

"金戈的字！这是金戈的字！"岳老院主大叫，"你们看，这些字个个力道千钧、龙飞凤舞，你们南京有这样的书法大家吗？纵然南京有书法名家，也不会写拍卖的告示！通知各门各派，马上去玄武湖菱洲，捉拿叛徒金戈！"岳老院主吩咐完了，又问道："他们住在哪儿？"

胖掌柜道："夫子庙右侧的春江客栈。"

岳老院主立即站起来，喊道：“五堂主！”

“在！”五堂主立即站起来。

“你带几个人监视春江客栈。四堂主，赶紧通知各大门派，埋伏玄武湖！”

“是！”四堂主、五堂主领命而去。岳老院主在屋里转来转去，忽而哈哈大笑，忽而摩拳擦掌。

下午，春江客栈里来了五名镖师，来了二十几名趟子手。蒋忠指挥他们押着轿车，浩浩荡荡奔向了玄武湖。金戈和白凤仍然坐在车厢里。

来到玄武湖，进入了菱洲。他们来到一个小亭子前，卸下了宝箱，安排展台。突然，金戈对大伙说：“不用安排了，不会有人来了。”

众人闻言一愣，不解地看着金戈。蒋忠四下里望望，只见玄武湖静悄悄的，临近的小洲上，有几个人贼头贼脑地看着这里。

“装车，回去！”蒋忠脸色一变，立即低声喊喝。

金戈摇摇头，说道：“回不去了，箱子上车，准备断杀吧！一场大战不可避免了，不是鱼死就是网破！”

来了，湖面上来了很多船。东面，一船船的和尚。南面，一船船的道士。北面的大船上旗帜招展，上书“武夷岳武”四个大字。西面的大船上旗帜众多，其中一面黄旗上画着一把黑剑。

白凤的脸更白了，白得就像刚洗去污泥的莲藕。她毫无忌讳地靠在金戈身边，一只玉手握住了镶着宝石的剑柄。

“哈哈，小贼金戈，你还不束手就擒吗？”岳老院主大笑着从船上走下来，迈步踏上了菱洲小岛。

金戈昂然挺立，说道：“众镖师退回亭子，保护镖车，坐山观虎斗，不必插手……”

“蒋忠、马大响！你二人不在戚家军中效力，来此做甚？”岳老院主再次大叫，“叛徒金戈就在眼前，还不拿下？”

蒋忠向前一步，大声道：“蒋忠和马师弟受戚将军委派，协助金戈金少侠来南京公干，金少侠在前方英勇杀寇，曾经手刃百多倭人。他到戚家军后，我岳武院出身的将士曾经集体问责，金戈对天明誓，并未窃取岳武功，他的岳武功半数乃岳小姐所赠，半数为他自行摸索所得，金戈实乃无辜之身，还望院主明察！”

蒋忠平时不爱说话，一旦说起话来，竟然说得有条有理。

“胡说！”岳老院主吹胡子瞪眼，大叫道，“你们要背叛师门是不是？”

蒋忠抱拳道：“我等不敢背叛师门，但军令在身，只能与金戈共进退！”

“呀呀呸！反了你了！”岳老院主气得哇哇大叫。

笑面佛、铁手佛、黑脸佛、风云剑华清子等豪杰陆续上了岸，他们站成一排，正在端详被岳武院苦苦追杀的金戈。他们看见，叫金戈的这个小伙子身材修长，面色白中带黑，细眼直鼻，在那儿一站，气宇轩昂，大有玉树临风之概。不由得齐声赞道：“真是一表人才！可惜！可叹！”

这边，金戈对蒋忠、马大响一抱拳：“二位师兄，今日之战已经势所难免，敬请二位师兄为我观敌掠阵，不必下场。白凤姑娘亦不可相助！金戈能结识各位兄弟，不枉来世一场！”

白凤跺脚怒道：“不行，我要与你并肩作战，你死了，我就不活了！”

金戈神色冷峻，摇头道：“他们的目标是我，不是你。你下场不但帮不了我，反而会拖累我，千万不可造次。”

金戈说罢一跃，跳上了轿车的厢顶。他气运丹田，一个洪亮的声音响起来：“各位武林前辈，各位兄弟姐妹，我金戈金文杰，没有偷窃岳武院的岳武功，岳武院岳霞小姐见桃花会多次袭击我，提前传了我一阶岳武功，要我半年内打进神武堂，然后正式拜师。迫于桃花会的压力，我又探索了几步岳武功，我现在是有岳武功在身，但与岳武院的岳武功是否完全相同，不得而知。岳武院对我苦苦追杀，赖我偷盗岳武功，毫无道理。我金戈今日被迫对垒岳武院，实属无奈之举，望天下武林同仁谅之！愿苍天谅之！”

岳老院主大叫："神武堂九大弟子听令：击杀小贼金戈！”

“遵命！”一声大喊，神武堂九大弟子走出行列。这九人正值壮年，都是凭自己的武功打进精武堂，再由精武堂打进神武堂的好汉。他们两次闯关，数次斩将，进了神武堂以后，又得以学习一阶岳武功和后三十二路岳武枪，所以，他们个个身怀绝技。另外，他们当中也有几个是岳老院主的子侄，岳老院主的四侄子岳中民就在其中，因此，这九人是岳武院的干将精英。这时，神武堂九大弟子手持九杆红缨枪，默默地围上来，他们的脚步整齐划一，竟然声息不闻。

金戈接好单刃枪，脑子里翻江倒海，心说："我的单刃枪正好一展所长，洗练我的‘天地八八枪’。枪中夹刀，刀中藏枪，一较高下！”金戈想罢，豪气顿生，他跃下轿车，大步向前走去。突然，九大弟子中飞出四人，雁翎似的奔向金戈的两侧。金戈突然前跃，接着倏忽左转，单刃枪一颤，呼的一声，“天地八八枪”中的“震荡转折刀”暴射而出。单刃枪的墨色直刀嗖的一个九十度转弯，顺着一杆红缨枪的枪杆电闪而去。当啷一声，大枪被震落在地，单刃枪的墨色刀锋逼住了一个人的脖子，他正是岳老院主的四侄子岳中民。岳中民惊呆了，两只眼睛怔怔地看着金戈。金戈的直刀没有继续推进，他再稍一用力，岳中民的人头就要落地了。这就是金戈根据倭寇的转弯刀法演变而成的“震荡转折刀”，只是将倭寇的“挡”变成了“震”，增加了撞击的力度，也为下面的转弯飞削奠定了基础。

“手下留情！”大堂主岳中海见状高声喊喝，同时一跃而出。金戈闻声撤刀退步。忽然，金戈陡闻身后风声呼啸，同时听见大堂主和马大响的惊呼。金戈噌地向左闪去，耳边传来白凤清脆的声音：“无耻！”

金戈兔走鹰飞，眼睛的余光看见三条大枪刺空了，刺向了他刚才站立的地方。金戈单刃枪一摆，身形斗转，一招“荡桨划清波”出手了。呛啷一声，金戈的单刃枪划开了三条大枪，唰的一声，单刃枪原路返回，就像划船一样，船桨回划时阻力较小，其速如电，呼的一声，单刃枪削在三个神武大弟子的手臂上。这一回削，犹如一道闪电裂空，凉飕飕、冷森森一股寒气一掠而至，这几个神武大弟子一闭眼，心道：“完了，手臂不保！”

就在直刀触体的刹那间，金戈手腕一翻，刀背击中他们的手臂，呛啷啷，三杆大枪先后落地，三个人也东倒西歪地躺在了地上。一个岳武大弟子左手紧握右手的手腕，龇牙咧嘴，忍受着剧烈的疼痛。

金戈车转身形，“天地八八枪”施展开了，一招“秋菊盛开”抖起了碾盘大的一片刀花，罩定了两名神武大弟子，这两名神武大弟子眼见一片刀光直击而来，大吃一惊，一个后滚翻滚了出去。

“上！快上！”岳老院主跺脚大喊。其余的神武弟子飞身扑来。掉了枪的神武弟子也捡起枪，再次冲进战场。

白凤骂道：“不要脸！没羞没臊，还冲呢，不是人家手下留情，你们的命早没了，没羞没臊！”

一句话骂得几个神武大弟子踌躇不前。岳老院主大怒：“杀！给我杀！不择手段，杀了这个小贼重重有赏！”

金戈闻言细眼圆睁，单刃枪挂动了风声。他前蹿后跃，东挡西杀，枪势犹如江河之水一泻千里，犹如大漠飞沙无孔不入。当啷啷，又有几杆大枪被击飞了。

“好好！打得好！”白凤振臂高呼。蒋忠脸上阴晴不定，马大响眉头紧皱。过了一会儿，金戈的枪法越来越熟，顺手而出，皆是“天地八八枪”中的妙招。他忽左忽右，忽前忽后，忽而直冲向前，忽而斜走横飞，他在九大弟子的包围圈中前扑后据、左右搏击，演练他的“天地八八枪”。

白凤跳着脚叫起来：“好！好！”

金戈屡屡得手，眼看一条条手臂就被削下，他都抬手让了过去。心想：“往日无仇，今日无恨，这是一场误会，得饶人处且饶人吧！”

对方见他如此，岳中民等人的手脚也就慢了，一是对方屡屡留情，自己还怎么以死相拼？二是大堂主岳中海可没有把金戈当成敌人，杀了金戈，还不被大堂主恨死？碍于院主的命令，不得不战，装装样子算了。当然，假如死了人、伤了兄弟，还会不会手下留情，那就难说了。金戈呢，对九大弟子的六十四路岳武枪，再熟悉不过了，招数变化了然于胸，而对方对于他的单刃枪颇不适应，对于变幻莫测的“天地八八枪”更是摸不着头脑。再加上金戈时不时使出“左晃右蹿步”和“右晃左蹿步”，已经稳稳占据上风。也亏得这些日子，他没日没夜苦练，也亏得他在乌龟礁上天天搏击那滔天的巨浪。

岳老院主在旁观看，一开始，得意洋洋，但越看越不对劲，最后看得他后背发冷，脊梁沟子里冒凉气，心说：“这是什么枪法？怎么正好克制我岳家的岳武枪？”再看金戈的身法，神出鬼没，如同鬼魅，他在九人之中，如虎驱羊，金戈如下重手，九大神武弟子早就身首异处了。他忽地想起了他的大哥，当年练成八步岳武功横扫群魔时的潇洒身姿……

突然，他听见金戈一声暴喝：“住手！我有话说！”

九大弟子立即收枪在手，各自退了一步。

金戈朗声道：“各位，等会儿再行交战，凡被我刀背削手、刀尖触体者，一律退下，不可再战。若是再行缠斗，出现伤亡就不要怪我了，各位可要听好了！”

“阿弥陀佛！金施主宅心仁厚，善哉，善哉！老衲愿为监督！你若被枪尖临体，也要束手就擒，愿意否？”笑面佛一晃身形，来到了近前。

金戈厉声道：“好！咱们一言为定！”

岳老院主眼睛红了，喝道：“杀了他！你们要齐心合力，斩草除根，杀了小贼金戈！”

九大弟子再次围拢，九条红缨枪枪尖闪闪发光。金戈左右晃动，枪出带声，霎时间乒乒乓乓，长枪撒了一地。四五个神武大弟子躺在了地上，岳中民也跌了一跤。剩下的几个神武弟子，瞪着惊恐的眼睛，一步步地后退，口中叫道：“妖孽！妖孽！十足的妖孽！”

“阿弥陀佛。施主们回去吧！”笑面佛低首合十，说完缓缓退了回去。

岳老院主看在眼里，急在心头。突然夺过一支藤蛟枪，蹿进了场子。恶狠狠地骂道：“小贼！拿命来！”

“爹——”大堂主一纵向前，一把抱住了岳老院主，急道，“爹，你不能上！我们还有好多人呢，用不着您，您还是下去督阵吧！依我看，依我看……我们还是谈谈的好……”

“住口！”岳老院主脸色铁青，怒道，“你上！你给我杀了他！”

“是！是，这……”大堂主百感交集，一边是父亲，一边是女儿的恋人，这可怎么办？他踌躇不决，裹足不前。

这时，西南方向走出一位中年尼姑，她手托佛珠，扯着嘶哑的嗓子喊道：“行了，别指望他了，他就是上去也不会拼命，吃里爬外的东西！四姑何在？”

“弟子在！”队列中走出了四位年轻貌美的小尼姑，她们身穿灰色袍衣，手持竹管，光秃秃的脑袋油光水亮。她们扭动腰肢，款款而来。白凤看着好笑，忍不住扑哧一声笑出了声，接着咯咯咯大声笑起来。笑过之后，白凤歪着头讥讽道：“五毒师太，你也一块下场吧，她们师姐妹哪成啊，不就仗着几个毒物吗？别让她们丢人现眼了。”

五毒师太怒，斥道：“白凤！双龙令在此，你还不过来听令？你敢和白道豪杰们为敌吗？胆敢对抗双龙令吗？”

白凤一撇嘴，抢白道：“双龙令？单看为什么，杀倭寇、灭桃花会、剿黑旗船，我都听令，要是为了一己之私，动用双龙令，对不起，本小姐不听不伺候！”

五毒师太眼珠子一翻，厉声道：“四姑听令，捉拿小贼金戈！”

“弟子领命！”四个小尼姑应声而起。

白凤喊道：“金戈，你不要心慈手软！要知道，当堂不让父，下手不留情！一念之慈，就会断送终身！”

金戈左手摸出几枚有毒的凤尾镖，叫道：“好！”

五毒四姑扇形围来，金戈忽然一个“旱地拔葱”，身形跃起，唰唰唰，四枚凤尾镖连续甩出，镖似流星，一晃而没。几位目光锐利的高手看见了飞镖，他们看见了两片旋转的羽毛，看见了黝黑的纤细的镖身，看见了四条美丽的彩线划空而过。只听咕咚咕咚几声，三个尼姑仰面跌到了，剩下的一个尼姑身子晃了几晃，嘴巴张了几张，身子一歪栽倒了。

“大胆！”五毒师太忽然蹿出来，又忽然站住。她前脚虚后脚实，左手前伸如抱婴儿，右手拖持拂尘，如牵幼女。她目视着金戈，身形摇摆不定。

“她是五毒师太，三堂主的母亲，小心她的拂尘，有毒！”白凤再次叫喊。

再看金戈，只见他含胸收腹，右手低垂，竟然一动不动了。金戈的右手攥着几支竹管，左手持枪，犹如一座威风凛凛的白色石像。

时间缓缓流逝，五毒师太始终不敢出手，金戈也始终不动。

一股无形杀气在湖面弥漫开来。

白凤忽然一阵心悸，激灵灵打了个冷颤。再看金戈，他青筋暴胀，小臂上紧绷的肌肉出现了一串川字细沟，头上浮现了一层迷蒙的水雾。他身上的肌肉越绷越紧，头上的雾气越来越浓。他仿佛是一座火山，正吱吱冒着白烟，仿佛喷发就要开始，仿佛崩裂就在眼前！白凤的心提到嗓子眼了，她颤抖着，目不转睛地盯着金戈。忽然，身后传来扑通一声，回头一看，一个趟子手受不了这股无形的压力，晕倒了。

“无量寿福！师太请回，我武当派‘七星旋转阵’久未接敌，遇此历练良机，不可错失，还请师太相让一场！”风云剑华清子一看情形不对，金戈大有击杀五毒师太的可能，赶紧出来解围。

“好，看你的金面，等会儿再收拾这个畜生……”五毒师太嗓子嘶哑，声音恶毒，每个音符都像涂上了毒汁。她寒着脸回了本队，对躺在地上的四位尼姑看也不看。

金戈缓缓收了式子，沉声道：“白凤，请你收回凤尾镖，放她们逃生吧！”

白凤和马大响快步奔出，来到四尼跟前，白凤把凤尾镖取回。让对方把昏迷不醒的四个尼姑抬回去了。

这时，武当派七名飘逸的剑客仗剑而出，一场大战又要开始。

金戈收好凤尾镖，抬头再看，只见七个中年道士，摆了个北斗七星阵势。七位道士个个仙风道骨，个个神态潇洒，一看就知道不是易与之辈。

“他们是武当七星子，我来！你歇息片刻！”白凤上前，满怀信心地对金戈说，同时挤了挤眼。

金戈顺着她眼色一望，见白凤左手中握着几支竹管。金戈微微摇头，说道：“以此为主，不可。还是我来吧，久闻武当‘七星旋转阵’无人能破，这样的大好机会岂可拱手让人？”

白凤也觉得自己没把握，站住了，叮咛道：“小心点，不行就退回来，不要硬撑。”

金戈制作单刃枪之时，就有克制轻兵刃的打算，单刃枪做大刀使用，一力贯千钧。加之金戈功力绝高，一刀劈下，当真能劈山剁海。因此，金戈胸有成竹，大步向前，呼的一声向“斗柄”冲去。

金戈一跃而至，一抡单刃枪，搂头就剁。刀到人退，几个道士向右侧转去，同时，后面有人喊喝：“看剑！”

金戈霍然转身，单刃枪唰的一个“横扫千军”，一个道士见刀立即退去。金戈奋起直追，身后喊喝又起。道士们见刀就退，见背影就攻，走马灯一样旋转起来。金戈见形势不利，对着一个方向猛扑，再也不理会后面“看剑”之声。但是，前面道士弧形退却，后面的人就近截击，又成夹攻之势。金戈大喊一声，身形暴长，单刃枪风声呼啸，地上的败草枯叶被金戈的刀风激了起来，随着金戈团团而舞，顷刻间四面八方一片刀影。

“倒转七星！”不知谁喊了一声，七星剑阵呼啦啦逆转而去，瞬间又顺势而来，七个道士往返奔跑，七把长剑此起彼伏，犹如浪潮一样汹涌澎湃。金戈在剑阵中左冲右突，始终找不到破阵之法，形势岌岌可危。

白凤看在眼里，急在心中，一颗心咚咚狂跳，脸都吓白了。

金戈知道久战不利，突然大吼一声，一个“左晃右蹿步”，连人带枪向右方扑了出去，啪啪两声，直刀击倒了两个道士。接着一个“右晃左蹿步”又扑了回来，又是当当当三响，三把宝剑上了天。接着，金戈身形往复变幻，单刃枪“荡桨划清波”，杀得道士们东倒西歪，七星阵霎时间破了。

“七星揽月！揽月七星！”华清子跺脚大喊。

七星阵再次组织起来，但圈子扩大了。金戈几次要使出凤尾镖，放手一击，但他还是忍住了，决定再和他们斗上一斗，再让他们跌几个跟头，吃点苦头，好让他们知难而退。金戈知道，彼此无冤无仇，而且他们都是白道中的精英，不到万不得已，绝不能下杀手。可是，他哪里知道，“七星旋转阵”乃是武当派的看家本领，道士们从小练起，不来点狠的，休想破了阵法。

打着打着，剑阵呼啦一声变了，七个道士一齐向中间扑来。与此同时，一个鹰钩鼻子道士手臂一抬，两支袖箭射向了金戈的小腹。金戈一个左蹿躲开了一支袖箭，另一支袖箭却划破了他的肚皮。金戈勃然大怒，陡然间神目如电，呼的一个“右晃左蹿步”蹿回中心，接着伏地卧蛇，以足尖为轴心，身子前探，使出了“旋风连三斩”。八尺长的单刃枪，带着三尺长的墨色直刀，抡得笔直，再加上他手臂的长度、身子的长度，在这电光石火的横击抡转下，形成了一个三丈左右的光幕，在离地面尺许高度上扫了出去。

金戈动了杀机，使出了“旋风连三斩”。这乃是惊天动地、泣鬼杀神的一刀。也是他下八枪中的第一枪。如果只斩一刀，叫作“旋风斩”，连续三刀就是“旋风连三斩”了。金戈现在的功力，可以支撑他一口气连续六斩。如果“旋风连六斩”使出，周围三丈以内就不会有活人了。这时，金戈一连三斩旋风般扫过。顿时，刀光涌动，黑色的光幕就像一个黑色的光盘，贴地旋转而飞。

耳边只听当啷啷大响，众人啊的一声，惊叫起来。

金戈的身形停住了。他身子微微下蹲，双手紧握单刃枪，脸沉似水，一双细眼中闪烁着冰冷的寒光。再看现场，只见武当的七个道士兵刃全部脱手，七柄长剑变成了碎钢烂铁，七零八落散落在地。赫赫有名的武当七星子，个个披头散发、泥头鬼脸。现场多了一个人，他就是武当派的现任掌门、大名鼎鼎的风云剑华清子。他呆立金戈身前，右手提着一柄断剑，一缕鲜血顺着他的手指滴滴答答流淌着。

华清子哈哈一阵长笑，朗声道：“长江后浪推前浪，一代新人换旧人。可喜！可贺！可悲！可叹！”说罢，扔掉手中的断剑，对岳老院主一抱拳，说道："岳老兄，对不起，武当派献丑了。"一招手，领着七个弟子回了本队。

豪杰们你看看我，我看看你，不知如何是好。这时候，三个身披红色袈裟的老和尚嘀咕了几句，一个白眉老和尚走出来。白眉和尚瘦骨嶙峋、五指峥嵘，他就是少林寺达摩院住持，铁手佛无为大师。

白凤认得他，喊道："他是铁手佛，双手不畏刀剑，小心了。"

铁手佛迈步向前，朗声说："金施主的岳武功已练到八步赶蝉之境，可喜可贺！老衲不才，特来讨教。"

"八步赶蝉？"金戈愣了一下，然后眉毛一扬，噗的一声，单刃枪插在地上，朗声道："晚辈候教！"

白凤一步向前："不可……"

铁手佛沉声道："施主尽管使用兵器，老衲的一双手，也是兵器。"

金戈肃然道："不必了，大师可尽力施为。"

铁手佛道："好狂！看打！"他一拳从数丈之外击来，正是少林寺罗汉拳的第一式"闪步看拳"，接着又是一招"二郎担山"，两拳一过，他已经到了金戈对面。只见铁手佛红袍晃动、拳影纵横，一股疾风随之袭来。霎时间风声贯耳，地上尘土飞扬。

金戈不住后退，似乎只有招架之力，没有反击之能了。

铁手佛越战越勇，精神抖擞，浩气飞扬。他招招大开大合，式式气流奔腾。但见一片红云飞舞，又见一片拳影如山。

金戈闪展腾挪，连消带打，似乎应接不暇，却也是妙招纷呈。

岳老院主眉头紧皱，自言自语道："这是什么招数？一部分似是而非的岳武拳，一部分阴柔的掌法，乌七八糟的。"但是，尽管金戈翩翩后退，但还是接得住铁手佛一波一波的攻击。

蓦然，空气激荡，铁手佛的"天佛掌"出手了。只听他大喝一声：

“佛光初现！”只听得砰一声大响，手掌印在地上，砸出一个蒲扇般大手印。接着几声砰砰连响，打得金戈连连倒退，嘴角见了血丝。

白凤一惊，丹凤眼瞪圆了，脖子伸长了，拳头握得嘎吱嘎吱直响。

金戈陡然左掌一挥，随着右掌击出，一声霹雳般的喊喝炸响：“岳武扬威！”

只见金戈意气风发，已经反守为攻。金戈衣衫带风，脚步带声，束发飘飞，再加上口中的呵呵之声和如猿的身法，登时气势大涨。

铁手佛奋力还击，“佛光普照”“佛光无边”“佛光普度”几招连续出手。金戈越战越勇，“怒马扬鞭”“红霞落地”“一步登天”几招电闪雷鸣。金戈双眼精光四射，气势如虹。

岳老院主看见金戈第一次使用“左晃右蹿步”时就眼红了，再看见金戈脚起带风、身如鬼魅，大声喊道：“八步岳武功！八步赶蝉功！”他牙齿咬得咯咯响，吼道：“众豪听令：群起攻之，共除叛逆！”

忽然，远处传来啸声。啸声由远而近，一个人一晃而至：“住——手！住——手！”

众人一看，铁嘴华来了。铁嘴华为了金戈之事，带着戚继光的书信去了嵩山少林，得知群僧下了山，追到南京。听说群豪正在玄武湖伏击金戈，立刻赶来，正好赶上岳院主下令群起而攻。

笑面佛正要上前，闻声止住了脚步，举手道：“师弟请回！阿弥陀佛，善哉！”

铁手佛僧袍不整，狼狈地退回了本队。

金戈擦了一把嘴角的血，看到铁嘴华来了，眼睛湿润了。白凤冲上去，跺脚大叫：“爷爷，爷爷，你死到哪儿去了？他们早到南京了，再晚点黄花菜都凉了，死老头！”

“去，没事旁边蹲着去！你知道什么，这叫来得早不如来得巧，来得巧不如来得好，你懂什么？瞎喳喳！”铁嘴华说完，哈哈大笑，大步向笑面佛走去。

二十一 诱敌入伏

铁嘴华快步来到笑面佛、风云剑面前，取出戚继光的信，说道：“我说，咱们大敌当前，怎能窝里反呢？金戈可是一个深明大义疾恶如仇的人，一个绝对的栋梁之材。我们可不能因为什么秘技而自折羽翼。我的两条腿都快跑折了，到处找你们这些老东西，你们要帮我说说该死的岳老头，放弃私人恩怨，一致对外。特别是要取消双龙令。为追杀一个人而发双龙令，值得吗？简直是……胡闹至极！荒唐至极！”

笑面佛接过书信，抽出信笺一抖，信笺唰地展开了，白眉覆盖下的眼帘微微下垂，审视片刻，信交华清子，同时点头道：“你来得正好，老衲亦有同感，等会儿同去劝说岳院主。金戈是一朵武林奇葩，假如他真是一个爱国之士，将是我大明之幸……”

“恐怕岳院主不会听劝的，他一定要杀死金戈。”华清子皱着眉头说道，“你们看，他已经怀疑我们，过来了。”

岳老院主老牛似的梗着脖子，把青筋暴起的手指头紧握成一个拳头，瞪着干涩的老眼大步走过来，老远就喊：“白铁嘴！你又跑来放狗臭屁了？”

“好臭哇好臭！嘿，好臭！屎壳郎放屁——臭气熏天！跑肚拉稀——臭气盖地！顶风臭到南北两京城，顺风臭出大明十三省……哈哈！”铁嘴华的黄铜烟袋锅子指着阴着脸的岳老院主，挤眉弄眼地嚷嚷道，“我说，岳老头，你嘴臭没关系，心可别臭！你是吃饱了撑的，没事找事！动用双龙令追杀金戈。你说金戈偷了岳武院的岳武功，你有人证吗？你有物证吗？整天瞎咧咧，把武林搅得昏天黑地……”

岳老院主颤抖着稀疏的山羊胡子，挺着胸脯瞪着眼吼道：“有没有人证你管得着吗？你才吃饱了撑的呢！”

铁嘴华撇了撇干瘪的老嘴，瞅了瞅面带笑容的笑面佛和一脸淡然的华清子，说道：“急了，你们看看，他又急了。他是老虎的屁股摸不得，狗熊的獠牙瞧不得！怎么着？说你两句不行啊？捅了你的肺管子了？掏了你的心窝子了？理不辩不明，钟不敲不响！老实告诉你，别猴急，猴急也没用。该说我还得说，该管的我还得管……”

岳院主睁着昏黄的老眼继续怒吼：“你给我闭嘴！你少来挑拨离间！少来胡说八道……”

铁嘴华要过戚继光的书信，说道：“你看看，这是戚将军写给你的信，我知道你是一根筋，牛皮烘烘的，三头老牛也拉不动。天是老大，你是老二。我是说不动你，你看看戚继光是怎么说的吧。我的账你不买，戚将军可是你最好的朋友，他的话你总该听几句吧？”

“不看！不听！”岳老院主目光转向笑面佛和华清子，说道：“我岳武院与金戈誓不两立，如果各位继续帮助岳武院，我岳北感激不尽。如若袖手旁观，我也不怪。但是，谁要是从中阻挠，别怪我岳北翻脸不认人！”最后两句，岳老院主说得声色俱厉，说完后伸长脖子恶狠狠地盯着铁嘴华，活像一只斗架的公鸡。

五毒师太黑着脸走过来，要过戚继光的书信，看也不看，刺啦刺啦撕个粉碎，一抬手扬到空中。雪片一样的碎纸纷纷扬扬，缓缓飘落地面。

铁嘴华见状勃然大怒，吼道："好你个毒婆子！竟敢撕了戚继光的信，可恶至极……"

五毒师太龇着牙，斜着眼，抖着肩膀叫道："你才可恶！你一百个可恶！一千个可恶！一万个可恶……"

铁嘴华的话还没说完，就被五毒师太爆竹般的话语噎回去了。五毒师太抬起鸡爪似的手指，点着铁嘴华的鼻子嚷道："你糊弄谁？那个臭丫头是你孙女吧？她和那个小贼摽在一起，你不怕丢人现眼吗？不知道丢人多少钱一斤吗？我知道了，你和金戈一个鼻子眼出气，穿着一条连裆裤子！你们是一丘之貉，蛇鼠一窝！呸！不要脸的东西，还管别人的闲事呢，先把自己的屁股擦干净再说吧！"

铁嘴华一蹦老高，大声道："毒婆子，你少损点吧，自己的丈夫、儿子都损没了，还损呢！再不积点阴德？你不怕下十八层地狱吗？"

五毒师太拂尘一扬，抽向铁嘴华。铁嘴华侧步还掌，呼的一声拍过去。五毒师太身子一晃，退了一步。她抬起手臂刚要再打，笑面佛轻轻一跃，胖大的身子挡在了二人中间。他单掌一立，长眉一垂，沉声道："阿弥陀佛，请师太暂息雷霆之怒。"

五毒师太一甩袖子，哼了一声，转身对岳老院主道："兄弟，咱俩上，先灭了这个小贼再说，看谁敢阻拦！"

"好！走！"岳老院主应了一声，一捋山羊胡子，噔噔噔，和五毒师太并肩走向场中。

这边的争执，金戈等人早听见了。这时，白凤忍不住骂道："老不死的毒婆子，有你什么事？报仇找阴阳魔去，起什么哄啊，贼婆子！"

马大响低声嘱咐道："她是前任院主岳南的媳妇，三堂主岳中勋的母亲，是岳老院主的嫡亲嫂子，刁蛮有名，要不怎么叫五毒师太呢。对她，可不能心慈手软。”

白凤继续骂道：“没人要的东西！一身骚味的臭姑子！”

白凤转眼再看金戈，见他左手枪、右手镖，傲然而立。金戈知道，和这两个人动手可不能留情，绝不能手软。这将是一场生死之战，不是你死，就是我亡。金戈银牙暗咬，准备雷霆一击，先杀死五毒师太再说。他感觉到，五毒师太对他威胁太大了，心里隐隐有一种不祥的预感。

岳老院主和五毒师太就像一把剪刀，从两侧合拢过来。后面，五堂主带着数十几位岳武精英围了半个圆圈，悄悄跟进。再后面，是岳武院的数百武徒。他们高举着红缨枪，缓缓向前移动。铁嘴华一看就急了，大声道：“我说！我说！戚将军可说了，放下一切私人恩怨，一致对外！笑面佛、华掌门、赵掌门，你们快阻止他们，咱们不能自相残杀……”铁嘴华喊着跳着，向前冲去。五堂主大枪一举，外围的红缨枪唰的一声掉转了头，密密麻麻的红缨枪刺猬毛一样对准了铁嘴华，堵住了去路。铁嘴华拳打脚踢，向里冲去，嘴里还不停地大喊小叫：“岳北！你混蛋！你们会两败俱伤！你会后悔莫及！你赶紧住手！你是个糊涂透顶的糊涂蛋！我说……”

大堂主没有动，他脸色惨白，头上冒出了豆大的汗珠，一颗心怦怦狂跳起来，不错眼珠地盯着准备动手的三人。

包围圈里，金戈对铁嘴华的叫喊充耳不闻，再次采用半蹲姿势，前腿虚，后腿实，如同一尊半蹲的石像。五毒师太再次单脚伫立，身子晃来晃去地摇摆不定。岳老院主手持九尺藤蛟枪，身子微微下蹲，手臂上蚯蚓似的青筋不住地上下流窜。

金戈凝重如山，皮肤再次绷紧，后脑上黑色飘带缠绕的发髻再次冒起了热气。

白凤感到了一股无形的压力。她知道，暴风骤雨即将来临，火山即将喷发。这一战必然是风云变色、石破天惊！秃头上闪着亮光的铁嘴华一看冲不过去，也不蹦跶了，霎时间菱洲小岛安静了，静得连一根针掉到地上都能听得见。忽然，嘚嘚嘚，一阵急促的马蹄声响起，马蹄声由远而近，骤然而至。一匹枣红色的高头大马驮着一位顶盔掼甲的将军现身小桥上，将军引吭高呼：“住手——”随着暴喝，一人一马从桥上一跃而下。

与此同时，两条黑影从五毒师太的袖子中飞了出来。金戈一跃而起，紧握凤尾镖的右手晃了一下，却没射出。他听到了呼喝声，遵从了来人的意思。将军长弓一举，嗖的一声，两支雕翎箭并肩从弓弦上弹射出去，噗的一声，两条小蛇被两支羽箭穿个正着，羽箭带着小蛇呼啸着飞向远方，噗的一声钻进湖水中。

旋即，身高腿长的枣红马蹿到金戈身前，挡住了岳老院主和五毒师太的视线。“吁——”将军一声大叫，战马唏律律地直立而起。等战马四蹄落定，再看来人，只见他铜盔铁甲素罗袍，手挽盘龙铁臂弓，方盘大脸，面似淡金。这时候，来人把盘龙铁臂弓一举，霹雳一声暴喝：“隔开他们！”

“戚将军，戚将军来了！”有人高喊。

“太好了，来得真是时候！太好了！”铁嘴华高兴得哇哇大叫。

风云剑华清子赞道：“好箭法！双箭穿双蛇，果然了得！真不愧为铁臂神弓之大名！”

铁嘴华还在高喊：“你来得正好，麦芒掉进针眼里——巧得很，巧的爹打巧的娘——巧极了！”

来人正是戚继光，他星夜赶来，来得正是时候。晚来一刻，这对峙的三人必有死伤。金戈在此等形势之下，再出手必定以死相拼。岳老院主和五毒师太目睹了金戈的武功，也不敢大意，也做好了全力以赴的准备。这雷霆之击一旦爆发，极可能是两败俱伤，或者三人一同殒命。五毒师太黑着脸，颤抖的右手紧紧抓着一个黑色布袋。

戚继光的暴喝声刚落，数十铁骑就穿插进来，把金戈和岳老院主、五毒师太等人隔开了。铁嘴华也冲破了阻挡，穿了过来。随即，笑面佛、铁手佛、黑脸佛、风云剑等武林豪杰纷纷挤过去，把对峙的双方彻底隔开了。众人亲切地招呼着戚继光。戚继光抱拳一笑，跳下了战马。他走到岳老院主跟前，拉住岳老院主布满青筋的大手连连摇动，就像见到了久别的亲人一样。

戚继光诚恳地说道："岳院主，金戈有错，但罪不当诛。他与倭寇有杀父之仇，与黑帮有夺母抢妹之恨，是我正道武林的中流砥柱。况且，此人文武全才，是敌人眼中之钉、肉中之刺。你灭了他，会使亲者痛而仇者快，起码我剿寇大军就损失了一大臂助……你且听我之言，我让金戈向你低头认罪如何？让他立誓永不泄漏岳武功如何？"

岳老院主叹了一口气，他知道，今天要想击杀金戈，已经不可能了。今后要杀金戈，也是希望渺茫。凭金戈的功夫，来硬的怕是不行了。唉，退一步吧。岳老院主看看戚继光，眼睛潮湿了："好吧，我看你的面子，我岳武院就后退一步。但是，人争一口气，佛争一炉香。这样吧，你让金戈改名换姓，入我岳家宗庙，认……认三堂主岳中勋为父，并遵从我岳氏家训。之后，我们既往不咎，并允许他与岳霞成亲，你看如何？"

"好！好哇！这样好啊！"戚继光笑道，"我请笑面佛、风云剑、铁嘴华三人斡旋此事，我做金戈和岳霞的大媒，促成这段美满婚姻。不过，你要冷静下来，不能追杀金戈了。我的军务太忙，不然我就当这个和事佬。这样吧，我先把金戈带走，让他军前效力，我正有要事交给他，不然我怎能抛开大军亲自前来？"戚继光说着，俯身凑近岳老院主，对着他的耳朵轻声道："我军设下了埋伏，要金戈押送镖银，引诱倭寇入伏。我需一个艺高胆大之人做钓饵……"

岳老院主叹道："他行！他确实是个人才！仅仅三年多的日子，连我都不是他的对手了……嗐，老了，但愿金戈能入我宗庙，我岳武院既往不咎！我也不是不爱才，我也喜欢他，只是……”岳老院主看见五毒师太阴森的脸转向自己，立即闭了嘴。五毒师太冷哼了一声，一跺脚走了。岳老院主嘴巴张了张，把后面的话咽了回去。

戚继光说服了岳老院主，立即找到金戈，悄悄说道：“你和马大响立即回去，途中有人接应你们。你们到了目的地，马上察看地形，原路返回，迎接蒋忠押送的镖银，就是这里卖出珍宝的银两，你要设法引诱倭寇进入伏击圈。”

白凤听见了，说道：“好啊，我也去。”

戚继光转过身来，盯着白凤那充满喜悦之色的俏脸道：“白姑娘可不能走。你和铁嘴华要负责保护这批珠宝，变成现银后还要押送回去。金戈走了，你就是这里的顶梁柱了，没有你这台戏可唱不成。半路上你就会遇到他了，不差这几天。”

戚继光安排完毕，又一一招呼各位武林豪杰。最后又和笑面佛、风云剑、铁嘴华三人说了岳老院主的条件，要他们去说服金戈。

铁嘴华一听就跳起来了，叫道：“要金戈更名改姓，难！他会同意吗？他以他父亲金世清为荣，岂会改姓换宗？”

戚继光笑道：“道理可以慢慢摆，因由可以细细说。金戈知书达理，只要他明白了其中的道理，明白了事情的轻重缓急，他会选择一条正确的道路。再说，姓名只是个符号，并非重要得不得了，古代有人曾三易其名，他又何尝不可？金戈是个聪明人，我相信他会以抗倭大局为重，会以国家民族利益为重。咱们不急，咱们有的是时间，我相信，时间一到，一定会水到渠成，诸位请放宽心吧。”

笑面佛竖掌道：“阿弥陀佛！金戈的确是个人才，看他的功夫，已经登峰造极了，我也不是他的对手。幸亏你早来一步，不然的话，恐怕岳北的老命不保。我们是劝不住他的。金戈文武双全，的确是一个旷世奇才。我们应该努力争取他。他重回岳武院，才是大明之幸啊！”

风云剑华清子稽首道：“好，这个和事佬我做定了，只要对我大明王朝有利，对我黎民百姓有利，我武当派定会全力以赴，绝不会计较个人得失！无量寿福！”

戚继光哈哈大笑，说道：“太好了，有你们这些正道豪杰鼎力相助，何愁大事不成？好，就这样定了……”

那边，白凤和金戈四目相对，依依不舍。忽然，一个相貌堂堂的小伙子钻过来，他扒开众人，斜着身子挤到白凤跟前，说道：“你是花仙子白凤吧？自我介绍一下，小可是南京月亮山庄少庄主，人称猎鹰李欢乐，小名九弟。今日得见花仙子，三生有幸，在下愿和花仙子交个朋友……”

白凤看了看他，手一摆，说道：“行了行了，没见我正忙吗？再说我也不缺朋友，不敢高攀。”

九弟的脸皮很厚，听到白凤的斥责浑然不当回事，这也是他的一种功夫。他微微一笑，立在旁边静候。白凤美丽的眼睛一张，瞥了他一眼，拉着金戈向前走了几步。九弟晃晃悠悠，又跟过来。这时，佩儿仰着小脸走过来：“金公子，金公子，你好吗？”

金戈一愣，扭头问道：“佩儿！你们小姐在哪儿呢？她们还好吧？”

佩儿一伸手，捏住金戈绣着花边的白绸袖子，拉着金戈走了几步，哽咽着说道：“我们小姐天天盼你，天天想你，二小姐快急疯了，你快去找她们吧！”

金戈心里咯噔一下，忙道：“暂时不行，我要去戚家军效力，等忙过一段时间，我就去找她，你们在哪儿？”

佩儿仰着小脸道：“在鄱阳湖里……”

白凤满脸疑问，跟过来，看了看佩儿头上乌黑发亮的双螺髻，问道：“她是谁？谁的丫头？”

佩儿鼻子里哼了一声，拉着金戈退了一步，说道：“你可要保重啊！可记得去啊，别忘了！我们有条船停在老地方，是条艚船，我们等着你。”说完，她白了白凤一眼，恋恋不舍地走了。

白凤丹凤眼圆睁，盯着金戈追问道：“谁家的丫头啊？”

金戈叹道：“她叫佩儿，金珠、银珠的丫鬟。我要走了，马师兄等着我呢。”

金戈和马大响骑马走了。白凤挥挥手，目送他们远去。这时，九弟凑过来，殷勤地说：“白小姐，我来陪你……”

白凤呵斥道：“去，去，烦不烦？讨厌！”

九弟笑道：“不烦，不讨厌！我带你去逛孔子庙，逛鸡鸣寺，哦，还有秦淮河，来南京不去秦淮河，等于没来……‘桨声灯影连十里，歌女花船戏浊波’，我做东，咱们夜观秦淮河！啊，对了，花仙子要不要添几件衣服？我可识得南京最好的裁缝。他们做的衣服，我不敢说在大明王朝里数第一，可在咱们江南，那也是头一份。你穿上，保准增光添色！”

白凤被后面的几句话打动了，是该添件衣服了，天冷了，金戈也该添上一两件衣服，要不明天跟他去看看，手艺好呢就添上几件。白凤的脸色变暖了，但依然冷冷地说道：“明天你到夫子庙旁的春江客栈找我，如果有空，兴许赏你个面子！”

“多谢赏脸，多谢赏脸，明天见！”九弟如同拾了个金元宝，兴奋得一蹦老高，跳着脚走了。

拍卖开始了，人们缕缕行行走来，李方亮知道珠宝是戚继光的军饷，再也不敢压价了，一时之间，交易火爆。

傍晚，金戈和马大响的双骑还在向南疾驰。他们伏着身子，摇晃着马鞭，耳边听着急促的马蹄声，眼睛盯着蜿蜒向前的黄色土路，和思绪一起飞向了远方。

这时候，岳霞主仆和雄州二公子回到了南京。岳霞的脸色有些憔悴，但她仍在不停地叫喊，催赶着坐骑。凤玲双腿紧夹战马，马鞭连挥，呼啦啦追上了岳霞，喊道：“小姐，你慢点骑，已经进城了，不比荒山野地。我们要不要打听一下再走？听听有什么消息？戚将军早就到了，咱们再急也没用，我们是不是先打听一下？”

“吁——”岳霞一拉缰绳勒住坐骑。

“吁——吁——”随着几声喊喝，四匹快马先后站住了。铁扇公子伸手一指，结结巴巴地说：“酒、酒……楼！”

铁铃公子抬眼看见街口西侧矗立着一座白色的六角大楼，楼前挂着一个硕大的酒招子，说道：“对，上酒楼，咱们边吃边问。”

岳霞皱皱眉头，瞟了一眼有着白玉台阶、白玉栏杆和白玉墙面的白色酒楼，说道：“好吧，那就歇歇脚再走。”

四人催马向前，片刻间来到酒楼前。他们翻身下马，缰绳交给青衣小帽的店伴，匆匆登上了白玉台阶。到了二楼，他们找了一个雅间坐下了。铁铃公子开始点菜，凤玲起身去打听消息。

凤玲听见对面的雅间里有人说话，敲了两下隔板，一掀绣着花卉虫鸟的短门帘，走了进去，含笑说道：“对不起，我想打听一下——啊！”凤玲忽然怔住了，眼睛瞪得溜圆，嘴巴闭成弧形。她看见了大堂主——岳霞的父亲岳中海正和南京的几个朋友喝酒呢。这时，浓眉大眼的大堂主也看见了凤玲，腾地站起来。凤玲的脸登时黄了，哆嗦着说道：“大堂主，你……”

大堂主脸色一沉，问道：“霞儿呢？你们上哪里去了？都是你干的好事，尽出馊主意！”

大堂主见凤玲惊得说不出话来，一撤椅子，转身走出雅间。大堂主左看看，右看看，大步走到岳霞用餐的雅间门口，掀开帘子走了进去。大堂主看见了吃惊的岳霞，看见了惊愕的雄州二公子。大堂主一抱拳，对铁铃公子和铁扇公子说道：“多谢二位公子照顾小女，有劳二位了。二位公子请慢用，等会儿我再陪二位公子喝几杯。”

岳霞站起来，呆呆地看着父亲，不敢出声。凤玲回来了，乍着双手，不知道说什么好。大堂主看着岳霞说道："你们去哪儿了？戚将军见过你爷爷了，你爷爷答应不再追杀金戈了，要铁嘴华、笑面佛、风云剑三人做说和人，让金戈重回岳武院。详情回家再说吧，你先陪着两位公子。二位公子慢用，在下失陪一下。"说完，大堂主对雄州二公子拱拱手，转身出去了。

听说爷爷不再追杀金戈了，岳霞是又惊又喜，恍如进入了梦境，她对凤玲道："你快来掐掐我，我不是在做梦吧？"

凤玲泪水涟涟，哽咽着说："小姐，不是做梦，是真的。不过，我再去问问别人。"

过了一会儿，凤玲回来了，她满脸的喜色，悄悄说道："呀，金戈大战玄武湖，惊动了整个武林，他先赢了咱们神武堂的九大弟子，岳中民、黄健他们九个围攻金戈一个人……"

"啊？！"岳霞一惊。

凤玲眉开眼笑："金戈赢了，金戈他赢了……"凤玲说着眼泪掉下来，她擦擦眼睛，接着说，"接着，他……他大战武当七星子，听说武当掌门风云剑华清子也上去了，他们也输了。接着，五毒师太的四毒姑联手围攻他，也被他一招击倒在地……"

"啊？这……"雄州二公子霍地站起来，惊得目瞪口呆。

凤玲笑了，眼角上还挂着晶莹的泪珠，她继续说："后来，少林寺铁手佛出面，和金戈对了一百零八掌，铁手佛连'天佛掌'都用上了，他也没赢。他们说，金戈双手掌出带声、身出幻影，他们听见院主惊呼：'八步岳武功！八步赶蝉功！'后来，铁嘴华到了，拦住了他们，不知怎么又说翻了，老院主和五毒师太联手和金戈对阵，还没开打，戚将军就到了，戚将军给双方说和了，岳武院不再追杀金戈了……金戈名动八荒了……我们没白跑……"

武林二位公子听了兴高采烈，连饮几杯酒。岳霞兴奋得哭了，秀丽的面颊上泪水长流。四人连饮两坛白酒，岳霞竟然喝醉了。

大堂主送走客人，来到岳霞跟前，眼见岳霞醉态可掬，嘟嘟囔囔说着：“喝，来，再喝！再来一杯……”

铁扇公子也喝多了，说：“来、来、来……再、再、再喝！”

大堂主背起嘟嘟囔囔的岳霞，让凤玲架着铁扇公子，铁铃公子提着铁铃，晃晃荡荡地出了雅间，踉踉跄跄地下了酒楼。

月亮山庄灯火通明。大堂主背着岳霞回来了，岳夫人喜动颜色。招呼客人的招呼客人，安排茶水的安排茶水，登时一阵忙乱。

岳老院主正在着手处理黑鱼帮的事情，打算事情一了就回山。他看了看岳霞，决定让她留在月亮山庄，将养一下身子。雄州二公子在凤玲的一再邀请下，也留下来。

两天以后，金戈和马大响来到了一个干涸的河谷。河谷狭长，一面靠着连绵起伏的山岭，一面傍着平坦苍绿的平原。山河之间蜿蜒着一条蟒龙似的黄土大道。南侧的山岭名叫上峰岭，山上覆盖着一层墨绿色的虬髯状的爬地松。干涸的河谷里布满了大小不等形状各异的灰色鹅卵石。金戈和马大响纵马来到上峰岭下，接连遇到两次盘查，马大响道：“金戈，戚家军已经封阵，过往的行人许进不许出，半点风声也漏不出去了。”

金戈闻言赞道：“喔，封阵，好办法！”

有人在修理河谷堤坡，有人在上峰岭上挖坑，中间的大道上有人正在编制竹排。远远看去，十里官道就像一条活动的长龙，忙碌的人群就像雷雨前搬家的蚂蚁，往往返返，忙忙碌碌。这时，一个士兵把金戈和马大响引进一个竹棚，一位姓胡的知事在竹排上摊开了一张地图，向金戈介绍戚将军的作战意图：“南京卖珠宝的银两，用大车押回，放出风去，引诱倭寇来抢。车队引诱倭寇进入此地，山坡上的伏兵负责把倭寇赶下河谷，然后堵住河谷两头，来个瓮中捉鳖。”他看看金戈和马大响，又说，“你们看好地形，休息一下，明天启程返回。你们一边了解路边的地形地貌，一边迎接押运银两的车队。戚将军给你们配备了一哨人马，有一百来人，在前面的路上等着你们呢。你们接到银车后，要设法引领倭寇入伏。”

金戈抬起头来，看着胡知事宽宽的光光的额头问道：“倭寇要是不知情呢？”

胡知事看了金戈一眼，一边卷着地图一边说：“南京这么大的动静，倭寇能不知道吗？你也太小看倭寇的能耐了。几十辆大车的银两，倭寇没法不眼馋。这个诱饵太肥了，至于能不能把它引过来，那就难说了。这和钓鱼一样，咬钩是必然的，钓得到鱼钓不到鱼是另一回事。金少侠，你带人做诱饵，责任重大。兄弟我预祝你们旗开得胜，马到成功！”

第二天，金戈和马大响原路返回，俩人一路勘查地形，一边前进。傍晚时分，他们来到一个镇子，和秘密集结在此的一哨人马会合了。金戈也遇到了先行归来的戚继光。戚继光告知金戈，银车三十辆运来六十万两白银，已经出发。

金戈细眼一睁，问道：“车上装的真是白银？”

戚继光方盘大脸上笑意闪动：“哈哈！当然是真的！倭寇狡猾极了，假的还能骗到他们？引诱倭寇的差事就交给你了，我要立即赶回去布防，拜托啦！”

金戈满怀信心地说：“放心吧，兄弟一定尽力而为！”

戚继光走了几步又停住了，回头道：“对了，岳霞小姐曾到海边找你，是她告诉我白道群雄集聚南京，发动‘金陵大战’击杀你，要我连夜去救你，你们没遇着？”

金戈一惊，睁圆了细眼道：“没有啊，什么时候的事？”

戚继光仰头算算，说道：“是你们去南京后的第三天，和她一起来的有丫鬟凤玲，还有雄州二公子，铁扇公子和铁铃公子。”

金戈面色一紧，急忙问道：“这么说她身体完全好了？她面色如何？精神如何？”

戚继光哈哈一笑，比划着说道：“好着呢，还是那么美丽动人。她有铁扇公子和铁铃公子保驾护航，还有凤玲贴身跟随，放心吧。不过，你又欠了她一个人情。”

金戈叹道：“是的，岳霞对我恩重如山，她身体复原了我就放心了。我们可能路上错过了，回头再说吧。当务之急是钓鱼，钓到这条大鱼再说！”

“对！钓条大鱼！哈哈哈……”

次日，金戈和马大响带领一哨便装的士兵向前迎去。金戈让队伍散开先行，自己和马大响在道路两侧勘查前进，有时两人跑进村里问前问后，有时在树林里蹦跳进出。金戈看得十分仔细，心说：“万一偷鸡不成反丢一把米，脸就丢大了。戚将军委以重任，那是看得起我，我一定要尽心尽力。”

傍晚，金戈迎到了运送银两的车队。一溜三十辆银车，插着镖旗，浩荡而来。铁嘴华、白凤、蒋忠等人骑着高头大马走在镖车前面，九弟也骑着一匹白马摇晃着瘦长的身子跟来了。

“太平——平泰！平泰——太平！”趟子手喊着号子开道。

白凤看见了金戈，立即催马奔来。九弟跟在后面，也晃着鞭子疾驰。白凤大呼小叫：“金戈！金戈！”

金戈一带缰绳，大声喊道：“白凤！”

双马靠近，白凤忽然甩镫离鞍，腾身而起，一个空中迈步跳到金戈的坐骑上。她一转身子扶住金戈的肩膀，兴奋地叫道：“掉头！回去！”

金戈左手一领缰绳，掉转了马头。白凤摇晃着金戈的肩膀，口中发出驾驾的吆喝声，霎时骏马四蹄翻飞，向前奔去。众镖师见了啧啧撇嘴，九弟见了哇哇怪叫。众人见九弟急得抓耳挠腮，都嘻嘻哈哈地大笑起来。

过了一会儿，金戈勒住了战马，看了看赶来的九弟，仰头道：“他就是那个九弟？他怎么来了？”

白凤一侧身子叫道：“九弟，你过来，这就是你要见的金戈金公子。”

九弟双腿一夹马肚子，提马上前。白凤一指九弟，说道：“他是南京月亮山庄的大公子，金禅腿李方亮的儿子，大名李欢乐，小名九弟。他是岳霞的表哥。”

九弟攥着马鞭一抱拳，说道：“久闻金公子大名，如雷贯耳！我表妹岳霞天天念叨你呢。她找你来了，你们没见着？”

金戈听说他是岳霞的表哥，目光立刻柔和了，连忙道：“错过了，她们回南京了，你没遇到？”

九弟一耸肩，道：“没有啊，卖完珠宝我们就启程了，没看见她们。”

金戈看看铁嘴华他们赶过来，赶紧下马迎了上去。

晚上，金戈把铁嘴华、蒋忠、马大响、白凤、九弟、刘镖头等首脑聚在一起，说明了差事和责任，金戈道：“此次引诱倭寇，我看由铁嘴华担纲指挥吧，我们从旁协助，各位意下如何？”

铁嘴华一听连连摇手，道：“我不行，行军打仗我不行，你别指望我。要是抓人、打架、募捐，你找我。现在，我只管听喝，只管跑腿。”

马大响道：“戚将军把差事交给了你，要蒋师兄辅佐，你就不必推辞了，我等唯命是从，你就领着大伙干吧！”通过玄武湖之战，马大响对金戈已经刮目相看，昔日他是自己的手下，今日心甘情愿地服从指挥。

蒋忠摸了一把长袍的大襟，说道：“军令如山，你就指挥吧，你有功名在身，也能服众。我们尽心协助你，成功地诱敌深入，我们都有功劳，出了差错，谁也跑不了。”

金戈看了看神色庄重的众位同伴，说道：“好，既然诸位信得过我，在下就不推辞了。咱们同心协力，倭寇不来便罢，来了，咱们一定保住饷银，把倭寇引到伏击地。”

蒋忠道：“知道机密的就我们这几个人，从现在起，在座的不得单独行动。要外出，至少两人一拨。不是不相信各位，这是规矩，大家都要遵守规矩。”

金戈一拍大腿道：“好，咱们就按军规行事。”

一夜之后，车队正准备上路，意外的事情发生了。侦骑回报，一千多倭寇在前面的刘家庄设伏，拦住了去路。金戈脑袋嗡地响了一下，心说：“坏了，倭寇怎么在这儿就出现了？这是一条繁华官道，原来估计倭寇不敢在这里动手，这可怎么办？这里离戚将军的伏击点还有两百多里路呢，太远了！恐怕跑不到了……”

蒋忠等人听说后，纷纷来到金戈身边，焦急地看着金戈。

金戈来回转了两个圈，回头问道：“蒋师兄，你说怎么办？”

蒋忠道：“这个……”

九弟上前，瞪着眼说道：“还能怎么办？回去啊，往回跑呀！”

铁嘴华低声道：“眼前没有别的办法，我看还是回去……”

金戈摇了摇头，说道：“回去也危险。倭寇前面一堵，一定会料到我们后撤，他们会在来路上设伏。即使他们不张网，我们能跑到哪里去？来路上没有人接应我们，难道要跑回南京？那可比上峰岭远多了，而且还是上坡路。最好的办法还是前进，绕过他们前进。我们向西绕道王营村行不行？之后再拐回官道？”金戈和一个士兵要来一张硬弓，摆在桌子上，说道：“你们看，弓弦好比官道，王营村坐落在弓背上，如果我们和倭寇同时赶往王营村，距离差不多。但是，倭寇的探子得知我们绕道的消息后再起程，就晚了一顿饭的时间。如果我们动作快的话，等倭寇赶到王营村，我们已经绕过去了。这里有个关键，就是一定要迟滞报信的倭寇，这是成败的关键。绕过后，我们就要和倭寇比速度了，这个方案虽然冒险，却可以出奇制胜。通往王营的路我看过，路是不怎么好走，但我们人多呀，七八个人护送一辆银车前进，还是能过去的，我们冒险一试如何？”

“行！”白凤、马大响、蒋忠齐声回答。

九弟一摸脑袋，嘟囔道：“这个……太悬了吧？万一……”

铁嘴华接口道：“老鼠钻烟筒——够呛！”

金戈眼眉一挑，说道：“兵者，诡道也。我们出乎倭寇预料，并且置之死地而后生，我相信，我们一定能成功！”金戈看了众人一眼，肃然道：“相烦铁嘴华、九弟你们二人直奔刘家庄，遇到倭寇的探子，立即格杀！马师兄、白凤，你们沿官道搜索前进，断绝往来交通。等车队过了王营，你们绕过刘家庄，和我们会合。”

铁嘴华大声道：“好！九弟，你跟我走！”

“我和花仙子一拨吧……”九弟还未说完，金戈脸色一沉，厉声道：“立即行动！”九弟吓得一哆嗦，不敢吭声了。

车队立即驶上岔道，众人打马急奔。

铁嘴华和九弟上了路，铁嘴华脚下发力，九弟猫腰紧追。他边跑边嚷：“等等我，等等我，慢点行不行？”

铁嘴华放慢了脚步，回头道：“小子，你跑快点！把吃奶的劲拿出来！放跑了倭寇探子，金戈会剥了你的皮！你小子真差劲，腿脚还不如老头子！咱们要赶到刘家庄村前拦截倭寇。那里是咽喉，如果放过倭寇探子，车队被包围，那就完蛋了。”

九弟喘着气道：“那我也跑不动了，又不让骑马。”

铁嘴华恶狠狠地说道：“骑马？不让你去推车就便宜你了，还想骑马！你个屎包慢慢走吧，爷爷我可要先走一步了。放跑了倭寇，看金戈怎么收拾你！”

九弟急忙道：“爷爷，好爷爷！你带着我跑吧！”

“屎包窝囊废！你说李方亮怎么养了你这么个没用的儿子，走！”铁嘴华一把抓住九弟的胳膊，拉着他一路小跑。

道路拐弯了，前面出现了一个绿树环绕的村庄，铁嘴华停住了脚步。九弟斜着身子叉着腰站住了，呼哧呼哧喘着粗气。铁嘴华道：“去，打听打听，问问前面是不是刘家庄。”

九弟瞪着眼看了一圈，说道：“哪儿有人啊？”

铁嘴华抬手一指，说道：“那不是人吗？瞎子！”

九弟懒懒洋洋地说：“那么远。我看那就是刘家庄，没错，不用问了。”

“嘿！大懒支小懒，一支一瞪眼！我说，你哪那么多的废话……哎，不用去了，真不用去了，来了。”

九弟顺着铁嘴华的目光回望，见一辆马车飞快地驶来。

铁嘴华说：“去，截住它！你！”

“我？好好，我就我！”九弟挺胸迈步，在官道中央叉腿一站，手一伸，喊道：“站住！”

突然，赶车的啪的一鞭子抽过来，马车不停，直冲而来。九弟吓得一捂脑袋，赶紧跳向道沟。赶车的哈哈大笑，笑了一声，突然不笑了。驾车的黑马笼头被一个秃顶老头抓住了，马车停下来。车把式大喊：“你干什么？”

铁嘴华掌中的烟袋杆滴溜一转，叫道：“此路是我开，此树是我栽，要打此路过，留下买路财！要是不听话，管杀不管埋！”

“八嘎！”一声喊喝，车厢里蹦出一个小胡子倭寇，他手持长把倭刀，蛤蟆似的扑过来。车把式也跳下了马车，不知道从哪儿摸出一把倭刀，恶狠狠地瞪着铁嘴华。小胡子倭寇一矮身子冲到近前，明晃晃的倭刀嗖嗖响着劈过来。铁嘴华哈哈一笑，烟袋锅子闪电似的一伸一缩，只听当的一声脆响，接着烟袋又连续闪动，再闻噗噗两声，小胡子的倭刀飞上了天，身子扑通一声跪倒在地上。铁嘴华一瞬间打飞了他的倭刀，又击中了他的小腿关节。铁嘴华手臂颤动，烟袋锅子乒乒乓乓敲鼓似的敲着倭寇的脑袋，同时说道："好孝顺的三孙子！"

这时，村子里奔来了两匹快马。快马带着一股灰尘，转眼驰到近前。车把式正猫着腰，慢慢地后退，见到了骑马人，突然高叫："他们改道了，绕行王营村，赶快报信……"喊罢，转身向地里跑去。两个骑马人闻声立即掉转马头，就要回奔。铁嘴华噌的一个箭步掠至马后，一纵身子跃上了马背。铁嘴华一掌劈下骑马的倭寇，然后脚点马鞍，一个"雄鹰展翅"扑向了另一匹快马。马上的倭寇抽刀要砍，铁嘴华一个闪身落到马背上。铁嘴华把烟袋往脖领子里一插，一伸手就抓住了扭向侧后的两条胳膊，用力一拧一抬，倭刀当啷一声落了地。

"九弟！抓住赶车的老小子！"铁嘴华用力拧着龇牙咧嘴奋力挣扎的倭寇。九弟猫腰追了几步，看见白凤和马大响追下去了，就停了脚步。

片刻后，白凤和马大响押着汉人装束的车把式回来了。铁嘴华把倭寇摔下马背，对九弟说："你小子真是个绣花枕头，草包一个！驴粪球……"

白凤接上了话茬："……外面光！刚才干什么呢？站在马背上要把式呢？都逮着了？"

铁嘴华得意道："要把式？你没要把式呀？哼！都逮着了，一个没跑！九弟，你去问问他们，还有几个探子？问完了都宰了！快点！"

九弟嘟囔道："又是我？白姑娘，你帮帮忙行不？"

白凤一撇嘴，说道："这种事别找我。"

九弟无精打采地拾起一把倭刀，拖着一个探子下了官道。

王营村到了，士兵们傍着银车，连推带拉，呐喊着一路飞奔。车队穿村而过，没见到倭寇，众人长出了一口气。出了村口，金戈站在路边的粪堆上挥着拳头大喊：“快！快！我们要甩开敌人，我们要和倭寇比脚力，跑过倭寇才能活命，跑啊，跑！快跑！”

车队人喊马嘶，呼啦啦长龙似的向前蹿去。回到官道上，铁嘴华和白凤等人赶了上来。铁嘴华边跑边叫：“倭寇追来了，不得了，有好几千人，看来那头真有埋伏。都来了，乖乖，十多里长的道上全是人，好像一群大尾巴蛆在蠕动，可不得了。”

金戈急忙问道：“可有马队？”

铁嘴华瞪着干涩的老眼道：“马队没见着！有几个骑马的王八蛋赶羊似的赶着倭寇，看样子兔崽子们肯定跟咱们完不了，快跑吧！”

金戈细眉一挑，叫道：“正要他完不了呢！蒋师兄、马师兄，你们带上几个弟兄们打前站，多准备吃的喝的，沿途征集马匹草料，有卖的咱就买，咱有的是钱，不怕花钱。不卖的牲口全部轰走，告诉乡亲们，倭寇就要来了，要他们赶紧跑路，去吧！”

蒋忠道：“好，我叫乡亲们坚壁清野，不能给倭寇留下一点吃的！大响师弟，我们走！”

傍晚，车队来到一个镇子，蒋忠等人征集了四十多辆马车，买了几十匹骡马，连毛驴老牛也没剩下。他们急忙把奔跑了一天的马匹换了下来，拴在银车后，喂上草料。车上装有饭菜，士兵和镖师边吃边走。车队马不停蹄，连夜出了村。镇上的人知道倭寇要来了，也随着车队一哄而散。

倭寇们羊群似的拥进镇子，镇子里空空如也。他们摔门砸窗户，气得哇哇大叫。

车队跑了一夜，离上峰岭还有四十里。骡马在士兵们一路吆喝抽打下，筋疲力尽了，有几匹战马倒毙路边。九弟的脚磨破了，歪着身子敞着怀，哎哟哎哟叫着跟着队伍奔跑。整个车队人困马乏，队伍拉长了。

倭寇渐渐赶上了，官道上黑压压一片。领头的倭寇哇哇大叫，赤着脚奔来。金戈接好单刃枪，白凤抽出了宝剑，和叼着烟袋的铁嘴华当道而立。

二十几个倭寇挥舞着明晃晃的长刀，恶狼似的扑过来。金戈手起枪落，噼里啪啦，几个短腿的倭寇就躺下了，剩下的倭寇摇头晃脑哇哇怪叫。还没明白怎么回事，金戈、铁嘴华和白凤就带着一股风冲了过去。顿时黄土大道上一阵乒乓乱响，鲜血飞扬，倭寇稻草个子似的摆了一大片。

金戈三人杀了一阵子，转身就跑。后面，倭寇们就像一群黑色的乌鸦，哇哇叫着追来。

金戈他们边打边走，离上峰岭还有二十里，又倒毙了几匹马，一辆银车也翻到道沟里，雪白的银元宝撒了一地。士兵们七手八脚拉拽着大车。

金戈赶来，喊叫："不要管它，不要了，继续前进！"

铁嘴华叫道："不要了？便宜了这群王八蛋，这一车有两万两白银呢！"

金戈急道："给他们点甜头，要不然他们怎么上钩？他们怎么吃的，还会怎么吐出来，飞不了！"

铁嘴华瞪瞪老眼，烟袋往丝绦上一别，爬上银车。他双手飞舞，银元宝冰雹似的砸向倭寇，打得倭寇哇哇乱叫。铁嘴华朗声大笑，叫道："银子来了，给你银子！给你银子！"倭寇拥来，铁嘴华噌的一个闪身，扑到一个倭寇身前，把一个银元宝塞向他的大嘴，倭寇的牙被顶掉了好几颗。铁嘴华哈哈大笑，叫道："好吃吧？多吃点！"说罢，抓着几个元宝斜着蹿了出去。他边跑边打，引得几个倭寇追着下了官道。

车队人推马拉，速度明显慢了，上峰岭也近在眼前。山风轻轻摇晃着岭上珊瑚状的爬地松，送来了一股淡淡的幽幽的清香。太阳透过薄薄的云层散射在布满河床的鹅卵石上，散射在沟坎土坡间闪着苍翠绿光的蒿草上，散射在一望无际的蒸腾着雾气的平原上。偶尔几只黑色的乌鸦振翅飞过，头顶上传来呱呱的怪叫声。倭寇的攻势突然急促起来，企图将车队消灭在岭前的官道上。倭寇蜂拥而来，杀声震耳。金戈、铁嘴华等人边打边退，护着车队迤逦前行。金戈挥手打出一枚凤尾镖，击倒了白凤身前的一个倭寇，伸手再摸，镖袋空了，百来枚凤尾镖已经打完，情势危急了。

二十二 峰岭大捷

正在这时，身着便装的胡知事跑来了，老远就喊：“戚将军让你们丢下几辆银车快跑，慌慌张张地跑！快跑！快跑！快跑！”

金戈立即高呼：“撤！后面的车辆不要了，快撤！快撤！”

镖队丢下了七八辆银车，撒腿就跑。倭寇们看见了一车车雪白的银子，大笑着追来。金戈等人一路狂奔，终于到达了上峰岭东头。气喘吁吁的胡知事伸手一拦，喊道：“戚将军命令你等在此阻击敌人，倭寇队伍拉得太长了，等敌人全部进入伏击圈后，再行换防。戚将军要你们顶住！坚决顶住！”

“好，都过来，跟倭寇拼！”金戈细眼一睁，大声喊道。

倭寇越集越多，两丈宽的官道上，几百人挤在一起厮杀。

倭寇源源不断地拥来，队伍渐渐变粗，就像吞了猎物的蟒蛇一样蠕动着。

突然，峰岭上云朵般的爬地松翻倒了，数千士兵现了身。他们鸟铳齐发，弓箭齐射，标枪齐飞。官道上顿时火光冲天，杀声震耳。倭寇丢下几百具尸体，抱着头跳进干涸的河谷里。河谷两头立即被

竹排闸住，一个个装着沙石的草袋子迅速堆在竹排后面，转眼间两个草袋堆成的城墙出现了。

护镖的士兵和镖师瘫倒在官道上，东倒西歪，伸着脖子向下张望。咚咚咚！咕噜噜咚！战鼓敲响了。官道上的将士们开弓放箭，对面的河堤上鸟铳轰鸣，草袋城墙上标枪如雨。顿时，十里干河变成了十里靶场。

倭寇们鬼哭狼嚎，迈着两条短腿没头苍蝇似的乱窜着。

“杀呀……杀……”戚家军将士喊声震天，淹没了萧萧北风。

一阵慌乱之后，倭寇们缩到河床低洼之处，趴在砾石后面不动了。

天黑了，河谷两岸的火堆一个连着一个，宛如两条奔腾起舞的火龙。火光之下，隐约可见倭寇们惊悸的面容。

午夜时分，金戈听见了九弟的呓语，惊醒了。金戈翻身坐起来，觉得心里火烧火燎地难受，喉头也疼痛起来。金戈连忙站起来，摸到棚口找到水壶，嘴对嘴咕咚咕咚灌了几大口。“唉……”金戈长叹了一声，在棚口旁边练起了寒心功。半个时辰后，金戈觉得心火渐去，这才长长地出了一口气。金戈掏出火镰火石，砰砰打了好几下，点燃纸煤，摘下风灯罩子，点着了蚰蜒似的油芯。金戈提着风灯四下里照了照，看见白凤身子蜷得像只大虾，睡得正沉。九弟把头埋在香喷喷的干草里，撅着屁股趴在白凤身边。白凤的发髻松散了，一缕闪着幽光的黑发缠绕着她细长雪白的脖子。远处传来蟋蟀的鸣叫声。铁嘴华似乎听见了金戈的脚步声，吧嗒吧嗒干瘪的老嘴，一骨碌坐起来。他睡眼惺忪地看了看提着风灯的金戈，颤悠悠地掏出了烟袋。闪着黄光的烟袋锅子在绣花荷包里拧了拧，叼在几根白须衬托的老嘴上。他晃着火折子，一边点火一边说：“怎么着，睡不着了？睡不着了就出去溜达溜达，找戚继光去，问问他明天咱们干些啥。他要是睡了，咱们就下河摸鱼赶鸭子，把河沟里的倭寇统统赶起来，来个狗撵鸭子——呱呱叫。不，应该说虎入羊群——咩咩嚎！”

金戈一下子站直了身子，细眼里闪着兴奋的光芒道：“好啊，月明星稀，咱们正好浑水摸鱼。”

铁嘴华咧嘴吐出了一口浓烟，手掌一拄地面，斜着身子站起来。他拍了拍裤子上的草末，仰起秃头道：“好小子，行！那咱爷儿俩走着！”

一老一少说着走出竹棚，绕过草袋子城墙，沿着河谷北岸的大堤走了几里，登上了一个插着帅旗挂着红灯的高台。高台的北侧立着几张竹排，竹排前堆着几个草袋子。中间的草袋上放着一块青石板，石板上摆着木制的黄色棋盘，戚继光正坐在草袋上和胡知事下棋。高台两侧立着木头架子，东面的架子上架着十几面大鼓，西面的架子上挂着一排铜锣。架子后面还插着几十支一尺多长的火把。火把突突突地冒着橘红色的火苗，照亮了顶盔掼甲的戚继光和举棋不定的胡知事。戚继光听见卫兵的禀报，向台口的土坡上一望，站起来说道：“欢迎二位大侠光临！怎么，睡不着了？来人，拿酒来，犒劳一下引倭入伏的二位大侠！”

“是！”一个卫兵答应一声下去了。

金戈走上前来，左右看了看，问道：“戚将军，这是你的行辕吗？怎么不搭个棚子？镖师们都有个棚子……”

胡知事转动了一下手里的木头棋子，看着金戈细长的眼睛道：“我们实行‘同甘苦’，如果有一个士兵不能住进棚子，戚将军就会睡在露天地上。把总、哨总、小旗也会歇在月光下。我们搭不了那么多棚子，士兵们天当被、地当床，将军的行辕自然就不能搭棚子了。不过，这个高台不叫行辕，应当叫作指挥台，哈哈！”

戚继光伸手让了让座，笑道：“‘同甘苦’为条件所限，有时不能完全做到。但我们有个规矩，那就是不能同苦时，军官取其最苦，不能同甘时，军官取其次甘。刚才买办上来了，说是买到了三千多条鱼，怎么也凑不够四千条。那好，士兵们一人一条。如有富余，就分给伍长、小旗。再有富余，就分给哨总，还有富余的话可以分给把总。总之，由下而上，直至发完为止。我少吃一条鱼又能怎么样？不是照样活着吗？但是，我们这样做，就会凝聚士兵们的意志。他们知道，他们的将领惦记着他们，关爱着他们。将领们吃苦在前，享受在后，才是真正的‘同甘苦’。”

铁嘴华插嘴道：“我听说你们冒雨奔袭途中，夜宿一个村庄，当时号的房子不够，戚将军和把总、哨总都淋在雨中，老乡们挤了又挤，又腾出了半间屋子，让你住进去，你死活不进，又让给了一些军官，你就顶着大铁锅，冒着雨，在磨盘上坐了一夜。有这回事吗？我说，你是不是有点过分了，你要是淋病了怎么办？谁指挥呀？你可是一军之帅！我看你这是姥姥认干闺女——多余（姨）！”

戚继光哈哈一笑，道：“那可不是多余，只要还有一个战士淋着，我就要淋着。那才是真正的‘同甘苦’，将士们都看着呢，谁也不傻。上行下效，我大明铁军才会团结一致，才会所向披靡。我要是淋病了，我相信这仗打得更漂亮，他们就会打疯了。嗨，这都是过去的事了，不说也罢。来，草袋上坐。”

金戈回过神来，叹道：“‘同甘苦’原来是这样一个同法，原来是士卒优先。”

火光照着戚继光五官匀称的方盘大脸，照着两道浓眉下闪着精光的一双大眼，照着身上闪着幽光和英气的盔甲：“不错！不能同苦时取其最苦，不能同甘时取其次甘，才能做到真正的‘同甘苦’。”

金戈恍然大悟，说道：“啊，原来如此，佩服！佩服！”

戎装在身的胡知事伸出粗糙大手，说道：“来，二位大侠，坐吧，简慢之处，还请见谅啊！”

铁嘴华把烟袋锅子在鞋底上敲了敲，摇头道：“不坐了，二位继续下棋，我和金戈要下河摸鱼，去干河床里浑水摸鱼，不能让龟孙子们睡得安稳。回来后再喝两杯，顺便看看胡知事的臭棋，啊，哈哈！”

戚继光眼睛一亮，说道：“好啊，把河沟里的鸭子全赶起来，如果能抓个活的回来，可就锦上添花了。”

“狗撵鸭子——呱呱叫，爷撵倭寇哈哈笑！等着瞧好吧。金戈，跟着爷爷走！”铁嘴华说罢手一背，扭头就走。啪嗒啪嗒的脚步声响起，敲击着弥漫无边深沉似海的夜色，悬挂在高空的那盏孤独明亮的半圆形夜灯也悄悄隐藏了身形。金戈对戚继光笑笑，转身跟了过去。二人下了指挥台，来到长堤上，身形一展扑进了河谷。放哨的倭寇看见两个人影飞来，立刻哇哇大叫起来。金戈奔过去，单刃枪啪啪啪三响，三个倭寇见了阎王。铁嘴华的烟袋也挥舞起来，噗噗两响，两个倭寇栽倒在地。倭寇们顿时炸了营，纷纷站起来，哇啦哇啦的喊声四起。铁嘴华一声大吼：“走，杀狗日的！”一个箭步冲进倭寇群里。金戈也不敢怠慢，单刃枪一晃，冲进黑影中。只听噼里啪啦一阵乱响，黑乎乎的人影倒了一片。金戈和铁嘴华边打边跑，一会儿工夫冲到了河谷西口，来到了草袋城墙前。铁嘴华一把抓住一个瘦猴似的倭寇，喊道：“金戈，你小子再活动活动吧，爷爷我累了，回去啦，走喽！”说着，他紧跑几步，提着俘虏蹿上了河堤。金戈答应了一声，顺着干涸的河道又杀回来。这回好了，不用担心速度快慢了，金戈见黑影就杀，闻人声就砍。金戈奔行如飞，单刃枪神出鬼没，倭寇们又乱了，喊声此起彼伏，干涸的河谷变成了一个翻了浆的蛤蟆坑。

戚继光和胡知事站在指挥台上，凝视河谷。铁嘴华回来了，他把腋下的倭寇往地上一摔，说道：“抓了一个瘦猴，小鬼子！”

戚继光两条卧蚕眉一挑，大声道：“好！带下去审问！”

“是！”胡知事应了一声，一挥手，两个卫兵拖着倭寇下去了。

戚继光回身再看，河谷里的黑影大蛆似的蠕动着。突然，河谷东头又炸了营，那里，隐约可见一个人影上下翻飞，刀光惊虹。过了一会儿，金戈也提着一个俘虏上了指挥台。

见金戈回来，戚继光朗声叫道："上酒！我要敬铁嘴华一杯，敬金戈一杯！明月舞轻风，美酒敬英雄！"

金戈把俘虏往地上一丢，笑道："夜半提戈走，烽火照我行！"

铁嘴华哈哈大笑，叫道："嘿，老鼠进书箱——咬文嚼字！我说，酒呢？来酒！"

"来了！"一个士兵举着一个摆着酒壶酒杯的托盘走过来，两个士兵架着俘虏下去了。

托盘来到三人面前，三人分别取过一只满了酒的青花小瓷杯。酒杯当啷一碰，吸溜一声，三杯酒水下了肚。接着三只青花杯一照，同时哈哈大笑起来。

戚继光放下酒杯，说道："走，草袋上坐坐，我有要事和两位大侠相商。"

三个人坐在青石板旁，铁嘴华的烟袋又掏了出来，他一边装烟一边说："我是听吆喝的，你说怎么干我就怎么干，你说怎么着就怎么着，我只听吆喝，操心的事甭找我。"

金戈客气道："戚将军，你说吧，我们一定会尽心尽力。"

戚继光抬起头来，眼睛里闪着坚定的光芒："好！天亮之后，你和铁嘴华返回官道，协助左营的将士们把守官道。左营有一千多士兵，他们布防十里官道，一个人要守一丈宽的距离，力量略显单薄。天一亮，倭寇就会拼命。我这边也有一个营的士兵，河谷东头和河谷西头各有一个哨队。如今号令已明，责权已分，放走了倭寇，责任士兵和他们的小旗、总旗一律处斩。斩杀倭寇有功者一律上奏朝廷，按功封赏。今天是最关键的一天，顶住了，离胜利就不远了。倭寇来了三个大队，有两千七百多人，经过昨晚的打击，估计还有两千战斗力。我们只留了一哨人马做机动，没有打援的预备队。我们虽然切断了道路，但消息迟早会泄露出去。因此，围歼战要先慢后快。一开始，我们断粮断水，把他们困在寸草不生的河谷里，他们体力必定大降。等倭寇身心疲惫之后，我们就要快刀斩乱麻，一鼓作气歼灭他们！如果战事胶着不下，一旦倭寇援军来到，我们不但消灭不了敌人，而且还有走不脱的危险。”

金戈抬头看了看正在吞云吐雾的铁嘴华，说道：“明白了，先挫倭寇的锐气，疲惫倭寇，然后歼灭之！”

戚继光眼睛一亮，说道：“不错！这就是我们上峰岭伏击战的作战方略，拜托二位协防官道，不使倭寇突围而去！”

铁嘴华道：“放心吧，只要我这把老骨头还在，倭寇就休想从官道上跑出去！”

戚继光一竖大拇指，道：“好！”

回到官道，东方出现了一片鱼肚白，画卷一样美丽的清晨悄悄到来。大部分星辰已经消失不见，只有启明星还在恋恋不舍地眨着明亮的眼睛俯瞰着朦胧大地。竹棚里，白凤已经爬起来，正在梳洗打扮。九弟在旁边伺候着，他一会儿去打水，一会儿递手巾，活脱脱一个使唤小子。

白凤见金戈走进来，拍了一下身上的衣服，眼里闪着喜悦的光芒道：“金戈，看看，我这身衣服好看吗？”

金戈一看，白凤换上了新装，上身罩着交领右衽白底蓝边的小马褂，下身套着月白底的云绣兰花的缎子裙，脚上蹬着一双黄色的鹿皮抓地快靴。金戈可没心思看她的新装，敷衍道：“好看，很好看。你们快点收拾，我们上官道协防，快点。”

白凤两只素手举起来，美丽的黑眼珠瞟了一下长身而立的金戈，一只手拢了拢乌云似的秀发，一只手取下了垂珠步摇，接着两手穿花似的在秀发上三缠两绕，插好了步摇，歪着脑袋笑道：“哟，还有我们的事呢？”

金戈盯着白凤迷人的丹凤眼道：“当然有了，倭寇还没消灭呢，怎会没事？我们既然赶上了，就要竭尽全力！快走吧，今天肯定有场恶仗要打！”

白凤垂下了两只葱白一样的素手，丹凤眼秋波流转，荡出一股柔情蜜意：“你洗脸了吗？九弟，快去打水！”

金戈摸了摸有些发涩的脸颊，说道：“赶紧走吧，就了位再说。”

白凤嘻嘻一笑：“你不要脸了？哼，走就走。九弟，提着我的剑，哎，我爷爷呢？”

“已经过去了，走吧。”金戈说完车转身形，大步走出竹棚。

金戈带着白凤、九弟刚来到官道中部，倭寇就发动了进攻。他们攻击的是戚继光亲自督战的河谷北岸。倭寇们嗷嗷叫着，黄蜂似的扑向了一处坡度平缓的河堤。戚家军将士们拿着狼筅向下扎，后面的弓箭手开弓放箭。突然砰砰一阵大响，一排鸟铳喷出了火光。倭寇们一片一片倒下了，又一群一群冲上来。一群群冲上来，又一片片倒下去。河堤上，一面“戚”字大旗迎风招展，指挥台上，数十面大鼓同时擂响。咕噜噜——咚！咕噜噜——咚！杀呀——杀呀！鼓声如潮，吼声如潮，铳声如潮！大旗下，戚继光的盘龙铁臂弓张开了，啪啪啪，箭发流星。远处，一个倭寇头子上蹿下跳，指挥刀疯狂地挥舞着，戚继光看见了他，盘龙铁臂弓一指，嗖嗖两声，两支雕翎箭一前一后呜呜叫着飞了过去，这个倭寇闻声挥刀拨打，倭刀磕飞了一支利箭，却没躲开另一支利箭，只听啊的一声惨叫，利箭穿身而过。倭寇头子撒手扔刀，噔噔后退几步，仰面跌倒了。倭寇们丢下几百具尸体，潮水似的退了回去。

铁嘴华背着手站在大堤上，脱口说道：“好！好一张盘龙铁臂弓，好一手连珠箭法，果然名不虚传！”

金戈赞道：“真乃神弓也。”

不一会儿，倭寇又开始了冲锋，他们兵分两路，向河谷两头发起了攻击。倭寇们滚滚向前，堤上堤下，杀声震天。指挥台上，戚继光目光炯炯，看着滚滚人流，听着春雷般的鼓声，手中的令旗撕裂着空气。

九弟瞧得汗流浃背，白凤看得手舞足蹈，铁嘴华两眼放光，吧嗒吧嗒抽着旱烟，鼻孔里不时冒出两股细细的蒸腾的白烟。足足持续了一顿饭的时间，倭寇再次溃退。战鼓不响了，嘶哑的喊杀声渐渐远去。

附近的村民听到喊杀声，跑来了。他们扶老携幼，推车挑担，捧着食物和水果慰劳将士们。一个老奶奶臂弯挎着篮子，拉着小孙子，顺着官道颤巍巍走来，到了金戈面前，从篮子里拣了一个有着蛛网般裂纹的茶叶蛋，递给金戈道："孩子们，多杀倭寇，给百姓们报仇，给大明朝争气……"

金戈的眼睛湿润了，说道："放心吧老奶奶，我们会尽力的！"

太阳转到了正南方，戚继光传来了命令：各哨队轮换着吃饭，谨防倭寇乘机突围。传令兵刚走，战鼓就敲响了，河谷两端人声鼎沸，大战的烽烟再起。

"呀呀呀！"倭寇的眼睛红了，狼群似的扑来。他们搬来死尸垫在脚下，他们脱掉衣服光着膀子冲锋。金戈很快发现，倭寇们集中了兵力，猛攻河谷的西北角。倭寇前仆后继，狼群似的向上扑击。他们上去了，踏着死尸垫起的斜坡，攻上了河堤。

"啊，不好，倭寇攻上去了！"有人大叫。

"你们守在这里，我去看看！"金戈大喊一声，顺着官道向前奔去。金戈蹿腾跳跃，一溜烟奔到了河谷西口，绕过了草袋城墙。

戚继光也赶到了，他弓弦急弹，噗噗噗，箭发流星。前面的倭寇倒下，后面的倭寇扑上来。双方混战在一起，已经分不清谁是谁了。河堤上鲜血飞溅，喊声震天，打成了一锅粥。

金戈冲下了河堤，只身向着倭寇增援的洪流冲去。金戈左右搏击，就像一块巨石堵在奔腾上行的洪流中。“鸳鸯阵——”金戈好像听到了戚继光的喊声，偷眼一看，戚继光带着十一个人冲了下来。他和盾牌手、弓箭手组成了“鸳鸯头”冲锋在前，两个狼筅手端着一丈长狼筅为翅掩护，四个长枪手为爪居中策应，两个镋钯手和一个挥刀的士兵组成三角翼断后，这十二个人组成的鸳鸯阵就像一只两头尖的快艇，乘风破浪，转瞬间就冲到了金戈身旁。另一边，胡知事也带着十一个士兵冲下河堤，他们也组成了一个两头尖的鸳鸯阵，狼筅手、长枪手、镋钯手向外挺着武器，晃动着奔来，活像一条多足的蜈蚣。片刻间，胡知事的鸳鸯阵也攻到了金戈身旁。“三才阵！”戚继光一声大喊，以他为首的十二个人变成了四个三角形小阵，每阵三个人，三角形站位，横向拒敌。胡知事见状也大喝一声：“两仪阵！”以他为首的十二个人呼啦一声，分成了六对，他们两两相靠，站在三才阵身后，阻击回窜的敌人。霎时，三才阵、两仪阵刀枪并举，狼筅长枪镋钯伸缩，闸住了向上增援的洪流。咕噜噜——咚！咕噜噜——咚！“杀呀——杀！杀呀——杀！”河堤上鲜血飞溅，堤坡上吼声如雷！一袋烟的工夫后，战斗结束了，河堤上的倭寇全部倒在血泊中。戚继光一声令下，鸳鸯阵退上了河堤。

金戈站在河堤上放眼一望，发现士兵们三三成组，两两成对，原来他们并非随意地凑在一起，竟是鸳鸯阵中的三才阵和两仪阵，不懂阵法的还真看不出来。

金戈正在琢磨戚继光的阵法，胡知事走了过来，笑道：“怎么，刚才的阵法不入金少侠的法眼吧？”

金戈一竖大拇指，道：“岂敢，鸳鸯阵果然厉害，纵向攻击如快艇行舟，横里拦防鸳鸯互助。此阵互相依靠，且变化多端，真乃阵中之王也！不过……”

胡知事一愣，睁大双眼问道：“如何？”

“我没看清楚，哈哈……”金戈大笑道，“我忙于杀敌，只看了一个大概，能赐在下一观否？”

胡知事笑道：“好啊，那就多指教吧。薛总旗，带你的人摆个鸳鸯阵！”

“是！”薛总旗一声号令，立刻有十一个人跑了过来，和他一起组成了鸳鸯阵。鸳鸯阵演练了纵向攻击，接着演练了三才阵团战和两仪阵士兵背靠背防守。

金戈一边看一边听胡知事解说，叹道：“戚大哥果然天才，军事奇人也！”

胡知事哗棱棱一抖肩上的盔甲，伸出大拇指赞道：“你也拔萃，单刃枪劈风斩浪，在倭寇冲击下中流砥柱，好样的！”

金戈叹道：“不可同日而语。戚将军发明的是阵法，我潜心的是武术，有着天壤之别。”

胡知事哈哈一笑，说道：“你也不要妄自菲薄，你也行……”

这时，一个红鼻子倭寇举着雪亮的指挥刀，跳着碎步追杀逃窜的倭寇，驱赶着倭寇们重新聚拢。

金戈看见了这个飞扬跋扈的倭寇，伸手一摸镖袋，摸了个空，镖袋瘪着呢。正在此时，耳闻嘚喽一声，一支雕翎箭划了一个美丽的弧线，奔向了红鼻子倭寇。红鼻子倭寇身子一晃，飘手一刀，竟将雕翎箭一劈两半，接着厉声大叫：“戚继光！你算计老子算什么英雄？你敢不敢下来，与我红鼻虎一较高下，你个懦夫……”他正喊着，嘚喽嘚喽两声，两支雕翎箭流星赶月般飞了出去，接着弓弦再弹，“一箭落幽燕”再跟过去。羽毛飘飘，风声萧萧。红鼻子倭寇忽然一个鹞子翻身，躲开一支利箭，噌的一刀，砍掉一支利箭，他再也躲不开第三支利箭了，扑哧一声，这支雕翎箭钻进了红鼻虎裹着紫皮甲的心口，给他来了个透心凉，红鼻虎啊的一声跌倒了。

“射得好！射得好！”这时候，铁嘴华现身河谷，出现在倭寇们的身后。倭寇们还没明白怎么回事，铁嘴华的烟袋锅子就是一阵猛敲，口中喊着：“兔崽子，回家找你姥姥喝豆粥去吧！”被打的倭寇抱着脑袋，摇摇晃晃，跌倒了。一群倭寇扑过去，铁嘴华早拐着弯跑远了。

倭寇退回去了，金戈提着单刃枪来到了戚继光身边。戚继光看见了金戈，伸手和他击了一掌，然后哈哈大笑，朗声道：“你来得好，来得是时候！”

戚继光和金戈并肩回到了指挥台，戚继光道：“经过三次激战，倭寇们减员不少，士气不振了。如果有时间，再拖上十天半月的，倭寇就会不战而灭。可是，我们没有那么多时间，倭寇的援军很快就会来到。但是，多拖一刻，倭寇就会多一分疲惫，我们就少一分伤亡，为了尽量减少伤亡，我们能多拖几个时辰就要多拖几个时辰。”

金戈一挺胸脯道：“末将听令！”

“哈哈哈……”二人同声大笑。

太阳偏西了，金戈回到了官道上。一些士兵还在吃饭，他们围在一起，中间放着两个大盆，一个盆里是豆角炖鲅鱼，一个盆里盛着白米饭和馒头。金戈回到了自己的竹棚，一眼看见了竹排上的几个饭盆。铁嘴华看见金戈进来了，提起酒坛子一晃，说道：“打仗不让喝酒，但老头子我可以破例。戚继光真够意思，想着老头我哪。金戈，你要不要来一杯？”

金戈笑道：“不了，我吃几个馒头就行了。”

九弟一见可以开饭了，立刻盛了一碗米饭，凑到白凤跟前说：“白小姐一定爱吃米饭，你看这大米多白……”

白凤看看金戈，白了九弟一眼，说道：“我也吃馒头，你别瞎操心了！”

九弟笑笑，说道：“好啊，吃馒头好啊，我给你拿去。”说着，他放下饭碗，拿来了两个馒头。

白凤接过来，说道："你上那边吃去，去陪我爷爷，去吧去吧。"

九弟看看金戈，不情愿地晃着身子走了。铁嘴华哈哈一笑，说道："拍马屁拍到马蹄上了吧？你小子真没出息，你连你爹的一成都赶不上。来，给爷爷倒酒。"

九弟哗啦倒了一碗酒，一仰脖子自己喝了，又哗啦倒满了一碗酒，对铁嘴华咧嘴一笑，说道："别看我武功不行，可我能折能弯。我爹说我这种人大有福头，这叫各有利弊……来，爷爷您喝吧！"

铁嘴华接过酒碗，说道："小子，你还行！尿壶镶金边——嘴好！尿壶口抹蜜，嘴甜！"

白凤偷眼看看金戈，夹起一块鲅鱼肉给金戈。金戈笑笑，夹了一根豆角给白凤。九弟看见了，一仰脖，又喝了一碗。

还没吃饱，突闻喊声大作。金戈立即蹦起来，一猫腰蹿了出去。到了棚外一看，倭寇们又扑向了对面那处土坡平缓的河堤。倭寇们缕缕行行，向着河堤冲去。官道上将士们都站起来，他们挥舞着兵器，呐喊助威。金戈观看了一会儿，知道他们攻不上去，回了竹棚。

下午的战斗不激烈，但很残酷。倭寇们明知是送死，还是蜂拥而上。半个时辰后，他们又丢下了几百尸体，溃退了。倭寇们三三两两缩在河谷里，舔着裂了口子的嘴唇，咽着唾沫，悲哀地望着西去的太阳。

戚继光来到官道上，看望左营的将士们。金戈、白凤、九弟等人陪着戚继光缓缓而行。半个时辰后他们来到了河谷西口，登上了草袋城墙，戚继光望着蜿蜒的河谷，说道："史上有名的长平之战，少侠可知晓？"

金戈道："兄弟所知不多，愿闻其详。"

戚继光目光炯炯，低声道："战国之时，秦大将白起困赵军于长平，赵军在粮尽援绝的极端困难条件下，做了极其艰苦的抵抗，他们坚持了四十六天，终于发展到‘内阴相杀食’的地步。四十多万大军投降被杀，统帅赵括突围时被乱箭射死，创造了围歼战的奇迹。”

白凤惊道：“好家伙，四十多万！”

“确切说是四十六万，尸骨成山哪！”戚继光不无感叹，接着说道，“我们每战力争‘大创尽歼’，不战则已，战则尽歼。但此役我们不能效法白起，我们有后顾之忧。据探马来报，括苍山方向的倭寇出动了，如果他们夜以继日，明天午后就能到达这里，因此，明天卯时我们必须发起攻击，我们要在两个时辰内尽歼这批倭寇……”

金戈思索了一下道：“两个时辰够了。今夜再去折腾他们一下，片刻不让他们安宁！我和铁嘴华轮流动作，反复袭击，你看如何？”

戚继光赞道：“好啊，那你们现在就去睡觉，协防不用你们了。左营的士兵们至今还没有与倭寇正面交锋，早憋足了劲，你们可放心睡上一觉。夜间的行动适可而止，留点体力，好参与明日的围歼之战。”

金戈道：“好！我和白凤一组，铁嘴华和九弟一组，我们适可而止！”

白凤看看九弟，说道：“九弟能干什么，看家吧，下去就没命了，不够丢人现眼的。”

金戈笑道：“你这是怎么说话呢？九弟可是金禅腿的儿子，也是出身武林的世家公子……”

九弟缩着脖子说道：“我不行，我真的不行，我看我不用下去了，去了反而碍你们的手脚。”

戚继光望了一眼上峰岭上闪着墨绿幽光的爬地松，说道：“好，你们早点歇了吧，攒足精神夜里招呼倭寇。”

金戈几人回到竹棚，刚躺下，耳边传来了鼓乐声。金戈一怔，正要询问，九弟一翻身爬起来跑了。片刻之后，九弟蹦着回来了，扶着竹排歪着脖子道："湖广道御史崔家语来了，他坐着八抬大轿，带着几十名衙役，吹吹打打，朝这边来了。"

铁嘴华听见，翻身坐起来，打着哈欠说道："啊，崔大屁精来了，瘦猴崔大耙子来了？我去看看，崔大屁精一来准没好事。他是黄鼠狼给鸡拜年……"

金戈一皱柳叶眉，说道："你们去吧，我见了这个赃官就有气，我懒得见他。"

白凤瞥了一眼舒着长腿的金戈道："那好，我们瞧瞧去，万一崔大耙子难为戚大哥，也好伸手帮他一把。"

"走！"铁嘴华带着白凤和九弟背着手出去了。他们跟着八抬大轿，绕过河谷，直奔戚继光的指挥台。

戚继光迎下来，把崔家语请上了指挥台。到了高台上，一个年老的随从介绍道："这位是新任浙江道御史，奉敕督察江南诸道的崔大人，来人，请敕印！"

一个衙役捧着刻有"绳愆纠谬"的大印走过来。

戚继光眼睛一扫，说道："不用看了，崔御史有话请讲。"

崔家语脑袋一歪，轻蔑地说："这就是你的行辕吗？怎么连个遮风避雨的棚子都没有，这算什么行辕？"

戚将军肃然道："朝廷没给我们配备帐篷，简慢之处还请见谅。大人要是不嫌弃，我带大人到客人的竹棚里坐一坐……"

崔家语嘿嘿冷笑两声，沉吟了一下说道："不用了，天快黑了，待会儿我们就走。你先说说，你们围了多少倭寇？"

戚继光道："两千七百多，已经消灭了一千多，还有……"

崔家语颤着刀螂身子，不耐烦地说："行了，别说了，把剩下的倭寇放了。赵总督正在和倭寇首领谈判呢，敌我双方休战半月。你马上放人，这是赵总督的钧旨。"

铁嘴华就在旁边，他一听就火了，大声骂道："好你个崔大汉奸，你竟敢通敌，胆敢放走倭寇，那还了得！”

崔家语闻言大怒，一转身，看见了一个手持烟袋的秃顶老头，同时看见了一个美丽的姑娘。秃顶老头红光满面，手里拿着紫花烟袋杆上吊着绣花荷包的烟袋，嘴里喷着白蒙蒙的烟气。姑娘眉清目秀，艳光照人，嘴角上流露着淡淡的轻蔑的微笑。崔家语吃了一惊，问道：“你是金文英……”

“非也，她是我孙女白凤，金文英不是被你们抓走了吗？”

崔家语看了嘴里喷着白烟的铁嘴华一眼，嘴唇张了张，到了嘴边的话又咽了回去。

这时候，戚继光说话了：“倭寇陷入大军包围之中，已经穷途末路，成了瓮中之鳖，岂能放走？百姓们也不答应啊，放脱了倭寇，必生哗变，还望崔大人明察。”

崔家语哼了一声，转过身来，大声道：“哗变？他们谁敢？借给他们三个脑袋！”

“嗨！嗨！叫唤什么？”铁嘴华上前一步，秃脑袋一晃，黄铜烟袋锅子指着崔家语，讥讽道，“我说，我怎么闻着有点腥气呀，嗯，对了，是股子汉奸味？好臭啊好臭！凤丫头，你闻着了没有，臭不臭？”

白凤伸出洁白细腻的小手扇了扇鼻子，娇声道：“呀，好臭！哎呀，真的好臭哟！这是股什么味？”

铁嘴华仰面朝天，背着手叫道：“什么味？汉奸味！”

崔家语脸色一沉，尖声骂道：“你是什么东西？老杂种，给我滚下去！”

铁嘴华纵声大笑，蛤蟆似的一蹦，跳到崔家语面前。他一探身子，鼻翼夸张地抽动了几下，说道：“嘿！真是个杂种！好大的杂种味！”铁嘴华说罢向后一跃，朗声道：“对了，你们看看他的样子，刀螂身子鲇鱼头，像不像倭寇串？”

九弟连忙应答："像，像，像极了！要不然他怎么甘心当汉奸呢？"

崔家语气得脸色发白，薄嘴唇哆嗦着骂道："他娘的，你……你们找死啊？"

铁嘴华抬头向天，颤悠着腿问道："谁找死呀？"

九弟和白凤齐声大喊："崔大汉奸！崔大屁精！崔大粑子！"

铁嘴华滴溜一转，拉着长声又说："崔大屁精——"

白凤跟着喊："为倭寇说情——"

铁嘴华道："里通外国——"

白凤道："不是个东西——"

"你们——"崔家语脸色大变，涨成了猪肝色，他抖着崭新的官袍，颤着乌纱翅，跺着脚骂道，"反了，反了，他娘的给我……"

"打死这个狗汉奸！"有人呼喊。指挥台下聚集了不少老百姓，可能有人通了消息，百姓们纷纷拥来。

崔家语闻声一哆嗦。这时，铁嘴华大声道："乡亲们！有个汉奸要放了这批倭寇，你们说行吗？"

"不行！"

铁嘴华又道："他要里通外国，你们干不干？"

"不干！"

崔家语跑到指挥台边上，叫道："你们住嘴……住嘴……"他的声音出了口，却被百姓们的喊声淹没了，谁也没听清说些什么，只看见颧骨下颤动的灰色肌肉和不断开合的两片黑色嘴唇，还有两道淡淡的呆板的眉毛中间沁出的豆大汗珠。

铁嘴华吸足了一口烟，一张嘴，一股浓烟喷了出去。浓烟成束，直撞崔家语的猪肝脸，呛得崔家语直翻白眼。铁嘴华冷笑一声，大声说道："这些倭寇就要完蛋了！你快滚吧，不然的话，这里的老百姓会砸出你的蛋黄来。就你这小身板，一人一口唾沫，也会淹死你！”

“你个老混蛋，戚继光，你给我杀了他……”崔家语张口结舌，气急败坏地叫起来，可是，他嘶哑尖锐的声音混在百姓们的怒吼中，没有几个人能听见。

“打死狗汉奸！”百姓们拥来，台上台下站满了人。女人的头巾和裙子在风中闪动，男人的脊梁和拳头闪着乌光，愤怒的眼睛看着一个方向喷射着怒火。

倭寇也慌了，不知发生了什么事，吓得四处乱窜。

崔家语脸色发青，一努嘴，一个皂衣衙役蹿上来，劈手一剑朝铁嘴华胸膛刺来。铁嘴华身形略闪，左手一伸，手指钳住了长剑。接着右脚一抬，砰的一声，把这个衙役踢飞了。他麻秆似的身子飞出好一丈多远，骨碌碌滚进了河谷。

这时，又有四个衙役抢上来，铁嘴华身形晃动，手掌翻了几翻。众人眼睛一花，只听哎哟哎哟喊叫连天，再看这四个衙役，都被自己的大刀钉住了脚背，他们立刻惨叫着猫腰蹲下了身子。

铁嘴华纵声大笑，背手挺胸，滴溜转了一圈，说道："夹着尾巴滚吧，少在这儿丢人现眼！崔大屁精，你再敢里通外国，小心你的项上人头！”

“你，你，你……”崔家语两片薄薄的酱色的嘴唇哆嗦着，不知说什么好了。

戚继光上前一步，朗声道："误会！误会！崔大人，这边请，来，这边请。”

崔家语见了台阶赶紧下，缩着脖子跟戚继光来到了指挥台后侧。他一把拉住戚继光，悄悄说道："放脱倭寇，那是赵总督的意思，反正和你说了，放不放由你。这可是一大笔银子，一笔绝好的买卖，机不可失，失不再来……”

戚继光摇头道："不能放，放了恐怕会激出民变……”

崔家语鼓了鼓嘴唇，想了一下说道：“算了，算了，这件事不说了。其实，我到这里来还有点私事。怎么说呢？直说吧，反正咱们也不是外人，听说你们弄了百万两白银，装了三四十辆大车，是不是？”

戚继光道：“六十万两，武林豪杰捐赠的军饷。那‘天王星’‘海王星’和珊瑚树……”

崔家语一摆手，截住了戚继光的话头，说道：“别说那些东西了，一说我就有气。那些东西只是聋子的耳朵——摆设！吃不得嚼不得，再说了，十棵珊瑚树也顶不了半颗‘海王星’啊。这样吧，你给我存上二十万两银子，把存银子的银票给我，让我得点实惠。”

当时，银票只是银号的存银单据，并不流通，但作为不记名的存单，却可以随便支取。甚至几家大银号分别在几个城市开了分号，可以预约支取。商人们把银子存进了银号，只为生意便利。当然，一般的豪绅还是把银子放在家里，觉得存着现银踏实。

戚继光一皱眉头，说道：“这是侠义人士的捐赠，太多了……恐怕……”

“十五万！一两也不能再少了！”

戚继光明白了，这小子转来转去，还是为了钱！这小子可真黑，珊瑚树已经到手了，还不甘心。戚继光道：“那我得和豪杰们商量商量，如果再少点的话或许……”

“十万两，别说了，一个铜子儿也不能再少！我现在是主管江南的都御史了，这里正是我督察的地界！再说了，你的奏章也要我帮忙呼应，不然的话，哼哼……你应当明白。”原来，这小子是闻着银子味追来的，和这些倭寇一样。

戚继光一咬牙，说道：“好吧，我安排一下，大人回去听信吧。”

崔家语的刀螂脸上马上有了笑纹，咧着嘴说道：“好！我说嘛，戚将军不会忘了我的。哎，还有一个事，你抓俘虏了吗？你们肯定会抓一些俘虏吧？抓了俘虏你交给我，我有用处……”这时，他看见铁嘴华和白凤、九弟等人过来了，吓得一缩脖子，赶紧说道，“我留下几个人等着，你把俘虏交给他们就行，我走了。”崔家语说完就走，连戚继光的回话都没等就跑了。

铁嘴华走到近前，问道：“他要俘虏？”

戚继光点点头，说道：“他不仅要俘虏，还要银子！一个贪得无厌的家伙，一个铁杆的汉奸！唉，铁嘴华，今天多亏了你了，要不然还真不好对付，不过，你得罪他了，以后小心点，这小子可不是什么好鸟。”

铁嘴华瞪着老眼道：“我怕他什么？他还能咬下我的蛋来？我才不怕他！他要敢惹我，我就宰了他个混球！”

太阳就要下山了，几只暮鸦呱呱叫着飞向远方。金戈睡意已去，整整衣服来到指挥台。白凤赶紧迎上来，说道：“你听见了吧，我们配合得怎么样？把崔大汉奸的鼻子都气歪了！”

金戈看看白凤，又看看她身后的九弟，说道：“不错！”

白凤看见金戈打量九弟，得意地说：“我的跟班怎么样，还行吧？”

“行！好！好！”金戈觉得有点烦，一皱眉走开了。

白凤跟过去，九弟跟上来。金戈眼睛的余光看见九弟紧紧贴着白凤，心里更烦了，眼帘一垂，转身下了指挥台。

晚饭后，河谷两岸再次燃起了篝火，火堆一个连着一个，照亮了干涸的河谷。金戈顺着官道走了一遍，回到了住地。进棚子一看，白凤坐在凳子上，九弟站在她的身后，正给白凤梳头。九弟一手拿着梳子，一手托着白凤的油光水滑的秀发，轻轻梳理着，嘴里还直劲念叨：“呀，白小姐，你的头发黑得发亮，使的什么油？黑亮黑亮的，你可得保护好了。”

白凤娇声道：“哪里使油了，我可没有头油。”

九弟道：“嗨，早说呀，咱家里有的是，有东洋产的雪花头油，滋润头发可好呢。”

九弟抓起白凤的头发，放在鼻子下闻闻，恋恋不舍地放下了，他紧紧贴住白凤的身子，晃来晃去。

九弟又道：“如果你跟了我，进门就当家，万贯家财归你管。我保证，我就是你的一个奴才，一条摇尾巴狗，汪汪！汪！”

白凤笑了，戏道：“是条哈巴狗吗？”

九弟眉开眼笑，说道：“当然，一条听话的哈巴狗！”

白凤咯咯地笑了。

九弟合并双掌，啪啪地敲击白凤的肩胛，说道：“舒服不舒服啊？”

白凤轻声道：“舒服！”

金戈听着心烦，看着腻歪，一扭头出去了。金戈默默走着，不知不觉远离了竹棚，稀里糊涂地又回到了戚继光的指挥台。戚继光正在调兵遣将，指挥台上站满了人。把总、哨总，诸位带兵武官排成一列。参事、知事，众多谋事官员站成一行。戚继光看见了金戈，略微点了点头，然后一挺身形，大声道：“各位！经过两天一夜的围困，倭寇已经疲惫不堪。我们再困他一夜，明天卯时，尽歼这批倭寇！我们利用竹排战车组成移动城墙，由河谷东口向河谷西口推进，将倭寇逐步压缩到河谷西口的盆地之内，一举歼灭之！哨总蒋忠！哨总娄子！”

戎装的蒋忠和一个戎装的武官大步出列，二人一抱拳，同声道：“属下在！”

戚继光右手举起两支金钺大令，以一种不可置疑的口吻命令道：“命你二人各带一哨人马，引领竹排战车，由东向西推进，距西口草袋墙一箭之地止步！给你们一个时辰，必须攻到指定位置，不得有误！”

“属下遵命！”说罢，二人接令而回。

戚继光又举起了第三支金钺大令，目光一扫众将，命令道：“中营把总听令！”

“属下在！”一个矮个武官出列。

戚继光目光炯炯，厉声道：“竹排战车推进到位后，由你带领中营士兵接替蒋忠、娄子二位哨总，立即构筑草袋墙，并准备接敌，不得有误！”

“属下遵命！”

“左营把总李超、右营把总陈濠听令：你二营随推进战车压缩阵地，阻击突围之敌。推进到位后，率本营士兵下河攻击。你们组织鸳鸯阵，循序攻击，波浪前行，不得贪功冒进！”

“属下遵命！”二人出列，大声回答，领走了金钺大令。

望着威风八面一脸正气的戚继光将军，金戈不自觉挺直了身子。这时戚继光目光一凝，又抄起一支金钺大令，喊道：“胡知事听令！”

宽额大脸的胡知事大步跨出，站正后啪的一声双腿一并，抱拳昂首道：“属下在！”

戚继光大声道：“命你统领各路侦骑，密切监视援敌动向，以确保我军后顾无忧！”

胡知事躬身答道：“属下遵命！”

戚继光虎目一张，厉声道：“各营丑时埋锅做饭，卯时闻鼓进击！不得有误！”

众人大吼：“属下遵命！”

军官们散了，金戈看见戚继光还在布置什么，就随着文武官员走下了指挥台。金戈回到了竹棚，看见铁嘴华已经躺下了，白凤和九弟还在一角轻声说笑。九弟说得眉飞色舞、指手画脚，丝毫没有畏缩之态。

“哦，九弟挺能说呀……”金戈看见了他们挨得很近，一股烦躁的情绪升腾起来。

白凤看见了止步不前的金戈，一拄竹排站起身来，轻声问道：

“你跑哪儿去了？大半夜都见不到你的人影！”

金戈一皱眉，冷冷地说道：“转了转。”

“你怎么啦？我发现你这两天有点不对劲，你怎么啦？啊？”白凤快步上前，亲昵地扒住了金戈的肩膀。

金戈轻轻将她推开，看了看她身后的九弟，皱着眉说道：“去！跟你的跟班亲热去！”

“你说什么？”白凤丹凤眼圆睁，大声尖叫。

铁嘴华翻了个身，嘟囔道：“怎么还不睡？下半夜还要行动呢，都闭嘴！睡觉！”

金戈吃了一惊，自己这是说的什么话？怎么这样浑？立即赔着笑脸小声道：“开玩笑！开玩笑！”

白凤怒气未消，瞪着眼，说道：“少开这样的玩笑！”

金戈柔声道：“好了，逗你玩呢！真生气了？走吧，下去活动一下筋骨！”

金戈和白凤来到官道上，两人腾身而起，一个“大鹏展翅”扑向了干涸的河床。金戈和白凤来到了河谷中间，看见了一个沙石坑，坑里露着几只惊恐的眼睛。金戈抽枪在手，咔的一声接好了，一招“疾风扫泥丸”扫过去，一个倭寇刚站起来就栽倒了。还有两个倭寇坐着不动，金戈的单刃枪一扫而过，两个人头骨碌滚落在地。金戈发现，倭寇的抵抗力明显减弱了，有的倭寇甚至不做抵抗了。旁边不远，有个倭寇站起来，骂道：“八嘎呀路！八嘎！”随着他的喊声，十几个有气无力的倭寇围过来。白凤喊道：“这是我的，看剑！”白凤的宝剑左右摇曳，噗噗，两个倭寇倒了下去，啪的一声，又一个倭寇趴在了地上。接着，金戈扑过去，单刃枪吞吐闪烁，剩下的几个倭寇立刻见了阎王。

“投降吧，有白面馍吃……”远处传来喊话声，一群士兵们高举着火把，火把照耀着竹竿上的一串白面馒头，倭寇们骚动了，有人举着手爬上了河堤。

“八嘎！八嘎！”有几个倭寇出来阻拦。但是，骚动的倭寇越来越多，倭寇群里响起了兵刃撞击声。

“倭寇们听着，你们不必垂死挣扎了，你们没有逃出去的希望了，赶紧投降吧！这里有水喝，有白饭吃！投降吧，投降不杀，投降吧……”

金戈看看白凤，说道：“回去吧，不用我们赶鸭子了，倭寇饿极了，都起来了。”

东方出现了一片葡萄酒似的红色朝霞，战鼓咚咚敲响了。推进的队伍分成左右两队，一队负责半个河谷及南坡，一队负责半个河谷及北坡。大车上钉上门板，插上竹排，一座座活动的城墙缓缓向前推进。利箭不断从竹排缝隙里射出，火铳的火光不断从竹排上方亮起，火铳声、呐喊声、战鼓声混合在一起，随着竹排战车轰隆隆滚滚向前。推进顺利，几乎没遇到像样的抵抗，竹排阵不到一个时辰就拥到了指定地点。筑墙的队伍上来了，他们背来装满土的草袋子，抬来一片片崭新的竹排，穿梭往返着。很快，一道一丈多高的草袋城墙堆成了，倭寇们被圈在百步长的一段河道里。战鼓再次敲响了，咕噜噜咚！咕噜噜咚！“杀呀！杀呀！”咚咚！“杀呀！杀呀！”咚咚！两侧草袋墙上、两面河堤上的将士们弓箭齐射，鸟铳轰鸣。片刻之后，南北两侧河堤上出现了无数个鸳鸯阵，好像一群多脚蜈蚣似的向下扑去。草袋墙上的将士们嗷嗷叫忙活着，利箭飞蝗似的奔向倭寇，火铳弹丸雨点似的洒向倭寇。倭寇们乱了，一部分倭寇抱头鼠窜，一部分挥舞着长刀后退，一部分倭寇撅着屁股转圈。哀号声惨叫声喊杀声此起彼伏，响彻云天。半个时辰后，几十个负隅顽抗的倭寇被消灭了，一群身心疲惫的倭寇举着双手跪地投降了。

上峰岭沸腾了，干涸的河谷沸腾了。士兵们雀跃，百姓们欢呼：

“胜利了！胜利了！我们胜利了！”

金戈快步走到戚继光跟前，伸出手掌道：“祝贺你，戚将军！”

戚继光挥掌迎击，随着啪的一声说道：“我们围困了倭寇两天两夜，围剿战用了两个时辰，共消灭倭寇二千三百三十二人，俘获倭寇二百八十四名。我军轻伤六十八人，重伤一人，无一阵亡！”

金戈叫道：“太好了！兵书说杀敌一千，自损八百，而我们全歼倭寇而不亡一人，太棒了，上峰岭伏击战，必将永载我大明史册！”

金戈看着欢腾跳跃的将士们，心潮澎湃，对戚继光说：“我要走了，我要去祭奠我的父亲，寻找我的母亲和妹妹，也要去看看岳霞……”

戚继光道：“我们也走，倭寇的大队离这里只有几十里了。还有，你和岳武院的恩怨，由笑面佛、风云剑、铁嘴华负责调解。大事不含糊，小事不固执，能忍让的尽量忍让，一切应以抗倭大局为重，一切应当以国家利益为重。有空就来帮我……卫兵！选匹好马送给金戈金少侠。”

马牵来了，金戈接过马的缰绳，心里犹豫不决，白凤和九弟的影子晃来晃去，心说：“还是告别一下的好，一走了之，似乎于理不合……”

将士们正打扫战场，白凤在官道上大呼小叫，将士们都愿意听从这位美人的指挥，她呢，也颇有指挥才能。铁嘴华坐在山坡上，吧嗒吧嗒抽着旱烟。

白凤看见金戈牵着马走来，诧异地喊：“哎，牵马干吗？给你！”

“什么？”金戈一看，白凤抓着一把凤尾镖。

白凤得意地说：“你一共打出多少枚凤尾镖？我给你收回来了五十一枚！怎么样，还行吧？”白凤把镖递给金戈，金戈把凤尾镖一枚一枚插进竹筒里，又把竹筒放进镖袋。

金戈刚要说话，九弟抢先一步，左手递给白凤一条雪白的布巾，右手托起一杯茶，笑道：“先擦擦脸，喝口热茶！”

金戈看在眼里，烦在心头，一皱眉，上马就走。

“哎，你怎么了？上哪儿去？”白凤飘身而起，一把拉住马缰绳，仰起脸悄悄问道，“你不是在吃醋吧？吃九弟的醋？”

“哪能呢，九弟是谁？南京月亮山庄少庄主，财势熏天，他跺跺脚金陵就颤三颤！”金戈哈哈一笑，指着自己鼻子说，“我是谁？上无片瓦、下无立锥之地的一个穷光蛋，凭什么吃醋？笑话！笑话！再说了，想我金戈也是堂堂男儿，人穷志不短，还不至于与人争风吃醋！再见！”

金戈使劲一带，夺过马缰绳，打马就跑。

“哎，哎……金戈！回来！你回来！”白凤跺着脚喊叫。

金戈伏下身子，挥舞着马鞭，拉着绷得像弓弦一样直的缰绳，飞驰而去。

“爷爷，爷爷，你还不快点追他！”白凤跳脚大叫。

铁嘴华哈哈大笑，道：“追什么追，他喜欢你，自然回来，不喜欢你，你追也是白追。谁让你带着一个活宝，活该！”

九弟尴尬地看着白凤，白凤道：“看什么看？都是你闹的，癞皮狗！哈巴狗！”

九弟嬉皮笑脸，笑道：“你看他的骄傲劲，拿你当回事吗？你要是跟了他，这辈子有苦头吃了。”

白凤哼了一声，跑回竹棚收拾东西。九弟也跟着跑进来。

白凤说：“你还跟着，都是你！废物！”

九弟说：“走了就走了呗，他骑马，你还能追得上？”

白凤扔掉东西，骂道：“都是你！都是你！墙头上下蛋——废物鸡！老太太上鸡窝——笨蛋！”白凤说完，扑哧又笑了。

九弟说：“笑了，笑了，雨过天晴了。”

白凤一屁股坐下来，又呜呜地哭了。

二十三　晴天霹雳

金戈跃马扬鞭，向北疾驰，追逐着飘向远方的白云。几个老乡迎面奔来，金戈一勒缰绳，放慢了速度。一个老者驻足疾呼：“可是金戈金少侠当面？”

“吁——”金戈勒住了坐骑，温言道，“正是小可，敢问老丈何事？”

“太好了，太好了！我正去报信，碰见你太好了。”老者气喘吁吁地一指旁边两个人，说，“是这么回事，他们是龙湾村的，看见了一队衙役放脱了几百名倭寇俘虏，详细过程，让他们跟你说吧！”

金戈一按马鞍鞒，轻飘飘地跃下马背。一个黑脸小伙上前一步，仰着脸说道：“今天早晨，几十个衙役押着一群倭寇来到我们村，进了韩家大院，过了一会儿，倭寇们一窝蜂似的跑出来，呐喊着冲出了村。有几个倭寇还进了老李家，拉走了耕牛，还有几个倭寇绑走了二韩家的新媳妇。二韩的老爹拉着儿媳的手不放，被倭寇打死了。韩家大院里住着一位官爷，听说是新上任的都御史，姓崔，是这个王八蛋下令放走了俘虏。”

“啊？好你个崔家语，胆大包天，竟敢放走倭寇！”金戈怒骂了一声，沉声道，“俘虏们跑了多久了？”

老者道：“快一个时辰了，向东跑了。”

金戈沉吟了一下，说道：“崔家语这个狗官担任浙江都御史，戚将军知道了此事也不好办。这样吧，我去看看，倭寇们有没有兵刃？”

黑脸小伙叫道：“有兵刃！有几个倭寇拿着刀，是衙役们的刀。”

金戈一咬牙，狠狠地说道：“有兵刃也不怕，我自有办法。这事交给我，你们回去吧，戚将军怕是转移了，你们去了也见不着人。”

官道上，白凤不哭了，她风风火火地跑到指挥台，见到戚继光就喊：“戚大哥，金戈干啥去了？他是不是走了？”

戚继光诧异地看了看白凤，笑道：“他回临江祭父，打听母亲和妹妹的消息去了，他没告诉你？办完事就回来，你就在大军里等着吧，他会回来的。”

“在大军里等他？不行！”白凤叫道，“我也走！”

“哈哈！”戚继光放声大笑，说道，“去吧，他跑不了，他就是有三头六臂，也逃不出花仙子的手掌心！”

白凤细腻的双眼皮微微开合，嘟着嘴说道：“还说呢，他扔下我就跑了！”

铁嘴华大步走上来，九弟掩在铁嘴华身后缩头缩脑地悄悄跟着。戚继光赶紧迎上前去，说道：“来，这边请，上茶！”

一个卫兵跑过来，连忙泡茶。

铁嘴华一扭屁股坐在了草包上，伸手掏出了吊着绣花荷包的烟袋。白凤赶紧掏出火折子，开盖吹气点火。烟点着了，铁嘴华吸了一口，看着戚继光问道：“我说，岳武院的事你和他说了没？”

戚继光笑了笑，说道：“我简单地描了描，我告诉他，有您和几位老前辈给他斡旋，岳武院不追杀他了。”

铁嘴华说：“我说，岳武院的条件你没和他提提？”

戚继光道：“没提，这个还没提。”

铁嘴华摇摇头，说道：“好哇，你把难题都留给我们几个老块块了。你想想，金戈至情至孝，他能接受岳老头的条件吗？改名换姓，做岳老头的孙子，我说，这样的条件我怎么说得出口，那不是找挨噎吗？这……”

白凤一听就急了，说道：“什么？要金戈更名改姓！屎壳郎打哈欠——怎么张那个臭嘴来着，他们想得倒美！”

九弟瞅着白凤，低声道：“对，对，他们也不撒泡尿照照自己，配不配？简直是痴人说梦，简直是……”

白凤素手一摆，丹凤眼一瞪，斥道：“去去去，没事旁边待着去，这里没你的事，瞎掺和什么？”

九弟一缩脖子，咧着嘴说道：“是，是，我旁边待着去。我不掺和，我不掺和。”

几个士兵走了过来，站在一边相候。戚继光看了看铁嘴华，说道：“队伍要开拔了……”

白凤和铁嘴华坐着马车走了。九弟当了车夫，美滋滋摇晃着鞭子，哼着山歌，赶着马车一路向北。

金戈穿过龙湾村，向东追去，追到了上界岭。转过一片布满荆棘的沙滩，看见胡知事带着几百军卒迎面奔来。一打听才知道，胡知事早就得到了消息，已经消灭了逃至上界岭的这群俘虏，救下了龙湾村的女人。金戈听罢，立即和胡知事拱手告别了。

几天后，金戈来到南京，又住进了春江客栈，再次包了那个小院。金戈站在窗前，望着空荡荡的客房，思绪万千。岳霞还在南京吗？不知道。还有白凤，她在干什么？九弟那臭小子是不是还跟在她身边？金珠、银珠还在鄱阳湖吗？想想岳霞，恨不得插翅而飞。想想白凤，既酸又甜，难舍难分。想想金珠、银珠，一股亲情油然而生。四个姑娘走马灯似的出现眼前，个个面似桃花，个个热情洋溢。你们都在干什么呢？你们现在可好？

金戈换了一身儒装，上了街。金戈信步而行，他希望碰上岳霞和雄州二公子。

此时，岳霞正在月亮山庄的一间客房里，和八姐闲话。客房宽敞明亮，陈设豪华。硕大的楠木床连着精雕细刻的红木床架，乌木圆桌闪着黑色的亮光。几个丫鬟进进出出，服侍着岳霞。这个小院已经被月亮山庄列为禁地，院门有人把守，岳霞主仆再次被软禁了。虽然被禁足，但岳霞知道爷爷不再追杀金戈，心里的石头落了地。岳霞憧憬着美好的未来，吃着丰盛的饭菜，脸蛋渐渐丰腴了，浑然不知厄运又要降临。

铁扇公子和铁铃公子离开了月亮山庄，到海边去找金戈。他们不知道金戈和戚家军在上峰岭设伏，没有找到金戈，也没打听到戚家军。戚家军就像蒸发了一样，音信皆无。

金戈来到长江边，眼睛眺望江边的帆船，十余里之内，没有见到黑旗船，也没见到佩儿说的艚船。金戈走到玄武湖畔，站在翠柳下眺望，只见湖面上波光粼粼，岸柳下绿草茵茵，想起当日情景，正是物是人非。金戈看着想着，心潮波浪似的翻腾起来："岳霞、凤玲、铁铃公子、铁扇公子，你们在哪儿呢？"

这时，白凤的马车已经驶过南京，奔向了临江县。九弟被抛在大道边。他呆呆地望着远去的马车，忽然捶胸顿足，号啕大哭。

月亮山庄里，岳霞正在抚琴。这时，她朱唇一张，《思念之歌》在屋里轻轻飘荡起来：

悠悠白云哟，亭亭的大雁。
请你停一停，请你站一站，
带去我的祝福，捎去我的思念。
远方的情人哟，你可平安？
寒冬来临，可有棉衣换？
风雪猖狂，可有屋御寒？
愿我的真情，编织一条红线，
牵你的魂魄，进我的梦苑，
拴紧你我，两心永相连……

歌声委婉，如泣如诉。凤玲靠上来，也跟着岳霞唱起来。两人的声音一高一低，一粗一细，歌声更加动听了。

悠悠白云哟，亭亭的大雁。
请你停一停，请你站一站，
带去我的爱情，捎去我的思念。
远方的情人哟，可有留恋？
满眼陌生，是否能心安？
人情炎凉，是否遭白眼？
愿我的爱情，酿造醇香美酒，
滋润你喉头，浇灌你心田，
甜甜蜜蜜，两心永相连！

悠悠白云哟，亭亭的大雁。
请你停一停，请你站一站，
带去我的情义，带去我的思念。
远方的情人哟，可在企盼？

人生艰辛，可曾遇困难？
忧愁烦恼，可曾抛脚边？
愿我的情意，织成一匹锦缎，
披在你身上，暖在你心间，
锦缎环绕，两心永相连！

金戈漫步而行，眼睛东张西望，留神着大街上的女孩子。姑娘们鲜艳的月花裙、五颜六色的丝绦、绣着花的马甲和彩虹似的披风，就像鲜花一样撒满了大街小巷。金戈眯着细眼，寻找着岳霞，寻找着凤玲，寻找着佩儿。忽然，金戈的目光追上了几个骑马人，为首之人身影好熟。“蒋忠？是他吗？他怎么回来了？”金戈暗叫一声，提腿追去。追过十字街口，金戈看清楚了，骑马人正是身形瘦小的蒋忠。他身前走着一溜镖车，镖车旁跟着十几个步履矫健的趟子手。镖车吱扭吱扭叫着，声音沉闷。“这不是我们的银车吗？怎么，银子又拉回来了？”金戈听着辚辚车声，心道：“五辆银车，莫非是给崔家语的银子？”金戈眉头一皱，跟了上去。银车骨碌碌驶进了一座深宅大院。金戈停住脚步，抬头望去，只见大门的拱梁上挂着一个扇形牌匾，上面写着“天通钱庄”四个黑漆大字。金戈明白了，崔家语要银票，他不要现银，蒋忠他们是来兑换银票的。

半个时辰后，蒋忠带着两个人出来了，三个人上了马，沿着大街向南走去。金戈喃喃自语：“蒋忠的两个随从武功不弱，上马姿势轻飘飘的。我且跟着他们，看看是不是给崔家语送礼，如果是，得想个办法，说什么也不能便宜了这个大汉奸。”金戈想着走着，远远缀着三匹战马。果然，蒋忠等人走来走去，走进了崔家语豪华的府邸。

金戈躲在暗处，看着崔家语宽敞的大门，盘算道：“崔家语敲诈勒索、贪得无厌，并且通敌卖国，是大明朝的一个祸害，应当设法除去。

金戈悄悄退走了，他来到了崔府花园外，隐身树上。二更后，金戈蹿进了花园。一个值夜的家丁走过来，金戈嗖的一声扑过去。家丁刚要喊叫，被金戈一把抓住脖领子，接着金戈斜身一带，啪的一声，一掌拍在他的后脑上。家丁一翻白眼歪倒了。金戈解下他的裤带，把他绑了个四马倒攒蹄吊在树上，又摘下他的头巾塞进嘴里。金戈抬头看了看黑沉沉的夜空，掏出一块面巾蒙住了脸。金戈紧走几步来到宅院前，抬手一扬，天龙爪飞了出去。金戈手腕一感应力道，立即一跃而起，嗖的一声蹿上了房顶。金戈收了天龙爪，猫着腰走猫步，不一会儿来到了内宅正房上。他伏身下视，等巡逻的家丁离开了，一按房沿，棉花似的飘落院中。金戈蹲在地上四下里看了看，轻轻一跃，蹿到走廊的插柁上。他蹲好身子，食指在嘴里沾点唾沫，捅破了窗棂纸，向屋里望去。

球形纱灯照亮了崔家语的刀螂脸，照亮了桌子上摊开的账本和砚台里黑漆漆的墨水。崔家语正坐在圆桌前，手把着一把大号的乌木算盘，噼里啪啦打得正欢。

四外寂静无声，金戈一掀窗户，嗖的一声射到了崔家语面前。

崔家语听见动静，吓了一跳。抬头一看，只见一个蒙面人立在眼前，他的一只大手已经掐住了自己的脖子。崔家语脸上的笑容立刻凝固了，两条腿不由自主地抖动起来。惶恐间，他看见了一双仇恨的眼睛，一双熟悉的眼睛。这双细长的眼睛精光四射，如同一把利剑，直刺他的心脏。那只掐住脖子的大手，如同一把铁钳，掐得他喘不过气来。

“好，好汉……好汉……咳……”崔家语张着鲤鱼似的四方嘴，颤抖着鲇鱼般的几根黑胡须，瞪着死鲫鱼一样的圆珠眼，两条细长的螳螂腿筛糠似的抖动，发白的舌头打着卷，两片紫色的薄嘴唇一开一合，吐着含混不清的字句。噗啦一声，金戈闻到一股带着酸味的臭气。低头一看，崔家语丝绸长袍下的红色裤管湿了一大片，一股污水顺着官靴流了出来，敢情这小子吓得拉了屎尿。

金戈稍稍松了一下手指，低声道：“把你搜刮的财宝交出来！快！”

“是，好汉爷……饶命！我……交！我交！”

崔家语带着金戈，哆哆嗦嗦挪到一个柜子跟前。柜子打开了，金戈一看，一摞摞的金元宝闪着金光，一堆堆的金叶子锃明瓦亮，旁边还有一堆码放整齐的银锭。金戈捂着鼻子，忍着恶臭，稍稍估算了一下，金元宝大概有一百来个，金叶子也有几百片。金戈心想，银票呢？珠宝呢？这小子藏珠宝的秘洞我可知道，别想蒙我。手上一用劲，又问道：“珠宝呢？银票呢？交出珠宝和银票！”

“没有……啊……没有……好汉，啊……有！有！”崔家语迫不得已，又倒着蹭到床前，蹲下精瘦的身子，掀开了方砖，取出了珠宝盒子。上次金戈拿走了一个铁盒，没想到崔家语又弄了一个木头盒子充数。金戈一只手抓着崔家语的脖领子，一只手托着木盒，手指在锁扣上一顶一弹，木盒啪地打开了。一看，珍珠宝石翡翠玛瑙又是满满的一盒。嘿，这小子还真能刮，真不愧“崔大耙子”之称。崔家语低声哀号着：“好汉，有上官寄……存的，你可要……留点……”崔家语软求的一套又来了。金戈仔细看了看盒里的珠宝，没有银票，眼睛一瞪，又问道：“银票呢？”

崔家语拨浪鼓似的摇着头：“银票？好汉，我、我，不使银票，从来不使银票。只用现银，哎，只用现银！”

金戈左手在他大椎穴狠狠一捏，又问：“银票呢？”

“哎呀，好汉……没……真的没……”崔家语眼珠子外鼓，下巴前伸，汗水滴答滴答地流了下来。

金戈手上再次加劲，又问：“刚送来的银票呢？蒋忠送来的银票呢？”

“啊？”崔家语见来人知道内情，扛不过去了，结结巴巴地说，

“有、有，我拿、我拿……”

金戈手一松。崔家语爬上大床，放下靠墙的床铺挡板，往墙上一按，一块墙壁陷了进去，露出了一个小洞，崔家语哆哆嗦嗦地掏出一个硬木匣子。金戈接过木匣，打开一看，一沓子银票叠得整整齐齐，都盖着“天通银庄”的红印，第一张银票的存额就是一万两。金戈心想:“这就对了，崔家语狡兔三窟，如果不知道蒋忠送来了银票，准叫这小子给蒙了。”

金戈一抬头，见崔家语双眼里燃烧着仇恨的火焰。看见金戈抬眼看向他，立即一缩脖子，脸上挤出比哭还难看的笑容。

金戈立刻警觉了，说道:“崔家语，你里通倭寇、贪赃枉法，留你不得！”说完，金戈右手一紧，再次掐住了他的脖子。金戈手上用力，两个手指钳子似的收紧了。崔家语蹬踹了几下，耷拉了脑袋。片刻之后，金戈松了手，崔家语软绵绵地跌倒了。

金戈扯下床帷，包起了两个盒子，背在背上。他又揭下两条大床单，把金元宝和金叶子包了两大包，心道:“能拿走就拿走，有人追赶就扔掉，总不能便宜了这些大汉奸。”

金戈吹灭了灯，听了听院中的动静，等家丁走过去，一闪身子溜出来。他蹲在地上，四处看了看，放下包裹，轻轻掩好了屋门。然后提起包裹，踮着脚，悄悄走到天井中。金戈放下包裹，天龙爪一挥，嗖的一声蹿上了房。他四下里看了看，然后俯身连挥两下，把包裹抓上房来。金戈收好了天龙爪，蹲下身子不动了，等巡逻的脚步声远去了，金戈提起两个包裹，蹑手蹑脚地翻过两重屋脊，跳进了后花园。来到了草丛前，摘下了面巾，看了看吊在树上一动不动的家丁，飞身而去。

到了客栈，金戈越墙而入，直奔客房。金戈轻手轻脚地放下包裹，点上了蜡烛。他重新包了两个包裹，喊来店小二结了账。金戈知道南京不能待了，立刻拉马走到河边，雇了一条游船，向外河驶去。

第二天上午，南京城里闹欢了，崔府被捕快们团团围住，衙役们进进出出，一个个黑着脸。崔家语被杀的消息迅速传开，大街小巷议论纷纷，有人说："崔大耙子被杀了，大汉奸被杀了！侠客们把崔家的财宝洗劫一空。"

有人道："杀得好！除了崔大耙子这个卖国贼，大快人心！"

崔家大院附近有人放起了鞭炮，乒乒乓乓咚！嘚喽嘚喽啪！好不热闹。

九弟出来闲逛，听见了这个消息，心里一动："是不是金戈干的？杀官可是满门抄斩的大罪。不管是不是他，我先告他一状再说！谁叫他拿着我不当回事，勾走了岳霞的魂，还跟我争白凤，去死吧！"

九弟好像拾了个金元宝，高兴得不得了。他手舞足蹈，拍着屁股跑回了家。他喊上了几个狗腿子，骑着高头大马，神气活现地来到应天府衙门，抡起鼓槌，咚咚咚一阵猛敲。

府尹大人来到大堂上，叫人带来九弟。两班衙役高喊堂威，九弟跪拜完毕，抬头道："大人，草民有崔巡案被杀一案的线索……"

府尹大人一听噌地站起来，急忙道："哦？站起来回话，近前回话！"

九弟站起来，向前走了几步，得意洋洋地说："大人知道金戈金少侠吗？就是少年进士金文杰。他父任过詹事府三品詹事，在南京城里当过四年府尹，做过临河县的县令。前些天都御史崔大人到戚家军巡察，说要释放被围困的倭寇，金戈不乐意了，扬言要杀死他，说他是汉奸卖国贼……前几天他连夜赶来南京，我一路追来，连个影子也没见着，我想，崔大人八成是他杀的！"

府尹大人脸色一沉，问道："哦？你想八成是他杀的？你可有证据？"

九弟摇头道：“没有，没有证据，你捉住他一问不就得了？”

府尹大人瞪着眼道：“岂有此理，哪有那样办案的？你还有什么线索？”

九弟摸摸脖子道：“线索？没啦，反正金戈这几天就在南京，他脱不了干系……对，你们派人去跟踪他，说不定会有发现……”

府尹大人沉思了一会儿，说道：“信口雌黄，满嘴胡说，公堂之上岂可儿戏！回去吧，小心祸从口出。不看你是李家公子，今天你就会脱层皮！退堂！”

九弟摸不清府尹大人的意思，愣住了。他看着府尹大人摇摇摆摆地走出了大堂，摸着脑袋回到大街上。

“怎么样？”一个秃顶的小子凑上来，仰着脸殷勤地问道。

九弟摇摇头。

秃顶小子道：“送礼啊，砸银子呀，有钱能使鬼推磨，天底下哪有办不成的事啊？”

“对呀！嘿，小秃子，真有你的！”九弟跳着脚叫起来。惹得大街上不少人斜眼观瞧，心说：“这人怎么炸毛炸鬼的。”

“去去！看什么看？小家子气，什么都没见过！哼！回去！”九弟一跺脚，踏着小秃子的脊背上了马，一抖缰绳，胯下的白马唏律律一声长嘶，嘚嘚小跑起来。

九弟回到家，立刻挨了他父亲一顿臭骂。

挨骂挨惯了，他也不觉得怎么着。一转脸，跑到小东院去见岳霞。他脸上笑嘻嘻的，打着铜箍的马鞭杆不住地敲击着左手的掌心，说道：“表妹，你知道我这次出门，和谁在一起来着？”

岳霞不解地说道：“我怎知道？啊，莫非……”

九弟得意地卖弄，说道：“对，对，说呀，接着说。”

岳霞的眼睛亮了，急忙说道：“莫非你和金戈在一起？你去了海边？”

九弟嘿嘿了几声，说道："对极了，猜得好。我们还一起杀敌，还住一个竹棚，吃一锅饭，想不到吧，嘿嘿……"

岳霞忙问："金戈他的身体可好？他的饭量如何？他可曾问起我？"

"唉，别提了！"九弟脸色一沉，摇头道，"你可知道花仙子白凤？"

岳霞脸现诧异，说道："白凤？知道啊，黄山白神庄的女秀才，人面桃花的花仙子白凤……她，她怎么啦？"

九弟道："怎么啦？她缠上金戈了！你呀，再不快去，怕是娃娃都要生出来了。"

"啊？"岳霞一声惊叫。

"别听他胡说！"凤玲赶紧走过来，斥道，"呸，狗嘴里吐不出象牙来！"

"不信拉倒，我要骗你是个小狗！是个……"他右手五指向下，中指微抬，比划成乌龟状，续道，"……是个王八！金戈去了临江县，祭父去了，白凤追去了，昨天他们才过去。你们还不去追？"

凤玲一皱鼻子，说道："废话！你们家把我们看得死死的，连个苍蝇都飞不出去，你拿我们开心哪！"

"别急，俗话说，帮人帮到底，送人送到家！我来安排，让你们离开这个小院易如反掌！"九弟拍着胸脯说，"不过，这两天我有点事要先办一下，办完了，我和你们一块去，我和金戈还是好朋友呢！"

"真的？"岳霞半信半疑，福了一福，说道，"那小妹先行谢过！"

"哼！"凤玲一撇嘴。

"等着吧，你听我的准没错！嘿嘿……"九弟晃着身子慢悠悠地走了。

金戈在一个小镇上买一辆马车，买了一个樟木箱子。包裹里的金元宝、金叶子装进箱子，珠宝盒子也扔了进去。金戈掏出银票点了点，一共三十七万两。崔家语这贪官有了二十多万两银票，还要勒索戚家军的银子，真是死催的。金戈把银票叠好放进贴身的镖袋里，赶着马车，直奔临江县。

这时候，岳武院广场上杀声震天，火光四起。岳武院处理完黑鱼帮的事情，袭击了杭州桃花会的一个舵口，顺手灭了仙霞山的黑风寨，大队人马回到了武夷山。他们走过半壁峡木桥，直奔岳武大殿。忽然，广场上伏兵四起，箭矢如雨，杀声震天。

岳老院主一边拨打狼牙箭，一边闪目观瞧，顿时大惊失色。对面，倭寇招魂幡似的兽面大旗高高飘扬，敞胸露怀的倭寇龇牙咧嘴，狼群似的扑过来。左侧，粉红色桃花旗迎风招展，阴阳魔手持巨齿狼牙棒哇哇暴叫，色鬼们刀枪并举。右侧，三艘黑旗船一字排开，船上黑色的旗子随风飘扬，万箭齐发。回头再看，半壁峡上的木桥被点着了，烈焰升腾。这可是前有伏兵，后有峡谷，怎么办？岳老院主心里一急，一股鲜血噗地从口中喷射而出。

“爹……”大堂主快步上前扶住了岳老院主，岳夫人连忙拨打雕翎，掩护丈夫。忙乱之中，岳夫人被一支狼牙箭一箭贯胸，仰面跌倒在地。大堂主赶紧把岳老院主放在地上，一把抱住了妻子，连声大叫：“夫人！夫人！”

岳夫人握住胸前的箭杆，睁开双眼，望着丈夫笑了，她喃喃说道：“咱们的霞儿……她的婚姻如愿了，我放心了……你要……你要……帮助……他们……”

“夫人！夫人！”大堂主大声呼唤。岳夫人合上双眼，带着满意的笑容去了。大堂主放下妻子的尸体，大吼一声跳起来，疯了似的扑向倭寇。“杀！杀！杀！”大堂主九尺藤蛟枪疯狂地挥舞着，啪啪啪！他连挑数寇。

弓箭停了，战鼓咚咚！倭寇们呐喊着，蜂拥而上。岳武院的武徒们也急了眼，个个奋勇向前。霎时两股人流汇在一起，顿时血肉横飞。敌人海潮般地涌来，一浪高过一浪，岳武院反击的浪花越来越少，就像湖水的波纹无声无息地消失了。

“精忠报国！还我河山！”剩下的武徒们组成了三个战团，他们喊着口号，奋勇冲杀。大堂主在中间的战团里，他独当一面，藤蛟枪舞得风雨不透，脚下死尸一片。

大堂主眼观六路，耳听八方，知道不行了，大吼一声：“弟兄们跟我来！跟我冲出去！”大堂主抖擞精神，杀开了一条血路，领着武徒们向桃花会冲去。

“哇呀呀，哪里走！”一个声音炸响了。

大堂主闪目观看，只见一个牛犊子似的倭寇大叫着扑来，他龇着牙，咧着嘴，身上的腱子肉一波一波颤动着，一把五尺长的野太刀高高举起，映射着夕阳灿烂的光辉。

“矮狮子黑田在此！哪里走！”只听他野驴似的吼叫一声，恰似天空打了个响雷。他蛤蟆似的一个腾空跃步，呼一声落到大堂主身前。

旁边，五堂主带着十几个武徒冲过来，阴阳魔带着一群色鬼横向扑过去。

大堂主高喊一声：“接应五堂主！”

“杀呀！”几条红缨枪冲了过去，五堂主带人杀了过来，片刻间他们会合了。五堂主平日里整洁的发髻已经散乱，长袍大襟撩起别在腰间，枪杆的红缨上滴答着鲜血，他看了看挺枪而立的大堂主，叫道：“大哥！你带着兄弟们突围吧！我来断后，走吧，你们走吧！”

大堂主看了看蹲着身子高举着野太刀的矮狮子黑田，看了看手持狼牙棒虎视眈眈的阴阳魔，摇摇头道："五弟，你走吧！你去找金戈，让他给我们报仇！让他给岳武院的兄弟们报仇！你告诉他，院主已经原谅了他，让他重归岳武院，他还是岳武院的弟子，他永远都是岳武院的弟子。你走吧，走吧！兄弟们，你们几个，跟着五堂主走！快走！"喊罢，大堂主一跃而起，藤蛟枪亮起一道红光，射向了矮狮子黑田。

又一片浪花消失了，敌人从四面八方向这里拥来。五堂主带人冲出不远，就被阴阳魔拦住了。五堂主一看，周围的敌人里三层外三层，围得水泄不通。他知道走不脱了，回身再看，大堂主还正孤身奋战，藤蛟枪使得风声雷动，逼得矮狮子黑田上蹿下跳。

矮狮子黑田是倭寇中的一个高手，自比东亚之星。他出身武家，加入浪武社后，更是百尺竿头更进一步。他和黑狮子田野、白狮子木春、花狮子小丘一郎以及花街之战中被戚继光射死的大肚狮子劭仁，合称五大狮王。剩下的四头狮子，矮狮子最凶残，他吃人肉，喝人血，实在残忍至极。

此时，矮狮子抡着五尺长的野太刀，身形滴溜溜乱转，活像一只黑色的陀螺。他声似霹雳，刀如闪电，和大堂主激战在一起。大堂主上三枪，下三枪，左三枪，右三枪，大枪使得风雨不透，一团红光滚来滚去，罩定了矮狮子。

"回去！要死就死在一起！"五堂主大吼一声，杀了回来。五堂主如疯似狂，枪出如龙，随着一连串的惨叫声，倭寇纷纷倒地。

阴阳魔打倒了一个武徒，一个箭步扑来，一棒砸向五堂主的后腰。五堂主跃步转身，接着双脚点地，身形拔起半人多高，红缨枪突然射出一道白光，带着一股凌厉的啸声，射向了阴阳魔。阴阳魔识得厉害，闪身便走。可怜他身后的那些色鬼，如何敌得住五堂主如此犀利的枪法，转瞬间便有十几人倒毙枪下，五堂主脸色铁青，英俊的脸颊上，已经溅上了殷红的鲜血。

这次激战，空前惨烈。对方人多，岳武院人少，又是遭受突袭，岳武院已经面临灭顶之灾了。这时候，矮狮子田野旁边又多了两个人，一个秃顶大胖子，号称浪武社三十六恶虎之一的胖恶虎，还有一个瘦猴，他是个豹子级的武士，是浪武社的一百零八无情豹子之一。这三个人合击大堂主，他们车轮似的旋转着攻击。大堂主打着打着汗就流了下来，湿透了上衣，有几滴汗水竟然流进了眼睛。抬臂低头，用衣袖沾了一下疼痛的眼睛，继续奋力冲杀。这时候，矮狮子黑田得寸进尺，一声呐喊，又让几个倭寇加入战圈。倭寇们狠砸猛打，刀刀进逼。大堂主呼吸急促脸色煞白，力不从心了。突然，胖恶虎呼地跃起空中，大吼一声，野太刀劈空而下，刀光笼罩了一丈方圆。大堂主一看躲无可躲，只好来个霸王举鼎，嘿地大叫一声，举枪应架，刀枪相碰，大堂主左手拉、右手推，大力一拧，嗨的一声大吼，“架拧抽山”出手了，藤蛟枪的枪把嗡的一声抽在胖恶虎头上，把胖恶虎抽了个万朵桃花开。就在此时，瘦猴一个旋风刀砍中了大堂主的后背。大堂主一个鹞子翻身，大枪一招“回头望月”，噗的一声，八寸长的枪尖插进了这个瘦猴的肚子里，灭了这头无情豹。接着，大堂主一个前扑，扑倒了一个倭寇，一双手死死掐住他的脖子。几把倭刀雨点般落下来，砍在大堂主身上。矮狮子拉开大堂主的尸体，仍然掰不开他的双手，他临死又掐死了一个倭寇。

那边，五堂主也受了重伤，阴阳魔已经撤出，五六个牛鬼蛇神轮流攻击五堂主。五堂主银牙紧咬，奋力扑击，噗噗几声，又有几个色鬼中枪倒地，阴阳魔一挥手，又有四五个色鬼扑上来。五堂主浑身是血，左挡右杀，又杀了一个色鬼。这时，阴阳魔一声怒吼，狼牙棒嗡的一声，砸向了五堂主的肩膀。五堂主一见不好，转身就走，同时大枪来了一个“秦琼背锏”，只听当的一声巨响，五堂主踉跄着向前跑了几步，啪一声扑倒了。五堂主一个前滚翻刚要站起身，就看到了正在下落的数把钢刀。

岳中民还在死战，他眼见两位堂主先后赴难，信心丧失了。他已经受了七八处伤，混战中又杀死了一个倭寇，望着西下的裹着一片惨淡愁云的夕阳，喃喃叫着：“金戈，你回来吧！金戈，你要……为我们……报仇……”说完慢慢倒在地上。混战停止了。岳武院的勇士们全部战死了。矮狮子黑田眉头紧皱，查看着尸体。他们也是损失惨重，倭寇的尸体东一片西一片，缺胳膊短腿的也有几十人，他仅有的两个恶虎级的武士也毙命了。

突闻几声大叫，倭寇们又炸了群。只见一个满胸是血的老人站起来，他身边的十几个倭寇缓缓倒了下去。老人颤巍巍走了几步，突然身形骤起，银枪划出，点点银星飞洒在倭寇群中，只听噗噗噗响声大作，又有二三十个倭寇带着惊骇的目光咽了气。

“他是院主岳北！弓箭！弓箭！”阴阳魔扯着驴嗓子大叫。

岳老院主大展神威，黑色的藤蛟枪舞起，如霹雳闪电，身形过处，如虎驱羊，赶得倭寇四下里逃窜。

“快，快，放箭！放箭！”阴阳魔跺着脚大叫，却不敢上前。岳老院主看见了阴阳魔，大吼一声，银枪点地，藤蛟亮银枪一弯一弹，老院主身子弹射而起，带着一股疾风扑了出去。他前枪后人，人枪合一，犹如一只猎鹰展翅扑击。一支狼牙箭侧面飞来，射中了他的肋骨。同时，岳老院主的大枪一颤，大枪开出了五朵金花，罩向了阴阳魔。这是岳武枪中的“五花吐蕊”。一枪五个枪尖，当中还隐藏着一个小小的花蕊。阴阳魔眼见五条大枪同时刺来，知道势不可挡，大叫一声，转身就跑。只听噗的一声，红缨枪的枪尖穿进了阴阳魔的屁股。要不是岳老院主肋骨中箭力量减弱，大枪的枪尖低了半尺，准得给他来个透心凉。这时，又一支狼牙箭射中了岳老院主。

阴阳魔扑倒在地，急忙来了一个懒驴打滚，滚出去老远。他心里怦怦狂跳，脸色惨白。回头一看，只见岳老院主带着两支狼牙箭正在追杀那些弓箭手，这才战战兢兢地站起来。

矮狮子黑田惊呆了，这时缓过气来，高声喊喝：“住手！住手！”矮狮子黑田双手握持野太刀，缓缓走向岳老院主。

“神枪！我的佩服，投降？大大的好！”矮狮子仰着脸劝降，“阴阳魔，过来，过来，你的劝劝！”

阴阳魔胆战心惊，捂着流血的屁股，惶恐地看着身中数箭的岳老院主。

岳老院主手持丈许长的黑色藤蛟枪，望望近在眼前的岳武院大殿，望望死伤遍地的武徒们，山羊胡子根根乍起，眼珠子变得赤红了。

“投降？你的？”矮狮子再问。

“投你妈！岳家子孙岂有投降之辈！”岳老院主一跃而起，向矮狮子黑田扑去。矮狮子立即挥刀迎战，阴阳魔和几个豹子级的倭寇也蹿上来，他们合击身中利箭的岳老院主。岳老院主吐血在先，中箭在后，再力战这几个魔道高手，自知败多胜少，他心里只有一个念头，那就是拼掉一个算一个，拉个垫背的也是好的。他几次要击杀带伤的阴阳魔，可是阴阳魔老奸巨猾，转着圈后退，不肯上前。忽然，阴阳魔跌了一跤。这时，岳老院主血越流越多，手脚也慢了，已经到了油尽灯灭之时，他一个“回头望月”刺杀了一个豹子级的倭寇，随后银枪点地，身子一压，枪杆弯成了半圆形，接着松手一弹，藤蛟枪扑棱一声，箭似的射向了一丈开外的阴阳魔。藤蛟枪的一抹红缨放射出一道夺目的红光，奔向了阴阳魔。矮狮子见机一个虎跳来到岳院主身侧，嗨的一声挥刀斩向岳老院主的双手。这时藤蛟枪已经飞到了阴阳魔的胸口，白头翁就在左近，见势不妙，一掌拍向了藤蛟枪。藤蛟枪被击得横移半尺，刺啦一声，撕破了阴阳魔的衣服。同时，岳老院主觉得小臂一凉，两个手掌带着一截小臂离身而去。阴阳魔闪身再看，藤蛟枪锋划破了他的肚皮，扑哧一声，扎在一个色鬼的大腿上，顿时传来一声哀号。阴阳魔吓呆了，过了一会儿，他才一声大叫，扑倒在地。

矮狮子望着失去双臂的岳老院主狞笑着，再问：“投降？”岳老院主哈哈大笑，笑得泪花涌动，这时，一条黄色的鬈毛狗飞奔而来，到了岳老院主身前转了一圈，朝着矮狮子等倭寇狂吠起来。岳老院主用脚怜爱地蹭了蹭鬈毛犬毛茸茸的肚皮，仰头吼了一声：“精忠报国！”然后疾跑几步，贴壁跳落，滑下半壁峡。鬈毛犬也随后追来，纵身一跃，追随岳老院主而去，一条黄影也沉入了峡谷之中。

片刻后，忽见阴阳魔跌跌撞撞地爬起来，捂着肚子大喊：“扎死我了！扎死我了！”

矮狮子过来，迎面一刀，阴阳魔撒腿就跑。矮狮子哈哈大笑：“死了的没有！受伤的有，胆子小小的！”

原来，桃花会联合倭寇和黑旗船凌晨摸进岳武院，马猴里应外合，分头灭了岳武院的留守人员。事后，他们埋伏起来，伏击岳武院的主力。岳老院主等人来到家门口，看见马猴等人把守木桥，未起疑心，高高兴兴地走进了埋伏圈，遭受了覆灭之灾。

“放火烧房！”矮狮子大吼命令。

马猴一溜小跑，来到矮狮子面前，立正哈腰，说道：“要不要派人下谷查看一下岳老头的尸体？”

矮狮子眼睛一瞪，骂道：“八嘎！肉泥的看什么！岳武院家庙的干活！快！头前带路！”

“是！是！”马猴点头哈腰，连忙颠颠小跑着带路。

家庙小院的大门已经打开，油着红漆的庙门也被扯了下来。里面是一个石窑洞，洞底正中，一尊岳飞的石像端坐石台正中。岳飞横眉立目，左手持枪，右手握书，威风凛凛栩栩如生。他的两边陪着几名武将，头顶上悬挂着一块金漆牌匾，“精忠报国”四个大字闪闪发光。他身前的供桌由三块巨大的白色条石搭成，供桌上摆着一个面盆大小的紫铜香炉，供桌前放有一个巨大的蒲团。窑洞两侧各有一块石碑，左侧的石碑高逾一丈，宽逾四尺，碑面顶端横书三个隶书大字“岳武功”。下面雕刻着岳武功练习口诀。学过一阶岳武功的人一看便知，这正是岳武院的至宝岳武功。右侧的石碑略宽略矮，上面刻的是岳家的家谱，叙述自岳飞以来岳雷一支的兴衰。原来，岳老院主正是岳飞的后代，岳武穆的嫡传子孙。家庙侧面的石墙上，一边刻着岳武枪和岳武拳，一边刻着岳家的家法家规。

矮狮子在家庙里转来转去，最后把岳武功的石刻拓印在布片上，用刀刮去了字迹，然后哈哈大笑着走出了庙门，叫道：“我的，天下无敌的干活！”

这时，周围的房子火起。阴阳魔贼眼闪动，伸出大手一指庙门，对矮狮子说：“我的进去看看？”

“不，石碑上，岳武功已经刮掉了！”矮狮子一抖手中的拓片，大笑道，“没了！没了！哈哈哈……浪武社会抄给你的，别急！啊！哈哈……”

矮狮子大笑着走了，阴阳魔和坐地炮先后蹿了进去，他们凝视石碑，只看见了留着“岳武功”三个大字和刮得一片灰白的石壁，咬牙切齿地大骂起来：“日你奶奶，矮孙子！”

大火蒸腾，烈焰呼啸，整个岳武院变成了火海，匪徒们潮水般地退走了。

武夷书院的学子们和附近的百姓们上来了，岳武院掉队的武徒回来了，众人呼喊着灭火。火势太大了，风助火势，火助风威，烧得呼呼直响。大火整整烧了四五个时辰，直到半夜时分才被扑灭。

风云剑华清子等数十豪杰正在左近，接到消息立即上了山。他们一面扑灭残火，一面飞鸽传书，通知武林各派给岳氏英烈善后。上午，他们找到了岳老院主。岳老院主顺壁滑到一个石台上。石台距谷顶仅一丈多高，凸出一尺多宽，里面有个小洞。只有岳老院主和他的三弟才知道这个地方，当年曾下到这里掏过鸽子蛋。岳老院主缩进小洞里，半截手臂顶在大腿上止住了血，昏迷过去。崖顶的动静让他苏醒了，急忙呼喊起来。岳老院主被抬进家庙的供桌上，立刻施救。风云剑看着失去双臂的岳老院主，顿时泪水纵横。

明媚的阳光照亮了山谷，照亮了坐在斜坡上将士们黝黑的面容。斜坡对面有块桌子大小的砾石，顶盔掼甲的戚继光站在砾石上，正在高声宣读上峰岭大捷的奏章，宣读评选出的十八位首功名单。包括金戈、蒋忠、马大响在内的首功名单公布后，胡知事登上了岩石，开始宣读获得乙等功、丙等功者名单。名单宣读完了，山谷里响起了雷鸣般的掌声。这时，胡知事挥拳喊道：“文死谏，武死战！”

“文死谏！武死战！”

胡知事再喊：“精忠报国！”

“精忠报国！”口号声此起彼伏，响彻云霄。

一个士兵跑到戚继光跟前，递上一个纸卷，说道：“武夷山消息！”戚继光展开纸卷，十几个大字立刻映入眼帘：“岳武院遭倭寇袭击，惨遭灭门。”

“啊！”戚继光大吃一惊，疾呼，“胡知事！”

“卑职在！”胡知事立即应声。

戚继光一挥手，叫道：“解散队伍！你把左营中的马大响、江中月等岳武院出身的军官带来见我。”

“是！”胡知事大声回答。将士们站起来，一行行一队队，悄无声息地离开了山坡。

砾石前，马大响、江中月等岳武院出身的军官奉命来到。戚继光道：“岳武院惨遭灭门，你们带上四十名岳武院出身的士兵，赶往武夷山，援建岳武院。我给你们保留军职。但是，你们要以岳武院为主，集中精力恢复岳武院。岳武院是我军将领的摇篮，你们要全力以赴。你们可以在岳武院任职，什么时候岳武院不用你们了，你们再回来复职，明白吗？”

“明白！”马大响等人齐声回答。

戚继光说：“另外，我派人通知蒋忠，让他也回岳武院。如果你们见到金戈，立即请他上山。金戈是人中之龙，有他在，岳武功会得以传续，岳武院会得以光大。如果岳武院尚存硕果，你们要劝说他与金戈合作。你们取白银两万两，作为岳武院复建之用。安排好了立即出发。”

“是！”马大响等人齐声回答。

南京城里。九弟拿着二百两银票，来到应天府衙后院，见到了管家。管家看了看手中的银票，说道：“打发要饭的哪？二百两？月亮山庄拔根汗毛也值几千两！少庄主，你耍我们吧？”

九弟被管家说得脸上一阵发白，连忙摇手，说道：“不敢，在下不敢。”

管家手捻胡须，乐呵呵地说道：“少庄主，您要是让我们给您消灾解难，我们巴不得为您效力，可是，您也得出点血……”这个管家老奸巨猾，看出九弟要官报私仇，就敲诈九弟。他伸出两个指头，说道：“这个数，怎么样？”

“二……二百两？”

“不！”

“两千两？”

“不，不！”

“啊，二万两？”九弟的眼睛瞪圆了，一眨不眨地盯着管家两个竹管似的手指。

管家收回手指，一抖宽袖子道：“聪明！聪明！二万两白银对于月亮山庄来讲，那是九牛一毛，对于我们呢，多少管点用。你给了钱，我们马上派人去抓金戈。眼看天寒地冻了，我们也得弄两件衣服穿穿呀。破财免灾，破财免灾啊。这二百两嘛，一百两我买包茶叶，一百两打发丫鬟婆子们。”管家说着，把二百两银票揣进袖袋里。

九弟皱着眉头，说道：“我不当家不主事，从哪儿弄那么多钱去？”

“少庄主，凭你的身份，弄几万两银子还在话下？要不要我给你推荐一个军师，让他帮你谋划谋划？你父亲正托人购买崔家语的豪宅呢，你知道吗？你家有的是银子。”管家的手指当当当轻敲着桌子，洋洋得意。看着九弟就像看着掉到陷阱里的猎物，“你举报金戈杀官劫财，可有证据？”

“没有啊，抓住审问他，大刑之下，他敢不招供？”

“你可知诬陷之罪，罪大当诛？”管家言语咄咄逼人。

“这……”

“安排银子吧，不然，你是吃不了的包子——兜着走！哈哈！”

“啊？”九弟吓出了一身冷汗。

“去吧，送客！”管家的山羊胡子翘起来，得意洋洋。

二十四 忠人之事

九弟愁眉苦脸地出了府衙。小秃子等人立即围上来，大眼瞪小眼，七嘴八舌一阵安慰。

晚上，九弟像换了一个人似的，欢天喜地走进家门。他哼着小曲，摸着怀里的银票，颤着身子直奔小东院，进院就喊："表妹！表妹！"

九弟冒冒失失地闯进客厅，突然看见了面沉似水的父亲。李方亮身穿团花绣袍，一只微微发抖的大手捂着细瓷茶杯，跌坐椅子上。岳霞趴在桌子上，双肩不住抖动。凤玲站在岳霞身旁，泪流满面。九弟见此情景大惊，登时呆住了。

李方亮眼皮一抬，沉声道："又上哪儿野去了？整天见不到你的人影，都二十岁的人了，还不知道个好歹。"

九弟脸上堆起了尴尬的笑容，扭着身子撒谎道："爹，我，我和小秃子他们练功去了。"

李方亮冷哼了一声，说道："收拾一下，明天起早出门，跟我去武夷山！"

九弟啊了一声，瞪着眼道：“好哇，看我姑母去。”

“带上三五个猴崽子，一同去。鸡叫头遍就出发，快去准备！”

“是，我就去安排，马上安排。”九弟看了一眼伏在桌子上不住抖动的岳霞，一缩脖子，转身出去了。

九弟把他的随从叫在一起，挑了四个人，安排行装。从仆人嘴里，九弟知道了岳武院遭伏击的消息。九弟心想，这一去不定要待多少天呢，他掏出刚到手的三千两银票，一咬牙，骑马奔向了应天府衙。到了府衙的门房一问，府尹大人带着管家出门了。九弟一听泄了气，垂头丧气地回了家。天不亮，李方亮就带着岳霞、凤玲、九弟等人出发了。他们骑马的骑马，坐车的坐车，呼啦啦奔向了武夷山。

初冬的黄昏，寒风萧瑟。福建永泰左近一个破败的村庄里，迎来了两个骑马的彪形大汉。他们就是誉满江湖的雄州二公子，正在寻找金戈的铁铃公子和铁扇公子。找金戈就要找戚家军。他们沿着海边一路寻来，竟然没有发现戚家军任何线索。戚继光在浙江境内伏击倭寇，封锁了消息，他们二人却辗转来到了福建腹地。

街道上没有人，店铺的门板东倒西歪，街角处破衣烂衫随风而舞，这里好像经过了一场浩劫。他们来到一栋有些倾斜的木屋前，看见了一方褪了色的招牌，上面写着“张记酒馆”四个篆字。铁铃公子和铁扇公子下了马，缰绳系在拴马桩上，推开了两扇贴着门神裂了几道缝的木板门。进屋一看，小店里挤满了人，高矮胖瘦、老弱妇孺，里三层外三层，一个个都瞪着愤怒的眼睛。

二人一怔，立刻止住了脚步。铁铃公子一抱拳，躬身道：“各位，请问此间可是酒馆？”

一个蹲在地上的老汉抱着胳膊站起来，看了雄州二公子一眼，说道：“这是酒馆。二位客官可是武林侠客？”

铁铃公子道："侠客不敢当，兄弟却是武林人。"

老汉愁眉一展，急忙道："太好了，闪开座位！姚掌柜，给弄点吃的。"

一个黑瘦老头一歪身子站起来，花白的眉毛一扬道："弄个屁！一把米都没了！"

几个人腾出了一张桌子，让出了两条板凳。

老汉弯腰伸手，让道："来来，二位大侠请坐，快请坐。"

"谢座！"铁铃公子说完走过去，摘下铁铃就了座。铁扇公子也拉开了一条板凳，打横坐在了铁铃公子的侧面。

老汉看了看铁扇公子和铁铃公子，叹道："不瞒您二位说，我们这里遭了难了，倭寇洗劫了我们村子。"

老汉咽了口唾沫，伸出枯瘦黝黑的双手比划着："今天晌午，我们正在吃饭，忽然街上鸡飞狗跳，有人喊：'倭寇进村了！'我出去一看，手持长刀的倭寇已经进了村，他们见人就杀，见姑娘就抢，见牲口就拉。这时，两个倭寇追上一个半大小伙子，按在地上拳打脚踢，同时嘴里还不住地大嚷小叫：'你们明人就是欠揍，不揍不老实！揍！狠狠揍，揍瘫了就老实了！'你们听听，倭寇们多么猖獗吧……唉……"

老汉的声音里充满了悲愤，带着一股无奈。他摇了摇头，接着说道："孩子才十五岁呀，被打得哭爹喊娘，满地打滚，直打得孩子没了气，他们才肯罢手……当时，孩子的爷爷听见哭声跑出来，挣脱了乡亲们的阻拦冲了过去，被旁边的倭寇一刀两段，唉……接着，他们开始挨家挨户地抓人，挨家挨户地翻箱倒柜，哭声、喊声从村东头响到村西头，从村南头响到村北头，唉，这批畜生折腾了半个多时辰，抓走了三十多个姑娘，拉走了几十头水牛，抢光了全村的粮食，还打死了十几个村民。大侠！大侠！求求你们了，救救我们的闺女吧！救救那些可怜的孩子吧！我们都是一些老实巴交的庄稼人，打不过他们呀……”

老汉说着扑通跪下了。他跪行几步，一把抱住了铁扇公子的腿。呼啦一声，屋里的村民都跪倒了，歪着戴网巾的头、戴花头巾的头、束发披肩的头，一齐高高扬着声大喊：“大侠，救救我们的孩子吧！”

铁铃公子、铁扇公子拉起了下跪的老汉，又去搀扶下跪的乡亲们，耳边响起女人们的抽泣声。

老头又说：“他们才走了半个时辰，还追得上！还追得上！我们一起去，大家一起去！乡亲们，抄家伙，咱们跟着二位大侠去救人，和倭寇去拼命！救不回孩子们，我们就不活了！”

“慢、慢……着！”铁扇公子拦住老汉，双手上抬，示意跪着的人起来。铁铃公子四下里看了看，问道：“倭寇有多少人？”

有人说：“黑压压的，有七八百吧。”

有人说：“胡说！哪有那么多，顶多五六百人。”

铁铃公子脑子里思绪飞转：“倭寇太多了，明着打肯定不行。追上去，看看情势再说吧，救人是必须的。”一抱拳说道：“各位乡亲，我们兄弟这就追下去，我们见机而动，能不能救回来，尚在两可之间。但是，这码事既然叫我们兄弟赶上了，纵然是粉身碎骨，我们也要伸手救援。大伙呢，选些年轻力壮的跟着接应。其他人立即离开村子，提防倭寇回来报复。”

“谢谢！谢谢！谢谢大侠！快安排吃的！快，无论如何，也让大侠吃饱了再走！”

有人跑出去拿东西，有人跑去烧茶，屋里一阵忙乱。

铁铃公子又道：“我们也拜托各位一件事，我们受人之托，是来找人的，请各位乡亲留心，打听一下戚家军驻扎何处，见了戚家军，找一个叫金戈的人。金戈是一位小伙子，二十来岁，武功很好，请转告他，天仙子岳霞在南京城的月亮山庄等着他，请他前去会合，有劳各位了。”

老汉道：“好！我们马上派人四处打听，我们别的没有，人有的是，二位大侠放心，我们马上派人四处传信。大侠此去，救了闺女们最好，如果救不了，我们就认命了，二位大侠可要多加小心。”

一个母亲拿来了几个煮鸡蛋，说道：“这是我给小女儿藏的，吃吧，吃吧，大嫂盼着你们平安回来。”

有人拿来了米团，有人拿来腊肉，有人端来了南瓜粥，有人还抱来一坛子米酒。不一会儿，桌子上堆满了形形色色的食物。有人道：“真看不出，大伙藏的东西还真不少。”

老汉瞪眼道：“屁！什么不少？今后家家要挖洞，绝不能让倭寇再搜走东西。”

铁扇公子和铁铃公子简单吃了点，立即出了店门，奔出村子。

镶着花边的黄土路拐了一个弯，钻进了一片稀疏的树林。树林里篝火熊熊，人喊马嘶。有风吹过，送来了饭菜的香气。在大明王朝的大地上，倭寇的行动明火执仗，戚家军反倒偃旗息鼓。两位公子抬头望了望铅灰色的天空，下了马。二人拴好了绊马索，向前掩去。两人高抬脚，轻落地，悄悄来到一片荆棘后。他们拨开茂密的枝条，向前眺望。只见树林里散落着几十顶帐篷，燃起了十几堆篝火。倭寇们围火而坐，正在烧烤食物。远处有一顶硕大的帐篷，帐篷门前有卫兵把守，似乎是倭寇首领的大帐。大帐旁边，一群女孩子像惊恐的小羊缩在草丛里。

铁铃公子和铁扇公子互相看看，铁扇公子的手指在空中画了一条弧线，指向了那个大帐。铁铃公子伸出拇指点了点，表示同意。二人猫着腰，踮着脚，绕着圈摸向了大帐。来到大帐后侧，铁铃公子和铁扇公子蹲在草地上，听了听周围的动静，然后掀开了大帐的一角。大帐里有三个人，昏黄摇曳的风灯照亮了一个光头倭寇菜色的脸。光头倭寇躺在一张藤条编织的躺椅上，正闭目养神。旁边立着一个身穿长袍的中年汉子，正和一个黑衣倭寇说着话。这时，中年汉子说："吃过饭就挑女孩，我们挑完了，你把剩下的女孩分下去，六个小队……"

黑衣倭寇道："三十四个女孩，我的，数过了，一队五个，五六三十个……"

中年汉子说："好吧，一小队五个，我们留下四个，你也可以过来凑凑热闹，哈哈……"

"哟西！多谢参事！"黑衣倭寇说完出去了。

铁铃公子和铁扇公子互相看看，一掀帐篷，两人嗖的一声射了进去。铁铃公子一把掐住参事的脖子，把他按在地上。旁边，铁扇公子掀翻了光头倭寇，反抓他的双手，膝盖顶在他的头上。

参事蹲在地上，眼睛里流露出惊恐的目光。光头倭寇趴在地上，却在奋力挣扎。他双腿用劲，在地上转着圈，企图翻过身来。铁扇公子的膝盖狠狠顶住他，把他的头压进土里。过了片刻，光头倭寇一动不动了。

帐篷外传来了问话声，卫兵似乎听见了动静。

铁铃公子抓紧参事，低声命令道："让他进来！"

参事筛糠似的抖动着，哇啦哇啦说了几句，外面的卫兵答应了一声，一掀帘子走进来。铁扇公子右手扇子一挥，左手一拉，放倒了这个卫兵。

铁扇公子侧耳听了听，伸出拇指比了比。铁铃公子收回了目光，立即手上一紧，低声问道："这里有多少倭寇？"

参事道："一、一个大队，六个小队，九百人，秃狼……他是队长。"

"你是汉人？"

参事说："是，是，我是被抓……抓的……"

"我看你是自愿的，你是汉奸，一个伪倭！你想办法，把女孩们送回去，把牲畜和粮食送回去，不然的话……哼！"

参事说：“这、这个……”

“嗯？”

参事道：“好、好，我就说上面要看这些女孩，让他们套车，把她们、把她们送走，粮食不能动，他们疑心很大，万一……”

铁铃公子低声道：“那好，你不要耍花样！”

铁铃公子和铁扇公子跟着参事走出帐篷，参事对几个汉人打扮的车把式喊道：“你们赶紧套车，套两辆车！”接着，他又对女孩们喊道：“你们上车！快！”

马车套好了，女孩们也上了马车，马车向外驶去。不少倭寇站起来，瞪眼看着驶去的马车。参事坐在后面一辆马车上，冲着倭寇哇啦哇啦一阵大喊，倭寇们陆续坐了下去，只有一个驴脸倭寇站着没动，摸着裤裆直喊：“王的，你的快点回来，我的，性急大大的！”

“哟西！哟西！”参事叫了一声，摆了摆手，驴脸倭寇瞪着牛眼坐下了。

跑了两里多地，马车停住了，铁铃公子和铁扇公子把绑好了的参事丢在树林里。接着呼哨一声，招来了红白双马。二人蹿上了马背，跟着马车飞奔。又跑了三四里路，乡亲们出来了，一窝蜂似的拥着马车跑了。

雄州二公子停下来，等候倭寇。半个时辰后，倭寇们追来了，铁铃公子和铁扇公子大展神威，边打边撤。直打到东方发白，铁铃公子带了伤，枣红马也被倭寇射死了，他们这才离去。

福建南少林寺依山傍水，红墙绿瓦，秀丽壮观。下午，山门前来了二人一马。骑马的铁铃公子看了看南少林的石牌坊，看了看远处的大雄宝殿，说道：“好个南少林，果真气势不凡！”步行的铁扇公子看了看掩映在青松翠柏间的飞檐斗拱，赞道：“妙……妙……极！”

山门里转出两名知客僧，他们询问了几句，领着二人来到了大雄宝殿门前。南少林寺住持黑脸佛无欲大师、北少林住持笑面佛无悔大师、铁手佛无为大师等高僧闻报，一齐迎了出来。

“阿弥陀佛，铁扇公子和铁铃公子大驾光临，小寺蓬荜生辉！”黑脸佛双手合十，虔诚礼让，说道，“里面请，二位公子请到殿内奉茶！”

笑面佛哈哈大笑，叫道：“今晨闻听喜鹊振翅高歌，不想仁义双雄大驾光临！请！”

“仁义双雄？谁？难道是称呼我们吗？”铁铃公子看铁扇公子，铁扇公子看铁铃公子，两人茫然不解。他们随着众僧迈步进殿，笑面佛边走边道：“‘仁义双雄’四个字出于天仙子岳霞之口，二位公子当之名副其实。俗话说，有起错的名字，没有叫错的外号。二位公子急公好义，助人为乐，仁义双雄之名当之无愧！”

铁扇公子连连摆手：“不……敢，不敢！”

铁铃公子笑一笑，单掌为礼，说：“晚辈初出茅庐，安敢称雄？些许功劳，何足道哉？愧不敢当，愧不敢当也！”

“双雄也可以理解为出身于北直隶的雄州古城！怎么，铁铃公子有伤？”笑面佛目光如炬，看出了铁铃公子的臂伤。

“惭愧！”铁铃公子说，“在下受岳姑娘所托，寻找金戈。金戈未曾找到，却找到了一群倭寇，我们救了几十位姑娘，又阻敌一个多时辰。晚辈学艺不精，混战之中挨了一刀，养伤来了。”

铁手佛道：“听你轻描淡写地一说，这一战好似闲庭信步，但我想，倭寇的行动向来成群结队，二位与他们厮杀，以寡敌众，定然激烈无比。你们能救下人来且全身而退，实不简单，老衲佩服！铁扇公子的搜魂手，铁铃公子的摄魂铃，已经响彻大江南北！来，让贫僧看看施主的伤势吧。”

笑面佛说：“铁手佛是我寺疗伤圣手，快给他瞧瞧。”

铁铃公子脱下衣服，解开肩膀上的绷带，半尺长的刀口出现在眼前，血已经止住，但口子未合，像小孩的嘴一样张着。

“啊！怎可如此，快随我来。”铁手佛一声大叫，带着铁铃公子急奔后堂。到了后堂，铁手佛又洗又缝，铁铃公子眉头紧皱，一声不吭。

“疼就出声，不用强忍，阿弥陀佛！”铁手佛一边动手，一边动嘴。众人远远看着，默不作声。刚处理完伤口，笑面佛接到了飞鸽传书，他拿着布条念道：“武夷山岳武院被倭寇袭击，损失殆尽。我在山上，急需援助，华清子。”

笑面佛念完，把布条递给黑脸佛，说道：“南少林继续备战，我和铁手佛带领北少林武僧驰援武当，天黑后出发。”

铁扇公子接过布条看了看，欲言又止。铁铃公子穿好衣服，走过来，说道：“我们一起去。急不如快，马上就走。”

笑面佛道：“公子有伤在身，不必去了，就留在寺内养伤吧，有我少林僧兵足矣。”

铁铃公子道：“皮肉之伤，不要紧。多一个人多一股劲，一起去吧。”

笑面佛笑道：“阿弥陀佛！既然二位愿去，就略等片刻，入夜之后再行动身，我们要秘密启程。二位公子鞍马劳顿，歇息一下可好？”

铁铃公子和铁扇公子一抱拳，说道：“那就打扰了。”

定更之后，武僧们陆续离开了寺院。一个小沙弥给铁扇公子牵来了一匹枣红马，铁扇公子围着马转了几圈，拍了拍马屁股，说道：“好……马……马，不……过……”

铁铃公子看了看铁扇公子的脸色，说道：“当然比不上咱们的‘追风红’了，这也不错了，有马总比没马强。”

铁扇公子道：“对……”

“我们走吧！”铁铃公子说完，二人翻身上马，缰绳一抖，双马绝尘而去。

马车驶进临江地界，坐在车辕上的金戈挺直了腰板。阳光照亮了金戈麦色的脸蛋，照亮了他那弯弯的眉毛和细长的眼睛，照亮了他高束在脑后的乌黑的马尾髻。金戈望着家乡的草，家乡的树，眼睛里渐渐沁出了一层细细的泪花。一阵寒风吹过，金戈从沉思中醒来，啪的一声打了一个响鞭。驾车的黄马一激灵，嘚嘚小跑起来。中午时分，马车驶进了小梁村外的枣树林。“吁——”一声吆喝，金戈跳下了马车，闪目观看，枣林依旧，往事如烟。那年初秋在此遭遇黑旗船和桃花会，金戈手无缚鸡之力，任人宰割。三年后的今天，金戈踌躇满志地回来了。他跪倒路边，手捧黄土，放声长呼：“娘，您的儿子回来了！您的儿子回来了！”金戈眼前浮现出母亲慈爱的面容，回忆起她被拉下马车的情景。金戈心如刀绞，泪如泉涌，不禁大声疾呼：“娘，您的儿子熬出来了，您在哪里？妹妹，哥哥救你来了，你在哪里？文杰回来了，你们的文杰回来了，你们在哪里？快告诉我吧！娘，您的儿子回来了……”

“回来了……”林子里传来阵阵回音。金戈擦把眼泪，跳上马车。“驾！”随着一声吆喝，包着铁箍的花轱辘吱扭吱扭叫着转动起来。随着辚辚之声，马车驶进了小梁村，驶进了梁家大院。

“吁！”金戈停住了马车，跳下车喊道：“梁伯，梁伯！”

身穿交领短衫的秀英一掀门帘出来了，她看见了金戈，立刻欢叫起来：“金公子，你回来了？娘！娘！文杰哥回来了！爹！爹！文杰哥回来了！”

秀英叫完，摇晃着云髻上的步摇和翠绿的耳坠燕子似的飞到金戈身旁。秀英秀目闪动，上下打量着金戈，满脸的喜气。

身材略胖的梁伯母架着胳膊走出屋子，抖着一双沾着面粉的白皙胖手，后仰着身子说道：“真是文杰，真是文杰，这回没骗我！他爹，他爹，真是文杰回来了！”

“你们想人都想疯了，整天说疯话……”随着话声，穿着长袍大褂顶着四方巾的梁伯迈着方步走出来，看见金戈一怔，撅着花白的胡子道：“嘿，真是金公子回来了？这回是真的！”

“梁伯，是文杰回来了。”金戈迈步迎去，心里冒出一股酸水，眼睛湿润了。

“金公子！”梁伯快步上前，一把抓住金戈的手，叫道，“谢天谢地，谢天谢地！真是你！真是你回来了。好，黑了，壮了。”

秀英跺着脚叫道：“爹，还不让文杰哥进屋？”

梁伯笑道：“对对，进屋进屋。你看看，光顾着乐啦。”

几个人礼让了一番，走进屋子。梁伯母眉开眼笑，说道：“金公子，你们先聊着，我给你们做饭去，今天焖饭炖小鱼，一会儿就好。”秀英看看金戈，抿嘴笑了笑，双脚一蹦，飞似的跑了。秀英进了厨房，凑到母亲身边，红着脸和母亲悄悄说着什么。母女俩嘀嘀咕咕，笑声不断。

客厅里，金戈和梁伯坐在八仙桌子旁，正在茶话。梁伯道：“刚才我们说闲话，秀英说你快回来了，我不信。她最近老念叨你，念叨得我和你伯母六神无主。嗨，今天真让她蒙对了。”

“什么蒙对了？我夜里做梦，梦见文杰哥回来了，文杰哥学会了武功，打遍天下无敌手，而且还发了财。刚才我听见文杰哥喊叫‘我回来了’，我说是他在喊，你们还不信，怎么样，真回来了吧？”秀英说着走过来，一双妙目盯着金戈，脸上红云飘荡。

酒菜上来了，瓷盘海碗摆满了八仙桌子。

“金公子回来了，太好了！”随着话声，身子单薄、戴着网巾的梁文亮大步走进来。

金戈立刻站起来，拱手说道：“文亮兄一向可好？”

文亮一边躬身还礼，一边说道：“好，好，看起来你可壮实多了。行，这武不白练。抽空你教我几手，让我也壮壮筋骨，请坐。”

文亮看见金戈坐下了，一撩长袍入了座，抄起酒壶就倒酒。

梁伯见妻子儿女都就了座，端起了酒杯，说道：“今天要好好庆祝一下，庆祝金公子学武有成，庆祝金公子摆脱了桃花会的追杀。”

金戈也端起了青花陶瓷小酒杯，说道：“这杯酒，在下借花献佛，谢谢当年的伯父救护之恩！谢谢梁伯母，谢谢子亮兄，谢谢秀英大妹子，来，干杯！”

酒杯一阵乒乓乱响，几个人干了杯中酒。文亮端起了酒壶，哗啦啦，酒水又满了杯。梁伯母笑道：“金公子熬出来了，多年的媳妇熬成了婆，该出头了，肯定吃了不少的苦吧？”

秀英脸上红扑扑的，她盯着金戈道：“金大哥，你给我们说说，这三年多你是怎么过来的？我们一有闲暇，话题就离不开你，尤其我娘，整天念叨你。”

金戈端起酒杯，摇了摇头，说道：“往事不堪回首，可以说九死一生。我是吞着泪水、咬着牙齿熬过来的……”金戈把学武的经过简单说了说，秀英却听得入了迷，她听到金戈被逼跳崖之时，竟然落了泪。

金戈说着掏出一只手镯，递给了梁伯母，说道：“伯母，这是小侄的一点孝心，还请伯母笑纳！”

“啊，翠玉镯，好绿的翠玉镯！”梁伯母拿着玉镯，一声惊呼。

金戈心想：“能入崔家语宝盒的东西，哪有次等货？”

秀英眼热了，要过玉镯，仔细端详起来。金戈又掏出一串珍珠项链，递给秀英，说道：“秀英妹子，来，看你自己的。”

“南珠项链，给我的？”秀英接过项链，水汪汪的大眼瞅了一眼金戈，脸上飞起了一片红云。

金戈笑笑，说道：“当然是给你的！你不是梦见我发财了吗？还真让你梦着了，怎么也不让你白做梦啊！”

“哈哈哈！”众人都笑了。

下午，文亮的朋友们来看金戈。他们多是参加过十里铺葬父的朋友，金戈有心答谢大家，说道：“各位，请你们传一传，请参加过十里铺葬礼的朋友们去趟县城，大后天我在府后街设宴，答谢各位兄弟的救助之恩。”

“好啊，在哪个酒楼？”

金戈想了想说道：“县衙后面的柳林酒楼，大后天中午我在酒楼上敬候诸位……”

“好！大后天见，咱们不见不散！”几个年轻人喊着走了。

金戈看着他们出了屋门，收回目光道：“三年多来，可有我母亲和妹妹的消息？”

梁伯摇摇头，说道：“四处打探，至今杳无音信。唉！”

“那么……”金戈目光黯淡了，过了一会儿又问，“可有刘妈消息？”

“刘妈在府后街当佣人，我见过她两次，在哪家做工不知道，明天叫文亮再去打听打听。”

“不用了，明天我自己去吧！”

晚上，梁伯来到了客房，面对金戈踌躇道：“秀英……秀英今年十九岁了，大姑娘了，说媒的不少，她总不答应，一定等你回来，你说怎么办？”

金戈明白梁伯的意思，可是，自己有岳霞、白凤、金珠和银珠四位红粉知己。再说，秀英又不会武功，那怎么成？金戈摇头道：“梁伯，我今后漂泊江湖，秀英没有武功，恐怕不合适……”金戈拿出两个金元宝交给梁伯，继续说道，“权作哥哥赠给她的嫁妆，谢谢她的美意，如若没有那场灾难，我们会双宿双飞的。”

“命！这就是命！你不用费心了，我会劝导她，我代她谢谢你了。”梁伯收拾了一下心情，转了话题，“你会去拜祭你的父亲吧？去看看吧，坟茔已经修葺一新，并有书法家留字，时常有人去祭奠，一到清明节，悼念的人更是络绎不绝……”

第二天，天降小雪。这是入冬以来第一场雪。雪花飘飘，大地银装素裹。早饭后，金戈套上了马车，要去县城找刘妈。梁伯和梁伯母见拦不住，一家子送出了大门。秀英也笑着送行，但是脸上的笑容不再灿烂了。

金戈来到县城，来到了县衙后门口。金戈望着两扇紧闭的大门，往日的情景一幕一幕地浮现在眼前。如今，时过境迁，物是人非。金戈停好马车，随手掸了掸淡蓝色的长袍，迈步进了柳林酒楼。

掌柜的看见金戈，眨眨眼睛，从柜台后面转出来，盯着一身儒装的金戈问道：“金公子？”

金戈一笑，说道：“柳掌柜一向可好？”

柳掌柜的眼睛立刻瞪圆了，惊道：“真的是你！太好了，楼上请！小二，带着金公子上楼！哎呀，咱们的临江神童回来了，咱们的大明骄子到了！”

金戈浅浅一笑，说道：“不忙，柳掌柜，可知我家刘妈在哪里？”

柳掌柜连忙道：“知道，她三天两头过来，还让我留神你们的行踪，昨天才来过，你这是打哪儿来呀……”

金戈轻声道：“请您派人把她找来。另外，今天中午我请客，你把二楼包给我，我要宴请街坊邻居，麻烦你通知各位高邻一声。”

柳掌柜一看金戈外罩交领丝袍，内露月白对襟绸衫，发髻上绕着绣花蓝丝巾，脚下蹬着一双鹿皮高靿快靴，心道：“看来小进士发达了，不错，这种人走到哪儿也是吃香的喝辣的，了不起！”连忙说：“好，我马上安排，公子请上楼喝茶，我就去安排，一会儿就得。”

金戈迈步登上二楼，在临街的一张桌子旁坐下了。金戈推开窗户，看着这条熟悉的大街，看着县衙后门的高耸的门楼和宽逾八尺的青石台阶，看着在台阶两旁光滑如镜的条石上打着出溜的几个小孩，不禁心潮起伏。

小二端来茶壶，泡上了茶。金戈手把着冒着热气的茶碗，四下里打量起来。这家酒楼虽然和县衙的后院对门，但金戈在临江县一住四年，却一回也没来过。这是一个二层的木质小楼，宽三间，深两间，木榫结构，柁木檩架一水的松木料子。滚圆的黄花松柱子，雕花的红松门窗，镂空的樟松屏风，烟熏火燎下变成了黑红色，给人一种古朴厚重的感觉。桌椅板凳都是榆木的，显得既笨重又厚实。金戈正端详着，听见了刘妈颤抖的声音："少爷！少爷！"咯吱吱，楼梯木板发出了急促的响声。金戈一跃而起，一个箭步奔到楼梯旁，伸手搀住了气喘吁吁的刘妈。刘妈仰脸看见了金戈，哇的一声，哭了起来。

金戈搀着哭哭啼啼的刘妈，一步一步地走到桌子前。金戈扶着刘妈坐下，她一把鼻涕一把泪地说道："少爷，你可想死我了！主母可好？小姐可好？老天有眼啊！老天有眼啊，云开雾散了……"

金戈眉头紧锁，拉个板凳坐在刘妈旁，低声道："我娘被桃花会抢走了，就在那天下午，在小梁村外的枣林旁……妹妹也没下落吧？"金戈看见刘妈摇头，心头一震，咬牙切齿地说道："我会救回母亲的，会救回妹妹的！不报此仇，我金戈誓不为人！"刘妈闻言，又是一阵呜咽。在金戈劝慰下，刘妈止住了哭声，但泪水却仍然顺着布满皱纹的老脸上滴落下来。

金戈道："刘妈，跟我走吧，不要做工了。"

刘妈用袖口擦了擦发红的眼睛，又撩起大褂的衣襟擦了擦微微泛红的鼻子，摇头道："少爷，我不能离开这儿，我要等着小姐和夫人回来。她们脱身后一定会回来，这里没人怎么行？你忙你的，时时来信，告诉我你的去向。等小姐和夫人回来后，我们好去找你。我苦命的小姐，她不定在哪儿受苦呢。”

金戈沉思了片刻，说道：“既然这样，我们就在这里买间门脸，开个茶馆、杂货铺之类的小买卖，再雇两个人，你在这儿支应着。咱不为赚钱，当成一个家，等着我娘、文英她们可好？”

刘妈抽咽着说：“那敢情好。可是，那得多少银子哪？我看不用了，你用钱的地方多着呢，我还能干，三五年内撂不倒我。你告诉柳掌柜，你来信就来到他这儿，我隔三差五过来看看就行。”

金戈低声道：“刘妈，咱们有钱了，钱的事你不用操心。你现在就去辞了工，我在这请客。你收拾收拾就回来，后晌咱就去看房。”

刘妈高高兴兴地走了，这真是三十年河东三十年河西，转眼之间，老妈子不当了，要当老板了。

客人们来了，柳掌柜派人一传，呼啦啦来了百十号人，楼上十张桌子全坐满了。邻居们纷纷和金戈打招呼，问长问短。凳子不够，伙计又从楼下搬来了几条。有两家商号的掌柜见机会难得，拿来笔墨纸张，请金戈题写匾名。别的商号一见金戈的墨宝立刻眼红了，纷纷排队求字。

金戈正挥笔写着，柳掌柜过来了，他也拿来两张纸排在桌子上，心里直后悔：“金文杰文章甲天下，字比严嵩，他写的牌子可值钱，我怎么早不求他呢？等会儿不给写了，可就坏了。”

果不其然，金戈见求字的人太多，写完一张住了笔，说道：“今天到此为止，改日再行效劳。”

柳掌柜叹了口气，满脸的懊悔之色，看着金戈说道：“公子，你看酒宴怎么安排，上什么菜？喝什么酒？”

金戈笑道：“四凉四热，四炖四炒，外带两个汤，酒上最好的！”

柳掌柜眼睛一眯，高兴了，抬头唱道：“四凉四热，四炒四炖，两大汤，上好酒！”

不一会儿，凉菜上来了，酒上来了。几个伙计走马灯似的上上下下。刘妈也拿着俩包裹，颤巍巍地上了楼。金戈把她安排在自己身旁。金戈端起酒杯，朗声道：“各位高邻！各位乡亲！我金文杰借酒致谢，感谢各位在我家蒙难之时仗义援手！感谢各位高邻照顾刘妈，我谢谢各位高邻了！文杰无以为报，请同饮薄酒一杯，以示我的谢意！来，共饮一杯！”

金戈一仰脖，咕咚，一杯酒进了肚。金戈又满上了一杯酒，看了看源源不断上来的酒菜，说道：“凡是今天求字的，一律给写，不用着急，我保证诸位满意。请各家写好说明，注明字的大小和字体要求，交给柳掌柜。除非今天排上号的，我可不再写，如果满大街都是我的字，那就不值钱了！哈哈！”

“哈哈！”众人一阵哄笑。

金戈看着众多熟悉的身影，激动了，说道：“来！咱们共尽第二杯！第二杯祝各位高邻财源茂盛、生意兴隆！干杯！”

“干杯！干杯！”人们纷纷站起，举杯相祝。

柳掌柜喝了一杯，匆匆下去了。他不放心下边的厨房两灶。

鸡鸭鱼蟹、猪蹄羊排、蒸鸽煮虾依次上来，众人津津有味地吃着。金戈又满上了一杯酒，说道：“这一杯酒祝各位高邻人口平安，阖家欢乐！”金戈干了酒之后又道，“各位，我有一事相求，请各位帮忙打听一下，这条街上哪家铺子出手，在下有意盘一家铺子，和诸位永久为邻。”

“有啊，东头烧鸡铺关张了，贴出转手帖子了。”有人说。

“咱们脚下的柳林酒楼就出手，只是要价高，半年多了，盘不出去，柳掌柜！柳掌柜！”

“来啦！”噔噔噔，柳掌柜跑上了楼，“来了您哪！”

柳掌柜忽然想起，今天自己也是客人。他用面巾擦着额头上的汗，笑道：“哪位乡亲找我？”

金戈招了招手。柳掌柜急忙走过来，笑眯眯地说道：“金公子找我？”

金戈问：“听说你要把酒楼盘出去？”

柳掌柜眨巴了一下吊着眼袋的眼说道：“是呀，您……”

“多少钱？”

“您要？”柳掌柜见金戈点了点头，笑道，“您要就不说谎了，这酒楼有两个股东，价钱早定了，少了一千二百两白银不卖。后头你没去，一溜六间东房、三间正房。正房和酒楼一样，一水的松木骨架，硬得很。不瞒你说，我是要不起，继续干吧，两个股东嘛，有点……嗨，多少有点那个……心疼啊！”

“后院从哪儿进去？能进马车吗？”

“从酒楼进出，马车可进不去。”

帮过金家忙的员外和商人也来了，员外说：“哎，后院的西邻不是杨麻子的破房吗，给俩钱买过来不就行了？开个侧门，俩院打通，马车就能从西小街进到后院了。”

柳掌柜道：“这法子还真行！他家的院子临着西小街。”

金戈皱了皱眉头，道：“好，这酒楼我要了。”

饭后，金戈留下几位德高望重的老人做中人，再摆酒席。柳掌柜叫来他的搭档，书写买卖契约。契约写完了，买卖双方和中人签了字，画了押。金戈拿出两个金元宝，柳掌柜验证之后，找回八百两白银。金戈看了看中人，每人给了二两银子。刘妈看金戈大手大脚，花钱如流水，心疼得直瞪眼，心说你随便一赏就是二两银子，那可是我半年的工钱。金戈叫人找来杨麻子，要买他的房子，麻子表示不卖。这回几个中人起了作用，七嘴八舌，说得麻子心动了。

员外说：“麻子，金公子给你五间大瓦房的钱，可县城随你挑。当然，你不能要临街的房子，你家门前是条小街，也不能开铺子。这可是打着灯笼找不到的美事，你小子回去偷着乐去吧，你那破房，不定哪天下雨倒了，不卖？砸死你小子！”

“我得回去和我媳妇说说，我可做不了这么大的主，我喝点酒行不？”这小子敢情怕媳妇。

商人道：“不行，回去叫你媳妇去，说好了你随便喝。说不好，哼，喝凉水都没有，去！赶紧叫你婆娘去！”

麻子耸耸肩膀，抱着胳膊走了。

金戈在楼下找到柳掌柜，说道：“柳掌柜，你可愿意留下来继续当掌柜？刘妈在这儿主事。”

柳掌柜问：“刘妈主事？你呢？”

金戈道：“我不在这儿的时候多。这里是我的家，有空我就回家看看。”

“工钱怎么说？”

“赚了，给你二成的人股，赔了没你的事，没工钱，怎么样？”

“好哇，我干。我正愁没事做呢，那就不用收拾东西了。我把正房腾出来，把东房再腾出两间，你看可好？”

金戈道：“行！”

正说着，麻子领着媳妇来了。他的媳妇很年轻，和麻子走在一起，简直就像是父女俩，怪不得他怕媳妇。柳掌柜一见，说道：“上去吧，都等着你们呢。”

“好，上楼！”麻子嚷了一嗓子，带着媳妇噔噔噔上了楼。

楼上很热闹，不知说着些什么，引起了一阵哄笑。这时，小媳妇说话了：“房子可以卖，不过，价钱不能低，四百两雪花银。”

有人惊叫：“四百两？够买十间大瓦房了，你疯了？你真敢狮子大张口，有毛病啊你！”

小媳妇侧目斜了说话人一眼，又道：“买房，一下子就买得到啊？我们一家人得先租房，或者住店。再说了，我们是热土难离，本来就不想卖，买不买随你们！”

“二百两！”

小媳妇道：“四百两！少一个子儿我们都不卖！”

“嘿，你当是金疙瘩哪！”

员外道：“这样吧，你们今天就搬家，天黑以前走人，给你三百两，如何？”

小媳妇扫了一眼一言不发的金戈，说道：“搬家没问题，四百两一个子也不能少！”

僵住了。员外拉着金戈到了一边，嘀咕道：“给她吧，和一个娘们啰嗦什么。让她马上走人，晚上你的马车就可以进院了。他那宅子和咱这边的宅子正是贴金傍玉，卖给别人是不值钱，可到了咱们手里，那可是宝地一块，整个后院就盘活了，值！他的房子不行，院子可大呢！”

金戈笑道：“好，听您的。”

契约写完，付了钱按了手印，麻子伸手抓起一只烧鸡，坐在一旁狼吞虎咽，小媳妇旁边看着，却不动筷子。

柳掌柜知道买成了，找来泥瓦匠，在西墙上开了个月亮门。又拆了麻子家的破门楼，垒了两个青砖门垛，找木匠钉了栅栏门，安好后，马车从西小街骨碌碌驶进了院子。

岳武院里，岳霞哭得声嘶力竭，凤玲也大放悲声。金禅腿李方亮看着妹妹李家惠的尸体，眼里吧嗒吧嗒地掉着老泪。

笑面佛合十道：“阿弥陀佛！悲哉哀哉！”

岳老院主悠悠转醒，风云剑华清子一见，立刻喜上眉梢，大叫：“可醒了，无量寿福！”

岳霞扑过来，捧着爷爷的头，睁着泪眼大叫：“爷爷！爷爷！千万不要丢下我不管哪……”

岳老院主眼珠转动了，他看见了众位武林好友，独不见一个儿子、一个侄子，眼前一黑，又昏过去了。铁手佛走过来，拿出少林寺的九转丸，给岳老院主喂了下去，又检查了一下他的伤口，见伤口处理得很好，说道："岳施主无大碍了，一会儿就会醒来。"

果不其然，片刻之后，岳老院主再次醒来。他一翻身坐起来，大叫："手！我的手！"

众人望着失去双手的岳老院主，神色黯淡。

"爷爷！"岳霞在后面扶住了爷爷。

岳老院主稳住了心神，抬头一看，只见蒋忠跪在跟前，他身后还跪着十几名军官，他们都是岳武院的弟子。蒋忠开言道："院主，奉戚将军之命，我等四十名师兄弟回来效力，岳武院用我们一日，我们一日不走，请院主安排。"

岳老院主道："好！好！来得好！"

虎子也回来了。他奉命去调查坐地炮的来历，听到岳武院遭袭击的消息，连夜赶了回来。

岳老院主挺直了腰板，吩咐道："岳霞任大堂主，领着回来的弟子们招呼客人。蒋忠任二堂主，带领神武堂的弟兄们重建岳武院。马大响任三堂主，主持精武堂，负责招收新弟子。李虎子任四堂主，主持练武堂。江中月任五堂主，主持习武堂。岳武院雷打不散！"

"好一个铮铮铁骨！如此重伤，醒来就安排得有条不紊！"笑面佛心中赞叹了一声，接着开口言道："好！老伙计，你放心歇着吧，我们齐忙动手，重建岳武院。我们还要一同剿灭倭寇，共报这血海深仇！"

岳老院主沉声道："谢谢各位！请你们把岳家人的尸体搬进家庙小院，一个个码好。天寒地冻，一时半会儿坏不了，我和岳霞就住在家庙里，谢谢各位了！"

岳家的尸体搬进了家庙小院，一个个排列整齐。家庙里石碑前搭了两个木床板，岳老院主在此养伤，凤玲精心伺候着。

虽说家庙大门洞开，笑面佛和风云剑等人还是心存忌讳，不敢轻易进出。他们住进了没了顶的岳武大殿，还有一部分人在残垣断壁间搭了竹棚，作为休息之所。蒋忠派人收拾残局，改称仁义双雄的铁铃公子、铁扇公子帮着岳霞料理柴米油盐，岳武院再次运转起来。

二十五 风雪无情

晚上，刘妈来到金戈屋里，叨叨起来没完没了，直到后半夜，还没有睡意。刘妈见金戈不住打盹，这才拉开了被褥，迈着两只小脚慢吞吞地走出屋子。金戈迷迷糊糊地睡了一个多时辰，一骨碌爬起来，看了看还在燃烧的小油灯，起身练功。金戈蹲身练气，发现心火不兴，不觉大喜，心道："寒心功还真是管用啊，天助我也！"金戈跳下床铺，来到院中，快步走了几圈，脱了长袍，接好铜箍插接单刃枪。啪啪啪，枪走流星，身似鬼魅，霎时间院中风声飒飒。刘妈因为心情激动，久久未能入睡，听见动静，推开窗户一看，大吃一惊，只见一个白影在院中盘旋起舞，银光闪闪，冷气森森。刘妈赶紧爬起来去叫金戈，下了床，却迈不开步子，她发现自己的两条腿有点麻木，不听使唤了。刘妈连忙拍打自己两条满是蔫皮的老腿，过了好一会儿，双腿才有了知觉，等挪到金戈屋里，只见床铺上被子叠得整整齐齐，金戈已然踪影不见。刘妈急忙往外跑，出了屋门，看见金戈正在院子里甩手呢。嘿，他在干吗？深更半夜的。刘妈不知道金戈正在练凤尾镖，也不知道闻鸡起舞的白影就是金戈。

她不敢打扰，一缩脖子退回屋子，端着铜盆打水去了。隔壁院里再次传来鸡鸣声。一只公鸡奋力用高亢嘹亮的声音向着漫天的黑暗发出诅咒。一群母鸡被这雄浑霸道的声音惊得咕咕乱叫，扑棱翅膀声此起彼伏。

早饭后，金戈和刘妈带着祭品，赶着马车，来到了十里铺村南大堤下，不觉眼前一亮。金戈看见三座大墓前多了一块石碑，这是一块巨大的横碑，上面刻着自己的祭文《蝶恋花》，字也是自己的。当年梁伯要自己抄写《蝶恋花》，原来有此深意，金戈心里不禁一热。再看三块长条状的石碑也长高了不少，原来石碑下面多了三只近丈长的石龟。石龟伸着脖子瞪着眼，身上布满了圆形的花纹，威风凛凛。金戈走过去细看，发现石碑后面有了碑文，正是当年自己的祭文，不知哪个有心人搜集起来雕刻在石碑之上。金戈在隶体碑文的署名处看见了三行小字：祭文金文杰。书法吕克昌。石龟捐赠李邦杰。金戈知道吕克昌和李邦杰，这是当地一位有名的书法家和一位豪绅。另外两块石碑，碑文字体一个是正楷，一个是行书。行书的字迹龙飞凤舞，笔力超凡。就在他端详石碑之际，刘妈已经摆好了祭品，点燃了纸钱。金戈快步走到父亲坟前，扑通一声跪倒了，垂泪道："父亲，您的儿子回来了，您的儿子挺过来了，您的儿子没有辜负您的期望，已经手刃了几百个倭寇，还宰了一个大汉奸。父亲，您的儿子还会勇往直前，为您报仇，为国尽忠，为百姓们雪恨。我一定会救回母亲，救回妹妹，您放心吧。父亲，我不会忘记您的教导，一定不会辜负您的期望。父亲，请您保佑您的儿子吧！"

"老爷，收了钱去。老爷，收了钱去。缺什么托梦给我。老爷，保佑我们吧。保佑夫人和小姐吧。"刘妈唠叨着，用棍子搅着燃烧的纸钱。

祭祀完毕，金戈站起身来。一晃之间，觉得身后站着一个姑娘。他转脸一看，瞧见了白凤。白凤正笑吟吟地站在面前，她光洁细腻的俏脸上荡漾着动人的微笑，美丽的丹凤眼传送着迷人的秋波，浅红而湿润的嘴唇散发着热切的气息。她的嘴角动了一下，笑意更浓了。金戈陡觉眼前一亮，就像在辽阔的草原上，突然看到了百花齐放，就像在幽静的山谷里，突然看见了孔雀开屏。轻风吹动了白凤白色的长衫，她的身段更苗条了，真是该高的地方高，该细的地方细，石雕玉琢般的匀称，美极了。金戈发现，他们朝夕相处的时候，也没觉得她特别漂亮，小别之后再次相见，竟然使人眼睛一亮。他不知道，白凤在此等他，也是精心打扮了一番。

“小姐！小姐！”刘妈一见白凤，大喜过望，眼泪泉涌而出。她看见白凤，以为见到金文英了。

金戈叹道：“她不是文英，不是我妹妹，她是白凤，黄山白神庄的大小姐。这是刘妈，我妹妹的奶妈，我们都是刘妈带大的。”

白凤一笑，说道：“刘妈你好！我像文英妹妹吧！”

刘妈听说她不是文英，怔住了。她看看白凤，又看看金戈，迟疑道：“她不是文英？不会吧？她真的不是文英？”

金戈点点头。刘妈的眼泪又滴落下来，她用衣袖擦了一把干涩的老眼，又撩起半大褂子的衣角擦了擦发红的鼻子，歪着头道：“不是少爷说，打死我也不相信。你们怎么这么像呢？唉，可怜的小姐……你真的不是文英？”

白凤摇摇头，敛容道：“真的不是文英，我是白凤……”

忽然，头顶上传来铁嘴华的声音：“哎，我说金戈，你小子想甩包袱呀？你怎么这么差劲，过了河就拆桥，卸了磨就杀驴，你真是差劲他妈给差劲开门——差劲到家了！”金戈抬头一看，只见秃了顶的铁嘴华坐在柳树的横枝上，手里擎着紫杆旱烟袋，晃着双脚，颤着猫须似的几根白胡子。这时，他烟袋锅子一指金戈，说道：“我说，她是狗皮膏药粘上你了，破耙子摽上你了，你是扔不掉，甩不脱！得，我把凤丫头交给你了，你再敢丢下她不管，小心你的狗腿！我走啦！”

白凤喊道：“爷爷，你真的要走？”

“当然！果然！自然！”铁嘴华一颤而起，身子一荡蹿到另一棵树上。

“铁嘴华！你听我说，你这是上哪儿去呀……”

“走到哪儿算哪儿，我是信马由缰，随波逐流，闲庭漫步，哪儿累了在哪儿歇。我是瞎子打油——没准！二踢脚打兔子——瞎蒙！……”铁嘴华说着三蹿两荡，转眼间去远了。

刘妈揉揉眼睛，喃喃道：“这老头怎么在树上走？和猴子一样。”

回到酒楼，金戈安排白凤和刘妈住在一起。白凤在院里一走动，跑堂的两个伙计眼睛都直了，其中一个小伙子竟然不会走路了，先迈哪条腿都不知道，冒冒失失地跌了一跤。

柳掌柜赶紧过来，给白姑娘见礼。又拉着两个伙计拜见白姑娘。白凤浅浅一笑，掏出几块碎银子，说道：“赏给你们的，拿去吧。”俩伙计接过银子，两眼冒光，跌跌撞撞地跑了。柳掌柜一招手，一个十五六岁的黑脸男孩儿跑过来，他来到金戈和白凤跟前，咕咚跪倒在地，砰砰砰叩了几个响头。金戈一愣，赶紧把他拉起来。柳掌柜皱着眉道：“你们走后，这孩子就来了，非要见你们不可，他说他是当年刘捕头的儿子，认得你。”

金戈看了看面前的黑小子，眉眼有点像刘捕头。黑小子看见金戈打量他，急忙道：“我是傻蛋，我跟着我爹还在你家吃过饭呢，公子不记得了？我爹是捕快头，我的名字叫刘忘。我爹说我记吃不记打，起了个大号叫刘忘，捕快叔叔们都叫我傻蛋。”

金戈笑了，说道：“刘捕头是有这么一个黑小子，长这么高了？”

傻蛋仰着脸，央求道：“金公子，你能不能和柳掌柜说说，让我在饭店里当个伙计，或者打杂，给碗饭吃就行。我爹死了，我娘又跟别人走了，我，我……我成孤儿了。”

金戈心里一热，说道：“我也是孤儿，咱俩都一样，你见过白姐姐。”

“白姐姐！”傻蛋又跪下磕头，咚咚触地有声。白凤连忙叫他起来。接着，金戈又让他见过了刘妈。

金戈道：“你不用当伙计了，你跟着我吧，这就是你的家。刘妈就是你的妈，我就是你的哥，咱们是一家人，明白吗？”

白凤看着发髻乱蓬蓬衣服脏兮兮的傻蛋，说道：“傻蛋，你先去吃饭，饭后洗个澡，然后我带你去做几件衣服，今后你是二公子了，可不能太寒酸。”

白凤开始安排生活，俨然是这一家的女主人。刘妈见白凤与金戈亲亲热热，心里非常高兴。

在白凤安排下，傻蛋焕然一新，头发也梳成一个马尾髻，扎了一条黑色的飘带，换上一身新衣服，人也显得精神了。傻蛋虽然黑点，五官倒也端正。

酒楼的牌子变了，金戈亲笔挥毫，写了“文杰楼”三个大字。

晚上，金戈对白凤说：“白凤，咱们是不是把西院麻子家那几间破房拆了，盖几间瓦房？傻蛋住在那边的破房里，万一倒了砸着就坏了。出了正月咱就盖，院墙也要重新垒过，那么矮的土坯墙和饭店的气派也不相称。再留个像样的大梢门，你说怎么样？这件事咱就交给柳掌柜去办……”

白凤坐在樟木箱子上，拿着剪刀正剪蜡烛的烛芯。她回头用俊眼看了看金戈，笑道：“行啊，你有银子就行啊！刚买了酒楼，你还有银子吗？”

金戈浅浅一笑，说道：“有银子。漫说盖五间瓦房，就是盖五百间瓦房的银子也有，多的是。”

白凤一撇嘴，讥笑道：“别打我的主意啊，我那对红绿宝石可不能拆开……”

金戈哈哈一笑，说道："没人动你的心肝宝贝，小心眼。你起来，站起来。"

金戈上前拉扯白凤，白凤站起来，诧异地问道："干吗呀你？"

金戈掏出钥匙，弯腰打开了樟木箱子。白凤看见箱子里满是金元宝和金叶子，眼睛都直了，惊道："金元宝、金叶子，这么多，哪儿来的？哟，你真发财了？"白凤拿起两个金元宝，元宝和元宝一碰，发出噗噗闷响，说道："真的，十足的真金。"她又放下金元宝，捡起了那个楠木小盒子，小心翼翼地打开，看见满盒的珠宝首饰，又是一声欢呼，立即把盒子捧到蜡烛跟前，东挑西拣起来，嘴里嚷道："对了，你说还我个翡翠宝石钗，不错，一下子还我这么多，还行，还算有良心……"

金戈笑道："你的人都是我的了，我还欠你什么？"

白凤喜道："两码事！桥归桥，路归路，这些东西都是我的了。"

金戈哈哈大笑，说道："好，都归你了。小心贪多嚼不烂，到头来弄个鸡飞蛋打一场空。你说，盖房子的事行不行……"

白凤抬头看看金戈，说道："不急，不急，你让我琢磨琢磨，既然有钱了，不能只盖那么几间，借你的话，盖他五百间的钱也有，不急。"

接连几天，金戈宴请小梁村文亮的朋友们，慰问当年衙役遗孀遗孤，看望十里铺帮过忙的乡亲们。有的送点银两，有的送点衣服或米面。总之，送什么、怎么送，都是白凤安排。傻蛋跟在白凤后面颠颠小跑。几天下来，傻蛋学会了赶马车，也学会了一招岳武拳。这天傍晚，白凤和傻蛋带回来两个女孩子，一个十来岁，一个七八岁。姐妹俩穿着破棉袄，棉花套子露在外边，小手上满是伤。金戈一问才知道，两个女孩是十里铺村的，他父亲也是当年县里的衙役，在十里铺战役中阵亡，母亲也被倭寇杀死了。三年多来，姐妹俩在附近的村子里流浪。金戈蹲下身子，看着两个女孩。大个的女孩瘦得皮包着骨头，胳膊细得像个麻秆，小点的女孩子脸上长了疥疮，疙疙瘩瘩的好吓人。金戈拉住她们的小手，说道："小妹妹，今后，我们就是一家人了，你们叫我大哥，叫他二哥，叫她姐姐，咱们一家子还有个刘妈。除姐姐外，我们都是孤儿，我们是一家人了。"

小女孩喃喃地说："大哥，我会干活，会干好多好多的活，你别打我。"

金戈温言道："我不打你，今后大哥大姐会疼爱你们的，没人再敢打你们了！"

白凤纤腰一扭，撇着嘴说道："怪可怜的。"

金戈心里咯噔一下，心想："衙役们的遗孀都受苦了，我应当帮帮她们。"就对傻蛋说道："傻蛋，你去打听一下，看看还有多少勇士孤儿，还有多少烈士遗孀，每家给她们购进十亩水田，资助她们养家糊口。"

傻蛋道："好啊，我马上去找他们，我认识十几家人呢。"

白凤伸手拦住，说道："这件事交给我吧，他一个孩子怎么办得了这么大的事。傻蛋，你让她们互相传个信，让她们到文杰酒楼来找我，给她们发银子就行了。"

傻蛋道："好啊。"

金戈一拍脑袋，说道："还有，十里铺的张村长和一些村民，也死在战场上，也要照顾一下……"

白凤截住了金戈的话头，说道："那还有完？为抗倭献身的人数以万计，你管得了吗？行了，这事你别管了，我来安排吧。傻蛋，你去，叫张村长的家人来一下。"

傻蛋仰着脸答应道："好，我就去。"

一连几天，白凤忙着请客，忙着发放银子。金戈正在屋里画图。他想打造一辆四轮马车，一辆战车，即使驾辕的马匹倒毙，车厢也能立得住。傻蛋成了白凤的尾巴，跟白凤跑来跑去。

一眨眼进了腊月，天气一天比一天冷了。这天，白凤在酒楼上请客，她把酒楼西侧的五间绸布店买了下来，把麻子后邻的一家宅子也买了下来。这样，金戈这块宅院变成了一个三面临街的大院了。宅子中间向东凸出了几丈，白凤计划把它分割出去，建成一个跨院，用来饲养骡马。白凤将文书契约办好，兴冲冲地找到金戈，说道："劳您大驾，签字画押吧。"说着，把一沓子契约递过来。

金戈推开桌前的图纸，惊道："这是什么？契约？"

白凤兴奋地说："哎呀，你就签字吧。我把旁边的绸缎庄、后面相邻的宅院都买下来了，你只管签字吧！我的大进士！"

金戈瞪着眼睛，看看白凤，又看看契约，一张一张地签了字，画了押。事毕，金戈问道："你没强买吧？这可是我的乡亲邻居。"

白凤一笑，说道："怎么会呢，咱们多出一倍的价钱，让他们占个大便宜。我们呢，贴金傍玉，得个实惠，两合适！懂吗？这叫作两合适！"白凤拿起契约，白了金戈一眼，飞似的跑了。

酒桌上，白凤面如朝霞，巧舌如簧，叭叭地说个不停。她鲜花般的容貌、黄莺般的声音，倾倒了筵席上的老少爷儿们。所有人的目光被她吸引住了，牢牢盯在她脸上。众人看着她秋波荡漾勾人魂魄的眼睛、曲线玲珑凹凸有致的身姿，没有喝多少酒也醉了。这时，白凤咯咯一笑，悦耳动听的声音又响起了："多谢各位乡亲们的帮忙，多谢乡亲们慷慨相助，我代金公子谢谢各位了，多谢了！我再敬诸位一杯。小女子先干为敬！"白凤说完，仰起了雪白的脖子，酒水吸溜一声入了樱唇。

西北角上有两个风尘仆仆的大汉，看了白凤精彩的表演，也端起了酒杯。两人边吃边说，不经意间几句话钻进了白凤的耳朵："……倭寇和桃花会、黑旗船三家联手袭击，惨哪！岳武院千号来人，转眼烟飞灯灭，只剩了岳老院主一个人，他受伤跳崖，掉在一块凸出的石头上，捡了一条命，却成了一个双料光棍……"

另一个大汉问道：“双料光棍？什么是双料光棍？”

“唉，妻子儿女都死光了，双手和小臂也离身而去，不是双料光棍是什么？”

那个大汉又问：“啊，岳家绝户了？子孙一个没剩下？”

“听说只剩下了一个女娃，就是那个号称天仙子的岳霞。事发当天，她在南京的外婆家，躲过了这一劫。现在她已经上了武夷山，哭得天昏地暗、悲恸欲绝啊！”

“喝酒！喝酒！”说话的人一抬头，他看见了白凤雪亮的眼睛，立刻闭了嘴。

白凤心里咯噔一下，心想：“岳武院完了，岳霞还活着，怎么办？要告诉金戈吗？”白凤向前走了两步，又停住了，咬了咬嘴唇，转身下了楼。

晚上，白凤来到金戈屋里，关上门，闪身坐在金戈身边。金戈闻着女孩子特有的气息，心又狂跳起来。金戈控制着心中的欲火，默念着“非礼勿动，非礼勿视”的格言，心旌不住摇动。白凤闻到了金戈粗重的喘息，笑吟吟地说：“金戈，你能不能陪我回一趟黄山？马上要过年了，我想回家看看，行不？你跟我一块去，我一天见不到你，就像丢了魂似的。”

金戈抬手擦去了鼻子上沁出的汗珠，温言道：“我也舍不得你。不过，我上你们家去算什么，见了你爹娘，你叫我怎么说？”

白凤笑道：“怎么说，姑爷呗！反正我已经卖给你了，铁定做你的妻子，怕什么？过了年，盖好了房，你也该娶我了吧，我可不愿意老是这样，要不，今夜我就和你睡！”

金戈笑道：“你不怕别人说你呀？你可是堂堂正正的黄花大姑娘。”

“不怕！我生是你的人，死是你的鬼，还怕什么？这世上还没有我白凤怕的事，只是你不敢，胆小鬼！”白凤脸一红，幽幽地说，

“就在我说卖给你的那一天，人就送给你了，你不敢要，叫我怎么办？一个呆头呆脑的大傻瓜！”

白凤见金戈默不作声，又说道：“我看你才应该叫傻蛋，傻蛋不傻，金戈不精！”说完，叭地亲了金戈一口，闪身跑了。

过了一会儿，白凤又喜滋滋走了进来。金戈的心又狂跳起来，急忙道：“你，我……”

白凤伸出手指一指自己的嘴唇，嘘了一声，接着轻声道：“刘妈还没睡呢，小点声！看，我画了一张草图，你给看看！”白凤说着坐在床铺上，摊开了草图，一指纸上的图形，说道：“这片宅子分成三个大院，后面盖上两栋楼房。前面的门脸房和配房不动，正房嘛，也长高一层，你看怎么样？”

看见了图纸，金戈静下心来，抬头问道：“盖这么多房子干什么？有用吗？”

白凤笑道：“不多，娶个三妻四妾的还不够用呢。不过，咱可先说好了，白神庄的姑娘可不做妾，最少是个右夫人！

金戈一愣，问道：“右夫人？什么意思？”

白凤纤腰一扭，说道：“反正我不做小。你娶岳霞，也要娶我，我和她平起平坐，她是左夫人，我是右夫人。你左拥右抱，美死你了！”

金戈心里一荡，笑道：“那太好了！行！你看着安排吧！”

白凤道：“盖一间二层的楼房要二百两银子，加上杂七杂八，也超不过三百两。我们盖上两栋，十个金元宝绰绰有余，今晚我就安排。后面的楼房马上动工，这三间正房出了正月再动手。明天起早咱们就去黄山。早点睡吧，做你的美梦去吧！”白凤一抬白瓷般的下巴，笑了笑，一拧身子出去了。

金戈头脑渐渐清楚了，他握紧拳头告诫自己：“偷鸡摸狗的事可不能干，你知书达礼，饱读圣贤之书，千万不能坏了名节，误了报仇雪恨的大事。”

这时，岳武院岳家庙里，岳老院主给岳霞介绍完岳氏密洞，最后说：“进去看看，拿开蒲团。”岳霞走到供桌前，拿开了蒲团，蹲着身子钻了进去。到了最深处，使劲推搡后墙石。岳霞使出吃奶的劲，也推不动那块没有半点缝隙的石壁。岳老院主蹲着身子进来了，看岳霞推不动石壁，骂道：“没用的东西！滚开！”

岳霞一侧身，岳老院主坐在地上蹭了过去，用脚踹向石壁左侧，岳霞也伸一只手助力。石壁移动了，无声无息向右侧转过去。岳老院主再次问岳霞：“院门闩好了？庙门也闩好了？”

“都闩好了，爷爷！”岳霞忐忑不安地回答。

“好，进去，小心，来，来，好！蹲着走，对，随着爷爷来，慢点！对，再慢点。”岳老院主蹲着身子钻进了秘洞，岳霞也蹲着跟进来。

岳霞觉得爷爷的肩膀在靠自己，同时听见了爷爷的声音：“直腰吧，站起来，把我拉起来！好！你回过头去，在石壁上摸摸，石壁上有个小龛，里面有火石火刀，摸着了吗？”

岳霞道：“摸到了。”岳霞拿着火石火刀，啪啪打了几下，点着了纸煤，石洞里有了亮光。

岳老院主咳嗽了一阵，说道：“点吊灯，上面！躲开那儿，石门会自动关上的。”

岳霞看见了四盏巨大的吊灯，岳霞一一点燃了，霎时，石洞内亮如白昼。岳霞乌黑的眼珠骨碌碌转动着，惊奇地打量着这个神秘的洞穴。石洞高一丈多，宽有九尺，弯曲着向里伸展开去。吊灯附近的石壁被修理得整整齐齐，刻满了文字和图形。老院主看见一尺多厚的石门慢慢合上了，看见岳霞把火刀火石放回了小龛，忽然抬头向天，纵声长笑。笑声引来一阵剧烈的咳嗽，岳霞急忙过去给他捶背。岳老院主蹒跚走到刻着一片文字的石壁前，得意地说道："你学会第一阶岳武功了吧？它真正的名字叫三步追风！看看吧，这是第二阶岳武功六步摇柳和第三阶岳武功——八步赶蝉，哼，真正的岳武功都刻在这里呢……"

岳霞垂下头，说道："爷爷，我，我不是男人，不让看……"

岳老院主哼了一声，叹道："事到如今，岳家就剩下你一根独苗了，还分什么男女？不过，以后还是要分的。你听着，要看懂石壁上这些字，就要记住解密口诀：'一四七，看偶奇。二五八，看字凹。三六九，看句首。''一四七，看偶奇'的意思就是连续看偶数或奇数的字，隔一个字看一个字，至于看偶数或看奇数，自己连着看看，有意思就行。这篇文字的第一行、第四行、第七行都这样看才能看懂。'一四七，看偶奇'，明白了吗？"

岳霞眨着美丽的大眼道："明白了，就是隔一个字看一个字。第一行、第四行和第七行要这样看才对。"

岳老院主回头问："那么第二行呢？"

"'二五八，看字凹。'第二行、第五行、第八行是要看较凹的字。"岳霞说着，端详着石碑上的字句，只见这些字果真深浅不同，但不明显，读起来有点费劲。

岳北老院主说道："嗯，不错。二、五、八行要找较凹的字连读。刻得浅的字没用，那都是废字，不要管它。"

岳霞伸出素手，点着刻得较深的字念下去，意思完全变了。

岳老院主又问："'三六九，看句首'呢？"

岳霞想了想说道："是不是第三、第六、第九行只读第一句呢？"

岳北老院主嗯了一声道："是每句的第一个字，不是每行，你会断句吧，先断句，再断字。好了，你按着解密口诀去读这段文字，就是我们岳家真正的岳武功。第一段看明白了吗？那是岳武功的总纲：一练气，二练柔，三练步法和骗术！岳武功第一阶说'蹲练力意动练气，连吸连呼一口气’也没错，但重点是练气。嘿嘿……第二阶重起炉灶！练柔，练到‘六步摇柳’！再看这里，这一段说的是‘九转迷魂步’的练法，是岳武功的第七步，也是岳武功的核心——骗术，练成了就叫‘八步赶蝉’，身出幻影全靠它。第八步是岳武拳和岳武枪的绝招和一些秘法。有两招枪法和一招掌法，叫作‘双绝枪’和‘翻天掌’。其实，岳武功的根基在第一阶，练气练力练意，是基础。我们岳家并未藏私。练不好第一阶‘三步追风’和第二阶‘六步摇柳’，‘八步赶蝉’就没法练成。练柔最好从小练起，胳膊腿硬了再练，那是白费劲。不过，金戈是个特例，邪了门了，他竟然把柔功练成了，腰软得像面条。你记住，柔术没练好，不要练习‘九转迷魂步’！切记，切记！你的柔功要练到蛇晃蛇行才可以，不然不能练习，如果把腰练坏了，武功就废了。”

岳霞的眼睛看着第三段文字，小声问道：“第八步的绝招也不能练吗？”

岳老院主看看唯一的孙女，神色黯淡了，皱着眉说道：“唉，那些绝招缓缓再说吧。没有‘九转迷魂步’辅助，绝招威力大减。再说绝招一旦使用，不绝敌则泄密，再用就不灵了，先放放吧。等你有了一击必杀的本领，再练习也不迟。所以，我没让你的叔伯们练习。嗐，看来我错了，还不如让他们把绝招练了，到时拼个鱼死网破也好啊。至于你，如果十年内练不成‘九转迷魂步’，绝招就练练吧。但是，暂时不要练。”

“是，爷爷。”

“至于那些藤蛟枪的制法、樟脑蛇皮油和岳氏白药的制法等等，都记录在墙，你知道就行了。唉，你三爷爷强练第七步，身子练坏了，瘫了二十多年。你绝不可贪功冒进。你三叔父刚摸到了一点门槛，人就没了。唉，命！命！这就是命！”岳老院主泪光闪动，摇摇头，叹口气，接着说道，“来，再看这边。”岳老院主转到石洞另一侧，沉痛地说道：“从岳飞老祖到我这一辈，岳氏子嗣共计延续了一十六代，先后有七位先辈为探索岳武功而伤残，你二爷爷就是其中一位，一死七伤啊，岳家的岳武功实在是来之不易。前辈们为探索岳武功奥秘，前仆后继，义无反顾。你一定要继承岳氏一门精忠报国的宗旨，你要对得起岳家列祖列宗。这些人中，你的大爷爷，也就是我的大哥，他的岳武功成就最高，练成了‘八步赶蝉功’，从此他枪出带风、身出幻影，打遍天下无敌手。但是，他功成之后，却心火不断，吃了好多败火的药物也不管用，最后内火攻心，自焚而亡。当时，我就在他身边，亲眼目睹了他的惨状，至今我的耳边还常常响起他凄厉的叫声。”

岳老院主叹了一口气，走向石壁深处，看着石壁说道：“这里的文字，是一些探索岳武功的心得笔记，本来盼你三叔父有所突破，不料却遭到了阴阳魔的毒手，都是金戈这个王八羔子闹的，丧门星！王八蛋！”

岳霞不敢答言，默默听着。

“这是‘双绝枪’和‘翻天掌’绝招。‘翻天掌’是外来的功夫，没有加密，拐来拐去的不好练。”岳老院主指了指一块布满毛笔字的石壁，摇了摇头又道，“‘双绝枪’必须用藤蛟枪才行。你家原来有一杆。那边还有九杆制好了的藤蛟枪，还有一捆缅甸老藤条，但条顺直溜的不多了。你家那杆藤蛟枪丢了，我使得那杆枪也没了踪影，你再拿一杆吧。今后，一旦见着那两柄藤蛟枪，要想办法收回来。藤蛟枪除了要有缅甸老藤条外，还要经过火烤油煮，并缠绕棕绳铁丝，然后还要上漆打磨，经过十几道工序才能制造成功。制成后枪杆坚硬如铁而富有弹性。藤蛟枪要保管好，不是嫡系，不可赠予。记住，岳武功第一阶是基础，自己的儿女也要苦练第一阶岳武功。‘九转迷魂步’是岳武功的灵魂，骗倒敌人才是至高境界。从今天起，你每晚进洞练功，趁着我还有口气，还能指导指导你。”

“是，爷爷。”岳霞点头答应着，走回刻着岳武功的石壁前，看了几位前辈的练功心得，心中大惊：“金戈猜得丝毫不差，练法一模一样，真是匪夷所思。”

岳霞脑海波浪翻滚，过了好久才静下心来。抬头一看，爷爷已经不见了。岳霞估计快天亮了，叹了一口气，拉开石门，蹲着身子走了出去。岳霞从供桌下钻出来，回头一看，石门无声无息地关上了。

天亮后，岳老院主把岳霞叫到跟前，语重心长地说：“你是岳家的独苗了，咱们的祖宗岳飞看着咱们哪！为今之计，只有委屈你了！为了光大我岳氏门庭，我决定，你要比武招赘！”

“比武招赘？”岳霞闻言一惊。

“是的，岳武院要发布招赘告示，凡是十八以上、三十以下，我大明王朝未婚男子，自愿更名改姓入赘岳家，并且比武夺魁者，可与你成亲。你要为岳氏一门生儿育女，传宗接代。”

“不！我不，不……”岳霞满脸惶恐，摇头大叫。想到金戈，心里一阵绞痛。

“你跟我来，来！来！”岳老院主厉声道。最后一个字，更是高声喊喝。

岳霞跟着爷爷来到院里。山崖阴冷之处摆满了岳家儿郎的尸体。岳老院主不让埋葬，确有他的道理。

岳霞掀开白布单，看到了父亲，看到了母亲。他们面容如生，岳霞的泪水顿时顺着光洁滑嫩的脸颊流淌下来，打湿了衣襟。

岳老院主命令道：“你，解开你父亲上衣，露出他的后背。解开！快！”

岳霞小心翼翼，翻转父亲的尸体，露出了后背，看见了“精忠报国”四个鲜红的大字。岳霞小时候曾经见过父亲后背上的字，今日再见更觉刺眼，泪水顿时糊住了眼睛，想起了“岳母刺字”的故事，心中豁然一亮，心道：“我们岳家真是一门忠烈，确实应该大义在先！可是……”

“你看看，岳家所有男子后背，是不是都有刺字？”岳老院主铁青着脸命令岳霞，但语气略有缓和。

岳霞又看了几个叔叔和一个兄弟的后背，果然后背上都有刺字。岳老院主大声叫道：“你的女婿入赘岳家，也要刺字，你的儿子姓岳，也要刺字，本支岳氏就托付给你了！”说完，扑通一声，岳老院主跪下了。

“爷爷！”岳霞慌忙跪下，膝盖当脚，爬到爷爷跟前。岳霞泪流满面，哽咽着说道：“我答应就是了，您安排招赘吧，孙女认命了。”岳霞哭了，她肩膀耸动，泪水长流。

岳老院主也是满面泪痕，泪珠顺着他花白的山羊胡子滴答而下，滴在胸前的大襟上：“孩子，委屈你了！金戈如果前来比武，愿意入赘我岳家，我绝不反对，我热烈欢迎！双龙令虽未取消，却不再追杀金戈了，他听到岳武院遭受大难，理应前来看望，可是他至今未来……”

“金戈不会入赘的，不，他那么骄傲……”岳霞哽咽。

岳老院主勃然大怒，叫道：“做堂堂的岳武穆之后，难道辱没了他？有他不多，没他不少，天不会灭我岳家的！带我去大殿！”

岳霞心想：“我心不变，走一步说一步吧，金戈真的不肯入赘，我就跳峡。岳霞跳峡，衷情不改！”想罢，她搀起了爷爷。

大殿已经盖好了房顶，几个木匠正在安装门窗。岳霞搀着岳老院主走进大殿，笑面佛、铁手佛、风云剑、仁义双雄、金禅腿李方亮赶紧迎上去，神鞭赵旭和铁胳膊郑振廷等人也围了过来，四面透风的岳武大殿里顿时热闹起来。他们围着岳老院主嘘寒问暖，岳老院主不住地点头致谢。这时，岳老院主咳嗽一声，说道：“各位辛苦了，各位请坐，我有话说。”

地上横七竖八放着一些檩条，边边角角铺着一些竹席，豪杰们先后坐下了。岳老院主先和笑面佛、风云剑等人把比武招赘的意思说了说，然后大声道：“各位，我岳北得到各位朋友的鼎力相助，感激万分。今天，我要说两件事，第一件，就是去掉双龙令中击杀金戈的条文，只留下协助戚将军，消灭倭寇一款！”

笑面佛一声佛号出口：“阿弥陀佛！善哉善哉！”

风云剑道：“无量寿福！”

岳老院主又道：“第二件，为了光复岳武院，我决定岳霞比武招赘，明年正月十六到正月十八比武三天，正月二十拜堂成亲。各位帮忙写个告示，遍传大江南北，告示的内容大致有三条：一、年龄十八岁到三十岁的汉人未婚男子。二、愿意入赘岳家，并更名改姓。成婚之日，须唱入赘歌。三、婚后所生子女姓岳，继承岳氏香火。告示的抬头就写：岳霞比武招赘。”

风云剑华清子笑道：“岳武院大旗不倒，岳小姐可是大功一件！各位，我们分分工，各自负责一片，飞鸽传书也好，骑马通告也好，各负其责。各府各县均有告示贴出，县城三份，府州六份，都市大邑来他个十份八份，诸位安排一下，腊八之前贴完，如何？”

“行！”众豪杰哄然答应。

“遵命！”有人高叫。

仁义双雄走过来，铁铃公子拉拉岳霞衣袖，岳霞跟着他们来到大殿一角。岳霞脸色一红，眼眶湿润了。铁铃公子说道：“赶紧安排买粮买菜，已经没有多少吃的了。天气越来越冷，住所也该安排一下了。”

岳霞一听因为这事找她，说道：“我没钱哪，咱们一块找蒋堂主吧？”

铁扇公子道：“好……咱、咱们……走！”说着，三人一起走出大殿。

杭州都指挥衙门前张灯结彩，一些文臣武将进进出出，门前的卫兵也是喜气洋洋。戚继光接到圣旨，荣任浙江都指挥使了，总辖浙江境内各路兵马。俞大猷也被起复，官拜副将，戚继光平添了一大臂助。因为上峰岭大捷，戚继光上报朝廷的功勋名单也获准奏。

戚继光在义乌又招收了三千士兵，混编后成立了右路军，交给了俞大猷，命俞大猷带队操练。知事胡守仁荣升参将，奉命编练三千温州海防兵，组成了左路军。游击将军戚继光亲自率领的中路军装备也是焕然一新，并增添了两支三百人的骑兵哨队。

接着，戚继光召集境内各卫各所立即备战，布置情报传递和粮饷供给。霎时间，整个浙江动了起来，一只威猛的老虎苏醒了。

江南军务总督赵文华来到杭州，送来了他的侄子赵小峰。赵小峰二十多岁，满脸的小疙瘩，说话流里流气。他被任命为浙江兵马司监军了，与戚继光平起平坐。赵小峰进了署都衙门，一把就抄起了指挥使大印，说道："戚将军，本监军替你保管指挥大印，用印的时候知会一声，本监军替你用印！哈哈！"

戚继光急忙道："这、这怎么行？我随时要用印，请监军大人高抬贵手。总督大人，您看这……"

赵文华鼻子眼有点不通气，冷笑道："听说你给了崔家语大把银子，噎死了他，有这回事吗？"

戚继光走上前来，笑道："总督大人，卑职明白您的意思了，您回去等好吧！"

赵文华侧目斜视，阴恻恻地冷笑道："我就说嘛，戚继光是我的人，有好处怎会撇开我呢。你当指挥使，那是我的力保。和你争指挥使的大有人在，别看那些人名不见经传，钱财可多，不是我和严阁老力挺，你当都指挥使，下辈子吧！好了，小峰，把大印还给你戚大哥，今后你们哥俩要多多亲近，互相照应！”赵文华说完了，挺着大肚子走了。

一个知事脸涨得通红，骂道：“指挥使的职位是拿血汗换来的，积功升来的，在这评功摆好，不嫌风大闪了舌头！”

戚继光叹道：“随他说吧。消灭倭寇要紧，救国救民要紧，不必和这些人计较。”

知事道：“钱呢？剩下的钱全买了马匹……”

“没有翻不过去的山，没有游不过去的河！走一步看一步，到时候，我们必有应对之法。就是不给他送银子，他又能怎么样？”戚继光说完皱着眉头出去了。

一个把总走过来，悄悄问：“还有多少钱？”

知事道：“多少钱？哪还有哇。前些日子发了部分赏银，置办一些帐篷，买了六百匹战马，又拨给了岳武院两万两，前前后后用去了二十多万两。最近又买了十几艘战船，哪还有钱给他们？他们应当给咱们银两，给咱们粮草。和作战的大军要钱，这不是河水倒流了吗？真是岂有此理！”

清晨，岳霞出了家庙，站在墙皮上还带着黑灰的院主大院里。岳霞呆呆地看着刚修好的六间正房。这六间房左四右二，东首的四间正房中有个连二的客厅，两边是寝室。西首的两间房是练功房，窗户上常年挂着草苫子。岳霞让人卷起了草苫子，找来了两张床，练功房变成了岳霞的闺房。西厢房也修好了，钟楼上也有人值班了。岳霞皱着眉头在院里转了转，推门走进了苫子房。

凤玲看见岳霞回来了，连忙端来宽沿铜盆，倒上热水。岳霞洗完了脸，拿起梳子，说道：“凤玲，你也该练习岳武功了，你先学第一阶岳武功，这是基础。”

凤玲一惊，连忙摆手，惶恐地说道：“小姐，这可不行。”

岳霞一边梳头，一边说道：“你从小就来到了岳家，我父母本来就没拿你当丫鬟，吃饭时我们一起吃，练武时一起练，咱俩就像亲姐妹，风风雨雨走过了十几年……”

凤玲奇道：“小姐，你怎么了？说这些陈芝麻烂谷子干什么？你今天是怎么了？”

岳霞目光黯淡，低声道：“你不是丫鬟了，今后你就是岳家的二小姐了。”

凤玲接过岳霞手中的梳子，转到身后，给她梳理蓬松的头发，同时说道：“小姐，你怎么了？”

岳霞道：“招赘比武的事你听说了？”

凤玲垂下了手，低声道：“听说了，过了年，正月十六开始比武招赘。金公子肯定会赶来的，你是不是担心他不会来？”

岳霞愁云满面，叹道：“金戈至孝。他以他父亲为荣，以他母亲为傲，他会更名改姓吗？他会念那下贱的入赘歌吗？”岳霞摇了摇头，“我是非他不嫁，此志生死不渝。金戈当真不来，我就以死殉情，传宗接代的事只好交给你了！”

凤玲慌了，急忙道：“我怎么行？我又不是亲生的……”

岳霞转过身来，抓住了凤玲的手，说道：“亲不亲的有什么区别？岳家一脉相传的是遗志，不是血脉。来，我先传你一阶岳武功。”

凤玲晃着肩膀挣扎，说道：“不……”

“哎呀，来吧！”岳霞手上用劲，拉着凤玲来到床前，顶着透过窗户射进来的散碎阳光，比比划划地说起来。

大殿里乱哄哄的，有人在吹牛打屁，有人在踢腿挥臂。铁铃公子和铁扇公子站在角落里比比划划商量着什么。铁扇公子伸着手说：“回家，走！我们，回……家，过……年。”

铁铃公子笑道：“想家了？是啊，真快，出来一年多了，是该回家看看了。看看微波荡漾的白洋淀了，看看雄伟沧桑的瓦桥关。我妹妹一定长高了，娘亲的病也应该好点了。你呢，这回再不定亲可说不过去了。定亲前你可要告诉我一声，我要去打听打听，访访这家的人品。万一碰上一个尖酸刻薄的女人，说不定就会拆散了咱们这对好兄弟！”

铁扇公子道：“今天……走。”

铁铃公子惊道：“今天？天都快黑了，怎么，真想家了？真的归心似箭？”

铁扇公子点头，道：“对！”

“好吧，”铁铃公子说道，“咱们去见过岳霞，和她道个别，今晚就走！”说着，他们来到了院主大院，到了苫子房前，啪啪敲打屋门。

“来了。”苫子房里传出凤玲的声音。凤玲拉开屋门，看见了仁义双雄，脸上立刻堆起了笑容，说道：“二位哥哥来了，快进来，我们小姐刚才还念叨你们呢。她刚出去，一会儿就回来了，来，屋里坐。”

仁义双雄随着凤玲进了屋，凤玲道：“没有开水，泡不成茶了，对不住二位哥哥了。”

铁铃公子笑道：“我们又不是外人，喝不喝茶的有什么关系？”

凤玲神色一暗，忧心忡忡地说道：“我正想去找你们呢，想麻烦二位哥哥一下。岳武院就要比武招赘了，可小姐还是非金戈不嫁。你说，到了那天，金戈要是不来，得出多大的乱子？我想请二位哥哥下山去，再找一下金戈。不论金戈愿不愿意入赘，正月十五前，也要见见我们小姐。‘金陵大战’已经过去一个多月了，怎么听不见金戈的消息呢？按说岳武院出这么大的事，早已传遍江湖，他怎么不来看看呢？难道他出了事？难道他还在躲着岳武院？我担心我们小姐比武的那天见不到金戈会寻短见。她今天非要我做岳家的二小姐不可，还传了我岳武功，我看不是好兆头。”

铁铃公子拧着眉看了看铁扇公子，铁扇公子点了点头，说道：“好！我、我们……就去！”

铁铃公子说道：“金戈是应该回来看看，不过，让他入赘，恐怕不大好办。这样吧，我们今晚就走，找得到他找不到他，比武招赘之前也给你回个信。”

正说着，岳霞回来了，仁义双雄站起来。岳霞见到仁义双雄，脸上立刻露出了笑容，亲热地叫道：“二位哥哥来了，快请坐。凤玲，你怎么不泡茶呀？”

铁扇公子道：“不、用……用……了！”

铁铃公子说：“不是外人，我们又不渴，现在不比从前，岳武院百废待兴。我们也待不住了，一会儿就走，我们要下山了。”

岳霞奇道：“啊！二位哥哥要走了吗？天快黑了？”

铁铃公子道：“我们有点事，去找戚家军，顺便找找金戈，让他回来见你，也和他说说这里的事。”

岳霞赶紧站起来，眼含热泪，微蹲施礼，悲声道：“那就有劳二位哥哥了。小妹今生无以为报，来生结草衔环报答二位哥哥的大恩。二位哥哥见到金戈，务必要他前来见我，至于入赘不入赘，随他的意思。我爷爷已经不怨恨他了，岳武院也需要他帮忙，烦请二位哥哥和他细说分明。”

铁铃公子道：“放心吧，见到他，我们陪他一块回来就是了。我们走了，你要保重身体，万事想开些，不可钻牛角尖。”说着，二位公子走了。岳霞和凤玲跟出来，送了老远。

太阳就要下山了，西边的山峦上飘浮着一片惨淡的灰云。铁铃公子和铁扇公子跃马扬鞭，驰过了半壁峡木桥，消失在远方。仁义双雄熄灭了思乡的念头，推迟了婚事，为岳霞再次寻找金戈。他们二人急人所难，事事为别人着想，被称为“仁义双雄”真是名副其实。

二十六 黄山八女

仁义双雄刚走，九弟就晃着身子进了院。他见岳霞和凤玲正要进屋，连忙喊道："表妹！表妹！"

"表哥！"岳霞站住了，回身看向九弟。

九弟紧走几步，笑嘻嘻地说道："表妹，我上山快一个月了，整天让我买这买那，烦死了。明天带我去趟虎啸岩吧，我小时候去过一次，还是姑母带我去的。冬天的武夷山我还没逛过呢，明天你带我走一遭如何？"

岳霞摇头道："现在可不是游玩的时候，起码我不能去。父母的遗体还没有下葬，房舍的修缮还没有结束。爷爷需要照顾，客人们需要安排，我哪有空陪你玩？就是有时间，在这个节骨眼上，我也不能去呀。表哥，要去你自己去，我可不能去，不然爷爷准骂我。"

九弟歪歪戴着网巾的脑袋，瞅了一眼正用手指梳理抓髻的凤玲，说道："要不叫凤玲陪我去？我一个人去多没意思。"

凤玲白了他一眼，说道："李大少爷，我可没空！现在一个人顶着仨人使，忙得团团转，哪有空游玩？李大少爷，你自己请吧。"

"请，请什么请？"九弟道，"你撵我走？我可不走，我要在表妹这儿坐会儿，整天和一帮和尚道士待在一块，烦也烦死了。我看见表妹就高兴，我上你们屋里坐会儿。"说着，大步向前，推开屋门就走进去。

凤玲看看岳霞，岳霞看看凤玲，摇摇头，抬脚进了屋子。九弟正在屋里东张西望，哼着小曲，颤悠着身子。

凤玲一跺脚，说道："你的脸皮可真厚，不请自来，这可是闺房。"

"闺房？我是她表哥，她是我表妹，还分什么闺房不闺房？姑表亲，辈辈亲，打断骨头连着筋！我比你近！"说罢，一屁股坐在椅子上，又说道，"泡茶，把好茶叶拿出来。"

凤玲撇撇嘴，说道："你猜个谜语，猜对了，我就去烧水，给你泡茶！猜不对嘛，立马走人。"

九弟二郎腿一跷，晃着穿着圆口布鞋裹着白布的脚道："说说看，说说看，本少爷不爱玩谜语，看着表妹的面子，勉强听上一听。"

凤玲睁着圆眼，揶揄道："西女门中市，言青山上山。打四个字，你猜猜吧！"

"西女门中市？……"九弟晃悠脑袋思索起来。

过了片刻，岳霞说道："表哥，她叫你出去呢，我们也该练功了。过一会儿还要去陪爷爷，抽空还要去大殿看望群豪，我们忙着呢，你走吧。"

九弟道："她叫我出去我就出去？凭什么？……言青山上山……"

凤玲一探身子说："要闹请出！笨！李大少爷，明白了吗？"

九弟睁着大眼问："明白什么？"

岳霞道："表哥，西女是个'要'字，门中市是个'闹'字，言青是'请'，山上山是'出'字，要闹请出！你还不明白？真笨！"

"要闹请出？我不闹，不闹。表妹，你弹首曲子，让我听听，听说你琴艺大长，你弹一曲让我欣赏一下。”

凤玲伸手拉他起来，说道：“好听赖听你都听不懂，磨蹭什么？快走吧。”

九弟站起来，嬉皮笑脸地说道：“不走，不走，我偏不走！”

“凤玲！凤玲！”外面传来岳老院主的喊声。凤玲连忙跑出去，岳霞紧走几步，也跟了出去。九弟来到门口，推开屋门向外张望。

“来了！来了！”凤玲喊着跑到岳老院主跟前。

岳老院主满脸通红，抖着两只空袖子骂道：“你个烂妮子，不叫你就不来，非等着喊。不知道我要用人吗？”他看见岳霞也跑来了，说道：“霞儿，赶紧给我找个男仆，这可不行，他奶奶的，憋死我了！”

岳霞道：“爷爷，你要上茅厕吗？我来。”

岳老院主说道：“对，上茅房，快点，凤玲跟我去，你别去。赶紧着给我找人，要不然非别扭坏了不可！”

过了一会儿，凤玲跟着岳老院主从茅厕里出来了。岳老院主看见岳霞还站在院子里，黑着脸说道：“赶紧找个人，一天都不能凑合了。”

岳霞点头道：“好吧，我马上安排。”

“那好，我去大殿看看。”岳老院主说完嗒嗒地走了。

岳霞和凤玲互相看了看，走回屋子。进屋一看，九弟正摆弄金戈的古琴呢。凤玲见了，跺着脚喊道：“哎呀，李大少爷，你就出去吧，我求你了，哪有大小伙子老待在闺房的！走吧，我们小姐不好意思说你，你自觉点。我们也该去大殿了，走吧走吧。”

“走就走，我跟着表妹，给表妹当保镖。”

凤玲白了他一眼，说道：“当保镖？你也配？你打得过我才行，真是的！不知道自己能吃几碗干饭。”

“走吧，我们一起去。”岳霞说着出了苫子房。九弟看着凤玲的眼睛，伸出了左手，手指一拧，啪的一声打了个响指。凤玲眼眉一挑，哼了一声，嘴角上勾，荡起了轻蔑的笑容。

九弟和凤玲踩着房屋的阴影快步向前，岳霞听见脚步声，说道："表哥，你明天去县城转转，找个男仆来，伺候我爷爷。"

"不用找了，我能行，我不在乎。男仆也不好找，再说，咱们也得节省银子呀，光花不进，花一个少一个啊。"

九弟道："哎呀，没钱你们和我爹要啊，他有的是钱！"

三人在房子拐角处站住了，岳霞幽幽地说："借了舅舅的，还不是要还？不借了，省吃俭用吧。男仆还是要请的，你不在乎，爷爷看着别扭。你看看，非得憋得不行了才叫你。"

九弟一扬秃下巴，说道："这件事交给我吧。小事一桩！"

天黑了，大殿里点燃了油灯。几个破瓷碗里装了半碗麻油，一条棉绳蚯蚓似的盘在油碗里，露出碗边的棉绳上冒着一股黑红色的颤动的火苗。碗灯旁边，豪杰们三五成群，谈天说地。角落里，有人站桩，有人压腿，还有人拿大顶。岳霞、凤玲和九弟进来了，忙和众人打招呼。

第二天傍晚，九弟带来了一个大姑娘和一个十几岁的男孩。他直接把二人带到院主大院，走进了苫子房。凤玲正在练功，见了九弟等人皱了皱眉，站起身子。九弟看了看凤玲，问道："岳霞呢？人带来了，两个，一男一女。"

凤玲看向九弟身边的女孩，见她个子细高，身上的衣衫虽然破旧，却很干净。看五官，竟然眉清目秀，目光不卑不亢，似乎很有教养。再看九弟身边的小男孩，脸色黝黑，衣服补丁摞着补丁，头发胡乱地束在一起，别着半截木头筷子。

九弟坐下了，得意道："这俩人不要工钱，给饭吃就行。女的姓梁，大户人家的姑娘，被倭寇屠门，孤苦伶仃。男孩是个叫花子，正好伺候老爷子。"

凤玲面无表情地说道："女的不要，我们用不着女孩子，你让她走吧。"

女孩慌了，连忙求道："小姐，留下我吧，我会伺候人，我举目无亲了，我无依无靠，你就留下我吧，给口饭吃就行。小姐，求求你了，你就留下我吧。"

凤玲冷冷地说道："不行。"

"小姐，留下我吧……"女孩说着跪了下去，眼中的泪珠已是滚来滚去。

"梁丫！"九弟说道，"别求她了，你去伺候客人，大殿里正缺人手呢，按说缺人的地方多着呢。你告诉岳霞，就说我做主了。她一个姑娘家，你叫她上哪儿去？你们不要，走的时候我带着。梁丫，你跟我走，我来安排你。"

凤玲一耸鼻子，说道："就你多事！好，你带她去前边吧，走的时候记着带着她。哼！狗拿耗子——多管闲事！"

九弟转身道："梁丫，你跟我走，到前边去。她厉害着呢，你离她远点更好。"

九弟带着梁丫走了，凤玲把小男孩带到了上房屋里。

官道上，一辆崭新的轿车不紧不慢地走着，赶车的位置上坐着傻蛋。他抱着马鞭，哼着小曲，俨然一个老把式。

车厢内，金戈和白凤面对面坐着，白凤满脸都是笑意。早上，白凤交给柳掌柜十个金元宝，把盖房的草图交给了他，要他找人盖那两排楼房。柳掌柜看完后，又详细问了问。事毕，白凤告诉柳掌柜，他们要出门办事，不定什么时候回来，有事和刘妈商量，说完上了车。柳掌柜对白凤佩服得五体投地，买卖人都佩服精明人。白凤这回购买隔壁的铺面和邻家的宅院，话语不卑不亢、能言善辩，通过几天商谈，把邻家的铺子、宅子合情合理地买到了手，真是快刀斩乱麻，柳掌柜心悦诚服。他对别人说：“没见过如此干练的女人，白姑娘真行！”白凤也给刘妈留下两个金元宝，以备不时之需。同样告诉柳掌柜，他们此去不定上哪儿，一时半会儿怕是回不来。

几天后，金戈和白凤坐着轿车一路颠簸到黄山东麓，进了县城。白凤买了几十匹上好的丝绸、几十条缎子被面、几件貂皮大衣。这样一采买，绸缎庄的掌柜差点乐得掉了大牙。接着，白凤又把金戈和傻蛋精心打扮了一番。

出了县城，轿车奔向了白神庄。车厢里，布料和衣物堆得满满的，金戈和白凤被挤到了车厢门口。白凤格外兴奋，看着金戈说道：“亏了这辆宽敞的轿车，不然，咱俩就要跑路了。哎，我说，你可不许小气，你这是第一回上门，那六十亩茶园要买回来。花多少钱也要买回来，就说爷爷让买的。不，让我想想，就说你买的吧。怕什么，才要几个金元宝。”

金戈笑道：“你不是说用你的宝石换吗？怎么，又黑上我的金元宝了？”

“嘿，瞧你这人，你这么多金子多不好带呀，那红绿宝石可是一对，你忍心分开它们呀？再说，那是我的聘礼，你休想打它的主意，哼！小气鬼！”

“你看看，你买了一大车的东西，就差点没有把整个县城搬回来，我还是小气鬼？”

白凤歪头一笑，说道：“我这么一个大活人给了你，这车东西算什么？”

金戈一想也对，白凤确实是千金难买，就说：“行了，听你的还不行吗。”

白凤又道：“我们白家，我奶奶当家，你的礼节可要周全，她的眼里可不揉沙子，精明得很。”

金戈心头一凛，说道：“你可别吓唬我，我胆子小。”

道路顺着一条小河蜿蜒而上，过了一个山坳，一个小山村呈现眼前。

“到了，到了！”白凤一拉金戈跳下车。

金戈顺着白凤的手望去，只见一个白墙黑瓦组成的村庄坐落小河旁。村庄黑白分明依山面水，掩映在林木之中。村庄两侧的梯田台阶似的一层一层向上叠起，村后碧绿的林木海潮似的一浪一浪向上涌动，村前镶着花边的小河吐着白沫冲击着巨大的鹅卵石，荡起了一道一道薄薄的透明的水帘，好一个恬静美丽的山村。

白凤双手卷成喇叭，高声喊喝：“我回来了，凤儿回来了！”

“回来了……回来了……”山谷里荡起了绵长悠远的回音。

金戈眼现诧异，问道：“这就是白神庄？这就是赫赫有名的大明武学‘四大高山’之一的黄山白神庄？”

白凤道：“如假包换！我们白家自食其力，生活简朴，你失望了？可不兴笑话！”

金戈摇头道：“铁嘴华向来轻财重义，募捐来的钱财全部送给了戚家军，自己也捐了六十亩茶园，令人钦佩。没想到他的家竟是这样简朴，佩服，佩服。再说，自食其力可是我们汉人的一大美德，岂能笑话？”

“那，东西我看着分。还有，那小盒里的首饰，我也要给她们一些，不许小气。”

“又来了。”金戈哈哈一笑，说道，“你随便，有什么好小气的，物件都是我们的，都给了他们也没关系！”说完后忽然想起凤玲，那串玛瑙项链应该留给她，她有恩于自己，马上说道：“那串玛瑙项链留下吧，我有用。”

“哟，你挺识货的，就那件是宝贝！你真是……”白凤忽然凑到金戈的耳边，小声道，“你是一五眼加一五眼——二五眼，墙头上尿尿——好高眼儿！”

“啊？你想找打！”金戈伸手要打，白凤咯咯笑着飞奔而去。白凤身轻如燕，金戈奔行如风，两人放开了脚步，箭似的向前蹿去。早有七八个姑娘迎了出来，见了他们齐声叫喊：“大姐！大姐！”

她们叫着大姐，眼睛却不瞧她们的大姐白凤，却瞥向白凤身后的小伙子。这是一个身材瘦长的年轻男子，麦色的肌肤，细长的眼睛，高高的鼻梁。他嘴角带着一丝笑意，身上散发着一股骄人的气息。他身穿月白色的绣花长袍，腰系杏黄色的英雄带，脚下蹬着黑皮的抓地快靴，身后还飘着一条束发的蓝色飘带。嘿，好一个英俊潇洒的年轻公子。

白凤站住了，回头一笑，说道：“来，我给你介绍一下，这几个都是我妹妹，八个妹妹。你们自报名号吧！”她又一指金戈，骄傲地说道：“这位是赫赫有名的金戈金少侠，三年前中过文进士，号称文章、琴艺、书法三绝的大明骄子金文杰。”

“哦，他就是南京击杀倭寇密使、玄武湖大战群豪、上峰岭引寇入伏的金戈金少侠？”

“对了，你们的消息够灵通啊！”白凤丹凤眼里闪着亮光道，“你们自我介绍吧，扭捏什么？”

“谁扭捏了，我叫白林！”一个前发梳着两根小辫的姑娘扑闪着大眼，羞涩地说。

“我叫白帆！”一个头戴步摇的姑娘说着低下了头，金戈看见她的脸红了。

“我叫白杏，她们都叫我杏儿……”

金戈看看这八位姑娘，个个身材高挑、如花似玉，就像一朵朵含苞欲放的花蕾。金戈心说：“这山沟里的水好啊，她们怎么长得这么水灵呀？”

姑娘们叽叽喳喳地说着，傻蛋赶着轿车来到了近前。白凤素手一抬，指着一个院子说道：“赶进那个院子，门口有碌碡的那个院子。”傻蛋应了声“是”，一扬鞭子，带着轿车骨碌骨碌驶过去了。

金戈跟着姑娘们走进了一个围着白墙墁着方砖的院落，看见了停在角落里的马车。姑娘们望了望金戈，一窝蜂似的跑进了墙山高于屋顶覆盖着黛瓦的屋子。屋子里立即传来嘻嘻哈哈的嬉笑声。金戈看了看白凤，白凤冲金戈一笑，伸手让道："金公子请！"

"金戈告进！"金戈一抱拳走进屋子。堂屋里的布局和农家的堂屋没什么两样，一侧是灶台碗架，一侧是米柜水缸，后墙的两个角落里立着一个吃饭用的方桌和几件农具，中间还留着一个圆拱形的穿堂门。白凤对金戈笑笑，挑起了东屋的门帘，说道："金公子请进。"

"白姑娘请！"金戈说着，跟着白凤进了上房。这是一间连二的大屋子，北墙前放着两个暗红色的板柜，柜前摆着一条长板凳，板柜上摆着些胆瓶胆罐。靠窗的一面有一张硕大的带着罩子的松木大床。东墙的迎门处立着黑色的八仙桌，桌子两旁摆着罗圈靠背椅。这时，八个女孩排成了一排，站在长凳前。一个瘦高个的中年汉子坐在罗圈椅子上，目不转睛地看着进来的白凤和金戈。

白凤快步上前，亲热地叫道："爹！我回来了！我娘呢？小帆和小月呢？"

白凤的父亲眼里露出了深深的爱意，反问道："你爷爷呢？他怎么没回来？"

"没回来，他忙着呢。爹，这是我的朋友，金戈金公子。"白凤转头又对金戈说道："这是我父亲白瑞祥。"

"白叔您好！金戈冒昧前来，打扰之处还请见谅！"金戈说着躬身一礼。

白瑞祥站起来答礼，说道："金公子不必客气。凤儿，你招待客人吧！你娘上佛堂看你奶奶去了，我去看看。你们几个，陪着你们大姐招待客人。"说完，披上衣服走了。

他一走，屋子里立即热闹起来，八个女孩子笑成一团。白凤兴奋地叫道："来，妹妹们，跟我走，帮我卸车去！"

一会儿，床上摆满了绸缎布匹。白凤手里攥着八件首饰，春风满面地进了屋，嚷道："妹妹们，每人一匹丝绸、一条缎子被面。挑吧，这可是杭州上好的绸缎！"

"呀，给一匹呢，发财了！"

白凤看看金戈，笑道："这是你们金大哥送的。"她嘴里的金公子，转眼变成了金大哥。

姑娘们改口也很快，纷纷叫道："谢谢金大哥！谢谢！"

姑娘们挑东西可认真了。几十匹绸子翻了个乱七八糟，绣花被面拉来扯去。白凤看着，脸上笑开了花。

白林叫道："你看这匹怎样？素花的。哟，你那匹在哪儿找的？"

杏儿的头从布匹堆里抬了起来，冲着白凤说："大姐，你过来帮我合计合计，哪匹适合我，来呀！大姐！"

白凤没动，冲杏儿眨眨眼睛。杏儿愣住了。接着，白凤又招了招手。杏儿放下手中丝绸，连忙跑过来。白凤看了看金戈，对杏儿道："杏儿，你看金大哥怎样？"

杏儿抬眼看了金戈一下，脸腾地红了，轻轻说道："大姐看上的人还错得了？人高马大，人中之龙！"

白凤一拉，把杏儿拥进了怀抱，小声道："把他说给你如何？"

杏儿脸更红了，嗔道："去你的！大姐，你真坏！"杏儿一推白凤，站直了身子。

白凤又道："他的眼睛是不是小点？"

杏儿又瞟了一眼金戈，说道："大眼无神，小眼拢光。你忘啦，再说，他的眼睛也不小，是细长……"杏儿说着咯咯笑了，笑罢又道："是受看的那种，越看越好看……"

白凤听了，心里如同流进了蜜汁，轻声说道："看，首饰，你挑一件，要快！”

金戈面带笑容，兴致勃勃地看着几位姑娘表演，白凤得意地冲他一笑。杏儿拿着一个墨绿色的手镯和一串南珠项链，悄悄问道：“大姐，你看哪个好？”

白凤轻声道：“这手镯是翡翠的，无价之宝，你可真识货，可换好多的项链，快收好！”

有人看见他们摆弄东西，有人抱着绸子凑过来，白凤又叫：“姐妹们，金大哥还有见面礼呢，快来拿！”

霎时，姑娘们都围过来，一人一件，一抢而空。抢过之后，更乱了，绸子挑来挑去，总归是绸子，首饰可不同，有南珠项链，有宝石金簪，有玛瑙玉佩，有宝石戒指，价值可相差好远。她们都攥着自己的，看别人的，叽叽喳喳说个不停。

“傻蛋！”白凤又叫。

傻蛋跑进来，说道：“白姐……”

白凤道：“把这两件皮袄、三匹绸子抱到后院去。”

第二天，金戈和傻蛋骑马进了县城。金戈找到一家大车铺，交了一张图纸，他要打造一辆四轮马车，也可以说是战车。价钱和提车的日期说好了，金戈交了定金。

过了几天，到了腊月二十，白凤带金戈冬游黄山。二人飞奔而上，穿云踏雾，风驰电掣地跑了一个多时辰，来到了天都峰。金戈极目远眺，只见远山缥缈、近岭峥嵘，令人心旷神怡。这时，山前飘来了几片白云，连成了一片白色的幔帐。白云渐聚渐多，山峰变成了一个孤岛，山下变成了一片白色的海洋。“快看，黄山云海！黄山云海！”白凤跳着喊了起来。随着喊声，白云涌上了山峰，淹没了眼前的一切。金戈定睛再看，山上的景物变得朦胧缥缈，满眼都是流动的云烟。过了一会儿，云雾渐渐退去，峰峦毕露。金戈伫立绝顶，眺望着流动的云烟，眺望悬空的秀丽山峦，顿感天地正宽，挺胸吟道:“五绝·云海——”

黄山云海滚，浩瀚荡白银。
雾聚通霄路，天都舞月神！

白凤听罢，拍手叫道:“好诗！浩瀚荡白银，好一曲黄山云海赞歌！”

金戈吟罢展开身形，使出了“阴阳九九掌”。只见他掌走龙蛇，脚踏惊云。白凤忍不住手痒了，也展开了白神掌。忽然，两人打在了一起。远处望去，犹如一对天仙正在绝顶起舞，一双神圣正在险峰争雄。

半壁峡内，马猴鬼鬼祟祟地沿着小溪上溯，他一会儿回头张望，一会儿蹲身细听。马猴出了峡谷，折向西南，不久来到了一个绝壁下。他四下里看了看，仰着脖子学了几声鸟叫。接着山崖上传来簌簌声，一条绳子坠下来。马猴拉着绳子，攀上了绝壁，闪进了一个黑乎乎的岩洞。坐地炮正立在洞口，他收了绳子，带着马猴向洞里走去。片刻间，马猴看见了阴阳魔壮硕的身影。

马猴畏畏缩缩地禀报:“岳武院要比武招亲，让岳霞比武招亲，不，是比武招赘。正月十五开始，比武三天，正月二十成亲。”

“山上还有多少人？”阴阳魔坐在白色狐皮上，瞪着绿豆眼问。

“多着呢！少林寺的笑面佛、铁手佛、八大金刚、十六罗汉，武当山的风云剑华清子和他的武当七星子，神鞭赵旭、铁胳膊郑振廷、仁义双雄、黑剑罗仁杰……”

“仁义双雄？他们是谁？什么来头？”阴阳魔贼眼乱转。

“就是原来的雄州二公子，现在叫仁义双雄了，还有……”

“不用说了，这些人咱们对付不了，过年时该滚蛋了吧？你给我盯好了，一定要活擒天仙子，活捉岳老头！再出了岔子，我割了你的卵蛋！滚吧！哎哟……”阴阳魔一捂肚子，弯着腰痛苦呻吟起来。

岳霞天天进洞练功，不到一个月，柔功就练成了。只见她半蹲在地上，上半身晃的幅度很大，蛇一样扭动着。如此快的进境，岳老院主看得目瞪口呆。他不知道岳霞和金戈曾经一起探讨过柔功，已经是熟门熟路。再说岳霞从小就练柔功，陪着父亲一练就是十几年，直到成年后才停手。现在恢复练习，上手自然就快了。岳老院主看着岳霞美丽的杏核眼、光洁无瑕的面孔，问道："金戈练柔功的姿势和你一样？"

岳霞低下头去，小声道："一样。"

岳老院主又问："'九转迷魂步'呢，他练成了几步？"

岳霞眼珠转了转，说道："九转迷魂步？这个我可不清楚，没见他练过。看他的表情，最后几天美滋滋的，似乎有所突破吧……"

"哼！有突破？当然有突破了！"岳老院主又瞪着老眼道，"玄武湖之战，他身出幻影，最少用了两种迷魂步。了不起，他真是个绝世天才。我真纳闷，这么短时间，他是怎么练成的？"

岳霞低下了头："我知不道，柔功练成后，他就出去了，说是去山顶上练习。怎么练，我没看见，他也没说。"

"他当然不会说了！"岳老院主叹了一口气，说道，"岳武功，武林人士梦寐以求的绝世神功，他一旦学会岂肯轻易示人？岳家之所以百多年来屹立江湖不倒，就是因为有岳武功的缘故。不是爷爷忍心拆散你们，而是列祖列宗遗训当头，岳武功不得外泄，一旦外泄，就要全力追杀。"

"爷爷，金戈绝不会瞒着我，他爱我。他说：'我学会了岳武功，如身无异样，定当倾囊相授。'他还说：'我绝不把岳武功外传的，请一百个放心。'我曾经问他：'我们成了婚，有了孩子，你教不教他岳武功呢？'他说：'不教，孩子还是学文的好。'"

“岳武功真是他自己摸索的？”

“真是，绝没偷窃。”

“十五较技那天，凤玲怎么跑到钟楼上找梁子去聊天？金戈怎么不去观看较技？大晚上的，喂狗的时间已经过了，他又怎么会出现在敞开的角门旁？”

“唉……”岳霞叹了一口气，说道，“都怪我，我看他屡遭桃花会袭击，危在旦夕，就逼他去偷盗岳武功。谁知他到了家庙前，竟然改变主意，不肯进屋，退了回来……凤玲是我派去的，角门也是我打开的……”

“这就对了，他和狗熟悉也是你安排的吧？嗐，该着的！天大的误会，天大的劫数……”岳老院主沉默了片刻，又说，“你回忆回忆，他练功时说过什么没有？或有过什么特殊举动？”

岳霞想了想，说道：“他借了几本医学书籍，经常翻看，还有一个线装本子，挺厚的，每次练功前，他都要写写画画，记录练功的方式方法。”

“啊！”岳老院主大喜过望，叫道，“太好了，那本子呢？”

岳霞懊悔道：“金戈跳了峡，我也受了伤。我躺在床上，凤玲拿来了金戈的书籍和本子，我爹看见了，让我收好了，不准翻看，我就锁在了衣柜里。倭寇的大火……”

岳老院主跺起脚来，大声骂道：“你爹是个糊涂蛋！气死我了！他怎么不把本子交给我？嗨！糊涂！糊涂！糊涂透顶！我们要是练会了九转迷魂步，也不至于全院覆灭！”

新年快到了，金戈信息全无，岳霞愁眉不展。

这天，铁嘴华上山来了。笑面佛、风云剑等豪杰见了他非常高兴，一时间笑语喧哗。有人通禀了岳老院主和岳霞，爷儿俩立即来到了岳武大殿。岳霞安排了简单的酒宴，为铁嘴华接风。铁嘴华和岳老院主刚入席就斗上了嘴，铁嘴华道：“岳老头，这回见着阎王爷了吧？没见着也差不多了，怎么着也过了奈何桥了，红鼻子绿眼睛的阎王爷没请你吃顿饭？你八成是偷着跑回来的。霞儿，你瞧瞧，你爷爷真没出息，你看看他，吃饭时抽鼻子耸肩吧嗒嘴！”

岳老院主怒道：“白铁嘴！铁嘴华！你损吧你，幸灾乐祸，煽阴风点鬼火！就你姗姗来迟，还在这儿耍贫嘴！”

铁嘴华嘿嘿乐着，说道：“喝酒，喝酒。哎，岳老头，你怎么喝？要不要我来喂你！”

岳老院主低头一吸，酒杯叼在嘴上，接着一仰脖子，吸溜一声喝干了。岳霞赶紧夹菜，送向爷爷的嘴。

铁嘴华笑道：“厉害！鲸吞龙吸！”

酒过三巡，菜过五味，铁嘴华又嚷嚷起来：“当初我就劝你，别追杀什么金戈银戈，你就是不听。当务之急是什么，是剿杀倭寇！你非闹窝里反，碰钉子了吧？你就是不撞南墙不回头，不到黄河不死心！”

“杀金戈怎么啦，他偷了岳武功就该杀！都是他这个丧门星闹得，我骂他八代祖宗！我咒他……”岳老院主话到嘴边戛然而止，把“断子绝孙”四个字咽了回去，转而怒道，“铁嘴华，你给我听好了，你别哪壶不开提哪壶。你要是来帮忙，我欢迎！要是斗气，趁早给我滚蛋！”

铁嘴华喝了口酒，笑道：“看看，又恼了！多大岁数了，还是一副狗熊脾气！天是老大，你是老二！我偏要说，我才不怕得罪你呢，话不说不明，灯不拨不亮！嘉靖皇帝错了我也敢骂他。我说，戚继光不是提倡文死谏、武死战吗？敢于直言不讳，敢说公道话，敢于鸣不平，也是文死谏！我举双手赞成戚继光的文死谏、武死战！不上战场的，就要敢说敢干，死谏到底！大路不平众人踩，世道不公大家平！人和畜生的区别就是人有言论。维护公道，声援弱小，是我们的责任。遇有不公，勇者当鸣！看见不公还装死长虫，听到错误言论也不敢表态，那就是畜生，那就是白披了一张人皮！”

岳霞对铁嘴华的话深以为然。她听金戈说过，当初逃难之时，他在饭店遇到两个地痞骚扰，不是几位老者仗义执言，会吃大苦头。

笑面佛哈哈一笑，大声说道：“‘遇有不公，勇者当鸣！’好精辟，我赞成！喝酒，吃饭！吃完了咱们几个老块块再好好唠叨唠叨，把戚继光‘文死谏，武死战’和铁嘴华‘遇有不公，勇者当鸣’广而告之，以成就我华夏民众立世之信念。阿弥陀佛！”

风云剑华清子夹了一点菜，说道：“好！此二金句字字珠玑，令人醍醐灌顶，是应当推而广之！来，先吃饭，饭后再议。大家都动筷子，无量寿福！”

“好，你们赶紧吃，别管我！”铁嘴华说着紧吃几口，吃得啧啧有声。片刻之后，铁嘴华停了筷子，看了看岳老院主说道：“有什么难处吗？有难处就说出来，说是说，闹是闹，该帮忙时我白某人绝不含糊！”

岳老院主看见铁嘴华脸露关切之色，叹了口气，说道：“缺钱哪，倭寇把房子烧了个乱七八糟，戚将军给了两万两银子，一买砖瓦木料，哗啦下去了多一半！唉，这点钱怕是只能恢复这片主宅了。”

铁嘴华道：“缺银子好说，我给你找去。岳武院怎么着也要重建。这是我明军武将的摇篮，不可荒废。我马上就去找，吃过饭我就走。”

岳老院主面露喜色，叫道：“那可多谢了！多谢了！”

铁嘴华吃饱了，一抹嘴站起来，连夜下山，忙着筹钱去了。

一连几日，白神庄各家轮流请客。他们都是白凤的当家子，不是叔叔家就是伯伯家，各家各户一样的朴实，和普通农家没有两样。唯一不同的是，家家院子里摆着石锁、杠铃和兵器架子。不论到谁家请客，都由八女作陪，其他人照一面就走。傻蛋每次吃饭都提心吊胆，八女嘻嘻哈哈地逗他玩，可把他窘坏了，每次都窘得满头大汗。用他的话说，在姑娘群中吃饭，简直是活受罪。白凤到谁家，给谁家分东西，家家笑脸相迎，像是迎接财神一样迎接她。

六十亩茶园买回来了，人人都夸白凤找了个好女婿。白凤春风得意，出尽了风头。白凤嘴里的娘是她的继母，生母早就过世，她继母见白凤出手如此阔绰，也堆满了笑容。

金戈隔三差五去县城，查看打造四轮车的进度，闲暇之时就指导傻蛋练功。这天，四轮车的铁轱辘和车轴已经配好了，轱辘和车轴之间还加装了铜套，打了油眼。金戈看了很满意，虽说工期推迟了几天，金戈也就不说什么了。第二天，大雪纷飞，八女一齐找来，邀金戈去看雪景。白凤和金戈本来就要走，见八个妹妹来了，只好一起去。

八女笑语欢歌，健步如飞。白凤微微对金戈一笑，抿嘴提气，紧随其后。金戈大步流星，不紧不慢，尾随而行。八女在山峦上奔跑，在峭壁上跳跃。忽然，白凤飞身向前，八女各伸出一只素手，搭在身前姐妹的肩上，九女宛如一条绚丽的长龙，蜿蜒而去。金戈一惊，心说:“这是什么功夫？黄山白神庄不愧跻身武林‘四大高山’之列，果真藏龙卧虎！”思索之间，他已被甩下了两三丈，金戈急运岳武功，脚下生风，带着一团雪花，流星赶月般地追了过去。

彩龙一路奔驰，一路播撒笑声。到了莲花峰，姑娘们回头一看，金戈正笑吟吟地踏雪而来。九女连成了一圈，把金戈围在当中，在杳无人迹的莲花峰上旋转起来。

腊月二十五这天，四轮车做好了，套上双马，金戈啪的一声打了一个响鞭，骨碌碌，马车灵活地奔驰起来。金戈停住了四轮车，吩咐工匠师傅们安装脚闸、油漆车厢。

就在这一天，仁义双雄来到了临江县小梁村，他们见到了梁伯，之后来到了文杰酒楼。他们知道金戈已经走了，去向不明，心中一阵惆怅。二人在酒楼上吃了一顿便饭，打马飞驰而去。

同一天，一艘黑旗船顺流而下，奔向了南京。金珠和银珠站在凉台上望着滚滚江水，任凭风雪抽打着面颊，一股情思飞向了远方。

新年就要到了，金禅腿李方亮离开了武夷山。他走到半壁峡桥头，勒住坐骑，回头对九弟等人道："行了，你们回去吧，好好帮衬你表妹，别东游西逛的。"

九弟小鸡吃米似的点着头："是，是，我不东游西逛，我会尽力帮助表妹……"

九弟看见他父亲走远了，扭头就跑，一边跑一边喊："我去见表妹，你们赶紧收拾东西，咱们也下山！"

九弟急忙找到岳霞，见面就说："表妹，我给你找金戈去，你表哥我能找到他，不过……"

岳霞一听，呼地站起来，瞪着眼睛问道："怎样？你说，你说呀！"

九弟道："就怕他不来，没听人说吗？花仙子缠着他呢！"

"那怎么办？"

"你写一封信，写好点，就说见不到他就上吊，我看他来不来！"

岳霞垂泪道："好吧，我马上写给你，我不会嫁给别人的，我会跳崖……你等会儿，你什么时候走？"

"我马上就走。"

岳霞撕开了金戈丢下的半截白色衣袖，铺在桌子上。岳霞咬破中指，眼含热泪，抽泣着写道："岳霞奉命比武招赘，然妾非君不嫁，盼君诀别，正月二十前，切切！"滴滴鲜血，凝聚了岳霞的一片真情，凝结了她殷切的希望。岳霞将血书交给九弟，眼中泪水滚滚而下，哽咽道:“你好好和他说，我真的不想活了……”

九弟一把夺过血书，说道:“我知道怎么说！”

腊月二十九,九弟他们来到临江，找到了文杰楼，得知金戈与白凤一起走了，九弟急得直跳脚。九弟等人在楼上大吃了一顿，嘟噜着脸蛋子走下酒楼。九弟等人上了马，却没想好上哪儿去。九弟屁股下的大青马不耐烦地扭着屁股，啪啪跺着坚硬的冻地。九弟抬头看了看灰蒙蒙的天色，皱了皱眉头，喊道:“回家！晦气，回家再说！”说着，九弟一抖缰绳，大青马一低头，呼地蹿了出去。

太行山奔雷寨的大厅里，老奔雷、大奔雷、二奔雷、小奔雷父子四人正在炉前向火。老奔雷拿着岳霞比武招赘的告示，眉飞色舞地说道:“于钛，你去武夷山参加比武，定会独占鳌头！到时候岳武功到手，再加上咱们的‘奔雷手’，奔雷寨将无敌天下！哈哈！”

小奔雷于钛道:“爹，人家要没成过婚的。我孩子都有了，怕是不行。”

“怎么不行？”老奔雷瞪着眼说道，“你成婚才一年多，没几人知道。如果他们知道了，你就说你媳妇已经死了，还不是等于没成婚吗？傻小子！”

“那我也不去，要更名改姓换门庭呢！”

“屁！岳老头内伤严重，活不了一年半载，岳老头一死，岳武功到手，喜欢那个天仙子就带回家，不喜欢，一脚把她踹了。一个离了群的丫头片子，还不是咱们说了算？要她圆则圆，要她扁则扁。武林四山，就变成武林三山了，奔雷寨成了三山之首！届时奔雷寨掌管双龙令，姓什么还不由你？哈哈！这是天助我也！天助我也！”老奔雷得意地大叫起来。

大奔雷道:“天仙子是人间美女，三弟，机不可失！”

小奔雷道："既然这样，我就去试试！"

老奔雷霍地站起来，来回走了几步，瞪着眼叫道："你赶紧准备，过了年就出发！……比武招赘，天助我也！呵，哈哈……"

金戈的四轮车做好了，车厢里装了门窗，俨然一间活动房子，比皇帝的龙凤车辇也不遑多让。金戈心里惦记着岳霞，惦记着母亲，说道："我们去南京吧，找找岳霞，也打探一下桃花会的巢穴，好及早救出我的母亲和妹妹……"

白凤嗔道："哎呀，再有两天就过年了，怎么着也等过了年哪，不差这几天。"

"要不我先走，过了年，你再去南京找我可好？"

"不行！我可不离开你，你别想把我甩了。"白凤说什么也不同意，她八个妹妹也七嘴八舌地挽留。

金戈皱着眉头道："好吧，过了年马上走，可不敢耽搁了。"

白凤听了芳心暗喜，急忙鼓动八个妹妹轮流请客。

大年三十这天，金戈、白凤和黄山八女去赶年集，十来个人坐在四轮马车上，一路飞奔。县城大集上，人流似水。大街两旁尽是摊贩，叫卖声、吆喝声不绝于耳。白凤是有粉脸上搽，姑娘们买什么，都是她付钱，反正是金戈的钱。

一会儿，姑娘们的大兜小兜都装满了，还一个个地东张西望。忽然，杏儿跑过来，一把拉住白凤，眼睛连眨，白凤一时不解，杏儿悄声道："跟我来。"

杏儿拉着白凤来到一间店铺前，指着墙上的一张告示说："大姐，你看！"

白凤一看，告示抬头写着"岳霞比武招赘"，下面写着："定于嘉靖三十一年正月十六至十八日擂台比武。凡我大明王朝汉族未婚男青年，十八岁以上、三十岁以下，愿意入赘者均可上台比武。夺魁者正月二十完婚，完婚时要唱入赘歌。歌曰：小子无能又无能，更名改姓换门庭；愿意入赘做新人，奉妻为主传妻宗。”

白凤觉得自己的心狂跳起来，咚咚直响，回头一看，见杏儿正睁着两只大眼看着自己。白凤忙问：“还有谁看见了？”

杏儿摇摇头。

白凤看见杏儿眼睛里闪烁着狡黠的光芒，忙问：“你知道岳霞什么？”

白杏咬咬嘴唇，声音低得像蚊子：“穿腕刺心，阻刑救夫，天下皆知！”

“啊！”白凤脸色唰地白了，她用颤抖的手拉住了杏儿，急道，“杏儿，大姐对你怎样？”

杏儿的圆眼一眨不眨，答道：“好呀！”

白凤回头看看，防贼似的说道：“你帮大姐一个忙，把所有的告示撕下来，不要让她们瞧见。”

“今天？”

“不行？”

杏儿摇摇头，说道：“不行，我们赶快回去，明天凌晨来撕，街净人稀，好找好撕。”说着，两人赶上众位姐妹，白杏儿忽然叫道：“哎哟，我肚子疼，哎哟！”白凤吓了一跳，但见杏儿冲她眨眼，接着杏儿又叫。白凤搀着她，连忙招呼金戈和她的妹妹们，众姐妹见杏儿病了，连忙坐车返回了白神庄。

晚上，几个红灯笼进了院子，白杏儿冲着窗户大喊：“出来呀，天黑了，该放灯了，出来呀！”

“来啦！”白凤笑吟吟的，提着一个西瓜灯笼走出来。金戈紧随其后，出来一看，八个姑娘打扮得花枝招展，人人提着一个灯笼。

“走啦，走啦，放灯去了！”几个姑娘喊着叫着，跑出院子。门前的打谷场上，红灯点点，人影憧憧。

“飞啦！飞啦！”随着一声呐喊，一个水缸粗的孔明灯徐徐升起来，晃晃悠悠地飞上了天空。金戈看到，孔明灯上绘着彩色图案，好像是八仙过海。随着一阵鞭炮响，又一个孔明灯升空了，打谷场上一阵欢腾。金戈看着欢乐的人们，脑海里浮现出岳霞的身影，浮现出母亲和妹妹的身影，浮现出金珠、银珠的身影，心中涌出了一股酸水，心道：“岳霞你可欢乐？母亲你可安好？妹妹可有新衣穿？”金戈摇摇头，不敢想下去了。孔明灯一个接一个地飞上天空，长龙似的奔向远方。金戈望着远去的长龙，好像看见岳霞正站在半壁峡桥头翘首眺望。转眼之间，岳霞变成了母亲，她泪眼蒙眬，接着他又看见了妹妹，可是，妹妹的脸却看不清，变成了金珠、银珠的模样……金戈低着头向黑暗中走去，不知不觉间泪水流了下来。

“怎么了？”白凤走过来，关切地问。

金戈抬起头来，瞪着泪眼道：“明天吃过饺子，立即启程如何？我好像看见岳霞正在流泪，看见母亲正在沿街乞讨，我们先去看看岳霞，然后即刻西去救母，可不敢耽搁了。”

白凤眉头一皱，说道：“不差这一两天，急也没用，怎么着也得过了十五再走啊？”

金戈急忙摆手道：“不行！那可不行！岳霞正在四处找我，不定多着急呢！我大难不死，全仗她舍身相救，我不能让她再着急了。我娘也在水深火热之中，我有什么资格在这里游山玩水？不行，明天一定要启程。”

白凤看见金戈拧着眉头，细眼里闪动着决然的光芒，思考了一下说道：“好吧，我们初二起大早就走，大年初一就走，你让我怎么和奶奶说呢？”

金戈点了点头，坚定地说道：“好吧，那我们初二黎明即走。”

白凤点头道：“好！一言为定！”

这时，岳霞真的站在半壁峡桥头，呆呆地望着远方。凤玲站在她的身后，扶着桥栏杆默默无语，任凭寒风撕扯她的衣裙。

杭州署都衙门前，站着牵马的仁义双雄。戚继光闻报迎了出来，笑道："大年三十，不想仁义双雄大驾光临，何幸如之！"

铁铃公子抱拳道："除夕之夜登门造访，还望见谅！"

戚继光笑意盈盈，说道："欢迎之至！请！里面请！"

卫兵接过马缰绳，三个人谦让着走过院子，进了大厅。戚继光一伸手，让道："二位大侠请坐！"

铁铃公子、铁扇公子齐声道："谢座。"

落了座，铁铃公子直言道："不知将军可曾见到金戈？我兄弟受岳霞之托，寻找金戈。岳老院主定于正月十六比武招赘，岳霞心急如焚，盼能见上金戈一面，我们去了临江，听说他和白凤一起走了，我兄弟遍寻金戈不见，特来拜会将军。"

戚继光脸色一变，说道："我也没有见到他。自从上峰岭一别，未曾听到金戈的音讯。他说他回临江祭父，离开了临江之后，会不会西去救母救妹？"

铁扇公子站起来，抱拳道："谢……了！"

铁铃公子也站起来，说道："那就告辞了，多谢将军款待！"

戚继光惊讶道："马上就走？今天可是大年三十，莫非二位要在路上过年吗？"

铁铃公子向外看了一眼，说道："我们再去南京转转，探探桃花会的动静，看看金戈在不在那里。比武招赘之日见不到金戈，岳武院怕是要出乱子，我们不敢耽搁，路上过年也是一样的。"

"来人！"戚继光喊道，"给仁义双雄包点腊肉香肠，摘两串肚脐饼，再拿上两坛子好酒！"

"是！"一个卫兵回答。

戚继光陪着仁义双雄走出大门，两个士兵牵来了红白双马。一个士兵跑过来，把香肠腊肉挂在白马的得胜钩上，把两串肚脐饼挂在红马的得胜钩上，还有两个酒坛子，士兵犹豫了一下，挂在了白马的马鞍鞒上。东西安排好了，铁铃公子和铁扇公子抱拳道别，接着二人飞身上马，一声吆喝，红白双马嘚嘚地迈开了四蹄。

这时，一群脏兮兮的孩童看见两串黄澄澄的肚脐饼，拍着手，扭着身子，奶声奶气唱起歌谣来："肚脐饼兮圆又圆，中间有孔肚脐样。戚军烘烤成烧饼，穿绳斜挂当干粮。肚脐饼兮脆又香，中间有孔铜钱样。背起脐饼上战场，不灭倭寇不回乡。肚脐饼兮黄又黄，外焦里嫩柿饼样。跟随英雄戚继光，杀敌保家美名扬。"

大年初一的凌晨，杏儿骑马去了一趟县城。晚上，四轮马车驶进院子，应用的东西搬上了车。明天起早就要启程，金戈早早睡下了。白凤却没有睡意，她在屋子里走来走去，忽然，她嘴唇一咬，提着宝剑出了门。半个时辰后，白凤登上一座山峰。望着黑漆漆的夜空，望着黑黝黝的远山，叹了一口气。接着，白凤吐气开声，剑走龙蛇。半个时辰后，停了下来。她擦了一把脸上的热汗，解开丝绦，衣服一件件抛在雪地上，露出了她粉白细腻的玉体，远远看去，犹如一座白玉雕成的石像，令人心旷神怡。

鸡叫了，金戈坐起来，麻利地穿好衣服，来到对面屋子的门口，轻轻叫道："白凤，白凤，起来，我们该走了。"

金戈叫了几遍，屋里无人回答。侧耳细听，屋里好像有些动静，却无人应声。金戈又叫了几遍，还是没有人回答。金戈轻轻一推，吱扭一声，门开了。金戈探头又喊了两声，白凤还是没有应答，金戈赶紧端来油灯，走了进去。

白凤横躺炕上，裹着绣花被子簌簌抖动。金戈见状大惊："白凤，你怎么了？"

“冷……冷……”

金戈伸手一摸，白凤的额头烫得怕人。“发烧？你这是怎么了？”金戈放下了油灯，急忙抱来几床被子，压在白凤身上。

一连几天，白凤高烧不退，金戈坐在白凤身边，细心照料着。

月亮山庄的别院里，九弟和他的狗头军师们正在商量怎样寻找金戈，小秃子看着九弟说：“我看不如兵分三路。第一路，少爷带上两人去黄山，去白神庄白凤的家里看看。第二路人马再去临江。第三路人马去福建前线寻找。”

九弟道：“好主意，不定哪路人马碰上金戈呢。”

另一个人说道：“用鸡血复制两份血书，分给另外的两路人马，动员金戈速去岳武院。”

九弟喊道：“好主意，就这么办，赶紧准备！”

初五,九弟的人马出动了。九弟拿着真的血书，直奔黄山白神庄而来。

这几天白杏儿好像做了亏心事，总是不敢正眼看金戈。初九晚上，白凤身体退了烧，缓缓坐了起来，说道：“金戈，你安排一下，明天我们走。”

金戈皱着眉头问道：“行吗？要不再等两天？”

白凤无精打采地说：“走吧，我能行。我知道，你守着我，心也飞走了。我们去南京吧，先找岳霞，再找桃花会的江南分舵，抓个喽啰打听一下伯母和文英的消息。我也想霞妹妹了，将来我们共侍一夫，不亲也得亲呀！”

金戈眉头舒展开了，轻声道：“真的？好啊。”

“上辈子欠你的，怕了你了，有病也得跟着你走！你去安排吧，明早我们就出发。妹妹们要问你，就说我们要回临江了。”

金戈不解地问：“为什么？”

白凤道：“哎呀，不为什么，我就是不想让她们知道我们去了哪里。”

金戈道：“好吧。”

清早，四轮车走了。八个妹妹送了老远，杏儿的眼睛都潮湿了。

晚上，九弟带着两人来到白神庄，九弟送上拜帖，静候在院门前。一会儿，一个人带着九弟进去了，九弟送上礼物说明来意，白凤的父亲说：“金戈和白凤今早才走，回临江去了。他们坐着四轮马车走的，你们没见着？”

九弟一听，连忙告辞。三个人出了白神庄，纵马直奔临江。

正月十五，元宵节。晚上，南京的秦淮河畔一片灯海。金戈和白凤漫步河岸，一边赏灯，一边寻找岳霞。

武夷山上，各路英雄正在汇集。二杰三秀到了，秦岭刘大少也到了。总之，岳霞艳名在外，慕名前来的青年俊杰不少。岳霞这几天如坐针毡，急得不得了，不住打探消息，不住计算时间。晚上，岳霞进家庙，在岳飞像前烧香祷告：“金戈呀，你快来吧！再不来，可就晚了，快来吧！岳祖保佑！岳祖保佑。”

二十七 比武招赘

正月十六，岳武广场上热闹起来。

岳武院的较技台派上了用场，变成了三个比武擂台。主擂台前搭了一个木头架子，上面横挂一幅红绸子，上写“比武招赘”四个黄色大字。两边的擂台上也挂着两个较小的条幅，东边的条幅上写着“自愿入赘岳家，传宗接代”，西侧的条幅上写着“甘心更名改姓，以武决胜”。

主擂前摆着一张八仙桌子，桌子后面立着一个木头牌子，写着比武的规则。有几个人坐在桌子后，负责签字立约。三个擂台后面连着三个裁判台，台子上摆好了桌椅板凳。

岳老院主和岳霞小姐来了，爷儿俩迈着沉重的步伐登上了主擂台。岳霞上前几步，答谢来宾。她泪眼蒙眬，声音凄切：“谢谢各位仁兄前来捧场，谢谢各位豪杰前来助威！小女子谢谢你们了，小女子这厢有礼了！”说罢，岳霞双腿微微一弯，双手敛衽，向众人行礼。

台下，千百双眼睛盯着这位天仙子。岳霞一双杏核大眼清澈明亮，犹如山间一汪清澈的泉水，犹如夜空中闪烁的两颗明星，嘴唇红润而丰满，洋溢着青春少女的光泽。岳霞的脸蛋光滑圆润，白中透红，红中带粉，流淌着淡淡的红云。她中等身材，体形略显丰盈、凹凸有致，衣着得体而不华丽。广场上顿时安静了，众人都伸长脖子，踮起脚尖观瞧。

岳霞答谢过后，双睫低垂，裙子轻摆，迈着碎步向裁判席走去。裁判席里坐着身披红色袈裟的少林住持笑面佛无悔大师，坐着身穿藏青色八卦道袍的武当派掌门风云剑华清子，二人一胖一瘦，满面春风。笑面佛见岳老院主爷孙走来，立刻起身相迎。笑面佛慈祥的面孔上荡漾着温暖的笑容，他双手合十，朗声道："阿弥陀佛，岳武院比武招赘盛况空前，岳老兄定能如愿以偿！善哉，善哉！"

华清子一摆白色拂尘，竖掌道："无量寿福！岳院主请，岳小姐请，贫道预祝比武招赘旗开得胜，马到成功！"

岳老院主呵呵一阵干笑，大声道："但愿比武招赘一帆风顺，使我岳武院香火不断，使我岳氏一门能够继续尽忠。愿苍天庇护，愿我佛慈悲！"说罢，大步上前。几个人略一谦让，先后落座。

岳霞没有坐，她呆呆地站在椅子前，目光在人群里搜索，希望能看到金戈。她知道，金戈不会在人群里。但是，她的目光还是逐个望去。满眼都是陌生的面孔，她来来回回搜索了几遍，目光黯淡了。莫非他没有听到消息？莫非他练功出了事？莫非他还在畏惧爷爷？岳霞的心在颤抖，心在下沉，心在收缩。

华清子看见岳霞愁容满面，心有不忍，大声说道："看，江南三秀来了，据说铁剑秀才诸葛云颇有实力，出道三年未逢敌手，是位了不起的年轻俊杰。与他齐名的那两秀，也是名头响亮，得此佳婿，实是人生一大幸事。"

笑面佛心领神会，哈哈一笑，说道："江北二杰也到了，你看！"伸手一指，"就是那两个年轻人，背上背着刀的是刀杰杨帆，提着红缨枪的是枪杰陈子銮。他们二人各有奇功，威名远扬，尤其那个刀杰杨帆，更是出类拔萃。去年夏天，江北二杰联袂走访少林寺，老衲曾和杨施主切磋几招，就事而论，杨帆的刀法出神入化，继承了神刀门的衣钵，霹雳刀法已经青出于蓝而胜于蓝。他们一齐上山而来，必有所图。正是那句老话，既在江边站，就有望海心。”

风云剑看了一眼呆呆出神的岳霞，悄悄问道：“他们要和金戈比呢？”

笑面佛摇摇头，低声道：“没法比，他们不是一个层次。金戈已经步入绝顶高手之列，二杰三秀充其量只是青年一代中的高手而已。金戈要来，他们走不了十招八招。”

风云剑想起自己七个徒弟围攻金戈都不能取胜，要不是自己临危出手，恐怕会有人受伤倒地。风云剑对金戈是爱恨交加，一想起他，肚子里就冒酸水。

岳老院主两眼如电，横扫群雄。他也希望金戈能来，希望金戈能够入赘岳家，那才是两全其美的事。这样，既能使岳家的香火得以延续，也能使自己唯一的孙女安心。以他的判断，金戈得到消息，一定会星夜赶来。可是，到现在还不见他的人影，莫非他真的不肯入赘？莫非他真的会放弃岳霞？岳老院主心中也是小鼓暗敲，小鹿撞怀。但是，他的决心早已下定：“入赘第一，人品第二。不肯入赘的绝对不要！我就不信，凭我岳家武林四山之一的名望，凭岳霞的美貌，不能获得甘心入赘的豪杰！我堂堂岳家绝不能在我这一代绝后！”

人群骚动，有人上前立约。岳老院主闪目观看，发现上前登记的不多，大多数人还在观望。二杰三秀，一个都没有上前登记。岳老院主侧目一看，笑面佛和风云剑依然谈笑风生，岳霞依然愁容不展。西面擂台上，身披袈裟的铁手佛和一身黑衣的神鞭赵旭正襟危坐；东边擂台上，胖乎乎的黑剑罗仁杰和瘦高的铁胳膊郑振廷指手画脚。这时，笑面佛笑道：“岳院主，我们是这样安排的，东擂台作为初赛擂台，西擂台作为复赛擂台，我们这个主擂台算是决赛擂台。东擂台比武获胜者，获得一张竹牌，获胜者凭手中的竹牌上西擂台捉对厮杀。西擂台获胜者，抽签后上主擂台较量，你看如何？”

岳老院主道：“好，安排得好。这些事你们做主吧，我只要结果。”

笑面佛道：“既然如此，那就开始吧。华掌门，请到前面说几句吧。”

风云剑单掌一竖，说道：“无量寿福，贫道就去说上几句。”风云剑来到台前，简单交代了几句场面话，最后道：“比武招赘开始！”

“开始！”有人大叫。哗！掌声四起。

有两个大汉登上东擂台。他们在擂台上走了一圈，然后对面而立，拱手抱拳。神鞭赵旭大喝一声：“开始！”两人掌起拳飞，立即打在一起。台下的观众来了精神，都伸长了脖子观看。两人武功相差无几，打得激烈异常。片刻之后，一人被打倒了，神鞭赵旭啪地抽响了鞭子，喊道：“停，站立者获胜，下去领牌！”

下午，报名桌前围满了人。那些有备而来的年轻人不再观望，两个较技台上都有了人。打着打着，人群里爆发出一阵惊呼，东擂台上一个八尺多高的山东黑大汉，手持两把亮银锤，把一个使大刀的汉子打了个万朵桃花开。得胜的莽汉没有下台，挺着胸脯哇哇暴叫：“来呀！哪个不怕死的上来？你！你！还是你！上来！上来！试试你的头硬，还是我的银锤硬……”

这个家伙的脑瓜子有点不灵，不肯下去领牌，转着圈叫阵。众人正在高声议论，人群里拔起一个人。只见他腾空而起，一个筋斗翻上了擂台。他双脚一沾擂台，立即来了几个“侧手翻”，接着一个“金鸡独立”。众人看清楚了，来人中等个，身材消瘦，吊眼薄唇，一脸的轻浮相。哗的一声，台下掌声四起。

有人喊：“嗨，岭南的花花公子怎么来了？他有几十个媳妇了，还跑来凑热闹！快滚下去！”

笑面佛听见了，站起来，双目寒星一闪，朗声道：“阿弥陀佛！来人可是岭南花花公子吗？如果是，就请下台。比武入赘的规则写得清楚，岳家只招未婚之人。你既有妻室，不能比武入赘，下去吧，阿弥陀佛！”

花花公子放下那只悬空的脚，车转身形，向主擂台一拱手，喊道：“无悔大师，小可已经洗心革面，重新做人。妻妾已经遣散干净，小可孤身入赘，你们岂可厚此薄彼？我佛主张回头是岸、普度众生，你们岂能排挤悔过之人？”

笑面佛闻言一怔，叫道：“阿弥陀佛，施主如果真能洗心革面，痛改前非，就请比试，如若包藏祸心，老衲绝不会袖手旁观，施主请自珍重。”

岳霞呆呆看着远方，对于他们的话一句也没听进去。她不管什么花花公子，也不管什么妻妾成群，心里只有一个念头：非金戈不嫁！

手持亮银锤的黑大汉不耐烦了，手中的双锤一碰，当一声脆响，咧着嘴喊道：“他妈的！什么花花公子，快来送死！”

有人喊：“揍死那个黑种！”

“打呀！快打呀，胜者为王败者为寇啊！”看热闹的人叫起来，只嫌打得慢。

黑大汉吼道：“好！打兔崽子！小子，看锤！”说着，嗡的一声，一锤砸了过去。

神鞭赵旭鞭子一挥，啪的一响，鞭子落在两人中间。他上前一步，沉着脸说道：“慢着！来人可曾登记立约？”

下面有人喊道：“他登记了，只是没抽签！”

神鞭赵旭一皱眉头，叫道：“好，那就打吧，不懂规矩的东西！开始！”

随着神鞭赵旭一声喊喝，两人打起来。黑大个双锤舞动，呼呼风响。他一连九锤，满台追打花花公子。花花公子挤眉弄眼，东躲西藏，闪开了黑大个子的连环锤。神鞭赵旭看罢哼了一声，铁手佛摇头道："乍看这九锤连打没什么，细想之后，才知道这个黑大个不简单，那招'九打连环'是有出处的。这个黑大个不仅力气大，锤招也够精妙，只是人不太精明，善哉！"

花花公子满台游走，身形始终在双锤之下，脸上不禁骇然变色，收起戏耍之心，探手掏出一块红色手帕，口中发出了一声凄厉长笑，怒道："黑小子，你要小心了！"说着，他欺身而上，唰唰唰，手帕如刀，直击对方面门。

台下有人喊："五香迷魂帕！这小子要用毒！"

"胡说，对付一个浑小子还用得着迷魂药吗？"花花公子一连三击，五香迷魂帕洒出了一片红光，带起了一阵疾风。

黑大个哼了一声，不退反进，双锤银光闪闪，只攻不守。花花公子吓了一跳，自己这一帕能把黑大个抽个跟斗，可是他这一锤要是砸上自己的脑袋，那还了得！花花公子怒骂了一声，闪身避过，接着挥帕抢攻。霎时间，两人锤飞帕舞，打得难解难分。片刻间两人就过了一百多招，仍是胜败不分。这时，黑大个打得性起，他手不停嘴不停，反复喊着一句话："砸死你！嗨！砸死你！嗨……"花花公子东躲西藏，姿势却也曼妙。花花公子久负盛名，百招之内战不下一个无名之辈，焦急起来。但是，黑大个子只攻不守，也使他忌惮非常。本来，花花公子的迷魂帕别走奇径，也是一位奇人几十年呕心沥血的成果，可是，任何功夫都有局限性，遇上只攻不守的锤招，一切诱招骗招都不管用了。这时，他真的急了，嘴里发出了呵呵之声，迷魂帕上发出了咻咻之音。

风云剑指指点点，笑面佛满脸笑容，两人兴致勃勃地看着这场奇特的比武。岳老院主却正襟危坐，他似乎感到了一些寒意，两只空荡荡的袖子不住抖动。岳霞的两只俊眼还在人群里扫来扫去，眼见观众越聚越多，里三层外三层，依然没有金戈的身影。

凤玲在人群外转来转去，她希望能够找到金戈，或者打听到什么消息。岳霞的心思她明白，金戈万一不到，岳霞怕是凶多吉少。她也想见到仁义双雄，以便和他们商量一下如何劝说岳霞。她跺着脚嘟囔道：“你们怎么也不回来呀？找不见金戈就快回来呀，比武已经开始了，金戈不来，你们也不来，我可怎么办哪？这不急死我呀！”

仁义双雄答应凤玲比武之前赶回来，可是，比武已经开始了，他们仍然音讯皆无。凤玲急得鼻子上冒出了一层细细的汗珠，她跑来跑去，台上的比武压根没看。

岳霞的双目移动了，终于转向了擂台。她清澈的眼睛里涌出了晶莹的泪珠，目光遥远而空洞。她对擂台上的打斗视而不见，目光穿过山峦，看见金戈骑着一匹红色的宝马奔驰而来。她看见了金戈微笑的面容，看见了金戈那细长而充满了睿智的眼睛。忽然，金戈纵马远去，他在瀑布旁下了马，倚着岩石弹起了琴，白凤姗姗走去，转到金戈身后，一双雪白的玉手抚摸着金戈的双肩……他们走了，他们一起走了，他们在海滩上散步，他们在浪花间追逐……

忽听岳老院主叹息了一声，岳霞惊醒了，接着听到爷爷说：“快结束了，两人功夫还可以。”

岳霞微微侧目，只见花花公子跃起空中，五香迷魂帕突然暴长，一张红色的大网呼的一声罩了下来。黑大个子眼见面前红光一片，急忙挥锤拨打，瞬息之间，大网已经把黑大个连人带锤罩在了里面，花花公子身子滴溜一转，手腕一拽一抖，大喝一声：“滚吧！黑小子！”噗的一声，红光暴敛，黑大个子嗖地飞了出去，扑通一声跌落台下，摔成了一个大壁虎。花花公子得意洋洋，手帕轻扬，装模作样地摆来摆去，接着仰面朝天，呵呵干笑。

正月十七，观擂的人更多了。岳老院主脸上阴晴不定，心道：“我有这样漂亮的孙女，岳家还怕挑不到衣钵传人？金戈真的不肯前来？他真会放弃岳霞？不可能吧？”

上午，两个擂台龙腾虎跃，各显其能。刀杰杨帆上场了，三下五除二，他就获得了复赛资格。

下午，半壁峡桥头出现了几匹快马。马上的人神情跋扈，马鞭子抽得啪啪作响，赶开观众，辟出了一条通往擂台的道路。

这是谁呀？如此霸道？笑面佛抬眼一看，明白了，来人是武林“四大高山”之一，太行山奔雷寨的老奔雷于乾山。和他一起来的，还有二奔雷于尚、小奔雷于钛。他们干吗来了，比武入赘？可能吗？还是另有居心？

风云剑对笑面佛说道：“老奔雷来了，这老小子可能没安好心。双龙令送达了那么久，他连个回信都没给，一听说比武入赘，一下子全家都来了，什么玩意儿！这老小子可是个滑头，不定安着什么心呢。”

笑面佛鄙夷道：“不错！一个只扫门前雪的家伙。”

这时候，岳老院主站起来，喊道：“老奔雷，来，上来坐！上来！”

笑面佛、风云剑也站起来。人的名，树的影，怎么说老奔雷也是“四大高山”之一，也是大明朝武林的泰山北斗，不论他品行如何，给他把椅子坐还是应该的。老奔雷带着两个儿子大步走上擂台。岳霞转目打量，只见老奔雷五十多岁，虎背熊腰，威风凛凛。两个儿子也是五短身材，却健硕无比。老奔雷拱手疾走，面露悲情，叹道：“闻听岳武院陡遭大难，我太行山奔雷寨悲痛万分，闻听岳小姐比武招赘，我父子星夜赶来，想助岳武院一臂之力，略尽绵薄。于尚、于钛，你们见过岳北岳院主，见过少林寺住持笑面佛无悔大师，见过武当派掌门风云剑华清子道长，见过天仙子岳霞岳小姐。”

于尚和于钛两人迈步向前，拱手在胸，齐声道：“晚辈拜见岳院主，晚辈拜见无悔大师，晚辈拜见华掌门。”二人给三位大师行礼后，转身冲岳霞又是一揖，说道：“岳小姐安好。”

岳霞抬眼看了看这两位赫赫有名的大小奔雷，闷闷不语，微微一蹲，算是还了礼。

老奔雷道：“前些日子，我们去了关外，年前才转道回山，未能遵奉双龙令调遣，于乾山这里告罪了。”

笑面佛笑道：“你们既然不在太行山，何罪之有。”

老奔雷道：“谢各位不怪，谢各位不怪，你们兄弟下去吧。”

梁丫搬来一把椅子，又端来了一碗茶水。二奔雷和小奔雷抱抱拳，下台去了。

过了一会儿，小奔雷跳上了东边的擂台。笑面佛看看老奔雷，问道：“哦，小奔雷上去了，你肯让三公子入赘岳武院？”

老奔雷笑道：“当然了，岳霞小姐美如天仙，哪个男子不喜欢哪？啊，当然，佛门高僧例外。我们三小子一听说这事，就急着要来，只因寨子里出了点小事，要不然早就来了。”

风云剑听了一皱眉，说道：“你家三小子是去年成的亲吧，我们还送去了一份贺礼呢，怎么……”

岳老院主一听不高兴了，怒道：“你家小三子既然成了亲，还捣什么蛋？叫他下去。”

他们这边说着话，那边已经打起来。老奔雷哈哈一笑，说道：“已经散了，他那个媳妇模样不错，哪知病根在身，时不时发羊角风，那怎么得了？散了，已经散了。他现在是光棍一条。”

他们正说着，人群一阵大乱，小奔雷一掌把一个彪形大汉的厚背大砍刀打上了天，一脚踹在大汉的肚子上，彪形大汉啊啊叫着，滚到擂台边，咕咚一声跌了下去。

笑面佛一蹿而起，一个“鲤鱼穿波”射向人群。风云剑也是箭似的扑了出去。眨眼工夫，二人同时接住落向人们头顶上的那把厚背大砍刀。一个抓住了刀把，一个抓住了刀尖。人群中举起了无数双手，密密麻麻形成了一片手掌的丛林。笑面佛二人在众人的掌林上一点，飞回了擂台。

哗！台下响起一片掌声。

岳霞坐在椅子上，如坐针毡，听到喧哗之声，偶尔扫上一两眼，双眼不时眺望远方。

岳老院主看到三山五岳的年轻俊杰都来了，高兴起来，一扫往日的愁云，跟笑面佛高谈阔论起来。

上台的豪杰中，倒是不乏好手，如果说出类拔萃，也就是小奔雷和刀杰杨帆了，花花公子武功不弱，可他人品不行，无论输赢，岳老院主都不会接受他。江南三秀中的铁剑秀才诸葛云，也颇有实力，可是他没参加比武。

两天比试下来，十多位青年俊杰取得了决赛资格。笑面佛一看参加决赛的人多，晚上又加了一次淘汰赛。经过晚上的比试，只剩下了六人：小奔雷于钛，岭南花花公子，刀杰杨帆，崂山的苗公子，秦岭的刘大少，洞庭湖的渔家少年刘澜涛。

晚上，岳霞来到家庙，跪在岳飞神像前。岳霞双肩耸动，腮上挂着晶莹的泪花，哭诉道：“金戈呀，你在哪里？你知道不知道，你的心上人正在盼望你。你明天再不来，我就属于别人了，你让我怎么办啊？你快来吧，救救我吧，我死也要死在你的怀里！金戈呀，你快来吧！快来吧！救救你心爱的女人……”

凤玲坐在家庙门口的台阶上，看着天上的星星，不住地揪自己的头发，不住地唉声叹气。

正月十八，天空阴沉沉的，似乎酝酿着风雪。岳霞的脸色更阴暗了，她望着铅色的天空，几乎喘不过气来。她呆呆地坐在裁判席上，心里默默祷告，祈求金戈出现。凤玲在半壁峡木桥上跑来跑去。

她脸色焦急，如同热锅里的蚂蚁。

比武又开始了，小奔雷意气风发，一路过关斩将，他终于面对自己最后的障碍——二杰之一的刀杰杨帆了。他用眼角瞄瞄满面忧虑的岳霞，不由得哈哈大笑。老奔雷手捋蓬松的大黑胡子，掩饰着内心的兴奋。

小奔雷和杨帆交了手，两人一出手就是对攻，正所谓棋逢对手，将遇良才。杨帆矫若游龙，身上白色紧身衣靠白光闪闪，手中一柄青龙大砍刀耀眼生辉。小奔雷则赤手空拳，进退趋避，如闪似电。岳老院主看着看着，开口赞叹，说道："好功夫！岳武院青年一代中，似乎还没有他们这两下子，不简单……"岳老院主又想："如果金戈前来，他们俩联手也不是敌手。"不过，岳老院主倒是希望刀杰杨帆取胜，他讨厌老奔雷那副洋洋不睬的德性。

小奔雷小臂上箍着铁甲，不畏刀枪；手指上戴着一串青铜指环，不惧利刃。所以，他虽然赤手空拳，仍然和刀杰杨帆打得难解难分。

这时，刀杰杨帆意气风发，束带上的葱绿色绒球欢快地跳跃着。突然，杨帆左掌一个"雾里看花"，虚晃一掌，右手大刀斜起飘飞，一股凌厉的刀风呼啸而去，险些劈中小奔雷的肩膀。笑面佛、岳老院主和风云剑都啊了一声，均想："盛名之下，果无虚士，果然了得！"这时，只听得擂台上嗤嗤之声大作，杨帆的青龙大砍刀招招凌厉狠辣，他以浑厚内力、诡秘的招数，编织出一张灿烂的刀网，洒下一片耀眼的刀光。擂台上，刀光漫卷，寒气逼人。人们只觉得杨帆和他的大刀已经合二为一，变成了一个银团，在擂台上滚来滚去，发出了蚀骨寒风。

岳霞对此视而不见，远远看见两匹快马奔驰而来，她呼地站起来引颈眺望。她异常的举动引起了笑面佛和岳老院主的注意，他们也移目观瞧。只见一红一白两骑高头大马旋风般冲到擂台前，仁义双雄掠下马，箭一般向前扑来。岳霞的心咯噔一下，沉了下去，她最后的希望也破灭了，悲哀怨苦一下子涌上心头，眼泪就像两串断了线的珍珠，扑簌簌滴落下来，在擂台上溅起了一片泪花。岳老院主扭过脸去，视而不见。

这时，小奔雷的脚步跺得擂台咚咚直响，其声如雷。人们明白了，奔雷拳，手脚声势如雷。

铁铃公子、铁扇公子双双登上了裁判台。铁铃公子对岳霞摇摇头，说道："找不见他。戚将军说他回临江祭父，临江我们也去了，南京也去了，最后去了一趟杭州，抓了几个桃花会爪牙，也没问出金戈的下落，不知道他去了哪里……"

岳霞带泪的俏脸强展笑容，朱唇轻启："二位哥哥辛苦了，过年也没歇息片刻，实在对不住了，快快下去歇息吧。小妹命该如此，多谢二位哥哥了。"仁义双雄一呆，只见岳霞脸上梨花带雨，笑容中饱含着悲凉凄楚，顿时心也酸了。

"好！"擂台下传来叫好声。

铁铃公子和铁扇公子转目一看，只见身着黑衣黑裤的小奔雷化作了一团黑云，在台上翻翻滚滚，撒下漫天的掌影。杨帆的刀再也递不到他身前了，杨帆剑眉倒竖，银牙紧咬，突然大喝一声，左掌急推向前，大刀怀中抱月，刀锋陡然一伸，呼地画了一个圆圈。此招正是杨家刀法中的"黄沙漫天"。接着"黄沙滚滚""黄沙绵绵""黄沙扑面"几个变式铺天盖地而来。再看杨帆，侧翻连着侧翻，旋转连着旋转，青龙大砍刀已经踪影不见，但见一片淡淡的白光，烟云般缭绕在杨帆身边。霎时间，擂台上劲风呼号、刀声呜咽，恍如大漠黄沙呼啸而来，又似钱塘怒潮奔腾而至。

小奔雷上蹿下跳，左闪右避。忽然，小奔雷左掌一拨，右掌穿插，呼的一掌向光盘中心印去，同时口中大喝一声："开！"呛啷一声爆响，光团消失，杨帆噔噔噔一连退了三步。再看杨帆，只见他剑眉倒立，脸色铁青，一摆单刀，喊声"受教了"，一个"旱鸭凫水"

飞出了擂台。

小奔雷胜了，台下掌声雷动。小奔雷高兴得连翻两个筋斗，仰面朝天躺在台上，像个翻了个的王八，滴溜溜旋转起来。

“你瞧这小子乐的，屁眼插鸡翎——美飞了！”

“天仙子是他的了，一会儿抱着美人归，咋不美呢！嘿！”

“美不美关你屁事，看你老眉咔嚓眼的熊样儿，还人老心咔嚓不老呢！”

“去去！你才人老心不老呢！少来！”

岳霞听着这些污言秽语，神色呆滞，心里却在千呼万唤：“金戈啊，你到底在哪儿呀？你知不知道我在比武招赘呀？你怎么还不来呢？你快来呀！再晚了可来不及啦！”

金戈在南京，在长江边的黑旗船上。原来，金戈和白凤来到南京之后，岳霞没找到，却找到了双珠仙子金珠、银珠，找到了黑旗船。两天来，金珠和银珠殷勤地招待金戈和白凤。傻蛋赶着四轮车，在南京四处打探消息，寻找岳霞。

金珠喜动颜色，拿出一件珍珠衫，交给了金戈。银珠急忙拿出温玉裙，递了过去。两个姑娘如同小鸟归巢一般，笑逐颜开。黑旗船上天天摆宴，日日欢歌。白凤也像大姐姐似的，落落大方，处处以大姐的姿态呵护着金珠和银珠。金戈顿生感念，不时对白凤瞟去感谢的目光。不过，中午的酒宴上，白凤终于泼出了一盆冷水，她说：“二位妹妹，你们如果真的喜欢金大哥，就应该弃暗投明，回到白道武林一边。金戈爱国爱民，继承他父亲遗志，消灭倭寇，铲除黑恶势力，在武林道上扛着一杆侠义的大旗。他上你们的黑旗船和二位姑娘交往，已有敌我不分之嫌，他爱你们，你们就应为他着想，设法弃暗投明，不然，正邪不两立，你们早晚会兵戎相见的。”

金珠和银珠你看看我，我看看你，登时哑口无言。金戈笑道：

“你们和长发婆商量商量，黑旗船实在不可托付终身啊！”

正说着，傻蛋领着九弟来了，他们在岸边大喊大叫，火烧了屁股似的。金戈看见了，腾身奔出船楼，来到近前，九弟张着双手，举着一块白绸子，绸子上血迹斑斑。

“岳霞血书！”九弟大喊。

“啊！”金戈大叫一声，一把夺过来，一看，这些带血的字正是岳霞手迹，上写：“岳霞奉命比武招赘，然妾非君不嫁，盼君诀别，正月二十前，切切！”

“啊？”金戈就觉脑袋嗡的一下巨响，问道，“正月二十？今日是十几？”

“十八！”九弟大叫。

金戈顿足大叫：“啊呀！坏了，快卸车、备马！我要赶往武夷山！”

白凤早已跟过来，她看了看岳霞的血书，狠狠地瞪了九弟一眼，说道：“此地离岳武院一千多里，还是山路，骑马也赶不到，不如我们使用四轮车吧，歇马不歇车，昼夜兼程，兴许能够赶上。”

金珠和银珠不知发生了什么事，看见金戈面沉似水，心急如火，只好悄悄问傻蛋。等她们问明白了，却不知如何是好。

金戈看看发呆的双珠仙子，说道：“二位妹妹，我要走了，岳霞血书召我，咱们后会有期！两位妹妹，请多珍重，金戈就此告辞！”金戈说完，飞身跳上马车，催着傻蛋快走。

金珠和银珠看着马车动了，这才大叫：“你要小心，你要保重……”

傻蛋赶着四轮马车，一路飞奔。九弟等人骑着高头大马随车奔行。九弟边跑边喊：“多亏你们这辆四轮马车，要不然死活找不见你们！我们从白神庄出来，又跑了一趟临江县。想起白叔说你们乘一辆四轮马车走的，这才想起我们去黄山的路上碰见过这样一辆怪车，四个轮子，奔南京而去了，这才赶了回来，也靠这个四轮马车，才找到傻蛋。嘿嘿……”

马车的后厢门敞着，金戈和白凤正在车门旁。金戈听了九弟的话，连忙抱拳相谢。白凤听了九弟的话，怒目而视。金戈一转脸，白凤马上露出了笑容。九弟却不以为然，开心地大笑起来。

金戈道："麻烦你们几位头前开道，在前面购买马匹粮草，咱们人歇车不停，日夜兼程。你们等等。"金戈说着钻到里面，拿来一个金元宝，扔给九弟，说："麻烦几位了。"

九弟一歪身子接住元宝，说道："我有钱，你这就见外了。好吧，我先收着，我们头前走了，前面见。"说完，带着几个随从打马而去。

金戈要傻蛋快点赶车，自己迷糊一会儿，准备夜间替换傻蛋。傻蛋抡着鞭子，口中不住吆喝着："驾！驾！"

岳武院广场上，人们渐渐散去。笑面佛宣布小奔雷获胜入赘。岳霞忽然站出来，冷冷道："慢着！打胜了我才能算数！"

笑面佛见岳霞面带杀气，心中一惊，说道："这、这恐怕……不合规矩，贤侄女不可。"

铁扇公子看岳霞面色凄苦，知道她非金戈不嫁，如此结果，必然出事，就说："各、各位，我、我，要，入赘，比武，慢！"

这时，老奔雷哈哈笑着走来，说道："铁扇公子愿意与我儿切磋，最好不过，但是，诸位都累了，愿意比，明天再比不迟！"

"这个……"笑面佛道，"原定比武三天，不好改动，晚上加赛一场如何？"

老奔雷狂笑道："好！好！就这样，晚上再来！哈哈！有道是天堂有路你不走，地狱无门你闯进来……"他忽然住口，看见铁扇公子怒目而视，立即哈哈大笑："啊，哈哈……啊，哈哈……"

晚上，主擂台边上遍插油松火把，整个擂台灯火通明。铁扇公子和小奔雷已经大战了三百多回合，两人胜败不分。这时，小奔雷吐气开声，脚下雷声滚滚。铁扇公子也不甘落后，扇影滔滔。铁扇公子真正实力在左手，能捏住飞翔的苍蝇，手指的力量也大，能捏碎鸽蛋大的鹅卵石，号称搜魂鬼手。但是，铁扇公子两次捏住小奔雷的手，都捏在指环上，不能伤敌。两次把他摔了出去，他都腾身而起。打着打着，铁扇公子再次抓住小奔雷的右手，同时铁扇截击小奔雷的胳膊。铁扇公子再次摔倒了小奔雷，同时，铁扇也被小奔雷的左掌打飞了。铁扇公子退后几步，抱拳认输。

铁铃公子一看岳霞的脸黄了，一把提起铁铃，说道："还有我！"岳霞一把拉住了铁铃公子，劝道："铁铃大哥，咱们下去吧，小妹认命了。伤筋动骨一百天，大哥的肩伤未好利索，不可动武。二位哥哥的心意我心领了，小妹这里拜谢了。"说罢，岳霞对着铁铃公子、铁扇公子盈盈一拜，又道："天意不可违，岳霞认命了，二位哥哥下去休息吧！"

铁扇公子满面愧疚，深深自责，说道："对、对不起，让、让你失、失望了。"

笑面佛就在旁边，接茬说："铁扇公子虽败犹荣。其实，我们都看出来了，比武较技，你略逊小奔雷一筹，如果性命相拼，他却打不过你！"

铁扇公子结结巴巴地问："哦，何、何以，见、见得？"

风云剑华清子说道："你三次抓到小奔雷的手，将他甩出去，他都能远远站住，原因是他手上戴有指环，腕上箍有铁箍，你捏不碎他的手指和腕骨，制不住他的穴道，所以他能不倒。平心而论，你的搜魂手绝不弱于他！"

铁扇公子道："他的奔、奔雷手够厉害，其势如雷……"

笑面佛一笑，道："但不如你的扇子，你三次击打他手臂，扇子三震，可是你的扇子一格未张，只要你打开一格，露出一条钢筋扇骨，巨震之下，扇骨飞射，小奔雷早已到阎王那里报到去了。你即使不借他的力量震动，你双手互震，也可发射扇骨，九条扇骨，九条人命。铁扇扇骨，借震封喉！这个秘密，你在闽南救人时已经泄漏，倭寇九个狼猫级武士就死在你的扇骨之下，不是吗？”

铁扇公子说：“消，息，灵、灵通！……”

铁铃公子道：“比武规则不让使用暗器，不让用毒物，我们岂可违规？至于性命相搏，或有变化，到底谁强一些，情势难料。”

风云剑摇摇头，叹道：“好了，散散吧！人的命，天早定，胡思乱想不顶用！天意不可违啊。”

这时候，骨碌碌，一辆马车奔来，岳霞心中一动，急切跑过去。马车停住了，铁嘴华一个筋斗从车里翻出来，手中烟袋锅一转，哈哈一笑，说道：“岳北老兄弟，你福气不小，派人卸车吧。我给你募捐到白银一千八百两，月亮山庄又给了三千两，四千八百两白银到手了。四千八，你可别嫌少啊！”

岳老院主喜动颜色，笑道：“铁嘴华，辛苦你了，多谢了，多谢了，你可救了我的急了。不瞒您说，岳武院现在是盆干碗净，住了辘轳干了畦呀！饭钱也没多少了，最多还能坚持个十天半月。多谢了多谢。”

铁嘴华一乐，说道：“你还得感谢月亮山庄，岳霞的舅舅，我在他那儿过的年，他是好吃好喝好招待，不够我再去磨他，他不出钱我就不走，哈哈……”

岳霞仰脸急问：“铁嘴华，你可看见金戈吗？可有他的消息？”

岳霞一连串几个问题，问得铁嘴华张口结舌，显而易见，金戈没来。铁嘴华一皱眉，心说：“白丫头搞什么鬼！”他嘴上却说：“没见着！没听说！不知道！不过，你别发愁，俗话说得好，千里姻缘一线牵，无缘对面不相识，金戈一定会赶来的。”

笑面佛摇摇头，说道：“比武招赘今天为止，半夜之前，他再不来，就木已成舟。阴历二十，就是后天，岳霞就要成婚了。阿弥陀佛，愿我佛慈悲。”

铁嘴华眼一瞪，叫道：“你们谁也不能强迫岳霞！岳霞，到时候你跟我走，别听他们的！”

岳老院主立即火了，怒道：“你胡说什么，你带她走？那你先要了我这条老命再说！你少放狗臭屁，岳武院向来说一是一，说二是二，说出去的话就是板上钉钉，谁敢阻拦入赘，我和谁拼命！别看你救了我的急！”

铁嘴华道：“好好，你厉害，你歹毒！我怕了你了，叫人卸银子吧！”

蒋忠、马大响、江中月来了，李虎子也走过来，四个堂主立即招呼人卸银子。

正月十九下午，天阴沉沉的。婚礼准备开始了，岳武院张灯结彩，武夷书院秦院长特地请来一个戏班，给岳霞助兴，他们浑不知岳霞正在以泪洗面。大戏就在较技台上开唱。岳霞家的房子也修好了。岳霞父母住的那间上房粉刷一新，成了岳霞的新婚洞房。凤玲忙里忙外安排着，脸上却布满了愁云。岳霞静静坐在洞房里，她的心似乎已经平静，不再翘首以盼了。不过，她提出，婚礼要在明天晚上举行。岳老院主拧不过她，只好答应了。

一场小雪丝丝拉拉下了一夜，山道上结了一层薄冰，光滑如镜。四匹健马喷着白气，拖着四轮马车费力地爬着坡。此地离武夷山还有二百多里，金戈、傻蛋和白凤连拉带推，马车终于来到了山顶。望望身后，九弟等人还没有跟上来，马车放坡就更危险了，金戈看看南方朦胧的日光，看看光滑闪闪的山道，心急如焚。他想了想，对白凤道：“我得先走了，你们慢慢放坡吧，或者休息一下也行。我天黑以前必须赶到武夷山，我先行一步了！”

白凤皱了皱眉头，酸溜溜地说道：“凡事不可强求，能赶到更好，赶不到也不必玩命，玩了命也起不了作用。快到中午了，你就是插上翅膀也赶不上婚礼了。尽人力听天命吧。去吧，千万别玩命。我和二位珠仙子都指望你呢。”

金戈眉头紧皱，沉声说：“好！我尽力而为吧！”说罢，金戈腾身一跃，双脚落在山路上，溜冰似的向下滑去。风声呼啸，卷起阵阵雪雾，金戈带着一股旋风向山下飞去，转眼间不见了。白凤看看天色，忽然面露笑容，自言自语道：“晚了，赶不上了。天黑以前活神仙也赶不到岳武院了！煮熟的鸭子——飞不起来了！”说罢，她咯咯笑了，对这样的结果不禁得意起来。

金戈滑过山脚，向下的路更陡了，金戈抽出单刃枪，咔的一声接好，枪把从两腿之间穿过，他骑着单刃枪，双手扳着枪杆，向下滑去。寒风撕扯着他的衣服，雪花抽打着他的面颊，他凝视着婉转的山路，飞驰而下。远远看去，犹如一颗划空的流星。来到山下，金戈冲进山村的一个大院，牵出一匹健马，鞴好鞍具，勒紧了肚带，扔下一片金叶子打马而去。上了大道，金戈挥鞭急催，健马四蹄踏得冰凌飞溅，箭似的射向远方。

二十八 血溅洞房

晚上，岳武院大殿里灯火辉煌，婚礼正在进行。小奔雷身穿紫色绣花袍，头戴孔雀翎子郎官帽，胸前挂着一朵碗大的绸子红花，喜气洋洋。岳霞头顶红艳艳的金丝盖头，身披霞光闪闪的绣花丝袍，默默坐在椅子上，一动不动。岳老院主转来转去，颧骨微突的老脸上堆满了苦涩的笑容。

时辰到了，黑剑罗仁杰走到一对新人跟前，高声喊道："婚礼开始，奏乐！入赘者高唱入赘歌！"

小奔雷晃了晃矮壮的身子，两片厚嘴唇快速地吧唧道："小子无能又无能，更名改姓换门庭……"他声音低沉，话语含混，尽管人们侧耳倾听，还是没听清他说了些什么。

有人喊："不行！大点声！听不清！这算什么？"

有人道："重来！一会儿就抱美人归了，呜呜囔囔的，糊弄谁呀！"

笑面佛对小奔雷道："大点声！"

罗仁杰挥挥手，示意大家安静，然后说："好了，重念，大声念。”

“念就念，怎么的！”小奔雷晃晃披着黑发的脑袋，快速念道，“小子无能又无能，更名改姓换门庭；愿意入赘做新人，奉妻为主传妻宗！”声音大是大了，但念得非常快，就像过年放的炮仗，噼里啪啦念完了。

“不行！没听清，再来！再来！念得也太快了。”有人喊。

铁嘴华烟袋锅子一指小奔雷，叫道：“嘿，你小子干吗哪？一会儿嘴里含着个热蛋似的，嘟嘟囔囔，一会儿炒料豆似的，噼里啪啦。怕丢人哪？怕现眼哪？怕丢人现眼就不要入赘，赶紧屎壳郎下山，现在走还来得及……”

笑面佛一推铁嘴华的烟袋杆，说道：“阿弥陀佛，叫他们拜堂吧。今后小奔雷于钛更名岳钛。诸位要记牢，善哉！”

铁嘴华瞪着眼说：“不念了？我还没听清呢？”

风云剑竖掌当胸，劝道：“无量寿福！算了吧，再念十遍你也听不清。”

黑剑罗仁杰一挺大肚子，哈哈一笑，说道：“好，那就饶了他吧！来，新婚典礼开始！”

“一拜天地！”

“二拜高堂！”

“夫妻对拜！”

岳霞欠了欠身子，似拜不拜，到了夫妻对拜时更是一动不动。笑面佛、风云剑等人心里有数，不加计较。老奔雷只盼着生米煮成熟饭，更是迫不及待，亲自喊上了：“送入洞房，送入洞房！”

“好，送入洞房！”罗仁杰叫道。

凤玲带着一对新人走进岳霞家，对小奔雷道：“你在院子里等会儿，我们小姐叫你，你再进去！”

小奔雷眼睛一瞪，说道：“不对吧？哪有这样的规矩，我和她一块进去，我还要掀盖头呢！”

凤玲怒道：“你是入赘！小姐是主，你是从！你要听小姐的吩咐！等着！”

小奔雷看见凤玲满脸的怒气，只好说软话：“好，那我就等一会儿，你们可快点。”

凤玲搀着岳霞缓缓走进屋子。小奔雷在院里转来转去，一会儿搓搓手，一会儿蹦蹦高，满脸的焦急。过了一会儿，小奔雷实在忍不住了，冲着屋门叫起来：“娘子，我可以进去了吗？”

凤玲的声音传出来：“进来吧！”

小奔雷一步跨进堂屋，看见东屋隔山窗上贴着大红喜字，门帘也是红色的，立即奔到屋门口，一掀门帘蹿了进去。进屋一看，屋内银白雪亮，两支儿臂粗的蜡烛突突地冒着手掌长的火苗，照耀着高高挂起的白色床帷，照耀着坐在床边顶着鲜红盖头的岳霞。小奔雷轻轻一跃，一步跳到床前，猫着腰，探着头，猴急地叫道：“娘子，我来了！”说着，一把抱住了岳霞。

一更天，金戈赶到了武夷山。他在朦胧的夜色中打马狂奔，马蹄踏碎了路上的薄冰，发出咔咔之声。金戈看见了岳武院大殿的灯火，狠狠一夹马肚子，挥鞭吼道：“岳霞，等等我，我来了！”

忽然，广场上一乱，两个黑影迎面冲来。其中一个黑影似乎抱着个人。金戈略一迟疑，前面的黑影一跃而起，迎面扑来，同时听见了一个苍老的声音：“下去！”

金戈看见来人掌击前胸，立即抬掌迎去。金戈耳闻啪的一声大响，顿觉一股千钧之力压来。金戈再想运力抵挡，已经来不及了，哎哟一声滚落马下。抱人的黑影翻上了马背，扬长而去。打人的老者却站住了，看着金戈说道：“好小子，功夫不错！”说罢一闪而没。

金戈坐在冰凉的土地上，眼前金花乱冒，调息了好长时间才站起来。金戈摸了摸酸疼的右臂，惊道："这是谁？掌力怎么如此浑厚？自从练会岳武功，还没有人一招就能伤到我，好厉害的掌力！"金戈活动了活动胳膊，一抹脸上的霜花，脚尖点地，长袍斜飘，呼的一声向岳武大殿扑去。

大殿里杯盘狼藉，灯光摇曳，众人围着一个人。金戈一头闯进来，高喊："岳霞！岳霞！你在哪里？"

铁铃公子看见金戈，大喜过望，急道："金戈？你去了哪里？我们两度寻你不见。唉，岳霞不见了，小奔雷死了，岳老院主受了老奔雷一掌，怕是不行了！"

"啊？岳霞不见了，岳霞怎么不见了？"

"你，可……可……真，难……难……找……"

金戈不知道他们说的是什么，急道："我不知道比武招赘，我在白神庄过的年！刚才是谁跑了，还带着一个人？他打了我一掌。"

铁铃公子道："那是老奔雷，武林四山你知道吧？太行奔雷，他就是太行山奔雷寨的寨主老奔雷。二奔雷带着小奔雷的尸体，老奔雷打了你一掌？"

"白凤呢，你又丢下她了？"铁嘴华从黑暗中走出来，瞪着干涩的眼睛说道，"嘿，跑到我家吃闲饭去了，怪不得他们找不见你。我说，白凤呢？问你呢！"

"她们在四平坡呢，两天两夜，我们赶了七八百里。她坐的四轮马车困在山顶，山坡上结了一层冰，一时半会儿怕是下不来了。"

铁嘴华摇了摇脑袋，说道："不行，我得接她去。老奔雷死了儿子，什么事都干得出来，根本不要脸。赶紧走。"说罢，一晃身子出了大殿。

金戈转脸急问："岳霞怎么不见了？这是怎么回事？"

铁铃公子看了看众人，说道："你先和豪杰们见见。来来，这位是少林寺住持笑面佛无悔大师，这位是武当掌门风云剑华清子，这位是峨眉派掌门黑剑罗仁杰……”

金戈立即躬身施礼，朗声道：“金戈拜见各位前辈！拜见各位大师……”

笑面佛合手道：“阿弥陀佛，岳霞失踪了，我师弟铁手佛带着八大金刚追去了，武当派七星子也出动了，金少侠且放宽心，我们先救岳院主。岳老院主遭此一掌，怕是命不久矣，阿弥陀佛！”

金戈惊道：“啊，岳院主，他受了伤？”

风云剑道：“老奔雷给了岳院主一掌，这个混蛋真不是东西，他明知岳院主没了双手，还使偷袭……”

这时，一个和尚带着一个丫头进来，说道：“师父，这位女施主是岳武院的丫鬟，她在洞房院里，她知道事情经过。”

“洞房？”金戈闻言又是一惊。金戈一看，他不认识这个丫头，只见这个丫头身材高挑、面目姣好，两只眼睛明亮动人。

风云剑问道：“梁丫，你刚才在岳霞家？那你说说，你都看见了什么？听到了什么？到底出了什么事？”

梁丫福了一福，回答道：“回道爷的话，我看见两个蒙面人跑出院子才去的。院子里没人，我进了洞房一看，新姑爷肚子插着一把刀，躺在床前，满地是血。我就大叫着跑出来，喊着：‘杀人了，杀人了。新姑爷被杀了！’过了一会儿，来了一个老头，他蹿进新房大叫：‘于钛！于钛！’接着，他抱着死新郎抢出门去，临走还打死了刚跑来的童儿小朱……”

笑面佛问道：“那两个蒙面人从哪儿来的？”

梁丫摇头道：“不知道。好像岳小姐被渔网网住了，盖头还盖着呢！”

风云剑问：“那两人没说话吗？”

梁丫又摇头道：“我没听见，只见他们扛着新娘一阵风似的跑了。”

“凤玲呢？”铁铃公子问，“她在哪里？她怎么也不见了？”

“不知道，反正屋里屋外都没有一个人影。”梁丫语音清爽、口齿伶俐，一字一句，说得有条有理。金戈发现，这个叫梁丫的俊丫头还偷偷瞟了自己一眼。

一个和尚道：“师叔们都追下去了，我也去吧？”

笑面佛道：“不必了，你留下吧。”他又对金戈说道：“老奔雷见他的儿子死了，迁怒于岳院主，岳院主不吃他那一套，和他争了几句，他竟然冷不防给了岳院主一掌。岳院主创伤在身，又经此一击，怕是凶多吉少了。你在路上接下老奔雷含怒一掌，也了不起。”

金戈问明了来龙去脉，疾步来到岳霞家。进屋子一看，墙壁重新粉刷过了，家具也是新的。但是，桌子还是以前那样的桌子，床还是原来那样的床。屋里没有任何喜气，金戈忽然看见了一把瑶琴。正是自己那把瑶琴，瑶琴怪怪地挂在床架上。金戈摇了摇头，明白了岳霞的心意，心里一阵酸痛。

金戈回到大殿，恰巧岳老院主苏醒了，他被人扶起来。金戈见岳老院主脸色灰暗，皱纹更深了，嘴角还带着血丝，团花中衣上也洒满了鲜血。半年多未见，他似乎变了一个人，失去了往日霸道的风采。岳老院主无神的眼睛看到金戈，顿时一亮，就像溺水的人看见了一块木板，像迷路的人见到了家门，他颤巍巍地抬起头，挣扎着叫道：“金戈，金戈，你来了，你终于来了，好，好，你……”他声音嘶哑，断断续续，似乎有千言万语要对金戈说。

笑面佛低头道：“你是不是要和金戈说话？”

岳老院主点点头。

“过来，金戈，你过来，岳院主有话对你说。”笑面佛说，他看金戈迟疑不决，就劝道，“阿弥陀佛！人之将死，其言也善，过来吧。”

金戈来到了岳老院主近前，低声道：“您好好养伤吧，我去找岳霞。”

“不……”岳老院主摇头道，“我不行了……等不及了，你听我说，你跟……我进家庙，我有话，对……对你说，抬我走……”

众人把岳老院主放到床板上，抬着床板向家庙走去。金戈不明白岳老院主葫芦里卖的什么药，犹豫着不肯移动。风云剑华清子走过来，说道：“走吧，岳院主可能有遗言交代，一定和你有关，岳院主刚强了一生，很少求人，走吧，你就让他死得瞑目吧！”

金戈想想也对，何必和一个将死的人较真？再说，怎么着他也是岳霞的爷爷，去就去吧。金戈点了点头，跟着风云剑来到家庙大院门前。众人都进去了，金戈却不敢进，心想：“此乃岳家禁地，当初险些铸成大错，我岂可再进此门？”

风云剑见金戈没有跟进来，反身又回来叫他：“进来呀，此处已经公开，我们来过多次了，进来吧！”

金戈说：“不，谢谢道长关怀，晚辈心有余悸，不敢越雷池半步，请转告岳老院主，晚辈就在家庙外聆听教诲！”

“好，你等等！我去问问。”风云剑说完，转身进去了。

不一会儿，两个人抬着岳老院主又转回来，笑面佛和风云剑等人也跟过来。风云剑道：“岳老院主亲自请你进院。”

金戈低头看着岳老院主，岳老院主点点头，无力地说：“来，进来。”

金戈知道不能拒绝垂死之人的邀请，心说：“岳老院主虽然对我不仁，但我不能不义。进去吧，听他说什么，或许涉及岳霞呢。”

金戈走进家庙，来到他梦寐以求的地方。家庙内灯火通明，金戈打量着这座石质窑洞，首先映入眼帘的是一个巨大的石几，石几上矗立着三尊石像，当中的一位顶盔掼甲端坐，正是岳飞岳王爷。石像矫然若生，威猛凛然。金戈抬头往上看，见到了四个斗大的红漆大字：“精忠报国！”

石屋左侧立着一块石碑，石碑上的碑文已经被刮掉。石屋右侧也立着一块石碑，石碑上刻着岳氏家族的家谱家规。窗前还立着一块长方形的矮碑，上面雕刻着岳王爷的《满江红》：“怒发冲冠，凭栏处、潇潇雨歇。抬望眼、仰天长啸，壮怀激烈。三十功名尘与土，八千里路云和月。莫等闲、白了少年头，空悲切。靖康耻，犹未雪，臣子恨，何时灭！驾长车，踏破贺兰山缺。壮志饥餐胡虏肉，笑谈渴饮匈奴血。待从头、收拾旧山河，朝天阙。”

家庙里静悄悄的，众人的眼睛随着金戈的眼睛转动。金戈的目光回到族谱石刻上，他看见了岳南、岳北的名字，看见了大堂主岳中海的名字。金戈明白了，岳老院主一家真是岳飞的后代。金戈走到岳飞神像前，跪倒在地，恭恭敬敬叩了四个响头。

金戈对岳老院主的戒心如冰雪见到了阳光，慢慢融化了。他恭恭敬敬地来到岳老院主跟前。岳老院主呼吸急促，瞪着眼看着金戈，目光中充满了希冀，他道：“岳家……传宗接代，指望你……你了！你要入赘岳家！”最后几个字，他仍然说得声色俱厉，“岳家不应该无后！你必须答……应！”

金戈本打算答应他，但见他临死之前仍然有强迫之意，不禁有些反感，就默不出声。

“抬我……到院里，你……看看……死人……的……脊梁！”岳老院主心情激动，挣扎着抬起头。

笑面佛俯身道：“黑灯瞎火，不用去了，我告诉他吧！”

“不！……去……去！”岳老院主上气不接下气地吼起来。

笑面佛对着金戈叹道：“岳武院惨遭袭击，已经过去几个月了，岳院主不让掩埋子孙的尸体，我一直不明白。我今天明白了。他知道你爱国爱民，这些尸体是留给你看的，岳家的男人，人人脊梁上刻着‘精忠报国’四个大字！岳氏满门，实在是一门忠烈，实在令人可钦可佩！”

蒋忠从黑暗中走出来，说道：“戚将军要我们转告你，他希望你能高举岳家大旗，重建岳武院……”

众人走出家庙，来到院子里。火把照耀下，人们搬走了尸体上的冰块，掀开了白布单子，大堂主、五堂主等人的尸体被翻转过来，他们的后背上露出了“精忠报国”几个鲜红大字，这些字好像活了，在金戈眼前旋转起来。

又一块白布被揭开，金戈看见了岳夫人含笑的脸，仿佛又看见了她那怜爱的、慈祥的目光……金戈激动了，头脑轰轰作响，一股激情澎湃而起。金戈扑通跪倒在地，对岳老院主拜道：“我愿意入赘岳家，愿娶岳霞，愿意为岳飞的后人传宗接代。之后，请允许我以金文杰之名另外娶妻，为我金氏一门留下一线香火，不知可否……”

“好！你发誓……”岳老院主道，“岳祖……像……前发誓！岳霞活着，你……入赘岳霞，岳霞死了，你认……三堂主……为父，无论如何，你，你要……继承岳祖……一脉的……遗志……”

他们又回到家庙里，金戈站在岳飞像前，回头问道：“怎么发？”

风云剑道：“你就说，你金戈，不，岳金戈，愿意入赘岳家，自愿为岳氏一门传宗接代！愿认三堂主为义父！永不更改即可。”

“好！”金戈跪倒在岳飞像前，举起右拳，大声道，“我金戈愿改名岳金戈，认岳中勋为义父，愿入赘岳霞小姐，为岳氏一门传宗接代！但我可用金文杰之名另外娶妻，为金氏传宗。此誓天地明鉴，永不更改！”

“好，把我放在……地上，你们回避，我……有遗言……交代。”岳老院主的眼睛亮了，好像大病初愈。笑面佛知道，这是回光返照。笑面佛和风云剑等豪杰默默出去了，走在最后的人悄悄掩上了庙门。金戈凑到岳老院主跟前，岳老院主说道：“我胸前有……双龙令的……雕龙……印模，是岳武院……院主信符，你拿……去！”金戈从岳老院主怀里掏出印模来，拿给他看，他接着说道：“供桌下面，蹲着……身子……进去，右手……大力推右侧……石壁，石门可开。岳氏秘洞里，左侧有……石刻岳武功。记住……看……法……秘诀，秘诀是……一四七，看偶奇……二五八，看字凹……三六九，看……字……首……”

金戈一惊，心道：“我知道秘洞的秘密，却不知道还有破译秘诀。”这时候，岳老院主声音越来越弱，话语断断续续：“岳，武院，大旗……不能倒！我把……岳霞……交给你……了，你要疼……她，爱她，她……没……别的……亲人……了，如果，岳霞……不在了，你，你，要认……三堂主为父，继承……岳飞……遗志，精忠……报国……”岳老院主断断续续说了半顿饭的时间，交代完遗言，最后道：“叫，叫他们……进来……”

金戈出了庙门一看，院子里人影皆无。金戈快步来到小院外，只见众豪杰都在院主大院里相候，急忙道：“岳老院主叫你们进去，他快不行了！”

群豪抢进家庙，拥到岳老院主身边。金戈看着笑面佛等人道：“岳老院主已将岳武院交给我了，要我重建岳武院。”说着拿出了院主信符。

“岳兄，你把岳武院交给金戈了？”笑面佛看着岳老院主，俯身问道。

岳老院主努力抬了抬头，说道：“是的。你们……要……帮助他，精忠报国……大旗……不能……倒！”说完，头一歪，含笑而亡。

“诸位，请帮忙把老院主的尸体抬出去，排列院中。我去找岳霞，请各位坐镇岳武院，主持大局。”金戈抬手抱拳，含泪道，“岳金戈告辞了！”

金戈腾身来到岳武广场，站在月光下看着黑漆漆的山野，听着萧萧北风。一夜之间，岳武院再次天翻地覆，岳霞失踪，岳老院主去世，他临终托付完成，心愿得偿。金戈转眼间变成了岳金戈。连续两天两夜的奔波，金戈已经疲惫不堪，他暗暗告诫自己："你快去找岳霞，她现在非常需要你，你绝不能辜负她！"金戈抓起两把残雪，搓在脸上，一抖肩膀，沿着木桥旁的小路冲下半壁峡。到了谷底，金戈抽出单刃枪，快步上溯。谷底漆黑一片，快到谷口了，金戈忽见对面有火把蜿蜒而来，火光下，几个光头闪亮。金戈掩身高喊："嗨！前面可是少林高僧吗？来人可是八大金刚？"

来人一齐停下，高举火把向前照来。金戈隐蔽在巨石之后，对方不见人影。一个身材高大的和尚越众而出，吼道："洒家正是八大金刚之一，来者何人？"

"小可金戈，受岳老院主临终托付，改姓岳，现名岳金戈……"金戈的声音未落，就听见了凤玲的声音："金戈，是你吗？我是凤玲！你快去救小姐吧，小姐盼你盼得望眼欲穿啊。自己人，快过去！"

金戈一听凤玲在此，一跃而起，呼呼几声扑到众人跟前。凤玲身上披着大红锦袍，嫩脸上带着点点泪痕。

金戈见了她的衣着，一呆，随即叫道："你怎么穿戴成这样？岳霞在哪里？"

凤玲急道："小姐见等你无望，要自杀殉情，被我拦下了，我设计了一个移花接木之计，由我假扮新娘换出小姐，让小姐出去躲一躲，我安排小姐逃走了。你去了哪里？岳武院出了这么大的事你不知道？比武招赘的告示贴遍了大明两京七卫十三省，你没听说？双侠大哥为了找你不住脚地跑，过年都没歇息，你到底去了哪里？"

金戈黯然道："我回了临江，又去了趟黄山白神庄，在白凤家过的年，这些事我压根就没听说过……"

凤玲怒道："我知道了，都是白凤搞的鬼。"

金戈道："岳霞上哪儿去了？听说死了人了，到底怎么回事？"

凤玲续道："当时，我让小奔雷在院里等着，我和小姐换过衣服后，小姐就掩在门后。我顶上盖头在洞房门口喊了一声‘进来吧’就进了洞房。我刚坐好，小奔雷带着一股风闯进来了。他叫了两声娘子，一把就抱住了我。我使劲拉着盖头，他忽然大叫一声：‘有刺客！’说完撒了手。我吓了一跳，惶恐间，床下蹿出两个人来，一下子网住了我，接着堵住了我的嘴。这时，我听见一个低沉的声音：‘得手了！’我一听，是坐地炮那个王八蛋，另一个人说：‘走！’可能是马猴那个混蛋。他们扛着我，顺谷奔来……”凤玲泪光闪闪，几个和尚金口紧闭，默不作声。凤玲继续说道：“我被他们扛到谷外，来到一个山洞里，坐地炮大叫：‘舵主，小美人擒到了，我们宰了小奔雷，您快来收拾岳霞！’当时，我听见咚咚的脚步声响起，脚步声由远而近，大得吓人。接着，我被放下了，解开了渔网，揭去了盖头，几个人同时啊了一声。我趁着火光一看，只见阴阳魔站在我面前，他黑白分明的脸上冒出一片寒气，眼中碧光四射，吓死我了。这时，就见阴阳魔伸手给了坐地炮一个嘴巴，骂道：‘王八蛋，她是岳霞吗？糊弄老子，你找死啊！’马猴扑通跪倒，说：‘舵主，饶命！她、她不是岳霞，她是凤玲，岳霞的丫鬟。’接着，阴阳魔一脚踹翻了他，对我叫道：‘岳霞在哪儿？快说！你们，你们赶紧去找！’接下来他们就打我，要我说出小姐去向，我死活不说。后来，他们留下两人看着我，其他人去追赶小姐了。再后来，铁手佛带人救了我，金戈，快去救小姐吧！她非你不嫁啊……”

金戈看着泪流满面的凤玲，急忙道：“我会的，我会尽最大努力救回你家小姐。你说岳霞去了哪里？”

凤玲道：“小姐说去找你，她可能先去鄱阳湖，然后乘船去南京。我们当时准备好，岳霞出来就直接登梯子去后院的二叔家，然后逃跑。坐地炮这个王八蛋可能知道小姐的心思，怕是他们也朝那个方向追去了！”

金戈朝几位大师拱了拱手，说道：“麻烦诸位把凤玲先行送回，我去救人，咱们后会有期！”

凤玲闪身拦住金戈，叫道：“我也去！”

“你先回去吧，你跟不上我，不用去了……”金戈说着一晃身形，嗖的一声不见了。

天上的星星眨着眼睛，看着一个快速奔跑的黑影。黑影射出谷口，放慢了速度，他一会儿蹲下倾听，一会儿快步奔行，就像一条猎犬正在追踪猎物。

此时，岳霞正站在瘸腿猎人的石屋前，呆呆地看着烧焦的门窗。瘸腿猎人的家也像岳武院一样，被烧光了。这时，阴阳魔发现了岳霞，带着一伙牛鬼蛇神围上来。岳霞听见动静，立即提枪转身。

“点火把！”阴阳魔一声喊喝，废墟前亮起了无数火把。

坐地炮捂着肿脸走上前，龇牙咧嘴地说道：“岳小姐，想不到吧，我们又见面了！来，我给你介绍一下，这位英雄，就是我们桃花会大名鼎鼎的江南分舵舵主阴阳魔！放下你的红缨枪，今天是你的洞房花烛夜，舞刀弄枪的多煞风景，你就和我们舵主在这里入洞房吧，席地幕天，定会别有风趣，是不是，舵主？”

阴阳魔哈哈大笑，笑道：“不错，正是英雄爱美人，美人爱英雄！桃花会乃是英雄美人的集聚之地，加入了桃花会，你应该荣耀万分！哈哈！”

岳霞看见阴阳魔吧唧着厚嘴唇，就觉恶心，人不人鬼不鬼的，叱道：“呸！下三滥！邪门歪道！你们敢动我一个手指头，小心你们的狗命！”

阴阳魔淫笑道：“一个手指头？十个手指头也敢动，等会儿我上下其手，你就美了，管保叫你乐不可支！哈哈！来呀，上，给我抓活的！可别伤了我的小宝贝！”

阴阳魔话音一落，白头翁立即蹿上来，马猴、坐地炮也摩拳擦掌，围着岳霞转起来。白头翁面对岳霞，塌腰缩背，两只贼眼闪着一团碧光。突然，他后脚一蹬，腾身而起，狼似的扑向岳霞。岳霞娇叱一声，抖手一枪刺去。人们只觉得眼前一亮，一道亮光就像划破夜空的闪电，骇人心魄。“啊！”白头翁大吃一惊，空中一个“老猫拱背”，肚子弓起半尺多高，躲过了岳霞致命的一枪。“看我的！”坐地炮一声大叫，闪身跃步，手掌直击岳霞的后脑。岳霞闻声摆头，一招“回头望月”，嗖地刺出去。刺啦一声，枪尖刺破了坐地炮的衣领，只差半寸，没有刺中坐地炮的粗脖子。这时，马猴黑色的拳头已经到了岳霞左肋前，岳霞急忙侧身滑步，同时红缨枪横扫，嗡的一声，枪把贴着马猴的头皮扫了过去。马猴吓得哇呀一声怪叫，一个侧滚翻滚了出去。接着，岳霞刺东挑西、指南打北，大枪渐渐搅动了风声。阴阳魔看了几个回合，一摆手，又让两个色鬼加入了战团。五个色鬼你上我下，浪潮似的此起彼伏。岳霞银牙紧咬，大枪左右交击，东一枪“插花盖顶”，西一枪“老树盘根”，再一枪“怪蟒翻身”。突闻啊的一声惨叫，一个塌鼻子色鬼抱着肚子倒在雪地上。坐地炮一慌，扑通坐在地上，真成了坐地炮。这时，阴阳魔重重冷哼了一声，坐地炮闻声赶紧站起来，又扑了上去。岳霞练了两段岳武功，也了解了“九转迷魂步”，虽说不会用，但是快为王、骗至尊的岳武宗旨已明，眼下虽遭众色鬼的围攻，夷然不惧，指前打后，洒下一片银光，竟然逼住了围攻她的四人。

“哎哟，真看不出啊，这朵鲜花还他妈的扎手！”阴阳魔叫道，“怎么样，不行就滚下来！都是饭桶！”

坐地炮气喘吁吁，仰着脸道：“没问题，累也累死她，请舵主省点力气吧！”

“那好！加把劲，快点！”

岳霞冷眼观瞧，十几个火把之外还有十几个火把，两片火把间站着几十个奇形怪状的色鬼，正颤着身子看热闹呢。岳霞心想：“现在敌众我寡，要不能凭着夜色逃跑，天一亮，必遭生擒，那时生不如死！”想到这儿，岳霞银牙紧咬，突然垫步进身，红缨枪“一箭双雕”直射马猴的前胸和小腹。马猴见势不妙，仰身向后倒去。岳霞身随枪走，枪随人行，呼的一声蹿过去，就像黑夜中的闪电，一闪而没。色鬼们还未醒过味来，岳霞那美丽的身影已从眼前消失了。

岳霞撒腿就跑，急急如漏网之鱼。顾不上脚高脚低，一路狂奔。

突然，身后一个高大黑影扑来，高叫：“哪里走！”

岳霞眼观六路耳听八方，不用回头看，就知道形势不妙，赶紧右腿蹲、左腿伸，大枪上肩，来了一个“二郎担山”。噌的一声，来人从她肩上一跃而过。岳霞抬头一看，站在前面的正是恶鬼阴阳魔。这时，天已蒙蒙亮，不用火把也能看清阴阳魔的丑脸了。远处传来杂沓的脚步声，岳霞知道，桃花会那批狼崽子正急急赶来。岳霞心道：“猛虎难敌群狼，好汉架不住人多，再说了，连三叔父都败给了这个魔头，我是凶多吉少！金戈呀，你到底在哪里？看来你我相会无期，怕要阴阳相隔了！”想到这里，岳霞双臂一抖，使了一招“拨云见日”，红缨枪挑刺阴阳魔。阴阳魔的狼牙棒一晃，当啷一声，荡开了岳霞的红缨枪。阴阳魔狼牙棒左挡右拨，只守不攻。岳霞的大枪伸缩不停，始终突破不了狼牙棒的防线。岳霞知道不好，明摆着打不过人家，这可怎么办？阴阳魔眼光贼亮，知道岳霞拖不了多久了。这时，阴阳魔的狼牙棒频频晃动，专找岳霞的红缨枪。几个回合之后，岳霞的手臂酸麻，红缨枪渐渐运转不灵了。色鬼们跑来了，坐地炮喘着气大呼小叫：“岳霞，扔了枪吧，赶紧和舵主快活去，明年添几个小仙子！一个女孩子，打打杀杀算什么！”

马猴也起哄：“幕天席地吧，我们等着看戏呢！”

岳霞耳听污言秽语，冷汗直冒。她突然一个滚地腾飞，红缨枪嗖的一声“毒蛇出洞”，锋利的枪尖正扎在马猴脸上。

阴阳魔跃步追来，一掌直奔岳霞的耳鼓。这一招名叫“单风贯耳”，真要被打上，岳霞会被打个脑浆迸裂。但是，岳霞就是不躲，阴阳魔也不会真打。可是，岳霞哪里知道这些，赶紧“脱袍换位”，往旁边一闪，躲过了阴阳魔这一掌。就在这个时候，阴阳魔忽然听见了杀猪似的一声号叫，回头一看，马猴双手捂着眼，手缝里鲜血泉涌。阴阳魔一愣之间，岳霞再次飞奔而去。

四平山最高处，一辆四轮车无精打采地停在坡顶上，车轮下面都挡上了石头，四匹马拴在路边树上，啃着草料。傻蛋无精打采地倚在车轮上，白凤正嘟嘟囔囔地咒骂九弟：“九弟，你个没用的东西，一个好管闲事的贱嘴子，死到哪儿去了？整整一夜都不上来！死小子，烂小子，没用的臭小子！”骂着骂着，她忽然扑哧乐了。

“别骂了，这不来了嘛，倒霉的雪，滑死了，这不爬上来了嘛！”九弟拄着宝剑，嘴里喷着白气，一步三晃地走上来。白凤一看，他手下的几个狗腿子也牵着马上来了，一个个敞胸露怀、带散袍松。

九弟扔掉宝剑，一屁股坐在一块大石上，气喘吁吁，说：“累死了，我的妈呀！要不是惦记你，打死我也不来了！”

“嘿！惦记我？”白凤撇着嘴说道，“呸！看你的德性，凭你也配？”

九弟歪着脖子，瞪着眼，认真地说道：“我怎么不配？第一，我九弟家资千万，南京首富。第二，本人只娶一个媳妇，李家戒赌戒嫖。第三，你进门就当家做主，我父亲早想交权了，我又不是个做买卖的料，你进了门就大权独揽，八面威风，我怎么不配？再说了，我对你是言听计从，你叫我上东我不上西，金戈有这么疼你吗？”

白凤自言自语：“金戈多骄傲，怎能哄我？”

小秃子凑过来，阴阳怪气地说道：“金少侠娶了岳小姐为妻，难道赫赫有名的白家大小姐，四仙子之一的花仙子竟然做小妾……”

“胡说八道！谁做小妾？”白凤怒火中烧，瞪着美丽的大眼申斥九弟，“都是你坏的事！贱嘴子！你找金戈怎么那么卖力？”

九弟得意地一笑，说道：“金戈娶了我表妹，我们……”

白凤一瞪眼，怒道：“你休想，凭你也配？做梦去吧！天下的男人死绝了也轮不到你！”

小秃子嬉皮笑脸地说道：“我们少爷那也是响当当的人物，提亲说媒的也是一队一队的，只是我们少爷特别看重白姑娘而已。我们知道花仙子绝不会委屈自己，不会做小。如果金戈娶了岳小姐，你怎么办？还有，听说黑旗船的双珠仙子金珠、银珠两姐妹，对金少侠依恋更甚，说是非金戈不嫁……”

“你听谁说的？她俩单相思又怎么样？正邪不两立，金戈岂会为了两个女孩变节，除非……”白凤说道，“除非她们弃暗投明——谅她们也不敢！”

九弟爬起来，凑到白凤跟前，说道：“我表妹为金戈穿腕刺心、阻刑救夫，天下闻名，你与她争，人人都说你没出息……”

“你放屁！”白凤急了，嘴里竟然蹦出了脏字。

九弟道：“好，我放屁！我放屁！”

“好汉无好妻，赖汉有花枝。”这句话有它的道理。以事业为重的好汉，自然没空哄女孩子了，赖汉无所事事，有大把的时间，哄得女孩乱转，女孩又愿意被哄，自然好汉不如赖汉了。

“我早知道，你是黄鼠狼给鸡拜年——没安好心。你巴巴地四处寻找金戈，是不是捡便宜？且轮不上你呢，去死吧你！”白凤说完，皮裙子里飞起一脚，正蹬在九弟的小肚子上，九弟脚下一软，仰面朝天跌倒了。九弟四肢朝天，活像一个翻了个的乌龟，在结了冰的路面上滴溜溜乱转，九弟啊啊出声，四肢朝天地乱刨。大家一见他这个怪样子，都笑了。白凤本来一肚子气，忽地泄了，笑得花枝乱颤，笑得直打跌。

九弟转着叫着，忽然溜下平台，沿着光华闪闪的道路向山下滑去。大家啊的一声惊叫，止住了笑声。白凤一跃而起，双脚落在冰面上，嗖的一声向下追去。小秃子等人也慌忙追赶，却看见九弟已经滑出了山道，向悬崖外飘去。危急之间，一个秃顶老者赶到了，一把抓住了九弟，身子一拧，把九弟戳在悬崖边上。这时白凤也赶到了，嗤的一声横身站住，跳着脚叫道："爷爷万岁！爷爷万岁！"

"死丫头，玩滑冰呢？"铁嘴华说着，翻眼向上看去。

白凤问："爷爷，她们怎么样了？"

铁嘴华道："谁怎么样了？"

"爷爷！"

"告诉你，出了命案！新郎小奔雷死了，岳霞下落不明，金戈已经到了。"铁嘴华说着，看向面无血色的九弟，戏道："这不是十弟的哥哥、八姐的弟弟，九弟吗？"

九弟抹抹僵直的脸，乐了，说道："您不是铁嘴钢牙白耀华，秃头无毛的铁嘴华吗？我的爷爷！"

白凤啐道："呸！凭你也配叫爷爷！兔子跑到磨道里——充大耳朵驴！"

九弟猫腰道："白祖宗，白仙姑，你真敢下手！吓死我了，吓得我魂都飞了！"

白凤嘿嘿冷笑，叫道："怕了？告诉你，再敢坏我的事，摔死你！摔出你的蛋黄来喂王八！"

铁嘴华看着后面跟来的小秃子等人，说道："你们在这干什么呢？又转陀螺又溜冰的，吃饱了撑的耍疯吗？"

"路滑，走不了啦！喝西北风呢！"

"嘿，大活人叫尿憋死！你不是女秀才小诸葛吗，办法呢？我说，关键时候就一五眼加一五眼，二五眼了！"铁嘴华背着手，仰着脖子走上了坡顶。

他围着四轮大车转了一圈，啧啧称奇，说道："这东西弄得好，赶明儿我也弄一辆，稳当！尤其到了战场上，有大用！"接着喊道："砍两棵大树，拴在大车后面，树帽着地，拖着大树下山，看它还滑个屁！"

大家齐忙动手，砍来两棵檩条粗的柳树，稍一修理，树干绑在车尾上。一会儿，在白凤指挥下，四轮马车拖着大树，稳稳当当向下放去。

睡眼惺忪的太阳裹着惨淡的愁云从地平线上冒出来，柔光照亮了高高的山岗，照亮了起伏的原野和披着满身白霜的树林。金戈站立在一个山头上，放眼四望，周围没有一个人影，只有疾风舔过明晃晃披着硬雪的山脊。金戈心里焦躁不安，忍不住叫道："岳霞呀，你在哪里？你的金戈来了，你在哪里？"金戈揉了一把布满血丝的细眼，抬腿向山下奔去。

山峦的另一侧，一片松林后，岳霞还在拼命奔逃。阴阳魔手提巨齿狼牙棒紧追，一边跑一边叫："好你个小蹄子！他妈的还真能跑！今天不抓到你，我就把我的田字倒着写！"

岳霞实在跑不动了，扑通跌了一跤。阴阳魔一扑，摁住岳霞，哈哈大笑："看你还跑不跑！"说完，蒲扇般的大手撕扯岳霞的衣服。

"救命啊！救命！"岳霞哀号不止，声音直上云霄。

金戈浑身一震，激灵灵打个冷颤，看了一眼左侧的树林，扑飞而去。

二十九　岳霞遭难

金戈双脚轮番点地，利箭似的射向前方。金戈穿过一片树林，越过一道沟壑，奔上了一个光秃秃的山岗。金戈止步瞭望，但见山峦起伏、沟壑沧桑，四野里一个人影也没有。天空上飘浮着灰色的云团，地面翻滚着焦黄的落叶。疲倦再次袭来，金戈感到眼皮沉重无比，就像拴着铅块一样，脑袋昏沉沉的嗡嗡作响。金戈拍拍脸颊，自我鼓励道："金戈，你片刻都不能停，你一定要找到岳霞，你绝不能辜负她！"

金戈再捧起一把雪，在脸上揉了揉，跑下山岗。金戈一路奔跑，一路呼号，如同一颗流星划破了长空。

云团渐渐散去，太阳露出脸蛋，把山野照得银白雪亮。林间有了响动，小鸟起床了，叽叽喳喳地叫个不停。

金戈翩如飞鸟，起起落落，奔上了一座陡峭的山崖。金戈驻足眺望，山野一片洁白，毫无人迹。侧耳细听，晨风萧萧，不闻人声。金戈心急火燎，手卷喇叭，在山崖上大声疾呼："岳霞……岳霞……你在哪里？岳霞……你在哪里？……金戈来了……金戈来了……"

忽然，金戈的脸转向了右侧的山谷。那里，一朵烟花正在天空绽开，粉红色的烟雾袅袅升起。随着烟雾的升腾，他听见了嘭的一声闷响。金戈身子颤抖了一下，拔脚就向腾起烟花的山谷奔去。金戈身子前倾，脚下发力，耳畔响起了风声。掠过一个山坡，突见一个女孩迎面跑来。女孩披头散发，上身只穿着一个绣着鸳鸯戏水的大红抹胸，下身裹着一件染血开裂的黄色小衣，光着脚在雪地上踉跄而来。她胳膊上一片殷红，滴着鲜血，白皙的大腿上淤青一片，黄色的小衣上血迹斑斑，苍白的嘴唇哆嗦着，呜咽有声。她身后不远处，一个高大的丑汉正不紧不慢地追来。丑汉半边黑半边白的脸上露着恶心的微笑，绿豆眼里荡漾着猥琐的快意。只听这个丑汉哈哈大笑，高声戏道："天仙子……我的小宝贝，别跑了……留点力气吧……乖乖听话，来年生个小仙子，一块伺候你家舵主，哎！哎！别跑了，省省力气吧……哈哈……"

"岳霞？"金戈看清了，逃跑的女孩正是岳霞，后面追赶的似乎是传说中的阴阳魔。金戈的脑袋嗡的一声巨响，如响惊雷！金戈觉得自己的心被点燃了，感到自己的血液沸腾了，一股怒火冲天而起。他大吼一声，一跃而下。

岳霞看见金戈扑来，慌忙逃向另一侧，转身之际跌了一跤，骨碌碌，一下子滚出好远。她哭泣着爬起来，摇摇摆摆地奔去。

金戈闪身拦住了阴阳魔。金戈身在空中，阴阳把一合，手带臂，臂带腰，嗡的一声，单刃枪如闪似电，直奔阴阳魔的胸膛。

阴阳魔正洋洋得意地回忆着美梦，突然看见一个人影扑来，同时眼前一亮，一柄黑色的直刀已到胸前。阴阳魔啊的一声惊叫，急挥狼牙棒拦击，金戈的单刃枪猝然下沉，呼的一声，"弹震闯关"风卷残云而出。接着，金戈前把一推，后把一拉，再演"落月飞仙"。阴阳魔只觉眼前一亮，一道白光一闪而灭。倏忽之间，两人移形换位，金戈由上而下，阴阳魔由下而上，霎时间斗转星移。突然，阴阳魔哀号一声，丢下狼牙棒，撒腿就跑，雪地上出现了一摊血水。狼牙棒旁边，一条胳膊连着骨节狰狞的黑色大手掉在雪地上，鲜血沁润白雪，犹如一朵红花慢慢绽放。金戈看了看还在逃跑的岳霞，一咬钢牙，脚尖点地，呼的一声扑向阴阳魔。金戈凌空扑击，犹如追击猎物而滑翔下击的一只雄鹰，犹如追杀走兽而腾空下扑的一头猛虎。金戈大吼一声："哪里走！纳命来！"单刃枪再次罩定了阴阳魔。阴阳魔一见不好，突然蹲身侧翻，接着一个前滚翻，皮球似的翻滚而下。他再也顾不上姿势的美丑了，单手抱头，躲过金戈连环三击，骨碌碌顺着山坡滚了下去。金戈蹿蹦跳跃，紧追不舍，刀光再次罩定了翻滚而下的阴阳魔。

"看打！"突然，山梁后传来一声怒吼，数枚铁蒺藜黄蜂似的飞来。金戈急刹脚步，双手一带，单刃枪舞成一片光团，啪啪啪，打得铁蒺藜四散飞溅。金戈定睛再看，只见四个猴子似的色鬼堵住了去路。一个瘦猴眨巴眨巴小眼，吼道："呔！什么人？竟敢在老虎身上拔毛，阎王殿里撒泼打滚！"

金戈冷哼一声，脚尖点地，呼的一声扑到他们跟前。金戈单刃枪上下翻飞，脚下蜻蜓点水，眨眼之间把四个色鬼打得七零八落。这四个色鬼是桃花会江南分舵的四大护卫，阴阳魔的贴身保镖，武功也是了得。他们蒙头转向地扑来，被金戈一个照面打蒙了。金戈脚走龙蛇，枪出电闪，噗噗几声，三个护卫倒地不起，最后一个护卫一声大叫，转身就逃。他刚蹿出去两步，脖子一凉，人头就离开了身子，顺着山坡骨碌碌滚了下去。金戈收起了单刃枪，看了一眼已经远去的阴阳魔，高声喊道："阴阳魔！这次便宜你了！终有一天，我要叫你血债血还！叫你死无葬身之地！"喊罢，金戈在一个死人身上剥下一件长袍，奔向了岳霞。岳霞侧身躺在山坡上，身体大白虾似的蜷缩着，胸脯剧烈地起伏，再也跑不动了，大口大口喘着粗气。

金戈赶到近前，大声喊道："岳霞，岳霞，我来了！"

岳霞见金戈飞身扑来，慌忙爬起来，摇晃着再次逃窜。金戈轻轻一跃，跳到了对面，说道："岳霞，我是金戈，你怎么了？"

岳霞差点撞在金戈身上，她连忙后退，双手抱头来回剧烈晃动，惊恐大叫："不！不！"

"我是金戈！岳霞，我是金戈啊！你怎么了？"金戈看见岳霞脸色苍白、浑身颤抖，连忙抓住了她的胳膊，把长袍给她披在身上。岳霞惊恐地看看金戈，忽然掀掉长袍，一把抓住了金戈的手腕，张嘴咬下去。金戈吓了一跳，连忙后跃，捂着带血的伤口，呆呆看着岳霞。岳霞也怔怔地望着金戈，睁着两只又大又圆的眼睛，眼神里充满了快意，甚至还用手背抹了一下带血的嘴角。岳霞嘴角上鲜血淋漓，胳膊上鲜血淋漓，小衣上鲜血淋漓。

金戈缓过神来，慢步上前，柔声道："岳霞，我是金戈，你的金戈回来了，你受委屈了，岳霞不怕，你的金戈回来了……"

"金戈？"岳霞看着金戈自言自语，又摇摇头，瞪着眼问道，"你是金戈？金戈是你？"

金戈撕下一条布，缠住了流血的手腕，柔声道："对，我是金戈。我是你的金戈，你的金戈。"金戈不知道说什么才好，上前一步，拾起掉在雪地上的长袍，轻轻给她披在身上，柔声道："别怕，我回来了，咱们回家吧！"

"不！不！"岳霞突然用力挣扎，甩掉长袍，撒腿又跑。

金戈拾起长袍，追了过去。岳霞已经筋疲力尽了，没跑多远就跌倒在雪地上。金戈上前，用长袍裹紧了她，一弯腰扛在肩头，转身就走。

金戈穿过一片树林，抬眼一看，山谷里激战正欢。武当七位道士摆下了七星剑阵，正抗击着色鬼的围攻。桃花会一百多个色鬼分成了三批，轮番攻击武当七位道士。左侧观战的色鬼们指手画脚，大声喧哗。右侧的色鬼们站在林边呼喊助威。金戈悄悄退回树林，来到密林深处。他想把岳霞藏在一个隐秘之处，去助武当七星子一臂之力。金戈转来转去，找到了一棵弯腰驼背的老桑树。金戈把沉睡的岳霞轻轻放在地上，蹿上大树。咔嚓咔嚓，金戈劈下树枝，做成一个吊床形状的“鸟窝”，把裹紧了的岳霞放了进去。金戈看看周围还算安静，闪身来到了树林边。金戈细眼一扫，决定首先袭击右侧的色鬼。这群色鬼靠近林子，适合偷袭。金戈借着大树的掩护，几个起落来到了色鬼身后。这群色鬼正看得兴高采烈，不想金戈在身后下了手，只听扑哧扑哧一阵连响，眨眼之间，十几个色鬼做了刀下之鬼。

“啊，什么人胆敢偷袭？”有人大喊。霎时，色鬼们炸了窝，纷纷抽出兵刃迎敌。金戈要速战速决，立即抖擞精神，单刃枪一枪快似一枪，一枪紧似一枪。一阵噗噗连响，几个色鬼栽倒在地。接着，金戈大吼一声：“霹雳裂冰川！”人如流星，刀似逸电，唰唰几声，一个色鬼的身子分成了两段，一个色鬼的头颅跌落在地，一个色鬼的手臂飞上了天。这时，一个公鸭嗓子叫起来：“围住他！围住他！不准后退！后退者斩！”

金戈抬眼一看，只见一个土豆似的矬胖子，挥着一只小胖手，正在高声喊喝。此人两腿一尺来长，上身三尺有余，土豆似的身子上蹲着一个光秃秃的脑袋，嘴巴旁边立着两撇嘎鱼胡须。嘿，简直是一个活宝，要多难看有多难看。桃花会真是美丑两世界，男的奇丑，网罗了天下丑鬼；女的绝美，采尽了天下鲜花。这时，几个残存的色鬼扑到金戈身前，跃跃欲试。金戈心说：“来得好，省得追赶你们！”金戈垫步腾身，大喊一声：“看枪！”霎时声到枪到，一招“秋菊开花”刺出去，噗的一声洞穿了一个人的肚子，接着单刃枪一旋，金戈再演“长河落日”，唰的一声，单刃枪带起了一片血雨。“大土豆”嗷的一声尖叫滚过来，两只短手紧握的雷公锤相互一碰，当的一声脆响，大声叫道：“呔！哪儿来的死鬼？吃了熊心，吞了豹胆，胆大包天！竟敢老虎嘴里拔牙，敢太岁头上动土？你也不问问老子是什么人？老鼠竟敢舔猫鼻子，他妈的，报上你的名号来！”

金戈嘴角一撇，轻蔑地叫道：“嘿，你也算个人物？”

大土豆瞪着黄豆眼叫道：“嘿，你小家子现世，少见多怪，老子是桃花会荷花楼的楼主于大海，今天叫你知道知道老子的厉害，他妈的，啊，你……你……是金戈？”

还有几个命大的色鬼，躲在大土豆身后，他们听到了金戈之名，立刻一哆嗦。大土豆的黄豆小眼滴溜溜一阵乱转，两撇嘎鱼胡须簌簌颤动起来。

金戈傲然挺胸，大声叫道：“对！你说对了，我就是金戈！我就是你们杀不死、逮不着的临江金戈！”说着，金戈脸色一寒，双目精光暴射，一跃而起，手中单刃枪“毒蛇出洞”了，嗖的一声刺出去。大土豆也不白给，身形一闪，不退反进，晃动着雷公锤，向金戈怀中扑来，试图和金戈贴身肉搏。金戈岂不明白他的用心，岂能让他进到三尺之内。金戈侧身滑步，单刃枪横走斜飞，一招“疾风扫泥丸”扫荡而过，当一声响，大土豆的一只雷公锤落了地，人也滚了出去。金戈左手一挥，一枚凤尾镖奔向大土豆如鼓的小腹，大土豆见势不好，一猫腰，呼地蹿起半人多高，接着空中翻起一溜筋斗，飘出去一丈多远。金戈嘿了一声，叫道：“好！还有两下子，看来桃花会还真有俩能人！”

大土豆厚嘴一撇，挺着大肚子说：“两下子？你还没看见三下子呢，不给你点厉害，你不知道马王爷有三只眼，来而不往非礼也，看打！”啪啪，他打出了两颗丧门钉。

金戈知道，救兵如救火，不能让他缠住。金戈噌地向前一跃，奔向了残存的战战兢兢不敢上前的色鬼。单刃枪一抡，“天地八八枪”中的“霹雳裂冰川”砍杀而出，片刻之间，又有三四人授首。剩下的两个色鬼一看不好，一声号叫，转身而去，再也不管什么后退者斩之类的约束了。

大土豆眨巴着绿豆眼，进退两难。金戈看了他一眼，转身奔向左侧的那群色鬼，奔行之间，突然回身来个“犀牛望月”，两枚凤尾镖呼啸而回，大土豆急刹脚步，晃动身形，一枚凤尾镖被他躲过去了，另一枚凤尾镖画了一个弧形，砰的一声，正打在他那如鼓的肚子上。凤尾镖穿肚而过，他气球似的肚子霎时瘪了。大土豆最后一只雷公锤也撒了手，尸体骨碌碌滚下了山坡。

另一侧的色鬼早就看清了这边的战况，他们看到一个小伙子如虎扑羊，霎时间把同伙们赶尽杀绝，又见他提着黑黝黝的单刃枪赶过来，登时乱成了一团。这时，一个歪脖子色鬼跳出来，扯着嗓子大喊大叫，命令色鬼们列队迎敌。金戈大步奔来，呼的一个“左晃右蹿步”，一下子冲到了队列的右侧，切瓜砍菜般杀起来。

武当七星子七位道士看见救兵来到，立即变了阵，七星盘蛇阵变成了七星北斗阵，七柄长剑开始扩张，开始反击。七柄长剑此起彼伏，剑光汹涌，霎时把几个色鬼卷入阵中。金戈这边更是大展神威，单刃枪作大刀使用，一片黑光追逐着色鬼。七位道士偷眼观看，只见金戈的单刃枪黑光一闪，死尸就是一片，黑光一旋，立即血肉横飞。金戈愤恨已极，已经杀红了眼。只见他左冲右突，如鬼似魅，单刃枪长虹经天，风雪卷地，噗噗啪啪之声不绝于耳。剩下的几个色鬼一看大事不好，立刻奔逃而去。金戈大吼一声，跃起空中，凤尾镖银链似的撒了出去，东面的一个色鬼掩面躺下，西面的色鬼一个跟头栽倒不起，南面两个色鬼哀号一声，掩面而亡。武当七星子见金戈如此杀敌，不由惊得勃然变色。

金戈来到七星子近前抱拳一揖，说道：“七位道兄辛苦了！金戈援助来迟，还请恕罪！”

为首的中年道士左掌一竖，冷冷说道：“不客气，赫连双江不敢拜领！”

金戈一呆，转而笑道：“金戈失陪一下。”

片刻后金戈抱着岳霞回来了，武当七星子一见，立刻围上来。大星子赫连双江见岳霞被一件长袍裹得严严实实，问道：“岳小姐怎么了，莫非……”

“她受了点刺激，神志不清，她睡着了，没事，回去调理一下便好。”金戈说着，来到一具死尸跟前，放下了岳霞，扯下了死人身上的一片袍子，裹住了岳霞裸露的双脚，又撕了几条布，缠住了她身上的袍子。金戈刚要抱起岳霞，赫连双江用手一拦，说道：“金戈，请把岳小姐交给我们，贫道奉盟主之命寻找岳小姐，并保护回山，谢谢你刚才的相助，你请便吧！”

金戈直起了腰，不解地望着这些大名鼎鼎的武当星子，微微一笑，说道：“客气什么，谁抱着她不是一样吗？”

忽然，人影一闪，一个身材魁梧的乌簪道士挡在身前，瞪着三角眼说道：“无量寿福！贫道武当二星子李占彪，烦请少侠退后一步，把岳霞交还贫道！”金戈闻言不由得心中火起，心道：“当初你们围攻我，那是受双龙令之命，怪不得你们，今日我助你们解围，你们非但知恩不报，还要阻止我带走岳霞，真是可恨可恼！”

金戈俊脸一寒，厉声道：“你们要强人所难吗？”

“误会！误会！无量寿福！”赫连双江咧着大嘴笑道，“想必你也听说了，岳小姐已经嫁人，她现在是有夫之妇，贫道也是一番好意，再说，再说，岳霞也是我们先找到的……”

正说着，远处奔来两个人，两人弹丸似的一泻而至。金戈举头一看，来人正是仁义双雄。金戈大喜，急忙上前几步，抱拳道：“二位恩公，你们来得正好！我找到岳霞了，你们看。”

“找到岳霞了？太好了！岳小姐盼星星盼月亮似的盼着你，这下可好了。岳小姐怎么啦？啊，她怎么啦？”铁铃公子扑到岳霞身旁，叫道："岳小姐！岳小姐！"

"岳、岳……小姐！"铁扇公子蹲下身子，伸手扶起了岳霞。

岳霞睁开了眼睛，茫然地看了看仁义双雄，又合上了她失去了光彩的美丽大眼。金戈说道："二位仁兄，岳霞没事，她受了点刺激，神志有点不大清楚。"

"哦，那就赶紧回去，赶快叫铁手佛看看。这些匪徒是你们杀掉的？好，杀得好！走吧！赶紧回去！"铁铃公子说完把铁铃递给铁扇公子，扛起岳霞就走，边走边道："走啊，早点回去，好让大伙放心！"

金戈看了一眼武当七位道士，跟着仁义双雄迈动了双腿。金戈眺望四野，思绪万千。心里打碎了五味瓶，酸甜苦辣一起涌来。岳霞肯定遭侮辱了，唉，晚来一步，遗恨一生。金戈跺脚咬牙，一脚把死尸前的一个头颅踢球似的踢飞了。赫连双江看见金戈恶狠狠的样子，摆了一下手，停住脚步，和金戈拉开了距离。

中午时分，金戈一行人来到谷口。金戈一天多没吃东西了，又往返奔波，早就饿透了。金戈紧走几步，追赶仁义双雄。仁义双雄见金戈赶来，就住脚相候。铁铃公子看着面色焦黄的金戈道："饿了吧？跟我来，找点吃的，填饱肚子再走。"

金戈说道："在下正有此意。那边有一家猎户，咱们过去瞧瞧。"

铁扇公子道："好！"

他们向左转去，来到猎人的窑洞前一看，门窗已经被大火烧去，遗址上焦黑一片。他们转来转去，没有找到一点吃的。这时，武当七星子到了，他们也转悠起来。金戈找到了一口铁锅，翻出了两只粗瓷碗，在水窖里舀了一碗水走到岳霞跟前。岳霞已经醒了，她睁着无神大眼，茫然四顾。铁扇公子比比划划，正结结巴巴和她说着什么。

赫连双江走过来，对铁铃公子道："贫道四外走走，看看能否弄点野味，请几位稍候片刻。”说罢，七位道士身形一闪四散开去。

金戈转了转，抱来一捆树枝，架起铁锅，烧起水来。过了一会儿，武当七星子回来了，二星子李占彪手里提着一只兔子，一个宽额黄发的道士拎着两只不大的山鸡。他们迅速开剥，剁成肉块下到锅里，铁铃公子不知在哪里找到了食盐，也扔到锅里。不一会儿锅开了，咕嘟嘟响起来，又煮了一会儿，香味飘出来。金戈看看差不多了，捞了一块，咬了几口，吞下肚去，说道：“还没烂，使劲嚼也能嚼得动了，哪位饿透了，可以先来点。”

武当七星子中的两位道士走过来，捞了一块肉，旁边嚼去了。金戈继续烧火，铁锅里的水咕嘟咕嘟翻着花。忽然，岳霞跑出来，她抖掉了裹在身上的长袍，扑向肉锅。众人一惊，谁也没想到岳霞仅穿着抹胸和裂了口的小衣，露着葱白似的胳膊和两条明晃晃的大白腿。金戈呼地站起来，伸手抓向岳霞，岳霞身形一转，挥手反打，竟似鸟儿一样回翔过去。金戈一连三抓都被她轻轻巧巧地避开了，并且回身攻来，她玉掌飘忽、秀腿频踢，如疯似舞。金戈可不能真打，一时间竟被她逼得步步倒退。金戈见拿她不下，众人看得目瞪口呆，立刻身法一变，认真地厮斗起来。岳霞蹿高纵低，双手忽伸忽屈，疾转之处，小衣不时飘起，急得金戈眉头沁出了汗珠。金戈大吼一声，使出“阴阳九九掌”，但见掌势飘忽迅捷，风声飒飒。岳霞渐渐挡不住了，不停地后退。金戈一见时机已到，一个“右晃左蹿步”闪到岳霞身后，一把抓住了岳霞手腕。铁扇公子早拿着青色长袍在旁边等候，看见岳霞受制，立即把她裹上了。铁铃公子拿来了袍布和布条，帮忙裹住了岳霞的双脚，说道：“对不住，对不住，我们不知道会是这样，真的。”

“她饿了，她要吃东西，不怨你们。”金戈说着，下手捞起一块肉，放到岳霞嘴边。岳霞直瞪瞪地看着金戈，忽然咬了一口，嚼了起来。

肉熟透了，几个人你一块我一块吃起来。等岳霞吃得差不多了，金戈赶紧咬了一口，差点连自己的舌头一块咬掉。金戈大口撕着肉，紧嚼几下吞下肚子。忽然，金戈看见远处有一个孩子，一个衣衫褴褛的女孩蹲在地上，畏畏缩缩地望着这里。金戈抱起岳霞，对远处的女孩喊："喂，是你吗？我是你金叔叔，我去年喝过你的蘑菇汤，你忘啦？"

小女孩战战兢兢，慢慢后退，胆怯地问道："他们，他们是好人吗？"

铁铃公子站起来，叫道："小兰子！我是你铁铃叔叔！看，你铁扇叔叔也来了，你爹呢？"

哇的一声，小兰子号啕大哭，奔了过来。

铁铃公子又道："他们都是我的朋友，别怕！"

"叔叔，救救我爹吧！"小女孩哭了，呜呜咽咽，声音小得像蚊子叫，"我爹病了，他让坏人打了。"

铁扇公子蹿到她跟前，说道："你，爹，他……在……哪儿？饿，不饿？肉！"

小女孩更瘦了，一双又大又圆的眼睛嵌在又黄又瘦的脸上。孩子怯生生地来到大锅前，铁扇公子给她捞了一大块带骨头的肉，她拿着就跑。

铁铃公子说："唉，别跑，吃完了还有哪！"

"我要给爹爹吃，他、他，好长时间没吃东西了！"女孩跑了。铁扇公子和铁铃公子又捞了几块肉，追了过去。小女孩翻过一个山梁，挺着瘦小的身子，摇摇摆摆地向前疾走，铁扇公子赶上来抱起她，说道："看，好多肉呢，你吃吧！"

在小女孩的指引下，他们来到布满斜纹的峭壁下，看见了一个三面透风的柴棚，看见了躺在柴草上的瘸腿猎人。铁扇公子放下女孩，女孩跑到猎人跟前，叫道："爹，爹，有铃铛的叔叔和有扇子的叔叔来了，还有，那个会打拳的叔叔也来了，你看，肉！好多的肉。”

瘸腿猎人睁开双眼，无神地看看仁义双雄，有气无力地说道：“恩人，恩人，你们带走我的女儿吧，求你们了。让她当牛做马，给她一口饭吃就行，我不行了，你们带走她吧。恩人，来生我李大海一定报答你们的大恩大德！好好照顾她，她是个好孩子。”

“爹！我不离开你！”女孩扑上去，号啕大哭。肉块掉在烂草里。

铁铃公子蹲下身子，捡起了兔肉，说道：“老哥，你先吃点肉，等会儿跟我们一起走。”

猎人挣扎要起，无奈力不从心，铁扇公子摆摆手。猎人道：“完了，我唯一的一条好腿又被土匪打断了，他们烧了我们的窑洞，抢走了粮食和猎物。我争了两句，他们就打断了我的腿。唉，苦了孩子了，东奔西跑地给我找吃的，大冬天，上哪儿去找呀？唉，苦了我的孩子了……”

铁扇公子看看他的腿，乌黑闪光，似乎已经变了形。

过了一会儿，金戈抱着岳霞走来，他想起自己落难之时，曾受过此人恩典，如今是报答他的时候了，就说：“猎人大哥，你先吃点肉，等会儿跟我们一起上岳武院，我们还有几个兄弟，等会儿抬着你走。到了岳武院，找个郎中看看你的腿，万一看不好也不要紧，我们会照顾你的。这个小妹子我们自会照顾她，我们会疼爱她一辈子的。”

“好人哪好人，半年前，我一见你，就知道你是个心地善良的人，熬出来了？”

金戈叹道：“熬出来了。你等等，我们安排一下，带你去岳武院。”

铁扇公子和铁铃公子立即出去，砍了两根手腕粗的树枝，两人脱下长袍，做了个简单的担架。这时候，武当七星子也来了，他们把肉锅也端来了。铁铃公子简单介绍了一下瘸腿猎人的悲惨遭遇，最后说道：“带他走吧，我们是他的唯一希望了……”

几个道士赶紧过来帮忙，抬着瘸腿人上了担架。

金戈叹道：“倭寇和桃花会一天不除，大明王朝一天不得安宁！我们一定要把这些毒草连根拔掉！”

铁铃公子道：“说得好！我们要同心协力，彻底消灭倭寇，彻底铲除黑帮！走吧，大伙都等着我们呢，动身吧。”说罢，和一个道士抬起担架抬脚走了。

铁扇公子要拉小兰子，小兰子道：“叔叔，不用管我，我跑得快着呢。”

金戈扛着岳霞，一边走，一边说长道短。岳霞一声不吭，听着金戈充满爱意的话语，脸上的惊悸消失了。夕阳西下，他们乘着晚风来到了盘旋道前。忽然，身后冲来两匹快马，銮铃叮当，片刻间来到近前。“吁！”随着一声喊喝，快马唏律律站住了。金戈回头一看，凤玲和虎子掠下了马背。凤玲已经看见了金戈怀里的岳霞，大喊着扑来：“小姐呀，你可回来了，我们都急死了，附近的山谷都找遍了，也没找到你的踪影。好了，金戈来了，他答应入赘了，乌云散了，雨过天晴了。……小姐！小姐！”凤玲喊着喊着，忽然不喊了，她看见岳霞无动于衷，两只大眼茫然地望着她。凤玲仰起脖子，冲着金戈大声尖叫：“她怎么啦？啊？她这是怎么啦？她怎么不说话？啊？”

金戈把岳霞放在地上，换了一个肩膀，又扛上了肩头。凤玲看看铁扇公子，又看看铁铃公子，仁义双雄默默无言。金戈缓缓说道：“她神魂受了点刺激，没事，回去养几天就好了。回去吧，回去再说。”

铁铃公子道：“对，回去再说，走吧。”

虎子看见了担架，连忙上前，说道："凤玲，你替我牵着马，我来抬担架。"

凤玲接过马缰绳，拉着双马追上金戈，说道："把小姐放在马背上吧，你也歇歇。"

金戈咽口唾沫，瞅着盘旋山道说："不用了，快到家了。这盘旋路坡度有点大，有危险。"

金戈等人迤里歪斜地走进了岳武大殿，豪杰们立即围上来。金戈和众人打过招呼，安排好瘸腿猎人，扛着岳霞转身就走。

白凤已经到了岳武院，看见金戈扛着岳霞急匆匆出大殿，快步跟来，轻声问道："她怎么啦？她怎么不吭声、不言语？"

金戈皱皱眉头，边走边道："受了惊吓，神志不清了，看看再说吧，估计养养会好的，不碍事。"

九弟追过来，对岳霞又是招手，又是哎哎乱叫。岳霞视而不见，九弟急得直跳脚。凤玲白了他一眼，斥道："去！去！别添乱了！"

来到岳霞家，金戈把岳霞放到床上，对凤玲说："你给她洗洗，她可能被阴阳魔侮辱了……她吓坏了……你给他洗洗，给她穿好衣服……"

"啊？"凤玲大惊失色，说道，"好，好，梁丫，梁丫，快准备洗澡水……"

金戈黑着脸道："你先安排着，我去大殿和群豪打个招呼，过会儿再回来。"

金戈来到大殿，了解了一下情况。少林寺的八大金刚回来了，神鞭赵旭和他的弟子们未归，峨眉黑剑罗仁杰师徒未归。笑面佛正在安排人手，通知各路人马回归。金戈几天未睡觉，布满血丝的眼睛望着乱哄哄的大殿，眉头拧了起来。白凤走过来，一扯金戈的衣袖，说道："跟我来，走吧。"

白凤带着金戈从角门出了大殿，来到院主大院，走进了岳老院主住的上房。金戈抬眼观看，屋子里布置简单，但床铺被褥一应俱全。白凤嘻嘻笑道："恭喜小进士，荣升院主了，这就是你金大院主的寝室。请吧，赶紧迷糊一会儿，晚上还有好多事呢！"

"太好了，我可困死了！"金戈说着解下枪匣，躺到床铺上，双脚耷拉在床边，鞋底上的雪渐渐融化，黑泥混着雪水啪嗒啪嗒掉落下来。

"哎，哎，脱鞋，脱衣服！死人！"白凤伸手扒下金戈脚上滴答着雪水的鹿皮鞋，抱起他沾着泥点的脚脖子，往床里一扔，接着张开纤纤五指，对准金戈细长的脖子，咬牙切齿地说："我掐死你！"

金戈早已鼾声大作，细眉下的一双长眼已经闭上。然而他似乎还惦记着什么，额头上微微皱起细纹。白凤摇摇头，收回了白皙的玉手，望着金戈的脸说道："你对她尽心尽力了，对我呢，会不会真心实意地疼爱？听见了吗你？死人！"

"骂谁哪？"九弟探头看了看，蹑手蹑脚地走进来。

"出去！这是你来的地方吗？傻蛋！"白凤大声疾呼。

"唉！"对门屋里传出傻蛋含混的应答声。片刻后，傻蛋迷迷糊糊地跑过来，呜呜囔囔地说道："嗯，有事？噢，大哥回来了。"

"把他赶出去，"白凤抬手一指九弟，寒着脸道，"他再敢来你就揍他！"

"他揍我？"九弟指着自己的鼻子嘻嘻一笑，说道，"我再不行，也不是泥捏的，我揍他还差不多。唉，我说，我们几个住在哪儿？问谁谁不管，要什么没什么，你说怎么办？"

"大殿里蹲着去，你没见大伙都在那儿吗？你有什么特殊的？去！去！别开口闭口地'我说'，怎么没几天把爷爷的口头禅学去了。"

"是呀，不知怎么就学会了。"九弟懒洋洋走了，边走边说："鸟尽弓藏，兔死狗烹。用人朝前，不用人朝后……"

白凤听见九弟的脚步声消失了，抻了抻衣袖出了屋子。白凤一边走一边喊道："傻蛋，把门闩好，我出去看看，没事你别开门，你们好好睡上一觉。"

傻蛋懒洋洋的声音传出来："行，知道了。"

晚上，凤玲正在新房里垂泪，虎子、铁铃公子和铁扇公子三人陪在旁边默默无声。这时，铁手佛走进来，接着笑面佛、铁嘴华、风云剑等人进了屋。凤玲立即站起来，说道："大师来了，快看看我们小姐吧，她吓傻了。"

铁手佛说道："我来看看。"说着走到岳霞身边，抓住了她的手。岳霞挣扎着要跑，凤玲连忙抱住她。铁手佛号了号脉，又问了问状况，开了一服药，最后说："阿弥陀佛，老衲擅长刀剑之伤，这神志失常可看不了，只能先开点镇静的草药让她吃吃，她的病要另请大夫诊治。"

凤玲皱着眉头道："好吧，我们连夜抓药，然后再找郎中。"

凤玲在一个柜子里，拿出几两碎银子，说道："梁丫，你去拿药。"

铁铃公子一摆手，说道："还是我们哥俩去吧，黑灯瞎火的，她去不方便。"说着，接过银子，拿起了药方。

凤玲歉意地说："又要麻烦两位大哥了，请二位哥哥顺便找一下会看神志失常的郎中，最好连夜接上山。"

铁铃公子点点头，说道："放心吧，我们会尽力的。"

凤玲送走了仁义双雄和铁手佛等人，回到岳霞床前，陪着她说话。岳霞忽而大笑，忽而大哭，一会儿又手舞足蹈。凤玲拉着岳霞的手哄，梁丫围着岳霞转。

金戈一觉醒来，看见屋里漆黑一片，知道已到深夜，立刻蹦下床，穿过家庙小院的月亮门去看岳霞。梁丫已经走了，凤玲守在岳霞旁边，两眼泪汪汪的。凤玲说道："铁手佛来过了，开了一服药，双侠大哥拿药去了，顺便请个大夫来，铁手佛说他看不了疯癫病。”

金戈看着沉睡的岳霞，轻声说道：“她受了惊吓，过两天就会好的。”金戈把岳霞身上的绣花被子往里掖了掖，侧身坐在床边。

凤玲也拉把椅子，坐到了床前。二人默默看着岳霞，一个眼里满是柔情蜜意，一个眼里全是关切之情。过了一会儿，凤玲说道：“我们下山找了你半年，没有找到你。那时小姐的伤刚好，听说老爷子要发双龙令拿你，急死了，连夜下了山。长江边上，我们被桃花会的白头翁抓住了，幸亏仁义双雄赶到，救了我们。后来，铁铃公子、铁扇公子陪我们到了南京，又遇到阴阳魔袭击，多亏了神鞭赵旭帮忙，我们合力打跑了阴阳魔。唉，小姐为了你，东奔西跑，出去了好几个月……她知道了戚继光阻止了群豪对你的围攻，老院主答应不再追杀你了，高兴得喝醉了……”

外面传来脚步声，接着铁铃公子的声音传进来：“凤玲，我们回来了，你没睡吧？”

“没睡，请进。”凤玲答应一声，迎了上去。金戈也赶紧站起身来。铁铃公子和铁扇公子进来了，他们提着药包，身后还跟着一位白发苍苍的老先生。

凤玲接过药包，带着老先生来到岳霞床前。岳霞睡得深沉，长长的睫毛上挂着几滴晶莹的泪珠。老先生看了看岳霞的面色，又切了脉，开了几服药。送走了大夫，金戈道：“还得找大夫，要找最好的大夫给她医治，我明天下山去转转。”

铁铃公子道：“还是我们去吧，岳武院百废待兴，你还是先安排正事吧。我们哥俩闲着没事，我们去吧。”

金戈望着面带倦色的铁扇公子和铁铃公子，退后一步，先是弯腰一躬，然后拱手道：“那就谢谢二位哥哥了。听凤玲说，二位哥哥为了找我，两下闽南，过年都没回家，还屡救岳霞脱险，正是我们的救命恩人。金戈多谢二位哥哥了，金戈多谢了。”

铁扇公子道：“不……客……客气！”

凤玲道：“二位哥哥先休息两天，然后再出去，不差这一天两天的，别累坏了身子。你们都回去歇了吧，这里有我呢。”

第二天，金戈刚吃完早饭，蒋忠就来了，说是豪杰们要金戈去大殿议事。金戈跟着蒋忠走出小院，蒋忠道：“笑面佛、风云剑等前辈要你立即接管岳武院，着手重建，争取使岳武院早日步入正轨。”

金戈神色一整，说道：“好，咱们立即接手岳武院，重打鼓，另开张！”

大殿中间横着几根檩条，西南角上堆着茅草，北墙前铺着几片竹席。豪杰们横躺竖卧东倒西歪，见瘦长的金戈走进来，都坐直了身子。

笑面佛招了招手，各派的首领坐了过来。坐在笑面佛身边的有铁手佛和仁义双雄铁铃公子、铁扇公子等人。坐在武当掌门风云剑华清子身边的有神鞭赵旭、铁胳膊郑振廷、黑剑罗仁杰、二杰三秀五人。花仙子白凤、蒋忠、马大响、李虎子和江中月坐在金戈身后。这时，九弟悄悄走过来，伸手在草席的边角处扑打了两下，一歪身子坐下去。武当派大星子赫连双江左右看了看，也凑过来。

豪杰们七嘴八舌议论起来，一个意思，要求金戈立即接管岳武院，这里太乱了。金戈拱手道：“好。岳金戈就依诸位所言，临时就任岳武院院主，那我就安排了。”

笑面佛哈哈一笑，道：“好，你安排吧，我们听令。”

风云剑笑道：“行，我们支持你。”

金戈看了看众人，说道：“请花仙子白凤出任岳武院内务大堂堂主，主持岳武院的院务。其他四位堂主职位不变，各司其职。”金戈目光一扫蒋忠、马大响、虎子和江中月，继续说道，“请四位堂主各选助手一名，其余的官兵调归内务大堂任用。我考虑，目前有三件事要做：第一，各堂负责修缮各堂的房屋，要求到五月初五前完工。

院部的修缮由大堂主负责。第二,二月二‘龙抬头’之日，安葬岳老院主及岳氏各位义士。第三,五月初五召开复院大会，岳武院在那一天正式复出。”

蒋忠摊开两手，说道:“这么快，恐怕不成吧？前后不到四个月，时间是不是太紧了？再说钱也不够啊，加上铁嘴华募集来的四千八百两，现在只剩下六千多银子了。”

金戈看了看蒋忠，说道:“我们有钱。你把剩下的钱交给大堂主，大堂主会发放银两给你们。你们尽管多找工匠，工钱可以适当提高一两成。我们要赶工，不怕花钱！诸位尽管大张旗鼓去干，你们需要多少银子，就会支取到多少银子，不必为银两之事操心发愁。”

蒋忠一愣，说道:“那好，不怕花钱就好办。我们可以多雇人啊，放开手脚大干一场！”

金戈凌厉的目光扫视了一圈，抱拳道:“少林、武当、白神庄、神鞭山庄、郑家堡、仁义双雄、峨眉派、二杰三秀等豪杰，岳金戈对你们的倾心相助衷心感谢！我希望众豪杰推举出一位令主，掌管双龙令，号令群雄，并担任岳武院的警戒。三天之后，岳武院边修建边招募武徒，训练一段时日后再行接管防务……”

笑面佛哈哈大笑，说道:“好！老衲给你值班站岗去，我保你岳武院安然无恙。铁嘴华呢？让他担任双龙令主，统率各路豪杰，诸位说怎么样？”

“行啊。”有人答应。

白凤道:“我爷爷下山去了，可能找大夫去了。我看哪，众豪杰还是由笑面佛无悔大师统帅，风云剑华掌门和黑剑罗仁杰协助。我爷爷嘛，他可坐不住，让他管人管事更没耐心。”说完，她看看金戈，金戈点点头。

“好！”众人齐声赞成。

笑面佛哈哈一笑，看了看风云剑华清子，说道:“阿弥陀佛，花仙子一句话，就把铁嘴华的担子给卸了，压在老衲肩上了。好吧，那老衲就当仁不让了。”

风云剑华清子说：“贫道也勉为其难，协助大师。”

黑剑罗仁杰大嘴一咧，哈哈一笑，说道：“好，老夫甘为马前之卒，听候调遣，为岳武院重建效犬马之劳。哈哈……”

接着，众人又议论了一会儿岳霞的病情。金戈说道：“诸位还有事吗？如果没事就散了，几位堂主留下，我有话说。”

三十 大旗不倒

“慢着！”金戈闻声转身，看见凤玲寒着脸闯进来。凤玲上前几步，大声道：“我们小姐什么位子？小姐的大堂主撤了是不是？我们小姐才是岳武院的院主！金公子如果入赘岳武院，只能当大堂主，或者当二院主！岳家还有人呢！还轮不到外人当家做主。”看来有人通风报信，凤玲替岳霞争权来了。

金戈尴尬地笑着说道：“我可不是外人。岳老院主临终将岳武院托付给我。我已经在岳庙里，跪在岳王爷神像前发了誓，改名岳金戈。岳霞活着就娶岳霞为妻，并认三堂主为父……”

“不对！你是入赘岳霞，不是娶岳霞，你要说清楚！”凤玲瞪着眼，话语咄咄逼人。

“对，是入赘，我是入赘岳家。”金戈掏出双龙令印模，温言道，“这是岳老院主亲自交给我的岳武院信符。你回去吧，岳霞好了会有她的位置。”

“不行！院主之位是小姐的，姓岳的活着，就轮不到外人！”

金戈不高兴了，正色道：“那岳老院主临终嘱托还算不算？”

凤玲眼眉一挑，蛮横地叫道："我们不知道，我们没见着！"

"阿弥陀佛！小施主，岳金戈所说不虚，老衲愿意担保！"

"无量寿福！贫道也在现场，贫道愿为证人！"

凤玲一梗脖子，叫道："谁做证也不行，岳武院的院主就是岳霞，她是岳氏的血脉嫡亲！"

金戈思考了一下，皱着眉说道："好，那我就当二院主，岳霞做岳武院的大院主，这样行了吧！"

凤玲瞅瞅白凤，手一指，说道："她不能当大堂主，她不是岳武院的人！"

"岳武院百废待兴，正是用人之际，应当不拘一格用人才。大堂主统筹岳武院，事务繁多，权柄颇重，应当能者居之。"金戈叹道，"除白凤之外，我没有合适的人选，等岳霞病好了再行更换吧。"

"不行！谁都可以，就是白凤不行……"

"闭嘴！"金戈细眼一立，斥道，"你有合适人选吗？没有的话就闭嘴，现在当务之急是恢复秩序，不能瞻前顾后犹豫不决，你有人选就立即提出来，不然就闭嘴！乱局之中，不容许质疑的声音反复出现！"

"你……你……闭嘴就闭嘴，你也不想想，你为什么来晚了？当初是谁救了你？是非不分，恩怨不明，哼！"说罢，凤玲双螺发髻一甩，带着一阵风走了。

金戈压了压心头的烦躁，刚要说话，却见凤玲又风风火火地跑回来，后面还跟着吊儿郎当的铁嘴华。凤玲看着众人道："仁义双雄二位大哥对我们小姐恩重如山，我们请仁义双雄出任岳武院的护法之职！"

"不、不……可！"铁扇公子摇头，铁铃公子摆手，要她不必多言。

扑通！凤玲跪倒了。她抬着头，眼里流露着乞求的神色。金戈看见凤玲眼里的泪水滚来滚去，似乎蕴藏着万千凄苦，心里不禁一动。仁义双雄尴尬地站起身来，紧走两步，跪下还礼，并伸手搀起了凤玲。

白凤哼了一声，说道：“对一个使唤丫鬟也值得还跪礼！”

凤玲闻言下巴一抬，哼了一声。高大威猛的仁义双雄站在凤玲身旁，看看金戈，看看铁嘴华，嘴唇微微颤动，不知说什么才好。金戈站起身来，拱手道：“只要二位兄长愿意接受岳武院护法之职，金戈代表岳武院众位兄弟，诚心邀请二位哥哥加盟！”

铁嘴华听到金戈的话，大声道：“好！好！仁义双雄就出任岳武院护法吧，一左一右两位大护法，好！妙！棒！我说凤玲，你是不是也求求我，给我老人家也弄个护法当当？金戈，你看我老人家够格吗？能不能在你麾下混碗饭吃？”

金戈笑道：“那不委屈您了？您老还是想好了再说吧。”

笑面佛双掌合十道：“阿弥陀佛！我看仁义双雄就接受岳武院的护法之职吧，岳武院百废待兴，正在用人之际，有仁义双雄加盟，正可谓雪中送炭！可喜可贺！善哉妙哉！”

风云剑华清子道：“无量寿福，仁义双雄就不必推辞了。”

“好！不必推辞了！”众豪杰纷纷支持凤玲的提议。

铁扇公子和铁铃公子互相看看，点了点头。铁铃公子随即抱拳拱手，说道：“既然如此，那我们兄弟就冒昧了。”

“谢谢！谢谢！谢谢双雄大哥！”凤玲的一双大眼里还蒙着一层泪水，但嘴角上已经露出了笑容。

铁扇公子道：“但……我们，随时……可以退……退出。”

“二位兄长援手岳武院，是对金戈的莫大帮助。二位兄长一旦有事，随时可走，金戈必当恭送二位哥哥，二位哥哥敬请放心。”金戈心想：“哪个人退出也拦不住啊！”

第二天，金戈一觉睡到日上三竿，起来后觉得嘴干舌焦、心烦意乱。他知道心火上来了，心想："可能是没有'天天练'的缘故。"正想着，腹间一股热气升腾起来，耳朵里响起了嗡嗡之声。金戈啊了一声，立即屏思静心，静心调息。一个时辰以后，金戈心神稳定了，虽说心里还是火烧火燎地难受，但耳内的嗡嗡声已经远去。金戈默念寒心功的口诀，压抑着呼吸，舒展着身体。等心火彻底消退后，金戈睁眼一看，屋里已经点上了蜡烛。昏黄的烛光映射着白凤清丽脱俗的脸蛋和雪白飘逸的衣裙。白凤斜坐床上，如玉的素手抬至胸前，捏着一条湿漉漉的面巾，一双美丽的丹凤眼正目不转睛盯着自己。脸蛋黝黑的傻蛋站在白凤身后，端着一盆冷水，铜盆微晃，水面上泛起了一圈圈细碎的涟漪。

"吓死我了，你整整折腾了一天！"白凤笑嘻嘻地说道，"傻蛋，快去拿饭！"

"唉！"傻蛋放下黄色的宽边铜盆，嗖的一声跑了。傻蛋刚走，凤玲就来了，小嘴一噘，仰着下巴说道："我说怎么一天见不着人影，敢情有人陪着，碍眼了是不是？二院主，给大院主请了大夫了吗？药呢？药抓了吗？我早知道，好了伤疤忘了疼，哼！"

金戈转脸问白凤："没安排吗？"

白凤翕动了一下鼻翼，撇了一下嘴，说道："我安排了一半，傻蛋就去叫我，说你发羊角风，在床上乱颤乱叫，浑身热气腾腾，我就跑来了，哪还顾得上别的。"

凤玲白眼一翻，叫道："我早知道顾不上了，拿来！"

白凤道："什么？"

"药方！"

白凤转身下了床，从袖筒里掏出一张药方，啪的一声拍在床铺上，厉声道："你说话客气点，注意你的身份，家有家规，国有国法，你不就是一个使唤丫鬟吗？神气什么？拿去！"

凤玲拿起药方，气哼哼地走了。金戈吃了点食物，立即去看岳霞。

岳霞正在屋里唱歌，她边唱边舞。凤玲在一边哭哭啼啼，肩膀一耸一耸的。九弟和小秃子坐在凳子上，耷拉着脑袋。凤玲看见金戈进来，哭声渐止，哽咽着说道：“坐吧。”九弟一摆手，带着小秃子蹑手蹑脚地退了出去。金戈来到岳霞跟前，轻轻拉住她的手，岳霞反手就是一掌，啪的一声抽在金戈脸上。金戈一愣，自己竟然躲闪不及。金戈一个闪身，抓住她双手，柔声说：“岳霞，我是金戈！”

“啊——”岳霞牙缝里发出一阵尖叫，剧烈地晃动脑袋，声音恐怖。金戈抱住了岳霞，任凭她怎样挣扎也不松手。过了好长时间，岳霞累了，歪在金戈怀里。

金戈抱着岳霞来到床前。凤玲掀开了被子，脱掉岳霞的绣花鞋，两人合力把岳霞抬上了床。金戈给岳霞盖上被子，坐在她身边，捋顺了耳边凌乱的秀发，轻轻拍打她的后背，像哄孩子一样哄着她。凤玲站在床铺前，愁眉苦脸地看着金戈。

忽然，凤玲抽咽出声，泪水就像断了线的珍珠，从脸颊上扑簌簌滴落下来。她哽咽着说道：“金大哥，你救救小姐吧，小姐对你可是望眼欲穿，整日里牵肠挂肚。我们风里雨里找了你半年，她一直带着你的衣物，带着你的瑶琴。她又怕你受冻，又怕你孤单，还怕你受到围攻，整天提心吊胆。对了，小姐有一首思念歌……就是刚才小姐唱的那首歌，她糊涂了，只会几句了……那时，她经常弹着琴，轻轻唱这首歌。她唱得可好听了，她说，她唱一唱，心里就舒坦些……”

凤玲轻轻学唱起来：“悠悠白云哟，亭亭的大雁。请你停一停，请你站一站，带去我的祝福，捎去我的思念。远方的情人哟，你可平安？寒冬来临，可有棉衣换？风雪猖狂，可有屋御寒？愿我的真情，编织一条红线，牵你的魂魄，进我的梦苑，拴紧你我，两心永相连……”

金戈听着这首情意绵长的歌，看着岳霞茫然无神的眼睛，鼻翅一酸，眼圈一红，泪水滚落下来。金戈用手抹了一把眼睛，说道：“我明天派人四处求医，你不用担心，岳霞会好起来的，我一定会治好她。你好好照顾她吧。”

凤玲看着金戈，低声道：“金大哥，我给你泡茶去，你看我这一着急，忘了招待你了，小姐清醒了可不干。”

“不用了，都是自己人，客气什么。我到大殿里去看看，豪杰们帮忙而来，我们不可怠慢。”

“铁嘴华找的大夫来过了，开了一个药方，药还没拿，我也不知道该不该换药。”

金戈边走边道：“明天派人去抓药，药方给铁手佛看看，让他决定吃哪家的药。”

金戈来到大殿，望了望众豪杰，看了看猎人父女。铁手佛已经给猎人接上断骨，绑上了夹板，估计他还能站起来。猎人见到金戈，不住地抱拳道谢。

金戈回到院主大院，傻蛋已经睡下了，也不知白凤去了哪里。金戈拿着一支蜡烛走进家庙，闩好了庙门。金戈钻到供台下面，推开石门，钻进了密洞。这一切金戈早已知道，当初岳霞叫金戈偷盗岳武功，就是钻这个密洞。可是，金戈并不知道秘笈的读法另有窍门。金戈发现了洞顶上的四盏吊灯，赶紧点燃，洞里顿时亮了起来。

金戈转了一圈，停在一块长方形石刻前，按着岳老院主传授的断字秘诀看下去。岳武功第二阶功法立刻出现在眼前，竟然和自己琢磨的练法不谋而合。再看“九转迷魂步”的前几步，也契合得严丝合缝，真乃奇哉怪也。金戈看见了“上蹿伏地步”和“伏地跃身步”，这两种步法和自己想象的差不多，金戈练了一会儿就练成了。金戈收了式子，又看见了“前冲后跃步”和“后跃前冲步”，心情就像大海的波涛一样翻滚起来，捂着心口说道：“如此看来，我的‘九转迷魂步’和岳家的‘九转迷魂步’一模一样，大事可成也！”金戈目光移动，看到了“双绝枪”，这是一种借助藤蛟枪的韧劲和弹力而克敌制胜的招式。金戈大喜，准备更换自己的枪杆。金戈踱着步子又看了看藤蛟枪秘制法，看了看樟脑蛇皮油和岳氏白药的配方，漫步到密洞深处，看到了八支藤蛟枪和一捆古铜色的老藤条，以及几捆米粒粗细的铁丝和棕绳。还有十几根七长八短粗细不一的老藤条堆在角落里，适合做枪杆的已经没有了。但是，根据藤蛟枪秘制法，这些弯曲的藤条是能够压直的。金戈又转到排列整齐的八支藤蛟枪前，抄起了其中一支，入手轻飘飘的，非常称手。枪杆乌黑锃亮，根本看不出来裹有铁丝和棕绳。金戈一蹲身子，啪啪练了几招岳阳枪，枪尖颤出斗大的一片枪花。金戈喜上眉梢，叹道：“藤蛟枪真是宝贝呀，既轻又硬还有弹性，好枪！如果突然使出‘崩裂枪’‘弹射枪’这两式绝招，无人能躲过去。不过，被人知道了，有所防备，那就难说了。我换上藤蛟枪杆，单刃枪就更好用了。”金戈放下藤蛟枪，继续浏览石壁上的众多墨迹。其中岳老院主的哥哥岳南院主的札记引起金戈震动。此人的岳武功练到“八步赶蝉”之境，枪出带风，身出幻影。但是，他从功成之日，每到清晨就内火焚烧，烧得他满床打滚，七窍生烟。他远赴大凉山，逼迫凉山雪老交出了阴素功，也吃过不少滋阴去火的药，均无效果。他因此留文，告诫后人要循序渐进，警惕心火滋生。旁边还录着他得来的阴素功。这里的墨迹，都是些没有加密的普通文字，不像对面的石刻暗藏玄机。最后还有一篇岳老院主描写岳南在洞内自焚的文章，瞧得金戈汗流浃背、毛骨悚然，心说：“我和他的练法基本相同，症状一致，我命休矣！”冷静下来，金戈发现了不同之处，岳南发作之时，阴素功不起作用，自己却能用寒心功缓解。而且，自己练成“九转迷魂步”半年有余，除今天爆发外，并没有日日煎熬。而且，两种练法着力点有所不同，或可救药。金戈拍了拍宽阔的胸膛，出了一口长气。

金戈目光移动，盯在阴素功上。他发现，阴素功竟和长发婆的寒心功一样，是一门收心静气的功法。金戈笑了，自言自语道：“殊途同归，只是名称不同而已！”

金戈背着手，拖着长长的影子在密洞里走来走去。脑子里思绪纷飞，就像雪片一样在眼前飞舞。自己的际遇可以说是天翻地覆，又可以说是沧海桑田。

金戈钻出密洞，站在刮去字迹的石碑前，看着白乎乎的石碑，心想：“马大响、江中月等中坚分子，应当学会第一阶岳武功，算是精武堂弟子。蒋忠出身精武堂，可以学学第二阶柔功，学成后，适当时候发上几支藤蛟枪，练一下‘双绝枪’，以便迅速提高战力，壮大岳武院的力量。‘九转迷魂步’是岳武功的核心，暂时封存，不经过细心考验不能传授。”想罢，金戈回到了院主大院，拿来笔墨，又走进家庙。金戈点燃了蜡烛，在刮去字迹的石碑上，书写了第一阶岳武功。写完之后，他吹灭了蜡烛，锁好庙门，回房和衣躺下了。

迷糊了一会儿，金戈耳边传来一阵嘹亮的鸡鸣声，咕咕哏——金戈一骨碌翻身坐起，用脚在地上蹚了蹚，碰到鞋子，抓起来套在脚上，背好单刃枪，大步走出屋子。金戈来到院中，回手抽出单刃枪，呼的一声，单刃枪飞舞起来。金戈刚使完一招“长河落日”，耳轮中忽地传来吱扭一声，屋门打开了，金戈斜眼一瞟，看见一身白衣的白凤扭着腰肢款款而来，懒洋洋地说了一声“早”就走了。第二遍鸡鸣之时，金戈收了式子，掸了掸蓝布长衫，穿过家庙小院，走进了岳霞家。

岳霞还在沉睡，凤玲睡眼蒙眬。金戈给岳霞拉了拉被子，摸了摸岳霞光洁滑嫩的素手，嘱咐了凤玲几句，走出屋门。这时，东方发白，周围的景物已经清晰可见。金戈穿门过院，来到了岳武大殿。他忽觉眼前一亮，只见大殿里焕然一新。迎门的墙壁前摆着一张硕大的镶着大理石面的八仙桌，桌子靠墙一侧罩着一条长长的黑中带红的柞木条儿，条儿上摆着一溜高矮不等、粗细不一的胆瓶胆罐。桌子两侧摆着几把垫着豹皮的黑红色太师椅。大殿的东侧摆了三张暗红色的瘦腿雕花圆桌，配着棕色的藤椅。西墙前摆着一个两尺多宽一丈多长的垂花春凳。所有的家具都闪着幽光，散发着淡淡的清香。白凤坐在客桌旁，正和两个人说话。他们见到金戈走过来，一齐站起来，同声道："院主早！"

金戈笑道："各位好！哎呀，一夜不见，大殿里焕然一新，了不起！"

"厉害吧，昨天忙到了后半夜。大堂主真了不起，打得开、放得下，安排起来井井有条。"一个穿蓝袍的年轻人说。

白凤丹凤眼含笑，颤动着步摇上的垂珠："院主请坐，等会儿还要你写字呢。梁丫，给院主泡茶！"

"是！"俊俏的梁丫怯生生地走过来，端着茶壶悄悄走了。

白凤看着身前的两个年轻人，说道："立即选购好马三百匹，定造大车十辆，架车用的骡子也要买上二三十匹。另外，立即订购红缨枪六百杆、硬弓三百张、箭矢三万支。朗文，你负责采购粮食、蔬菜，拉几扇肉来，油盐酱醋各种作料一并备齐。杨伞，你负责购买马匹和兵刃，明白了吗？"

两人站起身来，齐声道："属下明白！"

白凤说道："好，你们忙去吧！"

两人拿着金元宝走了，白凤转身对金戈道："他们两个，我任命为大堂协理了。这两个人出身岳武院精武堂，小个的叫杨伞，你见过，高个的叫朗文。"说罢，白凤袅袅走近金戈，眉开眼笑地伸出纤纤玉手，说道："掏出来吧！"

金戈道："什么？"

白凤道："银票！"

金戈从围腰镖袋里取出一沓子银票，笑道："你翻过我的镖袋了，是不是？好你个——”金戈张手要打，恰逢梁丫送水来，赶紧住了手。梁丫抿嘴一笑，轻轻摆好茶碗，哗啦啦，冒着白汽的水流进了细瓷茶碗中。

白凤数了数银票，点了几张出来，嗔笑道：“留下十几万两，这二十万两我都给你花了！”说罢，塞到袖筒里。

金戈正色道：“那可不行，那二十万两银子是戚家军的，不能动。你手里银票才是咱们的家当，你要省着花。”

白凤眼皮一垂，不高兴了，说道：“你怎么和我爷爷一个样子，胳膊肘老是往外拐啊？真是邪门了！现在岳武院百废待兴，戚将军还给我们银子呢，你却把钱留给他，真是的。”

金戈摇头道：“戚家军是抗倭的主力，他们人多，花销也大。我们是辅从，人也少，怎么也好对付，主次不能颠倒……”

白凤嗔道：“好了，还给你一半，给你省着花，行了吧？怕了你了！”

金戈接过了银票，看了看，装进了镖袋。

大殿外车水马龙，运木头的、送家具的、送砖瓦的，比赶集还热闹。金戈来到小东街，看见一号客院外正在卸家具，笑面佛带着几个和尚正在帮忙。笑面佛见金戈走来，住了手，说道：“进去看看吧，里面已经收拾好了。你真是慧眼识人，白凤当大堂主绰绰有余。她雷厉风行，一夜就把这里收拾好了。阿弥陀佛！”

二号客院住的是武当山人马，工匠们正安装门窗。三号客院里，上百号工匠正在房顶上挂瓦，他们大声吆喝着，干得热火朝天。四号客院正在上柁上檩，鞭炮声噼里啪啦。客院对面是神武堂的房子，那里也是彩旗飞扬。

晚上，蒋忠等人都来了，金戈召集他们进了家庙，让他们学习岳武功。经过和白凤商议，来人有蒋忠、马大响、江中月、李虎子四位堂主，还有白凤提拔的杨伞、朗文两个协理，以及仁义双雄、凤玲和傻蛋。

进了家庙，金戈叫众人拜见祖师爷岳飞岳王爷，之后，金戈宣布：“现在家庙中的我们这十二人是岳武院的顶梁柱了，算上养病的岳霞，一共十三人。目前这十三人是岳武院的十三精英，除去我和岳霞，剩余的十一人也是神武堂的大弟子。现在我任命凤玲为院主协理，主要负责两位院主生活起居，直接由院主约束，协理的职务等同大堂的副堂主，其他协理也是一样。今后，我们岳武院十三精英要同心同德齐心协力，光大我岳氏门庭！”金戈看了看众人，看了看有点激动的凤玲，继续说道：“除岳霞小姐因病未到，其他精英都到齐了，现在诸位看看这块石碑，这里有第一阶岳武功，也叫‘三步追风’，不过这个叫法我们知道就行了，不要说出去。现在各位自行背诵，逐步练习，遇有不解之处，可以向我发问，也可以请教蒋忠。他出身神武堂，已经拜过师，练过第一阶的岳武功。另外，岳武院一旦临危，各位有责任把这些文字擦去，以确保岳武功不致流失。这里，将永远保留一罐水，并备有抹布。平时，我们要谨慎护卫此庙，闲杂人等一律不得靠近。每当月底，我们就进庙学习。另外，各位不得私自相授岳武功，包括自己子孙。一旦发现岳武功外传，岳武院一定会全力追杀！现在，各位自行练习吧！”

马大响等人无比激动，这可是岳武院不传之秘。仁义双雄走到金戈身边，铁铃公子低声道：“我们退出吧，我们不会永远待在岳武院里。”

金戈笑道：“没关系，只要二位不把岳武功外传，去哪里都没关系，你们既然是岳武院护法，不会岳武功怎么行？你们就练练吧！”

“这、这……”铁扇公子结结巴巴的还要说什么，凤玲走过来，拉着他们转到石碑后，传来一阵低语声。

庙里静悄悄的，众人都盘膝坐下了，各自集中精力学习岳武功。金戈把蒋忠叫出家庙，在家庙小院一角，嘀嘀咕咕说了半个时辰，传授了第二阶岳武功，也就是被称为“六步摇柳”的柔功。金戈见众人都在专心练功，接好已经换过枪杆的单刃枪，练习起来。

转眼之间，二月二到了，大殿外灵棚高搭，灵棚里摆了大大小小七十二口黑漆棺材，八口一排，整整放了九排。灵堂上挂满了各帮各派送来的挽联，金戈手书一个巨大的“奠”字牌，供奉灵棚正中。棺材前面的条案上摆着猪头水果等祭品。棺材两侧的空地上铺满竹席，金戈、白凤等岳武院挂职的人员，以及奔丧来的亲戚们，一律穿白戴孝在棚内守灵。一帮吹鼓手吹打着哀乐，一批批亲朋好友和武林同道陆续上前吊唁。

铁嘴华担任司仪，不断高声喊喝：“一叩首，二叩首，三叩首！再叩首！孝子谢……”

五毒师太又来了，她阴着脸，金戈几次上前搭话，她都不理不睬。她的四个徒弟也面无表情地坐在侧棚里大声诵经。五毒师太的儿子死了，转眼之间，儿媳、孙子、孙女也阴阳两隔，一代白发人送走了两代黑发人。

中午时分，忽然马蹄声响，地动山摇。老奔雷一行一百多铁骑奔腾而来。他们来到灵前，翻身下马。老奔雷手持马鞭，晃着壮硕的身子，一步一步向灵堂迫近。

凤玲瞪着圆眼喊道：“看哪，这小子带这么多人来，没安好心！”

金戈低声道：“诸位准备！”

白凤看见老奔雷走近了，大声道：“你们看哪，老奔雷头发上抹了油，溜光溜光的。听说他为自己的水蛇腰做了个棉背心，三伏天都穿着，好让别人看不出他是罗锅子。大家看看，不细看还真看不出他是个罗锅子！”

白凤的声音特别大，众人都听得清清楚楚。老奔雷也听到了，他向白凤投来恶狠狠的目光。

铁嘴华看他不像来吊孝，也开口帮腔，讥讽道:“嘿，我当谁呢，原来是罗锅山、驼背岭、前凹县、后凸村的老罗先生大驾光临！”

“哈哈！”众人都笑了。

“你混蛋！”老奔雷怒火中烧，面色发黑，颧骨下紧绷的肌肉颤动，眼眉斜立，脸色就像生铁一样冷峻。

“混蛋骂谁呢？”

“骂你！”

“哈哈，可不是混蛋骂我呢！”铁嘴华放声大笑。

“你找死！”老奔雷扬起手掌拍来。铁嘴华一闪，躲向金戈侧后。金戈知道这就是打过他一掌的老奔雷，知道他就是打死岳老院主的凶手，今天闹丧来了。金戈心里咬牙，手上运劲，早已运起十成岳武功等着出手的机会。此时见铁嘴华一闪，他霹雳般大吼一声，一只白茫茫的手掌挟着一股劲风迎了上去，只听咔喇喇一声爆响，似有骨头断裂了。众人惊呼出声，纷纷注目观看。只见老奔雷噔噔噔倒退了几步，一屁股坐在地上。他脸色煞白，左手扶住右手，噗的一声，一口鲜血从嘴里喷了出来。

大奔雷、二奔雷立即蹦起来，叫人架走了父亲，两人瞪着三角眼，一起扑向金戈。金戈使出“阴阳九九掌”，以硬碰硬，以硬打硬，双掌打得呼呼山响。霎时间，他左掌右拳，连环劈击，掌风如涛，拳影如山，转瞬之间，连续劈出二十二记阴阳掌。大小奔雷也是打得虎虎生风，打得飞沙走石。几十个回合过去，灵棚歪斜，祭品狼藉。两个奔雷拼命跺脚，不断击掌，霎时雷声滚滚。金戈则化作一团白影，脚上带起了风声。

“脚上带风了！”有人惊叫。

白凤见金戈的眼睛都红了，他每一掌击出，都使人们呼吸为之一闭，半天透不过气来。观战的人也纷纷后退，圈子越闪越大。

“住手！住手！”老奔雷吃了药丸，缓过神来，一看场中情景，大吃一惊，眼见自己的两个儿子已是强弩之末，金戈两眼豪光四射，脚起带风、身出幻影，两只白茫茫的手掌已经圈定他的儿子。不出数招，他两个儿子非死即伤！老奔雷急了，扯着嗓子大叫不止，急忙用根束带绑上断臂，挥着另一只手扑上来。

“无量寿福！岳院主饶恕他们吧！”风云剑华清子低声劝告，但声波却是穿云裂风，直击众人耳鼓。

只听啪啪两声，金戈跳出了圈子。再看两个奔雷，已经躺在地上。老奔雷连忙拉起他的儿子，惊恐地叫道：“你……你……是金戈？”

“不错！”金戈脸色铁青，冷冷答道。老奔雷见身披白色孝衣的金戈身材伟岸，内露淡蓝色大褂，细眉细眼，英姿勃发。五毒师太也是满脸惊愕，她的四个女徒弟却是幸灾乐祸、眉飞色舞。

夏姑叫道：“厉害！好厉害的偷艺贼！”

春姑斥责道：“找死啊你，你看不见他的眼睛都红了！奔雷寨的三个奔雷都不是他的对手，找死啊你！”

有人道：“嗨，够意思！金戈手下留了情，武当老道晚喊一声，俩奔雷就会变成一对死奔雷。”

大奔雷站起来，二奔雷爬起来，哥俩晃晃悠悠，一个捂着胸口，一个摁着腰，一瘸一拐地回了本队。

现在，老奔雷一脸戾气荡然无存，他缓步走到笑面佛等人面前，单手抱拳和各位见礼。然后道：“各位英雄，我们今日是为接管岳武院而来……”

“什么？嘿！你也不怕风大闪了舌头！”铁嘴华哈哈大笑，黄铜烟袋锅子指着他的脑门说道，“你小子光想捡便宜，你这不是大白天做梦吗？以为这是邯郸的黄粱啊？我说，你知道不知道丢人现眼多少钱一斤啊？我说，你的脸皮怎么那么厚，比大象鼻子还长，比城墙还厚，扎一锥子不透血，攮一锥子不流脓……”

老奔雷脸如红布，瞪着大眼大叫：“白耀华，你少说废话！我们来得有理有据，有理走遍天下，无理寸步难行！”

铁嘴华戏道：“我说，你知道‘理’字怎么写吗？一个‘王’一个‘里’，组在一起才念‘理’，王者有理！胜者王侯败者贼，你输了，还有什么狗屁的理？滚吧你，呸！南京城的尿槽子，挨呲不改的货！”

老奔雷用他粗短的手指点铁嘴华：“你个臭铁嘴，讲不讲理？”

“拿开你的手指头，你再敢乱点，叫金戈把你这只手也打折喽！我说，你不就是想得到岳武功吗？癞蛤蟆想吃天鹅肉！呸！呸！呸！狗尿尿！”

白凤也跟着搅局，说道：“啪！啪！啪！癞蛤蟆！……”

老奔雷不理铁嘴华爷儿俩，对笑面佛说道：“无悔大师，请问，岳武院的继承人是不是岳霞？”

“是，不错。”笑面佛回答。

老奔雷大声说：“岳霞是不是已经与我儿成婚？我儿小奔雷比武获胜，入赘岳霞，三媒六证，已经拜过天地，你是证婚人，难道忘了吗？”

笑面佛道：“阿弥陀佛！此话不假，但是你的三儿子命已归西，另当别论！”

老奔雷步步紧逼，叫道：“如果我儿活着，你这大媒人是否主持公正？”

“这个，啊，当然！阿弥陀佛！”

“华掌门，你说呢？”老奔雷又问风云剑。

武当山与太行奔雷寨距离较近，交往甚多，感情自然深些。要不然，华清子也就不拦着金戈了。这时候华清子一脸疑惑地说道：“如果你小儿子还活着，他与岳霞的婚约自然有效，贫道愿意主持公道。”

“好！各位呢？”老奔雷看看神鞭赵旭、铁胳膊郑振廷等。他不问铁嘴华。他知道铁嘴华不买他的账。

“当然！当然！”其他人莫名其妙，异口同声。心说：“这不是废话吗？”

老奔雷挥手高叫：“好！抬上来！”

只见奔雷寨的人马两边一分，闪出四个壮汉。他们抬着一副担架，担架上躺着一个人。四人步伐整齐划一，唰唰向前走来。到了近前，老奔雷叫道：“放下！放下！”来人放下担架，躬身退入队列。

“你们看，这就是我儿小奔雷岳钛，他被我救活了，他是岳霞的夫君！他回来了！你们说，怎么办？”

“哦？阿弥陀佛！”

“无量寿福！”

“说呀！”老奔雷瞪着大眼望着众人大声道，“岳霞的夫君来了，你们说，怎么办？”

“披麻戴孝、扛幡继位呗！”有人喊。

“穿孝衣当孝子！让假孝子滚出去！”一个尖细的声音，来自人群的一侧。

金戈眉头紧皱，当朝礼法，婚姻讲究媒妁之言、父母之命，叩拜天地而成婚。婚后三贞六节，夫唱妇随。小奔雷要是真活着，披麻戴孝是理所当然的。

“他不是真的，真的早死了，上哪儿找了个死鬼来冒充，没门！”凤玲跳出来，抬手摔掉孝帽子，一指担架上的人，问道：“你是谁？说！”

“我，我是小奔雷岳钛。”担架上的人缩着脖子说。

这时，大奔雷和二奔雷跑来，欲阻止凤玲。金戈刺啦一声扯掉白衣，一步跃过担架，高声喊喝：“二位护法何在！”

“属下在！”仁义双雄高声答应，来到金戈身后。

“请二位哥哥看住他们，有敢越雷池一步者，杀无赦！”金戈目光炯炯，声音朗朗，语气中透着一股肃杀之意。

“遵令！”仁义双雄挚出兵刃，在凤玲身后一站，威风凛凛，颇有大将风度。

“你可认得我？”凤玲继续盘问小奔雷。

“你，你是丫鬟凤玲！”

“你一句话露了馅，我虽是丫鬟，但岳家从来没有把我当丫鬟。我们一桌吃饭，我们一同练武，我也姓岳。当初介绍，我可是丫鬟？”

“不论你姓甚名谁，你身份还是丫鬟，难道我说错了吗？”

“你说，当初小姐介绍我时，她是怎么说的？你说，快说！”

铁手佛走来，向凤玲摆手，说道：“我来瞧瞧！”又对老奔雷说道：“我可否看看他的伤口？”

老奔雷道：“可以，大师请便！”

铁手佛解开小奔雷衣服，看见小腹上打着绷带，铁手佛小心揭开，一条两寸来长的伤口呈现眼前，伤口缝了七八针，伤疤清清楚楚。

凤玲看见伤口，回想小奔雷受伤位置，好像应该靠下，好像还有人在他背后给了一刀。

“不对！他是背后一刀致命！”

小奔雷道：“不错，后背是有一刀！”

凤玲怒道：“你不是小奔雷，你相貌相似，声音却不对！假的！假的！当初岳霞介绍我，说我是岳家二小姐，你不知道！你是假的！小奔雷当时已经死透了，我就在跟前，难道他会借尸还魂吗？抬走，别捣乱！”

老奔雷大声说道：“我奔雷寨医术高明，起死回生不敢说，只要心脉未断，就回生有望！这有什么稀罕！废话少说，人活着，你们说怎么办？”他的话语压住了众人的话语，人人听得清清楚楚，可见老奔雷功力深厚，金戈要不是暴起突袭，胜负还真难预料。

凤玲尖着嗓子高声喊喝：“假的！骗人！”

铁嘴华跳脚跟着起哄：“鱼目混珠！以假乱真！胡说八道！满嘴放炮！不用理他，轰出去！”

笑面佛摇摇头，说道：“阿弥陀佛，我们应当先分清真假。如果他真是小奔雷，应当披麻戴孝，我们帮理不帮人。不是小奔雷，就该打杀。你们说是也不是？”

“对对，我们大明王朝是礼仪之邦，处事当依理而行。”华清子说道。

一个尖细的声音又在人群里响起：“假的站着呢，叫他滚！真的躺着呢，叫他主持祭奠！叫占着茅坑不拉屎的东西滚……”

金戈噌地跃起，一个跟头翻上灵棚，甩手一镖，镖出声断。

这眨眼之间，笑面佛看清楚了，一枚细如筷子、长如手指、后面带着两根彩色羽毛的黑色钢镖从金戈手中飞了出去，这枚小小的钢镖飞行中画出了一道美丽的弧线，射进人群里。一个獐头鼠目的家伙啊了一声，仰面跌倒了。旁边的人看到，他嘴里露着两根彩色的羽毛。

笑面佛点头赞道：“好镖！”

两个武徒奔过去，金戈叫：“把他提过来！”

两个武徒拖死狗似的把那个人拖过来，忽然，獐头鼠目的家伙白眼一翻，嘴角流出黑血，他咬毒自杀了。金戈拔下了凤尾镖，狠狠瞪了老奔雷一眼，说道：“你好狠！”

“你才好狠，他说了两句公道话，你就杀死了他！”老奔雷说完，抬头看天，一副幸灾乐祸的样子。金戈用的是毒药镖，打他嘴巴，准备拿下他审问，不想他服毒自杀了，这倒不好分辨。老奔雷察言观色，回头叫道：“事情明摆着，我家幺儿入赘岳家，名正言顺。现在，小儿带伤，委任他两位哥哥为岳武院护法，我等在他养伤期间保护他，免得被奸人所害。姓金的，你请吧！”

风玲忽然喊道：“金大哥，你可要好好照顾小姐！你可要对得起我们的一片真心！我去了！”说罢，风玲一跃，一把揪住小奔雷的头发，掏出匕首一抹，刺啦一声割下了小奔雷的人头。风玲提着人头嘿嘿冷笑，说道：“假的，这小子不会武功！我去了！”说着，她摔掉人头，匕首向自己的心窝插落。金戈急挥出一掌，欲救风玲，但掌出稍晚，匕首已经斜斜插入，风玲含笑倒下了。金戈上前接住了她，一脚踢飞了担架上的尸体，放上了风玲。

随后，金戈暴起，霹雳似的一声大喊：“抄家伙！”

嗡的一声，岳武院众精英和几十号武徒，呼啦冲出灵棚。老奔雷急忙退回本队，大战一触即发。虽然奔雷寨有一百多人，但是，他们面对金戈这支虎豹之旅，实是不堪一击。

风云剑一跃而起，挡在众人面前，叫道：“无量寿福！岳院主请息雷霆之怒，听贫道一言！”

金戈后退一步，摆了一下手，众人止住了脚步。

“假奔雷已去，死者等候安息，前来吊唁的亲朋好友们还等着赏饭呢，错过今日，你们双方生死相搏，贫道袖手旁观，罢了，卖贫道一个面子，饶了他们吧！”

“好！”金戈想，华清子的面子可不能驳，连忙答应，“好！就依华掌门之言！错过今日，岳武院必定讨还公道！”接着怒视老奔雷，吼道：“滚！”

华清子道：“老奔雷，下山去吧，灵堂之上，再要胡闹，可要引起公愤，再不走，贫道就不管了！无量寿福！”

老奔雷一梗脖子，叫道：“好！看着华掌门的面子，看着死人的面子，揭过这一场。姓金的，咱们没完！”老奔雷连假奔雷的尸体都不要，上马急奔而去，过了吊桥，放了一把火，差点把吊桥烧掉。众人救火回来，大骂不止。

凤玲已被抬回，铁手佛正在救治，由于金戈一掌的缘故，匕首偏离了心脏。金戈也没想到凤玲和岳霞一样，都是如此倔强偏激。

太阳已经偏西，金戈吩咐马上开饭，饭后下葬。经过这一番折腾，五毒师太已经对金戈刮目相看，但脸上依然阴晴不定。她见金戈大战三奔雷，就像自己的丈夫岳南复活了，那潇洒的身影，那股冲天的豪气，一样一样的，使她激动不已，但一想到唯一儿子因追杀金戈而惨死，又咬牙切齿。白凤见五毒师太脸色变幻，心中惶惶不安，心说："明枪易躲，暗箭难防，况且她又是用毒的，我应提醒金戈。"想罢，白凤一拉金戈，悄悄说道："小心五毒师太，防她暗下毒手。"

金戈想了想，说道："五毒师太是岳武院仅存硕果了，我们不能对敌，设法争取才是上策。我遵从岳北老院主的遗嘱，认三堂主为义父，看看她怎么说。"

白凤皱皱眉头，说道："你这不是找死吗？"

"大庭广众之下，应该不会有事。"金戈说罢，走到五毒师太面前，右腿一撤跪倒在地，低头道："师太，金戈奉岳北院主遗命，入赘岳家，并认三堂主岳中勋为义父，义孙岳金戈拜见师太！"师太闻声一惊，怔住了，神色既喜且忧。南京玄武湖大战之时，岳老院主提出的条件，就让金戈拜自己的儿子为义父，五毒师太是知道的，但是她没有理会。她认为，义孙有什么用？怎么着也不如自己的亲孙子。今天不同了，亲孙子也没了。金戈这一拜，弄得她手足无措，心说："也罢，走一步看一步吧，你认了我，是你自找晦气！哼，岳武功是我丈夫传下去的，绝不能便宜了外姓人！"就冷冷说道："好，起来吧！"

笑面佛过来了，说道："阿弥陀佛，恭喜师太！贺喜师太！"

四个小尼姑叽叽喳喳，喜动颜色。金戈起来，又对四位小尼姑一拜，说道："岳金戈拜见四位师姑。"

夏姑笑道："哟，我们，我们没有准备见面礼呀，这可怎么办呀？"

无毒师太冷冷地说道："你们配点见血封喉的毒药和解药，交给他就行了，他用得着。"

金戈再次拜道："多谢师太。"

出殡开始了，穿白戴孝的人们拥着几十口黑漆棺材，浩浩荡荡来到墓地。

杭州，阴阳魔的老巢里。阴阳魔坐在一把太师椅上，他的伤势已好。白头翁、坐地炮和独眼的马猴三人站在他身前。阴阳魔正在大发雷霆，他怒道："我们一定要铲平岳武院！灭了金戈！你们马上派人联络浪武社，传讯黑旗船。趁他们立脚未稳，我们二次扫荡岳武院。坐地炮，你立即带几个人潜回武夷山，安排线人。马猴，你的眼没事了吧？你也去，协助坐地炮公干。你们要密切注意岳武院的动静，迎接二次袭击！这次，非包了他们的饺子不可！非报这断臂之仇不可！他妈的！没想到竟在小小的阴沟里翻了船。"

马猴献计道："听说金戈的老娘和妹妹在咱手里，这可是一张好牌！"

阴阳魔呼地站起来，说道："对呀！白头翁，这事你可清楚？"

白头翁躬身道："不错。我们先抓了他妹妹金文英，奉您的指示交给了赵文华。后来，总舵又叫我们嫁祸黑旗船，在通州大运河里劫了她，送往天山了。他母亲当天就被抓了，脖子瘤把她送往了西安分舵。要不是黑旗船作梗，金戈早死一百回了。听说珠仙子姐妹看上金戈了，我们可得小心她们姐俩。"

阴阳魔迟疑道："上次伏击岳武院，黑旗船不是也参加了吗？谅他们不敢背叛四海财君。你们听着，我们两手准备，一是趁岳武院元气尚未恢复，坚决消灭它。另外派人速去西安，把金戈的母亲押来。我们要双管齐下，两箭齐发！人家是一箭双雕，咱们来个二箭攻一！哈哈，我就不信收拾不了金戈这个小贼。赶紧安排！”

“是！”

阴阳魔又问：“岳霞那个小蹄子如何了？”

“据说她被你吓着了，疯疯癫癫的。”

“疯疯癫癫的好啊，那才有滋味呢，呵呵……”

三十一 顾此失彼

大殿里，金戈、白凤正在和笑面佛等人闲话，杨伞进来了。他走到众人面前抱拳道：“禀告院主、禀告大堂主，我们招到了一批武徒，三百多人，从难民中挑选的，多是些渔民子弟，他们家乡叫倭寇血洗了。还招了几个姑娘、几位婆子，请大堂主过去验看。”

“各位先坐坐，白凤失陪一会儿。”白凤说完站起来，扭着腰肢，摇摆着绣花白裙向外走去。

身穿藏青色道袍的风云剑华清子手捻胡须，看着白凤傲人的身姿，赞道：“白堂主精明干练、安排得当，果真强将手下无弱兵。”

铁嘴华哈哈一笑，得意道：“我说，这鬼丫头从小就争强好胜，随她奶奶，一天张八李九的，精明得很，能干事是不错的。”

金戈听他们夸奖白凤，心里也是美滋滋的，说道：“是呀，白凤是我的膀臂，她在岳武院任职，您老不怪吧？”

铁嘴华掏出烟袋，一边装烟一边说道：“不怪，不怪，让她干吧，她闲着也是闲着，找点事做拴住她更好。不然她尾巴似的，我走到哪儿跟到哪儿，整天碍手碍脚的。”

笑面佛颤动着花白眉毛道："阿弥陀佛！这个叫杨伞的协理，看样子也很干练。羡慕啊，岳武院人才济济。我相信，五月初五复院之后，岳武院定会空前发展，大放异彩。那时候，咱们高举双龙令，带领群豪直扑前敌，和戚家军兵合一处、将打一家，那时，倭寇灰飞烟灭的日子就要到了。"

风云剑摆动拂尘，道："无量寿福！让双龙令再展雄风，把倭寇打个落花流水，一命呜呼！还我大明上国的朗朗乾坤、茫茫净土，哈哈！哈哈！"

铁嘴华的烟袋离开嘴唇，鼻子里冒出了两股细长的白烟。白烟将尽，他歪着细长的脖子说道："老头子我愿做开路先锋，一马当先，宰他狗日的，让这帮倭寇都变成没脑袋的血葫芦，变成一堆臭狗屎，什么浪武社，就是狗屁社！"

岳霞院里，一个中年妇女正在扫地。她上身的半大袍子洗成了白菜帮子颜色，下身的青布裤管上缝着两个茄包子大小的补丁。金戈走进干净清爽的院子，中年妇女立即直起腰，把额前的穗发拢到耳后，慌忙道："您是岳院主吧？我……我是新来的，伺候岳小姐的，贱姓张。"

小兰子跑了出来，尖声尖气地说道："院主叔叔，她是张妈，还来了一个姐姐。春子姐，春子姐，你快出来，院主叔叔来了！"

话音刚落，屋里走出来一个身子单薄脸膛微黑的大姑娘。她红着脸瞟了金戈一眼，赶紧低下了头。

小兰子又道："院主叔叔，她叫春子，闽南的，来伺候岳小姐，大堂主分来的。"

金戈摸摸小兰子的头，说道："好啊，这下你有伴了。好了，你们忙去吧。"说着，金戈迈步走进屋子。堂屋的方砖地面上一尘不染，桌子擦得乌黑发亮，胆瓶胆罐也闪着淡淡的白光。金戈满意地点了点头。走进上房，看见了穿着碎花棉袄的岳霞正在转圈。岳霞见到金戈，立即逃到床上。她抱着头，贴在墙上，瞪着惊恐的眼睛。金戈笑嘻嘻地来到床前，看了一眼床单上清晰的几个鞋印，温言道：“我是金戈，你忘记了？你教我岳武功，我教你弹琴，还有，你说过，我们成婚时，你……”金戈手指动，眼眉动，表演似的说着。岳霞脸上的惧意渐去，茫然地看着金戈。金戈一矮身子坐在床上，弯腰脱下鞋子，两条腿一顺上了床。

金戈笑容满面，抬着头，站在床上和岳霞比比划划说着往事。岳霞听着，想着，忽然自语道：“成婚？蚊哩哇啦，嘀嘀哒哒……嘿嘿嘿……新娘子出来喽……”金戈见岳霞脸上露出笑容，往前挪了挪，轻轻牵住她的素手，另一只手抚摸着她的胳膊，拉着她坐下来。岳霞屁股一沾床铺，身子一侧下了地。她迈着碎步，再次转起圈来。金戈急忙穿上鞋子跟过去。一边陪着岳霞转圈，一边亲切地说道：“你知道吧，有一个人跳了峡，你为了救他，用刀子刺穿了自己的手腕，还扎了自己心口……”

岳霞旋身唱道：“知不道，知不道，知不道……”

张妈进来了，看见岳霞和金戈都在转圈，看着床单上的黑脚印，乍着两只手，后仰着身子，不知所措。

对门的闺房里，躺着受了伤的凤玲。金戈进来了，凤玲欠欠身子，面无表情地说道：“院主来了，院主请坐。”

金戈坐在床边，给凤玲掖了掖被子。他看着凤玲苍白的脸，轻声道：“你好好养伤，要尽快好起来。我和岳霞都等着你照顾呢，她们都不行。再说，你是院主的协理，不少大事等着你协调呢。”

凤玲皱皱眉，低声说道：“我会干什么？大字识不了几个……”

金戈看着凤玲，亲切地说道：“好歹你还识一些呢，再说，你可以学呀。你对岳武院忠心耿耿，那可是千金难买的。”

凤玲眼睛一亮，喃喃道：“赤胆忠心、精忠报国，这是岳武院的宗旨，只要是岳武院的子弟，都会忠心耿耿。”

金戈掏出那串黑色的玛瑙项链，放在凤玲手上，说道：“这是给你的，谢你当年的救命之恩！谢你对岳武院忠心不贰！”

凤玲看了看，脸上露出了笑容，低声道：“好漂亮，一定挺贵吧。”

金戈又掏出一个布袋，里面装着二十颗滚圆珍珠，放到凤玲的枕头边，说道：“这是给岳霞的，你收着吧，等她清醒了再给她。”

凤玲摸出七八个圆润光洁的珠子，看了一眼，说道：“是啊，但愿她早点好了。看见你当了院主，她不定多高兴呢！唉，谁承想……唉，都怪我，没想到……”

金戈站起来，轻声道：“这怎么能怪你呢，要不是你，岳霞早就自尽了，哪还有见面之日？这事可不能怪你。”

凤玲眼睛眨了一下，盯着金戈道：“岳武院惨遭灭门，武林震动，岳霞招赘，哄传大江南北，你有没有想一想，为什么你不知道？”

金戈抬头望望窗户，叹了口气，说道：“我们在黄山过的年，一点消息都没听到，我要是知道早就赶来了。唉，命该如此。”

凤玲弯弯的细眉之间挤出几道小小的皱纹，圆眼里现出一丝忧色：“如果我没猜错的话，一定是花仙子搞了鬼。金大哥，我告诉你，也许你不信，白凤这人心眼太多，不宜深交。你千万小心，不要把心都掏给她。”

金戈笑了笑，说道：“我知道了，心眼多也不是坏事啊。”

凤玲叹道：“听不听由你，你慢慢琢磨吧，这可不是我说的，是小姐说的。”

金戈一怔，问道：“哦，岳霞说的？她什么时候说的？”

凤玲道：“这是小姐嘱咐我的，并未针对你。那是前年夏天，白凤在武夷山住了两个多月，小姐要我少说话，她说白凤心眼太多，不宜亲近……”

金戈笑了笑，说道：“我明白了，你休息吧，你可要早点好起来呀。”

练武堂的房屋修好了多一半，还有两排房子正在上柁上檩。校场上，虎子正领着一百多武徒练武。虎子站在队伍前面，一招一式地示范着。

习武堂校场上也有一群年轻的武徒正在打拳。习武堂改了章程，也招收青年武徒了，江中月正领着他们操练。精武堂和神武堂的校场上传来喊杀声，岳武大殿前的广场上也有人在晃动，不过人数不多，那是内务大堂不值班的一些武徒。金戈在各堂转了转，感觉到一股蓬勃向上的朝气，嘴角一翘，脸上露出了灿烂的笑容。

过了两天，金戈和白凤正在大殿里议事，忽然张妈跑来，慌慌张张地叫道：“院主、大堂主，不好了，小姐跑了，小姐跑了！”

金戈一愣，霍地站起来，惊道：“岳霞跑了？往哪儿跑了？”

张妈急道：“早上起来，她就哼哼唧唧地唱，饭也不吃，还掀翻了桌子，在院里转了一会儿，拉开大门就跑了，我们拦不住。春子抓住小姐的胳膊，还被小姐推了一跤。我们两个去追，越追越远，她往半壁峡方向去了。这可怎么办呢？院主、大堂主，你们另外安排人吧，我不行，这样的活我可干不了。”

白凤急忙道：“张妈，你先干着，过两天我再给你安排一个人。凤玲那边怎么样？你先去照顾她，我派人去找……”

“我去看看！”金戈脸色一沉，撒腿就往外跑。

“来人！”白凤朗声喊道。

一个大汉应声走进来。白凤道：“毛四，你带上几个护卫，立即追赶院主。还有，你派人去请两位护法过来，让他们坐镇岳武大殿。”

毛四抱拳道：“遵命！”

内务大堂分来了十几个武徒，加上岳武院出身的几个士兵，组成了大堂卫队，白凤任命了一位队长和三位组长。

这时白凤又喊道：“带上几条鬈毛犬，让它们闻闻岳霞的衣物，前面带路追赶。”

卫队长毛四已经跑到大殿门口，立即答应了一声。

鬈毛犬牵来了，它们是武夷书院送来的。岳霞当年送给了武夷书院几条鬈毛犬，又被转送回来。

中午时分，岳霞来到一个小山村。街道上，几个妇女正围着一个货郎的小推车挑三拣四。一个吹糖人的担子前，一帮穿戴臃肿的孩子吵吵嚷嚷。几个老头吧嗒吧嗒抽着旱烟，靠着被数十年盐碱和风雨侵蚀得脱了皮的青砖墙晒着太阳。这时，岳霞迈着轻快的舞步，一跳一跳地来到人群当中。霎时，街道上叽叽喳喳的声音消失了，一双双惊奇的眼睛打量着如花的姑娘。老头们昏暗的眼睛闪起了亮光，仿佛唤醒了他们美好的回忆。老婆婆们眯起双眼，想起了做姑娘时懵懂愉悦的时光。姑娘、媳妇们的目光却盯在岳霞身上，看着包裹岳霞娇躯的右衽云绣粉色马甲，看看衬着两条美腿的绣着云雀柳枝的绿色绸裙，看着乌发下面那白里透红的脸庞和美丽无瑕的五官，脸上满是惊讶和艳羡。岳霞的脚步两前一后，跳着舞步来到糖人担子前，伸手从草把上拔下一个糖稀吹的大公鸡，弯下腰，对着两个脏兮兮的小孩天真地一笑，学起了鸡叫：“咕咕哏……”

“呀，姐姐你真漂亮，是仙女吗？”一个扎着冲天辫的小姑娘瞪着一双圆圆的大眼睛，天真地问道。

“不错呀，他们都叫我‘天仙子’，我也不知道我是不是仙女。”

“天仙子？呀，太好了！我见到仙女了！”小女孩高兴地跳脚拍手，小手拍得啪啪响。

岳霞伸手，从草把上又摘下一个糖人。她一手拿着糖人，一手拿着大公鸡，又蹦又跳，嘴里唱道：“大公鸡，真美丽，油亮的脖子金黄腿，红红的鸡冠穿花衣。大公鸡，钻宅篱……”一只纤纤素手捻动着竹扦，金黄色的大公鸡来回扭动身子。忽然，岳霞把大公鸡扔掉了，又对着手中的糖人笑道：“小小子，坐门墩，啼呼妈呼要媳妇……”

岳霞随手扔掉了大公鸡，卖糖人的麻脸汉子接抢不及，掉在地上，一个流鼻涕的小男孩从地上捡起来，用嘴吹吹，一口咬掉大公鸡的头。大公鸡的身子上顿时出现了一抹青色的鼻涕。

岳霞见状，诧异地说道，“你怎么吃了公鸡头？能吃？”

小男孩用油光闪亮的棉衣袖子一抹鼻涕，得意地说道：“当然能吃，你傻啊你！”

岳霞见小男孩又咬掉了大公鸡的尾巴，把糖人送到鼻尖前闻闻，圆眼一闭，张口咬掉糖人的头，吧嗒吧嗒嚼了几口，喉咙动了几下，咽下去了：“甜的！这小小子是甜的！怪不得小媳妇看上他了……”

哄的一声，村民们都笑了。一时之间，村民们你传我，我传你，片刻间岳霞周围挤满了人。

岳霞转着没了头的糖人，对流鼻涕的小男孩道：“你说，小小子要媳妇干什么？”

“你傻啊你！要媳妇当然是睡觉喽！”

“睡觉？睡觉要媳妇干吗？”

“你傻啊你，当然是喝奶啦！”

“哈哈！”人们大笑起来。

岳霞拍手唱道：“小小子，坐门墩儿，啼呼妈呼要媳妇……”

一个头发全白的老太婆拄着拐杖走来，众人闪开了，老太婆说：“多标致的姑娘啊，大户人家的，你看穿得多好。哎，姑娘，姑娘，你是哪村的？”

岳霞答道：“我不是哪村的。”说着，三口两口吃了糖人，伸手又拔了一个糖猴子，咬了一口，说道：“我吃了猴头喽，嘿嘿！”

接着，“麻姑献寿”和“喜鹊登枝”又进了岳霞的肚子。

“给钱！”麻脸汉子摊着两只粗糙黝黑的大手，伸到岳霞面前。岳霞笑道：“给你！”啪的一声，一只白手打在一只黑手上，麻脸汉子跌了一个嘴啃泥。

“哈哈！”人们又笑了。

麻脸汉子爬起来，用衣袖抽抽身上的泥土，对一个长袍老者说道：“哎，唐公公，你看到了，她吃了我的糖人没给钱。我看她神志有点不正常，八成是被家里人赶出来的。正好，我麻三不怕她疯，勉为其难，我要她了。”

银发老太太用拐杖狠狠地戳了一下地面，颤巍巍地叫道：“什么？麻三，你要她？你把你的麻脸洗干净了照照，凭你的臭德性也想捡便宜？这姑娘谁也别动！咱们村子虽然光棍不少，但是，咱们也是礼仪之村！各家各户轮流着照顾姑娘，姑娘要是少了一根汗毛，小心你们的狗头！”

麻三瞅着岳霞，眼珠子都快掉下来了，狠狠咽了口唾沫。

老太太脸上蛛网般的皱纹动了一下，说：“把她带到我家来！”

“对！带到我家来！”叫唐公公的老者跟着喊。看样子，他和老太太是一家人。

大伙一拉扯岳霞，岳霞可不干了，噼里啪啦打倒了几个人，转身就跑。

老太太喊道：“别跑！别跑！截住她！快！”

岳霞蹦蹦跳跳一溜小跑，后面几十个男男女女撒丫子紧追。惊得几只正在土堆上刨食的母鸡嘎嘎叫着飞上了墙头。

跑着跑着，岳霞突然刹住脚步。她看见一队铁骑闯进了村口，两只小牛犊似的大狗头前带路。当先一骑，马上之人身材高挑双目细长，正是当今岳武院的院主岳金戈。岳霞一见来人，脸色大变，一声惊叫，蹿上了一堵半人高的墙头。她顺着墙头歪歪斜斜地小跑了几步，连爬带滚地登上一间低矮的草房，歪歪斜斜地顺着房脊向前跑去。金戈一见，双脚一点马鞍，身子腾空而起，一个“空中迈步”追了过去。

村民们看见两人先后蹿房越脊而去，一个个惊得目瞪口呆，几个吃斋念佛的老太婆赶紧垂首祷告，口中喃喃不已。

金戈和岳霞一前一后跑出村子，两人打打停停，向来路奔去。跑着跑着，金戈看见奔来了两匹快马，马上之人正是白凤和傻蛋。金戈连忙高喊：“截住她！”

白凤跳下马，伸手抓向岳霞。岳霞手起掌落，打向白凤。两位仙子身影飘飘，如同两只蝴蝶翩翩飞舞。忽听啪啪几声，岳霞脸上挨了两巴掌，嘴角上立刻流出了鲜血。这时白凤又是一掌击来，金戈立即垫步出手，一掌把白凤拍了回去。金戈看见岳霞乳白的脸蛋上印上了一个紫红的手掌印，立刻大怒，吼道：“你怎么真打？”

白凤叫道：“不真打行吗？你看，她也抓破了我呢！”

“那也不行，她是疯子，你也疯了？”

“我也疯了！我帮着你，你竟然打我！你不向着我，偏心眼，我不干了，呜呜……”白凤跳着脚哭了几声，捂着脸跑了。

“别跑！”金戈大叫。他看见岳霞往东跑去，白凤往西跑去，两人正是背道而驰。金戈踌躇了一下，一跺脚向岳霞追去。

白凤跑了一阵，停住了脚步，望着金戈渐渐远去的背影，放声大哭，一扭身，飞快地跑了。傻蛋急了，拉着两匹马在后面紧追，口里连喊：“白姐姐！白姐姐！”

傍晚，金戈扛着岳霞回到山上。听说白凤还没有回来，急急忙忙要了点吃的，带着护卫牵着猎狗，又出去了。

金戈转了一夜，找到了傻蛋。傻蛋说白凤去了鄱阳湖。第二天傍晚，金戈赶到了鄱阳湖，白凤踪影皆无。

猎狗失去目标，在湖边转来转去，冲着镜子一样的湖水汪汪乱叫。翌日，铁嘴华来了，他阴着脸叫道：“怎么啦，我的宝贝孙女可不是嫁不出去。我说，你别拿她不当回事，你要是惹恼了她，再想哄回来，那可就难上加难了！”他哼哼了两句，又说道，“嗐，女人心，海底针，有时候你还真摸不清！”

金戈连忙道：“以后我会小心的，我会向她解释清楚！”

“这还差不多！我向东边，你向西边，明天中午咱们在此会合！我说，你怎么不多叫点人？武当和少林的人都闲着呢，你一个人全身都是铁，能捻几个钉？”铁嘴华说完哼哼唧唧地走了。

金戈一想：“对啊，人多力量大呀。”他马上派人送信，请八大金刚和武当七星子下山寻找白凤。

一连几天，湖里湖外都找遍了，也没有见到白凤的人影。金戈丢了魂似的，此时才知道白凤的重要，甚至比岳霞还重要。岳霞是自己的爱人，白凤却是自己的臂膀。健康和友谊，只有失去后才觉得珍贵。

这天，金戈正在一个小村里挨家挨户地打听，杨伞跑过来，下马就急慌慌地说：“院主，快回去吧，县太爷来了，坐在大殿里赖着不走，还带着一帮讨厌的衙役，岳武院给他们闹得鸡飞狗跳。另外，五毒师太也回来了，她带来了九华山的一位名医，要给岳霞看病，没有您的允许，我没让她看。五毒师太的鼻子都气歪了，冲我直嚷嚷。我安排她们在小西街一个小院住下了，县太爷待在大殿里。”说着，他的眼睛红了，又低声道，“大堂主不在，山上乱了套……”

金戈对一个护卫道：“你到联络点说一声，让他们继续寻找，说我有点急事，先回山了。”说完和杨伞翻身上马，一抖缰绳出了村。

双马一前一后，顺着山道疾驰。杨伞一边扬鞭催马一边大声喊道：“复院大会的请帖也该发了，再晚，远道的怕是赶不上了……”

金戈回头道：“那怎么不发呢？”

杨伞一边跃马扬鞭，一边大声说道：“还没写呢！大堂主早就列好了单子，就等院主下笔书写了，不料耽误了好几天。院主是有名的书法家，请帖不好让别人代写……”

金戈放松了马缰绳，回头道：“好，我回去就写，立即派人送出去，今天什么日子？”

“四月十二，还有十几天就到五月了，不能再耽搁了。”

“好！那咱们加把劲，快走。驾！驾！”说完，两人打马飞奔。

金戈和杨伞回到岳武院，还未进大殿的门，耳畔就听见嘈杂的喧哗声。金戈略整衣袍，大步流星走进大殿。梁丫看见金戈来了，双脚一蹦，喊道：“院主来啦！”

金戈抬眼看去，八仙桌旁边坐着一位七品正堂，此人五十多岁，面白无须，不胖不瘦，有着一副傲人的身材。他身穿崭新的青色官服，一只手端着茶杯，一只手摸着光秃秃的下巴，斜靠在太师椅上。梁丫站在椅子旁，端着茶壶，正小心伺候着。

另一侧，站着一个身穿皂色长袍戴着平定四方巾的瘦脸老先生，春凳前还站着不少獐头鼠目扭腰散胯的衙役。皂袍先生眯着眼看了一下金戈，皮笑肉不笑地说道：“你就是岳金戈岳院主？”

金戈抱拳道：“不才正是岳金戈。”

皂袍老先生迈着方步迎来，到了近前，张开缺了两颗门牙的瘪嘴道：“岳院主好大的架子，难得一见啊！这是武夷县的县太爷刘大人，你还不快快上前拜见！”

金戈眼皮都没抬，径直向前走去，同时抱拳道：“刘大人，不才有礼了！”

皂袍老先生耷拉着脸蛋子说：“嘿！怎么见礼呢？刘大人可是本地的父母官，跪下参拜，跪下！”

金戈没搭理他，走到八仙桌旁，一撩长袍坐在太师椅上，然后指着歪七扭八的衙役们，厉声道：“杨协理，请这些官爷们大殿外边休息！”又沉着脸对皂袍老先生说道：“请老先生客座上品茶！”

皂袍老先生眼眉一挑，抖着手叫道：“嘿！你，你还真敢蹬鼻子上脸呀？好，一个武院的小小院长也敢在我面前指手画脚，你也不打听打听我是谁！”

“算了！”县太爷一摆白净修长的手掌，向皂袍老先生使个眼色，说道，“听说岳院主是两榜进士出身，曾获得‘文章甲天下’之美誉，本县一天到晚忙于公务，未能拜读先生的大作，遗憾之至，遗憾之至！”

金戈肃然道：“谢谢大人谬赞。不知大人到访，有何见教？”

“哈哈！”县太爷笑笑，手指习惯地敲敲桌子，欠着身子说道，“公子快人快语，我也就不客气了，是这样，鄙人有一小妾，刚纳的，哦，纳了一年多了，容貌姿色甚佳，却出身贫贱，家中空空如也，徒有四壁。嫁了我这七品芝麻官嘛，也帮不上什么忙，我的俸银嘛，啊……啊……你是知道的，极其有限，极其有限。惭愧啊！本月二十五，是她的二十岁生辰，我在城里望山楼安排了几桌酒席，宴请本县豪绅富贾前来庆祝，一来是互相认识认识，二来是借机给她抬抬身价，本县想请院主大驾光临，如此而已。”

“不就是要借机敛财吗？”金戈应付道，“闻县太爷宠召，但能分身，不才定当前去叨扰。”

梁丫走过来，给金戈递上盖碗茶，又给县太爷面前的茶碗里续上水。然后轻盈地走到金戈身旁，默默站立。

县太爷色眯眯地看了看梁丫，忽然装出一种难以启口的样子，低声说道：“鄙人还有一件为难的事，想请院主帮忙……”

金戈心说：“又来了，别演戏了，我陪父亲从三品詹事到七品县令，见过形形色色的贪官，没什么新鲜玩意儿，你想从我这儿捞油水，可就想错了，我们父子是一脉相承，对索贿受贿之事深恶痛绝！”就冷冷说道：“县太爷有话请讲当面！”

“哈哈！痛快！痛快！”县太爷再次欠身，伸着细长的脖子，斜着眼说道，“不瞒您说，我老家的老宅子寒酸极了，几间破瓦房，四处漏风。我见贵院高价招收工匠，高价采购木料，老哥我想秃子跟着月亮走，沾点神光，请岳武院给我盖处宅子，你看……”

金戈哈哈大笑，摇摇手，说道：“这我可做不了主，岳武院重建的经费，是武林同道们捐助的，各门各派的掌门人就住在岳武院，因此，动用捐银，恐怕不妥。”

县太爷眨眨老鼠眼，又道：“要不这样，贵院就先借给兄弟几万银子，等兄弟发达之日，加倍奉还，如何？”

金戈心道：“狮子大开口，好家伙，一张口就几万两银子，真是个大贪巨贪，可恨可恼！”立刻正色道：“岳武院重建，资金缺口很大，不然也不向武林同道求援了，惭愧，小可爱莫能助。”

“好！好！”县太爷的脸色马上变了，立刻阴云密布。他的眼角也耷拉了，鼻子也歪了，冷言道：“听说你们要在五月初五召开复院大会，是真的吧？我看不用开了，岳武院也不用复出了，岳武院是当朝培养军事人才的武院，岳北岳老院主皇封五品官员，岳武院要复院任命院主，理应报请朝廷恩准，岂能私自复立！你们先等等吧！”说罢，他站起身来，欲走还停，似乎等着金戈的下文。

金戈朗声大笑，站起身来，拱手相送，说道：“这件事不劳大人费心，岳武院是所民间武院，不吃俸禄，不受朝廷节制，大人请！”

县令的眼睛圆瞪，厉声道：“你敢抗命！”

金戈朗声道：“这算什么命？这有何不敢？一个小小的七品芝麻官，就敢拿着鸡毛当令箭？就敢明目张胆地敲诈勒索？就是严嵩严阁老，也从没有在我们父子手里拿走过一文小钱！七品县令，还没有放在我金某眼里！”接着，金戈霍然车转身形，背着手高声断喝：“送客！”

“好！好！咱们骑驴看唱本——走着瞧！”县太爷提着官袍迈着方步，哼哼唧唧地向外走去。

金戈哈哈大笑，话语送行：“岳武院接着你的。我们这里有的是三山五岳的朋友，杀掉个把赃官，就像踩死个蚂蚁。你敬我一尺，我敬你一丈，你打我一拳，我还你一脚！你可要小心，夜道走多了，难免撞上鬼！走好，不送了！”

皂袍老先生落后一步，凑过来，愁眉苦脸地说道：“岳院主这是何苦呢？放着河水不行船，俗话说得好，破财免灾呀…”

金戈猛然转身，手一挥，厉声道：“刚才的话没听清吗？滚！”

“啊！”老先生吓了一跳，颠颠地跑出门口，又忽然转过身来，指点着叫道，“咱们走着瞧，有你求我的时候！到时候叫你烧香都找不到庙门，别神气！”说罢，歪着身子，迈着碎步跑了。

杨伞见他们走了，冲着他们的背影破口大骂，叫道：“赃官！贪官！呸！不是东西的东西！”

金戈回到桌子旁坐下，端起茶水，咕咚咕咚喝了下去。金戈压了压心头的怒火，稳住了心神。梁丫笑盈盈地走到桌前，轻抬秀臂，哗啦啦，茶碗里又续满了热水。金戈深深出了一口长气，看着杨伞说道：“你先主持内务大堂，处理外面的事情要有软有硬、有理有节。对内，要面面俱到，一定要安排好各路英雄的生活起居。告诉各位堂主，我们要加快修缮进度。这样吧，晚上，你叫上各堂的堂主、协理和护法到大殿议事，我去看看五毒师太。”

金戈走进小西街的一处宅院，见到五毒师太和九华山神医金针张，立即抱拳行礼，笑道：“孙儿参见师太！有劳师太和神医久候，岳金戈不胜惶恐！”

金针张见到金戈，满脸的不高兴，不理不睬。金戈不住地赔礼道歉，这才使金针张有了笑模样。师太的脸色阴晴不定，冷言道：“金针张久负盛名，是个神医，不是看我的面子，死活请不动他，你可要好好招待。”

金戈说道：“师太放心，孙儿一定尽力照应。”

金戈又和师太的徒弟们打招呼，春姑拿出一小瓶毒药、一瓶解药，递给金戈。然后叽叽喳喳地讲解用法用途。做了金戈的师姑，四个小尼姑打心里高兴，她们可不知道五毒师太安的什么心。

金戈收起药瓶，带着五毒师太和金针张，一同来到岳霞家的门口。金戈敲了敲门，喊道："开门，神医来了！"

等了一会儿，张妈开了锁，放进来人，又把门锁住了。她回身道："打上回小姐跑了，一听门响我就心惊肉跳，唉，苦命的孩子！哎呀，您是神医？背着家伙哪，好，神医来了，我们小姐有救了！还有凤玲！"她扭头又对金戈说道："院主，凤玲不看好！"

"啊？"金戈吃了一惊，急道，"什么？凤玲不是没事了吗？"

张妈道："发烧，烧得厉害，老和尚说危险得紧。喏，老和尚在凤玲屋里呢！"

走到上房屋门口，张妈掀开帘子，众人进了屋。岳霞看见来了许多人，有点惊慌，眼珠子叽里骨碌乱转，躲闪着要跑。金戈轻轻一跃，抓住她的手，连哄带强制，把她按在床边上，让金针张给她看病。经过望闻问切，金针张说道："她是惊吓过度，需要慢慢调理。千万不可吓唬她，叫仆人们注意，她有了身孕，不可惊动胎气……"

"啊！"金戈和师太同时惊叫。

金戈眼前闪现出阴阳魔的身影，眼睛中充满了憎恶之意，挥手说道："打掉他，那是个孽种！"

神医连忙摇头，说道："不行！好歹也是条性命，投胎岳家，那也是缘分，岂能白来？另外，孩子已经成型，一旦堕胎，病人生命堪忧！她精神再受刺激，这疯病怕是终身难愈了，这种事我可不干……"

金戈皱着眉说道："有没有别的办法？孩子的父亲可是……"

神医接口道："孩子是无辜的，与他父亲何干？佛家有云：'救人一命，胜造七级浮屠！'师太，你是佛门高人，蝼蚁之命尚且保护，何况一个小生命呢，我说得对吧？”

五毒师太眼珠转了转，缓缓说道：“既来之，则安之。上苍送孩子到我岳家，那就是岳家的儿郎，听天由命吧。”这次回来，五毒师太准备多住些日子，武夷山才是她留恋的地方。当初之所以赌气出家，那是因为和岳北不和。如今，自己是岳武院仅存硕果，有责任保护岳武院，靠丈夫兴旺起来的岳武院绝不能就此湮灭。

金针张沉声道：“师太说得好，医者不害命。一个人投胎转世也是缘分所系。俗话讲，百年修得同船渡，千年修得共枕眠。孩子投胎转世，自是缘分深厚。”

金戈看看岳霞，心想：“算了，万一打胎出了危险，就后悔莫及了，岳霞的安危要紧。”

金针张说：“你抓紧她，我给她扎几针，活活经络。”

金戈抓住岳霞的双手，一近身子，从侧面抱住了岳霞。

金针张看看金戈，金戈点点头。金针张拿出银针，岳霞立刻慌了，杀猪似的尖叫起来。金针张下手极快，挥手间，几支银针已经插在岳霞身上。

铁手佛闻声赶过来，两位医术高手，说起治病救人的事滔滔不绝。一会儿拔了银针，岳霞也安静了。金戈看见岳霞乖乖坐着，立刻起身去西屋看凤玲。金戈走到凤玲跟前，见她盖着两条被子，头上搭着面巾。凤玲的脸色苍白，嘴里拉风箱似的喘着粗气，看样子病得不轻。

金戈立刻急了，轻轻呼喊：“凤玲！凤玲！你怎么了？这是怎么回事？”

凤玲睁开无神的双眼，看看金戈，嘴唇动了动，似乎有千言万语要说，却一句也没说出来。金戈一摸她的头，热得吓人。一会儿，两位大夫一起走进来，一同查看凤玲的病情。金针张拉过凤玲的胳膊号了号脉，又摸了摸她的头，说道：“赶快想办法降温，如果继续高烧，那就危险了。用酒搓她的前胸后背，我再开几服药……”

金戈低声问道：“力道怎么掌握？有什么忌讳没有？”

金针张比划着说道：“力道要适中，尽量躲开她的脊椎。由上而下缓慢推搓，一个位置搓上二十遍，如果手法合适，三五遍之后即可降下来。”

金戈错了错银牙，道：“好，我来搓。春子，拿两坛子酒来！”

堂屋里传来春子的回话：“知道了，我就去。”

铁手佛道：“凤玲是练武之人，你不必忌讳什么，救人要紧。你忙吧，咱们走，堂屋里喝茶去。”

铁手佛和金针张出去了。金戈拿下凤玲头上的面巾，在铜盆里洗了洗，又搭在她的额头。

春子进来了，抱来两坛子酒。金戈让春子解开了凤玲的抹胸，又轻轻把她翻了过去。金戈在凤玲光滑的脊背上涂了酒，缓缓地推搓起来。推完后背，又让春子推搓凤玲的前胸。半个时辰后，凤玲的呼吸平稳了。

“水……”凤玲喃喃叫了一声。

金戈赶紧拿来水壶，壶嘴对准凤玲的嘴轻轻一歪。一股细流钻进了凤玲干裂的嘴唇中，冲洗着她洁白细碎的牙齿，滋润着暗红色带着些许白霜的舌头。金戈平时不太注意凤玲的相貌，现在坐在床前守护她，不免多看了几眼。只见她双眉弯弯，鼻子小巧，嘴唇微微上翘。嘴唇半张着，可以看见门牙旁的一颗小小的虎牙。虎牙前凸，就像一个大将正在检阅他的士兵，正是别有风趣。凤玲虽然谈不上美丽，但少女自有少女的姿色，细看之下一样令人欣喜。

凤玲喝过水沉沉睡去。金戈轻轻走出屋子，来到堂屋，两位医生还在大摆龙门阵。他们看到金戈走出来，问了详情，急忙进屋查看。他们见到凤玲呼吸均匀，体温降了，金针张连呼：“好！好！再吃几服药就没事了！”

晚上，金戈看望过武林同道之后，回到大殿，召开堂会，会后连夜书写请帖。写完请帖后，他伸了个懒腰，搓了几把脸，又来到岳霞家。岳霞正在屋里转圈，嘴里没头没脑哼着情歌：“愿我的真情，编织一条红线，牵你的魂魄，进我的梦苑，拴紧你我，两心永相连……”

歌声婉转，余音缥缈。金戈从柜子上拿下瑶琴，坐在茶几前，调好琴弦，叮叮咚咚弹了起来。

岳霞不唱了，轻快地走过来，歪着脑袋看着金戈弹琴，傻笑不止。忽然，她偷偷拨了一下琴弦，瑶琴咚的一响，她噌地跳出去，然后一阵咯咯娇笑。金戈看着岳霞，心情激荡，五指转动，屋子里响起了一曲《高山流水》。琴声悠扬，似乎正在倾诉相思之苦。

凤玲走进来，春子搀着她。凤玲默默坐在旁边，凝听金戈流畅的琴声。丫鬟、婆子都默不作声，岳霞也乖乖坐下了，歪着脑袋，瞪着圆溜溜的眼睛看着金戈操琴。

一曲终了，凤玲哼起了《思念》。岳霞嘻嘻笑着，有一句没一句跟着她唱，歌声真情流露，句句打动着金戈的心。

金戈听罢，说道：“岳霞的歌词写得真好，吐出了心声，我和上一首，拿笔墨来。”

春子刚拿来笔墨，五毒师太和金针张又来了。

金戈赶紧起身迎接。五毒师太的大徒弟春姑把几包药放到桌子上，说道：“保胎的药，一天一服。”

金戈道：“谢谢大师姑。张妈，派人煎药吧。”

张妈答道：“是，院主。”

五毒师太的脸舒展了许多，好像焕发了青春。金戈态度恭敬，彬彬有礼，亲孙子似的问寒问暖，五毒师太知道金戈不是虚情假意，心里也是一暖。但是，她这个人疾恶如仇，要熄灭她心中的怒火，那可不是一天两天能办到的。五毒师太也明白，岳武院需要金戈，现在不能对他下手，而且还要尽可能帮助他，让他站稳脚跟。至于阴阳魔的孽子，最好让金戈把他养大，到时候再告诉他亲爹是谁、杀父仇人是谁，让他和金戈自相残杀，岂不妙哉！呵呵，想想他们父子相残，五毒师太心里就乐开了花。五毒师太暗暗嘱咐自己："沉住气，机会多的是，俗话说'君子报仇十年不晚'，让他先把岳武院建起来再说。再者，岳武功的秘密只有金戈一人知道，岳武院要发扬光大，没有岳武功可不行。唉……"五毒师太叹了口气，看了看无忧无虑的岳霞，对金戈说："你抽空多陪陪岳霞，说不定哪天一高兴，病就好了。我们一定要保住这个胎儿，不能有一点闪失！春姑，你去看看，教给她们怎么熬药，熬好喂了岳霞。"

"是，师父！"春姑答应一声出去了。金针张走到岳霞跟前，抓住岳霞的手腕，号了号脉，说道："脉搏有力，气血顺畅。孕身安然，继续吃药吧。至于恢复神志，那是需要时间的。记住，她绝不可以受到惊吓，事事顺着她。她会逐渐好起来，她不像没福的人。"

五毒师太对金戈道："金针张要走了，他忙得很。"

金针张道："我再待下去也没有什么用了，家里事多，我该回去了。"

金戈恭敬地说道："既然神医繁忙，晚辈也不敢多留。岳武院上下感激神医亲临，金戈明天设宴恭送神医，一并多付诊金。"

金针张干瘦的老脸上堆起了笑容，说道："好说，好说！彼此不是外人。"

第二天，金针张走了，金戈和五毒师太送出老远。

几天过去了，还是没有白凤的消息，快到复院之日了，金戈心火上升，嘴上又起了燎泡。这天清晨，金戈完成了"天天练"来到大殿，见大殿的前门大敞遥开，过去一看，发现两个护卫倒在门前。金戈一试鼻息，气息已无。大殿里，一把带穗的匕首带着一封信，钉在大红柱子上。金戈一见勃然大怒，挥手一掌，匕首当啷一声掉在桌子上。梁丫睡眼惺忪地跑出来，急忙道："院主早！"

金戈沉声道："把这封信夹出去，外面抖抖，看看有没有花样，小心点！"

"是，院主。"梁丫迈着碎步走了，她看见门前的死尸，一声惊叫，差点摔个跟头。

过了一会儿，梁丫把信拿回来，说道："我抖了抖，扫了扫，看样子没有什么不当之处。"

金戈接过书信一看，大吃一惊："金戈钧见，你母夏秀梅已押来江南，你若行孝，立即归降，桃花会定当重用。如若不然，你母每日必受刀割之刑。若能带着岳武院同归本会，赏你武夷分舵主之位。阴阳魔启。"

信上没说联络方法。金戈呆呆看着书信，母亲那秀丽的身影立即浮现眼前，金戈喊道："娘！你真的来了吗？你在哪里？"金戈奔出大殿，望着如黛的远山，大声疾呼："娘，你在哪里？"

一股酸水涌上金戈的心头，他呆呆地伫立台阶上，两行热泪夺眶而出，喃喃叫道："娘，我就去救你，你的苦难日子就要到头了……"

三十二 山雨欲来

梁丫送来了面巾，轻声问道："院主，您的母亲不见了，是吗？"

金戈转过身来，看着梁丫道："我母亲被桃花会抓走了，他们投信威胁……"

梁丫上前一步，仰着俊脸道："桃花会怎么说？"

金戈叹了口气，说道："我不归降，他们每天都会给我母亲用刑……"

梁丫花容失色，叫道："啊，快去救她啊！"

"救她，谈何容易？我不知母亲在哪里，不过……"金戈站住了，拳头握得嘎嘣响，恨恨地说道，"不救出母亲，我金戈誓不为人！"

梁丫大吃一惊，她看见金戈细眼圆睁，乌黑的眸子里亮起了一道凶光。

金戈走进大殿，负手走到八仙桌前，背对着梁丫道："叫人把死者抬走安葬，知会各堂主、各协理、二位护法，立即来大殿议事。"

"是，院主！"梁丫答应一声，偷偷眨了一下水汪汪的大眼睛，转身迈步。

过了一会儿，铁铃公子、铁扇公子和蒋忠走进来，马大响等人也陆续来到。众人听罢金戈的叙述，都是一惊。杨伞道：“院主，我们不能着急，要沉住气，打听打听再说，不要中了桃花会的阴谋诡计。”

马大响道：“我们要加强戒备，同时知会各大门派戒备。”

铁铃公子道：“等会儿我们兄弟去趟客院，和各派的首领细说利害，建言各大门派分片布防，并派出斥候，侦察桃花会动向。”

金戈嘴角微翘，轻声道：“好啊，那就麻烦二位哥哥了。”

铁铃公子道：“院主不必客气。”

安排完毕，众人退去。金戈看得出来，精英之中缺少两员女将，就像塌了半边天。

下午，九弟洋洋不睬地走进殿来，颤着一只脚说道：“告诉你个消息，白凤在武夷书院呢，我看见她了。我叫她回来，她不理。”

金戈一听大喜，跳起来问道：“真的！”

九弟哼了一声，说道：“自己去看吧！真不知道她是怎么想的，不折腾人不痛快，赶紧去请吧！”

“来人，备马！”金戈喊着跑出大殿。毛四牵来战马，金戈一把抓住马鞍鞒，嗖的一声跃上马背。战马唏律律打个响鼻，旋转身子，放开四蹄奔腾而去。金戈伏在马背上，晃动着马鞭，听着清脆的马蹄声，就像听到了最美妙的音乐。

来到武夷书院，金戈一骗腿，唰的一声掠下了马背。接着，他脚尖点地，短袍斜飘，呼的一声纵到院中。金戈来到秦院长的书房前，高声喊喝：“秦院长，金戈前来造访！”

身穿粗布长衫的秦院长大步迎出来，对着负手而立的金戈哈哈大笑，说道：“今天是什么风，把岳金戈岳院主的大驾吹来了？是不是寻你的女秀才来了，啊？哈哈……”

金戈细长的眼睛里闪着兴奋的光芒，马鞭子的乌木杆轻轻敲击左掌，笑着说道："蒙秦院长收留，岳金戈不胜感激！"

秦院长收敛笑容，叹了口气，眨着眼睛说道："你先别急着谢，你说说，你准备把我干女儿往哪儿摆？岳霞刺腕阻刑，剜心救夫，名动华夏。你可不能背心离德，弃她而不顾啊……她可有好转？"

金戈闻言失色，讪讪道："略有起色，还没清醒。我一定会治好她的。她就是永远不清醒，我也不会抛弃她。"

秦院长点点头，说道："好，有你这句话我就放心了。病来如山倒，病去如抽丝。她的病要慢慢调养，急不得。来吧，跟我走，看你的女秀才去。"秦院长带领金戈沿着长廊向后院走去。长廊的外侧是一堵曲折的白色高墙，高墙上镶嵌着石板，石板上镌刻着名人字迹。走着走着，金戈忽然驻足，眼睛盯着一片文字不动了。秦院长见了，回身道："这是朱子的《九曲棹歌》，朱老夫子亲手所书。你那篇墨宝也刻在石壁上，就在前面。"

金戈看着石壁上凹下去的黑字念道："武夷山上有仙灵，山下寒流曲曲清。欲识个中奇绝处，闲听棹歌两三声。好！诗好，字好，不愧大师之作！"

秦院长道："你也不差。今后若有闲暇，还望多多光临。本院的学子们都想与你见上一面，聆听你的卓识宏论。"

金戈肃然道："不敢，不敢，但有机会，定来叨扰。"

二人说着，来到后院，走进一座前出廊子后出厦的殿式古楼。秦院长推开沉重的木门，向里一指，说道："看吧，你的女秀才正在那里用功呢！哈哈，你们谈吧，老朽告退。"

金戈恭送秦院长出了古楼，说道："多谢秦院长美意。"

一个红漆条案前，白凤低着头埋在书堆里。她已经看见金戈了，故意不理，似乎她的身心已经沉浸在书海里。古楼黑红色的花格木窗向内高高支起，阳光从竹帘的缝隙间透射进来，照在她乌黑发亮的如瀑秀发上，好像染了一层淡淡的幽幽的金光，照在她纤细透明有如玛瑙的手指上。迷人的光泽散发着淡淡的清香。金戈一步跃到白凤跟前，抓起她一只红润修长的玉手，说道："还生气呢？山上都乱了！"

白凤一缩手，斥道："关我什么事？乱死才好呢！"说完白了金戈一眼，"噢，我知道了，你不是来找我的，是来寻你的大堂主的！"

金戈敛容，抱着拳说道："金戈诚心道歉。我绝不是有意偏袒岳霞。她有病在身，我们理应照顾一二。金戈愿与你同心同德，如有异心，天诛地灭！"

白凤扭着身子站起来，嗔道："好了，别发誓了。见面就发誓，像什么样子？给你！"

金戈见白凤递过一本书来，说道："书？什么书？"

白凤笑道："兵书，傻蛋！"

白凤回山了，大殿忽然有了生气。人来人往，报账的报账，要钱的要钱，白凤忙得不亦乐乎。金戈插不上手，在旁边静静地看着。忙完了，傻蛋凑过来，红着眼圈说："凤姐，我以为你不要我们了，我们找了你三天三宿，都急死了。"

"姐姐怎么会不要你呢？姐姐有事去了。哟，大小伙子了，还哭天抹泪的，不怕别人笑话。回去吧，明早我要考校你的功夫，没进步可不行！"

"有进步，你瞧好吧！"傻蛋咧着嘴傻笑，带着泪花连蹦带跳地跑了。

白凤看看眉开眼笑的金戈，说道："岳霞好点了吗？凤玲好些吗？我们过去看看。"

金戈摇摇头，说道："不急，晚上再过去。你先看一封信。梁丫，把信拿过来。"

"是，来啦！"梁丫燕子似的跑过来，两只晶莹细白的手指捏着一个敞开口的蓝皮信封。白凤接过信封，瞟了一眼梁丫涂了染指花汁的手指，抽出了信笺。白凤读完来信脸色大变，说道：“他们吓唬你，桃花会的江南分舵哪有那么大权柄？赏你个分舵主？这事急不得，我看查清了再说，越急的事越是不能急，事缓则圆。”

金戈沉思了片刻说道：“我看我们应当成立一个消息堂，负责打探敌情，如何？”

白凤的丹凤眼眨了一下，说道：“行，是该成立一个消息堂，你打算让谁主持？要不让二位护法先代理？”

金戈想了想，说道：“好！那就让二位护法兼任消息堂堂主，等有了合适的人选再行替换。”

晚上，金戈陪着白凤来看岳霞和凤玲，岳霞依然蹦蹦跳跳，轻歌曼舞。金戈坐下来，仰着脸，细声细气诉说着往事。岳霞双眼迷茫，依然迈着轻快的舞步。白凤在金戈身边坐下来，耳鬓厮磨。岳霞忽然大怒，伸手打向白凤，白凤咯咯一笑，转身逃跑，娇笑着说：“会吃醋了，有门！”

岳霞追逐扑打，白凤不还手，转着圈躲避。刺啦一声，白凤丝绦上的一个绣球被撕下来。金戈上前，拦在岳霞跟前，岳霞啪啪几掌打在金戈脸上，金戈一步不退。岳霞歪着脑袋问：“疼吗？呀，不疼，娘打得不疼，再让我打几下，乖！”

说着啪啪又是几掌。白凤见金戈不闪不避，心中恼怒，一把夺过绣球，冲出屋子。金戈轻轻拍了一下岳霞的肩膀，赶紧跟出去。岳霞还在屋里喊：“别走啊，我还要打……”

凤玲歪在被褥上，手上拿着一本《三字经》，她见白凤和金戈走进来，闭成弧形的淡红色嘴唇张开了一条小缝。

凤玲欠身欲起，白凤快步上前，按住她的肩膀，说道：“啊，好多了！”

凤玲睫毛闪动，轻声道：“多谢大堂主关怀，多谢院主关心！”白凤见她说话时，脸色泛红，目光在自己面前一扫而过，停到金戈的脸上不动了，眼睛里流露出甜甜的笑意。白凤看罢心中一动，心道：“一个小丫鬟也敢动情，真是岂有此理！”

门外传来春子的声音：“院主、大堂主，杨协理来了，找你们呢！”

金戈大声道：“让他进来吧！”

话音刚落，杨伞掀开帘子走进来。他看了凤玲一眼，低声道：“戚将军来了，秘密来的，他们刚到。”

金戈腾地站起来，喜道：“好哇！走，快去看看。凤玲，你好好养着吧，有事让丫鬟们招呼我。”

凤玲欠欠身子：“好的，你去忙吧。”

金戈、白凤、杨伞三人先后奔出屋子，快步向角门走去。白凤边走边问：“他们来了多少人？”

杨伞转脸道：“来了一个卫队，五十来人，都在大殿里。我在殿外布了岗，戒严了。”

“好！”白凤说道，“你安排他们住在院主大院，我在凤玲这边凑合凑合。大院主，你也委屈一下，搬到家庙里住几天。我让人给你搭个铺，傻蛋就住在四轮车上，行不行？”见金戈点头应允，白凤又对杨伞道：“叫木匠们连夜制作五十张床铺，连同被褥，一起送到院主大院，我们要安排好官兵们的生活起居。”

杨伞答道：“好，我这就去安排。”

穿过月亮门，金戈一溜小跑来到岳武大殿。进了门就高喊：“南塘兄，一向可好？”

顶盔掼甲的戚继光从藤椅上站起来，抱拳道：“好！好！贺喜金老弟！”

金戈快步走到近前，一把握住戚继光宽厚的大手，喜道：“南塘兄风采依旧，兄弟我高兴万分！来，坐，请坐！快请坐！”

戚继光使劲晃了晃金戈的手掌，大声笑道：“好，一起坐！”

金戈真情流露，等戚继光坐定，这才撩衣落座。一个大眼睛卫兵过来上茶，金戈接过茶碗，说道：“听说大哥已经荣任都指挥使，俞大猷将军也到你麾下，此事当真？”

戚继光道：“当真。皇上命我为浙江都指挥使，统领全省之兵，并许我越境行兵，纵横浙闽。”

金戈再次抱拳，大声道：“可喜可贺！”

“同喜同贺！金兄弟接管了岳武院，岳武院必会大放异彩，书写一段武林佳话，奏响一曲英雄赞歌！”

戚继光和金戈惺惺相惜，四目对望，片刻之后，同时哈哈大笑。戚继光看着金戈，大声道：“听说五月初五是岳武院复院的大喜日子，兄弟我特地赶来站脚助威，为兄弟荣任岳武院院主摇旗呐喊！”

金戈抱拳谢道：“多谢大哥前来捧场！”

戚继光又道：“事毕之后，我还有事相求，邀请众豪杰协助我攻打横屿，到时候还望兄弟助我一臂之力！”

“好！攻打横屿，岳武院愿为先锋！金戈愿与大哥再次并肩作战，哈哈！”金戈朗声大笑。笑声一停，金戈又道：“复院大会，我还真要大哥做挡箭牌呢，本地的县令讨厌得紧。他明目张胆地前来索贿，让我顶回去了！”接着，金戈就把那天发生的事述说一遍。戚继光道：“可恨可恼！兄弟，我给你撑腰，看他能奈我何！”接着又问，“听说岳霞得了疯病，不知是否康复？”

金戈神色黯然，说道：“劳大哥挂念，她正在康复之中。不过此病需要慢慢调养，一时半会儿怕是难以痊愈。”

戚继光环视大殿，悄声道：“花仙子哪？兄弟的两位红颜知己国色天香、光彩照人。武林四仙，兄弟已得其二，令人羡慕啊。不过兄弟可要小心哟，不要贪色误国啊，哈哈……”

正说着，门外的卫兵进来禀报：“蒋堂主、马堂主、李堂主、江堂主等人求见！”

金戈道：“让各位堂主去院主大院等候，我们一会儿就过去。”

“是！”来人答应一声，下去了。

这时，白凤姗姗走来，烛光之下，只见她肤如凝脂，光滑白皙的皮肤下泛着一层淡淡的红晕，那是一种令人欣喜的暖色。她长长的双睫弧形上翘，衬托着一双亮晶晶的丹凤眼。她身着白色裙衣，杏黄色丝绦围绕着她的纤纤细腰，两个粉色绒球飘荡腰畔，身材婀娜。她袅袅行来，带着一股女儿的羞态和妩媚，真正是娇艳欲滴、美艳绝伦。金戈平时不曾细看，经过戚继光点醒，细看之下，竟然痴了。

白凤柳腰摆动，风情万种，话音如铃：“戚大哥威风八面，小妹这厢有礼了。”

戚继光站起来，笑道：“哈，说曹操曹操就到！啊，花仙子越来越漂亮了，简直就是一朵带露的鲜花。”

白凤脸色绯红，福了一福，抿嘴说道：“戚大哥说笑了，妹子在有些人眼里可不值一哂，想打就打呢！”

“谁那么大胆？是金兄弟？哼，胆子不小！”戚继光装模作样地瞪着眼，说道，“告诉你，花仙子可是打着灯笼也不好找的才女美人，没事自个偷着乐去吧，你要撒手，白神庄提亲的人就会排出去五里地，要打破脑浆子！小心点吧你！”

金戈正色道：“是是，大哥教训得对！白凤，你放心，我会疼爱你的！”

白凤莞尔一笑，说道：“哼，这还差不多！”

“来，你们看！”戚继光从桌上拿出一个红绸包的长条盒子，打开盒子，取出一个杏黄绸缎卷，“你们看，这是什么？”

金戈脸现诧异，说道：“圣旨？”

“对！圣旨。上峰岭大战你立了大功，我皇赏你六品乌纱。白凤功劳非凡，赏七品画彪方补。白姑娘也是当朝少有的女官了。铁嘴华不受皇封，皇上赏赐‘天下行走’御牌一面。铁嘴华呢？安排香案，准备迎接圣旨吧。”

白凤喜道：“我爷爷闲不住，不定跑哪儿去了，我叫人去找他。圣旨一定是大哥奏请的了？小妹多谢大哥！”

金戈笑道：“金戈多谢了！”

戚继光把圣旨卷起来，装进木盒，说道：“那就等铁嘴华回来再说，安排好了，你们三个一起接旨吧。”

金戈道：“也好，咱们先去后院，那里僻静。等铁嘴华回来，咱们再摆香案迎接圣旨。后院的警戒也要交给将军了，咱们走。”

“好，咱们走。”戚继光应了一声，和金戈、白凤等人走出角门，来到院主大院。蒋忠、马大响等几位堂主已经先行来到，正和戚继光的几名手下攀谈，小客厅里满满当当。蒋忠等人和戚继光一一见礼，亲热非常。杨伞领着卫队长观察地形，交代防务。一会儿，笑面佛、风云剑、铁手佛、黑剑罗仁杰、神鞭赵旭、铁胳膊郑振廷等各派首领相继到来。客厅里有些拥挤，金戈连忙把众人让到屋外。院子里已经摆了十几张桌子，不一会儿酒菜就端了上来。众人正在说笑，铁嘴华来到，见了戚继光一蹦老高，说道：“嗨！我说院主大院里怎么吵得像个蛤蟆坑似的，原来是你来了！好，岳武院复院之际，来了一位将军站脚助威，妙极了，好极了，美极了！”

白凤嗔道：“行啦，别废话了，赶紧去接圣旨吧，皇上赐了你一块御牌呢！”

铁嘴华瞪着眼叫道：“什么？皇上赐给我一块御牌？怎么会呢？真的假的？你可别蒙我……”

白凤道：“行了，进去吧，香案摆好了，就等你了！”

“真的？”铁嘴华左瞧瞧，右瞅瞅，嗖的一声蹿进屋子。

第二天上午，岳武院校场上红旗招展，各堂的武徒前来会操。七百多武徒黑压压一片，他们分成五块。分别由练武堂、习武堂、精武堂、神武堂和院务大堂带领。这都是白凤安排的，她要让武徒们见见他们的院主，给武徒们打打气。

金戈和白凤登上较技台，白凤看看黑压压的人群，一指金戈，大声道："这位就是我们岳武院年轻的院主岳金戈，也就是当年的临江神童、大明骄子，文章、琴艺、书法三绝的当朝进士金文杰。经过三年多勤奋用功，他已经练就了一身超凡的武功，岳老院主临终前亲手把岳武院交给了他，让他带领我们精忠报国！现在，请岳院主给我们表演岳武拳、岳武枪！"

白凤说完快步走下较技台。金戈身子一拧，左拳一弹，接着身子前倾，右拳在左臂下穿梭而出，呼的一声打了出去。"玉女穿梭"打完，停了一下，等众人看清楚了，金戈左脚一震，身子下蹲，呼的一个"扁踹"蹬向空中。这招"扁踹蹬空"也停止片刻。突然，金戈一收腿，身子"饿虎扑食"，双手"夜叉探海"，接着拧腰甩臂，第三招"抱腿牵羊"完成了。前三招一过，后面的招式快起来，啪啪啪，拳出风响，噗噗噗，脚动雷鸣。后面的二十九招岳武拳快如闪电，动作泾渭分明。

"好！好！"武徒们欢呼起来。

这些武徒大多是一些渔民和矿工，还有一些无家可归的流浪儿，他们得知自己有一位了不起的院主，顿时心花怒放。接着，金戈又表演了岳武枪，金戈抖动手中的红缨枪，枪尖化作万点金星，扑飞而去。接着，金戈垫步如飞，大枪金蛇乱舞，使到疾处，只见枪影重重叠叠，化作一个红色的光团。之后，金戈的动作渐渐慢下来，红缨枪渐渐显露，最后挺枪不动了。远远看去，金戈就像一座白色石像，站在那里，渊渟岳峙，气吞山河。

仁义双雄站在圈外，看罢不住点头，心道："金戈不愧一院之主，果真一代宗师。"忽然，金戈又动了，这回是慢动作。动作虽慢，但一招一式力量千钧，不见其快，不见其猛，但见严谨的法度，但见凝重的气息。

表演结束，广场上掌声雷动。金戈朗声道：“兄弟们，未来的侠士们！未来的将军们！你们选择了为武之道，选择了轰轰烈烈的人生！就要不怕苦，不怕死，不怕事！你们要争做一代大侠，争做一代将军！争做精忠报国的义士！岳武院在五月初五就要复院了，还有几天时间，我要你们学会岳武枪的四个基本枪式，学会一拳，还要学会开弓放箭！”金戈说着嗖地刺出一枪，又说，“第一枪就是‘毒蛇出洞’，第二枪是‘振荡出关’，第三枪是‘划削开花’，第四枪是‘横架抽山’！你们学会了这四枪，就可以对付一切敌人了！要你们几天内学会这四枪，难为你们了！可是，倭寇正在虎视眈眈，桃花会也在蠢蠢欲动，或许，复院大会那天就会出现麻烦，就会打起来。那时，你们的生死存亡就要问问你们手中的红缨枪了！”

金戈停顿了一下，看着排列整齐的众武徒，大声道：“我们是岳武院的热血男儿，我们要秉承岳王爷‘精忠报国’之宗旨，轰轰烈烈潇潇洒洒地活一回！岳武院有个光荣传统，那就是‘月圆较技’。每到月圆之夜，我们就要在这个较技台比武较技，获胜者逐堂晋升！由练武堂、习武堂和内务大堂晋升到精武堂，再由精武堂晋升到神武堂！下一个月圆之时，希望你们当中有人通过比武较技脱颖而出！现在，各堂带开！开始操练！”

队伍哗啦啦带开了，鼓声响起来，咕噜噜，咚！咕噜噜……这是岳武院久违的操鼓声。

金戈挺着胸脯在武徒队伍中转来转去，不时停下来纠正一下动作。将近中午，金戈看见各队的练习像模像样，满意地向大殿走去。金戈刚到院主大院，就听铁嘴华声嘶力竭地叫道：“救驾！救驾！”

金戈吓了一跳，闯进客厅一看，乐了，只见戚继光居中而坐，他前面摆着一副象棋，身后摆着一副象棋。前面坐着华清子，后面蹲着铁嘴华。笑面佛则端着茶碗立坐在铁嘴华身旁，笑嘻嘻地盯着面前的棋盘。铁嘴华半蹲着身子，屁股底下的榆木凳子早倒了，棋盘上红棋一方只剩下一马一炮和双象一帅，黑棋一方则有一车一马双卒进入红方腹地，红棋已经危在旦夕。前面，风云剑华清子举棋不定，眉头紧锁。戚继光以一对二，前面下明棋，后面下盲棋，已经胜券在握。

铁嘴华看见金戈跑进来，招手大叫：“金戈快来，见死不救是小人！”

金戈笑道：“观棋不语真君子！”

笑面佛哈哈大笑，说道：“铁嘴华，认输吧，戚将军棋艺非凡、记忆惊人，你骗不了他，你的老帅已经走投无路了！”

铁嘴华摸着下巴道：“谁说走投无路？这叫置之死地而后生，等一会儿就会云开雾散、柳暗花明、峰回路转。我说，老和尚你等着瞧好吧！”

这时，风云剑落下棋子，口中说道：“象五退三！”

戚继光道：“马五退四！将！”

“象三进五！”

“马四退五！将！”

“象五退三！”

戚继光一路叫将，一路退马，一直退到自己的老帅跟前，又叫着“将”杀回去。

笑面佛站起来，看了一眼前面的棋盘，说道：“好一着‘跃马还乡’！华掌门认输吧，没救了。”

金戈盯着棋盘道：“跃马还乡，好名字。”

笑面佛说：“这是象棋大师周章甫的名招，在这种残局下，只有把马将着跳回自己的老窝，然后再一路将回来，才能取胜。”

风云剑的眼睛离开棋盘，说道：“果然妙棋，贫道认输！”

“道长棋艺不错！”戚继光说着转过头来，看了一眼身后的棋盘，张嘴刚要说话，铁嘴华就嚷起来："你偷看，你输了！咱们说好的，你下的可是盲棋……"

戚继光哈哈大笑，说道："好，好，我认输！我认输！"

"我赢喽！"铁嘴华欢呼一声，两腿夹着凳子一纵而起，翻了一个空心筋斗，屁股落在凳子上。

"好功夫！"戚继光鼓掌大笑。金戈、笑面佛、风云剑也伸出拇指比划着赞扬。戚继光对笑面佛道："大师能记得周大师的棋式，足见高明，佩服。"

笑面佛笑道："阿弥陀佛，老衲略知一二，见笑了。"

金戈下棋可不行。一是过去学业紧，父亲不让涉猎，二是自己也不喜好，所以，象棋、围棋只是略知一二。

戚继光看见金戈坐下，说道："听说桃花会来了书信，以伯母要挟你，你做何打算？"

金戈略微沉吟，说道："桃花会丧心病狂，我岂可学徐庶进曹营。不过，我并无良策以救母亲，还请诸位教我……"

戚继光道："唉，自古忠孝难两全，尽忠就不能尽孝。徐庶的愚孝不可取，恶狗只服棍棒，豺狼只怕猎人。要狠狠打击他们。如果能够抓住他们的首脑，来个走马换将，方能两全。但是，你要做好忠孝不能两全的准备，世上的事，十全十美的很少，正是月有圆缺，人有祸福……"

金戈皱眉道："我要尽力而为，不论发生什么事情，我绝不更改抗倭灭黑的志向。"

铁嘴华怒道："过了复院大会，我去转转，看看谁这么大的狗胆，尽干这些下三滥的事，看我不剁了他的狗爪子！"

点灯之后，岳武院的精英们悄悄走进家庙。家庙里燃起儿臂粗的红蜡烛，亮如白昼。院子里黑乎乎的，被关起来的鬈毛犬扒着笼子上的木条，不甘心地呜咽着。精英们练功专心致志，金戈也在心里默想着“九转迷魂步”。突然，远处传来一阵桀桀怪笑，一个阴森森带着鼻音的声音响起，声音飘忽，似东似西：“金戈听了：五月初五，桃花会在九曲溪恭候大驾。中午时分，沿溪寻找便能相见。否则，尔母定当被凌迟处死！嘿嘿！你好自为之吧！”

砰的一声，金戈撞开屋门，扑出院子。他隐隐约约看见一顶黑色的轿子正在广场上飘行，立即挥手打出三枚风尾镖。金戈凌空翻了个筋斗，单脚一点地，一个“燕子抄水”扑向黑轿。黑轿带着一股冷风向前飘飞，风尾镖击去，如泥牛入水声息全无。金戈几个起落，黑轿已在眼前，黑色的轿帘、黑色的轿杆，黑色的轿幔挂着一圈黑色的穗头，十分诡异。金戈大手一挥，一串风尾镖射进轿中，打得轿帘嗤嗤作响。轿子里还是无声无息，还是贴地飘飞。

“小心！半壁峡！”有人喊。

金戈看见，半壁峡像一匹黑布出现在眼前。但是，黑轿已经伸手可及，放弃心有不甘，猛地探身一抓，只差数寸没有抓到，金戈立即拧腰止步。眼看着黑轿飘飘冉冉飞出了崖壁，向深谷落去，转眼间消失不见。

黑夜之中，但见人影幢幢，笑面佛白须飘飘，铁嘴华秃顶闪亮，风云剑道袍猎猎。转眼间，仁义双雄二人也飞奔而来，接着，白衣胜雪的白凤也飘然而至。豪杰们纷纷来到，功力的高低，也随着追敌而一目了然。

后半夜，突闻钟声急响，众人急忙起来，但见广场上腾起一串串烟花，并夹杂着爆竹噼噼啪啪炸响。金戈来到广场，隐约可见散落的冒着烟的纸屑。金戈举目四望，但见天上繁星点点，地上漆黑一片，广场寂静无声。金戈忽然感觉身上冷飕飕的，激灵灵打了个冷颤。广场上响起了一阵衣裙带风之声，一个白影一晃而至。金戈知道白凤来了，没有作声。白凤走到金戈身前，低头看了一眼黑乎乎的残破的烟花纸筒，默默立在金戈身边。

一个黑影嗒嗒跑来，到了近前说：“钟楼发现烟火后，立即鸣钟，未发现敌踪！”

金戈大声道：“继续巡逻！”

“是！”

金戈和白凤并肩向前，走进无边的夜色中。

天亮后，岳武院精英汇集大殿，李虎子堂主告知有六名学员不辞而别，请令定夺。金戈道：“大浪淘沙，只有经过大风大浪的淘洗，剩下的才会是金子。继续集中精力训练，继续招收新武徒。”

金戈回到小客厅，看见换了便装的戚继光，说道：“一夜数警，没睡好吧？”

戚继光哈哈一笑，说道：“没什么，山雨欲来风满楼。一场大战已经揭开了帷幕……”

金戈惊道：“什么？你是说大战将至？”

戚继光来到窗前，望着黑云飘飞的夜空，说道：“黑云压城城欲摧。空气中凝结着血腥之味。准备吧，一场大战就在眼前！”

上午，祝贺岳武院复院的豪杰们陆续上山。南京月亮山庄庄主金蝉腿李方亮来了，崂山掌门唐老片到了，青城怪杰辛大牙带着十几个门人亲自来贺，黑鱼帮的帮主黑鱼范四也黑着脸走进了大殿。金戈和笑面佛等宾客一同起身迎接，大殿里一时人声鼎沸，笑语喧哗。

午饭后，戚继光来到大殿，召集做客的各路豪杰和岳武院精英。人来齐后，卫队封了门，众人一下子严肃起来。

戚继光站起来，目光一扫群雄，说道：“本打算在庆祝岳武院复院大会之后，邀请各位豪杰共商抗倭大计。但是，树欲静而风不止，不得已，群豪大会要提前举行了，抢了金戈老弟的风头，还请莫怪！”

戚继光环顾四周，朗声说道："经过三年努力，对倭寇作战，我们取得了花街、台州、上峰岭、牛田四战四捷，尤其上峰岭伏击战，我军民创下了'大创尽歼，不损一卒'之战绩，皇上龙颜大悦，下旨恩赏金戈六品乌纱，恩赏白凤七品方补，铁嘴华老前辈不喜封赏，特赐'四海巡走'御牌一面！圣旨宣读已毕，乌纱帽、画彪方补和御牌已经颁发到人。"戚继光说到这里，目光一扫，声调一高，"当然，各位豪杰和我军并肩作战，并非贪图封赏，乃侠义之举、勇士之为、匹夫之行。当此倭寇扰我江山害我黎民之际，群豪来到武夷山，聚集在岳王爷'精忠报国'大旗之下，共驱倭寇，大明幸之，黎民幸之！精忠报国兮上报天恩，文死谏武死战兮下救黔首！戚继光不才，愿和诸位英杰一道，完成抗倭之伟业。倭寇虽遭多次打击，实力犹存，目前仍是敌强我弱。但是，民心在聚集，朝廷在觉醒，我军在壮大，抗倭之火大有燎原之势，除奸洪流正在一泻千里。豪杰们，我们大显身手的时候到了，我们建功立业的时候——到了！"

戚继光顿了一下，继续说道："人过留名，雁过留声，如此而已。岳飞岳王爷英年早逝，只活了三十九岁。但他在中华民族的历史长河中却能活三百九十岁、三千九百岁、三万九千岁！他会永远活在大明百姓的心里！我们也要像他一样，精忠报国，一往无前！百姓们的目光是雪亮的，会永远记住他们心中的英雄！"

戚继光看了众豪杰一眼，接着说道："今天，我们在岳飞岳王爷的家园里发誓，精忠报国，鞠躬尽瘁！我们要文死谏武死战，死而后已！"

有人喊："对！精忠报国，鞠躬尽瘁！"

有人叫："文死谏武死战，死而后已！"

"好！"戚继光道，"请各位八月初秘密集结宁德一带，到时候我们择机而动，全歼横屿之敌。"

风云剑华清子站起来，叫道："八月初我武当派必到！"

笑面佛从怀中掏出一面三角令旗，呼地站起来。他手举双龙令旗，高声叫道：“白道豪杰听令：我武林各大门派接受戚将军邀请，八月初分头集合宁德一带，助戚将军破敌，不得有误！”

“遵令！”群雄齐声呐喊。

横屿的寨墙上，一群倭寇正在观赏一辆巨大的掷石车和插满箭矢的方形火箭车。一个留着方块胡须的倭寇一咧鲇鱼大嘴，仰天长笑：“哈哈……哈哈……我们的神力掷石车到了！我们的飞蝗火箭车来了！这是世上最大的神力掷石车！这是世上最小的飞蝗火箭车！天君助我，神君助我！”说到这里，他三角眼一瞪，吼道，“保护好这个跳板之岛，鲸吞大明王朝之伟业就要实现。戚家军绝对攻不上我们的横屿！来，点火试试，看看我的掷石车威力如何！”

“哟西！哟西！”

“二大王，您是怎么得到大明神机营的图纸的？让我们制造出如此绝妙的神器？”

“怎么得到？有严嵩父子做我们的内应，还有办不成的事？尤其是严嵩的儿子严世蕃，鬼得很！精得很！总而言之，天助我东瀛，没有我们浪武社办不成的……来，试试神器的威力吧！”

掷石车的掷勺里放了一块冬瓜大的青石，几个倭寇一拉绳子，一根水斗粗细一人来高的巨木下落，砸在跷板上，呼的一声，青石飞了出去，呼呼叫着飞向大海。砰的一声巨响，一条丈多长的舢板被砸出了一个大洞，片刻间沉入海底。

“哇！哈哈……”方块胡子倭寇一阵狂笑，“小的们，看到了吧，一石就可以砸沉一条舢板。我们居高临下，上百掷石车齐发，冰雹一样砸下去，谁的战船还能靠近？再看看我们的飞蝗火箭车吧，专杀那些散兵游勇，来，点！”

火箭车上装有九只木箱，每个箱子里插着一百支竹管，竹管里插着四尺长箭。箭镞的一拃处绑着一只火药筒，模样就像过年放的烟花，只是药芯子连在一起。几个倭寇同时点燃了药芯，火箭车吱吱叫唤起来，带着一溜火光蝗虫似的飞了出去，暴雨一样落向海滩，插在稻草人上，登时燃起大火。

“哟西！哟西！”倭寇们举着兵刃跳着脚欢呼起来。

“昔日诸葛孔明草船借箭，今朝我黑狮子神器营盗宝！哈哈！哈哈！我们拥有世上最先进的兵器，拥有世上最勇敢的武士，拥有世上最狂妄的野心。因此，我们的武士刀可以割裂任何王朝的疆土，可以随意掠夺人间的财宝！武士们，保住横屿这个跳板，我们的武士就会源源不断地来到大陆，就能到小明朝的土地上去狩猎！那里的金银财宝都是你们的，那里的女人都是你们的！你们的武士刀可以让小明王朝的大地发抖！我们一起努力，把横屿建成铜墙铁壁，杀尽一切敢于攻岛的人……”

“哟西！哟西！”倭寇们拍屁股跳高，哇哇乱叫。

岳武院大殿里，戚继光刚布置完各门各派集结路线，杨伞带着一个农夫打扮的人走进来，站定后大声说：“报！倭寇一个大队，向武夷山秘密集结。”

戚继光道：“哦，终于来了，再探再报！”

“是！”来人应了一声。

不一会儿，又进来一个商贩模样的人，进来禀报说：“鄱阳湖有船队集结，三艘黑旗船挺进武夷山。”

“知道了，黑旗船也来凑热闹了。”戚继光对金戈说道：“怎么样，来了吧？他们要杀个回马枪，彻底砸烂岳武院！九曲溪不用去了，那是他们明修栈道、暗度陈仓之计，大战应该就在今夜！”

金戈一惊，问道：“你安排了眼线？”

“我们来了三个卫队，派出去了两个，二百里之内的动静都会传回来。不过，对那些高来高去的武林高手，只能靠你们了！主要的首领都到后院去，咱们商量商量。他们人多，咱们人少，这个仗可不好打。”

金戈招呼了一下，首领们陆续来到院主大院。来人有笑面佛，铁嘴华，风云剑华清子，黑剑罗仁杰，仁义双雄铁铃公子、铁扇公子，神鞭赵旭，铁胳膊郑振廷，以及二杰三秀中的杨帆等人，小客厅里满满当当。众人正在紧张商议着，有人跑进来，说道：“有个小姑娘吵着要见岳院主，卫兵拦不住。”

“哦？我看看去。”金戈说着跨出屋门，在院子拐角处看见了佩儿，佩儿已经被三个卫兵围住了。金戈说道：“是你？放开她，自己人。”

佩儿冲着小个子卫兵一皱鼻子，哼了一声，快步来到金戈跟前，她左右看看，说道：“金公子，我有机密事相告。”

“哦，来，跟我来。”金戈领她走到墙头旁，说道：“说吧，什么机密？”

“在这儿说？”佩儿不高兴了，眼眉高挑，问道，“连屋子都不让进，就在这儿说？”

金戈一笑，说道：“院子里来了好多客人，一间闲房都没有了，不好请他们出去。要不，我领你去串个门，隔壁的院子有空房子。”

佩儿摇摇头，说道：“不用了。事情紧急，你们快逃吧！浪武社、桃花会、黑旗船三批人马，今夜要袭击你们。浪武社来了九百多人，准备从半壁峡上来，黑旗船三百人从西面上来，桃花会六百多人从东面上来。”

金戈道：“我们已经知道了，正在商量迎敌策略。”

佩儿脸色一变，惊道：“知道了？你们怎么知道的？那还商量什么？赶紧跑吧，两千来人呢！你们连少林寺的和尚、武当的道士算上，不就是三五百人吗？还有五六百新学徒、上千名工匠，那顶什么用？”

金戈问道："你们小姐好吗？是不是她们叫你来的？"

佩儿眼眉上挑，眼里含着狡黠的笑意，道："不是我们小姐还是谁呀，这么大的事，谁敢为你通风报信啊？你呀，不知道我们小姐哪辈子欠你的，连命都不要了。对了，大小姐要我告诉你，你们的武徒里有奸细，在后山，那儿！"佩儿用手一指，"那里有他们的联络站，形势有变就白天放烟、夜里点火！我们见了信号就会止步。"说着，她拿出一条黑纱巾，在脸上一比，"我们黑旗船的人蒙黑纱巾，桃花会的人蒙粉纱巾，浪武社戴着白纱巾。"

金戈点头道："知道了，你们的船停在鄱阳湖吧，有没有办法联系上二位妹妹？你们能不能借这个机会倒戈，一同消灭倭寇和桃花会？"

"这恐怕不行。长发婆来了，她带队，我们小姐做不了主。再说，加上我们几百人，也打不赢啊！还不是白送死？你要我们一块跟你倒霉呀？"

"不见得。如果你们倒戈，我们一定能消灭这批倭寇和色鬼。最起码你们要保持中立，两不相帮，我可不愿和二位妹妹兵戎相见。你回去和她们好好说说，你们离这儿有多远？要不，我派人跟你去，听个回话？"

"呀，这我可没主意了，她们在西山呢，离这儿还有三四十里呢！"

金戈喜道："三四十里？啊，很近了！你们计划几更进攻？"

"四更！"佩儿答道。

金戈道："那你告诉她们，初更我去西山的郎崖找她们，好不好？"

佩儿眨着眼笑道："行，我告诉二位小姐，说你想她们啦，要在西山郎崖和她们幽会呢。我去了，你别送我，注意奸细。"

金戈正色道："我真想她们了，你一定要告诉她们。"

佩儿歪着头看着金戈，天真地问道："真的？"

金戈眼波流动，真挚地说道："那还错得了？我真的想她们了。"

"好吧，公子的话我一定带到。"佩儿摇摇手，风似的跑了。

客厅的墙壁上挂着一幅地形图，戚继光正对图凝思。金戈大步走进来，立即把敌情说了一遍。戚继光打量了一下神情庄重的金戈，挥着手说道："好！知己知彼，百战百胜！第一，立即挖掉敌人的眼睛，最好捉活的。捉不了活的，也绝不能让他们跑掉。第二，迅速封山，只许进，不许出，隔绝一切消息。第三，秘密调集县衙的衙役上山，通知我的两个卫队回归。同时，迅速组织工匠，成立工匠大队，挖陷阱、开战壕助战。你去劝降黑旗船也至关重要，他们临阵倒戈，我们就赢了一多半。我再考虑考虑，具体部署等你联系回来再行决定。"

荡寇英雄传 三

铁灶 著

作家出版社

目录

三十三 约会西山

群豪议论纷纷，有人胆怯了，主张放弃。黑鱼范四黑着脸站起来，歪着头，斜着身子说："诸位，诸位，依我说，咱们应当暂避其锋，后退一步，留得青山在，不怕没柴烧。躲上一躲，何必冒此奇险？消灭倭寇的机会多多，现在硬碰硬，不是明智之举，那不是拿着鸡蛋撞石头吗？咱们人少兵器少，三十六计，走为上。让倭寇来个狗咬尿泡——空喜欢，竹篮打水——一场空，你们说好不好？"

大星子赫连双江眼珠一转，寻思道："武当派可犯不着冒这个险，为了岳武院去拼命。我要声援范帮主，避战为上，不能把命丢在武夷山。"想罢，赫连双江拍拍手站起来，颤着下巴上的几根黄毛道："无量寿福！范帮主说得对。依我看，咱们是应当躲一躲，正所谓退一步海阔天空……"

风云剑华清子瞪了他一眼，呵斥道："你给我闭嘴！坐下！你也不看看场合，这里轮得着你说话吗？"

赫连双江缩缩脖子，晃着身子蹲下去，嘴里小声嘟囔道："我是为大家好，其实……其实……"

铁嘴华托着紫杆烟袋站起来，花白眉毛一挑，眼睛一瞪，大声叫道：“我说，别瞎吵吵了！躲什么躲？避什么避？躲过初一，躲得过十五吗？怕死啊，怕死就别练武！脑袋掉了，不就是碗大的疤吗？倭寇送上门来，这是千载难逢的好机会，都给我闭嘴！我说，大家都听戚将军的，戚将军说怎么办就怎么办！少给我扯淡！谁敢临阵退却，我宰了他个浑球！”

黑鱼范四嘿嘿一笑，挤眉弄眼地说道：“谁怕死啊？明摆着打不过人家嘛。再说，金戈的母亲还在人家手里，我们投鼠忌器，怎么打？我们打起来，她老人家会不会有危险？我们只图痛快，就不管老人家的死活了？”

提起金戈的母亲，铁嘴华哑巴了，他转头看向身子前倾双手按着膝盖的金戈，咽了口唾沫。金戈闻声站起来，抱拳作了个罗圈揖，说道：“诸位惦记家母安全，金戈感激不尽。但是，我们要以大局为重，忠孝不能两全时，取其忠。诸位尽管放手一搏，不要因为担心我母亲的安危而放纵敌人，让更多的母亲流泪。”

戚继光啪啪拍了几下手掌，大声说道：“说得好！金戈识大体、顾大局，大义凛然！对于敌人，尤其对这些残忍的倭寇，对桃花会、黑旗船这些无耻的黑帮，我们就是束手就擒，金夫人也未必能得到优待，如果像三国的徐庶一样苟延残喘，金夫人未必会高兴。当然，如果金夫人真在敌人手中，他们遭到沉重打击，必然会迁怒金夫人，刁难金夫人。金戈老弟，这点你可要想清楚，为兄不敢欺瞒！”

金戈看了看戚继光，又看看众豪杰，朗声道：“如果我们避敌而逃，也换不回我的母亲。当年徐庶之母明晓大义，得知徐庶因她而降曹，埋怨徐庶糊涂，痛斥儿子不辨真伪，最后悬梁自尽，成为千古奇恨。我的母亲更是知书达理，比之徐母更是深明大义，我岂能再蹈覆辙？我意已决，定要与倭寇、桃花会血战到底。戚将军的顾忌，只有听天由命，如果我的母亲遭受不测，我一定让敌人血债血还！此役之后，我会竭尽全力，千方百计地救回我的母亲和妹妹，到时候还希望各位豪杰和戚将军施以援手。”

戚继光道：“好！金戈救母，如果需要我戚继光，我一定鼎力相助！金戈深明大义，实在可敬可佩！”

“阿弥陀佛！”笑面佛双手合十，大声道，“各位豪杰，不必争论了，大家谨遵戚将军的号令行事，不可多言。”

众豪杰齐声答道：“我等遵令！”

戚继光目光扫过众人，大声道：“好！既然诸位愿听我的调遣，那我就明号令在先，此战结束，按功行赏。凡奋勇杀敌者，一律上报朝廷，战功永载史册。凡是临阵退缩者，闻鼓不前者，绝不轻饶！凡通敌变节者，一律斩首示众！各位清楚了？”

“清楚了！”众人齐声回答。

“下面，我就调兵遣将了，希望各位遵令而行，违令者定当严办！”戚继光一长身形，目光炯炯，仿佛变了一个人，不再是和蔼可亲的戚继光了。只见他面带煞气，身透威严，霎时间变成一位呼风唤雨铁面无私的将军。戚继光大声命令道：“笑面佛、铁手佛听令！你们带着少林高僧速去搜索后山，务必打掉敌人的眼睛！天黑之前，留下数僧把守，不得放任何人下山！”

笑面佛、铁手佛站起来，双手合十，叫道：“阿弥陀佛，少林遵令！”说着，红云一闪，两人飘出屋子。

戚继光招招手，叫来白凤，说道：“花仙子心思缜密，请你和你们的二位护法排查内奸，重点是新来的武徒、杂役、仆人及工匠。凡来历有疑者，一律扣押，不得放过任何可疑人，宁可关错，不可漏网。此乃关系岳武院的存亡，务必仔细盘查。确定是内奸的，拒不投降者斩立决，绝不姑息！”

白凤抱拳道：“得令！”说罢，白了金戈一眼，拧身出去了。仁义双雄兄弟也紧随其后，抱拳出门。

戚继光看看风云剑华清子，说道："华掌门、赵掌门，请你们带着武当诸子、赵氏门徒去小东山布阵——"戚继光大手一挥，仿佛罩住了那片崇山峻岭，"封锁小东山，放进不放出，断绝消息通道！"

"遵令！"风云剑和赵旭同声回答。风云剑补充道："请将军放心，我风云剑保证一只苍蝇也飞不过去，我用项上人头担保！"

"好！"戚继光又道："郑振廷门主、江北二杰，请你们把守西山口，放金戈进出，放我的卫队出入，天黑之后，允许当地衙役进入。我方人员进出以口令为凭，令箭为证。口令是'文死谏'！回令是'武死战'！"

铁胳膊郑振廷和杨帆等人挺身出列，朗声道："遵令！"

"黑剑罗仁杰、江南三秀听令！请你们带领余下众豪杰把守岳武院，前庭后院、大街小巷，立即戒严，无令不得通行！"

众人齐声大吼："遵令！"

铁嘴华把烟袋往鞋上敲敲，说道："我说好！黑胖子，这回有你的用武之地了！提着你的铁剑巡逻去吧！哈哈……"

黑剑罗仁杰说："铁嘴华，跟着我们走吧，遛遛腿，到半壁峡练嘴皮子去，走吧！"

铁嘴华摇摇头，烟袋锅子又伸到了烟丝荷包里，一边装烟一边说："我是老将出马，一个顶俩！我还有更大的用处呢，我说，你们先滚吧！"

金戈看着众人一一走出去，大殿里空荡荡的，就问道："我呢？我干什么？"

戚继光回到桌子旁，坐下说道："等会儿你到各堂转转，看看那些武徒，指导一下武功，打打气。岳武院的众武徒是此战的主力，他们才来了一个多月，就赶上这样一场恶仗，一定要好好鼓励才行。我见他们枪法练得有模有样，这才有了底。你要让他们明白我的号令，临阵脱逃者，杀！畏缩不前者，杀！见死不救者，杀！"戚继光挥挥手，一连说了三个杀字，说完，他收回犀利的目光，又道，“你一定要武徒们明白这个号令，犯令者绝不姑息。还有，要让他们知道为何而战，为谁而战，奋勇杀敌有何好处。公赏罚、明号令，同甘苦，积功升，必须墨守成规。你有先见之明，武徒们已经训练了一些时日，不然，我们非放弃不可了。你和黑旗船的谈判也是胜败的关键，尽量争取他们反戈一击，他们保持中立也行，让他们给我们留下一条退路。我去动员那些工匠，把他们编成几个工匠大队，我要制作一千条狼筅和五千支标枪，后山上的竹子我要看着使用。然后派他们挖陷阱、掘战壕。你破费一下吧，凡今夜参战的，多发一个月的工钱。我还要他们在标枪和狼筅上刻上自己的名字，每扎死一个敌人，赏一两纹银。他们可是一批重要力量，起码他们能够摇旗呐喊，壮我声威！”

“说到钱，我又弄来了二十万两银子。”金戈说着掏出几张天通钱庄的银票。

戚继光眼睛一亮，说道：“太好了！这样吧，我留下十万两。”戚继光点出两张银票还给金戈，说道：“咱们多发些赏银，每杀死一个敌人，赏纹银五两。重赏之下，必有勇夫。杀死一个倭寇，等于他们一年的工钱，看他们还不奋勇向前！”

金戈抖动手中的银票，大声道：“好！”

戚继光说完，眼睛盯着地图，手指在地图上划来划去，陷入了沉思。金戈后退一步，转身走了出去。

金戈到各堂转了转，武徒们已经掌握了四招岳武枪，掌握了一招岳武拳。对于刺杀姿势别扭的武徒，金戈逐一做了纠正。金戈告诉各堂主，晚上进行战斗动员，宣讲戚继光的“文死谏，武死战”和岳武穆的“四三兵经”，强调“三必杀”。

太阳西斜，金戈来到了岳霞家。刚到家门口，就看见凤玲走出门来。金戈脚步停住，微微一笑，柔声道：“你好利索了？”

风玲看着身形挺拔的金戈，仰着下巴浅笑道："全好了，棒着呢。啊，发生什么事？仁义双雄带走了张妈，说是去问话，春子也不让出院子，出了什么事？"

金戈向小街两侧看了看，低声道："你带上四五天的干粮，拿上几件衣服，带着岳霞去家庙，我在那里等你们。这里不是说话的地方，到了家庙，我再详细告诉你。你告诉春子她们，就说你们要外出看病，让她们好好看家。"

风玲愣了一下，接着郑重地点点头，说道："好吧，我收拾一下，马上过去。"

金戈抬头看看天色，嘱咐道："要快！"

"好！"风玲说完扭头进了家门。

金戈来到院主大院，告诉卫队，等会儿让岳霞和风玲两位姑娘通过。岳霞家通往家庙的月亮门已被戚将军的卫士堵死，风玲她们要到家庙来，必须绕行大殿了。

金戈走进家庙，看看自己的床铺，看看石碑上自己写的岳武功，摇摇头，自言自语道："擦了吧，凶吉难料。"

金戈从水桶里捞起抹布，将石碑上的字迹逐一擦掉。看看供桌下的暗道，自言自语："岳霞藏在洞里，会不会乱喊乱叫？她疯疯癫癫的，会不会泄漏机密？风玲能进去吗？这可是岳武院最高机密，只放岳霞进去也不行啊。"

金戈想来想去，心说："擦去岳南写的阴素功，别的风玲一时半会儿也看不懂，让她进去吧。风玲忠心耿耿，不相信她，岳武院就没有可信之人了。"

正想着，风玲领着岳霞，小臂上挎着两个蓝布包裹走进来。她看见庙里搭的床铺和被褥，说道："让我们住这儿啊？院主大院里住着谁呢？我怎么一个都不认识？盘查够严的，发生了什么事了？明天就是五月初五，是我们岳武院复出的大好日子，怎么一点喜庆的意思都没有？”

凤玲说着，让岳霞坐在床铺上，抬眼看见碑文已经擦去，碑面上湿漉漉的，觉得事态严重，两只圆眼扑闪着，紧张起来。

岳霞大眼无神，盲目地就地转圈。她双手放在胸前，手腕贴着手腕扭动双掌，口中叫道：“小小子，坐门墩，啼呼妈呼要媳妇……”

凤玲哄道：“小姐乖乖的，一会儿给你讲故事，啊，别闹，我们有话说。”

岳霞毫无表情地念道：“一四七，看偶奇……二五八，看字凹……”

“行了，别念了，乖……”凤玲转过身来，眼睛看着金戈，嘴里却说，“小姐真乖……”

金戈皱了皱眉，沉声道：“倭寇九百人、桃花会六百人、黑旗船三百人，今夜袭击岳武院。戚继光将军来了，他住在院主大院，由他主持这次伏击战。我把岳霞交给你，也把岳武院的最高机密——岳氏的密洞，刻有全部岳武功的岳氏密洞交给你。岳老院主活着的时候，只有他、大堂主、岳霞三人知道。现在，只有你我知道了，不，还有岳霞。现在就我们三个人知道。战斗打响后，你就从这里——”金戈指着石供桌下面，“从条石下钻进去，到最后，猛推后侧的石壁。石门打开后，你带着岳霞进去。敌人进了家庙，你就带她藏到密洞深处，别让岳霞出声……听到我喊你再出来，我不叫你，你们就多等几天……”金戈说着，忽然看见凤玲脸色苍白，身子摇摇晃晃，眼里涌出泪花。金戈一惊，忙问：“你怎么啦？你的伤？”

“伤没事，早好了，我高兴！院主这样相信我，把这天大的机密告诉我，我凤玲指天立誓……绝不泄密……”

金戈说：“我相信你，来，我们进去看看，来。”

金戈让凤玲钻到供桌下面，试着推石门。凤玲推了几次，石门纹丝不动。金戈说：“推右侧，你要气运丹田，猛推！”

凤玲嗨嗨连声，推了几下，石壁还是纹丝不动。

金戈握住风玲的手，说道：“这里，你必须推这里才行，运功，猛推！”

风玲嗨的一声大叫，推开石门，钻了进去。金戈拉着岳霞，蹲着进到石洞内，点亮了四盏吊灯。

岳霞转来转去，一边转一边说：“小小子，坐门墩，啼呼妈呼要媳妇……”

金戈出去了，片刻后提着一桶水钻进来。金戈惋惜地看看岳南留下的阴素功，抬手擦去。金戈一边擦着一边对风玲说：“一旦倭寇看破机关，破门而入，你就毁去石壁上的那些文字！这些东西你不要学，不要看。抓紧学好三步追风，岳家的岳武功实际只有八步，第一阶的三步是基础，是房子的地基，没有基础，后面的几步就是空中楼阁。”

凤铃喃喃道：“我可以练习第二阶岳武功吗？第一阶小姐教过我……”

金戈嗯了一声，忽然不动了，眼睛盯着阴素功旁边的几幅画，任凭污水顺着手臂滴滴答答地往下流。这是一招掌法，名曰“翻天掌”。翻天掌一招两式，第一式“灵蛇奔袭”，出掌时手肘翻转、手腕拐弯，腰身摆动，招式怪异至极。第二式是腿法，叫作“一步登天”，小腿也是盘来拐去。金戈以前没有细看，现在要擦掉了，不看明白了有点舍不得。金戈的手臂无声地垂落下去，抹布啪唧一声掉在地上，他身子微微前倾，伸着脖子细看起来。

风玲见金戈一动不动，聚精会神地看着石壁，右手一提裙子，弯腰捡起抹布，拉着岳霞出去了。

看完了翻天掌，金戈面露喜色，一边看，一边演练起来。一经练习，顿觉招法奥妙无穷。就像诗人发现佳句、好色之人发现美女、酒鬼发现了佳酿一样，高兴得手舞足蹈，连连叫绝。金戈竖掌如刀，接着手腕拐弯，小臂拐弯，腰身拐弯。金戈有柔功在身，学起来并不困难，反复练习之下，很快就学会了。金戈忽然想起，岳武绝招中有相似的一招，心道："先留着吧，不能擦去，抽空好好琢磨一下，这些都是前辈们千辛万苦的心血凝聚，搞不清楚就丢掉，岂不遗恨千古？"想罢，金戈钻出石洞，来到洞外一看，大吃一惊，天已黑透了，立即叫道："哎哟，初更的约会！"

金戈惊出了一身冷汗，连忙问凤玲："现在几更了？"

"初更！刚才白凤找过你，我说你不在……哎……"

没等凤玲说完，金戈撒腿就跑。他风风火火地闯出了大殿，飞也似的向西山奔去。

金戈奋力奔驰，身形化作了一道黑影。金戈奔到西山口，黑暗中传来一声断喝："什么人？口令！"

"文死谏！我是金戈，是杨杰吗？……"

金戈的声音摇曳而去，等听见了金戈最后一句话，金戈已经在几十步开外。杨杰勃然变色，惊道："见鬼！这家伙怎么跑得这样快？这是怎么练的？"

金戈来到西山郎崖，看见两盏晃动的红灯，连忙止步。这时，佩儿清脆的声音传过来："是金公子吗？"

金戈道："是我，我来了！"

"哎呀，你怎么才来？初更早就过了！我们等你好长时间了！急死我了，你回回让我们干等，你非要把我们急死不可呀？真是的！"黑暗里，传来银珠焦急的声音。

人影一闪，金戈来到金珠、银珠面前。灯光下，只见金珠秀目闪动，银珠眸子明亮。金珠关切地说道："吃饭了吗？"

金戈一听，这才觉得饿了，笑道："没呢！准备应战，忙得我焦头烂额。刚布置完就跑来了，气还没有喘一口呢。"金戈给自己找了一个台阶。

银珠看见金戈脸上布满汗珠，后背的衣服湿了一大片，知道他一定跑了好长时间，高兴起来，说道：“来，坐下吧，给你安排了一桌子饭菜，算我俩上辈子欠你的，讨厌鬼！”

金戈喜道：“呀，太好了，多谢多谢！”连忙坐在一块石头上，旁边的岩石旁铺上了一块地毯，摆着酒菜。金戈赶紧伸手，抓起一只鸡腿啃起来，同时问道：“二位妹妹，‘反戈一击’的事情商量得怎么样了？有困难吗？”

金珠坐在地毯上，说道：“这件事我母亲做主，你吃饱了，你去和她商量。”

银珠端起一个银壶，壶嘴一歪，一股清冽的酒液注满了酒杯。“喝一杯吧，上好的杏花村！”说着，银珠放下酒壶，端着酒杯递了过来。金戈双手接过，看见银珠双目低垂，眼睛里飘荡着淡淡的愁云。金珠两只手支着白瓷般的下巴，看着金戈，两只明亮的眼睛在灯光下闪烁，神情亦喜亦忧。

金戈边吃边问：“你们没有探探口风吗？婆婆要是坚决不肯，就别让我去碰钉子，到时候弄个灰头土脸，岂不难为情？”

“口风肯定探了，我们说了半天呢？只是——”银珠看看姐姐，接着说，“母亲只问我们，是不是真的喜欢你。”

金珠道：“我们回答，真的喜欢你。母亲又问：‘听说岳霞为金戈刺腕阻刑、剜心救夫，他们两人心心相印，还有，花仙子白凤缠在他身边，他们形影不离、双出双进，你们算什么？金戈真的喜欢你们吗？’我回答：‘他真的喜欢我们！’妈妈又说：‘冤孽！’……”金珠学着母亲的口气，学得惟妙惟肖。

银珠抢着问：“金大哥，你真的喜欢我们吗？”

金戈放下酒杯，正色道：“我真的喜欢你们！千真万确！”

“那，花仙子呢？你也喜欢她？”

金戈道：“我也喜欢白凤！也喜欢你们姐俩！”

“那怎么可以，如果再加上天仙子岳霞，你一个人岂不是喜欢四个人？那怎么可以呢？”

红灯下，珠仙子姐妹娇艳如花。银珠乳白的脖子上挂着一串明珠，淡淡的珠光映射她雪白光滑的肌肤。看着银珠白里透红的脸蛋、秀丽的鼻子、淡红的嘴唇和明亮的双眸，犹如看见了一朵刚刚绽放的百合，不由得令人心神俱醉。再看金珠，脖子上也挂着一串珍珠项链，珠光映射着细白的脖子，同样欺霜傲雪、滑腻晶莹。她五官端正细腻，脸蛋白里透红，顾盼生辉的眼睛里流淌着少女独有的羞涩，一看就让人心动，就让人浮想联翩。

金戈叹口气，说道：“我真的喜欢你们，哪一个我都喜欢！”金戈真情流露，喃喃自语：“手心手背都是肉，哪一个我也舍不得，你们说怎么办？”

银珠道：“你们男人为什么可以三妻四妾，而我们却要从一而终？太不讲理了！”

金珠收回伸直的腿，道：“银珠，别瞎说了！”

银珠转脸说道：“不，我要说！”

金戈夹起一片木耳填在嘴里，嚼了一会儿，说道：“从一而终我不赞成，但三妻四妾确为当朝礼教所允许。只是，人不可贪多……”

银珠看着金戈嘴唇上一片淡淡的黄色绒毛，说道：“就是嘛，男女成对成双，多好啊。你应该有所取舍，不能一个人占着四个人，你有我们俩还不行吗？”

金戈叹道：“行，行，当然行了。可……可是我真的舍不得她们呀！唉，这样吧，你们给我一段时间，让我有所取舍如何？”说完，金戈抓起金珠递来的酒杯，一仰脖子灌了下去。

四个女孩子提着四只红灯笼，站立在地毯的四个角上。红灯闪烁，星光闪烁，金珠和银珠黑曜石般的眼睛闪烁。金戈一杯一杯地喝着酒，郎崖上一阵沉默。春风蹑手蹑脚地走过来，抚摸着金戈修长的身体，送来了一阵阵草木的芳香。

金珠看看天色，说道：“走吧，去见我母亲，商量迎敌要紧，咱们的事好说好商量。只要大哥心里有我们，我们就不白惦记你，走吧。”

“好吧，我们走。”金戈答应一声，跟着几个人走下郎崖。他们转过山脚，黑暗中有人大声喊道：“要解馋！”

“黑旗船！”金珠回答。

“小姐回来了！”一个黑衣人欢呼了一声退去。

金珠和银珠带领着金戈来到一个山坳里，眼前出现了几盏红灯，三艘高大的黑旗船一字排开，船上船下，人影幢幢。

金戈随着红灯的指引，登上中间一艘站着一队黑衣人的黑旗船。进入明亮的客厅，只见长发婆呆呆地坐在椅子上。她穿着一身黑衣，面色木然。漆黑油光的长发拢在一起，梳成一条蝎尾辫子盘在胸前，宛如盘着一条漆黑油亮的大蛇。

金珠说：“师父，他来了！”

金戈抱拳施礼，说道：“婆婆您好，晚辈金戈给您见礼。”

长发婆的目光从窗户上收回，说道：“免了，看座。”

“谢座。”金戈打横坐下，银珠和金珠也坐在母亲身边。

长发婆看着金戈，说道：“听说你们几个人要抗击倭寇和桃花会？”

金戈坚定地回答道：“是的。”

长发婆冷然道：“你们有没有估算一下你们的实力？如果消息可靠，凭你们那点人马，怕是以卵击石。知道不知道？来的倭寇是精锐之师白虎大队，白毛虎长川冰岛亲自率领。从战力来说，我们三百多人的黑旗船，连他们九十人的一个小队也打不过。凭你们几十人，带着几天前招来的几百号流浪汉，加上二百多位武林豪杰，就想和白虎大队一较高下？他们还有阴阳魔带的六百人呢，笑面佛和风云剑久经沙场，怎么会接受你的怂恿？”

金戈抱拳，正色道：“岳武院众兄弟上下一心，群豪与我们同仇敌忾，我们占天时、地利、人和，大可一战。请婆婆不必担心。我此来是想要婆婆反戈一击，助我一臂之力，彻底消灭这批敢于进犯的倭寇和桃花会匪徒，以保我岳武院东山再起。”

长发婆道：“凭什么呢？”

金戈道：“当然是爱国之心、爱民之心。”

长发婆摇摇头，说道：“我不爱国，更不爱民，我只爱我的女儿。如果要我帮你，那也行，那是因为我的两个女儿都看上了你，你要是答应娶我的女儿，并发誓终生疼爱她们，我可以帮你，哪怕是此战凶多吉少，十有八九会葬身武夷山，我也绝不会皱一下眉头，死不足惜！”长发婆说得斩钉截铁，颇有大将风度。

“娘！”金珠的眼睛潮湿了，泪水涟涟，忍不住叫了声娘。

“师父！”银珠扑上来，她声音哽咽。

“好！我金戈在此明誓！金戈有生之年，绝不会亏待二位妹妹！”金戈说着站起来，走到客厅中间，右腿一撤，双腿冲外跪倒，举起右手叫道：“苍天在上，大地在下，我金戈金文杰在此明誓：我今生今世疼爱金珠妹妹，疼爱银珠妹妹，爱她们像爱自己的眼睛，如违此誓，天诛地灭！人神共愤！”

金珠和银珠赶紧过来，拉起金戈。二人笑逐颜开，银珠的眼角上泪珠滚动，嘴角上却露着甜蜜的笑容。

“娘，我们……”

长发婆手臂一抬打断了女儿的话，说道：“慢着！金戈能发如此重誓，我很高兴，闻听金戈岳武功练到第八步，超过了岳北院主，可有此事？”

金戈回答：“练到第八步不假，但也没有完全练成。至于是否超过岳老院主，还不得而知。”

长发婆道：“听说岳武功传子不传女，传媳不传徒。金珠、银珠必定是你的媳妇了，你就把岳武功传给她俩，我们立即启程，倒戈相向，你看如何？”

“这个……”金戈沉吟道，“不可以。”

“露馅了！”长发婆怒道，“我们反水，不但今夜一战风险极大，而且日后还会遭到黑旗船长久的追杀！或许，我们母女从此就会踏上逃亡之路，但是我们义无反顾，你却如此吝啬……”

“娘！我们不嫁了，我们不……反了……”银珠哽咽。

金珠也神色黯淡，叹道：“娘，黑旗船待我们不薄……”

金戈抱拳，急忙说道：“请听晚辈说完，可好？”

长发婆叫道：“好，你说！”

金戈说道：“岳武功有重大缺陷，突破第七步之后，伴有内火焚心之苦。我心火升腾之时，两位妹妹曾经见到，您也帮过我，当知我所言不虚。因此，岳武功是一门阳气颇重的武功，现在还没有找到克制的途径，不学也罢。还有一个原因，那就是二位妹妹学过阴柔功夫，不便改弦易辙。近日，我得到了一套阴素功，和寒心功大同小异。包括婆婆在内，你们练习此等功法，定可事半功倍。而且练成之后，威力绝不小于岳武功。岳武功并不成熟，且阳刚之气太浓，也不适宜女子练习。”

长发婆发问：“噢？阴素功？那是一种什么功夫？”

“一套阴柔的掌法。我练练，你们看看行不行。”说着，金戈离座而起，挺胸来到前甲板。金戈一闪身，摆出一个“夜战八方式”。金戈看见长发婆母女出来，马上抖擞精神，长猿腰，展玉臂，打起白神掌来。只见他蹿高纵低，拳脚飞舞。他时而游走，时而突袭，时而翻飞。掌出阴柔，脚踏无声，身形潇潇洒洒，招招凌厉迅疾。

长发婆熟悉这套掌法，冷哼一声，心想：“黄山白神庄的白神掌，肯定是花仙子传的，这有什么新鲜？我也会。”长发婆尚在思索，掌法已经有了变化，只见金戈蹿高伏低，掌出拐弯，脚出拐弯，腰身拐弯。

“翻天掌！”长发婆叫道。

“对！就是翻天掌！”

再看金戈，只见他胳膊东一拐西一拐，掌出劈风斩浪；小腿一拐，身子一拐，脚踢一步登天。

“停！停！停！”长发婆喜道，“翻天掌，这是白神掌中梦寐以求的绝招，铁嘴华仅会半式的绝招，而且形似神不似……好，好，好，就是它了！”

金戈闻听长发婆一连说了三个好，收了式子。

“各船听令！向前运动！船出西山口！”长发婆下令。

金戈问道：“您同意了？”

长发婆肃然道：“传功吧，传完了再做决定。”

金戈说道：“好，时间紧迫，我还要回去安排迎敌。请婆婆和二位妹妹进厅，我立刻传功。”

金戈走进船舱，要来笔墨，立即书写了翻天掌精要。写完之后，金戈说道：“翻天掌一招两式，你们先练‘灵蛇奔袭’吧。我要走了，你们到达攻击位置后，可按兵不动，准备截击倭寇的残兵败将。如果战事不利，请掩护群豪和戚将军撤退，确保西山口畅通。”

“戚将军？”长发婆一怔，说道，“哦，戚继光来了？怪不得你们有恃无恐。”

金戈道：“他为岳武院复院而来，仅带来了一个三百人的卫队。”

长发婆点头道：“增加戚继光一个人，你们就增加了一倍的实力，何况他还带着三百虎兵。但是，你们仍然难以获胜，既然我们兵合一处，就应该义无反顾。我们也要参战，让我们去对付桃花会。”

金戈道：“戚将军已经安排好了，他要你们在西山口伏击逃窜的倭寇，并保证退路畅通即可。”

长发婆昂然道：“也好！我黑旗船保证山路畅通，并截击逃窜之敌！”

金戈看看默默移动的黑旗船，说道：“那我走了。”说罢，金戈转身要走。

长发婆突然伸手一拦，再次叫道：“慢着，我还有条件呢！”

“娘！”金珠、银珠异口同声地叫，有点嫌母亲啰嗦。

“别娘呀娘的，告诉你，有条件赶紧提，过了门，成了亲，什么条件都没有了，过了这个村可就没有这个店了，你们懂得什么！”

金戈又站住了。

长发婆道：“据可靠消息，浪武社的创始人百兽一男的公子，兽猿公子，携带武林至宝月光镜来到中原。黑旗船总舵主四海财君下密令攫取。据查，此人专为刺杀戚继光而来，应该潜伏在戚继光的左右，或是隐藏在岳武院中。四海财君认为，他借岳武院招兵买马之机，潜来岳武院可能性更大。请金公子对手下之人仔细甄别，相机夺取宝镜。四海财君对我们母女有救助之恩，我们背叛他，实在对他不起。我们想呈献这一武林瑰宝，求他网开一面，使我们母女免受追杀之苦。”

金戈目光炯炯，大声道：“好！金戈当尽力而为！”

长发婆摇头，说道：“不是尽力，而是必须，一年为期，镜到完婚！”

“好！一言为定，镜到完婚，金戈去了！”说罢，金戈奋身一跃，投入夜色之中，翩如飞鸟，快如流星，一晃不见了。长发婆赞叹一声，说道：“一代天骄！一代杀星！一代风流浪子！”

金珠问：“风流浪子？”

长发婆道：“你们可想好了，开弓没有回头箭，世上没有卖后悔药的。”

金珠、银珠异口同声：“想好了，我们绝不后悔。”

金戈回到岳武院，已经三更天。岳武大殿台阶上搭起一个临时大门，门里门外都挂上被子。在外面看，黑乎乎的不见一丝灯光。穿过两道门，却见大殿里灯火通明。戚继光正在和几个军官交代着什么，金戈走上前去，立在旁边。戚继光交代完毕，金戈上前道：“黑旗船已经决定反戈一击了，按照您的部署，截杀倭寇，并保证西山道路畅通。”

戚继光面露喜色，大声道：“好！我们又增加了两成把握！来人！通知郑门主，立即撤回西路人马，让他们回院听调！”

“是！”有人应声跑了出去。

戚继光道：“各路人马已经就位，陷阱战壕已经挖好了，正在伪装，就等着倭寇往里跳了。工匠们编成了十六个百夫队，分别组成了狼筅队和标枪队。百夫队里委派了百夫长。工匠们热情很高，个个嗷嗷叫。不过，战斗的胜负还是要靠我们的攻击大队。攻击要狠，要快，要疯狂！要把敌人打蒙打傻。狼筅队和标枪队守在两翼，这些工匠是一支打胜不打败的队伍。此战的胜败，主要看攻击大队的速度和气魄。”

金戈道：“我们会一鼓作气，不给倭寇任何喘息之机！”

一个士兵进来，单膝点地，喊：“报！倭寇仍无动静！”

一个士兵又进来，喊：“报！桃花会仍无动静！”

又一个士兵进来喊：“报！黑旗船前移！已到西山口外亮阵！”

戚继光下令：“好！再探再报！”

三个探子下去了。

短小精干的杨伞跑进来，说道：“陷阱和战壕已经伪装完毕，正在进行最后检查。”

“好！布置好后，伏击人员立即进入指定位置！”

“是！”

白凤走了进来，看见金戈就问：“谈不成吧？哪会那么容易！”

金戈的细眼眯成一条缝，笑着说道：“谈成了，她们已经决定反戈一击。”

白凤惊讶，仰着秀脸看着金戈，迷人的丹凤眼里满是不信、不甘和不屑，揶揄道：“真的？不会是骗你吧？听说黑旗船帮规严酷，从无背叛之人，她们竟敢铤而走险？”

金戈挺着胸脯道：“大义当前，她们已经弃暗投明。”

白凤双眼皮张开，眨着丹凤眼说道：“哦？真的吗？怕是虚晃一枪吧？”

金戈坚定地说道：“真的，板上钉钉，绝无虚假！”

戚继光坐下，端起茶碗，喝了一口茶水，问道：“坐地炮他们可曾交代了？”

白凤回头道：“没有，这两个人宁死不屈，一个已经自尽了。”

戚继光厉声道：“既然死不交代，那就立即斩首！”

“是！我马上去办。”白凤回答。

金戈脸色一变，问道：“抓住坐地炮了？我去看看，这个小子坏透了。”

“行，你们俩一起去，动作要快，时候差不多了，人马就要进入伏击圈，敌人快来了。”

“好！”金戈和白凤跑了出去，二人跑进一个小院，看见坐地炮被绑在一棵歪脖柳树上，两个武徒正在拷打。白凤跑到跟前，急忙道：“坐地炮招了没有，不招就立即斩首！”

一个壮硕的武徒道：“没招，马上斩首？”

金戈伸手阻拦，说道：“慢着，慢着，我问几句话。”

“坐地炮！还认识我吗？”金戈问道。两只西瓜灯笼照耀着坐地炮苍白的脸，短而粗的身子上鞭痕累累。坐地炮睁开肿胀的带血丝的眼睛，看着金戈道：“金戈？命大的金戈！”

金戈温言道：“你就要死了，可有话说？俗话说‘人之将死，其言也善’，没想到有今天吧？这叫善有善报，恶有恶报，不是不报，时辰未到。现在，时辰到了！”

坐地炮面色苍白，耷拉着头发凌乱的脑袋，摇了摇头。

金戈看着萎靡不振的坐地炮，心说这小子太坏了，可是，他知道不知道母亲的下落呢？问问吧，万一能打听点消息呢？想到这儿，金戈又道：“你想过没有，投降岳武院？你一身功夫来之不易，也是凭着真本事打进精武堂的，只要你真心回头，我们欢迎你。”

坐地炮抬起头，透过遮住双眼的散乱头发缝隙看看白凤，又看看金戈，张了张干涩发白的嘴唇，却没有说话。金戈继续说道：“像你，完全可以娶妻生子，一家人亲亲热热，何苦和那些牛鬼蛇神混在一起？你是可以鬼混乱搞，可又有哪个真心向着你？你投降过来，我做大媒，保你娶妻生子。”坐地炮看看金戈，浮肿的眼泡子里露出了一丝亮光，又很快黯淡下去。金戈心里一动，暗道：“行，有希望。”

白凤道：“时间到了，斩了吧，别为他耽误了大事。”

金戈拉了拉白凤的手，又对坐地炮说道：“你可知道我母亲关在哪里？你说了我网开一面，怎么样？你说了也没人知道，不说，你死了也没人为你叫好。你说不说？不说？好，那就来世再见吧！”金戈说着扬起了手。

坐地炮晃了一下发髻散乱面庞肿胀的头，眼睛里闪动着绝望和一丝留恋，低声道：“你母亲的事我真不知道。你们打不赢浪武社，快逃吧！我佩服你，真的！如果我们不是敌对的两方，我一定交你这个朋友。你有才，也够狠。我为结识你而高兴，我左金堂在世上没有白来一趟，你下手吧。”坐地炮说完闭上了眼睛。

金戈似乎看到了一线曙光，他看了看白凤，又对坐地炮说道：“我们一定能够打赢倭寇！不信？那我就让你瞧瞧，让你死得瞑目。我母亲的现状你真的不知道？”

坐地炮摇摇头，默默无语。

白凤跺脚道：“怎么办？快点！战斗就要开始了。”

金戈一掌拍下，击在坐地炮的后脑上。转身对白凤说道：“留下他，他已有悔过之心。你们看好他，千万不能让他跑了，万一倭寇攻进来，立即把他斩首，绝不能让他跑掉。”

一个高个武徒道：“是，院主。”

金戈和白凤转身离去，白凤边走边道：“嫌疑人一共查出来十八人，包括伺候岳霞的张妈、大殿的使唤丫头梁丫，她们都在小西街的一个院子里绑着呢，由一组护卫看守着。而且，其他杂役也集中在一起，不再有行动机会。”

金戈道：“好，一定要盯紧了，绝不能有所疏忽。”

金戈走进大殿，看见顶盔掼甲的戚继光当厅而立，众豪杰分列两边。

戚继光看见金戈和白凤来了，挥手示意他们站立一旁，然后大声道：“仁义双雄、李虎子堂主、神鞭赵旭听令：你们带着练武堂二百多人，以及神鞭门弟子和县衙的衙役，在小东山一线阻击桃花会，不得让桃花会和倭寇会合，死守东山口，退后者斩！岳金戈、笑面佛无悔大师、风云剑华清子掌门、二杰三秀，你们带领岳武院习武堂、内务大堂、少林寺八大金刚、十八罗汉、武当七星子等豪杰正面埋伏，攻击倭寇。黑剑罗仁杰、崂山唐掌门、月亮山庄李庄主、马大响马堂主率领精武堂穿插到倭寇东侧，由东向西扑击倭寇，此路人马由马大响带队。铁胳膊郑大庄主、青城辛掌门、黑鱼帮范帮主，你们跟随蒋忠蒋堂主，率领神武堂武徒在广场西侧埋伏，由蒋忠指挥，由西向东攻击倭寇！十六个工匠百夫队，两面设伏，他们已经就位！各路人马谨记，闻鼓攻击！鸣金撤退！三波攻击，一鼓作气！明白了吗？”

“明白！”众人大喊。

戚继光目光炯炯，大吼一声：“行动！”

众人鱼贯而出。铁嘴华的烟袋锅子在鞋底敲了敲，冲着戚继光叫道：“我说，我呢？我的位置在哪儿？啊，我是不是可以自由行动？那更好，我就来个见缝插针，来个泥鳅入水……”

戚继光笑道：“您可不能随便行动，还有个棘手的买卖等着您老做呢。倭寇上来后，您负责掀掉木桥，烧了栈道，断了他们的后路。我已准备好了麻油火种，毛四带着一组护卫跟着你。毛四！你们跟着铁嘴华行动吧！”

毛四跳出来，挺胸大喊：“是！”

铁嘴华大喜：“好啊，这可真是个烫手的山芋，好！过瘾！我接了！老将出马——一个顶俩。狗撵鸭子——呱呱叫。”

新月如船，无声无息地航行在繁星似锦的夜空中。豪杰们伏地而卧，身体压着兵刃，屏住呼吸，瞪着眼睛注视着前方。

来了，前面传来轻微的沙沙声。旋即，金戈看见了几个鬼怪似的黑影。他们蹑手蹑脚，悄然而行。金戈注目观瞧，看清了，是九个人。这是倭寇的开路先锋。他们一步三颤，一颤三看，小心翼翼地向岳武大殿摸来。十几丈后，出现了倭寇的大队人马，黑压压的一片。看来这批倭寇真是训练有素，上千人的队伍行进，竟然不闻一丝声响。忽然，半壁峡方向传来轰隆一声巨响，木桥被掀掉了，接着，一道火光亮起，通向峡谷的盘旋栈道被点燃了。霎时，火焰蒸腾。火光中，豪杰们看见了几个忙乱的身影，当中一个秃顶的老者正跑来跑去。他一边泼油，一边哈哈大笑。风助火势，火助风威，顿时火光冲天而起。

咚的一声鼓响，接着，钟楼上传来当当钟声。

“杀呀！”广场上伏兵四起，喊声如雷。数千火把照亮了夜空，照亮了倭寇们惊慌失措的嘴脸。壕沟的盖板被翻开，两侧出现了密密匝匝的狼筅。狼筅的竹尖向前，排在壕沟上，就像刺猬身上密密麻麻的毛刺。狼筅后面，站着一排又一排的梭镖手。他们脚下摆着一捆捆竹子标枪。他们吼叫着，奋力把标枪投向倭寇。千百支标枪，飞蝗般越过高空，冰雹似的落入倭寇群里。倭寇顿时鬼哭狼嚎、抱头鼠窜。工匠们沸腾了，久久被压抑的愤怒一刹那间爆发出来。他们呐喊着，谩骂着，疯狂地投掷标枪。一阵标枪的急风暴雨过后，战鼓炒豆般地响起来：咕噜噜咚！咕噜噜咚！

“冲啊！”金戈大吼一声，提枪跃步，如同一支离了弦的箭，射向倭寇。白凤宝剑一举，也纵身扑去。两人就像一道白色的闪电，劈开了黑色的夜空。笑面佛一声狮子吼，红色僧袍一闪，犹如一朵红云飘飞出去。华清子也不甘示弱，宝剑挥舞，高诵“无量寿福”，带着七星子等道士蜂拥而出。后面，数百支红缨枪就像决了堤的洪水，汹涌澎湃。

“杀呀——杀！嗨！嗨！杀！”勇士们呐喊着冲杀。

狼筅阵开始收缩，开始挤压，标枪的暴风骤雨开始延伸。

“杀倭寇呀！嗨，杀倭寇！杀倭寇呀！嗨，杀倭寇……”

三十四　情人聚首

数千火把熊熊燃烧，照得广场亮如白昼。

眨眼之间，豪杰们推进了十几丈。倭寇们拼命抵抗，交锋之处开了锅似的翻腾着。不远处，一个独眼倭寇正在督战，他高举着倭刀，嘴里哇哇暴叫，催赶着倭寇。金戈看一眼白凤，铜箍插接单刃枪一指独眼倭寇，喊道:“冲过去，宰了那家伙，走！”说罢，金戈和白凤同时跃起，两人枪飞剑舞，噼里啪啦杀开一条血路，冲到了独眼倭寇身前。

独眼倭寇看见金戈和白凤冲过来，长把指挥刀一挥，大叫一声：“八嘎！”顿时五六个矮小精壮的倭寇围过来。

金戈霹雳似的大吼一声，跃步腾空，单刃枪颤动，“秋菊开花”捅了出去，只听噗噗两声，金戈身前鲜血飞溅。接着，金戈“摇头摆尾”，单刃枪“横扫千军”，噗噗几声，剩下的倭寇都成了滚地葫芦。这时，耳畔呛啷一声大响，金戈转眼观看，白凤的宝剑挡开了独眼倭寇劈来的一刀。

“好！”金戈一声大喊，垫步摇枪，扑棱一声，单刃枪带着一股疾风刺向独眼倭寇。独眼倭寇见单刃枪来势如飞，慌忙闪身错步。白凤早有准备，立即身子前扑，左手外扬，右手宝剑由下而上一掠而过，只听嗤的一声，宝剑划开了独眼倭寇黝黑的肚皮。

独眼倭寇睁着一只鸡蛋大的独眼看着白凤，撒手扔刀，噔噔倒退了两步，扑通一声摔倒了。

“冲！”金戈大喊一声，挥枪向前。金戈的单刃枪左搏右击，上劈下挑，好似蛟龙戏水。白凤的宝剑吞吐闪烁，劈风斩浪，宛如天马行空。

“停！站住！快站住！”白凤的宝剑一指，大叫出声，“标枪！”

金戈住脚观看，前面标枪如雨，两边狼筅如龙。突然，一根标枪嗖的一声插在金戈身前的土地上，竹子枪身晃晃悠悠颤颤巍巍。金戈一缩脖子，连忙退后。

咕噜噜……咚……咕噜噜……咚！鼓声变了，标枪的暴雨再次前移。

“杀！”金戈腾身而起，单刃枪嗡的一声向前劈去，“霹雳裂冰川”出手了，只见一道黑色的闪电划空而过，一个倭寇被砍成两半。金戈记住了戚继光的话，要把倭寇打蒙打傻，绝不让他们醒过神来。金戈一边冲杀一边怒吼：“杀！杀！杀！”

白凤紧随其后，两人东挡西杀，片刻间杀出一条血胡同。

咚咚……咕噜噜……咚咚……咕噜噜！标枪暴雨停止，狼筅向中间压来，就像一把巨大的剪刀在合拢。“文死谏呀，嗨！武死战呀，嗨！……”倭寇们乱成一团，就像网里的鱼，乱蹦乱跳。

铁嘴华正在浑水摸鱼。他晃动着光头，在倭寇群中蹿来跳去，手中的烟袋不停地挥舞，嘴里不停地喊喝：“又一个！嗨！你小子别跑！别跑！别跑！回老家喝豆粥去吧！哈哈！去吧！去吧！来来来！你！还有你！王八蛋，敢跑到大明朝来撒野，真是老鼠舔猫鼻子——找死！老虎嘴里拔牙——催死！打着灯笼拾粪——寻死！”毛四和几个护卫也挥舞着红缨枪，跟在铁嘴华身后上蹿下跳。

这时，一群倭寇黄蜂似的逃回来，白凤见到大叫出声：“快，堵住他们。”

金戈挥枪怒吼：“好！看我的！旋风连三斩——”嗡的一声，一道黑色的光幕旋转而起，犹如一个黑色的光碟，滚滚向前。四五个倭寇的短腿一分为二，两三个倭寇的上半身旋转落地，一个倭寇惨叫着骨碌碌滚下峡谷。接着金戈一跃而起，“荡桨划清波”出手了。只见金戈身子腾空而起，身如猎鹰，单刃枪左一点右一击，荡桨划波。霎时，左边一个倭寇的头颅跌落，右边一个倭寇的肩膀离身。金戈陆地飞腾，犹如一条白龙盘旋在倭寇群中，直刀左划右斩，直杀得倭寇鬼哭狼嚎、四散奔逃。武当七星子看见金戈旋转如龙，顿时一阵心惊肉跳，他们可是接过这一招的。赫连双江连忙住手，偷眼观瞧，他想知道金戈是怎么翻腾的。铁嘴华没见过金戈这一招，他咦了一声，停住手脚，骂道：“这小子真成精了，怎么能翻着跟斗打？拐子的屁股——真是邪了门啦！”

金戈累了，身子一个转折落在坝墙石上。金戈抬头再看，少林僧兵冲过来，三名老僧头前开路，八大金刚、十六罗汉如影随形，火光下光头一片。蒋忠和杨伞带着一群武徒从左侧冲过来，大胖子罗仁杰也在其中。三堂主马大响带着一群武徒从右边杀过来。马大响身后跟着黑鱼范四，这条“黑鱼”也是精神抖擞，挥舞着长剑，正追打一个瘸腿的倭寇。

群雄之后，一辆四轮马车缓缓前行。车上，站着顶盔掼甲威风凛凛的戚继光。他手持三角黑边令旗，一双虎目扫视着战场。他身后，几十个骑马的卫兵虎视眈眈。四轮车后，还有两辆平板马车，马车上架着两面战鼓，随着戚继光的令旗摆动，战鼓咚咚咚震天爆响。

忽然，戚继光的令旗呼的一声直劈而下，鼓声立即有了变化，变得急如炒豆：咚咚咚！咕噜噜咚！咚咚咚！咕噜噜咚！

最后的围歼开始了，戚继光的卫兵冲上来，狼筅队压上去：“杀呀！冲啊！”顿时，武夷山沸腾了，直惊得飞鸟腾空，走兽嘶鸣。

忽然，白凤大叫：“快看那边！风云剑在干什么？”

金戈转目观看，只见武当七星子围成一个圆圈，圈中有两个人正在单打独斗，其中一个人穿着黑色道袍，正是风云剑华清子。另一个人兜甲短裤，一头的白毛。白凤哼了一声，叫道：“哎呀，什么时候了，还单打独斗？”

金戈蹿跃而起，口中叫道：“那个白头倭寇可能是白毛虎，过去看看。”

这时，华清子肩头一侧，避开白毛虎雷霆一刀，接着左手下切，右手宝剑嗡地一挺，唰唰唰三剑。这三剑一剑快似一剑，风声贯耳。突然，白毛虎啊了一声，撒手扔刀，噔噔倒退，扑通一声坐倒地上。只见他手捂双眼，一股殷红的鲜血从手指缝里流淌出来，指缝间还露着黑乎乎的一截袖镖，镖尾上缀的红布条染上鲜血，显得更红了。

“好！武当袖镖，鬼神难逃！”武当七星子举起七柄明晃晃的宝剑，齐声欢呼。

这时，只听华清子怒道：“把他绑了！”

“是！”大星子赫连双江扑上去，一脚踢翻白毛虎。又有两个道士蹿过来，七手八脚地捆绑白毛虎。

胜利了，九百多倭寇冰消瓦解，几十个漏网的倭寇向西逃去。笑面佛、铁手佛带着少林武僧追下去。华清子看见，举起宝剑，喊道：“你们也去，助笑面佛一臂之力！快！”

赫连双江等星子立即挺身回答：“遵令！”呼的一声，七位星子带着一帮小道士呼啦啦向西奔去。

金戈看见大局已定，立即喊道：“蒋堂主、马堂主、江堂主，带着你们的人马，跑步增援仁义双雄和四堂主。”说罢，拉着白凤向东射去。

来到了东山口一看，仁义双雄、虎子、神鞭赵旭等人还在苦战，武徒们剩下不到二百人了，那群衙役们早跑得踪影不见，长相清秀的县令和那个长袍老先生也去向不明。这时候，金戈带着大队人马杀到。桃花会的色鬼们看见援兵来到，哇地大叫一声，撒腿就跑。

“追！绝不能放走这群色鬼！”金戈一声大吼，片刻间越过狂逃的色鬼，回身一颤单刃枪，霹雳似的大吼一声：“站住！”

一个端着藤蛟枪的色鬼跑得收不住脚，胸脯直愣愣地撞到金戈的单刃枪上，顿时见了阎王。接着，金戈陡然间神目如电，再展身形，以足尖为轴心，身子前探，抡起单刃枪。在这电光石火的横击抡转下，直刀形成一片黑色光幕，在离地面尺许来高的地方扫了出去！“旋风连三斩”再度出手了。

金戈的连扫之威，惊天动地。七八条人腿从膝盖以下与身体分家，五六道血柱激射天空，四五个身子摔落在地，顿时凄厉的哀号声响彻云霄。色鬼们停住脚步，惊恐地望着眼前满脸杀气的小伙子，战战兢兢，不敢越雷池一步。

武徒们迅速围上来。这时，东方出现了一抹鱼肚白，晨光和火把交映生辉，把武夷山装扮得更加美丽了。

火光下，金戈见到一个身材高大面目狰狞的人，挺着一个半边黑半边白的硕大脑袋，挥着仅剩的一条胳膊，但仍然威风凛凛。那人的蒜头鼻子耸动，老鼠眼滴溜溜乱转，一寸一寸地向后退去。

“阴阳魔！我们又见面了，放下兵器！”金戈大吼。

“不！不！”阴阳魔号叫一声，提着一把大刀冲上来。忽然，他又后退一步，嘶声道：“你的母亲可在我手里，我死了，她也活不成！”

“纳命来！”五毒师太一声大叫，飞身扑去。金戈也大吼一声：“杀！”一跃而至。五毒师太面对仇人，失去理性，孤身扑进狼群。

金戈怕她有所闪失，急忙上前支援。金戈的“无魂百变枪”出手了，刀尖化作了万点寒星，扫荡而过，接着又一招“落月飞仙”斜扫而飞，霎时间荡出了两丈多宽的一片空地。再看五毒师太，她已经和阴阳魔战在一起。五毒师太的黑色拂尘犹如一团黑雾罩住了阴阳魔。金戈手持单刃枪挺胸而立，目光锐利，给五毒师太站脚助威。五毒师太一见后顾无忧，顿时勇气倍增。阴阳魔失去了一条右臂，左手用刀，武功已经大打折扣，几个回合后，他就不行了，五毒师太一拂尘抽在他的腿上，阴阳魔哎哟一声扑倒在地。五毒师太上前一步，扬起了拂尘，叫道：“儿呀，为娘给你报仇了！”

金戈一步跃到近前，大声道：“慢着！师太，留下他，回去慢慢收拾……”

“也好！”五毒师太手腕一转，拂尘噗的一声抽在阴阳魔唯一的胳膊上。

“杀呀！”白凤宝剑一摆，众武徒扑上来。霎时间杀声四起，片刻之后，桃花会的残匪都栽倒血泊中。

阴阳魔被绑起来。五毒师太咬牙切齿地说：“好，押回去！让他知道知道什么叫生不如死！”

金戈细眼扫视，看到了岳霞用的那支藤蛟枪，立刻收回来。转身时看见蹲在草坑里的县令和长袍老先生，金戈一摆手，冷笑道：“绑了，带走！”

“你不能……”县令的话未说完，虎子上去就是一个嘴巴，说道：“临阵逃脱！差点让桃花会跑了，去死吧你！看看你手下的衙役，还没打，全都跑光了，什么东西！”

事后，工匠们发了个小财，死人的衣物钱财被一抢而光。

西边，少林、武当等豪杰们和黑旗船并肩作战，逃窜的几十个倭寇纷纷毙命。

金戈、白凤和仁义双雄接来了长发婆母女。走进大殿，戚继光热情地迎上来，说道：“欢迎！欢迎！”

金戈连忙给她们介绍，珠仙子姐妹大为惊讶，银珠道：“呀，戚将军怎么这么年轻呀！他就是四战四捷、‘大创尽歼’的戚家军首领戚继光？”

有人道：“戚家军每战都要求‘大创尽歼’，看到这一仗了吧？一个没跑了。”

“现在是五战五捷了！不是四战四捷了！”有人说。

戚继光哈哈大笑，说道：“这一仗可不能算在我头上，这是豪杰们的功劳，南塘不敢掠美！”

“南塘？”金珠脸现疑问。

“戚大哥姓戚名继光，号南塘。来……”金戈话还没有说完，只听有人呀呀大叫，金戈回头一看，只见铁嘴华正拍着屁股跳高，咧着嘴在长发婆跟前蹦来跳去。只听他喊道：“我说，英子！是你吗？你就是那个长发婆啊？我说，你就是黑旗船长江船队的船主啊？嘿！哈哈……是你！哈哈……是你！哈哈……原来是你！嘿！”铁嘴华最后两句唱上了。说着唱着，伸手去拉长发婆的手。

大伙莫名其妙，心说铁嘴华怎么了，疯了还是傻了？念头刚转，就听啪的一声脆响，长发婆抬手给了他一个大嘴巴，寒着脸说道：“你是谁？请自重！”

众人扑哧一声乐了，有人说道：“行了，你看这老头，多不正经，刚见面就抓妇道人家的手，碰壁了吧。”

铁嘴华嘴一咧，横了说话的人一眼，又对长发婆道：“我说，我是铁嘴钢牙白耀华呀，黄山白神庄的铁嘴华呀！怎么，你不认识了？”

“不认识，闪开！”长发婆语音冰冷，脸沉似水。

“你……”

“你什么你，躲开！”长发婆又是一顿抢白。

铁嘴华大叫一声，一跳老高，喊道：“不躲开！就不躲开！你是英子！你是英子……”铁嘴华叫着，又要捉长发婆的手，长发婆扭身蹿出大殿，铁嘴华叫着喊着追出去。

金戈看得莫名其妙，赶紧推开众人，抬脚就追。后面，白凤身子一晃如影相随，金珠和银珠也大喊着追赶出去。长发婆和铁嘴华向半壁峡奔去，金戈追到附近，看见长发婆站在崖边，放声痛哭。铁嘴华远远站着，指手画脚地说着什么。他战战兢兢，不敢上前。金戈见白凤和金珠、银珠来到近前，连连招手，接着手指往嘴上一横，示意她们噤声。金戈缩着脖子向前看看，一弯腰跳进了壕沟。白凤、金珠和银珠见金戈做贼似的鬼鬼祟祟，也一侧身子跃进壕沟。他们沿着壕沟悄悄向前，到了近前，巴头探脑地往外看去。

长发婆站在崖边，长发飘飘。只听长发婆哭着吟道：

长发为谁生？天公怎知情。
流水年华不再，空悲往日情。
洒泪离别归去，双珠雪地出生。
孤雁留人间，寒月弄清影，泪洒床前凳。
强欢笑，舐犊情，熬三更。
长恨无眠，怒发三千舞长空。
恍惚斯人幽会，难觅缥缈身影，醒来泪泉涌。
青春已流逝，长发伴孤灯！

长发婆长发光亮如镜，在淡蓝色长裙的映衬下随风而舞。

“英子，是我不对。已经懊悔一十七年！已经懊悔了十七个三百六十五天……”只见铁嘴华啪啪抽自己的嘴巴，又央求道，“我说，原谅我吧！英子，你小心后面峡谷，过来些，过来些……”长发婆站在崖边，铁嘴华不敢逼近。

长发婆重复吟道：“长发为谁生？天公怎知情。流水年华不再，空悲往日情……”

铁嘴华扑通双腿跪下，说道：“我错了，原谅我……”

“哎……”白凤惊叫一声，要站起来。金戈连忙按住她，捂住了她的嘴，接着向后指指，带着三个女孩，半蹲着往回挪，三个女孩还不时地回头张望。

“他怎么啦？他是谁？干吗打自己？”银珠不解，问金珠，目光又转向金戈。

“他是铁嘴华，白凤的爷爷，我估计铁嘴华是……”金戈欲言又止，三个女孩瞪起眼睛，问道：“是什么？”

金戈犹豫道：“可能，我说是可能，可能是始乱终弃。”

“瞎说！……哪儿和哪儿啊！”

银珠看着金戈，问道：“你呢？你会不会始乱终弃？”

金戈笑着说道：“我怎么会？不可能！”

白凤叫道：“跪下发誓！”

“男儿膝下有黄金……哎哟……”

白凤喊一声：“来！按倒他！”三个女孩七手八脚抓扯金戈，金戈一翻身滚出去，撒腿就跑。三个女孩嬉笑着追来，收拾场地的工匠见到此情此景，都住了手，伸长脖子观看。金戈一路跑到小西街，在一个有着白石台阶的门口站住，摆摆手说道：“别闹了，去看看坐地炮。我母亲和妹妹被困桃花会，如果能够争取这小子反水，救人之事就可事半功倍。不过，这小子也不是个好东西，试试看吧，有枣没枣打一竿子。你们帮我劝劝，谁说动了他，我，设宴款待！”

白凤道：“叫人去找马堂主啊，他是坐地炮的老队长，有半师之谊，或许能说动他。”

金戈一拍大腿，说道：“好主意，行！哎，你过来！”金戈叫来看门的武徒，低声说道：“你去请三堂主马大响，就说我请他劝降坐地炮……去吧，快去快回。”

“是！”武徒答应一声跑了。

白凤、金珠、银珠跟着金戈走进小院。坐地炮还绑在树上，脸上惶惶不安。他见到金戈和白凤等人，说道：“听凌晨的喊杀声，似乎你们赢了？原来戚家军到了，怪不得！怪不得！戚家军遇上白毛虎大队，死伤一定不少吧？”

白凤一笑，说道：“你错了。没有戚家军，是我们自己打的。戚将军是来了，只带来他的卫队，不到三百人。而且，我们伤亡极小，我们死伤还不到一百人，全歼了倭寇八百九十九人，剩下一个被活捉了，他就是白毛虎！桃花会也全军覆没，六百人，一个没跑掉，阴阳魔也束手就擒。”

“啊！”坐地炮惊得目瞪口呆，简直不敢相信自己的耳朵，晃着土豆似的脑袋道，“不可能，不可能，打死我也不信。”

白凤睁着美丽的丹凤眼道：“仁义双雄二位公子、李虎子、神鞭赵旭带着二百多名武徒、一百几十个衙役，堵住桃花会六百人的进攻。全歼了倭寇后，他们又拖住了桃花会的后腿。金戈率领众人赶去，一举歼灭桃花会六百人，活捉了阴阳魔。”

“啊！这不可能，绝不可能！神了，太神了，这怎么可能？难道这真是天意？”坐地炮头摇得像拨浪鼓一样。

金戈说：“你知道为什么吗？”坐地炮摇头。金戈道：“这就叫‘得道多助，失道寡助’。震天的喊杀声你听见了吧？那是一千多工匠在我们动员下参战了，而且，他们个个奋勇杀敌……”

坐地炮不吭声了，叹道：“恶有恶报，不是不报，时辰未到，果然不错。唉！”

白凤道：“怎么样，想好了吗？投降吧，那边没前途……”

金珠道：“认识我们姐俩吗？”

“你们是……”坐地炮眼睛一亮，说道，“二位莫非是珠仙子？

金珠仙子、银珠仙子，黑旗船的二位船主？”

银珠咯咯笑着说道：“猜对了，我们也降了，这叫良禽择木而居。投降吧，投降了我给你做好东西吃……”

三个花骨朵般的女孩你一句我一句，围着坐地炮劝说。说得坐地炮六神无主。这时，马大响大步走来，金戈叫住他，说明了利害关系。马大响憨厚地点点头，说道：“我来试试。”

马大响走到近前，看了看捆在树上萎靡不振的坐地炮，说道：“坐地炮，你这身功夫来之不易，你也是凭着拳脚打出来的。况且，你还有老母在堂，你愿意就此了却一生吗，而且落下千古骂名？”

坐地炮眼睛灰暗，点头说：“我明白了，不用说了，我……我愿意投降。可是，可是，我得罪金戈太狠了，他，会不会……”

金戈就在旁边，立即走过来，说道：“你过去受命桃花会，你我不两立，你得罪我，我不会记恨，那是桃花会的罪过。你投降过来，只要忠心不二，你就是我的好兄弟，绝不会亏待你。”

坐地炮眼睛湿润了，说道：“那……我投降，我归顺。”

“欢迎你过来！”白凤马上给他解绑绳，马大响也伸出大手帮忙。马大响扔掉绳索，拍拍坐地炮的宽肩膀，又拉拉他的手，真诚地说道：“这多好，以后好好干，咱们是一家人了，共同精忠报国！”

坐地炮满脸凝重，瞪着牛眼，举着带着血痂的手道：“我发誓，真心加入岳武院，精忠报国！有违誓言，死无葬身之地！”

银珠呵呵娇笑，说道：“这才乖，等会儿我给你做好吃的。”

金戈道：“好！我们马上放了嫌疑犯，是你的人，马上劝降。凡是不投降的内奸，立即拉出去斩立决。你的归顺，暂时保密。我任命你为消息堂副堂主，主要负责刺探敌情。你要秘密行动。消息堂的堂主是这二位仙子，金珠仙子、银珠仙子！你见礼吧。”

坐地炮挺胸抱拳，说道；“见过二位堂主，在二位珠仙子手下当差，非常荣幸！”

“我们？堂主？”金珠和银珠疑惑不解。

金戈笑道：“我还没来得及告诉你们，等会儿再和你们细说。”他转头问坐地炮：“你真不知道我母亲的下落？”

坐地炮摇头道：“真不知道，我只听说阴阳魔派人回西安分舵，查找你母亲，让送回江南分舵，目前没有消息传来。”

“噢？这么说，他的来信只是一个骗局？”金戈的心又是一沉。

坐地炮道：“详情我不大清楚，我回去查查。”接着，他对白凤等三个姑娘说道：“我看看他们去。多谢各位相劝，我一定会忠于岳武院的，再见。”坐地炮一抱拳，踉踉跄跄地走了。

白凤看着他远去的背影，说道：“他不会借机逃走吧？”

金戈道：“难说。赌一把吧，我估计他会做出一个明智的选择。回去吧，一会儿还要召开复院大会。赶紧吃点食物，打个盹。”

关押的嫌疑人全放了，坐地炮叫走两个人，杀死一人。工匠们忙着抢修木桥，修复栈道。较技台上也有人在忙活，有人搭架子，有人张灯结彩。

中午时分，宾客陆续来到。武夷县的豪杰乡绅快步上山，武夷书院的大儒们迤逦而来，附近的武林人纷沓而至。他们路过广场，看见小山似的倭寇死尸，遍地的标枪和成片的血泽，顿时议论纷纷：“好家伙，昨夜的战斗不知多么激烈呢，真是血流成河啊！”

武夷书院的秦院长一路行来，一路赞叹：“天降英才！天降英才也！”

复院大会开始，笑面佛主持大会。他那低沉洪亮的嗓音响彻武夷山：“阿弥陀佛！岳武院今天正式复出！我佛慈悲，就在岳武院复出的第一天，我们全歼了倭寇的白毛虎大队，消灭了桃花会江南分舵，并且争取到黑旗船长江船队倒戈，为岳老院主报了深仇大恨，为武夷山增添了光彩！”

笑面佛顿了顿，又说：“岳武院是我大明武学的精研之所，是大明王朝将军的出身之处，是我武林‘四大高山’之一。今天，它正式复出啦！”

啪啪！啪啪！掌声响起。

“阿弥陀佛！半年以前，倭寇联合桃花会、黑旗船，合伙捣毁了我岳武院，今天，岳武院重新站了起来！而且，它迎来了一位新院主，一位年轻的豪杰，岳金戈岳院主，岳院主，请！”

霎时掌声雷动。一身淡蓝长衫、神情冷峻的金戈向前几步，抱拳行礼。昨夜，一千多工匠功不可没，今天，他们又助长了复院大会的声势。腾——嗒！一个双响炸响了，接着鞭炮齐鸣，锣鼓喧天。

“精忠报国！还我山河！”

“文死谏！武死战！”

霎时间，口号声、鞭炮声、锣鼓声震耳欲聋。

过了一会儿，笑面佛又道：“岳金戈岳院主，原名金戈金文杰，乃我朝嘉靖二十八年进士，号称‘文章甲天下’，并有文章、琴艺、书法三绝之称。他惨遭不幸后，入岳武院习武，得岳北老爷子亲传院主之位，现荣任岳武院第十八代院主。”

掌声又起，金戈再次抱拳答礼。他神情庄重地躬身拜祭了岳飞画像，然后道：“我们一定秉承先祖岳王爷‘精忠报国’之遗志，高举岳王爷‘精忠报国’的大旗，彻底消灭倭寇，消灭黑帮势力，卫我们大明王朝江山永固，保我华夏黎民幸福安康！”

之后，笑面佛介绍一身戎装的戚继光，顿时掌声再次响起，台下议论纷纷。有人说：“人生一世何求，有万民拥戴，虽死无憾！”有人说：“戚继光威望太高，不是好事，当年岳飞也是功高盖主，遭受朝廷嫉妒猜疑，幸亏家里闻讯四散而出，岳雷的妻子带孕来到福建……”

“这么说，他们是岳雷一支了？”

“大概是吧。唉，好人不长命啊……”人们偷偷议论。

这时，戚继光朗声道：“所有参战的豪杰、参战的工匠、岳武院的武徒和戚家军卫队的官兵们，都要照例‘天天评’，参与评功摆过。鄙人会根据评定结果，撰写奏章，上报朝廷。武夷县令和他幕僚刘星魁临阵脱逃，查证属实，已经正法。乡亲们、同胞们！只要我们团结一致，共同精忠报国，倭寇灭亡的日子不远了！奏章的前半部分已经写好，对参战的各门各派均有表述。凡是立功人员，包括我尊敬的工匠们，都会出现在奏章中！奏章完成之后，立即飞马驰报我皇。”

戚继光的卫士立即捧来一个布轴，轻轻拉开，只见白绫子上一片蝇头小字，人名密密麻麻，后面空着一小段，最后盖有戚继光都指挥使的大印。

奏章一展，掌声雷动。

戚继光接着说道：“这里面有少林寺众僧、武当派豪杰、峨眉派英雄，以及神鞭门、铁胳膊郑振廷的郑家庄、二杰三秀、黑鱼帮、月亮山庄、青城、崂山等诸位侠客，还有黑旗船长江船队、五毒师太师徒、白神庄铁嘴华祖孙、仁义双雄、岳武院武徒等众位兄弟姐妹，我浙江明军卫队的兄弟们也在名单之上，不管朝廷能不能准奏，这篇奏章将永存于世，你们的英名将永垂史册！”

哗……又是一阵掌声。

这时，金珠、银珠姐妹携手上台，她们看了一眼横空的绳子，走到台前。两个珠仙子身穿浅粉上衣，杏黄色的灯笼裤，脖子上围着一串珍珠项链，淡淡珠光映射着她们乳白的脖子。两人举手抱拳，樱唇一开，同时道：“献丑！”说罢，两人一个“鹞子翻身”，轻飘飘跃上绳子。白凤双眼盯着她俩脖子上的项链，一股醋意涌上心头，冷哼一声。

金珠和银珠姐俩柔若无骨，翻起一溜慢筋斗，在绳索上画着美丽的圆圈。

长发婆也上了台，在绳索下面长袖舒展，翩翩起舞。金戈抄起瑶琴，叮叮咚咚弹奏起来，长发婆长发飞舞，歌喉婉转：

长发为谁生？天公怎知情。
流水年华不再，空悲往日情。
洒泪离别归去，双珠雪地出生。
孤雁留人间，寒月弄清影，泪洒床前凳。
强欢笑，舐犊情，熬三更。
长恨无眠，怒发三千舞长空。
恍惚斯人幽会，难觅缥缈身影，醒来泪泉涌。
青春已流逝，长发伴孤灯！

岳霞早已按捺不住，一个不留神，挣开了凤玲的双手，冲上台去，舞蹈起来。她不管不顾，围着长发婆乱转。一个不留神，她撞上长发婆的后背。她伸了伸粉红色的舌头，继续她杂乱无章的舞蹈。

台上有人悄悄说："长发婆当年能歌善舞，是秦淮河名妓，名叫英子。铁嘴华给她赎身，并教以武功。谁知铁嘴华的结发妻子死活不肯接纳，让她风雪之夜挺着大肚子逃亡而去……"

"怪不得！怪不得！"

一曲终了，掌声雷动。金珠和银珠跳下绳索，拉着白凤上台。

"四仙子！四仙子！"掌声、喊声有节奏地响起来。

白凤摇曳着白裙走上来。岳霞、白凤、金珠、银珠四个女孩子翩翩起舞，如同四朵鲜花在较技台上盛开了。岳霞美如明月，浩浩然然，有仙子临风之美。金珠、银珠清纯可爱，如溪中的流水，靓丽纯洁。白凤个子最高，如出水芙蓉，娇艳欲滴。武林四仙子走马灯似的旋转，各舞各的，如彩蝶纷飞，如彩凤回翔。

舞蹈刚停，长发婆台前喊道："请怕老婆的上来表演一个！"

众人一愣，你看我，我看你，会场上突然安静下来。只有金戈和白凤，金珠和银珠，斜着眼去看铁嘴华。众人发现目标，也随他们的目光转向秃顶的铁嘴华。铁嘴华一看大家都在看自己，立即挺胸抬头，一纵身子上了台。他晃晃悠悠地来到长发婆跟前，拍着胸脯叫道："怕媳妇？谁，谁怕媳妇？我怕媳妇吗？你们打听打听，我堂堂的铁嘴华怕过谁的媳妇？我谁的媳妇都不怕！堂堂武林四山之一的白耀华会怕别人的媳妇？笑话！我怕谁的媳妇？拉出一个来给我瞧瞧！"

"哈哈！"众人乐了。

有人喊道："别人的媳妇你是不怕，你自个的呢？"

"谁的媳妇我也不怕！"

"哼！"长发婆冷哼一声。

扑通！铁嘴华吓得一屁股坐在台子上。

"哈哈！"台下爆出一阵大笑，两位珠仙子笑得直打跌，白凤笑得花枝乱颤，岳霞不明所以，也跟着傻笑。

突然，铁嘴华腾空翻了一个筋斗。他落地无声，跪在长发婆跟前，大声道："我说，白耀华当初耳软心活，犯下不可饶恕之罪。今天我当着众位英雄的面诚心认错，我发誓，我要娶英子为妻，我要好好对待英子，我愿与英子白头偕老！望英子原谅则个！"

众人惊呆了，豪杰们也惊呆了，大台之上，铁嘴华竟当着众人的面跪在一个女人的脚下求情。众目睽睽，简直是不可思议。

"阿弥陀佛！善哉！"笑面佛的佛号低旋，如暮鼓晨钟。

"无量寿福！"华清子的道号嘹亮，如琴箫争鸣。

"爷爷！爷爷！"白凤跑了两步，却被金戈拉住了，白凤看着爷爷，急得直跺脚。

长发婆背对铁嘴华，长发飘飘，衣裙飘飘，思绪飘飘。

"起来吧，也不怕别人笑话。"长发婆的声音仍然冷冰冰，但铁嘴华闻声如获至宝，立即蹦起来，拜道：“多谢娘子应允！”

长发婆霍然转身，斥道：“别做梦了！我的两个女儿诞生风雪之中时，你在哪里？”说完，她泪水飘洒，飞奔而去，铁嘴华急忙追去。

白凤怒道：“爷爷真丢人。跪着求，哼，当天下女人死绝了。”

金戈道：“铁嘴华光明磊落，敢作敢为，正是我辈楷模。”

“真的，那你也能当众下跪求婚？说！”白凤丹凤眼圆睁，逼问。

金戈道：“我？用得着吗？”

“哼，还楷模呢，嘴上说得好听，真正做起来就不行了。其实，我怎么会让你真的下跪，我还舍不得呢。傻蛋！”

“哎！你叫我？”傻蛋真的来了。

金戈和白凤哈哈大笑。傻蛋莫名其妙，也跟着一阵傻笑。

吃过酒宴，金戈送走了观礼的客人，立即组织各队开始功勋评议。二更后，汇总报上，戚继光召集各派首领会商，定了立功名单，连夜下山。笑面佛也带着少林僧兵回转南少林，金戈送了一些马匹和帐篷。二杰三秀、峨眉众豪也应笑面佛之邀，一起下山。山上的客人不多了，只剩下武当派、神鞭门、铁胳膊郑振廷父子等人，他们要随岳武院一起行动，暂时留住东客院。

白凤安排长发婆母女住在小西街的一个小院里。小西街两侧有十几个对称的小院，都是布局典雅的三合院子，原是岳氏子孙的住所，现在都空着。第一个院子里住进长发婆母女，第二个和第三个小院里安排了她的亲信。金珠和银珠当了消息堂的堂主，长发婆却不接受岳武院的任命，和铁嘴华一样，只做客卿。

凤玲带着岳霞，搬进了院主大院，又住进苫子房。白凤见凤玲自作主张搬过来，很不高兴，就把傻蛋赶到了西厢房，过后还和金戈叨叨半天，对凤玲大为不满。金戈笑笑，没说什么，让傻蛋把藤蛟枪交给了凤玲。

晚上，白凤忽然兴趣大发，要去看看爷爷。白凤拉着金戈来到铁嘴华住的客院里，一个丫鬟说："刚吃过饭，铁老英雄就急匆匆地走了。"

白凤噘着嘴说道："哼！我知道去哪儿了，为老不尊！"

他们来到小西街，迎面看见了金珠和银珠，银珠道："我正要找你们。师父叫黑旗船的人回去了，她给四海财君写了一封辞别信，表示永不和黑旗船作对，师父只留了十几个亲信……"

白凤道："好啊，回去就回去吧。长发婆呢？她人呢？"

金珠道："在前院呢。"

"我爷爷呢？他是不是也来了？"

"铁前辈也来了，他们都在前院呢。"

白凤看看金戈，抿嘴笑道："我们看看去，听听他们说什么呢。"

金珠脸色一红，说道："不好吧？"

"没事。让金戈先看，咱们早晚一家人，谁跟谁呀，嘿嘿！"白凤笑着，拉着金戈就跑，金珠、银珠相互看了一眼，不情愿地迈动双腿。

他们来到了第二个院子门口，轻轻推开门，悄悄掩进去。几个人蹲着身子，小心翼翼地移向窗户。屋里点着蜡烛，一个长发的人影印在窗上，旁边是一个光头影子，前面还映着一个吊着荷包的烟袋杆影子。忽然，金戈一声大叫："谁？"

银珠转睛一看，一个人影正贴着窗户向里偷窥。随着叫声，那个人转过身来，金戈只见此人没有鼻子、没有嘴，平平的面孔上露着两个黑洞。银珠啊的一声惊叫，仰身便倒。金戈飞身而起，挥掌击去，只听啪的一声，两掌相交，金戈感觉来掌奇猛，带着一股阴风，不由得激灵灵打个冷颤。再看，铁嘴华正威风凛凛地怒目而视，原来他破窗而出，和金戈对了一掌，无面人却消失得无影无踪了。

铁嘴华问道:“是你?”

金戈回答:“不是我!哦,是我!刚才不是我!”

长发婆也蹿出来,叫道:“人呢?”

三个女孩子,一齐摇摇头。白凤道:“一晃不见了,好高明的轻功。他戴着面具呢。”

长发婆阴着脸,冷冷说道:“没事了,你们都回去吧。”

“对!都回去!”铁嘴华挥手赶他们,叫道,“去去,都回去,没事别瞎溜达!”

长发婆一声冷笑,又叫道:“你说谁呢?你也回去,你也走。”

金戈抿嘴一乐,和几个姑娘转回了大殿。进门一看,大殿里人挺多,铁扇公子、铁铃公子、蒋忠、马大响、虎子、江中月、杨伞、朗文等人都在大殿喝茶呢。这些人都是短打扮,上身是对开襟的长衫,下身是齐脚腕的宽腿褶裤,腰间围着束腰的丝绦,头顶梳着扎有飘带的马尾髻。跷着一条瘦腿喝茶的蒋忠有些特别,腰间围的是一条带有花纹的豹皮绦带,皮绦带两头坠着两个豹耳形绒球,头上扎有青色布襻抹额,颇有猎人的味道。他们看见金戈进来,立刻站起来。金戈笑着摆了摆手,说道:“坐吧,坐吧,各位不必客气。我们要提高警惕了,小西街出现了夜行人。”

一身淡蓝长衫的金戈和一身雪白衣裙的白凤,以及红衣绿裙的金珠和绿衣红裙的银珠先后落了座,大殿里的色彩顿时亮丽起来。白凤一睁丹凤眼,张嘴说道:“一个戴着面具的黑衣人。”

银珠一抹额前的刘海道:“没有鼻子,没有嘴,吓死我了。”

金珠眨了一下美丽的眼睛,伸出两只玉手比划着说道:“眼睛是两个黑洞……”

金戈接过梁丫送来的茶水,端着细瓷茶碗道:“来人戴着面具。诸位传达下去,各堂要加强警戒。金珠、银珠,你们把黑旗船的内情给各位介绍介绍,今后咱们就是一家人了。另外,我请金珠仙子和银珠仙子担任消息堂堂主，铁扇大哥、铁铃大哥就不必操心消息堂的事了，抽空你们交接一下。”

“好，好。”腰杆挺得笔直的铁铃公子看了一眼欠身点头的铁扇公子，回答道。

第二天起早，有人报告，说阴阳魔跑了，瞎眼的白毛虎也跑了，两个看守被杀。金戈来到现场，一看，看守人脖子上有道血痕，气管被割断了。金戈伸出拇指和食指，撑开刀口看了看，只见刀口光滑，深浅恰到好处，看来刺客武功不弱。金戈看罢合上了死者圆睁的双眼，不禁倒吸了一口冷气。想想昨夜的无面人，疑云顿起。

“把他们抬下去，厚葬！”金戈说罢，离开了关押处。刚到大殿，就听见嚷叫声，金戈进门观看，只见身穿青色道袍的武当七星子个个横眉立目，拔剑在手，把仁义双雄围在核心。铁铃公子、铁扇公子背手抬头，对他们不理不睬。

武当七星子中的老大赫连双江见到金戈，仰起下巴冷冷道：“岳院主，武当派不知何事得罪了你，你竟然暗杀了我们掌门！”

金戈闻言大惊，说道：“你说什么，暗杀了你们掌门？风云剑！风云剑客华清子怎么啦？”

大星子赫连双江瞪着双眼，斗鸡似的伸着脖子，怒道：“别猫哭耗子——假慈悲了，他怎么了你不知道？”

金戈一听，火就上来了。赫连双江外号鹰鸠，为人阴险毒辣，在金陵大战中就是此人剑中藏箭，偷袭自己。峡谷救援时，也是他阻挡自己抱走岳霞。金戈闪目再看，只见此人道袍青灰、白袜乌簪，脸庞白皙而英俊，只是鼻子微钩，一双三角眼冷俊阴沉，一看就知道不好相与。金戈想，对付这种人，没有什么客气的，他们一贯蹬着鼻子上脸，不给他点颜色看看不行，喊道：“来人！”

“在！”白凤、金珠、银珠、蒋忠、杨伞等人立即应声而出。金戈一挥手，叫道：“把他们轰出去！”

众人齐声喊喝：“请！”

铁铃公子伸手摘下铁铃，铁扇公子嗖的一声，拔出铁扇。其他人各摆兵器，逼上前去：“走！”

武当七星子看见势头不对，不要说他们都上，就是金戈一人动起手来，他们也不是对手。赫连双江跺着脚叫道：“姓金的，咱们没完！走！”说完，悻悻地离开了大殿。

三十五　飞鸽传书

这时，凤玲跑进来，气喘吁吁地说："阴阳魔跑了？赶紧派人把他们抓回来，他们都有伤，跑不快！"金戈闻声一愣，问道："有伤跑不快？"

凤玲急道："昨天晚上我叫人阉了他们。"

银珠瞪大眼睛，问道："腌了？怎么腌了？腌了吃吗？"

白凤把金珠、银珠拉到一边，三个人低着头嘀咕几句，接着响起了嬉笑声。

金戈看了一眼抿着嘴偷乐的凤玲，说道："你安排吧，人你随便选。让他们带上鬈毛犬，能抓回来就抓回来，抓不回来就地斩杀。快去快回，不可恋战。现在岳武院根基未稳，我们的拳头要收紧。你可不能去，只管布置，你的伤还未好利索呢。"

凤玲嫣然笑道："好啊，那就麻烦二位哥哥了，我再请师太的两个徒弟同行，行吧？"

铁铃公子闻言笑道："好啊！"铁扇公子站起身来，欣然道："走！"

三个人说着走出大殿，金戈对白凤道："你派人通知武当七星子，限他们中午离开岳武院，我看见赫连双江那张阴险惨白的脸就烦。”

白凤瞟了众人一眼，对金戈道：“这事有些蹊跷，我去看看，岳武院不能背这个黑锅。风云剑华清子为人正派，一代豪杰死在岳武院里，我们也应该知道事情的来龙去脉。我先去看看，等我回来再决定吧。”

金戈点头道：“也好，你带两个人一起去。”

白凤笑道：“他们不敢放肆，杨伞，你跟我走。”短小精干的杨伞起身答道：“是！”

中午，白凤回来了，她一扭一扭地走到金戈跟前，嘴巴一扁，说道：“赫连双江真不是个东西。华清子后心插着一枚凤尾镖，硬说是我们下的毒手。我和他费了半天唾沫，这小子百口不张，扬言要去找笑面佛评理。我说了，他爱上哪儿上哪儿，岳武院接着他们。武当派必须天黑前离开岳武院。他却说，岳武院不给个说法，他们不走。”

金戈身子前倾，脊背离开藤条椅子的棕色靠背，手中的账本啪地一合，按在一尘不染的八仙桌上，问道：“谁和华清子睡一间屋子？有没有听见打斗声，或发现什么异常？”

白凤转到金戈身后，扒着金戈的肩膀说道：“赫连双江说他师父独自睡一间屋子，他们没听见异常的声音，清早起来，发现他们师父已经死了。”

“别人怎么说呢？”金戈侧下身子，继续说，“比如说五星子白双城、六星子柴禾，他们的说法呢？”

白凤捏了捏金戈的肩膀，转到金戈的前面，端起桌子上的茶杯，张开朱唇呷了一口，然后道：“其他人一声不吭，只有二星子李占彪和赫连双江俩人一唱一和，看样子，这俩小子早就串通好了。我觉得，这里面一定有阴谋，八成是赫连双江捣的鬼。”

金戈的剑眉皱起，叹了一口气，说道：“华掌门一身武功精湛卓绝，要想无声无息将其击毙，不是任谁都能做到的。距离近了，他必警觉；远了，风声激荡，也难免被他发现。只有两种可能，一个是刺客武功奇高，再就是他亲近之人下的手。”

白凤看着金戈，低声道：“八成是大星子赫连双江，他早就想篡位夺权了，他利用凤尾镖，目的是……”

“搅浑水！”金戈的拳头在桌上轻轻一击，细眼微张，“他要引起武当派对我们的仇视，一来掩护其罪恶，二来让我们无法插手，排除我们的干预。”

白凤右手一提白裙下摆，在另一侧的藤椅上坐下来，美丽的丹凤眼盯着金戈道：“一石多鸟！这小子真够狡猾的，简直是个狐狸精，你说怎么办？”

这时候，银珠笑着蹦进来，她看看金戈，又看看白凤，笑道：“金大哥，我娘有请，她亲自下厨呢。凤姐姐，我娘请您一块过去，大家一块聚聚。”

白凤眼角耷拉，冷言道：“多忙啊，还聚呢。我可不去，后晌还有好多事等着做呢，没空。”说罢，她白了金戈一眼，叮咛道：“你可不能喝多了，工匠们正在半壁峡三台旁竖立石碑，估计干得差不多了，你要抄写戚大哥的奏章，好让石匠们雕刻。还有，仁义双雄他们也快回来了，武当派的事也要有个交代，不说出个所以然来怕是不行……”

金戈按了一下藤椅的扶手站起来，温言道：“知道了，我一会儿就回来。”

这时，协理朗文拿着一沓纸片匆匆走进来，看见金戈往外走，连忙站在一旁，说道：“院主，标枪毙敌的数字算好了，工匠们获奖的名单也统计完毕……”

“好，你和大堂主谈吧，你们先算算，造个表册。”金戈说着和银珠走出殿门。

金戈看着比自己矮一头的神情愉悦的银珠，和她说说笑笑，不一会儿就看见了正在门口张望的金珠。金珠一蹦一蹦地迎上来，娇声道："来啦，哼，你是非请不到。你就不会自个过来？怎么着，非要我们请你不成啊？真是的！"说罢，她向金戈抛个媚眼，一拧身子，嗖地蹿进大门。金戈见她的眼神里欢喜无限，心里一荡，顿时如沐春风。

金戈跟着金珠、银珠走过院子，进入客厅。八仙桌子上已经摆上凉菜，红红绿绿六个碟子，盛着大虾、螃蟹、肘花、蹄筋、藕片和豆皮。金戈没有看见长发婆，忙问："婆婆呢？"

金珠道："我娘亲自掌勺呢，还不是因为你，她多年不下厨了。"

"那我要去看看，当面道声谢。"说着，金戈跟着金珠、银珠来到厨房。金戈见长发婆站在炉灶前，麻利地翻着炒勺，一个胖厨师正在一旁打下手。长发婆看了一眼金戈，边继续炒菜，边对胖厨师道："看见啦，关键是火候。你也算名厨了，其他方面没的挑，就是火候上多少差点，要有耐心。"

金戈笑笑，说道："有劳婆婆，有劳这位大哥。"

长发婆用铲子翻动一下青菜，盯着冒着热气腾着香气的菜锅道："你们回屋吧，这里烟熏火燎，等一会儿我就过去。银珠、金珠，带着你们金大哥回客厅。你们先喝着，我再弄俩菜就过去，去吧去吧。"

银珠说道："好吧，我们就走。金大哥，走吧，你也不会炒菜，帮不上忙，走吧走吧。"

银珠柔软的小手伸过来，轻轻抓住金戈四根细长的手指头，拉着金戈回到客厅。来到八仙桌子前，金珠拉开一把椅子，把金戈按在椅子上。银珠拿出四个半透明的琉璃杯，倒上鲜红的葡萄酒，说道："这是吐鲁番红葡萄酒，我娘最爱喝的葡萄酒，噢，还有一坛杜康呢，你要喝什么酒？"

“就喝葡萄酒吧，‘葡萄美酒夜光杯，欲饮琵琶马上催’，金珠银珠艳如水，武夷九曲醉不归。哈哈……”

金珠媚眼如炽，银珠脉脉含情，两人倚在金戈左右。金戈左手一搂金珠的小蛮腰，右手一抱银珠的香肩，觉得自己好像飞到了云彩上，飘飘然，美滋滋，一股热流冲进脑海，全身的血液仿佛都要沸腾了。金戈心情激荡不已，鼻子上沁出了一层细细的汗珠。

“菜来喽！”

人未至，声已到。金珠、银珠的身子动了动，金戈赶紧松开双手。佩儿端着盘子莲步轻摇，脸上挂着一种似笑非笑的表情。银珠脸上晕红，说道：“贼笑什么？”佩儿退后一步，低声道：“没有啊，我哪里笑了？”

金珠笑笑，摆手道：“下去吧。”

“是，大小姐。”佩儿笑着答应一声，扭着腰肢下去了。

金珠端起酒杯，看着金戈的眼睛，说道：“我先敬金大哥一杯。来，但愿我们能和金大哥同舟共济，白头偕老！”说着，和金戈手中酒杯一碰，小嘴微张，一饮而尽。

银珠赶紧举起杯，也说道：“我愿和大哥同生共死，我愿大哥永远疼我，永远爱我！”说罢，也和金戈举杯一碰，酒花荡漾，两人干了一杯。

一会儿菜上齐了。青椒鳝背、薄荷虾腰、清蒸鲈鱼、山蘑老参、竹笋雁翅、干贝兔耳，一盘盘热气腾腾，香味扑鼻。

长发婆笑眯眯地走来，金戈连忙起身让座。长发婆一抹额前的秀发，在主座上缓缓坐下来。长发婆的绰号中带个婆字，其实她还不到四十岁，这两天心情好，一经装扮，竟像个美丽的少妇。

金戈举起酒杯，站起身来，对长发婆恭恭敬敬地说道：“英婆婆，金戈敬您一杯，谢您当年救命之恩，谢您传经赠宝之情，晚辈先干为敬！”

嗞溜！金戈干了一杯。长发婆抬手把酒杯送到粉唇边，左手抬起，挡住酒杯，嘴唇微微一动，喝干了杯中酒。佩儿赶紧过来，给婆婆和金戈满上杯。金戈又道："婆婆答应把两位妹妹嫁给我，金戈喜不自禁，我愿终生好好侍奉婆婆，孝敬婆婆。金戈再敬一杯，以示我的敬意！"说着将杯中酒一饮而尽。佩儿端着酒壶走过来，给金戈满上了第三杯。

长发婆高兴了，眼里尽是笑意。要不怎么说"话是开心果"呢？这句话和"话是拦路虎"同样是至理名言。金戈看看金珠，看看银珠，又举起了酒杯，对长发婆说道："婆婆和二位妹妹义无反顾，反戈一击，为消灭倭寇白毛虎大队立下了大功，岳武院平添三员大将，岳武院如虎添翼，金戈感谢你们对岳武院的鼎力支持，金戈再敬一杯，谢谢你们的鼎力相助！干！"

金戈一口喝干了杯中酒，杯口往下一倾，照了一下酒杯。银珠伸手拉了拉金戈的手，悄声道："少喝点，别喝多了。"金戈笑道："酒逢知己千杯少！"金珠一笑，接茬道："话不投机半句多！"

"来，吃菜。"长发婆夹了一筷子菜放到金戈身前的盘子里，说道，"多吃菜，少喝酒。来，尝尝长白山上的干蘑菇，煨着老山参呢。"

金戈夹起一个暗红色的蘑菇填进嘴里，慢慢嚼起来，顿觉口舌生津，蘑菇咽下肚，急忙说："好吃，好吃，味道鲜极了。"

金戈吃了几口菜，端起酒杯，分别和金珠、银珠喝了一杯，然后说起家常话。提起临江县的往事，金戈不胜感慨。这时，长发婆道："你没事就过来，这就是你的家。婆婆别的本事没有，做菜可不是吹，一般的大厨可比不上我。"长发婆的目光转向金戈背后的枪匣，又说道，"那天看你打白神掌，单刃枪有点晃动，枪匣带子要宽点，锁扣要紧，我给你重做一个，她们姐俩的手艺哪成啊！"

银珠说道："娘！看你，怎么那么疼他呀？不喜欢女儿了？"

长发婆俊眼含笑，说道："喜欢！一个姑爷半个儿，两个女儿的姑爷几个儿呀？”

银珠回答：“两个姑爷……一个儿呗！”

长发婆道：“那你们还分什么彼此？还分什么女儿女婿的？你们一般般高，都是我的心肝宝贝。”

金珠道：“娘，看你乐的。”

几个人连说带吃，不知不觉，菜肴下去了一大半。这时金珠停了筷子，转脸道：“对了，金大哥，‘一步登天’那一式还没练成呢，扭来扭去，真不好练。娘也没练成，你给我们讲讲吧，不是练法不对吧？”

金戈细眼一睁：“第一式练成了？别着急，第二式我也没练熟呢。”

“啊，你也没练熟呢？”

“我娘是天才，第一式已经练成了，我们也差不多了。这个白神掌——啊，是阴素功，乱了，好几个名字，还是叫阴素功吧，果然和我们的寒心功同出一炉，练起来得心应手。”

金戈喝了杯中酒，说道：“婆婆，翻天掌中的“一步登天”以腰为轴，横踢侧踹，不好练。要摸索着练习，千万不要贪功冒进，腰练坏了就麻烦了。”

长发婆说道：“对，你也注意身子，文武之道，一张一弛，弓弦不能老绷着。”

“是，我会注意的。”金戈脸上流露出幸福的笑容。金戈失去母爱之后，第一次感受到了母亲般的关怀，心里热乎乎的。

“饺子来了，虾仁蟹黄馅的。”佩儿说着走来，手上端着一盘热气腾腾的饺子。长发婆道：“尝尝吧，多吃点，一会儿还有鱼子大葱馅的，吃吧，趁热吃。”

金珠把盛着蒜末醋汁的盘子推到金戈面前，银珠夹起一个饺子，放到盘子里。饺子很小，猫儿耳朵大，金戈吃了一个，觉得又香又鲜，说道：“好香，好吃。”

一会儿，一盘鱼子饺子端上来，几个人又是一阵谦让。正吃着，梁丫找来，说道："院主，大堂主有请。"金戈停下筷子，问道："哦？有急事？"梁丫微微下蹲，轻声道："这我可不知道，大堂主说，你看看院主喝完了没有，喝完了让他快点回来。"

长发婆道："知道了，金戈马上就回去，你先回去说一声，他吃饱了就回去。"

梁丫走后，金戈又吃了几个饺子，一抹嘴道："我回去了，两位妹妹好好休息一下，养精蓄锐。有事及时通知我，我这几天事多，不能每天都过来。对了，风云剑华清子死了……"

银珠道："听说了，客院里乱哄哄的，可能是无面人干的，你可要小心些。这个人说不定是倭寇派来的奸细。"

金珠道："还有，我们想去看看岳霞姐姐，你下午有空吗？"

金戈略微思索，说道："晚上吧，我下午事多，晚上带你们去，你们先歇歇吧。"

"好吧！"金珠和银珠答应着，站起来相送，两人一直送到门口，依然恋恋不舍。

金戈摇摇手，顺着干净整洁、铺着青砖的小街甩开了大步。回到大殿，只见白凤噘着小嘴独自坐着，金戈赶紧上前，说道："有事吗？"白凤没好气地说："没告诉你早点回来吗？你看看都什么时候了？一大堆事呢，你倒好，喝起来没完没了，哼！"

"这不刚吃完饭吗？怎么……"

"刚吃完！我饭后都沏过三遍茶了！我爷爷去了武当派住的客院，连午饭还没吃呢。你倒好，吃起来没完没了。"

金戈抬头道："我看看去，我就不信他猫吃核桃狗上树……"

"行啦行啦！"白凤噘着嘴说道，"你赶紧去半壁峡，把戚大哥的奏章书写在石碑上，石匠们正等着刻呢。另外，标枪毙敌的数字统计好了，工匠们等着发银子哪，要三万多两银子呢，你说发不发？

要发后晌就发下去。还有，工匠们用不了那么多人，大部分要解雇了。有人想要留下来学武，你看是不是留下一些人？”

“该发的银子马上发，我们诚信第一，说到哪儿做到哪儿。”金戈想了想，又道，“人也可以留下几百，岳武院的武徒可以增加到八百，最后达到一千人的规模。精武堂和神武堂再分些人过去，这两堂暂时不能按常规晋级入堂。给他们补充二百人，剩下的分到练武堂和习武堂。”

白凤道：“好，精武堂、神武堂的武徒算是待定学徒，先带着训练，‘月圆较技’我们必须坚持，岳武院的传统不能丢。”

“你说得对，老传统必须坚持，就这么办吧。”

“工匠中恐怕没有那么多人留下，如果不够，我就派人下去招了。”

金戈点头说道：“行啊！”

白凤似乎忘记了刚才的不快，脸上露出甜甜的笑容，娇声道：“那你赶紧走吧，赶紧去半壁峡。”

半壁峡木桥旁，工匠们立起一块一人多高一丈多宽的石碑，面对岳武院的一面打磨得平平整整，十来个石匠等在那里。金戈连忙大步流星地走到石碑前，问道：“准备好了？”

朗文迎上来，说道：“都准备好了，这是笔墨，我给您拿着奏章。”

金戈接过毛笔，看了看戚继光的奏章，略一沉思，挥洒起来。金戈笔走龙蛇，一路写下去。金戈这路书法，带着酒意，写得龙飞凤舞、潇潇洒洒。工匠们看后，啧啧称赞，纷纷竖起大拇指，说道：“好！好！果真好字！果真当朝首屈一指！”金戈也是带着酒意，加之心情舒畅，才写出如此好字。以后纵然刻意用心，再也没有如此好字出手了。不久后，“武夷奏章”的书法拓片风靡了大江南北，这座“奏章碑”也成为了武夷山的一大景观。

“呀！写得太棒了，字都写活了，好！”一个女孩子的声音传来。

“绱鞋不用锥子——真（针）好！”又是一个女子的声音。

金戈转头一看，只见两个穿灰衣戴灰帽的小尼姑俏生生地站在面前，拍着手叫好。凤玲和仁义双雄伫立她们身后，目光盯着石碑。旁边，几个老石匠已经叮当叮当地凿打，一时间火花飞溅，一个个凹字出现在石碑上。

金戈站起身子，笑道："你们辛苦了，一定有好消息告诉我了？"

凤玲眼睛一眯，笑嘻嘻地问道："好消息？你怎么知道会有好消息？"

金戈笑道："看你笑嘻嘻的，脸上写着字呢。你再看看我的两个小师姑，脸上喜气洋洋，当然是马到成功了。"

夏姑脸色泛红，不吭声了。冬姑却道："什么小师姑，我们也不比你小多少，怎么成了小师姑？"

金戈哈哈一笑，说道："小师姑好听啊！难不成叫大师姑？怎么？你们追上了？"

凤玲摸着垂在胸前的一缕发穗，笑道："追是追上了，可是，白毛虎杀了阴阳魔，白毛虎又自杀了！"

金戈细眼一张，惊道："白毛虎杀了阴阳魔？为什么？"

夏姑道："怕被活捉呗。"

凤玲说道："你不知道这只瞎眼虎多嚣张呢。他劝我们归降浪武社，他还说，再有十年，大明朝就是他们的天下，临死还山呼神主，最后剖腹自杀了。"

夏姑张嘴说道："他不自杀也不行了，被小蛇亲了一口，他的脸都黑了。"

冬姑得意道："他疼痛难忍，不自杀就得求我们解毒，他无路可走了……"

"这群倭寇都喝了迷魂药了，大明朝那么好亡？十来年，他们还有长远的打算呢。"金戈想想，又说道，"你们回去吧！还有几个字，我写完了就回去。你们几个立下大功一件，记功去吧。凤玲，你到底下山去了？”

凤玲露出小虎牙，调皮地笑道：“没有，我可没下山。我是接他们来的，不信你问问铁扇大哥，问问铁铃大哥，我怎么敢私自下山？”

铁铃公子笑笑，转身道：“回去吧，走吧。”

金戈继续写字，耳边传来凤玲开心的笑声。写完后，金戈放下毛笔大步奔向岳武大殿。刚踏上台阶，就听见了白凤清脆的声音：“你们不用跟着我们了，收复横屿，愿意去，你们就自个去，不愿意去，我们也不问。总之，你们的事我们不管了。”

金戈略一驻足，耳边听见了赫连双江的声音：“横屿肯定是去不成了，掌门被杀一事不说清楚，我们也不走……”

金戈推开殿门，看见大星子赫连双江和二星子李占彪站在大殿当中，正和白凤争吵。金戈冷哼一声，走到五毒师太旁边坐下，接着细眼圆睁，一道寒光射向赫连双江，冷冷问道：“说清楚，怎么才算说清楚？”

铁嘴华把烟袋在灰黑的鞋底上磕了磕，看着道貌岸然的赫连双江说：“我说，岳武院不找你们麻烦，你们就烧了高香了，还嘚吧个屁！不过，风云剑也不能白死，你们赶紧把他冰冻起来，运回去，等我们收了横屿再去查对，谁也别想浑水摸鱼。”

九弟和他的一个兄弟正在客桌旁边喝茶，这时候九弟扭转身子，开口道：“对，别想浑水摸鱼……”

白凤丹凤眼一翻，瞪了他一眼，九弟的声音戛然而止。白凤伸出玉手，把一绺秀发拢到耳后，不卑不亢地说道：“给你们两天时间，立即离开武夷山，别的不用说了，是非曲直，自有定论。”白凤转脸对金戈说：“院主，我爷爷和师太说情来了，让他们多待两天……”

金戈冷冷地扫了赫连双江一眼，说道：“行，既然二位前辈说情，这个面子怎么也得给，那就让他们多留两天，两天之后，立即离开岳武院。”

大星子赫连江和二星子李占彪看看金戈，看看铁嘴华和五毒师太，对白凤一抱拳，梗着脖子道：“告辞！”

武当派的二位星子走了，铁嘴华和五毒师太敞开话匣子，铁嘴华摇头晃脑、唉声叹气：“阴谋！超级阴谋！我说，赫连双江这个臭小子要爬上掌门之位了，这小子阴险毒辣，武当派大难临头了！”

“说不定就是他下的毒手！”五毒师太道，“整个事件就他折腾得欢，一根狐狸的尾巴已经露出来了。”

九弟一听就站起来，刚一张嘴，白凤又投来白眼，九弟看见，摸摸脑袋，咽口唾沫，又坐下了。九弟的腿颤悠着，眼睛看着屋顶，嘴里哼着小曲。小秃子立即捅了他一下，手指在嘴唇上一横。

“我说，咱们应当阻止赫连双江。武当派让这种人当家怎么成？他还不把武当山派带到阴沟里？说什么也不能让赫连双江阴谋得逞。再说了，华清子是为帮咱们而来，绝不能让他死得不明不白。我说，咱们一定要查个水落石出，一则为华清子报仇，二则洗清岳武院的嫌疑！”铁嘴华说着向前走了几步，在大厅里转起来。

金戈看了看光头上闪着亮光的铁嘴华，叹了口气说道：“怎么阻止？如果能拿到他暗杀风云剑的证据，我们当然可以阻止他。反之，我们空口无凭，怎么干涉武当派的家事？况且华清子是在我们这里出的事，我想了解一下来龙去脉，人家已经把门闩上，把矛头指向我，说我是凶手，我还怎么调查？我连现场都去不成。交给武夷县吧，现在他们连个县令都没有。你们说，这如何是好？”

五毒师太道：“算了，管不成就不管了，我们自个的事还忙不过来呢。岳武院当务之急是招兵买马，壮大力量。招收多少人马了？兵器够不够？”

金戈道：“已有六百多人，还要招一些。兵器肯定不够。白凤，你叫杨伞赶紧购买弓箭，购买红缨枪……”

白凤道："咱们是不是也找几个铁匠，盘个风炉，自己打造兵器？凤尾镖也没有多少了，红缨枪也缺不少，不能总买呀。让杨伞采购弓箭，红缨枪、标枪我们自己造，缴获的倭刀倒是不少……"

金戈明白白凤的意思，岳武院的兵器是枪，不是刀。就说："我看行，多招几个人，搞一个兵器铺子，归内务大堂管理，你来安排。"

九弟听见，立即自告奋勇，说道："这件事交给我，我派人去找工匠，找最好的铁匠，你们等着瞧好吧。"

正说着，金蝉腿李方亮来了。金戈马上迎上去，把他让到客座上。说了几句客套话，李方亮说明来意："我来告辞。刚才看了看岳霞，她还是老样子，一时半会儿好不了。我回去打听打听，找找大夫，有了眉目再回来。岳武院已经复院，别的事我也帮不上，让九弟留在这儿，跑跑腿。他别的出息没有，还算听话，腿也快。咱们是一家人，用得着他尽管支使，我要回南京了。"

"那就多谢你了，多谢！"说着，金戈和白凤等人起身送行。

九弟跟出去，见父亲的身影渐行渐远，忽然在台阶上蹦起来，得意地瞟了白凤一眼。白凤看见，丹凤眼一翻，狠狠瞪向他。

晚上，金戈带着金珠、银珠来看岳霞，白凤也跟来。岳霞还是不认人，金戈给她介绍金珠和银珠，她跑到金珠、银珠身旁，围着她们姐俩转起圈来。银珠晃着头上的珍珠道："霞姐姐，你长得真漂亮，快点好起来吧。"金珠拉着岳霞的手，说道："霞姐，你，你喜欢我们吗？"

岳霞仍然转来转去，不理睬她们。银珠看见床帷上挂的瑶琴，说道："金戈，这是你那把瑶琴吧？这还是我还给你的呢，弹个曲子行吗？我们听听。"

白凤看着别扭，哼了一声，向门桌旁的椅子走去。

金戈道："好啊，我正想一抒豪情。"

凤玲摘下瑶琴，刚摆好，佩儿跑进来，进门就说："那个副堂主来了，正找你们呢。"

银珠脸现诧异，问道："副堂主？"

金戈笑着说道："我们马上过去，坐地炮来了。"

银珠咯咯一笑："坐地炮，真的哎，他那么敦实，真像坐地炮！"

金戈道："别看他个头矮，拳头可硬着呢，心眼也不少。"

金珠道："他光长心眼了，还能长得高？不过，看身板他可够壮实，牛犊子一样。"

金戈看见白凤的脸又阴了，连忙道："坐地炮来了，我去看看。"

白凤没好气地说道："早点回来，别粘在那儿！"

"好！"金戈说着快步走出了院主大院，带着金珠、银珠姐妹来到消息堂。坐地炮满脸春风，两只小眼兴奋地放着光芒。听见脚步声，他立即迎出来，说道："岳院主、二位堂主，我们有八个人了，他们愿意加入岳武院，打算谋个正当的出路。我们商量了一下，立即赶回杭州，回江南分舵。居中联络的色鬼被我们宰了，那边的人不明所以。江南分舵里能征善战的人已经没有，只剩下一些丫鬟、婆子和一些护院。分舵被一个老滑头把持着，此人外号白头翁，是个老油条，这是一个天赐良机。我们快马加鞭，昼夜不停赶回杭州，在消息泄露之前灭掉他，我们就可以控制江南分舵了。桃花会派新舵主来，也逃不出我们的手掌。一旦金夫人来到，立刻落到我们手里。这样，江南分舵神不知鬼不觉地易旗换主，你看如何？"

银珠闻听大叫起来："哎呀，太好了，太好了！"

金珠也嚷嚷道："好啊！来个偷梁换柱！"

金戈也是喜上眉梢，急忙道："妙！妙极妙哉！"他又向金珠和银珠问道："咱们的联络网还能用吗？"

金珠道："信鸽都留给黑旗船了，不过，咱们可以重建，可以搞十来个联络点，大概有两个月就行了。急用的话，我们可以借助一下黑旗船的联络网，那就快了，几天就行，他们都在鄱阳湖呢。我们在钟楼上建个鸽子楼，和黑旗船要几笼鸽子，马上就好。江南各地有好多联络点，这个系统我娘控制着，除了我们三人，其他人不知道我们的联络点在什么地方。”

金戈笑逐颜开，说道：“好！你们立即着手组建联络网，立即和杭州的联络点接上头。”金戈转过头来，又道：“左副堂主，你们的力量是不是弱了些，要不要给你配一些人手？”

坐地炮道：“暂时不用，我们的行动要隐秘迅速，要出其不意。再说这里也缺人，等我们立足之后，岳武院再派人吧。”

金戈说道：“既然如此，你们就先行出发，如果有人去支援你们，在哪儿见面？怎么联络呢？”

“杭州有个羞花妓院，很大，很好找。你们去了找麻婆婆，就说是我的亲戚，直接找我就行了，我会叮嘱她。院主，没别的事我就走了。”

“好吧，缺什么尽管张嘴，别客气。”

金戈见坐地炮走了，立刻回到大殿。看见白凤，立即把坐地炮的打算说了一遍。白凤道：“好啊，坐地炮是不是人单力薄呢？”

金戈道：“我说给他派几个帮手，他不要。”

白凤道：“夺取桃花会的江南舵，事关重大，弄好了会给桃花会致命一击，你救母救妹也会水到渠成，还是派人支援一下为好。仅靠他们几个人，怕有闪失。”

金戈想想也对，说道：“好，我去请五毒师太，让她去杭州策应一下坐地炮，防患于未然。”

金戈见到五毒师太，说明请求，五毒师太马上应允，点头道：“我去可以，一旦杭州的形势稳定了，我们立刻回山，我可不放心岳霞。咱们可说好了，如果岳霞和孩子有个三长两短，我可不干，你也应该早点安排成婚。”

金戈笑道：“师太放心，我一定保护她母子的，成亲的事早一天晚一天都行，我想救回母亲，立即成亲。”

五毒师太三角眼圆睁，看着金戈道：“你母亲要是永远救不回来呢？”

金戈笑道：“不会的，如果三年之内救不回母亲，我也成亲，就不等了，我母亲对我疼爱无比，我娶妻生子，希望让母亲亲眼见到，希望让她亲自主持她儿子的婚礼，让她高兴高兴。”

五毒师太的眼睛湿了，可能想起自己的儿子，心里阵阵绞痛。毒杀金戈的念头又闪了一下。可是，现在的岳武院离不开他。况且金戈早晚请安，非常孝顺，在拼斗阴阳魔时竭力护着自己，还是缓缓再说吧。五毒师太试探道：“你既然有此孝心，我无话可说，你抓紧吧。不过，最多等两年，你们结了婚，我就该回九华山了。”

金戈笑着抓住师太的手，亲切地说道：“师太不用走了，我在山上给您盖个像样的大庵，您永远住在这儿，我好替干爹尽孝。再者，你们住左近，也能帮帮我呀。”

五毒师太虽然不苟言笑，闻听此言，眼睛里也有了一丝笑意。她慢慢抽出干涩的双手，缓缓道：“好吧，到时候再说。”

金戈说了联系坐地炮的方法，要她到达杭州立即去见坐地炮，并协助坐地炮稳定江南分舵。

“为了岳武院，我去。我先去看看岳霞，明天我就走。”五毒师太转过脸去，对着春姑、秋姑道：“告诉她们俩，收拾行装，明早随我启程。”说罢，一摆拂尘，晃着灰衣的下摆出去了。

两个小尼姑走了两步，看见师父已经走远，停住脚步。秋姑眼蕴笑意，说道：“你怎么让我们去那种肮脏的地方？”

金戈戏道：“二位小师姑，你们戴上假发，混在妓院里，正可鱼目混珠呢！到时候还可以风光一把呢！”

“去你的，你真坏！”说着，秋姑伸出粉色小拳头，轻轻给了金戈一拳。金戈一蹦，捂着胸口叫道：“哟！可了不得了，毒拳！”

“咯咯！”两个小尼姑笑得前仰后合。

第二天，五毒师太带着弟子们离开武夷山。两天后，武当派离开，他们抬着风云剑的尸体，一路哭哭啼啼。

九弟找来几个铁匠，向白凤交了差。他依然晃晃悠悠，乐不思蜀。大部分工匠下山离去，愿意学武的工匠留下来，分到了各堂。

这天凌晨，金戈练完功，来到院子里，深深吸了一下清新的有些潮湿的空气。院子里有两个黑影正在翻腾跳跃。金戈闪目细看，矮个的是凤玲，脑后的发穗甩来甩去。高一点的是傻蛋，他脸上黑乎乎的，只有两只眼睛反射着星光。金戈扩扩胸，压压腿，打起拳来。白凤缓步走出来，她看了几人一眼，伸伸腰肢，蹦跳几下，呼的一掌向前劈去。金戈练完“阴阳九九掌”，又演练“天地八八枪”，现在的“天地八八枪”也更加富于变化。金戈单刃枪使开，满院风声。金戈练完“天地八八枪”，收式而立，忽闻枪声飒飒，金戈心中一喜，暗想：“谁的红缨枪刺出了风声？”

看白凤，她打的是白神掌，掌出无声。再看凤玲，只见她拧身、垫步，红缨枪毒蛇般刺出，隐约可闻嘶嘶之声。突然，她一个垫步回身，红缨枪一招“猛虎扫尾”嗖地抽回，只听啪的一声爆响，枪杆抽在地上，柘木做的枪杆竟然咔嚓折断，枪尖飞腾，一点寒星直向白凤飞去。金戈抖手镖飞，啪的一声火光四溅，枪尖跌落地面。

“啊！”凤玲和白凤同时尖叫。

“干吗，玩命哪？”白凤立即出言呵斥。

金戈再看凤玲，她手里拿着半截枪杆，呆呆发愣。忽然，她丢下枪杆，低头跑进屋子。金戈拾起枪杆，看了看柘木枪杆白森森的断茬，看了看地上碎成蛛网的碎砖，心说：“不容易，其力千钧！”

过了一会儿，金戈迈步走进苫子房，看见凤玲正在白皙的胳膊上缠布条，眼睛里泪水滚来滚去。见到金戈，她慌忙擦把眼睛，披上衣服。金戈走过去，亲切地问道：“怎么，胳膊肿了？”

“不争气，肿了。”凤玲低声道。

金戈又问：“腿呢？”

凤玲抬起倔强的头，咬牙道：“腿没事，只是疼，没肿。比你那时候差得远。你能玩命，我也能，不信就走着瞧！”

金戈温言道：“我信。你的伤完全好了？”

凤玲的声音低下来，说道：“完全好了，放心吧，死不了。”

金戈看看黑乎乎的窗户，说道：“当初我和你一样，胳膊肿得像大腿，九肿九消，这才不再肿了。”金戈回忆往事，眼前一片迷茫，说道，“那时蹲都蹲不下，一弯腰就疼得龇牙咧嘴，洗脸用的都是汗水……肿了消，消了肿，打进精武堂之后，腿才渐渐复原，其痛苦不可想象。吃得苦中苦，方为人上人，真是千古不灭的真理，想必是你的腿原来就有基础。”

几滴晶莹的泪水从凤玲的眼角边滚落下来，凤玲用手背抹了一下眼睛，转过身去。

金戈说道：“第一阶岳武功练得如何了？你们女孩子其实不适合练习岳武功，岳家传子不传女，有一定道理。这样吧，你练练第二阶岳武功吧，六步摇柳，好名字。刚柔相济，或许可以调节一下你的阴阳之气。”

“啊，这……行吗？”

“当然行，你是我最信任的人了，有什么不行的？再者，二练柔你早就知道了吧？我不说你也知道个大概。来吧，我给你讲讲……”金戈简单说一下第二阶岳武功的练习方法，又说，“岳霞那支藤蛟枪你可以使用，等她好了，你再还给她。秘洞里的那些藤蛟枪你不能动，那是岳家的家底。还有，老爷子的那支藤蛟枪不知去向，你要留心一下，要找回来。”

“嗯……”凤玲轻轻应了一声。

“早饭后，你叫着傻蛋去广场，今天我要讲解岳武枪。”

凤玲立刻仰头道：“好，我们一定去。”

上午，岳武广场上清风习习，送来草木的清香。金戈正给内务大堂的武徒们讲解岳武枪，金珠跑来了，扬着一张黄纸喊道：“杭州消息，戚将军的消息！”

“是吗？我看看！”金戈连忙迎上去，接过黄纸条，念道：“五月十三中午，赵文华在丽水城得月酒楼宴请戚继光，倭寇楼中埋伏狙击。”

金戈啊地惊叫出声：“这消息可靠？”

金珠大眼忽闪着说道：“当然可靠。这是军务总督赵文华府里传出的消息，怎会不可靠。”

金戈眉头皱起，慌忙道：“走！快回大殿。凤玲，立即派人通知各位首领到大殿议事。”

当当当，当当当！悠扬的钟声响起来。过了一会儿，白凤、凤玲、金珠、银珠、铁嘴华、长发婆、仁义双雄、蒋忠、江中月、毛四、杨伞、朗文进了岳武大殿。马大响和李虎子二位堂主距离稍远，还没到。众人传看着纸条，金戈问道：“谁知道丽水城在什么地方？”

铁嘴华道：“我知道，在浙江境内，离此地两天的路程，连夜跑，明天中午或许能赶到。我说，赵文华这个王八蛋，哪天有空，我去摘了这个阴扇子的狗头，砸烂这个王八蛋的蛋壳，放火烧了他的宅子，刨了他家的祖坟，让这个狗汉奸断子绝孙……”

众人议论了一会儿，马大响和李虎子进来了。金戈把条子递过去，说道：“你们看看吧。”等马大响和李虎子看完黄纸条，金戈接着说道：“铁嘴华，请您和长发婆、白凤留守岳武院。由白堂主执掌岳武院。金珠、银珠、仁义双雄、傻蛋和我直奔丽水。马堂主和毛四带两班护卫随后跟进。如果五月二十五我们还不回来，请李堂主带领练武堂武徒、习武堂两堂武徒赶往横屿，我们在宁德城南十里外会合，到了那里再定行止。”

白凤叫道：“我也去！”

金戈道：“你去？岳武院这一大摊子交给谁？”

白凤的两只玉手穿花似的把飘带在三千青丝上绕了两绕，插好金簪，丹凤眼张得大大的，闪着柔光，说道：“凤玲啊，凤玲管理院务没问题，凤玲能干着呢。”

金戈微皱眉头，说道：“也好，凤玲代理大堂主，主持院务。你们交代一下，立即出发！”

三十六　鸡毛毽子

当当！当！当当！钟声两长一短。“有敌来犯！”金戈大喊一声，冲了出去。到了殿外一看，半壁峡桥上升起了烟花，几匹快马飞驰而来。前面两匹白马并排奔跑，两个道士俯身扬鞭，一边催马一边疾呼。后面几匹马上也伏着青衣道士，打马急追。再后面，铁蹄雷动，黄尘滚滚，几十匹快马带着烟尘尾随而来。

铁嘴华蹿出殿门就大喊：“前面是五星子白双城和六星子柴禾，后面追赶的是赫连双江。不好，他们内讧了，快拦住他们！”

金戈已经看明白，逃跑的正是武当派的两位星子。他们胯下的白马奔驰许久，肚皮上湿漉漉的，嘴边堆满了白沫。突然，一匹白马前腿一软，扑通一声跪倒在地。白双城一跃而起，边跑边呼：“救命！救命！”

金戈和铁嘴华已经奔到近前，让过狼狈不堪带懈袍松的武当两位星子，当道挺立，喝道：“站住！”

“吁！”赫连双江一声断喝，座下大汗淋漓的枣红马唏律律一声长嘶，旋身而立。赫连双江满脸戾气，呆板僵硬的双眉之间悬着豆大的汗珠，下凹的泛红的腮帮子微微颤抖，黑着脸吼道：“武当派捉拿叛徒，请二位闪开！”

铁嘴华的长杆烟袋一指，说道：“什么叛徒？谁是叛徒？噢，风云剑这个臭道士一死，你们就窝里反了，真他妈的没出息！有能耐打倭寇去，打桃花会去，和自己人动手，算什么英雄？”

“铁嘴华，您给评评理，我是老大，继承掌门之位理所当然。可他俩四处鼓动，说什么要查清掌门死因后再立掌门，说什么要报了掌门之仇再立掌门，弄得武当派四分五裂，您说，这种逆贼当诛不当诛？”

铁嘴华托着手中的烟袋大声道：“他们说得对呀，有道理呀，怎么是逆贼呢？他们说得非常对，特别对，对得很！我说，风云剑尸骨未寒，案情未了，立什么掌门？你着哪门子急？”

白双城喊道：“赫连双江暗杀了掌门！出事的前一天，他和师父吵起来，他说横屿去不得，还说……”

“你胡说……”

“你还说横屿易守难攻，要是攻不下来，定然葬身鱼腹，武当一派会毁于一旦……”

“你胡说！你胡说！你胡说！”

金戈眉宇之间的肉皮皱起，心道：“救戚将军是头等大事，现在可没有时间和他们啰嗦。”立即沉声道：“赫连双江，带着你的人退出岳武院，有事投帖求见。”

赫连双江指着五星子和六星子，说道：“这两个叛徒呢？”

“他们有求于岳武院，岳武院暂且将其拘禁，查清后再说。”

“不行！你们没有道理扣押我们的人！”

金戈一摆手，大吼一声：“请！”

“不行！少来这一套！”赫连双江满脸的不屑，对五星子、六星子叫道：“你们回来！听候处置……”

金戈脸色冷峻，忽然豹子般跃起，挥掌向赫连双江劈去。这一掌是“阴阳九九掌”中最后一招，也就是阴素功的翻天掌。金戈的手掌向他的脸猛地一挥，接着手臂一弯，手腕一拐，手掌唰的一声翻转抽去。赫连双江急忙挥鞭下切，没拦着。正想躲避，只听啪的一声脆响，金戈的手掌结结实实抽在赫连双江脸上。赫连双江啊的一声大叫，滚落马下。金戈左手一按马鞍鞒，呼一声落坐马背上。接着金戈柳眉倒竖，怒声道：“滚！”

赫连双江骨碌碌滚出去一丈多远，咿呀了半天才爬起来。铁嘴华哈哈大笑，说道：“这下好了，没病找病，没事找事，挨个嘴巴就美了？”

赫连双江转过脸来，只见白皙的脸蛋上印着一个青虚虚的掌印，下陷的腮帮子鼓起来。他的发髻散开，道袍凌乱，嘴角上流淌着殷红的鲜血。他抹了一下翘起一块肉皮的嘴角，跺着脚挺着胸假装无事，歪着脖子叫道：“没打着！没打着！挨嘴巴？谁挨嘴巴了？”

铁嘴华瘪嘴上翘，大声道：“呸！你没挨嘴巴呀？我说，狗挨了嘴巴，王八蛋挨了嘴巴！挨打都不敢承认，真是嗑瓜子嗑出个臭虫来，什么人都有！”

赫连双江脸上一阵红一阵白，再加上一个手掌印，变成了一个五花脸。他觉得装不下去了，大叫出声：“金戈！你他妈的不是人，你敢打武当派的掌门人，来人哪，布阵！布阵！”

金戈冷笑声声，说道：“识点趣吧，我已经手下留情，我的手掌要是斩在你的颈椎上，你已经瘫痪了。滚吧，惹得我怒起，立即要了你的狗命！”

二星子李占彪就在金戈身后不远，看着马背上的金戈，就像看见一尊顶天立地的天神。再看看面带冷笑的铁嘴华和风姿绰约的长发婆，看看桀骜不驯的凤玲和白凤，看看神情淡漠的金珠、银珠二位美丽仙子。再望了望挺身而立的仁义双雄、马大响和虎子等人，迟疑了一下，向赫连双江招招手，掉头就走。

“哎！哎！回来！你们怎么走了？……你们，你们等着，咱们没完！”赫连双江看见自己的人已经走了，撂下一句狠话，连滚带爬，一溜烟跑了。凤玲看着他的背影啐了一口，又扑哧笑了。

铁嘴华忽然大步向前，一把拉住马缰绳，冲着金戈叫道：“下来，下来，我问你，你刚才用的是不是翻天掌？是不是大阴山雪老的绝技……”

金戈跳下马背，诧异地说道：“怎么？你见过？”

铁嘴华一蹦老高，急道：“你竖掌如刀，而且手腕拐弯，手臂拐弯，其他家哪有如此诡异的掌法？我说，你的手掌若不是撤去一些掌力，他的牙齿也会打下来……呀呀呀，看样子真是翻天掌了？嘿嘿，不瞒你说，我们祖上正是阴山派的旁支，我们黄山白神掌就缺这个镇山之宝了。我说，你……你……”铁嘴华脸上露出乞求的神色，由于心情激动，他出气都粗了，话也结巴了，急忙道，“我说，你、你、你能不能……教教我……”

金戈看看金珠和银珠，看看长发婆，笑道：“我不能教，不能教，不能教也。”

铁嘴华一听就急了，叫道：“哎哟，你小子是蚊子放屁——真小气，不过，当然，但是……”

金戈哈哈大笑，戏谑地问道：“怎么样？”

铁嘴华的老脸变成了一个大苦瓜，皱纹密密麻麻挤在一起，稀疏的山羊胡子也不争气地抖动起来。他跺着脚叫道：“白凤，我们走！这小子是麦秆吹气——太小气，我们实心实意地帮他，你看看，求他一点小事，竟然推三阻四！走！咱们躲了这个臭小子！”

金戈收起笑容，说道：“这样吧，看着您老救过我的分上，我给您指条明路……”

铁嘴华闻言一愣，瞪着一双疑惑的老眼道：“啊；好好，你说，你说！”

“你们赶紧回去，安排出发。”金戈转脸吩咐白凤一句，又回头对铁嘴华道：“你去找你的夫人，她会，你去求她，让她教给你就行了……”

铁嘴华的脸又变成大苦瓜，怒道：“胡说！胡说！她的功夫都是我教的，她会个屁……哦？我说，你是说……”他看向长发婆。长发婆一扬光洁圆润的俏脸，哼了一声。铁嘴华拍着光头说道：“哦，我明白了，英子，你会是不是？是你教的金戈对不对？我求求你，我求求你……”

长发婆再次冷哼，铁嘴华搓着手，颠颠小跑，围着长发婆的身子来回转圈。

金戈细眼含笑，一招手，带着五星子、六星子直奔岳武大殿。

来到大殿门口，金戈看向凤玲，说道：“你安排五星子、六星子住在客院，我估计赫连双江不敢来了，再敢来你们就收拾他。白道兄、柴道兄，你们先休息几天，我有点急事出去几天，咱们回来再谈。上车！”

四匹健马拉着四轮马车，已经停在一侧，傻蛋兴奋地挥着鞭子。仁义双雄一白一红两匹健马的铁蹄啪啪跺着地面，唏律律打着响鼻。马大响和毛四带着四十名护卫分列两行，四十多匹战马龇着牙，扭动着屁股。白凤上了车，金珠和银珠忙碌半天，一人提一个柳条箱子跑出来。银珠把箱子扔上车，又嚷道：“呀，铜镜子没拿！”

金戈伸手托了她一把，说道：“上车吧，路上再买，快！”

车轮滚动，战马撒欢儿。金戈挥挥手，紧跑两步，一纵身子跃上马车。

“驾驾！驾……”傻蛋连声吆喝，四匹健马嘚嘚小跑，轰隆隆声大作。

怒马香车，一路飞奔。第二天上午，丽水城遥遥在望。前面的战马还在疾驰，中间的马车还在狂奔，马堂主和毛四带领的马队蹚着尘土扬鞭尾随。路上行人忙不迭地四下逃窜，怒骂声四起：“死了人啦，抢孝帽子哪！”

“哟，我的猪崽！”一个人的猪崽跑了。

“天哪！鸡蛋！天哪！鸡蛋！”一个老太太大呼小叫。

金戈坐在车辕右侧，一伸手掏出一个银锞子，往后一扬，正好落在老太太脚边。老太太大吃一惊，慌忙拾起来，抬头看看裹着尘土远去的车队，念道：“菩萨保佑！菩萨保佑！”

四轮车渐渐慢下来，拉车的四匹健马大汗淋漓，就像刚从水里捞出来似的。金戈看见离城不远，掠下马车，撒开长腿就跑。铁扇公子、铁铃公子的战马也是汗出如雨，再也跑不动了，二人见金戈飞跑而去，也脱镫离鞍，跟着金戈向前奔去。

丽水城里，吉祥大街上人来人往，一派安定祥和景象。得月楼前，几个伙计在门口拦截着客人，不让进楼。戚继光骑着高头大马，带着百十个卫兵，迤逦而来。开路的卫兵已经走进酒楼，戚继光刚要翻身下马，又忽然坐正身子。他诧异地看了一眼得月楼，目光顺着街道向前望去。大街上怎么这么安静？怎么没有贩夫走卒往来？

戚继光正在思考，赵文华的管家刘三麻子快步迎上来。他麻脸上堆满了奸笑，抱着拳头道：“戚将军快请，总督大人已经等候多时了！”看见刘管家，戚继光疑云顿消，身子一侧，甩镫离鞍。正在此时，忽听头上一声喊喝：“有埋伏！有倭寇！有……”一个人大叫着跳下来。嗖的一声，一把倭刀带着白光尾随劈下，噗的一声击中了跳楼人的肩胛。跳楼人跌落戚继光的马前，奋力仰起头，喊道：“快跑……”

戚继光连忙坐正身子，大喊一声：“撤！”

这时，二楼的窗户纷纷撑开，倭寇们现了身。他们拉弓放箭，瞄着戚继光射下来。卫兵们呼啦拥上前，挥枪拨打雕翎。戚继光扭闪身形，从鸟翅环上摘下盘龙铁臂弓，前把推，后把拉，弓开满月，啪啪啪射出三箭。三个倭寇脑门中箭，跌回楼内。这时，耳畔传来乒乓声响，一楼的门窗被砸烂，数十个倭寇跳出来。他们光着膀子赤着脚，双手握着明晃晃的倭刀，呀呀叫着扑过来。卫兵们一见，立即抖枪迎战。戚继光一边打马后退，一边察看周围地形。这时，楼上又冒出两个持弓的倭寇，戚继光看见，铁臂雕龙弓一指，弓弦砰砰连弹，两支雕翎箭一先一后飞出去，噗噗两声，两个倭寇先后中箭，一仰身子不见了。接着，戚继光前把低，后把抬，盘龙铁臂弓指向冲来的倭寇，利箭呼啸着飞去。卫兵们一边厮杀，一边疾呼："杀倭寇啊！保护戚将军！"

戚继光怒吼声声，弓弦连弹，箭似流星，利箭一支接着一支射向倭寇。一会儿是"一箭落幽燕"，一会儿是"双箭并蒂莲"，一会儿是"三箭灭三酋"，利箭银链似的飞向倭寇，搭起了一条谁也不能走的晃动的箭桥。倭寇不断倒下，戚继光的卫兵也在减少。这时，戚继光回手一抓，一支箭都没摸着，箭壶空了。转身再看，大事不好，几十个倭寇已经把后路切断。前面的倭寇流水似的源源不断拥来。突然，一边的楼房上飞下几个茶壶茶碗、胆瓶胆罐，如同天女散花，落在倭寇群里，耳边传来一个老太太苍老的声音："打！给我打！打死倭寇有赏！"

"保护戚将军！打倭寇啊！"四下里喊声一片，不少百姓拿着棍棒冲出来。

这时，戚继光的卫兵只剩下五六个人了，混战中，戚继光的大腿上中了一箭，前来营救的群众也被倭寇挡住，形势万分危急。正在这时，金戈一马当先，从后面冲来，霹雳般一声大吼："岳金戈来也！"

几个倭寇上前阻挡，金戈大吼一声，跃起空中，单刃枪做大刀使用，一招“霹雳裂冰川”斜劈而下，只听当的一声大响，三把倭刀落地，两个身子分家，鲜血喷出半人多高。这时仁义双雄也到了，三个人如同三只下山的猛虎，飞扑向前。三件兵器上下翻飞，搅起了一阵血雨腥风。三个天神般的汉子左右搏击，片刻间杀开了一条血路，冲到戚继光前面。三人三星捧月般环绕戚继光而立，三件兵器轮番交击，霎时开出一丈方圆的一片空地。

“哇呀呀！哇呀！”一个倭寇摇动指挥刀，催赶倭寇。

“吁！吁——”一辆四个轮子的豪华轿车驰到近前，车未停稳，三个女孩就从车厢门里蹿出来，如同三个下凡的仙女，飘飘冉冉，直扑向前。

“看！三个姐姐像仙女！”楼上传来一个女孩子稚嫩的声音。

“嫦娥临凡，菩萨降世！”一个书生摇着脑袋大喊。

金戈身侧的一个大肚子倭寇看见这三个如花似玉的姑娘，眼睛竟然直了，挥着刀狂叫：“仙女！仙女！明朝仙女美得紧！”

“美你妈！”不知谁骂了一句。

金戈抖动手中的单刃枪，喊了声“杀”，单刃枪嗡的一声刺出去。噗的一声，给这个大肚子倭寇来了个透心凉。

“杀呀！”马大响带着一群武徒冲过来，丽水镖局陈镖头带着十几个镖师赶过来，一帮年轻人高举着棍棒奔过来。接着，一群男女老少顺着街筒子呐喊着拥来，他们拿着棍子，拿着铁铲，拿着菜刀，就像冲毁堤坝的洪水，咆哮而至。

“杀！杀！”金戈吼声连连，一招“秋菊开花”连着一招“秋菊开花”，一招“大漠孤烟”连着一招“大漠孤烟”，切瓜砍菜般地杀起来。仁义双雄二人站在左侧，铁铃呼啸，扇影弥天。三个女孩挡在右面，三把利刃银光闪闪，犹如三只蝴蝶翩翩。丽水城犹如一个火药桶，被点燃了。街道上人影如潮，喊声如潮，杀势如潮。

片刻后，倭寇们阻挡不住，落荒而逃。金戈赶紧去看戚继光，来到近前大吃一惊，只见戚继光斜躺在一个卫兵身上，他的腿上插着一支狼牙箭，肚子上也插着一支箭。他右手攥着半截箭杆，满手是血。金戈的脸立刻黄了，大叫：“南塘兄！”

金戈和卫兵连忙把戚继光抬到四轮车上。车厢里，戚继光突然睁开眼，对卫兵说：“你下去，把守车门，不要让人靠近。”

卫兵带着疑惑的眼神下了车。戚继光拿掉肚子上的箭，对金戈道：“腿上的箭伤是真的，肚子的箭伤是假的。我要让敌人得一个假消息。那个示警的小伙子呢？你赶紧找找，他没死，你要救活他。”

金戈跳下四轮车，在一个角落里找到了跳楼的小二。他已经奄奄一息，一条胳膊已经断掉，仅连着一片肉皮。金戈轻轻抱起他，小二嫩稚而清秀的面孔上溅满了鲜血，已经咬破的紫色的嘴唇哆嗦着，勉强睁开失去光彩蒙着泪水的眼睛。颤抖着右手从怀里掏出一个鸡毛毽子，托在手上，费力地说道：“圆……月之下，垂柳……之上，送……妹妹……”话没说完，他就睁着不甘的眼睛死去了。断臂处鲜血还在涌流。鸡毛毽子彩线编织的底托染成了血红色。五根斑斓夺目的鸡翎，就像盛开的喇叭花，在阳光下闪烁着耀眼的光辉。鸡翎五彩缤纷，鲜血鲜艳夺目。

“圆月之下，垂柳之上，送，妹妹……什么意思？”金戈喃喃自语，俯身对小二说道：“你放心去吧，你的心愿我一定会办到！瞑目吧，好兄弟！”金戈慢慢给他合上双眼。

街道上人山人海，得月楼被砸得一塌糊涂。有人捧着倭寇的战刀载歌载舞，有人挑着倭寇的头颅高声呐喊，有人燃放爆竹，霎时间噼噼啪啪之声不绝于耳。

戚继光和金戈受到丽水镖局的邀请，住进了丽水镖局。刚安顿好，马大响拉着金戈走出屋子，捏着衣角低声道：“院主，我想请假回家看看，我家离此不远，就十几里路，明天回来如何？”

金戈啊了一声，说道：“你家在丽水？好啊，那就回去看看，过两天我也去。我让白堂主安排一些礼物。”

马大响摇头道：“不用了，我先去看看。赵文华贼心不死，院主不宜离开此地。”

金戈想想也对，就说：“也好，抽空我再去，你代我向长辈们问好。”

马大响憨声道：“好的，好的。”

屋子里，身心疲惫的戚继光躺在床上。他的小腿上打着绷带，肚子上也缠满了白布。

丽水城的知府和府丞来探视，金戈陪着二位大人进了屋。知府和府丞看见戚继光苍白的脸和两处带血的绷带，脸色焦黄，不住地说着好话：“戚将军，我把衙役都派来了，在镖局里布防，协助众镖头保护将军。将军有何需要，尽管通知本官，本官一定尽心尽力而为。”

戚继光低声道：“知道了。”

马大响一只手拎着点心包，一只手提着酒坛子，快步走进一个傍河的小村，来到一个门楼歪斜的小院前。开了缝的失了漆的木门大敞遥开，马大响一声不吭地走进去。眼前还是那三间低矮的茅草房，房上的茅草已经变成黑褐色。院子里青砖铺成的甬路也有些斑驳，砖缝里钻出许多泛黄的小草，砖面上还堆着一些黄白相间的鸡粪。院子东侧的泥墙上支着几根柳木桩，看样子离倒塌不远了。墙头弧形的泥胎上卧着一只老花猫，抿着粉色的嘴，支棱着长胡须，翡翠球似的眼珠盯着一只正在墙头上跳跃的麻雀。低矮的茅厕还立在东北角上，旁边蹲着一个发黑的木头鸡笼。缺少一块边角的碌碡滚到了门口旁，半人高的盖着石板的咸菜缸依然立在西屋窗前。院子里没有一点生气，一只乌鸦一样黑的公鸡怕冷似的缩着脖子蜷着一只腿。旁边的两只芦花鸡瞪着豆大的圆眼，抖抖翅膀，伸出尖锐的爪子，继续低头刨土。一切如旧，既熟悉又陌生。马大响顺着甬路缓步前行，一颗心怦怦狂跳起来。来到堂屋门前，马大响轻轻喊道：“娘！娘！”

没有声音。马大响斜了一下身子靠开屋门，抬脚走进去。黝黑的墙壁，黝黑的屋顶，黝黑的桌子，一切都是老样子。隔山墙的前面还是那个青砖垒的锅台，锅台上靠窗处还蹲着那个歪斜的碗架，碗架上方还供着褪了色的灶王爷画像。马大响看见蹲在锅台一角的土红色瓦盆，盆里堆着一团白花花点缀着黑粒的米糕。马大响低下头，使劲抽了抽鼻子，他闻到了那股熟悉的米糕香味，顿时激动起来。

“娘！爹！”马大响一掀帘子闯进上房屋子，却见屋内空无一人。一张硕大的架子床摆在窗台前，床上铺着一张暗红色的竹席。两个樟木箱子架在床尾，被褥却散落在箱子前面，拧着麻花。镶着铜叶子的硬木立柜立在后墙前，黑红色的椿木门桌依然对着屋门。这两件家具是娘家的陪送，平时母亲擦得锃明瓦亮，现在桌上竟然有了灰尘。马大响默默看着，想着，一种发了霉的、带着汗腥的气味扑进了鼻孔，马大响伸手摸了摸有些发黏的被褥，两道浓眉立即皱起来。马大响把点心和酒坛子放在门桌上，快步回到堂屋，吱呀一声推开对面的屋门。这是马大响儿时住的屋子，两条板凳架着荆条编成的床，一个木架弹弓挂在掉了墙皮的泥墙上，几件农具七扭八歪堆在角落里，几个高矮不一的米缸食罐立在后墙前的石条上。马大响走到米缸前，掀开米缸的盖子，看见了半缸大米。他又掀开一个瓦罐的盖帘，半罐紫色的大枣闪着乌光。马大响紧皱的眉头展开了，嘴角上荡起了一抹笑意。马大响回到堂屋，掀开水缸盖子，去抓水瓢。水缸里没有水瓢，也没有水。水缸干干的，半腰上泛着一圈白色的水锈，看样子好长时间没有盛过水了。马大响的心咯噔一声，眉头又皱起来。愣了片刻，马大响抄起桑木扁担，钩上柏木桶就往屋外走。刚出屋门，马大响就看见了自己的母亲。她正站在茅厕旁，手搭凉棚向这边望来。马大响愣神之间，耳边传来母亲那苍老而悦耳的声音：“这位客官，你，你要讨水喝吗？”

“娘！娘！”马大响放下水桶，急忙向前奔去。水桶没有放好，水桶的铁条系子碰到了他的小腿。马大响也顾不得疼痛，大步奔行：“娘！娘！我是大响啊！娘，我是大响啊！娘……”

马大娘佝偻的身子微微一震：“大响？我的儿子？你是大响？我的儿子，你这是打哪儿来呀？”

马大响上前答道：“娘，是我，是我，儿子从武夷山来。”

马大娘伸出满是蔫皮带着黑斑的老手，抓住了马大响又大又黑的手巴掌，仰起满是皱纹的老脸问道：“听说，听说你当兵了，跟了戚将军……怎么，你不当兵了，又去习武了？”

马大响伸出另一只手，扶住了母亲单薄消瘦的腰，低头说道：“娘，我不当兵了。戚将军让我回岳武院去带徒弟，我的军职还留着。娘，你还好吧，我爹还好吧？”

马大娘颤声道：“我还好，就是一个眼看不见了，剩下的一只眼也不好使，花花嗒嗒的。耳朵也不行了，耳边总有知了叫个不停。让娘好好看看你，啊，好像高了点，还是那么壮实，还是那么憨……”摸着大响的方盘大脸，她昏黄的老眼里沁出了泪花，“你也不知道回家看看，一走就是五六年。你爹没了，唉，春天没的，去年冬天担水摔倒在河堤上，大胯摔断了，半年多没起床，长了褥疮……他老念叨你，可就是不让人给你捎信，他知道你在打倭寇，怕你分心……”

“爹……”马大响大叫一声跪倒在地，眼泪扑簌簌地滚落下来。

“进屋吧，都过去了，别难过了，明天我带你去坟上，让你爹看看你……”马大娘说着，斜着单薄的身子迈开脚步。马大响边走边哭，扶着母亲走进屋子。娘儿俩坐好，马大娘这才问道：“你回来待多少日子？你都二十好几了，这回多待几天，我让你大舅妈给你张罗张罗，也该娶个媳妇了……”

马大响摇头道：“娘，我一两天就走，来不及了。戚将军就在丽水，受了伤，我在保护他。娘，倭寇蹦跶不了几天了，等倭寇一除，我立马回家，立马娶个媳妇伺候您。娘，我在队伍上是总旗了，管着几十号人，在岳武院也当堂主了，娘，儿子出息了，能娶上媳妇，咱不用着急。”

马大娘摸着大响的手，柔声道：“还不着急呢，柱子和你一般大，孩子都五六岁了，可你……”

马大响咧着大嘴憨笑道：“娘，会有人伺候你的，咱不急……”

马大娘摇头道：“伺候我不伺候我不要紧，你身边该有个人了，没个媳妇，多大岁数也是孩子。”

马大响抹了一把带着泪痕的脸，站起身来，低声道：“娘，我先去挑水，回来再陪您坐着。”

“有桶水就够吃了，我吃不了多少水，咱不吃陈水。等会儿我给你熬粥，熬你最爱喝的大枣小米粥。”

“好，我挑水去了。”马大响答应着，抄起水桶，大步向河堤走去。薄薄的桑木扁担上下起伏着，厚重的柏木桶来回摇摆，伴随着马大响咚咚的脚步声来到河边。站在跳板上，马大响望了望被风吹皱的波光粼粼的河水，身子一侧，右手一探一晃，柏木桶就晃了起来。三晃两晃，晃得桶口斜着朝下了，马大响肩膀一沉，咚的一声，水桶沉入水中。水桶慢悠悠地翻转过来，装满了水。马大响胳膊肘用力上提，水桶滴答着亮晶晶的水珠离开了河面。随着腰身扭动，空水桶转移到身前，晃动几下，咚的一声，再次盛满了水。马大响把水桶提到跳板上，弯腰挺身担起水桶，哼着小曲，前倾着身子向着林荫下的河堤走去。

江南军务总督赵文华不知道从哪儿冒出来，带着监军赵小峰一摇一摆地走进镖局。金戈听见卫兵报告，一挥手，带着白凤等人躲到了屏风后面。赵文华还是嘻嘻哈哈那一套，进门就说："你还好吧，听说中了两箭？多悬哪！听说是管家刘三把你诓来的，我饶不了他！他逃跑了，可跑了和尚跑不了庙！我抄他的家，灭他的九族！"

戚继光拱手道："谢谢大人关心，托大人的福，不幸中的万幸……"

"好，你歇歇吧。歇上一阵子，好好调养调养。"赵文华略一沉吟，继续说道，"目前倭寇猖獗，军中不可一日无帅，要不叫监军先拿着帅印，总领浙江军务？"戚继光连忙摇头，说道："不必了，我还行，赵监军不熟悉敌情，指挥使的大印不能交给他。"

赵文华的蛤蟆眼眯成一条细线，摸着光秃秃的下巴道："好吧，那你就好好养伤，不行就把大印交给小峰。其实，你让他当个木偶在台前站着，你在后面牵线指挥，让他历练历练多好啊。"他几个手指来回捻动，问道，"那个东西，准备得怎么样了？"戚继光欠欠身子，说道："正在准备。凑齐了立即给大人送去，请总督放心，下官绝不食言。"

"好！好！我可等着哪！"赵文华颤着脸蛋子上的肥肉，哈哈笑着，端起茶碗。

赵小峰嗓子眼早就痒痒了，看见伯父闭了嘴，赶紧开口："戚将军，我说的那个事怎么样了？"戚继光转过身来，瞪着大眼问道："什么事？"

"唉，你忘了，提拔郭家兄弟当把总，刘石龙当知事，怎么，你把这事给忘了？"

戚继光摇头道："这三个人不能提拔。尤其是郭家兄弟，别说把总，哨总也不能当。他们二人一没功劳，二没资历，三没功夫。你说，怎么提拔？他们跟了监军几天，就当这么大的官，难以服众，别人会说我们任人唯亲、任用私人。"

赵小峰腾地站起来，黑着脸叫道：“任用私人怎么了？你还不是我伯父保举的？你不是我伯父的私人？没有我伯父的举荐，你能任浙江指挥使吗？行了，谁都有仨亲俩好的，互相照顾理所当然。你赶紧安排吧，我已经答应了他们，过个一年半载的，都让他们当上将军！”

戚继光看了看赵文华，摇了摇头，温言道：“不行，别的事都好商量，唯独职务升迁，必须坚持‘积功升’之规则，此乃治军之本，不可动摇。游击军所有将士人人平等，不分远近亲疏，一律公平竞争。‘明号令，公赏罚，同甘苦，积功升’源自‘武穆兵经’，是我治军的根本所在，雷打不动，还请你多多谅解呀。”

赵小峰一叉腰，伸着脖子吼道：“什么？不可动摇？雷打不动？大错特错！不用自己人难道用不相干的人？你管他有功无功呢……”

戚继光摇头道：“升迁提拔乃国之根本，如大厦之柱、重车之轮，不可有丝毫的轻慢。如果有志之士升迁之路被堵，必致军心涣散、朝纲紊乱，国将不国也。我们不能因一己之私，坏国家大事，积功升，当为铁律……”

“停停停！别讲你的大道理了，不就是提拔几个人吗？至于吗？行了，你怕别人说闲话，我就直接上折子，由上往下批，我看哪个敢不从？”赵小峰吧嗒吧嗒黑嘴唇，布满血丝的黄眼珠斜视着戚继光。

戚继光脸色一沉，剑眉立起，斩钉截铁地说道：“有折子尽管上。只要我还拿着指挥使的大印，我就会坚持‘积功升’。没有功勋的人一个也别想升迁！我的部下，必须坚持此规则，除非解除我的军职！除此之外，别的都可通融，都可商量，还望赵监军体谅一二呀。”

戚将军的话不卑不亢，据理力争之时斩钉截铁，大有气吞山河之概。但在话语收尾之时，话风突然峰回路转，语音里有了笑意。

金戈心头一震，心道：“这是什么功夫？一句话中既有声色俱厉斩钉截铁，又有和风细雨谦逊恭敬，这、这，怎么练成的？怎么转换得如此之快？”

赵小峰脸色煞白，抬起手，指点着叫道：“你、你……伯父，你看……”

赵文华放下茶碗，哈哈一笑，说道：“戚将军脾气见长啊！翅膀硬了是不是？哈哈！不过，你忘了那句老话了？一个篱笆三个桩，一个好汉三个帮。要是大伙不捧你的场，你就离倒霉不远了。功劳，功劳算个屁！岳飞的功劳大，曾立下八百破十万之不世奇功，不是照样满门抄斩吗？”

金戈的脸贴近屏风间的缝隙，闭着一只眼偷偷看去，只见赵文华说话时脸上肌肉牵动、小眼圆睁，既气势凌人，又凶狠狰狞。

戚继光弯着魁梧的身子温言道：“总督大人，别的事都好商量，都好说，唯独将士的升迁不行。这是治军的根本，将士们提着脑瓜子拼命，图的是什么？如果连升迁的机会都被剥夺，那不是在他们心里捅刀子吗？谁还去拼命？只有坚持‘积功升’的规则，官兵才能上下一心，才能步调一致，才能无坚不摧！公平竞争乃是治军之本，积功升迁是战力之魂，就是掉了脑袋，下官也不敢稍有变通啊。”

赵文华哼了一声，说道：“喔，厉害呀！和我说起大道理来了！我告诉你，我能保你当将军，也能把你拉下马！别觉得自己打了几场胜仗就了不起，能打仗的人才多的是！张经‘养寇失机’的罪名怎么来的？朝野都知道他手握王江泾大捷之功，还不是枉死狱中？巡抚李天宠何以身亡？他们都有平寇战功在身，顶个屁用！俞大猷也是一位威名赫赫的战将，不是你多次保奏，他的脑袋早就搬了家！颠倒功过，混淆是非，还不是权臣们几句话的事？积功升，屁！你好自为之吧，不然的话，张经、李天宠就是你的榜样！”

金戈闻言气得浑身发抖，恨不得立刻冲出去，一刀要了赵文华的狗命。白凤的一只手悄悄伸过来，紧紧捏住金戈微微颤抖的手，示意他忍耐，不要给戚继光添麻烦。

戚继光轻声道："张经总督和李天宠巡抚的事下官略知一二，我也知道大人您的能量，所以下官一直敬仰大人，一直孝敬大人，可是……"

赵文华有着大眼袋的眼睛瞪起，叱道："没有可是！天堂地狱两条路，你自己选择！有道是，天堂有路你不走，地狱无门闯进来！怎么着，你真敢逆我之意？"戚继光赶紧赔笑说道："不敢，不敢，总督大人请息雷霆之怒，容下官想想办法，以堵悠悠之口。"

赵小峰颤着身子道："这还差不多，不过，你可快点……"赵文华摆手拦住赵小峰的话头，说道："你看着办吧，何去何从，任你选择。我们不会等太久，包括你答应的东西，都要从速办理！"戚继光笑道："是，是，下官立刻着手安排。"

赵文华哼了一声，又道："另外，皇上命你进兵福建，你怎么还在浙江转悠呢，你赶紧兵发福建，不得有误！"戚继光道："是！大军已经过去了，我这就走。"

赵文华抚着凸起的肚子站起来，看着屋顶说道："小峰，我们走！"戚继光连忙欠身，说道："大人慢走，下官有伤在身，恕不能相送，大人慢走，大人慢走。"

赵文华的脚步声消失后，金戈等人从屏风后面走出来。金戈脸色铁青，恨恨地骂道："国贼！贪官！狼心狗肺的奸臣！"白凤呸了一声，骂道："流氓！人渣！"

金珠晃着头上的珍珠道："他怎么这样呀……"银珠张开两片粉红的嘴唇道："是呀，他怎么蛮横不讲理呀？"

金戈叹道："唉，阴扇子赵文华翻云覆雨、阴险毒辣，在这样的人手下当差，当真如履薄冰。"

戚继光长叹一声，说道："看见了吧？他们一面暗箭伤人，一面压榨欺凌，无所不用其极。但是，我的‘积功升’雷打不动，休想动摇分毫。这正是，小不忍则乱大谋，大不持则毁根基。抓紧吧，赶快找到店小二的亲人安顿好，我们立即离开丽水。”

金戈思考着戚继光的话来到院子里，找到几个趟子手打听垂柳。一个趟子手说：“丽水城的西南角，河湾南岸有个地方叫八排，河堤上有八排古老的垂柳，柳树粗得一个人都搂不过来，柳丝跌进河水里，飘飘荡荡，是个风景如画的地方。”

金戈抱拳拱手，说道：“哦？谢谢你啦！”

晚上，金戈和白凤、金珠、银珠赶着马车来到城西南的八排，在河堤上徘徊。他们的到来引起了路人的好奇，有几个人止步不走，偷偷观看三个漂亮女孩，更有两个大胆的男孩前来搭讪，被银珠瞪着眼轰走了。

月亮升起来，又圆又亮。金戈和三个女孩围着几排垂柳观看。树上树下看了半天，没有发现特别的地方，金珠说：“你听错了吧？啥叫‘圆月之下，垂柳之上’呢？”银珠说：“会有人在树上相会吗？新鲜耶！”

金戈皱着眉道：“这两句话对仗工整，不像随口说的，我们再找找。”

阴历十五了，这是岳武院复院后第一个月圆之夜，不知岳武院的比武较技是否开始了？金戈看看三个如花似玉的女孩，说道：“你们三个带着两班护卫到堤下找片空地，安排武徒们比武，岳武院的传统不可废。告诉他们，自愿参加比试。”

白凤歪着头道：“你呢？”金戈仰脸道：“我再找找，受人之托，忠人之事！”

河水荡漾，轻轻拍打着河岸。清风徐徐，缓缓梳理着柳丝。柳丝纤细修长，如同少女的三千秀发，垂在波光粼粼的河水里。金戈手托美丽的鸡毛毽子，徘徊在垂柳之间，眼睛扫过每一棵垂柳，脚步丈量着宽阔的长堤。转了几个圈，金戈停住脚步，低声叫道：“你在哪里？小二哥给你送鸡毛毽子来了……”

金戈深情地呼唤，像一个哥哥呼唤调皮的妹妹，像丈夫呼唤心爱的妻子，像母亲呼唤她宠爱的娇儿。金戈清朗悦耳略带温软的声音远远传播出去，语调中含着一股热切，带着一股期望，流露着一股爱意。白凤、金珠和银珠闻声一愣，不禁心旌摇动。

“你是谁？我哥哥呢？”一个女孩子稚嫩的声音响起，声音像是来自柳树的顶端。金戈抬眼搜索，风吹柳丝，无踪无迹。金戈托起鸡毛毽子，朗声道：“你哥哥为了救戚继光将军，英勇献身。临终前，他把一个非常漂亮的染满鲜血的鸡毛毽子交给我，让我来此交给你……”

“哥——”随着一声凄厉的叫喊，一个黑乎乎的人影从树上射下来，一把夺过鸡毛毽子，撒腿就跑。

“姑娘，你等等……”金戈看见来人飘起的长发、纤细的腰肢，像一位少女，立即跃起急追。金戈打算安置这位姑娘，帮助一下小二的亲属。无论这位少女是小二的恋人或是妹妹，都要好好照顾她。金戈追过两排柳树，看见了一个娇小的黑影。金戈喊道：“别跑，我是小二哥的朋友！”

追上了，金戈的大手抓住了一个十五六岁女孩的手臂。女孩子衣衫褴褛，长发乱纷纷地打着绺。特别是她的脸，疙疙瘩瘩的，不知是抹着泥还是长着疥疮。女孩拼命挣扎，睁着惊恐的眼睛望着金戈。金戈看见她手里的鸡毛毽子，看见了她眼里滚动的泪花，柔声道：“小妹妹，别害怕，小二是你哥哥吗？”女孩点点头。金戈轻声道：“你哥哥为国捐躯了，今后，我金戈就是你的亲哥了，戚继光将军要我告诉你，他也是你的哥哥。今生今世，我们会保护你一辈子。你拿的鸡毛毽子就是证物。随时随地，我们都会帮助你。相信我，小妹妹。”

女孩眼中的惧意渐渐隐去，她缩着脖子胆怯地说道："我脸上有好大的疤，你们不笑话我？"

金戈温言道："当然不会。我怎么会笑话自己的妹妹呢？我又怎能不爱自己的妹妹呢？"

女孩扑通跪在地上，冲着丽水城大喊："哥哥——哥哥——"喊着，喊着，放声痛哭起来。

白凤和金珠、银珠过来了，小女孩看到了她们，立即止住哭声，躲到金戈身后。金戈转身扶住她瘦小的身子，说道："她们三个是你的姐姐，她们都会疼爱你。不怕！来，你见过三位姐姐！"

女孩从金戈身后慢慢转出半个头来，银珠一见，啊的一声惊叫，吓得差点跌个跟头。女孩抓住金戈的衣服，又藏了起来。金戈感觉到女孩的双手剧烈颤抖着。金戈笑道："别怕，她是第一次见你，其实她的心眼可好了！我保准，她们都会喜欢你的。来，别怕！"

白凤扶住银珠，也说道："我们一定会爱你的，小妹妹，不要怕！"

金珠和银珠慢慢围过来，目光里充满了柔情。

"我怕……"女孩抽咽着说。金戈道："不怕，有你大哥我呢。你叫什么名字？你哥叫什么？"

"我们姓金，我哥叫金海鸥，我叫金海燕，家在横屿，倭寇占据了家乡，我哥哥杀死一个倭寇，带着我逃出来，我的脸皮被倭寇削去了一块，留下一个好大的疤，怪吓人的。哥哥在得月楼当堂倌，我东躲西藏，饿了就摸鱼，月圆之夜，哥就拿来剩饭找我……"说着说着，女孩又哭起来，泪水再也止不住，声嘶力竭叫了一声"哥哥"，带着一串泪珠奔向河边。

白凤望望波光粼粼的河水，说道："好可怜！"

金戈看着海燕黑乎乎的背影，转身道："你们有多余的衣服吗？给她换上，让她洗洗，我们带她走。"

"有，我们去拿，你们等会儿。"白凤说完，拉着金珠、银珠就走，不久响起了辚辚马车声。

金戈缓步走到河边，坐到金海燕身旁，拍拍她的肩膀，低声道：“海燕，我也姓金，我叫金文杰。我还有一个名字，姓岳，叫岳金戈，五百年前，咱们还是一家人呢，你要记住。”

金海燕诧异地抬起头，道：“哥，我记住了。你怎么有两个姓呢？好怪哟。”

“金，是我的本姓，金文杰和金戈是我的本名。后来我入赘岳家，改姓岳，但金文杰的名字允许我保留，所以……”

金海燕说：“所以你有两个姓、两个名，那我该叫你哪个名字呢？”

“随便吧！”

“哥，你不会讨厌我吧，我脸上有疤，好吓人呢！”

金戈轻声道：“我不怕，我会喜欢你。自己的妹妹多难看也是自己的妹妹，再者，那疤也不是自己长的，那是倭寇的罪证。放心吧，我会喜欢你的。我住在武夷山岳武院，是院主。另外，长江边上的临江县，县衙后街有个文杰酒楼，那是咱们的家。刘妈在那里看着家。我会告诉她，我多了个妹妹。你还有一个姐姐，叫金文英。我父亲战死，母亲和文英妹妹被人掳走，现在，就我们兄妹二人了。”

“那三个漂亮姐姐呢？”

“你对她们都叫姐姐，高个的姑娘叫白凤，那一对姐妹花分别叫金珠和银珠，都是我的红颜知己。”

海燕道：“红颜知己？……我知道了。哥，你去忙吧，我要自个待会儿。”

金戈柔声道：“你会水吗？你洗个澡，你姐姐们给你拿衣服去了，一会儿就回来。”

海燕说道：“我会水，横屿人哪有不会水的，我下去了。”海燕说着跳起来，抓住柳枝一荡，然后一个“鹞子翻身”，咚的一声，一个猛子扎进水里不见了。月光下，河面上荡起了银色的涟漪，一圈一圈地伸展开去。

金戈回到柳树下，坐在草地上，想着赵文华的话，心里翻江倒海，心说：“戚将军遇上难题了，赵文华如此逼迫，怎么办？赵文华是个狼心狗肺的东西，势力非同小可，明斗，戚继光肯定斗不过他，怎样才能助戚继光一臂之力呢？”

不知过了多久，静谧夜空下传来马挂銮铃声，金戈知道四轮马车正在驶近。朦胧间，海燕好像捂着脸，缩着身子靠在大树上。

“衣服来了！”傻蛋喊了一声，停住了马车，拎着一个包袱跑过来，对藏在黑暗中的海燕道：“姐姐们给你的衣服，你拿去换过吧，给！”海燕接过包袱，看了一眼向她走来的三位姐姐，转到了大树后。

一会儿，海燕捂着脸走回来，月光落在她白色的衣裙上，泛起了一片银光。

金珠道：“呀，正合适！”白凤道：“来，让我看看，不行再换一套。”

三个姑娘拉着海燕走到河边，你一言我一语说个不停。金戈正在胡思乱想，忽听银珠一声大叫：“呀，太美了，这身好看！”金戈转脸看去，海燕已经回到大堤上，她长发垂肩，眼睛以下蒙着白纱，月光照在她藕荷色的衣裙上，就像一位从云彩上走下来的仙女，再也不是那个脏兮兮的女孩了。

海燕喜道：“真的吗？我也能抛头露面了？”

金戈走到女孩跟前，说道：“不错，好看。海燕，我们回去吧。”

海燕低下头，低声道：“金大哥，我行吗，不会给你……”金戈拉拉她的手，截住她的话道：“我的妹妹，有什么不行的，走吧！”

三个姑娘拉着海燕登上马车。车轮滚动，顺着河堤披着月光向着黑暗驶去。

三十七 爱神之船

丽水衙门二堂上，赵文华阴着脸走来走去，赵小峰斜着身子站在一旁。赵文华站住脚，瞪着蛤蟆眼闷声道：“戚继光命不该死，少做你的指挥梦吧！白狮子怎么派来一群饭桶、一堆草包？倒霉去吧！”

赵小峰稀疏的眼眉上挑，瞪着发黄的眼珠子说：“都是岳金戈那个王八蛋，早不来晚不来，关键时刻蹦出来，没准他早就得到消息，拼命赶来的，要不然怎么来得那么巧？晚来一小会儿，戚继光就一命呜呼了，真他娘的丧气！”

赵文华点了点头，拉把椅子坐下，腆着肚子道：“行啊，长见识了。听说了吗？岳金戈就是金文杰，金世清的儿子，就是桃花会逮不着的那个小进士！桃花会这群屎包窝囊废，四年多了，收拾不了一个臭秀才，让金文杰金蝉脱壳，凤凰涅槃浴火重生，你说他们怎么这么笨呢？他们早晚要毁在金文杰手里。你给我盯住他，找机会下死手！”赵文华手一挥，狠狠地说道，“这小子才是咱们的眼中钉、肉中刺！你请黑道杀手，不计血本，不择手段，轮番刺杀！崔家语被人杀害，八成是他的手笔，他是悬在我们头上的一把利剑，随时都会要了我们的命！你要不惜一切代价，利用一切手段，弄死他！”

“那，戚继光怎么办？放过他？”

“戚继光和金戈不一样。戚继光和我们没冤没仇，是倭寇要杀他。杀了戚继光，我们可以得到一大笔银子，杀不了他，我们也没什么损失。不过，戚继光翅膀有点硬了，和我们貌合神离，要给他下点绊子，杀杀他的威风，让他知道一下什么叫逆来顺受，什么叫唯命是从。你看紧戚继光，只要他一离开大军，就给倭寇送信，让倭寇知道他的行踪即可，倭寇会想办法收拾他。”

赵小峰抖着窄小的肩膀赞道：“好！好！让他知道知道咱爷们的厉害！”

窗外，知府正侧耳倾听。听到这里他浑身一哆嗦，乌纱帽差点掉在地上。

“哈哈……”赵文华朗声大笑，肥胖的大脸上横肉颤动，大眼袋上的小眼睛闪着兴奋的光芒道，“戚继光一天不死，倭寇一天睡不着觉。最着急的是他们，只要得到消息，立刻会倾巢而出。我们呢，坐收渔翁之利，何乐而不为呢？啊，哈哈哈……”

赵小峰神色一暗，说道：“可是，都指挥的大权……”

赵文华摇摇头，叹道：“那是早一天晚一天的事，急什么？不过，你小子也干点正事，别整天搂着一帮姑娘瞎胡混，看看你的身子骨，都让姑娘们淘空了，不定哪天刮大风把你刮跑了，还想领兵呢！你要想尽一切办法灭掉岳金戈！你来武的，我来文的，咱爷儿俩双管齐下，二箭归一！我回头给南京的衙门施点压力，崔家语的命案让他们赖上岳金戈，然后大张旗鼓地张榜缉拿。最起码让金戈官司缠身，自顾不暇。另外，我也要回去查查，看看风声是怎么走漏的，宁可杀错一百，不留嫌疑一人！小心行得万年船，我可不是崔家语。”

“是！我马上找人盯上他。俗话说得好，明枪易躲，暗箭难防，您就瞧好吧。不过……”赵小峰三个手指头捻动，用可怜巴巴的眼神看着赵文华说，“给点银子吧，我是一个大子都没了……”

赵文华眼皮耷拉下来，说道：“看你的德性，一个省的监军，一个堂堂四品大员，连自个都养活不了。你花我多少银子啦？整个是一个赔本赚吆喝的货色，上任半年多了，一个铜板都不曾孝敬，还和我要钱，没出息的东西……”

赵小峰嘿嘿干笑，捧着茶碗，低声下气地说道：“戚继光不是没死吗？他死了，我掌了大权，那军费还不是咱家的？现在，戚继光把军费卡得死死的，我一个大子也弄不出来，要请武林高手，没银子可请不动。”

赵文华摆摆手：“行了行了，你去找刘三麻子，先拿一万银子。事，紧着办。还有，时不时给戚继光提个醒，他还欠我十万雪花银呢。”

赵小峰抽抽鼻子，打个哈欠，懒洋洋地说道：“他哪有银子？他恨不得一个铜板掰成两半花，整天吃咸菜就干饭，别指望他。人家带兵的，个个都吃空饷，一个营的兵，怎么也缺他一二十个，他倒好，每营每哨都是人马齐全，甚至还超编，人都挤成了疙瘩菜，吃个屁！”

赵文华蛤蟆眼一瞪，说道：“他吃糠咽菜我不管，他多招人我也不管，他就是砸了骨头熬了油，也得给我凑钱！你只管和他要，他要敢说半个不字，哼哼，我让他吃不了的包子——兜着走！你保举的那三个人，也让他抓紧办，你就说我一个月内要见到他的奏章。想拖，没门！”说罢，赵文华闭上了蛤蟆眼，猪蹄似的肥手摆了一摆。赵小峰悄悄转过身去，伸伸脖子，吐吐舌头，哈巴狗似的一步三晃着走了出去。

次日上午，马大响回到镖局，简单说了说家里的事。金戈温言道:“我们上午火化店小二的尸体，下午去看望马大娘。你回去吧，多陪陪老人家，我们一两天就会离开丽水。”

“好吧，那我就回去了。”马大响说完，摸了摸褂子上凸起的布襻，起身就走。金戈见马大响匆匆离去，立即招呼众人，抬着店小二的棺木出了门。

众人来到八排，架好木柴，棺木搭了上去。

四轮马车摇晃着到来，蒙着白纱的海燕搀扶着打着绷带的戚继光缓缓走下车。海燕围着柴垛走了两圈，跪倒在柴垛前放声大哭。戚继光撩衣撤步，作势跪倒祭拜。白凤伸手拉住，说道:“你的伤！”

“不碍事，你扶我一把，我要拜别我的恩人。”说罢，戚继光在白凤搀扶下跪倒在地。

“哥哥呀，哥哥呀，哥哥呀……”海燕反复喊着一句话，哭得悲恸欲绝，泪如雨下。

戚继光呼道:“恩人呀，戚继光当奋勇杀敌，报你救命之恩。我一定照顾好海燕妹妹，报你示警之恩……”

金戈看看时间差不多了，喊道:“点火！”

铁扇公子手中的火把扔到了柴垛上，呼的一声，沾了油脂的木柴冒出了黑红色的火苗，片刻后柴垛火焰蒸腾，发出了噼噼啪啪的响声，一片片孔雀翎似的灰烬旋转着飞上高空。白凤连忙拉起戚继光，金珠、银珠拉起海燕，一齐向后退去。

大堤上聚集了不少人，四乡八野的乡亲们还在向八排汇集。一棵枝繁叶茂的柳树下，围着一群上了岁数的人，他们头顶上晃动着一面蓝色的旗帜。火焰渐渐熄灭，戚继光和海燕回到轿车旁。几个年迈的老乡走过来，其中一位满头银发的老者颤巍巍地说道:“小老儿受丽水县父老乡亲之托，送上万民旗一面，用以答谢店小二舍身报信之情，丽水县众乡亲愿保护金海燕一生，请看……”老者说罢一挥手，几个人举着一面蓝色旗帜来到戚继光面前，旗帜正面绣着

“丽水妹”三个大红字和十二个小红字，背面还缀了许多小布条。金戈注目观看，小红字是“见屋可住，见饭可吃，见衣可穿”。

这是什么意思？老者见戚继光和金戈等人面露疑惑，开言道：“这是一面护身旗。海燕啊，在丽水县内，你可以走到哪儿就住在哪儿，家家开门，户户留宿；你可以走到哪儿吃到哪儿，见饭就吃，不用交钱；谁的衣服你都可以穿，衣柜里的衣服、绳子上晒的衣服、布店里的衣服，你摘下就穿，拿着就走，无人阻拦。你是我们丽水县的妹子，是我们丽水县的女儿，你哥保护了民族英雄，我们丽水百姓就保护他妹妹一生。丽水乡亲们会永远记住你哥的示警之德。”老者转过头去，又说：“戚将军，这是万人旗，让人代丽水妹接旗吧……”

戚继光看了金戈一眼，金戈立即走过去，接过万人旗。戚继光沉声道：“乡亲们！你们如此看重戚继光，戚继光绝不辜负乡亲们的厚望，定当奋勇杀敌，精忠报国，文死谏，武死战！”

金戈挥舞万人旗，吼道：“精忠报国，文死谏，武死战！”众人齐声呼喝：“精忠报国，文死谏，武死战！”

金戈来到海燕身边，和她耳语了几句，海燕踌躇一下，缓缓摘下脸上的纱巾，向父老乡亲们敛衽行礼。

戚继光挥挥手，在白凤、海燕搀扶下登上车。金戈把万人旗插在轿车上，傻蛋挥动鞭子，轿车动了，乡亲们高举着手，目送着轿车远去。

车厢里，戚继光对海燕说：“海燕，我和金戈都是你哥哥，丽水的父老乡亲都是你的亲人，我们会照顾你一辈子，你不用担心。我和你商量一下，马堂主的母亲住在离此不远的龙湾村，家里就她一个人。老人家眼睛有点毛病，我们想让你去陪马大娘。过段时间，找个大夫看看你的脸，尽量修复你的容貌，同时给马大娘看看眼睛，你意下如何？”

海燕低声道：“住在他家呀，行吗？我怕……”

戚继光柔声道：“不怕，马大响可实诚了，你想他母亲哪会有虚的？她一定会疼爱你的。再者，你们两人做伴，互相也有个照应啊。”

海燕有些惶恐，两只手绞来绞去，小声道：“好吧，我去，我还是有点怕……”

戚继光拉了拉海燕的手，说道：“不怕，马大娘会疼你的。”

下午，傻蛋赶着四轮马车进入龙湾村。马大响听见车轮声，立即出来迎接。金戈和白凤指挥卸车，金珠、银珠和海燕抱着包裹欢快地走进院子。院子里的小草被拔掉了，甬路上的鸡粪被清除干净，窗户上也新糊了窗户纸。一捆捆的被褥抱进去，一袋袋的米面搬进去，海燕的蓝色万民旗也被插在院子里。

马大娘看见家里来了这么多客人，还有三四个女孩子，乐得嘴都合不上了。她毫无目的地拉拉被子、拍拍包裹，一边忙活着一边叨叨：“大响，快招呼你的朋友，怎么傻看着？孩子们，你们可别怪他，他从小就那么实诚，就那么憨，就像这院子里的石头碌碡，实到心里。你们快歇歇吧，来，孩子们床上坐。”

金戈走过去，拉住马大娘鼓着青筋耷拉着蔫皮的手，亲切地说道：“大妈，我和大响是师兄弟，她们几个是大响的师妹，您不用见外，马师兄的家，就是我们的家。我们把海燕妹子交给您照顾，让您老费心了。”

“不费心，不费心，我正缺个伴呢。我眼神不好，这姑娘就是我的眼睛了。放心吧，我们娘儿俩会过得很好。”马大娘看着蒙面的海燕，笑道，“我正缺个闺女，这不是天上掉馅饼吗？这下子可有盼头了。”

说了一会儿话，金戈让四轮车先行回去，金戈和马大娘坐在床上继续闲话，讲解万民旗。马大响陪着海燕在村子里转了转，和乡亲们打着招呼。傍晚，金戈和马大响告别了马大娘和海燕，回到丽水城。

金戈和马大响走进镖局，穿堂过府来到后院，把门的卫兵立即喊道："岳院主到！马堂主到！"喊声刚落，戚继光的声音就从屋里飘出来："文杰老弟，大响兄弟，请进！"

二人一掀帘子走进屋子，金戈立即道："都安排好了，海燕和大娘已经熟络，两人就伴正是各得其所。你怎么样，箭伤如何？"戚继光笑道："没事了。不过，在外人面前，还要装模作样，不可泄露天机。啊，哈哈！来，坐，坐。"

金戈转眼扫视，看见白凤、金珠、银珠都围着一张圆桌坐着，书生打扮的九弟正靠着窗户站立，他手端着一个泥壶，神采飞扬。金戈看了一眼得意的九弟，笑道："哟，九弟什么时候来的？追得够快呀！"九弟尴尬地笑笑，说道："不快不快，刚到不久，刚到不久。"

银珠看看马大响，说道："马堂主，过来坐吧。"马大响笑笑，憨声道："不坐了，我出去转转，你们聊吧。"

马大响大步走了，银珠拍着凳子招呼金戈："来，坐这儿。"

金珠捏起一粒葡萄，说道："九弟正在胡吹牛，说是乌斯藏有一种药材，叫作'冬虫夏草'，一到冬天，这种草的叶子脱落，根茎就会变成虫子，钻出来出溜出溜乱跑。"

"别听他瞎白话！九弟，你们庄还有牛吗，都吹死了吧？我说怎么南京牛少呢。"白凤看了一眼金戈，又对九弟说道，"你听谁说的？胡说八道！草还能变虫子，这不成精了？"

"唉，这可是千真万确的事，我可不是胡编的，世界之大，无奇不有！我骗你们是小狗。"

金珠也挤对他，说道："你见着了？耳听为虚，眼见为实！道听途说，越说越玄！"

九弟道：“我家大掌柜说的，保准没错，他见着了，我们家还捎来了一些呢，我回去就能见着了。”

金戈想了想，插言道：“冬虫夏草？你说的是不是虫草？一本宝典里好像有过记载，说是‘冬在土中，形如老蚕，有毛能动，至夏则毛出土上，连身俱化为草，若不取，至冬化为虫’。此乃国宝草药，出产在乌斯藏高原之处。”

“嘿！太对了！太对了，我没胡说吧？”九弟如同捡到了一根救命稻草，叫道，“还有，我家最近收购到一枚麝香龙涎丸，此丸香溢四溅，还能招蜂引蝶，忌孕妇。孕妇一闻就小产。而且，而且……能吸引异性，虽然有引诱之嫌，可不是淫药……我特来邀请花仙子同去观赏。”

白凤脸色一红，白了他一眼，啐道：“呸！少胡说吧你！”

戚继光直起身子，看着金戈问道：“我想起来了，岳武院换了院主，帮号还是‘精忠报国’吗？”金戈一愣，说道：“是呀，这是岳武院传下来的，岂能改变？”

戚继光道：“好，帮号要经常念，它可以凝聚武徒们的意志。‘文死谏，武死战’六字乃华夏之魂，应该称之为‘六字兵魂’，我们也要挂在嘴边。”

金戈赞道：“好！文死谏，武死战，六字兵魂响亮。”

戚继光道：“尤其是第一句‘文死谏’，铮铮作响，振聋发聩。文人为抒己见，面临着不白之冤，面临着下油锅、灭九族的危险，正可谓赴汤蹈火之谏。不像‘武死战’，战场上奋不顾身，有死而已……”

九弟凑过来，插嘴道：“文死谏，武死战，六字兵魂，好！”白凤听他插嘴，立即白了他一眼，随后又狠狠瞪了他一眼。

戚继光抬起头来，郑重地说道：“我希望金老弟拿起如椽之笔，早日完成变法之文章，使朝廷觉醒，让社稷稳固，那才功高盖世焉。”

金戈抱拳道:“有生之年，定当不负将军所托，定当‘文死谏’！”

戚继光感慨道:“现在歪风邪气之强，尤胜往朝，长此以往，大明危矣！”他沉默了片刻，忽然念道:“怒发冲冠，凭栏处、潇潇雨歇。抬望眼、仰天长啸，壮怀激烈。”

金戈接着吟道:“三十功名尘与土，八千里路云和月。莫等闲、白了少年头，空悲切！”

白凤也张嘴跟着吟诵，金珠和银珠随声附和，九弟也朗朗出声:“靖康耻，犹未雪，臣子恨，何时灭！驾长车踏破、贺兰山缺。壮志饥餐胡虏肉，笑谈渴饮匈奴血。待从头、收拾旧山河，朝天阙！”

吟罢，戚继光竟然眼含热泪，金戈也觉得热血沸腾。九弟更是大喊大叫、眉飞色舞。戚继光一歪身子，从被子下拿出了一封信，递给金戈。金戈低头看信，白凤、金珠、银珠起身斟茶倒水，九弟的眼睛转来转去，偷看三个女孩的脸。

金戈看完书信，戚继光低声道:“如果我遇有不测，立即向上送交此信。大学士张居正刚正不阿，颇有乃父之风。让其弹劾赵文华，揭露其罪行。你帮他查找一下证据。还有，别忘了欠我的大块文章。另外，我著有兵书一册，还望兄弟抽空校正一下，使之流传后世。”

金戈把信笺装入信封，揣进怀里，然后道:“大哥客气了，我已经拜读过你的大作，不必再行校正。”

“《纪效新书》是兵术,《孙子兵法》是兵法,《武穆兵经》是兵本，兄弟要切记在胸。别的事且观后效吧。其实，谁不愿意率性而为呢？不柔韧不行啊。”戚继光叹了口气，又道，“国贼难防啊！如果战死沙场，我也不枉来世一遭，若死于汉奸的暗算，我心有不甘。想想赵总督的邀请，我真是不寒而栗呀。”

“赵小峰举荐的三个人怎么办？看样子你是拖不过去了。”

“拖不过去也要拖，‘积功升’绝不动摇！”戚继光眼里豪光四射，国字脸上豪情迸发，“除非我兵权不在，否则，‘公赏罚，积功升’不会出现半点偏差！但我不会硬顶，我要迂回走、曲中求，千方百计坚持到底。”

金戈摇摇头，说道：“难，赵文华精明得很，不会让你拖得太久。唉！庆父不死，鲁难未已！我们应当想个办法才好，如此被动，岂是长久之计？”

戚继光叹道：“你的大块文章不知何时出炉，除此之外，我们没有别的办法。就是你的文章能够及时面世，我们还要联络各地的文豪呼应，也难解燃眉之急。消弭倭患刻不容缓，我们难以两面树敌，只好一软一硬、一守一攻，走一步看一步了，我们明天就动身回营吧。”

金戈道：“好……”

“报，祝总镖头到访。”门外传来卫兵的声音。戚继光道：“有请！”

脚步声响，威猛高大的祝总镖头迈着大步走进来，他抱拳当胸，说道：“戚将军好些吗？岳院主安好，诸位仙子安好！”他看了看九弟，补充道，“诸位好。敝局招待不周之处，还请担待一二。”

戚继光道：“打扰了，南塘不胜感激。”白凤伸手让道：“祝镖头请坐。”祝镖头抱拳道：“在下不敢。一个叫花子送来一封信。我打开一看，信中有信，是转交将军的，敬请将军过目。”说着，他从袖筒里拿出一封信。金戈接过来，在鼻子上闻闻，看了看戚继光。戚继光点了点头，金戈轻轻撕开信封，掏出一张素笺，上面只有寥寥数字，金戈念道：“赵小峰要监视将军行踪，随时转告倭寇，以利再次行刺，望将军小心。”

戚继光摇摇头，叹道：“他们是左右夹攻，文武双击，用心何其毒也。”

祝总镖头哎哟一声，说道：“那我去安排一下，防止倭寇去而复返。”

戚继光欠身道：“祝总镖头请，南塘谢谢你。”

“不必客气。”祝总镖头说完，抱拳告辞。

金戈收回目光，看向眉头紧锁的戚继光，用商量的口吻道：“我派人秘密灭了赵小峰？”戚继光摇摇头，说道：“他是个草包，关键不在他。他后面的人厉害。不过，你也不用替我担心，生有何欢？死有何惧？只是我平寇大业未竟，心有不甘，百姓们还在盼望着我们的捷报呢……”

白凤拿过书信看了看，说道：“这是何人所写？看字迹当是有功底的学子。”金戈道：“大概是衙门里的人。内外夹攻，将军可要小心了。”戚继光浓眉紧锁，叹了一口气，说道：“国贼汉奸难防，你安排一下，我们明日五更就动身。”

“好！我们去安排！”说完，金戈招手，带着白凤等人走出屋子。

夜深了，远处传来打更的梆子声，梆梆梆梆！梆梆梆梆！一连响了四声，四更了。

戚继光床前站着两个黑影。这时，戚继光低声道：“这事不妥，赵文华还披着二品大员的官衣，一旦被官府查知有人谋杀朝廷命官，必掀起轩然大波。官员们的利益受损，必然联手对敌，到时候天下之大，也无你们的立足之地了。”

一个清朗的声音响起：“我们面临一个死局：要么妥协，放弃武穆兵经，涣散军心，让倭寇长驱直入，山河破碎；要么硬抗总督府，然后丢掉性命或者兵权，让倭寇坐大，百姓涂炭。唯一的办法就是把这个祸根拔了，一了百了，当然，风险很大。赵文华不会让你拖下去，他已经祭起了屠刀。我意已决，精忠报国，有死而已。”

“风险岂是‘很大’，那是大得不能再大！刺杀江南军务总督，那是把天捅了一个大窟窿，会掀起滔天的巨浪……”

“别无他法，破釜沉舟，险中求胜！他们敢刺杀你，我就敢刺杀他们！男子汉大丈夫，有所为，有所不为，有所敢为！”

戚继光沉默了一会儿道:“千万小心谨慎，不可露出破绽。有机会就行动，无机会就撤离，凡事不可强求，千万！千万！千万！”

一个姑娘的声音道:“我们走了，你不必担心，我会盯着他的。”

“好，祝你们马到成功！”

两个黑影闪身出了屋子，漆黑的屋子里更黑了。接着，金戈的声音摇曳而去:“起来吧！保护戚将军……”

仁义双雄兄弟、珠仙子姐妹出现在院子里，正房屋里也亮起了灯光。戚继光的声音传出来:“双珠、双雄，你们进来吧，进屋说话。”

“来了！”铁铃公子应了一声，推开屋门。

四人先后进了屋。烛光下，他们看见戚继光已经戎装在身。戚继光大手一挡蜡烛歪斜的火苗，说道:“集合人马，我们马上离开这个是非之地。”

金珠一愣，说道:“金戈还没回来呢，他干什么去了？我们走了，他去哪里找我们？”

银珠左右看了看，说道:“白凤是不是跟去了？怎么没她的影子？”

戚继光道:“金戈见不到我们，会直奔横屿，你们不用担心。白凤不在，肯定是和他一起去了。铁铃公子，你拿我的金铍大令，叫开城门，我们要即刻动身，秘密出城。”

铁铃公子和铁扇公子齐声道:“遵令！”

双珠和双雄走出屋子，院子里已经有了动静。不一会儿，四轮马车赶出来，数十匹战马也披挂整齐。金珠、银珠扶着戚继光走出屋子，登上四轮车。

九弟和他的几个弟兄在院子里来回乱转。铁铃公子大步走来，说道:“赶紧上马，你们还等什么？”九弟道:“花仙子呢？我们要等着她。”铁铃公子道:“不行，你跟我们走。她随后就来，你们不能留在这里。”

九弟四下里看看，没精打采地说道：“好吧，走就走。”

四轮马车动了，一彪人马流水似的出了镖局，消失在夜幕中。

嘚嘚嘚！通往杭州的官道上，小跑着两匹高头大马。左面是匹高腿长身的白马，马上端坐一个瘦长的青年，他头戴白色的四方平定巾，外罩蓝绸长衫，腰系米黄色的丝绦，脚蹬鹿皮快靴。此人的面色白中带黑，黑中带黄。再看五官，天庭饱满鼻直口方，给人一种英姿勃勃的感觉。只是他细长的右眼下面有一块枣大的黑记，令人遗憾。右面是匹黑马，马身上的黑毛就像一匹黑缎子闪着亮光。马背上坐着一个眉清目秀的俊俏书生。俏书生身穿白色长衫，腰系粉红色的丝绦，背上斜背着一把带穗的宝剑。左边那个面带黑记的青年，就是大明嘉靖年间岳武院的院主，文武双全的岳金戈。眼角的黑记是白凤给他画上的。他从不离身的单刃枪也没背着，挂在得胜钩上。现在的金戈，脸上洋溢着一股书卷之气，又变成了一个儒雅的读书人。只是他眉头紧锁，黑漆漆的眸子里偶有精光闪烁。右面的俏书生是女扮男装的花仙子白凤，书生打扮的她光彩照人，羊脂白玉般的脸蛋上散发着丝丝喜气。

这天中午，他们来到了萧山境内的富春江畔。这条官道一面临江，一面倚山。山坡上遍布绿茸茸的茶林，远远望去，就像波涛涌动的绿色海洋。黑白双马踏过了一座石拱小桥，走进一片树林。树林中掩映几间青堂瓦舍，屋檐下飘着一个斗大的酒招子。

白凤瞅了金戈一眼，眼眸里笑意荡漾，说道：“金大哥，我们小酌几杯如何？”

金戈皱皱眉头，低声道：“也好，就随贤弟雅兴。”

女扮男装的白凤秀眉上挑，憋粗了嗓门道：“大哥请！”

两人甩镫离鞍，白凤眨着美丽的丹凤眼问道：“怎么啦，一路上沉默寡言？不行就当周游西湖了，何必愁眉苦脸？”金戈叹道：“事情牵一发而动全身，一个处置不当，就会危及整个荡寇大业。汉奸的嚣张气焰要灭，还不能让朝廷以我为敌，因此我们要谨言慎行、计划周全。”

一个店小二跑过来，接过缰绳道：“来了您哪！里面请您哪！两位——”金戈和白凤并肩往店里走，白凤忽然咦了一声，金戈顺着她的目光看去，只见林子里停着一辆六个轮子的超长马车，十几个彪形大汉蹲在旁边地上吃饭，一旁插着明晃晃的钢刀。几十匹马在林中嚼着笸箩里的草料。车上装着一个两丈多长一丈来高的竹板箱子，一面黑色镖旗插在竹箱上，镖旗迎风招展，写着“福虎镖局”四个大字。风吹旗摆，银线闪亮，旗子的背面露出了丝线刺绣的白额猛虎。

“六个轮子的超长马车！新鲜！嘿，别说，咱大明朝还真有能人！不过——”白凤摇摇头，轻蔑地说道，“木头轮子，笨！笨！比咱们四个轮子的铜套铁轴车差远了。”

金戈眯着眼嗯了一声，继续迈步向前。白凤紧走几步，扭着身子问道：“你说里面藏的什么宝贝？”金戈皱着眉头道：“我怎么知道？”

二人边说边走，吃饭的大汉纷纷转头瞧来。金戈右手一捅白凤的纤腰，悄声道：“少说几句，小心露了馅！”白凤不再言语，抿嘴轻笑。

二人刚到屋门口，店小二立即掀起了门帘，说道：“来了您哪，里面请您哪！”进屋一看，这是一个四开间的大屋子，墙面黝黑，桌椅板凳倒也干净，十来张方形桌子排成两行。二十几个大汉分别坐了三桌，还有三个客人占据着一张桌子。金戈看见还有五六张空桌，就在最里边靠窗的一张方桌旁坐下来。白凤取下宝剑横放在桌子上，叫道：“小二，来壶西湖龙井！”

小二紧走几步来到近前，泡好茶水，弯着腰等候点菜。金戈要了一坛子杜康，叫了两个凉菜，又点了两个热菜，眼睛盯着菜谱正往下看，一个系着白围裙的老头走过来，对金戈说道：“别看了，行了，四个菜够吃了，不够再要。”

金戈放下菜谱，说道：“好，再来个鱼子汤。”

小二高声道：“好，鱼子汤一个！”

老头和小二走后，前面桌旁一个黑脸老客转过头来，对金戈道：“刚才拦你的是这里的老板，有意思吧？他不让客人多点菜，怕你吃不了糟践。来惯了就会知道，这人可不错。俗话说‘开饭店的不怕大肚子汉’，他可好，就怕你吃不了剩下。人好，实在，不赚昧心钱。”

片刻之间，酒菜上齐。金戈和白凤两人对饮起来。几杯下肚，白凤得意忘形，叽叽喳喳说起来。本来就有几个大汉盯着她的俏脸，此时再听到她娇嫩的声音，更无怀疑，认定她是个雌雏。于是，有两个大胆的仗着酒气，来到金戈桌前。一个酒糟鼻子大汉一把抄起桌子上的宝剑，掂了掂，斜着眼说道：“好剑！”

这是一柄鳄鱼皮包鞘、黄金吞口、剑把上镶嵌着宝石的宝剑。护手上排列着七颗米粒大小的宝石，还镶嵌着两片杏仁大小的葱绿翡翠。酒糟鼻子把宝剑递给他身旁的一个胖子，大笑道：“你看看，宝剑不宝剑的，宝鞘倒是真的。啊？哈哈哈……”

胖子接过宝剑，看了看剑鞘和剑把，又看了看不动声色的金戈和白凤，笑道：“的确是把宝剑。”说罢，放回桌子上，一抱拳，轻声道：“打扰二位公子了！”此人见识不凡，一看剑鞘上装饰着名贵的珠宝，就知道这不是一把平常的剑，再看见二位客人声色不动，知道这两人不好惹，转身就走。

“哎，怎么走了？你他妈的就是色大胆小！怎么，看看人家的剑鞘就尿了？真是的，你不会胆大一回？还死得了人？又想吃，又怕沾一身腥，哪有那么便宜的事……”酒糟鼻子晃着葫芦形的脑袋说完，又对金戈道：“其实呢，他是有名的大色鬼，在我们这帮镖师里面，就数他色，闻到腥味就上。也就数他胆子小，见血就回。他是个胆小的大色鬼，哈哈……”说着，酒糟鼻子在白凤旁边坐下来，色眯眯地看了看白凤，接着伸出一只粗糙的大手，要摸白凤的脸蛋。忽然，酒糟鼻子看见对面的小伙子竖起一只手指，手指上顶住一个细瓷碗，瓷碗在手指上滴溜溜乱转。酒糟鼻子看罢哈哈大笑，叫道："干什么？转陀螺？哈哈，老子也会，甭吓唬我！我是有名的王大胆！来，俏弟弟，过来，陪哥哥我喝两杯，哥哥也给你变个戏法。"说着，又去摸白凤的下巴，白凤一闪，不屑地看了他一眼。

酒糟鼻子没摸着白凤，顺手抓起一个大黑碗，一拧一抛，把黑碗旋转着抛向空中，接着左手食指接住，黑碗也在他手指上滴溜溜旋转起来。

"好！"有人哄然叫好。喊声未落，突见一道白光一闪而灭。接着，又听咔嚓一声，利刃钻进了剑鞘。众人看罢一愣，有人道："怎么啦？"

忽然，酒糟鼻子手上的黑碗啪一声掉在地上，摔了个粉碎。一截手指头也跟着掉了下去。他惊叫一声："哎哟，我的手指！"

呼的一声，喝酒的大汉全都站起来。他们看见酒糟鼻子高举的手呼呼冒着鲜血，呼啦一声围过来。

一个高个老头快步走到酒糟鼻子跟前，看看金戈，看看白凤，傲慢地说道："够味！哪门哪派的？"看样子他是个头头。

"黄山。"白凤仰起脖子，冷冷地说。

"黄山？白神庄？"高个老头闻声后退了一步，皱了皱眉，问道，"你们，你们和铁嘴华白耀华白老前辈是什么关系？"

白凤脸色一寒，腾地站起来，昂然道："没关系！怎么着？划下道来！文打官司武打架，任你挑随你选！本姑娘接着你的！哼，这可是你们自找的，我们吃饭，碍你们什么事啦？没病找病！没事找事！"

高个老头看看端坐不动的金戈，又看看昂首而立的白凤，悻悻地说道：“好！好！咱们别在这儿嚷嚷，咱们外面说去。走，外面理论，请！”转身又对后面的人喊：“都出去！大伙外面伺候！”

大汉们呼啦出去了，酒糟鼻子跺跺脚，捡起半截断指，骂骂咧咧地走了。

酒店的老板快步走过来，低声说：“出门在外，都不容易，最好别动手。俗话说，多个朋友多条路，多个仇人多堵墙。他呢，喝多了点，不对在先。你们呢，出手狠了点，伤了人。我看这样吧，你们出俩钱，说句好话道个歉，两好买一好，大家拱拱手，一拍两散，完了。然后各走各的路，好不好？打红了打绿了，出了一口恶气，过后想想，犯得着吗？”

“老哥贵姓？”金戈放下冷脸，轻声问道。酒店老板道：“免贵，姓徐，人叫我老徐，或老徐头。”

正说着，对面桌上那个黑脸老客斜过身子，插嘴道：“老徐在这一带可是个有名的外场人，看见了吧？饭是物美价廉，人是实实在在，他这可不是管闲事，他是为了客人好。正是那句老话，退一步海阔天空。”

金戈笑道：“那好，按您说的办，您看我们出多少钱合适？”老徐想了想，说道：“这个，我看不在乎钱多少，有那么点意思就行，关键是要赔礼道歉，要多说好话，好话多少钱一斤呢……”

白凤小嘴一扁，冷哼道：“我可不道歉，他们向我道歉还差不多，一群地痞无赖！没事找事！”金戈拦住白凤，说道：“这样吧，我们出一百两银子，我替舍妹道歉，你看如何？”

“一百两银子？行了，没问题，我先说说去。这位老哥，你也帮帮腔，咱俩一块说说去。”老徐说着拉着黑脸老客一起出去了。

米饭上来了，白凤看看闻闻，冲金戈一笑，张开樱桃小嘴吃起来。

一会儿老徐回来了，说道：“说好了，你们拿着钱，过去说两句好话，大事化小，小事化了，这多好呀，动起手来，打赢了又怎么样？自己也不多长出一块肉，只是争了一口闲气而已。去吧去吧，多说好话！好话多少钱一斤呢？上嘴唇下嘴唇一挨，要多少有多少，去吧去吧。”

白凤眉毛上扬，瞪着眼说道：“我可不道歉，这是他惹的我！哼！”

金戈对老徐笑笑，说道：“行，我们多说好话。”说着掏出一百两银子，交给老徐，又给了几钱碎银子，算作饭钱。他一拉白凤，低声说道：“咱们正事要紧。我也想揍他。他仗势欺人，该揍！不过，我们可不能因小失大，说两句好话算了。他已经丢了手指头，够倒霉的，算了吧。”

金戈和白凤一同走出来。外面，六轮马车套上了六对马，一溜好长。拉的是什么东西？镖局的人前呼后拥地围着，看来这东西价值不菲。

金戈看见高个老头和酒糟鼻子站在一起，酒糟鼻子的手已经包好。金戈迈步上前，抱拳道：“对不起了，舍妹一时失手，多有得罪，还望各位朋友海涵！”

“海涵？说得好听，我一个手指头没了！不行！她要像回事地赔礼道歉！让她过来！”酒糟鼻子用裹着白布条的手指向白凤。

“凭什么？你自个找的！哼！”白凤头一摆，皱了一下鼻子。

“住嘴！”金戈呵斥了白凤一声。金戈心道：“前往杭州铲除大汉奸赵文华，本就风险极高，千万不可节外生枝。”金戈扯了一下白凤的衣襟，对众镖师赔礼道：“舍妹年轻识浅，各位看我的面子，放她一马。改日我做东，宴请福虎镖局的众位朋友，兄弟还有要事在身，不便多留，还请各位包涵一二！”说着，金戈连连拱手。白凤脖子一梗，硬是理也不理。

酒糟鼻子脸色一寒，火了，唰地抽出一把雁翎刀，叫道：“他妈的，臭娘们！别给脸不要脸！拔你的剑！”

白凤唰地拔出宝剑一击，这是快如闪电的一击。金戈就在近前，抬手去抓，一把握住了白凤的皓腕。白凤俏脸含煞，手中的宝剑光华流转，颤巍巍的剑尖直指酒糟鼻子的颈嗓咽喉。这时，剑尖距离酒糟鼻子的咽喉不到一指了，几乎碰到酒糟鼻子粗糙的脖子。酒糟鼻子的雁翎刀扬在空中，他一动不敢动，吓傻了。金戈慢慢推开白凤的手，当的一声，白凤的利剑还匣。围观的镖师和趟子手这才松了一口气，他们看得心惊肉跳、目瞪口呆。

金戈再次抱拳，诚恳地说道："在下欠各位一顿酒宴，请各位多担待一些，在下告辞了，咱们走。"

"哈哈！"突然，林子里传来一阵狂笑，一个老迈的声音响起，"走？谁也别想走了，都乖乖待着别动！别让大爷我费事，你们自个抹脖子吧，哈哈！"

"放你娘的狗臭屁！什么东西，滚出来！"酒糟鼻子早就憋着一肚子火没处撒呢，这下子可找着地方了，他跳着脚破口大骂。别看他功夫不怎么样，胆子果真不小。当然，功夫看和谁比，在这群镖师里，他也是数得着的好手。酒糟鼻子还没骂完，一把飞刀射来。金戈抬眼观看，飞刀蓝汪汪的，打着跟头一晃而至。酒糟鼻子还没看清，刀子已经飞临他的胸口，高个老头大惊失色，大喊："快闪……"

金戈身子一晃，左手一带，把酒糟鼻子拉歪了身子，刺啦一声，刀子割破了他的衣衫，贴着他的肋骨飞过去。金戈细眼圆睁，抬手一挥，凤尾镖旋转着飞了出去。啊的一声惊叫，远处的一棵大树上掉下一个人来，这是一个猴头猴脑的蒙面人，脑门正插着一枚细小的凤尾镖。

众镖师看见金戈连露两手绝技，惊得呆若木鸡。

白凤一拉金戈的衣袖，两人携手而行。两人走得潇潇洒洒，如同画中人。他们来到大树前，解开马缰绳，就要双双离去。

“大侠慢走！大侠慢走！”刚才劝架的黑脸老客突然跑来，拦住金戈和白凤。金戈一笑，刚想回话，就看见四面八方围来了数十个蒙面人。一个为首的蒙面人已经找上那个高个老头，两边搭上话，争吵之声不绝于耳。

黑脸老客紧走两步，抱拳道：“大侠留步，这边请。老朽有几句要紧的话说。”

金戈对白凤点了一下头，两人随着黑脸老客来到窗下。黑脸老客看看四周，悄声说道：“大侠可知这车上拉的是什么？”白凤大眼一闪，好奇地问：“是什么宝贝，那么大？”

“你们可听说过大明王朝的三大国宝？”黑脸老客不等金戈回答，接着说道，“八百罗汉纯金山，六大爱神鎏金船，风月无边月光镜。风月无边月光镜，早年就被盗走，流入倭寇手中。现在，这车里装的是第二件国宝，六大爱神鎏金船，黄铜浇铸船体、表面鎏金镀银的一艘双桅船。它有白银的帆、犀牛角的窗棂、象牙的桅杆，精美绝伦。舱楼的雕花窗能启能闭，船帆能升能降，巧夺天工。此船被倭寇劫走，戚继光将军在林墩之战中缴获，寄存南少林，今日送返杭州。”

白凤道：“噢，我知道了，是不是灵山寺月老殿里赫赫有名的爱神船？据说灵验得很呢！几年前就不见了。”

黑脸老客道：“正是它，正是它。”

正说着，那边已经动了手，那个被酒糟鼻子骂得狗血淋头的胖镖师正和一个蒙面人打在一起。两边的人都在呐喊助威。黑脸老客看了一眼打斗的二人，又转回脸来，抱拳说道：“有人要劫宝，还望大侠施以援手。”

金戈看看周围的情景，抱拳道：“我们兄妹如能帮得上忙，定会出手相助。”

“谢谢，那就多谢了！”黑脸老客连连作揖，说罢扭头就走。

老徐头跑了过来，又跑了回去。他这边望望，那边看看，急得像热锅里的蚂蚁，抬着两只手来回乱跑。

胖镖师真不含糊，他比酒糟鼻子可强多了。只见他进退趋避，打得有声有色。这时，胖镖师并起双指，一招“二龙戏珠”点击敌人的双眼，接着右臂一圈，一招“金龙绕柱”抓向敌人脉门。蒙面人急忙撤步回身，躲过这两招。胖镖师趁他惊惶之际，突然冷哼一声，振腕一击，向他胁下点了过去。嘶的一声，一股破空声应指而出。

金戈暗暗点头，看着白凤，说道：“功夫不错，别看他胖，动作敏捷、出手迅疾，不白给。”白凤笑了笑，说道：“还行。”

蒙面人大惊失色，一时间闪避不及，他猛提一口真气，硬将身子移开了两寸，但听噗的一声，肋骨被胖镖师点了个正着。蒙面人哼了一声，应指后退，噔噔噔，扑通一声跌坐地上。

哗！掌声四起。

掌声未落，蒙面人已经翻腾而起，单掌一竖，又恶狠狠地扑上来。胖镖师不敢怠慢，立即撤步还掌。只见他双掌翻飞，拍打擒拿，如落花缤纷。每一招出手都是攻向那蒙面人的要害。不多时，蒙面人再次手忙脚乱，只听得胖镖师大喝一声，一带敌腕，右脚一起，砰的一声，将蒙面人踢出一丈多远。

“好！”居然两边人都叫好！

“我来！”又有一个蒙面人蹿出。

“慢来！”一个黄脸青年从杏林悠然而出，只见他满脸的忧伤、一身的怨气，声音透着一股凄切，“车上装的可是六大爱神船？”

“这个……小哥有何见教？”高个老头反问。

“在下木林山庄林风林，爱慕小师妹已久，但师父却将他许配他人，在下准备今夜自行了断。徘徊至此，闻听双方为六大爱神船打斗，在下有个不情之请，请允许我拜见一下爱神，了却我的心愿，如何？”

高个老头哈哈大笑，说道：“小伙子情爱真挚，可敬可佩！但是，爱神之船只是心神寄托而已，不可当真，不看也罢！”

黄脸青年躬身道：“你说得也对。不过，在下已经看不见明天的太阳了，请赐垂死人一见。”

高个老头道：“噢？不可，不可！在下只是押镖人，无权开篷，再说，大敌当前……”

一个蒙面人喊道：“小子，看吧看吧！老子等着你！老子不在乎这一时半刻！肖老镖头，这东西已经不是你的了，不妨大方点，让垂死的人看上一眼，让他死得瞑目吧。”

肖老镖头怔怔地看看他，朴刀一指，说道：“你是谁？你怎么认得我？拿下你的破尿布，让我看看你是什么鸟变的！”

“我知道！”那个黑脸老客大步过去，朗声叫道，“他是王三麻子！当年的黑风寨寨主，现在归顺倭寇，当了二鬼子，王麻子，我说得不错吧？”

“他妈的，哪个娘们的裤裆破了，掉出了你个秃驴来！你他妈的不在灵山寺趴着，跑到这儿装什么大料豆？还戴着个破帽子，以为这样大爷我就不认得你了？黑脸的老秃驴！”王三麻子骂道。

金戈一听，双方都认识。这时，黑脸老客扔掉帽子，脱掉长袍，露出光秃秃的头顶和灰色僧衣，双手合十道：“阿弥陀佛！贫僧不得已而为之！”

他们对骂着，姓林的年轻人已经跳上大车，把竹席掀了下来，金戈眼睛一亮，一条金色的爱神船展现在眼前。这是一条龙头凤尾的宝船，船高八尺，长约两丈，金光闪闪美轮美奂。船上站着六个玉石雕刻的爱神，个头比真人略小，惟妙惟肖，各具姿色。

第一位爱神是个姑娘，她立于船头，状似远望。第二位爱神是个妇人，她一手轻扬丝巾，一手抚弄衣角，一副期盼亲人归来的模样。第三个爱神是一个身材瘦长的男青年，登在凳子上，似乎要偷进闺房。他黑漆漆的眼睛正在回视，一双有力的大手抓着窗台，给人一种极其镇定而又勇往直前的感觉。

“哟，你瞧这个爱神，要偷着钻进去呢！”白凤叫道。

黑脸和尚凑过来，抬手一指，说道：“这是‘勇敢爱神’，你看他脚下盆上刻的字！”金戈一看，金盆上果真刻着字：“逾东家墙而搂其处子则得妻，不搂则不得妻。此乃勇敢爱神。解曰：若其不拒，自然双飞。详解问月老。”

“好大胆哟！”白凤眉飞色舞。

金戈道：“有意思，够勇敢的！好像来自孟子之语。”黑脸和尚道：“公子好记性，不错，正是孟子之言。”

“快来看！这人好贪花！”白凤又叫。

金戈抬眼一看，第四个爱神也是一个男子，他剑眉斜飞、星目闪动，涂丹般的双唇紧闭，显得英姿勃勃、卓越不群。他左手伸出，去摘一朵牡丹，胸前别着一枝玫瑰，右手提着一束茶花。貌若宋玉，美如潘安。脚下金盆刻的是：“人有悲欢离合，月有阴晴圆缺，此事古难全。此乃多花爱神。解曰：株丝共生，或即或离。”

这时，黑脸和尚又介绍起来：“这是风流爱神。”

金戈眨眼一笑，看了一眼白凤。白凤嗔道：“看我干吗？我也不风流！”

金戈笑道：“人要风流不下流，风流怕什么？风流好啊，人不风流枉少年嘛！”

白凤道：“是吗？就怕风流过了头，吃着盆里的占着碗里的，得陇又望蜀，到时候大家你争我夺，一哄而散，自己落个竹篮打水——一场空，自个想想吧。人不能贪，别昏了头。”

金戈知道白凤说的是什么意思，她不喜欢金珠和银珠，她在排斥金珠和银珠姐妹，这可怎么办？

金戈的脚步随着白凤的身子移动，目光逐一扫过其他爱神。这时，黑脸和尚又介绍道：“你们看，每个爱神脚下都有个金盆，金盆上都刻着字。看见这条凹形飘带了吗？它连接着六大爱神，是一个流水的槽子。在龙头放置一条小小纸船，在槽里灌上一盆清水，纸船就会漂流而下，每个爱神的身旁都有出口，纸船或许从红娘爱神处跌落下去，或从多花爱神处跌落下去。如果小船通过六个缺口而不跌落，就会从凤尾排出来，可以再次放行。当年寺里香火鼎盛，前来放纸船的年轻人络绎不绝，光纸船一天就能卖几百条。纸船流进爱神的金盆里，年轻人有哭有笑，热闹得很哪。”

三十八 江南分舵

姓林的小伙子提着一桶水、拿着一条纸船走来，看样子他要试试。正在这时，黑脸和尚脸色一黑，叫道：“糟糕，黑旗船来了！”金戈回眸望去，肖老镖头已经打败二鬼子，四五个年轻和尚也露出了本相，双方正要血拼，两条黑旗船现身，堵住了前后出路。

“黑旗船？”金戈皱皱眉，心说，“谁在主事呢？”

“要解馋，黑旗船！”黑旗船上传来帮号声。

白凤见金戈眉头紧皱，脸色阴晴不定，就对黑脸和尚道：“你们先去应付，我们瞧瞧再说。”黑脸和尚答应一声跑了，白凤瞪着丹凤眼道：“怎么办？你要觉得为难，咱们就撤。眼不见，心不烦。”

金戈摇头道：“此乃国宝，它属于大明王朝老百姓，也是戚家军将士们用鲜血换来的。咱们不能徇私，不能让他们把宝船劫走。”

“也好，反正金珠、银珠已经和黑旗船脱了干系，咱们就伸伸手。”

金戈弯腰抓起一把土，要往脸上抹，白凤一把拉住金戈的胳膊，说道：“哎呀，别抹，等会儿把我画的黑记抹掉，就现了原形！”

金戈的右手垂下，摸着丝绦道：“你当我是妖怪呢。”

“你就是妖怪！看，他的船！”白凤一指，金戈看见一条纸船掉到捞月爱神的金盆里。姓林的青年大叫一声，抱头痛哭。老徐头走过来，劝道：“你没见写着‘天不绝人，后会来者’吗？哭什么，没出息，赶紧走吧，走吧。”

姓林的拔腿就跑。金戈往战场上看去，大吃一惊，只见长发婆英姿飒爽地站在船头，惊道：“她怎么来了？”

一个镖师上去和她动手，几个回合就败下阵来。这时长发婆说道：“黑旗船向来劫财不害命，还有较量的就上来，没有就散了，不要逼我们杀人。”

“有！”黑脸和尚蹿上去。长发婆道：“是你呀，你怎么在这儿？哈哈，一个败军之将，上来还不是白给？不必耽误工夫了。”

黑脸和尚昂然道：“贫僧肩负保护国宝的重任，若无力护宝回寺，愿战死树林，还请婆婆成全。”长发婆冷然道：“我们向来图财不害命，你要死缠烂打，就难免有所损伤了。”说着，发掌攻去，两人打在一起。

白凤捅捅金戈，说道：“怎么办？唉……你看！”

金戈顺着她的目光看去，只见铁嘴华正在六轮大车后巴头探脑。金戈和白凤急忙蹿过去，白凤嗨了一声，吓得铁嘴华一哆嗦。铁嘴华脑袋一晃，叫道：“瞎喊什么，早看见你们了，嘿！不细看，还真的认不出来。跟谁学的？嘿！丑，好丑！”

金戈问道：“你们怎么跑这儿来了？家里没事吧？”

“英子接到黑旗船的求援信，立即下了山，黑旗船的消息还真是贼灵通！唉，我说，不行了，不行了。”

黑和尚节节败退，金戈立即冲上去，拦在长发婆身前，喊道：“看打！”两人打在一起，金戈使用岳武拳，长发婆使用白神掌，你来我去几个照面，长发婆就看出来，说道：“是你……”说完就走，金戈撒腿就追。几个起落，两人来到树林深处，长发婆道：“你怎么在这儿？金珠、银珠呢？”

“我去杭州办事，戚继光将军已经救下来。她们姐妹随戚继光去了军营，婆婆你走吧，这六大爱神船是戚将军夺回来的，是国宝，不能丢。”

“国宝不国宝的关你什么事？又不是你的，要你多管闲事？我帮助黑旗船得此宝，将功补过，或能打动他们，不再追究我们母女的叛帮之过。四海财君功力通玄，哪天他和咱们叫板，我怕咱们不是他的对手，你不要管了，你走你的，我们要留条后路，你走吧。”

“这可不行，正邪不两立。婆婆，我们不能离经叛道。您撤吧，到时候女婿会和您并肩作战的，就是战死沙场我也死而无憾。”

“你真不知好歹，死榆木疙瘩。好，你打赢我就撤！”长发婆说着挥掌攻来，金戈举手一挡，滑步后退。忽听铁嘴华的声音响起：“快还手，打起来，打起来。他们来了，英子你就败了吧，我们赶紧回山，你已经尽力了。”

金戈闻声不敢怠慢，立即挥拳反攻。长发婆的功夫一日千里，金戈不认真打还真不行。长发婆五指划过，竟发出了嘶嘶之声。金戈双掌一按，一个跟头向后翻去，接着一个“鹞子翻身”弹回来。他两手上下翻飞，快如闪电，翩翩然一个摆拳击出，接着一个弹腿踢去。这是“阴阳九九掌”上八掌中的一个变式，金戈打得又快又狠！长发婆一惊，玉臂封在了金戈的小腿上，啊的一声惊叫，一个跟斗翻了出去，接着“鲤鱼穿波”，嗖的一声蹿进树林。

这时，两边的人都赶到了，黑旗船的人见长发婆落败逃走，呼哨一声，一阵风似的走了。酒糟鼻子跑过来，大大咧咧地叫道：“好小子，还真有你的！得了，我这手指头算是白丢了，自认倒霉！”

胖子镖师戏道：“你有眼不识金镶玉，就没看出来，那宝剑是一般的宝剑吗？一般人有那样的宝剑吗？你愣是没看出个所以然来，你长俩眼是干什么的，尿尿的？”

白凤听后皱起眉头，一拉金戈，转身就走。

酒糟鼻子的声音又响起来：“你看出来了？屁！”

胖子的声音传过来：“你看见护手上那七颗宝石了吗？那可不是哪柄宝剑上都有的，这柄剑大明朝独一无二，你没听说过？”

“七颗宝石？七星剑？啊？黄山白神庄的七星剑？不会吧……”

“不会吧，不会七！你看看，那个秃顶的老者是谁？你呀你……”

金戈和白凤回到饭店前，拉过自己的战马，飞身而上。二人挥鞭催马，双马唏律律一阵嘶鸣，嘚嘚嘚马蹄声响，两匹战马奔上了黄土大路。

走着走着，夜幕四合，天边的白云也黯淡了。白凤丹凤眼含笑，一手握着牛皮缰绳，一手挥动马鞭，苗条的身子随着骏马轻轻起伏。她看向皱着眉头的金戈，兴致勃勃地说道：“今晚咱们露宿，席地盖天，数星星看月亮，怎么样？来，跟我走，驾！驾！驾！”

白凤胯下黑马呼啦一声冲下官道，奔向河滩。金戈无奈，一抖缰绳追下去。来到河边，二人信马由缰，顺着河滩缓缓而行。转过一道河湾，河滩豁然开朗，星光之下，百丈宽的沙滩呈现眼前。细沙米黄，翻滚着细浪，柔软得就像少女的肚皮。白凤翻身下马，欢叫道：“太好了，就是这儿，我们就在这里露宿，好地方。”

金戈心情渐渐开朗，闪身下马，看着沙滩吟道：“头枕黄沙闻细浪，脚蹬银河阅星空！好，不错……”金戈解开马肚带，卸下鞍具摘下笼头，把缰绳拴在马的左前腿上，让马去啃食那些翠绿茂盛的青草。金戈如法炮制，把白凤的黑马也拴上绊马索，驱赶到堤坡上。

白凤手捧细沙，打了一道沙埂，两人脱下披风，铺在沙滩之上。他们头枕沙埂，仰望青天，好不惬意。金戈叹道：“人生如梦，人生如歌……”白凤笑道：“人生如风，人生如水……”

金戈看着浩瀚的星河，思绪如野马奔腾起来，喃喃道：“昔日寒窗苦读，今日迎风舞剑，时过境迁，人世沧桑。我的母亲在哪里？

我的妹妹寄居何方？真不知何年何月，一家人才能欢聚一堂……”

“不用着急，或许伯母已经到了江南堂呢？忙过这一段，我们就去救伯母……”白凤一双美丽的眼睛遥望群星，一只素手抬了起来，指着几颗星星道，“看！那就是牛郎和织女，他们隔河相望，每年七月七日才能相会一次，多惨哪，那两个孩子一年才能见到一次娘……”白凤说着说着忽然扑哧一笑，“你说九弟这个人有意思不？为了家里收购了一颗什么麝香龙涎丸，巴巴地追来说给我听，你说他傻不傻？”

“当然不傻！他是为了你而来，他在追求你，难道你不知道？”

白凤转过身来，面对金戈，一双妙目忽闪了几下，说道：“我怎么会不知道？他留在山上，还不是为了我……你又吃醋了？噢，我知道了，为什么九弟见了你，就像老鼠见了猫似的，你吓唬他？”

金戈笑道：“吓唬他？哼，他还不配！我只不过讨厌他，不知为什么？他也没得罪我，我老觉得他要把你从我身边偷走似的，见了他，我就像吃了蝇子喝了醋，你是不是喜欢他？”

“我不理你了，我喜欢谁你不知道？装傻充愣！哼！”白凤转过身去，金戈拍拍她的肩膀，把她扳转过身来，说道：“那你为什么不告诉他，让他死了这条心？俗话说，苍蝇不叮无缝之蛋，你给他留着空子，他自然就盯上了，你说是不是？”

白凤沉吟了一会儿，幽幽道：“下次见了他，告诉他行了吧？其实，我觉得挺好玩的，我喜欢男孩子追我，越多越好！那多有意思呀，你瞧九弟的眼睛，燃烧着欲火，对我百依百顺，我敢说，他要是娶了我，他就是我的奴才，你……怎么，不高兴了？你看看，你又不肯追我，又要我迁就你，唉，谁克谁是一定的，一辈子让你欺负！得了，我的小院主大先生！”

“小院主大先生？亏你想得出来。”

白凤又道：“唉，你呀，不知是怎么想的，你说，金珠、银珠姐妹俩拿你当眼珠子，你却为了不相干的事，和她们的母亲动手。我叫你一走了之，你还犯牛劲，非插手不可。我真怕你无情无义，掏心给你、割肉给你都行，就怕你到时候翻脸，六亲不认！”

金戈叹了一口气，片刻后才说：“不是我六亲不认，我很想尽我之力，让我的爱人和她的家人得到幸福。并且，我如果帮助了她们，会觉得很高兴。但是，男子汉大丈夫有所为，有所不为。忠孝不能两全时，取其忠，情义不能两全时，取其义。保护国宝，乃是大义所在。大义当前，岂因亲情而不顾？如果为了亲情就放弃道义，当官的则可堕落成贪官，侠客就会忠奸不分，变成土匪。我们要防微杜渐，坚持做人之道德……你没听说过一个故事吗？王婆卖瓜，自卖自夸。文婆爱小，刑场挨咬！”

白凤眼睛一亮，盯着金戈问道：“文婆爱小，刑场挨咬？哪有这个故事，你尽胡编！”

金戈和白凤脸对脸，金戈笑道：“有一个小村，住着姓文的一家三口，年轻的夫妇和一个八岁的男孩，这一年秋天，隔壁家一棵大枣树，结满了红红绿绿的枣子，男孩子馋了，要吃枣。文婆说：‘你拿个竿子过去，悄悄打几竿，没人知道，就是有人看见，你一个小孩子家，吃他几个枣子，又能怎样？去吧！’孩子说：‘娘亲去打吧，我怕！’文婆说：‘不怕，娘在这儿看着你。’男孩拿了一根小竹竿，战战兢兢地来到树下，啪啪打了几竿，不管打下了多少枣，扭头就跑。过了一会儿，他探出头来，仰着小脸，东瞧瞧西看看，见没有人，又见母亲站在身边，飞也似的跑过去，捡回枣子，嘎嘣嘎嘣嚼起来。”

白凤说：“你是说偷枣子啊？我小时候也偷过堂叔家的枣呢，那算什么。”

金戈坐起来，白凤也坐起来，金戈说：“男孩受到母亲鼓励，胆子渐渐大了起来，一口袋一口袋打回家，他父亲见了要管，他母亲又哭又闹，说：‘你个窝囊废！自己没出息，给儿子买不起大枣，他弄几个来，你还说三道四！呸！没出息的东西，嫁了你算是倒了八辈子血霉！白天没空，夜里找个地方撞死算啦！屎包窝囊废！”

“嘿！这文婆真够厉害，真能骂，我得学学，将来骂你。”白凤说。

金戈继续道：“男的呢，不愿为点小事和她吵，嘟囔了几句，睡觉去了。从这以后，小孩的事男人懒得管了，由着他们母子闹。男孩稍微大一点，十一二岁，养成小偷小摸的习惯，这一年秋天，村南的沙地里种了几亩花生，花生熟了，男孩在夜里钻进花生地，摘了半袋子花生拉回了家。袋子一放，对母亲说：‘吓死我了，一颗心怦怦乱跳，我可不敢去了！’文婆却说：‘儿子，胆小不得将军做，撑死胆大的，饿死胆小的，别怕！’接着给他煮了半锅花生，母子连吃了几天，他父亲看见，皱着眉躲出去了。从此，他家天天有花生吃。”

金戈看看白凤，接着讲：“男孩再大点，偷遍了全村，自己家种着豆子，偏要到邻家的豆子地里去摘，好像人家的豆子比自家的豆子好一样。十五岁那一年，偷邻村的梨子，被人家抓着，挨了一顿臭揍，之后，他歇了两个月，可是，一见别人的东西手就痒。为了不挨打，再出去偷东西，腰里别上了刀子，以后，又偷过一个远村的马。到了二十岁的时候，他一个大小伙子，不会种庄稼，不会耍手艺挣钱，认为做任何一件事都不如偷来得快！终于，在偷邻县一家耕牛时发生血案，这家主人发现他偷牛，与他搏斗，他刺死了主人。”

“啊！出了人命？”白凤说，“下场一定可悲了！”

“可不是！县衙判了他死刑，临刑前，他要吃口奶水，文婆答应了，他一口咬掉母亲的奶头，大声说：‘是你害了我！我偷枣子时，你要像父亲一样管我，我就没有今天！’这就是‘文婆爱小，刑场挨咬'的故事。我母亲从小给我讲这个故事，要我莫以恶小而为之，莫以善小而不为！”

白凤沉思，说道：“我明白了，要防微杜渐。”金戈拍打着细沙说道：“太对了！戚将军说大不持必毁根基，可谓经典之语。在大是大非面前，一定要坚持正义。”

“你看！”白凤惊叫，忽然手指河水，吓得紧紧偎到金戈身上。金戈放眼看去，波光粼粼的河水里，一个黑影正向河心走来，黑影托着长发，长发随波逐流。

金戈感觉白凤打了个冷颤，他站起来喊道：“什么人？”

那人停止走动，转过头来，月光之下依稀一张姣好的面孔，是一个年轻的女孩。她没出声，继续走向河心，渐渐地，河水淹没了她的胸脯，淹没了她的脖子，她身子一歪，沉了下去。金戈纵身一跃，凌空扑去，就如一只黑色的蝙蝠划过夜空。扑通一声，他一个猛子扎到水里，脚蹬手刨，几下就游到女孩身边，抓着女孩的香肩拖上河岸。

白凤站在水边叫道：“逮着了？”金戈把女孩推向白凤，嘴里说：“逮着了？你当抓贼呢，还逮着逮不着的。”

姑娘喝了几口水，没有事。她看看金戈和白凤，忽然哇的一声哭了，蹲在地上，哭得双肩乱颤。

“月儿！月儿！你在哪儿？你回来吧！为父也不想，我们惹不起啊！月儿呀，你回来吧，我们不嫁了！月儿呀……”对面河岸上跑来了一溜十几人，举着火把，呼唤着女儿，狂奔而来。女孩一阵颤抖，惊悸地站起来，说道：“让我去死吧，你们救不了我！”

突然，一声凄厉的号叫传来，令三人一惊：“师妹，我来了！我陪你来了，你师哥陪你来了！”

“姓林的，是他……”白凤叫道。只见一个白影一闪，扑通一声跳进河里。金戈急道：“你赶紧带着她避一避，我去救他，快！”

金戈飞也似的扑进河里，抓住了姓林的青年，悄声道：“林公子，你的师妹在我这里，你快跟我来！”林公子刚要挣扎，听到金戈的话大喜，跟着金戈紧游几下，跃上岸来。

火把围着河道转悠，有人下水打捞。

原来，林公子叫林风林，他师妹叫薛月，是此地木林山庄薛员外的女儿。薛员外自幼好武，年轻时曾拜师昆仑，下过十年苦功。他收了三个徒弟，本来女儿和她的大师哥青梅竹马，婚事是早一天晚一天的事了，不料想一日父女游西湖，被赵府的管家刘三麻子看见，非要纳薛月小姐为妾不可，定于明日迎亲。薛员外惹不起，逆来顺受，逼着小姐出嫁。林风林找薛月商量，薛月也一口咬定要嫁给刘三麻子，而暗地里却决定投河，正巧碰上金戈和白凤。

金戈听说赵府的刘三麻子逼亲，就火了，说道：“这个王八蛋替倭寇诓骗戚将军的账还没算，竟敢明目张胆地出来纳妾，真是胆大包天。你们听我的，立即启程去岳武院，找一个叫凤玲的院主协理，就说金戈叫你们去的。刘三麻子的事，交给我们处理，我们不会让他伤害到你们的家人。”

金戈拿出一枚凤尾镖，交给林风林。两人知道碰上了高人，千恩万谢地走了。

一个阳光灿烂的早晨，金戈和白凤双骑来到杭州。这是一个美丽的城市，是大明王朝千里沃野上的一颗璀璨明珠。马蹄声声，春风徐徐。金戈和白凤来到心仪已久的西湖，来到岳王墓前。金戈献上一束姹紫嫣红的鲜花，献上了一碗浓郁的美酒。二人五拜三叩，大礼祭奠岳武院的先驱岳飞岳鹏举的英灵。然后，两人租了一条船，划向湖心。金戈荡着双桨，白凤倚在身边，素手轻抬，指点着湖光山色。

傍晚，二人来到羞花妓院。未曾进门，龟奴早就迎上来，点头哈腰地让进大厅。大厅布置得富丽堂皇。一张描龙画凤的金漆圆桌旁，坐着一个搽胭脂抹粉头戴紫花的中年老鸨。她见到金戈和白凤，立即抬起屁股，扭着水蛇腰走上前来，媚笑着说道：“哟！二位大爷超尘脱俗，好福相啊，二位大爷一到，蓬荜生辉哟！不知二位大爷要姑娘们怎生伺候？”

金戈大马金刀地坐下来，哈哈大笑，说：“闻听羞花楼的姑娘们人人如花似玉，个个倾国倾城，我兄弟路过贵地，想一亲芳泽……不过，我们想要一个独院，或占一座独楼，然后从容挑选姑娘，可否？”

“二位大爷，想必初登窑门，不知规矩。”老鸨两片薄薄的嘴唇一撇，轻蔑地说道，“这里有独楼，也有独院，但都名花有主，你们可以上门求宿红倌人，岂可鸠占鹊巢？”

金戈哈哈一笑，从怀里掏出一沓子银票，拣出一万两的一张，往桌上一拍，说道：“一天一万两，如何？”

“一天一万两？啊！啊呀呀，我说嘛，今天门前喜鹊喳喳叫，似有贵客登门，果然应验了，好！”老鸨身子一摇一摆，顿时媚眼频抛，但多是抛给“俏公子”白凤。她对几个龟奴说：“快！叫翠红带着丫鬟搬到我屋里，给二位大爷腾出那栋绣楼来，快去！”

“是！”一个龟奴答应一声出去了。金戈起身，东看西瞧，欣赏墙上的字画。白凤也站起来，慢慢踱过去。老鸨拿起银票，仔细看了看，揣进怀里，嘎嘎谄笑着道：“看看，高个的大爷这一走是龙行虎步，当是将相之才。这位俏哥哥，相貌俊雅，男生女相，必有贵样。来，看茶！看好茶！”

不一会儿，一个清脆的叫声从后门外传来：“谁那么大的架子，叫我搬出去住？妈妈，怎么，水大漫过桥去了？今天是怎么搞的，啊？”环佩叮咚，一个穿红挂绿的美人带着一个丫鬟走进来，粉脸上怒气冲冲。

金戈喝着茶，漫不经心。白凤抿嘴偷偷地娇笑，存心看热闹。美人迈着碎步，袅袅来到他们跟前。老鸨扬胳膊舞袖子，自是一番安慰，并把她介绍给金戈和白凤。美人喋喋不休，目光不住地飘向“俏公子”白凤。金戈烦她纠缠，两只细眼一张，犹如一道闪电，直射美人的双瞳。美人吃惊，吓得浑身哆嗦，声音戛然而止。

老鸨见状，疑念顿生。但她声色不动，让人带金戈和白凤出楼而去。走出老远，金戈听见美人的叫声：“哎哟，吓死我了。我从没见过这么厉害的眼睛，毒蛇一样。妈呀，这还是人吗？吓死我了，啊哟，我的心现在还怦怦跳个不停呢。”

老鸨低低的声音传来：“这二人非池中之物，你们小心伺候着！”

龟奴领着金戈、白凤从后门出来，顺着回廊辗转向前。穿过一道月洞门，眼前景色一变，但见院内花木掩映，绿草如茵。左侧有小桥流水，右侧有假山雕石，中间是一条弯曲的青石甬路。甬路旁立着膝盖高的编花篱笆，每隔丈余，站着一个一人来高的汉白玉人形灯杆。再往前走，花丛里出现了几幢精致的绣楼。龟奴领着金戈、白凤走到第一栋小楼前，躬身说道：“到了，二位爷，里边请。”

金戈抬头，只见小楼门楣之上镶嵌一块暗紫色的木牌，雕刻着“翠云楼”三个凹字。凹字里涂以绿漆，显得十分素净。推开风门一看，客厅宽敞明亮，雕花木窗配着雪白的窗帘，红木圆桌上盖着雪白的纱巾。

白凤在大厅里转了转，信步上了楼。白凤立定身子，看到了一间特大的寝室。靠东墙放着一张红木圆桌，配着两把红木椅子，圆桌的桌心和椅子的椅心都镶嵌着大理石。靠窗放着一张带着垂花床罩的栎木大床。冲着阳光的一排花格子窗户向外高高支起，一簇颤动的花枝探过头来，散发着沁人心脾的淡淡清香。

白凤兴高采烈，噔噔噔走下楼去，到了客厅就喊：“去，把刚才那个姑娘叫过来，让我们看看！”

金戈瞪着眼说道："你干什么？别胡闹！这是桃花会的老窝，咱们先摸摸底，别捅了马蜂窝，闹出乱子可不好收场。"

"你放心。"白凤扭了扭腰肢，亲昵地说道，"咱们既逛妓院，怎么也要挑挑婊子，要是干巴巴地待在这里，会让别人生疑，那不成住客栈了？没事，你看我的，只要你不动凡心，什么乱子也没有，你可不许胡思乱想啊！"

一会儿，翠红姑娘姗姗来到。她嘴角上翘，眼睛里燃烧着嫉恨之火。一个丫鬟错开半个身位跟在身侧，不时偷眼打量厅中的不速之客。

"过来！"白凤招招手。翠红袅袅走来，白凤托起她的下巴，摸摸她的脸蛋，说道："张嘴！对，张嘴！"金戈转眼看去，翠红露出了一口编贝似的牙齿，洁白如玉。忽然，白凤一只手在翠红的小腹上按了按，说道："行，没赘肉！"说罢，咯咯笑了。

开始时，翠红皱着眉头，嘴巴噘得老高，都能挂住油瓶了。经过白凤的调戏，渐渐解冻。当她看清白凤如花的眉眼、似玉的脸蛋、粉红色的闪着光泽的性感嘴唇，立即有了笑模样，戏道："平坦得很。你没听过'四大软'吗？大姑娘的肚子沙土岗……"

"哦？四大软？咯咯咯，还沙土岗呢！"

白凤话音刚落，翠红的两只手伸到腋下，麻利地解开扣鼻，绣着花边的绸衫掀开，里面竟然没穿亵衣，露出一片白羊似的秀体。翠红媚眼如丝，甜甜一笑，水蛇般缠上来，涂有指甲花汁的手指抚摸着平坦的小腹，说道："你摸摸软不软……"

白凤啊的一声惊叫，赶紧挡在翠红跟前，转眼看向金戈。屋里早没了金戈的身影，木质楼梯上传来轻微的咯吱声。

金戈来到楼上，看了一眼精致典雅琳琅满目的家具，来到窗前，探头俯视，一纵身子跳出去。几个起落，金戈又来到一座小楼前，脚尖点地，呼的一声蹿上一棵歪脖子柳树，接着手脚并用，攀到树尖上。金戈起伏着身子举目眺望，但见楼内床帷低垂，一男一女正在颠倒鸳鸯。金戈连忙摄心敛神，一跃而下。掩到一楼窗前探头看去，却见一个丫鬟和一个小厮正在乱啃。金戈微微皱眉，转身离开。弯来拐去，走到一个小院前。小院的门楼两旁立着一排汉白玉拴马桩，磨砖对缝的门楼墙壁上挂着一个很大的白漆牌子，写着“客人止步”四个黑漆大字。金戈分花拂柳，潜到近前，踮着脚跟向院内观看。院子里矗立着品字形三栋楼房，中间凹向里边的是一座六开间的三层小楼。两边是靠前拱卫的两栋四开间的双层小楼。主楼牌匾上书写着“桃花楼”三个朱红大字。金戈心说：“就这里吧，桃花会江南分舵气派不小啊。”

金戈从墙上扒下一块转，向西扔去，当的一声，砸在西楼的窗户上。接着，金戈向东疾奔，来到尽头，金戈脚尖点地，呼的一声越过墙头，双脚一沾地面，立即弹射而起，三蹿两跃，扑到东楼前的花丛后，蹲身观望。

这时，院子里响起了杂乱的脚步声。有人喊：“怎么回事？”

“有人扔进一块砖，砸了窗户！”

“赶紧查！”

“是！”

声音西去，金戈悄悄站起身来，向屋内看去。圆桌旁站起两个年轻的女孩，手里拿着瓜子，走向窗户前，伸着脖子透过珠帘向西侧看去。两人脸上搽胭脂抹粉，动作扭捏：“师姐上哪儿去了？哦，我知道了，是不是又去听窗根了……嘿嘿！”

“嘘！小点声，嘿嘿哈哈的，我看你动了凡心了，小心师父知道了弄死你！”

“嘿！你没动凡心，假正经。你身子圆润润、肉乎乎的，一搂不定多带劲呢！”说话的女孩抓了另一个女孩一把。

突然，风声一响，屋里多了个人。一个女孩惊叫：“你是谁？好大胆子！哦，金戈？是你吗？化了装？嘿，你怎么来了？”

另一个女孩扭捏着说道：“神出鬼没的，吓了我们一大跳。”

金戈一笑，坐下来，笑道：“师太呢？坐地炮呢？不是听到你们说话，还真认不出来，真是人配衣服马配鞍呀。”

夏姑道：“哎，你为什么不叫师姑了？你是不是偷听我们说话了？你真坏！”

春姑放下瓜子，拍拍手道：“师父和他们在客厅里说事呢，你怎么来了？”

金戈缩腰沉肩，慵懒地靠在椅子上，反问道：“你们是不是控制了这里？”

“当然啦，我们忙了好几天呢，来一批杀一批，听说就剩下南京的一个什么楼主和一个船主没解决，其他的都灭掉了。”夏姑伸手比划着，得意地说，“他们怎能逃得出如来佛的手心？收拾他们就像收拾一些小兔子，容易得很。”

金戈随着春姑、夏姑来到客厅里，看到一个收拾茶具的丫头。一问，知道五毒师太和坐地炮去了翠云楼。丫头还说，他们接到了报告，说是翠云楼来了可疑人。于是金戈带着春姑、夏姑匆匆赶往翠云楼。

翠云楼里，白凤正假凤求凰地调戏翠红时，五毒师太和坐地炮来到。五毒师太一见白凤，立即说道：“还胡闹！他人呢？”

“哟，你的眼真毒，看出来了？”白凤说。

五毒师太冷哼一声，说道：“三脚猫的鬼把戏，骗三岁小孩子还差不多！”

这时金戈和春姑、夏姑走进来，金戈躬身道：“师太，孙儿在这儿呢，孩儿给您老请安了！”

坐地炮一摆手，翠红和那个丫鬟迈步离去。坐地炮伸手道：“院主请坐，师太请坐，白堂主请坐……”

五毒师太和金戈、白凤先后落座。坐地炮身边还有两个丑陋男子和一位俊美少妇，三个人恭恭敬敬地站着，目光不断地打量金戈。坐地炮转身道：“我来介绍一下，这位是姚群文姚楼主，这位是刘一选刘楼主，这位是红翎楼主。”坐地炮指着三位楼主说完，又介绍道：“这位是岳金戈岳院主，这位是花仙子白凤白堂主，他们都化了装。”

“参见岳院主！参见白堂主！”三位楼主齐声道。

见礼完毕，坐地炮又道：“目前，桃花会江南分舵已经被我们掌握。我们已经歼灭包括白头翁、马猴在内的三十多人，五毒师太屡建奇功，我们未费一刀一枪，就把他们解决掉了。还有两个危险人物，一个是南京的杏花楼楼主‘丑呆瓜’，一个是水仙舫的船主‘大肚婆’，我让他们去了南林庄园，有人在那里伏击他们。另外，天山总舵来了信，说麻面魔带着二妖和三十二名黑手已到西安，正在从各舵抽调人马，八月底到达杭州支援江南分舵。据说二妖功力诡异邪恶，是总舵专门派来对付岳武院的。他们已经提前动身，随时都会到达这里。院主之母夏秀梅还在寻找之中，找到了立即押来杭州。下一步，我们当全力查找二妖，做好迎战麻面魔的准备。”

金戈闻言站起身来，来回走了几步，说道：“好！你们要加强戒备，严防走漏风声，我们要出其不意地消灭这批色鬼。如果消息泄露，你们就撤。收复横屿之后，岳武院再派人手加强你们的力量。麻面魔的功夫怎么样？他有什么特长？”

坐地炮说：“我没见过麻面魔，听说此人二十来岁，非常年轻，天生异质，出道以来未逢敌手。”

“和阴阳魔比呢？他们交过手吗？”

“我想起来了，前年阴阳魔回天山述职，曾和麻面魔过了几招，我是听白头翁说的，说麻面魔单手就胜了阴阳魔。”

“啊？”金戈吃惊，心道，“阴阳魔就是一个极强的对手，如果麻面魔的功夫高出阴阳魔一大截子，那可是个劲敌了。”金戈又问道：“桃花会还有些什么高手？”

坐地炮道：“大致来说，桃花会主要是五魔四妖六公主，功夫最高的当然是驮龙魔王了，其次是麻面魔、地丁魔、阴阳魔、蛇头魔。据说桃花会的几位公主也是了得，阴阳魔就曾经败在二公主手下，当然，不知阴阳魔是否出了全力。总之，桃花会目前实力强大，我们不可力敌。”

五毒师太点点头，说道：“来者不善，善者不来！麻面魔率众而来，我们要早做准备。”

金戈点头道：“好，我知道了，让我好好想一想。”

“目前，江南分舵所有财产共妓院一百四十八所、花船三十艘、雕花楼船一艘、练功庄园一所、山寨一处。”坐地炮一抱拳，兴奋地说，“恭喜院主！贺喜院主！江南分舵这些年的利银因为局势动荡，未曾上缴，秘密库存白银四十万两、黄金十万两。”

白凤噌地站起来，叫道：“哟！好家伙！这么多钱，这下可发了，江南分舵应该留着，这不是一棵摇钱树吗！”

五毒师太摇摇头，道：“阿弥陀佛！人不可贪，这可不是正业。”

“师太的两个徒弟求见！”一人进来报告。

“有消息了。”五毒师太说，“叫她们进来吧。”

冬姑和秋姑打扮得花枝招展，迈着碎步走进来，她们看了一眼金戈和白凤，细声细语地说道：“师父，都解决了。一共五个人，他们在山林里碰上了毒蛇，都被咬死了。我们检查过了，死人里有大肚婆和丑呆瓜。”

五毒师太一摆拂尘，说道：“好，你们向院主请功吧。”

秋姑眼睛一霎，说道：“院主？哦，我说怎么看着面熟呢，化了装了。好啊，快给我们记功吧，我已经杀了二十七个色鬼了。啊，白堂主也到了，真看不出哟。我们的功劳都是师父的，我们跑了跑腿……不过，我们也有点小功劳……”

金戈笑道：“有功，你们也有功！四位小师姑的功劳岂能埋没？到时候岳武院一定会论功行赏，你们的功劳一定会大力表彰！”

坐地炮道：“我去安排酒席，庆祝一下？”

金戈道：“好，酒席就开在这儿，你们别走了。”

酒宴过后，金戈留下五毒师太和坐地炮，说道：“估计下月中旬我就能赶回来，我们共同伏击麻面魔。江南分舵表面还叫江南分舵，暗地里改为岳武院江南堂。坐地炮担任岳武院江南堂堂主。我回去后，安排几十名武徒赶过来，助你稳固江南堂。”金戈看看师太，又说道：“武徒们到了，师太就可以回去了。师太还得留一段时间，帮帮江南堂。”

五毒师太说：“行啊，等他们站稳了我再走。”

金戈又道：“左堂主，你可以自行任命各楼的楼主，之后报内务大堂备案。救出我母亲之后，江南堂就可以撤回武夷山了。我这次来杭州，是为江南军务总督赵文华而来，他勾结倭寇伏击戚将军，是一个罪恶滔天的大汉奸，是一个彻头彻尾的卖国贼，我们要拔掉这个钉子，解除戚将军的后顾之忧。你们协助我探听消息和接应。月底之前，我还要赶到横屿，时间就这四五天，你先派人搞一张赵府的地形图。”

坐地炮说：“好，我马上派人办。另外，据说最近倭寇袭击了柳台城，屠城三日。”

金戈惊道：“是吗？倭寇双管齐下，着实可恼可恨。”

白凤对五毒师太说：“还有一事请师太帮忙，丽水城得月楼的店小二舍身跳楼，救了戚将军，他遗下一个妹妹，脸上有好大的一个伤疤，不敢见人。她现在住在丽水马大响家里，如果再见到金针张，您给问问，看他能不能给她整治一下容貌。另外，马大响的母亲眼睛不好使，也让他瞧瞧。回头我让她们来杭州找您。这女孩整天蒙着脸，别扭透了。”

五毒师太不耐烦地说道：“好吧，我给金针张捎个信，有没有时间就不一定了，当然，不行就叫他找人帮忙。”

金戈道：“我认了女孩做妹子，还请师太多费心。”

五毒师太看着金戈，温言道：“行，交给我吧。另外，刺杀江南军务总督非同小可，他虽说是个大汉奸，路人皆知，可是皇上不知道，大臣们不知道。朝廷一旦得知你杀了他们的二品大臣，绝不会与你干休。到时候你上天不能，入地不可，大明虽大，却无你的立足之地了，岳武院也会因你而受株连。依我看，你不妨杀了刘三麻子算了，给他来个敲山震虎，省得沾上一身腥。”

金戈摇头道：“敲山震虎恐怕不管用。赵文华心狠手辣，顽固透顶，一旦打蛇不死，戚将军就危险了。失去戚将军，戚家军就会冰雪消融，倭寇必然星火燎原，我大明王朝危矣。对付这种国贼汉奸，好比治疗脓疮，应当施以刀圭，彻底根除。至于危险，我不怕，事后追剿，我也不惧。只要除掉国贼，灭了倭寇，我大明王朝的百姓能够安居乐业，舍去我一个人算得了什么。况且，赵文华曾经逼得我父亲走投无路，于公于私，我都应该放手一搏！”

五毒师太叹道：“既然你主意已定，我也就不说什么了。但是，你必须周密计划、细心准备，确保滴水不漏。你不能留下任何痕迹。赵文华这个人文武双全，号称‘阴扇子’，不是那么容易对付的。你一旦发觉苗头不对，就要迅速脱身。”

金戈沉声道：“是，孙儿谨记师太教诲。我会精心准备，即使杀不了赵文华，也要全身而退。我还要他哑巴吃黄连，有苦说不出。”

“阿弥陀佛，如此甚好！”

金戈站起身来，在屋子里转了两圈，对白凤说道：“你协助左堂主立即处理掉库存银两。银子分批存入钱庄，黄金起运武夷山。银票分成两份，一份由岳武院保管，一份交给戚家军。”

“戚家军不用给那么多吧？传出去反而对戚大哥不利，你不是刚给了他们十万两吗？再给他们十万两就行了，剩下的缓缓再说吧。”

“你没见赵文华正逼戚将军吗？他不能两面树敌，用钱的地方多着呢。”

白凤哼了一声道：“赵文华还能蹦跶几天呀，戚大哥还用得着怕他？”

金戈摇摇脑袋，说道：“怕是不容易，我们的成败还在两可之间，这事以后再议吧。现银也要留下一部分，奖赏一下有功人员。”

白凤微笑点头，说道：“好啊，留多少呢？”

“你和左堂主商量吧。”金戈看向坐地炮，说道：“晚上召集这里的主要人物，我和他们见见面，明确一下岳武院的宗旨，强调一下岳武院戒律。抽空我传你第一阶岳武功，你就算岳武院正式弟子了，为鱼跃龙门做好准备。”

坐地炮立刻蹦起来，抱拳道：“多谢院主。我就去召集人。”

金戈道：“只要首脑，只要完全可靠之人。兵不在多，而在精。”

“是！我就去安排。”坐地炮说罢兴冲冲地走了。

农家女打扮的秋姑、冬姑扭捏着上前，穿红戴绿的春姑、夏姑扬着笑走近。秋姑道：“院主，我们出力也不小，你奖励我们什么？”

金戈道：“你们确实辛苦了，你们要什么？”冬姑看了看师父，说道：“我们也要一阶岳武功，是吧，师兄？”

“对！对！我们也要一阶岳武功。”五毒四姑嚷嚷道。

金戈看了看五毒师太，见她端着茶碗，正和白凤说着什么。金戈笑了笑，说道：“你们学了岳武功，就成岳武院的人了。这样吧，我将功夫传给师太，你们再跟师太去学，好不好？”

四个尼姑的目光立即黯淡下去，冬姑低声说道：“那样啊，也好。”

金戈笑道："师太，您勉为其难，也学一下岳武功吧？"

五毒师太转过脸来，严肃道："岳武功？这可是天下第一奇功。我告诉你，你不要拿着岳武功到处乱传，岳武功一旦外泄，岳武院的根基就倒了。岳武院的精英，你可以传第一阶岳武功，头头脑脑，也可以传些岳武枪、岳武拳。第二阶岳武功非嫡系不传，至于第三阶的八步赶蝉功，非至亲至近的人不能传。我虽然是岳南院主最宠爱的妻子，他连一步岳武功都不肯传给我，你想想吧。"

金戈心想："凤玲进了密洞，看见了全部岳武功，不知道她能不能读懂？没有断字诀，她识字又不多，应该看不懂吧？看来岳家的谨小慎微绝非多此一举。"

五毒师太又对她的徒弟说："你们能学到第一阶岳武功就不错了，想当年，我死磨硬泡也没有学到一步岳武功。岳霞要是不会第一阶岳武功，岳武院就不是今天的岳武院了，女生外向，千古不变。"

金戈恭敬道："师太的教诲极是，您就出任岳武院护法之职吧，也好时时教导我。"

白凤劝道："对呀，你是我们院主的干奶奶呢，一家人在一起亲亲热热的多好啊。"

五毒师太摇头道："铁嘴华不是客卿吗？我也做个客卿吧。来去自由，我可不愿意你们拿着岳武院的院规约束我。"

"啊，我明白了，那就做客卿吧。走吧，我们练功去。"金戈拉着五毒师太的手，把她拉到楼上。五毒师太心里大喜，心说："只要学会了岳武功，我就可以放开手脚，有你不多，没你不少，哼，这可是你自找的！"

晚饭后，金戈和白凤召见了江南堂八个楼主、一个庄主，金戈道："岳武院是岳飞岳王爷子嗣创办的武院，'精忠报国'是岳武院的宗旨。岳武院的人员必须爱国爱民一心为国。从今天起，你们就是岳武院的一员了，要遵守岳武院的宗旨和戒律，为国为民贡献自己的力量。如有异心，岳武院定斩不饶！”

一个楼主站起来，说道：“我们既入岳武院，就会忠心耿耿。”其他人一齐站起来，同声道：“精忠报国，绝不食言！”

白凤笑一笑，说道：“你们好好干吧，大明王朝和百姓们会永远记住你们的，你们要争取把自己的事迹刻在功勋碑上，流传后世，受众人尊敬，让后人仰慕。”

堂会结束，金戈独自来到大街上，在赵府周围转了一圈。

三十九 深夜袭击

窗户纸上泛起了淡淡的白光，金戈伸个懒腰坐起来。刚穿好长衫，白凤就进了屋。她把正系丝绦的金戈拉过去，一把按在绣墩上。金戈拇指内扣，沿着丝绦的边缘匀了一下长衫的褶皱，捋了一下脑后的马尾髻，这才睁开细眼道："干什么呀？"

白凤没回答，转到金戈身后，两手一抬，葱白似的五指掐住金戈的脖子，突然道："我掐死你！"力道刚刚使出，白凤忽觉自己的手指已经离位，被两只铁钳般的大手握住了，握得生疼。白凤惊叫一声，跺着脚叫道："撒手！干吗呀你？"

金戈双手松开，身子滴溜一转。双手一伸一缩，左手捉住白凤的右手，右手捉住她的左手，用她的双手互相拍击，同时吟道："大风起兮云飞扬！威加海内兮归故乡！安得猛士兮守四方！"

啪啪啪！白凤雪白修长的小手被金戈抓着，巴掌拍得啪啪响。白凤美人鱼似的扭动着身子，叫道："放手！放手！再不放手我就喊人了，看你抓着大姑娘的手像什么样！"

金戈眯着眼道："喊吧，使劲喊，这可是妓院，抓大姑娘的手，抓小姑娘的手也没人管。”

啪啪啪！掌声继续。

白凤向金戈怀里偎来，说道：“放手，放手吧。哎哟，饶了我吧，我的金大哥，小院主！”

金戈笑道：“知道本院主的厉害了？叫哥哥！”

白凤哼了一声：“哼！叫哥哥？还叫嫂子呢！哟，哥哥，好哥哥！疼死我了，好你个岳金戈，看我打你！”

金戈放开她，白凤的拳头砰砰捶击金戈的胸脯。打完了，白凤搓了搓自己粉嫩的小手，白了金戈一眼。金戈笑笑，抬头问道：“存票的事办得怎样了？金元宝都运走了？”

白凤再次转到金戈身后，双手轻轻捶打着金戈的肩膀道：“办完了，黄金五万两，分装一百箱，由五辆大车运输，长风镖局负责押送，今天起程。剩下的五万两存入了天通钱庄。白银四十万两，留下了五万两现银，余下的三十五万两，由坐地炮分批存入钱庄。坐地炮保管的五万两白银中，拨给了师太五千两，付给镖局五千两，剩下的留着发赏吧。我的事可都办好了，你呢？谋划得如何了？”

金戈指着圆桌上的一张黄纸草图，说道：“赵文华的府邸规模不大，但布局严谨。进入内宅，要穿过两层大院。据查，赵府的家丁有两百多，把守着外院。赵文华还豢养着十个武林高手，号称‘十大卫士’，守护着内宅。外院中有十几条狼狗，也够讨厌的。今晚我去看看，实地勘察一番。”

“好哇，我也去。咱俩来个夜探赵府，虎入狼窝，让这个狗汉奸也知道知道姑奶奶的厉害。给，天通钱庄的金票，三张！”

“三张？不是说一万两一张，一共五张吗？”金戈转过身来，睁着细眼问道。

白凤美丽的丹凤眼扑闪一下，粉唇张开：“是啊，给你三张，我留两张，万一你要有个三长两短的，也不至于鸡飞蛋打呀。”

“你说什么呢？竟敢诅咒我？看我不打你！”金戈张手欲打。白凤一吐舌头，做个鬼脸，风似的跑出去了。金戈连忙收起金票，飘身追去。

早饭后，长风镖局起镖了，五辆大车、三四十号人马，浩荡而去。“长风——威武，威武——长风！”一阵喊镖声传了开去。

金戈骑着白马，远远缀着。镖车行走六十里，金戈看见平安无事，也没有什么惹眼的人物尾随，就打道回转。

晚上，白凤拿来银票，交给了金戈。金戈道：“你把五毒师太和坐地炮请来，咱们商议一下。”白凤瞪着丹凤眼说道：“我真成使唤丫头了？有事就叫我跑？”

金戈笑道：“我要借个丫头来听喝，你不是嫌惹眼吗？”

白凤嘴角上挑，撇着嘴道：“得啦，还是我给你当使唤丫头吧，没办法，让你使唤的命。”

五毒师太和坐地炮走进来，四个人聚会桃花楼上。金戈道：“二更后，我和白凤夜探赵府。麻烦师太配点药，赵府有十几条狗，挺讨厌的，但不能毒死，以免让赵文华起疑。”五毒师太平淡地说道：“那容易，药水煮牛肉，一条狗吃上一块，马上找地方睡觉去了，煮他二三十块。”金戈笑道：“好，那就谢谢师太了。”五毒师太道：“客气什么，一家人了，还分什么你我。”

金戈看向正襟危坐、短粗壮硕的坐地炮，说道：“左堂主，外面可有什么风声？赵文华和刘三麻子没有出府吧？”

“赵文华没有出府，刘三麻子前晌出去了一趟，抓来两个人，手下已经打探清楚，是木林山庄的薛庄主夫妇。”

金戈一愣，说道：“你可盯紧点，我们进袭时，赵文华一定在家，别扑个空。一旦打草惊蛇，必定前功尽弃。”

白凤道：“请左堂主带几个人负责接应。人不要多，就在赵府大门附近隐蔽。如果里面打起来，你们就相机援助。”

坐地炮道：“好，到时候我等必到。”

远处传来梆子声。二更了，春天的初夜静谧安详，夜风轻轻吹过，花花草草幸福地摇晃着翠绿的身姿。

“院主，我来了。”秋姑清脆的声音传进来。门帘轻挑，秋姑扬了扬手中的黑色小布袋，笑盈盈地说：“牛肉，香喷喷的牛肉来了。喃，穿戴整齐了，就要行动了？”

金戈已经劲装结束。他身穿一身黑色的紧身衣裤，腰围鳄鱼皮镖袋，斜背单刃枪。黑色的小褂中间排着一串黑色的扣鼻，就像一排黑色的蜈蚣趴在胸前。白凤也是一身短打扮，脱下了从不离身的白色衣裙，换成一身黑色的紧身衣裤，就连束发的绸子也换成了黑色的，只有一双乌黑的丹凤眼闪着亮光。

金戈接过布袋挂在腰间，抱拳道：“有劳三师姑，谢了！”秋姑抿嘴笑笑，合掌道：“阿弥陀佛，愿我佛佑你一帆风顺。”

白凤看见戴着假发、穿着花衣的秋姑吟诵佛号，嘴角上荡起了揶揄的笑意。

金戈和白凤大步走出院门，转瞬间消失在黑暗中。不一会儿，坐地炮也带着几个黑衣人悄然无声地离开了妓院。

天空黑乎乎一片，街道上寂静无声。远处传来几声狗吠。赵府大门西侧的高墙外，贴着墙根走来蒙面的金戈和白凤。二人左右看看，金戈一扬手，天龙爪长蛇似的飞了出去，接着身子一弹而起，呼的一声跃上墙头。金戈垂下天龙爪，伸手一拽，把白凤拉上来。两个黑衣人蹲在墙头上，向里观瞧，一丈开外有棵古老的槐树，槐树枝繁叶茂，一旁围拢着几丛开着小红花的刺梅。金戈指了指，白凤伸出大拇指点了点。金戈再次抛出天龙爪，手上一感力道，立刻挽着白凤的腰肢向前蹿去。他们就像两只巨大的蝙蝠，无声无息地滑过夜空。

他们蹲在槐树下，一动不动，就像两尊黑色的石像。片刻之后，金戈抖落天龙爪。两人蹑手蹑脚地穿过花丛，来到一座高房下，天龙爪一挥，两人蹿上了房顶。两只狼狗汪汪叫着扑过来，然后蹲身昂头，冲着房顶狂吠起来。忽然，两个畜生闻到一股浓烈的香气，立刻蹿进花丛，叼着牛肉撕咬起来。不一会儿，两条狼狗嗷嗷低吼几声，趴下不动了。

两个巡逻的家丁大步赶过来，巴头探脑地看了看。一个家丁说："见鬼！这几个贼狗又咬空了，一群笨狗！"说罢，摇头晃脑地走了。另一个家丁却站住了，使劲抽抽鼻子，说道："嗯？不对，好像有股香味……"

"那是刺梅的花香！你真是狗屁不懂，整天啰里啰嗦的，走吧走吧，别疑神疑鬼的。"

两个家丁嘀嘀咕咕、拉拉扯扯地走了。

家丁走远，金戈和白凤站起来。二人翻过屋脊，柳絮般飘落院中。他们顺着低矮的花墙猫腰潜行，来到一排青砖瓦舍前，再次蹲下身子不动了。四只明亮的眼睛机警地四下里打量，两对耳朵竖起来凝神细听。四周静悄悄的，毫无声息。过了一会儿，金戈的嘴巴凑到白凤耳边，低声道："过了这排瓦房，就是内宅大院了。大院中间有一栋雕梁画栋的小楼，那就是赵文华的寝室。内宅大院里有内卫高手轮流坐夜，你我可要小心。"说罢，伸手指了指前面的瓦房。白凤心领神会，点点头，轻声道："上！"

随着天龙爪飞出，二人一跃而起，轻烟似的蹿到瓦房上。二人猫下身子走猫步，悄悄来到屋脊旁，蹲身不动了。一条狼狗出现在花墙下，叼起一块五香牛肉，夹着尾巴溜走了。大地黑沉沉，房舍黑黝黝，四下万籁俱寂。只有微风吹过，像情人的手一样，抚摸着两个身穿黑衣的夜行人。他们脚下是一排高脊瓦房，房顶上铺着鱼鳞似的黛色细瓦。屋脊高高凸起，就像一条长长的青色长龙。屋脊的两头镶嵌着丈许长的青石龙头。龙头张嘴吐舌，龙须飘洒，做昂首欲飞状，显得威猛异常霸气冲天。两个黑衣蒙面人蹲在龙头旁边，向院内窥视，他们看见了一座精巧的小楼，孤零零地矗立院中。

金戈和白凤屏住呼吸，正在仔细观瞧，忽然，脚下的房屋里发出一声痛苦的哀号。声音凄厉，令人毛骨悚然。金戈感到白凤的身子抖动了一下，立即拉住她的手。过了片刻，白凤拉了拉脸上的黑纱，抬起头来。一对丹凤眼星星似的闪着寒光。轻风徐徐，天地无声。白凤牵牵金戈的手，指指院子，想要下去。金戈摇摇手，指指脚下，示意不可。片刻之后，又一声凄厉的哀号传来，声音低沉凄惨，好像是一个人正在遭受摧残。金戈有过这样的经历，不由得激灵灵打了个冷颤。

声音好像发自脚下的屋子，金戈左右看看，抬手朝前指了指。两个人移动了。他们小心翼翼，猫走蛇行，悄悄来到房子中部。金戈轻轻揭开两片布瓦，抬头看向白凤，比划了一下，要她警戒。金戈接着埋头揭瓦，片刻间揭开了锅盖大的一片。金戈抽出匕首，起下一块木板，霎时一束光亮射上来。金戈低头一看，只见屋内灯火通明。一个血淋淋的中年汉子被吊在木架上，还有一个披头散发的女人被绑在立柱上。屋子当中炉火熊熊，映红了两个彪形大汉光溜溜的脊梁。一个身材瘦长的麻脸人斜在一张躺椅上，躺椅旁跪着一个丫鬟，正给他捶腿。麻面人咕噜噜地抽着水烟袋，随着一口浓烟喷出，厉声喊道："继续烙！"

"是！"一个光膀子大汉应了一声，从炉火中抽出一把烧红的烙铁，举到中年汉子跟前。他转动着冒着红光的烙铁，冷笑道："薛员外，说了吧，胳膊拧不过大腿，说了少受皮肉之苦。说！你把薛姑娘藏到哪儿去了？林风林那个兔崽子哪儿去了？快说！他妈的，不说烙死你……"

吱的一声，通红的烙铁烙在薛员外胸口上，肌肤上立刻腾起一股白烟。“啊……”又是一声惊心动魄的惨叫。金戈看着，身子又是一激灵。白凤像是受到感染，身子也抖动了一下。金戈抬起头，一双细眼看向深邃的夜空。白凤推开了金戈，俯身向下看去。金戈遥望繁星似锦的浩瀚无际的夜空，思绪飞向了远方。

白凤抬起头，拉拉金戈的手，嘴巴贴在金戈耳边，轻声道：“那是薛月的父亲薛员外，那女的定是她的母亲了，你答应救她父母，怎么办？我们救是不救？那个麻子是不是管家刘三？”说完一转脸，耳朵凑到金戈的嘴边。

金戈低声道：“像是管家刘三，你看他那一脸的大麻子。这个汉奸真够狠的，我们绝不能放过他，不过，不是今天。”

金戈正要继续观看，白凤拍拍他的肩膀。金戈抬头顺着白凤的手指一看，只见小楼前出现了两盏红灯笼，甬道上走来三个女人。两个丫鬟模样的姑娘一前一后打着灯笼，中间走着一个身穿长裙的年轻女子。片刻之后，脚下房屋的房门吱扭一声打开了。金戈赶紧俯身下视，只见刘三麻子已经站起身来，说道：“樱花小姐，你还没睡吗？怎么……”

体态丰盈的长裙女子蛇腰一扭，一步三晃地走到刘麻子跟前，娇声道：“刘大管家，干吗呢？半夜三更瞎折腾，还让不让人睡觉了？他们是谁？”

“果然是刘三麻子。”金戈低声道，“樱花小姐？这女的是个倭寇？”

刘三麻子面露奸笑，说道：“这是薛月的爹娘，你们那两头虎一天催八遍，叫我找美人，我上哪儿去找？妓女不要，长相一般的姑娘不要。我看好了薛月姑娘，谁知道她逃跑了。我倒好，名义上给我纳小妾，实际上是给他们找姑娘，我这才叫竹篮打水——一场空呢。樱花小姐，你也不劝劝你那俩兄弟，他们还是人吗？来一个姑娘，三五天把人鼓捣死，你说我上哪儿找那么多漂亮姑娘？还一点也不凑合，这个不要那个不要的……”

樱花小姐一摆手，丫鬟和打手离开了。等其他人走进侧室，她这才说：“行了，别那么多的废话！你们明朝大姑娘不是有的是吗？我告诉你，富山虎、富云虎可是我们浪武社一等一的高手，是你们老爷求爷爷告奶奶请来的贴身侍卫，你伺候好了还算罢了，伺候不好，哼哼，小心你的脑袋！你还是赵府的第一军师呢，呸！丁大点的小事都办不好！我问你，通缉金戈的事办得怎么样了？”

刘三麻子色眯眯地抓起樱花小姐的小手，淫笑道：“樱花小姐吩咐下来，在下敢不卖力？只是……只是……那个……”

樱花小姐腰肢一扭，嗔道：“只要你立下功劳，我自然会奖赏你，让你享受我的‘云里翻’，如果再像得月楼一样出纰漏，哼，别说‘云里翻’，‘窝里翻’也没有，到时候叫你求生不得，求死都不能！”

刘三麻子缩着脖子道：“是是，南京应天府已经答应，他们说找个死囚咬住岳金戈，给他扣上杀人越货的屎盆子，然后大网一撒，岳金戈就插翅难飞了。你就等着瞧好吧，我们老爷要他五更死，他就活不到天明。等他进了大牢，就往死里整。等戚继光知道了再保他，黄花菜都凉了！哈哈，这样一来，你们就去了心头大患。他一死，等于掰了戚继光的一个肩膀。你是不是先谢谢我？咱俩先来一回……”

“去去去，急什么？只要我们在江南站稳脚跟，你要什么有什么，金钱美女有的是，每天给你安排十个八个的，你有那么大浪劲吗？”

刘三麻子苦着脸道：“没有，没有，我要不了那么多，一个就够了……”

樱花扑哧一笑，说道：“说实话了？早知道你是银样镴枪头！丫头们，出来吧，我们回去啦。”两个打灯笼的丫鬟慌忙跑出来，樱花冲刘三麻子抛个媚眼，一步三扭地晃着丰盈的身子走了。刘三麻子瞪着眼睛，一直目送樱花小姐出了屋门，这才收回目光。他无精打采地看了看薛月的爹娘，打个哈欠，对两个打手道："歇了，歇了，他妈的，都去睡觉。明天再审，咱们有的是工夫，慢慢收拾，不怕他不说实话！"说罢，打着哈欠走进侧面的卧室。

"女倭寇？"白凤抬头看着远去的红灯，悄悄对金戈说。金戈贴住她的耳朵，眼睛四下里观瞧着，低声道："不错！赵文华还请了两个倭寇保镖，老虎级的。如果我没看错，这个樱花也不是省油的灯。"

"他们要缉拿你，怎么办？"

金戈沉思片刻，说道："怎么办？兵来将挡，水来土掩。桃花会追杀了我三年多，不是没事吗？黑道换官道，换汤不换药。知道了吧？就是我们不动手，他们也不会放过我！车到山前必有路，船到桥头自然直。放心吧，你没听坐地炮说吗？我是命大的金戈。等不到他们捉拿我，赵文华就见阎王了。这棵大树一倒，猢狲们也就散了。"说着，金戈慢慢卡上木条，轻轻覆上瓦片。然后转头四下里扫视一遍，拉着白凤的手，离开了。

跃出赵府，金戈和白凤来到一个僻静处，坐地炮闪出来。金戈打个手势，低声道："回去吧，回去再说。"

他俩无声无息地溜进妓院，来到桃花楼。金戈摘下黑色纱巾，拣把椅子坐下，看了看坐地炮和白凤，说道："准备吧，明天午夜动手！"

坐地炮身子微微前倾，轻声道："好！图没错吧？"

白凤抹了一把额前葡萄蔓一样的黑色小发卷，说道："图画得不错，都对。那些狗真听话，吃了五香牛肉，乖乖睡觉去了。"

正说着，五毒师太和春姑走进来。金戈连忙站起来迎接，亲切地问道："师太，您怎么还没睡？"

白凤迎上去，陪着五毒师太来到桌子旁，扶着她坐下。五毒师太道："睡了一会儿，睡不着，又起来了，怕你们有闪失。赵文华这条老狗狡猾得很，他文武兼备，不是那么容易对付的，怎么样？没遇到麻烦吧？"

金戈眯着眼笑道："没事，好着呢。上下都摸清了，明天午夜动手。"

五毒师太按住胸口，摇着头道："没事就好，我心里老觉得不安不定，没着没落的。"

金戈看着五毒师太发白的灰帽子，说道："那是您惦记我们，没事，顺着呢。赵文华请来三个倭寇，两男一女，男的老虎级别，是浪武社的高手。明天夜里，我们都要黑纱蒙面、嘴衔筷子进府，禁止任何人出声。总之，我们会小心谨慎，步步为营。对了，杂役们怎么办？都杀了吧，他们似乎罪不至死，不杀吧，他们叫起来就麻烦了。"

五毒师太眼眉一立，说道："杀，留下是个后患。那么多人，万一有人记住你的相貌就麻烦了。官府能人多，顺蔓摸瓜，就能把你找出来。杀，一个不留。"

金戈点点头说："对，半点风声也不能透出去。给他们吃点'五香牛肉'不行吗？让他们也去睡觉。"

春姑插嘴道："没有那么多蒙汗药，再说，有也不行啊，你要他吃，他就吃啊？听到我们的声音，还不是照样留下，留下……"春姑找不到合适的词了，看了看五毒师太。五毒师太道："唉，算啦，你把那几根迷香拿出来吧，明天都带上，一根迷香能迷倒一屋子人。其实，为一些狗腿子浪费这么珍贵的迷香值得吗？"

金戈笑道："太好了！太好了！杂役们命不该绝，能留下的尽量留下，我们只诛首恶，尽量少牵扯无辜之人。"

白凤看出五毒师太有点心疼，说道："这样吧，能杀的一律杀掉，该打昏的一律打昏，碰上整屋子的杂役就迷倒，我们见机行事。天快亮了，大家迷糊一会儿吧！养足了精神好行动啊。”

金戈哈哈一笑，说道：“好！就这样定了，左堂主，你叫大家准备一下，明天二更时分集结桃花楼，我要明号令！”

白凤一笑，说道：“是今天，三更已经过了。”

当夜幕再次降临时，桃花楼里来了十几个黑衣人，他们个个精神抖擞。金戈见人到齐，站起来，手举双龙令印模，大声道：“姚楼主、二师姑听令：进府后，你们带着三位楼主，在我左手一边搜索前进，前庭后院、明堂暗室，逐一搜查，该杀的杀，该迷的迷，不得遗漏！”

姚楼主、夏姑抱拳应声：“遵命！”

金戈又道：“刘楼主、三师姑听令：进府后，你们带着三个楼主，在我右手方向搜索前进，厢房马棚、花丛草垛，逐一梳理，该杀的杀，该迷的迷，不得有误！”

刘楼主、秋姑齐声回答：“遵命！”

金戈看看花仙子白凤，看看坐地炮，又道：“我与大堂主中间突破，左堂主、大师姑、江庄主、许楼主在我身后面两丈外跟进。请师太和四师姑把守大门，放进不放出，并在大院里拾漏补遗，策应支援。”

坐地炮、江庄主、许楼主、春姑、冬姑站出来，喊道：“遵命！”

金戈大手一挥，厉声道：“出发！”

金戈和白凤翻进赵府，灭了门卫，杀了巡逻的家丁，四下里抛了一些“五香牛肉”，等狗叫声消停后，悄悄敞开了大门。大门前立刻奔来一队黑衣人。他们人人手里拿着涂了墨汁的兵器，面戴黑纱，衔着筷子，轻风一般地飘进赵府大院。

大门重新闩好，金戈一挥手，两队黑衣人立即溪水般流走了。

金戈和白凤翩如飞鸟，一个起落越过院中一段空地，来到一排瓦房前。这是一溜八间瓦房，住着一队家丁，每间屋子有十来个人。金戈来到窗前，刚要动手，忽听吱扭一声，房门打开了，一个家丁光着屁股走出来，腆着肚子冲着墙角撒尿，白凤挥手一镖，正打在这家伙的肚子上，这小子的尿还没撒完，仰身便倒。金戈一个箭步蹿上前，伸手扶住了他，慢慢将他放倒在地。这时，屋里传出一个沙哑的叫声："刘老五，又出门就拉尿哪？滚远点……"

金戈闪身蹿进去，只见屋内的通铺上睡着一溜家丁，一个大胡子家丁侧着身探着头，刚要问话，金戈左手用力按住他的嘴巴，右手的匕首一划，割断了喉管，大胡子挣扎了两下，脑袋一歪不动了。金戈掏出迷香点燃，关好房门走出来。白凤检查了一遍门窗，确认关紧后，回到了金戈身边。金戈披着夜风卓立门前，抬手指了指躺在墙角的家丁，比出一个剜出凤尾镖的手势。白凤歪歪头，伸出拇指点了点，表示明白。

白凤手持宝剑剜出凤尾镖，又剁烂了死者的伤口。这时，坐地炮、春姑、江庄主、许楼主四人猫着腰围过来，坐地炮伸手比划着，询问是否行动。金戈凝目张望了片刻，挥挥手，坐地炮等人风似的摸进了两侧黑乎乎的屋子。

金戈蹲在地上，摸着嘴里叼的筷子，侧耳倾听院里的动静。耳边春风徐徐，没有任何声响。过了一会儿，两侧响起了沙沙的脚步声，黑影们打着手势陆续靠近。金戈的心安定下来，看来坐地炮带来的几位楼主身手不弱。金戈招招手，坐地炮凑过来。金戈拿下口中的筷子，低声道："你们几个和我们拉开距离，五六丈后跟进。白凤，我们走。"坐地炮伸出拇指点头，表示明白。金戈把筷子重新塞进嘴里，和白凤猫着腰向里摸去。

后面的黑影也动了，他们弯着身子，踮起脚尖，提着兵刃缓缓向前。

黑影们顺利穿过了两进大院，来到了一排瓦房前。忽闻啊的一声惊叫，声音短促，似乎发自左后方，距离稍远。金戈听在耳朵里，如闻惊雷，身子猛然一抖。白凤蹿跃而起，箭一般射向左后方。不一会儿，她和坐地炮一起蹑手蹑脚走回来。白凤伸手比划了一下，金戈知道没事了。

金戈看看坐地炮，指了指地面，然后和白凤蹲行至瓦房下。金戈深吸了一口气，掏出天龙爪，手腕一抖，天龙爪呼地飞了出去，接着他脚尖点地，嗖的一声飞上房顶，蹲在房顶上屏住呼吸默默倾听。过了一会儿，天龙爪飞下来，拉着白凤上了房。二人蹑手蹑脚地来到昨夜停留的地方，蹲下身子，四只漆黑的眼珠骨碌碌转动起来。

金戈看了看天上银白雪亮的弯弯新月，看了看翻着浪花横亘天际的浩瀚银河，轻轻揭开房瓦，拿开木条，向下看去。炉火仍在燃烧，屋里忽明忽暗。薛员外还吊在木架上。他垂着头，披散的头发蒙住了面孔，裸露的胸脯上焦黑一片。女人绑在柱子上，耷拉着脑袋，散乱的打了绺的头发垂在布满鞭痕的肩膀上，一点声息都没有。金戈迅速扩大了洞口，顺着天龙爪的细索溜了下去。

薛员外抬起血淋淋的头颅，看了一眼来人，又垂下去。白凤下来后，金戈轻轻一跃，蹿进东屋。靠窗台的木床上睡着三个大汉，呼噜呼噜睡得正香。金戈掏出匕首，手起刀落，唰唰连杀二人，接着一把抓起最后一个大汉，恶狠狠地问道："刘三麻子在哪儿？"

大汉睁眼一看，眼前立着一个蒙面人，带血的匕首正顶着自己。低沉的声音再次响起："刘三麻子在哪儿？快说！"

"对面！对面！……屋！"大汉筛糠似的颤抖着。

金戈看着大汉惊恐的眼睛，心说："他们是汉奸的爪牙帮凶，留不得。"想到这里，说道："赵文华里通外国、欺压百姓，你们傍狗吃食、助纣为虐，罪不当赦！"说罢，匕首一挥，大汉的脖子上出现了一条血痕。金戈一松手，大汉烂泥似的瘫倒了。

金戈蹿出屋子，看见白凤已经把刘三麻子押出来。金戈快步走到横杠前，三抻两拽解开薛员外，嘁里咔嚓把刘三麻子绑在横杠上，随手扯下一块布片，使劲塞进他嘴里。

薛员外不知怎么回事，战战兢兢地站在一旁不知如何是好。白凤解下薛月的母亲，对金戈比划着，要去开门。金戈点点头，看向薛员外，做了一个噤声的手势，走到刘三麻子跟前，拿下嘴里的筷子，用牛耳尖刀抵住刘三麻子的脖颈，问道："院里的护卫在哪儿站岗？"

刘三麻子堵着布团的嘴流着血，麻脸上的肌肉颤抖着，眼睛却一眨不眨。金戈又问了一遍，刘三麻子仰了仰头。金戈掏出他嘴里的布片，说道："小声回答，敢叫喊，立即捅了你！"

刘三麻子低声道："我说了有什么好处？"

"我问什么你说什么，可以留你一条狗命，最起码你的家人不受牵连！否则的话，玉石俱焚！"金戈说罢捡起几块木炭，放入火炉，拿起火钳捅了捅，木炭啪的一响，火苗蹿起来。他抄起两把烙铁，放在火苗上。薛员外看明白了，在老伴搀扶下向前走了两步，拱了拱手。金戈摇摇手，继续问刘三麻子："你说是不说呢？"

"你是金戈吧？岳金戈岳院主，对不对？我知道是你，是你救了戚继光。老爷不肯听我的话，总督府不肯直接下令抓你，非叫南京应天府去办。要依我，谁也不找，直接由总督府下令抓人，那样的话，布告早就贴满大街小巷了！唉，时不我予，时不我予呀！告诉你吧！我也是两榜进士出身，只因一脸的麻子，才落得如此下场。当个管家，看着人家的脸色吃饭，仰人家的鼻息生存！麻子？我愿意自己是个麻子吗？谁不愿意自己长得漂亮呢？身不由己的事，与功名何干？可是，偏偏有那么一批人，重貌不重才……"刘三麻子摇着麻脸，低低的声音说起来没完。

白凤和坐地炮带着三个人悄悄走进来。坐地炮看了看刘三麻子，比划着，意思是搜索两侧的厢房。

“不急，等会儿再说。”金戈掏出地图看了看，低声道，“东厢房是伙房，没人住，西厢房里住的是内卫……附近没人了，你派人在周围警戒。”

白凤也拿掉口中的筷子，低声道：“这是内宅了，你们小心一点，不要进内宅。”

坐地炮伸出大拇指一点，安排去了。

金戈来到火炉旁，提起了一柄烧红的烙铁，走到刘三麻子跟前，问道：“那些内卫在哪儿放哨？你把他们叫过来，要不，你就尝尝烙铁的滋味。”

“行，我可以告诉你他们的位置，也可以把他们叫过来，你也告诉我你是谁，不然，哼，你尽管烙！”刘三麻子骨碴子硬不硬不知道，话茬子可够硬。

金戈低声道：“好，你听着，你猜对了，我是金戈，我就是嘉靖二十八年进士金文杰，满意了吧？说吧？”

“让我看看你的庐山真面目，听说你是一个伟男子。老天不公啊！你的大作《高山行》《大江记》《月亮之歌》我都拜读过，我真心钦佩，你确实有才……我也有文集留世，不知你可读过《柳林诗集》……”

金戈的心一动，心说：“现在可不是谈学论道的时候。”摇头道：“这些以后再说吧，你的诗集我也许会看。不过，有才也好，无才也好，有貌也好，无貌也好，都不能助纣为虐！你当了汉奸，帮残害百姓的倭寇刺杀抗倭英雄戚继光，犯了十恶不赦之罪。说正事吧，不要拖延时间了！”

梆梆梆，远处传来梆子声，三更天了。

刘三麻子摇摇头，说道：“我也是不得已而为之，求生而已。我知道这样对不起良心，可是，我在矮檐之下，怎敢不低头？好吧，既然如此，我就告诉你吧，内宅里没有固定的哨位，三更中夜，应该是鬼爪潘河和金枪将刘新源当班了，他们在哪儿伏着由他们自己决定，没个准地儿。”

“那浪武社的两条虎在哪儿？樱花小姐在哪儿？”

刘三麻子吃了一惊，瞪着眼说道：“你怎么会知道樱花小姐，怎么会知道总督的贴身护卫东洋二虎？神了，他们来了没几天呀！”

“说吧！”

刘三麻子像只斗败的公鸡，无精打采地说：“樱花应该陪着老爷睡在主楼上，那两只虎应该睡在楼下。我可以领你去叫门，消灭二虎，擒住樱花和总督赵文华，之后你能不能放我一马？我带全家远离中原，有生之年绝不再踏进大明王朝半步，你看……”

白凤走过来，低声道：“我看行，这样省不少事。”

金戈看看刘三麻子游移不定的眼神，说道：“可以考虑，事成之后再说吧。”

刘三麻子说道：“好，我先把那两个当班护卫找出来，解除他们警戒，咱们再作商量如何？”

金戈问道：“你不是不知道他们在哪儿吗？”

刘三麻子道：“你们跟着我，我院里一走动，喊他们现身，你们就可以抓住他们了，我叫他们，他们敢不出来吗？好歹我也是这里的管家。”

“别耍花样，看见这个了吗？”金戈把暗红色的烙铁抛向空中，手一抬，啪的一声，凤尾镖击在烙铁上，烙铁嗖的一声崩到墙上，啪唧一声掉下来。刘三麻子惊得目瞪口呆，坐地炮也露出了钦佩的目光。金戈解下刘三麻子，用镖比了比他的头，推着他走出屋子。

坐地炮来到墙壁前，猫腰捡起烙铁，看着被钉出豆大小坑的烙铁，伸出拇指连连赞叹。

金戈和白凤押着刘三麻子来到院中，刘三麻子咳嗽一声，叫道："谁值班哪？活着的出来一个！"

"三爷！有何吩咐？"天井里转出来一个人，手里提着虎头双钩。刘三麻子叫道："谁和你一起值班？叫他也来见我，快点！"

"刘金枪，出来！三爷有请！刘金枪……"

"来了！别号丧了，他妈的……号什么丧！哦，是刘大总管呀。"东厢房上出现一个黑影，他手里提着一根光杆无缨的大铁枪。刘三麻子叫道："下来！又偷着睡觉去了是不是？"

"没有，哪能呢……"说罢，他铁枪一举跳下来。

金戈和白凤一挥手，两枚凤尾镖钉在两人头上。两人身子一歪，摇晃着摔倒在地。金戈一拉刘三麻子，低声道："回去！"

回到刑讯房，金戈又把刘三麻子捆上，堵住嘴。金戈对坐地炮说道："把死人拉进来，挖出凤尾镖，剁烂伤口。你们看好刘三麻子，他敢出声就灭了他。"

金戈和白凤走出屋子，轻轻一跃，犹如两道黑烟飘到小楼前。金戈抓住白凤的腰身往上一送，接着纵身一跃，抓住了二楼窗台。他侧身摆动，一个"鹞子翻身"上了窗台，伸手把白凤拉上来，然后舔湿手指，把窗户纸捅了个小洞，俯身向里望去。屋子里面黑乎乎的，寂静无声。这是个三开间的大屋子，靠后墙放着一张硕大的床，床幔低垂。金戈轻轻划破窗纸，拧开了爪机。稳稳心神，轻轻推开窗户，悄悄翻进屋子。他托起窗户，招招手，白凤慢慢爬进来。金戈放下窗户，蹲在地上，再次向内观瞧。乌木桌椅，红木妆台，屋里陈设古朴高雅，纤尘不染。卧室一侧，立有一个雕花木头隔断，隔断上有门相通，看样子外面是楼梯间了。金戈看罢牵了牵白凤的手，指指楼梯间，要她监视那边的动静。白凤手托凤尾镖，轻轻点了点头。金戈蹲着身子，一寸一寸地移向大床。床前有一个木头脚踏板，踏板上摆着两双鞋，一双官靴，一双绣鞋。摸到近前，抓住了床幔轻轻一掀，床幔忽然掉下来。金戈急忙起身后跃，只听呼的一声，一个大铁笼子罩下来。金戈抬眼再看，自己被罩在铁笼子中，一圈带尖的铁条已经深深扎进楼板中。

丁零零，楼顶上警铃响起。金戈细眼圆睁，迅速打量着周围情景。床架子倒了，原来是一个只有立面的假床。金戈抬脚一扫，床架子稀里哗啦跑到一边去了。铁笼子有点歪，铁笼子后侧的铁条没有完全扎进去。金戈抽出两截单刃枪，下截铜箍棒和上截直刀并在一起，伸到铁箍下，使劲撬了一下。

楼顶上警铃响个不停，白凤一跃而至，惊道："怎么啦？"金戈收回单刃枪，冷笑道："中了埋伏！"白凤满脸惊慌，大声道："那怎么办？"说着，两手急掰笼子上的铁条。

"别管我，杀了赵文华要紧，解戚大哥后顾之忧要紧！"

"不……"

金戈突然转身，低声叫道："快藏好，他们来了！"

咚咚咚！楼梯爆响。人未到，火把的亮光先到了。白凤一闪，掩到了垂地的窗帘之后。

金戈再看这个铁笼子，高八尺，宽一丈，方方正正。四周的铁条有核桃粗细，拦腰还打了三道铁箍。底箍贴着楼板，只有后侧，金戈撬过的地方，几根带尖的铁条没有插到底，铁箍和楼板之间留着拳头大的空隙。这时，铃声已止，屋内骤然大亮。七八个大汉吵吵嚷嚷闯进来，一个人叫道："又是演练吧，谁那么大胆，敢闯总督府？练，练，练了多少回了，练一回换一回楼板，烦人不烦人？"

"哎哟，有人！真的扣住人了，你们快看！"

"嗬，行啊，老爷的法子还真行，弄个破笼子，还真他妈长脸，真罩住刺客了！"

大汉们松松垮垮地走过来，点灯的点灯，插火把的插火把，根本不把笼子里的金戈当回事。有的干脆打着哈欠在茶几旁坐下来，幸灾乐祸地打量着蒙面的金戈。金戈忽然一冲，伸手拉扯铁条，几个人呼啦扑来，手中兵器扎的扎、剁的剁。金戈慌忙退回，他们哈哈大笑，叽叽嘎嘎地数落起来。一个秃顶大汉道：“你们瞎打啥呀，让他掰，掰开了铁条，我们夹道欢送！嘿，就是一头狗熊被扣住了，也别想逃出去。哎，这位侠客，这位大侠，拿下你的遮羞布，让我们看看你的俊模样。行了，别掰了，歇会儿吧！省省力气吧！啊，哈哈……”

一个人手中单刀一摆，说道：“凤凰翅，你问问他，他是谁，怎么那么大胆？”

“嗨！你他妈的鼻子底下没长着嘴呀，你问呀，可劲问！你凭什么支使我？”叫凤凰翅的秃顶大汉叫道。

“好，我问就我问！这有什么。”这小子晃晃悠悠地来到笼子跟前，单刀往楼板上一拄，歪着脖子说道：“嗨，小子，拿掉你的黑丝巾，让大爷们看看你的脸，认识认识你这位大侠。脱了衣服，亮亮你的胸口，看看你有多大的胆子。你是不是吃了熊心吞了豹胆，胆大包天，啊？是不是吃了不怕死的药了，敢来虎口拔牙？跑到总督大人的府邸撒野，这不是打着灯笼拾粪——找死（屎）吗？啊！哈哈……”

金戈朗声一笑，说道：“各位，你们都是武林豪杰，可知道，军务总督赵文华勾结倭寇，指使管家刘三麻子伏击抗倭英雄戚继光，正可谓罪恶滔天！他曾颠倒黑白，坑死了抗倭总督张经；他曾混淆是非，枉杀了抗倭巡抚李天宠；他无中生有，逮捕了抗倭总兵俞大猷。他是一个卖国通敌、残害百姓的大汉奸。这样的国贼人人得而诛之，汝等岂可助纣为虐？你们也看到了，他还豢养了一个女倭寇，请了两名倭寇保镖，尔等为这样的败类效力，不怕辱没你们的祖宗吗？你们如若还是堂堂的大明男儿，应当早早离去，以便对得起祖宗，对得起天地良心！”

“嘿，死到临头，还大言不惭，真有两根硬骨头！刘大管家死到哪儿去了？刘金枪他们呢，怎么也不露个影？他妈的，我去看看。”说着，问话的那人提着大刀走了。又有两人互相看看，跟着下了楼，边走边说：“对，我们也去看看。”

凤凰翅眨了眨眼，冷笑道：“小子，行啊！有两下子，三言两语把三个人说跑了。告诉你，倭寇怎么啦，倭寇也是人，老子有奶就是娘！弟兄们，摘弓箭，射死他，让这位好汉英雄变成个大刺猬，哈哈……”

四十　火烧赵府

墙上挂着几张硬弓。剩下的五大内卫扭着脖子折着手指，吊儿郎当地摘下硬弓，挂弦搭箭，对准铁笼子。凤凰翅道:“历史上有两位大英雄变成了刺猬，一个是岳飞手下的大将杨再兴，误走小商河，身陷污泥，被乱箭射死，变成一只大刺猬。再一个就是杨七郎，被潘仁美公报私仇，乱箭射杀，死后拔出箭头八十一枚。你是第三位，可惜，你虽然成为刺猬，却默默无名！可惜呀可惜！可叹呀可叹！放！”

“慢！”一个红脸大汉道，“是不是等刘总管来了再说？”

“不用了，他到现在还不来，说不定已经出事，等会儿刺客的同党到了，岂不大费周章？”

“那……我也走吧，这里不是久留之地！”红脸大汉说了一声，挂上弓箭，转身向楼下走去。

“走吧！他妈的，铁打的营盘流水的兵！射！”凤凰翅一声令下，四张弓弦响动，四支狼牙箭飞进笼子，流星似的奔向金戈。瞬间，金戈蹿高伏低、左拐右弯，箭矢射空了。

凤凰翅大叫一声："嘿！真有两下子！不过，有三下子也不行了！呸呸呸！来，过来，靠近点！靠近了再射！"他往手心里吐口唾沫，走近几步。四个人再次拉弓，弓未满月，异变突起。金戈斗转星移，手掌连挥，四枚凤尾镖打着旋儿飞出笼子，直奔手持弓箭的四大内卫。四人看见镖光闪烁，惊得目瞪口呆，愣神间只闻突突声响，四枚凤尾镖钉在脑门上，两个人甚至看见了露在眼眉之间寸许长的彩色羽毛。凤凰翅睁着惊恐的眼睛，望着有些歪斜的铁笼子，望着油着彩画的天花板，望着两眼之间缓缓流出的红色血水，弓箭当啷一声掉在地板上，带着不甘的表情缓缓倒向地面。至死，他也不相信被笼子扣住的人还能杀人。金戈用单刃枪在凤凰翅身上捅了两下，让单刃枪的直刀沾上了鲜血。

噔噔噔，楼梯响动，又上来两个人。这两人身材矮胖，留着三岛式短发髻，蓄着方块胡须，身上的衣裤又宽又短。他们颤动着满脸的横肉，抱着四尺长的倭刀，一步一颤地走近。来人看见铁笼子，看见倒在地上的四大内卫，哇啦啦一阵怪叫。金戈心说："赵文华的贴身保镖来了，这两个倭寇一到，赵文华就不远了，但愿赵文华随后跟来！"金戈看向遮挡白凤的垂地窗帘，摇了摇手。两个倭寇俯视地板上的内卫，其中一个倭寇看见了金戈手中还在滴血的单刃枪，腮帮子上的肌肉哆嗦了几下。两个倭寇直起身子，来到铁笼跟前，瞪着眼睛看向挺枪而立的金戈，哇哇大叫。金戈冲着倭寇一龇牙，叫道："八嘎亚路！"

"八嘎亚路！八嘎亚路！你的八嘎亚路！我的，浪武社富山虎！他的，富云虎，你的，什么的干活？"脸上有刀疤的富山虎暴跳如雷，大声吼道。富云虎一举倭刀，在铁笼子的铁条上蹭来蹭去，蹭得火星直冒。

"赵文华的，哪里？"金戈憋着嗓子问道。

"王八！你！王八！你！"富山虎跳脚大骂。

金戈啐了他一口，骂道：“你爹才是王八，生了你个狗杂种！你是个王八羔子下的王八崽子！”

富山虎冷不防一刀扎来，刀势如风。金戈扭身躲过，心里一凛：“好快的刀！”富山虎一刀不中，二刀又来，他身子一拧，脚一跺，哧溜一声，倭刀带着与铁条碰起的火星暴射而来。金戈倏然后退，身子贴饼子似的贴在笼子后侧。金戈放下单刃枪，双手抓耳挠腮，指指点点，羞辱着富山虎。富山虎气得哇哇大叫，转向铁笼子左侧。富云虎吼了一声，转向铁笼子右侧。富山虎刀尖忽然轻轻摆动一下，再次直刺而来，这一刺极为简单，但刀势却有如闪电一般快捷无伦！耳边风声飒飒，可见这一刺功力非凡。接着，富云虎也嗖的一刀刺来。这一刀宛如天外来虹，一道白光一闪而至。金戈前仰后合，跌跌撞撞，似乎手忙脚乱了。这两个倭寇见状仰天长笑，声震屋瓦。

两个倭寇围着笼子，左一刀右一刀，刀光缭绕，夺人心魄！白凤掀开了窗帘一角，丹凤眼瞪得溜圆，手心里直冒冷汗。金戈前进后退，左闪右避，身形如穿花之蝶、过江之鲤。

“哇呀哇呀！哇呀呀！”富山虎忽然大喊一声，两个倭寇住了手，各自抱刀站在笼子外，大口喘着粗气，恶狠狠地盯着金戈。然后，两人慢慢移动脚步，突然，刀光骤起，两刀从两面同时扎来，风声刺耳。这一刀凝聚了双虎数十年的心血，刀光似箭，劲风扑面。此时的金戈身在笼子的中间，前蹿后跃似乎都不行了，眼见将要血光迸溅，侠星陨落。白凤再也沉不住气了，一跃而起，七星剑寒光一闪，连人带剑射过来。这时，她看见金戈突然坐倒在地，双手在头上交叉一顺，左手带动左边刺来的刀前冲，右手带动右边刺来的刀前冲。本来两虎奋力一击，力贯千钧，再经金戈奋力一带，力量增加了何止一倍，刀势更快，去势更疾。富山虎和富云虎的倭刀各自脱手而飞，富云虎的倭刀刺进了富山虎的胸膛，只剩下长长的刀把露在胸外。富山虎的柳条刀刺进富云虎的胸膛，也是刀刃尽没。

富云虎带着刀噔噔后退了好几步，扑通一声跌在地上。富山虎却一只手死死抓住铁笼子，拽得铁笼子咯吱吱作响。他死鱼般的眼睛瞪视着金戈。他怎么也不明白，隔着铁笼子，对面的刀怎么会扎到自己身上。

白凤看了看两个死人，刚要说话，金戈一指楼梯，白凤立刻闪身退去。金戈顺手折断一根箭杆，在富山虎胸前沾了一些血水，左手夹着断箭捂在胸口上，学着戚继光的样子假装中箭，躺倒在铁笼子的后侧。

这时，一个头梳云髻、长裙曳地、穿着木屐的女子姗姗走来，火光之下，脸蛋儿海棠花一般的秀丽。她步履轻盈，脚步细碎，忽然啊的一声惊叫，轻轻一跃，跳到了富云虎身前。看见面无血色的富云虎，脸色大变。立即警惕地扫视一遍。她看了看笼子里中箭身亡的蒙面人，看了看倒地而亡的四大内卫，看了看瞪着死鱼眼躺在铁笼旁的富山虎，不禁倒吸了一口冷气。她从小腿处摸出一把匕首，舞蹈似的转了几个圆圈，再看看笼子里的蒙面人，再看看富山虎，然后，向窗帘走去，一步，两步……忽然，她听到身后似有风声吹来，急忙转身观看，身后什么也没有，当她目光射进笼子里，眼神呆滞了，中箭身亡的蒙面刺客已经不见，铁笼子里空荡荡的。再看四周，四下里人影皆无。这个女人的寒毛立起来，牙齿咬得咯咯响。忽然，她感觉身后似乎有呼吸声，立即快速转了几个圈，可是她什么也没有看到，当她的目光再次扫射笼子，发出一声惊叫，转头就跑。铁笼子里赫然躺着中箭的蒙面刺客。跑了几步，她又停下脚步，战战兢兢地回过头来，看了看中箭的蒙面人，又一步一步走回去。她走到铁笼子前，伸出素手拉了拉铁笼子的铁条，铁条纹丝不动。她又四下里看看，没有任何发现。忽然，身后的窗帘哗啦一响，她赶紧回头观望。火把摇曳，窗帘摆动，下面露出了两只绣花鞋，鞋上还连着一段粉白如玉的脚脖子，那是什么？是个女人？她瞪着大眼紧张地思索着，忽然觉得手上热乎乎的，回头一看，中箭的蒙面人正贴着自己，一只血糊糊的大手正拉着自己的小手，再看铁笼子，里面空空如也。这个女人嘤的一声惊叫，向后便倒。

蒙面人正是金戈，他吓倒了樱花，立刻扯下她腰间的丝绦，反绑她双手。樱花身子一软，倒在金戈怀里。白凤跑过来说："你怎么出来的？杀了她！快去找赵文华，四更天了，等会儿天就亮了！"

"她应该知道赵文华在哪儿！"金戈说着，连忙拍打樱花的脸。樱花醒过来，金戈问："赵文华在哪里？"

樱花挣扎一下，发现自己不能动了，杏眼一翻，反问："你是人是鬼？"

金戈目光看向笼子后侧，樱花看到，笼子后侧的铁箍下垫着脚踏板，铁笼子抬起来半尺多高。樱花明白了，她脸色惨白，抿着嘴不再说话。金戈一把抄起她的身子，扛在肩头，说道："走，去刑讯室！"

金戈和白凤回到刑讯室，坐地炮赶紧迎上来，仰着脸问道："没事吧？"

"没事。"金戈走到刑讯架子下面，把樱花放在地上，说道："把她吊起来，给她上刑，说了实话就放她。"金戈的话音一落，坐地炮和江庄主立即抓住樱花，三下五除二把她吊好了。

坐地炮看着眉头紧锁的金戈，说道："东西两小队已经干完活，正在警戒，内院里的人也都收拾干净了。"金戈沉声道："好！调他们进来，立即搜查内宅。告诉几位楼主，谁捉到赵文华重重有赏！快！"

"是！"坐地炮闪身出去了。

金戈看着脸色焦黄的刘三麻子，说道："铁笼子没有困住我，你失望了吧？"刘三麻子翻了个白眼，一声不吭，眼睛向屋顶看去。金戈张手一个嘴巴抽过去，厉声道："赵文华在哪儿？"

江庄主抄起烧红的烙铁，凑过来。刘三麻子吓得脸色焦黄，急忙道："我说！我说！你让我说什么？"

"赵文华在哪儿？"

"我真不知道啊，问樱花！她是通房丫头，她知道！"

金戈托起樱花的头，说道："你说吧，你是倭寇，我们不会怜香惜玉的！"

樱花俊眼一睁："你是谁？让我看看你的脸，我就告诉你！"

"有必要吗？"

"你是金戈，你就是金戈！嘿嘿！你抓不到他的，他早估计你要来！我的胸前有一块玉佩，你拿去，当你和刀猿对决时，你交给他，就说樱花永远爱他，他实在不该来夺大明朝的江山，我真后悔……"说完她嘴角流出鲜血，咬舌自尽了。

白凤掏出樱花吊在胸前的玉佩，交给了金戈。

过了一顿饭的时间，仍然没有搜到赵文华。天要亮了，金戈道："要他们准备燃烧之物，分散到各个房间，听到我一声呼哨，立即放火，烧死这个大汉奸！还有，凡是中镖死亡的，起出凤尾镖，然后扔到火堆里火化。听到我第二声呼哨，立即原路撤出！"

"是！"坐地炮答应了一声出去了。春姑看看金戈，说道："我也去看看！"

白凤见春姑迈着碎步跑了，立刻看向拧着眉头的金戈，问道："刘三麻子怎么办？带走也没用，就是他敢上堂作证，也告不倒赵文华！不如……你说呢？"

金戈来到刘三麻子跟前，说道："你真不知道赵文华藏在哪儿？"刘三麻子坦然说："给个痛快吧！我真不知道，这老狐狸不让我知道，院子里可能有密道。"

金戈一掌下去，击在刘三麻子后脑上，刘三麻子的脑袋立即耷拉下去。金戈道："留着他，他可是赵文华里通倭寇的人证。樱花的尸体也要带走，要让赵文华知道刘三麻子和樱花在我们手里，他会有所顾忌。他势力再大，也不敢公然里通倭寇。”

金戈和白凤走进遍置火把的小楼，只见大厅里一片狼藉，春姑正在翻箱倒柜。书房里，坐地炮和一个楼主拉倒了书架子，屋子里一阵哗啦啦响。金戈看了看，喊道：“仔细搜查，查到密道暗室者有重赏！”

一袋烟的工夫过去了，什么也没搜到。金戈看了看渐渐发白的夜空，叹了口气。白凤轻声说：“别搜了，放火吧，烧死这个大汉奸。”

“把富山虎、富云虎的尸体带上，挂在府门口。五毒师太呢？让她给樱花化化妆，眼睛要睁开。适当时候，让樱花和刘三麻子同车出现在市井之中。”

“好，交给我吧，我去安排。”

看见两具倭寇的尸体被带走了，金戈发出一声呼哨，霎时间，屋子里蹿出了火光。不一会儿火光冲天，整个院落亮如白昼，金戈喊道：“撤！”

出了府门，众人躲在一个黑暗的角落里，金戈看着坐地炮问道：“薛员外夫妇呢？”坐地炮道：“早出去了，交代他们投奔岳武院，他们雇车走了，不会停留片刻。”

金戈又问：“杂役们住的房子呢？”春姑道：“没烧，他们马上就要醒了，快走吧。”

金戈眉头皱了皱，说道：“好，撤！”

黑衣人流水一般消失在夜色里。赵府内轰隆声不绝，房屋倒塌，火焰蒸腾，照亮了大半个杭州城。不久，大街上传来马蹄声，杭州守备兵马出动了。“快救火！快救火！”一个官员高声喊喝。围观的百姓越聚越多，他们看着吊在府门口的两个倭寇，指手画脚议论纷纷。突然之间，人群里响起了爆竹声，欢呼声震耳欲聋。杂役们跑

赵府

了出来，官兵们冲了进去。大街上车水马龙、人喊马嘶，乱成一团。金戈混在人群里转来转去，始终没见到赵文华的身影。

大火烧到中午才扑灭，赵府一片狼藉。

傍晚，金戈、白凤、五毒师太、坐地炮等人正在大厅里喝茶，一个探子进来报告："没有看见赵文华，大街上议论纷纷，说是侠客们抓走了汉奸刘三麻子和一个女倭寇，他们看见押着刘三麻子和女倭寇奔行的马车了，车上人说要押着他们进京，状告赵文华勾结倭寇。还有人说大汉奸赵文华被烧死了……"

"这个老狐狸早有准备，烧不死他。"金戈悻悻地说完，又吩咐坐地炮："你把参加行动的人召集在一起，评功摆过，定功行赏。你们夺取江南分舵还没记功呢，一块评记。另外，刘三麻子一定要关押好，你要亲自布置，秘密关押，不能有丝毫闪失。樱花可以埋了，但要秘密掩埋，不可泄露死讯。我们要继续放风，说刘三麻子和樱花已押向北京，要去刑部控告赵文华通敌之罪。半个月后抛出刘三麻子的自诉书，揭露赵文华的罪行，让赵文华有所顾忌，不敢放手追查我们。"

坐地炮点头道："是，我定当妥善安排此事，保证万无一失！"

五毒师太道："他会猜到是你，他不会善罢甘休。你树了这个强敌，今后要小心了，赵文华外号'阴扇子'，是个吃人不吐骨头的主，他可不好惹。"

金戈身子一缩，脊背靠在镶着大理石面板的椅背上，说道："他已经追杀我好几年了，我就是不烧他的院子，也是死敌，我不怕。只是戚将军身上的芒刺没有拔去，悔之恨之！"

白凤丹凤眼睁开，说道："我们不会白干，赵文华应当有所收敛。这么大动静，朝廷必有耳闻，或派人来查也说不定，够他忙活一阵子。再说，我们握有他通敌的两个人证，我看他不敢明目张胆地刁难戚大哥了。”

不久，坐地炮报来评定结果，金戈看完后，说道：“戚将军提倡的‘武穆兵经’要贯彻。岳武院要‘同甘苦，明号令，公赏罚’，也要‘积功升’。”说着，金戈拿来笔墨，唰唰书写起来，宣纸上留下几行字迹：“武功三士：壮士，猛士，勇士。文功三杰：良杰，秀杰，卓杰……”

白凤看见了，说道：“这是岳武院的功勋名称吗？好啊！”

五毒师太冷冷地说道：“繁琐，没用，不如给俩钱来得实惠。”

金戈笑道：“钱有钱的用处，名有名的用处，两者不可偏废。”

五毒师太摇摇头，说道：“好吧，你爱怎么弄就怎么弄吧，反正我们不要什么功名，画饼充饥而已！”

白凤笑了笑，问道：“文功有什么用？就你一个人拜过孔圣人。师太说得对，繁琐，你别折腾了，老想玩新鲜的。”

金戈哈哈一笑，解释道：“人总要不断地向前行。岳王爷的‘三三经’被戚继光发展成‘四三经’，改名‘武穆兵经’，多好啊！”金戈灵机一动，又说道，“应该设立一个功勋堂，专司奖惩！”

白凤听了莫名其妙，说道：“什么功勋堂？嘿，越说越来劲了！”

金戈认真地说道：“戚家军之所以战无不胜，最重要的原因是公平竞争，人人有奔头，不埋没人才。此乃治兵之本，岳武院当效法并光大之。”

五毒师太听了不以为然，说道：“你就折腾吧，别把‘精忠报国’折腾没了就行。”

金戈左手一按紫红色的扶手道：“不会，精忠报国，乃是岳武院的根本，岂敢有失！”

晚上，大厅里黑压压一片。金戈讲评夺取江南分舵和火烧赵府的功过：“坐地炮在夺取江南分舵中，谋划得当，特别是夺取了江南分舵的金库，功劳不小，特授岳武院勇士称号，奖白银三千两……”

这天傍晚，金戈和白凤回到丽水城，直奔镖局。金戈看见陈镖头，托付他派人护送马大娘和海燕去杭州。安排好了，二人直奔龙湾村，去见马大娘和海燕。蒙着纱巾的海燕见了金戈，高兴得眼泪流下来。金戈看着脸露喜色的马大娘，说道："大娘，我托人找了一位名医，在南京。你们先去杭州，到了那儿，有位师太等着你们，她会派人护送你们去南京，在那儿给您治眼睛，给海燕修整面容。师太说了，海燕的容貌能恢复，您的眼要治治看，他们会尽力的。我雇了镖车，镖师会护送你们过去。"

马大娘撩起衣角擦了一下干涩的眼睛，干瘪的嘴唇一张："我不要紧，海燕的脸治好了就行，我还能活多少年哪，不打紧。大响呢？他没跟你在一起……"

金戈细眼含笑："他先走了，我们外出办了点事，过几天就见着他了。"

白凤拿出一些银两，交给马大娘："镖车的银两付过了，这是你们的零花钱。到了南京，治病、住店、吃饭都不用你们拿钱，会有人结账。治好了病，有人接你们上武夷山，让您去看儿子。"

马大娘笑道："好啊，不过，住上十天半月的我就得回来，我要守着老房子，还有大响他爹的坟，家里没人可不行啊。"

金戈温言道："行，您愿意回来就回来，抽空我和马师兄再过来看您。不过，您的眼没治好可不能急着走，病去如抽丝，急不得。"

马大娘又用衣角擦擦鼻翼，说道："好，好，治好眼睛好给大响带孩子呀，我不急，不急。"

嘱咐好马大娘，白凤转脸道："海燕，你们收拾收拾，明天赵镖头带车来接你们，跟着他去就行了，路上什么都不用管，有吃就吃，有屋就住。"

海燕喃喃道："我怕……"

金戈一笑，低声道："不怕，胆子大一点。除死无大祸，顶穷挨了饿，怕什么？他们开的是买卖，赚的是钱，我们是客人，他们哪敢欺负咱们呀。再说，你有一个当将军的哥哥和一个当院主的兄长，谁敢惹你呀！"

海燕笑了，黑白分明的眼睛里荡漾起腼腆的笑意。

白凤晃了晃手中的牛皮马鞭道："就这样吧，我们走啦。"

海燕扶着马大娘送出来，走出村子，金戈和白凤绝尘而去。

回到丽水城，双马奔向武夷山。白凤问道："怎么，不去横屿了？"

金戈道："先回武夷山，戚将军要我们八月初集合于宁德城外，时间还多。与其到了那里干等，不如回山一趟。岳武院百废待兴，我们还是回去看看吧，万一有什么事情呢。你要是吃不消，就在前面直奔宁德，过个五六天我就赶到了。"

"累死算了，跟着你别想消停了，驾！"白凤说着，加快了速度。她知道，自己不加速，金戈也不会加速。

这天下午，金戈和白凤奔到了半壁峡。金戈驻马桥头，向前眺望。岳武广场上一队武徒正在打拳，他们喊声震天。白凤脸现疲倦，她懒散地看了看凝神观望的金戈，说道："快走吧，我要去洗澡，脏死了！"她说着自己低头闻闻，嗯了一声，又用手扇了扇鼻子，"还有，明天给我换马车，我这两天骑不得马！"

"为什么？"

"哎呀，这是我们女孩子的事，你不懂。总之，明天我要坐车走，过两天再骑马！走吧，他们接下来了。"

马蹄声响，两匹快马并排驰来。金戈一看，是蒋忠和凤玲迎来了。金戈和白凤扬鞭催马，胯下的骏马抖动鬃毛放开了四蹄。四人见面客套几句，马鞭啪的一响，蹄声嘚嘚，四匹快马呼啦啦奔向了岳武大殿。

铁嘴华看见金戈和白凤并肩走进大殿，哈哈大笑，一拍白凤的肩膀，说道:“我说，你们怎么滚回来了？”

“有事！”白凤身子一矮，说道，“不和你说了，我得赶紧!”

“赶紧？赶紧干吗？”铁嘴华惊问。白凤头一歪，身子一拧，泥鳅似的从他身边溜过，回头道:“有急事，别烦我！”

众人先后落座，金戈见长发婆带搭不理的，慌忙上前请安。长发婆沉着脸说道:“扔下金珠和银珠，自己跑回来了？”金戈心里稍宽，知道不是爱神船的事，松了口气:“我有急事回来，明早就走，马上追赶她们。李虎子堂主呢，他们走了没有？”

“走了,”蒋忠道,“三天前走的，武当派的五星子白双城、六星子柴禾、铁胳膊郑振廷父子一同前往。他们分成三队，分批出发，一共去了三百来人。”

金戈看看凤玲，又问:“好。运回的东西收到了？”

“收到了。”凤玲点头道。

金戈看见凤玲脸现忧郁之色，一副欲言又止的样子。金戈又问:“有人来投吗？”

凤玲仰着脸道:“薛月、林风林前天到的，薛月的父母昨天刚到。”

金戈沉思片刻，道:“通知各位精英，晚上大殿议事，我去看看岳霞。”

凤玲陪着金戈进了苫子房。岳霞头发披散，怀里抱着一个绣花枕头，摇摇摆摆地转着圈。张妈乍着手站着，春子靠着门框擦着珠帘上的珠粒。金戈拉着岳霞坐下，岳霞歪着脑袋看着金戈。金戈回头问道:“她吃药了吗？”

“吃过了。”凤玲皱着眉头道，“真急人，一点都不见好。”

金戈要过一把梳子，给岳霞梳头，岳霞摇晃着脑袋，不肯配合。金戈梳理几下，皱着眉说道:“你们怎么不给她梳头呢？”

张妈说:“梳过的，刚梳完她就弄坏了，这怨谁呢?”

凤玲斥道:“大胆！怎么说话呢?”

张妈委屈地说道:“我们确实梳过，春子梳了一遍，我又梳了梳，不信你问春子……”

“算了，伺候神志失常的人，确有难处。我还是希望你们耐心些，我会感谢你们的，耐心再耐心，金戈这里谢谢你们了。”金戈说完弯腰一躬。

春子看看还在抹眼泪的张妈，走到岳霞跟前，轻轻地说道:“我们再梳，来，小姐，我们来梳头，梳完了去跳舞，好不好?来，乖。”

“难为她们了，我会好好管教她们的。”凤玲看看金戈，脸色更加忧郁，低声道，“有一件事，我要向你报告。蒋忠……蒋忠进了岳氏密洞！”

“啊！”金戈脸色一变，大声道，“他怎么知道的?这……”

“岳霞疯疯癫癫，去过家庙，钻过密洞。这些可能被蒋忠看见了。那天镖局送来金子，卸车之后，我想放到哪儿好呢?能不能放到家庙里?我就去了家庙，一进小院，忽然看见蒋忠闪进家庙，等我走进家庙，却没看见蒋忠的踪影，我估计他进了密洞。我没有敢惊动他，就偷偷等着，后半夜他才从家庙里出来。我已经派了人，让他们日夜看着家庙，算是亡羊补牢吧。”

“蒋忠偷进密洞的事，暂时不要声张。你把家庙看紧点，防止他再进去。装金子的箱子就放家庙里吧。”金戈沉思一下，说道，“如果能在密洞里做个洞中洞，藏在其中，就保险了，暂时先在庙里堆着吧。瘸腿猎人呢，腿好了吧?”

凤玲点头道:“好了。”

金戈沉思了一下，说道:“你让他住在家庙里，让他看守家庙。没有我的话，任何人不得进入。我让精英们去家庙里练习岳武功，是个错误。过去，岳北老爷子防得过严，我呢，防得太松，两者皆不可取。今后岳武院的精英们练功就去大殿，家庙不能随便进出。我劝劝蒋忠，千万不要练习最后一阶岳武功。”

凤玲急道：“劝劝蒋忠？你怎么劝呢？你说你知道他进过岳氏密洞？他一定不承认。他知道你怀疑他，就不会安心，万一跑了更麻烦。”

金戈拧着眉头道：“这件事的确不好明说，明早我就赶往横屿，时间也紧。你把瘸腿猎人叫来，我和他交代一下。”

凤玲仰脸道：“好吧，兰子！兰子！”

“哎！”小兰子摇晃着两条小辫跑过来，看见金戈，眨着大眼笑道：“院主叔叔好。”金戈摸摸她有些发黄的头发，说道：“好，好，胖点了，也高点了。你要多吃东西，慢慢就会胖起来，你爹爹呢？”

“你找他呀，我喊他去。”兰子说完跑出去。过了一会儿，兰子和猎人走进来。猎人拄着一根拐杖，走得非常稳健，风霜雨雪雕琢的皱纹遍布的脸上带着笑容：“院主，您回来了！”金戈仔细打量一下他的腿，笑道：“全好了？”

“好了！好了！好吃好喝，不好对得起谁？”

金戈道：“那好，既然如此，我给你安排个差事，你搬到家庙里去住，住家庙，守家庙，喂养那些鬈毛犬。”

瘸腿猎人喜道：“行啊！我正愁没事干呢！”

金戈看着这一老一小，嘱咐道：“只有我和凤玲能够进入家庙，如果岳霞去了，你就把她劝出来，或者不给她开门。凤玲也要嘱咐那些丫鬟们，不准带岳霞进入家庙。除岳霞和凤玲外，没有我的令箭，任何人不得进入家庙，就是大堂主也不行。家庙院的大门没事不要开，院子里的狗也要放出来。多喂肉，防止坏人给狗下药。你多费心吧，家庙可是岳武院的机要之地，你要把它当成宝贝守好。”

瘸腿猎人道：“怪不得有人偷着去。”

“啊？”金戈和凤玲同时惊叫。

瘸腿猎人道：“昨天夜里，我听见狗叫，赶紧过来，发现一条狗躺在地上，家庙门口站着一个戴面具的人，吓了我一跳，我连问：‘你是谁？干什么？’他一声不吭，我再问他，他一转身跑了。我正要和你们说说这事呢，白天瞎忙活，把这事给忘了。”

“无面人？”金戈惊道，“看来他就隐藏在岳武院中，他是不是携带月光镜的兽猿公子？凤玲，你留心一下周围的人，并向各精英通报这事。今后，你要适时巡查钟楼的警卫。走，咱们看看去。”

金戈、凤玲和瘸腿猎人来到家庙小院前，瘸腿猎人指指点点，讲述无面人站立的位置。金戈皱着眉头走进家庙小院，看了看笼子里的鬈毛犬，进入家庙。闩好庙门，钻进密洞，他点亮四盏油灯，向深邃的密洞看去，向前走了十几步站住了，转身盯着光滑平整的石壁和深浅不一的刻字，一时心潮起伏，自语道：“蒋忠学问不高，既要断句，又要解密断字，怕是看不懂吧？”金戈这才佩服起岳家祖先的先见之明，既搞出真假岳武功，又给功法文字加密，真可谓绞尽了脑汁。他踱来踱去，转悠了许久，狠了狠心，擦去了翻天掌图谱。

晚上，大殿灯火通明。金戈和众人聊了一会儿闲篇，话入正题：“今后，我们增加一个功勋堂，记录岳武院人员的功过，奖惩相关人员，具体方法以后再议。现在由凤玲出任功勋堂堂主，按着顺序，凤玲应是八堂主。金珠是六堂主，银珠是七堂主。我们还要扩大规模，练武堂、习武堂要增加到五百人。杨伞安排一下，看看缺多少人手，继续招兵买马。不过，再次招人要挑挑拣拣，要尽量招收精明强干的人，知道底细的人。我和白凤不在时，由凤玲主持岳武院的事务。凤玲任功勋堂堂主，仍然兼任院主协理，希望大家通力合作。”

铁嘴华一晃脑袋，说道：“我说，老头子没个差事吗？”

“有啊。”白凤说，“练嘴皮子，等敌人来了，说死他呀！”

铁嘴华瞪起眼睛，道：“你以为没有说死的？”白凤嗓门提高，问道：“谁是说死的？啊？”

“三国的周瑜，周瑜就是说死的！三气周瑜，诸葛亮吊孝，听说过吗？我说，你是井底的蛤蟆，见过多大一点天啊，你爷爷我，吃的盐比你吃的面多，过的桥比你走的路多，喝的酒比你喝的水多，你瞎喳喳什么！”

“哈哈！”众人都笑了。金戈笑道：“你还是说不过你爷爷吧！”白凤嘴角微撇，说道：“他是谁呀，铁嘴钢牙白耀华！”

金戈摆摆手，说道：“还有一件事，我们要加强警戒，无面人又出来了。”

铁嘴华一探身子说道：“哦，这小子又冒出来了？他还没走吗？好，我倒要看看这孙子是什么鸟变的，我非抓住他不可。”

蒋忠道：“他在哪儿出现的？”

“昨晚他在家庙小院里，在家庙的门前。”

长发婆问道：“鬈毛犬呢？没叫唤？”

“被打晕了。”

铁嘴华道：“钟楼的岗哨呢，他们是聋子的耳朵瞎子的眼吗？饭桶！”

金戈沉声道：“今后，我们的人，没有我的令符，一律不准进家庙。钟楼警卫要严加防范。除我之外，目前，只允许凤玲和瘸腿猎人进出。”

堂会散了，金戈叫人找来薛员外父女。薛家的老少看见金戈，自然是千恩万谢。金戈说：“我有一事相托……”薛员外立即站起来，拱手道：“老朽的命是你给的，上刀山下火海，我等在所不辞！”

“好，我请你们辛苦一趟，携带重金，到北方为岳武院另建庄园。俗话说，小心行得万年船。如今岳武院树大招风，我们不得不防。请你们在陕西秦岭一带寻找进可攻、退可守之地，秘密开山建寨。”金戈掏出两张票子，说，“这是金票一张，黄金万两，银票一张，白银五万两，都是大丰钱庄的，你到西安后根据用度兑换。明日就出发，你们的行动不可对他人言讲。地点选定之后，来信禀明。华山派是陕西武林中的一面旗帜，你可拿着岳武院的帖子，拜见华山派掌门，有事请他们帮忙。”

薛员外正色道：“我们明白，院主委以重任，我等一定竭尽全力。”

安排好薛家老少，金戈来到消息堂。佩儿看见金戈，连忙打起帘子。屋里，长发婆正坐在圆桌旁喝茶，眼睛看着窗户。铁嘴华端着旱烟袋，立在屋子当中吞云吐雾。金戈进门就说：“铁嘴华在这儿，太好了，咱们一块琢磨琢磨，这个无面人是不是兽猿公子？”

铁嘴华问：“什么兽猿公子？”

长发婆收回目光，平声道：“浪武社已故社长百兽一男的公子。据说他携带武林至宝月光镜来到中原，伺机暗杀戚继光。他应该隐身戚家军或岳武院，这个无面人极有可能是他，可他在哪儿呢？明天，我们到练武堂、习武堂转转，看看有没有可疑人。”

铁嘴华一拍大腿，说道：“好，明天我也去，咱们挨个查。”

长发婆道：“行了，我可不敢劳您的大驾，你老跟着我，算怎么一回事啊？怎么老了老了，倒黏糊起来？”铁嘴华笑道：“这不是为了你好嘛，想必兽猿公子的头不怎么好剃，小心无大错。再说，这也是岳武院的事，多一个人参与就多一份力量嘛。”

金戈道：“也好，你们就多走走，多转转，如果发现蛛丝马迹，等我回来再动手。”

铁嘴华喜道：“看看，金戈都同意了。”长发婆冷冷道：“要去你自己去，我可不跟你一起去，少套近乎。”铁嘴华急道：“我说，我远远地跟着还不行吗，我怕万一……”长发婆哼了一声：“万二也不行……”

金戈看看天色不早了，站起来说道：“你们看着办吧，明天一大早我们就走，你们多费心吧。”

长发婆却说：“慢点！白大侠请吧。金戈，你待会儿再走，我有话说。”

金戈站住脚，立即答道：“好。”

铁嘴华掏出烟袋，装烟、打火，吸了一口，才慢腾腾地说道：“走就走，明天我再来，反正粘上你了。”说完，铁嘴华起身离座，叼着烟袋，哼着小曲走了。

看见铁嘴华走出屋门，长发婆这才说道：“你可不能丢下金珠和银珠不管，虽然她姐妹俩嘴上不说，可心里明白，你成天和白凤摽在一起，她姐妹能不伤心吗？你要注意一些，不是我说你，她们姐俩对你可是百分之百，她们虽然没有白凤那么多的心眼，可也不傻，你可要一碗水端平，不能让她们姐妹受到委屈。”金戈一愣，忙道：“行，我知道了，我尽量多亲近珠仙子姐妹。”

长发婆道：“这就对了，来呀！砂锅行了吗？把砂锅端上来。”

佩儿端着一个砂锅走进来，说道：“早就熬好了，一直在炉边温着呢！”

金戈看看砂锅，问道：“这是什么？”长发婆道：“老山参炖小鸡，特意给你炖的，你要是不来，我就叫佩儿去叫你了，吃吧。给，勺子。”

金戈看看长发婆，心里涌起一股暖流，说道：“谢谢婆婆，我吃。”

长发婆说：“慢慢吃，多喝点汤，老山参的劲都在汤里。”

金戈连吃带喝，风卷残云，一会儿吃去小半盆，金戈道：“真香！汤也香，吃了您做的菜，饭馆都懒得下了，想起您做的菜，口水就往外冒。”

长发婆笑道：“要解馋，黑旗船。这可不是瞎叫的。茶水，把茶水端过来。”

金戈喝了口茶水，说道：“婆婆，铁嘴华没和你要翻天掌吗？”

长发婆翻个白眼，道："哪有那么容易给他？为了这套绝活儿，铁嘴华的大哥和二哥都死在了阴山，他说拿去就拿去？没那么容易，不是自己人，要了命也不会给他。我也没学会呢，你可不能随便给人。"

金戈连忙道："是，是。"

夜色就像一团黑色的浓雾，淹没了起伏的山峦、参差的房舍、婆娑的竹林。神武堂大院里黑黝黝、静悄悄的。最东头的一间上房里闪着一丝亮光，蒋忠正在屋内转圈。他左一拧，右一蹿，练习着"九转迷魂步"。片刻之后，他叹了口气，收了功，喃喃说道："断句的伎俩，怎瞒得了我门神蒋忠？不过，如果不是岳霞爱唱那古怪的歌诀，我也不能断字，真是天助我也！我从小就练过柔功，现在练'九转迷魂步'行不行呢？"

东厢房上亮着一双狼一样的眼睛，一会儿，这双闪着精光的眼睛消失了。

远处，金戈健步奔来，跃上墙头，蹿上房顶。

噗的一声，蒋忠吹灭了油灯，屋子里立即漆黑一片。

金戈凝望片刻，知道蒋忠已经惊觉，立刻下房远去。夜风撕扯着他的长衫，露水打湿了他的鞋子和裤脚，金戈在岳武院转了一大圈，回到院主大院。

不知不觉间，夜幕拉开了，武夷山迎来了一个朝霞满天的早晨。

金戈照例起来练功。凤玲起得更早，耳边早已风声飒飒。金戈练完功后，站在一旁看凤玲练枪。凤玲换了藤蛟枪，只见她枪出如箭、身动如龙，进退趋避无不得体，金戈不由得鼓掌叫好。

凤玲擦了擦额头上密密麻麻细如小米的汗珠，说道："别笑话我了，和你比，天上地下。"

"和我比是差点，但是，和他们比，你已经是一代的高手了。"

凤玲看看白凤住的屋子，说道："和白堂主相比呢？"

"那也差不太多了。"

“那就是还差不少呀？我一定会赶上她的！”

白凤走出来，懒洋洋地说道：“走吧，赶紧去横屿。不然赶不上了，我可要坐车走，我不好受。”

金戈惊道：“你真病了？那就别去了。”

白凤脸现潮红，没好气地说道：“没病！走吧，别问了。没病找病……”

薛家父女走了，一家四人赶着一辆马车。金戈和白凤出发了，他们也赶着一辆马车，马车后面还拴着两匹快马。金戈坐在车辕后，白凤拥着棉被坐在车厢板上。金戈听见白凤的哼哼声，回过头来，问道：“你真病了？”

“假的！”白凤见问，美丽的丹凤眼一眨，涌出几颗细小晶莹的泪珠。

金戈皱皱眉头，说道：“行了，咱们前面歇了，找个大夫看看吧。唉，叫你留下，你偏跟着，这下好了，一天才走几十里。也不知道戚大哥准备得怎么样了，你没听赫连双江说吗？横屿易守难攻，是个硬钉子，戚大哥不定多着急呢……”

“你着急就先走！这个破车颠死人了……”

第二天，金戈雇了个车把式，他陪着白凤坐在车里，白凤这才有了笑模样。金戈不断地打听行进路线，计算着路程，恨不得插翅而飞。金戈急得抓耳挠腮，白凤却笑嘻嘻的，一点也不急。走了三天，才走了二百多里。

八月初四，白凤忽然病愈，两人寄存了车马，骑马驰骋。白凤快马加鞭，不住地喊喝，两匹马风驰电掣似的奔驰起来。到了繁星似锦夜风怡人的晚上，金戈和白凤带着一阵风穿过了宁德城。

四十一　醋意大发

天黑了，碎星如尘，浓烟般的暮色笼罩了大地。嘚嘚嘚，马蹄声由远而近，一个黑乎乎的土坡上响起窸窣之声，两条黑影扑向路边。蹄声骤停，断喝响起："呔！来者何人？"

"是我，金珠！"一个黑影发出颤抖的声音，语气中含着心酸。

"还有我呢，银珠。"另一个声音里带着悲伤。

黑影晃动身形，掠下马背，喜道："金珠！银珠！"

"金大哥！"金珠和银珠一齐扑来，热切的声音发自肺腑。

金珠靠上金戈，埋怨道："急死了，你怎么才来……"银珠直抹眼泪："我们天天等在这儿，已经好几天了，再不来，我们就去找你了。"

金戈拍拍金珠的香肩，搂搂银珠的细腰，连忙低声安慰。金戈心想："得友如此，夫复何求？"顿觉疲劳一扫而光，说道："我也想你们，紧催慢赶马不停蹄，你们都好吧？"金戈的话音轻柔，爱意流淌。白凤坐在马上，看到这激动人心的一幕，心潮起伏，百感交集，一股愤怒、一股嫉妒，再也压抑不住，大声喊道："行了！

行了！不就分别几天吗？至于哭天抹泪吗？哼，几辈子没见过男人呀！”

金戈感觉到金珠和银珠的身子一颤，连忙用手抚慰。金珠挣脱了金戈的怀抱，仰着脸说道：“白堂主来了！”银珠也连忙搭话：“白堂主辛苦了。”

“哼！”白凤带搭不理，一提手中的马鞭，大声道，“你不是急着见戚大哥吗，怎么又不急了？赶紧走吧，磨蹭什么！”最后又重重地抛出了一句狠话，“哼，贱货！”

金戈心里咯噔一下，像被钢针扎了一下似的。为了缓和气氛，金戈哈哈一笑，说道：“走吧，咱们一起走，马大响他们到了吗？”

金珠幽幽地说：“到了，我们住在东齐庄，少林僧兵和众豪杰住在西齐庄，就在前面……”

银珠低声道：“戚将军派人来过两次了，问你到了没有，到了立即告诉他，戚大哥说有要事相商……”

金戈拉着马向村里走去，一边走一边听着两个姑娘悦耳的声音，既欢喜又愧疚。金戈尽量安慰她们，话语更加轻柔了。走着走着，银珠的眼泪掉落下来，如同断了线的珍珠，从光滑细腻的脸颊上成串地流下来。星光中，金戈还是看到了晶莹的一条泪线。金珠眼中也是泪珠滚动。金戈悄悄拉了拉银珠的手，拍拍金珠的腰，同时回头看了一眼。白凤还骑在马上，看不清表情，只见她双手不住地撕扯着马鞭子。

几个人默默地走着，不知不觉来到一个大院前，金珠扯着嗓子喊道：“院主来了，院主来了，开门！”

吱扭一声，大门两边敞开，一个武徒跑出来，接过马缰绳。金戈走进院子，一群人迎接出来。西瓜灯下，金戈看见了威武的铁铃公子和铁扇公子，看见了憨厚的马大响堂主、潇洒的李虎子堂主和单薄的朗文协理，看见了正在东张西望的傻蛋和毛四，以及抱拳快步上前的白双城和柴禾，院子里登时热闹起来。金戈逐个打着招呼，转身之余，看见白凤的丹凤眼还立着，似乎怒气未消。

这时，铁扇公子说道："好，正……好！"铁铃公子道："院主，你们来得正是时候，就要攻打横屿了！"

金戈笑道："太好了！"

马大响道："院主屋里请，白堂主，屋里请，各位请到屋内叙话。"

"屋里请！来，屋里请！"在众人的礼让中，白凤的脸色渐渐转晴了，不过，她还是闷声不响，目光斜睨之时，仍然流露着一股杀气。金珠和银珠看见白凤凶巴巴的目光，心里又是一阵狂跳。

金戈走到屋门口，停住脚步，问道："戚将军的伤势如何了？他们住在哪里？"铁铃公子道："戚将军的大营扎在海边，他的箭伤已经痊愈。戚将军说你一到立刻通知他，是不是先派人送个信？"

"我还是走一趟吧。白堂主歇一歇，不用去了，请二位护法跟着我走一遭……"

"让我俩陪你去吧，给你带路，我们知道怎么走，行吗？……"银珠靠上来，一拉金戈的衣角。金戈笑道："行啊，二位妹妹愿意带路，再好没有了。众位兄弟休息一下，养足精神，准备渡海大战！"金戈瞟了一眼白凤，见她的脸色又变了，洁白的脸颊上挂上了一层寒霜，冰冷可怕。金戈心里一紧，一种惶恐的情绪涌上心头，赶紧迈动双腿，逃跑似的奔出了院子。

四轮马车驶来，金珠和银珠姐妹钻进车厢，霎时间车轮滚动起来。马车来到空旷之处，金珠和银珠放声大哭，金戈左哄右哄，安慰了好一会儿，珠仙子姐妹才止住哭声。金戈心里也是烦恼万分，白凤太不给面子了，想甩脸子就甩脸子，这怎么行？金珠哽咽着说道："我们姐妹为了你叛帮出门，绝了后路，如果这里容不下我们，你叫我们上哪儿去？呜呜……随你赴汤蹈火，战死沙场，我们在所不惜！嫁给你，做大做小我们也不在乎，可是，如果要我们看着别人的脸色过日子，我们可受不了……呜呜……”

金戈轻轻拍拍金珠的香肩，搂搂银珠的纤腰，安慰她们：“我不会让你们受委屈的，放心吧，抽空我和白凤说说，我绝不让你们受气，我发誓。”金戈的话斩钉截铁，心里却说：“白凤啊白凤，你怎么能这样？太过分了，当着我的面尚且如此，背后那还得了？我要和你约法三章，你不能欺负金珠和银珠，她们姐俩对我有救命之恩，我绝不让她们受到委屈。”随后又想，“白凤争强好胜，怕是难以约束啊……”

金戈轻声细语，慢慢安慰两位珠仙子。两姐妹得到金戈的保证，哭声渐止，但双肩还在不停耸动。

“吁！”随着傻蛋的一声喊喝，马车停住了。砰砰，车厢板上传来敲击声，接着傻蛋的声音传进来：“院主，下车吧，到了。”

金戈给两位珠仙子擦擦眼泪，柔声道：“下去吧。来，高兴点，别让戚大哥笑话咱们。”说罢，金戈牵着珠仙子姐妹俩的手，下了四轮马车。朦胧中，他看见银珠的眼泪又流下来。

这是一座圆形的大帐，门前的卫兵通报了一声，立即掀起了帘子。随着一道光亮射出，戚继光爽朗的声音传出来：“金戈老弟来了，太好了！说曹操，曹操就到！”

金戈三步并作两步跨进去。大帐内灯火通明，几位戎装在身的将军站起来，一齐抱拳拱手。戚继光看着金戈和金珠、银珠走进来，说道：“来，我给你们介绍一下。”他指着金戈，笑道：“这位就是我肝胆相照的好兄弟，文章、琴艺、书法甲天下的少年进士金文杰，也是当今武林中武功盖世的武林骄子，岳武院年轻的院主岳金戈。还有，这两位巾帼英雄是岳院主的红颜知己，武林四仙子之二的珠仙子金珠、珠仙子银珠，金老弟艳福齐天，他红颜知己还有天仙子岳霞、花仙子白凤。哈哈，我金老弟一人坐拥武林中的四位仙子，实是武林的一段佳话，哈哈！”

金珠和银珠闻言羞得满脸通红，眼睛也是红红的，更是别有一番风韵。一个五十多岁的大胡子军官看看金戈，又看看花骨朵般的金珠、银珠，眼睛瞪得铃铛似的。他摇了摇头，似乎不以为然。

“这位，”戚继光一指大胡子军官，说道，“就是大名鼎鼎的俞大猷俞将军。俞将军是棒法精奇、酒量惊人，令倭寇闻风丧胆的一员猛将。这位是胡守仁胡参将，金兄弟认识……”

金戈躬身抱拳，逐个拜见。戚继光介绍完，俞大猷大脑袋一晃，一把抓住金戈的手，说道：“好兄弟，我早就听说你的大名了，正是那句老话，如雷贯耳。你由文到武，都是出类拔萃。佩服！佩服！来酒！来酒！我要和金兄弟喝一杯。今后就要和金兄弟并肩作战了，算是共生死的兄弟了！”

金戈抱起拳头，朗声道：“俞将军刚正不阿，由总兵到囚徒，由囚徒到将军，数次大起大落，依然能够精忠报国、豪气不减，令人钦佩之至！是要喝一杯，庆祝俞将军重返沙场。”

戚继光大笑，叫道：“好！抱一坛子酒来。”

俞大猷哈哈大笑。金戈抬眼再看，只见俞将军中等身材、肩宽体阔，脸色黑中带黄、黄中带红，再加上刷子般坚硬的络腮胡子，真是威风凛凛。一个卫兵抱来一坛酒，一个卫兵拿来几个大黑碗。俞大猷抓过酒坛子，砰的一声拍开坛子的泥封，哗啦啦倒满几碗酒，伸手端起一个酒水还在晃荡的黑碗道：“再拿两坛来，我的好兄弟到了，多喝几碗。对酒当歌，人生几何？来！来！来！”金戈接过酒碗，说道：“肝胆相照，知己几何？来！”

戚继光笑道：“金兄弟酒量不大，不像你，是个酒篓子，你灌醉他，耽误了正事，小心军法无情！”

俞大猷摸着刷子般的大黑胡子，哈哈大笑，说道：“醉不了，你放心吧。金老弟，咱兄弟俩头一遭见面，先干一碗，来个两心相照！来，我先干为敬！”俞大猷端起酒碗，和金戈的酒碗当地一碰，仰起脖子，咕咚咚喝了下去。金戈虽然喝酒，这样的干喝还是头一回。不过，喝酒的礼数金戈还是知道的，酒碗立刻送到嘴边，说道："俞将军豪气冲天，你这个朋友我交定了。只是，喝酒我不行，还请将军多多包涵！"金戈心想："此人豪爽豁达，酒量必然不俗，陪酒陪不好也会喝多，大敌当前，喝醉了可不好。"想罢，金戈喝了一口。酒入喉咙，金戈觉得好辣，似有一块火炭滚进肚里。

俞大猷摇头，说道："不行不行，怎么那么秀气？一口一口喝怎行，第一碗怎么着也要干了。男子汉大丈夫，干脆利索，干！胡参将，你陪一碗。"

颇有儒将之风的胡守仁参将腼腆地笑了笑，端起酒碗，说道："卑职不胜酒力，只能陪上一碗，见笑了！"说完，一仰脖子喝下去。

戚继光兴致很高，也喝了一碗。

金珠、银珠目不转睛地看着他们，姐妹俩还不时耳语几句。

金戈看看戚继光和胡守仁，看看俞大猷铃铛似的一双大眼，笑着说道："好！小弟勉为其难，干了这一碗！"咕咚咚，金戈也喝干了，放下黑碗，说道："好厉害的酒！火炭一样，这是什么酒？"

"哈哈！"俞大猷仰面大笑，大声道，"这才是真正的酒，酒名'高粱烧'，纯粮食酒！怎么样？"说着，又倒上第二碗，递给金戈。俞大猷酒碗前送，当的一声碰响，说道："来！再干一碗！"说着一饮而尽。金戈端着酒碗，犹豫了。俞大猷铃铛似的大眼瞪得溜圆，虎着脸叫道："干呀！干！"

金戈喝下一大口，说道："厉害！厉害！一下干了可不行。"

俞大猷哗啦又倒满一碗酒，双手端起来，说道："这样吧，我再陪你一碗，预祝我们横屿之战大获全胜！也预祝金兄弟艳福齐天！哈哈，干！"咕咚咕咚，一口气灌了下去，他把酒碗一翻，碗口对着金戈一照，说道："来！好兄弟！干脆利落，别婆婆妈妈的，干！"

说完，哗啦，又满上了一碗酒。

胡守仁小口喝着酒，偷眼观看金珠和银珠，直看得他心潮起伏、热血沸腾。金珠和银珠身材苗条，起伏有致，再加上水汪汪亮晶晶的杏仁眼、匀称细腻流淌着暖色的精致秀脸，令他不由得痴了。戚继光见了此情此景，端起酒碗和他碰了一下，说道："胡参将，喝酒。"胡守仁吃了一惊，连忙道："好，好好！"

戚继光喝了一小口，看着俞大猷说道："行了，你再喝一碗，和金老弟一块干了算啦，要喝，庆功宴上再喝，眼下喝多了可不成。"

"好好！一碗就一碗！"俞大猷再次倒满酒，看了一眼金珠和银珠，小声对金戈说："咱俩可是一对，一对酒色朋友！哈哈，俞大猷我好酒，是个酒鬼！金戈好色！是个色鬼！哈哈！"

"啊！"金戈闻言大惊失色，手一晃，碗里的酒水洒出不少，"我好色？是个色鬼？你怎敢乱说呢？"金戈说完赶紧去看金珠、银珠。金珠和银珠却不以为然，脸上仍然笑意盈盈。

俞大猷挤挤眼睛，戏道："金兄坐拥武林四仙，不好色吗？别人一仙不仙，你多吃多占，岂不是好色？别谦虚啦！我呢，我嗜酒如命，酒就是我老婆！一天不见都不行，哈哈……来，喝酒喝酒！"

当！酒碗再次相撞，碗中酒一干而尽。

酒坛子酒碗收拾下去，卫兵擦了擦帅案。众人先后就座，听胡参将介绍敌情。金珠端着茶壶，银珠端着茶碗，坐在金戈身后，金戈喝一碗，她们倒一碗。俞大猷瞪着两只铃铛大眼看看金珠，看看银珠，说道："嗨，你们俩这不是寒碜人吗？啊，他喝一碗你们给倒一碗，我们呢，高粱秸秆，在这儿戳着晾着，你们好意思吗？"

银珠撇嘴一笑："你老婆不是酒吗？让它伺候你呀，那是多好的老婆啊，多听话呀，多让人羡慕啊。"

俞大猷招招手，领着银珠走到大帐边上，悄悄问道："你告诉我，金戈用什么方法迷住了你们？快告诉我，我怎么连一个老婆都迷不住呢？”

银珠闻言大笑，笑得前仰后合，捂着肚子说道：“你已经迷住她了，怎么还说没迷住呢？”

俞大猷瞪着铃铛般的大眼说：“什么？没有啊，我哪有啊？”

众人都向这边看来，银珠笑道：“你不说酒是你老婆吗？别的女人哪敢和她争风啊。”

“哈哈……”众人都笑了。

东齐庄白凤屋里，九弟正献殷勤：“你跟我走吧，回南京，看麝香龙涎丸去，要不，我带你秋游钟山，离开这个是非之地吧，攻打横屿，危险至极呀。”

白凤眼睛一瞪，斥责道：“你怕死呀？”九弟睁大了眼睛反问：“你不怕死？”

白凤摇摇头，说道：“我不怕死。我活一天是一天，活就活得有意思，死要死得有价值。”

九弟急道：“哎呀，好死不如赖活着。死了，什么都没了。你和我都没成婚呢，死了多不值？倭寇经营横屿多年，前有淤泥滩，后有箭楼寨台，易守难攻，戚将军就是有天大的本事，也没办法一下子攻下它，到时候倭寇的援军一到，我们腹背受敌，还不成为活靶子？我们还是走吧，犯不着冒此奇险……”

白凤摇摇头，说道：“我不能走，即使战死横屿，我也不会走。我丢不起那个人，要走你走。”

九弟低声道：“你不走我怎么走？我的心意你还不知道？”

白凤看见九弟眼里竟然饱含热泪，不由得心软了，说道：“我不能走。你走吧，我爷爷要是知道我临阵脱逃，不活劈了我才怪呢。你的心意我知道了，自己走吧。”

九弟两眼盯着白凤，一滴眼泪掉了下来，喃喃道：“你不走我也不走，我……我……你是不是舍不得金戈？”

白凤没吭声，只是呆呆地看着窗户。九弟又道：“你不知道，你们不在的这几天，金珠、银珠整天坐卧不安，天天跑到村外去等，天天念叨金戈。还有我表妹岳霞，她刺腕剜心，名动华夏。她虽然疯了，大夫人位子还是非她莫属，你真的愿意和她们争风吗？你就不怕别人笑话你？跟我走吧，到了我家，你就是天，你就是地，全家人都会像敬神仙一样敬着你。”

白凤走到门口，探头向外看去。几个武徒坐在灯笼下，对着枕头大小的磨刀石噌噌磨着红缨枪；几个武徒蹲在地上，唰唰砍着毛竹；还有几个武徒坐在草堆上嗖嗖编着草鞋，长长的蒲草在他们怀里欢快跳动着。白凤转身回眸，看着九弟说：“不用再说了，我不会退却的，就是死，也要死得轰轰烈烈。再说，事情还不定怎么着呢，出水再看两腿泥。”

九弟上前一步，一把拉住白凤的衣袖，急道：“白姑娘，你听我说，前攻淤泥滩，不被箭雨射死，也会被淤泥吸入海底。后攻后龙港，那里会遭受三面环击，据说倭寇新添置了火箭箱、掷石车，到时候箭雨石雹齐下，如何攻得上去？此去九死一生，你就跟我走吧，我求求你了！”

“放手！”白凤丹凤眼的眼皮一翻，斥道，“出去！”

九弟撒了手，跺着脚叫道：“你要去，就紧跟院主，或许他能保护你。唉，他能耐再大也挡不住箭雨石雹，三位仙子能活着回来一位就不错了，我真担心……”

“院主好！二位堂主好！”院里传来问候声。白凤白了九弟一眼，扭着腰肢向外走去，推开屋门，看见金戈已经跟着金珠、银珠走进左首的屋子。她走到那间屋子窗前，听见金戈压低声音说着什么，细听之下，似乎正在传授武功。“他从没给我传过功夫，偏心眼！”白凤越想越气，怒冲冲地跑回自己的屋子，砰的一声关上门。

过了一会儿，她又气冲冲地跑出来，和伙夫要了一坛白酒，咕嘟咕嘟喝下去，喝得酩酊大醉。

白凤嘟嘟囔囔、歪歪斜斜地走来走去，摔倒在院子里，被铁扇公子拉起来，还晃着脑袋大喊大叫。金戈和金珠、银珠跑出来一看，白凤成了灰凤，她满身是土，吐得一塌糊涂，嘴里还在大喊："酒！来酒！喝死算了！"

金戈眉头紧皱，斥道："你干啥？胡闹什么？"

金珠小声说："看看，她和她奶奶一样，醋劲熏天，今后有你好受的。"

白凤叫道："你，你，说……说……说谁呢？你们应当，应当嫁给仁……仁义双雄！双珠配双雄，多合适！凭什么和……和我争？凭什么……和我抢？嗯？没人要了是不是？金戈，你说，她们……是不是，是不是应该……跟着双雄大哥？双雄配双珠……天生一对……不对，是天生的两对……天生两对……"白凤踉跄着，口齿含混，但条理清楚，她借酒撒疯，"双珠应该嫁给双雄！金戈，我……我问你，你到底要谁？别齐全满占的！双雄大哥是你的救命恩人……你说，你说，你应该不应该把双珠让给他们兄弟……"

"白、白堂……堂主！"铁扇公子满脸通红，结结巴巴地说，"你、你、你……不可……乱，说……"

金珠和银珠扭头就跑。金戈脸色铁青，一跺脚，追赶金珠、银珠去了。

夜深了，金戈毫无睡意。他看了看金珠和银珠，二人似睡未睡，眼角上挂着晶莹的泪花。转到白凤屋里再看白凤，她满嘴酒气，睡得像死猪一样。金戈心情沉重，感觉白凤越来越难驾驭。但白凤的话也有些道理，心里七上八下的。

第二天早饭后，戚继光领着众豪杰登上一条巨大的舰船。舰船在几条战船护卫下，环岛航行。舰船劈风斩浪，来到横屿的东面。众人围着桌子，喝着茶水，眺望着湛蓝的滚动着白色浪花的大海，眺望着文静脱尘的美丽葱茏的横屿岛。这时，戚继光一长身形站起来，抬手指着眼前的岛屿，说道:“这就是倭寇霸占的横屿，它一衣带水，镶嵌在碧波中。我们美丽的横屿分成蛇头、蛇尾、中笼三块，就像一个漂浮海中的大葫芦。中笼部分两侧凹进，是葫芦的细腰，它面对大陆的凹处是八里宽十里长的一片淤泥滩，也叫前龙滩。我们看到的这一面是横屿的南半圆，是葫芦的大头，叫作蛇头。看，这临海的山峰虽然不高，却非常陡峭，峰下暗流汹涌，波涛回旋，船舰无法靠近。就是靠近了，也无法攀登这陡峭的悬崖。你们看，那块最高的岩石叫猴子跳，上面筑有瞭望塔，船一靠近就会被发现，听说当年此岩上猴子极多，盛夏的中午常有猴子跳海，所以叫猴子跳。”众人望着陡峭的山崖，看着崖下的惊涛骇浪，默默无语。

大船转弯航行，不久战船来到横屿的东面，也就是横屿的后腰，这里是一个海港，月牙形的海港有一百多丈宽，远远望去，只见海岸上堆满了滚木礌石，山坡上筑起了一条弧形的寨墙，寨墙上还矗立着不少箭楼。戚继光道:“这是横屿唯一的港口，叫作后龙滩，寨墙上有三百辆掷石车、九百多个火箭箱。这种火箭和掷石覆盖了港湾所有海域。不过，箱式火箭准头不足，掷石车发射速度较慢，只要我们一鼓作气，或有一线胜机。”

舰船转到北侧，见到蛇尾。只见这里丘陵起伏，草木葱郁。海面上，浪花飞腾，升起了千百条霞光闪闪的银链。戚继光道:“这里，浪花下礁石密布，就像夏天夜里的繁星，潮水退下去，你就会看到一个个蘑菇似的礁石，当然，露出水面的只是礁石的一部分，大多数礁石仍然隐藏在海水里。别说是船只，就是人游到这里，也会被星罗棋布的礁石撕碎。横屿岛上有天然的泉水，有上千亩良田，所以，倭寇称横屿为无敌岛。它进可攻，退可守，是倭寇进攻我大陆的跳板，是袭击我腹地的桥梁，是倭寇海上的一座堡垒，也是我大明王朝颈嗓咽喉上扎的一根带毒的芒刺！”戚继光顿了顿，环顾了一下众位豪杰，继续说道，“各位！戚继光劳动各位朋友，实是此岛易守难攻！还望各位豪杰鼎力相助，协助我军一举拔出这颗毒刺！斩断倭寇的魔爪，把倭寇彻底赶出我们的家园！”

金戈默默地观看横屿，就像正在端详一幅清丽无俦的山水画。他旁边的座位上坐着铁铃公子、铁扇公子、马大响、李虎子、金珠和银珠。白凤没来，她的酒劲还没过去。

舰船转到横屿西面，来到淤泥滩。这里有艚船在淤泥滩上围成一个半圆，船上铺满木板，搭成浮桥。戚继光领着众人，沿着浮桥走到半圆的顶端，这里距离横屿只有五六里距离，对面的情景看得清清楚楚，过了一会儿，只见对面岛上人影幢幢，似乎不少人在奔跑，有几个人冲下海滩，向这边滑来，他们在淤泥上飞驰。忽然，撕心裂肺的号叫声传来，众人的心都是一紧。接着，来人一个个沉入了淤泥。不，还有一个人在淤泥中挣扎，他奋力扑腾，拼命呼号，声音凄惨。

浮桥上，戚继光和俞大猷肃穆而立，士兵们个个噤若寒蝉。戚继光脸色铁青，回身叫道：“英雄们、豪杰们！看见了吧，这就是淤泥滩，这就是鹅毛沉底的淤泥滩，这里的百姓有句歌谣，说是‘淤泥滩，魔鬼滩，十人去了九不还，剩下一个带伤残’。这就是那个险恶的魔鬼滩！日前，倭寇又在此潭里放养了几百条咸水鳄鱼，他们知道附近的渔民会滑泥，虽说从来没有人滑到对岸，他们还是加了小心。他们掠夺了几百女子用来淫乐，掠夺了几百男子当作劳工，每天逼五六个男子滑泥逃命，逃不掉的就喂了鳄鱼。一个月来，已有上百小伙子变成了鱼食。只有一个小伙子在士兵们的救助下逃回来，我们的一个士兵也因此丧命，来人哪，把黄大牛抬过来！”

咚咚咚！脚步声响，几个士兵抬着一副滑竿走过来，一个没腿的小伙子坐在滑竿上。金戈看他的样子，年龄超不过十八九岁。这时，有人抱他下了滑竿，他跪倒在地，眼睛里喷着怒火，声嘶力竭地喊道：“为我们报仇！为我的同伴们报仇！杀尽倭寇！求你们了！求你们了！”说罢，咚咚磕头不止。他头触木板，磕得额头鲜血直流。戚继光扶起他，大声说道：“他的腿被鳄鱼咬掉了，他是唯一滑泥逃出淤泥滩的幸存者！”

八月金秋，天高云淡，海水清澈湛蓝。海边，光着身子的士兵们正在练习游泳，搏击着吐着白沫打着滚的浪花。远处，几条战船正在演习抢滩，士兵们争先恐后跳下战船，劈风斩浪。淤泥滩上，不少豪杰正在练习滑泥，一个个泥头鬼脸，喊声震天。整个海岸线人声鼎沸，兵戈并举，大战即将来临的紧张气氛就像一团翻滚的浓雾在海岸上弥漫开来。

下午，金戈又乘战船围着横屿转了一圈。回来后直奔淤泥滩，金戈边走边道：“咱们再去看一下淤泥滩。”

金珠道：“哎哟，一想起鳄鱼凶恶的样子，我脊梁骨里就冒凉气。”银珠歪歪脑袋，说道：“我也是，看见那片黑黑的淤泥，我浑身起鸡皮疙瘩，好恶心哟。”

金戈望着天边缓缓移动状若山岳的乌云，沉声道：“看来，只有同时攻击后龙滩海港和前面的淤泥滩了，前后夹击。”

金珠和银珠异口同声地问道：“这行吗？”金戈叹道：“别无他法，不行也得行。”

海滩上，堆着一堆堆的衣服。海浪里，士兵们正在翻江倒海。也有光屁股的士兵跑上跑下。金珠和银珠连忙用手捂住脸，默默跟着金戈。金戈看见她们狼狈的样子，逗她们道：“嗨，快瞧呀，你们俩把他们都吓跑了，还捂着屁股，快看哪！”

“别胡说了！”银珠嗔道，“说话没个正行。”

金戈悄悄道：“真的！捂着屁股晃着身子跑，贼快，不信你看看！”

金珠斥道:“别听他的，净胡说！再说我们不去了！”

金戈道:“不信拉倒，谁还骗你们呀？”

银珠哧哧笑道:“我早看见了，什么捂着屁股跑，胡说八道！”

“你怎么看见的？你不是手捂着眼吗？”金戈吃惊地问道，“你是透视眼呀？”

“傻子！手掌有缝隙你都不知道！”银珠咯咯笑了，红着脸向前跑去。光屁股的士兵更慌了，飞也似的逃向大海。金戈三人也撒开脚丫子，一溜烟向前奔去。

淤泥滩上，几百人正在练习滑泥。金戈要过一套滑泥板，接过滑泥杆，学着别人的样子滑起来。一会儿，金戈滑动如飞。金珠和银珠也要来一副滑板，试了试，弄了一腿臭泥，她们不管，仍然抢着练习。仁义双雄、虎子和马大响等人走过来，笑面佛带着几个和尚也踏着滑板凑过来，一时间，淤泥滩上笑语喧哗人声鼎沸。

夕阳遥遥西下，对面又传来凄厉的号叫声。滑泥场上一下子安静了，悲惨的叫声令人毛骨悚然。金戈看见，不少士兵的脸变得煞白，拳头握紧。

武夷山岳武大殿里，留守的头领正在议事。突然，一个姑娘跑进来，手里拿着一个纸卷，冲长发婆喊:“柳姐急信！”

长发婆接过纸卷展开观看，噌地站起来，脸色唰地变了。铁嘴华哆嗦了一下，慌忙凑过去。其他的人也巴头探脑，打量着二人的神色。大殿里登时鸦雀无声。长发婆看完纸条，下意识地递给铁嘴华，喃喃说道:“冷面婆来了！她来接管长江船队？怎么会是她？四海财君真的不放过我们母女吗？不会吧？他们来得也太快了，来得也太巧了！”

铁嘴华低头看去，念道:“黑旗船黄河船队到达鄱阳湖。冷面婆正在整顿长江船队，主事的姐妹们都被关起来，我和李路逃脱了。

形势似乎不对，还望师父早做准备。弟子柳眉顿首。”

铁嘴华将条子递给凤玲，众人依次传看。铁嘴华哈哈大笑，说道：“我当什么了不起的大事，原来鄱阳湖到了一个黄河船队。长江船队的头头脑脑临阵倒戈，他们接受整顿再正常不过，搁到你手里也要整顿，这有什么新鲜的？不关我们的事，不关我们的事！”

长发婆看了众人一眼，沉声道：“不怕没好事，就怕没好人！我和这个黄河水鬼冷面婆素来不和，派她来整顿，怕是居心不良。这个女人的功夫虽然不怎么样，但心狠手辣、诡计多端。如果她添油加醋，把长江船队说得一塌糊涂，再把四海财君招来，麻烦就大了。我有个不好的感觉，仿佛闻到了血腥味，一场大战怕是难以避免。”

铁嘴华一蹦，跳起来骂道：“好离好散，哪有强人所难的？正好，我早就想会会这个四海财君，会会黑道上的第一高手，看看他能高到哪儿去！放心吧，狗吃不了日头！”

众人没有出声，默默传看着纸条，心里沉甸甸的。尤其现在，岳武院由凤玲负责，她处理日常事务还行，遇到这生死抉择的大战，要她指挥，她缺少威望，也缺少经验。铁嘴华虽然武功卓绝，但他一贯游戏江湖，并无运筹帷幄的能力。蒋忠吧，他不声不响，倒是个人才，但他平时沉默寡言、阴冷孤僻，令人难以信赖。

长发婆看看众人，说道：“我先介绍一下黑旗船的底细，咱们也好知己知彼。黑旗船有三叟两婆四护卫，他们是黑旗船的中坚。三叟就是黄海一天独目叟、南海一霸钓鱼叟、渤海一龙飘飘叟，他们都是独霸一方的枭雄，领有三支海上黑旗船队，称霸三海。两婆分别是我长发婆和黄河船队的黄河水鬼冷面婆，各带一支内河船队。黑旗船总舵主四海财君，是人中之龙，功力通玄，在我看来，天下还没有人是他的对手，我亲眼见过他的乾坤指，手掌上四个手指一样长短，一寸厚的木板一指就能戳个洞……还有，他的金钱镖也是一绝，手一抖，镖飞如雨，一棵大柳树的树叶尽被打落，变成隆冬时的枯枝败柳。他的金钱镖和乾坤指，乃是当世两大奇功，我们没有办法力敌……”

“你说他的乾坤指神功有多大力量？比一指禅强？”铁嘴华问。

长发婆忧心忡忡，说：“可以戳穿肋骨！流星金钱镖更厉害，十丈之内，蚊蝇皆可击落。”

“啊？十丈之内击落蚊蝇！”凤玲一声惊叫。心说：“我要想办法将金子藏起来。这是当务之急，放到哪里呢？”凤玲心里盘算开了，长发婆又说了些什么，她都没有听清。

“我看，”长发婆说，“我们应当密切监视黑旗船的动向，一旦发现他们的大队人马来到，岳武院立即由明转暗，悄悄撤出武夷山，等院主回来再说。就目前我们的力量，实在不能与之对敌。”

铁嘴华道：“也好，留得青山在，不怕没柴烧。咱们给他来个空城计。不过，人家要是不惹我们，我们该当如何？”

长发婆将一绺秀发拉到胸前慢慢梳理，望着殿门道：“当然，如果他们只是接管长江船队，我们就坐观其变，不必干预。但四海财君肚量狭窄，为人心狠手辣，怕是没那么简单，我们还是要立足于撤。”

杨伞摇头道：“招收武徒的通告已经发下去，学徒和一些武林人士会陆续上山，我们一跺脚走了，岂不是让他们羊入虎口，我们岂不失信于天下。”

蒋忠道：“立即通知院主，我们做好防御和撤离的两手准备，我们见机而作，能坚持就坚持，不能坚持就撤。”

凤玲呼地站起来，说道：“我同意派人通知院主。但是，我们应当力战黑旗船，保卫我们的岳武院。我们要与岳武院共存亡，绝不能后退半步。援兵能到，那是我们的福气；援兵不到，我们就与岳武院同归于尽。岳武院重建至今，我们耗费了大量的心血，耗费了大量的金钱。如果我们不战而退，岳武院即使第三次重建成功，也会威信扫地。岳武院是武林中的一杆大旗，它不能倒，即使我们战得不剩一兵一卒，岳武院也虽败犹荣……”

长发婆摇头道：“硬碰？不行不行，不但我们不行，院主回来也不行！三十六计，走为上。铁嘴华说得好，留得青山在，不怕没柴烧。”

凤玲急了：“我们一走了之，黑旗船必然跟踪追击，且不说新的学徒来了遭到屠杀，我们这么多人上哪儿去？我们的行踪能隐蔽吗？我们坚守武夷山，还有地利可依。大家齐心合力，未必就输给黑旗船。再说，岳武院的宗旨是精忠报国，哪能不战而退？就是流尽最后一滴血，也绝不能退缩，即使岳武院的人拼光了，岳武院的大旗也会继续飘扬！”

杨伞轻声道：“别争了，黑旗船不就是来了一支船队吗，或许真是来接管长江船队呢？敌人还没有上山，我们先跑了，那不是笑话吗？我看还是看看动静再说吧。”

凤玲坐下了，说道：“看看可以，但要做好打的准备。”

长发婆摇头道：“不行！一面监视，一面准备开溜。绝不能硬碰硬……或许，四海财君不会为难我们母女，虽说他对我们母女有救助之恩，这么多年来，我们也为他聚集了无数的财宝，他不应该赶尽杀绝……”

铁嘴华掏出烟袋，装着烟道：“我说，不管怎么说，兵来将挡，水来土掩。四海财君来了更好，是骡子是马，那就拉出去遛遛。”

众人七嘴八舌莫衷一是。但在应敌上，长发婆和凤玲意见相左、各走极端，争得面红耳赤。铁嘴华急得团团转。众人正在争论，一个护卫走进来，躬身报告：“黄山白神庄的白林、白杏等八女求见，她们已经来到大殿外。”

“她们怎么来了？净添乱！真是哪壶水不开提哪壶！”铁嘴华一蹦老高，蹿上椅子，蹲着身子喊道，“叫她们进来！”

黄山八女鱼贯而入，众人眼睛一亮，八个高挑的女孩子彩蝶似的跑到近前，嘴里叽叽喳喳叫个不停，这个叫“爷爷”，那个喊“大姐”。

白杏一闪，奔到铁嘴华跟前，说道：“爷爷，奶奶叫你回去呢！”白林转着头寻找白凤，叫道：“大姐哪？大姐！大姐！”

白杏转身，叫道：“金大哥哪？咦？怎么不见他们？”

八个花朵般的女孩来到，顿时缓和了紧张的气氛。凤玲马上安排座位，梁丫连忙斟茶倒水。梁丫的个头和黄山八女差不多，只是梁丫多了一些腼腆，少了一些英气。

白林走到铁嘴华跟前说：“奶奶想你了，叫你回去，我二哥要成亲了，定在十月初十。”铁嘴华看看长发婆，一皱眉头，说道：“你们就说我忙着呢，回不去，喜事让她看着办。你们没事别瞎跑，不知道这年头兵荒马乱吗？我说，吃了饭赶紧回家，这里就要打仗了。”

白杏的俊眼东瞅瞅西看看，问道：“我大姐呢？金大哥呢？他们怎么不在？”

凤玲看看白杏挺拔的身材、白皙的脸膛，心中生出了一股醋意，心说：“她们怎么都这样高呢，没道理！……哼！”凤玲心中不忿的同时，又想道：“长相是爹妈给的，能耐是自己练的，我就不信她们会比我强！”想到这里，心中的不快一扫而光，说道：“我们院主和白堂主打倭寇去了，过个十天半月就回来了……”

“打倭寇去了？上哪儿打倭寇去了？我们也去！嘿，杀倭寇好啊，也可见见血！”白杏打个响指，瞪着圆眼道。

“这个……”凤玲心想，她们是自己人，院主的去向要不要告诉她们？仗该打了，保密阶段过了吧？哎，让她们去给院主传个信，岂不是两全其美？就问道：“你们真的要去？”她看看铁嘴华和长发婆，说道，“你们要去，就带封信去，要快，马上就出发！”

铁嘴华巴不得她们马上就走，闻言跳下椅子，盯着白杏道：

“行！你们去吧，捎封信。他们在宁德呢，五百来里地，愿意去马上就走，后天要赶到。”

白林歪着脑袋道：“后天赶到？好家伙，一天跑二百多里，你想累死我们哪！”

“今天还有大半天呢。小三天，我看行，没事。”白杏却很兴奋，说道，“岳霞姐姐在吗？我们想见见她，见见名震华夏的天仙子……”

“好吧，你们跟我来。”凤玲招招手，带着她们走了。大殿里又开始了争论。

八女见了岳霞。岳霞唱着小曲，扭动着身子。她虽然神志不清，却依然美丽如霞。

午饭后，黄山八女走了，她们带着欢歌笑语和美好的憧憬走了。大殿里的争论已经结束，蒋忠折中了长发婆和凤玲的意见，得到了众人的认可。岳武院立即派人监视黑旗船的动向，并做好抗敌和撤离的两手准备。保卫战由蒋忠安排，撤退由长发婆指挥。凤玲虽然愤愤不平，但也遵从了众人的决定。

晚上，金戈独自来到海边。他踩着柔软的沙子，披着清冷的月光，沿着弯曲的海岸线信步而行。海水在静谧的金秋之夜涌动着白色的浪花，微风在浩瀚无垠的大海上随着波浪飘舞。金珠和银珠的面孔不时出现在眼前，刚刚轰走她们，白凤的身影又涌进脑海。金戈一挥手，喃喃道：“还是岳霞好，她从不打扰我，大战在即，你们别再添乱了。”

远处，战船上的灯火一明一灭，金戈的心里七上八下。怎么算，攻打横屿都是一场前所未有的恶仗。金戈在海滩上走着走着，忽然停住脚步，他看见一个高大的身影伫立在海水中，任凭海浪拍打着他的双腿。远处，标枪似的矗立着十几个黑影。

“南塘兄，是你吗？”金戈一声低呼。

“文杰老弟。”黑影转过身来。月光下，只见他淡黑的国字脸上闪烁着坚毅的光芒，正是戚继光。

“来人！”戚继光一叫，远处奔来几个卫兵，戚继光说道：“摆上桌椅，我要与岳院主望海长谈！”

“是！”

一阵忙碌过后，桌椅摆在沙滩上，摆在了喷着白沫的浪花上。戚继光看看金戈，说道：“转了转，有谱了吧？说吧，横屿怎么打？”金戈叹道：“怎么打都没把握，这是一块难啃的硬骨头。算来算去，下手的地方只有后龙滩的港口和前面的淤泥滩，倭寇也正在那里排兵布阵，张着口袋等着我们。”

戚继光一言不发，默默地看着大海，倾听着金戈的话。金戈道：“我们要组成奇袭队，冲过淤泥滩，尔后越过横屿的细腰，夺取后龙滩的寨墙箭台。同时，集中所有的战船冲击后龙滩海港。不过，奇袭小队的难处不小，一要战胜淤泥滩，二要战胜鳄鱼，三要攻占滩头，四要通过横屿的细腰，五要夺取要塞。上去二三百人，每处损失一些，到抢夺要塞之时，已经所剩无几……能不能夺下要塞就难说了，听说倭寇的两个狮子级武士镇守此屿？”

戚继光皱眉道：“浪武社的白狮子木春、黄狮子新野一郎。”

海风带来一股淡淡的凉凉的腥气，耳边传来海浪拍打海岸的喃喃低语。戚继光弯腰捧起几把湿漉漉的沙子，在桌子上堆成了横屿的形状。火把下，戚继光两眼炯炯放光，坚定地说：“你我的看法一致，不谋而合！奇袭淤泥滩，强攻后龙滩！同时，我们的士兵还要抱草垫道、堆物成桥，抢建淤泥滩的运兵大道。这就是我们攻岛方略，三箭齐发，二路归一。我们要组织一支三百六十人的死战队，飞夺横屿。其余的兵马分两成两路，俞大猷率百条战船强攻后龙滩，胡参将带领几千步兵抱草垫道，强渡淤泥滩。”

“好！三箭齐发，两面夹击！”金戈一握拳头，厉声道，“死战队我来带领，你坐镇指挥，让我们和倭寇决一死战！”

戚继光摇了摇头，望着大海道：“两年多来，我们和倭寇作战，屡战屡捷，每战我都有必胜的把握，可是这一次，却是胜负参半。一着不慎，就要全军覆没。可是，箭在弦上，不得不发，再大的风险也要冒。倭寇每天抓我六七位同胞喂鳄鱼，多耽搁一天，就多损失六七条人命。再说，我们久备不战，也会锐气大减。我决定，近几日就发动攻击！我准备了遗书，我死了由俞大猷接掌兵权，你要协助俞大猷完成我的遗志。见了赵文华你要退避三舍，不可正面冲突。你要留下有用之躯，写出震动天下的文章，救黎民于水火。有什么后事，你也交代下去吧。拖你下水，不会怪愚兄我吧？”

金戈坚定地说：“哪能呢，男子汉大丈夫，为国为民，死有何憾！”

戚继光站起来，面对大海，说道：“今天初四，初五动员，初六抢滩攻岛！”

金戈一挥手，叫道：“好！八月初六，与倭寇一决生死！”

戚继光转过身来，面对金戈，低声道：“明天动员三百六十人的死战队，我也要参加死战队，你不必阻拦。”

“什么？你参加死战队？”金戈一惊。

戚继光沉声道：“对！我是死战队的总指挥，你是死战队的先锋官，我们共赴生死。”

“为什么？”金戈再次惊叫，迟疑道，“你是全军主帅，岂可冒此奇险。”

“死战队奇袭淤泥滩的结果，是此役胜败的关键，士兵们伤亡的多寡也取决于此，事关重大。我在死战队里，正可鼓舞士气。我们提倡的‘同甘苦’，就要体现在这些关键地方。打仗哪有不危险的？船队攻击后龙滩，那也是死命令，他们不能依靠死战队，必须按时抢滩。强渡淤泥滩的队伍也不能懈怠，他们垫草开路，冲锋陷阵，照样是危险万分。死战队夺下隘口，那是他们的福气，攻不下来，就是用人垫，也要垫平了前后龙滩，拿下横屿！组织死战队，为的是尽量减少伤亡。三箭齐发，哪一箭都是危险万分。我在死战队里，可以激励士兵们的斗志。目的只有一个：激励斗志，众志成城，最大限度地减少伤亡！”

戚继光一席话，让金戈感到千钧重担压下来，心里沉甸甸的。

第二天，海滩上旌旗招展，一个彩门后面搭了台子，摆了一张桌子。台子前面，横放许多圆木，当作凳子。彩门的横幅上书写着四个字：英雄大会。士兵们、豪杰们乱哄哄的，潮水般涌来。金戈跳上台，朗声道：“兄弟们！静一静！静一静！现在，攻打横屿需要一批死战队队员，奇袭淤泥滩！英雄们大显身手的时刻到了，请戚继光将军明号令！”

戚继光大步走上台子，高声道：“我先谢谢诸位豪杰！为了消灭倭寇，为了保卫我们的家园，你们义无反顾前来助阵！我戚继光感谢大家！我谢谢诸位！”

啪啪啪！掌声响了起来。戚继光朗声道：“我们这次攻打横屿，困难重重，我们要横渡淤泥滩，强攻后龙滩，需要组建一支英勇无畏的死战队，奇袭淤泥滩，飞夺后龙塞！死战队需要三百六十名勇士，你们敢不敢报名？”

“敢！”喊声一片。

“好！”戚继光又道，“我写了一份奏折，叫作《敢死表》，请岳院主宣读。”

金戈上前两步，高声读道：“吾皇万岁：倭寇强占我横屿，借为跳板，掠我少女，渔我少年，凭天险而固之。今我师伐之，西为淤泥滩所阻，东为狭港所制。现计谋奇袭淤泥滩，进而夺取狭港。淤泥滩黏滞难行，且多鳄鱼，进而九死一生矣。今征召死战队员，自愿献身冲击淤泥滩，签名者均我大明之英烈也。无论成败，望我皇善待其家人也。

“死战队签名录：戚继光，岳金戈……”

戚继光道：“愿意参加死战队的，奏表上签名！来人，笔墨伺候！”

金戈道：“戚继光将军第一个签的名，他已经是死战队的队员了，岳武院不怕死的来签名！”

“我们兄弟俩！”铁铃公子喊。

“我，马大响！”

“我，李虎子！”

笑面佛道：“阿弥陀佛！少林僧兵一齐报名！”

群情激荡，要签名的士兵和豪杰蜂拥向前。有几个壮年渔民手持鱼叉，也要签名，被阻止了。这时候，一个虎头虎脑的半大小子跑过来，老远就喊：“我报名！我报名！”

戚继光抬起头来，诧异地问道：“小印，你怎么来了？家里好吧？”

“爹，奶奶接到你的来信，知道你要打大仗了。我来参战，助父亲一臂之力……”

父子俩手拉手，嘀嘀咕咕说起话来。金戈见这半大小子长得很像戚继光，方脸盘上镶嵌着一双葡萄似的黑眼睛，鼻子小巧挺拔，嘴角上挂着一层淡淡的绒毛。戚继光拉着这半大小子走过来，说道：“这是你金叔叔，金戈金文杰，岳武院院主。”又一指身边的半大小子，笑着说：“这是我儿子戚印。”接着对戚印说道：“你不是喜欢练拳脚吗？打下横屿后你就上岳武院，跟着你金叔学岳武拳，那可是天下第一拳法。”

“太好了，金大哥，我现在就跟着你，进死战队……”

戚继光道：“叫叔……”

“哎，我们单论吧。”金戈看着戚印道，“你才多大呀，还是观战吧。”

“我十六啦，不小了，我……要进死战队！”

戚继光道：“也行，不过你不要和豪杰们在一起。你进我的卫队，以一个士兵的身份去报名。要进死战队，就要准备死战到底。去那边，先去报备吧。”

金戈领着戚印报了名，看了看花名册，见群豪大部分都签了名。

戚继光带着众位首领走进大帐，观看敢死表，清查名单。看过近千人的大名单，戚继光决定组建三个哨队，金戈带一个哨队，笑面佛带一个哨队，罗仁杰带一个哨队。每个哨队一百零八人，组成九个鸳鸯阵。金戈、笑面佛和罗仁杰负责审查豪杰名单。他们把金珠、银珠两个女孩划掉，又勾掉傻蛋和练武堂几十个岁数较小的武徒，岳武院留下了六十人，组成五个鸳鸯阵。少林僧兵留了六十人，组成五个鸳鸯阵。多出几个僧兵去了另一哨。罗仁杰在余下的门派中挑选了五十多人，加上几个少林僧兵，组成了五个鸳鸯阵。过了一会儿，戚继光和俞大猷、胡守仁也确定了十二个士兵鸳鸯阵的名单，四阵一组，分别加入三个哨队，并指定了副哨长。这都是一些身经百战的老兵，只有戚印是个例外，但他也有着十年苦练的基础。以岳武院为主的死战队为中哨，金戈带领。以少林僧兵为主的死战队为左哨，罗仁杰带着武当派、神鞭门等人为右哨。按照戚继光的要求，每哨分成九个鸳鸯阵，每阵十二人。戚继光在中哨坐镇。死战队的先锋官是金戈，总指挥是戚继光。

四十二　飞夺横屿

死战队员集合了，重新在奏章上签了名。金戈看了看戚继光，忽然道：“我想做几个三人乘的划子，前面开道。比如，我和仁义双雄三人乘一个划子，他们二人负责滑泥，我在前面镖打鳄鱼。”

罗仁杰道：“鳄鱼满身污泥，怕是不好分辨吧？”

笑面佛道：“阿弥陀佛，此计甚妙！见动静就射杀，射错了又当如何！”

戚继光听后笑道：“好啊！弄几个‘三人划’前面开道，斩杀鳄鱼，我看值得一试。”

金戈斜了一下身子，比划着道：“‘三人划’蛇行而进，见动静就杀，多备毒镖毒箭。另外，人人准备淬毒的匕首，以防不测。我找木工连夜赶制‘三人划’，先做一个试试，这只是个想法，行不行尚在两可之间。”

戚继光双眼放光，说道：“行，我知道你爱搞些小创造，什么单刃枪、四轮车，不断标新立异，好！你赶紧画图，我马上召集木匠师傅，连夜赶制，还有，你写个方子，我派人购买毒药。”

笑面佛竖掌道："阿弥陀佛，善哉！"

金戈回到东齐庄，进屋就找笔墨。金珠和银珠看见金戈翻箱倒柜，不知原因，赶紧过来帮忙。黄纸铺好，金珠、银珠二人分别按住黄纸的四个角，瞪着眼看着举笔沉吟的金戈。

"院主，戚将军的卫士求见！"毛四的声音传进来。金戈朗声道："让人进来吧！"

吱扭一声，木门打开，两个戎装的士兵走进屋子。金戈看了一眼精神抖擞的两名士兵，说道："请稍候片刻。"说罢，金戈唰唰几笔，写好毒药方子，递给一个士兵，道："近处怕是没有多少，可找老乡帮忙捕些毒蛇，辛苦二位了。"

"不敢，在下告辞。"士兵接过药方，抱拳行礼。金戈看见，一个士兵临走之前，还偷偷看了金珠、银珠一眼。金戈一笑，却听金珠低声道："买毒药干什么？下毒？"金戈笑道："淬毒药镖，射杀鳄鱼。那东西皮糙肉厚，小小的凤尾镖怕是杀不死它，用毒药镖连毒带打，它就完了。"

银珠娇声道："呀，一说鳄鱼，我就浑身起鸡皮疙瘩，恶心。"

金戈低下头，盯着桌子上的黄纸，心不在焉地说道："是吗？"

金珠又问："听说不让我们进死战队了，为什么？"金戈笑道："死战队用不了那么多人，而且，你们是船上的高手，正可协助俞大猷指挥战船。凌空击鼓是你们的绝技，正好来个'双珠仙子擂鼓战横屿'！"

银珠噘着嘴道："船队有大鼓吗？黑旗船又没来！"金戈对金珠、银珠笑笑，说道："你们去找俞大猷，让他给你们弄两面大鼓，他肯定有办法。哎，怎么一天没见白凤呢？怎么，她还醉着？"金珠嘟囔道："你看看去吧，我们可不敢去叫她，酸死了！"

金戈放下手中的毛笔，拧着眉头道："我去看看。"

金戈走进白凤的屋子，见白凤侧身睡在床上，九弟坐在床边正在打盹。九弟听见响动，抬起头来。金戈看着迷迷糊糊的九弟道：“你在这儿呢，好。”九弟点头道：“是。”

金戈来到床头，轻轻掀起白凤的被子，推了推白凤，柔声道：“起来吧，哪儿来那么大的气呀，起来，该吃饭了。”

白凤侧身，呼地一拉被子，蒙住了头。她拉被子的劲太大了，被子蒙住了头，却露出了一段雪白的小腿。金戈把被子往下拉了拉，盖住白凤的腿，接着坐下来，说了好多好话，也不见白凤吭声。这时，门外传来银珠的喊声：“院主，木匠师傅来了，他们要图纸呢。”

金戈站起来，看了看九弟，说道：“九弟，你好好照顾她，等会儿弄点吃的，我有事要忙。”九弟无精打采地说道：“好吧。”

金戈和两个木匠师傅打个招呼，立即摊开黄纸。金珠和银珠已经泡好了茶，先给木匠师傅端去两碗，又在桌子上放了一碗，然后按住了黄纸。金戈边想边画，一会儿黄纸上出现一张划子图。画完一张，金戈又画第二张。这时朗文协理敲敲门走进来，他看了看金珠和银珠，迟疑道：“院主，我、我……”

金戈抬起头，见朗文目光游移不定，说道：“朗协理来了，坐，有话请讲。”

朗文走到桌子旁，往外拉了一下凳子，弯腰欲坐，屁股刚挨上凳子又站起来。他搓搓手，拉拉衣角，踌躇着上前两步，说道：“院主，我怕那些鳄鱼，所以没敢签名。我、我并不是怕死，我跟着胡参将他们，抱草开道，攻击淤泥滩，可以吧？”

金戈抬起头来，正色道：“我们岳武院来了三百来人，要求加入死战队的，有两百三十多个，没签名的不到三分之一，很不错了。按说一个人签不签名没关系。但是，你是岳武院的十三精英之一，高举着精忠报国的大旗，你不签名就说不过去了。你怕鳄鱼，谁不怕？金珠不怕，还是银珠不怕？行了，事情已经这样。你和不参加死战队的武徒们，都跟着金珠、银珠两位堂主，去找俞大猷，参加海战。”

“是……”朗文唯唯诺诺，走了出去。

武夷山岳武院家庙里，凤玲将猎人支走后，把金箱子一个个运进密洞。她在洞中跑来跑去，想把金箱子安排在一个稳妥的地方，急得满头大汗。

消息堂客厅里，长发婆两眼发直，呆呆坐着。铁嘴华走来，一屁股坐在椅子上，端起桌子上的茶碗，咕咚咕咚灌了几口茶水，瞪着眼说道：“大敌当前，管不了那么多啦，我把黄山白神掌一丝不留地传给你。临阵磨枪，不快也光！”

“不用！”长发婆冷冷说道，“白大侠没事请回。孤男寡女，少让别人说闲话！”

铁嘴华起身来捉长发婆的手，长发婆手臂抬起，怒道：“请你自重！”铁嘴华激动了，躬下身子说：“英子，你还不原谅我吗？你要我怎样你才明白，我是下定决心，永远不离开你了？”

长发婆柳眉上挑，叫道：“你敢明媒正娶吗？”铁嘴华钢牙紧咬，吐气开声：“当然敢！”

长发婆嘴一撇，轻蔑道：“嘿！你做得了主吗？畏妻如虎的草包软蛋！”

“我做主，我发誓！”铁嘴华站起来，高举着右手，恨恨地说。

长发婆道：“那好！你写封休书，让我送到白神庄！”

“你送去？”铁嘴华大惊，“她不活劈了你？”

“这不劳你操心，我要报分娩之夜被赶出家门之仇！”

“你不是她的对手。说实在的，我也不是她的对手。黄山白神庄的白神掌，老太婆练得得心应手，我苦苦追赶，仍是屡战屡败，我说……”

长发婆眼睛瞪圆，说道：“我不怕，黄山白神庄虽是‘四大高山’

之一，岳武院却是四山之首，更在其上。黄山白神庄，四山之末也，神气什么？我和我的女儿女婿同去，还怕她那个妖婆？”

“女婿？金戈？他也是白凤的男人呀？他怎么能向白神庄伸手呢，你把他夹在中间，岂不让他为难？”

“哼！我两个如花的女儿还顶不上你一个臭孙女？”

“金珠和银珠也是我的女儿呀？乱了！乱了！”铁嘴华和长发婆争论着。

密洞深处，火把照见一个小洞。小洞在石壁的上部，凤玲拿来一个凳子，站上去看了看，拿铁锨修理起来。过了一会儿，凤玲把一箱箱的金子搬上去，又把剩下的几支藤蛟枪塞进洞里。四更过后，凤玲封死了洞口，又小心翼翼弥合好石缝。举着火把看去，一点痕迹都没有。凤玲嘴一张，露出了调皮的小虎牙，带着泥土和灰尘的脸蛋上荡起了灿烂的笑容。凤玲用手背擦了把汗，拉着凳子出了密洞。走到密洞外，凤玲点燃了一束香，插在香炉上，朝岳王爷的神像磕几个头，祷告一番，然后拖着疲惫的身子走出家庙。

此时，蒋忠还没睡，他正在屋子当中练功。他拧着眉，咬着牙，练得汗流浃背。终于，他身子左一探右一晃蹿出去了，虽说晃动的幅度不够大，也是大喜过望。站稳脚步后道:“该我蒋忠说道说道了，武林将要升起一颗灿烂新星，那就是我蒋忠蒋门神！哈哈！哈哈！最起码，我也是天下第二了。这也是该着我有福。任金戈做梦也不会知道我出身杂耍班子，自幼练习柔功，什么‘六步摇柳’，我一看就会。他也不会想到，我得到石壁秘诀就像看天书一样看得头大如斗，始终不明所以，但是，阴阳魔却把岳霞吓疯了，她整天念叨:‘一四七，看偶奇；二五八，看字凹……’再对照第二阶岳武功细看，竟然别有洞天，令我幡然醒悟。嘿！当真天助我也！岳金戈，对不起了，我也要练成‘八步赶蝉功’了，我就要练成第三阶岳武功了！哈哈，撑死胆大的，饿死胆小的。我要冒险，我要一鸣惊人，我要打遍天下无敌手！胆小不得将军做！只有敢于冒险，才能出人头地！”

蒋忠闪着精光的黑眼睛看了看黑漆漆的窗户，拿起一块布片，仔细阅读起来。

清晨，当第一抹阳光照亮大地的时候，“三人划”做好了。金戈和铁扇公子、铁铃公子三人，抬着崭新的散发着木头香气的“三人划”来到淤泥滩。他们喊了声：“一二三！”滑离了岸边。“三人划”的底座是两块翘起的薄木板，木板上镶嵌了两把椅子似的座架，铁扇公子和铁铃公子坐在座架上，奋力摇动着两支划杆，金戈站在前面踏板上。“三人划”在淤泥滩里穿来滑去，金戈不断挥动双手，左右开弓，做着发射凤尾镖的动作。练习滑泥的死战队员们纷纷驻足观看，指指点点，一时议论纷纷。

戚继光走近，俞大猷和胡守仁也大步赶来。金戈立即指挥“三人划”滑过来。戚继光脸上洋溢着笑容，满怀希望地问道：“成了吗？行吗？”

金戈点点头，说道：“快了，但还要改进，方向难以控制，牢固度也不够，榫卯处已经开了缝。另外，这东西要靠速度起步，慢了就会扎到淤泥里，要在栈桥上修个滑道才行，托板可以再短点、再宽点，以提高它的灵活性。总之，这个东西或许能行！”

俞大猷大笑，叫道：“好！真有你的！不愧是大明骄子，哈哈……”

“大明骄子！大明骄子！”死战队队员们拥来，举手欢呼。戚继光笑道：“好，那就马上改进！多做点，弄他五六个，给鳄鱼来个一勺烩！”

俞大猷一摆手，说道：“鳄鱼可要留几条，咱们在横屿岛上还要大排筵宴，吃鳄鱼、喝老酒，欢庆胜利！”

金戈看看几个木匠，说道：“师傅们，咱们走吧，做新划子去！”

木工师傅们呼啦跑过来，七手八脚地把“三人划”拉上岸。木匠师傅们一夜没合眼，可是，他们的情绪依然高涨。

金戈回到大帐，金珠、银珠端来饭菜。屋里没有白凤，金戈问道：“怎么，她还没起床吗？”金珠道：“起来了，你去请吧，你不请她怎么来？”银珠道：“看她的醋劲，请也白请！”

金戈皱了皱眉头，说道：“我吃点东西马上就干活，我去喊一声，不来拉倒，什么时候了，我可没工夫跟她泡蘑菇。”

金戈说着走出屋，进了白凤的房间一看，白凤醉眼蒙眬，桌子上摆着好几个酒坛子。金戈腾地火了，怒道：“都什么时候了，你还胡闹？明天就要攻打横屿了，岳武院一百多人进了死战队，我正钻研‘三人划’呢，可没工夫管你。你自己看着办吧，等你醒了酒，或许永远都见不到我了！”

“见不到……更省心，见不到……更好……嘿嘿……”说着说着，白凤又歪倒了。金戈一甩袖子走出去。

“没事吧？”金珠看见走进来的金戈脸色不好，小声问了一句。金戈坐在饭桌前，端起饭碗，拨了半碟子菜，搅拌几下，张嘴就吃，片刻间一碗米饭下了肚。饭碗一推，他站起来说道：“我去木工棚，有事你们到那里去找我。”

三个新的“三人划”完工后，滑道也做好了。三个“三人划”依次滑下滑道，在淤泥滩上飞驰起来。豪杰中几个大师级的人物亲自驾驭“三人划”，在这浮桥围成的淤泥圈里，滑来荡去。到了下午，他们掌握了“三人划”的滑行要领，三个“三人划”如飞似箭，游弋淤泥中。死战队的队员们看见，无不拍手称快。他们喊着叫着，也加紧了滑泥练习。一时间，封闭的淤泥滩圈里，“三人划”飞奔，“单人划”疾驰，宛如到了溜冰场。傍晚，当惨叫声再次响起的时候，淤泥圈子里也响起了一声惨叫，金戈的“三人划”飞驰而去，射死了一条偷偷溜进来的鳄鱼，救起了受伤的队员。霎时，死战队员们沉默了。

乡亲们送柴草来了，大车小辆缕缕行行，溪水般流向海滩。

八月初六深夜，凉风习习。丝绒般的黑色夜幕上挂着无数眨着眼睛的繁星，俯视着苍茫大地。三百六十名死战队员身穿黑色衣服，鱼贯来到淤泥滩，走到了浮桥顶端。顶盔掼甲的戚继光大手一挥，喊道：“出发！”

金戈、铁铃公子和铁扇公子的“三人划”从中间的滑道上滑了出去，眨眼间消失在淡淡的月光里。笑面佛、黑脸佛和八大金刚之一组成的“三人划”从左滑道上滑出去了，黑剑罗仁杰、铁手佛、神鞭赵旭的“三人划”从右侧的滑道上滑出去了。接着，三个滑道上的“单人划”也一个个投到了夜色中。队员们滑出去一半，戚继光也踏着滑板冲向了泛着泡沫的黑色淤泥，片刻之后，浮桥上的黑影全部消失了。接着，胡守仁参将带领的稻草队扑上来，忙着铺草垫路。成捆成垛的柴草填在淤泥里，无数门板柜片铺在柴草上。五尺宽的柴草路迅速向前延伸，直奔横屿。这时，俞大猷带领的船队正在横屿右侧的海面上乘风破浪，向后龙滩飞驰。金珠和银珠英姿飒爽地站在船楼上。黑色的战船，黑色的披风，无声地航行在黑色的波浪中。金珠转头眺望，岸上的灯火依然，死战队已经不见了。银珠双手合十，祷告道：“苍天啊，保佑我大明的勇士吧，让他们一帆风顺，径情直遂！”

金戈伫立在一个“三人划”的前端，弯腰挥臂，长镖雨点般落在淤泥滩里。只要看见疑似鳄鱼的黑影，长镖就射过去。左面，笑面佛的长镖一撒一片。右面，黑剑罗仁杰的长镖一甩一串。霎时，淤泥滩上翻江倒海，黑色的污泥振荡起来，不时有乌血流出。前面三个“三人划”飞镖开道，后面三个哨队如影随形，他们无声无息，像

三条黑色的巨蟒破浪乘风。

突然，砰的一声，金戈的“三人划”一震，金戈一跤跌了出去，危机中，金戈左手一挥，腾空而起，接着一个“鹞子翻身”，唰的一声，斜着身子滑了出去。原来，金戈的脚上还绑着一层三尺长的短划子，以备出险，还真的用上了。金戈躬身低首，看见一个黑影陷进淤泥中。黑影挣扎，两只手拍打着淤泥。金戈看见了他背上闪着乌光的铁铃，惊道：“不好，是铁铃公子！”这时，铁铃公子只剩下了一只手和一个头了，他绝望地看着滑回来的金戈。金戈一蹲身子，一把抓住铁铃公子背上的铁铃把，奋力一拉，低吼一声：“接着！”把铁铃公子甩向划回来的铁扇公子。可是，他这一拉，左脚带着三尺划板陷进了淤泥，金戈奋力一拔，左脚拔出半截，可右脚又陷了进去。这时，金戈看见一个“单人划”也撞上硬物，划子上的黑影啊了一声，摔在淤泥中。金戈大喊：“小心礁石！这里有暗礁，躲开这里！”这时，左边也砰的一响，有人撞上了硬物。金戈挣扎着，转眼之间，淤泥淹没了他的腰。金戈想横躺下来，可是一股巨大的吸力使他力不从心。这时，仁义双雄的“三人划”又转回来，满身污泥的铁铃公子伸出手来，要拉金戈。金戈的思绪飞转，他知道他们救不了他，还会带翻了“三人划”，厉声道：“不用管我，你们赶紧走！”说着身子向后一仰，躲开了铁扇公子的手。“三人划”嗖的一声滑过去。金戈看见了铁扇公子绝望的神色，听见铁铃公子焦急的低呼。完了，再见吧，兄弟们！金戈低声吼道：“精忠报国！文死谏，武死战！”

淤泥淹没了金戈的胸膛，淹没了脖子。忽然，朦胧间，一个黑乎乎的东西一跃而至，一个一尺多长的血盆大口钳子一样咬向金戈的头。“是鳄鱼！”金戈一声大叫，仰头挥手，啪的一声，手掌拍中鳄鱼的上颚。金戈的身子呼的一声拔起半人高，接着，金戈左手一按鳄鱼脊背，噌地拔出淤泥。接着，金戈双脚在鳄鱼背上用力一点，身子腾空而起。

“好，这个，好……”仁义双雄的“三人划”又滑回来，铁扇公子看到金戈飞出淤泥，喜急而呼，竟然不怎么结巴了。金戈不能跃过去，万一砸偏了划子，三人都有危险，他在空中一个旋折，已经看清了落脚点，就是那个绊人的硬物。金戈双手振起，提起十二分的功力，向那个硬物扑去。扑通一声，金戈再次掉进淤泥。他双手急忙划拉，手指碰到硬物，立即一抓一按，哧溜一声蹿上硬物。

又一声惊呼传来，旁边又有人撞在硬物上，跌了出去。金戈蹲下身子一摸，发现是个檩条粗的木桩，金戈明白了，这是倭寇打的暗桩。那条被金戈击打过的鳄鱼张着血盆大嘴扑过来，金戈手臂挥动，噗噗两声，两枚凤尾镖射进它的头颅。金戈叫道：“谢谢你，救命的鳄鱼！”金戈死里逃生，兴奋万分，大声叫道：“小心暗桩！往两边过！”

铁扇公子抛来一副短划子，挥手远去了。黑影们渐渐远去，金戈急忙套上短划子，用力一蹬，飞驰而去。

岸上，倭寇已经惊觉，急促的锣声响起来。一队黑影冲进营盘，霎时间刀光剑影，血肉纷飞。一座高高耸立的木架岗楼上，锣声当当。金戈飞步赶来，抖手一扬，接着呼的一声跃上岗楼。岗楼里有两个倭寇，一个正在拼命敲锣，一个正在拉弓放箭。他们忽然看见一个泥人出现在面前。泥人东一掌，西一拳，当啷一声，铜锣落地，呼的一声，倭寇跌出岗楼。金戈抖抖身上的污泥，收回天龙爪，一跃而下。队伍正在集合，金戈大步赶来。戚继光看了一眼披着一身臭泥的金戈，低声道：“出发！”

金戈带着死战队跑步前进。他们走弧线，避开了倭寇总部，直扑后龙滩隘口。途中，他们看见一队倭寇高举着火把，奔向了淤泥滩。

月光如霜，草叶上的露珠光华闪闪。脚步沙沙，一串黑影在树影间跳跃穿梭。

忽然，金戈站住了。他挥挥手，黑影继续向前奔去。戚继光到来，金戈随着戚继光的脚步奔行向前，同时低声道：“我带几个人先行一步，直扑左侧寨墙，中哨就交给副哨长了，请你督促大队后面跟进。”

戚继光看了一眼黑乎乎的金戈，低声道：“好！你去吧！”

“好，寨墙见！”说罢，金戈迈开大长腿，快速向前奔去。金戈追上仁义双雄、马大响和虎子等人，低声道：“二位护法和马堂主随我先行！李堂主，你随陈副哨长，带领中哨人马随后跟进！我们走！”

“好！”四个人立刻飞奔向前。晨曦中，四人犹如四颗陨落的流星，一闪而逝。

后龙滩灯火通明。寨墙上、箭台上人影幢幢，呼喝之声此起彼伏。金戈来到弧形寨墙的左端，三蹿两跃，狸猫似的飘落寨墙上。一个倭寇看见泥人似的金戈突然出现面前，吃了一惊，抱着柳条刀问道：“你的，什么的干活？”金戈没有答话，手起枪落，一颗留着短髻的头颅滚下寨墙。接着，铁铃公子、铁扇公子和马大响攀登上来，兵刃使开，乒乒乓乓，顿时寨墙上死尸翻滚，鲜血飞扬。

一袋烟的工夫，金戈他们占领了几十丈长的一段寨墙，夺下了一座箭台。守卫箭台和寨墙的倭寇稀里糊涂地丢了性命。一来金戈、马大响和仁义双雄的武功太高了，杀这些普通倭寇就像切瓜砍菜；二来这些倭寇闻警戒备，不知道发生了什么事，正伸长了脖子望着海面，没有注意身后。海面上黑乎乎一片，隐约可闻战船的破浪声。死战队员们陆续赶到，虎子和陈哨长带着中哨死战队登上了寨墙。这时，倭寇们清醒过来，寨墙上锣声一片。金戈单刃枪一指，大吼一声：“杀！”霎时间，锣声、喊声、兵刃撞击声响成一片。金戈等人如同一群下山的猛虎，向前扑去，片刻间推进了十几丈，又夺下两座箭台。这时候，倭寇的大队人马扑来，他们高举着倭刀，哇哇暴叫，狼群似的一拥而上。一个死战队员跑来，喊道："戚将军命令中哨停止进攻，坚守阵地，保卫箭台！"

不一会儿，又一道号令传来："左哨阻断反攻，右哨死守甬道，中哨使用倭寇的火箭箱、掷石车，攻击倭寇的箭台寨墙！"

海面上，传来了战鼓声。死战队员精神一振，有人喊："我们的船队到了，俞大将军到了，杀呀！"咕噜噜，咚！咕噜噜，咚！战鼓声如春雷炸响，如秋潮滚动。

战船上的火铳开火了，海面上火光闪动，嗵！嗵！嗵！……

倭寇们开始攻击战船，一个个火箭箱被点燃，哧溜哧溜的破空声此起彼伏，上万支火箭飞蝗似的飞向了海面。掷石车也开始发威，斗大的石头从掷石车上飞了出去，冰雹似的砸向战船。海面上传来咕咚声和咣当声，升起了无数鸡腿蘑似的水柱。中哨的死战队行动起来，用火箭和石块攻击敌人的炮台，一时间寨墙上杀声四起。鼓声、喊声、射箭声、掷石声由缓而疾，如狂风席卷大地，如万马奔腾草原。戚家军将士们在怒吼，倭寇在咆哮，石雨在倾盆，箭雨在飞溅……整个后龙滩开了锅似的沸腾了。几架掷石车着了火，烈焰蒸腾；数十个火箭箱被点燃了，哧溜哧溜之声大作，火箭闪电似的喷发；轰隆一声，一段寨墙坍塌了……

"精忠报国，文死谏，武死战！"戚继光站在箭台上，三角令旗有力地挥舞着，撕裂着空气。倭寇乱了，没头苍蝇似的东逃西窜。由戚继光指挥的中哨死战队越战越勇，他们喊着号子发射掷石，他们抬着火箭箱喷发火箭："精忠报国呀嗨哟嗨！文死谏嗨哟嗨！武死战呀嗨哟嗨！"

东方露出了鱼肚白，月亮仍挂在高空，恋恋不舍地看着这场激烈的战斗，听着激越的战鼓，看着冲天的火光，闻着弥天的血腥。

"嗨哟！嗨哟！精忠报国呀嗨哟嗨！嗨哟！文死谏呀嗨哟嗨！

嗨哟！武死战呀嗨哟嗨，嗨哟……精忠报国呀嗨哟嗨……嗨哟！嗨哟！”海面上号子声声。

金戈杀了一个倭寇，抬眼望去，只见数十只战船靠了岸。居中的铁皮战船上站着手持镔铁齐眉棍的俞大猷将军，他手里握着一面三角令旗，正使劲挥舞。士兵们潮水般扑向海滩，蚂蚁一样急慌慌地向上攀爬。铁皮战船两侧有两艘高大的苍山船，甲板上各自架着一面巨鼓，八个光膀子的大汉擂着鼓。金珠和银珠分别站在两面大鼓上，她们蹦着，跳着，喊着。海港里千帆竞渡，海滩上万人飞扑。突然，冲在前面的鸳鸯阵呼啦一下散开了，犹如天女散花，变成了无数个密密麻麻的三人小阵。三人组成的三角形小阵犹如蜂群，嗡嗡叫着飞向寨墙。

戚继光大叫：“陈濠！你来指挥，攻击还在冒火的箭台！我助俞将军一臂之力！”说罢，戚继光把令旗交给陈副哨长，回手摘下盘龙铁臂弓。戚继光抽出利箭，弓开满月，嘚喽一声，一支利箭带着尖锐的呼啸，犹如一道流星奔向远方。利箭飞上近前的箭台，噗的一声钉在一个秃头倭寇的脑门上。中箭的倭寇撇下指挥刀，滚下了箭台。接着，戚继光又嗖嗖嗖三箭，射倒了一个推动火箭车的倭寇。再远点的箭台上，一个倭寇点燃了一个火箭箱，两个倭寇转动车架，瞄准了苍山船。这时戚继光大叫一声：“双箭并蒂莲！”两支利箭并肩摇曳而去，噗噗两声，同时钻进两个倭寇的胸膛。一个倭寇扔掉火把，翻身倒地，另一个倭寇撒手车把，火箭车前倾翻倒，带着火苗骨碌碌翻落甬道，砰的一声炸响了。

金珠和银珠冲到海滩上，看见开弓放箭的戚继光，大叫道：“铁臂神弓戚继光！铁臂神弓戚继光！”

戚继光抬头望月，嘚喽一声，一支利箭飞向高空，这一箭破空之声竟然呼啸震耳，利箭呜呜叫着，噗的一声，将倭寇的兽面旗射了下来。冲锋的将士们顿时精神大振：“冲啊……冲啊……”

一个白胖子倭寇舞动着雪亮的战刀，扑上了寨墙。几个截击他的死战队员被腰斩，他犹如一头发疯的狮子，睁着血红的双眼向箭台扑来。

“我去支援，你们守住箭台！”金戈喊罢一跃而起。金戈就像一头猎豹，三蹿两跃，来到寨墙入口前，抬手就是一串凤尾镖。白胖子倭寇一摆倭刀，荡起一片白光，啪啪啪，打得凤尾镖四散纷飞。他脚步不停，冲到箭台上，砍翻一个抱着药筒的士兵，又奔向一个举着火把的士兵。金戈大吼一声，单刃枪荡起一道惊虹，一跃而至。呛啷一声，火花飞溅。白胖子倭寇手捧倭刀，噔噔连退几步，他歪着头看了看金戈，生硬地说道：“岳院主，岳金戈？”

“正是！你是白狮子还是黄狮子？”

“白！”他说着，嗷的一声，抡刀就剁。白狮子用的是一把名贵的野太刀，三尺长的刀把上镶金嵌玉，六尺长的刀身通体雪白，刀刃精光闪射，寒气森森。金戈虎目圆睁，单刃枪微微一颤，“毒蛇出洞”，呼的一声，一道黑光直指白狮子心口。白狮子身子摆动，长刀横飞，嗖的一声，竟然扫向金戈的小腹。这是以攻破攻的打法，只要你一接招，他的长刀就会源源不断攻来；你不接招，就会两败俱伤。

金戈一个“鲤鱼打挺”腾空而起，单刃枪方向不改，双臂暴长，噗的一声，刺破了白狮子的肩胛。同时，白狮子的长刀贴着金戈的肚皮掠过，削去了金戈身上的一层黑泥。

“好刀法！”金戈大叫一声，单刃枪闪烁，两人大战在一起。白狮子的长刀白光缭绕，冷气森森。金戈的单刃枪黑光闪烁，寒风蚀骨。一黑一白两种寒芒交错穿梭，纵横飞掠。

白狮子回身一刀，似闪电裂空。金戈大吼一声：“天地八八枪！”再看金戈，身形晃动，直刀吞吐，一枪快似一枪，一枪紧似一枪，枪枪惊虹，枪枪闪电。单刃枪画出了一道道彩虹，荡起一片片霞光。

呛啷一声，回声震耳，两人停住手，都半蹲着身子盯着对方，就像是两头伺机而起的猎豹。

这时，堵在甬路前的右哨死战队又损失了两个鸳鸯阵，只有三四十人还在坚守阵地。他们就像钉子一样钉在甬路前。罗仁杰带领的鸳鸯阵已被冲散，豪杰们各自为战，只见星星点点的黑衣人在刀光剑影中闪动。鲜血飞扬，海风怒吼，火光冲天，吼声惊天动地。

“精忠报国，武死战！”嘶哑的吼叫再次减弱。右哨的死战队员们，知道殉国的时刻到来了，他们发疯似的拼杀着。铁笔秀才已经殒落，神鞭赵旭也受伤倒地。

“院主，你把这个倭寇交给我，快拿凤尾镖，快去支援右哨队！”马大响见状不妙，跑过来支援。

“好，白狮子交给你了，你挡住他就行，不必硬拼，岳金戈去也！”金戈撤步抽身，双脚一顿，人如灰鹤凌空，右手一翻，一把凤尾镖撒了出去。“凤尾镖——”随着金戈的吼声，三四个倭寇跌倒了。接着，金戈又是一声大吼：“旋风连三斩！”三个光盘扫过后，一阵凄厉的惨号响起。倭寇太多了，他们像滚滚的黄沙，像密集的黄蜂，冲向六尺宽的石阶甬道。

晨光照亮了大地，照亮了鲜血飞溅的战场。甬道前，戚家军的八个鸳鸯阵只剩下了三个，就是这仅存的三个鸳鸯阵也残缺不全了。但是，这三个鸳鸯阵一步不退，死死地堵在甬道入口前。金戈飞身扑到，单刃枪呜呜叫着，冲进倭寇的洪流中。金戈看见，铁胳膊郑振廷、黑剑罗仁杰和刀杰杨帆三人正在墙角旁和十几个倭寇杀得难解难分。算盘秀才常方圆已经受伤，瘫倒在寨墙边上，枪杰陈子銮等人也是满脸鲜血。

这时，俞大猷来到寨墙下，抡起镔铁齐眉棍，对准一根碗口粗的柱子砸下去，同时口中大吼一声：“断！”咔嚓一声，柱子断了，轰隆一声，寨墙坍塌，石块夹杂着灰尘淹没了俞大猷和身旁的两个士兵。灰尘还未散开，俞大猷抖着肩膀从灰尘中冒出来，而他身旁的士兵已被砸得血肉模糊。俞大猷的左脚被石块砸中，疼得他龇牙咧嘴。铃铛大眼一瞪，吼道：“冲！”俞大猷真不愧“榆木头”绰号，他拄着铁棒，单脚跳着，踏着碎石，疯了似的向寨墙冲去。

“好！上来了！勇士们，快去接应俞将军，杀呀！”戚继光一声令下，中哨死战队员顺着寨墙向前扑去。戚继光回身再望，看见马大响已经退到寨墙边上，白狮子还在招招进击。戚继光脸色一变，立即回手一抓，一支雕翎箭也没抓到，箭壶空了。戚继光立即长弓上背，呛啷一声，宝剑拔出来。戚继光一个虎跳，奔向了马大响，同时喊道：“戚继光来也！”宝剑一挥，当的一声架住了白狮子一刀。接着只听得当当当几声连响，白狮子挡住了戚继光四剑，拨开了马大响三枪。“杀！”戚继光一声怒吼，宝剑上下翻飞，嗖嗖作响。马大响红缨枪不住地伸缩，呼呼带声。两人双战白狮子。这时，俞大猷的大队人马冲过来，白狮子一看不好，嗷的一声怪叫，跳下寨墙就跑。攻击甬道的倭寇看见白狮子跑了，立即潮水般退去。

东方的天空出现一片红色的朝晖，就像绽开了一朵艳丽的玫瑰。涓涓血水从木制的寨墙上滴下，从坍塌的箭台上淌下，从燃烧的战船上流下。血水顺着木桩，顺着砖石，顺着野草的茎，滴滴答答流入干涸的沙石中。沙石上留下了一片片暗红的血渍。

天边的玫瑰花似的云朵更红了，红得发紫，好像鲜血染成。

甬道前，伤号压着伤号，死人摞着死人，堆成了小山。戚继光走过去，看着站在甬道上浑身是血的戚印，目光凌厉起来：“你，你竟敢退上甬道？”

血人一样的年轻士兵嘴角哆嗦了一下，捂着失去衣袖和半片肉的小臂，颤声道：“打蒙了，打急了，听见有人喊退，不知不觉退上了甬道，我和他们一起……”

“陈松他们几人为什么不退？都是士兵，他们宁可战死不退，你为什么退？这几位豪杰不懂规矩也罢了，可你是士兵！你不知道军纪是退后者斩吗？”

“我，我错了……”

“捆起来，问斩！”戚继光脸色铁青，虎目含威。

金戈连忙把站在戚印身旁的云南滇池五拳门的门主卓亮叫过来询问，这是一个消瘦的中年汉子。原来，看到几个倭寇冲破了阻挡，卓门主喊了一声退，带着两个门人退上了甬道，戚印不明就里，也稀里糊涂跟着退了上去。

戚印扑通一声跪倒在地，鲜血四溅，在身外洒成了一个血圈：“父亲，我错了，愿接受处置！来世我们再做父子……把我埋浅点，好让奶奶看见我。”

戚继光道：“你去吧，你的死，会给公赏罚增光，会换来无数士兵的生！”

戚印高喊：“文死谏，武死战！”

“斩！”戚继光大吼了一声，虎着脸转过身去，嘴角哆嗦着，泪如泉涌。从蹒跚学步咿呀学语，到坐在自己肩上一挺一挺地哇哇大叫，再到手把手教导武功，孩子的成长历程一幕幕浮现眼前，那天真的笑容、甜甜的话语、被教训后的“我错了”憨憨神态……可是，儿子弱弱的“我错了”这句话，还能再听到吗？

戚继光身边的两个护卫迟疑了一下，还是奔过去，一刀斩下去。金戈想要阻拦，为时已晚，一颗带血的人头已经滚落在地，鲜血喷泉似的突突从脖腔子里冒出来。满身是伤的年轻又单薄的身子缓缓软倒了。

“戚印！”护卫长凄厉地嘶喊了一声，跪倒在地，爬着喊着，“他才十六岁呀……他才十六岁呀，将军不该让他参加死战队呀……”

咯嘣一声，戚继光手中的宝剑被掰断了，鲜血顺着戚继光的大手滴答下来。金戈走上前去，把头发散乱的人头和到处是伤的单薄身子连在一起。那清秀的眉毛、放荡不羁地稍稍向上扬起的长睫、葡萄似的黑眼睛、挺拔的鼻梁、麦色的肌肤、粉嫩的嘴唇，就像一棵正在发育的嫩芽，一切都显得那么稚嫩和单纯。嘴唇上方黄色的绒毛还在微风中轻轻抖动，鲜血却在慢慢凝固。金戈大手慢慢滑下，合上了那双闪着不甘神色的凝望着白云的眼睛。

金戈看着战战兢兢的卓亮，说道："你带着你的门人自尽吧，军纪不可违，违者必死！"

"我……罪该万死！请你放过我的两个门人。我五拳门遵双龙令之约，带着五名精英出战，已殒其二，如今连我还剩三人。他们二人是听从我的命令后退，罪不致死，请赦免其命，让他们继续为国效力，也为我五拳门留下一丝香火。"

金戈看了看戚继光，皱了皱眉头，犹豫了一下说道："不可！错就要付出代价，公赏罚，不徇情！我会照顾五拳门的。"

瘦高的卓亮惨然一笑，一掌击向自己的脑门，随即一股鲜血从嘴角溢出，他低声道："来世再见！"言罢，扑通一声，尸身倒地。接着，他的两个门人也跪地被杀。

戚继光仿佛没看见这一切，喃喃道："难为你了，我的孩子，都怪我没有好好嘱咐你……"

胡守仁参将带着抱草筑路的将士们奔来了，看见戚印的尸体，惊得目瞪口呆。

"院主，院主，金珠中箭了！"一个武徒跑过来，冲着还在发愣的金戈大声呼喊。

"啊？她在哪里？"金戈看了一眼含泪长吟的戚继光，身形陡转，顺着来人手指的方向奔去。金戈来到箭楼上，推开众人，只见铁手佛手擎匕首，正给金珠取箭。金珠嘴里咬着一支绑着纸筒的长箭，脸上布满汗珠。银珠泪水涟涟地扶着金珠。金戈急忙蹲下身子，拉住金珠的手。

片刻后，铁手佛站起来，金戈慌忙问道：“怎么样，可有危险？”铁手佛道：“箭是取出来了，狼牙箭射碎了她的胸骨，差一点伤到内脏，算她命大，捡回一条命。没有危险了，静养百日，就会康复如初……”

金戈抱拳道：“好，谢谢大师！”铁手佛合十道：“不谢，阿弥陀佛！”

金戈看见铁手佛离去，蹲下身子，柔声叫道：“金珠，金珠。”金珠睁开了眼，看看金戈，看看银珠，看看周围的人，长长的睫毛又合上了，几滴泪水滴滴答答滚落下来。金戈看了看周围，说道：“双雄兄，请你们保护金珠，我去追杀残敌，再助戚家军一臂之力，有劳二位哥哥了！”铁铃公子道：“院主尽管前去，只要我们兄弟在，金珠就在。放心去吧！”

白狮子看见大势已去，带着残存的倭寇逃上了猴子跳。金戈追着大队人马来到猴子跳山下，再次看见了戚继光，看见了拐着腿的俞大猷和满身泥浆的胡守仁，也看见了围着猴子跳的数十个鸳鸯阵。戚继光面沉如水，朗声道：“金戈，你和豪杰们退在一旁观敌掠阵吧。”说罢，令旗呼地一摆，鸳鸯阵里顿时火铳齐鸣，万箭齐发。接着，戚继光的令旗再次一摆，战鼓敲响了，鸳鸯阵蜈蚣似的摇摆着队形向山上冲去。

倭寇们一看回天乏力，学了猴子，纷纷跳了海。俞大猷看见，令旗一摆，吼道：“左营第一哨跟我回去，上船追击！”

“得令！”锣声一响，呼啦一声，一队人马跟着俞大猷奔向海边。金戈看罢，叹道：“令行禁止，动作划一，真乃一支铁军！”

金戈正在赞叹，忽听远处传来白凤的喊声。金戈回头望去，白凤和九弟一前一后跑来了。白凤风风火火地奔到近前，看着满身污泥的金戈，惊道：“你掉到淤泥里了？怎么这样狼狈，好悬哪！”

“撞上了暗桩，幸亏遇见一条鳄鱼，不然的话，你再也见不到我了！怎么，醒了酒了？这回你可称心如意了，金珠中了箭！”

“啊？金珠中了箭？她在哪儿？怎么会这样？九弟，跟我去看看，快！”说着，白凤和九弟一溜烟跑了。

戚继光神色黯然，道：“你也去吧，清点人数，照顾好伤员。”

“好！”金戈答应了一声，转身就走。来到后龙滩，金戈看了金珠，然后安排清点人数，打扫战场。过了一会儿，胡守仁大步赶来，问明了豪杰们的情形，沉声道：“飞夺横屿一战，我军将士和豪杰一共阵亡七百二十二人，重伤三十六人。死战队员阵亡三分之二，豪杰伤亡过半，精英二死三伤，还算不错。我们共歼灭倭寇两千多人，其中跳海淹死的就有六百多。同时，我们还解救了七百多名少男少女。飞夺横屿，我军大胜，当然，也付出了沉重代价，尤其是戚印，一个小孩子，刚来就没了，唉……”

金戈点头道：“戚将军痛失爱子，你找人把戚印葬在山坡上，我写篇祭文铭记这孩子。”

“那就替戚将军谢谢您了。”

下午，大队人马撤出横屿，回到营地。金戈找木匠钉了一块碑状大木板，立在戚印坟前，提笔写下悼词《江城子·祭戚印》：

适才相与翌时亡。自悲沧，泪湿裳。舞象年华，千里赴沙疆。振臂从戎死战队，夺横屿，奋刀枪。

十年练武欲帮忙，二八郎，有担当。扼守咽喉，发舞血飞扬。忘令盲从回甬路，甘授首，语流芳！

“拙兄岳金戈悲书于横屿收复日申时。”

晾干之后，命漆匠油漆数遍，金戈这才离去。事后闻言，此木碑仅存两个月，不知是被好书法的人偷走，还是被戚家迁坟移去，竟不知所终。

晚上，红着眼圈的戚继光来到东齐庄，看望金珠。事毕之后，戚继光看了一眼身旁的五星子和六星子，说道："他们说，风云剑华清子华掌门是被害身亡，大星子赫连双江的疑点最大，并且追杀他们兄弟，此事金兄弟略知一二？"

金戈皱着眉头说道："他们所言不差，华清子前辈确实被人暗害致死，赫连双江确实嫌疑最大，但是，我们苦无证据，他们又把矛头指向我，我不好插手啊。"

戚继光摇头道："武当派向为白道武林之首，大权绝不可旁落。你们应当联合少林寺等门派，手持双龙令，前去彻查此案，谅赫连双江不敢阻拦。一旦有人阻挠，你们立即出手将其制服，然后继续调查。风云剑华清子刚正不阿，对社稷对百姓贡献颇多，我们不能让他死不瞑目。你们尽管放手去干，大是大非面前不能求全责备、畏首畏尾，当无所顾忌！"

五星子和六星子立起来，一起拱手鞠躬，齐声说："望岳院主看在我们老掌门的薄面，施以援手！"金戈站起来答礼，朗声道："戚大哥一席话，使我茅塞顿开，一语点醒了梦中人。大义当前，不能按常理度之，先干了再说！我们兵分两路，一路随我护送金珠回武夷山，一路由少林僧兵带队去杭州，稳固一下岳武院的江南堂，然后我们齐集南京，再上武当山，你看如何？"戚继光道："好啊，那伯母呢，你什么时候去救？"金戈皱皱眉，说道："缓一步吧，武当山事情一了，如果没有重要战事，我立刻西去救母。"

戚继光拍拍金戈的肩膀说道："亲情重于泰山，还是早去，尽孝不可拖延，免得留下遗憾。你如果用得着为兄，尽管说话，我当尽力相助。你们到了武当山，注意赫连双江的妻子，她是太行奔雷寨老奔雷的女儿，小心奔雷寨援手。"

金戈知道戚继光心情不好，丧子之痛哪是容易揭过去的？连忙说道："华掌门两次出言劝我放过奔雷寨，我就知道武当派和奔雷寨有些渊源。我看，白、柴二位星子为人正派、敢于直言，可为武当派掌门，岳武院一定助二位星子一臂之力……”

五星子白双城、六星子柴禾连连稽首，说道：“无量寿福，多谢岳院主抬举，兄弟不敢造次，掌门之事，还是查出真凶后再说吧……”

戚继光说：“我去看看笑面佛他们，你们先谈谈，做个预案。你们打算什么时候出发？”

金戈说：“大家都累了，休息一夜，我们明早就走。过会儿我也去见笑面佛，和他商量一下行止。”金戈掏出一沓银票，说道：“我们又得到一批银两，这是二十万两，请大哥收下……”

戚继光闻言大惊，说道：“你怎么弄来的？这如何使得？不过，军中确实捉襟见肘，这个……”

金戈笑道：“我还有的多，但用无妨，豪杰们也会有。”金戈没有听白凤的，还是按自己的意思给了戚家军二十万两。因为戚家军毕竟花销大，他们才是抗击倭寇的主力。

戚继光说：“那可多谢了！我替戚家军将士们谢谢你了。”

戚继光走了，金戈和五星子、六星子商量了一会儿，起身去西齐庄。金戈到了西齐庄，见到了笑面佛等人。金戈说了兵分两路的想法，各派首领一致赞成。金戈掏出五张面额一万两的银票，交给了笑面佛。笑面佛看了之后吓了一跳。金戈道：“各位的吃喝全在这些银子里开销，花完了还有呢，不必节省。左路人马也留有银子五万。诸位，只要保住岳武院的江南堂，银子源源不断！”

“太好了！有钱好办事啊！”豪杰们兴奋了，有人大喊大叫起来。

金戈道：“不过，在下有个不情之请，岳武院的江南堂还没有公开易帜，我的母亲还在桃花会手里，因此，有关江南堂的事，切不可声张。你们去了，联系五毒师太和坐地炮，派人去杭州的羞花妓院，找到麻婆婆，说出桃花会的切口，就能见到坐地炮了。”

笑面佛道：“阿弥陀佛，老衲记住了。”

第二天，豪杰们三五成群地出发了。队伍刚过宁德县城，迎面碰上黄山白神庄的八女，她们骑着八匹白马飞驰而来，引得众豪纷纷侧目。她们看见金戈、白凤，叽叽喳喳地说个不停。过了一会儿，她们才想起此来的目的。白杏道："金大哥，你们快回去吧，黑旗船的黄河船队来了，爷爷怕情势有变，让你们横屿战事一了立即回山。他怕四海财君后面跟来，对武夷山不利……喏，信！"

白林道："凤玲捎话说，让你不用急，她在岳武院已经做好准备，能够应付。"

金戈接过书信，抽出两张信笺，一张信笺是铁嘴华写的，信的内容和白杏口述的差不多，另一张信笺是凤玲写的，内容却和铁嘴华的意思相反。她说山上已经做好了充分准备，让金戈不必着急，他们有信心战胜黑旗船。金戈立刻明白凤玲的心意，沉吟了一下说道："这事要知会一下戚将军和笑面佛。毛四，你让大家停一停，略候片刻。白凤，我写两封信，你派人分别送给戚大哥和笑面佛。"

白凤道："哎呀，笑面佛他们就在后面不远，你告诉他们一声不就行了？还用写信？"

金戈道："写信吧，我们要尽早赶回武夷山。笑面佛的右路人马在杭州也要多待些时日，写信麻烦少。"

白凤抖动马缰绳，说道："好吧，写信就写信，随你便。"

金戈骗腿下马，在台阶前挥笔写信。九弟见缝插针，立即催马过来，刚要说什么，白凤瞪了他一眼，九弟缩缩脖子，闭紧了嘴。

四十三　情深义重

派人送走书信，白凤如玉的下巴一抬，说道：“金戈，我们先走吧，不怕一万，就怕万一。你留下四轮马车，叫仁义双雄大哥护卫着双珠姐妹慢行，咱们先走一步。”金戈摇摇头，说道：“你和二位护法先行，带着岳武院人马。让毛四跟着我，我和金珠、银珠坐车走。金珠伤势严重，我要照顾她。”

白凤闻言柳叶眉皱起，说道：“可是，那……那我也留下，让他们先走……”

金戈放松了绷紧的缰绳，大声道：“那怎么可以？人无头不走，鸟无头不飞。那么多豪杰一起行动，没人照料怎么行？你就领着众人先走一步吧，我随后就到。”

这时，黄山八女来了，八匹带着汗腥味的骏马打着响鼻围拢过来。白凤眉头松开，嘴角上荡起了不自然的笑容。

白杏笑靥如花，打量着金戈。金戈抱拳在胸，朗声道：“各位妹妹，你们星夜赶来，一路辛苦，金戈这厢有礼了！我们要立即返回武夷山，还要劳动各位妹妹，金戈抱歉之至！到了武夷山，岳武院定当大摆筵席，宴请八位妹妹！”

白林仰着雪白的脖子，戏道：“宴请就不用了，每个人发片金叶子就行，啊，呵呵！”

“行！一人一片金叶子！”金戈笑呵呵地答应了。

白凤笑道：“这回你们可要对了，每人十片金叶子，少一片别饶他。他又发财了，大发了，金叶子多的是。”

白杏的眼睛瞪得老大，叫道：“啊？发大财了！”

白凤丹凤眼一眨，道：“大发了，运金子用马车拉，还不是一辆两辆，大发了。”

白林眼里冒着星光，叫道：“真的！太好了，那就一人十片金叶子！”

“我的妈呀！拉金子用大车呀，乖乖，那可不得了啦！”众女议论纷纷。

“走吧！”白凤旋过马头，抖着缰绳道，“咱们先走，驾！”

白凤带着黄山八女和九弟策马而去，仁义双雄和马大响等人跟着跃马扬鞭，一时间蹄声雷动。四轮车旁，黑马上的傻蛋仰着黑脸，嘴巴一开一合，不知和端坐马背上的毛四说着什么。他们身旁围拢着十几个骑马的彪形大汉。大汉们一身淡蓝色劲装，手提红缨枪，威风凛凛。这时，四轮车上绿色的窗帘掀开，银珠探出头来。她看见金戈策马奔来，俊眼里涌出几滴晶莹的泪珠。

“吁！”金戈一声断喝勒住战马，一按马鞍鞒，嗖的一声跳下马来。

脸色苍白的金珠斜在车厢板上，长长的睫毛盖住了她美丽的杏核眼，往日润泽的嘴唇失去了光泽，闭成了月牙形。金戈看罢心头一酸，眼睛湿润了。银珠俯下身子，看着金珠垂泪，桃花面上滚落了一串珍珠。

金戈抬起头，对外喊道：“傻蛋，走吧，走慢点，稳当点。”外面传来傻蛋清脆的应答声:“是，知道了。驾！驾！”

四轮车晃动了一下，随后辚辚的车轮滚动声传进来。银珠抹了一把泪眼，泣道:“急死我了！母亲那边不知道怎么样了，四海财君来了可不得了，姐姐又伤成这个样子……怎么办呢？真是急死人了……呜呜……”

金戈伸出大手轻轻拍打银珠的肩膀，柔声道:“别哭了，不会有事的。岳武院不是泥捏的，四海财君也不是铁打的。况且，他要对你们母女不利，应该秘密行动才对。他们既然大张旗鼓地前来，或许不会大动干戈。闹起来有什么好处？叛帮出会的人还能要回来？强扭的瓜不甜嘛！帮帮忙，扶一把，让我抱着金珠吧。”

金戈双手伸到金珠身子下面，用力一托，把金珠抱过来。金珠哼了一声，眉头皱了皱。银珠连忙伸过双手，帮忙托住金珠的腿。金戈舒开双腿，让金珠倚在自己身上。金珠睁开俊眼，看向金戈，接着眼帘一垂，再次闭上双眼。

“姐姐。”银珠低声呼唤。平时，银珠叫金珠从来不叫姐姐，老是金珠金珠地喊，叫姐姐可是破天荒头一次。

金珠缓缓睁开眼睛，看了看银珠，嘴唇哆嗦一下，喃喃道:“妹妹。”

泪水在眼眶里打转，两张桃花面贴在一起，不一会儿，三张脸贴在一起。

车轮滚滚，蹄声嘚嘚。过了很久，外面传来嘈杂的人声，还有此起彼伏的叫卖声:“凉皮……凉皮……”“冰糖葫芦……冰糖葫芦……”

“吁！”一声喊喝，四轮车停住了。车厢上传来嘟嘟敲击声，接着傻蛋的声音传进来:“院主，吃饭吗？我们路过一个镇子，日头正南了。”

“好，吃饭吧，告诉大家麻利点，吃完就走。”金戈说完，又对银珠道:“你下去看看，能不能买点被子、褥子之类的东西，铺软和点。箱子里有银子，你拿给他们一些。”

“好吧，我下去看看，给金珠要点什么呢？”银珠伸手掀开箱子，拿了几锭银子，扭头看着金戈。

“弄个鸡汤，人参有吧？如果有，就来个人参炖老鸡……或者来甲鱼汤也行……弄吃的你在行，你看着办吧。”

“好，我看看有什么，拣好的要就是了。”银珠说完打开车门。

一会儿，几个武徒送来七八条棉被、两条狗皮褥子。毛四和傻蛋上了车，帮忙铺垫。两人三抻两拽，被子、褥子铺好了。金戈抱着金珠重新坐好。银珠也回来了。她提着食盒，端着汤盆，弯着腰走进来。汤盆放在箱子上，打开食盒。她一边往外端菜，一边说：“没有人参，也没有甲鱼，我弄了个乌鸡丸子汤……”

菜肴取出来，一盘红烧牛尾，一盘鳝鱼丝，一个清炒竹笋，一个麻婆豆腐。金戈慢慢转过身子，把金珠横在箱子前。银珠夹了一点鳝鱼丝，放进金珠嘴里。金戈拿着勺子，盛了一勺乌鸡汤，送到金珠嘴边。金珠勉强吃了几口，摇摇头，不吃了。金戈用筷子把一个丸子弄碎，放在勺子里，又舀了一点汤，低声劝道：“再吃点，吃得多才好得快呢。来，张嘴，再吃一口。”

金珠眼皮抬了抬，看了看金戈，低声道：“我不会残废吧？”金戈摇头，笑道：“不会，你怎么会残废呢，铁手佛说过，有三个月就好利索了，又是一个活蹦乱跳的珠仙子。放心吧，你不会有事的。”金戈盯着金珠的眼睛，又说道：“你落了残疾怎么行，我可不乐意。”

金珠的眼睛里仍然噙着泪水，但嘴角边已露出了笑容，她低声道：“你爱我们，我好高兴。”

金戈细眼一睁，斩钉截铁地说：“我绝不会让别人欺负你们姐妹，包括白凤。你们既是我的心上人，也是我的恩人。我爱你们，就会尽我的全力，让你们幸福快乐，如违誓言，让我乱箭穿身！”银珠听见金戈发誓，急忙拦道：“哎呀，别发毒誓呀！干吗发毒誓呢？真是的！”

金戈转头看了看银珠，又回头道：“我真的喜欢你们。”金珠喃喃低语：“我们知道，我们也喜欢你。”

“院主，可以走了吗？我们吃好了。”车外传来毛四的问询声。金戈抬头道：“走吧！慢着点，不必着急，武夷山不会有事。”马车动了，咕噜噜的声音响起来。

金珠仰起了俏脸，轻轻说道：“放下我吧，你也吃点食物。银珠，你怎么没给金大哥要坛酒呢？”银珠惊道：“呀，我忘了，要不我现在去拿？我很快就回来！”

“不用了，我没有酒瘾，那东西辣兮兮的，喝个什么劲？”金戈说着放下金珠，拿过一个荷叶饼，卷了一些鳝鱼丝，慢慢吃起来。金珠躺在厚厚的棉被上，沉沉睡去。银珠看姐姐合上眼，也拿筷子夹起一条竹笋。竹笋送入嘴中，银珠油光闪亮的两片嘴唇一动，咀嚼起来，吃着吃着，眉毛拧起，脸露惶恐之色，说道：“想起四海财君，我就脊梁沟子冒凉气，他对待属下非常残忍，动不动就抽筋剥皮。而且，他的功夫超绝，特别是他的金钱镖，犀利无比。有一次我看见他随手发出几镖，击在假山石上，把一个水缸粗的青石打得四分五裂。他有一个绝活叫作‘流星镖雨’，一只手能打出数百枚金钱镖，镖雨的形状就像一把扫帚，你见过天上的扫帚星吗？那形状就和扫帚星差不多，所以也叫‘扫帚星雨’。‘流星镖雨’扫过，蝼蚁皆亡，端的厉害无比……”银珠拧着眉头，低声道，“金钱镖，要命镖，镖雨一出鬼难逃……金大哥，我好怕，我真的好怕哟。”

金戈搂搂她的香肩，看了看沉睡的金珠，安慰道：“不怕，一物降一物，天下之大，必有克制他的方法。俗话说‘天外有天，山外有山’，文如此，武亦如是。不过，如果他真有如此本领，怕是不会善罢甘休。”

银珠歪倒在金戈身旁，颤声道：“我们为黑旗船立下了汗马功劳，或许，他不会对我们动手的，你说呢？”金戈抚摸着银珠的秀发，轻轻摇了摇头，说道：“按说不会，动手对他没好处。但是，人心隔肚皮，外表哪里看得清？不过，如你所说，他心地残忍，武功又高，放过我们的可能就不大了，我们要有所准备。当然，最好不要翻脸，那样我们可以腾出更多的时间发展壮大，可以集中力量消灭倭寇，可以抽出时间西去救母。我父亲说过，人不可怕死，不可怕苦，不可怕事。有了这‘三不怕’，我们还怕什么？”

银珠抬起头，问道：“如果他要打怎么办？”金戈看看银珠的眼睛，说道：“如果黑旗船真要打，天时、地利、人和，他们一样不占，我们有众豪杰和戚家军的支持，他们输多赢少，除非他是傻子，否则不会开打。”

银珠道：“那我就放心了。”

金珠哼了一声，脸上露出了痛苦的表情。金戈身子前倾，低下了头，握住金珠的手说：“金珠，我抱着你吧？”金珠摇摇头，喃喃道：“不，我不要动了，你让马车跑快一点，早点回去吧，我怕母亲有危险。”金戈抚摸着金珠的手，温言道：“不用急。我们可以连夜赶路，马歇车不歇，明天晚上就到了。再说大队人马已经赶过去，我们不用急。”

金珠看了看金戈，又看看银珠，闭上了眼睛。金戈拉起花被子的边角，往金珠的身子下面掖了掖，看见她睡着了，闷头思索起来。他知道，四海财君一旦来犯，就会石破天惊。金戈想象着“九转迷魂步”，琢磨着没有练会的几种步法，神情专注。银珠叫了几次，金戈都没有应声。

第二天中午，白凤带领大队人马来到武夷山下，走进一个镇子。白凤包下了镇子里所有的酒楼，开始吃饭喂马。席间，白凤想起了金戈，想起了金珠、银珠，心乱如麻，寻思：“仁义双雄多优秀啊，如果他们肯追求金珠、银珠姐妹，时间一久，金珠、银珠必生情愫，我再给她们点气受，一拉一推，说不定她们就会嫁给仁义双雄。我要引诱仁义双雄，让他们去追求金珠、银珠，绝不让这姐俩插进来。哼！想跟我共室同夫，没那么容易！”想到这儿，白凤和几个妹妹打声招呼，端着酒杯站起来，丹凤眼一扫旁边桌坐着的仁义双雄兄弟、马大响和李虎子，再看看魁梧的黑剑罗仁杰、潇洒的神鞭赵旭、挺拔的铁胳膊郑振廷，以及吊儿郎当的九弟，袅袅走去。

来到桌前，白凤微微一笑，说道：“各位辛苦了，我敬各位一杯。以示谢意，先干为敬！”

“好！干一杯！”罗仁杰等人举起了酒杯。

酒又满上了，白凤拉把椅子坐下，看了看铁扇公子，瞧了瞧铁铃公子，笑吟吟地说道：“马护法、荆护法，你们说说，珠仙子姐妹漂亮不漂亮？好看不好看？这姐妹俩位居四仙子之末，那是因为年纪小，论姿色，怕是还在我和岳霞之上。简单说，珠仙子的称号当之无愧。你们呢，仁义双雄大名鼎鼎，是我大明王朝的一对英雄兄弟，你们兄弟和珠仙子姐妹，可以说是天生的两对、地造的两双。双珠配双雄，天作之合，人间绝配！诸位大侠、诸位豪杰，你们说说，你们评评，我说得对不对？平心而论，我不是胡说八道吧？有人问了，你说这个干吗？她们反戈一击是冲着院主来的。错了！院主有我和岳霞，足够了！金戈疼爱她们，那是一种兄妹之情！武林四仙，他得一半还不够吗？他齐全满占我们也不依呀。金戈压根儿就拿她们姐妹俩当亲妹妹，他曾亲口对我说过，你们不信？不信你们就去问问金戈。哎，我说，铁铃公子、铁扇公子，你们哥俩可要好好想想，金珠、银珠救过金戈的命，你们兄弟俩也救过金戈的命，你们都是金戈的救命恩人。这可不是普通的巧合，这是天意！你们男子汉大丈夫，应当顺应天意，多多照顾双珠仙子，多多亲近她们姐妹。为什么金戈总要你们俩照顾她们姐妹呢？这是有意撮合，你们还不明白？你们要对她们姐妹主动示好，要表白你们的心意。男子汉大丈夫要敢想敢干敢作敢为，行不行的也要试试，可不能等着女孩子主动找你们，一旦错失良机，过了这个村，可就没有这个店了……”

“喝、喝酒……酒！”铁扇公子皱起眉头，酒杯高举，打断了白凤的话头。铁铃公子脸色变了几变，又平静下来。他站起身来，看了众人一眼，淡然道：“白堂主，你这话可不能再提！若是再提，我们就要离开岳武院了。若不是发生了这么多事情，我已经喝上兄弟的喜酒了。我们追随岳院主，为的是精忠报国。喝酒吧，喝完了吃饱了赶紧回山，山上还不知怎样呢，万一黑旗船来攻，我们赶不到，就麻烦了。”

九弟插嘴道：“对呀，喝酒……”

白凤瞪了九弟一眼，接着俊眼盯住神鞭赵旭，丹凤眼里荡起迷人的笑意，说道：“赵掌门，你说我的话在理不在理？你经得多见得广，经历过大风大浪，你给评评理，仁义双雄配珠仙子姐妹，是不是天下的绝配？”

赵庄主闻言哈哈大笑，说道：“要说绝配，就事论事而言，双珠配双雄果然是天下的绝配。不过，俗话说得好，有缘千里来相会，无缘对面不相逢。婚姻嫁娶要看缘分，不可强求。我相信，仁义双雄一定会有美好的姻缘。俗话说得好，恶有恶报，善有善报。仁义双雄处处助人为乐，事事急人所难，正所谓种下善良，收获快乐，二位当有一个完美的婚姻、幸福的家庭！诸位喝酒吧！来，我先祝仁义双雄婚姻美满，万事如意！郑庄主、罗掌门，你们几个年轻人，都举起你们的酒杯，我们一同干了这一杯如何？为了我们的情谊，为了早日驱除倭寇，为了大明社稷安宁，干杯！”

“对，对，来！干杯！吃完了早点上山！”

酒杯空了，哗啦啦，酒水再次满上。白凤高举酒杯，一双妙目脉脉含情地瞅着仁义双雄，娇声道：“如果从长发婆那儿论起，金珠银珠算是我的亲姑姑，我们能共侍一夫吗？大明王朝的礼法还要不要？好了，我不多说了，我盼双雄兄弟早下决心，你们男子汉大丈夫，可不能坐失良机哟……”说罢，一仰脖，吸溜一声，喝干了杯中酒，“各位，你们听说过一个故事吗，叫作‘瓦桥兄弟盟’。‘桃园三结义’知道吧？和‘桃园三结义’差不多，我简单说说，那一年，荆长生游历……荆长生就是铁扇公子……”

“陈、陈……年旧、旧账，别……说了，吃饭，跑……路……”

“我就说几句，简单说，那年铁扇公子游历白洋淀，来到瓦桥关，正好看见一个胖女人打一个七八岁的小男孩，因为什么呢？就因为小男孩看上了一个白沟河的大头泥娃娃，胖女人的小女儿也喜欢，两个孩子争，可小男孩已经把泥娃娃拿在手里，怎么也不肯让出。胖女人就去夺，小男孩把泥娃娃藏在身后躲闪，胖女人啪啪就是几个大耳刮子，打得小男孩嘴角流了血，她还不罢休，揪着小男孩的头发不依不饶。小男孩的爷爷上前理论，也被家丁打翻在地。有人说，这是梁家疙瘩梁老虎的女人，惹不起。铁扇公子荆长生路见不平，上前阻止，和一帮家丁冲突起来。正好铁铃公子马森林来到瓦桥，听说此事，立刻上前帮忙。二人乒乒乓乓一阵乱打，把家丁和胖女人揍得鬼哭狼嚎，拉着胖女人找到梁家疙瘩，打倒村里几十条壮汉，逼得梁老虎带人到孩子家门口摆酒谢罪，一连摆了三天流水大席，吃得梁老虎脸都绿了。事后，铁扇公子和铁铃公子两人相见恨晚惺惺相惜，就在瓦桥上盟誓缔约，结为异姓兄弟。之后，铁扇公子更是举家迁往白洋淀马蹄湾村，在六郎堤下筑房和义兄比邻而居，这就是‘瓦桥兄弟盟’之佳话，也就是雄州双雄的来历……你们说，这样的好兄弟应该不应该和双珠……”

“别说了。”铁铃公子摆摆手站起来，“我们兄弟绝不强人所难，绝不夺人所好，一切随缘，朋友的快乐才是我们的快乐。不用再提了……”话虽如此，但铁扇公子和铁铃公子的心里还是掀起了波澜。

俗话说，窈窕淑女，君子好逑。美丽的女子，谁个不喜欢？他们眼前浮现出珠仙子姐妹靓丽的面容，浮现出她们窈窕的身姿，均想：“双珠配双雄，果然绝配，那样我们兄弟就成连襟了，亲上加亲，永远都不会分开了。金戈真的拿她们当妹妹吗，就像我们对岳霞一样？如果真是这样，我们不妨试试。有一个美女相伴一生，那可是人生一大快事。可是，似乎不对呀，金戈对她们，不像兄妹，我们不该妄想。但是，金戈不止一次要我们照顾双珠姐妹，这是为什么呢，难道真是有意撮合？不，还是静观其变吧。”

有句老话，枕边的风硬。那意思是说，某些话听得多了，难免会心动，谁的耳朵也不是铁打的。何况，既然要说服你，自然有说服你的理由。再者，人都愿意往好的方面想。仁义双雄的心真的被白凤的话撩动了。

这时，铁胳膊郑振廷举起酒杯，说道：“白堂主，我敬你一杯，你是我们的女诸葛，鞍前马后跑来跑去，为我们安排一切，辛苦了，来！老朽敬你一杯！”

黑剑罗仁杰哈哈一笑，说道：“算上我一个，我也敬花仙子一杯！”

九弟也说道：“我也敬花仙子一杯！”

白凤抿嘴一笑，举杯道：“谢谢各位前辈，谢谢各位兄弟，岳武院正值多事之时，承蒙各位豪杰仗义来援，小女子不胜感激，奴家谢谢各位了，谢谢，请！”

众人齐声道：“干！”

铁胳膊郑振廷一抹嘴巴放下酒杯，说道：“行了，差不多了，赶紧吃饭，救兵如救火，早一会儿到早一会儿安心。”

黑剑罗仁杰大嘴一咧，说道：“不急，俗话说赶活儿不赶饭，皇帝不差饿兵。吃饱了喝足了咱们再撒开丫子快跑。各位，我峨眉一派远在天府之国，与诸位交往不多，承蒙各位不弃，我来个借花献佛，敬诸位大侠一杯！罗某先干为敬！”

神鞭赵旭叫道：“好，好，罗掌门请坐，不要站起来。罗掌门千里迢迢来到东南沿海，与我等共同御敌，真乃英雄本色！来，我们敬罗掌门一杯！”

“干！”酒杯碰得一阵叮当乱响。

铁扇公子干了杯中酒，刚放下酒杯，哗啦，一股清澈的酒水注入酒杯。铁扇公子抬眼一看，只见白凤高擎着酒壶，一双妙目滚动着秋波，正偷偷看来。铁扇公子的脸唰地红了，眼睛赶紧转向铁铃公子。铁铃公子转过头来，看见了白凤迷人的笑脸，就像看见了一朵正在绽放的鲜花，真是美丽无瑕、娇艳欲滴。铁铃公子慌忙移开视线，一颗心怦怦狂跳起来，似要冲出喉咙。白凤咯地一笑，手中的筷子一伸，夹起一个鸡腿，放到铁扇公子的碟子上，接着筷子再动，夹起一个鸡翅送到铁铃公子的饭碗里，白凤娇声道：“二位护法哥哥，幸福要靠自己争取啊，小妹愿做红娘，略尽绵薄之力，让天下绝配终成眷属，造就一段武林千古佳话……”

这时马大响站了起来，说道：“晚辈敬各位前辈一杯！谢谢各位鼎力相助，请！”

“好！干！”酒桌的气氛越来越热闹了。白凤皱皱眉头，看了一眼兴高采烈的九弟，回到黄山八女身边。

第三天傍晚，四轮车驰到武夷山下，来到九曲溪前。夕阳照耀着清澈见底波光粼粼的溪水，就像一条绿色的镶嵌着宝石的绸缎在山川间随风飘荡。一座拱形木头小桥横亘在溪流之上，一个头戴斗笠、身披蓑衣的老人，手持钓鱼竿，端坐小桥中央。

车厢里，金戈还在沉思，就像老僧入定一样。

“闪开！闪开！”几匹马冲上桥头，毛四大呼小叫。

啪啪几声，冲上去的几个人掉到小溪里。霎时间，人喊马嘶，枪芒闪烁。金戈闻声一惊，猫腰蹿跃而出。毛四急忙上前禀告，指着蓑衣人道：“那个老头挡道，他把我们的人摔下桥了。”

金戈心中暗想：“此人是谁？莫非是黑旗船的人？”金戈四下里望望，没看见蓑衣人的同伴。这时，傻蛋已经抄起红缨枪，再次前冲。金戈高喊一声：“慢着！”傻蛋止步，回头看向金戈。金戈回手抽出单刃枪，咔的一声接好，挺胸阔步走向桥头。

银珠从车里跳出来，她看了一眼蓑衣人，喊道：“小心，他是钓鱼叟！黑旗船的！”说着跑到金戈身旁，素手一指钓鱼叟，叫道：“钓鱼叟，你不在南海钓鱼，跑到武夷山来干什么？还不走开？好狗不挡道！”

忽然，钓鱼叟的紫色鱼竿银光闪动，嗖的一声，一个铁钩直奔银珠面门而来。金戈抬手挥臂，单刃枪一晃，当的一声金星四溅，银光一闪而灭。接着金戈手腕再抖，一枚凤尾镖腾空而起，闪射而飞。凤尾镖画了一个美丽的弧形，奔向钓鱼叟。钓鱼叟的鱼竿连闪，未能截住这枚凤尾镖，只听噗的一声，凤尾镖钉在他的斗笠上。钓鱼叟急摸脑袋，看见一枚小镖带着竹笠飞走了，飘过栏杆，歪歪斜斜地跌入小溪。斗笠离去，露出了钓鱼叟闪着亮光的秃头。

金戈哈哈大笑，说道：“久闻钓鱼叟大名，如今一见，不过尔尔！哈哈！”

钓鱼叟噌地站起来。金戈这才看出，此人瘦高个，竹竿似的，秃头顶上罗圈似的围着一层黄灿灿的短毛，看样子年龄并不太老。只见他冷哼一声，鱼竿一抖，落在溪中的斗笠嗖地原路飞回，临到头顶，鱼竿再晃，斗笠翻了个身，轻飘飘地扣在头上。接着，他鱼竿连晃，只见一条条鲤鱼、鲫鱼从小溪中飞上桥头，更有几只螃蟹也被摔在桥上。木桥之上，鲤鱼翻身弓背，鲫鱼蹦跶跳高，螃蟹挥爪横行。金戈看罢钓鱼叟的身手，由衷佩服，单刃枪一靠臂弯，鼓掌道：“盛名之下，果无虚士！佩服，金戈佩服！不过，先生的神技应当报效朝廷、造福百姓。恃强凌弱强抢豪夺，岂是英雄所为？我岳金戈劝你改邪归正，立地成佛。钓鱼的，让路吧！”

钓鱼叟转过身来，冷冷一笑，说道：“久闻岳院主年纪轻轻，已得岳武院真传，听说学艺不到三年，就偷得岳家无上心法，更偷得岳家小姐的芳心，厉害！厉害！闻听少侠更有掌击老本雷，夺得入赘之位，更名改姓，换了祖宗！佩服！佩服！如今，岳院主更是八面威风，又获得我黑旗船长江船队三位美女的芳心，使我黑旗船长江船队不战而灭！高明呀高明！佩服啊佩服！嘿嘿！”

“呸！你胡说什么！没毛的老东西，滚开！”银珠高声骂道。

金戈脸一沉，单刃枪一摆，说道：“看你上了几岁年纪，我让你几分，再不闪开，就叫你一世英名化作九曲流水，一去而不返也！”

钓鱼叟摆摆手，说道：“慢动手！老朽此来，奉我黑旗船总舵主四海财君之托，捉拿叛徒金珠、银珠。黑旗船旨在清理门户，还请岳院主让开。你要和我一较高下，不在今日，我们来日方长。你是金珠还是银珠？那一个呢？叫她一块出来受死！岳院主，请你靠边站站！”

金戈冷声道：“你错了！金珠、银珠已经加入岳武院，是岳武院的人，你要动金珠、银珠，等灭了岳武院再说吧。黑旗船是一伙强盗，残害百姓掠夺社稷，我岳武院继承岳飞遗志，精忠报国保家卫民，你我两派立场敌对、水火不容，我岂能置身事外！”金戈振动单刃枪，霍然一跃。

“慢！”钓鱼叟退了一步，叫道，“既然如此，请院主移驾，我家财君有请！”

金戈一惊，愕然道：“四海财君来了？虽然你我两派敌对，毕竟你们远来是客，后天中午，我在半壁峡桥头设宴，敬请财君大驾光临！”最后，金戈厉声道：“让开！”

“好！半壁峡见！”钓鱼叟鱼竿一晃，银线钩住几十丈外的一棵柳树，接着鱼竿一颤，双脚腾空而起，顺着银线飞过小溪。接着纵身一跃，他身如大鸟，几个起落，消失在苍茫暮色中。

四轮车上了桥，骨碌碌疾驰而去。

夕阳下山了，晚霞似火。俏丽的武夷山披着五彩缤纷的彩云，犹如脱尘出俗的少女，光彩夺目，顾盼生姿。

远处蹄声雷动，山路上奔来一哨人马。当先一人站在马镫上，手舞足蹈，就像正表演马术的一个小丑。金戈闻声跃出车厢，挥手疾呼：“铁嘴华……”

“金戈……”随着喊声，两队人马会合，铁嘴华一个筋斗翻过来，一巴掌拍在金戈头上，吓了金戈一跳。只听铁嘴华厉声道：“金珠怎么样了？快说！你小子竟敢让金珠受伤？活腻了是不是？胆子不小啊你！”说着，还冲金戈直眨眼。

金戈缩着脖子，瞟见长发婆扑进了车厢，连忙道：“我去看看！”铁嘴华一把拉住金戈，说道：“等会儿再去，想碰钉子挨骂啊？”

这时，蒋忠、杨伞等人迎上来，又是一阵人欢马叫。铁嘴华回头道：“我说，大家都回去！一会儿天就黑了，偷鸡摸狗的黑旗船说不定又来捣乱，都回去，有话回去说，走！走！有话回去说，有屁回去放！走着！”

金戈扬起手说道：“好，回山！”

“驾！”傻蛋挥动马鞭，车轮咕噜噜响起来。金戈钻进车厢，准备挨骂。长发婆瞪了一眼金戈，目光停在金珠脸上。金珠有点发烧，嘴上有几个粉色燎泡。长发婆拿着木头勺子，一滴一滴往金珠嘴里滴水。金珠看见金戈，眼中泪珠滚来滚去。长发婆回过头来，看着金戈怒道：“拿面巾来！沾上水！”

金戈急忙取过面巾，浸湿后递给长发婆。长发婆把面巾叠了叠，拍了拍，搭在金珠额头。银珠看看金戈，背着长发婆用手比划一下，示意金戈忍耐，并偷着亲了金戈一口。银珠一扭脸，发现铁嘴华就在自己身后，登时脸色绯红。金戈也看见了铁嘴华，却一点声音都没听见，竟然不知道他什么时候进来的。

长发婆也看见铁嘴华了，一边给金珠滴水，一边悻悻地说道：“你也来了？这回称心如意了？”铁嘴华晃着秃头瞪着眼，急道：“我说，你怎么这样说呢？金珠也是我的心头肉！我怎么会不心疼？你不信？我说瞎话就是狗……”

长发婆给金珠擦着脸蛋，说道：“信！我信！哼！那风雪之夜……”

“又来了！又来了！我不是认错了吗？你还要怎么着？你说，上刀山，还是下火海？我马上就去！只要你们母女平安快乐，你让我上哪儿都行……”

过了一会儿，四轮车来到岳武广场。金戈让四轮车直接驶到消息堂，安顿好了金珠，迈开大步奔向岳武大殿。大殿里灯火通明，除了铁嘴华和长发婆母女外，岳武院的众位头领都在静候。黑剑罗仁杰、神鞭赵旭、铁胳膊郑振廷、九弟等外援也在大殿里坐着喝茶。金戈走进大殿，众人立即站起来。金戈摆摆手，示意大家坐下。金戈落座主位，梁丫立即端着茶壶走过来，斟满茶水。金戈看了一眼坐在旁边的白凤，目光转向凤玲、蒋忠，问道：“最近情势如何？说说吧。”

蒋忠站起来，说道：“黑旗船似乎来者不善，据斥候报告，又有两支黑旗船队来到鄱阳湖，现在共有四支船队分散停泊，分别是冷面婆的黄河船队、钓鱼叟的南海船队、飘飘叟的渤海船队和原来的长江船队。黑旗船人马还在增加，他们似乎还未做好进攻的准备。这两天他们夜夜袭扰，刺探我方虚实。我们组织了巡逻队，四面阻击。钟楼上挂起了红灯，统一指挥调度。一旦情势危急，我们可以边打边撤。”

杨伞站起来，抱拳道：“禀告院主，招收学徒的告示发放之后，陆续来了两百多人，武师也来了几位，最近形势吃紧，有些人又走了，这几天来来去去，人员基本持平。来的人都安排在习武堂了。

工匠招到十三人，还没有开工。”

凤玲起身道：“黑旗船长江船队有十几人来投，长发婆安排在消息堂了……”

“好！”金戈道，“今夜防守仍然按部就班，明日再行调整。罗掌门、赵掌门、郑掌门，各位豪杰，你们可有高见？”金戈见几位掌门摇了摇头，继续说道：“那好，没事早点休息，诸位辛苦了，好好休息休息，一两天后就要迎敌。杨伞，饭菜要做好，要让客人们吃得好，睡得香！”

杨伞高声道：“是！”

金戈和白凤回到院主大院，走进苦子房。微胖的岳霞依旧疯疯癫癫，只是肚子鼓起来了。白凤看了看呆头呆脑的岳霞，看了看她微微隆起的肚子，悄悄道：“四个多月了，再不打掉就来不及了，你可知道？她怀的孩子与你有杀父之仇，你养此子，那才是养虎为患呢！”

凤玲回来，正巧听见白凤的话，赶紧止住脚步，掩在门外倾听。

白凤继续说：“退一万步，就是我们守住这个秘密，这孩子不知道他爹死在你手里，拿你当他亲爹，可他身体里流的是阴阳魔的血，长大后必然阴狠恶毒。此子是岳武院的长子，你又是入赘岳家，将来我们的孩子也要跟着姓岳，却没有半点岳家的血脉，能继承岳武院的基业吗？我们苦心经营，到头来竹篮打水——一场空，替别人做嫁衣？”

金戈皱皱眉头，说道：“你怎么知道她肚子里是男孩，兴许是女孩呢？”

“男孩女孩都一样，你都是他的杀父仇人。我们血战沙场，树敌太多，要想保住这个秘密，比登天还难。你心慈手软，必酿大祸。岳霞要孩子，你可以和她生啊，这个孽种绝不可留！”

金戈眉头皱紧，问道：“现在打胎，岳霞会不会有危险？再者，五毒师太也不答应啊！”

“打了再说，她不答应也晚了。她知道了，你就往我身上推，我自有办法对付她！”

“那，岳霞会不会有危险？”

白凤低声道：“危险总会有的，但很小。时间越长，危险越大。我怕你恼我，要不然我早做了。你只要点个头就行，别的事你不用管。”

沉默了片刻，金戈道：“这件事容我考虑考虑，我要问问大夫。岳霞可不能出错，我不能对不住岳霞，你千万不可擅自动手，要慎重从事。”

白凤没有回答，转身看了一眼岳霞，眼睛里射出一股寒芒。

当当当！钟楼上的大钟响起来，金戈转身就向外跑。门外的凤玲急忙闪身避让，金戈来到院子里，双脚点地，手臂疾摆，嗖嗖嗖，带着一股疾风奔上钟楼。钟楼上红灯东指，一个武徒看见金戈，抬手指向东方。广场东侧，燃烧的纸屑仍在一明一灭。

白凤随后登上钟楼，四堂主江中月出现在院子里。他抬头看着钟楼上的金戈、白凤，大声道：“报告院主，广场东边发现敌情。”正说着，二堂主蒋忠也大步赶到。

金戈和白凤疾步下了钟楼，说道：“二堂主你坐镇指挥，我们几个出去看看。”蒋忠道：“院主不必去了，一夜数警，看不完。没有大规模袭击，院主还是休息吧。你们连夜奔波，也乏了，明日养足精神再做计较。”白凤道：“那你们再辛苦一夜，不要让敌人闯进来。院主，我们歇了吧。”

“好吧，那就劳你们费心了。”

金戈和白凤分屋休息，凤玲悄悄走进金戈的屋子。金戈连忙坐起来，说道：“你还没歇息？”凤玲摇摇手，走近金戈，轻声道：“我把金箱子和藤蛟枪藏到密洞里了。向里走八十步，东侧石壁上有块斗大的石头，推开后，可以看见一个洞中洞，石头缝用石灰粉腻住了，不仔细看肯定找不到。”

“那好，谢谢你了！”

“还有，蒋忠正在练一种步伐。”

“啊！”金戈惊叫一声，轻声道，“坏了！他会有危险！哎呀，上次走得急，没有来得及提醒他，这件事又不好明说，怎么办？”

凤玲低声道：“我曾偷偷看他练功，看他一晃一晃的，像是‘九转迷魂步’。”

金戈眉头皱了起来，说道：“应当是，他柔功日浅，如果强练，那就危险了。他晃过去没有？没跌倒吗？”

“晃过去了，没见他跌倒，只见他头上热气蒸腾。”

“啊？他难道有柔功底子？坏了，他可能要走岳南的路子，不然不会那么快突破。你可不能练，我明天劝劝他。”

凤玲急道：“那，你怎么对他说呢？你怎么知道他练了第三阶岳武功呢？岂不是告诉他，你知道他进过密洞了，让他无颜面对你？”

“那怎么办呢？他会有危险！”

“如果他心存愧疚，反出岳武院就麻烦了。我看还是等个机会再说吧。你歇了吧，我也回去睡觉，有事就喊我。”凤玲说完，悄悄走出去。

金戈睡得迷迷糊糊，听到警钟响了三次，每次凤玲都进来报告形势，说明敌情。天蒙蒙亮时，凤玲打来洗脸水。金戈道：“你都是堂主了，怎么还打洗脸水，丫鬟们呢？”凤玲一边摆弄毛巾皂盒，一边说：“她们粗手粗脚的，没用她们。梁丫几次要来院主院伺候您，我想，大殿需要她照应，没让她来。”

金戈双手伸进铜盆里，搓着两手道：“梁丫有些可疑，把她调去了宾客院，怎么又回了大殿？”

“蒋忠调她回来的，蒋堂主挺喜欢她。再说，梁丫秀丽动人、处事得体，也没查出什么大的毛病，我也不好阻拦。”

晨光中，金戈来到大殿，江中月堂主赶紧过来报告：“现已查明，昨夜被杀六人，习武堂三人，神武堂二人，大殿护卫一人！”

“啊！死了这么多人？”金戈大惊失色，说道，“尸体呢？”

江中月道：“在四号客院内。”

金戈和江中月匆匆来到四号客院，院子里躺着一排盖着白布单的死尸，几个武徒提着红缨枪守卫着，眼睛里流露着惊惧之色。金戈掀开白布单，仔细观察死者伤痕，大多数是被利刃割破了喉管，还有人被击碎了头颅，显然，对方并非一人。

“院主，你看这个！”江中月说着，拿出一面黑旗。只见旗子上写着：黑旗索命，归降不究！金戈接过旗子看了看，江中月继续说道：“敌人放出风来，说他们为追杀叛徒长发婆母女而来，岳武院的武徒只要逃下武夷山，黑旗船可保他们性命安全。他们还说，谁捉住长发婆母女，赏黄金千两。”

金戈扔掉旗子，说道：“火化吧，骨灰装入瓷坛，贴上姓名标签，他们不会白死的！”

金戈大步流星，来到位于西小街的消息堂内。院里静静的，一个女孩跑出来，她看见金戈脸色一红，福了一福，说道：“是岳院主吧？我是柳眉，长发婆的三弟子，才过来，我见过你，我师父和师姐都未醒，要不要叫醒她们？”

金戈笑了，心说：“第三位弟子？可比金珠、银珠岁数大多了。”他不紧不慢地说：“不用了。金珠怎么样了，还好吧？烧退了吗？”

柳眉道：“好多了。”

“谁呀？是金大哥吗？”屋里传来银珠的声音，懒洋洋的，“进来吧。”随后，屋里传来打哈欠的声音。金戈来到里屋，看见金珠睡得正香，油黑的头发散在一边。她秀目合拢，双睫相交。银珠斜在床上，伸个懒腰，说道：“你怎么起这么早啊，我可困死了，不行，我还得睡会儿。”说着，又歪倒了。金戈笑着说道：“睡吧睡吧，小懒猫！”

银珠嘟嘟囔囔：“懒猫就懒猫……”

金戈和柳眉相视一笑，走出屋子。

上午，金戈去了精武堂，看望前来投奔的几位武师。金戈一看，一些短打扮的人正在聊天，有人穿着宽肩背心，有人披着大红斗篷，还有人梳着麻花辫子。金戈见这些人坐没坐相，站没站姿，说话粗门大嗓的，心里不喜。金戈简单说明了晋升方法，强调了一下门规就离开了。下午，金戈走进岳氏密洞，继续练习“九转迷魂步”。练了一个下午，出了几身臭汗，觉得有些进步，心里舒坦了许多。

院主大院里，白凤和凤玲也在练功，她们知道，大战就在眼前。

晚上，金戈改变了部署，对众人道：“除非敌人大队来袭，不必鸣钟。一旦鸣钟，各堂迅速集中，各就各位。对付小股的敌人，围而歼之。消息堂派斥候四下里探察，侦测敌人动向，寻觅敌人的巢穴。”

堂会刚散，黄山八女就走进来，她们围定金戈，伸出了乳白的小手。金戈细眼一眯，笑道：“干吗，比手啊？来来，诸位过来评评，看哪只手最漂亮，哪只手是天下第一手啊。”

白凤歪着脑袋戏道：“要评选就躲在帐子后面去，只能露出一只手，那才没偏没向呢！”

白杏叫道：“好啊！扯帐子……”

八女正嚷着，忽见蒋忠跃起，一个箭步蹿了出去。金戈一愣，却见蒋忠扶着铁嘴华一步一晃地走进来。金戈惊问：“铁嘴华，你怎么啦？”

铁嘴华大声道：“没事！老了，摔了一跤！”

“爷爷！爷爷！”白凤和八女一窝蜂围上来，七嘴八舌地大叫。

“别吵！”铁嘴华大吼一声，叫道，“吵什么吵，戏台上打架——

死不了！”

众人众星捧月般把铁嘴华拥到椅子上，铁嘴华坐定了，瞪着眼喊道：“上茶，上浓茶！”铁嘴华掏出烟袋，烟袋锅往荷包里一拧，拔出来，白凤赶紧点火。铁嘴华吧嗒吧嗒抽了几口旱烟，喝了口浓茶，哈哈大笑，得意地说道：“金戈，你猜我去哪儿了？”

金戈盯着满脸兴奋的铁嘴华，说道：“你见了四海财君？”

“你怎么知道？蒙对了！我告诉你吧……”铁嘴华笑开了花，眉毛上挑，眼睛变小，舔着烟袋嘴说道，“我说，黑旗船的贼窝就在山下的武夷书院！四海财君这个老王八蛋今天才到，好大的排场，一座摩天的黑旗船，上百大车小辆，四五百人夹道迎接，黄土铺地，净水泼街！就差吹吹打打了，跟死人出殡差不多！他妈的，四海财君是个白胡子胖老头，老眉咔嚓眼的，老子蹿过去给了他一烟袋锅，他给了老子一镖！”铁嘴华说着，从怀里掏出一枚鸡蛋大小的金钱镖，手指一拧，金钱镖在桌面上滴溜溜转动起来，“我说，真金的！不愧是四海财君！”

众人挤过来，一起伸长脖子看向这枚黄灿灿的金钱镖，这是一枚富有传奇色彩的金钱镖。铁嘴华道：“金钱镖，鬼难逃！我不是逃了吗？胡说八道，满嘴放炮！”

金戈拾起金钱镖，只见这枚外圆内方的金钱镖与大个的铜钱相似，内铸“四海财君”四个篆字。金钱镖入手沉重，边角锋利。金戈把金钱镖递给别人，问道：“你伤在哪里？”

铁嘴华瞪起老眼：“什么？伤？哈哈，你小子也太小看东吴了，老子在黑旗船里大闹一场，顺手放倒了七八个兔崽子，烟袋锅子敲在四海财君老兔崽子的肩上，他的金钱镖也碰到老子的小腿，两不吃亏！”

“爷爷！”白杏道，“你占便宜了，白得一枚金钱啊！”

铁嘴华吹着稀疏的胡子道：“对对！还是杏儿看事明白！”

四十四　四海财君

金戈问明了经过，查看了伤势，确定仅是皮肉之伤，这才放下心来。这时，长发婆匆匆走进殿内，看了一眼铁嘴华，问道："四海财君来了？"铁嘴华连忙说："来了，我们还交了手，也不怎么的，纸老虎一个。"

"那谁受伤了，是财君呢还是你？还吹呢，我说武夷山怎么看不见牛呢，原来都被你吹死了！"长发婆又对金戈道："我看，我们趁早离开，由明转暗，和黑旗船捉迷藏……"

铁嘴华插嘴道："对，给他一个狗吃麸子——不见面，让他狗等骨头——干着急，让他狗钻篱笆——进退难！"

长发婆瞪了铁嘴华一眼，接着说道："黑旗船擅长水战，山野丛林是他们大忌，我们避短求长，拖死他。"

"对！拖死他！"铁嘴华摇着头说，"我说，是骡子是马怎么着也得拉出去遛遛，还没打就跑，那多丢人呀？怎么着也要和老胖子斗上一斗。我说……"铁嘴华看见长发婆抛来的白眼，后面的话立即咽了回去。

金戈笑道："婆婆不用担心，黑旗船蹦跶不了几天。今天夜里，我们就开始反击。婆婆，听说飘飘叟轻功不错，有什么特长？他使用什么兵刃？"

长发婆道："飘飘叟瘦猴似的，天生异质。他立足船头，任凭风吹浪打，都能站住脚跟。奔跑起来，快似流星。听说他使用两把匕首，不过很少动用兵器。他天天夜里来捣乱，估计已经知道我们的住处了。"

"他娘的，我追了他几次，都被他甩开了，这老小子跑得贼快，眨眼不见就没了踪影。你不用担心，今夜我找个地方藏起来，非堵住这老小子不可！我说，我就不信猫吃核桃狗上树，老鼠上吊羊喝醋！"

金戈道："这就对了，昨晚被杀的武徒，致命刀口很小，分寸极佳，当是飘飘叟的手段，今夜我去会会他。"

金戈回到院主大院，练习了一会儿凤尾镖就和衣躺下了。二更一过，金戈弹簧似的跳起来，周身收拾利索，悄悄走出屋子。白凤听见动静，急忙跟出来，两人一前一后消失在夜色中。凤玲听见动静走出来，站在淡淡的月光下，望着横亘天际浩瀚无垠的璀璨星河，望着隔河相望遥不可及的牛郎织女星座，叹了一口气。凤玲回到苫子房，点亮了蜡烛，看着蜷缩在被窝里形单影孤的岳霞，泪珠一颗接着一颗地滴落下来。

金戈和白凤来到大殿，看见了英俊潇洒的仁义双雄兄弟、瘦小精干的蒋忠和膀大腰圆的马大响。金戈明确了行动方案，划分了防守区域。

金戈靠着墙根，踩着斑驳的阴影，蹑手蹑脚地向消息堂摸去。刚到西小街的进口，忽然看见一个黑影贴在墙壁上，正向街内窥视。金戈浑身一激灵，低声喝道："谁？"

黑影声色不动，缓缓转过头来。金戈看见这个黑影没有面目，立即明白过来，顿时脚尖点地，纵身扑去。无面人突然下蹲横移，嗖地躲过一抓。金戈身形暴起，反手又是一掌。这一掌挟岳武之功，掌风猎猎，如闪似电，直击无面人的额头。无面人突然车转身形，挥掌迎来，只听啪的一声脆响，双掌击实，无面人一跃而起。他借助金戈的掌击之力，翻飞而去，如同一只黑色蝙蝠划过夜空。金戈紧追几步，放眼再看，四周漆黑一片，人影杳然。金戈呆呆站在地上，心潮起伏不定，他怀着捉拿飘飘叟的雄心而来，却节外生枝，和无面人对了一掌。金戈自从学会了“八步赶蝉功”，自以为轻功独步天下，不想山外有山，仅一个照面，无面人就轻松逃脱。金戈对自己的轻功产生了怀疑，尤其是刚才交手的瞬间，金戈的鼻子里闻到了一股淡淡的香味，看到了几缕飘飞的长发，显然无面人是个女子。一招之间，对方就能够借力卸力，片刻间逃得踪影不见，轻身功夫十分了得。他哪里知道，逃走的可不是一般人，那也是海内外顶尖高手之一。

金戈正在默默回想，突然听到一阵衣袂飘动之声。夜色中，有个瘦小的人影向他立脚之处奔来。黑影来到近前，疾顿脚步，黑黑的眸子滴溜溜转动，瞪视着傲然挺立的金戈。金戈大喝一声，纵身扑去。黑衣人不躲不闪，亮出匕首便刺。金戈身形“风摆杨柳”，右拳嗖的一声击出。黑衣人撤步转身，手中匕首上下翻飞，飘逸灵动。“好功夫！”金戈叫了一声，立即展开了“阴阳九九掌”。金戈吐气开声，霎时风声雷动。几个照面之后，金戈气势暴长，掌法有如长江之水滔滔不绝，又如大漠飞沙风尘滚滚。突然，金戈一声怒吼：“翻天掌！”呼的一声，金戈化掌为刀，胳膊一拐，手腕一弯，啪一声，闪着幽光的匕首飞上了天，咔嚓一声，黑衣人断了腕骨。黑衣人嗷的一声怪叫，撒腿就跑，像一只受了惊的兔子。金戈奋起直追，口中高叫一声：“朋友慢走，留下命来！”黑衣人低头疾奔，身形一晃而逝。金戈心道:“果然是你,今天非追上你不可!”金戈调匀呼吸,奋起急追。奔跑的二人就像两支射出去的冷箭,在淡淡的月光下贴地疾飞。

铁嘴华和长发婆隐藏在三台附近,听到急促的脚步,看见奔来的黑影。铁嘴华大声道:“好,来了!”铁嘴华刚蹿出去,黑影就到了,铁嘴华大喊一声:“站住!”随手拍出一掌,黑影身形不停,流星般扑向了峡谷。后面还有一个黑影,也是一晃而过,同时耳边传来炸雷似的一声怒吼:“哪里走!”

两个黑影,一个亡命奔逃,一个急追不舍。像流云,像闪电,同时扑向峡谷。

“啊!不可!不可!”铁嘴华和长发婆同时惊呼。

金戈闻声,已在数十丈外。

长发婆道:“是飘飘叟,是金戈!他追去了,峡壁上可能有绳索!”

铁嘴华已经看见,峡谷上斜拉着一条手指粗细的绳索。铁嘴华道:“他奶奶的,拉了这么长这么细的一根绳子,黑灯瞎火的,我们可过不去,绕吧!”说着,两人奔向了半壁峡的木桥,等他们绕到对面的山坡上,只见山峦影影绰绰,耳边风声呜呜咽咽,人迹渺茫。铁嘴华捶胸顿足,骂道:“他妈的,眨眼之间,已在数里之外了!我说,这轻身功夫是怎么练成的?真是拐子的屁股——邪了门了!”

金戈和飘飘叟一前一后,玩命地飞奔。金戈细眼圆睁,心道:“今天我非杀了你不可,我要挫掉黑旗船的锐气,我要提振岳武院的信心!”

飘飘叟左手腕骨断裂,手臂贴在腰上,歪着身子玩命奔跑。他知道后面的人厉害,多半是岳金戈追来了,咬着牙坚持。心道:“只要逃进了武夷书院,就安全了,你金戈本事再大,也不是四海财君的对手。”因此,两人如同奔豹逐鹿,激烈无比。

武夷书院就在眼前,飘飘叟利箭般射了进去。金戈距离飘飘叟不足两丈，也是一跃而入。飘飘叟发出啸声，就像一只受了伤的野狼发出的嚎叫，他一步不敢停留，竟被金戈追出了武夷书院。四海财君和众强盗出来一看，他们已经消失在茫茫月色中。飘飘叟跑着跑着，再次逃回武夷书院，这时，金戈与他的距离已经缩短到一丈左右，金戈双手紧握着凤尾镖，准备一击成杀。飘飘叟的哀号已经变成鬼哭，声音尖锐凄厉。书院里灯火通明，人影幢幢。在灯球火把的照耀下，金戈看得真切，右手一扬，一道黑光闪射而出。左手再挥，天龙爪飞了出去，脚掌用力，身子一纵而起，嗖的一声蹿到高房上。金戈收回天龙爪，突然转身，一个“渔夫撒网”飞出一片凤尾镖。

飘飘叟的哀号已经停止，他哽咽着躺在洒满月光的方砖上。这时凤尾镖带着呜咽声再次飞到，众强盗就像受惊的麻雀，呼啦一声四散奔逃。

“站住！不要跑！”有人喊叫。

金戈站在高高的屋脊上，沐浴着夜风，冷冷地看着院子里丑态百出的群盗。一个白胡子胖老头周围，高举着几盏西瓜灯。胖老头俯身摸了摸倒在地上的飘飘叟，给他合上了双眼。胖老头直起身子，对着房顶上的金戈大声喊道：“岳院主深夜造访，何不下来喝上一杯？月明星稀，你我正好对月谈天。老朽阔别中原多年，今日得见一代年轻俊彦，不胜欣喜。下来吧！你我举杯邀明月，煮酒论英豪！”

金戈朗声一笑，说道：“财君客气了，在下曾要钓鱼叟转告阁下，明日中午，岳武院在武夷山半壁峡木桥上宴客，还请财君大驾光临。今夜小可捉贼至此，打扰了各位雅兴，还请见谅！飘飘叟既已毙命，岳金戈就此告退！明日桥头，小可设宴恭候！”说罢，金戈晃动身形，越脊而去。

“追！”有人喊。

“不可！”四海财君晃晃秃脑袋，摸着花白胡须说道，“既有下海捉鳖之技，就有上天揽月之能！放他去吧！夤夜之中，你们追不到他的。离别数年，不想中原大地上人才辈出，长江后浪推前浪，一代新人换旧人……死了几个人？”

一个中年人道：“飘飘叟后脑中镖，飞镖穿出后脑，又穿进一个人的胸膛，他一镖射死了两个人……”四海财君惊道：“什么？岂有此理！”

“还有，那边也死了三个人，也中了他的飞镖……这是他的镖。”中年人手里托着一枚凤尾镖。

“好细的镖，好漂亮的镖！一枚要命的镖！”四海财君说完，随手丢掉凤尾镖，阴着脸，背着手，嗒嗒走进屋子。

金戈正在山路上疾奔，迎面碰上铁嘴华和长发婆。长发婆老远就喊：“是金戈吗？怎么样了，你没事吧？”

“是我，没事，好着呢！”

“飘飘叟呢，滚回家了？我追了他好几宿都没追上他，真是个老泥鳅，滑得很。这老小子瞅个空就杀上几个人，可恨至极。我叫他决战，他总是不理，这回好了，追到他姥姥家去了！我说，看他还敢来不！”铁嘴华说到飘飘叟，火就上来了。

金戈停住脚步，笑道：“走吧，睡觉去，回去睡个安稳觉，他再也来不了啦。”铁嘴华奇道：“怎么？”金戈得意地说道：“死了，见阎王去了。”

长发婆惊道：“死了？”铁嘴华道：“真的？嘿，太好了！”

“我追到了武夷书院，一镖射死了他。我看见四海财君了，老胖子答应木桥上的会晤。”金戈边走边说。三个人迈着轻快的步子，不知不觉间回到岳武大殿。金戈命令点灯，霎时间大殿里灯火通明。过了一会儿，仁义双雄兄弟俩同时来到，金戈述说了击杀飘飘叟的经过，哥俩兴奋不已。正在议论，白凤跑进来，喜滋滋地说道：“戚将军的骑兵哨队来了，他们奉命来援，蒋堂主和马堂主正和两位骑正在客院里说话呢。”

金戈喜上眉梢，拍着桌子道：“太好了！戚大哥见到我的书信，派人来援，好！来得是时候！赶紧请他们过来，叫蒋堂主和马堂主也过来。”

白凤张了张嘴，想说什么却没说，横了金戈一眼出去了。

金戈看了看长发婆，问道：“听说黑旗船的船队都集中在鄱阳湖，连你们的长江船队，有多少条船呢？”长发婆道：“那里有四支船队，大概三四百艘战船。逃回来的人说，黄河船队留守鄱阳湖。战斗力有限，三百多人，不堪一击，你是想……”金戈神采奕奕，说道：“对！拿下整个船队，付之一炬！让他们没了腿！”

长发婆摇摇头，说道：“烧了可惜，你是不知道，这可是江河湖海陆地山川都能行走的两栖战船，凝结了不少能工巧匠的心血。夺下来为我所用，用不了，就偷偷沉入湖底，不能烧啊，千万不能烧！”

金戈道：“也好，那就把它沉入湖底吧。”

“我有办法把这些船藏起来，这件事我来办。”

正说着，白凤、蒋忠和马大响带着两个军官过来，一个军官看见金戈，大声道：“左骑正吴惟忠谒见院主！”另一个军官抱拳道：“右骑正王如龙谒见院主！”

金戈大笑，说道：“好！现在军情紧急，兄弟们不能休息了。你们一队骑兵有三百骑吧？”

吴惟忠抱拳道：“正是！”

金戈道：“好！蒋堂主，你带着你堂人马，和戚家军的左骑队前往鄱阳湖，袭击黑旗船的船队，那里由黄河船队的冷面婆把守，三百来人。麻烦铁嘴华和长发婆一起下山，协助蒋堂主和吴骑正。你们要速战速决，得手后把船交给长发婆。留下多少人保护这些船，开往何处，由长发婆做主。你们连夜动身吧，骑马去。”

长发婆犹豫了一下，说道：“不是明天中午在半壁峡会战四海财君吗？力量岂能分散？”

金戈道：“我们人手够用。再说，半壁峡地方狭窄，不会发生大规模战斗。当前的策略，我们是能拖就拖，能小打就不大打，你们放心去吧。”

长发婆叮咛道：“你不可与他单打独斗。要打，就群起而攻之。你最好等我们回来再说。我带着柳眉她们走了，你要照顾好金珠。那边就剩下银珠、金珠姐妹俩了。”

“你放心，我马上就搬过去，我会照顾好她们姐妹的。”

铁嘴华拉着长发婆，说道：“我说，别啰嗦了，咱们赶早不赶晚！早去早回，走吧走吧，啰里啰嗦的。”长发婆白了铁嘴华一眼，跟着蒋忠、吴惟忠走出大殿。

右骑正王如龙问道：“我们怎么办？”

“你们趁天未亮秘密开进来。让白堂主安排一下，你们换上便衣，充当岳武院的武徒。明天中午列队半壁峡，一起会斗黑旗船总舵主四海财君！”

王如龙道：“遵命，右骑队进驻岳武院！”

“跟我们来吧！”铁铃公子和铁扇公子领着右骑正出去了。

金戈转向白凤：“明天的‘双雄会’怎么安排，你看着办。但是，你记住一条，那就是能拖则拖，能小打就不大打，我们要拖而胜之。我去闭门练功，我要破他的‘流星镖雨’，这里就交给你了！”

“交给我？”白凤满脸诧异，说道，“这可不是闹着玩的，一着不慎，满盘皆输。连援军在内，上上下下一千多人的性命在此一举，再说了……”

金戈盯着白凤白里透红的俏脸，笑道：“你能行，你是我的狗头军师，布置‘双雄会’还不是小菜一碟、小葱一段……”白凤举起粉拳要打，金戈闪身一躲，继续说："那句话怎么说来着？老太太擤鼻涕……"白凤道："手拿把攥！嘿，你俏皮话学得真不少……"

金戈道："你还有护法仁义双雄、大将凤玲，堂主马大响、李虎子、江中月，协理杨伞等精英，再不行，你就去找黑剑罗仁杰、神鞭赵旭、铁胳膊郑振廷，他们都有丰富的实战经验。对了，精武堂新来的武师也要组织起来，用用他们。我走了，大堂主就坐镇指挥吧！哈哈！"

"那你什么时候过来呀？"

"快到中午了再叫我，我要集中精力练功。"

白凤噘着嘴说："那你还去消息堂？你在那儿能静下心来？哼！"

"我要照顾金珠，她伤得厉害，你不知道吗？你让毛四带着护卫在那里布防吧。"

金戈来到消息堂，叫开门，见到金珠、银珠，说明了来意。银珠听说飘飘叟死了，高兴得跳起来："太好了，让四海财君也知道知道咱们的厉害。不过，四海财君这人歹毒阴险，我看，还是避一避的好……"金戈摇头道："不用，鹿死谁手还不一定呢。再说长痛不如短痛，我们必须和黑旗船做个了断。"

金珠叹口气，说道："可是，可是，万一出了错怎么办？你叫我们指望谁呀？还有，伯母可盼星星盼月亮地盼着你呢！"

金戈的目光黯淡了，他望着摇曳着火苗的蜡烛呆呆出神，思绪就像一匹脱缰的野马，奔向了远方。银珠拉了拉金戈的手，金戈的念头飞回来，幽幽地说道："不用担心，我是命大的金戈。我们不能不战而退，我会想出一个万全之策。你先睡一会儿，我到婆婆屋里去练功，我要破他的'流星镖雨'！有事你们就喊我，我马上过来。毛四带人在外边守着呢，缺什么你就喊他。"

银珠轻声道："我也不困了，要不，我陪你去练功？哎呀，我还是陪姐姐吧。"

金珠低声道："我没事，要不，金大哥，你就在这屋里练吧，我愿意看你练功。"

银珠欢叫道："好啊，好啊！你就在这屋练，我们不困了。"

金戈道："不行啊，等会儿我也要迷糊一下的。"

银珠央求道："那你就睡我的床，我陪着姐姐睡，行吧？"

金戈笑道："好啊，不会打扰你们吧？"

"哎呀，你也不是第一次和我们睡一屋了，再说了，我们已经许给你，还怕什么？你睡吧，我们困了也睡。"

银珠一边收拾床铺，一边说："睡醒了，你就练你的，不会影响我们。"

"好吧，那我先睡一会儿。"金戈解下枪匣，解下镖袋，脱下衣服上了床。

银珠把姐姐的被褥往里拉了拉，拿过一个枕头，也躺下了。

睡梦中，金珠听见动静，睁眼一看，天已蒙蒙亮，金戈正坐在圆桌旁，写写画画，不知忙着什么，桌子上的蜡烛还突突冒着红色的火苗。金珠连忙推醒了银珠。银珠打了一个哈欠，扣好小褂的扣鼻坐起来。

金戈走过来，看看金珠，俯身问道："还疼吗？"金珠轻声道："还是有点疼，好多了。你忙你的吧，不用管我，有银珠呢。"

金戈又对银珠笑笑，喊了一声："毛四，进来一下！"毛四走进来，金戈说道："你拿着这张纸，去找工匠，照着图去弄几十个细竹筒，七个竹筒捆成一束。"金戈掏出七枚凤尾镖，比划着对毛四说："把这七枚凤尾镖装进竹筒束里，一甩，七枚凤尾镖能够一同飞出去。你叫工匠做几十个这样的竹筒束，竹筒里面要打磨光滑，粗细合适、松紧适度，一甩就能够甩出去，不甩时不能掉出来。一束装七枚凤尾镖。明白了吗？拿着。"

毛四接过七枚凤尾镖，说道："明白了，院主，凤尾镖要不要喂毒？听说四海财君的金钱镖可厉害呢，铁嘴华都未逃过他一镖，他一旦使出‘流星镖雨’，恐怕，恐怕……他肯定会在金钱镖上喂毒！”

金戈道：“不会吧？他是一代宗师，能干这种勾当？”银珠插嘴道：“胜者王侯败者贼呀！管他这个那个的，杀了他就行。”

毛四道：“对呀！”

“好了，你先去安排吧！用毒的事我想想再说。”

毛四走后，金戈百爪挠心，来回踱步，喃喃自语：“关键是让他打不着我，我能打着他才行。喂毒不喂毒，尚在其次。”

武夷书院的翠云楼内，炉火腾腾，上面架着一个小铁锅，钓鱼叟正把一簸箕金钱镖倒进锅里，说道：“这是大漠青蝎毒，见血封喉，疼痛难忍，让金戈这个狂妄小子尝尝吧！”

四海财君来回走了几步，说道：“嗨，这两天我的左眼老是跳，八成是凶多吉少，大风大浪我渡过了无数，从未心惊肉跳过，如今……唉，信心却不足了，老了，真是老了。”

钓鱼叟道：“您不老，刚过六十怎么算老？您的‘流星镖雨’波及一丈方圆，无人能逃，况且，加上这青蝎毒，就是如来佛现世，也在劫难逃！”

“我一生横行江湖，从未用毒，老了老了却借助毒物，可悲可叹哪！”四海财君说着走出屋子，喊道：“靶子！”立刻有人跑来，在东西两面墙上挂白布帐子。钓鱼叟也连忙出来观看。帐子刚挂好，四海财君一个“鹞子翻身”，金钱镖暴雨般撒了出去。砰的一声，布帐子后面尘土飞扬，墙头呼啦一声倒塌。四海财君脚尖点地，接着一个“回头望月”，手掌一开，一片镖雨暴射而出，耳边又是砰的一声，窗户纸震得哗啦啦直响。四海财君站直身子，顿时掌声四起。

东面的白布帐子移到近前，只见布帐子上面布满了筛子似的小孔。小孔密密麻麻，呈椭圆形分布，形成了一个高约六尺、宽八尺的孔阵。随从们收起帐子，坍塌的墙头露了出来，一个随从拿来了几块破碎的砖头，递给四海财君。四海财君看了看，用手指量了量小孔的深度，满意地笑了。西面的帐子也移到了跟前，帐子上的孔阵相似，只有几个镖孔，偏离椭圆形，落到边角上。四海财君看罢皱了皱眉头，走到墙头前的大树旁，围着水桶粗的大树转了一圈，忽然仰天哈哈大笑。钓鱼叟忽然脸色一变，大叫一声："闪开，树要倒了！"说着，他鱼竿一挥，大树吱吱呀呀向外倒去，轰隆一声，地上尘土飞扬，枝叶飘零。

金戈知道，只有"九转迷魂步"才能躲开"流星镖雨"。金戈来到院子里，练习"前蹿后跃步"和"后跃前蹿步"。他脱掉衣服，光着膀子练起来。这是生死之练，这是希望之练。金戈先练空翻转向，再练落地疾蹿，练得大汗淋漓。

银珠走出屋子，靠着门框静静地看着金戈。

金戈越练越熟，前蹿后跃、左闪右飞，幻起一片人影。接着，金戈的飞镖出手了，凤尾镖随着翻腾的身姿银链似的飞出去，打得砖墙上碎末斜飞。银珠看得高兴，手舞足蹈起来："好！好！"

银珠跑进屋里，告诉金珠什么叫"九转迷魂步"，金戈是怎么练的，她也在屋里比划了几下，然后拿着面巾出去了。

不知什么时候，白凤和毛四走进院子，他们站在角落里，惊奇地看着翻腾旋转的金戈。

金戈停下来，银珠连忙递上汗巾，金戈擦了一把脸。毛四递来一束竹筒，里面插着七枚凤尾镖。金戈飞身而起，左闪右晃，七枚凤尾镖同时飞出，旋转着没入了墙壁。白凤上前看看，砖墙上只露着几根鸡翎，镖身不见了。金戈取来几束七星凤尾镖插进镖袋。白凤又拿来不少单个的凤尾镖，一一插进镖袋。

做完这一切，白凤笑道："换衣服去，今天要打扮得潇洒些。拿来！”白凤接过一个武徒抱来的衣服，推着金戈走进屋子。

金戈收拾完毕，走出屋子，众人只觉得眼前一亮。金戈内穿淡蓝色紧身衣靠，腰围鳄鱼皮镖袋，外罩月白色绣花长衫，脚蹬鹿皮快靴，站在院中，真是玉树临风。金戈细眼一睁，看见太阳已到正南，惊道："哎哟，时间到了！快走，凤玲呢，叫她拿上我的瑶琴，我要在桥上对牛弹琴！"

白凤扑哧乐了，说道："对牛弹琴？好！去，让凤玲把瑶琴拿来！大队人马已经过去了，咱们走吧。"说着，白凤瞥了银珠一眼。银珠知道自己去不成，一跺脚走进屋子。

门外停着一乘八抬大轿，轿杠包着红绸子，轿帘绣着大红花，杏黄色的轿伞、绿色的流苏，好一乘豪华的八抬大轿。白凤抬手让道："请院主上轿！"金戈诧异地看看白凤，说道："干吗？坐着它去赴宴？"

"当然了，你是堂堂岳武院的院主，中原四大高山之首，会见海外高手，当然要讲一下排场了，不能让他小看了咱们！请吧，大院主小进士！呵呵……"白凤开心地笑了。

金戈也笑了，说道："好！上轿！这可是大姑娘坐轿，头一回！好，单刃枪呢？拿来！"

白凤伸手拦阻，说道："让毛四扛着吧！你不用背它了！"正说着，背着瑶琴的凤玲和黄山八女一起骑马奔来，加上白凤，十女十骑，护卫在大轿两旁。

"起轿！"白凤一声喊喝，轿子离地，向半壁峡缓缓行去。

金戈的大轿来到半壁峡木桥前，看见岳武院众武徒和众豪杰已经列队相候，同时听见钟楼的大钟当当敲响了。接着，岳武院队伍里战鼓轰鸣，吼声震天。金戈走出大轿，只见半壁峡对面停着三艘巨大的黑旗船，船上站满了人，黑压压的一片。他们正跳着脚大喊："要解馋，黑旗船！要解馋，黑旗船！"正中间的黑旗船上黑旗招展，船头的太师椅上端坐着一个白面长须的胖老头，正是四海财君。

岳武院武徒们红缨枪高举，翻起一片红色的波浪："精忠报国！文死谏，武死战！精忠报国！文死谏，武死战！"金戈目光回扫，他看见了一支整齐的队伍。虽然他们穿着便衣，牵着马匹，还是与众不同。他们正是戚家军的三百虎兵。

半壁峡的木桥上铺了地毯，地毯上放着一张八仙桌和两把太师椅，桌子上摆着几样水果、几样点心。一个银色的酒壶、两个银色的酒杯放在托盘里。梁丫默默站在桌子的一侧，任凭桥上的疾风撩动着紫色的长裙。

白凤看向对面，说道："上桥吧，到桌子前邀请四海财君入席。你要小心他下毒！唉，五毒师太不在，不然的话，一杯酒就叫他睡上几天……"

"我会小心的，你们不要轻举妄动，记住我们的策略，能拖则拖。"金戈迈着坚定的步伐走上桥头，来到八仙桌子前抱拳道："财君阁下，下来吧！薄酒一杯，不成敬意！"

"哈哈！"四海财君抚须大笑，说道，"岳院主光彩照人，怪不得勾引了那么多女孩子，羡慕啊羡慕！"说罢，四海财君飘身下船，冉冉行来。一个漂亮女婢跟在身后，端着一个托盘，托盘上摆着玉壶玉杯。看来他是一点亏都不吃，丫鬟也带着一个。不过，看那个女婢走路的姿态，似是武功不弱。看来白凤派梁丫伺候金戈，似乎欠妥。金戈看看梁丫，高高的个子、秀丽的身材，一副大家闺秀模样。梁丫低头不语，一股淡淡香味飘进金戈的鼻孔，金戈忽然一惊，眉头一皱，心中若有所思。

四海财君来到金戈对面，大马金刀地坐下，女婢倒上了酒。梁丫袅袅走来，轻舒皓臂，哗啦啦，一股酒箭射入银杯。金戈起身抱拳，说道："财君大驾光临，武夷山草木生辉，今日得见财君尊颜，金戈荣幸之至！哈哈！不过，财君似乎胆子不大！"

四海财君呵呵干笑，言道：“此言差矣！俗话说，宴无好宴，酒无好酒！你我双方木桥相会，各逞心机！待你我解决了正事，再坦诚相见不迟。岳院主，我手下的叛徒可曾带来？让她们出来，见见老夫，是非曲直，当面辩个明白！”

“想必你已经知道，金珠身受箭伤，正在调理之中，银珠在她身旁守护，长发婆另有公干。财君有话可讲当面，小可完璧转达！”

“金少侠看上我们黑旗船珠仙子姐妹，那是她们的福气，不过，你鼓动她们变节投敌，似乎不够意思。哈哈，如今，我黑旗船宽宏大量，前嫌不计，你让她们重回黑旗船，你托媒说亲，我们隆重嫁女，将来黑旗船和岳武院兵合一处、将打一家，你我共同称雄海内外，何乐而不为？”

金戈朗声大笑，说道：“你黑旗船强抢豪夺，勾结倭寇，串通桃花会，残害中原百姓，是不折不扣的强盗汉奸。我岳武院继承先祖岳飞‘精忠报国’之遗志，岂能与你们这种强盗同流合污！除非你们痛改前非，洗心革面，不然，你我永远敌对，不死不休。今天设宴，我敬你是一代宗师，横行江河湖海数十年颇为不易，望你行将就木之时，能够放下屠刀，造福黎民，润泽社稷！”

四海财君哈哈大笑，说道：“金公子伶牙俐齿，巧舌如簧，岂不知老朽我心坚似铁，一意孤行！我只为你可惜，竟步岳飞之后尘，愚忠天下，一朵武林奇葩，竟成众矢之的，想必你命不久矣！来！你我干上一杯！我祝你如愿以偿，早登极乐！哈哈……”吸溜一声，四海财君干了一杯。

金戈大笑出声，说道：“财君之言，金戈不敢拜领。但愿财君及早醒悟，俗话说，人心不足蛇吞象，贪到头来一场空！到阴曹地府之时，你又能带走何物？纵有家财万贯，又能多留几个时辰？正是那句老话，广厦千间，只眠七尺，锦缎万匹，只着一身。收手吧，回头是岸，立地成佛！”金戈仰脖，也干了一杯，梁丫立即端起酒壶，玉指倾斜，哗啦，清冽的酒液立即注满了银杯。

“好！痛快！你我老少爷们桥头排兵布阵，对酒论道，真乃武林一大盛举。来，你我再干一杯！抒豪情，壮老朽鸿鹄之志！”四海财君拱拱手，又端起了酒杯。

金戈神色淡然，端起酒杯，遥遥拱手，一仰脖子干了第二杯。第三杯满上，金戈开言道：“俗话说‘善有善报，恶有恶报，不是不报，时辰未到’！浩瀚天宇大道经天，万千星河善恶有报！夺天造势，巧取豪夺，必为天道所弃！所谓英雄豪杰，应识时势而定行止，勇于洗心革面方为人杰。来，再干一杯！”

四海财君干掉第三杯，看看面色红润的金戈，沉声道：“金少侠年轻有为，文武全才，正所谓前途不可限量。我真不愿与你为敌。只是你我道不同，只有拼个你死我活了。我黑旗船对待叛徒，那是非杀不可，纵是粉身碎骨，也在所不惜！也罢，”四海财君独饮了一杯，黯然道，“这样吧！咱俩单打独斗一场，我败了，解散黑旗船，你败了，解散岳武院。当然，你还得交还长发婆一干叛徒。你看如何？”

金戈也自饮一杯，酒杯在桌子上一蹾，大声道：“好！但是，你败了，除了解散黑旗船外，还要交还我的‘云遮月’，交还大明的‘八百罗汉纯金山’！”四海财君诧异地看着金戈，说道：“喔，你消息可够灵通，你怎么知道‘八百罗汉纯金山’在我手里？好！‘云遮月’和‘八百罗汉纯金山’一并交给你！”

金戈又道：“长发婆母女去留，由她们自己做主，我可无权干涉！”四海财君脸色一变，怒道：“这可不行，你一定要交还长发婆母女！”

金戈摇头，眼中豪光四射，大声道：“她们的事由她们自己做主，我岂能强迫。不可！不可也！”金戈望着峡谷里的流云，神情冷漠。

四海财君眉头紧皱，长须飘动。二人端坐不动，空气紧张起来。

忽然，金戈听到一阵骨节开合的噼啪声，知道四海财君准备出手了。梁丫瑟瑟发抖，金戈却不动声色，两只眼睛紧盯着四海财君。过了一会儿，四海财君站起身来，缓缓退去。金戈突然吐气开声，叫道：“拿琴来！金戈弹奏一曲恭送财君大驾！”

金戈的古琴捧上来，置于桌上，金戈朗声道：“小可的琴艺被称为一绝，然荒废已久，怕是其实难副，为迎接海外高人光临武夷山，献曲一首，以表寸心。并邀财君阁下后天中午再次相会，届时本院主定会携带长发婆母女前来，你们有话可讲当面，她们若愿回归，金戈不拦，你要与我一战，金戈奉陪！”

四海财君的手已经伸进镖袋，“流星镖雨”即将出手。他听到金戈的话，看看岿然不动面色冷峻的金戈，犹豫了，心想：“见见长发婆才好，毕竟我对她们母女不薄，或许她们能念旧情，回心转意也未可知。”当下说道：“好，我且听你一曲，后天中午你我再次相会，届时叫英子母女出来见我！”

金戈道：“好，一言为定！请听琴！”金戈五指抡动，琴音铮铮，弹的是《十面埋伏》。琴声激越，山风伴奏，流云起舞，武夷山上响起了一曲雄浑战歌。四海财君侧耳倾听，感到金戈胸中雄兵百万，再看着对面整齐的队伍，摇摇头，卸去了身上的劲力，缓缓退回本队。

峡谷两面的队伍陆续离开，金戈暗自高兴，又争取到两天时间，可以再练习两天“九转迷魂步”，况且，那时蒋忠他们也该回来了，自己的力量大增。

下午，金戈又埋头练功去了。第二天傍晚，蒋忠、长发婆等人胜利归来。大殿里一时笑语喧哗。铁嘴华兴高采烈，手舞足蹈，说道：“你们知道黑旗船的冷面婆是什么样子？”

“什么样？”有人问。

“什么样？你见了准吓你一跳！她可不是白给的，撂在家里放心，看在眼里恶心，搂在怀里闹心……那个面孔，甭提了，眼睛是斜的，嘴是歪的，满脸的鸡皮疙瘩，生孩子不叫生孩子——吓（下）人！她那阴森森冷飕飕的样子，吓得我跌了一跤。我对蒋忠说：‘蒋大堂主，你去吧，我可打不过她，见了她，我浑身起鸡皮疙瘩。’我说，你猜怎么着，蒋堂主原来真人不露相，功夫了得，他三下五除二就把冷面婆咔嚓了。接着，我们痛打落水狗，喊里咔嚓，把黄河船队包了圆，那些留守的强盗被打得晕头转向，稀里糊涂见了阎王。金戈，我说，蒋忠大功一件，他可是勇冠三军，了不起！岳武院真是人才辈出。长发婆也要记大功，她计谋得当，领着我们上了船，水盗们还以为是自己人呢……总之，人人奋勇，个个有功！”

“杨伞！”金戈叫道。

“在！”杨伞出来答应。

金戈道：“记下来，我们要论功行赏！”杨伞答道：“是，属下就去记功。”

蒋忠道：“我们缴获两栖楼船十二艘，普通战船六十四艘，艚船和乌篷船共计三百六十艘。交给柳眉、李路、马子几位了。”

长发婆道：“原来长江船队的帮众大部分投降过来，除去被冷面婆剿杀的，还剩了一百七十多人，他们都留在了鄱阳湖，精武堂也留下了三十多人，我们又招了一百多渔民，目前我们的船队共有三百多人。他们打仗虽然不行，逃跑和毁船却没问题。我让柳眉带队，他们把船开走了，这边怎么样？”

“我和财君会了一面，没动手，明日中午再会。诸位辛苦了，歇着去吧！准备明天的大战！”

“慢着，慢着！我有话说！”铁嘴华忽然拦住众人，往手心里吐口唾沫，跺跺脚，大声说道，“我有话如鲠在喉，不吐不快。大战在即，闻听四海财君的贼毛不好剃，弄不好我就吹灯拔蜡了，我今天是非说不可！我今天是非说不行！要不然死了后悔一辈子！”

铁嘴华来回转圈，一只手不停摸着油光水滑的后脑勺，忽然停住脚步，恶狠狠地说道：“我！白耀华正式宣布……”说着掏出一张纸，大声念道，“休妻！这是我的休书！”

“啊！”白凤、白林、白杏等人呼地站起来。铁嘴华将休书交给白林，说道：“回去交给老太婆，我和她两旁世人，各不相干了！”

“这……啊？”白林拿着休书直抖搂，黄山八女立即凑上来观看。

“哈哈！看不懂吧？”铁嘴华大笑，说道，“告诉你！你们看清楚喽，我把我自个休了，白耀华无牵无挂了。”

众人哈哈大笑起来。

“爷爷！爷爷！……”白杏喊。铁嘴华瞪着眼睛拦住她，叫道：“住嘴！我不是你爷爷了！你是我爷爷！爷爷！爷爷！”铁嘴华忽然转过身来，冲长发婆一躬到地，说道：“无牵无挂的白耀华正式向英子小姐求亲，还望英子小姐应允！”

哗！众人又乐了。八女大叫，七嘴八舌。

长发婆站起来，正色道：“蒙白大侠看得起，小女子不胜荣幸。这样吧，岳武院院主金戈入赘岳家，你和他就个伴，入赘我家吧！”

“好啊！入赘好！我愿意入赘……”铁嘴华摸摸后脑勺，问道，“你姓什么来着？”

哗！众人又乐了。

长发婆说：“当然姓英了。”

“姓英？”铁嘴华转头问金戈，“我说，大进士，百家姓里有姓英的吗？”他不等金戈回答，接着说道：“好！姓英就姓英，今后我是英耀华了！”接着唱道：“小子无能又无能，更名改姓换门庭……下两句怎么说来着？”

金戈没有回答，铁嘴华可不管三七二十一，大声问：“金戈，下面两句怎么唱？”

“愿意入赘做新人，奉妻为主传妻宗！”有人喊道。

“对！我愿意入赘做新人，奉妻为主传妻宗！”铁嘴华大叫。

白林恼了，扔下休书。八女一跺脚，呼啦走了。

“你们拿着休书！”

“你自己去送吧！英大侠，你没权命令我们了！”白杏站在门口，虎着脸说。

“好！金戈，你给我派俩人送过去，我就不信，大活人叫尿憋死！没有鸡蛋也照样做槽子糕！”

长发婆起身要走，铁嘴华急忙大叫：“英子，你可不能反悔啊！”长发婆回身道：“不反悔！此战若是不死，我们就成婚！”

人都走了，金戈看看蒋忠，欲言又止。蒋忠走出殿门，金戈又把他喊回来。大殿里只剩下金戈、白凤和蒋忠了。金戈对白凤说：“你去外面转转，我和蒋堂主有两句话说。”白凤站起来，诧异地看了金戈一眼，一扭身子走了。

金戈看看蒋忠，笑道：“蒋堂主辛苦了。你是我岳武院的一只膀臂，我的一只手，我谢谢你了！”

蒋忠莫名其妙地看着金戈，道：“院主客气了！”

金戈问道：“蒋堂主的岳武功练到几阶了？”

蒋忠心里一激灵，说道：“两阶啊。我在精武堂学过一阶，你又教了第二阶‘六步摇柳’，院主你忘了？”

“没忘。”金戈看着蒋忠闪着黑光的眼睛，亲切地说道，“岳武院的岳武功六步为止，第三阶，也就是第七步的练法尚有不足，不能练习，所以没有传给你。据我所知，强练第三阶会内火焚心，练好了‘六步摇柳’再练第三阶或许好点，但也有欠缺。而练不好柔功强练第三阶，肯定会练残或练出内火。你要问了，我怎么练成的？我告诉你，我没有按着岳武院的练法练习，我是另辟蹊径，别开生面。同时，我的‘六步摇柳’也练得不错，就是这样，我功成后也是心火大盛，烧得我烦躁不安。那次在军营里深夜号叫，就是被心火烧的。你千万不能练习第三阶的岳武功，等我完善功法后，再传给众位精英。我说这些都是为你好，不然你会走火入魔，前程尽毁。”

蒋忠脸色煞白，脑门上沁出了米粒般的汗珠，喘着粗气道：“不练，不练！我不会练习的，院主你放心！再说，我也不知道怎么练呀，我可不敢瞎琢磨……还有事吗？没事我、我先回去了。”

“没事了，回去吧。”金戈心说：“我可是为了你好，话已经说过了，可别怪我没提醒你。”

蒋忠低着头，就像一头老牛，哼哼着走了。

白凤眉眼笑着走进来，绕到金戈身后，按住了他肩膀。金戈凝视着那高大的雕花殿门，说道：“明天的事还是你安排，我去练功。和四海财君的胜负就在出手的刹那间，一招分胜负、决生死。”

白凤身子颤抖，说道：“那你可要全力以赴，别的事你不用操心了，快去吧！”

白凤和金戈一同来到殿外，金戈望着如水的月光，闻着白凤的体香，忽然想起一件事，皱着眉道：“梁丫？对！梁丫很像那个无面夜行人，她们身上的香味相同。”

“什么？”白凤大惊。

金戈就把那天和无面人对掌的事告诉了白凤，白凤问道：“那明天中午怎么办，要不要换个丫头？”

金戈摇头，说道：“还让她去吧。你知道这回事就行了，无面人是不是她还不敢肯定。如果她是无面人，她隐藏的目的咱们还不清楚，有没有同党咱们也不知道，你留点心，咱们看看再说，万一怀疑错了呢？”

第二天，金戈继续苦练“九转迷魂步”，将近中午，八种步伐练得滚瓜烂熟，最后一种步伐也练得有模有样了。金戈穿好衣服，向大殿走来。进入大殿，看见众位头领们都在，一个个愁眉苦脸的，一点生气也没有，就问：“怎么了，一个个苦瓜似的，不是还没到中午吗？”

白凤苦着脸说：“改了，要我们晚上到武夷书院门前会晤，叫我们带上长发婆母女，他们，他们，抓住了我八个妹妹……”

“什么？”金戈脸色突变。

“昨晚，白林、白杏她们赌气回家，下山不久就被捉住。黑旗船来函，用八女要挟，改在书院门前会晤。这是信。”白凤说着递上书信。

铁嘴华骂骂咧咧，没头苍蝇似的乱转。

“也好。”金戈看完书信，说道，“我本来打算今夜袭击武夷书院，这样更好，我们一鼓作气，彻底歼灭他们。准备吧，晚上决战黑旗船。我们破釜沉舟，一战定输赢！”

“好！”众人的豪气被激活了，顿时斗志昂扬。金戈坐下来，立即调兵遣将。

白凤看看左右，悄悄溜出岳武大殿。她一路小跑，快步来到消息堂，走进屋子，直奔金珠的卧床，见面就说：“金珠，你好些了吗？”

银珠看见白凤跑来，一怔，说道：“不是要开战了吗，你怎么上这儿来了？”

白凤笑道：“改了，改在晚上了。我过来看看两位妹妹，和两位妹妹说说心里话。”

说心里话？银珠眉头一皱，瞪着眼问道：“你想说什么？”

白凤嘻嘻笑着说道：“说仁义双雄兄弟呀，你们听说了吧，年轻人中能称雄的只有他们兄弟两个，金戈也不能称雄。这哥俩的热心肠天下皆知。每天晚上，到他们兄弟屋子里讨教武功的人川流不息，人多的时候插不下脚，汗腥味呛鼻子，可这哥俩就没发烦的时候。

就连小兰子都长在那儿，有空就跑过去，连瘸腿猎人都嫉妒了。不服不行啊，那脾气、那秉性，真是没的说。这哥俩长得还行吧？人高马大，魁梧挺拔，可以说是典型的男子汉大丈夫。当然，你们姐俩的美丽也是出类拔萃赫赫有名。我的意思你们应当明白，你们要和双雄兄弟多亲近，一人跟着一个，多惬意呀……”

银珠一瞪眼，说道：“你说得这么好，你怎么不嫁给他？”

白凤晃着身子道：“他们不是兄弟俩嘛，我又没有分身术，怎么嫁？你们双珠姐妹不是正合适嘛，双珠配双雄，天下的绝配……”

金珠抬起了头，冷然道：“白堂主，你不用说了，我们的心意已决，不会改变主意的，你说得天花乱坠也没用……”

白凤倒了一杯水，慢慢放到金珠身旁的茶儿上，低声道：“你们如果愿意给金戈做小妾，我也不反对。不过，你们要注意自己的身份，记着矮别人一头就行了。在我的面前要处处谦卑，不要争风吃醋。还有，你们要记住自己的出身，你们不能和我比，也不能和岳霞比，岳霞出身岳武院，我出身白神庄，你们呢，出身黑旗船！还没怎么着呢，就招来了一帮水贼，自个想想吧。”

“出去！你出去！”银珠手指着门外，脸都气白了。

“你……”金珠气得浑身发抖，嘴唇哆嗦着说不出话来。

白凤站起身来，笑道：“想想吧，不要犯糊涂！一人跟一个多好啊，做个说一不二的正妻！要做小，就要准备受气。不说了，好好养着吧，我走啦。”

四十五　暴雨七星

南京应天府西花厅里，赵文华端坐太师椅，身边站着文武四个随从，面前躬身立着一位身穿官袍头戴乌纱的中年文官，胸前的方形补子上绣着大雁凌空，神态拘谨谦卑。

赵文华开言道：“朱守仁，只要你把这件事办成了，我保你前途无量、一路高升。办砸了，哼哼，你的应天知府也就当到头了，别怪我翻脸不认人！”

应天知府朱守仁灰白的脸膛上布满豆大的汗珠，哈着腰低着头说：“我知道，我知道，让下官再想想，再想想……”

“想什么想，你手下没有死囚犯吗？让他们咬死岳金戈还不是易如反掌，有什么好想的？这种事哪个当官的不会做，还用我教你吗？你立即安排，三堂两审定案，然后发下海捕文书，缉拿岳金戈！”

朱守仁用袖子沾了一下额头的汗珠，颤声道：“总督大人，您是不知道，那天戚继光的邸报路过南京，邸报官骑着高头大马一路喊喝：‘横屿大捷，死战队先锋官岳金戈首功！横屿大捷，死战队先锋官岳金戈首功……’当时南京城里满街筒子都是欢呼的人群，人们奔走相告，就像炸了窝的蜂群……岳金戈乃抗倭英雄，现在通缉他，怕是，怕是……”

赵文华手掌啪地一拍，三角眼一瞪，站起来吼道：“屁！什么死战队，狗屁队！你甭管他，就照我说的意思办，管他什么首功不首功！”

“是，是，好。”朱守仁一边答应一边后退，心说：“这可是冒天下之大不韪，我捉拿金戈，百姓们还不要了我的老命……”

赵文华缓缓坐下，端起桌子上的茶碗，碗盖拨开水中漂浮的茶叶，抿了两口。咚咚咚脚步声响，朱守仁抬起头，看见赵小峰带着几个人大步走来，朱守仁赶紧抬手让座。赵小峰睬也没睬，径直走到赵文华身边，低头耳语起来。赵文华听罢一摆手，示意朱守仁出去。朱守仁一见大喜，心说快走吧，可躲开这个大汉奸了。他低着头，提着官袍，脚底上抹了油似的跑出了西花厅。

客厅里，赵文华茶碗往桌上重重一顿，叫道：“什么，刘三麻子和樱花真去了北京？京城还出现了他们的证词刻本？”

赵小峰愁眉苦脸，道：“是，是，证词上说您联络的倭寇，说您设计伏击戚继光，有好几位大臣要求彻查，还说……”

“住嘴！刘三麻子的家人呢？刘三麻子找不到，他的家人也找不到吗？那可是一大家子，十几口人呢，难道飞上天了？你们都是些酒囊饭袋！那些老少病残不可能去北京吧？你们挖地三尺也要把刘三麻子和樱花那个小娘们搜出来，把刘三麻子的家人挖出来，找到一个人赏一万金子，抓住刘三麻子奖五万金子！赶紧找！”

一个黑脸武官弯腰道：“总督大人，您是不是去趟北京，让严阁老……”

赵文华气急败坏地说：“去，不去怎么行？我这就走，朝廷里谣言四起，我不去怎能平息！你们放心，有严阁老撑腰，天塌不下来。”

一个文官低声道："这节骨眼上通缉岳金戈怕是……怕是不行了，要不，让应天府缓上一缓？"

黑脸武官插嘴道："戚继光的邸报太奇怪了，前一句是'横屿大捷'，后一句是'死战队先锋官岳金戈首功'，哪有这样传邸报的？真是前所未闻！"

赵文华冷哼一声，说道："这就是戚继光厉害的地方，他在保护岳金戈。他一句话，朱守仁就不敢通缉了。缓缓吧，金戈已有准备，防着我们呢，好，缓一缓，我们不能和他斗个两败俱伤，明的不行就来暗的。但是，岳金戈一定要除掉，此子太可恨了，你们想想，谁想出好法子有赏！"

黑脸武官道："岳武院正在招人，我们派人混进去，有机会就杀了岳金戈，没机会就杀官造反，嫁祸岳武院，嫁祸岳金戈……"

坐在八仙桌另一侧的赵小峰拍着脑门道："对呀，此计甚高！杀了金戈更好，杀不了就给他惹是生非，好！"

文官道："我看行。"

赵文华的蛤蟆眼睁圆，叫道："好！这计谋可以。刘将军，你安排几个人混进岳武院，负责暗杀和生事。东方江，你负责查找刘三麻子和樱子的下落，查到立即灭口！"

"是！"一文一武两个官员齐声答应。

"小峰，你精神点！戚家军的动静要及时通知倭寇，不能让戚继光再打胜仗了，听说宁德的百姓欢庆收复横屿，夹道欢迎戚家军的百姓竟然排了二十多里，从宁德县城一直排到海边上。朱守仁说南京城听见戚继光的报捷邸报，鞭炮整整响了一天一夜。戚继光的风头太硬了，我们要挫挫他的锐气，不让他继续下去，明白吗？"

赵小峰一愣，说道："戚继光不是刚送来那个吗？您……"赵文华捋捋鲇鱼胡须，嘿嘿奸笑："蠢材，给点蝇头小利你就迷糊了，鼠目寸光，井底之蛙，愚不可及！"

赵小峰伸出脖子，瞪着干瘪的眍瞜眼道：“您的意思是，戚家军的行动也要告诉倭寇了？不只戚继光个人的行踪？”赵文华白眼上翻：“你说呢？”赵小峰颤了颤虾米腰，点着猴头道：“哦，我明白了，明白了。”

赵文华伸出左手轻轻托起茶碗，右手拈花似的捏起碗盖，慢腾腾地拨了拨漂在茶水上绿莹莹的茶叶，鼻子嗅了一下，呷了一小口，然后看着赵小峰，阴阳怪气地说道：“你明白什么？戚继光若即若离，软硬兼施，和我们不是一条心。你说的事他不会办，他要软磨硬抗到底，他要坚持‘积功升’那一套。不过，戚继光的翅膀太硬了，朝野一片赞扬声，不依靠倭寇，我们扳不动他了。这件事交给你，你要密切注视戚家军的动向，及时密报倭寇，让倭寇打个漂亮的伏击战，让戚继光栽个大跟头！”

“是，是，您瞧好吧！”

傍晚，岳武院人马倾巢而出，来到武夷书院前，一字长蛇展开。左右两边是戚家军的两个骑兵哨队，中间是岳武院的武徒和众豪杰。

黑旗船的人马出来了，七八百人，乱哄哄挤成一团。队伍里不时传来呵斥声。

“要解馋，黑旗船！”一阵帮号喊过之后，队伍安定下来。四海财君一改雍容华贵的姿态，急不可待地跳出来，大声疾呼：“岳金戈！你小子过来，我有话说！”

金戈迈步上前，拱手道：“财君有话请讲。”

四海财君怒道：“是你派人去了鄱阳湖，袭击了我的黑旗船队？”

金戈得意地一笑，朗声道：“不错，正是本院主。”

四海财君破口大骂：“好你个卑鄙小人！你我讲好今日再行会晤，你却暗地里下手！你算哪门子君子，算哪门子英雄，你是一个卑鄙龌龊的小人！”

金戈眉毛高扬，叫道：“你不卑鄙？你不龌龊？你上山暗杀我武徒，下山劫我朋友，是何行径？”金戈哈哈大笑，高声道，“相骂无好口，相打无好手，你欺上门来，难道还要我以礼相待吗？你我敌对，正要各逞心机，还有什么卑鄙不卑鄙，还有什么龌龊不龌龊！财君阁下，我劝你带领你的手下就地投降，我看在你年事已高的分上，饶你不死。不然的话，你这一世英名，将化作九曲流水，一去而不复返也……”

“住口！把她们带上来！”四海财君恶狠狠地大吼一声。一群盗匪把黄山八女推上来。白杏、白林等人被绑得结结实实，拴成一串，个个神情沮丧。四海财君冷笑一声，叫道：“听说她们是黄山白神庄的八大姑娘，是岳院主的红颜知己。哈哈！我要你立即归还黑旗船队的船只，交出长发婆母女！不然的话，这八个黄花闺女嘛……哈哈，别怪我辣手摧花！”

“四海财君你这王八蛋！有种的出来斗一斗，抓几个丫头算什么，你这个没人味的混账！你过来，老子和你决一生死！”铁嘴华大喊小叫，疯了似的冲出来。仁义双雄二人连忙上前拉住他，铁嘴华还不住地跳脚蹦跶。

四海财君看了一眼铁嘴华，叫道：“金戈，叫你的人放开他。铁嘴华，你放马过来，让我会会你的黄山绝技。你赢了，八女还给你们，我拍屁股走人。你输了怎么办？你说！你说！”

铁嘴华挣脱了铁扇公子和铁铃公子的拉扯，要冲过去拼命。白凤跑出来，一把拽住他，劝道：“你别折腾了，金戈已有安排，我们都听金戈的，别自乱阵脚。”铁嘴华可不听劝阻，依然破口大骂：“输了，输了老子给你脑袋当球踢！别拉我！别拉我！非揍死他不可，揍死这个偷鸡摸狗的老混蛋！”

金戈摇摇手，示意铁嘴华忍耐，接着说道：“财君阁下，你不用拿八女的性命威胁我，豪杰们聚集双龙令下，高举‘精忠报国’的大旗，已经视死如归。今日大战下来，死伤何止八人，八十人恐怕也止不住吧？但是，又有哪个人贪生怕死呢？我念你远来是客，许你划下道来，你我是一战定输赢呢，还是手下之人三打两胜？或是兵对兵、将对将，混战而决？”

四海财君冷眼观看对方的阵势，发现自己低估了对方的实力，他不知道岳武院竟然有这么多人马，他不知道豪杰们来了，更不知道戚家军的骑兵哨队到了，他面对黑压压的人群，不知如何是好。这时，钓鱼叟凑了过来，对四海财君悄悄地说道：“形势对我们不利，我看约他们明天中午另行会晤，咱们先来个缓兵之计，摸摸底再说。他们队伍里，有不少的江湖草莽，那个拿鞭子的，是神鞭门的掌门人神鞭赵旭，那个黑胖子是峨眉山黑剑门的罗仁杰。我看我们不如连夜撤走，群豪不会长期待在武夷山，我们找机会再行决战。俗话说，君子报仇，十年不晚。反正我们有人质在手，撤了也不吃亏。”

四海财君皱皱眉头，问道：“你们不说他们只有五六百人吗？连新学徒加起来不到八百人，怎么一下子冒出这么多人？麻面魔呢，这个小子怎么还不来？桃花会这些王八蛋怎么说话不算数呢？”

钓鱼叟看看对面的人马，说道：“远水解不了近渴，你看，两边骑马的那些人，八成是戚继光的虎兵，我们还是拖拖吧！”

四海财君皱着眉头道：“拖得了吗？金戈这小子古灵精怪，不会中你的缓兵之计。如果我与金戈单独一战，你看有多大胜算？”

钓鱼叟的眼睛亮了，说道：“单打独斗，您有八成把握。金戈的凤尾镖虽然犀利，但是一次只能发出一枚，而您一次可以打出几百枚，而且都是淬毒的。如果干掉了他，岳武院群龙无首，我黑旗船一定大获全胜。”

铁嘴华又蹦跶起来，他不耐烦了，不干不净地骂起来：“王八蛋！有话快说，有屁快放，瞎嘀咕什么，商量半天也是瞎子点灯——白费蜡，聋子观戏——看蹦跶！哎哎哎，别装三孙子啦！别装狗熊了！四海财君，你尿啦？你聋啦？你哑巴啦？快放出个臭屁来，别在那儿装孬种！金戈，放手打吧！灭了这批一拳砸不出个屁来的乌龟王八蛋！”

长发婆躲在人群里，看见四海财君犹豫不决的样子，心中酸溜溜的。金珠也来了，银珠陪着她坐在四轮车里。金珠和银珠掀开窗帘向外张望，她们看见昔日高高在上的四海财君，一年多不见，明显见老了，稀疏的头发更稀疏了。想起他往日的凶残，依然令人不寒而栗。

银珠喃喃道：“千万别单打独斗啊，要一拥而上，我们人多势众呀！哎呀，你看他还等什么呢？”金珠脸色略显苍白，眼睛里充满了忧虑，她看向银珠，说道：“你下去吧，不用管我了，去帮帮金戈。金戈输了，我们也就完了。”

银珠看看金珠，脸现犹豫之意，说道：“等一会儿冲乱了怎么办？你有伤在身，谁来保护你？”金珠摇摇头，低声道：“顾不了许多了，你去吧。多一个人多一份力，观音菩萨会保佑我的。去吧，你不要离开他，你要保护他。”

“放心吧姐姐，我会护着他，我去了。”银珠咬了咬嘴唇，提起了柳条刀。

凤玲站在一辆马车的后梢，正锁车厢门。车厢窗户里露出岳霞的脸，她大眼一闪一闪的，兴奋地看着黑压压的人群。岳霞看见银珠下了车，对她眨了眨眼睛，嫣然一笑。银珠看见了，不自觉地报以微笑，忽然想起她是个疯子，赶紧收了笑容。凤玲提着藤蛟枪快步走过去，伸手按住岳霞的头，往里推了推，说道：“往里点，听话！不然的话，让老妖猴抓了你去！”岳霞吐吐舌头，冲凤玲做个鬼脸，叫道：“大哥哥，你放我下去，我给你唱个曲子，我给你跳个舞……”凤玲看了看银珠，对着车厢里喊道：“你们看好她！她要跑丢了我要你们命！”喊完了，凤玲提枪奔向了队伍。

岳武院的人马倾巢而出，瘸腿猎人父女也坐着马车跟来了。金戈集中了岳武院所有的力量来到了武夷书院，他要一战定输赢，如果不能取胜，他们就败走南京，会合笑面佛后和黑旗船再决雌雄。

四海财君还在沉吟，铁嘴华还在叫骂。金戈看了看摇摇欲坠的夕阳，看了看犹豫不决的四海财君，顿时信心倍增，他扬起了右手，高喊："准备——"

"慢！慢！"钓鱼叟见势不好，急忙站出来，叫道，"慢！慢！慢！我们财君说了，今日天色已晚，明日中午，双方到半壁峡再行会晤！"

金戈放声大笑，朗声道："那好，先把黄山八女送过来！"钓鱼叟摇手道："那要走马换将，你们要交还长发婆母女。"

金戈厉声道："休想！长发婆和金珠、银珠已经是岳武院的人，要想捉拿岳武院的人，除非岳武院的人死光了，只要我们还剩下一个人，你们休想夺走长发婆母女。不要做你们的春秋大梦了，快快交人！"

"不！明天中午会晤时一并交代！"

金戈喊道："那好，不交还黄山八女，今日就一决雌雄！"钓鱼叟摇手，喊道："不，一切明天再说，一切明天再说。"

金戈知道，他们不会送还黄山八女的，他们已经露出怯意，机不可失，手中单刃枪一举，突然高喊："杀——"

"杀啊！"豪杰们呼啦一声冲了出去。两边的骑兵跃马扬鞭，无数个骑兵鸳鸯阵就像无数飞梭插入敌阵，霎时间，金鼓齐鸣，杀声震天。金戈蹿出几步，突然停住身形。他双腿微微下蹲，双脚内侧着地，双膝合拢，目光像两把利剑，罩住四海财君不动了。银珠快步奔来，她看着侧身而立的金戈，就像看见了一座白色的石像。金戈左手擎着单刃枪，右手握着七星凤尾镖，全身白光闪闪。四海财君也是盯着金戈不动，两人就像两座孤岛，伫立在汹涌的波涛中。

这时，铁嘴华朝钓鱼叟扑过去，蒋忠朝独目叟冲过去，白凤和长发婆奔向了黄山八女。神鞭赵旭、铁胳膊郑振廷、三堂主马大晌、四堂主李虎子也呐喊着冲进敌群，他们与四海财君的六大卫士捉对厮杀。两队骑兵的攻击更是摧枯拉朽，无数个鸳鸯阵往返冲杀，火铳轰鸣、冷箭疾飞、长刀戏水，搅起了血雨腥风。黑旗船的队伍被冲垮了，呼啦啦四散奔逃。

银珠默默地看着金戈，身子轻轻抖动，就像一个畏寒的孩子。忽然，银珠听到一阵悦耳的铃声，丁零零，丁零零……啊，那是铁铃公子的铁铃发出的声音，银珠看着金戈，眼睛的余光却瞟向了铁铃公子，她看见了铁铃公子那把喇叭形的黑色铁铃，看见了他矫健的身姿。白凤把仁义双雄兄弟推向了双珠，银珠虽有反感，但不知不觉间对仁义双雄多了一些关注。铁铃公子前扑后拒，黑黝黝的铁铃上下翻飞，打得好不威风。他右侧是铁扇公子，只见他展蜂腰伸猿臂，脚下行云流水，手中扇影迷天。银珠看罢，不自觉地叹了一口气，心道:“这哥俩真的不错，我们真的很般配。但是，他们来晚了，金戈已经长在我心里。”

银珠收回目光，再看金戈和四海财君，他们周围已经现出了一片空地。无形的压力和野蛮的杀气在空中交织着。两人都是屹立如山，一动不动，眼睛死死盯住对方。突然，独目叟一声惨叫传来，蒋忠的红缨枪扎进他的前胸。这时，四海财君身形突然一闪，右手一扬，“流星镖雨”出手了。与此同时，金戈左闪三尺，接着右蹿一丈，就在四海财君抬手的刹那间，金戈手中的七星凤尾镖也甩手离身。“流星镖雨”漫天飞舞，就像一颗拖着长尾巴的扫帚星，飞扑而至。夕阳下，金光灿灿，耀眼生花。同时，金戈的七星凤尾镖也激射而出。七枚凤尾镖一前六后，飞快地旋转着、呼啸着，拖着美丽的羽毛射向了四海财君。四海财君的“流星镖雨”贴着金戈擦身而过，金戈的七星凤尾镖也挨着四海财君的衣服飞了过去。

金戈身形晃动，幻出无数身影，忽左忽右，忽前忽后。四海财君则是上下翻飞，一溜筋斗腾空而起，一片片“流星镖雨”接踵而来。镖雨漫天飞舞，就像狂风暴雨中斜飞的雨滴，就像怒潮扑击礁石激起的浪花，就像铺天盖地的滚滚黄沙。镖雨遮天蔽日，天空中泛起了一片金色的浪花。

银珠慌忙暴退，铁铃公子和铁扇公子也停下了追击的步伐，侧目观看。一时间，周围的打斗停止了，拼命的双方都被这绚丽的奇景惊呆了。他们看到，金戈翻腾不止，凤尾镖从他身上连续飞出，七枚七枚又七枚，一串串凤尾镖拖着尖锐的呼啸声，旋转着、飞翔着，画出了一道道美丽的弧线，绘成了一道道美丽的彩虹。彩虹变换着颜色，变换着方向，鸣叫着追逐着四海财君。夕阳下，七羽飘飘，彩虹奔流，一会儿像长虹卧波，一会儿像流星斜坠，一会儿像乳燕群飞。

“流星镖雨”继续倾盆而下，忽然，财君尖叫一声，像只受惊的兔子般跳起来。接着，他身形一转，呼的一声蹿上书院墙头，接着身子前扑，一个“鲤鱼穿波”逃离了战场。

金戈跃上墙头，看见蒋忠追了过去。四海财君和蒋忠一前一后飞驰，两个黑点越来越远，片刻之间不见了。

金戈转身看向战场，高声喊道：“四海财君已经受伤逃命，你们赶紧投降吧，岳武院可保你们性命无忧，拒不投降者，格杀勿论！”

“要解馋！黑旗船！”有人高叫。

“精忠报国！文死谏，武死战！”刀剑之声再次响起来。

铁嘴华圈住了钓鱼叟，迫得钓鱼叟团团乱转。钓鱼叟心里发慌，双脚发软，知道黑旗船大势已去。他想逃跑，又怕名声扫地，想打，又不是人家对手。这时，他看见又有几个兄弟被杀，知道再不走就走不成了，眼珠子滴溜直转。铁嘴华久经沙场，早已看出他的意图，张嘴骂道：“老兔崽子，别想跑，跑不了啦，趁早跪地求饶。

我看你一把年纪，兴许网开一面，给你留条小命，不然的话，嘿嘿，你的小命今天算是交代了！”钓鱼叟闷声不响，边打边退。铁嘴华一看钓鱼叟顽固不化，立即大喊一声，攻势骤疾。只见他拳出如山，掌起惊雷，双掌上腾起了一层白气。忽听铁嘴华一声大喊：“翻天掌——”只见他身子旋转，手臂旋转，手掌呼地切下。耳边只听啊的一声惨叫，钓鱼叟骨碌碌滚了出去，啪的一声撞在墙上。铁嘴华旋身而立，再看钓鱼叟，瘦长的身躯缩成一团，虾球似的瘫在墙头下。

另一边，战斗依然如火如荼。戚家军两队骑兵正在外围往返冲杀，圈住了所有盗匪，杀得正欢。神鞭赵旭、铁胳膊郑振廷、三堂主马大响、四堂主李虎子大战四海财君的六大卫士，双方相持不下。一开始，这几位赫赫有名的豪杰竟然陷入了苦战之中，名不见经传的几个黑旗卫士竟然个个功力卓绝，逼得神鞭赵旭四人岌岌可危。这时，仁义双雄双双扑到，两人加入战团，形势立即改观。一来打斗的双方变成了一对一，不再顾此失彼。再者，铁扇公子和铁铃公子自从学了岳武功，如虎添翼，已经步入了绝顶高手之列，只是他们还不知道而已。这时，双方攻守易势，黑旗卫士马上不行了。

铁扇公子首先得手了，他右手铁扇一招“风卷残云”横扫，接着左手如电，一招“探囊取物”拿住敌人的手腕，铁扇回扫，噗的一声，这个黑旗卫士的咽喉上立即出现了一道血痕。铁铃公子也是大展神威，他的铁铃圈住了一个黑旗卫士，招招进击，黝黑的铁铃斜打竖劈，铃声动人心魄。当啷啷一声响，铃刀相碰，短刀脱手而飞。噗的一声，喇叭口的铃锤射了出去，击中敌人的脑门。霎时间黑旗卫士脑浆迸裂，倒地而亡。

金珠倚窗而望，看到了这一幕，心里出现了一些异样的感觉。她也不由自主地开始关注仁义双雄了，虽然心里并没有什么想法。

这时候，马大响也取得了胜利，他一枪把黑旗卫士穿了个透心凉。旁边，神鞭赵旭的鞭子缠住了一个黑旗卫士，把他摔倒在地。接着，铁胳膊郑振廷的铁胳膊打断了一个黑旗卫士的三根肋骨，李虎子枪把一顺抽碎了对方的脑袋。

黑剑罗仁杰杀过来了，他挥着黑剑叫道：“各位，加把劲，杀他个片甲不留！”

“好！杀他个片甲不留！冲呀！”马大响一声呐喊，扑向了一个混战的漩涡。那里，长发婆和白凤正在奋力厮杀，她们要去救黄山八女，却被一群奇形怪状的盗匪拦住了。他们是四海财君的童子队，负责看护黄山八女。长发婆和白凤左冲右突，就是攻不破这道防线。童子队的队员高喊着帮号，倒下一个，补上一个，流水一样源源不断。长发婆知道，这些童子队员可不是小孩，他们练的是童子功。他们当中有四五十岁的老队员，也有二三十岁的青年，是四海财君的精锐之师。童子队员宁死不退，挡住了长发婆和白凤的去路。白凤的眼里喷着火，杀得两膀酸疼，就是冲不过去，眼看着她八个妹妹被推走了，眼看着她们被押上了一辆马车，眼看着马车转过了墙角。这时，戚家军的将士们冲进来了，他们迅速冲垮了这群盗匪。长发婆立刻精神大振，长啸一声，身形暴起，顿时刀光如轮，三千青丝飞舞飘扬。白凤也是一声娇叱，七星剑如雨打梨花，剑光漫天。两人冲进武夷书院，宛如彩蝶双双飞。

银珠柳腰摆动，蹿上墙头，张开双手，仰着笑脸走来。金戈收起单刃枪，笑道：“你来了。”银珠笑靥如花，扬起单刀喊道：“四海财君跑了，黑旗船完了，我们胜利喽！”

金戈纵声长笑，大喊道：“我们胜利喽！”

“呀！窟窿！”银珠撩起金戈的长衫，指着衣角的几个窟窿惊道，“你没有受伤吧？衣服上有三个窟窿！”金戈摸摸小腿，说道：“好像没事，没打着……”银珠道：“真悬哪！啊，我知道了，这是你跳起来时被打中的，真悬，就差一点点……”

金戈笑笑，眼睛扫视战场，飘向了远处的几辆马车。金戈赶紧说道：“银珠，你回去吧，守护好你姐姐，别出什么闪失。”银珠一撇嘴，不情愿地说道：“好，我马上回去。”

金戈拍拍她的肩膀，要她快走。银珠哼了一声，却没有动，目光又转向战场，寻找自己的母亲。长发婆还在穷追猛打，她挥舞着柳条刀，刀起刀落，白光霍霍，人如草尖上飞驰的一条黑蛇，蹿蹦跳跃，矫健绝伦。

黑旗船已经土崩瓦解，红缨枪的潮水正在四处奔流。一部分盗匪钻进屋子，个别盗匪躲进了茅厕。此时金戈的声音响起来：“不要毁了书院的物什！你们要保护书院的一草一木！”

战斗结束了，岳武院大获全胜。但是，黄山八女未能救回，四海财君也逃之夭夭，虽然蒋忠尾随追去，也是希望渺茫。

银珠再次跑来，一蹦一蹦的，老远就冲着金戈叫喊：“胜利喽！”白凤看见了，立即呵斥道：“高兴什么？八个妹妹还没有救回来，你倒高兴了！金戈，还不安排人去追？晚了不定会发生什么事呢！还有你，赶紧回去，没事别瞎叫唤！”银珠一呆，瞪着眼道：“谁瞎叫唤了，我都安排好了，是姐姐叫我来的，什么叫瞎叫唤？金戈，你看，她太欺负人了……”

金戈皱皱眉，说道：“行了！白凤，你去带人打扫战场，银珠妹妹回去照顾金珠，我去寻找黄山八女。”说罢，金戈大步走开，心里乱糟糟的，好像被人当头泼了一盆冷水。银珠跺跺脚走了。金戈找到神鞭赵旭，说道：“麻烦赵掌门带着群豪四处搜查，继续清剿黑旗船的余孽。二位护法、马堂主、李堂主，叫上毛四，我们去追击敌人，救回黄山八女。”

“好！”几个人同声回答。

穿出武夷书院，金戈驻足观望。此时夕阳西下，夜幕四合，景物开始朦胧，只有远处的山峰还残留着黛色的倩影。铁铃公子看着踌躇不决的金戈，说道：“我们不如兵分三路，各带号炮，分头搜寻！”金戈收回目光，回答道：“人手分散了，如果遇到四海财君，岂不危险？”

铁铃公子道：“打不过，就跑，我们的目的不是救人吗？”铁扇公子吐出了一个字：“对！”

马大响憨声道：“我看行。四海财君已经受了伤，成了惊弓之鸟，跑还来不及呢，哪有时间跟我们缠斗。”

金戈咬了咬牙道：“好吧，救回黄山八女就行，四海财君可以放他一马，不必和他纠缠。”

人马分开，分三个方向追了下去。金戈带着毛四等人，一路向北疾驰。

月亮渐渐升高，大地上像是洒了一层淡淡的水银。金戈一路奔驰，一路侧耳细听，始终不见敌踪。奔行了几十里，金戈停住脚步，四下里看了看，带着毛四等人向来路奔去。

金戈回到山上，刚到半壁峡，守卫桥头的武徒赶紧跑来报告，说黄山八女已经回来，她们安然无恙。金戈长出了一口气，心中悬着的一块石头落了地。黄山八女秀丽的身影立即浮现眼前。金戈喜欢她们，真不愿让她们受到任何伤害。金戈脑袋一热，忽然想起来：“我是怎么了，真的是个色鬼吗？我怎么会喜欢她们？我喜欢她们对不对呢？真是活见鬼！”

金戈回到大殿，黄山八女燕子似的飞过来，四面围住了金戈，叽叽喳喳说得好不热闹。金戈眉开眼笑，说道：“我说嘛，我不会省下八片金叶子的。你们八大姑娘命大福大造化大，逢凶化吉，遇难呈祥，阎王爷不敢收留你们！”

“还说呢，都吓死了！”白杏秀眼含春，“知道吗？多亏了凤玲姐，是她截住我们的，不然，哼……”

金戈诧异道：“凤玲？好！凤玲首功一件！是这场大战的首功！”

白杏伸出雪白的手掌，秀眼含春，笑道：“这还差不多！拿来！”

“好！凤玲，给她们……”金戈停了一下，道，“一人一片金叶子！”

白林大叫：“不行！十片！”

“不行！不行！最少两片！凤姐说了，你发大财了！”八女跳着脚乱嚷，瞪着眼睛围着金戈。金戈转身，看见自己被八女铁桶似的围定了，哈哈一笑，挥手拍在白杏白净的小手上，说道：“好！豁出去了，每人两片！你们凤姐就是偏心眼，凤玲，拿给她们吧。”

凤玲不情愿地低声道：“是！”

白杏喊道：“好啊，每人两片金叶子，太好了！”她跳脚拍手，眼睛里放射着喜悦的光芒。

金戈闪身冲出重围，看着凤玲道：“凤玲，你可立了大功！了不起，谢谢你！”凤玲龇着小虎牙笑了，说道：“托院主的福，让我碰巧了，我知道黑旗船肯定不行，就钻进武夷书院等他们。果然，他们败下来，押着八女姐妹上了黑旗船，没想到，我正在船上……”

金戈细眼含笑，说道：“大功一件！你的功劳最大，朗文，记下，记下！不对，我说了不算，还要大伙评议，等等吧，哈哈……”

下午，铁嘴华风风火火地跑回来，他看见黄山八女安然回返，哈哈大笑，叫道：“好，我说嘛，你们八个不像短命鬼的样！”铁嘴华一屁股坐在太师椅上，咕咚咚，一杯凉茶入了肚。梁丫赶紧过来续水。他又是那一套，烟袋抽出来，伸到荷包里装烟，然后烟袋杆叼在嘴上，等着白凤点火。白凤头一扭，理也不理。

“火！”铁嘴华大叫。

“哼！”白凤哼了一声，下巴一抬，眼睛看向屋顶。

长发婆手指缠着秀发，冷声道：“你不会自己点？火折子呢，你没长着手啊？”

铁嘴华窸窸窣窣摸出火折子，连吹两口，火折子冒出火苗后，伸到烟袋锅子旁点燃，吸溜吸溜吸了两口，烟袋锅子里的烟丝红了，冒出了青烟。铁嘴华收好火折子，猛吸了一口，鼻孔里冒出了两股细长的白烟。白烟冒完，他才慢腾腾地说："我说，你们猜猜，四海财君这龟孙子跑到哪儿去了？真他娘的神了，他跑上咱们的后山，我跟着他转了一大圈，跑上了飞鹰岭，谁知道他在岭上埋伏着一拨人马。一不小心，我被发现了，他们大呼小叫地围上来，财君老兔崽子又给了老子一镖，这个老王八蛋没打着我，倒把他的龟孙子打死了好几个。他让剩下那些龟孙子拦着我，自己跑了。我一看冲不过去，也懒得理他，就把那些虾兵蟹将收拾了。财君这老兔崽子向鄱阳湖跑了，追不上了。"

金戈关切地问道："你没看见二堂主蒋忠吗？"铁嘴华摇头，说道："没有，蒋忠他还没回来？"

"是的，咱们是不是立即出发，再次进剿鄱阳湖？"

铁嘴华摇摇头，说道："这老东西狡猾得很，看来早有准备，逮不着他。这老小子光棍一条，在哪儿一猫都行，不好找。要不然，找不到那八个丫头，我死活不回来！"

八女听了，沉着脸一声不吭。

金戈看看众人，问道："杨伞呢？"朗文走出来回答："他在外面安排伤员呢。"

"你知会杨伞，让他协助岳堂主评论两次大战的功过。所有参战的人员都要参加评论，有功人员要一一记录在案。"金戈道，"阵亡的要抚恤到位。哦，你还是叫他过来吧，我当面布置。"

"是！"朗文应声出去了。

过了一会儿，杨伞走进来，金戈道："你协助凤玲评定飞夺横屿的功过，评定大战黑旗船的功过。朗文作为岳武精英，没有报名死战队，降为大堂记事。你通知一下峨眉掌门、神鞭赵旭等豪杰，明天兵发南京，让他们做好准备。”

“是！”杨伞答应一声。

金戈看了一下满脸兴奋的众人，说道：“此去南京，五堂主江中月带习武堂人马，四堂主李虎子带练武堂人马随行。麻烦长发婆和铁嘴华前往鄱阳湖，先行调动船队。精武堂和神武堂两堂人马留守岳武院。功勋堂、消息堂也不动。戚家军两个骑兵哨队暂驻山上，协助守山。仁义双雄留守岳武院，负责照顾好金珠和银珠，并协助八堂主岳凤玲管理岳武院。二堂主如果回来，马上传信于我，诸位意下如何？”

铁嘴华一蹦老高，大叫：“不行！不行！”金戈愕然，问道：“怎么不行？”铁嘴华大声道：“我说，我的婚礼！我的婚礼怎么办？”

金戈偷偷一乐，思索了一下说道：“要不，今夜就举行婚礼，和庆功会一并举行，可否？”铁嘴华闻言眉开眼笑，转着手中的烟袋说道：“行！行！赶得早不如赶得巧！”

长发婆瞪起眼睛，说道：“巧什么巧！等等再说，猴急什么，你要像回事地用八抬大轿迎娶，还要广撒喜帖！人家说大姑娘坐轿头一回，我是老婆婆上花轿第一遭，也要风光一回，马马虎虎地糊弄我，那可不成！”

有人乐了，人群里传出了嬉笑声。长发婆看着铁嘴华尴尬的样子，又低声道：“过几天吧，准备准备，办得隆重点。”铁嘴华啪地给了自己一个嘴巴，说道：“该打！该打！对！对！我怎么把这茬忘了，过几天就过几天，不急，不急。我说，我要大摆筵席，广撒请帖。金戈，你听见没有？”

“哼！为老不尊！”白杏等黄山八女又恼了，起身就走，金戈赶紧拦住她们，说道：“慢走，这回再走，我要派人护送。”白杏撇撇嘴，说道：“谁说要走哇，我们要跟凤姐去南京转转，我们才不走呢，我们跟着你。”金戈笑道：“好，好啊，岳武院平添八员女将，一起对付麻面魔，来个八女大战麻面魔，好！”

安排好了，金戈向白凤要回金票，独自去了家庙。金戈将十万两金票藏进密洞里。在一个很深的地方，金戈埋下了装金票的铁盒。

客院里，铁扇公子和铁铃公子带着几十个武徒送来战利品，和几位当家的聊了几句就告辞了，黑剑罗仁杰光着脚丫子正和铁胳膊郑振廷查看战利品清单，神鞭赵旭端着茶杯趿拉着鞋走过来，坐在旁边的凳子上道:“仁义双雄兄弟感情还真的好，哥俩形影不离，‘瓦桥兄弟盟’真是名不虚传！白凤说得不错，双雄配双珠，果然天下的绝配。不过，双珠仙子似乎钟情岳院主，怕是天不作美……”

“我听说，这哥俩还特别有耐心，岳武院的武徒们请教武功，每天晚上人满为患，他们从不赶人，直到武徒们满心欢喜地走了为止。”

“行啦，我们别掺和这些事，该干什么干什么去。”

赵旭道:“你们说，最后是白凤上位，还是金珠银珠占先，还是岳霞如愿以偿？你们说说。”

罗仁杰道:“说什么说，我们哪里知道！不过看样子，还是白凤厉害，这个姑娘论心机论长相论功夫，都是百里挑一，别人和她争，没戏，都会被踩在脚下……”

赵旭道:“哎，不对。俗话说，争是不争，不争是争。金珠和银珠清纯可爱，纯净得像一条溪水，她们的不争更能得到金戈的青睐，你们说是不是？”

“那岳霞呢，刺腕剜心、阻刑救夫，名动武林呀……”

“唉，可惜呀，疯了，又怀了阴阳魔的孩子，难！最后怕是白凤容不下她。”

第二天，群豪分成三批赶往鄱阳湖。第三天傍晚，大队人马赶到湖边。长发婆和铁嘴华站在船队前，迎接群豪。柳眉指挥调度船队，安排群豪登船。掌灯时分，船队起航了，驶出鄱阳湖，顺长江浩荡而下。

金戈已经得到坐地炮的飞鸽传书，知道麻面魔等人到了南京，准备助战黑旗船。坐地炮和五毒师太等人百般推托，拖住了人生地不熟的麻面魔。

黑旗船二楼上，金戈凭窗而坐，手里捧着《孙子兵法》，正在聚精会神地读书。看了一会儿，金戈放下书，眼前出现了金珠、银珠靓丽的身影。白凤姗姗走来，看见金戈抬头沉思，转到身后，双手扶住金戈的双肩。金戈虽然感激白凤的体贴，但心里却在想："白凤的醋劲太大了，我和她要好好谈谈，这样下去，金珠和银珠怎么受得了。可是，怎么说呢？白凤可不容易说服……"

船队乘风破浪，几天后到达南京。金戈和白凤下了船，带着铁嘴华、长发婆和几个护卫，来到南京的醉仙楼。大约等了一顿饭的时间，坐地炮飞步跑来。他看见金戈、白凤等人，连忙抱拳拱手，大声叫道："恭喜院主！贺喜院主！昨天晚上，我们解决了麻面魔带来的所有人马，生擒了麻面魔。此战兵不血刃，麻面魔带来的五十多人一网成擒，无一漏网。五毒师太师徒表演得太精彩了，兵不血刃！双妖去见倭寇未回，只有他二人逃脱。"

"好！"金戈闻言大喜，一下子跳起来，夸奖道，"干得好！我带来五百人，看来用不上了。用不上好！行啊，你每次都给我一个惊喜，看来不杀你是对的！哈哈，玩笑，玩笑！左堂主大功一件！五毒师太大功一件！"

铁嘴华一晃脑袋，问道："光头和尚们呢？他们住在哪儿？"坐地炮笑道："他们在鸡鸣寺挂单，昨晚设伏他们也参加了。麻面魔待了几天，烦了，天天催着我们启程，我们变着法儿地应付他，整天提心吊胆的，生怕这小子惊觉。听说黑旗船被打垮，咱们一定大获全胜了？”

白凤美目闪动，笑嘻嘻地说：“给他们来了个一勺烩！我们消灭了四支船队，只跑了四海财君一个人。”

长发婆也是眉飞色舞，凑到近前道：“四海财君手下的五大船队，只剩下一支了，钓鱼叟、飘飘叟、冷面婆一齐伏诛，六大黑旗卫士一并归西，财君也受了伤，败在了金戈手下。简直不敢想象，一切有如神助。”

铁嘴华哈哈大笑，说道：“这叫善有善报，恶有恶报，不是不报，时辰未到，时辰一到，必然得报。这一仗打得干净利索，上鞋不用锥子——真好！狗撵鸭子——呱呱叫！”

“太好了！太好了！”坐地炮伸着粗脖子大叫，“那我们江南堂是不是可以公开易帜了？”

金戈摇摇头，说道：“不急，你们是一支冷箭，一支非常厉害的冷箭，缓缓再说吧。我母亲还没有消息吗？”坐地炮眼皮垂下，道：“麻面魔说伯母已经押来江南，至于藏在哪儿，只有麻面魔自己知道。麻面魔的审讯还没开始，既然院主来了，请院主主审吧。”

金戈闻言心跳加快，热切的思念涌上心头。这时，坐地炮又说：“我们审了麻面魔的随行人员，他们没见过伯母。”

金戈略一沉吟，说道：“我们还是先去鸡鸣寺，拜会各路豪杰。他们助阵而来，我们不可失了礼数。同时也要商议一下审讯方案，要做到有的放矢、有预而谋。我看这样吧，你们看紧麻面魔，明天再行审讯。有关麻面魔的生活习惯、嗜好和身世，尽量了解清楚，然后再想怎么审问。”

坐地炮连连点头，说道：“是，是。”

金戈转头对毛四道：“毛队长，你通知众位头领下船，随我去见笑面佛。”

晚上，金戈和豪杰们来到鸡鸣寺。铁嘴华见到笑面佛、铁手佛、黑脸佛等人，一蹦老高，叹道：“就缺风云剑了，我说，他这么早就去阎王殿报到了，不等老哥哥我，真不是个玩意儿！咱们得好好查查，看谁谋害了咱们的老朋友，不把这龟孙子的蛋黄给捏出来，我就不是人！”

笑面佛哈哈大笑：“阿弥陀佛！善哉！华清子泉下有知，会因为结交了你这样的朋友而高兴万分！”

金戈也是热情洋溢，大声道：“走，喝酒去！今天咱们包下南京最好的酒楼，吃最好的菜，喝最好的酒，好好庆祝一下！”

铁嘴华拍着屁股叫道：“嗨！我说，大伙跟我走！我知道哪儿的酒菜最好。走啊，老和尚，磨蹭什么，咱们去八珍素席楼，那儿的素席天下闻名。我给你点个珍珠翡翠白玉汤、什锦疙瘩素罗面，你瞧好吧！罗仁杰罗大当家的，你怎么不说话？看你文质彬彬的样子，装什么装啊？”

笑面佛道：“有人不爱吃素席，不能只照顾我们，什么饭店我们都可，只要给我们上素菜就行了。”铁手佛道：“就听你一个人嚷嚷了，别人还说什么？真是铁嘴钢牙白耀华，站不住脚的铁嘴华！”

“哎，改了，改名字了，我不是铁嘴钢牙白耀华了，叫英耀华了，这年头兴改姓，不知道吧？年头不济，赶紧改姓吧！”

铁手佛惊道：“真的？阿弥陀佛！”

“那还错得了？金戈不是也改姓了嘛，姓岳，叫岳金戈。所以，我也改了，不姓白了，姓英，叫英耀华！”

“姓英？哪个英？”

“英雄的英！”

听着他们对话，长发婆抿嘴笑了。白凤可不乐意了，直翻白眼。八女闻声躲开了。

黑脸佛哈哈大笑，说道：“人逢喜事精神爽，铁嘴华红光满面、精神焕发，金戈也是笑容满面、神采奕奕，一定是万事如意了？是呀，武夷山大败黑旗船，南京大胜桃花会，横屿一举歼灭白狮子，三战连捷，真是可喜可贺！是应该大摆筵席，是应该好好庆祝一番了……”

金戈转身笑道：“是的，戚家军六战六捷，书写了抗倭战史上的绚丽篇章。倭寇已经穷途末路，用不了多久，就会被驱除干净。桃花会、黑旗船也会覆灭。大明王朝上空的阴霾会一扫而空。走，喝酒去！今天喝个一醉方休！”

这时，金戈看见马大响站在身边，忽然想起，马大娘和海燕应该在南京城吧？他立即来到五毒师太身边，说道：“师太，谢谢您的鼎力相助。”

“一家人谢什么，应该的。”五毒师太看到了马大响，立刻明白了，又说道，“马大娘和海燕在金针张那儿，海燕的脸治好了，马大娘的眼还需要一段时间。海燕和马大娘在医馆居住，不在钟山上。”

马大响憨笑道：“多谢了，多谢了。”

五毒师太道：“治好了眼睛，金针张会派人把她们送往武夷山，你放心吧。”

马大响再次抱拳：“那可多谢了，太好了！”

这时，群豪们吵吵嚷嚷地向外走去。金戈拉着五毒师太的手，说道：“我们走吧。”五毒师太胳膊一缩抽回了手，道：“好，走吧。”

铁嘴华头前带路，片刻间豪杰们来到八珍素席楼。前厅后院都包下来，铁嘴华大喊大叫，豪杰们也七嘴八舌，差点把酒楼抬起来。席间，武当山五星子和六星子逐桌拜席，向各位豪杰一一敬酒。豪杰们知道，南京的事情办完，他们就要上武当山。一场没有硝烟的战斗就要打响。

四十六　文攻武斗

第二天，豪杰们跟随坐地炮来到一个大院，走进一个宽敞的大厅。大厅八九间宽阔，四五间纵深，几十人坐在大厅里丝毫不显拥挤。一会儿，几个人押来一个戴着手铐脚镣的瘦长汉子，脸上布满了芝麻粒大小的麻子，黝黑的头发自然卷曲着，看年龄也就是二十来岁。他头上梳着朝天马尾髻，身披苏绣绸衫，脚蹬鹿皮快靴，昂头挺胸而来。此人脸上虽有麻子，肤色较黑，但浑身上下散发着一股勃勃英气，让人不可小视。这是一种经过大风大浪、历尽艰难险阻才具有的特殊气质。

脚镣拖在方砖上，发出了单调的声响。来人站在大厅中央，目光扫视群豪，然后仰望屋顶，一声不吭。

坐地炮上前一步，说道："麻面魔，你往这边看！这些人都是中原的豪杰、大明王朝的白道英雄，这位是嵩山少林寺住持……"

"不必了！一群卑鄙无耻的家伙，一群使用蒙汗药的下三滥！"麻面魔目露凶光，狠狠瞪了豪杰们一眼，冷冷说道，"胜之不武！"

铁嘴华一晃脑袋，翚着鼻子骂道："呸！一个笼中之鸟、瓮中之鳖也敢说三道四？我说，你小子活够了是不是？”

麻面魔胸脯挺起，身上铁链哗啦作响，斥道：“用毒下药，岂是好汉行径，一群卑鄙无耻的家伙！”

五毒师太闻言大怒，噌地站起来，一摆拂尘向前迫去。麻面魔对五毒师太的举动不屑一顾，竟然转过身去，哈哈大笑。金戈跃步向前，伸手拦住五毒师太。他看了看挺身傲立的麻面魔，朗声道：“麻面魔，你可学过《孙子兵法》？《孙子兵法》有云：‘是故百战百胜，非善之善也；不战而屈人之兵，善之善者也。故上兵伐谋，其次伐交，其次伐兵，其下攻城。’你我两派交战，我方不战而胜，乃上上之策，何来卑鄙？双方交兵，兵不血刃，俘获全军，乃兵家上选，此乃上兵，何谈无耻？使用药石而不伤身体，尽力俘获而不夺人命，胜造七级浮屠，何谓下三滥？孙子曰：‘夫用兵之法，全国为上，破国次之；全军为上，破军次之；全旅为上，破旅次之；全卒为上，破卒次之。’我等一举捕获神魔及其麾下，正所谓全军为上，怎么不是好汉行径，难道杀你们个七零八落才是好汉行径？钟山之战，将永载武林史册！我为五毒师太、左堂主等豪杰创造的辉煌战绩而骄傲！”

金戈侃侃而谈，语气犀利，声音响亮，三个问句，句句激昂。最后几句更是一气呵成，大有雷霆万钧之势。接着金戈又道：“闻听你麻面神魔文韬武略，有过人之能。群豪千里奔波前来见你，乃爱才之心使然，我等想劝你回头是岸，立地成佛。”金戈心想，千军易得，一将难求，如果说动他报效国家，正义之士就会平添臂助。况且，母亲还在他手里，争取他回头才是上上之策。

铁链响了，麻面魔转过身来，双目一张，精光四射。他上下打量了一下金戈，又看了坐地炮一眼。坐地炮一指笑面佛，说道：“这位是嵩山少林寺方丈，中原武林四大高山之一的少林寺住持笑面佛无悔大师，这位是少林寺达摩院住持铁手佛无为大师，这位是南少林住持黑脸佛无欲大师，这位是‘四大高山’之一黄山白神庄庄主，人称铁嘴钢牙白耀华的铁嘴华白老英雄……”

铁嘴华连忙摆手，说道：“英耀华了！改姓了，以后叫英耀华了。”

坐地炮语调一变，声音提高了八度，指着金戈道：“这位青年才俊，乃我大明朝大名鼎鼎、文章甲天下的少年进士，文章、琴艺、书法三绝的岳武院新任院主，‘四大高山’之一的武夷山岳武院岳金戈院主……”

麻面魔抬眼看了看金戈，脸上带着小坑的酱色肌肉颤动了几下，似乎有千言万语要说。但是，他薄薄的嘴唇动了动，却没有一言吐出。慢慢地，他的目光黯淡了。坐地炮介绍完毕，又手指麻面魔：“麻面魔韩光在桃花会里被称之为麻面神魔，是仅次于桃花会会首驮龙神魔的第二高手，现任桃花会总巡查之职。麻面神魔天赋异禀，十五岁就生裂虎豹，十八岁就西出伊犁，荡平九盟十八旗。近几年得到驮龙魔王亲自教授，一双黑砂掌已经练到第九重。出道以来，四海之内未逢敌手。”

众人一听，心说：“怪不得他如此嚣张，七个不服八个不忿的，还真有两下子，面对中原的‘三大高山’，竟连眼皮都不抬。”

沉默，无声的沉默。黄山八女忍不住撇嘴瞪眼。镣铐又响了，麻面魔身子转过去，背对群豪昂首挺立。铁嘴华忍无可忍，呼的一声从椅子上蹦起来，喊道：“混账！水仙不开花——装蒜哪？狗长犄角——装羊哪？鼻子里插大葱——装象哪……”金戈微笑摇手，示意铁嘴华忍耐。自己也梳理一下情绪，思索着对策。

镣铐再响，麻面魔忽然大声吟道：

岱宗夫如何，齐鲁青未了。
造化钟神秀，阴阳割昏晓。
荡胸生层云，决眦入归鸟。

会当凌绝顶，一览众山小！

麻面魔搬来杜甫的诗句《望岳》，抒发心中的豪情，借以蔑视武林的“四大高山”。金戈心道:“好狂的家伙！”心血来潮，思绪泉涌。他背起双手，抬头吟道:“浪淘沙·绘江山——”那清朗悦耳略带温软的声音在大厅里回旋起来:

仗笔绘江山，豪气冲天，闻鸡起舞长灯欢。手捧卷书吟汉宋，墨海蹁跹！

家破举长鞭，万险千难，易筋柔骨痛无眠。跃马猎倭摧箭雨，踏碎关山！

麻面魔听罢，霍然转身，镣铐哗啦啦一阵急响。他目视金戈，高声吟道:

春情不断若连环，一夕思归鬓欲斑。
壮志未酬三尺剑，故乡空隔万重山。
音书断绝干戈后，亲友相逢梦寐间。
却羡浮云与飞鸟，因风吹去又吹还。

金戈心说:“这是唐朝李频的《春日思归》。壮志未酬三尺剑，你的志向错了！”他原来就想和一首岳飞的《满江红》，已有酝酿，略微沉吟一下，迈着方步朗诵起来:“和岳武穆《满江红》，《抒壮志》——”

热血奔腾，冲霄汉、长缨出手。平倭寇，灭黑消恶，势冲牛斗。武穆当年飞战场，旌旗漫卷云和路。啸声扬，战马踏西风，擎天幕！

长江怒，东海吼。戚继光，长弓舞！半边山川亮，箭斋山谷。精忠报国岳飞旗，死谏死战南塘鼓。好男儿，人过记英名，春秋录！

大厅里响起掌声，不少粗通文墨的豪杰热烈鼓掌。有人说：“出口成章！了不起！”

“古人曹植七步成诗，今天岳院主五步成词！好！”有人高叫。

麻面魔抱拳当胸，眼睛豪光四射，说道：“佩服！岳院主才思敏捷、诗词锦绣，令人钦佩，不愧才高八斗！听说岳院主武功也是出类拔萃，已得岳武功之精髓，敢与我一较高下否？”

铁嘴华跳起来叫道：“比武？来！来！来！咱俩来！摘了你的镣铐！”

“爷爷！你歇会儿，忘了你的伤了？”白凤说道。

铁嘴华哈哈大笑，腾地跃起，一个旋身坐在椅子上，瞪着眼说道：“好，好，乖孙女，又叫爷爷了！”白凤撇撇嘴，白了他一眼，娇声道：“我忘了，叫错了！英大侠！英铁嘴！英钢牙！”

金戈心想：“不挫此人傲气，他不会归降，不会吐露真言，为救母亲和妹妹，应该冒险一试。”大声道：“取下他的手铐脚镣！”

白凤上前一步，使个眼色，轻声道：“莫要放虎归山。”金戈傲然道：“既敢放虎归山，就有擒虎回笼之能！”

坐地炮上前一步，喊道：“拿钥匙来！”一个小伙子跑上来，递上一串钥匙。坐地炮麻利地打开锁扣，解下麻面魔的手铐脚镣。麻面魔活动活动胳膊腿，挺起胸膛傲然道：“请岳院主划下道来！”

金戈看见，麻面魔这一站，渊渟岳峙，颇有武林宗师的风范。金戈心里咯噔一下：“不好，这小子可不简单，莫要在阴沟里翻了船，我要小心谨慎！”想到这儿，金戈挺胸道：“文斗武斗凭君选择！”

麻面魔问道："文斗如何？武斗又如何？"

金戈道："文斗只比技艺，不拼命。比武技，比暗器，比轻功，等等。就拿比轻功说吧，一般是互相追逐……"金戈心思敏捷，觉得自己"九转迷魂步"的优势就是追逐，于是往这上边说，他心里想着，话语可没停，继续不紧不慢地说着，"手上沾墨，拍击对方后背，捉迷藏一样，谁的后背被拍中，印上墨迹，就算输。还有比暗器，排出架子，挂上事物或点上蜡烛，在一定距离内击打。总之，文比输赢，武比性命。"

麻面魔说道："好！那就文比！我们比三项，三打两胜如何？"

金戈笑道："好啊！但是，应该有点彩头才行。我要输了，你拍屁股走人。你要输了，怎么办？"

麻面魔说："你们说吧，我不会输。我打生下来，还不知道输字怎么写……"

铁嘴华嚷道："嘿，好小子，你真狂得可以。这回你可碰上对手了，金戈可是一个奇才，你是小偷打官司——输定了，做贼的偷学堂——怎么看都是输……"

金戈正色道："这样吧，你要输了，你就归降岳武院，用你的有用之身，精忠报国！"

麻面魔摇头，说道："不，我不会背叛桃花会。我输了，以死谢罪。"

金戈笑笑，说道："这就不对了，你是我们的俘虏，我们本来就可以杀死你，比了半天，结果还是杀死你，那还比什么？"

"那不是脱了裤子放屁，多费一道手吗？不合理！不合理！"铁嘴华叫道，"趴着拉屎，没劲！没劲！"

"阿弥陀佛！"笑面佛道，"韩施主，苦海无边，回头是岸！输了，天意使然，自当归顺岳武院，人不可逆天意而为之。赢了，你拍手而去，何乐而不为？悬崖勒马，犹未晚矣……"

麻面魔伸出双手，黯然道：“来！还给我戴上吧，不比了。驮龙神魔待我恩重如山，我岂能背叛于他，多说无益也！”

金戈凛然道：“你既然识文断字，就应当明白事理。忠于个人那是愚忠，忠于国家、忠于百姓，那才是大忠！桃花会抢男霸女，鱼肉百姓，扰乱王法朝纲，是社稷的蛀虫。你应当效忠国家而大义灭亲，况且你们并非真亲呢！”

麻面魔摇头道：“不，不，我不能……”

金戈笑道：“那，你对你自己的武功也没信心了？你若有信心，何惧比武呢？”

麻面魔是个武痴，“比武”两个字折磨着他，他一会儿咬牙，一会儿瞪眼，摇头晃脑，在屋里转来转去。

金戈道：“这样吧，三打两胜，改为三打一胜，只要你能够胜我一场，你就拍屁股走人。如果你三场全输，就归降岳武院！怎么样，你连胜一场的信心都没有吗？”

麻面魔勃然大怒，吼道：“啊，岂有此理！是你和我比吗？”

金戈朗声道：“正是本院主！”

群豪纷纷议论，铁嘴华道：“嘿，哪有这么便宜的事，那不是王花子买爹——让他捡了一个大便宜吗？”

麻面魔不理铁嘴华，对金戈道：“那你讲讲比试的规矩。”

金戈说道：“为了公平起见，给你一段时间准备，我们下午再行比试。规矩简单，比武的时候中证人会告诉你。左堂主，放出两人伺候他，我们午后见。”

麻面魔伸出手来，准备戴手铐，金戈道：“不用了，我相信你不会逃跑的。”

午饭时，金戈心里七上八下，心里直打鼓，心想：“他胜一场就不用归降，似乎有点悬，可是，话已经出口，后悔也不行啦！咬牙干吧！我一定要收服他！母亲还在他手里呢，只有收服他，才能救出母亲。母亲、妹妹、父亲，请你们保佑我吧！”

午后，群豪陆续来到大厅，各找位置坐下。金戈刚到不久，麻面魔就带着两个手下走进来。他向众人抱抱拳，傲然道：“众位请了！”

金戈一长身形，走到大厅中央，说道：“请！”

铁嘴华走过来，歪着头，盯着麻面魔左看看、右看看，看得麻面魔浑身不自在。铁嘴华转到前面，说道：“文比三场，抽签决定先后次序。这三场分别是比暗器、比身法、比武技。笑面佛，你来说说比暗器的规则，并当仲裁人。”

“阿弥陀佛！”笑面佛站起来，朗声说，“听说麻面魔阁下有‘飞刀问情’之传说，想必飞刀技艺精湛了？哈哈，我们摆上两个高腿长板凳，上面分别放置十支蜡烛，将其点燃，你们俩站在两丈开外，分别用十件暗器击打，打灭得多者胜。蜡烛只留一寸，只要打灭蜡烛即可，时间为十息，我们架上一面大鼓，一声鼓响为一息，十响过后再灭掉烛火不算数。”

麻面魔开言道：“如果蜡烛被打落在地面呢？”

“只要蜡烛的火苗熄灭，掉在地上也算数。”

“明白了。不用抽签了，就一个接着一个比吧！”

铁嘴华咧嘴一笑，说道：“痛快，把高板凳抬过来，摆蜡烛！”

杨伞带着几个武徒抬着两条接了长腿的板凳走过来，间隔五尺置于墙壁前，点燃了剪切过的蜡烛。十支蜡烛间隔一筷子的距离蹲在板凳上，突突冒着黑红色的火苗。

大厅三面挤满了人，靠里面的一排人蹲在地上，中间一排人坐在板凳上，后面一排人站着，再后面还有人站在板凳上，真是里三层外三层。黄山八女早早占好了位子，江南堂的几位楼主也来了，大厅里济济一堂。但是，厅堂里很安静，众人都屏住了呼吸。

金戈和麻面魔站在两丈外的一条白线后，一个手里握着飞刀，一个手里攥着竹管，目光炯炯地注视着长凳上的蜡烛。

铁嘴华突然大喊一声：“屁眼里插钥匙——开始！”

哗！人们都笑了。随着铁嘴华一声大吼，金戈和麻面魔出手了，只见二人身形晃动，手臂连挥。那边嗖的一声，一柄无把小刀带着一道白光奔向了左边的长凳，一支蜡烛应声而灭，小刀砰的一声钉在墙上，溅起一蓬飞灰。这边嘶的一声，一枚凤尾镖带着美丽的羽毛旋转着，流星似的奔向了右边的长凳。一支蜡烛噗的一声熄灭了，凤尾镖继续飞行，钉进了墙壁，三根羽毛欢快抖动着。这时，院子里传来咚的一声鼓响。

白凤的丹凤眼瞪得溜圆，一眨不眨看着一排摇曳不定的烛火。

金戈神情冷漠，心里暗自告诫自己：“不要着急，十息的时间很长，一息一支，不求其快，但求无误！”金戈双眼放光，身形潇洒，扭腰挥臂无不得体。

嗖嗖，嘶，二人先后出手，鼓声也不紧不慢地敲响。二人都是手挥烛灭，金戈似乎慢了一筹，和鼓声不分前后。

嗖嗖嗖，嘶嘶，麻面魔打掉了六支蜡烛，第七刀的时候手腕压得过低了，无把小刀钉在蜡烛上，带着蜡烛一起落地。观众啊的一声惊叫，捂住了嘴巴。这时金戈刚刚发出第五枚凤尾镖，支支命中。虽然落地的蜡烛熄灭了，麻面魔的情绪还是发生了波动，第八柄飞刀竟然打高了，贴着蜡烛的火苗飞过去，火苗晃了几晃，又挺直了身姿，淡淡的黑烟弯曲着顽强地向上飘去。在人们的哀叹声中，麻面魔成功打中了最后两支蜡烛，这时鼓声才响过九次。麻面魔转脸看向金戈，见他还在有节奏地挥洒着凤尾镖，板凳上还有一支蜡烛未灭。只听嗤的一声响，一枚黑色的凤尾镖脱手而飞，噗的一声，最后一支烛火熄灭了，接着咚的一声，鼓声适时响起。

大厅里响起雷鸣般的掌声：“十镖十中！我们赢啦！”

金戈抬眼看向左侧的长腿板凳，那上面还顽强地站着一支冒着火苗的蜡烛，不由得松了一口气，仿佛看见自己的母亲正微笑着朝自己走来。他呆呆地站在大厅当中，耳边一阵欢呼声。白凤走上来，握住了金戈的手，温言道：“怎么了，哪里不舒服了？”

金戈惊醒过来，忙问：“麻面魔呢？”

麻面魔恢复了冷峻的神情，傲然道：“我在这儿！”

铁嘴华晃着脑袋看看他，大声道：“第一场暗器比赛，金戈胜！”

哗！大厅内响起了雷鸣般的掌声。

“第二场比赛比轻功！铁手佛，你来说规则！”铁嘴华说完让开位置。

瘦高的铁手佛站定后道：“阿弥陀佛！你们二人互相追逐，用手拍击对方的后背，被印上黑手印者输！追逐不得离开大厅——前排的都注意，碰着了可不管——离开大厅者为输！追逐的时候也不能拉扯拦截对方，拉扯或拦截者输！没了！”

杨伞端来墨水盆，说：“来，蘸墨，你们双手都蘸上墨汁！”

二人准备好后，铁嘴华咧着嗓子喊道：“屁股眼里插钥匙——”有人接着喊：“开始！”

金戈和麻面魔抖着黑手相对而立，瞪视着对方。这是金戈安排的比试项目，自然是他的拿手好戏。金戈有“九转迷魂步”在身，而且坐船来南京这几天，已经把最后一招“旋风陀螺步”练得滚瓜烂熟，因此金戈认为，“九转迷魂步”一出，就会把黑手印在麻面魔后背上，赢他易如反掌。

金戈噌地左闪三尺，唰地右蹿一丈，其实这个变化只在一瞬间。金戈向左的身影清清楚楚，什么时候去了右边，谁也没看清。这就是金戈的“左闪右蹿步”。然后，金戈转身扑向麻面魔的身后。岂知麻面魔的身形也是一闪，霎时人影皆无。只听有人啊的一声惊叫，金戈只觉得脑后生风，似乎有人向他后背扑来，金戈赶紧连使“右闪左蹿步”“前扑后跃步”，不经意间，竟和麻面魔撞了一个满怀。金戈大吃一惊，接着一个“左晃左蹿步”，离开了原地。

本来手拿把攥的事，却出乎意料的难缠。原来，轻功也正是麻面魔的所长。他生在丛林，长于荒岭，自幼与虎豹狼猿为伍，练就了一身敏捷的轻功。就像金海燕善跑一样，那是与生俱来的。驮龙魔王收服他之后，对他的轻功细加指导，给他这门功夫起名“捉猴摘星步”。金戈提出轻功比试，正中麻面魔的下怀，他心中窃喜无限，心说：“莫说是人，就是老鼠，我也能够给它后背印上墨迹，真是天助我也！”

结果，两人一比试，金戈固然大吃一惊，麻面魔更是心神震荡。在麻面魔眼里，金戈如同鬼魅，身形飘忽，变幻无方。金戈眼里，麻面魔已成妖魔的化身，不知他何时会出现在自己的身后。金戈片刻不敢停留，九种步伐交替使用，快如流星。

白凤的眼睛不够使了。大厅之内，眼前白影晃动、黑影飘飞，双影交织变幻无方。白影灵动好像燕子抄水回，黑影敏捷如同蜻蜓点露飞，二者体迅飞凫飘忽若神。白影忽然向左而实右，忽然向右而实左，向前跃进而倏忽后翻，向后滚动而倏忽前蹿。黑影则左闪右避，前蹿后跃，就像屁股着了火的猴子，当真令人眼花缭乱、目不暇接。

笑面佛、铁手佛、黑脸佛、铁嘴华、黑剑罗仁杰等一流高手看得目瞪口呆，他们哪里见过这等轻功，这简直是妖魔的游戏、鬼魅的追逐。二人轻功之高，已到了匪夷所思的地步。不过，笑面佛更留心的是金戈和麻面魔的双脚起落，琢磨着其中道理，想来想去，似乎明白了一点，却见金戈和麻面魔已经变换了数种身法，吃惊之余，连连摇头，说道：“阿弥陀佛，天道轮换，鬼魅现身，魍魉临世，但愿我佛慈悲。”

黄山八女看得如醉如痴，张着的嘴都合不拢了。她们像是看戏、看热闹，什么步伐，什么轻功，通通抛在脑后，她们更看重的是二人的身姿，看二人的潇洒，看二人的轻盈。白凤看到，八个妹妹眼睛一眨不眨，头却随着二人的身子晃动而晃动，看着两个如梦似幻的身形，金戈和麻面魔已经分不清了，只见白的身姿妙曼惊鸿，黑的身形行云流水。

金戈见对方如影相随，如附骨之疽，挥之不去，当即改用小的“九转迷魂步”，幅度减小，变化更快，当真脚不沾地。一个人影，幻出无数个身形。麻面魔再看金戈，只见他虚虚实实、真真假假，真身不知所踪。金戈的身法激起了麻面魔的兽性，雷霆般地怒吼起来，他身如猿猴，上下翻腾、左扑右击，两只手带起了一阵疾风。铁嘴华看到，麻面魔脸露狰狞、麻子闪光，猿猴一样低吼着。铁嘴华大叫：“一头野猿！一头疯猿！”

观看的人，头不住地甩来甩去。功力弱的已经不敢再看，他们感到一阵眩晕、一股恶心，慌忙低下头去，眼前依然晃动着一片人影。

金戈与麻面魔攻守已经易势。铁嘴华看到金戈晃动着涂了墨汁的手掌，不住地拍击。场中风声呼啸，风声猎猎。

“着！”金戈大叫一声，翩然后退。接着翻身、旋转、飘飞，落于几丈之外。

幻影消失，风声骤止。大厅里突然安静了，就像一场急风暴雨，来去匆匆，忽然雨过天晴。场中，麻面魔仰面朝天躺在地上，脸上的麻子都黑了。金戈潇洒地站在一旁，英姿勃发，脸上放射出一股浩然之光。

“起来！起来！翻过身来看看你的后背，是不是印上了掌印？起来！”铁嘴华手舞足蹈。

“我输了！”麻面魔褪去上衣，团成一团，呼的一声从敞开的窗户中扔了出去。

哗！掌声如雷。白杏竟忍不住走出来，她的目光中柔情似水，轻盈地走向金戈。白凤跃步向前，一把拉住了白杏的手，说：“你干吗？”白杏使劲甩开白凤的手，快走两步抓住了金戈的衣袖，幽幽地说：“祝贺你！金大哥！”

金戈细眼含笑，轻轻拍了一下白杏扬起的小手，说道：“同喜同喜！同贺同贺！”

铁嘴华对麻面魔道：“两打一场不胜，你已经输掉两场，再输一场就该归降喽！”铁嘴华一蹦一蹦地唱道：“嘚喽喽，不对头！麻面魔，又输喽！”白凤也一蹦一蹦地跳起来，拍着手唱道：“哒啦啦，笑哈哈，又胜了，金大侠！”

这一场要比兵器，在一个圆圈内，一人攻一人守，攻者出一招，防守的防不住算输。接下来攻守易主。要想赢，既要防得住，还要攻得破。黑脸佛介绍了规则，金戈拿起单刃枪，麻面魔接过了随从递来的虎头双钩。

麻面魔心里出现了一种莫名的惶恐。看着一丈方圆的白灰圈，心中忐忑，觉得还会输。再也不能输了，输不起了。他看着挺枪傲立的金戈，一股凉气从脚底升到心口，生出一种“既生瑜，何生亮”的感觉。他踌躇了一下，忽然道：“我们可不可以改变一下比赛的题目？我出个题目，再比如何？”

铁嘴华道：“这可不行！这是事前商定好的，如果三打三胜，由金戈出题……”

金戈微微抬手，问道：“是武功吗？”麻面魔道：“当然，具体点，是功夫！”

“那你说说看。”

“比翻筋斗，看谁翻得多！”

铁嘴华哈哈大笑，说道：“这算什么，当是要把式卖艺呢？没劲没劲！不行不行！不可不可！不成不成！”

麻面魔看着金戈，金戈看着麻面魔，金戈心说：“他在关键之时提出翻筋斗，必有所恃。当初我在岳武院时，练腿功、翻筋斗，那也是下过死功的，腰腿肿了消、消了肿，前后十八次肿消，是吞过血和泪的！再加上我的岳武功，岂能输给他！他既然提出来了，就应该答应他，让他输得心服口服！如果，如果我输了呢，我的母亲……”金戈不敢想了，他看着麻面魔，咬咬牙，叫道：“好！就依你！”

“好！痛快！”麻面魔脱掉了绣花背心，脱掉长裤，露出了黑色的短裤。他抖动一下胳膊，身上的肌肉走珠般起伏起来。

金戈摘掉了镖袋，递给白凤，脱下上衣，人们的眼睛一亮，看见了金戈身上的珍珠衫。珍珠衫是由好多豆粒大小的珍珠串成，领口、袖口、下摆还挂着一圈精光闪闪的宝石。这是金珠送给金戈的那件波斯宝物珍珠衫。

铁嘴华的眼睛瞪圆了，大叫：“嘀！你真有好东西啊！这是什么玩意儿？哪天借给老头子穿穿！我说，怎么好事全叫你赶上了！”

“这是珍珠衫。你老哪天穿都行，没问题！”金戈说着脱裤子，褪下半尺光景，又呼地提上去。铁嘴华眼尖，一瞥之下，只见金戈屁股上裹着一层花花绿绿的东西，不知是什么东西。

金戈说道：“我，我没穿短裤，不脱了……”

“脱！光着屁股也得脱！你不想救你的母亲了？穿着裤子怎么比？那多碍事，这可是关系你母亲的生死，脱！快脱！害什么羞啊！快脱！快脱！快脱！”

“真的脱？”

“真脱！必须脱！”

金戈道：“好！脱就脱，比武要紧！”

八女连忙用手捂住了眼睛。白凤自认为是金戈的未婚妻，只是脸上微微一红，露出了扭捏羞赧的神态。五毒师太的四个尼姑徒弟慌忙低下头。五毒师太是过来人，眼睛一眨不眨看着金戈。

金戈解开裤子，霍地一跳，拔起一人来高，两条腿从裤子中拔出来。身子落地，一把抄住裤子，扔给了白凤。众人眼睛又是一亮，只见金戈穿着一件极短的裙子，裙子光彩夺目，奶黄色的玉片、葱白色的玉片，还有蛋青、墨绿、绛紫色的玉片，连成了一条以奶黄为主的玉裙。裙子五彩缤纷，霞光万道。这就是银珠给的那条温玉裙。珍珠衫、温玉裙，这是波斯沉船中的宝物，本来在白凤得到的那只木箱里，箱子给金珠、银珠截获了，她们姐俩偷偷留下两件宝物，送给了心上人。这件事连长发婆也不知道。当初箱子如果不失，铁嘴华肯定会给戚家军送去，也就没有现在的珍珠衫、温玉裙了。

铁嘴华看见了金戈的温玉裙，眼都直了，叫道："你变戏法呢，什么乱七八糟的东西也穿在身上？这是什么？"

白杏等黄山八女从指缝里看到金戈穿着裙子，都放下手，既惊奇，又羡慕。

金戈笑道："这是温玉裙，温玉做的，冬暖夏凉。"

"珍珠衫、温玉裙？我说，怎么好东西都到了你手里，你从哪儿偷来的？"铁嘴华瞪着眼，握着拳。

"快比武！"白杏喊，"姓英的，你别瞎叫了，让你问案呢？"

"白杏！你敢和爷爷这么说话？反了你了！"

白杏眼睛一瞥："哼！怎么不敢，你又不姓白了……"

铁嘴华看看麻面魔和金戈，手一摆，喊道："来，比筋斗！屁眼里插钥匙——"几人同声叫喊："开始！"

金戈双手按地，一溜筋斗翻起。旁边，麻面魔也一个筋斗翻腾起来。金戈珠光闪闪、翡翠流连，生成了一个个滚动的圆圈。麻面魔的筋斗无声无息，轻盈曼妙。麻面魔生在森林，长在山野，整天和一群猴子玩闹戏耍，从小就翻筋斗，连猴子都不是他的对手，可以说，就是翻到三更天他也不会疲累，用他的话说："翻筋斗赢我的人，还没生出来！"

金戈沿着大厅转着圈翻腾，偌大的身躯竟然柔软如蛇，滚动着一个个圆圈。圆圈珠光宝气，好像彩虹在旋转。麻面魔始终在一个地方翻着筋斗，啪！啪！啪！他成了一架转动水车。时间流逝，两人毫无败象。一开始就有人低声数着，这时，有人高声喊道："二百九十九，三百，三百零一，三百零二……"

铁嘴华说话了："改了，改了，听好，你俩听好了，改成翻倒筋斗！翻倒筋斗——开始！"

过了一会儿，铁嘴华又喊上了："改了，改了，翻空心筋斗——开始！"

"奶奶的，没完没了，这不得比到猴年马月去？来人，把那两条高腿板凳抬到中间去，你们几个别坐着了，对，抬过来，抬过来……往这边点，摆好，再来点！"铁嘴华指挥着几个武徒摆好了两条长板凳，说道："你们俩听好了，你们翻着筋斗过板凳，谁带倒了板凳为输，过不去了为输。开始！"

白杏喊道："姓英的，你干吗？图财害命啊你！金大哥，别翻了，不用听他的！"

白凤看看白杏，心说："杏儿这是怎么了，怎么这样关心金戈？"

"没事！我能过！"金戈回了一声，一个筋斗翻过板凳。白杏听见金戈翻着筋斗回答自己，脸上乐开了花，嘴又张了张，却没发出声音，连忙抬手捂住嘴巴。

这时，金戈又到了板凳前，他一个筋斗腾空而起，嗖的一声跃过，身子高出板凳好大一截子。金戈身上的珠光忽闪，无数的黑眼睛忽闪。十几个筋斗过后，麻面魔不行了，一个筋斗过后，板凳被带倒，人也一屁股坐在地上。他的两个手下连忙扶起他。麻面魔的麻面上满是汗水，滴滴答答流下来。金戈也到了最后的关头，摇摇晃晃地站住了。他脸色苍白，汗水在肌肉上成串地流淌着，闪着亮光。

哗！掌声雷动。铁嘴华宣布："金戈三打三胜，麻面魔归降岳武院！”

掌声不断。麻面魔大口喘着粗气，猫着腰，摆摆手，说道：“慢着，慢着！岳院主，请你，请你表演一招你的武技！让，让我看看，是不是选错了，我真的接不下你一招……”麻面魔眉眼颤动，声音里已经没有了傲气，流露出恳求的味道。

金戈摇手道：“不行了，累死了，耍不了啦！”

“我知道，会打折扣的。”麻面魔道，“但是，我还是能够判断出接得下还是接不下。”

“那，要不咱俩一起来？”金戈道。

“不，不必献丑了！”麻面魔就像泄了气的皮球，无精打采的。

“让我喘口气，歇息片刻，实在累坏了……”金戈喝了口水，坐下来恢复力气。过了好一会儿，金戈站起来，提着单刃枪，走到大厅中央，站在重新画好的圆圈内。金戈深深吸了一口气，手臂挥舞，身子扭动，“旋风斩”出手了。形成了一片贝壳状的刀幕，前半圆离地一尺，后半圆向上立起，一闪而过。唰唰唰，一连三斩，三个前平后翘的光盘在圆圈内飞掠而过，气势骇人。

麻面魔眼睛瞪圆，嘴角抽动，自知站在圆圈的前端，第一旋刀幕或能挡住，但虎头双钩会受损。第二旋刀幕或许跳过，但第三道刀幕除非退出圆圈，否则必被斩掉双腿。麻面魔深深一躬，说道：“对不起，岳院主果然文武全才，先有文章、琴艺、书法三绝，后有风尾镖、旋风斩、八步赶蝉迷魂步，武技三精！韩光佩服！但是，我还是不能投降，请您杀了我吧，我死得心服口服。既生瑜，何生亮？天降金戈，何育韩光？”麻面魔的悲声发自肺腑，仰天长叹。

“哎？这是怎么说的，说了不算啊？这不是麻子不叫麻子——坑人嘛。”铁嘴华跳着脚唱道，“麻子麻，上树爬，掉下来，拿砖砸，砸成了面，攒成了蛋，说话不算王八蛋！”

麻面魔的麻脸一阵红，一阵白。他恨不得找个洞钻进去，真是没脸见人了，怒道：“驮龙神魔待我如父子，焉能背叛于他！不！士可杀，不可辱！”

金戈问：“你怎样才会投降？”

麻面魔说：“我怎样都不会投降！按本心，应该归顺你！按恩义，我不能！谢谢你，今日败在金少侠手里，我韩光死而无憾！”

白凤道：“你言而无信，今后必然身败名裂。三打一胜，你都输了，却不践诺言，怎么向江湖交代？一个言而无信的人又如何面对江湖？就是金戈放你走，你也会被天下人耻笑！”

麻面魔惨然一笑，说道：“我听不见有人耻笑我了！我要去见阎王爷了！”说着，他突然举起了手，手掌泛起乌光。他要自杀。

金戈哈哈大笑。麻面魔一怒，瞪眼看着金戈，怒道：“你鬼笑什么？”

“我笑你！”金戈朗声道，“我笑你是个胆小鬼！死，谁不会？把痛苦留给亲人，留给朋友，把欢乐送给敌人。你的家人，盼望你健康，盼望你快乐，盼望你出人头地。你给他们带来什么？带来无穷的痛苦、无尽的思念和长久的煎熬！一个男子汉大丈夫，应该面对现实，忠义两难之时，取其忠！”

麻面魔神情恍惚，高举着黑黑的手掌，思索着。如果手掌落下，一代魔星八成就要陨落了。白凤上前一步，麻面魔大喊：“站住！后退！”白凤嫣然一笑，笑靥如花，说道：“这样吧，我们也来个三打两胜如何？”

“你？嘿嘿！你当是个人就能和我比试吗？”麻面魔的话好生无理。白凤听了却不在乎，说道：“怎么，看不起小女子？你不是生死两难吗？与其踌躇不决，就请上天决定吧，一赌生死！如何？”

“赌生死？”麻面魔说，“怎么赌？”

白凤比划着问：“猜杠猜？会不会？”

“那是小孩们玩的玩意儿，谁能不会？三打两胜？”金戈的话刺痛了麻面魔，他不愿意让他的亲人为他的死而悲痛。打赌比赛，这是一棵救命稻草！他要抓住它，听天由命，就说：“好！就依你！一战而决！”

白凤心想：“我赌输了，也可以不算数，我只代表我自己，你会赖，我就不会赖了？我更会赖！你要和我争辩，我有八句话等着你呢！你输了，让一个女孩子逼你认账，再不认账，臊死你！”

铁嘴华心说：“这回行了，猜杠猜那是凤儿的拿手好戏，小时候一群孩子猜杠猜玩画片，谁也玩不过凤儿，逢年过节喝酒，猜杠猜行酒令，她把兄弟姐妹们灌得一塌糊涂。”就说道：“这回输了，可不许再赖！”

麻面魔心说：“这种游戏，全凭天意，输赢各占五成，又不是功夫，谁胜谁输不一定。”就大声一吼：“好，我愿赌服输！”

白凤跺脚，急忙拦着铁嘴华，心说：“你要逼着我们起誓就坏了，”急忙道：“哎！哎！听我说，你别打岔！这样，一次出三猜，左手出，右手出，双脚一起出！就这样！”白凤跳起，嘴里叫：“猜，杠，猜！猜，杠，猜！”随着节奏，蹦了六下，双腿分开，略宽于肩，同时，左右手使出“剪刀”“锤子”。

铁嘴华喊：“脚下‘包布’，左手‘剪刀’，右手‘锤子’！”

“新鲜！三管齐下！”有人道。

“好！来吧！”麻面魔说。

金戈紧张了，这东西完全是心理战术，互相猜测，胜负难料，这……金戈正想着，比赛开始了，随着“猜，杠，猜！猜，杠，猜！”的喊叫声，白凤和麻面魔同时出手。铁嘴华喊：“白凤脚下‘锤子’，麻面魔脚下‘剪刀’，白凤胜！手上是各自一胜一输，平！第一局，白凤胜！准备！第二局开始！”

“猜，杠，猜！猜，杠……”两人同时跳跃。

铁嘴华喊道：“白凤脚下‘锤子’，麻面魔脚下‘锤子’，平！白凤左手‘剪刀’对‘锤子’，右手‘包布’对‘包布’。第二局，麻面魔胜！”

白凤低着头盘算：“我脚下求变，双手不变，‘剪刀’进攻……”

“准备！”铁嘴华喊，“开始！”

“猜，杠，猜！猜，杠，猜！”

两个蹦跃的身体同时停住了，空气也凝固了。麻面魔正在看着白凤的手势，耳边已经响起了雷鸣般的掌声。

白凤脚下是“包布”，麻面魔还是“锤子”，脚下赢了，而他们的双手再次打平！

铁嘴华大声叫道：“第三场，白凤赢！猜杠猜比赛结束，白凤赢！”

金戈一跃而起，一只手托着白凤的后腰，一只手牵着她的手，用力将白凤抡起来。白凤随着金戈转动，白衣飘飘，辗转而飞。群豪看呆了，麻面魔看呆了，黄山八女看呆了。

四十七 武当风云

麻面魔仰天长叹："天意如此，吾奈何之！好，岳院主，在下归顺了！但是，吾虽为大势所趋，但岳武院与桃花会发生冲突，容在下回避，除此之外，属下必遵号令！"

"好！本院主答应你！"金戈转头道："自今日起，麻面魔韩光担任岳武院护法之职。英婆婆，您也出任护法吧？这样，岳武院就有四大护法了。武林有'四大高山'，岳武院有四大护法，岂不妙哉？哈哈！"

长发婆没有摇头，也没点头，抿嘴笑了笑。铁嘴华嚷叫起来："好啊，好！好！四大护法好！"接着他身子滴溜一转，拍着屁股跳着脚说道，"我呢，我算什么呢？我说，就糟老头子一个人是客卿吗？不好！不妙！不行！"铁嘴华忽然车转身形，对金戈大喊大叫起来："我说，岳金戈，赶紧给我安排个头衔，不然我可不干。他们来一个安排一个，我这早来的还干晾着，起个大早赶个晚集，是……"

长发婆一瞪眼，说道："是什么是？你少说两句行不行？没人当你是哑巴，嘚嘚起来没完没了。"铁嘴华翻翻白眼，立即闭了嘴。金戈笑道："五毒师太也是岳武院的客卿，你们俩一左一右两大客卿，你们都高我一等。您身居'四大高山'之中，大名鼎鼎，我怎敢让您屈居护法之位呢，您就别掺和了……"

铁嘴华听了，顿时眉开眼笑，手上的烟袋滴溜一转，说道："我说，这还差不多，总算还有个就伴的。我就说嘛，我为岳武院跑前跑后的，不能没个位子呀。行啦！弄个客卿当当也不错，左客卿白耀华，不对，英耀华哈哈哈……"

金戈躲开铁嘴华，一把拉住麻面魔，悄悄问道："我的母亲……"麻面魔叹了口气，满脸歉意地说道："西北舵上下动员，至今也没找到金夫人。听说金夫人到西安后，大病一场，被赶出了妓院。有人看见她沿街乞讨，有人看见她被几个地痞拉着当街叫卖，西北舵因此抓了不少人，至今查无下落……"

"啊？被拉着当街叫卖？"金戈闻言脑袋嗡的一声巨响，好像被一道天雷劈中，顿觉天旋地转。麻面魔后面说了些什么，没有听清楚，似乎是妹妹金文英当了桃花会的公主什么的，衣食无缺，等等。金戈眼望西北，泪流满面，低声叫道："娘，你在哪里？你受苦了，你可要挺住啊，我就去救你。"

长发婆看见金戈脸色蜡黄，泪水汩汩而下，立即走过来，劝道："你不用着急，吉人自有天相，你母亲不会有事的。"转头又问麻面魔："你不是说把金夫人押来了吗？"麻面魔摇摇头，说道："我看江南分舵士气不振，撒了一个大谎，想鼓舞一下士气，我们没有找到金夫人。"

白凤丹凤眼盯着金戈，柔声道："要不，咱们立即赶往西北？"金戈摇了摇头，说道："不行，我们先去武当山。华清子在岳武院被害，我要是不去，嫌疑就更大了。而且，华清子一案事隔多日，我们就是全力以赴，要侦破此案也是难上加难，戚将军对武当派寄予了厚望，先公后私，我们还是先去武当山吧。"

长发婆道:“那好吧，武当山的事情一了，我跟你同赴西北。”

金戈看见五毒师太走过来，立即抹去眼泪，赔着笑脸道:“师太辛苦了，您的身子骨还好吧?”

五毒师太板着脸说道:“好，好，吃得饱睡得着。”

金戈招手，把坐地炮叫过来，说道:“你和麻面魔先回杭州，伺机缉拿双妖。我给你挑了二十名武徒，一会儿就去找你，帮你巩固江南堂。另外，协助麻面魔监视赵文华，为消灭倭寇扫除一切障碍。”说罢，转脸对麻面魔说道:“你协助左堂主掌管江南堂，意见不一致时，你要遵从左堂主的意思，明白吗?”

麻面魔抱拳，沉声道:“属下明白!”

“但是，你的主要责任是监视赵文华等汉奸，有机会就除去，千方百计给他制造麻烦，减少戚家军和岳武院的压力。你是一支暗箭，注意隐蔽自己的行踪，你带来的人归你辖管，名为岳武院锄奸队，专门对付汉奸卖国贼。”

“是!属下明白!”

五毒四姑围了上来，问长问短，清脆的话语淹没了周围的喧哗。金戈一一回答了她们的问话，最后道:“师太，您打算回武夷山呢还是留在杭州?”

五毒师太看看金戈说道:“我还是回武夷山吧，我不放心岳霞。让春姑和秋姑留在坐地炮身边，帮帮江南堂。目前江南堂龙蛇混杂，还需要时间进行整固。”

“师父偏心。”秋姑噘着嘴说道，“我要跟着师父。”

五毒师太缓声道:“好了，你们四个半年轮换一次，在我跟前，少不了挨骂受气。”

金戈转头一看，武当派的五星子、六星子正向豪杰们述说着风云剑的被刺经过。金戈对五毒师太笑笑，走向那边，心说:“该安排下步行动了，我不能辜负戚大哥所托。”五星子和六星子见金戈来了，立即打招呼：“岳院主，我们正说我师父的事呢，你来说吧？”

金戈微笑，说：“你们接着说，我也听听。”

五星子白双城眼眉高挑：“好，那我就接着说。我大师兄赫连双江为人阴险狡诈，善于溜须拍马，深得师父喜爱。二师兄李占彪就是一杆火枪，霹雳脾气，大师兄叫他扎谁他就扎谁。他是个少心没肺的浑人。咱们到了武当山，只要控制了这两个人就好办了。对，还要小心我的大师嫂，她是奔雷寨老奔雷的二女儿，外号‘闷天雷’，平时少言寡语。她的奔雷手来自家传，功夫了得。按功夫来说，二师兄李占彪剑法第一，赫连双江暗器第一……”

笑面佛面带慈祥的笑容，问道：“二位和他们较技，胜负如何？”

五星子想想，说道：“过去，我们恐怕不是他们的对手，我们正在加紧练功，假以时日，或可与他们一争高下。”

笑面佛摇头道：“假以时日？目前寸光寸金，没有时间了，赫连双江也不会给你们时间。阿弥陀佛！岳院主，我们是不是可以动身去武当山了？”

金戈一耸肩膀，道：“马上就去。群豪此去武当，还请无悔大师挂帅统兵，金戈以您马首是瞻，岳武院上下遵从大师的号令。”

笑面佛笑道：“岳院主文武全才，老衲岂可班门弄斧，还是岳院主执掌双龙令吧，少林僧兵愿为先锋，谨遵驱策，如何？”

铁嘴华跑过来，晃着脑袋说道：“我说，老和尚你别揪着胡子过河——谦虚过度了，你就执掌帅旗吧！你手持双龙令头前带路，我们后面跟着摇旗呐喊，多好啊！婆婆妈妈的，谁不知道少林住持厉害？再说了，解决武当山的事，不能靠武功，而是威望第一、谋划第一，金戈毕竟年轻，我说，还是你挂帅好，我英铁嘴愿为先锋……”

笑面佛笑笑，说道：“好好！既然如此，老衲就不客气了。我看这样，我们还是兵分两路，岳院主带领岳武院和部分豪杰乘船前往，少林僧兵和二杰二秀由我带着走旱路。十月初十那一天，两路人武当山下碰面。然后，少林僧兵先行一步，等我们控制了局面，岳武院和众豪杰再行拜山，以免发生流血冲突。让五星子和六星子跟你们坐船走，让他们抓紧时间练练本门武功，你看如何？”

金戈闻言心中一动，说道：“好！少林和武当向为睦邻，你们上山吊唁华清子，想必赫连双江不会阻挠，好！就这样吧，双十之日再见！”笑面佛点点头，脸上露出了慈祥的微笑。金戈心道：“笑面佛表面上嘻嘻哈哈，其实心计颇深，事情谋划得合情合理，自己杞人忧天了，或许他有办法拿到赫连双江的罪证呢？走一步说一步吧，我们尽力而为就是了。”

这时，铁嘴华又跳着脚叫了起来：“好啊！双管齐下，水陆并进！我说，我在哪边？啊？”

笑面佛道：“你跟我们走吧！老伙计，到时候我还仗着你对付二星子李占彪呢！”

铁嘴华闻言大乐，晃着秃脑袋说道：“李占彪，他是老太太上鸡窝——笨蛋！墙头上下蛋——废物鸡！对付他，那是小菜一碟、小葱一把。捉到他，那是易如反掌，不费吹灰之力……”

这时，一个岳武院的武徒跑进来，手里拿一张烫金帖子，抱拳道：“报！月亮山庄庄主金蝉腿李方亮求见！”

铁嘴华跃步上前，一把夺过帖子，啪的一声贴在自己脑门上，做个鬼脸，说道：“大财主来了，咱们狠狠宰他一顿！你们都听我的，谁也不要吭声！请啊，请！快请！”

金蝉腿李方亮抱着拳头大步走了进来，老远就喊：“好家伙，群雄聚会南京，怎么也不告诉我一声，看不起月亮山庄吗？啊？哈哈！无悔大师、铁嘴华、罗掌门、赵庄主、郑庄主、无欲大师、五毒师太……你们好！大家好！”

金戈细眼微斜，看见九弟跟在他爹身后，颤着身子挥着手。

铁嘴华滴溜一转，一只脚踏在椅子上，脸色一沉，说道：“我说，李大庄主，你是不是想请客呀？要请客赶紧说话，天快黑了，有话快说，有屁快放！”

李方亮连忙抱拳，笑道：“不错！不错！你真会猜！船上已经送去了五十桌筵席，这里的豪杰都回家，我已经安排好了，庆贺你们横屿大捷，庆贺你们金陵大胜！请！请！”

自始至终，李庄主没有提到金戈。金戈心里酸溜溜的，心说：“他怎么不提我呢，莫非疏忽了？不会不请我吧？我可不能和他计较，他是岳霞的亲舅舅，我们是一家人。对，我不能挑他的礼，我是不是应该主动上前打招呼呢？”金戈正在犹豫，豪杰们动了，叫着嚷着往外走。金戈忽然发现身边空荡荡的，一看，原来白凤不在身边，九弟正缠着她。金戈暗笑，心说：“古人说，一日不见，如隔三秋，我是一时不见，失魂落魄。情这东西怎么这样厉害，怎么有这样大的魅力呢。”

这时，白杏几个姑娘拉着金蝉腿李方亮走来，李方亮老远就喊：“金戈，你怎么还不走啊？回家呀，怎么，还等着我请你呀……”

白杏道：“金大哥不去，我们也不去。你不请人家，人家怎么去？金大哥，走吧，李庄主请你呢。”

金戈打着哈哈道：“好，走，这就走。”

月亮山庄张灯结彩灯火通明，八仙桌子上佳肴罗列、酒香扑鼻。一个个俏丽的丫头走来走去，忙着斟酒布菜。金戈和笑面佛、铁嘴华等人坐了一桌，白凤走过来看了看，和几个年轻人坐了旁边一桌。她身边坐着江南二秀和江北二杰，九弟看见了，赶紧拉把椅子，坐到白凤身旁。几个年轻人眼睛雪亮，百鸟朝凤般招呼着白凤。

酒过三巡，菜过五味，大厅里热闹起来。敬酒声、划拳声此起彼伏。金戈斜眼一瞟，九弟正说东道西、眉飞色舞，白凤抿着嘴，笑吟吟地听着。一种失落之感立即涌上心头，他一仰脖子，一杯酒入了肚。金戈的杯子刚放下，酒水又哗哗满上了，一只细白的小手端起了酒杯，送到金戈嘴边，一句几不可闻的燕语响在耳旁：“金大哥，小妹敬你一杯！”金戈转脸抬头，看见一双美目正含情脉脉地注视着自己。“杏儿？”金戈轻声一叫，白杏那双水汪汪的大眼湿润了，流出一股亲情。白杏和白凤有着同样的身材、同样的圆脸盘，只是更年轻一些，少了些英气，多了些温柔。

金戈和白杏喝了一杯，白杏又倒满一杯，说：“金大哥，小妹去了，小妹愿你永远快乐！”金戈忽然看见白杏的眼里荡起一层水雾，急道：“杏儿，你……”

白杏玉手轻挥，瞥了一眼她的大姐白凤，急惶惶地走了。

吃饱了，喝足了，酒席散了。李庄主热情邀请客人们留宿，金戈抱拳道：“我们回船了，明早就要启程，多谢盛情招待，多谢了！”

九弟急匆匆跑来，说道：“家里都安排好了，你们就住一晚吧，明儿早再走也不迟啊！”

“不了，谢谢。”金戈看了看五星子和六星子，又看了看黄山八女，对众人道：“我们走吧，回船去，客走主人安。”

白凤也和九弟打个招呼，笑着说：“我们走了，改天见。”

第二天早上，岳武院船队沿长江上溯，辗转向湖北进发。金戈伫立船头，看着波浪翻滚浩荡奔流的江水，听着悲凉浑厚隽永悠长的拉纤号子，陷入沉思之中。白凤踏着清风徐徐走来，到了近前，一摆衣裙，大声道：“嗨！”

金戈转过脸来，看见白凤眉开眼笑，说道：“好兴致啊！用你的话说，别笑掉了下巴，砸坏了脚面！”

“干吗呀你，看你的醋劲，没完没了的，我是高兴，怎么着，你是我什么人？你管得着吗……”白凤歪着脖子问道。

金戈哼了一声，揶揄道：“我管你什么了……拿来！”

白凤瞟了金戈一眼，问道：“什么？拿什么？”

“麝香龙涎丸！”

白凤脸现诧异，问道：“你怎么知道？你看见了？不可能啊！”

金戈理也不理她，继续看着江心碧波荡漾的流水。白凤从贴身的衣兜里掏出一个小包，随手打开了，将一个小盒子递过来，却将包盒子的手帕塞到袖袋里。金戈没接盒子，指指她的袖子道：“九弟写了些什么？”白凤知道瞒不了，掏出手帕递给金戈，笑道：“神了，我真服你了，你怎么知道手帕上有字？哼，写什么？反正是剃头的挑子——一头热呗！”

金戈展开手帕，只见上面写道：“愿做你的奴仆，愿做你的小狗。”金戈看罢一股醋意涌上心头，把手帕还给白凤，冷笑道：“好哇！你多了一条听话的哈巴狗！”

白凤眉飞色舞，笑道：“不错，他当真是一条哈巴狗！多好玩啊，偏你那么多事！哼！我逗逗他你也不乐意！”白凤随手一丢，手帕冉冉飞去，飘飘荡荡，片刻间打着滚落在江中。江水带着手帕走了几尺远，翻个身，沉入江底。

金戈回过头来，惊道：“怎么扔了？”白凤仰着头道：“想扔就扔呗！”

金戈接过麝香龙涎丸，在鼻子下闻闻，装进了镖袋。白凤惊道：“你干吗？那是我的！”

金戈沉声道：“这是淫药，你不能拿着，万一惹出事来怎么办？”

白凤脸色一红，媚眼如丝，扭捏道：“我才不管呢，惹出事就惹出事，怎么啦？反正生是你的人，死是你的鬼！我才不怕呢！哪像你，气壮如牛，胆小如鼠！”

金戈正色道：“我是知书达理之人，又是岳武院的院主，岂敢胡来！你忘了那句老话了？舌头底下压死人。等等吧，快了，武当山事情一了，我马上西去救母，回来就拜堂成亲……”

黄山八女走过来。金戈看见了九弟，他跟在八女身后，有意无意躲闪着金戈的目光。

船头甲板上顿时热闹起来，一时笑语喧哗。

路过鄱阳湖，江中月带着习武堂的人马回山了。几天后，船队过三峡、穿秭归，到达了巴东。水师堂的人马留守，其他人随金戈步行前往武当山。队伍分散开来，豪杰们、武徒们三三两两，说说笑笑一路向北。

十月初十，岳武院和群豪来到武当山下。豪杰们刚进镇子，金戈看见了铁嘴华。他晃着光秃秃的脑袋颠颠跑来，老远就喊："我说，你们穿着小鞋呢？怎么走得这么慢呀，我们前几天就到地头了，等了两天都没见你们的人影，和尚们已经上山了，走了一个多时辰了，老和尚让我等着你们。走吧，赶紧上山。"

金戈挥挥手，喊道："好，上山！"

武当山是大明王朝道教的圣地，也是武术之乡。山路上人很多，他们提着红缨枪、背着刀剑，缕缕行行向山上进发。五星子和六星子脸上带着笑容，跑前跑后地招呼众人。到了解剑池，五星子和六星子高声呐喊，缴了值班弟子的剑。金戈叫人拿了少林僧兵的兵器，快步向山上奔去。

金戈等人闯进真武大殿，一眼就看见了对峙的双方。大星子赫连双江已经被笑面佛擒住，二星子李占彪正与铁手佛交手，其他星子也被八大金刚围住。黑脸佛、长发婆带着十六罗汉逼住了老奔雷父子、黑鱼范四等人。

"送上兵器！"金戈一声呐喊。武徒们纷纷上前，递上兵器。

笑面佛放脱了赫连双江，看了看金戈，走到主桌前大声道："阿弥陀佛！各位施主，得罪了！少林僧兵和众豪杰来到武当山，是受戚继光将军之托，彻查武当派掌门风云剑被害一案。各位施主如有闲暇，可静观其变。如果干涉办案，我等就不客气了。来人，把赫连双江绑了！把李占彪绑了！”

“为什么绑我？凭什么？戚继光？八继光也管不着我们武当山的事！我是武当派掌门，我得到了朝廷的许可，来人哪！来人哪……”赫连双江大喊大叫，晃着拳头要动手。金戈一个“左闪右蹿步”来到近前，右手突兀前探，一把抓住了赫连双江的手腕，用力一拧，把赫连双江的身子拧转过去，接着左肘下压，把他压成虾米样。赫连双江惊怒之下，右足运力反踢。金戈双脚一错，右手一拉，左肘再次下压。哎哟一声，赫连双江的头触及了地面。几个武徒抢过来，抹肩头拢二臂，三下五除二就把赫连双江绑得结结实实。那边，几个和尚已经捆好了李占彪。李占彪带着被勒进肉的麻绳横蹦，扯着嗓子大骂。

老奔雷火了，跳着脚喊起来：“慢着！慢着！你们凭什么捆人？讲不讲道理？把人放开！快快放开！”说着，他突然给了黑脸佛一掌，黑脸佛撤步还掌，啪的一声，两掌接实。金戈飞步赶来，双掌疾推黑脸佛的后背，黑脸佛感觉一股大力冲来，掌力疾吐，砰的一声，老奔雷一个跟头栽倒地上。老奔雷翻身爬起来，拍着衣服上的尘土怒道：“怎么，两个打一个，以多欺少啊？”

铁嘴华蹿过来，叫道：“嘿，你真是一张纸画个鼻子——不要脸！我说，你暴起偷袭，还敢说嘴？真是树林子大了，什么鸟都有！”

笑面佛走过来，把双龙令旗交给金戈，低声道：“你发令吧，令行禁止！”

“好！”金戈接过双龙令旗，空中一摆，高声道，“双龙令在此，白道英雄听令！武当山掌门风云剑华清子被奸人暗杀致死，我等受戚将军委托，彻查此案。各位若服从双龙令，协同我们共同彻查武当山谋杀一案，我等欢迎。如果有人要自绝于白道武林，对抗双龙令，就地歼灭，绝不容情！”

老奔雷看了看金戈手中的令旗，看了看金戈眼里的精光，“你……

你……”了几声，闭上了嘴巴。

五星子白双城走上前来，对三星子、四星子、幺星子三人道：“各位师兄弟，你们也要委屈几天，随我到后殿面壁思过。”

“凭什么要我们面壁？”幺星子肖云抗声道。

金戈眉毛上扬，吼声如雷：“带走！”

几个和尚押着赫连双江和李占彪走了。幺星子肖云梗着脖子，不肯移动。六星子柴禾过来了，在他耳边说了几句话，几个师兄弟连说带拉，把他带走了。

大殿里，赫连双江的狐朋狗友一看大势已去，有几个告辞下山，有几个躲到一边喝茶去了。金戈看见局势已经稳定，脸色缓和下来。忽然，大殿里传来二奔雷的咆哮声。金戈转脸一看，只见二奔雷正对着笑面佛吼着：“……双龙令要三家合议，缺一不可，没有武当派的同意，你们怎能发双龙令？你们两家有什么权力擅自做主？不行，双龙令要作废，我们立即昭告天下……”

笑面佛道：“阿弥陀佛，双龙令重出江湖，早在华清子遇难之前就合议过，今天只是执行而已……”

老奔雷插言道：“那也没叫你们干涉武当派家事，凭什么持令抓人？啊？有双龙令就了不起呀？赶紧放人，不然的话，我们退出盟约，不再尊奉双龙令……”

金戈走过去，冷言道：“不是奔雷寨退盟，而是被白道武林除名了，双龙令重出江湖一年多了，令旗之下聚集了成百上千豪杰，至今未看到奔雷寨的一兵一卒，你们还想顶着白道武林的帽子吗？再不知趣，白道武林就踏平你的奔雷寨！”

老奔雷脸色唰地变了，结结巴巴地说：“不行，不行，没有武当派的同意，你们说了不算……”

铁嘴华缓步上前，围着老奔雷转了一圈，烟袋锅子指点着说道：“我说，罗锅子，闭上你的臭嘴，谁不知道你是赫连双江的老丈人，谋杀风云剑客华清子，是不是你出的主意呀？要不然你蹦跶个啥？你小子是没利不起早的货色，跑到武当山干吗来啦，是不是给赫连双江撑腰来的？金戈，你过来，把这老小子也捆起来，先把他的罗锅子砸平了再说……”

“是！”金戈大叫一声，一步跃过来。老奔雷吓得连忙后退，一闪身跑到了笑面佛身后。他算怕了金戈了，怕金戈再给他来一掌。

铁嘴华哈哈大笑，叫道：“闭住你的乌鸦嘴！要不然，哼，你那条胳膊也要被打折了！”

老奔雷鼓着腮帮子，仰着下巴，一屁股坐在一把椅子上，呼呼直喘粗气。

金戈把令旗还给笑面佛，退在一旁。他旁边的坐榻上，坐着一个道貌岸然的老道，正在闭目养神。铁胳膊郑振廷看见金戈扫视过来，便说道：“岳院主，你不认识他吧，这位道爷人称千手剑客王九，出家凉山星星观，有耳闻吗？”

金戈抬眼再看，只见这个老道阴森森的，面无表情。郑振廷看见金戈没有反应，凑近金戈，悄声道：“此人阴阳怪气，见了凡人不说话，有机会你整整他。”

金戈低声问：“此人为人如何，是黑道还是白道？”

“亦正亦邪，他和华清子交情不浅。”

金戈道：“我明白了，既然如此，我们就忍让一二，算了吧。”

武当弟子们被召集起来，大殿前黑压压站了一大片。白双城和柴禾嘀咕了几句，大声说道：“武当派暂时由众豪杰统率，等查清凶手后，再还权于武当。我们武当派的弟子要配合调查，提供线索，协助豪杰们查案，以揪出谋杀掌门的凶手……”

不料五星子话音刚落，就有人喊：“你就是嫌疑犯！你是武当的叛徒！我们不要外人插手！放了我们赫连掌门！”

“对！外人滚出去！”

“放出掌门！不放掌门我们就和他们拼了！”

大殿前喊声震耳。金戈出来一看，西南角有五六个道士正蹦跶着叫喊。笑面佛也走出来，他双手合十，慢慢走来，红色的袈裟随风飘荡。身着黑袍的老奔雷父子也出来了，脸上浮现着幸灾乐祸的神色。

六星子柴禾抖动道袍，厉声道：“你们叫什么？你们都是赫连双江的徒弟、李占彪的徒弟，如查出你们师父行凶杀人，你们都有牵连！但是，不论怎样说，你们都是张真人的徒子徒孙，你们都是武当派的衣钵传人，你们要站在武当派的立场上说话……”

“胡说！你是叛徒！滚下去！”有人喊道。

金戈一跃而起，几个箭步掠到西南角，抓住一个小个子道士，随手甩出，嗖的一声，小个子道士飞了出去，啪的一声摔在地上。金戈身边的道士啊的一声惊叫，呼啦一声向后退去。金戈脸色铁青，吼道：“绑了！”

小个子道士跌在铁嘴华跟前，铁嘴华低头看了看，说道：“绑什么绑，都摔成血葫芦了，还绑个什么劲。”

有人缩着脖子喊道：“他是凶手！金戈是凶手！我们拼了！”

金戈飞步上前，在后退的人群里左一抓、右一拿，又有两个道士飞出去，啪啪两声，跌了个狗吃屎。金戈吼道：“对抗双龙令者死！”

道士们大眼瞪小眼，殿前广场上顿时鸦雀无声。

“阿弥陀佛！”笑面佛洪亮的声音响起来，“各位道兄，华清子是你们已故的掌门，也是当代豪杰中的一位伟人。为了给他报仇雪恨，为了让他安眠于地下，我们应该一起彻查华掌门的死因，捉拿凶手，难道你们不想为已故的掌门报仇吗？不想让他死得瞑目吗？我们来此的目的，就是要还华掌门一个公道，还望各位道兄鼎力相助……”

道士们安静下来，明白了豪杰们的来意。这时，金戈看见闲逛的九弟又找到机会粘在白凤身旁。

稳下武当山众人之后，三星子、四星子、幺星子也不必再面壁，出来和众人一起探讨华清子的死因。笑面佛、铁手佛、罗仁杰等人分别找道士们了解当时的情形。几天过后，消息汇总上来，没有发现任何有价值的线索。案件扑朔迷离，毫无头绪。

这天，笑面佛召集各派首脑会商，笑面佛道：“华清子是在凌晨被人从背后一镖射死，镖是凤尾镖，目前存放于武当山。华清子别处无伤痕，中镖的位置在后心，凤尾镖入体的深度直没镖身。没有发现中毒现象。第一个发现华清子死的是赫连双江，接着到达现场的是二星子李占彪，后来其他星子全都到了。当时，铁嘴华和白凤看过华清子的尸体，没有别的疑点，尸体运回武当山后，已经火化了。”

这一切，不能说明凶手是谁，疑点却指向了岳武院。

金戈皱皱眉，说道：“谁有杀死风云剑的动机呢？当然是赫连双江，他先是反对群豪在武夷山拒敌，后又反对协助戚继光收复横屿，言行受到华掌门严厉呵斥。他心存不满，这是其一。再者，他位居七星子之首，是武当派的大弟子，如果掌门暴毙，他接任掌门的希望较大，可能动了杀机。还有，谁有作案的时机呢？武当的七个星子都有。华清子独处一室，只有七位星子能够随意进出，深夜之中，外人很难进入。可是，证据呢？如果仔细检查伤口，解剖尸体，我们或许能发现一些蛛丝马迹。现在怎么找？尸体没有了，案发现场又不在这里，难。”金戈最近看过不少有关破案的书籍，动机、时机说得头头是道。金戈看看众人，话锋一转：“我听说风云剑近来看重七星子中的幺星子肖云，不再喜欢阴狠狡诈自私畏敌的大星子赫连双江。赫连双江似乎也看出来了，也许他狗急跳墙，杀了华清子。可是，几个月过去了，如今要找到证据就难了……”

众人议论纷纷，有人说：“既然如此，只有审问赫连双江了！还有，审问李占彪，他们两个，打开一个缺口就行！”

“主要是赫连双江，没准二星子李占彪也不知内情呢。”

“难，赫连双江布置得天衣无缝，栽赃金戈，就是要防止岳武院调查死因。”

金戈叹道：“我中了他的激将法，一听他把矛头指向我，我就急了，立即赶他们走，没有去实地查看。当时我太沉不住气了，上了贼人的当。”

六星子说：“我看哪，非得用刑不可了，酷刑之下，他们敢不说实话？不疼不痒的，谁肯招认啊，那不是自己找死吗？剥皮抽筋，打他龟孙子！”

“不！”笑面佛道，“屈打成招的例子数不胜数，我看由我们先给他讲讲佛法，去去戾气，或许他能回头也未可知。”

铁嘴华道：“嘿，不可能！要感化赫连双江，门也没有！这个人是王八吃秤砣——铁了心了。李占彪倒有可能松口……”

一连几天，笑面佛、黑脸佛都在给赫连双江和李占彪讲解佛法，讲来讲去，赫连双江还是百口不张。笑面佛却信心坚定，说道：“阿弥陀佛，潮起有潮落，水落石自出！”

金戈暗暗焦急起来，心道：“要想感化赫连双江，那可不是一天两天能办到的，我可没时间拖下去，我母亲还在煎熬中。”

老奔雷父子假装看风景，在殿外走来走去，二奔雷道：“过不了仨月，他们就得滚蛋，屁线索也没有，只会念佛诵经，念到除夕也是个空！”

老奔雷闻言嘿嘿一笑，说道：“仨月？俩月也等不到！你看那个岳金戈，他已经坐不住了，开始转圈了，哈哈！”

这时，岳武院里也酝酿着风暴。正所谓树欲静而风不止。这是一个月色朦胧的夜晚，院主大院里非常安静，只有清风摇晃着房檐下的两盏长筒风灯。一个高个子女孩端着参汤，缓步来到苫子房前。

她手指轻弹风门，小声道："请开门，岳堂主，参汤来了。"

凤玲正在洗澡，听见敲门声，眉头皱起，说道："梁丫，你瞎跑什么，半夜三更送什么参汤？走吧走吧，我不用，没灾没病的，喝哪门子参汤。"

梁丫站在门外，娇声说道："哎呀，我都送来了，你还让我端回去？再说了，你最近玩命练功，也该补补身子了，开门吧，我的大小姐！"

凤玲扑哧一乐，说道："我叫了别人一辈子小姐，还没听见别人叫我小姐，我是什么小姐？没事献殷勤，非奸即盗！"凤玲说着，白绫子裹住身子，穿上草鞋，嗒嗒走了几步，伸手打开屋门。

梁丫走进来，她把参汤交给凤玲，随手闩好屋门。凤玲瞪着眼问："你闩门干什么？"梁丫笑道："你不是在洗澡吗，不怕外人进来呀？喝了吧，趁热喝。这是真正的关外老山参，我只放了一小截，怕你上火。"

凤玲看看梁丫，心里酸溜溜的。梁丫上穿淡蓝色素花右衽短衫，下裹藕荷色长裙，竟然秀丽非常。梁丫身材高挑，五官端正，尤其她那双该死的眼睛，黑白分明，亮晶晶的，传送着动人的秋波。凤玲见梁丫勾魂似的看着自己，心说："怪不得蒋忠被她迷住了，我都有点喜欢她了，真是活见鬼！"

"喝吧喝吧！喝了我给你搓搓背，水要凉了！"梁丫媚眼如丝，回眸嫣然一笑，她话语轻柔，有如牵魂的一根游丝，"等会儿你试试我的香水，香得紧呢。"

凤玲喝完参汤，放下瓷碗又踏进了木盆，扭头道："最近你三天两头往我屋里跑，安的什么心啊？别以为我会被你的迷魂汤灌糊涂了，说吧，你想干什么？"

"想干你！"梁丫伸手摸向凤玲的后背，笑着说。凤玲圆眼一瞪，叫道："好大胆子！你敢调戏你家姑奶奶？"

梁丫一只素手上下起落，捶打着风玲的肩膀，一只手抚摸风玲的后背，同时说道：“好滑哟，迷死人了！”

风玲笑道：“找死啊你！等一会儿我叫人剥了你的皮，浪丫头！”

梁丫的双手在风玲背上轻轻游走，说道：“岳堂主，能不能把我调到院主大院来，让我来伺候你？我真的好想和你在一起……”

风玲转头道：“伺候我？我明白了，你是不是想打院主的主意？告诉你，你死了这条心吧！武林四仙子都围在他身边，哪有你的份，少做你的黄粱美梦吧，哼！”

“你想到哪里去了，我真的是想伺候你！”梁丫一边说，一边轻轻揉搓风玲的后背。

风玲哼道：“我不会上当的，你骗三岁小孩差不多……”

过了一会儿，风玲出了木盆，梁丫连忙帮着擦身子。风玲尽情享受着，心道：“怪不得大家都争着当小姐，果然舒服。”

梁丫给风玲擦干了身子，说道：“你睡吧，我来收拾。”

风玲来到床前，掀开床帷，钻进了被窝，然后说道：“不用了，明早再收拾，你走吧。我困了，给我带好房门。”

忽然，梁丫吹灭蜡烛，脱了衣服，一掀风玲的被子就钻了进来。风玲感觉到一个光溜溜的身子贴上来，浑身一颤，说：“你瞎闹什么，快走！”

梁丫甜甜地说：“我喜欢你！”

“去去！我身上起鸡皮疙瘩了，别碰我，快走！”风玲说着，用力推搡梁丫。

梁丫搂住风玲，轻轻地抚摸。风玲挣扎着，身子却莫名其妙地产生了一阵快感，推搡的力道减轻了，嘴里还说道：“你真烦人。”梁丫笑而不语，手上渐渐加重了力道，风玲只觉全身软绵绵、轻飘飘的，如同飞在天上……

“啊！”风玲突然惊叫起来。

梁丫的声音忽然变了，一个充满魅力的男声响起：“舒服吧，我的小宝贝！”

“你……你……”

天际缓缓透出一片曙光，混混沌沌的大地也逐渐明朗起来，武夷山露出了迷人的风采。

银珠起身了，正在梳妆。金珠手拄床铺，缓缓坐起来。银珠托着自己的秀发跑过来，说道：“姐，你怎么起来了？”

金珠说：“我不要卧床了，这药真神，贴上痒痒的，好多了，铁扇公子在哪儿寻来的？”

“谁知道啊，听说他们找了十几家药店呢！姐，你说，你说……”

金珠道：“说呀，吭哧什么？”

银珠幽幽地说：“姐，我看铁扇公子真不错啊，铁铃公子也不错，对我们真心实意。只是，我心里放不下金大哥……你说，咱们嫁了金大哥，会不会受气啊？那个白凤，看见她我就害怕，她就像条母狼，像只骚狐狸！如果她和她奶奶一样，我们就惨了！”

金珠叹口气，说道：“惨了就惨了，反正我心里放不下第二个男人。按说，双雄弟兄和我们真的很般配，可是，我心有不甘啊，我们就这样败下阵来？我想，如果咱俩一条心，还斗不过那个骚狐狸吗？”

金珠和银珠正说着，院子里响起了铁铃公子的声音：“二位堂主起来了吗？我能进去吗？大夫来了，要号脉配药了！”

金珠对银珠笑笑，喊道：“稍微等一会儿，马上就好！”

银珠赶紧端来洗脸水，金珠伸出双手，看看盆里的影子，开始洗脸梳头，洗完了，金珠小声道：“镜子！”银珠拿来镜子，说道：“你都病了，还照什么镜子，照不照的怕什么。”金珠白她一眼，说道：“去！把被子叠好！”

收拾完毕，金珠这才大声道：“进来吧！”

铁扇公子和铁铃公子带着一个背药箱的老头走进来，老头看见坐在床上的金珠，大笑道：“好！好！起来了？坐起来好，不过，你可慢着点，右胳膊可不敢动。大理白氏的生肌膏果真厉害，天下无出其右！哈哈，来，号号脉……”

诊脉之后，老头开了一剂药，说道：“伤筋动骨一百天，好好养着，胳膊不可乱动。再吃几服药，接着就靠静养啦！”

“我、我，去，抓药！”铁扇公子拿起药方就走，铁铃公子招呼了一声，和大夫一起出去了。银珠看着他们出了门，问道：“姐，你看他们两个，哪个俊些？”

金珠道：“铁扇公子英俊些，不过他是个结巴……你问这个干什么？你真的……”

银珠道：“没什么，我只是问问。”

院主大院苫子房里，凤玲起来了，她的眼睛红红的，似乎哭过了。这会儿，她黑着脸，皱着眉，看着梁丫梳洗打扮，嘴里恶声恶气地说道：“真恶心！一个大男人装女人，不要脸！不男不女的东西！”

梁丫做了个鬼脸，走过来说道：“恶心？你舒服的时候就不恶心了！我的小乖乖，有我这样的美男子陪着你是你的福气。以后，咱俩比翼齐飞、鞭丝骑影，遨游山水林泉之间，笑指人间烟云祸福，多么惬意呀。”

凤玲一瞪眼，伸手一掌打去，说道：“下三滥！”梁丫滴溜溜一转，闪开凤玲的手掌，突然左手一晃，竟然捏住了凤玲的鼻子，嘿嘿笑道：“小乖乖。”

凤玲急了，跺着脚叫道：“姑奶奶和你拼了！”凤玲身子一矮，顿时拳脚生风，岳武拳暴风骤雨般使出来。凤玲一招快似一招，招招辛辣威猛。这些天来，凤玲痛下苦功，第一阶岳武功已经练得纯熟无比，第二阶“六步摇柳”也练得有模有样，岳武拳已经带起了风声。梁丫罗衣飞舞，出手曼妙而轻灵，恍若九天仙子翩翩起舞，又似月中嫦娥楼台散步。梁丫双手指指点点，妙招纷沓而来。凤玲一招“挥手琵琶”挥出之际，突觉手腕一麻，紧接着脉门一紧，竟然被梁丫三个指头钳住了，她登时全身麻木，几乎动弹不得。

梁丫一抹胸前的一绺秀发，嫣然一笑，说道：“你还不行，歇会儿吧！”说着，松开了凤玲的手腕。

凤玲的脸色忽青忽白，小虎牙紧咬下唇，身子打冷颤似的抖动起来。过了一会儿，凤玲恨恨地说道：“你到底是什么人？好高明的武功啊，怕是不在我们院主之下！”

“你说金戈？岳金戈？”梁丫偎上来，托起了凤玲的下巴，笑眯眯地说道，“金戈的武功人品嘛，中原第一人。我呢，屈居第二吧！我来这儿的目的，就是学艺，我要做天下第一人，我要超过岳金戈，明白吗？你，岳凤玲，你将来就是第一夫人。我的乖乖，我好爱你哟！”

凤玲盯着他问道：“你是哪里人氏？出自何门何派？”梁丫身子一转，裙子飘飘，道：“我，来自昆仑大山中，脚踏两仪风，立下鸿鹄志，中原逞英雄！”

凤玲道：“昆仑派？你说的是真的？”梁丫指天起誓：“谁骗你就是这个！”五指张开，手掌向下，比划成个王八。凤玲的脸色如同春风扫过，一片红云爬上了脸颊，啐道：“你这不是骂我不正经吗？呸！”

这时，门外传来脚步声，接着一个声音传进来：“岳堂主，快去看看吧，又来了一百多学徒，都在大殿外站着呢，马堂主请您过去呢！”

凤玲看看梁丫，对着花格窗户说道：“好，我就来！”

脚步声远去了，院子里恢复了安静。凤玲道：“你快走吧，该上哪儿上哪儿，我也要走了。”

梁丫恢复了女声，媚眼一抛，笑着蹲身道：“是，岳堂主。”

凤玲冷哼一声，推门出去了。

大殿里，马大响坐在八仙桌子旁正看账本。凤玲进来了，马大响看见立即站起来，说道：“岳堂主，最近学徒来得多，岳武院已经超过一千人了，我看不能再收了。”

“行，我们贴出告示，不招了。已经来的，咱们挑些身强力壮的留下，不怎么样的，发点盘缠打发回去。”

马大响说道：“那好，我去安排一下。”

马大响走了，凤玲坐在椅子上，看着窗户呆呆发愣。过了一会儿，梁丫来了，她端着一壶水，托着茶盘，迈着细碎的步子来到凤玲跟前。梁丫放下茶盘，取出一个茶碗，哗啦啦，斟上了茶水。凤玲看看她，怎么看也不像男子。梁丫的行动举止，流露着一股少女的娇羞，装得惟妙惟肖。凤玲叹了一口气，心说：“真是见了鬼了，竟然看不出一点破绽，真像一个天生丽质的女孩子。”

一晃几天过去了，梁丫夜夜宿在凤玲屋里。这天晚上，梁丫又来了。凤玲司空见惯，也没说什么。梁丫问道：“你把岳霞藏到哪儿去了？好像她不在岳武院了。”

凤玲愁容满面，烦躁地说：“她走了，去一个安全的地方。你打听她干什么？”

梁丫说道：“不干什么，随便问问。哎，你给我说说岳武功，你会几步了？”

凤玲哼了一声道：“我早知道，你是黄鼠狼给鸡拜年——没安好心！哪是看上我了，分明是看上岳武功了！告诉你吧，想得到岳武功，没门！”

梁丫微微一笑，说道：“哟，一日夫妻百日恩，干什么和我红鼻子绿眼睛的，我的还不是你的？你的还不是我的？咱俩谁跟谁。”

“那好。”凤玲道，“你赶紧恢复男装，我来禀告岳院主。他正缺人手，肯定会收留你，然后我们俩正式拜堂成亲，院主会传你岳武功。”

梁丫摇摇头，说道：“不！他是我的对手，我不求他。你不教我，我就自己去家庙找。哼！我是你的人，看哪个敢管我！”

凤玲脸一沉，说道：“你别胡来啊！我告诉你，让别人知道了，你我都会没命！”

梁丫看凤玲认真的样子，打个哈欠，说道：“你不说别人怎么会知道？好了，睡觉吧，我来伺候你，我的小娘子。”

凤玲道：“去去，我看见你这身打扮就心烦，妖精似的。”说罢，凤玲放下床帷，上了床。梁丫转身吹灭了蜡烛，一撩床帷，躬身钻了进去。

四十八 暗流涌动

下午，霏霏细雨轻轻抽打着溪水，梳理着山林，武夷山更加恬静了。这几天，凤玲沉浸在一种难以言表的快乐中，也产生了一种莫名的恐惧和忧愁。这可怎么办？打，打不过他，赶，赶不走他。心里呢，还有点喜欢他了。可是，他似乎没安好心，这可怎么办？凤玲呆呆地坐在梳妆台前，默默地看着黄灿灿的铜镜。

吱扭一声，门开了，梁丫姗姗走来。梁丫看着凤玲，脸上荡起迷人的微笑。她双瞳剪水，朱唇轻启：“岳堂主，小女子这厢有礼了！”

凤玲眼眉斜立，斥道：“呸！一个大男人，装什么女人，恶心，恶心，好恶心！”

梁丫行过女子之礼后一晃肩膀，一个清脆的男高音响起来：“快了，谁愿意拿捏着装女人呢，你以为我愿意呀？我是不得已而为之。你现在跟我去家庙，你看这天气多美呀，朦朦胧胧，真是天赐良机。”

凤玲冷言道：“不行，不行！你就死了这条心吧，我不会帮你的。”

梁丫杏眼一翻，恶狠狠地瞪了凤玲一眼，叫道：“好啊，那我自己去，我看哪个人敢拦我！”说罢，他身形一转，蹿出屋子。凤玲慌忙追出来，只见梁丫已经来到庙院门口。他伸手拍去，大门咣当一声敞开了。梁丫回头看了一眼奔来的凤玲，抿嘴微笑，纤腰扭动，一个箭步蹿了进去。凤玲见状大急，脚尖点地，身子前扑，嗖嗖几声跃过了院门。跑进院子再看，小院里空荡荡的，梁丫已经不见了。几条鬈毛犬围住了半掩的家庙木门，正伸着脖子狂叫。“别叫！别叫！”凤玲喊了几声，抬头向钟楼上守卫的武徒挥挥手，冲上台阶。推开屋门一看，梁丫正站在岳飞像前东瞅西瞧呢。梁丫看见凤玲进来了，咯的一声娇笑。这时，凤玲发现地下躺着一个人，定睛一看，不禁吓得魂飞魄散。瘸腿猎人脑浆迸裂，耳朵鼻孔都有鲜血流出，死透了。

凤玲尖叫一声：“你杀了他？”

梁丫低声笑道：“不错，奴家杀了一个残废。”

凤玲急道：“他是院主的恩人，院主肯定和你没完，你闯下大祸了……”

梁丫胸脯一挺，口吐男声：“行了行了，别跟我念经了，快告诉我，岳武功藏在哪里？等我学会岳武功了，还会怕那个狗屁院主？看我怎样拧下他的脑袋当球踢！”

凤玲瞪着圆眼说道：“他可是一个天才，人称‘大明骄子’，你学了岳武功也打不赢他，别痴心妄想了！你安分点好不好？别老想邪的歪的，到时候后悔就晚了。”

梁丫滴溜溜一转，裙子花伞似的张开了，身子一停，裙子唰的一声合拢。接着他一个反转，裙子再次唰地打开。他连续转了三圈，转到凤玲面前骤然停住。凤玲激灵灵打个冷颤，退了一步。梁丫撇了撇嘴，用男声说道：“嘿嘿！你太小看你男人我了，不瞒你说，我已经和他交过两次手，不分胜败。他那两下子是不错，但对上我，可以说是半斤对八两，平分秋色。你不信？”梁丫咯咯笑起来，忽然胸膛一挺，俏脸一寒，眼睛里射出一道逼人的寒芒，“他是天才，我更是天才，我是天才中的天才！他能像我一样变成漂亮的女孩吗？他能像我一样发出娇嫩的女声吗？蒋忠要不是失踪，早就成了我的裙下之宾。你是他的人，我不是照样抢过来？什么天仙子、花仙子、珠仙子，我要是想要，她们统统都是我的，我的！我能让他一个也得不到！让他竹篮打水，水中捞月，镜中观花空喜欢！你信不信？”

凤玲的圆眼睁得老大，说道：“信，信！看你个狂劲，好像天是老大，你是老二，大明天下搁不下你了！”

其实，梁丫扮作无面人，两次相遇金戈，只交手一次，一掌之间，梁丫借机遁走。不过，就凭这一掌，梁丫知道了，自己的功力稍逊金戈一筹。吹还是要吹的，哄女孩子就要靠吹，她们喜欢听男人吹。

梁丫说：“密洞在哪儿？快快打开！”

凤玲惊道：“密洞，什么密洞？你听谁说的？”

梁丫嘿嘿两声，脸上浮现出得意的笑容，说道：“行了，你那点花花肠子有几根我还不清楚？还能瞒得住我？你不说我也能找出来，信不信？”梁丫逼视着凤玲。凤玲畏缩了，她退了一步说道：“你别胡来！你要岳武功，我可以告诉你，不必找什么密洞，赶紧离开这儿，让人发现了你在家庙里，一切都完了，快走吧。瘸腿猎人的尸体怎么办？”

梁丫道：“岳武功在哪儿？”

凤玲道：“尸体怎么办？这里死了人可不行。”

梁丫说道：“尸体还不好处理？你晚上来一趟，把他拉到院门口，就说发现夜行人了，夜行人打死了他，找个武徒把他埋掉就行。快告诉我，岳武功在哪里？”

凤玲咬咬嘴唇，狠了狠心，说道：“回去吧，回去，岳武功在我心里。”

“哦？好啊。”梁丫豪气收敛，脸上露出了妩媚的笑容。梁丫轻轻搂住风玲的腰，一个娇滴滴的女声响起来：“等我练会了岳武功，我们远走高飞，一同望天高云淡，一块渡长江大河，草原上我们放马驰骋，大海上我们乘船遨游，你我游侠天涯海角，何等快哉！到了夜晚，你我洞房花烛，大被同眠，将是何等快哉……”

“你真的如此爱我吗？你不会抛弃我吧？”风玲颤抖着，眼中的泪水滴滴答答滚落下来。

“不会！我起誓：天茫茫，地茫茫，风玲与梁丫双飞翔，高山大海来作证，白头偕老永相帮！”

风玲被美好的前景陶醉了，携手回到苦子房。风玲开始传授梁丫一至六步岳武功。风玲教得认真，梁丫学得飞快。

武当山真武殿里，豪杰们一筹莫展。审问、教化、侦听都做了，就是没有找到赫连双江谋杀华清子的证据。老奔雷冷笑，二奔雷说着风凉话，二人一唱一和，表演着双簧。黑鱼范四也不时窃笑，凉山老道脸上仍然阴云密布。

铁嘴华拍打秃脑袋直转圈，说道：“事情明摆着，就像小秃子头顶上的虱子。可是，这龟孙子死不认账怎么办，难道就这样算了？我说，依我看非用刑不可了，用大刑！往死里整他，看他敢不说实话！”

笑面佛摇摇头，低声道：“阿弥陀佛！不可，不可，大刑之下，口供不实！再说，老奔雷也不干。”

五星子白双城也是愁眉不展，焦急地说：“我们得快些，他们去接大嫂了，大嫂在她大姐家，就几天的路程，回来更难办了。”

铁嘴华摇摇头，说道：“一个老娘们，不许她掺和，让金戈对付她。嘿嘿，老奔雷尿了，他服金戈了，你没看见，老奔雷什么时候这么老实过？”

刀杰杨帆凑过来，手遮嘴巴，悄悄道：“他的伤还没好利索呢，暂时不敢炸刺了……”

六星子嘀咕道：“我看还真得用刑。没有犯事的，怕屈打成招，犯了事，还能屈打成招吗？”

神鞭赵旭道：“他要胡说一通怎么办？”

六星子道：“他说的是真是假，我们这么多人，难道还听不出来？打，非打不可！不打谁招啊。”

五星子看看这个，看看那个，挥手道：“打就打！打错了，反过来让他们打我，我给他们补上！老拖着也不是个办法，谁叫他百口不张呢，打吧！”

铁嘴华道：“我看行，是得变个法子了！”

“阿弥陀佛！”南少林住持黑脸佛无欲大师说话了，“不能打，不能打！我佛慈悲！既然诸位大侠尊无悔大师为首，就该听从无悔大师的安排，不可逆了住持之意。”

金戈一直在旁边坐着，琢磨着这件事。细说起来，赫连双江的疑点最大，可是，十几天过去了，没有得到任何证据，到此为止，半点头绪都没有。怎么办？真靠打吗？不行不行，当初他们冤枉自己偷盗岳武功，打得自己死去活来，太残忍了，不行。这时候，铁嘴华走过来，拍拍金戈的肩膀，问道：“大家的话你听见了没有？你说说，怎么办？”

金戈站起来，看了看众人，说道：“我看要不这样，咱们换换主审，让铁嘴华当主审官，改下路数。打不打的，震慑一下也好。笑面大师，您看……”

笑面佛微微一笑，说道：“此法甚好，那就偏劳铁嘴华了！”

铁嘴华哈哈大笑，说道：“好，那我就卖卖老！不过，既然让我当主审官，一切可要听我的。来人哪，提赫连双江！”说完，铁嘴华得意地看看长发婆，看了看白凤和他那八个如花似玉的孙女。

笑面佛站起身来，把正座让给铁嘴华，铁嘴华大马金刀地坐下，喊道：“拿块惊堂木来，我说，审案得像个审案的！我要敲山震虎，拍打桌子吓唬猫！把桌子抬过来！金戈，接好你的单刃枪，在前面站着。你们，还有你们，排成两列，给我站脚助威……”

桌子摆好了，有人拿来一块砖头大的木块，放在桌上，铁嘴华看了看木块，叫道：“好大的惊堂木！奶奶的！”

赫连双江被带上大殿。他梗着脖子，瞪着眼，一副愤愤不平的样子。铁嘴华砰的一声，惊堂木狠狠一拍，吼道：“赫连双江！知罪否？”赫连双江白眼一翻，不理不睬。铁嘴华大怒，骂道：“混账！大爷我问你哪！”赫连双江像没听见一样，依然梗着脖子。

啪啪啪！铁嘴华的惊堂木拍得震天响，咔嚓一声，惊堂木两半了，桦木八仙桌子拍出了一个大洞。铁嘴华霍地站起来，瞪着眼吼道：“赫连龟孙子，大爷问你话呢，我说，你聋了还是哑巴了？鼻子眼里插大葱——装象！卖大蒜的撑口袋——装蒜！大尾巴狗长犄角——装羊！小兔子跑到磨道里——装大耳朵驴！米粒掉到粪坑里——装大尾巴蛆！白屎壳郎钻到沙滩里——装王八蛋！”

白凤偷偷笑了，黄山八女捂着嘴，笑得前仰后合。赫连双江无动于衷，没听见一样，竟然置身事外。

铁嘴华厉声道：“我说，赫连双江！你给我听好了，你招了是一刀，不招也是一刀！男子汉大丈夫，敢作敢为，装他妈的死长虫就算完了？没门！说！”铁嘴华的话滔滔不绝，说了半天，赫连双江来个徐庶进曹营，一言不发。铁嘴华真火了，拍着桌子骂道：“装死长虫啊，百口不张！肉蔫贼，死肉蛆，一棍子打不出屁的蔫土匪！金戈！你给我打，看看能不能打出他的屁来，打死他我担着！”

“是！”金戈大吼一声，一步上前，一把抓住赫连双江的脖领子，左脚一踢，右手一拉，啪的一声，把赫连双江摔倒在地，扬手就要打。

“慢着！慢！慢！慢！”有人高声叫喊。金戈扭头一看，老奔雷跑过来，叫道：“怎么着，没证据就打人啊！不行！不行！”他回头又说：“金戈也是嫌疑犯，要打先打他！铁嘴华，你不能有偏有向！”

“又是你！”金戈的怒火腾地蹿起来，噌的一个“左晃右蹿步”转到老奔雷身后。老奔雷慌忙转身，却没有看见金戈的身影，只觉得身后仿佛贴着一个人。他慌忙转了几个圈，再看，仍然没有看见金戈，却还是觉得有人贴在自己的身后。老奔雷一连转了十几圈，金戈也贴着他身子转了十几圈。老奔雷不转了，金戈飘身离开。

忽然，众人哄的一声大笑起来。不知什么时候，金戈把老奔雷的长衫从他罗锅处划了两个口子，撕下簸箕大的一块布，妙的是这条布并没有完全撕透，布块垂下来，活像一个羊尾巴，耷拉在老奔雷的屁股上。二奔雷赶忙过去，刺啦撕下了这块布，众人看见更乐了。老奔雷穿着开了后门的大褂，呼扇呼扇的，十分可笑。他怒气冲冲地脱掉长衫，狠狠地摔在地上，跺着脚叫道：“金戈，你欺人太甚！你讲不讲道理？”

金戈讥讽道：“罗锅子，我知道你是赫连双江的丈杆子，风云剑被杀一案说不定与你有莫大干系，你赶紧给我闭嘴，不然的话，把你也关起来！你不用得意，俗话说得好，天网恢恢，疏而不漏！把那枚要命的镖拿来，把风云剑的遗物都拿来，诸位再看看。把赫连双江押下去，把无关的人轰出去，我们要商议案情。”

“你们……”满脸通红的老奔雷父子跟着被押走的赫连双江走出大殿。

一个道童捧来一个锦盒，一个道童拿来一把剑。金戈接过来，打开了盒盖，红缎子上躺着一枚凤尾镖，凤尾镖上的鸡翎已经凌乱。金戈把宝剑和锦盒放到案桌上，拿起那枚凤尾镖仔细看了看，忽然一笑，说道：“白道兄，你把这枚镖拿给你们的人看看，华掌门是不是死在这枚镖上？看清楚了，是不是这枚镖？”

五星子白双城过来了，接过凤尾镖，仔细看看，说道：“不错！正是这枚镖！”随后看向身旁的三星子，三星子接过凤尾镖，看了看，说道：“就是这枚镖！”幺星子肖云也凑过来，要过凤尾镖仔细看了看，说道：“是这枚镖。当时我觉得这小镖异常沉重，不像纯钢的，用刀子刮了一下，才知道镖里灌了金子。看，刮痕还在。我敢保证，百分之百是这枚镖。”

又有两个武当星子看了看，点了点头。铁嘴华不知道金戈葫芦里卖的什么药，瞪着大眼看着金戈，手指头笃笃地敲着桌子。

“华掌门的伤口什么样子？是不是很细，与此镖造成的创伤相符？”

“相符，很细很深，没有裂痕，肯定是……”三星子说了半截住了嘴，眼睛里似有恨意流露。

“不用看我，如果我杀了华清子，就不会来此找麻烦。”金戈看向众人，说道：“根据伤口判断，杀死华清子的工具应当是一柄圆形攮子或圆形细镖，而不是这枚凤尾镖。凤尾镖带有镖羽，射不了那么深，能透过肋骨而穿破心脏。我判断，应当是一把长度超过半尺细如筷子的圆形攮子。”

金戈拿过这枚凤尾镖，对众人说道：“这枚凤尾镖确实是我的，目前使用这种凤尾镖的一共有三个人，我、大堂主白凤和八堂主岳凤玲。白凤就在这儿，你们问问她，凤尾镖分几种？”

铁嘴华瞪着眼问道：“凤丫头，问你哪，凤尾镖分几种？”白凤上前一步，抱拳拱手，大声道：“禀告英大侠，凤尾镖分两种，一种是毒药镖，一种无毒镖！”

“哦？”铁嘴华道，“那你看看这是什么镖。”

白凤风情万种，迈着细碎的步子扭着柳腰来到大殿中间，伸出纤纤两指，夹住了凤尾镖，妙目扫过，笑了，随即大殿里响起了她那银铃般的声音："这是毒药镖，啊！我明白了，风云剑华清子不是中毒而死，那就是说，他是被人杀死后，伤口塞进了这枚凤尾镖。这枚镖使用过了，里面已经没有毒汁。金戈，你说我说得对不对？"

金戈没有回答，他想起了自己的父亲，他可是一个破案的能手，任过众多官职，从来没有为破案发过愁，他是怎么做到的？金戈反复思考，忽然想起，父亲有时会发布悬赏告示，征求线索，对呀，重赏之下必有勇夫嘛。金戈立即说道："各位，我想发布一份悬赏令，谁能提供一种圆形的筷子粗细的攮子、飞镖之类的兵器，奖励白银一万两！"

"啊，白银一万两？"

"好重的奖赏，好大的手笔！"

几天后，终于有个道士拿来一把圆锥状蛇尾攮子，外边裹着蛇皮鞘。来人一只手握住皮鞘中部，另一只手握住攮子把手一拉，抽出一柄筷子长短、笔杆粗细的圆形攮子。攮子尖端锋利，闪着寒光。这把蛇尾攮子正是赫连双江的。金戈付过银票，记下证词，立即提审赫连双江。见到证物，赫连双江只是惶恐了片刻，就恢复了老样子，一言不发，豁给你一个耳朵。

铁嘴华气得火冒三丈，骂道："好你个王八羔子，找到你的作案工具了你还不承认，死扛到底呀？我说，你当我们真不敢给你上刑啊！"

赫连双江仰头向天，翻着白眼，还是一声不吭。铁嘴华横眉立目，拾起半块惊堂木，啪啪拍打桌子，吼道："交给县衙，看他们不剥了你的皮！"说完之后，他忽然笑了，为突然冒出来的主意得意忘形，自我夸奖道："好主意，好主意！交给县衙，审案子还是他们有经验。我说，咱们有证据了，把他交给县衙，让县太爷往死里整他！"

众人叫道："好！"

第二天，白双城等人写好了状子，押着赫连双江来到县衙，击鼓鸣冤。金戈、白凤、铁嘴华也跟着来了。笑面佛则带人找道士们聊天去了，继续和道士们讲经论道。

等了一顿饭的时间，一个衙役头领喊道："升堂，带来人！"

"升堂！威武——"一声喊喝，升堂了。衙役带着白双城、柴禾和赫连双江来到大堂上。铁嘴华一晃身子，跟了进去，金戈和白凤却被拦在门口。金戈肩膀一晃，两个衙役们忽觉有股大力撞来，噔噔后退几步。金戈和白凤相视一笑，迈着悠闲的步子走进去。

"哎哎，你们，你们是干吗的？回来！"两个衙役奔来，要抓他们。忽然，他们停下脚步，眼睛瞪得溜圆，他们发现前面这一男一女似乎走得不徐不疾，但片刻间已经踪影不见了。两个衙役揉揉眼睛，相互看看，摇摇头，转身向门口走去，迎面碰上尾随而来的二奔雷，立刻把他拦住了。二奔雷偷偷塞给衙役一锭银子，衙役这才闪开身子。

这时候，一个穿黑袍的老先生从角门走出来，他看看铁嘴华等人，说道："你们是干什么的？原告？"

铁嘴华笑哈哈地说道："我们算半个原告，也算听审的。对，应该算是听审的。"

黑袍先生看见白凤，眼睛一亮，色眯眯地打量起来，干瘪的嘴唇一张，轻声道："这位小姐也是听审的？"白凤看见这个黑袍老先生色眼含情，媚眼抛去逗他道："不错，小女子见过大人。"黑袍先生嘿嘿奸笑，说道："嘿嘿，得见小姐芳容，三生有幸，敢问小姐芳名贵姓？"白凤娇声道："免贵姓白。"

黑袍先生回身叫道："搬把椅子来，快！"

一个衙役赶紧搬来一把椅子，放在白凤身旁。白凤笑着看了看金戈，把椅子让给了铁嘴华。黑袍先生又喊上了："再来两把。"

椅子放好，县令也走出来。他摇摇摆摆地走到案桌后，看见了跪在地上的赫连双江，瞪着眼睛喊道："谁把赫连掌门捆了？好大的胆子！"

五星子白双城跪在赫连双江旁边，抬起头来回答道："无量寿福！武当山武当派五星子白双城、六星子柴禾及众道人，状告赫连双江谋杀掌门风云剑华清子。这是我们的诉状和证词，我们把嫌疑犯带来了。"

赫连双江大喊："冤枉！大人，他们胡说八道……"

"住嘴！"县令大喊一声，一抖官袍坐下了。接着，他摇摇乌纱帽，蝉翼般轻薄的两根纱翅使劲晃了几晃，眼睛瞪向听审人。金戈也在打量这个微胖的县令。此人五十来岁，脸色白皙，眉长眼凹，面相尚有三分忠厚。看他身后，影壁墙上画的是波澜壮阔的海水，衬托着一轮喷薄而出的红日。上方还悬着一块朱漆牌匾，上题四个隶书大字"明镜高悬"。案桌前，十几个衙役穿青挂皂，分列两旁。他们手拄黑红相间的杀威棒，凶神恶煞般挺着身子。金戈自幼随父辗转任上，这种世面见得太多了。白凤没怎么见过，县令一拍惊堂木，十几个衙役高喊堂威，还真吓了她一跳。

这时，黑袍先生走到县令跟前，伸着嘴巴嘀咕了几句，下巴一扬，指向白凤。县令早看见他们了，一把椅子上坐了一个秃顶老头，另外两把椅子上坐着一个年轻书生和一个容貌出众的姑娘。秃顶老头吧嗒吧嗒抽着旱烟，一副目中无人的样子。县令听了黑袍先生的话，眼睛亮了，连连点头。说道："好，好，那就让他们坐着吧！"

一个衙役把诉状呈上去，县令看了看，说道："你们说赫连双江杀人，有人证吗？有物证吗？有怀疑就捆人？简直是无法无天！来人！给赫连掌门松绑，把原告轰出去！不予受理！"

铁嘴华噌地跳起来，一蹦老高，嚷道："嗨！嗨！你审都不审就散了，你这是怎么断案的？啊？你怎么知道我们没证据？我们既有人证，还有物证，你连证词都没看，就不受理，这是哪门子道理？

还明镜高悬呢，狗屁！”

啪！县令惊堂木一拍，冷言道：“你敢咆哮公堂？身上的蔫皮痒了是不是？抓起来，给我打！”

铁嘴华蹿跃而起，一个箭步来到案桌前，一扭身子坐上案桌，伸手夺过惊堂木，啪的一拍，叫道：“咆哮公堂？谁咆哮公堂了？放跑了人犯，我剥了你的皮！审不清案子，我叫你脑袋搬家！”说着，啪啪啪！惊堂木拍得震天响，咔嚓一声，惊堂木又拍成两半了。

“你，你……下来……”衙役们哪见过这情形，纷纷拥上前来，要抓铁嘴华。金戈和白凤长身而起，身子一转，衙役们稀里哗啦倒下一片。黑袍先生眼睛直了，抬着两只手，眨巴着小眼，不知如何是好，直勾勾地看着堂上的衙役们木偶似的不住翻滚。

准备给赫连双江松绑的衙役不敢动了，呆呆看着挥洒自如的金戈和白凤。金戈回过身来，说道：“你们先把人犯收押在监，咱们再作商量如何？”

黑袍先生眼睛一眨，凑到白凤跟前，低声问道：“小姐的意思是——”白凤眼皮抬起，不耐烦地说道：“他不是说了吗？先押起来再说。”

黑袍先生赶紧跑到案桌后，扶正了歪在椅子里的县令，耳语几句。县令慌忙点点头，扶正乌纱帽，坐直了身子。黑袍先生一摆手道：“押下去！收监！”

两个衙役押着赫连双江下去了。赫连双江边走边叫，坠着身子不肯迈步。又有两个衙役上来，四个衙役连推带搡把他押走了。白凤对黑袍先生笑笑，手指金戈和铁嘴华，说道：“这两位认识吗？”

县令醒过神来，觉得对方来头不小，抱拳说道：“各位请了，不知诸位高姓大名。”

白凤笑道：“这位是嘉靖二十八年进士，武夷山岳武院的院主，飞夺横屿死战队的先锋官，皇封六品武官的金戈金少侠。这位是武林‘四大高山’之一黄山白神庄庄主，铁嘴钢牙白耀华，我皇钦赐‘四海巡走’御牌的铁嘴华。我，岳武院大堂主，江湖人谬赞的天仙子，皇封七品女官的白凤是也！”

“哎哟，下官不知，下官不知，还望各位大人多多包涵，多多包涵！各位请，请到二堂叙话，请！请！”县令脸上立刻露出笑容，热情起来。

金戈笑笑，说道：“不用麻烦大人了，我们是为赫连双江谋杀武当掌门华清子一案而来，还请大人明察……”

县令摆摆手，拦住金戈的话头，说道：“案子嘛，本官自会尽力。不过，这个案子拖得太久了，死人已经火化成灰，听说你们上山快一个月了，不是也没有查出头绪吗？这个案子，我看算了……”

白凤抬眼问道：“你知道我们来了？”

县令看向白凤，说道：“你们这么多人啸聚武当山，我们怎能不知，不过不太清楚。我看，这件事，我们管不了，武当山的事，让武当派自己解决。我们不要蹚这趟浑水，赫连双江他能解决。”

金戈摇头道：“赫连双江是个罪犯，怎能交给他？我们有物证，也有旁证，还望大人秉公办案。”

黑袍先生看看金戈，知道他懂行，就说道：“时间太长了，仵作又没有见到尸体，这里又不是案发现场，我们真的管不了。”

金戈冷言道：“民不举官不究，现在我们击鼓鸣冤了，呈了状纸，你不接案子可说不过去！”

县令手捋胡须做思索状，沉吟片刻道：“这里不是案发属地，不好查证。我看各位的面子，就关他三天。三天后你们把他带走，如果你们不领人，我就把他放了，而且还要恢复他的掌门之位。”县令忽然硬起来，低声道，“他有本省巡抚撑腰，赫连的门子硬着哪，我可惹不起……你们要动他，就到上面去活动吧。”

铁嘴华眼一瞪，说道：“我说，你的意思是……”

黑袍先生看看白凤，哈哈奸笑，说道：“大闺女要饭——死心眼啊。”

白凤闻言脸色一沉，冷哼了一声。

铁嘴华道：“好啊，那我们就活动活动，你们等着吧！哈哈……走啦！”

金戈几人走了，刚出县衙，铁嘴华就骂上了：“什么玩意儿，整个一个混球加混蛋！敲诈竟敢敲到我们头上，怪不得人说‘衙门口朝南开，有理没钱别进来’，我说，这鬼衙门真是黑透了！”

白凤皱着眉道：“这小子要咱们送礼，要不咱就给他点？不论怎样办，把武当派的大权夺过来就行。戚继光说得好，‘大事不含糊，小事不拘泥’。咱们这样耗着可不是办法，带回武夷山更麻烦。听说戚家军正在酝酿新的战役，你也等着去救母呢，我们可不能因小失大呀！”

金戈皱着眉问道：“你看需要多少银子？”

白凤道：“听他口气，银子至少需要两份，他和巡抚每人一份，一个人最少也得万儿八千的，赫连双江为保命，你想想他少送得了吗？”

“两万两银子？不行，不行！说出个大天都不行！”铁嘴华跳着脚说，“一个铜板也不给他！我有办法，你们听我的，不能送啊！”

夜深了，街道上一片漆黑。金戈、白凤和铁嘴华、长发婆来到县衙前，铁嘴华手里托着一个镶有鎏金件的黑漆盒子，盒子上挂着一把小金锁，金锁黄灿灿的。单看这件能照见人影的黑漆盒子和这把金锁，就知盒内之物非同一般。铁嘴华笑嘻嘻的，连眼角上的皱纹都带着笑意。他们悄悄来到县衙后院外，铁嘴华道：“金戈，准备好了吗？准备好了就上去！”

金戈走到墙头前，脸朝外，背靠墙，五指交叉握住道：“准备好了，来吧！”

铁嘴华腾身而起，一脚蹬在金戈双掌上，金戈向上推送，铁嘴华嗖的一声蹿上了房，接着，白凤、长发婆也先后飞上房顶。金戈看他们都上去了，向前走了几步车转身形，天龙爪顺着手臂飞了出去。房顶上的长发婆早有准备，见天龙爪飞来，一抓一带，金戈嗖的一声飞了上去。接着，房上的四人分成两对，在房顶上来回奔跑。院里人听见动静，都跑出屋子。一条大黄狗蹿了起来，冲着房顶一阵狂吠。

金戈手臂一挥，天龙爪抓着黄狗飞回来，手腕再抖，摘下天龙爪。白凤手起掌落，啪的一声，大狗横着飞了出去。这时铁嘴华和长发婆已经到了对面房上。金戈天龙爪飞出，抓住院中的一棵大树，金戈一荡，呼地飞过去。片刻之后，长发婆又嗖地荡回来。院子里的人看着来来去去的空中飞人，不住念佛。

铁嘴华看见院子里的杂役都成了伸脖瞪眼的乌龟，说道："行了，下去吧！"

四人身形一晃，飘落院中。铁嘴华高声喊道："县太爷，老头子送礼来了！"

县令就在书房门口站着，看见来人是铁嘴华，哭丧着脸说道："里面请，里面请。"黑袍先生侧身打开了书房的风门，躬身伸手，把铁嘴华四人让进屋子。屋里灯火通明，县令一眼就看见了铁嘴华手里托的黑漆盒子，眼角上立刻出现了笑纹，连忙说道："各位客气了，客气了。"

黑袍先生接过黑漆木盒，看了看那把小金锁，掂掂盒子的分量，对县令使了个眼色。铁嘴华道："赫连双江的案子请你多费心了，他谋害师父，罪责难逃，还请大人费心审理，秉公断案。"县令道："哎呀，有几位的面子，我敢不尽心尽力吗？只是赫连双江门子硬着哪，我还要到巡抚那里打点打点，我尽力办吧。有什么事让张先生找你们商量，自家人，一切都好说，一切都好说。"

“民不告，官不究。民告了，官若不究，我等绝不会干休！”金戈最后一句话声色俱厉，接着学习戚继光先硬后软的口吻，把脸色一缓，温声道：“你费心吧，我们告辞了。”

县令和黑袍先生送出来，一齐拱手道：“恕不远送！恕不远送！”

铁嘴华眉开眼笑，说道：“留步！留步！”

送走了铁嘴华等人，县令回到书房，一拍桌子骂道：“他妈的！示威吗？跟我来这一套！”敢情县令也会骂人，他怒气冲冲地叫道：“打开盒子，看看是什么狗屁东西！”

黑袍先生连忙解下拴在金锁旁的金钥匙，咔嗒一声打开金锁。掀开盒盖一看，啊的一声惊叫，呆住了。县令走过来，探头看去，盒子里盛着一个血淋淋的狗头，狗鼻子上插着一颗血淋淋的动物心脏。县令皱眉喊道：“要我？马上把赫连双江放了！来人哪，来人！”

县令喊了两声，一个衙役也没来。黑袍先生回过神来，瞪着眼道：“慢着，慢着，此物怕有深意……太爷请看，这颗动物心这么小，是颗‘小心’，再加上狗头，那就是……就是‘小心狗头’。大人，这伙人和土匪差不多，你何必和他们计较，我看算了，算赫连双江倒霉，先押着吧，以后再说。”

县令勃然大怒，吼道：“怎么着？你怕了？”黑袍先生连忙摇头，结结巴巴地说道：“不是不是，不是谁怕谁，是小不忍则乱大谋。他们高来高去，和他们较个什么劲……”

县令的目光黯淡下去。他看着流着泪水的蜡烛，说道：“好吧，你看着办吧，烦死我了，王八蛋！”

正说着，一个衙役走进来，说道：“太爷，大黄狗找到了，在刘家后院里，狗头上有五个爪印，抓得脑浆子都出来了。有人说这是神功‘隔空取物’，从房顶上一伸手，就能抓取地上物什。他们在天上飞来飞去，有人说叫作‘陆地飞腾’……”

县令脸色一变，喊道：“别说了！去，到牢里，先把赫连双江拉出来打二十大板出出气！”

“是！”衙役答应一声走了

“别生气了。”黑袍先生托着黑漆盒子凑近，看着县令阴沉的脸道，“太爷，你看看这个，这盒子上的锁可是真金的，钥匙也是真金的……”县令哼了一声，说道：“嗯，这还差不多。”

黑袍先生劝道：“太爷，您听说过武林‘四大高山’吗？他们手持双龙令，齐聚武当，了不得。大人，咱们还是别惹他们，就是皇上也让他们三分，咱们何苦……”黑袍先生说着把盒子放回桌子，回过身来，缩着脖子说，“依我看，君子不和小人置气，咱们就接了他们的案子，正式把赫连双江收监，至于什么时候审，那还不是咱们说了算？他们不能长期待在武当山，等他们走了咱们再处置，太爷您看……”

“接了接了！审！赫连双江这小子也不是什么好东西，八成是他杀死了风云剑，不然怎么给咱们送银子？不就是两千两银子吗，两千两银子就能买他那条狗命？不行！”

黑袍先生道：“大人说得对！说得太对了，为了区区两千两银子，犯不着树这样的强敌。我派人去武当山，告诉他们，案子接了，把杀人嫌疑犯赫连双江正式收监。要不然就判他个行贿之罪，充军发配，您看可好？”

县令闻言大喜：“好！这样好，给赫连双江留条活路，上面也不会怪我们，豪杰们的嘴也堵住了，好。就判他个行贿之罪吧，谅赫连双江不敢龇牙！你明天派人告诉他们。”

黑袍先生道：“明天让李捕头跑一趟，他们都是练武的，好说话。这事交给我安排吧。”

第二天一早，县衙的李捕头带着两个衙役上了武当山。五星子、六星子以及其他几位师兄弟闻讯赶紧迎出去。走进大殿，寒暄了几句，李捕头说明了来意。送走李捕头，金戈对笑面佛道：“既然赫连双江的案子已经接下，咱们就及早立掌门，我建议今天就准备，明天中午，我们推选掌门。”

“推选掌门？”白双城闻言一怔。

笑面佛道：“我们商议过了，比武夺掌门，你们没有把握。李占彪既然没有什么事了，就该放出来，我们没有理由不让他参加比武，如果他比武夺魁，我们费了半天力气，最后让一个浑人把持武当派，就不上算了，辜负了戚将军的美意。”

金戈接着说道：“昨晚我们从县衙回来，铁嘴华说：‘任命易生腐败，比武夺魁呢，也可能让才高德亏的人窃取大权，各有利弊。’风云剑之所以被暗杀，贼子图的就是权力。如果掌门实行推选，他杀了掌门，也轮不到他当掌门，他就不会下手谋害了……近些年来，武当派一直内乱不止，当改传位之法。我们商量了一下，此次武当掌门的确立，采用推选之法。”

众人沉默了，片刻之后六星子说道：“进行推选，如果选上二师兄怎么办？”

金戈朗声道：“我们要阐明道理，让诸位道兄心明眼亮，让他们清楚掌门人的重要。他们会认真推选自己的当家人，不会选一个浑人当家的。”

铁手佛道：“阿弥陀佛！我看这个方法不错，它可以凝聚人心。武当近百年来，内祸频出，四分五裂，使得鼎盛的一个大派日渐式微，排在了武林‘四大高山’之外，应当改换传位之法。”

六星子转头问道：“少林呢，少林寺怎么不推选呢？”

笑面佛笑道：“少林寺的传位之法，是长老推荐，众僧不反对，住持才得以继任，也不是哪个人说了算，并非私传，阿弥陀佛！”

铁嘴华道：“好，这法子好，省得一个人说了算，大有提倡的必要。我说，我们立块石碑，写好推选之法，今后掌门不得私相授受，一律推选。只是今天的武当情形特殊，我看还是任命算了。”

金戈诧异道："任命？谁来任命？你，我，还是他？我们都没有权力，武当的道士们也不会服气的。"

六星子道："比武啊，多简单，胜了就接任掌门，干脆利索。"

金戈道："那可不行，有风险，大权不能旁落。"

大家叽叽咕咕，低声议论着。三星子、四星子和幺星子凑在一起，小声说着什么。

一阵沉默之后，笑面佛站起来，说道："各位施主，我们应当相信武当道友，他们会分清忠奸善恶，会分清好赖是非，他们会把自己的命运交给自己信任的人。你们几位星子，都可以做本次推举的候选人，谁要参选，谁可以上台表个态。道友们眼睛是雪亮的，阿弥陀佛！菩提本无树，明镜亦非台。"

金戈接口道："得道必多助，失道落尘埃！"

五星子白双城忽然觉得，如果比武，自己可能要输给六星子柴禾，看他有恃无恐的样子，说不定他真的留着一手呢。自己就是赢了，那也是凶险万分。另外，如果二师兄李占彪参加比武，虽然自己武功精进，最多是胜负参半。嗨！还是推选好，正可借此凝聚人心。他说道："好，选就选，我同意。"

"你们呢？"金戈问六星子等人。三星子、四星子、幺星子异口同声道："选就选！我们附议！"六星子柴禾一看，大家都同意了，也顺风转舵，拧着眉头说道："选就选吧！只要不选上赫连双江就行。"

金戈笑道："赫连双江是个疑犯，不能让他参加推选。风云七星子剩下了六位星子，谁愿当候选人，自己报名。不报名，明天推选就不挂他的牌子，你们自己说说吧！"

六星子咳嗽一声，说道："我试试，我参选掌门人！"

三星子摸摸鼻子，低声道："我，我也算一个。"

五星子看看别人不吭声了，说道："还有我，我也想试试。"

金戈转脸看看笑面佛，说道：“大师，您看这样行吗？请您一锤定音。”

笑面佛道：“阿弥陀佛，行啊！都是为了我明朝大业，我们何分彼此？李占彪不能再关着了，把他放出来，他要参选，算他一个，多他一个不多，少他一个不少。众人的眼睛是雪亮的，他们心中有杆秤。四星子、幺星子，你们不争了么？”四星子摇头道：“弟子无德无能，不敢窥视掌门之职。”幺星子犹犹豫豫，说道：“我行吗？会不会……”笑面佛道：“这要看你的决心了。”幺星子挺胸道：“好，我也算一个！”

笑面佛说：“好，明天上午，武当山全部人众集合在一起，推选掌门人。”

深夜，县衙里出现两个蒙面人，两个人箭似的射到县令的书房里。县令和黑袍先生正在喝茶，看见蒙面人大吃一惊。

一个蒙面人一掌击碎了桌子，随即一个苍老的声音响起来：“限你们日出之前放了赫连掌门，并宣布他无罪，牙迸半个不字，我杀得你们两家鸡犬不留……”

县令筛糠似的哆嗦着：“这……是，是！”

荡寇英雄传 四

铁灶 著

作家出版社

目录

四十九　终成眷属

蒙面人走出书房，忽然看见院子里站满了人，高的高、矬的矬、胖的胖、瘦的瘦，黑压压的一片。两个蒙面人相顾失色，登时呆住了。

突闻一声暴喝："火把！"呼的一声，数十支火把燃烧起来。火光之下，只见金戈眼中精光四射，笑面佛袈裟放光，铁嘴华秃顶闪亮。这边，铁手佛、黑脸佛怒目而视；那边，黑剑罗仁杰、神鞭赵旭冷面含煞。后边，武当诸星子、少林八大金刚昂然而立，长发婆、白凤和黄山八女刀剑出鞘。蒙面人看见这个阵势，立刻傻了眼。

金戈厉声道："摘下面纱！尔等还需我们动手吗？"两个蒙面人缓缓除去了面纱，露出老奔雷和二奔雷惊恐的面容。金戈上前一步，厉声道："奔雷寨自绝白道武林，屡抗双龙令，今日竟敢胁迫官府，干扰办案，饶你们不得！"说着，金戈进步亮掌。

二奔雷扑通一声跪倒在地，小鸡吃米似的连连叩头，同时哀告出声："岳院主饶命！岳院主饶命！我们再也不敢了。笑面佛饶命！各位大侠饶命啊！在下愿跟随各位出征，愿遵从双龙令调遣，饶了我们吧，饶了我父亲吧，我们真的不敢了，真的不敢了……”

“阿弥陀佛！老奔雷，你们父子一再对抗双龙令，本该就地处决，念二奔雷还有一片孝心，今日饶你不死，你自断一臂，解散奔雷寨，隐居思过吧！”

老奔雷脸色蜡黄，退缩着，说道：“这个，这个……”金戈手掌一晃，厉声道：“怎么，要我帮忙吗？”二奔雷转身抱住老奔雷的腿，叫道：“爹，你就依了他们吧，爹……”

“好！好！我自断一臂，散门隐居思过。”老奔雷绝望地看看儿子，右手扬起，挥掌击在左臂上。

晨曦照亮了美如画卷的武当山，照亮了滴翠染绿的青松绿柏。金戈的心情极好，知道武当山事情结束，就可以西去救母了。金戈信步来到真武大殿的走廊上，看了看柏木架上黑红色的牛皮大鼓，摸了摸栎木架子上泛着绿锈的古老编钟，柳眉上挑，嘴角下垂，细眼里荡起了灿烂的笑容，自言自语道：“选吧，但愿各位道兄心明眼亮，选出一个精明强干的掌门人，带领武当派重返沙场，为荡击倭寇增加一份力量。”

道士们三两走来，一些妇女和孩子也挨挨挤挤地凑近，台阶下的空地上顿时集聚了一群人。当当几声钟响，群豪们立时围过来。五位候选人来了四位，都关在大殿里面。这时，笑面佛越众而出，呵呵大笑，洪亮的声音响起来：“阿弥陀佛！各位道兄，各位眷属，武当派就要推举掌门了，这是一件关系到武当派兴衰的大事，也是关乎武林安危的壮举，万望各位道兄心存道义，抛去一切私心杂念，秉公推选。我大明王朝正值多事之秋，倭寇烧杀抢掠，桃花会抢男霸女，致使中原大地生灵涂炭，现在，是我们白道武林报效国家的时候了！武当派向为白道武林领袖，已故老掌门风云剑华清子更是我大明王朝的一代豪杰，希望你们能够选出一位像他一样英明的掌门人，选出一位忠于王朝、忠于百姓的掌门人，选出一位处事果断、武功高强的掌门人，使武当派重振声威，再啸江湖！南无阿弥陀佛！愿我佛慈悲！愿苍天保佑！善哉！”

笑面佛退后几步，金戈挺身向前，眼眉上挑，朗声道：“各位道兄，我来说一下推选的规则：一、参加推选的人，一个人只能推选一次，一次只能推选一人。二、第一轮推选的结果没有超过半数时，取第一名和第二名进行第二轮推选。第二轮推选，各位道友依然只能推选一人，不得重复推选！明白否？”

“明白！”回答声稀稀拉拉。

金戈细眼一睁，大声道：“推选时，采取击鼓报数的方法，我举出候选人的牌子，念出他的姓名，这面大鼓开始擂响，同意他当掌门的人报数，报数终了，编钟敲响，推选结束。同意的人依次报数，不同意的，不要出声，明白否？”

“明白！”有人高喊。

金戈举起一个牌子，说道：“第一位候选人：二星子李占彪！”

鼓声响了，咚咚咚……没有人报数。五六个小道士和两个女人慌慌张张地跑出来，分别抱住西边几棵柳树，其中一个小道士找不到柳树，竟然慌慌张张地抱住了一棵月季花，花树上的刺扎得他呀呀大叫。

“这是干什么？”鼓声停了，编钟当当敲了两声。金戈走下台阶，看着他们狼狈的样子，歪着头问道：“你们干吗？”

“抱树啊！我们推选他呀！”一个半大婆子红着脸说。

“哈哈！”众人笑了。白凤笑得前仰后合，黄山八女笑得花枝乱颤。九弟一蹦老高，跑了上来，叫道：“抱松树，抱柳树不算，快去抱松树！”

“啊！还有这说道？好，我们去抱松树！”一个半大婆子叫了一声，趺趺撞撞地跑到一棵松树前，张开双臂抱了过去。

金戈脸色一黑，喊道：“别抱了，回来！”说完，狠狠瞪了九弟一眼。九弟一惊，啪唧摔了一跤。铁嘴华大叫：“我说，别瞎吵吵了，叫唤个屁呀！”他烟袋挥动，走上前去，围着几个婆娘转了转，哈哈大笑，说道：“你们是李占彪的家人吧？新鲜！你们是擀面杖吹火——不通！蛤蟆跳井——不懂！哈哈……”

金戈回到台阶上，朗声说道：“风云二星子李占彪，七票！”接着又说，“报数是一个个报出数字……毛四！”毛四挺身而出：“在！”金戈道：“叫卫队站队，报报数，让他们看看！”毛四道：“是，卫队集合！”

二十个彪形大汉标枪似的站成一排，金戈叫道：“鼓，击鼓！报数！”

咚咚咚……报数声响起：“一、二、三……十九、二十！”

咚咚咚！鼓停了。当当当，编钟悠扬的声音响起。

金戈看看众道士，喊道：“就是这样，一个个地来，一个个地喊！明白了吗？”

“明白了！”众道士齐声呐喊。

金戈又举起一个牌子，说道：“三星子刘光棋！”

咚咚咚……“一、二、三……十五、十六！”

当当当……金戈叫道：“十六票！”

第一轮下来，五星子的票最多，八十三票，幺星子票数居二，六十二票，六星子柴禾三十多票。群豪商量了一下，让金戈出来说话。

金戈细眼环顾一下众道士，大声道：“因为我们的候选人没有超过半数，因此，要进行第二轮推选。根据票数，现在选出两个票数最多的候选人，就是五星子白双城和幺星子肖云，诸位考虑好了，在他们两人当中选出一位当家人，你们要慎重选择，俗话说，兵熊熊一个，将熊熊一窝！选好你们的掌门，武当派的门庭才能发扬光大。准备，风云五星子白双城！”

咚咚咚……鼓又响了，报数声此起彼伏：“……十三、十四、十五……八十、八十一、八十二……一百、一百零一、一百零二、一百零三……一百七十、一百七十一、一百七十二！”

当当当！金戈喊：“一百七十二票！”金戈顿了顿又说，“准备！幺星子肖云……”

真武大殿的大门开了，幺星子肖云和其他师兄弟走出来，幺星子肖云抱拳道：“不用再选了，大局已定！我们欢迎新掌门！”他抓着五星子白双城的手举起来，接着喊道，“恭贺新掌门！”

“恭贺新掌门！恭贺新掌门！”人群里喊声一片。

五星子白双城连忙道：“好，好，谢谢！谢谢道友们信任，我白双城绝不辜负道友们的期望，我们同心协力，重振武当雄风！”

哗！掌声四起。幺星子肖云叹道：“推选好，这样可以防止阴谋篡权，如果早实行推选，师父也就不会遇害了。五师哥，我们要不商量一下，以后掌门的产生，也要推选？”

白双城道：“好啊，写个规矩，定个章程，以后的掌门，一律通过推选产生。岳院主，劳您的大驾，写个推选碑，立于大殿一侧，以便武当世代沿袭。”

金戈道：“好啊，一会儿我就写。”

饭后，金戈书写了“推选碑”，记录了这次推选过程，并规定今后掌门的继任要通过推选。

一个道士跑进来，晃动着一张黄纸，气喘吁吁地说：“捷报！戚家军牛田大捷！歼灭倭寇两千八百零五人……”

“妙极！”新任掌门白双城大喊一声，“摆酒庆贺！我们喝他个昏天黑地，不醉不休！”

金戈接过捷报，朗声读道：“九月一日，我明军戚继光部轻装衔枚，悄悄向杞店疾驰，到了倭巢越墙而入，一举歼灭睡梦中倭寇，接着星夜赶往银屏山设伏，又聚歼了前来救援的七百倭寇。之后戚继光部一鼓作气攻破牛田、上薛、闻读三处倭穴。此役我军无一伤亡，共斩首倭寇六百八十人，俘获倭寇两千一百二十五人，解救青年男女九百五十四人……”

铁嘴华喊道：“连战连捷，可喜可贺！”

神鞭赵旭叫道：“大战四战四捷，小战连战连捷，了不起！”

九弟也跟着蹦跶：“好好好！妙妙妙！”

笑面佛道：“阿弥陀佛！戚将军真乃神人也！浙江九战九胜，福建两战两捷，而且每战都做到了‘大创尽歼’，立下了不世之奇功。比之春秋战国大将白起、汉朝大将霍去病、三国之关羽关云长、大宋岳飞岳武穆等名将，比肩而无不及！老衲钦佩！老衲衷心钦佩！善哉！”

金戈听到笑面佛拿戚继光和岳飞比较，心里一动，心想：“戚大哥能比岳王爷吗？岳王爷当年曾有八百破十万的辉煌战功……”接着又想，“他随便说说，这种事又何必较真呢？”说道：“戚将军屡战屡胜，确实不简单！一次不败，简直前无古人后无来者！而且，我军伤亡极小，其中两次战役都实现了零伤亡，好生了得，戚大哥果真是个天才！真正的大明骄子！好，咱们好好庆祝一下！”

铁嘴华拍着屁股大叫：“我说，戚继光不光指挥有方，他的弓箭也是一绝，四尺盘龙铁臂弓，嘿嘿，百步之内，箭无虚发！金戈！你别不服气，你的凤尾镖虽然也不赖，可是，三十步开外，你就没戏了，你是猫吃核桃——干瞪眼，老狗上树——瞎着急。戚继光呢，百步之外，还是照射不误。还有，你金戈文武双骄，是个少年进士，了不起，戚继光将军那也是文武全才，你听过他的诗吗？‘一剑横空星斗寒，甫随平虏复征蛮。他年觅取封侯印，愿向君王换此山。’这首《题武夷》怎么样，豪气干云、气势磅礴吧？”

金戈一惊，叫道：“好诗！好气魄！这是戚大哥的诗吗？他什么时候作的？我怎么没听说过？一剑横空星斗寒……了不起啊，平地响惊雷，的确不凡，金文杰钦佩之至！”

铁嘴华道：“这当然是戚继光的诗了，这是戚继光在五月初五，就是岳武院复出的那天，下山时作的，错不了。现在福建沿海广为流传，怎么样，我说，服了吧？不过，你也行，由文到武，皆成翘楚，你们俩是我大明王朝的双骄！”

“无量寿福！”五星子白双城满脸喜气，单掌竖起道，“快发双龙令，动员我大明武林群豪直奔东南沿海，会合戚家军，一举荡平倭寇！”

“对！”群雄哄然叫好，“快发双龙令，动员天下豪杰，共除倭寇！”

有人喊道：“叫倭寇也知道知道，咱大明王朝的爷们不是好惹的，只要百姓们齐心协力，就可排山倒海，战无不胜！”

笑面佛竖掌道：“阿弥陀佛！今晚我们摆筵庆功，明天我们快马扬鞭，直扑前敌，协助戚家军，扫平倭患！”

铁嘴华叫道：“嗨嗨！我说，大家先随我去岳武院，上武夷山，参加我的婚礼。喝了我的喜酒再去前敌，我说，到时候我战死也不冤枉了。都去，大家都去，谁不去也不行！谁不给面子，我就和谁翻脸！”

金戈朗声道：“好！众位兄弟、各位豪杰、各位大师、各位道长，岳金戈诚心邀请各位大侠光临武夷山，参加铁嘴华再婚大礼！我们在武夷山聚会之后再定行止，如何？”

“好！岳院主是个大财主，上武夷山，喝酒去！我们吃饱了喝足了再上战场，然后来个杀寇大赛！”

“好！先上岳武院！”

群豪吵吵嚷嚷，声浪滔天。白双城拉了拉金戈，说道：“你看，武当山根基未稳，是不是……”金戈一听就明白了，说道：“武当派就不用去了，先行整顿巩固，等根基一稳，即刻下山便是。”白双城道：“好，我们也去几人，算个代表吧。让七师弟肖云率领门下弟子，代表武当派前敌效力。武当派不出人可不成，我们也是双龙令的掌令使之一，不出人岂不让人笑话！我们稍稍安顿一下，局势一旦稳定，武当派弟子全部下山！此番援手大恩不言谢，武当派定与岳武院并肩作战，永远高举精忠报国的大旗！七师弟！”

肖云上前一步，看着白双城说道：“掌门师兄，师弟在。”白双城道：“你明天带你的徒弟随岳武院南征，你们代表武当派上阵杀敌，遇事应当奋勇向前！”

肖云单掌一竖，道：“肖云领命！”白双城又叮咛道：“你们要以岳武院、少林寺马首是瞻。”

“领命！”

白双城又对金戈道：“我把七师弟交给你了，该用他之时，不必客气，尽管支使。”

金戈道：“好，我会照顾他的，不过……”

“怎么？”白双城一愣，忙问，“可有不妥之处？”

金戈犹豫道：“铁嘴华婚礼之后，我是西去救母，还是东去前敌，目前还没决定，如有空暇，我可能先去救母……”

白双城道：“这样吧，让六师弟柴禾跟着你，助你一臂之力可好？”

金戈摇手道：“这倒不必，西去救母，定是小队奔袭，不会大张旗鼓，用不了多少人……”

铁嘴华闯过来，叫道：“金戈！金戈！别瞎白话了，赶紧出去看看，白凤和那几个丫头跑哪儿去了，转眼之间就没了人了，不像话，墙上挂羊皮——太不像话了！我一提婚事她们就跑。你赶紧给我找去，我说，丢了人我可和你要……”

金戈转脸看去，果然没了她们的踪影，说道：“真的，她们又跑哪儿去了？我去看看！”说罢，转身就跑。

第二天，豪杰们南下了。赫连双江被押在牢房里，只判了个行贿罪。豪杰们一阵大骂，风云剑被杀一案只好暂且搁置。

群豪步行到江边，立即上船顺流而下。船上顿时热闹起来，只有八女闷闷不乐，她们必须回黄山了，她们的堂兄大婚在即。几个姑娘冷言热语把话透给铁嘴华，铁嘴华只装作没听见，不理不睬。船到汉口，金戈和白凤送别了八位姑娘。黄山八女骑在马上，泪水涟涟，依依不舍。并肩作战最容易拉近人与人之间的感情。私心杂念也会在战火中燃烧干净，只剩下唇齿相依的友谊。

武夷山东坪，练兵场上喊声阵阵，红缨枪红光闪烁。

午后，梁丫正在苫子房里练功。他仍是丫鬟打扮，素裙裹身。他已经练会了前两段岳武功。梁丫本来就有深厚的内功基础，再练习岳武功，当然事半功倍了，而且他的柔功本就不弱。单就岳武功来说，他的成就已经超过李虎子，赶上了凤玲。这时，他莲步轻移，走出屋子，看着家庙的小院呆呆出神。

凤玲回来了，梁丫瞅瞅四周无人，一把拉住她，娇笑道："贤妻呀，怎么才回来呀？奴家等得好心焦喔。"凤玲脸色蜡黄，推了他一把，叫道："别闹了，院主快回来了，船队到汉口了，顺风顺水，两三天就到了，别年糕似的粘住我，到底怎么办，你赶紧拿个主意。"

梁丫搂住凤玲的腰，把她拥进屋里，接着脚后跟一抬，砰地关上房门。梁丫亲亲凤玲的脸蛋，揉揉凤玲的胸脯，热切地说道："谁年糕似的？我不是想你嘛，我的小宝贝！"

"去去！哎呀，烦死了，别闹！"凤玲推开梁丫，说道，"依我说，你实话实说，归顺岳武院，脱了这层让人恶心的女人皮，堂堂正正地娶我，我相信院主一定重用你。"

梁丫摇摇头，轻声道："我可不愿意寄人篱下。不过，如果你愿意待在岳武院，我就将就你，我来个妇唱夫随还不行吗？还有，他可不许抢我的宝贝！”

凤玲诧异道：“什么宝贝？你有什么宝贝？”梁丫媚眼含春，笑道：“你呀，你是无价之宝，我的心肝宝贝呀！”

凤玲笑了，嘴唇里露出一颗调皮的小虎牙：“去去去，一天到晚没个正经。”

梁丫用胳膊压住凤玲的肩膀，素手轻轻抚弄她的秀发，柔声道：“告诉我第三阶岳武功吧，两步还是三步？”凤玲眼睛一立，正色道：“没有了，已经都告诉你了！贪多嚼不烂！”

梁丫推开凤玲，眼睛一瞪，男子声音响起：“不对吧？金戈身法变幻无方，岂是两阶岳武功能办到的，再说第二阶的柔功有个屁用啊！不瞒你说，这两阶岳武功我已经练会了，也没什么，看来关键还在第三阶岳武功上，第二阶是基础。俗话说得好，亲不过父母，近不过夫妻。你何必骗我呢？”

凤玲歪着头看看他，说道：“你这男声多好听啊，多顺耳啊。”

梁丫立着眼叫道：“快告诉我！我还等着练呢！”

凤玲漫不经心地说道：“以后你别用女声了，自从我知道了你是个男的，再听那女声，我就浑身起鸡皮疙瘩。”

梁丫上前一步，抓住凤玲的衣领恶狠狠地说道：“我要第七步岳武功，还有第八步、第九步岳武功！你不告诉我，我就去家庙找！”

凤玲推开梁丫的手，柔声道：“你怎么不信呀，金大哥的岳武功是他自己研究的。他只学过第一阶岳武功，比你学的还少一阶呢，我骗你是小狗。”

梁丫笑了笑，抛了个媚眼，改用女声道：“哟，想蒙我呀？蒋忠练了几阶岳武功？也是两阶吗？别骗三岁小孩了，他身法左转右旋、脚起带风，你偷偷地看过还不知道吗？你在东厢房的房檐上趴着，足足看了一个多时辰，当我不知道啊？其实，我也在东厢房上呢，我就躲在烟筒后面，你回头看过三次，你没看见我，我却看见了你，这才叫螳螂捕蝉黄雀在后呢。”

凤玲惊道：“是吗？我够小心了，怎么会没有发现你？你真够贼的，没安好心。实话告诉你吧，是还有一阶岳武功，可是院主说了，不能练。第七步有重大的缺陷，练了会走火入魔，明白了吧？你就死了这条心吧，人心不足蛇吞象，贪到头来一场空！”

梁丫看着凤玲，目光中满是乞求之意，用男声哄道：“宝贝，别和我绕圈子了，金戈和蒋忠怎么没有走火入魔呀，你没见蒋忠三下五除二就把独目叟打死了吗？走火入魔，那是金戈骗你哪，你想想看，猫教老虎还留一手呢，他和你非亲非故，怎么会把秘密全部告诉你。家庙里是不是有个密洞？不管第三阶岳武功有没有缺欠，我们先抄下来，然后再行研究，这总比从头摸索省力气吧？这可是一条通天的捷径。俗话说，爹有娘有，不如自己有。再说艺不压身，我们寄人篱下也非长久之计，早晚要抬屁股走人。到时候你我技压群雄，傲视天下，何乐而不为？”

凤玲沉默不语，目光黯淡，心里掀起了波澜。犹豫片刻，她咬了咬嘴唇，摇头道：“不行，不行！岳武院对我恩重如山，我不能监守自盗，你不用想了！你的功夫够用了，我们还是……”

梁丫面露狰狞，眼睛中凶焰四射，吼道：“那我就自己去找，看他们哪个敢拦我！”

凤玲一把拉住他，急道：“你别瞎闹啊，猎人的事蒙混过去就不错了，你再惹事，我们就一起完蛋！”

梁丫甩掉凤玲的手，微微下蹲，改用女声，说道：“完蛋就完蛋，不成功则成仁！我既来了，不达目的就绝不罢休！不过，要我完蛋也不那么容易！我要找到洞口便罢，找不到洞口，我就大开杀戒！我要绑走金珠，叫金戈拿岳武功来换，看他怎么办！”说完，梁丫砰地拉开屋门，箭一样地射向家庙小院。

凤玲慌了，发足急追，二人先后冲进家庙小院。钟楼的守卫看见了，不知如何是好，凤玲是管家庙的，又是功勋堂的堂主，她和梁丫闯进去，谁又能管得了？

但是，询问还是要问的，上面有人喊："岳堂主，梁丫怎么进去了？这不合规矩！梁丫，你赶快出来！再不出来就鸣钟放箭了！"

汪汪！汪汪！几只大狗冲着梁丫咆哮。"别叫！别叫！"凤玲吼叫一声。梁丫却满不在乎地走着，他脚步轻快，眨眼间走到了庙门前。

守卫大喊："快出来，要鸣钟了！"凤玲停住脚步，抬头喊道："不要鸣钟，我带梁丫去搬东西，没事的！"

"不是吧？这怎么可以……"

凤玲又喊："我们马上就出来！真的没事，你们连我的话都不信了？"

守卫喊："这……那你们可快点，不然我们就敲钟报警！"

梁丫哼了一声，迈上台阶。凤玲一步蹿上去，刚要说话，只听咔嚓一声，梁丫已经拧开门锁，闪身闯进去。

"啊！你怎么又拧坏了门锁，你疯了？"凤玲低声叫着，慌忙跟进。回身关门之时，凤玲看见钟楼上的守卫指指点点，似乎争论着什么。

凤玲关上庙门，脸色惨白，捂着心口说："你找死啊？他们已经怀疑我们了，正商量呢，说不定已经派人去通知二位护法了……赶紧出去吧……"

梁丫神情自若，黑漆漆的眼珠子灵活地转动着。凤玲一把拉住梁丫，往外就拽。梁丫妩媚轻笑，素手抬起，一把抓住凤玲的双手，接着解下凤玲的丝绦，三缠两绕，把凤玲的手绑住了。然后伸脚一绊，把凤玲摔倒在地，接着再缠再绕，把凤玲的脚也捆住了。梁丫直起身子笑道："你在地上躺一会儿吧，他们不会示警的，谁不知道家庙由你岳堂主看管？仁义双雄来了又能如何，他们管得了你？”

说罢，梁丫眼睛闪光，东张西望，仔细寻找起来。他敲敲这儿打打那儿，始终找不到密洞的入口。梁丫钻到供桌下面，继续敲打，这里也没有空洞的声音，也没有缝隙。凤玲紧张了，两眼睁得鸡蛋似的，惶恐地看着梁丫。梁丫讪笑，甜甜的女声响起来：“在这儿了，是不是？”

梁丫继续敲打，凤玲慌忙低下头，听着自己怦怦大响的心跳声。梁丫敲敲打打，又推又踹，一顿饭的时间过去了，梁丫还是不得其门而入。原来，岳氏密洞的石门非常厚，敲不出空洞声。即使找到门石，还要找对受力点，找到受力点还要运力猛推。推错了地方，推不开，找对地方，不使猛力也推不开。梁丫鼓捣了半天，脸上浮出了一层细细的汗珠，素花裙子也脏了，皱着眉头退出来。梁丫身子扭了三扭，来到凤玲身前，扶起凤玲，慢条斯理地哄起来。凤玲低下头，咬住嘴唇，一声不吭。

梁丫托起凤玲的脸，眼睛一瞪，用男声恶狠狠说道：“你再不说，我就去杀了金珠，夺了银珠，一走了之！你别想再见到我，我叫你肚子里的孩子永远没爸爸！”

凤玲的脸唰地白了，骂道：“你不是人！你是个畜生！你是个王八蛋！”说罢，呜呜地哭了。

梁丫嘿嘿两声，解开凤玲手脚上的绳索，柔声道：“这是你逼的！我是个武痴，不得到岳武功，我睡不着觉、吃不下饭。不管真的假的，你让我看看就行，我不练还不行吗？别哭了，我爱你，我真的爱你。宝贝，你是我的心肝！天哪，我要疯了！我要疯了！”梁丫拍打着自己的脑袋，疯狂地乱转。

凤玲的心软了，丝绦在腰间麻利一围，打了一个蝴蝶结，然后一把抱住梁丫，直视梁丫的眼睛，道：“你发誓，永远爱我，永远对我好！”

“我发誓！我发誓！”梁丫眼睛一亮，迫不及待地说道，“我永远爱你，永远待你好，如违此誓，叫梁丫万劫不复，死无葬身之地！”

凤玲又道：“永远不对第三人泄漏！”

梁丫急道：“永远不对第三人泄漏，如违此誓，让梁丫死无葬身之地！”

“快出来！鸣钟了！”屋外传来守卫的喊声。随即大钟当当响了两下。凤玲的脸色大变，叫道：“看看，弄出事来了！快走吧，回去我告诉你！”

梁丫道：“你知道？”

“当然知道。”凤玲说着跑出去，出门就喊：“别敲钟！我们出来了！”

守卫喊道：“梁丫快出来！”凤玲道：“我们马上就走。”

梁丫不急不躁地关上屋门，看了凤玲一眼，迈着碎步走下台阶，同时恶狠狠地说道：“你要是敢骗我，就别怪我心狠手辣！”

凤玲看看钟楼，边走边道：“我抄给你就是了，说不定仁义双雄就要来了。遇上他们，你就说我带你去打扫家庙。赶紧走吧，你回你的大殿，该干什么干什么去，晚上我抄给你。怕了你了，等金大哥回来，我们交代一下就远走高飞，别再提心吊胆了。”

出了院门，梁丫站住脚，笑道：“这就对了，大功告成后，我们比翼双飞、畅游天下，那是何等快哉，何必老看着人家的脸色。”

凤玲叮嘱道：“快去吧，天黑透了再来。”

天黑了，梁丫匆匆而来，凤玲拿出一张纸，说道：“第七步岳武功是一种步伐，第八步是两招枪法和一招掌法，这是岳武功的全部了。关键是第七步‘九转迷魂步’，这是一种身法，也是一种骗术，是岳武功的核心。步法练不成，单用绝招作用不大。‘九转迷魂步’的原文还要断句，这是断句后的文字，亏了岳霞疯疯癫癫的，时不时念一些没头没脑的断句歌，不然我也看不懂。第三阶岳武功都抄录在这，你看看吧。不过，听说练不好柔功不能练‘九转迷魂步’，会有危险。怎么练你自己决定吧，反正我没练。好了，岳武功都给你了，好自为之吧！”

梁丫如获至宝，一把抢过去，一双素手簌簌发抖，一双大眼瞪得溜圆。梁丫盯着白纸黑字，凤玲再说什么，他也听不见了。

第二天，金戈带领众豪杰回山，岳武院一下子热闹起来。金戈把豪杰们安排好，问了问岳武院的院务，立即奔向院主大院。凤玲默默跟在金戈身后，心里怦怦乱跳。直到金戈走进岳霞住的苫子房，凤玲这才说："金大哥，我把小姐送走了，去了南京，她舅舅给她找了一位名医，住一段日子才能回来。张妈陪着她。您不怪我吧？李庄主说了，半年后保准交还个活蹦乱跳的天仙子。"

金戈眉头皱起，一撩长衫坐下来。凤玲赶紧端起茶壶去泡茶。金戈看着有些慌乱的凤玲，疑窦顿生，凝视着凤玲道："好啊，名医是哪儿的？可靠吗？"凤玲道："可靠，名医和李庄主有八拜之交，住在南京的近郊。"

金戈看看凤玲略显丰腴的脸，说道："那可够远的！没有危险吧？"凤玲道："没有危险，绝对安全。"

金戈揶揄道："咦，你胖了。"

凤玲脸色一红，转头说道："是吗？我可没有觉出来……你，院主也……壮实了。"凤玲心慌意乱，提前编好的词用不上了。凤玲的确把岳霞送到南京去了，不过没有住在什么名医家里，而是住在她舅舅家。岳霞到了月亮山庄，金蝉腿李方亮自然会尽力给她看病，或许真能找到名医也说不定。凤玲低下头，哽咽道："猎人死了，死在无面人手里。无面人去家庙，打死了猎人。"最近一连串的事情，让凤玲百感交集，她的眼泪真的流下来了。

金戈轻言细语，安慰道："人总是要死的。瓦罐难免井台破。兰子呢？"

“啊，她到客院做招待去了，早就过去了……”

说话间，白凤走来，她来看望岳霞。凤玲赶紧起身迎接，说道：“白堂主辛苦了。”白凤一笑，说道：“哟，岳堂主胖了，岳小姐呢，她好些了吗？”

金戈道：“看病去了。哎，对了，你刚才说起无面人，我想起来了，最近梁丫表现如何，她还在大堂吗？蒋忠没有信吗？”凤玲听到金戈问梁丫，心里咯噔一下，赶紧说：“蒋忠没来信，梁丫还在大殿当招待。”

“你要留神梁丫，她可能就是那个无面人。当然，你不必打草惊蛇，留神她就行了。”金戈又对白凤道：“你立即派人秘密监视梁丫的一举一动。”

凤玲哆嗦了一下，心猛地收紧了，原来院主早就怀疑他了，这可怎么办，说是不说？还是赶紧走？凤玲心里像是揣着二十五只小老鼠，百爪挠心。金戈和白凤走出去，凤玲连送也没送，呆呆地站在屋里，脑袋嗡嗡作响。

金戈和白凤来到消息堂。走进院门，就听见铁嘴华在屋里大喊小叫：“怎么样，我早就知道，金珠命大，没事了是不？我早晚念叨，求菩萨保佑，前天过三峡，我梦见银珠眼泪汪汪的，吓了我一大跳，一琢磨，做梦应当相反……”

“金大哥、白堂主……”金戈和白凤挑帘进来，金珠和银珠姐妹俩立即面露欢颜，出声招呼。铁嘴华故意恼怒，说道：“你一来，准坏我的事，看看，她们的脸马上就转了方向。我说，你怎么这样啊，专门和我作对。好了，英子，走，咱们躲了他们，让给他们瞎白话吧，咱俩到外屋喝茶去。”

白凤哼了一声，撇了撇嘴，铁嘴华赶紧溜走了。长发婆笑道：“银珠，给你金大哥倒水，给白堂主倒水，你们聊着。”说完，转身走出去。

晚上，大殿里。金戈开始安排铁嘴华和长发婆的婚事，白凤一听，扭头走了。

金戈说：“后天是个好日子，明天筹备一天，后天办事，就着群豪都在这儿，我们要热闹热闹！”

笑面佛双手合十，说道：“阿弥陀佛！善哉！”

有人道：“好！是该热闹热闹了，请他几台大戏！”

五毒师太一脸的不高兴，说道：“别人的婚事你安排好了，你的呢？岳霞的病一时半会儿好不了，你们也得安排你们自己的婚事了，你都姓岳了，婚事老拖着不办，这算什么？”

“我想铁嘴华的婚事一了，我立即西去救母，娘养育我不容易，一想起娘来，我就痛心疾首，我有个心愿，希望我娘能看到我的婚礼，让她高兴高兴……我和笑面佛商量一下，看看能不能兵分两路……”金戈说到这儿，眼圈红了，赶紧低了低头。他抹了一把眼睛，继续说道：“明年五月仍接不回我娘，我就不等了，择日成婚。”

五毒师太语气一缓，看着窗外说道：“拜了堂再去救母，也无不可。你母亲不会怪你的，这样吧，明年三月初三，是岳武院复院一周年的纪念日，你就在那天和岳霞成婚，四月初四，你和白凤成婚，双珠仙子就推在五月初五。事情就这么定了，不许再改！”

金戈想想，抱拳道：“好！孙儿谨遵师太之言。”

晚上，铁手佛找过来，约金戈去后山。金戈心里纳闷，不知铁手佛葫芦里卖的什么药。他们走到半山腰上，看见笑面佛、黑脸佛等在这里，心里咯噔一下，觉得有大事发生了。走到跟前，金戈看见铁手佛身后转出一个小女孩。

“兰子！”金戈一跃上前，拉住她的手。兰子哇的一声哭了，扑在金戈身上。金戈连忙哄她，等了一会儿，兰子不哭了，哽咽道：“我爹让梁丫打死了，她偷去家庙，爹爹不干，梁丫打死了爹爹。梁丫天天夜里睡在凤姨屋里，她们都不是好人……她们说爹是被夜行人打死的，那是胡说。凤姨……凤姨还把疯子阿姨给弄走了。叔叔……”兰子跪下了，哽咽着说，“凤姨让我到客院招待客人，不许我乱说……”

“起来吧！”金戈的脸色沉下来，牙齿咬得咯咯响。金戈缓缓解开丝绦，又慢慢重新系好。片刻之后，金戈脸色恢复如常，俯身道：“好孩子，叔叔会给你报仇的！”

“我……我不敢找你，就和佛爷爷说了，他们是叔叔的朋友，叔叔，快教我武功吧，我要帮你做事。”

“好孩子，我马上教你功夫。”金戈转对笑面佛说道：“麻烦大师看好兰子，我们暂时不能打草惊蛇。梁丫这人似乎不简单，我要查清她的目的再动手。”

笑面佛合十道：“阿弥陀佛，愿我佛慈悲。”

金戈看看远方，幽幽地说道：“还有一件事，我想和诸位商量一下。”金戈顿了顿，沉重地说道，“我的母亲被桃花会掳走两年多了，听说她大病不起，被赶出了桃花会，曾经流浪街头。目前战事不紧，我想先去西安救母，来去两三个月，救得成救不成，我都会赶到南少林与诸位会合，不知……妥当否？”

笑面佛道：“阿弥陀佛，岳院主尽管西去。剿灭桃花会，也是双龙令任务之一，我等兵分两路，正好各个击破。”

这时，仁义双雄上来了，金戈赶紧迎上去。铁扇公子道：“凤玲带着梁丫去过家庙了，守卫劝阻，她们不听，在家庙里待了大概一顿饭的时光，守卫敲响了警钟，她们才出来。后来我们兄弟跟踪梁丫，发现她轻功了得，竟被她甩掉了，这丫头可不简单。”

金戈沉声道：“哦，看样子她就是那个无面人了，瘸腿猎人是她打死的。她到底是什么人？倭寇、桃花会，还是黑旗船？我们要盯紧她，但不要打草惊蛇，不动则已，动则一网成擒！”

铁扇公子拉住小兰子，说道：“叔叔一定给你报仇。”

铁嘴华再婚的日子到了，岳武院里张灯结彩，锣鼓喧天。广场上搭起戏棚，唱起对台戏。岳武院也放了一天假，人人欢天喜地。

十几个人嬉笑着打扮大轿，扎绸子的扎绸子，贴喜字的贴喜字。打扮好了，八名武徒抬着大轿，跟着神鞭赵旭来到消息堂，一声喊喝，拿着铜锣背着大鼓的武徒们敲打起来，好不热闹。

消息堂大门紧闭，身披红袍的铁嘴华上前砰砰打门。门不开，铁嘴华大喊："嗨！开门开门，我来了，我来了！开门哪！"

神鞭赵旭哈哈一笑，说道："门缝里塞红包啊！你的红包呢？"

铁嘴华一跳老高，说道："红包？什么红包？"神鞭赵旭说："红包你都不知道？哪有白开门的。金叶子也行！"

铁嘴华抖搂着手，说道："我哪有金叶子！还有这风俗？金戈！金戈！"金戈走过来，拿出两片金叶子，笑道："给，塞进去吧！小心误了吉时！"铁嘴华接过来，跳着脚说道："好，算我借你的！"说着，把金叶子塞了进去。门开了，柳眉等女弟子咯咯笑着，说道："谢谢师公！"

咚咚锵！锣鼓手卖力地吹打着，长发婆身披锦衣，盖着红盖头，被人搀扶着上了花轿。

"起轿！高升！"大轿抬起，随着音乐，大轿颤悠悠奔向大殿。

大殿里张灯结彩，门口鞭炮齐鸣。群豪高声喧哗，围着观看这对老夫老妻的婚礼。神鞭赵旭当司仪，他高声喊喝着："一拜天地……二拜高堂……夫妻交拜……礼成！"

铁嘴华笑容满面，兴高采烈，高兴得浑身乱颤。

中午，大殿里摆下酒宴，群雄笑语喧哗。黑剑罗仁杰带着弟子扭起秧歌。金珠伤势也好了，和银珠一起来到大殿，与金戈坐在一起。

黑剑罗仁杰说："欢迎金珠仙子、银珠仙子跳个舞！"金珠摆摆手，说道：“不行，跳舞我们可不行……”

罗仁杰说：“金戈，你来请吧，你的话有分量，你一请，她们就动了，好不好？”金戈笑道：“好！”

金戈走到金珠、银珠跟前，左手拉住金珠，右手拉住银珠，飘到大殿中间。金珠、银珠扶住金戈的肩膀，金戈双手各自托住她们的细腰，一用力，旋转起来，三个人如同风车一样，旋转飘飞。

哗！掌声四起。

晚上，一帮小伙子跑到消息堂里闹洞房，新房里嘻嘻哈哈乱成了一锅粥。铁嘴华从床铺下揪出九弟，拧着他的耳朵在院子里转圈。白凤躲在自己屋里，不肯露头。金戈看她不高兴，就赶回去陪她。

凤玲跑出去，把梁丫叫出来。凤玲道：“我们安排一下，明早我们就走，院主已经怀疑你了。”

梁丫道：“他怎么说？”

“他说：‘你注意梁丫，她可能是无面人。’”

梁丫笑道：“看来他对你还是蛮信任的，不急，他只是怀疑我，还不会下手，我们再等等。”凤玲急了，叫道：“你还磨蹭什么，岳武功都给了你，等死啊你？”梁丫笑道：“他们要抓住我，也不那么容易，那可要费四口凉气！”

远处，仁义双雄悄悄盯着他们，铁铃公子一招手，一个武徒跑过来，两人耳语了几句。

那个武徒走到凤玲跟前，说道：“二位护法叫梁丫呢，快去吧！”

凤玲道：“好，你先走，她马上就去！”

“不！二位护法说了，要她立即过去，他们就在那儿等着哪！”

凤玲已经看见仁义双雄的身影了，心里一惊，只好叫梁丫去了，临走道：“你赶紧着！”梁丫却笑道：“不急！”

仁义双雄走过来，叫住梁丫。铁铃公子道：“客院需要一个招待，院主说让你过去，那里的人来自三山五岳，各有各的脾气，你要小心伺候，去吧！”

“是！”梁丫浅浅一笑，迈着细碎的脚步走了。

第二天，群豪启程前往南少林，金戈送过半壁峡，笑面佛道：“老衲祝你西征一帆风顺！回来后速来南少林，好助老衲一臂之力！阿弥陀佛！”

下午，金戈坐在椅子上沉思，考虑如何捉拿梁丫，如何西征救母。凤玲默默走过来，慢慢摆好茶碗，轻轻地斟上茶水。金戈抬眼看着她，心道：“凤玲捣什么鬼，怎么会让梁丫睡在自己屋里？”凤玲看见金戈盯着她看，眼睛湿润了，赶紧转过脸去。金戈摇摇头，叹了一口气。

五十 豪情万丈

踏着晨光，蒋忠带着两个仆人来到武夷县衙。

原来，蒋忠自从学了“九转迷魂步”，一试奥妙无穷，和黑旗船对决时，三下五除二灭掉独目叟。他身出幻影，脚起带风，心知自己的岳武功已经练到巅峰。他心中既高兴，又害怕。高兴的是可以出人头地了，害怕的是金戈会追究。他知道，在武林，偷盗功夫是极不光彩的，一旦被捉住，往往被处以极刑。当初岳老爷子怀疑金戈偷盗岳武功，就死死追杀，何况自己是真偷。蒋忠早有逃跑之心了，他见四海财君落荒而逃，跃起身形追了下去，追出几里，立刻分道扬镳，奔杭州方向跑去。

蒋忠思前想后，觉得自己单枪匹马不容易闯出名堂，弄不好还会遭到岳武院的追杀，要找个靠山才好。他知道投靠戚继光不行，就投靠了江南军务总督赵文华。可是，每到清晨他就内火焚心，苦不堪言。后来桃花会的两妖来访，赵文华要他们和蒋忠比试。蒋忠使出浑身解数，胜了双妖。赵文华一见大喜，说道：“你有没有办法杀了金戈？只要你杀了岳金戈，我保你前途无量。”蒋忠想了想，说道："要想杀掉金戈，首先要把他挤出岳武院，让他失去庇护之所，机会自然显现。"

赵小峰撇撇嘴，说道："挤出岳武院？谈何容易！岳武院是个民间武院，不受朝廷节制，怎么个挤法？"

蒋忠沉声道："戚继光奏请皇上，授予金戈六品官职，原来的老院主也受过皇封。如果我受了皇封，带旨前去，或许能把他挤出岳武院。"

赵文华大喜："好，我立刻奏请皇上，你准备走马上任吧。"

就这样，蒋忠官授五品指挥佥事，兼任岳武院督察之职，带着两个人来到武夷县衙。

岳武大殿里，金戈和几个首脑正商榷西征事宜，一个武徒匆匆走来，抱拳道："报！戚继光将军驾到！俞大猷将军驾到！他们已过半壁峡，带有一支百多人的卫队。"

金戈跳起，急道："啊，戚大哥、俞大哥来了，太好了！各位随我快快出殿迎接！"

白凤嗖地蹦起来，推开椅子就跑，同时说道："快，大伙都去！"

铁扇公子、铁铃公子、马大响、李虎子、江中月、杨伞等人一窝蜂似的跑出大殿。金戈飞步向前，老远就喊："南塘兄、大猷兄，一向可好？金戈望眼欲穿呀！"

白凤白衣一闪，抢到金戈前面，抢着说："戚大哥，金戈他欺负我！"

戚继光哈哈一笑，说道："啊！他好大的胆子，看我打他的屁股，打两瓣了，看看你心疼不心疼！"

白凤嘴一撇，说道："我才不心疼呢！他是我什么人？心疼他的人多着呢，哪里轮得上我！"

俞大猷笑道："哦，贤侄女受委屈了？等会儿看我拿酒灌他，看我灌得他跪地求饶！”

金戈眉开眼笑，抱着拳头说道：“各位请，里面请！”

众人道：“请，里面请！”

戚继光拱了拱手，边走边道：“我是来要人的，拣训练有素的给我来上几百，我们要扩军了，没问题吧？”金戈迈着大步，说道：“行！不过，时间短，训练有素谈不上。”

戚继光又道：“听说武当山的问题解决了，白双城当了掌门？”金戈道：“不错，只是赫连双江押在县衙里，还没有定案。”戚继光哈哈大笑，说道：“好！武当派重回侠义正道，可喜可贺！此消彼长，抗倭力量越来越盛了！”

众人走进大殿，白凤连忙安排座位，安排茶水。这时候，铁嘴华身穿锦绣长袍，拉着长发婆走进来。长发婆满脸笑容，神情甚是欢悦。铁嘴华更是乐得合不上嘴，脸上的皱纹也舒展开了，仿佛年轻了十岁。铁嘴华嘻嘻哈哈，一边拱手，一边说着客套话。戚继光连忙还礼，朗声道：“恭贺铁嘴华新婚大喜，南塘祝愿铁嘴华夫妇白头偕老、情投意合！”

铁嘴华咧着嘴叫道：“同喜！同喜！”

白凤翻个白眼，说道：“哼，吃了蜜蜂屎了，看把你乐的，小心乐掉下巴，砸了脚面！”

铁嘴华歪歪头，瞪着眼说道：“到你和金戈成亲时，看你乐不乐！小毛孩知道什么，这叫两情相悦，心花怒放！去，去，旁边待着去！”接着晃晃秃脑袋，又说道，“俗话说得好啊，洞房花烛夜，金榜题名时，人生两大喜事！不懂就别跟着瞎掺和，没事旁边蹲着去。”

白凤顶撞道：“你才蹲着去呢！”

俞大猷左右看了看，说道：“嗨，金戈，中午的酒宴摆在半壁峡怎么样？我们在外面吃，来个坐卧武夷、酒对乾坤，喝他个昏天黑地，怎么样？”

金戈朗声道：“好啊！那就在半壁峡功勋碑前摆酒庆功，我们开怀畅饮共谋一醉！”

武徒们齐忙动手，在三台旁摆好十几张桌子，戚继光、俞大猷坐了首桌，金戈请铁嘴华、五毒师太、长发婆作陪。五毒师太推说不喝酒，和铁铃公子、铁扇公子、白凤、金珠、银珠、九弟坐了一桌。长发婆一看，主桌上就她一个女人了，也起身离开了，挨着金珠、银珠坐了下来。马大响、李虎子、江中月、杨伞、毛四、傻蛋等人坐了第三桌。还有十几张桌子，围满了戚继光的卫兵。他们面对峡谷，背倚高山，把酒武夷山，倒是别有一番情趣。

酒菜上来了，自从有了长发婆，岳武院的吃喝也讲究起来，长发婆秉承黑旗船的传统，食不厌精，况且她厨艺非凡，这些日子调教得厨师们技艺大长。丫鬟们迈着碎步走来，逐一端上炒鳝丝、焖虾腰、清蒸鲈鱼、红烧牛尾、竹笋海参等菜肴。盘子里的美味佳肴热气腾腾、香味扑鼻。

戚继光看了一眼金戈，指着一盘竹笋海参低声道：“这盘菜端下去，我可不吃竹笋。我们一家人永远不会吃竹笋。竹子为抗击倭寇立了大功，狼筅救了好多战士的命，为纪念竹子的功绩，我下令我的子孙世世代代不准吃竹笋，端下去吧。”

金戈明白了，立即说道：“传令下去，戚家军永不吃竹笋，我们岳武院也永不吃竹笋！保护立过战功的竹子，让竹子世代昌盛！”

“好！岳武院永不吃竹笋！”

竹笋海参端下去了，白凤捧着一个酒坛子走到俞大猷身旁，说道：“地道的百年女儿红，只有两坛。俞大哥，你可抢着喝，喝完了就是十年女儿红了！来，满上。”

哗啦啦，酒水倒满了四个碎花瓷碗，登时酒香四溢。细一看，酒色清澈，略带一点黄头儿。俞大猷端起一碗，用鼻子闻了闻，接着用舌尖舔了舔，连声大叫："好酒，好酒！真正的百年窖藏！人生几何，对酒当歌！特别是今天，大战间隙醉卧武夷山，何等壮哉！兄弟我先干为敬！"说罢，咕咚咕咚，一碗酒灌了下去，一抹嘴说道："好酒！好酒！满上，满上！"

金戈要过酒坛，笑道："我来，我给大猷兄满上！来，咱们一块干一碗，庆祝戚家军牛田大捷！"

戚继光也端起酒碗，说道："同时祝贺岳武院收服坐地炮、武当山平息内乱，恭贺铁嘴华新婚大喜！来！喜事年年有，不如今年多！干杯！"

铁嘴华咧着大嘴哈哈大笑，说道："是是，我说，今年喜事真多！同喜同贺，不必客气，敞开肚子喝！俞大猷，今天你是客人，撒开了吧，不用装斯文了！"

四人碰了碰碗，一口喝干了。俞大猷朗声大笑，说道："满上！假装斯文我不会，真斯文我还有点，铁嘴华，你想损我吗？我虽然比不上金戈，但一二五的文人墨客还不放在我俞大猷眼里！金戈，你把武夷山的风景说说，最近听了戚将军的'一剑横空星斗寒'，早想上武夷山看看，就是不得空闲。岳院主，你介绍介绍吧，待我抽空走上一遭。"

酒又倒满了，金戈站起来，放眼武夷山，酒碗一举，朗声道："武夷山脉横亘千里，宛如一条绿色的蛟龙，辗转起伏，横卧于碧波荡漾的大海和浩瀚缥缈的鄱阳湖之间。"金戈声音清朗，带着一股绵绵温软，悦耳动听，"远望武夷山，它美丽多姿。它那常年叠翠高插云霄的群峰，就像勇士手中的利剑，刺破青天，光华闪闪；它那四季不断变幻色彩的山峦，就像孔雀正在开屏，闪射着缤纷的五彩，艳丽迷天。

"武夷山碧水丹山，秀甲东南。它不仅给人一种美丽动人的感觉，更给人一种出尘脱俗的柔情。九曲溪犹如美女身上的一条彩带，飘荡山谷之间。虎啸岩好似一只猛虎，参天雄踞俯瞰山峦。当迷雾飘绕云纱飞扬的时候，玉女亭就像一个羞涩的少女正在眺望心爱之人，羞羞答答含情脉脉；当阳光明媚云霞荡漾时，双乳峰好像年轻母亲饱满的胸膛，挺拔而丰满，使情人向往、婴儿依恋。武夷山，它有清澈见底的湖水，有绿发似的森林，有鬼斧神工的峡谷，有雄姿勃发、跌宕起伏的山峦！武夷山，它雄浑古朴而瑰丽多姿，它造化神奇而气象万千！面对武夷山，把酒问苍莽，当世英雄谁？荡寇戚继光！”

戚继光谦道：“不敢，不敢！”俞大猷拍手道：“好文章！好口才！不愧进士登科，无愧文章甲天下之誉！”

“我说，武夷山有这么美吗，我怎么没看出来？当世英雄谁？荡寇戚继光！”铁嘴华噌地蹦起来，大叫，“快哉！美哉！喝酒！喝酒！”

第三碗酒下了肚，铁嘴华舌头就大了，吵吵嚷嚷，喋喋不休。长发婆走过来，一把拉住他的胳膊，说道：“行了，别喝了，看看你的岁数，就你一个爷爷辈的，少逞能耐吧！”

“逞能？我就要逞逞，嘿！俗话说得好，少要稳当老要狂，老将出马，一个顶俩！来！喝！喝他个昏天黑地！喝他个日月无光！喝他个颠倒黑白踉踉跄跄！”

金戈笑道：“我的酒差不多了，各位能者多劳，俞兄请！”

“我自个喝？没劲！来，来来，我打一圈！铁嘴钢牙英耀华！我这么叫对吗？来，我们干一碗！你是我最佩服、最敬重的人之一，敢于说直理，不怕得罪人，不溜须拍马，重义轻财，‘铁嘴’二字当之无愧！了不起，铁嘴华，我敬你一碗，我先干为敬！”

“好小子！喝！我知道你俞大猷是个酒鬼，战场上也是个英雄！一身是胆，两肋雄风，几上几下，锐气丝毫不减！够味！我今天豁出去了，不醉不休！”铁嘴华端起酒碗，咕咚咕咚一饮而尽。

俞大猷举起酒碗，对戚继光道：“再一个我敬重的人，就是你戚继光戚将军了，你是我大明当今最杰出的武将，最英明的统帅，六战六胜！无一败绩，了不起！但是，你军事上的成就还不是你最了不起的地方，你最了不起的地方在哪儿呢？是你的涵养，是你刚柔兼备的韬略。你在贪官充斥的朝堂里，在汉奸佞臣压迫之下，运用自己的智慧成功周旋于群奸之中，实现了自己的伟大抱负，既韬光养晦，又英勇果敢，一软一硬、一刚一柔，水火同炉，天衣无缝，堪称独一无二。就在百姓心灰意冷之时，你组建了一支所向无敌的铁军，创造了全歼敌寇而不亡一卒的战绩！立下了六战六捷的赫赫战功！真了不起！你让我俞大猷衷心佩服，你让我俞大猷衷心仰慕！我干了这一杯，以示对将军你崇高的敬意！”

戚继光笑道：“俞将军过奖了！这都是诸位同仁共同奋斗的结果，戚继光不敢贪功。倭寇还未除净，黑恶势力还在猖狂，我们还需忍辱负重，再接再厉！我敬俞将军一杯！”

俞大猷连干两碗，哈哈笑着，转脸面对金戈，说道：“你，满上！”

金戈觉得晕乎乎的，心说：“不能再喝了，再喝，一会儿非出洋相不可。”细眼一睁，说道：“我可不行了，不能再喝了！”俞大猷眼睛瞪起，叫道：“什么，不喝了？你是非喝不可，满上！给他满上！”

白凤走过来，劝道：“他不行了，再说百年窖酒也没了……”

俞大猷大声嚷道：“不行！嘿！欺负咱没老婆吗？铁嘴华多了一个长发婆，金戈有好几位仙子！不行，不行，不行！满上！”俞大猷抓起一个酒坛子，抓过金戈的酒碗，哗啦啦，倒满了酒。俞大猷双手捧起，叫道：“色鬼！喝酒！”

金戈接过酒碗，细眼圆睁，大声道：“色鬼？你可不能乱叫，这个外号一旦传开，那还了得？你可不能胡说！”

铁嘴华喝得有点多了，指着金戈的鼻子笑道：“哈哈！色鬼？好，好，你是阎王爷拉弓——射鬼！哈哈！怎么，长虫吃筷子——直了脖了！哈哈！”

金戈嘟囔道：“可不敢瞎说。”

俞大猷眼睛一瞪，说道：“你谦虚什么？你一个人占着武林四仙子，多吃多占，你不是色鬼是什么？老兄我是瞎子踢毽子—— 一个不中！公平吗？你不色鬼谁色鬼？要不你分出两位，舍不得吧？色鬼！喝酒！我是酒鬼，你是色鬼！来，两鬼同饮！”

金戈一想：“跟他说不清，怎么着他也是客人，不必计较了。”就说：“好，喝就喝！”端起酒碗，和俞大猷的酒碗当地一碰，咕嘟嘟灌了下去。

“吃菜！吃菜！”白凤过来拉拉金戈的衣袖，让他坐下，又端了一碗茶水，放在金戈的酒碗旁，然后捏捏金戈的肩膀走了。金戈喝了一口茶水，看见白凤回到原来的桌子，看见了满脸不高兴的金珠和银珠。

俞大猷又倒上了两碗酒，站起来说道：“金戈！你倒上酒！铁嘴华、戚将军，你们两人慢慢喝，我们两鬼接着喝，你喝一碗，我喝两碗，来个喝酒大赛！刚才我说了，我佩服铁嘴华，佩服戚继光，我也佩服你，三年不到，由文到武，皆成翘楚。并且，时不时地鼓捣点新玩意儿。好！好！了不起啊！喝酒！你也说了，武夷山碧水丹山秀甲天下，在此佳境中，不喝他个昏天黑地，对得起谁！来，再浮一大白！”说罢，咕咚咕咚，一仰脖，一碗酒又下去了。丫鬟又抱来两坛酒，俞大猷伸手要去了一坛，哗啦啦又倒满了两碗，叫道：“喝！你不喝就是狗熊软蛋！”

“嗨！你怎么骂人呢？”金戈不高兴了，借着酒劲，一拍桌子，腾地站起来。俞大猷牛眼瞪得溜圆，短粗的黑手指头点着金戈道：“你不喝老子就骂你！老子跑到你的家门口了，你不陪着谁陪着？喝也得喝，不喝也得喝！我喝俩你喝一个，你还不够本吗？一个大男人，就是喝死也不能认输，喝酒比掉脑袋还难吗？刚才还夸你呢，怎么一转眼就没骨头啦！”

金戈怒道：“我就不喝，怎么着，你……”

白凤一长身形站起来，银珠和金珠姐妹也不由自主地站起来，三个女孩子身子一扭，一起来到金戈身后。白凤轻轻捅捅金戈后腰，在他耳边轻声说道：“你喝一个他喝俩，怕他什么！调好气息，和他喝，不喝死他才怪呢！”

金珠低声道：“俞大猷是有名的‘榆木头’，死脑筋，你别和他较真……”

银珠悄悄道：“对呀，你和一个榆木疙瘩生哪门子气呀。”

俞大猷哈哈一笑，说道：“你们说什么呢？贤侄女，你们几个是不是要保驾护航呀？怎么着，要不你们替他喝？”

白凤咯咯一笑，说道：“我们不行，小女子们怎敢和俞大将军对酒？金戈喝得不少了，你让他稍微喘口气，歇歇再和你拼，还不定谁输谁赢呢。”

银珠道：“是呀，一个劲地喝，谁受得了？”

金珠夹起一个藕片，举到俞大猷嘴边，说道：“俞将军，您来个藕片，尝尝新鲜不。”

金戈晕晕乎乎地坐下了，调息了一会儿，汗就冒出来，脑袋清醒了许多。这期间，戚继光劝了俞大猷几句，铁嘴华却在旁边煽风点火，金戈一句都没听见，脑袋嗡嗡作响。金戈咬咬牙，站了起来，大声道：“喝就喝！谁怕谁！”金戈一仰脖，一碗酒干了。

俞大猷脸色一正，说道：“哎，这就对了！人生难得几次醉，朋友一生聚几回？一年一次，最多也就二三十次而已。何况我们都在刀尖上舔血，下回喝酒有谁没谁还不一定呢。喝吧，不喝痛快了对得起自己吗？”

金戈一连喝了三碗，俞大猷一连干了六大碗。金戈一碗，俞大猷两碗，按这个法子喝下去，俞大猷哪行啊。这回该金戈扬眉吐气了，不住地催他喝。俞大猷还真是个酒鬼，真是个喝家，喝死都不带耍赖的。

戚继光连连摇手，说道："行了，再喝就趴下了，不能再喝了。这功勋碑立得好！那些新石碑干什么用？"金戈看了看那些横躺竖卧的石碑，说道："准备刻些警语，刻写功绩，用以激励武徒们的斗志！"戚继光道："好！好！听说你在南京作了一首《满江红》，气势磅礴，现在江南纷纷传诵，学子们无不振臂高歌，我看应当刻于石碑上，以流传后世。"

俞大猷插嘴道："你的《题武夷》也不错呀。"说罢，他晃晃悠悠站起来，仰着脖子念起来：

> 一剑横空星斗寒，甫随平虏复征蛮。
> 他年觅取封侯印，愿向君王换此山。

"'此山'就是武夷山吧？"

戚继光道："正是。"

金戈站起来，面放红光，说道："此诗气势磅礴，比起陆游的武夷山诗更见功力。陆游诗曰——"

> 未到名山梦已新，千峰拔地玉嶙峋。
> 黄亭一夜风吹雨，似与游人洗俗尘。

"相比之下，豪气差远了！"

金戈又道："应当把戚将军的这首诗刻在石碑上！对，刻诗立碑！来人，笔墨伺候！"

杨伞连忙站起应声："是！笔墨一会儿就到！"

"走，走！那边喝去，诸位都来露一手！"金戈端着酒碗，来到几块石碑前。

毛四见戚继光等人都走了，一挥手，立即来了几个人，把桌子抬过去。白凤又招呼毛四撤下几个盘子，重整酒席。

笔墨送来了，金戈在一块石碑上写起来。上跋题写“武夷山”三字，下面书写戚继光的诗句，字字龙飞凤舞、气势磅礴。戚继光说道：“好字，果然不逊严嵩！落款凑紧点，给我留点地儿，我也要写几句，凑个热闹。”

金戈写完“金戈敬录南塘兄诗一首”几个小字，把毛笔递给了戚继光。戚继光接过毛笔，饱蘸墨汁，大笔一挥而就：“封侯非我意，但愿海波平。”落款“戚继光，嘉靖三十一年秋”。戚继光的字铿锵有力、棱角分明，虽说够不上好字，但也豪气铮铮。

金戈看了哎哟一声，说道：“南塘兄字露峥嵘！诗好，字妙！我抄录你的诗可是多此一举了。要不，咱另换石碑，南塘兄再写一篇？”戚继光略一沉吟，说道：“也好，有六个字正要大力倡扬。”

金戈带着戚继光来到一块石碑前，戚继光写下了“文死谏，武死战”六个大字，并落了款。金戈在另一块石碑上抄录了岳飞的《满江红》，又在下面书写了自己的《满江红》。

俞大猷醉眼蒙眬地看着几个人分头写字，手早痒了，一见金戈停了笔，立刻叫道：“该我了，把笔给我，我也来一首！”俞大猷手握大笔，掀倒一块石碑，大笔挥动：“倚剑东冥势独雄，扶桑今在指挥中。岛头云雾须臾尽，天外旌旗上下翀。队火光摇河汉影，歌声气压虬龙宫。夕阳景里归篷近，背水阵奇战士功。”

铁嘴华端着酒碗说道：“嗨嗨嗨！玩起笔杆子来了，我老头子也练练！”说着，他要过俞大猷手中的毛笔，手指一拨，毛笔在他手心滴溜溜转动起来。这一卖弄不要紧，几滴墨汁溅在新衣上，铁嘴华嘿了一声，叫道：“我说，这是要在我身上写字呀？金戈，把碑抱过来，我也给你们画画，凑个热闹，来个老鼠钻书箱——咬文嚼字！来，来，抱过来！”

金戈一使劲，抱起一块三尺见方的小石碑，举到铁嘴华跟前，大声说：“来了，写吧！”

铁嘴华喊：“写就写！谁怕谁！凤丫头端墨！”白凤嘴一扁，说道：“你还想使唤我呀，没门！”

铁扇公子和铁铃公子走过来了，伸手抱住了石碑两边。铁嘴华看了仁义双雄一眼，晃着脑袋说道：“没门走窗户！没有你个鸡蛋也打卤！没有你个鸡蛋也做槽子糕！没你个鸡蛋也……也……也吊汤！过一会儿，看我怎么收拾你！甭乍翅！我写什么？金戈！你给我想想，你那七步诗呢？替我作一首！”

金戈仰着身子催促道：“您老快动笔吧，我可抱着石头等着呢。”

“对！对！抱好了，我要写岳武院的帮号和戚家军的军号！”说着，铁嘴华写了两排字，第一排是“精忠报国”，第二排是“文死谏，武死战”。共计十个大字。铁嘴华写的是隶书，字体工整，等到题上了款和跋，嘿，还算顺眼。没等别人夸他，他自个先夸上了：“好字！好字！我从来没写过这样好的字。凤丫头，你过来看看，你爷爷的字还行不，写成条幅裱上都能卖钱了！厉害啊厉害！漂亮啊漂亮！哈哈……”

金戈放下石碑，和戚继光对视一眼，说道：“‘精忠报国’和‘文死谏，武死战’并列，好！南塘兄提倡的六字兵魂。前有‘孙子兵法’‘武穆兵经’，后有‘六字兵魂’，好！都是兵者大家！拿琴来！”

傻蛋跑去拿琴，不一会儿琴来了。金戈给戚继光的《题武夷》诗文谱了曲子，今日正好一试，金戈调了调琴弦，叮叮咚咚弹起来，不久浑厚洪亮的歌声飘荡起来：“一剑横空星斗寒，甫随平虏复征蛮。他年觅取封侯印，愿向君王换此山。”

豪迈的歌声雄浑高亢，响彻云霄。武夷山震动了，人们纷纷跑来，酒桌旁围了一片人。

白凤将一绺秀发拢到耳后，跃到场中，说道："银珠妹妹，来，过来，咱们舞剑助兴！"说罢挥剑起舞。清风之中，白凤白裙轻扬，凤眼流波，皓臂舒展，玉腿飘香。银珠站起来，微微一笑，松开了金珠的手，缓缓走去。这时，白凤使出了白神剑法，只见她衣裙飘飘、剑法飘飘、秀发飘飘，姿态优美至极。一把七星剑指东打西，刺南扫北。银珠也扬起了手中的柳条刀，她的身子微微下蹲，一条玉臂高高举起，纤纤五指捏个刀诀，遥指太空。她白里透红的面孔点缀着弯弯的眉毛，亮晶晶的眸子闪烁着星星般的亮光。一阵轻风吹过，撩动起她粉色的裙子，露出了葱白般的小腿。九弟看看白凤，又看看银珠，没喝多少酒也醉了。他站起身来，端着酒杯，摇摇摆摆，嘴里嘟嘟哝哝说着什么。

忽然掌声四起，原来白凤和银珠打在了一起。只见银珠粉色的裙子飘飘欲飞，手中的柳条刀光华流转，人随刀走，刀伴人行，宛如一条蛟龙盘旋起舞，进退趋避，无不优美绝伦。白凤冷哼一声，一跃而起，七星剑立即寒光四射。两个女孩卖弄精神，内凝丹田力，外聚精气神，二人刀来剑去，脚底生风。片刻之后，二人吐气开声，刀剑上射出了七彩光华。这时候，白凤忽然一招"蛟龙盘旋"，腾身而起，犹如天马行空。银珠也是一声娇叱，身形斗转，一招"燕子抄水"，犹如展翅雄鹰。俞大猷一声叹息道："花仙子、珠仙子，上天之杰作，人间之尤物。"

众人看得心旷神怡，同声高呼："好！好！"

金戈站起来，清朗带有柔性的声音回旋而起："杜甫《观公孙大娘弟子舞剑器行》，诗曰：昔有佳人公孙氏，一舞剑器动四方。观者如山色沮丧，天地为之久低昂。㸌如羿射九日落，矫如群帝骖龙翔。来如雷霆收震怒，罢如江海凝清光。绛唇珠袖两寂寞，晚有弟子传芬芳。临颍美人在白帝，妙舞此曲神扬扬……"

舞剑结束，戚继光喝了一口酒，说道："金戈，你给剿寇大军写首军歌吧，歌词要简单易懂。‘精忠报国，文死谏，武死战’十字乃我军人之魂、大明之魄。你以此十字为纲，写出我大明军歌。”

“以南塘兄倡扬的‘精忠报国，文死谏，武死战’为纲，好！”金戈对坐石碑，轻轻抚琴，思如潮涌。

院主大院正房里，梁丫正逼迫凤玲，说道：“你去给戚继光和金戈续水，他们喝了这壶水，我俩马上走，远走高飞，永不回头！当然，能捎上铁嘴华和俞大猷更好！”

凤玲脸色苍白，怒道：“你到底是什么人？戚继光乃我大明的英雄，金戈乃我国家的栋梁，你要害他们，你，你不是我大明人！”

“你管我什么人，你是嫁鸡随鸡、嫁狗随狗，这是中华民族的老话，你是我夫人，就要听我的。快去，他们都喝多了，这个机会千载难逢，我等的就是这一天！”

“休想！我后悔死了，你个狼心狗肺的东西！来人哪，抓汉奸……”凤玲喊声未落，被梁丫一掌拍在头上，昏迷过去。梁丫自己端着茶壶，急匆匆奔向了半壁峡。

金戈在一块石碑上面书写歌词曲谱。书写完毕，开始自弹自唱，歌声铿锵有力，曲词朗朗上口。第一遍过后，戚继光、俞大猷、铁嘴华跟着唱起来，接着，所有的人跟着唱起来。白凤和银珠随声而动，舞蹈再起。这次她们动作短促激烈，剑光闪闪，秀发飘飘。

“文死谏，武死战，头断血流，无悔无怨。一腔热血，浑身是胆，为民族兴旺，为国家平安，奋勇向前！精忠报国，头断血流，无悔无怨。

“文死谏，武死战，头断血流，无悔无怨。敢下油锅，敢上刀山，为民族兴旺，为国家平安，奋勇向前！精忠报国，头断血流，无悔无怨。”

歌声震天动地，响彻云霄。这时梁丫悄悄走来。他步履轻盈，面如桃花，似乎刻意打扮过了，嘴唇上印了淡淡的口红。他轻盈地来到金戈身旁，不慌不忙地给几个人换上新茶，然后转身退在一旁。

琴声停止，歌声散去，戚继光大声叫道："好！这正是我们戚家军的军歌！"说着端起茶水，送到了嘴边。梁丫目光灼灼，眸子里射出了一股寒光。突然，他看见金戈伸出一只手，抓住了戚继光嘴边的茶碗。金戈缓缓站起来，说道："慢！请将军稍候片刻。梁丫，你过来！"

梁丫微微一笑，向前走了一步，双腿微微一弯，敛衽道："院主，何事？"

金戈抬眼看去，梁丫亭亭玉立、媚眼含春，这个女孩人见人爱，她怎么会是武功高强的无面人？难道自己怀疑错了？

白凤过来了，把梁丫拿来的茶壶、茶碗敛在一起，问道："不是让你在客院做事吗？怎么来这儿了？"

"喔，我听见了歌声，跑来看看。伺候院主伺候惯了，见没水就倒上了，婢女下回不敢了！"梁丫口齿清楚，吐字如兰。

金戈端起一碗茶水，走过去，说道："梁丫，你喝了这碗，以明心迹。"

"院主，你怀疑我？好，我喝！"梁丫嗓门提高，腔调也粗了，他接过茶碗，呼地朝白凤脸上劈去。白凤一晃，闪开来势，金戈早已暴起，一掌拍去，梁丫伸手一迎，啪的一声爆响，两人手掌一合，梁丫一跃而起，借力飘飞。金戈曾经两次与他交手，两次被他借力，早已懊悔了。这次，他仍然照方抓药，再次得逞。金戈不由得大怒，大吼一声，叫道："哪里走！"飞扑而起，一只手臂暴长而出，箭似的射向梁丫。梁丫身子滴溜一转，左手一伸抓住了正在愣神的长发婆，右手一扬，手掌悬在长发婆头上，尖声道："站住！"

铁嘴华急忙跃起，一把拉住身形急挫的金戈，叫道："慢着！慢着！”接着身形闪动，转到金戈身前，对梁丫道：“你，你，放了英子，不然，我把你挫骨扬灰，在你脸上刻王八，叫你没脸见人！”

金戈喊道：“小心！她就是那个无面人！”

梁丫拉着长发婆后退，同时说道：“铁嘴华，你退后，不然我就毙了她！你们都后退，过了半壁峡，我自会放人。要不然，咱们玉石俱焚！”

“娘！”金珠和银珠叫着冲来，铁嘴华双手一展拦住了她们。

梁丫再也不扭捏了，拉着长发婆，退走之姿行云流水。戚继光叹道：“好高明的轻功，拿弓箭来！”卫兵立即递上戚继光的盘龙铁臂弓，戚继光拉弓搭箭，喊道：“封桥！”

卫兵们呼啦冲过去。铁嘴华怕伤着长发婆，大喊：“慢！慢！”戚继光的卫兵可不听他那一套，蜂拥而上。但是，他们还是晚了一步，梁丫已经带着长发婆退到桥上。

戚继光一举盘龙铁臂弓，高声喊道：“停！”士兵们唰的一声停住了脚步。

梁丫站在桥中央，靠近栏杆，做出随时可以击毙长发婆的样子，说：“你们不准上桥，有一个人上桥我就毙了她！”

金戈来到桥头，冷声道：“你放下长发婆，我们今天也放你离去，咱们有账算不赊，如何？”

梁丫叫道：“你退后，不论是谁，只要踏上桥头一步，我就毙了她！”

铁嘴华大喊：“快放开她！放开！”

长发婆懊恼不已，她眼望桥下飞云流荡，簌簌发抖。梁丫低声道：“福田英子！你看这是什么？”梁丫偷偷拿出一面手掌大小的铜镜，背面花纹古朴，中间一个圆圆的月亮。梁丫将镜子背着众人，贴着长发婆的身子一晃，镜面中月光流动。

“月光镜？你是——”

"兽猿公子！"

"是你？我走的时候，你才刚会走路，你……"

梁丫道："今夜三更虎啸岩见！你挡住他们，我走了！"说罢，飞身一跃，飞奔而去。同时，一支长箭流星赶月般追了过去，噗的一声，钉在他的肩膀上。金戈飞身而起，长发婆一歪，正好挡住金戈的去路。梁丫三蹿两跃，飘然远去。

金戈再看戚继光，只见他傲然挺立。盘龙铁臂弓的乌光和他身上的甲胄交映生辉，铜盔顶上的一束红缨衬托着淡黑的面容，真是威风凛凛。

铁嘴华扶住长发婆，宝贝似的又摸又拍，弄得长发婆不好意思了，连忙推开他。白凤看见，撇嘴又瞪眼，哼了一声。回过头去，看见九弟正向她偷偷招手。白凤狠狠白了他一眼，和金戈并肩向来路走去，九弟急得跳脚横蹦。

"喝酒！重摆筵席，今天就是今天，明天一上路，就不让喝了！白凤大侄女，再给来点酒！"俞大猷醉醺醺地大叫。

太阳偏西，旁边的柳树上，麻雀不住地叽叽喳喳。酒来了，菜又来了。这时，桥头上冒出了两顶轿子，前面的衙役打着华伞方旗，咿咿呀呀地走过来。来到近前，蒋忠从第一顶轿子里钻出来，他身着五品官服，头戴乌纱帽。他看见了戚继光，连忙大步向前，抱拳道："不知戚将军、俞将军大驾在此，下官有礼了！"

第二顶轿子里出来一个年轻的县官，他见到戚继光，紧走几步，一躬到地，说道："不知浙江都指挥使大驾光临，武夷县令王光星这厢有礼！"

俞大猷一瞪眼，说道："你没接到邸报吗？戚继光已经是福建总兵了，钦命上将军，什么浙江都指挥使，那是过去的事了！"

"下官不知，恕罪恕罪！"

戚继光略一皱眉，说道："是副总兵，福建总兵是俞大猷俞将军，不要说错了。”

俞大猷噌地站起来，急忙道：“我不是说了嘛，我唯你是从，你是真正的总兵。赵文华和严嵩颠倒黑白，把我弄成正总兵，这是有意恶心你……”

“停！”戚继光一摆手，让俞大猷坐下，黑着脸道，“不要说了。你我都是为了精忠报国，岂能在乎官职的大小。再说，我也要回浙江休整了，福建的兵马没人指挥怎么行？”

俞大猷缓缓坐下，愤然道：“可是，在平倭荡寇上你积功至伟，你不做总兵，谁敢做总兵？那‘积功升’还怎么坚持？”

戚继光目光炯炯，沉声道：“‘积功升’必须坚持！他们就是把我降到一个旗长也要坚持到底，绝不能封杀将士们的晋升之路。公平竞争，乃国家昌盛之本也。再说了，你官复原职也是理所应当。什么叫精忠报国？受了委屈还能赤胆忠心，才算得上精忠报国。再说，我以浙江都指挥使的身份兼任福建副总兵，还不算太差嘛。”

“我知道，这都是赵文华搞出来的，针对你的‘积功升’。你不提升他的人，他让你也升不上去，再大的功劳也没用。这世道……”俞大猷见戚继光一眼瞪过来，立刻止住了话头。

金戈知道戚继光不愿当着外人的面议论这些是非，立即对身着官袍的蒋忠道：“蒋堂主，你可回来了，我们都担心你呢！来，过来坐！”

县令接口道：“岳院主，蒋忠不是你的堂主了，他奉江南军务总督赵文华之命，任岳武院督察，与你共掌岳武院。岳武院是当朝唯一的武院，朝廷非常重视。蒋忠官拜五品，大你一级，今后你要好生伺候蒋大人，听命于蒋大人。二位总兵大人，卑职放肆了。”

戚继光不理他，站起来说：“拿弓箭来！”他接过弓箭，说：“你们听听，那边的麻雀叽叽喳喳，吵死人了，看我射它下来！”

县令惶恐道：“射麻雀？这么远？我听说过百步穿杨，听说过辕门射戟，没有听说过射麻雀的，这个，这个……”

县令还没说完，戚继光抽出两支箭搭在铁臂弓上，弓开满月，嗖的一声射了过去。“双箭并蒂莲”出手了。双箭流星，并肩穿过了柳树，麻雀登时消声。一个卫士跑过去，举着两支雕翎箭跑回来，众人一看，两根箭杆各自穿着一只黑嘴黄鼻的麻雀。金戈大拇指一挑，赞道：“戚将军双箭穿二雀，真乃神技也！”

俞大猷瞪起铃铛大眼，不可置信地说：“双箭穿二雀？这怎么可以，神了，怪不得叫铁臂神弓戚继光！”

金戈哈哈一笑，说道：“要改词了，原先传唱‘一箭落幽燕，双箭并蒂莲，三箭灭三酋，四箭四狼翻’，要改成‘一箭落幽燕，双箭二雀穿’了，哈哈……”

铁嘴华突然转身，大声说：“双箭入林，百鸟压音。这回清静了，看哪个王八蛋还敢瞎喳喳！”

县令脸上一阵红，一阵白，连忙站起身来，说道：“下官告退，下官告退！”说罢，带着衙役一溜烟跑了。

深夜，长发婆深一脚浅一脚来到了虎啸岩。石后月光一闪，长发婆立即赶过去，说道：“英子奉命来到。”岩石后面转出梁丫，他依然女子打扮，问道：“有人跟踪吗？”

“没有，我看过了。”

梁丫脸色一寒，怒道：“福田英子，你胆敢叛社！”

“福田英子不敢。”

梁丫斥道：“派你夺取黄山白神功，快二十年了，白神功何在？”

长发婆道：“当年属下做了白耀华的情人，只学到了六层白神功。被赶出白神庄后，只好委身黑旗船。现在属下断弦再续，假以时日，定会成功。”

“此事先缓缓，当务之急是击杀戚继光！我浪武社屡遭败绩，皆因戚继光一人而已！我浪武社要完成鲸吞中华之伟业，必须诛杀戚继光。你趁戚继光在此逗留之际，立即行动，不成功，你就剖腹谢罪吧！”

“属下明白，你的伤……”

“不碍事，你去吧！”

“是！”

院主大院里，凤玲已经被救醒。熄灯之后，金戈转侧难眠，他弄不明白凤玲为什么会和梁丫同流合污，岳霞到底在哪儿呢？黄金是否还在？岳武院还用不用凤玲呢？金戈披衣起来，走到院子里，看着满天的繁星，郁闷至极。忽然，吱扭一声，苦子房的屋门打开了，凤玲走出来，看见了呆立院中的金戈，立刻止住了脚步。两人相对无言。过了一会儿，凤玲道：“院主，你是不是有话要问我？进屋吧。”

金戈随着凤玲走进苦子房，凤玲点燃了蜡烛。凤玲脸色灰暗，低头道：“对不起了，我好悔……”

金戈沉声道：“到底怎么回事？你说说，我可是最信任你了……”凤玲呜咽，恨恨地说道：“梁丫，他是个男的！呜呜……”

“啊？”金戈一声惊叫。

“他强迫……了我，他骗我，哄我，逼我，他杀了猎人，偷了岳武功……”

金戈问：“他进了岳氏密洞？”凤玲道：“没有，他在家庙里乱翻，我怕他找到洞口，就说了岳武功。”

金戈问：“几阶？”

“都说了，三阶。连岳南练过的最后一步也告诉他了。”

“啊？”金戈一声惊叫，心道：“怪不得岳武院过去竭力保护岳武功，全力追杀盗贼，原来真是放松不得，仅仅几个月，就有两起盗案发生。而且，看样子凤玲也知道了全部的岳武功，亏得我把翻天掌擦去了。我应当立即封闭家庙，不然为祸不小。”

金戈沉声道：“好！你既然和盘托出，我还会相信你。你要将功折罪，不可重蹈覆辙。”

凤玲扑通跪下了，金戈拉她，凤玲怎么也不起来，跪着说道：“金大哥，凤玲终身不嫁了，当一辈子丫鬟，伺候你，伺候小姐，我不再当什么堂主了。”

金戈再次拉她，她才站起来，金戈道：“岳武院正在用人之际，你知错能改，就给你个自新之路。你先给自己记上一大过，戴罪立功吧。”

启明星高高升起，东方出现了鱼肚白。忽然，一声凄厉的呼号响起，震动了整个岳武院。熟睡的人们急忙爬起来。金戈正在屋内练功，闻声腾身迈步，奔向了发声处。晨曦照耀着较技台，台上燃烧着一堆大火，火堆旁翻腾着一个人。此人披头散发，口中哀号连连，似正在忍受着极度的痛楚。

金戈看清楚了，那是蒋忠。只见蒋忠身子筛糠似的抖动，疯了似的翻腾，脚下飞沙走石，威势骇人。他的两只眼也红了，闪着红光，红得好像两只红灯笼。金戈明白了，蒋忠正忍受着内火焚心之苦，他走上了岳南的老路。蒋忠疯狂地折腾着，哗啦一声，较技台被他打塌了一块。“热！热！好热！”蒋忠大叫一声，鞋子踢飞了，一双赤脚踩在燃烧的木炭上，浑然不觉。这时候，广场上人越聚越多，他们惊讶地看着一个人在火堆旁翻腾。忽然，蒋忠一掌拍出，竟然呼啸有声，围观的人呼啦跌倒一片。还没等人们站起来，他已经跳入火堆中，激得灰烬飞扬，如同蝴蝶的翅膀一样变幻着色彩。蒋忠的周身好像沾了油，轰的一声燃烧起来。火光中，蒋忠哈哈大笑：“不热了，好暖和！啊，好暖和呀……”说着说着，他带着一团火光坐下去。随着火光逐渐黯淡，蒋忠也化为了飞灰。

白凤走到金戈身边，金珠和银珠也走了过来，戚继光将军也在注目观看，众人默默无言。金戈跳上较技台，朗声说：“蒋忠练习岳武功不当，心火不退，不得已自焚解脱。因此，岳武功非我亲传，不得练习，大家要引以为戒。戚继光将军来到我岳武院，要抽调一些武徒，补充到戚家军去，你们敢不敢去？”

“敢去！”众人呼喊。

“虽然你们训练的时日稍短，但我相信，你们到了戚家军，不会给岳武院丢脸！”金戈又对戚继光道：“南塘兄可要上来讲几句？”戚继光摇了摇手，说道：“不必了，以后再说吧。”

金戈叫人打扫蒋忠的骨灰，安排身后事宜。当天，岳武院挑选了三百多武徒，交给了戚继光。戚将军走后，金戈立即着手西征的准备。

金戈知道了保护岳武功的重要，立即安排了四把大号硬弩，架于钟楼上。并且明文规定，任何人进出家庙必须出示双龙令印模。有人硬闯的话，值班武徒尽可开弓放箭，并鸣钟示警。金戈亲自书写两个警示牌，一个挂于钟楼，一个挂在家庙院门之上。金戈又让小兰子搬回院主大院，让马大响当了二堂主，主持神武堂，虎子当了三堂主，接任精武堂，杨伞也晋升一级，接任了练武堂。

与此同时，西征的准备也在进行，四轮马车增加了两辆。金戈和白凤秘密搜查无面人，仁义双雄和凤玲也出动了几次，都是一无所获。

一连几天，长发婆闷闷不乐，对着孤灯长吁短叹，声音里充满了惆怅。铁嘴华的眉头紧皱，连忙问：“你怎么了，怎么不爱吃饭了，到底遇到什么难事了？有事就说出来，不要闷在心里。俗话说，当事者迷，旁观者清……”

长发婆长叹一声，说道：“没什么，你出去吧，让我一个人静一静……”

铁嘴华道：“有事不要闷在心里，没有过不去的火焰山！”

长发婆眉头一皱，声调高了八度：“出去！你让我安静一会儿好不好？”

五十一 西征救母

这天是金戈的生日。晨练之后，金戈找出一套衬衣衬裤，放在床上。这是岳霞带出去又带回来的衣物。恍惚间，金戈好像看见了岳霞憔悴的面容，看见了母亲期待的眼神。金戈轻轻抚摸衬衣上黑色的扣鼻，抚摸蝴蝶形的扣襻，抚摸两条旧裤子拼凑成的衬裤和几条颜色各异的扎腿带。衬裤的裤腿前后两个颜色，却左右对称。金戈的眼睛潮湿了，低声呼道："母亲，我亲爱的母亲，你在哪里？你可平安？你的儿子出人头地了，可你还在受着煎熬……"金戈情不自禁，泪水蒙住了眼睛，流逝的往事又回到了眼前。

那是一个盛夏的夜晚，院子里一丝风也没有。一条大黄狗趴在墙角下伸着长长的舌头，呼哧呼哧喘着粗气。金戈正在风灯下看书，母亲拿着扇子，默默坐在他旁边。扇子轻轻地摇晃，一丝淡淡的凉风扫过他的脸颊，母亲的脸上却布满了汗珠。汗珠顺着她的脸颊流下来，滴在衣襟上，滴在手背上。可是，母亲的扇子始终没有停下，始终摇啊摇……还有，十岁那年，随父南京赴任的路上，自己出疹子，整天昏昏沉沉的，母亲背着他，挨家挨户求医问药，终于在大户人家里求到了一些羚羊角的细末，他喝了下去，疹子发出来了。客栈里，母亲紧紧地抱着他，一坐就是三天三夜。

这时，麻面魔的话响了起来："西北舵上下动员，至今也没找到金夫人，听说当年金夫人到达西安之后，大病一场，被赶出了妓院。有人看见她沿街乞讨，有人看见她被几个地痞拉着当街叫卖……"金戈眼前出现了幻影，仿佛看见母亲破衣烂衫，正被几个地痞拖着走街串巷，有个流氓竟然抓着母亲的头发……

"娘，娘……您的儿子就要来了……"金戈霍地站起身来，脱掉珍珠衫，穿上衬衣，脱下翡翠裙，穿上衬裤，扎上了腿带。金戈泪眼蒙眬，忽然看见白凤就在旁边，正在深情地盯着自己。凤玲也站在门口，扭着头，默默看着窗外。还有小兰子，她站在床前，正歪着小脑袋，不知所措地望着自己。

白凤嫣然微笑，柔声道："想娘了？好大的嗓门啊！你们母子团聚的时刻不远了，别难过了。"凤玲走过来，默默把珍珠衫、翡翠裙叠好，缓缓放进衣柜里。

兰子睁着圆圆的大眼睛，张着小嘴，抻着衣角，惶恐地看着变了装束的院主叔叔。

金戈目光遥远，激动地说道："今天我要静坐，不要吃饭，岳武院的事情你们看着安排吧，没有特殊情况不要打扰我。"

兰子小嘴一张，睁着大眼说道："院主叔叔，今天是你的生日，我们要吃长寿面呢，还有大鱼，好大好大的鱼，凤姨已经炖好了……"

金戈轻轻拍拍她的头，柔声说道："你们吃吧，叔叔不想吃了……给我带上房门吧。"

傍晚，消息堂里亮起了灯光。金珠坐在椅子上，注视着圆桌上发着淡淡白光的纱灯，俊俏的脸略显憔悴。银珠坐在梳妆台前，就着灯光，正歪着头端详自己的面容。银珠扭头道："姐，你说，金戈的娘会不会喜欢我们？他的母亲和妹妹太漂亮了，有一种说不出来的风韵，单就风韵来说，的确冠绝中华。”

金珠的头扭了扭，轻声道：“那是一种高雅的气质，也是一种深厚的修养，那可不是谁都做得来的。你不去看看？他连晚饭都不吃了。”

“我是想去，可我讨厌看见白凤。好吧，我去瞧瞧，不搭理她就是了，你等着吧。”说完，银珠站起来，摇晃着金钗上亮晶晶的珍珠，飞也似的奔出屋子。

银珠跑到堂屋里，差点和大步走来的铁嘴华撞在一起。“爹！”银珠一愣，一声呼唤脱口而出。铁嘴华一蹦老高，一把抓住银珠的手，晃着油光水滑的秃脑袋欢呼道：“女儿！闺女！我的宝贝女儿！”银珠羞得满脸通红，不好意思地甩脱了铁嘴华的手。

长发婆听见了铁嘴华的喊声，从另一间屋子里走出来，嫣然道：“看把你乐的！我早说过，她们一定会认你这个爹的，怎么样，叫爹了吧？银珠，你跑什么呢？走路就跑，好像不会走道似的，黑灯瞎火的，上哪儿野去？”

银珠红晕渐消，仰起细瓷般的下巴：“我去看看金大哥，他一天都没吃饭了，姐姐要我去的。”

铁嘴华咧着嘴笑道：“瞎说，你自己不想去呀？不过，去也是白去，他说生日不吃饭，就不会吃饭，一天不吃饭也饿不死他……”

“三更过了你再去，到时候我亲自下厨，给你金大哥炒几个菜，烫上一壶酒，让他饱餐一顿。你现在去了，不怕挨白凤的狗屁呲呀？”

银珠一歪细长的脖子，说道：“哼，我才不怕她呢，论辈分，她要叫我姑姑，还小我一辈呢。”

铁嘴华笑道：“对，她是应该喊你姑姑，不过，我是倒插门，似乎，似乎和她没有关系了……”

长发婆得意地笑着，说道：“得啦，我知道白大侠委屈了。这样吧，既然婚礼上给足了面子，你就不用改姓了。金珠、银珠以后还姓白，白金珠、白银珠！其实，我也不姓英。”

铁嘴华一蹦老高，说道：“我就说嘛，叫英子就姓英啊，我记得那时候他们叫你福小姐，你到底姓什么？”

长发婆斥道：“你别刨根问底了！我是个孤儿，到底姓什么，我怎么知道，你问我，我问谁去？不过，你担心的事也不用担心了，我想了几天，终于想通了，为了女儿，我什么也不顾了，影响女儿幸福的事，打死我也不干！”

铁嘴华眨眨眼，晃晃头，不知她说的是什么。不过，看到长发婆脸上愁云已去，笑得灿烂，压在心上的一块石头也就落了地。

“爹！”金珠走出来，听见他们的议论，也低声叫了一声。铁嘴华乐得一蹦老高，赶紧扶住金珠，大声道：“不管他金哥银哥，今天晚上咱们设家宴，好好庆贺一下。我说，后半辈子两件高兴事，一是终于得到了梦寐以求的妻子，二是得到了两个如花似玉的女儿！嘿，我说，给个皇上也不换哪！我安排去，你们等着！”说罢，他昂首挺胸，大步流星走出屋子。

母女三人紧紧拥在一起，长发婆长长地出了一口气，眼睛里闪出了幸福的泪花。

三更过后，吱扭一声，金戈打开了屋门。他看见了默默站立的凤玲、白凤和银珠，看见了她们眼里的关切。金戈虽然布衣布裤，仍然挺拔潇洒，让人感到一股蓬勃的朝气。

凤玲说道：“院主，我们等了半夜了，您饿坏了吧？铁嘴华和长发婆安排了家宴等着您呢。白堂主在这边也安排好了酒席，您看您在哪边吃。”

六只眼睛看着金戈，等待金戈的选择。金戈微笑着说道：“到铁嘴华那儿吃，他是长辈，面子比天都大。白凤、凤玲，你俩陪着，我们一起去。”

银珠心无城府，高兴得跳起，拍手道："好啊，你们都去吧！"虽然白凤总是挤对她们姐妹，可她却不会记恨人。这时，她又笑着对白凤说："去吧，一起去，白堂主总没去了，我们还真想你呢。岳堂主，你也去吧，姐妹们一块热闹热闹，给金大哥过个晚生日！"

白凤神色黯淡，摇头说道："我就不去了，你们去吧！"

凤玲看白凤不高兴，也推辞道："我也不去了，早困了，明早还有好多事呢，我先歇了。"

金戈道："你们就一块去吧，耽误一小会儿，大家一块热闹热闹……"

白凤摇了摇头，一双俊眼里蒙上了一层泪花，她微微下蹲身子，轻声说道："不去了，白凤祝院主生日快乐！"凤玲也敛衽微蹲，施礼道："凤玲祝院主生日顺心。"

金戈看她们执意不去，也就不再勉强，说道："那好吧，你们早点歇着吧。银珠，我们走吧。"说罢，转身向外走去。

消息堂里灯火通明，银珠快步跑到门口，掀起了门帘，冲里屋喊道："来了！"屋里传出椅子挪动的声音，接着铁嘴华苍老欢快的声音传了出来："快请！快请！哈哈……"金戈走进屋子，只见长发婆和金珠脸上笑意盈盈。铁嘴华容光焕发眉开眼笑，就连脸上的皱纹都充满了笑意。

银珠轻声道："白凤不来，凤玲也不来，她们也准备了饭菜。金大哥跟我过来，白凤不高兴了，金大哥也叫了她一回呢。"

铁嘴华哼了一声，说道："爱来不来，有她不多，没她不少！没有她，日头照样东边出来西边落！公鸡照样打鸣，草鸡照样下蛋！哼……"

长发婆却说："她还在记恨你入赘呢。对了，金戈，孩子她爹还叫白耀华，入赘是开玩笑呢，她们姐俩都姓白，白金珠、白银珠。佩儿，上菜，你们先喝着，我去叫白凤，你们是她的姑姑，岁数虽然比她小，可辈分比她大，遇事让着她些……”

金珠皱起眉头，说道：“还是我们姐俩去吧，看我病人的面子，她兴许能来。”

铁嘴华赶紧站起来，说道：“别，别，还是我去吧！这不是脓涕鼻子倒流吗？我去请我的孙女！嗐，看着金戈的面子，我就跑一趟。你们姐俩坐着别动，她叫你们姑姑，那是萝卜不大——长到辈儿上了，对她可不用客气，不然的话，她可要蹬着鼻子上脸。”

长发婆道：“那你捎带叫上凤玲！”铁嘴华边走边答应：“行行行！一个是牵着，俩也是赶着！一块叫，一块叫！”

酒菜上来了，四凉四热，香气四溢。金珠笑道：“你先垫补点，饿坏了吧？来！”说着用筷子去撕鸟翅，银珠连忙伸出筷子帮忙，说道：“我来吧，我来吧，小心你的伤！”金珠眉开眼笑，瞅着金戈道：“没事了，我可没那么娇气，哪能一动不动呢。”

金戈看着两个花容月貌的姑娘，兴奋起来，心说：“娘看见她有这么多漂亮的儿媳，不定多高兴哪！”真诚地说道：“你要注意，再坚持一两个月，就彻底没事了。今天是九月十八，不，九月十九了……四十二天过去了，还要坚持五十八天，伤筋动骨一百天，那时随便你蹦蹦跳跳！”

金珠夹起一片瘦肉放到金戈的盘子里，说道：“难为你记得这么清楚。可是，你去西征救母，我又去不成了，多么想跟你一起去啊，要不，你就带着我们姐俩去吧，我在车里看着你……”银珠也扭动着娇躯，央求道：“对呀，你这一走又要好几个月，我真不知道这日子怎么过，你就带着我们俩吧。”

金戈笑笑，摇头道：“那可不行，西安是桃花会的重要舵口，是桃花会挺进中原的桥头堡，根深蒂固，势力非常。我们这次轻兵奇袭，只带百十个人，不定有多少恶仗等着打呢，我怎么分心照顾你们呀。”

金珠长长的睫毛垂了下去，银珠神色黯淡："西安一带，可有目标？"

金戈看见金珠和银珠眼睛里满是关切之情。烛光下，两姐妹更显得俏丽了，看着她们细瓷般的面容、精致匀称的五官、含情脉脉的双目，金戈叹了口气，轻声道："我母亲在西安失踪，应该还在陕西。桃花会搜不着，不一定我们找不到。母亲躲着他们，却不会躲着我。一旦她知道儿子来了，定会出来相见。当然，我们也要做好找不到的准备，不论怎么说，西安是这条线索的头，我们应当从头查起。到了西安再说吧，我相信，在那里会有所发现。"

金珠忽闪着大眼道："你们可小心着，你们以寡敌众，要小心谨慎，找不见就回来。我想，你这样孝顺，一定会遇到伯母的。我，我真舍不得离开你……"

银珠向前探探身子，轻声道："我也是，一天不见你，像丢了魂似的……"

金戈深情地说道："我也舍不得你们呀，可是，母亲身在火海，我一天也不能耽搁了，你们好好养伤吧，几个月一晃就过去了。"

正说着，院子里传来脚步声，接着铁嘴华的声音传进来："来了，全来了，开席吧！"金珠和银珠对望一眼，赶紧站起来。金戈笑笑，长身而起。银珠一拧身子，嗖的一声跳到门边，抬手掀起门帘，看着外边道："白堂主请，岳堂主请！"

"请！请！"白凤和凤玲说着走了进来。白凤眼角上带着泪痕，看样子哭过了，她看也不看金戈，径直走到金珠身边，拉住金珠的手，说道："看来你好多了，快坐下吧，咱们是一家人，用不着客气。"

长发婆笑嘻嘻地招呼大家坐下。佩儿又上了两道菜。铁嘴华一指长发婆，说道："凤儿，见过你二奶奶！"

"二奶奶。"白凤垂头，声音低得像蚊子叫。

长发婆捋下翠玉手镯，拉着白凤的手，给她戴上，说道："白凤，以后咱们就是一家人了，你爷爷还姓白，你以后不用见外，要解馋……”铁嘴华抢着说：“黑旗船！”长发婆嗔道：“去！去！贫嘴！要解馋，就到我这儿来，别的不行，做菜不是吹，江南比得上我的，还没生出来。”

白凤欠欠身子，重新见礼，说道：“见过两位姑姑。”

金珠和银珠赶紧还礼，俩人面面相觑，不知说什么好。

九月二十清晨，一声鞭响，一队人马出发了。呼啦啦，蹄声震动，车轮滚滚，西征救母的队伍离开了武夷山。西征的队伍分成前、后、中三部分，四堂主杨伞带着五十个武徒先行，五堂主江中月带着五十个武徒殿后，走在中间的数十匹战马簇拥三辆四轮车。第一辆车里坐的是金戈和凤玲，第二辆车里坐的是铁嘴华夫妇，第三辆车装着帐篷炊具等应用物件。本来金戈计划随行人员是仁义双雄、凤玲、杨伞、马大响以及毛四、傻蛋等人，可是，白凤听说后提议仁义双雄留守，要铁嘴华和长发婆随队出征。她说：“你让我总理院务，我怎么好意思指挥我爷爷呢？换换吧，仁义双雄在家，我心里踏实些。梁丫不定哪天冒出来，我还真不知怎么对付。”长发婆知道了，也愿意出去散散心，铁嘴华就更不用说了，他本是个坐不住的人，立即嚷嚷着要跟去。金戈看见众人都是这个意思，就换了人。

金戈心里盘算着得失，不知不觉走到窗前，目光盯着缓缓移动的原野，望着流水似的白云。傻蛋的身影出现在金戈的视线中。他骑在高头大马上，一手握着缰绳，一手提着红缨枪，稚嫩的面庞闪动着兴奋之色。护卫大班的二十个武徒也是精神抖擞，年轻的脸上豪光四射。金戈收回目光，看了看面朝车尾而坐的凤玲，她手里端着藤蛟枪，不时比划着同一个动作。金戈心道：“凤玲虽然是个女孩，却坚持使用红缨枪。女孩子使红缨枪的不多，但红缨枪却是岳武院的看家兵刃，虽说带着不方便，拿着不顺眼，可打起仗来，一条长枪在手，把对方逼在一丈开外，赢面已占了一大半。”金戈摇摇头，自言自语道：“白凤用剑，金珠和银珠用刀，她们顾及自身形象，不肯学习枪法，慢慢就知道其中的利弊了。”金戈耳边听着咕噜噜的车轮声，万千思绪随着西去的队伍飘向了远方。

这一天，西征人马进入湖北。一百多人，一百多匹马，顺着弯曲的镶着草边的黄土路向北急进。傍晚时分，队伍经过一片池塘群，在一个几亩宽的荒坡上停下来。一片乌云从西边涌来，傻蛋抬头看了看，高叫一声：“停！”掉转马头，奔到马车前，大声道：“院主，‘天天练’的时间到了，杨堂主的前队人马已经停下了，不过，阴天了，可能要下雨……”

毛四也催马走过来，大声喊道：“是呀，黑乎乎老大的一片，可能会有大雨。”

金戈的声音传出来：“马车靠边站，就地操练！不管阴天下雨，‘天天练’雷打不动。”

傻蛋答道：“是！马车靠边，战马卸鞍，就地操练！”

“吁，吁……”驭手们连忙移动四轮马车。

乌云的前端是鱼翅般的灰色片云，已经飘到头顶，洒下了稀稀拉拉的雨滴。金戈跟着凤玲下了马车，站在被吹弯了腰的岸柳旁边。布满浮萍的池塘荡起了鱼鳞似的涟漪，倒映着长蛇般的闪电光芒。狂风悲泣，水波荡漾，乌云嘶叫着洪水般漫卷过来。

铁嘴华提着烟袋走过来，看着皱着眉头的金戈道：“我说，今天该上哪队指导？我们两口子可得跟着你，听听你的白话也不错，有点意思。我说，跟你学学，将来好教我们的外男外女，哈哈哈……”

金戈看见长发婆也来了，说道：“你们不用去了，一会儿怕有大雨。我去后队，去江堂主他们那里。你们车里歇着吧，这场雨小不了。”

长发婆一捋秀发道：“我们也去。你不怕淋雨，武徒们不怕淋雨，我们就怕淋雨了？打起仗来，还能挑天气吗？走吧，练武的人可没那么金贵！”

“好，那就走着！”金戈说了一声，大步向来路奔去。乌云呜咽着飞到头顶上空，豆粒大的雨珠噼里啪啦打下来。

后队的武徒们已经开始操练，五十人分成五排，在风雨中呀呀叫着。五排红缨枪整齐划一，不住地突刺，不住地抽击。看到金戈和铁嘴华夫妇到来，武徒们的吼声更响亮了，压住了疾风的呼啸。

一道直立的闪电亮起，喀喇一声巨响，一个震耳欲聋的霹雳炸开了。风雨之中，金戈把铜箍插接单刃枪接好，也呀呀叫着，和武徒们练着同样的招式。铁嘴华打起了白神掌，长发婆亮出了柳条刀。两匹快马飞快跑来，看到风雨中操练的人马，停住了，马上之人惊讶得合不上嘴，片刻之后，他们摇了摇头，一抖缰绳，消失在风雨中。

岳武院里，白凤掌管着一切。自打金戈走后，九弟就从客院里冒出来，大摇大摆地出入大殿，就像一只摇尾巴狗似的围着白凤转来转去。白凤干完正事，就和九弟山南海北地扯些闲话。这天晚上，九弟照例来到大殿，蹑手蹑脚地来逗白凤。白凤正在算账，九弟悄悄到了白凤跟前，突然嗨的一声大叫，吓了白凤一跳。其实，白凤早就看见他了，只是没搭理他，没想到他会大叫。

白凤嗔道：“诈尸哪？”九弟一抖手，变戏法似的拿出了一大把野花，扑通跪下了，说：“送给你。我，我喜欢你……”

“起来！”白凤慌忙站起来，急道，“快起来！让人看见像什么！你怎么这样，男人膝下有黄金，你怎么那么贱……”

“我就贱！你不答应，我就不起来！”九弟开始耍赖。

“起来！”白凤脸沉下来。九弟看见白凤要变脸，低下头，双手高举野花，一声不吭。白凤一看没办法，只好伸手来接，正当一双白嫩的素手触及花束之时，白凤听见了脚步声，抬头看去，铁铃公子、铁扇公子走进来。见到此情此景，兄弟俩登时怔住了，同时转身向外退去。白凤一脚踢翻了九弟，站起来，追到了大殿门口，说道："铁铃公子、铁扇公子，二位护法慢走，有事吗？"

铁铃公子回过身来，尴尬地笑了笑，说道："没什么，我们俩又转了一天，附近没有见着梁丫的踪影。鬈毛犬买来了，真贵，一只黑色鬈毛犬的价钱，能买一串土狗。"

白凤眨着丹凤眼道："好哇，放到家庙院里去了？"

铁铃公子摸着鼻子道："还没呢，马上弄过去。"

"走吧，我和你们一起去！"白凤说完，跟着铁铃公子、铁扇公子奔向院主大院。路上，白凤叮嘱道："你们有空就去消息堂坐坐，多多照顾二位珠仙子，那边的防守力量太弱了。"

铁铃公子道："金珠的伤已经好多了，我们兄弟没有必要天天去。防守嘛，派几个护卫过去吧，我们也会留意的。"

白凤笑道："我说的事你们考虑得怎么样了？这可是人生之大事……"

铁铃公子停住脚，慢慢道："考虑好了，我们兄弟绝不夺人所爱，白堂主不用操心了。"

白凤笑道："哎呀，我不是说过嘛，金戈和她们是兄妹，他们之间没有什么……"

铁扇公子摆了摆手，急道："别……别……提了……"

白凤见仁义双雄不为所动，嘴唇轻咬，心道："我还有别的办法呢，绝不让她们姐俩夺走我的心上人，走着瞧吧，我绝不会坐失良机！"

白凤跟着铁铃公子、铁扇公子走进院主大院，看见一个木头笼子，笼子旁边站着四个武徒和两个丫鬟。白凤看了看笼子里两条毛茸茸的大狗，抬手一指，说道："抬过去，放到家庙小院里。"

木头笼子抬起来，铁扇公子和铁铃公子打开家庙小院的两扇木门，拔开了木头笼子的插棍，两只鬈毛犬呼的一声蹿了进去。

白凤看着眼前的丫鬟道："你们好好喂养，但不可进院。兰子呢？"一个丫鬟说道："练功呢，她着了迷似的，没日没夜地苦练。"

铁扇公子关上院门，家庙小院里传来一阵汪汪的叫声。

白凤回到大殿，看见九弟主人似的坐在八仙桌子旁，品着盖碗茶。一个丫鬟端着茶壶，在旁边伺候着。白凤在八仙桌子的另一侧坐下，摆手示意，丫鬟放下了茶壶，走进侧屋。

九弟放下茶碗，站起来，又拿起了鲜花，像狗一样仰着脖子看着白凤。白凤脸色阴沉，一双丹凤眼也立起来，呵斥道："跟谁学的？没羞没臊！看看你，一个大男人黏黏糊糊的，一点正事都不干，整天二流子似的！"

"我能干什么正事？看见买卖人讨价还价我就头疼，你说价钱砍来砍去，谁也不肯露个实底，光要心眼，烦不烦？一见舞枪弄棒，我就心疼，你说一天到晚地苦练，没完没了，练得腰酸腿疼，苦不苦？可是，一看见你，我就心花怒放，哪儿都不疼……"

白凤扑哧一笑，说道："行了行了！少给我上狗皮膏药！我问你，你有胆子没有？"

九弟一步蹦到白凤面前，色眯眯地说："那看干什么。要为你，我有的是胆子！上刀山，下火海，在所不辞！别的嘛，啊，我就……嘿嘿……"

白凤脸色阴沉，说道："好！你为我干件事，事成之后……有赏！干不成，你就别再来见我，你可听清楚了？"

九弟微微抬头，大声道："是！"

"附耳过来！"白凤左右看看，从袖袋里拿出了一包药，"你没事就去金珠、银珠那里，和她们姐俩泡蘑菇。天天去，等你和她们混熟了，找机会把药下到她们茶水里……"

九弟噌地直起腰，瞪着眼啊的一声大叫。

“低头！”白凤按着他的脑袋，狠狠地说，“等她们昏迷了，你就把她们弄上床……”

九弟又啊了一声，直起腰。他脸色惨白，头摇得像拨浪鼓似的，说道：“不行，不行！我哪有那个胆子，再说，金戈要是知道了，非剥了我的皮不可！我可不行，这可……”九弟看见白凤丹凤眼里燃烧的怒火，嘴里的话生生地咽了回去。

白凤怒道：“你怕金戈？”

“怕，怕怕……”

“我告诉你，”白凤双眼如电，盯着九弟说道，“你要是不去，我就和金戈说，你用龙涎麝香丸诱奸了我，让他抽你的筋，剥你的皮，掏你的心！”

九弟苦着脸嚷道：“啊？别别别！我去，我去！”

“你办完事，马上告诉我，我带着仁义双雄去看现场。你别留下痕迹，我会推到梁丫身上！明白吗？”

九弟摇头道：“不明白。梁丫是一个女孩，你怎么推到她身上？”

白凤咯咯娇笑，说道：“梁丫是男的，他是兽猿公子！傻子！”

九弟摸着脑袋，说道：“什么？哎哟我的妈呀，我还差点看上她呢……”

“你说什么？”

“啊，不，不！是他差点看上我……啊，不不不，我看上他，不，他……我……我是说，他长得漂亮，不像，不像男的！打死我也不信他是男的……啊，不，不！我信我信，他是个男的，就是个男的。”

白凤眼睛一瞪，叫道：“少废话！你去不去？”

九弟低着脑袋转了一圈，坐在椅子上，愁眉苦脸地说：“我有什么好处？”

白凤凑近，说道：“你亲近了四仙子中的两位仙子，还不够本？

贪得无厌的家伙！”

“不够本，除非你也……”

白凤怒道：“狗嘴里吐不出象牙来！你别有非分之想！”

九弟眼睛一转，说道：“噢，我明白了，你让我坏了金珠、银珠，我表妹已经被阴阳魔糟蹋了，武林四仙子，就你一个好人了，金戈非娶你不可了。我呢，费半天力，什么没得着，杀人只落两手血，我才不干呢，除非你肯嫁给我！或者……”

白凤一撩额头上的秀发，说道：“你这不是挺聪明嘛，还懂得讨价还价了。好了，事成了，我给你一百个金元宝。记住，干得干净利索，不行就杀人灭口！你要是连带上我，哼哼，小心你的狗头！”

九弟摇头，说道：“我看这样吧，我叫几个哥们来，你把金元宝给他们，你让他们去干。我胆子小，怕给你捅了娄子……我不行，我真的不行。”

“胆小鬼，没用的东西！你快去找，人不能多，最多找两个，要找最可靠的人。人带到我这里，我先看看。你要敢泄漏半点风声，我马上割了你的舌头，抽了你的筋！”白凤心里算计着，九弟的朋友干完活就立即灭口，叫他死无对证。

九弟畏缩着，说道：“行，我马上回去，连来带去最多半个月，不过，你得保证嫁给我。”

白凤一笑，说道：“嫁给你？我不能保证！随时见到我，我可以保证。要不然，你再看我一眼，我就刺瞎了你的双眼，永远不用想再见到我，你想想吧！”

“啊！天爷！”九弟抱头大叫，“完了，完了，我怎么这么没出息啊，一天不见你，我茶饭难咽，你勾了我的魂儿去了。我得了相思病了，天啊……”

“别吵！鬼叫似的！”白凤忽然一抛媚眼，明眸流波。她站起身来，滴溜一转，罗衫轻扬，露出了两条春笋般的皓臂，裙子飘飞，露出乳白的两条秀腿。接着她挺挺胸脯，扭扭纤腰，身段更加迷人了。与此同时，一阵阵醉人的女子幽香，由淡而浓，慢慢涌进九弟的鼻孔里。

九弟的眼睛都直了，人也醉了，晃晃悠悠扑过来。白凤扑哧娇笑，身子闪动，九弟扑了一个空。白凤笑着说道："来呀！傻子！"白凤身形滴溜溜乱转，九弟东扑一下，西扑一下，满殿飞扑。白凤嘻嘻哈哈，东闪西藏，身法敏捷而又轻盈。九弟舌头都伸出来了，猴似的乱蹦。门缝里，两个丫鬟的头一上一下，扒着门缝偷偷观看。

白凤假装踉跄一下，被九弟抱住了。九弟抱着白凤柔软滑腻的身子，闻着她的体香，魂都飞了。白凤轻轻一扭，啪的一掌，轻轻打在九弟的手腕上，接着跳跃而起，轻飘飘地落座，咯咯娇笑起来。

第二天，九弟走了，他哼着小曲，骑着高头大马，想着白凤软绵绵的身体，心里流着蜜汁，咧着嘴，一溜烟奔向了鄱阳湖。

西征的队伍还在前进。金戈坐在车上，总感到有什么地方不妥，想来想去，这才发现换人换得有些不妥，自言自语道："不好，不如原计划好。"

凤玲听见了，扭过身来，问道："什么不好？"金戈懊悔道："换人换得不好。仁义双雄换成了铁嘴华和长发婆，岳武院的防御力量减弱了，尤其是消息堂，守备力量大减，可我们这边也没有增加多少实力，不如原来的计划好。戚将军'大事不含糊，小事不拘泥'和'大事独断专行，小事随达活溜'的话真是英明，稍一含糊，就出纰漏。"

凤玲撇着嘴道："还不是白凤吵吵着要换人？说她指挥不了她爷爷，那都是托词，她不定要搞什么鬼呢。我早就说过，白凤心眼太多……不说了，其实，我连她也不如。"

"知错能改就好，不必老是耿耿于怀。"

凤玲低声道：“是。”

金戈琢磨着戚继光的“大事小事论”，叹道：“戚大哥的话竟有此深意，‘小不忍则乱大谋，大不持必毁根基’，我当铭刻在心。”

这一日，岳武院西征的队伍来到西岳华山，华山剑派掌门人柳心梧得到消息，慌忙下山迎接。

酒席宴上，柳掌门感慨唏嘘，颤着胸前白须说道：“一晃几十年过去了，当年我华山派遵奉双龙令，在岳南院主的统帅下，辗转太行山、大别山，清剿黑风教，历时三年。一眨眼的工夫啊，三十多年过去了，老了。自打接到双龙令，我就热血沸腾，可是，唉……”

一个四十多的汉子接口道：“不是我们拦着，师父早就去武夷山了，近八十岁的人了，我们可不敢再让师父出山，我的四个师弟去了，院主见着了吧？他们四个是我云字辈的佼佼者。这些年，桃花会猖獗，我华山派孤掌难鸣、势单力薄……这下好了，该收拾他们了。有什么需要的，各位尽管吩咐。”

铁嘴华道：“派两个人协助就行了，收拾桃花会的狗崽子，小事一桩，不用劳动你们的大驾，哈哈哈……”

柳掌门道：“来，老朽敬白庄主夫妇一杯！敬岳院主一杯！岳院主少年得志，前途不可限量，盼你们大有作为，让我白道武林扬眉吐气！”

“干！干！”

第二天，华山掌门派来两个得力弟子随队效力。金戈带队直奔秦岭，寻找薛员外。金戈根据薛员外传回的书信，来到秦岭落云谷。走到工地，只见向阳的山坡下堆满了砖瓦木料，一部分房屋的地基已经建好，有几个木工正在吊儿郎当地加工着木料，几个泥瓦匠正懒洋洋地砌着围墙，一点生气也没有。工匠们见来了这么多人，好奇地张望着。

一间简易的茅屋里，走出一个中年妇女。她手搭凉棚向外瞭望，慌忙走过来，老远就喊：“哎呀，恩公来了，这下可好了，救星来了，快进屋，快进屋。”这是薛员外的夫人，金戈没见着薛员外，也没见着林风林和薛月，心里直纳闷，说道：“大婶先请！”说完跟薛氏走进茅屋。薛氏连忙擦擦凳子，让金戈坐下。风玲跟进来，她看看屋里陈设简陋，皱下眉头，转身走出去。

金戈和薛氏说着闲话，风玲走回来，端来茶壶茶碗，摆在案板上。薛氏一边摆着茶碗，一边抹眼泪，金戈疑念顿生，问道：“薛员外呢？风林和薛月呢？”薛氏吭吭哧哧，前言不搭后语地支吾了半天，在金戈一再追问下，她泪水长流，说道：“不瞒你了，家丑非外扬不可了。是这样，我那口子老不是个东西！上个月十三，赶上桃花会上山宏旨，跟着桃花会跑了。那天桃花会在柳林寨宏旨……”

“宏旨？什么叫宏旨？”金戈忙问。

薛氏道：“我也不知道，这都是听风林说的，桃花会派人搭个台子，上去几个人连说带唱，劝人入会。最近，他们每个月的十三都出去宏旨，弄一帮不要脸的小妖精，光着身子在那里扭来扭去，满嘴胡说八道，把老头子说跑了，扔下我们就走。你说，这日子可怎么过？”薛氏说着，眼泪吧嗒吧嗒掉下来。

金戈听罢，眉头立即皱起来，说道：“薛员外五十好几的人了，怎么还会上这种当？当真不值。林风林和薛月呢？”薛氏叹口气，说道：“他们追下去了，上月底风林回来了一趟，说是在西安见着他爹了，他爹死活不肯回来，风林和薛月在那里闹，结果，结果，嗨……”

风玲站在旁边，忍不住说道：“你就说吧，咱们是一家人，何况你们身负着重大责任呢？”

“薛月被桃花会抢去，风林也被打个半死，扔到山沟里，算他命大，被人救活了，捡回条命，正在西安打官司呢。他把那家妓院告了。你说，桃花会怎么这样坏啊，好端端的家被他们拆散了，唉，这个家算是完了……”薛氏说着泪水长流，用衣角沾了沾眼泪，“如今你也看见了，盖这么大的一个庄园，就我一个女人支应着，我天天烧香念佛，盼望着孩子他爹回来。你们来了，总算有个主心骨了，恩公啊，你们先把这里的金子、银票收起来吧，我老觉得有人巴头探脑……”

金戈盘算，靠薛氏建庄园肯定不行，弄不好还要搭上一条命。桃花会也真够坏的，居然能把薛员外骗走，还拐走了他的女儿，比刘三麻子还恶毒。

金戈命令杨伞召集工匠们，检查工程进度，并让杨伞通知华山派，让他们派人来监工。随后，金戈了解到，桃花会的宏旨按着一定路线行走。金戈决定，人马秘密启程，赶往桃花会下一个宏旨地点。同时托付华山派的两个弟子，前往西安寻找林风林，并要他们协助林风林排查桃花会的窝点，寻找金夫人。

这天上午，天空没有一丝云彩，太阳火辣辣地炙烤着大地。三辆马车骨碌碌驶进一个小镇，来到一家扎着柳条篱笆的小客栈。铁嘴华夫妇和金戈、凤玲下了车，分别走进几间土坯房子。金戈进屋就摊开了地图，正在查看，有人进来报告：“县城方向，来了十二顶轿子，黑色的轿子，还有两辆马车、几十个大汉，奔我们来了，距这里还有十里地。”

金戈道：“再探再报！毛四！”毛四立即迈步上前，抱拳道：“在！”金戈道：“立即叫杨堂主带人从刘家集回来，在镇东口待命，叫江堂主在镇西口待命。告诉他们，要分散行动，不得打草惊蛇！”

“是！”毛四答应一声下去了。

铁嘴华叼着烟袋走进来，进门就说：“我说，咱们村外解决算了，何必在大集上动手，惊动了官府可不好，虽说我们不怕事，但不是麻烦吗？”

金戈抬头道：“他们往回走的时候，咱们半路截击。我是想看看他们的宏旨，看他们怎么个宏法，能把几十年的老夫妻拆散。俗话说得好，知己知彼，百战不殆。”

长发婆也走进来，她看着铁嘴华道：“白耀华！你给我乖乖待着，我们看完了你再去，说不定他们真有迷魂药呢！”

铁嘴华道：“嘿！有迷魂药就不迷你了？看你说的，我是谁，我是铁嘴钢牙呀……”

长发婆下巴上扬，说道：“桃花会专迷男的，你没听说吗？抢女迷男！你懂什么！”

老两口正在争论，有人报告：“桃花会在西街口搭台子呢，有人敲着锣在集市上一边走一边吆喝，他们要在西街口宏旨。”

“知道了。”金戈看看铁嘴华夫妇，说道，“走吧，看热闹去！”铁嘴华看看长发婆，没敢动。长发婆欣然笑道：“走哇，看我干什么，你当你真是个宝贝呀，我才不稀罕呢！”铁嘴华蹦起老高，大笑着说道：“我当你真不叫我去呢！”

三个人说说笑笑，带着武徒们走出客栈。离开大门不远，武徒们慢慢散开，三三两两，奔向了镇西口。

镇西口锣鼓喧天。金戈来到跟前，只见一片空地上搭起一个两丈来宽的台子，台子前挤满了人。一个墙头旁有个干粪堆，金戈踩了踩，还算硬实，就招呼几人站了上去。金戈抬眼看去，台口安排还算气派，台脸上面挂了一个红布横批，上写“要解闷，桃花会”。台脸右边挂着条幅“桃花会女子天天配新郎”，台脸左边挂的条幅是“桃花会男子夜夜换新娘”！真是露骨。

随着咚咚呛呛一阵锣鼓响，从轿子里钻出几个半裸的女孩，上台舞蹈起来。几个年迈的丑鬼吹笙的吹笙，弹琴的弹琴，还有人拉着胡琴，一时靡靡之音大作。少女们光溜溜的后背、雪白的大腿、飞扬的抹胸，一时春光纷呈。台下的男人都亢奋了，一个个伸着脖子眯着眼睛，向少女身上的隐秘之处瞄来瞄去。

少女们配合着行云流水般的音乐婆娑起舞。长发婆用胳膊肘捅捅铁嘴华，说道："小心点，别把眼珠子看掉了！"铁嘴华说道："放心吧，长得结实着呢！你瞧，那个女孩子在流眼泪呢！"长发婆道："胡说！我怎么没看见？咦，居然是真的，老头子，你这老眼可真够贼的！"

一曲终了，上来一个穿得花花绿绿的半老婆子。她扭着微胖的身子，叉着腰，嗲声嗲气地说道："小伙子们听好了，我们桃花会没有什么夫妻之说，不分老少美丑，夜夜自由来往！男子不许独占女子，女子不许拒绝男人！真正是天天办喜事，夜夜换新娘！上天造就了男女，就是要人享受其中的乐趣。快快入会吧！"

一个光膀子的黑小子跳起来，指着一个少女，喊道："我要她，行吗？"婆子嘎嘎奸笑，说道："行啊，当然行了，你随便挑，你随便拣，我们会里的姑娘千千万，美貌的姑娘多的是，就怕你挑花了眼！老苍头！"一个抱着二胡的老头走出来，说："何大姑，何事？"何大姑说："你说说，你睡过多少姑娘了？"老苍头叫道："多少？哪有数啊，总有几千吧！"何大姑叫道："你这老家伙，比得上皇帝老子了，怪不得越活越精神呢！"

"皇帝哪比得上我啊，不就是三宫六院七十二嫔妃嘛，我们桃花会有成千上万的姑娘，可以随心所欲，哈哈……"老苍头咧着大嘴鼓动着。

"何大姑，那你呢，你睡过多少男人？"有人喊。

"那就更多了！我告诉你们，不是谁想入会我们都要，男的我们要年轻力壮傻大黑粗的，要丑的不要俊的，要有武功、有一技之长的，不管年龄大小。我们桃花会男的以丑为荣，女的以俊为先，不够标准的别起哄。愿意入会的，现在上前报名！"

五十二　杳无音信

“我报名！”呼啦一下，冲上好多人。丑陋的汉子们前扑后拥，立刻围住了报名的桌子。一些健壮的丑男被挑上了，他们立即扑上台，抱起少女就跑。选来选去，桃花会挑走了十几个人。

这时，一个三十多的女人疯了似的跑过来，冲进人群，大喊大叫：“孩子他爹，你可不能去呀，你走了我们娘仨怎么办哪！”

几个丑汉子挡住她，一个黑大汉慌忙向后台奔去。

一个七八岁的女孩领着一个更小的女孩跌跌撞撞地跑过来，嘴里喊着：“爹……爹……”

何大姑咧着瘪嘴又喊上了：“会武功的有没有？能工巧匠有没有？没有就散了，过了这个村，可没这个店了！”

木头架子拆掉，几个丑汉子拎小鸡似的把哭喊的女人拎走了，哭声渐渐远去。凤玲的眼圈红了，抬腿就要闯过去。金戈一把拉住她，使个眼色，悄悄离开了人群。

一个驼峰似的黄土坡，一片新月形的谷子地，夹着一条长蛇似的黄土路。岳武院的人马伏在土坡后，铁嘴华背靠土坡，吧嗒着旱烟。金戈和凤玲伏在土坡上，注视着土路的尽头。过了一会儿，桃花会人马来了，两辆马车、几顶黑色大轿、百十个奇形怪状的丑陋汉子，松松垮垮迤逦而来。到了跟前，金戈大手一挥："杀！"

霎时，杨伞和江中月带着两队武徒扑了出去，桃花会的队伍登时大乱。两队武徒前后夹击，眨眼间几十个色鬼见了阎王。何大姑和几个首领模样的色鬼见势不妙，转身就跑。凤玲早就按捺不住了，腾身而起，一步一蹿，两步一跃，箭似的射向前方。凤玲越过何大姑等人，藤蛟枪点地，一个鹞子翻身落在地面上，接着藤蛟枪前挺，扑棱一声，抖出斗大的一片枪花。噗噗噗，跑在前头的三个桃花会头头撞上了带着红缨的枪尖。何大姑见势不好，手拉半大袍子，扑通一声跪倒在地，抱拳大叫："大王饶命！大王饶命！"凤玲哪听她的叫喊，红缨枪一抖，啪的一声，抽了何大姑一个跟斗。旁边，铁嘴华和长发婆追上三个漏网之鱼，长发婆一刀刺进一个丑汉的后心，铁嘴华一掌拍烂一个矮子的脑瓜。剩下的一个色鬼吓得尿了裤子，被铁嘴华赶鸭子似的赶了回去。

刚加入桃花会的丑男们，混乱中死掉三个，伤了两人。那个抛弃妻女的黑大汉跪在俘虏中，筛糠似的哆嗦着。凤玲走上前去，啪啪狠扇他几个嘴巴，怒道："滚蛋！回家看你老婆女儿去！你要再敢抛妻弃子，我剥了你的皮！滚！"

长发婆斥道："你以为你入了会真的天天做新郎？想得美！桃花会招的是龟奴，是打手，给你们一些残羹剩饭吃就不错了，少做美梦吧。"

"天天练"结束后，武徒们支起帐篷，开始审讯俘虏。过了半个时辰，几位头领登上四轮车，禀报审讯结果。杨伞道："我那边的俘虏们所知不多，他们是桃花会红叶庄园的宏旨队，红叶庄园是桃花会的一个训练庄园，里面有三四百丑鬼正在接受训练。红叶庄园在西安的东北方向，离此地八十余里。西安城里除了官商勾结的两所妓院外，其余的六所妓院都是桃花会开的，名字都带个‘花’字，如荷花楼、梨花院等。另外，桃花会在西安城里，还有两家赌场，也带‘桃’字。我问了半天，他们都说没见到过姓夏的中年美妇，也没听说过这样一个人，他们说几个月前江南分舵来人寻找过。”

江中月咳嗽了一声，说道：“我们审问了一个老苍头，也没审出什么，情况差不多。不过，他说，桃花会的舵口在西安北郊，在一个很大的树林里，叫作柳树山庄，他没去过，只是听说。”

凤玲接口道：“我和毛四、傻蛋一起审问了何大姑，这个刁婆子滑得很，绕来绕去不说正题，还打听我们的来历，磨了半个时辰的牙，我毙了她。剩下的几个女孩，都是抢来的，五个来自江南，三个来自关外，还有一个来自四川。桃花会真够损的，抢来的女孩子南北掉换、东来西去，这些女孩子离家几千里，两眼一抹黑，跑也不敢跑，走也不敢走。有六个女孩愿意留在岳武院效力，几个愿意回家，请院主拿个主意。”

金戈目光扫过众人，商量道：“我看先带着她们，事情完毕，愿意走的发盘缠，愿意留的，拣态度坚决的留下几人。能回家的，还是尽量让她们回家。”

铁嘴华晃晃秃脑袋，说道：“我说，让她们自个回家？兵荒马乱的，怕是连一半也走不到家乡，还是带回去吧，有空派人送送她们……”

金戈手指敲了敲箱子，说道：“好吧，那就派人送送。”

铁嘴华举起旱烟袋，同时转脸道：“这叫为人为到底，送人送到家……我说，对不对夫人？”长发婆笑笑，揶揄道：“对，铁嘴华说的哪能不对？”

大家都笑了，金戈道：“就这样定了，麻烦铁嘴华看护这些姑娘。”

“啊？我看护她们？”铁嘴华顿时目瞪口呆。

金戈嘴角上荡起了笑意：“动身吧，咱们连夜起程，突袭红叶山庄。”

红叶山庄占地数十亩，是个大庄园。晨光熹微之时，岳武院的人马来到庄前。带队的俘虏叫开了庄门，岳武院的勇士们迅速扑进去。金戈、凤玲、铁嘴华、长发婆带领卫士们中间突破，杨伞和江中月带着两队人马左右奔袭，三支人马潮水般漫延过去。没有喊杀声，偶尔有轻微的噼啪声响起。队伍推进过半，敌人惊觉了，霎时间杀声大起。金戈一摆单刃枪，吼道：“杀！”

铁嘴华和长发婆一跃而起，凤玲提枪飞奔，卫士们呼啦一声两面散开，扇形推进。正在此时，过道里奔出三个色鬼，凤玲一声断喝：“看枪！”红缨枪扑棱一声出了手。转眼间，一个色鬼肚子中了枪，手中的钢刀落地，一个色鬼抬着两只手，低头看着流血的胸脯，缓缓跌倒了，还有一个色鬼，被枪尖划破了腮帮子，捂着脸一步一步向后退去。

众人追着受伤的色鬼穿过一道月亮门，看到了十几个衣着不整手拿兵刃的色鬼，他们大喊着向前扑来。

铁嘴华摇着烟袋晃着脑袋喊道：“来得好！来得妙！你们都闪开，该我开荤了，闪开！我说，你们还不跪地受死，更待何时？”

凤玲藤蛟枪举起，当先的色鬼也刹住脚步。他一摆手中厚背大砍刀，叫道：“你们是什么人？知道不知道这是什么地方？竟敢捋桃花会的虎须，活得不耐烦了？”

“哈哈！大爷打的就是桃花会，不是桃花会还不打呢！”铁嘴华话落身起，一晃身形蹿到近前，啪的一掌，这个色鬼没看清手掌怎么扇过来的，已被抽中，身子登时飞了出去。长发婆跃步前扑，身前洒下一片刀光，飞起了一片血雨。接着凤玲和毛四等人相继出手，霎时间乒乒乓乓扑哧扑哧响声四起。凤玲刺死了一个色鬼，转目再看，色鬼们稻草个子一样横七竖八地躺了一地，一动不动了。她咦了一声，叫道："这么快，都宰了？"

傻蛋嘟囔道："都没给我留一个，我，我……"

铁嘴华呵呵大笑："我什么我，留什么留，收拾这些臭鱼烂虾就得抢！晚了你还摸得着？老太太上鸡窝——笨蛋！"

傻蛋摸了摸脑袋，拔腿就跑。凤玲也是一跃而起，提着枪向前奔去。金戈看着凤玲的身影，心道："凤玲武功大进，是岳武院的高手了。她有着坚强的毅力、狠辣的手段，对自己狠，对敌人狠，是员虎将。可是，她怎么上了梁丫的当？"

战斗结束了，金戈看着这所偌大的庄园，不知如何处理，烧掉可惜，不烧，又没有力量保护。金戈征求众人的意见，铁嘴华说："烧！不烧还是桃花会的，如果像割韭菜一样，割了一茬又一茬怎么行，烧，烧了松心！"

长发婆看了看金戈，目光中流露出一丝惋惜之色，轻声说道："烧了可惜，不烧我们又没有办法保护它，与其让敌人利用，真不如烧了。"

铁嘴华道："烧！婆婆妈妈什么！"

凤玲看着金戈的脸，柔声道："你们先休息一下，我出去看看，有些东西可以送给周围的老百姓，搬不动拿不走的，就烧了吧。"

金戈点了点头，看着凤玲道："好，尽量拿出一些东西，散给周围的百姓，你去安排吧。"

中午，红头涨脸的凤玲跑进来，进门就说："都搬出去了，没有什么好东西，刀枪剑戟倒是不少，都毁了。还有些米面、被褥，扔出去了，这个山庄是个驴粪球，外面光。"她眼睛眨动，笑吟吟地说道，"你猜，我们消灭了多少色鬼？"

金戈放下茶碗道："多少？二百来个？"

凤玲摇头："不！少！再猜！"

金戈笑了，眯着细眼道："三百？"

凤玲仰起脖子，笑道："少！"

金戈身子往后一靠，懒洋洋地说道："怎么也到不了五百吧？"

凤玲开心地笑了，隐藏在嘴角边的那颗虎牙露了出来："你猜对了！四百大几呢，将近五百人！"

"好家伙！还真是他们的训练场！"

半夜过后，西征的队伍出发了。庄园里烈焰蒸腾，照亮了散落在路边的大小衣柜和草丛里五颜六色的被褥，给冒着黑烟的庄园镶上一道灿烂的花边。

队伍奔向西北，金戈决定去找那片柳树林，奔袭桃花会的西北分舵。金戈心里盘算着："我们要连续奔袭，动作要快，要打他个措手不及！"金戈拉开窗帘，命令道："通知江堂主，加快速度！"

一个黑影答道："是！通知江堂主，加快速度！"

"驾！驾！"外面传来清脆的喊喝声，车厢晃动起来。金戈坐在罗圈椅上，正在闭目沉思。一阵颠簸，金戈睁开了眼。凤玲看见金戈醒来，犹豫着道："金大哥，我想练练'九转迷魂步'，行吗？不会有危险吧？"

金戈眯眼看着凤玲，说道："你背过来了？"

凤玲低声道："是。"

"你怎么看得懂那些文字？"

凤玲犹豫了一下说道："小姐时不时念叨一四七、二五八……我按着这个口诀，就看明白了，就是好奇，才……"

金戈明白，这是自己的错，不教给蒋忠、凤玲柔功，就没有岳武功的被盗。不让凤玲进入秘洞，梁丫就不会奸计得逞。金戈懊悔了一阵子，叹道："'一练气，二练柔，三练步法和骗术'是岳武功总纲。只有练好了第一阶'三步追风'和第二阶的'六步摇柳'，才有可能练习第三阶的‘九转迷魂步’‘三步追风’和‘六步摇柳’练不到炉火纯青，不能练习，练之有害无益。”

凤玲忽闪着圆眼说：“那你呢？我觉得我的柔功比起你那时，也差不多了……”

“我那时也是强练，所以心火不退。”金戈想了想，道，“你可以绕过第七步，先练第八步的绝招。第七步还是别练了，等我好好研究一下，想出万全之策后你再练。绝招练会后，不到生死关头，不可使用。这种招式是狼吃狼，冷不防。一旦传出去，敌人有了防备，就不灵了。而且，一旦使用，必须杀人灭口。‘九转迷魂步’还是等等吧，你和岳霞、蒋忠等人一样，腰不是很细，即使柔功练好了，也难做到风摆杨柳，蛇动而行。‘九转迷魂步’的腰功极为重要，强练必有隐患。唉，梁丫就不同了，这个倭寇的腰很细，肯定能把‘九转迷魂步’练得流畅无比。不过，他也难逃内火焚心的煎熬。可惜，‘九转迷魂步’要流失海外了，嗐，我真是愧对岳氏祖先啊。”

眼白里带着一些血丝的凤玲噙着泪花，揪着头发道：“都是我不好，我……”

金戈一摆手打断凤玲的话，沉声道：“‘九转迷魂步’乃旷世奇学，岳家几代人为此呕心沥血。你不能传给任何人，包括自己的亲人。没有我的许可，你不能练习，你必须牢记在心！如有再犯，定斩不饶！”

“是，是，我发誓不传任何人了。我终身不嫁了，终身服侍你和小姐！我不会有别的亲人了，未经许可，我绝不练习！”凤玲声音里有些凄凉，有些悲伤，还有些无奈，“谢谢大哥对我的信任！”

金戈叹了口气：“你虽有错，我还是信任你。人非圣贤，孰能无过，知错能改，善莫大焉。但是，一定要秉持精忠报国之心，坚持文死谏、武死战之魄，要防微杜渐。”

凤玲点点头，轻声道：“是，凤玲记下了，绝不敢忘。”

中午时分，马车还在快速前进，金戈忽地一跃而起，掀开窗帘大叫：“快，打马右前方，那里有人厮杀！”凤玲圆眼一睁，惊道：“怎么了？”金戈竖着耳朵说道：“五六里外有人厮杀，人数众多。可能是江堂主和敌人遭遇了！”

马车跑了一阵，凤玲也听到了喊杀声。一匹快马回来报告：“前方柳树林后面有个庄园，门前有人厮杀，江堂主已经赶去了！”

金戈挺身道：“传令后队，快速跟进！”

“是！传令后队，快速跟进！”

金戈跳下马车，向前奔去。铁嘴华夫妇也听见了喊杀声，双双赶来。穿过一片树林，一座庄园出现眼前，几百人正在门前混战。江中月红头涨脸地跑来，大声道：“院主，桃花会正和村民械斗，村民已经死伤了不少，但仍不后退，听！他们女儿女儿地叫呢……”

金戈看见村民不断地倒下，立即打断江堂主的话，命令道：“冲过去！杀色鬼，保护黎民百姓！快！”江堂主闻言转身就跑。他一边跑一边喊：“杀色鬼，保护黎民百姓！”

金戈和凤玲、铁嘴华、长发婆飞扑过去。

庄园不小，看不到头的蓝瓦红墙连着一个拱形的石头大门。汉白玉台阶上站着一排丑陋的大汉，他们身前摆着三把椅子。三个人大模大样地坐在椅子上。左边座上是个白面小伙，右边座上是个中年美妇，中间罗圈椅子上坐着个尖嘴猴腮身形瘦小的中年汉子。看庄园的规模和观战人气定神闲的样子，这里八成是桃花会的西北分舵了。金戈心中暗喜，心道：“太好了！莫非这个猴头猴脑的家伙就是桃花会西北舵的舵主？”

猴头人大喊一声，立刻奔出十来人，扑向金戈等人。金戈腾身而起，单刃枪黑光一闪，扑哧扑哧几声，几具死尸摔倒地面。金戈、铁嘴华、长发婆、凤玲四人，就像一艘正在航行的巨轮，犁开了层层波浪，继续向前。

“哎哟！”猴头人惊叫一声站起来，右手一拄椅子靠手，猴眼瞪向大步走来的四人。这四个人二男二女、二老二少，为首是一个瘦长的青年，手持单刃枪直刺斜砍，势不可当。这人是不是传说中的岳武院新任院主岳金戈？他左边的秃顶老头，是不是黄山白神庄的当家人铁嘴华？哎哟，他们怎么跑到西北来了，不会吧？猴头人正想着，又有十几人扑上去，稀里哗啦一阵响，上去的人都趴下了。桃花会的这些爪牙哪是这几位的对手。这几位是谁？金戈和铁嘴华是武林“四大高山”中的两大掌门，长发婆和凤玲也是大明武林名列前茅的两大高手。他们消灭这些虾兵蟹将，真是易如反掌。顷刻之间，这四人就来到了台阶前。站在椅子前的猴头人嗷的一声怪叫，噌地转了一圈，啪的一声，一只脚踏在椅子上。他瞪着三角眼，咧着黑乎乎的嘴唇叫道：“什么人？来者通名！”

金戈没理他，回身看了一下身后的战场。江中月和毛四已经带着人马插进来，一片红缨枪逼住了刀剑乱舞的色鬼。金戈沉声道：“岳堂主、英护法，请你们去帮帮江堂主，宰了那帮兔崽子！”

猴头人哇哇暴叫，撤回猴脚一个劲地蹦高。金戈安排完毕，这才对猴头人说道：“叫唤什么！你们是什么人，敢在光天化日之下胡乱杀人？”

猴头人一拍大腿，叫道：“嘿嘿，杀人？大爷们正在捏蚂蚁踱臭虫！哼哼，告诉他，让他知道知道大爷们是干什么的！”

一个黑大汉向前一步，喊道：“要解闷，桃花会！这里是桃花会的西北分舵，这位是副舵主长手猴祝方！你是什么东西，敢在虎口里拔牙？还不叫他们住手！”

这时，杨伞带着五十个武徒赶到了，这五十条汉子犹如五十只下山的猛虎，呼喊着扑上来。村民们看见一群大汉冲过来帮着自己，更加群情激昂，手中的镰刀铁叉一挥，又扑上去。顿时，大门前打成了一锅粥，呐喊声、哀号声响成了一片。片刻后，嘈杂的声音远去了，大门前留下了一堆尸体、一片血泽。

长手猴的脸绿了，三角眼滴溜溜乱转。他看了看逃回来的几个色鬼，看了看挺立台阶前的金戈和铁嘴华，颌下几绺稀疏的山羊胡子簌簌颤抖起来。

这时候，铁嘴华抬头向天，纵声大笑："知道大爷我是谁吗？猜猜看，不知道？哈哈，我，黄山白神庄，白耀华是也！"

这个猴头已经猜得差不多了，但听了铁嘴华自报家门，还是吃了一惊，叫道："黄山白神庄？武林'四大高山'之一的黄山铁嘴华，铁嘴钢牙白耀华？你是铁嘴华……"

"这位，"铁嘴华手中的烟袋指着金戈，"大明嘉靖二十八年进士，皇封六品，武夷山岳武院院主，岳金戈是也！"

"金钱豹子岳金戈？文武双骄金文杰？"

金戈纳闷，自己什么时候成"文武双骄"了？什么时候成"金钱豹子"了？金戈心说不管这些，先拿住这个家伙再说。

猴头祝方一个筋斗翻下椅子，侧身弯腰，对一个大汉耳语了几句。大汉看了金戈一眼，慌忙向院里跑去。金戈知道大汉叫人去了，心想："都来了才好呢，省得费力搜寻。"

长手猴祝方挺起胸脯，叫道："岳金戈，你敢不敢下场，和我赤手空拳比划比划？看看你金钱豹子厉害，还是我长手猴手黑！听说你用麻药麻翻了麻脸魔，使的全是诡计！来来来，咱们真刀实枪地练练！大爷我空手陪你走上三百合！"说着，他晃着膀子走下台阶。此时再看长手猴，更像个猴子了，他身长不到五尺，两手竟然三尺有余，猩猩似的扭着葫芦腰。

金戈把单刃枪往地下一戳，坚硬的地面立即迸裂，噗的一声，枪杆入地一尺多深。剩下的七尺枪身嗡嗡作响。长手猴吓了一跳，立刻止住了他晃悠的猴步。

脚步杂沓，院子里跑来一百多个丑鬼。这些丑鬼老幼都有，兵刃也是五花八门，看样子西北舵的人马全出来了。

“我来！”白面青年一看援兵来到，一长身形站起来，傲然道，“祝副舵主请回！杀鸡焉用宰牛刀，让小弟来收拾他！金戈，你站直了，立稳了，听好了！本公子是秦岭一只虎徐斌，西北道上的朋友抬举我，叫我秦岭坐山虎！俗话说，强龙不压地头蛇，猛虎不出高山岗！你们跑到陕西干甚来了？这是你等撒野的地方吗？让我坐山虎徐斌教训教训你，让你知道钉子是铁打的！舵主请回，看我坐山虎咋个收拾他！哇呀呀！”

要不说树林子大了，什么鸟都有，世界上真有人是笨死的。徐斌看不出眉眼高低，这只瞎眼虎要送死。长手猴看见台阶赶紧下，晃晃悠悠地退回去了。

铁嘴华看看长发婆安然回到身边，看了看眼前的坐山虎徐斌，摇摇头说道：“我说，你小子是桃花会的吗？不是桃花会的趁早滚蛋！怎么？想傍狗吃屎呀？你看看，他们个个都牛鬼蛇神似的，你瞎掺和什么？屎壳郎下山——滚球吧！”

坐山虎徐斌道：“铁嘴华，你少逞能！别人怕你们四大高山，大爷我不怕！不瞒你说，前两年我就想登门讨教，只是一来没空，二来路途遥远，一来二去耽搁下来。现在好了，你自己送上门来，在下求之不得。名气大的屎包我见多了，没有一个有真才实学，但愿你还有两下子，不要让在下失望才好。再说了，在下和桃花会有盟约在身，你们前来挑衅，我坐山虎岂可坐视不管。”

“还我的女儿！强盗，还我那一对十三岁的女儿！”一个女人哭喊着扑出来，扑通跪倒在地，跪行到铁嘴华跟前，抱着铁嘴华的双腿哭道：“大爷！大爷！救救我的女儿吧！我的一双女儿才十三岁呀！大爷，你救救她们吧……”

身后，女人们哭声震耳，呼啦啦，跪倒了一片。她们纷纷双膝当脚，跪行向前。嘶哑的嗓子里发出了痛楚的哀求：“救救我们的女儿吧！救救我们的女儿吧！”

男人们则是咆哮如雷，声音里充满了愤怒：“打死他们！扒了他们的狗窝！砸烂他们的狗头！”

原来，这是米脂县的爷们婆姨们，那是个出美女的地方。俗话说“米脂的婆姨绥德的汉”。桃花会年年来米脂县抢人，抢得村民们都怕了，组织了救助会应对。但是，救助会还是护不住他们的女儿，让桃花会抢走了四十多个女孩，打死了十几个村民。乡亲们急了，跟着救助会的头领，抱着必死的决心，一路追来。桃花会也想把救助会的成员一网打尽，因此双方发生了血战，幸好岳武院人马赶到，不然村民要吃大亏。

铁嘴华拉起脚边妇人，朗声道：“乡亲们，起来吧！往后退退！往后闪闪！我们是武夷山岳武院的人马，是专门杀倭寇，灭黑帮的武林人。你们的血债，我们一定帮你们讨还！你们先退到后边去，看我们怎么收拾这帮兔崽子！”

长手猴跳起来，喋喋暴叫：“穷小子们，算你们有运，不是半路上杀出个程咬金，你们早被扔到河里喂王八去了！等会儿我再收拾你们！金戈，坐山虎等你半天了，怎么着？不行就磕俩头，滚蛋算了！”

这时，坐山虎徐斌也看出一些眉目，觉得情形不对，眼前这个叫金戈的年轻人稳如泰山，眼中精光四射，似乎蕴藏着巨大的能量。他后悔自己脑袋一热，跑出来打头阵了，再看看金戈手下的这些人，个个昂首挺胸，人人眼放精光，他本人还能差得了？想着想着就往后退，但是听见猴头叫阵，又止住脚步。练武的人讲究面子，讲究宁死不屈，他只好抖起精神，继续叫阵：“怎么着？不赏脸？”

这时，凤玲抖动掌中藤蛟枪，大步走出来：“呸！你是个什么东西，也配向我们院主挑战！让我打发你！来，过来纳命吧！”坐山虎喜出望外，心道：“太好了，收拾这小丫头片子，还不是手到擒来？嘿，好！”立即大咧咧地说道：“小丫头，你姓甚名谁？敢是抢着投胎吗？”

凤玲胸脯挺起，话语带着一股凛然之气脱口而出：“院主岳金戈的贴身丫头，岳凤玲就是我！看枪！”凤玲前跃，扑棱就是一枪。坐山虎吓了一跳，连忙后退。没承想一只脚落到台阶的棱角上，身子一歪，差点摔个跟斗，众人哄的一声大笑。再看凤玲，挺枪而立，并未进击。铁嘴华哧哧冷笑，说道：“我说，回家吃奶去吧，少凑热闹。看你的德性，真是白披了一身人皮！你说你傍狗吃屎图个什么？”

“拿戟来！”坐山虎恼羞成怒，脸色阴沉下来，恶狠狠地瞪着凤玲。凤玲也怒目圆睁，狠狠地盯着对方，四只眼睛较起劲来。金戈知道凤玲素来眼硬，只见凤玲的眼睛铃铛似的，一眨不眨，狠狠地瞪视着坐山虎。这时，两个色鬼抬来一柄丈二长的方天画戟，坐山虎这才借机收回他酸疼的目光。

铁嘴华用胳膊捅捅金戈，小声说：“好家伙，这柄铁戟怕有四五十斤，够凤玲一呛，她接得下来吗？我说，要不叫她回来，我上？”说完就要迈步。金戈伸手拦住，说道：“别急，你我做好接应的准备，看看再说。凤玲能行，她下过苦功，就在路上，她也是一刻不停地苦练，应该行！”

铁嘴华摇头道：“好，那就准备吧。不过，打起来瞬息万变，来不来得及就难说了……”

这时，凤玲跃起，掌中的藤蛟枪犹如一条灵蛇，蹿腾跳跃。坐山虎也不愧西北道上的青年俊杰，方天画戟舞动起来，嗖嗖作响。转眼之间，几十个照面过去，金戈脸上露出笑容。原来，凤玲已经攻多守少，掌中藤蛟枪挂动了风声。这时，凤玲掌中藤蛟枪啪啪几声连响，一枪扎额头捎带两肩，一枪刺双腿忽射小腹，一枪“怪蟒翻身”刺咽喉。

“好！好！”一片喊好声。

坐山虎左挡右架，汗珠冒出来，心想：“我要是战不下一个小小的丫头，坐山虎还能在西北立足吗？豁出去吧！”心念及此，立即使出“霹雳三式”。“霹雳三式”是他看家的本事，出道以来只用过一次，而且见过此招的人已经魂归故里。因此，“霹雳三式”一出，顿时风云变色。一招“大漠飞沙”横扫而来，一招“黄风卷地”猛击过去，接着一招“春潮带雨”斜飞而起。方天画戟一招快似一招，一招紧似一招，戟尖上传出嗡嗡之声，似春雷滚动，似大潮奔袭，似狂风怒号。凤玲银牙紧咬，藤蛟枪毒蛇般蹿跃，左右搏击。

“好！”台阶上的色鬼们鼓噪起来。

“不好！”铁嘴华叫道，“有进有退才好，岂能一步不让！”

砰砰砰！又是数枪几声连响。只见凤玲鼓着腮帮子下砸上挑，竟然一步不退。凤玲身上热气蒸腾，藤蛟枪吞吐闪烁，身形变幻无方。忽然，坐山虎又一招“黄风扫地”击来，凤玲左手拉，右手推，一招“划削开花”呼的一声击出去，只听当的一声脆响，藤蛟枪荡开了方天画戟，接着枪尖一昂，嗖的一声，直奔坐山虎的颈嗓咽喉。坐山虎身子一仰，使了一个“金刚贴板桥”，躲过凤玲致命一击。凤玲垫步向前，跃到坐山虎近前，藤蛟枪突突一阵连刺，坐山虎连忙侧身翻滚，方天画戟当啷掉落在地上，跟着身子连串翻转起来。

“好！”金戈大喊出声，给凤玲加油。

这时候，人们都伸长了脖子，盯着这场精彩的决斗。凤玲进步摇枪，枪尖寒光四射如同雨打梨花。坐山虎半蹲在地，一只手抓着戟杆，一只手拨打藤蛟枪，左翻右滚，如同猴子翻身鲤鱼打挺。他一张脸涨成紫茄包子，站都站不起来了。

中年美妇看出不对，忽然甩出一支袖箭，射向凤玲。铁嘴华冷哼一声，腾身而起，手中烟袋一挥，啪的一声，袖箭呜呜叫着激射而回，吓得中年美妇哗啦一声撞翻椅子，跌落在地。长发婆呸了一声，说道：“偷袭！不要脸！”中年美妇翻身站起，回骂道：“偷汉子的东西，以为我不知道你？破货你过来！让姑奶奶教训教训你！”长发婆骂道：“嘿，你个千人骑万人压的烂货，也敢说嘴……”

这边两人骂着，凤玲已经取得了胜利，凤玲的第一枪刺中了坐山虎的右眼，坐山虎双手一捂眼睛，凤玲的第二枪扎进了他的胸膛，第三枪又穿破了他的肚子，扑哧一声，坐山虎口吐鲜血，成了坐地虎。

片刻后，凤玲身后响起了雷鸣般的掌声。

这时，长发婆已经来到场子当中，她甩开了铁嘴华的阻拦，手捧着长把柳条刀，傲然而立。

“臭婆娘，你是谁？报上名来！本婆婆不杀无名之鬼！”长发婆大声道。两人对骂了半天，长发婆还不知道对方是谁。

中年美妇扭着蛇腰走出来，冷然道：“姑奶奶我是桃花会西北舵绣花楼楼主，人称黄蜂娘子的刘金花是也！长发婆，你放着你的黑旗船船主不当，做什么岳武院的护法？自甘下贱，自贬身份，何苦来哉？你呀，不如还去盗你的宝，我呢，继续偷我的柳。你说你折腾半天，什么也得不到，担个虚名有个屁用？什么大侠小侠，顶饭吃，还是过干瘾？回去算了，省得一条命丢在西北道上，变成孤魂野鬼！”

长发婆呵呵大笑，说道：“你们是什么东西？一群乌七八糟的破烂货、采花盗柳的淫贼！呸！下来领死吧！”

金戈看着黄蜂娘子，此人四十多岁，肩宽胸大腰肢细。心想，此女既叫黄蜂娘子，暗器一定厉害，低声喝道：“小心她的暗器！”

铁嘴华再次上前，摇晃着秃脑袋，挡在长发婆身前，大声道：“我来对付她，让我拔了她的蜂刺，拆了她的骨头！”

黄蜂娘子冷笑一声，缓步走下台阶，撇着嘴说道：“你们俩一块上吧！没羞没臊的，老不正经的东西，巴结个什么劲？打不打？不打就滚回去，姑奶奶没空听书看戏！”

“去去！没你的事！”长发婆推开铁嘴华，伸手解开三千青丝长发的束带，叫道：“来吧，下来领死！”

黄蜂娘子嘿嘿一笑，说道：“不打馋的，不打懒的，专打不长眼的！告诉你，我的袖箭和黄蜂镖都带着剧毒，西藏天蝎毒，我可没解药，据说天蝎毒无人可解，我刚刚炼好，你就赶上了，正好拿你来试毒！我先告诉你，省得走在阴间路上埋怨我，来吧！”还没打，她先吓唬上了。还别说，铁嘴华听到此话，出气的声音都粗了。要让他上去，他二话没有，吓唬他，屁事不顶。让他观战就不行了，这叫关心则乱。

“少废话！来吧！”长发婆双手抱刀，典型的倭国刀客起手式。铁嘴华在岳武院曾经向金戈简单描述了一下，说长发婆被梁丫抓住后心情不佳，她和梁丫似乎有些瓜葛。现在看来，长发婆不是中原人的可能性不小。金戈想：“不管她是什么人，只要抗击倭寇、精忠报国，都是自己的亲人。”

厮杀开始，长发婆极其聪明，一上手，就发动了攻势。一刀一刀又一刀，刀刀不离黄蜂娘子的要害。刀光滚滚，光华闪闪，逼得黄蜂娘子滴溜乱转。黄蜂娘子左手成拳，握着一把黄蜂镖，右手抓着一个亮晶晶的钢圈。她左右两手都戴着鹿皮手套，看样子毒镖没有解药的说法可能不假。她挥舞着钢圈，上封下挡，穷于应对。长发婆双手握刀，刀法干练明快，刀刀狠辣，刀刀简捷，加上她学会了全部的白神掌，长刀之上已经泛起了淡淡霞光。长发婆的步法也颇为灵动，前进后退，左闪右避，全是蹲身滑步。正是静如处子，动如脱兔。

长发婆连连进击，黄蜂娘子团团乱转。她左手的拳头始终不开，她在寻找机会，她知道，一击不中，必然命丧刀下。她拳头里攥着五六个蜜蜂大小的黄蜂镖，此镖限于她的功力，几步之内效果最好。

可是，长发婆的长刀太厉害了，几十招过去，她始终没有腾出手来，始终穷于应付。长发婆的三千青丝荡来荡去，瀑布一样披在身后，身形无比潇洒。这时，刀光越来越盛，再不出手，恐怕连出手的机会都没有了。黄蜂娘子银牙暗咬，心说："不是你死，就是我亡！豁出去了！"突然大叫一声："看打！"

忽然，长发婆头一晃，三千青丝犹如一蓬巨大的拂尘向前抽去，呼的一声，风卷残云，十几枚黄蜂镖斜飞而去。接着长发婆一跃而起，刀走人飞。只见一道耀眼的光华从天而降，就像漆黑的深夜里亮起一道巨大的闪电，倏忽而灭。双方观战的人闭眼的闭眼，低头的低头，突闻一声呛啷啷脆响。众人睁眼再看，只见黄蜂娘子的钢圈落地，黄蜂娘子的头颅带着半截肩膀从身上离去，鲜血喷起半人多高，尸体呆立片刻，轰然倒地。

啊的一声惊叫，人们呼啦向后退去。良久之后，爆发出一阵掌声。

长手猴的脸绿了，他牙齿咬得咯吱吱响，一声大吼："该我了！"说着双手互搓，一步一步走下台阶。

"好！"金戈胸膛挺起，傲然道，"你的末日到了，俗话说，不是不报，时辰未到！来吧，和你的同伙结伴而行！"

长手猴晃悠着毛茸茸的大黑脑袋，一副胸有成竹的样子。铁嘴华抢先一步，叫道："我来！让我来修理他！"金戈摆摆手，笑道："杀鸡焉用牛刀！您老就站着看戏吧！"

他俩正说着，长手猴突然飞身而起，扑向了村民。登时，他就像一只老虎扑入羊群，村民们呼啦一声跌倒了一片。只见长手猴连拍带打，冲开一条血路，从人群里穿越过去，奔向了马群。一百多匹战马分成两群，长手猴向着左近的一个马群饿虎扑食般扑了过去。

"不好，这小子要逃！"金戈大喊一声，双手一振，呼的一声蹿出去。风玲看了一眼远去的金戈，藤蛟枪一挥，喊道："杀呀！"领着众人冲向了大门。铁嘴华看见长手猴已经远去，骂道："真狡猾，声东击西，真不是个东西！"骂完，也冲向大门。

长手猴手臂连挥，毙掉一个看守马匹的武徒，飞身上马，驱赶着群马，向东奔去。金戈迈开长腿，猫腰紧追。

马群奔驰，蹄声雷动。长手猴骑在马上，吱吱叫了几声，他后背的布兜里蹦出两只棕色的猴子，长手猴吱吱叫着，说着猴语，两只棕猴，在马群的马背上翻腾跳跃，驱赶着马群。马群疯了似的狂奔，霎时路上烟尘滚滚，蹄声雷动。马背上的长手猴得意非凡，嘿嘿奸笑，喊道："明修栈道，暗度陈仓，本舵主去也！嘿嘿……"他的笑声忽然戛然而止，他看见，几丈之外，金戈正大步流星赶来。

金戈咬牙飞奔，宛若一头猎豹，以令人不可置信的速度追上来。长手猴狠狠拍打着马的肋骨，嘴里吹响犀利的口哨。两只棕猴在马屁股上乱抓乱挠。战马脖子伸得笔直，鬃毛飞起，就像一团怒吼的乌云，呼啸而去。

金戈暗中加劲，一步五尺，两步一丈，就像一抹流虹飞驰而来。

唏律律一阵嘶鸣，马群拐进了树林，原来前面的道路被三辆四轮马车堵住了。金戈借机三蹿两拐，奔到马群后。忽然，金戈看见两只棕色的猴子蹲在马背上，龇着牙，咧着嘴，瞪着血红的眼睛，恶毒地看着金戈。

金戈接近了几匹战马，抖手一扬，砰的一声，天龙爪飞了出去，他抓住了一匹黄骠马的马鞍，金戈顺势而起，一个"鲤鱼跃龙门"，呼的一声落在马背上。两只棕猴吱的一声，一起扑来。金戈一个缩肩塌背，双掌左右翻飞，两猴各挨了一掌，吱的一声跃了回去。

这两只棕色猴子名叫倭蜂猴，俗称倭猴，好吃五毒，蝎子、蜈蚣、毒蛇都是它们的美餐。它们产自西南边陲，表面上萌萌的憨憨的甚是可爱，却阴狠无比，时不时暴起伤人。这两只倭猴也是猴头祝方的眼珠子，疼爱得不得了，桃花会的会首驮龙神魔想要他的猴子，他誓死不应，驮龙神魔见他视猴如命，这才打消了念头。这两只猴子平时趴在长手猴祝方背上的布兜里，对敌之时，会自动出来帮助主人。猴子至毒，给它们咬上一口，立即毙命。虽说祝方这几年研究出了解药，但若被它们咬了，即使涂上解药还要大病一场。

金戈收起天龙爪，从黄马背上跃到红马背上，再由红马背上落到青马背上，几个起落，已经来到马群中间，这时马群也奔回大路。长手猴再也坐不住了，也跃上马背。他被称长手猴，轻功自然厉害。他转过身来，双手各有短刀在握，恶狠狠地看着金戈，任由马群向前奔驰。

两只猴子，一左一右蹲在两匹马上，跟随着金戈，好像它们也懂得战术，四只猴眼滴溜乱转，伺机夹击。突然，两猴吱地一叫，一跃而来，一个落在马头上，一个落在马屁股上。金戈看得真切，滴溜一个扫堂腿，接着双手一按，身子落向旁边的骏马。两只倭猴躲过金戈的双腿，腾空一跃，又向金戈扑来，金戈吐气开声："下去！"双手白光闪烁，一招"夜战八方"，两猴嗷的一声逃走了。金戈双脚一点马背，身子怒鹰似的在天空盘旋一圈，两枚凤尾镖随即出手了，噗噗两声，两只猴子吱的一声惨叫跌下马去。

长手猴祝方一见倭猴落马，大叫一声滚下马背，双手左右开弓，连毙数马，抱起了两只倭猴。金戈骑着马跑出老远，这才圈回了马群。

长手猴抱着倭猴，眼泪长流。金戈来到跟前，他竟一动不动。金戈手持凤尾镖，站在他身后叫道："长手猴！你可愿意投降？"

"我的倭猴！"长手猴大叫一声，眼珠子都红了，金戈道："何去何从，给句痛快话！"长手猴祝方只管喊道："我的倭猴！我的倭猴！……"

金戈说道："猴子可以救活，只是……"

"什么？它、它、它们没有死？"

金戈道："我看这两只猴子通灵性，用毒药镖打了它们，应该有救！这是药丸，白的捏碎涂抹，红的内服！”

金戈抛去药丸，长手猴迫不及待地弄碎，给它们涂上，又捏开猴子的嘴，喂下药丸。片刻之后，两只猴子有了动静。长手猴转过身来，一揖到地，说道：“祝方从此退出桃花会，远走他乡。”

金戈问道：“我问你，你们舵主何在？你们可知道夏秀梅的去向，她是一个漂亮的中年妇女，面貌比……”

“你是问你的母亲，不用解释了，现在，桃花会上下动员，正在查找你母亲，我们拷问了不少地痞流氓，没有得到确切的消息。前几天，我们抓了几个人贩子，他们经常贩卖人口，被关在后院里，正在审问。你自己去看吧，或许他们知道一点消息。赵舵主回总舵了，两个月后才能回来，我也要远去了。”

长手猴祝方抱着两只倭猴走了。金戈又喊：“那些女孩呢？”

“她们被送往四川成都，十几个人押着三辆马车，昨天走的，今晚应该住罗夏县。这样吧，我去追赶他们，让他们把那些女孩子送回来，如果你信任我的话！”

金戈道：“好吧！但愿我们不会再见面！”

后院的房子里，刑讯架子上吊着七八个人，一个妖娆的女人和一个彪形大汉正在审讯他们。彪形大汉手里握着一把牛耳尖刀，说道：“说！你们谁卖过一个姓夏的女人，她是个中年美妇，不说把你们一个个都宰了！你说！”

“我不知道，我只倒卖小孩，没有……”

扑哧一声，彪形大汉手起刀落，这个人被开肠破肚了。彪形大汉横眉立眼，叫道：“说！不知道的一个也别想活！你说！”

“我不知道，不，不，杨三他知道，他、他卖过好多女人……”

“谁是杨三？”

“我，我是杨三……”

“你说，你卖了姓夏的女人没有？卖到了哪里？快说！”

“我说，我说，我们是捡了一个姓……姓夏的女人，我和瞎话李一起捡的，卖了。这个女人说是姓夏，好像是叫夏秀梅，长得好看，只是大病初愈，弱不禁风，当时我们看见她时，她趴在地上，正被狗撕咬……

“那天我们路过破烂市，我本来已从她身边走过去了，偶然一回头，我看见这个泥头鬼脸的女人正睁着一双眼睛向我望来，那双眼睛饱含泪水，竟然美丽无比。我走过去细看了一下，发现她眼角上竟然没有皱纹，泪水冲去泥土的脸颊竟然光滑细腻，我们救起了她。回去之后，贱内把她擦洗了一番，一看，竟然国色天香，我问她姓甚名谁，家住何方，她竟然说她丈夫任过文华殿大学士，她儿子是个进士。听了她的话，我们吓了一跳……”

这时，外面传来喊杀声。妖娆女人一惊，叫道：“快去看看发生了什么事！你继续说，她被卖到了哪里？快说！”

“卖给了，卖给了你们！”

妖娆女人一惊，问道：“啊？你胡说什么？”

“卖给了杏花楼……妓院……”

“不可能！杏花楼绝对没有夏秀梅！你敢胡说？”

“我不胡说，不敢胡说，你带我去杏花楼，当面对质，我交给了肖大管事，他给了我二十两银子……”

彪形大汉急匆匆奔进来，急道：“不好，岳武院的人打进来了，黄蜂娘子和坐山虎已经被杀，祝副舵主也跑了，我们快跑吧。”

妖娆女人一惊，厉声道：“杀了他们！快！”

“饶命啊，饶命，不关我们的事……”

彪形大汉蹿过去，唰唰几刀，把人贩子开了膛。妖娆女人拔下玉簪，伸手扎进了彪形大汉的后心，彪形大汉身子一歪，倒在地上。妖娆女人嘿嘿冷笑一声，蹿了出去。

五十三 情海风波

“驾！驾！吁——吁——”金戈刚圈回战马，就看见毛四带着几个人奔过来。金戈左手一带马缰绳，喊道：“那边还有几匹马，都赶回去！”

“是，院主！”毛四一挥手，立即有两人向树林深处跑去。

金戈俯下身子，夹紧马腹，抖着缰绳大叫：“驾！驾！”霎时战马四蹄翻飞，一溜烟奔向了庄园。

柳叶山庄大门前尸体狼藉，鲜血染红了黄色的土地。“吁——”金戈一声喊喝，左手轻按马鞍鞒，身子一斜，唰的一声掠下马背。接着脚尖点地，手臂轻摆，一个箭步蹿上台阶。这时风玲带领着几个武徒风风火火向门口跑来。风玲短衫筒裤，提着带血的藤蛟枪，圆脸红扑扑的，柳眉之间布满了米粒大小的汗珠。风玲跑到近前，喜道：“啊，院主回来啦。我们大获全胜，这些色鬼真不禁打，稀里哗啦就解决了。那个长手猴咽气蹬腿了吧？进去看看吧，这个庄园可大了，这回可不能烧了，房屋好漂亮呀！”

“好，那就去看看。”金戈看了一眼胸脯还在起伏的风玲，边走边道，“那个长手猴被我放了，他答应脱离桃花会，永远退出江湖。他去追赶送走的女孩子，让人把孩子们送回来。还说后院有几个人贩子，正受审讯。我们快去看看，别让他们跑了。”

“后院？哦，你说那个刑讯室？那里边有七八个人被绑在架子上，都死了。我看过了，血还是热乎的……”

金戈啊了一声，立刻停住脚步，惊道：“哎哟，谁杀了他们？”

“反正不是咱们杀的。我仔细看过，几个老乡被开膛破肚，身上还有伤痕，显然受过刑讯，这些人与伯母有关？”

“这些人贩子知道我母亲的消息，不好！这是杀人灭口！”金戈拔腿就跑。

凤玲和金戈路过一个小院，耳边传来凄厉的号叫声。凤玲脚步一错，侧身道：“村民们审问俘虏呢，可能在用刑……”金戈顺着凤玲的目光望去，看见槐树林内隐藏的波浪起伏的盖瓦花墙和镶嵌着花边的白色月亮门。门里传来嘶哑的叫喊声：“说不说？说不说？不说打死你！”金戈细眼微睁，说道：“派人告诉村民们，那四十多个女孩送往四川了，今晚夜宿罗夏县，长手猴去追他们，会命他的手下把女孩子们送回来，让村民们迎上去吧。”

“好啊。”凤玲转头对两个武徒道：“你，你，你们俩去告诉他们，让他们别打了，赶紧去接人。”

两个武徒挺起胸脯，大声道：“是！”一个武徒转身跑了，另一个武徒却站着没动，他摸着头问道：“院主，她们夜宿什么县？”

金戈赞许地看了他一眼，说道：“罗夏县。你告诉他们，长手猴会送她们回来。”

“知道了！”摸头的武徒应了一声，转身就跑。

金戈跟随凤玲来到后院，走进刑讯室，一眼就看见了绑在架子上的死尸。凤玲的目光从死人身上一一扫过，最后落到金戈脸上。金戈眉头紧皱，逐一查看这些惨死的老乡。凤玲轻声道：“他们是不是得到消息了，然后，然后来个杀人灭口？”金戈蹲下身子，看了看死去多时的彪形大汉，说道：“这家伙是个刽子手，他也被杀了，桃花会肯定得到消息了。”

凤玲看着金戈的脸，关切地问道：“那怎么办？”金戈站起身来，握着拳头道：“立即行动，我们要和桃花会抢时间！你告诉杨堂主、江堂主，立即埋锅做饭，饭后连夜进城！铁嘴华和长发婆在哪儿呢？我们开个简单堂会。”

“我知道，跟我走吧。”凤玲说完带着金戈回到前院，走进一间宽敞的大厅。金戈抬眼望去，铁嘴华正跷着二郎腿喝茶呢。见金戈和凤玲走进来，哈哈大笑，对凤玲道：“怎么样？我说你是多此一举吧，金戈收拾那只瘦猴还不是手到擒来，还用得着你去帮忙？真是咸吃萝卜淡操心！”

“铁嘴华，你嘴巴干净点行不行？”凤玲瞪着眼睛叫了一声，然后缓声道，“您老留点口德好不好？别逮着什么说什么。你也不看看场合，整天没轻没重，没大没小的！”

“口德？没留过，不过，看着你忠心耿耿的分上，就给你留点面子吧，以后说话想着点。其实，话糙理不糙，你多心有什么用？哎，我说，那个猴子是不是吹灯拔蜡了？”

金戈找把椅子坐下，说道：“放了……”外面传来呼喊声，打断了金戈的话头。金戈看了一眼凤玲，凤玲会意，立刻出去了。金戈接着说道：“这家伙有两只棕色的猴子，可厉害呢，不畏我的岳武拳，厉害得紧！”

凤玲走到门口，听说有棕色猴子停下脚步，歪了歪头，继续向外走去。

铁嘴华烟袋一横，呼地站起来，拍着脑袋，大叫一声：“哎哟！我想起来了，嘿！西北道上盛传的五毒倭猴应该是它们，老天爷，死在这两只倭猴身上的成名人物不下一百，该死，我怎么没想到？”

金戈问道：“五毒倭猴？我用凤尾镖打伤了这两只倭猴，姓祝的小子就不逃了，我在后面用凤尾镖逼住他，他连头都不回，为了两只猴子命都不要了。我问他投降不投降，他只抱着两只猴子喊：‘我的倭猴——我的倭猴——’仿佛天塌了。”

铁嘴华大呼：“可惜！可惜！这两只猴子豢养颇为不易，你治好了它们，它们自然会跟着你！你把它们带回来，得到一大臂助。我说，你真是有眼无珠呀，可惜呀可惜！”

两人正说着，凤玲回来了，进门就说：“村民们吵着要借马，说是去救女儿，用完了再还回来。我们缴获了好多马呢，是不是给他们几匹？”金戈的目光左右扫视一下，说道：“行啊，这些事你做主，不必和我商量。英护法呢，怎么不见她的人影？”铁嘴华道：“转悠去了，她说四下里看看，看看西北分舵有什么要紧的收藏。走道哼哼——老毛病又犯了。”

过了一会儿，江中月、杨伞、毛四、傻蛋来了，凤玲和长发婆也施施然走进来。金戈招呼大家坐下，说道：“饭后我们立即挺进西安。告诉武徒们，我们要和桃花会拼脚力，要连续作战。我知道大家都累了，但是，我们要出其不意、攻其不备。一旦桃花会有了准备，我们就会有伤亡，就会陷入持久之战。所以，我们要咬紧牙关，以迅雷不及掩耳之势，捣毁他们的妓院赌场，荡平桃花会西北分舵的余孽。”

江中月道：“饭马上就好，吃饱了就走，我还打头阵。”

杨伞道：“我回去马上明号令，直捣西安！”

毛四站起来说：“谨遵号令！”

西安又名长安，曾经是世界上最大的城市。它虽然没有了昔日的繁华，但是作为明朝的大都市，依然举足轻重。晚上，一队人马拥着三辆四轮车走进一家客栈。金戈下了四轮车，见到了等候在这里的华山派两大弟子，看见了胳膊上吊着纱布的林风林。林风林看见金戈，就像受了委屈的孩子，顿时泪流满面，抽咽出声：“惭愧，没想到会弄成这样，惭愧至极……”

穷困潦倒的林风林瘦得不成样子，金戈劝道：“这不怪你，振作起来吧，我们就要捣毁他们的妓院赌场，你说说这里的情况，走，屋里说。”

众人走进屋子，铁嘴华围着林风林转了一圈，看了看他乱蓬蓬的头发，摸了摸他胳膊上变了颜色的白布带子，说道：“嗨，我说，你小子命真大。行，大难不死，必有后福。你是……”长发婆拦道：“行啦，你别啰嗦了，让他说正事吧。”铁嘴华立即闭住嘴，掏出烟袋，找个地方坐下了。

林风林眨了眨黯淡的眼睛，开口道：“这里的桃花会势力很大，他们和官府串通一气，明目张胆地抢男霸女。我在府衙里告了他们，过了两回堂，衙役们打了我两回板子，说我没证据，说我是诬告。没地方说理，我准备到巡抚衙门敲登闻鼓，路上遇到这两位老兄，说让我缓缓，等你们来了再说。听说新到任的陕西巡抚是个清官，刚从京城过来，打官司或许有点希望。如何定夺，还请院主示下。”

金戈抬头问道：“清官？他姓甚名谁？”华山一个弟子躬身道：“新任巡抚姓谭名伦，曾任过文华殿大学士。听说此人是个诤臣，还能洁身自爱。”

“哦，是他！”金戈眉毛上挑。

铁嘴华头一歪，问道：“怎么，你认识？”金戈略微沉吟，随口道：“听说过，他官声不错，是朝中为数不多的几个清官之一，也是个没事可做的闲官。他能上任陕西巡抚，不是朝廷风气有变，就是他变换了门庭。别说他了，说说桃花会吧，听说他们在西安有六处妓院、两处赌场，你们知道位置吗？他们有没有别的巢穴？”

林风林道：“我知道那几家妓院，也知道桃花会的一个赌场，赌场叫桃林赌场，是个大赌场。老板姓毛，人称鸡胸毛，抓住他一问就清楚了，他是桃花会西北舵的副舵主。”

铁嘴华瞪起眼，伸着脖子问道：“副舵主？他们有几个副舵主，我们已经打跑了一个了……” 林风林转头道：“我听那些色鬼叫他毛副舵主，恐怕也是一个副舵主吧，有几个副舵主我不知道。他可厉害了，薛月就是被他抓去的，我出手相救，他一掌就打了我一个跟头，不是我装死，早就变成一堆黄泥了。”

金戈看看天色，说道：“风玲，你和风林画个草图，安排袭击顺序，准备好立刻动手。告诉大家，我们要趁热打铁，一鼓作气。打完了这一仗，就可以喘口气了。我们深入敌巢，就要变成一群猎豹，袭击靠快，靠准，靠狠！要把敌人打蒙、打残，打得无还手之力。一旦进入拉锯战，我们就会陷入泥潭。”风玲站起来，点头道：“好，我马上去办。风林、刘师兄、张师兄，你们跟我来，我们一块合计，走，到我屋去。”

金戈看见他们出去了，对铁嘴华和长发婆道：“这个谭巡抚我认识，是我父亲的同窗好友，曾和我父亲同为文华殿大学士，那时候我们两家走动频繁。谭叔父高风亮节，为官清正，他还特别喜欢我们兄妹。多年不见了，如今的做派就难说了，没承想他能做一任封疆大吏。我们西来，是为了消灭桃花会，不便招呼。官场复杂，如果他妄加干涉，事情就难办了。”

长发婆道：“对，少沾官府。”

铁嘴华摇摇头，说道：“他们知道了也没关系，打击倭寇、桃花会和黑旗船，这是朝廷新定的整肃方略。别说他是清官，就是贪官，他也不敢明目张胆庇护桃花会。见不见的都行，我们不用藏着掖着。”

长发婆脸色一沉，说道：“你怎么净抬杠啊，不知道多一事不如少一事吗？不理你了。”

铁嘴华脸色马上变了，立即站起来，举着手说道：“嘿，你瞧我这张臭嘴，我闭嘴，我闭嘴……”

长发婆笑吟吟地说道：“行了，给你个棒槌就认真。我可不是那个娘们，处处剋自己的丈夫，给你撂个底吧，咱们这一家人，你是一家之主，我们的意见不一致时，你有最后的决定权，我有不同意见也会服从你，我是夫唱妇随……”

铁嘴华听了，蹦起老高，喊道：“哟，好啊，夫人万岁！夫人万岁！我说，这下可好了，我可以挺胸做人了，好夫人！我谢谢你啦！谢谢你了！太好了，说实在的，哪个男子不恋家啊，可是，妻子霸道，在家里净受窝囊气，就不愿恋家了。俗话说，惹不起，躲得起嘛！金戈，你可不知道，那个老太婆，啧啧，太厉害了，事事要她说了算。你稍和她争辩几句，她就叭叭叭说个没完，就像放爆竹，一串话下来能把你噎死！她可不管有没有外人，一点脸面也不给你留。你要和她打，她就和你死缠，没完没了。嘿嘿，打也打不得，骂也骂不赢，一言难尽……”

长发婆道：“哼，我早就知道，你是个受气包……”铁嘴华道：“没办法，你惹恼了她，她就吃囟上吊，要不然就和你拼命，母老虎，一只真正的母老虎。”

长发婆转脸对金戈道：“金珠和银珠也会尽妇道，遇有不同的看法，她们会说出来，必要时也会和你争，但是，一旦自己的丈夫决定了，她们就会支持你，绝不会背道而驰。”

金戈叹道：“前辈教女有方，金戈佩服之至。”

铁嘴华道：“我真服你了，连自己的女儿都交代好了？”长发婆道：“那当然了。”

金戈笑道：“服了？”

铁嘴华点头道：“服了，早服了，十八年前我就服了。”

二更刚过，金戈就和铁嘴华带着十几人来到古槐大街上，走进富丽堂皇的海花妓院。妓院的老鸨连忙迎上来，一张布满皱纹又扑满白粉的老脸干笑着，尖声道：“大爷来了，快请坐。”说着，直往铁嘴华的身后看，铁嘴华身后跟着一溜棒小伙，个个手持红缨枪。她看得出来，这伙人可不像是逛妓院的，像是找碴的，眼前这一老一少可不简单，眼放精光。

金戈和铁嘴华大咧咧坐下，铁嘴华掏出烟袋，老鸨赶紧打火点烟。铁嘴华抽了口烟，随口喷出个烟圈。老鸨婆子见状放下心来，脸上眉飞色舞，说道：“这位大爷，一看您就是老手了，您在哪儿发财呀？”铁嘴华哈哈大笑，说道：“废话少说，这院子我包了，叫所有的客人滚蛋！”

“哎呀，这位大爷，您怎么内行人说起外行话来了，有包酒楼的，有包戏院的，没有听说包妓院的，新鲜！我们这有两百多姑娘呢！您消受得了吗？”老鸨婆子抛个媚眼，咧着薄唇道，“我们这里女孩个个都是淫娃，您能管够？我见过打赌比赛的，一个牛似的小伙子也就是夜战十八女，最后像一摊泥似的爬出去，就您这个岁数，难道……”

“我不行，一个我都管不够……可我会看哪，过干瘾，我全包了！”铁嘴华说着，啪的一声，一张黄金存票拍在桌子上，说道，“看好了，一万两黄金，包一夜，包不包？”

老鸨道：“什么？一万两金子！真的假的？包！包！包！萝卜咸菜，各有所爱，您爱怎么看就怎么看！”天下人爱占小便宜的极多，骗子投其所好，所以屡屡得手。别说一万两黄澄澄的金子，就是一万两白花花的银子也不是个小数目，这个钓饵太诱人了，老鸨婆子非吞不可。当然，金戈和铁嘴华的目的是端桃花会的老窝，不愿惊动客人，也是一番好意。

婆子收下金票，立即喊人清理客人，一时间妓院里乱了，有人骂骂咧咧，嘴里不干不净，有人大呼小叫，赖着不走。当他们看到大厅里站着一群带着兵刃的彪形大汉，赶紧闭了嘴，慌慌张张地溜走了。

有个秃顶大汉不识趣，似乎有点来头，他趿拉着布鞋走下楼梯，晃着秃脑袋来到铁嘴华跟前，看看铁嘴华和金戈，又看看他们身后二十来位手拿红缨枪的大汉，一歪屁股坐在老鸨婆子身边，一只粗糙的大手抓着衣襟当扇子扇着风，一边阴阳怪气地说道："包妓院的就是这个老头？还有那几个拿着烧火棍的娃子？"

老鸨似乎惧怕此人，连忙低声道："是，是！"

秃顶大汉抓着衣襟的大黑手松开了，端起茶壶，倒了半碗热气腾腾的茶水，对铁嘴华道："请用茶！"说着抬腕伸手，将茶碗送到铁嘴华的嘴边。铁嘴华手指一弹，正弹在秃顶大汉托着茶碗的手腕上，茶碗呼的一声飞上了半空。

秃顶大汉的另一只手正在桌子上笃笃敲着鼓点，见状不动了，看向空中的茶碗，眼睛眯成了一条细线。突听噗的一声轻响，秃顶大汉忽觉手指头一凉，低头再看，脸色唰的一下黄了。只见手指之间钉着两枚带着彩色羽毛的飞镖。秃顶大汉慢慢退出了胡萝卜似的三根手指，再看对面，发镖的年轻小伙子肃然而坐，秃顶的老头一只手抓着已经落下来的茶碗，一只手托着紫杆烟袋吞云吐雾。他慌忙站起身来，躬着身子道："祥龙武馆馆主朱大彪这厢有礼，朱大彪有眼不识泰山，得罪了，得罪了！"他点头哈腰，说罢抬脚后撤。

"过来，让我看看你的秃顶！"铁嘴华的烟袋锅子指着朱大彪的秃顶说道，"和我比比，看看咱俩谁的脑瓜亮！"

"不敢！不敢！"朱大彪额头上冒出冷汗，急退几步，拱着手退走了。

铁嘴华哈哈大笑，叫道："朱大彪！没毛的彪！胆小如鼠的彪！哈哈……"

人走干净，金戈摆摆手，凤玲和长发婆等人呼啦冲进来，江中月立即指挥封门。几乎没有遇到像样的抵抗，一帮打手就稀里糊涂见了阎王。年轻的女孩子被赶进一间大屋，关了起来。当然，老鸨手里的金票又回到金戈手里，还捎带要来几千两银子的利息。

岳武院人马如法炮制，天亮之前，桃花会的六家妓院和两家赌场都被收拾掉，毛副舵主被铁嘴华一掌打死了，可是傻蛋中了他几根牛毛针，射在屁股上，不一会儿竟然昏迷了。几个武徒把他抬进一间带炕的屋子，金戈褪下他的裤子看去，屁股蛋子黑乎乎的，肿起老高。铁嘴华大叫："有毒……呀呀呸，这个王八蛋用的是牛毛针，针上有剧毒！快去找解药！"

杨伞等人立即跑出去，金戈沉声道："傻蛋，坚持住，大哥就在你身旁，我一定会救你……"

过了一会儿，杨伞跑回来，说道："都翻遍了，哪儿也没有找到解药。"

凤玲快步向外走去，边走边说："我再去看看。"

傻蛋的屁股肿得更高了，变成了紫茄包子，长发婆走到近前，说道："我看看，呀，再不治就来不及了……"铁嘴华道："这是什么毒？这么厉害！赶紧找大夫吧。"长发婆道："找大夫哪来得及，听说牛毛针会顺着血液行走，会顺血归心，再不弄出来，就走远了。"

"啊？"金戈惊叫道，"那可怎么办？"铁嘴华道："吸出来，快去找吸铁石……"长发婆叹道："到哪儿找吸铁石去？冷手抓个热馒头，那也太巧了！我看，傻蛋八成是没的救了。"

金戈看看趴在炕上的傻蛋，耳朵边还带着毛茸茸的细小汗毛，他太年轻了。金戈心道："怎么办？"傻蛋虽然迷迷糊糊，也知道了危险，他努力睁开双眼，喃喃叫道："金大哥，金大哥，我不想死……我不想……离开你……你，你救救我……吧……"金戈的眼圈红了，一只手拍拍他的后背，说道："你不会死的，大哥会救你……”

凤玲跑回来，金戈看到她在摇头，知道找到解药的希望没有了。傻蛋看见金戈难看的脸色，垂下了头。金戈叫道：“傻蛋，你要挺住！来，把他放在炕沿上，我把他的毒针吸出来……”

铁嘴华道：“吸，怎么吸，没有吸铁石？”金戈道：“用嘴吸！”

长发婆惊道：“啊？那怎么行？万一吸进嗓子眼，你就完了，使不得，使不得！”

说话间，几个武徒已经把傻蛋放好了，裤子往下又褪了褪。凤玲见事情紧急，也凑过来，顾不上男女有别了。

金戈道：“这是救傻蛋的唯一方法，你们闪开吧，我会小心的。”

凤玲抢步上前，说道：“让我来，你不可以。万一有个三长两短，岳武院怎么办哪？小姐怎么办？”金戈拦住她，摇头道：“你功力尚浅，危险更大，还是我来吧，我会小心的，闪开吧，你们都不要出声，不要打扰我。”

“不！还是我来！”凤玲大叫一声，使劲推开金戈。金戈一把拉住凤玲，柔声道：“不行，不行，你会白白送了性命。你让开吧，我会小心的。”金戈轻轻握了握凤玲的手，拉开了她。

凤玲急了，大声叫道：“你可千万小心，不可强求，你的母亲和你的妹妹都盼望你呢。你们都出去！没事的都出去！铁嘴华、英护法，你们看着院主，我外面把门……”

凤玲把闲人赶出去，关好屋门。金戈深深吸了一口气，伸开双手，手心向上，慢慢收拢在胸前，然后嘴巴贴上了傻蛋屁股，金戈轻轻吸了一下，感觉没有吸到什么，金戈吐了一口唾沫，嘴巴又贴上去，又吸了一口，仍然没有吸到什么。屋里静悄悄的，铁嘴华夫妇屏住了呼吸，紧张地盯着金戈。金戈的嘴再次贴上傻蛋的屁股，用力一吸，感觉有异物进入嘴里，金戈立即转头，呸了一声吐了出来，几根牛毛针掉在地上，牛毛针半寸来长，蓝汪汪的。金戈再看看傻蛋黑乎乎的屁股，不知是否清除干净，再吸几口，又一根小针被吸出来。

金戈站起来，掏出凤尾镖的解毒药，说道：“给他上点药试试！黑的涂，红的内服。”

长发婆接过解药，再看金戈，一声惊叫：“你的嘴！”铁嘴华转眼看过来，喊道：“哎哟，嘴肿了，拿水来，快漱口！快吐！快吐！”金戈呸呸连吐几口，说道：“我没有被毒针刺着吧，大头朝里，怎么会……”

凤玲跑进来，抄起水壶递给金戈，叫道：“快漱嘴，好厉害的毒药……”

金戈忙着漱口，铁嘴华忙着给傻蛋涂药，忙着喂药。过了一会儿，傻蛋苏醒了。金戈道：“诸位都累了，回客栈，好好休息两天，撤！”

队伍鱼贯而出，蛇行而入，时间不长，客栈的一排屋子里传出轻微的呼噜声。

第二天下午，金戈、凤玲分头审问俘虏，没有人知道金夫人下落。金戈眉头紧皱，默默无言，心道：“母亲，你在哪里呢？你快出来吧！”

凤玲看见金戈愁眉不展，说道：“怎么办？要不，我们化装查访？”

长发婆道：“贴告示，重赏提供线索之人。”

铁嘴华道：“对，我们两条腿走路。一方面贴出寻人告示，一方面秘密访查，来个双管齐下，二路归一！”

金戈道：“好，华山派的两位兄弟，请你们和林风林书写告示，凡提供线索者，赏白银万两！杨伞，你带人化装走街串巷，寻访金夫人。江中月，你负责查找薛月姑娘，查找薛庄主。”

“是！”杨伞和江中月答应一声，转身向外走去。

金戈又道："凤玲，你准备一些礼物，随我拜访一下巡抚大人。"凤玲道："拜访他？有必要吗？"金戈看着凤玲道："我认识这个谭巡抚，我京城殿试，吃住都在他家。殿试之后，我无缘一甲，谭叔父大是不忿，曾在朝堂之上仗义执言，不惜得罪严嵩死党，为我鸣不平。一别四年，我怎能过门而不入？"

"如此深厚关系，理当拜访。我去安排礼品，不知带些什么？"

"谭叔高风亮节，不会收什么礼物，但我也不能空着手去，你看着安排吧，多少都行。"

第二天，凤玲精心准备了一大堆东西，支支棱棱装了满满的两大车。金戈见状，皱起眉头道："这都是些什么？要搬家呀？"凤玲笑道："一些古玩字画，极其名贵，都是桃花会的东西，烧了可惜，我拣最好的装了两大车。说实在的，要是装，十辆马车也装不下，我拣的是最好的，都送去吧，如果他用不着，就让他送人。"

金戈摇了摇头，说道："这个……怕是适得其反。不过，试试也好。"

金戈来到巡抚府，递上拜帖。不一会儿管家迎出来，寒暄了几句，金戈和凤玲就带着两辆大车走进了巡抚府。

走进内宅，谭巡抚的妻子迎接出来，看见金戈，老远就叫："文杰，文杰！真是你吗？真的是你！老爷，真是文杰来了！"

"是我，叔母一向可好？谭叔父安好？"金戈恭恭敬敬地鞠躬行礼。

金戈跟着谭夫人走进客厅，看见谭巡抚正在待客。侧面看去，官帽下面的鬓角上已经隐现一些白发。官场和战场一样，充满了欺诈，又怎能不老得快。

客人看见金戈，打声招呼，告辞走了。金戈送上礼单，谭巡抚看后一愣，脸上立刻露出了不悦之色，说道："什么时候也学会这一套了？这可不是金家门风啊。”金戈笑道：“谭叔两袖清风，和我父亲志同道合，我怎敢行贿朝廷的封疆大吏。我带领岳武院人马，前来剿灭桃花会西北分舵，搭救母亲，得到一些战利品，这些东西带不走，只得献给叔叔，任由叔叔处理……”

谭夫人道：“听说秀梅妹子下落不明，她会在陕西？你可曾见着？她可安然无恙？”金戈神色黯淡，说道：“母亲被桃花会掠来，被困西安。听说她大病一场，被赶出了桃花会，我们正在查访，目前还没有查到母亲的下落。”

谭夫人道：“我可怜的妹子，老爷，秀梅妹子既在陕西失踪，你要全力彻查……”谭巡抚沉吟道：“好，我立即派人查找，只要她还在西安，我就能找到，放心吧。说说你，这些年都在干什么？当年是怎么回事？”

金戈叹道：“一言难尽，我弃文从武了……”

“什么？”谭巡抚闻言大惊，说道，“你怎么会舍本求末呢？你可是大明文坛里的一颗璀璨明星啊，当年皇上手拿你的试卷爱不释手，虽然顶不住严嵩老贼的竭力诋毁，把你贬出一甲，可还是给了你一个二甲头名呀。当时我和几位大臣进言力争，奈何严嵩权势滔天，终究寡不敌众。这些我没有告诉你，想必你已经知道。但是，你千万不能赌气，不可因此而改弦易辙，你的晴儿妹妹以你为榜样，整天抱着你的文章不放，有几篇已经背得滚瓜烂熟了。”

金戈惨然道：“叔父，侄儿怎敢为名次赌气。当年，江南军务总督赵文华苦苦相逼，致使我父亲战死疆场，母亲和妹妹被桃花会掳去，我又屡遭追杀，其时一言难尽，我真是上天无路，入地无门。情非得已，生存第一，救母救妹第一，不得已投笔从戎。”

谭夫人叹道：“啊，怎么会这样？”

谭巡抚手捋短须，说道：“天有不测风云，人有旦夕祸福！不得已而为之，也罢，物竞天择，生存第一。看样子，贤侄已经身具武功，想必成就不凡了？”金戈道：“学生初窥武林门庭，武夷山岳武院老院主不幸遇难身亡，学生现在执掌岳武院，因助戚家军抗击倭寇有功，皇上赏我六品乌纱。”

谭巡抚笑道：“好啊！那你我同朝为官了。唉，一别经年，你都进入仕途了，我还觉得自己年轻呢！”谭夫人笑道：“还觉得自己年轻？你的同门都抱上孙子了！”谭巡抚呵呵大笑，说道：“行了，这些事不要说了，说说你们的事吧，你们来了多少人，胜败如何？”

金戈道：“我们来了一百多人，住在城外。我们已经挑了桃花会两个庄园，毁了桃花会六所妓院和两个赌场，西安的桃花会现在是人去楼空，我们都上了铁锁，这是钥匙。”金戈说着拿出一串钥匙，放在桌上，“请叔父派人查封吧，不然，桃花会还会死灰复燃。”

谭巡抚看了看那堆闪着乌光的钥匙，说道：“好！我到任之后，几次谋划剿灭桃花会的西北分舵，可都指挥衙门总是推三托四，捕快们倒是出动了两次，都扑了空，怕是有人通风报信。我上午抓了两个暗通款曲的捕头，准备今夜出击。这下可好，你把他们一锅端啦，我省事了！”

金戈从怀里掏出一沓纸片，说道：“口供都在这里了，还有几十个重要人犯，马上可以押过来。如果您嫌麻烦，我可以把他们就地处决。”说罢，金戈把供词放在桌子上。

谭巡抚思索了一下，说道：“押过来吧，还是审一下为好。之后，我立即上奏朝廷，为你们请功。你们住在哪儿？怎么和你们联系？”

“叔父找我，可派人去悦来客栈，找岳武院的人马就行了。客栈里有我们的联络人，我接到消息自会赶来。至于请功之事，那就算了，赵文华正瞪着贼眼找我的麻烦呢，我不想让他知道。赵文华勾结倭寇、伏击戚将军的事您听说没有？”

谭巡抚道：“有所耳闻，说是赵文华的管家带领倭寇伏击了戚继光。还听说赵文华已经下令通缉他的管家。朝中说什么的都有，有大臣上本要求彻查此事，被严嵩老贼设计拦下了。你知道事情经过？”

金戈道：“是我带人解救的戚将军，整件事情没有人比我更清楚了。伏击戚将军是赵文华一手策划。刘三麻子还活着，我们人证在手。现在严嵩一党势力庞大，还不能让他站出去。”

谭巡抚道：“那好，上奏就不提你们了，那巡抚衙门可就白捡一件大功了！哈哈！”

金戈笑道：“侄儿正有此意。”

谭巡抚又道：“礼品你拿走，我有它不多，没它不少。当官要有三戒：第一戒贪，人不能追求奢侈，能吃饱穿暖就行。第二戒色，不能吃着碗里看着锅里。第三戒庸，要有所作为，要殚心竭志。”

金戈一愣，说道：“为官三戒？高论！”

谭巡抚道：“你父亲向为清官之首，这都是他的言论，见笑了。”

金戈肃然道：“父亲是我的楷模，告诉我为人三不怕，今日再听叔父的为官三戒，侄儿受教非浅。不过，拉来的东西多是一些书画瓷器，无法远送武夷山。要不，您就转送他人，别让我们拉回去了。”

谭巡抚道：“不属于自己的东西，一针一线都不能拿，永远都不要不劳而获，这个口子不能开。这样吧，礼品全部充公。来人！”

“老爷！”老管家走过来，连忙应声。谭巡抚道：“让人带路，把车上物件卸到西院去，让衙役领班登记造册。”

“是，老爷。”老管家躬身退走了。

金戈站起来，抱拳道：“侄儿告辞。”谭夫人走过来，笑嘻嘻地说道：“慢走，你去看看晴儿，她老念叨你。来，你随我来，看看你晴儿妹妹和松儿弟弟去。”

金戈笑道：“晴儿这个调皮的女孩子，就爱和我捣乱！还那样吗？”

“女大十八变，换了一个人似的，现在可文静了，像个大家闺秀了。她的个头也长高了，超过我半头。自打你考取进士以后，她忽然转了性子，跑去跟着弟弟一起读书，她可用功了，说要考个女进士呢！”

金戈喜道：“哟，能让她坐下来，那可不简单，我记得她假小子似的，就爱蹦来跳去舞枪弄棒，没一会儿闲着，调皮得紧。”

金戈和谭夫人说着话，来到书房。金戈抬头一看，书房布置淡雅，一张八仙桌，两张书案。一个姑娘和一个男孩正伏在书案上练字。一个老先生轻轻摇着蒲扇，专心致志看着他的学生。老先生看见谭夫人带着一个身穿长衫的年轻人走进来，脸现诧异。谭夫人敛衽为礼，欠身道：“贺先生，能否打扰一下？这位是晴儿幼年的朋友，从福建赶来，能不能歇一会儿，让他们见见？”

金戈看见姑娘抬眼望来，一双眼睛忽然亮了。金戈顾盼之间，看见贺先生正在打量自己，连忙收回目光，向贺先生施礼道：“晚生打扰了。”贺先生看见眼前这个年轻人个子高挑，脸色白中带黑，眉宇之间流露一股傲然之气，再看看他面前的女弟子，哈哈一笑，说道：“请坐！晴儿、松儿，休息一会儿吧！”

金戈见少女脸上布满了红云。她手臂洁白如藕，双目犹似一泓清水，只是脸蛋上那片小小的雀斑更加明显了，就像一片薄云遮住了美丽的月亮。她就是那个淘气的晴儿？像个大姑娘了，不再是那个精灵古怪的小女孩了。

谭夫人微笑着，说道：“晴儿，还不过来？这是你金文杰哥哥，愣什么呢？”金戈抱起拳头，说道：“晴儿妹妹一向可好？愚兄这厢有礼了！”

晴儿敛衽下蹲，脸色更红了，小嘴一张，清脆的声音响起来：“金大哥，你这是从天上掉下来的吗？听说你丧父失母，家遭大难，四年来渺无音讯，踪影皆无，你怎会在西安出现？我这不是做梦吧？”

金戈笑着说道：“说来话长，这四年多，你金大哥九死一生，老天爷和我开了个玩笑，把我从辉煌的顶点一棍子打进了万丈深渊，命运多舛悲惨。不说了，如今你金大哥已经不是昔日那个弹琴作诗、舞文弄墨的书生了，而是一个手持利刃的草莽武夫。一别经年，晴儿妹妹已经长大成人，走在街上，愚兄都不敢认了。听说晴儿知道用功学习了，愚兄闻知高兴万分。”

晴儿嘴一扁，伸出小手指比划着说道：“晴儿再用功，也赶不上金大哥你啊。贺老师，这就是我常说起的金文杰公子，两榜少年进士，文章、琴艺、书法甲天下的大明骄子金文杰。”说着，悄悄把写好的毛笔字藏到身后。

贺老师慌忙站起，拱手作揖，说道：“金公子大名如雷贯耳，今日得见高贤，老朽幸何如之！”

小男孩穿着打着补丁的小长衫，正歪着脑袋看着他们。晴儿又道：“我的先生，贺先生贺春山，嘉靖一十八年举人，做过一任县令，闲居在家，被我父亲请来教授弟弟，我是旁听。”

金戈再次抱拳，笑道：“贺先生客气了，晚生在西安古城能际遇贺老先生，荣幸之至。”

贺先生道：“早闻金先生字字千金，能否亮笔一观否？”金戈笑道：“四年多了，舞枪弄棒，手生了，学如逆水行舟，不进则退，怕是有污贺先生的法眼。”

谭夫人连忙拿来几张宣纸，说道：“文杰，你就写几幅吧，正好我也要一幅，你原来写的那幅字，叫晴儿的表舅摘走了。唉，想起和你母亲在一起的时候，那是多开心哪……看，一提起你母亲我就难过，写吧！写两幅，给贺先生一幅，我们留一幅，你们姐俩仔细瞧瞧，看看你金大哥是如何运笔的。”

金戈微笑着说道：“好吧，侄儿领命。”

贺老先生赶紧安排纸张，命晴儿研磨。盏茶工夫，墨研好了，金戈笔走龙蛇，片刻间写好两张条幅。字当然是出类拔萃，贺先生连忙伸出大拇指，啧啧称赞。过了一会儿，金戈告辞，晴儿恋恋不舍，要跟着金戈去转转。金戈知道晴儿自幼依恋自己，又特别难缠，不敢招惹她，连哄带骗地出了府门。

武夷山岳武院，白凤导演的“美男计”正在进行着。九弟虽说并不是什么美男子，但也人高马大，是个上等的小伙。这些日子，他天天往消息堂跑，开始借口打听消息，后来打听金珠伤势，又请医生又送补品，殷勤得不得了。如果长发婆在家，早就把他轰跑了。剩下这姐俩，本来就寂寞，又没有什么处世经验，一来二去，九弟就成了消息堂的常客。

这天，九弟把一个兄弟和一个黑大汉秘密带上了山。黑大汉是黑鱼帮的人，人称噘嘴鲢子丁九，水下功夫了得，此人身高八尺开外，膀大腰圆。白凤秘密看过之后，暗暗点头：“行，立即行动！”说罢拿出五十个金元宝，对九弟道：“先付给他们一半，剩下的干完活再给！”

晚上，九弟揣着忐忑的心来到消息堂，进门时被门槛绊了一下，摔了个跟头，佩儿连忙上前道：“李公子小心。”九弟连呸几口，说道：“见鬼了，今天一天摔了两回跤，邪门了！”九弟踉踉跄跄走进客厅。金珠已经好利索了，挥胳膊撩腿，活动着身子。银珠站在一侧，静静地看着姐姐。九弟走进来，银珠看也没看他，金珠继续弯腰下臂。

九弟从怀里掏出一个精巧的竹筒，伸着脖子说道：“我家里来人了，叫我回去……”

银珠转过脸来，说道：“好哇，那就走吧。”

九弟笑道：“……带来一筒好茶叶，说是飞鹰茶，喝过吗？这种茶叶生长在高插云霄的飞鹰岭上，平常人上不去，只有经过专门训练的猴子才能爬上去，一年也就能采下两三斤。我爹也喜欢喝茶，有人送了半斤，我喝过一次，茶一进口，就有一股浓馥的香味，直透心脾，比这武夷山的云雾茶还香呢！”

这时天色已黑，客厅中点着四盏白球灯，灯光柔和。屋子中间的圆桌上，摆着银盏金杯，一个托盘上还摆着四色水果。九弟伸手取过茶壶，小心翼翼地抓了一撮茶叶，放进茶壶里，喊来佩儿沏水。片刻之后，茶壶里倒出两碗碧绿的茶水，屋里顿时香气四溢。

银珠走到近前，看了看碗里的茶水，惊道：“怎么是这种颜色？墨绿色？”

“没见过吧？你们尝尝，人间绝品，皇帝老子也喝不上。‘飞鹰茶，云里爬。鹰看蛇守神仙茶。’世上没有几人能喝上。你们是珠仙子，当然能喝上了。”

银珠喝了一口，只觉入口有些苦，但立即满口清香，还带着一股甘甜，有种润喉沁肺的感觉，精神也跟着一爽。她放下茶盏，说道：“果然是好茶。”

金珠擦了一把汗，走过来，端起茶杯喝了一小口，品尝之后，也是赞不绝口。听见她们的夸奖，九弟脸上布满笑容，滔滔不绝地吹嘘起来。他这茶是绝品不假，云南大理的迷魂药下到茶里更是真的，当真是皇帝老子也喝不上的珍品。

过了一会儿，金珠、银珠相继晕倒，九弟鼓掌大笑，说道：“倒也，倒也！”忽然，他紧张地向外看了一眼，脸色苍白，手抚心口，骂道：“便宜了这俩王八蛋！”说完，九弟闪出屋子，喊佩儿去开大门，说道：“我的朋友来了，快去开门！”

门被打开，一瘦一胖两个黑大汉闯进来，佩儿见势不妙，正要阻拦，瘦大汉手起刀落，佩儿脖子上立刻出现一道血痕，瘦大汉扶住摇摇欲坠的佩儿，轻声说：“闩门！”说罢，把佩儿放倒在地。

胖大汉轻声问九弟：“迷倒了？”九弟低声道：“都迷倒了！喝了大理毒婆子的迷魂茶，神仙也要睡死过去。赶紧，那屋还有一个婆子，会武功，小心点！”

“没问题，走！”

来到东厢房门口，九弟叫：“文婆，小姐要茶叶……”

“佩儿呢？她跑到哪儿去了？来了！”说着，一个婆婆颤巍巍跨出屋门，瘦大汉迎面一刀，婆子一闪一退，喊道：“你……”另一个胖大汉侧面一刀，利刃刺进了肋骨，婆婆无声无息地倒了下去。

两个人猴急地跑进客厅，看到金珠、银珠，一人抱起一个，乐得眉飞色舞，说道：“太好了！”九弟看着软绵绵的金珠、银珠，幽幽地喝下一碗浓茶。胖大汉看见，诧异地问道：“你干什么？”

“打着灯笼拾粪——找死（屎）……”九弟说着，脑袋一歪，也软倒了。

“别管他，美色当前，快干，奶奶的，老子也有今天。”瘦大汉说着，七手八脚地剥金珠的衣服。这两人忙活着，一人对付一个，正要施暴，不知何时，他们身后出现一个无面人。无面人哧哧冷笑，说道：“癞蛤蟆也想吃天鹅肉？滚！”一把抓起瘦大汉，猛拧他的脑袋，瘦大汉陀螺似的转了起来。胖大汉还没闹清发生了什么事，只听无面人说：“你也去转转！”说着抬手扭动，胖大汉也转起来。两人转着转着，无面人双手一合，两个脑袋碰到一起，砰的一声，两人摔倒了。无面人哈哈大笑，说道：“正是那句古话，‘螳螂捕蝉，黄雀在后’，哈哈……”

当！吱——当！院子里传来信炮的炸响声。无面人嗖地奔出去，他看见中刀的婆子缓缓歪倒在门槛上，手上香头一明一灭。

“这婆子还没死透？该死的贼胖子，竟然留下了活口！”说完，腾身而起，翻墙而去。

白凤正在大殿里转圈，心里焦躁不安。她有些后悔，有些惶恐，听见信炮声，急忙跑出去，立刻看见了消息堂上空的烟火。有人喊：“消息堂！消息堂出事了！”白凤迅速冲去。

白凤来到消息堂，进门看去，仁义双雄已在屋内。金珠和银珠躺在床上，盖上了被单，衣裙东一件西一件扔了满地。仁义双雄脸色铁青，手背上青筋蠕动。

白凤问："怎么了？出了什么事？"铁铃公子怒道："有人下毒……"

"怎么啦？小姐……"消息堂的人来了。

五毒师太闯进来，马大响和李虎子跑进来，客厅里登时大乱。白凤对马大响和李虎子道："李堂主，请你带人到大殿周围警戒。马堂主，请你派人巡视东客院、西小街，并且禁绝交通，严查来往人员。这里由我和五毒师太、二位护法共同处理。其他人请回吧，诸位各司其职，加强戒备。"

"是！"马大响和虎子答应一声走了，马子、李路等人也怒吼着回去了。

五毒师太看看九弟，闻闻茶壶，说道："碧螺迷魂茶？好厉害！看样子他得睡一天一夜了。云南毒婆子的碧螺迷魂茶怎么会到了这里？"接着，她掀开被单看了看金珠、银珠，说道："她们也一样，明天此时自然醒来，看好她们就行了……多亏了放信号的婆婆，唉，差一点就……现在，毫发无伤，虚惊一场。"

白凤一喜一忧，仁义双雄悬着的一颗心放下来，不禁大喜过望。他们连忙检查那两个黑大汉，只见两人的脑袋都塌了一个大坑，脸上都留有青色的掌印，五指宛然。大喜之后，又惊恐万分。白凤拧着眉头，看到后也是惊讶无比。

白凤让人将尸体抬走，把九弟抬回，消息堂又恢复了往日的宁静。

铁扇公子拉住了铁铃公子，指指消息堂，说："留、留下！"铁铃公子说："好，不用避嫌了！我们应当留下照顾她们姐妹，我去说一声，马上就回来，你先守着吧！"

铁铃公子出去了一会儿，再次返回消息堂。消息堂的客厅里，男男女女骂声震耳。一个管事的婆子连忙给铁铃公子让座。铁扇公子看看铁铃公子，对一个婆子说道：“我、我、我……们，住这儿……”婆子闻言大喜，说道：“二位公子是不是要看护我家小姐？”

“对，对……”铁扇公子和铁铃公子异口同声。

婆子说：“太好了，我们正担心刺客去而复返，赶紧给二位大侠收拾住处……”

五十四　三女争风

第二天晚上，金珠和银珠如期醒来。二人知道了事情的经过，勃然大怒，提起柳叶刀就要去找九弟。一个白发婆子忙道："二位小姐且息雷霆之怒，老身有话说……"

金珠和银珠被拦住了，银珠一刀劈在椅子上，咔嚓一声，红漆椅子分成了两半。银珠叫道："他竟然做出如此卑鄙之事，可恨可恼，不雪此恨，我银珠……"

"……誓不罢休！"白发婆子一把拉住银珠，接上了话茬，"两位小姐，这件事八成牵扯到大堂主白凤，以老身看来，应当立即飞鸽传书，报与院主知道，请令定夺。"李路插言道："应该报告英护法，报告铁嘴华，怎么报告院主呢？轻重缓急都分不清了？"白发婆子转脸道："你才分不清呢！报告了院主，二位老人家自然就会知道，再说了，这件事非院主亲自处理不可。"

金珠满脸怒气，隆起的胸脯快速起伏着，大声道："立即通知柳眉，让她带一百人进山，做好翻脸的准备。同时飞鸽传书，将此事的经过禀明金大哥。九弟在哪里？我们不能让这个贼子跑了，要全力追捕！”银珠张开发紫的嘴唇道：“对，先把九弟捉回来再说！”

话音刚落，白凤一掀帘子走进来，她身后跟着神情庄重的仁义双雄二人。白凤笑嘻嘻地说道：“二位小姑醒了？饿了吧？赶紧弄点好吃的。”白凤满脸的歉意倒不是装的。她有些后怕，诚心过来安慰。

珠仙子姐妹的脸色唰地变了，银珠眉毛上挑，冷冷说道：“白堂主客气了！请问九弟何在？你把他交出来！这件事从里到外都是阴谋，咱们完不了！告诉你，这是没出事，出了事，谁也别想活，大家一起死！”金珠也冷笑一声，叱道：“你和九弟的腻歪事当我们不知道吗？赶紧交出九弟，否则，咱们没完！”

白凤不慌不忙，拉把椅子坐下来。铁扇公子和铁铃公子束着手站在屋子一侧，默默不语。他们心中雪亮，这一切都与白凤有关，没有内鬼，引不来外贼。经过了一段时间的接触，他们真的喜欢珠仙子姐妹了，这姐俩的清纯和美丽深深打动了他们的心。这一切都是白凤煽风点火的结果，他们心中的爱情种子发了芽，情丝迅速生长起来。古人说“窈窕淑女，君子好逑”，谁不愿意有个美丽而又贤惠的妻子呢？只是他们不愿意与人争夺而已。

白凤笑了笑，轻言细语地说道：“九弟已经走了。他是岳霞的表哥，和岳武院沾亲带故，我不好阻拦。你们不是没有损失吗？不必和他计较了，不看僧面看佛面，饶了他吧。”

“不行！”银珠怒道，“这事没完！佩儿和刘姥姥不能白死！背后的主谋还没找出来呢，杀人偿命，欠债还钱，天经地义！我们马上报告院主。”

白凤慢悠悠站起来，一双美丽的丹凤眼瞟向窗外，淡红色的嘴唇一张，开言道：“院主远在千里之外，为了救母寻妹，带着一支百人小队，在异地他乡奔波厮杀，还是等等吧，尽量不要让他分心，回来再说也不迟呀！”

金珠想想也对，她看了看银珠，皱着眉说道：“先把刘姥姥和佩儿埋了，把那两个凶徒的来龙去脉查清楚，剩下的事等院主回来再说。”

铁铃公子看了看金珠、银珠，左手微微一抬，张口道：“那两人的来历已经查清，一个是黑鱼帮的噘嘴鲢丁九，另一个是南京的一个混混，名叫老宝，和九弟挺熟。据说噘嘴鲢丁九是个采花大盗……”

白凤回过头来，温言道：“说不定九弟也是受害者，他也中了迷魂药。不过，他脱不了干系，我以岳武院的名义写封信，将此事禀告金蝉腿李方亮，我相信李庄主会给一个说法的。”

铁扇公子阴着脸，眼眸里喷着凛凛杀气，愤然道：“可、可恨，至、至……极！”

过了两天，白凤正在大殿里算账，有人进来报告：“柳堂主带人回来了，进了消息堂，她带来一百多人。”白凤呼地站起来，惊道：“柳眉怎么回来了，她敢擅离职守？”

正在此时，戚继光的一个传令兵被领进大殿，捧出一封信。白凤看完后，对一个丫鬟说道：“春子，你去消息堂请六堂主白金珠、七堂主白银珠，请护法铁铃公子、铁扇公子，请客卿五毒师太来大殿。然后知会三堂主李虎子、五堂主马大响、九堂主柳眉，说大堂主接到了戚继光将军的书信，要召开堂会议事。”

春子身子微蹲，答应道：“是！”

五毒师太和仁义双雄兄弟到了，接着金珠、银珠和柳眉三人走进大殿。她们看也不看白凤，径直走到一张八仙桌子旁坐下了。过了一会儿，虎子和马大响大步走进来。白凤看看五毒师太，说道：“戚将军来信说，他就要带兵入闽了，如果院主有空，希望他下山呼应。”白凤说着把书信递给众人。金珠从神情肃然的铁扇公子手中接过书信，低头看去，金钗上那颗吊挂的珍珠微微晃动了一下，晶莹的光芒和凝脂般的脸蛋交映生辉。薄薄的信笺移交到黛眉微蹙的银珠手中，她头上吊挂的珍珠也是微微晃动，玉雕般的俊脸映射的却是一片冰寒。白凤看见书信回到桌子上，丹凤眼扫了众人一眼，说道："我想飞鸽传书通知院主，戚将军必是遇到困难了。他知道院主已经西去救母，还来信相邀，定是事关重大。我想立即通知院主，请院主定夺。"

银珠道："你不说让他先行救母，不让他分心吗？"

白凤轻声道："事有轻重缓急，若把戚将军的信隐藏下来，他还不掀翻了桌子？"

"好，那就把原信带去，顺便了解一下西征状况。"众人同意了，金珠和银珠立即回到消息堂，写了书信，连同戚继光的书信一起卷好塞进竹管里。银珠一只手托着信鸽柔软的毛茸茸的肚皮，一只手捏着信鸽橘红色的荆条似的小细腿。信鸽歪着小脑袋，瞪着玻璃珠似的小眼睛，伸出了上长下短带着鼻花的棕色小嘴，在银珠皓腕上蹭了蹭。金珠把小竹管顺在信鸽的小腿上，用一根细线绕了十几道，然后连续系了两个死扣，低下头，用洁白如玉的门牙把细线咯的一声咬断了。二人走到院子里，银珠素手一扬，扑棱一声，信鸽钻进了云霄。

晚上，李路骑马下山去了，到了鄱阳湖，他召集了几十个人，带领三艘快船，连夜出发了。他们沿长江下放，追赶九弟。同时，消息堂的人也在策划，伺机袭击白凤。

这天下午，凤玲从柳叶山庄走出来，钻进树林。她魂不守舍，跌跌撞撞地向密林深处走去，片刻之后，她找到一片空地。这里林荫蔽日，野花星星点点。凤玲扶住一株夭矫挺拔的白杨，仰天长叹，声音里充满了惆怅，充满了心酸和痛楚。忽然，凤玲打起拳来，她辗转如飞，拳脚生风。直击、下勾，上挑、斜劈，忽的一个肘锤，接着一个旋踢。她带着一腔的幽怨，带着满腹的悲伤，不顾一切猛击狠打。忽然，凤玲长啸一声，一拳击在自己的小腹上。她踉跄一下，双手捂着小腹，缓缓坐倒了。一会儿，凤玲的裙子红了，一股鲜血从裙子里顺着大腿流出来，淋淋沥沥，滴滴答答，落在点缀着香花野草的黄土地上。

凤玲木然望着昏暗的天空，两行泪水夺眶而出，喃喃叫道："孽种！孽种！你走吧！"

原来，凤玲已有身孕，思前想后，决定打掉。她心道："岳霞和我主仆二人，如果都生下私孩子，那也太丢人了。"

金戈听见啸声，弹射而来。他看到瘫软在地裙脚血染的凤玲，大吃一惊，四下里张望了一下，急忙道："怎么啦？敌人在哪里？"

凤玲哽咽着说："没有敌人，没有，我在练功……"

"什么？练功？"金戈两道锐利的目光扫来，盯住她殷红的裙子。凤玲看见金戈疑惑的目光，长叹一声，说道："金大哥，我不瞒你了，我怀了梁丫那个混蛋的孩子，我打掉了。"说完，呜呜痛哭起来。

金戈一步上前，扶住她，埋怨道："这多危险哪！你怎么不说一声，找个大夫看看，这样蛮干多危险？"

凤玲声泪俱下，说道："我哪有脸找大夫？金大哥，你走吧，我歇一会儿就回去，没事的。"

金戈看看她带泪的嫩脸和悲伤无助的眼神，疼爱地说道："我背你回去，来，走吧。"说着，扶起了她，弯腰作势，要背着她走。凤玲后退一步，摇手道："不，我是不祥之人，不能污了你的身子。别，别……"金戈回身出手，一把抓住她的手臂，闪身把她背在背上，说道："扔下你一个人，我怎能放心，你可是我的爱将。你也说了，你是我的贴身丫头，你要好好保重身子，我还等着你伺候我呢。"

凤玲伏在他背上，呜咽悲啼，哭得好不伤心。

金戈背着凤玲回到柳叶山庄，看见院里停着两乘大轿，顿时一惊。有人跑来报告：“巡抚太太和小姐来了，正在客厅里等您呢。”金戈向上颠了颠凤玲，说道：“好，叫杨堂主先招待一下，我去去就来。”

凤玲擦把眼泪，急道：“放我下来，我自己能走，你不必送我了。”

“别动，这就到了。”金戈说着大步向后院走去。

客厅里，谭夫人正在和长发婆聊天，铁嘴华正在逗晴儿。晴儿打扮得花枝招展，换了一身新衣，粉色的交领上衣罩着绿色的长裙。

金戈换了一件白边蓝色长衫，大步走进来，抱着拳笑道：“叔母、晴儿，你们怎么找到这儿的？”晴儿小嘴一扁，说道：“我们怎么找不来？我算出来的，一算就知道你们住在柳叶山庄，这儿可是桃花会的老窝？”金戈转身，一撩长衫坐下了，笑道：“不错，这正是桃花会的巢穴之一。来人，安排酒宴，招待咱们的贵客。”

晴儿身子一扭，问道：“听说你成了大侠，是真的吗？”

“大侠？”金戈笑笑，探着身子说道，“大侠可不敢当。大明王朝也没有人敢称侠，怕引起误会和嫉妒。不过当得起大侠的还有几个人，一位就是你面前的这位老爷子，人称铁嘴华，敢于说直理。他是黄山白神庄的掌门人，姓白名耀华。还有两位是直隶雄州镇的铁铃公子马森林，和他的义兄铁扇公子荆长生，二人合称仁义双雄，就是‘瓦桥兄弟盟’的二人，他们仁义待人，也可以称侠。我可不够资格，不能称之为侠。”

“我说嘛，你才练了几天武呀，怎么就成了大侠了。”晴儿笑嘻嘻地说，“金大哥，你练两手，让我看看，哪天我也跟你学学，说不定我也能成为一个大侠呢。”她说得兴高采烈，脸上的细小雀斑都闪起了亮光。

铁嘴华说道：“没错！你如果肯练，一定青出于蓝胜于蓝，说不定还真能当上女侠客呢。”铁嘴华一句戏言，把晴儿引上了不归路，开始了习武生涯。

中午时分，众人正在欢宴，飞鸽传书到了。金戈看过书信，随手交给铁嘴华，铁嘴华看了看又递给了长发婆。金戈举起酒杯，说道：“叔母、晴儿妹妹，我们要回南方了，寻母亲之事就拜托叔父和叔母了。金戈祝叔母芳颜永驻，愿晴儿妹妹美丽如霞！来，我们干一杯！”

谭夫人端起酒杯，说道：“放心吧，我们会尽心尽力的，你叔父已经看到你们的寻人启事了，他安排手下的人明察，你们暗访，再加上重金悬赏，一定能找到你母亲的。不过，他奉旨返京了，他接到八百里加急传召，已经启程，不会和你们歼灭桃花会的西北舵有关吧？”金戈道：“哦？我看不应该，朝廷不会这么快得到消息。”

晴儿瞪着眼睛看着金戈，听他说完，赶紧问道：“金哥？你怎么能自称金哥呢？我叫你金哥还差不多，你是怎么搞的？”

铁嘴华哈哈一笑，说道：“他就爱抢大辈，我也叫他金戈呢，你说是不是？金戈。”

金戈笑道：“你知道‘金戈铁马’这个词吗？我是金戈铁马中的金戈，姓金名戈，就是一支金枪，勇往直前。”

晴儿眨眨眼睛，笑道：“金大哥，我想到南方去玩玩，你带我去吧？”金戈摸了摸光秃秃的下巴，斟酌着词句说道：“我忙着打仗，恐怕没有时间陪你玩。等消灭了倭寇，消灭了桃花会，天下太平之后，再来接你去江南如何？”

“你骗我！四年前，你考上了进士，说是带我去游八达岭，第二天我起大早去找你，你却悄悄回了家。”晴儿两眼泪花闪闪，金戈怎么会不明白她的意思。只是，金戈不愿欠下情债，脸色一正，摇头道：“情非得已，还望晴儿妹妹原谅则个。”

第二天，金戈写了一封信，回复了双珠仙子，之后将建寨的工程交给了华山派，留下了一笼信鸽，启程南归了。

凤玲躺在马车里，脸色蜡黄。金戈坐在她身旁，心情沉重默默无语。

经过数日疾奔，他们来到武当山。金戈投帖求见，白双城立即带着几位师兄弟迎下山来。

铁嘴华拉着长发婆抢上前，对面前的几个道士说："来来来，我给你们介绍一下，这位长发美女就是我的新婚妻子，我新给她起了个绰号，叫作'长发美人'……"长发婆使劲推了铁嘴华一把，斥道："去去，别胡说八道了，多大年岁了，还一天到晚瞎咧咧，老没正经！"

白双城哈哈大笑，说道："铁嘴华临老夙愿得以实现，可喜可贺！长发婆本来就是武林美人，铁嘴华说得不错，把'婆婆'两个字去掉吧，叫长发美人多好听啊。我也给诸位大侠介绍一个人，来，七师弟过来，这位是我新晋的师弟袁光明，依次递补，他道号幺星子了，肖云改道号六星子，武当七星子又凑齐了，走走走，咱们今天大醉一场。"

铁嘴华说："这叫屁眼插……"

"……钥匙——开始！"五星子柴禾笑着接上了话茬。

"哈哈！哈哈！"众人跟着铁嘴华大笑。铁嘴华摆手道："不对，是屁股眼里插鸡翎——美飞了！哈哈！哈哈哈！"

众人走进真武大殿，分别落座，接着山南海北地聊起来。风云子白双城道："恶有恶报，此话当真不假。前些天，老奔雷的女儿闷天雷回来了，她具保赫连双江，县太爷收了她的好处，让赫连双江回家候审。谁知道俩人走在路上，赶上瓢泼大雨，两人跑到树下避雨，一个霹雷下来，劈死了赫连双江，劈焦了闷天雷。闷天雷吓得屁滚尿流，滚回太行山了。老天爷真是有眼，不由得你不信。我师父九泉之下，知道了必定心花怒放！"

金戈喜道："太好了，一了百了。"

铁嘴华道："这叫不是不报，只是时辰未到！时辰一到，必然得报！小鸡不尿尿，各有各的道！"

接着，金戈和白双城谈起戚家军来信之事，白双城当即表示，立即带领武当人马奔赴前线。

第二天，武当掌门白双城，带着几位星子和数十个武当弟子下了山，和岳武院人马一同奔向了福建。

这天上午，天灰蒙蒙的，武夷山上下起了蒙蒙细雨。白凤带着两个人出了门，向后山爬去。金珠和银珠正在消息堂汇总各地消息，得知金戈等人已经过了武当山。这时，一个女孩子跑进来，说道："白堂主带着两个护卫上了后山，不知干什么去了。"

金珠呼地站起来，叫道："叫柳眉！"一个女孩道："是！"

过了一会儿，柳眉到来。金珠道："立即带人上后山，跟踪白凤，我们马上就到！"

柳眉犹豫了一下，说道："大师姐、二师姐，你们真的要动白堂主吗？不等婆婆了？"

银珠摇头道："不能等，等他们回来，我们就别想报仇了。你想想，金戈他舍不得，爹爹和她连着筋，还能下手吗？我们想好了，我们也不要她的命，给她脸上留个记号就行。你们拦住闲杂人等，白凤由我们姐俩对付，赶紧去布置吧！"

"是！"柳眉虽然也是堂主了，可她是长发婆的人，仍然遵从二位师姐的命令。

山上细雨霏霏，白凤披着斗篷来到山顶，她登高远望，心情矛盾而沉重。白神庄来人了，祖母和父母要她立即回去。信中特别提到，南京月亮山庄为九弟提亲了，给的条件特别优厚，说是过门就当家，金蝉腿李方亮夫妇钥匙一交，去做闲云野鹤。来人还说，九弟似乎得了相思病等等。白凤的心情如同这阴霾的天气，阴沉沉的。远处，柳眉带着人四下里包围上来，白凤心情激荡耳目失聪，竟未发现她们的行动。等到手下人提醒，金珠和银珠已经提着柳条钢刀上来了。

白凤看见来者不善，连忙抽出七星剑，退后一步，叫道："干什么？要翻脸吗？"

银珠和金珠一左一右站定，呈犄角之势夹住白凤。银珠阴着脸说道："不错，你三番两次找我们姐妹的麻烦，我们一忍再忍，你得寸进尺，竟然干出卑鄙龌龊之事。今天，我们姐俩教训教训你！让你长点记性，懂点人事！"

"凭你们？一群专门做小的东西！"白凤也是久经沙场，身形一挺，霎时间斗志昂扬，朗声叫道，"来吧！正好我也不想活了，你们休想和我共侍一夫，鹿死谁手，让上天公断吧！"

白凤向前跃出，突然侧身横走，接着身子滴溜一转，利剑奔向了金珠。银珠踏步追来，刀出带风，呼的一声，柳条刀直射白凤的右肩。白凤缩肩塌背，身形侧走，宝剑灵蛇奔袭，继续攻击金珠。霎时间，三人刀剑并举，乒乒乓乓打在一起。跟随白凤来的护卫已被几个大汉拦住了，急得哇哇大叫。柳眉则伫立圈外，皱着眉头盯着她们，心中惶惶不安。

白凤指东打西，宝剑带起了咻咻之声。金珠和银珠一攻一守，柳条刀上泛起了霞光。但是，柳条刀上没有带上内力，珠仙子姐妹不想要白凤的命，只想伤她了事，并未真打。白凤呢，想的是"当堂不让父，下手不留情"，再加之她心情不佳，憋着一肚子气，脑袋已经发热，她是招招狠辣，招招进击，宝剑上布满了杀气。

白凤知道金珠箭伤刚愈，元气必亏，因此她主攻金珠，防守银珠，避实击虚，打得有声有色。白凤翻腾跳跃，剑光霍霍，七星剑洒下了一片星光，逼住了金珠。银珠一看情形不对，这样下去难免吃亏，立即加紧了攻势。银珠一个筋斗翻腾而起，长刀呼的一声斩向白凤的腰肢。与此同时，金珠蹲身旋转，一个“横扫千军”斜飞而起，柳条刀带起了一片啸声。白凤急切间一个“鹞子翻身”，冲出了刀网，接着连打两个侧手翻，宝剑来了一个“老树盘根”。霎时一阵叮叮当当乱响。金珠化解了白凤的攻势，脸上沁出了一层密密的汗珠，娇喘不已。她卧床两个多月，虽说箭伤已经痊愈，毕竟体力还没有复原，力不从心了。白凤目光锐利，已经看到了弱点所在，宝剑抖动，一把剑好像变成了千百条银蛇，化成了满天星雨，再次罩住了金珠。旁边观看的柳眉看得真切，一声惊叫：“不要打了！不要打了！”

“看刀！”一声娇叱！银珠盘旋而起，刀光如扇，斩向了白凤的脖子。

“放开打！不必再顾忌了！”金珠大叫一声。金珠明白了，看来不伤人是不行了。她们哪里知道，白凤有白神功根基，学会了岳武功的“三步追风”，又临摹过金戈的“天地八八枪”，已经是一代高手。况且，她也是久经沙场，屡次和金戈出生入死，实战经验非常丰富。所以，以金珠现在的体力和银珠联手，不要说擒住她，就是战胜她也颇为不易。金珠和银珠此时骑虎难下，只得以死相拼。她们知道，如果再手下留情，就有可能断送了自己的性命。因此，她们开始发力，刀上响起了嗖嗖风声。

忽然，白凤挺剑向金珠刺去，剑到中途，剑尖忽然震荡了一下，接着直刺而出，这一剑干净利索，动作有如闪电！这正是“天地八八枪”中“震荡出关”那一招，白凤看得多了，经常模仿，暗中学会了。她的剑招正符合“震而短，震而烈，弹而击，击而跃”的刺杀要旨。呛啷一声，金珠的长刀被震到了一边，接着寒光闪射而来。

“啊！”金珠一声惊叫。危急之中，金珠左手一撩，同时旋身撤步，嗤的一声，七星剑穿透了她的小衣，贴着纤细的腰肢一掠而过。

好险，金珠要不是用左手拨打一下，非开膛破肚不可。

白凤脸如朝霞，立目斥道：“识相的赶紧滚，不然，休怪我手下无情！”

金珠和银珠对望一眼，忽然单刀双双上举，双刀十字交叉，悬在半空。白凤看罢，心道：“她们俩竟有一人是左手刀，平时也没见谁是左撇子呀。”这时，两把柳条刀腾起了一层淡淡的白雾，二人忽然交换了位置，柳条刀都转到了身子的外侧，然后双刀拖地，二龙出水似的向前拢来。接着呼的一声，双刀飞起，带着一团白光一扫而来。

白凤吐气开声，一个“旱地拔葱”跃起空中，呛啷一声轻响，剑走人飞。金珠、银珠脚步一错，再次交换位置，双刀再次拖地而行。白凤不等二人靠近，立即挥剑抢攻。白凤白衣胜雪，剑吐白雾。金珠、银珠穿红挂绿，刀泛白光。霎时间，三个人都裹在一片白蒙蒙的雾气中。随之一股股阴寒之气弥漫开来，柳眉激灵灵打了个冷颤。白凤带来的护卫也不再喊叫，都瞪大了眼睛看着裹着雾气的人影。

片刻之后，薄薄的淡淡的白雾犹如一条白带在山间环绕。金珠和银珠把刀法发挥到了极致，白凤的宝剑也响起了咻咻之声，三把利刃带着寒风，卷着薄雾，翩翩起舞。柳眉等人惊得张大了嘴，望着眼前的奇景。三女裹着三团白雾轻纱，带着翻滚的白雾长龙，打得翻翻滚滚。此时白凤渐落下风。金珠和银珠刀光缭绕，舞起千重雾，荡起百丈风，把白凤紧紧裹在刀光之中。白凤吐气开声，幻出了无数剑影，激起了一阵啸声。金珠、银珠刀起刀落，宛如银蛇飞舞。白凤剑光缭绕，宛如彩蝶飘行。柳眉眉头紧皱，头不住摆来摆去。

金珠和银珠的武功虽然没有白凤驳杂，却基础扎实、功夫精纯，就像她们的人一样，清纯得好似一杯白开水，时间越久对她们越有利。渐渐地，两人左右了搏击的形势，银珠主攻，金珠掩护，二人打得有声有色。白凤知道久战不利，忽然一声清啸，声震长空。白凤运起岳武功，七星剑的剑刃上露出了耀眼的青光。白凤有攻无守，招招进击，开始拼命了。

这时，铁铃公子、铁扇公子弹射而来，五毒师太也风似的赶到。他们听见了白凤的啸声，听见了金珠、银珠的娇叱。他们看到三个女孩裹在一片白雾中格斗，大吃一惊。兄弟二人大喝一声，立即插入其中。霎时铁铃震响，铁扇飘飞，一阵叮当乱响之后，分开了争斗的三女。

铁扇公子抬眼看去，金珠和银珠的眼眉上、头发上都挂着细小的亮晶晶的水珠。白凤白衣胜雪，脸带寒霜，犹如一尊不惧风霜雨雪的白色石像。

五毒师太拂尘摆动，数落道："打呀，干吗不打了？这多好看哪，岳武院窝里反了！不用外人攻打，自己人和自己人干上了，哼！这么大姑娘了，就不怕外人笑话！"

金珠抢白道："耍阴谋的不怕笑话，单我们怕笑话？"

银珠也是怒眼圆睁，挺着起伏不定的胸脯喊道："别拦着，打死一个少一个！"说着又要上前，铁扇公子连忙上前阻拦。铁铃公子走向白凤，推她下山。白凤一言不发，七星剑当的一声送入了剑鞘，哼了一声，转身就走。

金珠和银珠看见白凤走远了，忽然跺脚痛哭，仁义双雄赶紧过来，劝这个，哄那个。五毒师太走到她们身边，劝道："哭什么，没出息！你们真想要她的命吗？你们有那么狠的心吗？回去吧。冥冥之中自有公道，善良人不会吃亏的！阿弥陀佛！善哉！"

铁铃公子看着哽咽的双珠姐妹，心中酸溜溜的，说道："院主快来了，回去吧，你们可不能感情用事，凡事想开点。走吧，回去吧！"铁扇公子也像兄长似的劝解着："善良，会有……好……好……报！走、走……吧……"

几个人拉拉扯扯，向山下走去。白凤刚到山下，有人来报，说是月亮山庄把岳霞送回来了。白凤听见，心里更烦了，柳叶眉上挑，丹凤眼里冒着寒光道：“知道了，来人安排到二号客院，只招待吃饭，不留宿！”

岳霞和张妈回到院主大院，白凤过来观看，嗬，岳霞的肚子好大，大锅似的扣在腰肢上。五毒师太赶过来，她两个徒弟连忙上前，嘻嘻哈哈地说着什么。岳霞依然疯疯癫癫，挺着大肚子在院子里转个不停，张妈小心搀扶着。岳霞的气色不错，白白胖胖的，油光水滑。白凤心中生气，嘟囔道：“怎么还不疯死！”然后又大声道：“回来了？”

五毒师太上下打量岳霞，喜道：“快坐月子了，赶紧安排，看样子就这几天了，准是个大胖小子！嘿嘿！”

白凤冷言道：“生小子好啊，顶门立户。”

张妈说道：“怕是难产，你看，谁有这么大的肚子？赶紧请大夫，李庄主说了，早做准备，免得临时抓瞎。”

五毒师太道：“我来安排吧，不用大堂主操心了。秋姑、冬姑，你们二人就住在院主大院里，随时伺候着，出了事，我拿你们是问！”

“是，师父！”两个尼姑异口同声地回答。

当天晚上，五毒师太请来一个稳婆。可是，一连几天，她们进进出出忙碌着，也不见岳霞分娩。白凤见五毒师太一手操办，也就懒得过问，自言自语道：“这样更好，出了事赖不到我。哼，最好这道鬼门关过不去，要不然跌个跤摔死也行！”

这天傍晚，夕阳刚刚下山，一轮淡淡的圆月早已升起。又是十五了，月圆较技的日子到来。戚继光带走了三百多人，白凤又招了几百人，岳武院依然是兵强马壮。白凤细心地打扮了一下，等到最后一抹余晖消失的时候，岳武院的钟声响起来，钟声悠远而绵长。

白凤背插宝剑，快步来到广场上。晚风吹来，吹动了她腰间的两个绿色绒球，吹动了她披肩的三千秀发，吹动了她白色的素花衣裙。白凤的俏脸转向了半壁峡，一抹余晖照亮了她的美丽面容，照亮了她油光水滑的涂了淡淡口红的嘴唇。

残霞未净，夜色将临，岳武广场上已经人山人海。金珠和银珠也来了，虽然她们和白凤已经不再说话，但是，月圆较技可不敢不参加。这姐俩也是淡妆轻抹，仔细打扮过，只是两人的脸色依然冷漠，如同这淡淡的月光，清冷而皎洁。

月圆较技开始了，三个较技台上龙争虎斗。金珠和铁扇公子在第一台当主持，银珠和铁铃公子在第二台当裁判，第三个台子上站着马大响和虎子两位堂主。五毒师太没有出来，想必是在岳霞那里。白凤算计着，金戈快要到了，她耳边听着战鼓的轰鸣，眼睛向一线峡方向看去，隐隐约约，似有火把蜿蜒而来。一会儿，一骑来报，西征的人马正在进山。

白凤蹦起老高，拍手道："我说嘛，他一定会在月圆较技之时赶来！来呀！响鼓重擂！"

一百多马匹、三辆四轮战车，风卷残云般奔过来。霎时广场上人声鼎沸，呼喊声响成一片。

白凤一阵风似的跑去，一把拉住金戈，眼圈都红了。金戈笑道："怎么了，不认识了？"白凤靠在金戈身上，流着泪说道："不认识了，我好想你……"金戈轻轻拍拍她，笑道："我们马不停蹄，我也想你们哪！诸位都好吧，继续比武，继续！"

金珠、银珠和长发婆、铁嘴华说着话，眼睛却瞅着金戈和白凤，银珠道："我去去就来！"说着，大步朝金戈走来。金戈甩开白凤，迎了上去，一把抓住银珠双肩，轻轻摇了摇，说："妹妹更漂亮了……"银珠道："哼，我哪有人家漂亮，别损我了。"

金戈连忙走到金珠跟前，左看看右瞧瞧，轻轻拉起她的手，亲切地问道：“彻底好了？”金珠幽幽地说：“差不多了。”

战鼓再次擂响，金珠和银珠依依不舍地看了金戈一眼，飞也似的跑上较技台。金戈带来的人立即加入进去，霎时，较技台上人影翻飞。铁嘴华歪着脑袋看着白凤，说道：“嗬，够漂亮的！知道爷爷要回来？”白凤皱眉道：“我是诸葛亮，能掐会算，当然知道了！”

正在这时，春子跑过来，看见金戈一怔，马上跳起来，叫道：“恭喜院主，贺喜院主，小姐生了。”金戈一头雾水，诧异道：“生了？生了什么？”

白凤冷冷道：“岳霞回来了，这几天待产。”接着她又问春子：“男孩女孩？”春子扭捏了一下，说道：“你们自己去看吧，我可不知道。”

“不知道？”金戈转身，对白凤道：“你继续主持较技，我去看看。”白凤道：“你去吧，我安排安排也去。”

金戈和春子一路跑进院主大院，看见院里灯火通明，丫鬟们跑来跑去。张妈看见金戈走进来，笑道：“看看吧，一个大胖小子，怕有六七斤！阿弥陀佛，母子平安，亏了请了稳婆，又请了一个大夫，不然的话，可难说了。”

金戈眼角一扫，一个老太太眯着眼睛喝茶，看样子是个稳婆，金戈招呼了一声，急忙跑进里屋。五毒师太看见金戈，立即满脸堆欢，笑道：“呀，你回来得太是时候了，一个大胖小子，你有儿子了。”说着，旁边传来哇哇的哭声，吓了金戈一跳。叫声从秋姑的怀里传出，声音非常刺耳。秋姑抱着孩子不住地颠，低着头说：“你爹来了，别哭，别哭！”

金戈上前细看，吓了一跳，只见这个小孩脑袋像个茄子，脸上两道浓眉连在一起，眼睛圆圆的，已经睁开，黑漆漆的眼珠看着房顶，不眨眼地哇哇大哭。金戈看他的怪样子，想起阴阳魔，这孩子简直脱了他的模子，一副凶神恶煞的模样，金戈不由得眉头皱起，心中不喜。

这时白凤进来了，走到五毒师太跟前，两人低声细语说着什么。

金戈来到岳霞身旁，只见她脸色红润，美丽的睫毛紧闭着，睡得很香。金戈给她掖掖被角，满意地笑了。这时候，金戈忽听白凤一声尖叫，连忙回头，只见白凤抱着孩子，还在大声喊:“快！拿开他的手！”原来，孩子的一只小手抓住了白凤的头发。冬姑掰开了孩子的小手，把孩子放到床上。

白凤打开孩子的襁褓一看，又是一愣，说道:“院主，你快来看看……”金戈过来一看，小孩两腿之间似男非男、似女非女，怪不得春子不说男孩女孩呢。金戈没见过这种情况，一时愣住了。五毒师太走过来，把孩子包好，说道:“他是男孩！这都不懂？长大了自然是男孩子，等五六岁的时候，找个大夫给他整治一下就行了，绝不影响传宗接代，放心吧！你看这孩子，手大、脚大、头大，将来不定多大个子呢。”

白凤眼一瞥，撇嘴道:“男不男、女不女的二尾子，还不扔掉，现什么眼？再说了，他爹是谁，你们都该知道！”

“不行！他好歹是条性命，救人一命，胜造七级浮屠！”五毒师太眼睛瞪圆，怪吓人的。接着她脸色略微舒缓，对金戈道:“你和霞儿赶紧成婚，过了满月立即办事。孩子都有了，哪有不成婚的！”

金戈心里发烦，皱眉道:“不是说好了明年三月初三成婚吗，怎么又要提前了？”

“好，三月初三就三月初三，反正也没多少日子了，再说了，岳家有了儿子，什么都不怕了！阿弥陀佛！”五毒师太说完，阴着脸笑了笑。

清晨，金戈和白凤刚完成了晨练，长发婆就来了，她往太师椅上一坐，张口就骂开了:“白凤！你个臭婊子、醋坛子！野狗生养的臭东西，你敢叫人糟蹋你的姑姑，你还是人吗？你还有人味吗？头上长疮，脚底下流脓，坏透了的东西，坟头上插烟筒，缺德带冒烟的玩意儿！你几辈子没见过男人哪，浪得你不知东南西北了……你想一个人独占，你有那么大的浪劲吗你……”

白凤被骂急了，叉腰叫道：“你住口！别以为你嫁给了我爷爷，我就不敢骂你！你再骂，我就回骂！反光镜、照妖镜，都是骂的你自己，你们娘仨一个德性，就会抢男人……”

“呸！你个小屁精，醋酸泡大的小婊子，你和你奶奶一个模样，就会占着茅坑不拉屎……”

白凤是个姑娘，骂街当然不会逮着什么骂什么，这样一来，她可就处在下风了。金戈和张妈走过来，两人一个拉，一个劝，长发婆的火才慢慢消退，最后说道：“金戈，你给评评理，她勾结九弟，给金珠、银珠下了迷魂药，让九弟带着两个大汉要糟蹋她两个小姑，幸亏文婆婆挨了一刀没有死透，临咽气点着了信炮，不知什么人杀死了那俩大汉，金珠和银珠才逃过一劫，你说，白凤这种狼心狗肺的东西，该骂不该骂？”

“你别听她胡说，九弟干的事，与我有什么关系？”

长发婆吼道：“与你有什么关系？你当别人都是瞎子！你脚踏两只船，我们刚走，九弟就大摇大摆地进出大殿，你们俩整天泡在一起，吓得别人都不敢到大殿里去了，你还掩耳盗铃呢！你就是个浪货，一天不见男人你都受不了！一点也不假。”

金戈想起当初白凤极力主张换人，让铁嘴华和长发婆出征，再一听这里发生的事，马上明白了，就说道：“婆婆，您先回去吧，让我查查，我会给您一个交代的，白凤是我的未婚妻，金珠和银珠也是我的未婚妻，手心手背都是肉，我不会有所偏袒，我会妥善处理，您消消气，来人，给英护法上茶。”

长发婆怒道：“不用了，我这就走，白凤，你给我听着，我看着铁嘴华和金戈的面子，不和你动真格的，再有此种事情发生，咱就白刀子进去红刀子出来！不死不休！你好自为之吧！”

正在这时候，凤玲跑进来，跳着脚喊道：“院主、院主，小姐醒了，她不疯了！她明白了，她明白了！快来看呀！快来看呀！”

金戈呼的一下站起来，跟着凤玲一溜烟跑进苦子房，只见岳霞两眼晶莹，斜着身子靠在被子上。她见金戈进来了，激动地喊道：“金戈！”

“岳霞，岳霞，你好了？”金戈连忙跑到床前，激动地拉住她的手。

“我没病！只是昏昏沉沉，老梦见恶鬼，你来了，我就不怕了！孩子呢？你看，咱们的孩子！”岳霞指着春子抱的孩子，凤玲连忙冲金戈眨眼睛。

白凤扭着腰走进来，长发婆也不紧不慢地走进屋子。看着看着，白凤的泪水唰唰流出来，掩面跑出屋子。长发婆哼了一声，喝道：“醋坛子，白神庄的醋坛子真是天下第一！”

“来！把五大抱过来！让他娘瞧瞧！”五毒师太说，“这孩子大手大脚，我给他起个小名叫五大，金戈，你给五大起个大名吧！”

说着，五大哇哇大哭起来，可他的眼里一滴眼泪都没有。金戈沉思了一下，说道：“这孩子的嗓门真大，他就叫岳鸣吧！”五毒师太闻声大笑，说道：“岳鸣！好名字！他就叫岳鸣！”

下午，金戈给戚继光写了一封信。来到消息堂，金戈安慰了金珠、银珠姐妹一阵，放飞了信鸽。第二天，金戈收到戚继光的来信，要他带人去福建兴化会合。

白凤看完信，幽幽地说道：“金戈，我想请个假，回家看看……”金戈看见白凤的眼里闪着泪花，柔声道：“我们一起去前线，好不好？”白凤摇摇头，说道：“爹娘和祖母要我回去一趟，一两个月，我就回来，我也舍不得你，可是，可是，我真不愿意和她们争风吃醋，让我回去好好想想，我也不愿意让你为难，我会想通的，你就让我回去几天吧。”

“那，好吧！派十几人跟随你，多带点礼物！”金戈这句话说到白凤心里去了，她爱慕虚荣，面子比什么都重要，处处显得高人一等才高兴。白凤笑了，说道：“那好，让傻蛋跟着我，给点金叶子吧！”

金戈心想：“铁嘴华视金钱如粪土，他的孙女却是见钱眼开，两人各走极端，真是好笑！”就笑着说道：“正好从陕西带来几十个金元宝，你拿走吧！千里迢迢！我们给拉回来了。你什么时候走？”白凤破涕为笑，说道：“明天早晨吧！你们此去攻城，小心些，我们可都等着嫁给你呢！”

金戈微笑着说道：“我也盼着这一天呢！”

“真的？”

“那还有假？我做梦都想呢，只是想让母亲见着……”

“你是死要面子活受罪！好吧，我听你的！我这人太冲动，血一上头什么也不顾了，你多包涵！”

“我会真心疼爱你的，放心吧！”

五十五 渚林论战

天麻麻亮，白凤像往常一样，练完了功开始梳洗打扮。她坐在镜子前，看着自己粉琢玉雕的俏脸，撕下了一片口红纸，伸出香舌，舔了舔嘴唇，抿住了红纸。潮湿的双唇嚅动了几下，取下黯淡了的红纸。她身子前倾，伸出葱白似的小指轻轻梳理了一下丹凤眼上覆盖的柳叶眉，然后对着镜子观察一下蓬松如云的黑螺髻和摇晃在耳畔晶莹剔透的翠绿耳坠，满意地笑了。白凤挺着胸站起身子，抻了一下月白的绣花对开比甲。笃笃，门外传来敲击声，接着金戈清脆的声音飘进来：“我来了，起来了吧？”话音刚落，吱扭一声，金戈推开屋门走进来。金戈看着刚刚打扮过带着一身慵懒气息的白凤，就像看见了一朵刚刚绽放的百合，一朵刚刚出水的芙蓉，不由得痴了。白凤洁白细腻的脸蛋上流淌着粉红色的云霞，美丽的丹凤眼里荡漾着深深的爱意，漆黑的瞳仁上蒙着一层薄薄的淡淡的雾水。白凤斜靠着梳妆台，默默地看着金戈，似乎有千言万语，要向他倾诉，似乎要把他印在脑海里，融化在血液中。

金戈感觉白凤的眼神有些异样，轻声问：“怎么了，你？”金戈抓住了白凤的手，感觉白凤的手掌冰冷潮湿。白凤眼里的水雾化成了泪珠，从眼角上滚落，流过洁白细腻的脸蛋，顺着细瓷般的下巴掉在地上，溅起一片泪花。白凤缓缓抱住金戈，把头伏在他宽阔的肩膀上，喃喃自语：“金戈啊金戈，今日一别，恐无再见之日了。”心里一酸，顿时泪如雨下。

“你说什么？”金戈身子一震，感觉到了白凤的颤抖。金戈推开白凤，捧起她的秀脸，柔声道：“白凤，你只能去一个月！一个月后你必须回来，你要给我摆庆功酒，我可不想庆功宴上见不到人。”说着，搂了搂白凤柔软的腰肢。

白凤丹凤眼含泪，深情地望着金戈，叮咛道：“你要谨慎些，小心些，不要逞能。听说这次攻打兴化的统帅不是戚将军，赵文华可能借题发挥，陷戚将军于不义。你也是他的眼中钉，你一定要忍耐，不要逞一时之勇。多学学戚大哥，能直能弯。我会给你安排庆功宴的，但是，你必须答应我，一定要忍世人所不能忍。”

金戈拉拉她的手，笑着说：“只要不是卖国求荣，我都忍。我相信，邪不胜正！”

白凤眼泪汪汪，低声道：“你一定要小心谨慎，少说话。”

白凤的嘴唇湿润，闪着一层淡红色的亮光，金戈心情激荡，轻轻吻了下去。白凤仰起下巴迎上来，四片嘴唇相接，白凤感到天旋地转，一股热流传来，身子不由得软了。

良久，白凤推开金戈，恋恋不舍地说道：“我该走了。”金戈如梦方醒，忙问：“早饭也不吃了？”白凤一拢秀发，苦笑道：“不吃了，路上吃。这么长时间没回家了，平时也不怎么想，一旦想起来，真是归心似箭。我走了，你多保重。”

金戈和白凤并肩走出院主大院，穿过岳武大殿，看见了停在门前的四轮马车。傻蛋手持马鞭，站在车旁。四轮车披红挂绿，好像精心装饰过了。十匹健马分列两旁，马上的武徒也是英姿勃发。金戈笑了，对于这些小事，白凤向来独具匠心，总能出人预料。

白凤接过傻蛋递过来的外黑内红的披风，披在身上，头一歪，笑道：“怎么样？好看吗？”

“好看，漂亮极了！真的！”金戈说道。

白凤招手：“来，上车吧！”金戈诧异道：“上车？”白凤眼里满是爱意，说道：“对呀，送我一程，不行吗？”

“行！”金戈恍然大悟，立即握住白凤的玉手，登上了马车。

车厢重新布置过，厢壁裱上锦缎，窗帘换成了白色的轻纱。车厢前部安装了一把乌木太师椅，两侧矗立着一高一矮两个黑色的茶几。一个紫金钵蹲在高几上，钵里插着一束鲜花。白凤拉着金戈走到椅子前，转过身，把金戈按在椅子上。金戈忙道：“你坐哪儿？我还是……”话还没说完，白凤再次转身，已经坐在金戈腿上。白凤慢慢转过身子，仰望着金戈，却对外叫道：“傻蛋，走吧！”

“是！”外面传来傻蛋的答应声。接着听到啪的一声马鞭响，传来吆喝声：“驾！驾！”

四轮马车动了，霎时间咕噜噜的声音传进来。金戈抱着白凤，心里热乎乎的，冲动的热浪滚滚而来。忽然，金戈听见哭声，低头一看，白凤正在嘤嘤哭泣，哭得悲悲切切、凄凄惨惨。金戈心里咯噔一下，升起来的欲火立即熄灭了。金戈摇晃着白凤，哄了好久，白凤这才抬起头。金戈转过白凤的身子，看见她美丽的丹凤眼里布满了晶莹的泪珠。

白凤轻启朱唇，问道：“金戈，你是不是很爱我？”金戈拍着白凤的肩膀柔声道：“那还用说，当然了。我非常爱你，怎么啦？”心想：“她是不是又要旧话重提？这可怎么办？”

白凤盯着金戈，正色道：“我讨厌金珠、银珠，我要杀了她们，你会不会帮我？”金戈一惊，道：“那么说，那件事真是你派人干的？”白凤点点头，说道：“对，是我！岳霞为了你刺腕剜心，救过你的命，我认了，谁叫我爱你呢。可是，你不能再娶我的两个姑姑。你想想，操心费力、打里打外，都是我。武林四仙子，岁数我最大，可是，你如果同时娶了我们四人，岳霞为大，金珠、银珠为长，我却落个最小。你要真的爱我，就让金珠、银珠嫁给仁义双雄两兄弟，他们最合适，他们才是天造地设的两对。”

金戈犹豫了，他爱白凤，但也爱金珠、银珠姐妹，要他抛弃金珠和银珠，无疑是割他的肉。

金戈喃喃地说：“我，我很爱你，可也舍不得她们啊……”

“不行！”白凤的眼瞪圆了，怒道，“要不然就别想再见到我！”

咣当一声，车厢跳了一下，似乎轧上了石块。金戈的心也随着咣当声收紧了。车厢里一阵沉默。过了一会儿，白凤软下来，幽幽地说道：“求求你了，我的大院主，你放弃她们吧，我会好好伺候你，我会好好爱你的！”

金戈望望白凤美丽多情的丹凤眼，望望她完美无瑕的细瓷般的面孔，心里翻江倒海，轻声道：“好吧，我来试试。如果我真能把她们放下，或者她们不愿意嫁给我了，我就不娶她们了，只娶你和岳霞。不过，如果我心里放不下她们，或者她们也不愿意离开我，你可不能……”

白凤接口道：“好了，好了，你不用说了，我知道了。你只要诚心实意地去试，真心真意地去疏远她们，真心实意地去成全仁义双雄兄弟，要是金珠、银珠依然死乞白赖地跟着你，我就无话可说了。我知道你真的爱我，你没有埋怨我，已经知足了，你下去吧。”

金戈搂搂她的腰身，说道：“我再送你一程吧？”白凤摇摇头，说道：“不用了，送君千里，终有一别，但愿我们不会永久分离。”金戈惊道：“你说什么？”白凤扭过头去，眼睛里又蒙上了泪水。她用力一推金戈，说道：“没什么，你下去吧，让一个武徒送你回去。”

金戈站起身来，拉着她的双手，笑道：“不用了，我正好练一下轻功。”

白凤随着金戈走到车厢口，低声道：“你多保重！”金戈打开车门跳下去，回身道：“你也保重！”

白凤打起门帘，站在车门边，目视着伫立路旁的金戈。马车渐渐远去，大树挡住了金戈的视线。金戈跑上附近的小山，举目远望，看见了拖着轻烟般尘土的四轮马车。白凤仍然打着帘子，站在车厢门口。金戈看见白凤好像在流泪。是的，她泪水长流，她在摇手。多少次离别，她也没有这样过，好像是生死离别似的。金戈的心一下子抽紧了，一种不祥的预感笼罩了他，急忙向山下追去。

金戈跑到武夷书院的大门旁，正好碰上秦院长带着一个小厮走出来。秦院长看见金戈，立即停住脚步，说道：“岳院主，你跑什么呢，岳霞真的好了吗？”金戈闻言止步，侧身道：“岳霞清醒了，彻底好了，您老这是上哪儿？”秦院长开怀大笑，说道：“哈哈！我说嘛，岳霞是个有福的孩子，绝不会痴傻呆茶的！这下好了，听说生了个大胖小子，我正要去看看……”

秦院长身边的小厮提着两个篮子，一个篮子里盛着两只老母鸡，另一个篮子里装着雪白的鸡蛋。

金戈和秦院长说着话，看见四轮马车拐过墙角不见了。金戈收回目光，说道：“那好吧，我也回去，我们一起上山吧。”

两人说说笑笑，迈步上山，可金戈的脑海里却不时浮现白凤那双带着泪水的丹凤眼。

金戈带着秦院长来到院主大院，走进苫子房。苫子房中间拉着一幅红帐子，把连二的房子隔成两段。这里的风俗，女人坐月子，不许外人张望。

金戈掀开帐子，说道：“霞儿，你义父来了。秦院长，进来看看吧。”秦院长摇头道：“我不进去了……”秦院长的声音未落，岳霞的声音就接上了：“义父，您进来吧，您又不是外人，进来吧。”

金戈拉开帐子，秦院长朝里面望了望，看见脸色红润的岳霞坐在床上，拥着一条薄被，说道："看见你了，拉上帐子吧。听见你的声音就行了，不进去了。霞儿，我拿来两只老母鸡，给你补补身子，等过满月的时候再来看你。你病好了，义父非常高兴，你好好养着吧。"

金戈拢上帐子，招呼秦院长落座。这时，岳霞悦耳的声音又传出来："义父，你就进来吧，不看看你的外孙了？"秦院长笑呵呵地说道："不看了，满月时再看吧！你好好养着，不差这几天，你的病好了，这才是件天大的喜事。"

岳霞伸手掖了掖裹孩子的小被子，说道："金戈，你招呼义父吃了午饭再走，你们可要多喝两盅……"金戈冲屋里说道："放心吧，少喝不了。秦院长，请喝茶。"

两个人坐下来，谈论着岳霞母子，两个人互相祝贺，满面都是笑容。

凤玲走进来，看见了秦院长，立即说道："秦院长看女儿来了？怎么样，小姐是不是胖了？"秦院长笑道："胖了，胖了，又白又胖，这可是你的功劳。金戈，你可要给凤玲记上一功。"

金戈端起茶碗相让，笑道："我会的，当然会的。"

下午，金戈送走了秦院长，安排出征事宜。接着，金戈安排了几个搜索小队，搜查周围的坡坡岭岭，寻觅梁丫的踪迹。

两天后，出发的准备就绪，梁丫依然踪影皆无。金戈心道："或许他早走了，出发吧，不能耽搁下去。"这次，金戈安排的留守人员是铁嘴华夫妇、五毒师太和凤玲。

这天清晨，金戈带着仁义双雄、金珠、银珠、马大响堂主、李虎子堂主出发了，他们当中还夹着武当派的几十人，队伍浩荡向南，奔向了兴化。半路上，金戈接到戚继光的传书，说兴化之敌已退，要他们赶往渚林会合。

第二天中午，队伍走过一个萧条的小镇，见到了前来迎接的快马。太阳西斜，天空飘浮着一团团棉花似的白云。队伍踏着云朵遮蔽的阴影来到了渚林。放眼望去，城外帐篷星罗棋布，旌旗招展。轻风送来一阵阵战马的汗腥气，金戈使劲抽了一下鼻子，将这熟悉的令人兴奋的气息一股脑吞进了肚子。

笑面佛，铁手佛和黑脸佛三位高僧身披红色的袈裟迎来，他们笑声朗朗。峨眉掌门黑剑罗仁杰大步流星，神鞭赵旭抽响了他的神鞭，铁胳膊郑振廷抱起了他的铁拳。长剑秀才诸葛云、算盘秀才常方圆呼喊着跑来，刀杰杨帆和枪杰陈子銮也是大步流星。武当派的肖云也出现在人群里。片刻间，两股人马会合了，营盘门外顿时热闹起来。金戈正和黑脸佛说着话，陡闻一声鼓响，人群呼啦一闪，戚继光大步走了过来。他身后跟着几员大将，俞大猷正在其中，将军们顶盔掼甲，脚步划一。戚继光洪亮的声音盖过了嘈杂的喧哗："欢迎欢迎，欢迎岳武院众武徒前来援手！欢迎武当派各位道兄前来助阵！"

俞大猷看见金戈，劈头就问："嗨！色鬼，这回带来了几位仙子啊？嗬，双珠仙子金珠、银珠，花仙子怎么没来？听说天仙子岳霞也好了，你怎么不把她们四位都带来呀？武林四仙子齐聚渚林，那该多热闹啊！两个仙子嘛……啊……啊……"

金珠和银珠相视一笑，银珠道："啊什么啊，两个仙子怎么啦，两个仙子还少啊，真是的！老酒鬼，你呢，带了多少小鬼老婆来？"金珠接口道："什么老鬼小鬼的，俞大哥现在是福建总兵了，鬼呀鬼的多难听啊，不嫌牙碜呀？"

俞大猷说道："牙碜什么，鬼好啊，你们是仙，我们是鬼！鬼仙同堂啊，啊，哈哈……嗨，你别提总兵官什么的，提它就远了，还是兄弟相称来得亲热。"

这时戚继光已经拉住了金戈的手，双手抖动，叫道："耽误你救母了，南塘多有得罪。”金戈眼睛放光，应声道：“哪里话，既然精忠报国，自是国事为先！”

众人哈哈大笑，戚继光叫道：“好！筵席早就摆好了，就等着你们开席呢？”金戈惊异，问道：“这么晚了，怎么还等着我们？”俞大猷转过身来，叫道：“戚将军叫我们等着你这个色鬼呢，我的肚子咕咕叫了好几遍了，快走，俩鬼喝酒！”

酒宴摆在圆形大帐里，戚家军为岳武院和武当派的兄弟们接风洗尘。席中，笑面佛没见着铁嘴华，不住地唠叨，一脸的遗憾。他想起铁嘴华的模样，忽然哈哈大笑，站起来说道：“我这杯酒，敬我的好兄弟，黄山白神庄的铁嘴华，敢于说直理的铁嘴钢牙白耀华！他那句‘遇有不公，勇者当鸣’之言令人振奋！老衲想念你，你个老骨头怎么不来？我敬你一杯！请！哈哈……”

戚继光站起来，也说道：“我也敬铁嘴华一杯！敢于仗义执言的老哥哥，请干这一杯！”

“我也敬铁嘴华一杯！”霎时间，遥敬铁嘴华的呼声不绝。

金戈心道：“想不到铁嘴华的人缘这么好！”他看看另一桌子上的金珠和银珠，她们和仁义双雄坐在一桌，似乎不太高兴。怕是因为没有和自己坐在一起的缘故吧，银珠看见金戈望来，目光竟然移向别处。金戈笑了，心道：“遇到酒宴，白凤和自己坐一桌，那是她自己过来的，她来了，自然没人撵她走。可是，你们不过来，我怎么能叫你们坐到我身旁呢？毕竟这是主桌，论资格，你们确实不够。不过，你们若是来了，没人赶你们回去。正好，按白凤说的，冷冷你们，看你们如何表现。”

饭后，金戈安排各人的帐篷，金珠和银珠给自己要了一顶帐篷，并没有挑选挨着金戈的帐篷。帐篷安排好了，金戈本想过去看看她们姐妹，可听说戚家军被赵小峰带走了，放心不下，立即赶了过去。

金戈急促的脚步声远去了，金珠、银珠姐妹俩走出帐篷，向远处望去。她们希望金戈过来坐坐，也希望金戈给她们换个帐篷。她们没有说出来，心里恼恨着白凤，看见金戈至今没有处理白凤，也想掂掂她们在金戈心中的分量。

戚继光和他的卫队进了渚林城，来到了一座戒备森严的大院前。金戈正在附近观望，俞大猷到了，金戈和俞大猷打声招呼，随着他的卫队进了大院。俞大猷和金戈刚走进大厅，广东总兵刘显也到了。这时，斜坐书案后的赵小峰懒洋洋地站起来，举起手中的金钺大令，仰着额头发黑的脑袋叫道："诸位听着，我奉江南军务总督之命，前来渚林指挥作战。广东总兵刘显听令，命你率广东兵马，明日兵发卫城，并在后天卯时开始攻城。福建总兵俞大猷听令，命你带领福建兵马，赶往莆田，截击来援之敌。副总兵兼指挥使戚继光听令，命你带着你的部下赶往海边，上船出海，截击海上来援之敌，不得有误！"

刘显一听，脸色唰地变了。他抖着战袍慌忙出列，抱拳道："赵监军，攻打卫城，我们应当集中兵力，以排山倒海之势压过去，你怎能分散兵力，使我强军变弱军，以寡敌众呢？"

赵小峰吼道："你说什么？你敢动摇我军心吗？"

刘显闻言激灵灵打了个冷颤，但他还是挺着胸脯分辩道："卫城中倭寇有六千之众，而且战斗力非凡，一水的浪武社武士，携带追杀我两万兵马之威。以我广东区区三千兵马，如何能攻下城高墙厚的卫城？这不是坑我们吗？"

赵小峰道："你三千兵马还少吗？当初戚继光的三千兵马纵横整个浙江，杀得倭寇闻风丧胆，你三千兵马就不是兵马吗？金钺大令在此，你胆敢抗令吗？"

刘显嘟囔道："这个，这个……"

俞大猷一晃大黑脑袋，走出队列，喊道："姓赵的，你小子懂兵法吗？你想让三千广东兵白送命啊？我们有两万多兵马，你却派三千人去攻城，你喝了糊涂药了？两万多人马全部压上去，也不见得能攻下来！你真是狗屁不懂，趁早滚到一边去，别在这儿瞎起哄！”

啪，赵小峰拍了一下桌子，吼道：“放肆！我不会打仗，你会吗？你会打仗怎么把自己打进大牢？别忘了，没有赵总督保本，你能官复原职吗？他娘的，你趁早给我闭嘴！别好了疮疤忘了疼！”

刺啦一声，俞大猷把战袍撕开了一个大口子，瞪着眼睛叫道：“你看看，哪个战将身上不是伤痕累累，我大小几百战，身上伤疤二十七处，只有流过血的人，才知道战争的残酷，才知道来不得半点马虎！你这样用兵，成千上万的士兵会冤死城下，你良心何在？这样的军令，我们不听！”

“你说什么？你有胆再说一遍！”赵小峰眼睛瞪得溜圆，死死盯着俞大猷。俞大猷一梗脖子，吼道：“我们不听！不听！不听！”赵小峰一转身，吼道：“来人哪，把俞大猷绑了，拉出去斩首示众！”

呼啦一声，侧门里拥出十几个士兵，立即围住了俞大猷。

“慢着！慢着！”戚继光伸手拦住上前的士兵，大声道，“赵监军，请息雷霆之怒，容末将说上几句。”

赵小峰开口道：“戚继光，你有话说？屁！当初我叫你提拔我的三个随从，你说什么‘积功升’，今天这屋里，你的功劳最大，可只有你是个副总兵，官职最小！哪一个跟你讲‘积功升’了？你要识趣的话，乖乖地听话，顺着我叔叔的杆子往上爬，没亏吃，不然的话，你就是吃屎也赶不上热乎的……”

戚继光笑道：“赵监军说得是，说得对。不过，我还是要说上几句，我怕你一朝不慎，弄个灰头土脸，那样一来，怕你在赵总督跟前不好交代。”赵小峰歪歪脑袋，瞪着眼说：“好，你说，你就是说得天花乱坠，我也要杀了俞大猷立威！哼！”

戚继光前跨一步，摇头道：“大战未开，先斩大将，兆头不好。

再说，俞大猷深得士兵的爱戴，你这样杀他，怕是军心有变。依我看，俞总兵抗命之过暂且记下，让他阵前戴罪立功，如果他再不服将令，你再杀不迟。再者，赵监军虽有赵总督的金钺大令，但士兵们不知道，士兵们不会听你的。你要想立威，就应该登坛拜帅、明令祭旗，才好在我明朝大军中树立威望。然后，赵监军在帅台上当众点兵，如有不服者，立即斩杀，这才能壮我军威，这才能让我明军将士们心服口服。”

赵小峰脸上出现笑容，颤悠着身子道：“好，好，看你戚继光的面子，我先饶了俞大猷。俞大猷，你给我听好了，再有下次，我杀你个二罪归一！另外，登台拜帅的事……”

俞大猷晃动膀子，挣脱了卫兵的束缚，又要上前争辩。戚继光伸手一推，把他推进队列，然后道：“后天是黄道吉日，卯时请您登台拜帅。台子就搭在东城外。我派人搭台，并准备好一切应用的物件，赵监军就等着上台发号施令吧！”

赵小峰摆了摆手，仰着下巴道：“好，好，就依你，散了，散了，他妈的散了。”

戚继光回到了军营，满面愁容的刘显总兵和怒发冲冠的俞大猷总兵身后随行，几个人默不作声地走进了戚继光的大帐。坐定之后，戚继光给刘显介绍了金戈，然后道：“俞将军，请你连夜赶往福州，把这里的情况告诉福建巡抚谭伦，让他过来斡旋。皇上此次召集三省兵马会战兴化，是他请的旨，福建的倭患与其利害相关，他来了或有转机。”

金戈惊道：“谭伦？他来福建了？他不是陕西巡抚吗？一个月前我们还在西安见了面……”

戚继光道：“他刚到，他奉命接任福建巡抚，督剿境内倭寇，他可是一个干臣。”

金戈摸着下巴道:“不错,他应该会有所担当。”

刘显摇摇头,叹道:“难,赵文华是江南兵务总督,权倾朝野,他一个刚上任的巡抚,恐怕,恐怕……”

俞大猷道:“除此之外,你还有什么办法吗?你敢硬顶吗?”刘显道:“硬顶我不敢,可让我那几千人去攻城,是白白送死,绝对不行!唉,这兵没法带了!”

戚继光沉声道:“我们一边请谭伦,一边想办法。不用急,赵文华的阴谋不会得逞。”

刘显惊道:“阴谋?啊,难道……”

俞大猷跺着脚大声道:“我走了,我去请谭伦。色鬼,你的鬼主意呢?赶紧想,不然,你俞大哥的脑袋就掉了,到时候再想找我喝酒,只能清明节时到坟头上去找我了。”金戈淡然道:“戚将军已经成竹在胸,你不必担心。我也会尽力而为,放心去吧,请来谭伦才好布局。”

“好,我去了。”说完,噔噔噔几声,俞大猷带着一股风奔出了帐篷。接着刘显抱抱拳,红着眼,老牛似的低着头,哼哼着大步走出去。

听不见刘显的脚步声了,金戈看了一眼自己脚上那一双溅满灰色泥浆的鹿皮快靴,抬头道:“戚大哥,你还有别的计谋吧?双管齐下?”

戚继光从帅案后面转出来,摘下头盔笑道:“你猜到了什么?”

金戈抬起头来:“盗他的金钺大令!在他登台拜将之时,让他拿不出令箭,让他无法号令三军。谭伦来了,能当统帅最好,如果他不愿做统帅,也让他明白这里发生的事情,做一个见证。然后,我们再定行止,以保证对卫城倭寇的大创尽歼。”

戚继光哈哈一笑,说道:“知我者,金戈也!不过,盗令要在明夜进行,今晚不能下手,我们要给赵小峰一个措手不及。”

金戈笑道：“好，这件事就交给我吧。”

金戈走出大帐，踏着皎洁的月光走向豪杰们的驻地。不知不觉间，金戈走到金珠、银珠的帐篷旁。这时，一个男人的声音从帐篷里传出来：“怎么样，好看吧？瞧，皮毛雪白，眼睛血红，没挡了！你们女孩子肯定喜欢。”金戈听出来了，这是枪杰陈子銮的声音。

“这只兔子好漂亮啊！你这是什么，金海螺？”帐篷里传出银珠娇嫩的声音。

“是的，金海螺，好看吧？”岭南的甜糯软语传出来。

“哦，二杰二秀在她们的帐篷里。”金戈窃喜，心想，“他们来巴结金珠、银珠，算了，还是走吧，别打扰她们了。”金戈转身迈步，耳边却飘进来一句让他意想不到的话：“哎，我说二位珠仙子，听说你们都要嫁给金戈，是真的吗？我想不会吧，没有道理呀。想想你们二位，那也是名动江湖的美女，武林四仙之二，怎么会去做小老婆呢，还要甘当第三第四呢？不可能，不可能，打死我也不信。”

银珠银铃般的声音响起来：“能让当第三第四就不错了，恐怕第三第四人家也不让当呢！”

“嘿，你们是不是吃错了药了？凭你们二位，天下的奇男子你们随便挑、随便选，我敢说，你们选上的人，哪个不把你们当眼珠子，捧在手上怕摔着，含在嘴里怕化了，哪个敢不跪倒在你们的石榴裙下俯首称臣？我就不懂了，怎么武林四仙子都去抢一个人，而且甘做人后？不懂不懂，真的看不懂……”

银珠的声音：“有什么懂不懂的，我们这叫自讨苦吃……”金珠的声音飘出来，声音里带着一股酸涩：“别提了，说点别的，还有什么新鲜玩意儿吗？拿来看看……”

金戈摇摇头，自言自语地说：“真是难为你们了。”金戈抬脚迈步，差点和春子撞个满怀。春子看见站在月光下的金戈，连忙蹲身施礼，歉然道：“院主，是你呀，对不起，你不进去坐坐？”她手里端着宽沿铜盆，铜盆里的清水晃荡着。

“不了，让她们聊吧，我还有点事，就不进去了。”

金珠、银珠的帐篷里高朋满座。春子放下铜盆，走到金珠身旁悄悄说了几句，金珠抬眼看向二杰二秀等人，婉言道：“今天晚了，各位歇了吧，我们改天再聊，不送了。”

客人们依依不舍地走了，银珠诧异道：“怎么啦，干吗赶他们走？”金珠把一绺秀发抹到耳后，懊悔道：“春子说，金大哥来过了，见好多人在咱们帐篷里，就走了，等会儿或许再来。”

银珠道：“他来不来关我们什么事，让他吃点醋才好呢，别拿我们不当回事！白凤耍阴谋，至今也不给个说法！哼！”

“你真这么想吗？”

“要我说，咱们冷冷他，看看他到底对咱们怎么样，咱们可不是没他不行。咱们也是赫赫有名的武林四仙子之二，他们说得有道理。”

“可是，我放不下……呜呜！”金珠忽然哭了，久久被压抑的情绪释放出来，就像一股决了堤的洪水，一泻千里。

爱情这东西，好比一朵绚丽的花朵，相爱的人要用心血来浇灌它，才会茁壮成长。千万不要来什么考验，来什么冷冷，因为这朵花很娇嫩，经不起风雨。他们这么互相一冷，就冷出毛病来了。

第二天晚上，俞大猷带着谭伦来到戚继光的大帐，接着刘显也到了。谭伦整了整官袍，摘下乌纱帽，凛然道：“各位总兵，眼下的情势不利，谭某不才，愿据理力争，夺了赵小峰的统兵大权，纵然粉身碎骨，谭某在所不辞！赵文华不是杀了两个巡抚吗？那就让他杀第三个巡抚。但是，既然皇上让我快马加鞭赶来福建助你们清剿倭患，我就不能让三省兵马会剿倭寇的大计落空。明天登台拜帅，我会上台力争，各位不必多虑。纵然掉了脑袋，谭某也绝不会退缩半步，绝不让他分兵送死之计得逞。到时候翻了脸，你们立即兵发卫城，一切有我担当。至于如何作战，还请各位将军拿个主意。”

戚继光道：“末将愿率浙江兵马主攻卫城，请俞兄、刘兄两翼协助。”

谭伦大喜：“好！那就请戚将军主攻，刘总兵、俞总兵两翼夹击。何时进攻，如何收兵，请俞总兵、刘总兵听命于戚将军。戚将军虽然只是一位副总兵，但戚将军的浙江兵马最多，而且挟有连战连胜之威，因此，还请二位总兵屈尊纡贵，听命于戚将军。”

“是！”俞大猷和刘显齐声答道。

谭伦道：“明天我要抬棺进言，以死抗争，如若我死谏不成，还请各位将军以朝廷大计为重，合力拿下赵小峰，我会留下遗书为你们开脱。”

戚继光抱拳道：“好！既然有谭巡抚给我们撑腰，我们就没有后顾之忧了，我们会齐心合力，全歼卫城之敌，以报巡抚大人的知遇之恩！”

俞大猷高兴了，瞪着铃铛大眼叫道：“好！戚将军，就这么干！不遵他的狗屁大令！”

刘显也激动了，说道：“巡抚大人，您可救了我了，您可救了广东三千兵卒了，我刘显谢谢大人！”说着，刘显撩起战袍便要下跪。谭伦一把托住刘显的胳膊，说道：“戚将军提倡‘文死谏，武死战’，不该如此吗？将士们提着脑袋上阵杀敌，文人挺着胸膛和奸党抗争，我们都是为了社稷，都是为了朝廷，不必致谢，起来吧。戚将军，你就放手指挥吧！”

戚继光拿出一张草图，摊在桌子上说道：“我们今夜就做好攻城准备，明日卯时拜帅不成，立即兵发卫城。我们三路兵马，要以排山倒海之势压过去。到了城下片刻不停，直接攻城拔寨！我身当中哨，主攻南门，俞、刘二位大人领兵左右夹击。我再调动六百骑兵在北门外设伏，如果敌人出城，就迟滞逃敌。然后我三路兵马火速出城，于北门外围歼倭寇。”

谭伦看着草图，问道：“六百骑兵拦截逃敌，是不是少了点？倭寇一旦出城，一定会拼命逃窜。”戚继光道：“他们只要能够迟滞倭寇的行动即可，我们的大队人马随后就到。在田野里，我们的鸳鸯阵、三才阵威力巨大，才会大创尽歼。”

“好！我们谨遵号令，依计而行！”

见大事说妥，金戈从阴影里大步走出来，抱拳道：“谭叔父，侄儿有礼了！没想到我们叔侄会在福建沿海并肩御敌。”谭伦看见了金戈，眼睛一亮，急忙道：“啊，你回来了，太好了。晴儿他们还在陕西呢，如若我不幸殉国，就拜托你把他们送回老家，并麻烦你照顾他们了。”

金戈凛然道：“叔父放心，只要我金戈在，就绝不让叔母和晴儿、松儿受到半点委屈。只是，我也朝不保夕，赵文华欲置我于死地而后快。但是，只要我活着，就会照顾他们，戚大哥也会照顾他们，敬请谭叔放心。”

戚继光、俞大猷、刘显齐声道：“大人放心，我们会有所担当。”

谭伦车转身形，大声道：“好！有你们一言，我谭伦勇气倍增，你们就看我的吧！”

俞大猷咧着大嘴喊道：“好！”

谭伦凛然道：“除死无大祸，顶穷挨了饿！赵文华受到弹劾，严嵩老贼也病倒了，他一时半会儿怕是到不了福建，难道我们连一个不学无术的监军都对付不了吗？人不畏死，世上岂有可怕之事！”

金戈回到自己的大帐，进门一看，少林住持笑面佛、武当掌门白双城，以及神鞭赵旭、铁胳膊郑振廷、黑剑罗仁杰等人都等在大帐里。金戈立即把谭伦到达前线的消息告诉了大家，然后讲述戚继光的攻城方略。金戈道:“卫城周长八百多丈，宽一丈四尺，高两丈有余，开设了四个城门。卫城的城墙是石头砌成的，坚固高大，是平海、莆禧的卫城。城里有六千多倭寇，他们就是在兴化屠城的那批倭寇，皆是亡命之徒。这批倭寇为了坚守卫城这一要冲，配备了火箭车和掷石车。我们三面分兵攻城，火箭的准头不行，起不了多大作用，掷石车发动慢，也用处不大。真正的杀伤力还是弓箭和滚木礌石。戚将军要我们在大军攻上城墙之后，相机夺取城门楼子，打开城门……”

忽然，门帘呼的一声飞起来，随着一股冷风，铁嘴华晃着秃脑袋闯进来。他进门就喊:“我说，你们这是干吗呢？嘿，老家伙们都在这儿呢，好！大眼瞪小眼的看什么呀，没见过我呀？啊？哈哈哈……”

“爹！您怎么来了，我娘呢？”银珠噌地站起来，迎上去。金戈也站起来，急道:“出了什么事了？您怎么跑来了？”

“屁事没有，我是来打倭寇的！哈哈，还真让我赶上了，谢天谢地！”铁嘴华哈哈大笑，撇着嘴说道，“怎么着，王八吃秤杆——直了脖了？哈哈，甭瞪眼，我都安排好了，保证岳武院安然无恙，把心放到肚子里吧！坐地炮上山了，我把他留下了，这小子给咱们站岗值班呢！”

银珠和金珠跺脚大喊:“爹！我娘呢？”铁嘴华转过脸说道:“在家呢！喊什么喊，还怕狼叼了你娘去呀？嘿嘿！还有一件事，华山来信了，金夫人有消息了，她病好后被人贩子卖到了桃花会，当时桃花会正凑人去朝鲜，就把她放在那群人里送走了。华山派抓住了桃花会的一个女楼主，我特来告诉你一声，你要北去朝鲜，就把这里交给我。你走你的，我带着他们攻打卫城。怎么，你信不过我？”

金戈闻言愣住了，母亲的身影立刻浮现眼前。可是，攻打卫城在即，赵小峰又阴谋分兵损将，他岂能就此离开。金戈细眼圆睁，说道："我不能走，这里有文武两场恶仗要打，而且文仗比武仗还要凶险，我要帮着戚大哥渡过难关。打完这场恶仗，倘若我还活着，马上北去朝鲜救母，如果我活不成了，就拜托您老人家，替我走一遭。"

"好！好！只要我不死，我这把老骨头就豁出去了，给你跑一趟。朝鲜可是出人参美女的地方，正好过去看看。不过，远着呢……冷着呢……唉，我说，你们怎么不说话，这仗是怎么筹划的，什么时候开打？"铁嘴华谈笑风生，抽鼻子瞪眼，连说带比划，说个没完。

金戈见铁嘴华的话告一段落，连忙招呼他坐下。之后述说当前敌我态势，商量进城夺取金钺大令之事。金戈的话音刚落，铁嘴华就嚷开了："太好了，偷他的金钺大令，这事非我不可！我有皇上赏的四海行走御牌，赵小峰算个屁，我敢大摇大摆地进去，拿起大令就走，他能把我怎么样？他只能干看着吹气，连个屁都不敢放！"接着铁嘴华一转身，又说道："金戈、笑面佛、铁手佛，还有铁铃公子、铁扇公子，你们几个跟我去，有六个人去就行了，用不着兴师动众。其他人都歇了吧，嘿，我说，这叫来得早不如来得巧，线头跌进针眼里——太巧了！巧儿的爹打巧儿的娘——巧极了！大巧背着小巧——巧上加巧了！"

众人都笑了。金戈脸上的阴霾尽去，朗声道："既然如此，马堂主、李堂主、金珠堂主、银珠堂主，你们去做准备，明天卯时点将之后，率领岳武院人马即刻扑向卫城。到了城下，随戚家军正面攻城。无悔大师、各位掌门，你们还有什么吩咐吗？"

笑面佛道："我看这样，少林僧兵就不参加登台拜将了，我们先行一步，也好了解一下敌情。"

神鞭赵旭也说道："神鞭门也先行一步，在卫城下迎接各位。"

铁胳膊郑振廷道："铁臂门也愿头前开路。"

金戈看了看众人，说道："行啊，愿意先行的，可以随少林僧兵先行。不过，各位到了城下不可张扬，不能暴露大军的意图，还有别的事吗？”

“没了！”

金戈道：“好，就这样吧！”

笑面佛道：“阿弥陀佛！”

没事的人都出去了，铁嘴华一捅金戈，说道：“哎，我说，我装个要饭的行不行？我在行辕前捣乱，你进去做贼，他们四个上房接应，怎么样？我保证让赵小峰的驻地乱了营！”

金戈笑道：“行啊。”

笑面佛哈哈大笑，说道：“阿弥陀佛，善哉！”

铁嘴华一伸脖子一瞪眼，喊道：“好，就这样了，我去化装，你们等等我，我要找套像回事的衣服。要不你们先走吧，听见大门外一乱你们就动手。哎，对了，姓赵的小子住在哪儿？”

“进了渚林城，顺大街一直向北走，看见一个有石头狮子的大门就到了，门楣挂着‘薛门府邸’的牌匾，门口有卫兵把守，好认。这是个大户人家，赵小峰一到渚林就征用了这所宅子。”

“好！那我走了，一会儿见！”铁嘴华说完一猫腰，噌地蹿了出去。

铁手佛哈哈一笑，说道：“铁嘴华不愧铁嘴之称，看看，他一来，别人谁都插不上话了。住持，我们是不是该走了？”笑面佛看看金戈，说道：“岳院主发令吧。”

金戈微笑着说道：“走吧，我们分散走。你们四个商量一下各自的位置，蒙住脸面，千万不可暴露真面目，不能给戚将军惹下麻烦。”

众人道：“好！”

二更了，银白色的月光照射着冷清清的大街。忽然，两个石狮拱卫的大门前来了一个邋里邋遢的叫花子。趿拉着鞋的叫花子抬眼看了看门上牌匾，登上了青石台阶。台阶上站着两个打瞌睡的卫兵，他们抱着红缨枪，耷拉着脑袋。灯笼照耀下，可见一个卫兵嘴角滴答着拉黏线的口水。

叫花子到了门前，举起拳头，咣咣擂响了大门。卫兵一惊，挺枪道：“什么人？”装扮成叫花子的铁嘴华歪歪脖子，吼道：“老人！小子，你没长眼睛吗？”说着，铁嘴华铆足力气，抬脚向大门踹去，咣当一声巨响，大门敞开了。

“你找死！”一个卫兵伸手来抓铁嘴华，铁嘴华滴溜一转，两个卫兵还没闹清怎么回事，已经趴倒在大街上。院里传来脚步声，霎时间台阶上站满了人。铁嘴华退到大街上，晃着脑袋说开了：“赵小峰，王八蛋，吃饱了撑得没事干，张着口袋装洋蒜，撅着屁股当王八蛋，和他叔叔一样坏，辱没了祖宗当汉奸。乡亲们，过来看，渚林城里来了大坏蛋。

“赵小峰，王八蛋……”

赵小峰出来了，骂道：“哪儿来的臭要饭的，给我打！打死他！”卫兵们扑上去，铁嘴华转着圈跑。铁嘴华东一拐，西一闪，一边转一边唱，在大街上转开了圈。

院子里，金戈闪身蹿进了大厅，走进赵小峰的寝室。寝室里灯光明亮，金戈看见了乌木板柜上的一溜胆瓶胆罐，一个插着鸡毛掸子的胆瓶里，露着半截金钺大令。金戈大喜，进步探手，捏住令尖往上一提，金钺大令就到了手中。金戈仔细看了看闪着金光的金钺大令，确认无误后，揣进怀里。金戈目光再扫，栎木大床上横着一条拧着麻花的被子，圆桌上放着一盘水果，桌子上摆着一个酒壶和两个细瓷酒杯。金戈转身要走，忽然发现梳妆台上放着一封信。这是一封露着半截信笺的书信。金戈迈步上前，抽出信笺看去，原来是倭寇的来信。金戈目光扫了一遍，立即塞进镖袋，闪出了屋子。

大街上，铁嘴华还在说，还在转。赵小峰越看越有气，站在台阶上和铁嘴华对骂起来：“你老混蛋，你个老王八蛋，吃饱了撑得没事干……”一个女倭寇缠上身来，说道：“赵大人，消消气，您何必跟一个臭要饭的置气呢？您是兵马大元帅了，别冻着了，回去吧，奴家还要给你暖被窝呢。”听见这带着热气的话语，赵小峰才感觉到身上有点冷，跺跺脚喊道：“你们四面围住他，抓个活的官升一级，打死了，赏银五十两！”说着，搂着女倭寇的腰，晃晃悠悠地走了。

“阿弥陀佛！”铁嘴华听见了佛号，知道得手了，哈哈大笑，拍着屁股转身就跑。

金戈和铁嘴华等人出了城，直奔戚继光的大帐。戚继光的大帐里还亮着灯光，卫兵看见金戈等人，立即说道：“将军正等着你们呢。报——岳院主他们来了！”帐篷里传来戚继光的声音：“请进！”

走进大帐，金戈看了一眼戎装在身的戚继光，说道：“金钺大令拿来了，还顺手盗了他一封信，我看了一眼，好像是卫城倭寇首领黑狮子的来信。”

穿着破衣烂衫的铁嘴华叫道：“搂草打兔子，捎带手啊！”

戚继光接过金钺大令，放在帅案上，立即打开书信。他看了一遍，说道：“黑狮子庆贺赵小峰登台拜帅，并要赵小峰驱赶刘显攻打卫城，他们会放刘显进城围而歼之，他许下了白银十万两。”

铁嘴华骂道：“这可是证据啊，好他个卖国贼，这下好了，我们有证据了。”

戚继光道：“在忠臣眼里，这封信自然是他们通敌的证据。可到了那帮汉奸手里，什么用都没有。先放着吧，有机会再拿出来。”说着，戚继光把信还给了金戈。

四更过后，渚林东门外聚集了三路人马，黑压压一片。戚继光和福建巡抚谭伦并肩走来，后面跟着一群抬着棺木的衙役。戚继光道："据报，昨夜渚林城里闹贼，赵监军的金钍大令丢了，不知是真是假，如果他没有江南兵务总督的金钍大令，拜帅就无从谈起了，谭大人，您就不必死谏了。"

谭伦脚步停住，惊道："哦？如此甚好！"

正说着，赵小峰晃着身子走过来，他带着三个随从走上遍插火把的拜帅台。来到台子中间，赵小峰往下观看，见戚继光等人都到了，立即喊道："戚将军、俞将军、刘将军，带着你们的将士们拜帅吧！"

戚继光招招手，和俞大猷、刘显大步走了上去。接着，谭伦抖抖官袍，也带着白茬棺木登上了帅台。赵小峰眼睛一瞪，指着谭伦和棺木，说道："你是谁？你要干什么？"谭伦冷声道："赵监军，听说你奉了江南兵务总督赵大人的将令，指挥卫城剿寇之战，可否取出金钍大令，让本巡抚观上一观，以辨真假？"

赵小峰脸色大变，说道："巡抚？"

戚继光道："这位是新任福建巡抚谭伦谭大人。"

赵小峰脸色突变，说道："谭大人，昨天将军们已经看过我的金钍大令了，不会有假，你们还是赶紧拜帅吧。"

谭伦脸色骤冷，沉声道："岂有此理，没有令牌，何谈拜帅？三路兵马会战福建，作为一省的巡抚，我有权过问兵马调度事宜，还请赵大人出示金钍大令吧！"

"你，你是文官，管不着武将的事，你……"赵小峰抗声道。

谭伦道："在我福建境内兴兵，我都有监督之权。剿灭倭寇，乃我朝军国大事，下官岂能不闻不问。看见这口棺木了吗？我早已置生死于度外，你快快拿出令箭，否则，休想拜帅夺权！"

赵小峰一梗脖子，叫道："你可知道我是谁？"谭伦道："知道。"赵小峰再道："你可知道我叔父是谁？"谭伦道："知道，不是兵部侍郎、江南兵务总督赵文华吗？"

赵小峰哼了一声，高声道："你知道我叔父的义父是谁吗？知道得罪了我们的下场吗？"

谭伦哈哈大笑，说道："当然知道！但我更知道，什么叫文死谏、武死战，什么叫视死如归，什么叫百折不挠，什么叫鞠躬尽瘁、死而后已……"

"你……"赵小峰颤着又黑又细的手指，不知该说什么了。谭伦转过身形，大声道："没有金钺大令，趁早下台，否则的话，本官就不客气了。"

"来人，恭送赵大人！"谭伦一声呐喊，立即上来几个衙役，推着又喊又叫的赵小峰向台下走去。接着，谭伦车转身形，大声道："众将官！今日三省兵马来我福建，本巡抚要执掌帅印，调度三路兵马会战卫城，你们可有异议？"

"没有！"众将官异口同声。

"好！"谭伦又道，"戚继光将军听令，我命你为先锋官，带所部人马火速赶往卫城，南面主攻！"戚继光上前一步，大声道："末将得令！"

谭伦又道："俞大猷总兵听令，命你带领所部人马，攻打卫城西门！"俞大猷上前一步，答道："得令！"

谭伦又道："刘显总兵听令，命你带领所部人马，攻打卫城东门！"刘显上前一步，答道："得令！"

谭伦又道："众将官！卫城会战之后，我会如实上奏朝廷，绝不埋没将士们的功绩。请你们牢记戚继光提倡的'文死谏、武死战'的六字兵魂，精忠报国，奋勇向前！听清楚了吗？"

"听清楚了！"众将官齐声回答。

谭伦喊："出发！"

戚继光喊："出发！"

俞大猷和刘显同时喊："出发！"

五十六 主攻卫城

拂晓，三路人马扑到了卫城。一路上，戚继光亲自到各营明号令。这是一场硬仗。如果不能一鼓作气攻下卫城，死伤必重，而且久战不下必生事端。戚继光的号令是：冲上城墙者生，畏战不前者死。不生在城墙上，就死在城墙下。不奋力冲锋者，杀！不协同作战者，杀！

这时，戚继光令旗一摆，三个方阵潮水般向前涌去。队伍来到城墙前，戚继光手中的令旗呼地往下一落，几十面战鼓敲响了：咕噜噜，咚咚！咕噜噜，咚咚！

“杀啊！杀啊！”戚家军将士一跃而起，狂风般向前扑去。霎时间，一架架云梯立起来，一条条火铳冒出火光。战鼓声急如炒豆，喊声、火铳声震耳欲聋。箭矢蝗虫般飞来，滚木礌石冰雹似的砸下，云梯上的士兵不断掉下来，后面的士兵继续冲上去。城墙上的倭寇也不断被弓箭射中，被火铳的铁砂击伤，立刻有倭寇顶上来。鲜血飞溅，火光四射，巍峨的石头城颤抖了。

一个士兵的胳臂被砍下去，仍然举起了手中的火铳，嗵的一声，火铳冒出红光，腾起一股白烟，对面的倭寇被轰个正着。铁砂子射进倭寇狰狞的脸颊，乌黑一片。倭寇仰面摔倒了，鲜血顺着脸颊流下来，肩膀上的衣服片片碎裂，就像烤焦了的树叶一样翻卷起来。“冲啊！”举着火铳的士兵被一箭射中胸膛，大喊一声，纵身向一侧跳下，让开了梯子。后面的士兵奋力上爬，红缨枪和倭刀乒乒乓乓打在一起。又有倭寇扑过来，梯子上的士兵中有人拉弓放箭助战，有人侧身举起火铳轰击。手使红缨枪的士兵被砍中脑袋，掉下梯子，使火铳的士兵举着盾牌快速攀登，顶上去，盾牌上传来砰砰刀砍声。每一架梯子都在颤抖，每一架梯子上都蠕动着十二个士兵，掉落一个，补充一个，一架梯子上，永远都有十二个人作战。长长的竹梯子被鲜血染成红色，梯子下的死尸和伤兵叠了好几层。火铳轰鸣，城墙被混着血沫的淡淡青烟笼罩起来。嘶哑的吼声夹杂着隆隆战鼓声，如春潮滚动，如狂风怒号，如江河咆哮。

中间一架梯子上，升为副将的胡守仁正挥舞着双锏，在城垛口和倭寇僵持着。胡守仁的一只脚已经站在垛口的青石上。登上城墙的这只脚已经被鲜血染红，小腿裸露在外，裤子的布片像树叶子一样支棱着。战靴的一个角连着脚指头被砍掉了，鲜血还从战靴的缺口处往外流淌。但是，这只脚就像钢铁铸就一般，死死站在城墙上。稍矮的蹬在梯子上的另一只脚要想站上城墙，却不能。四五个倭寇挥舞着钢刀轮番砍杀，他只能挥舞着双锏奋力抵抗，另一只脚刚提起半尺，又被迫落了回去，再咬牙提上来，还没等迈向城墙，又被迫落回去。汗水从两道英俊的眉毛中间流下来，从有着淡淡黑须的下巴上流下来，从冒着青筋带着伤疤的手臂上流下来，整个人就像从水里捞出来的一样，全身都湿透了。但是，他仍然目光炯炯，依然豪气干云，依然双锏挥舞如龙。靠近他的另外十一架梯子的顶端站着十一个人，拱卫着他，支援着他。金戈这才看出来，密密麻麻的攻城梯子，十二架为一组，横排的十二位士兵组成了一个鸳鸯阵，

他们共进退，掩护着中间突破的阵头。梯子密密麻麻，如果不懂阵法，根本看不出个所以然来。

突然，戚继光一夹马肚子，策马来到城下。戚继光张弓搭箭，嗖嗖几声，一个抱着石头想要砸梯子的倭寇倒了下去，一个侧面袭击胡守仁的倭寇跌下城墙。这时，“双箭并蒂莲”又到了，围攻胡守仁的两个倭寇同时毙命。胡守仁大吼一声，另一只脚抬起，终于踏上了城墙。

远处，奔来了数百老百姓，他们举着花花绿绿的旗子，站在百丈外呐喊助威。人越聚越多，足有数千之众，整个卫城南城外，黑压压一片，喊声惊天动地：“精忠报国，文死谏，武死战！精忠报国，文死谏，武死战！”

“上去了！快看！上去了！”金戈看见一面戚字大旗插上了城墙。城墙上，副将胡守仁正挥舞着双锏，他身后，不断有士兵爬上来。城墙下，戚继光骑着骏马来回飞驰，只见他目光如炬、弓开如月，手指不断弹奏着弓弦，嘚喽！嘚喽！一支又一支的雕翎箭飞出去，搭成了一条晃动的弧形的箭桥，直达城墙。云梯上的士兵拼命向上攀爬，大吼着冲锋。上了城墙的士兵立即结成了无数个三才阵，左右冲击，也有几个士兵组成了两仪阵守护着云梯。

咕噜噜，咚！咕噜噜，咚！总攻的战鼓敲响了。金戈手中双龙令旗一摆，喊道：“兄弟们，我再次明号令，愿意跟我攻城的，必须遵循戚将军的号令，不拼命攀爬战斗者死！受伤阻路不跳下来者死！能拼命吗？”

“能！”

“跟我冲啊！”

“冲啊！”三支服装各异的队伍呐喊着向前扑去。左面，红黄灰三色袈裟飘扬，右面，黑白绿三色衣袖飞舞，中间是一片蓝色的汪洋。身穿蓝衣的金戈一马当先冲到了城墙下，手腕一抖，嗖的一声，天龙爪飞了出去。接着他脚尖点地，身子腾空，呼的一声跃上了城墙。金戈大吼一声："天河波浪翻！"垫步摇枪，单刃枪嘶嘶叫着奔向面目狰狞的倭寇。噗噗噗，三颗人头落地，啪啪，两个身子分了家。接着，金戈的单刃枪斜飞而起，"五龙过长江"一招使了出来，只见单刃枪上下翻飞、左劈右斩，霎时间城墙上血花飞溅，残肢飞扬。

仁义双雄和金珠、银珠姐妹上来了，马堂主、李堂主二位堂主上来了，几十个蓝装武徒也举着红缨枪登上了城墙。金戈细眼圆睁，大吼一声："跟我杀！"喊罢，犹如一头愤怒的豹子顺着城墙向西扑去。金戈一招"秋菊开花"暴射而出，噗的一声，一个倭寇瞪着眼倒地，啪的一声，一个倭寇咧嘴而亡。一个矮小粗壮的倭寇嗷的一声怪叫，瞪着眼猫着腰扑到金戈身前，长把倭刀嗡的一声斜劈而下。只见金戈一个"身形摆柳"，接着一个伏地旋身，嗖地飞起了一脚。这一脚如电似箭，呼的一声踢过去。金珠和银珠的眼睛立即瞪圆了，她们知道这是翻天掌中的那式脚法。还没等她们看清楚，只听扑哧一声闷响，金戈这一脚正踹在这个倭寇的肚子上。这个倭寇啊的一声大叫，飞出了城墙，拖着长长的哀号声摇曳而去，啪一声摔在壕沟里，砸起了一丈多高的水花。

"好！好！"众武徒见院主如此神勇，顿时勇气倍增，哇哇叫着向前扑去。

"站住！站住！我说，你小子往哪儿杀呀？"铁嘴华颤着身子追过来，一把拉住了满脸杀气的金戈，喊道，"戚继光叫我们攻打城门楼子，你这是上哪儿呀？越跑越远了！你看那边，和尚们已经杀过去了，你倒好，顺沟拿黄鳝，一条道走到黑呀！"

金戈闻言大惊，可不，自己攻错了方向，队伍离城门楼子已经很远了。心想，当初戚印说打蒙了，听到喊声就不自觉地退上甬道，或许真是那么回事。唉，军令如山啊。金戈单刃枪一举，高声喊道：

“回去！向东！攻打城门楼子！”

铁嘴华一挥手，跳着喊道：“回去，都回去！我说，我要不提醒你们，你们敢杀到西门去！敢杀到俞大猷的头上去！掉头！转向！快去攻打城门楼子！”

“走！”马大响和李虎子红缨枪一举，转身就跑。武徒们哇的一声大叫，红缨枪齐刷刷地掉转了方向，顺着城墙呼啦啦向东奔去。

金戈来到城门楼子前，却见笑面佛领着和尚们退回来。笑面佛看了看满脸血迹的金戈，九尺禅杖往地上一顿，说道：“阿弥陀佛，弓箭厉害，八大金刚之首的云山禅师已经殒命箭下，十八罗汉也有三人受伤。善哉！岳院主，你来指挥，让老僧带队冲锋。”

金戈看了看高高耸立的城门楼子，看了看狼狈不堪的众僧兵，说道：“请大师和众武僧休息片刻，待我率领岳武院众兄弟一探虚实！”黑脸佛摇头道：“不可，不可，少林众僧已经攻过一次，岂可半途而废，我少林僧兵一定要拿下城楼子！”

金戈细眼微张，看见城楼上的斗大的窗洞里箭镞闪闪，人头攒动。在这狭小的甬道上冲锋，实在是危险万分。忽然，金戈听见了一个熟悉的呼喊声，转目一看，只见城外遍地旌旗，谭伦正站在一个高台上振臂高呼。高台下面，成千上万的乡民手持红红绿绿的小旗，正在摇旗呐喊：“精忠报国！文死谏！武死战！嗨！精忠报国！文死谏！武死战！嗨！精忠报国，文死谏！武死战！嗨……”

同时，战鼓再次急促起来：咕噜噜，咚！咕噜噜，咚！

笑面佛一抖禅杖，大吼一声：“阿弥陀佛！众僧兵，随我上！”喊罢，笑面佛一个箭步蹿出去，呼的一声，红色的袈裟斜起飘飞。铁手佛、黑脸佛跃步腾空，紧随笑面佛扑出去。后面，黄灰两色僧衣飘飘，如同决了堤的洪水，奔腾向前。黑剑罗仁杰、铁胳膊郑振廷紧随其后，江南二秀、江北二杰也呐喊着冲锋。

城楼窗洞里箭矢纷飞，前面的人倒下了，后面的人跟着上。豪杰们前赴后继，片刻间冲进了城门楼子。金戈一看道路已通，大喊一声："岳武院众弟兄，跟我冲！"一展身形，向前蹿去。金戈一步一丈，两步两丈，一个"鲤鱼跃龙门"，向一个箭镞闪光的窗口扑去。金戈人枪合一，如同一支利箭射进了窗口。

金戈一个团身前空翻，稳稳地落在楼厅内。睁眼再看，楼厅里打得昏天黑地。笑面佛的镔铁禅杖嗡嗡作响，黑脸佛的铁杵呼呼生风，猛听铁手佛一声喊喝："天佛扬威！"轰隆一声，一堵山墙被铁手佛打塌了，顿时尘土飞扬。金戈怒吼一声，身形展开，手中的单刃枪吞吐闪烁，追杀窗前的弓箭手。金戈东砍西杀，南蹿北跃，杀得弓箭手鬼哭狼嚎。"杀呀！"岳武院武徒们冲来了，楼厅里顿时人潮涌动，喊声震耳欲聋。金珠、银珠挥舞着钢刀冲进楼厅，一眼就看见了威风凛凛的金戈，只见他身如白龙，盘旋在尘土之中。

城下，乡民们的嗓子喊哑了，但嘶哑的喊声依然穿云裂石："文死谏！武死战！嗨……"

金珠和银珠冲到金戈身旁，抬头再看，活的倭寇一个都没有了。死尸挨着死尸，断臂连着断臂，兵器压着兵器，插脚不下。

"南无阿弥陀佛！善哉！善哉！快快救人！"笑面佛喊了一声，拉起一具死尸翻找起来。铁胳膊郑振廷被一个僧兵扶起来，他后背上挨了一刀。铁手佛赶紧过去，给他上药止血。黑脸佛找到了云山和尚的尸体，把他抬到了楼厅的一角。

金戈看着面带悲情的笑面佛道："无悔大师，请大师和众僧休息片刻，岳武院先行一步，去开城门。"

笑面佛竖掌当胸，说道："阿弥陀佛！大家一起去吧，门楼下当有倭寇把守。八大金刚、十八罗汉，你们随同岳院主下城，开城门，迎接戚家军！"

"遵法旨！"众僧一声大吼，呼啦奔了出去。

金戈和豪杰们顺着甬道冲下城墙，到了城门洞前一看，傻了眼。

只见城门洞子里堆满了泥土，泥土中还夹杂着一些桌椅板凳。城门洞子有三四丈深，填满了泥土，这怎么开？如果清除了泥土再开城门，那可不是一时半会儿能做到的。何况，门洞两边的房顶上还伏着不少倭寇，他们开弓放箭，也不容你清理。

金戈和笑面佛看着城门洞的泥土面面相觑，正不知如何处置，突然，木板翻落，里面闪出几把利刃。埋伏在杂物后的倭寇杀了豪杰们一个措手不及。众人惊觉后，已经有三个人受了伤。伤员中竟有铁扇公子。他当时站在门板旁边，门板一动，一把倭刀已经到了身前。幸亏铁扇公子手疾眼快，闪了一下，不然非开膛破肚不可。众人不由得大怒，片刻间把这几个倭寇剁成了肉泥。这时，哇呀一声，一群倭寇从两边的店铺里扑出来。众豪杰立刻分头迎敌，霎时间乒乒乓乓打在了一起。

金戈扶着铁扇公子，脸色铁青，大声喊喝："金珠！银珠！"

"在！"两声娇嫩的声音一响，手持长刀，穿着短衫长裤的金珠、银珠出现在金戈身旁。她们睁着惊诧的大眼看向金戈，步摇上的珍珠欢快地跳动着，脖子上的珍珠滴溜溜撒着欢。

金戈大声命令道："你们姐妹俩负责照顾铁扇公子，把铁扇公子架回城门楼子。铁铃公子，你负责保护双珠姐妹。其他人——跟我杀！"

"我……没……没事，"铁扇公子捂着滴血的肋骨，低声道，"我……我……能……走。"铁扇公子的话还没说完，金戈已经冲进倭寇群中。金戈的单刃枪做大刀使用，暴喝一声："五龙过长江！"霎时间单刃枪银光暴长，两个倭寇人头骨碌碌落地，一个矮个子倭寇肩膀离身，一个竹竿似的倭寇被一分两半。这是绝对致命的一刀。接着，金戈又是一声怒吼，单刃枪随着他的吼声，旋风般扫了出去，他一连三个"飞翅"，三个半圆形的光盘贴地而飞，光盘冷风飒飒，如闪似电，两丈方圆之内，七八个倭寇身体分了家，十几条小腿飞上了天。这是神鬼皆惊的一刀！这是惊天动地的一刀！这就是“天地八八枪”中的“旋风三连斩”！倭寇们惊呆了，豪杰们也惊呆了，就连捂着肋骨的铁扇公子也惊呆了。

倭寇们瞪着惊恐的眼睛慢慢后退。金戈怒不可遏，拖着单刃枪步步紧逼。忽然，大地上狂风又起，金戈的“旋风斩”再度出手了，这次金戈一连六斩，一连六个“飞翅”，只见他连续地翻腾，直刀的光盘挟风携电，呼呼旋转起来。咔嚓嚓，倭寇像被割倒的麦个子，霎时间摆了一地。笑面佛身子一抖，一声“阿弥陀佛”脱口而出。金戈身形不停，片刻间冲上了甬道。

戚继光正在挥舞着手旗督战，毛四猫着腰跑过来，喊道：“报告戚将军！岳院主说，城门洞子被泥土堵死了，一时半会儿打不开，请令定夺。”

戚继光令旗一指，说道：“胡将军、薛将军正带领大军翻墙入城。你告诉金戈，城门打不开就算了，请豪杰们随大军入城巷战。你告诉金戈，我们要以快打慢、以多打少，以雷霆万钧之势，把倭寇赶出城，然后围而歼之。”

毛四道：“是！”

戚继光身侧不远，站着惊恐万状的赵小峰。他看着城墙上一字排开的数百架云梯，看着梯子前流水似的队伍，看着蚂蚁似的攀登士兵，就像看到了数百条晃动的长龙。他跺着脚叫道：“完了，十万两银子没了，十万两白花花的雪花银子，完了，完了！谭伦，你个混蛋！你个混球！你这个吃饱撑得没事干的王八蛋！”

一个随从道：“和戚继光要！戚家军破了城，倭寇的银子都是他的，你和他要，他不给你就和他闹！”赵小峰疑惑地看着这个随从，说道：“行吗？大军收缴的银两要上交府库，他敢吗……”随从道：“经手三分肥，你现在就告诉他，他一定会给咱们留下一份。”

"对，找他去！"赵小峰说完一挺虾米腰，仰着瘦脸向着高扬的旗帜走去。

毛四跑来了，见了金戈就说："戚将军要我们进城巷战，要我们以快打慢、以多打少，驱寇出城，在城外围而歼之。"

笑面佛禅杖一举，说道："阿弥陀佛，少林僧兵跟我走，进城巷战！"喊罢，带着僧众冲了下去。金戈看了看马大响和李虎子，说道："马堂主、李堂主，带着你们的人马立即进城，追杀倭寇。"马大响和李虎子闻声大叫："属下遵令！"

这时，铁手佛从城门楼子里走出来，金戈快步上前，问道："铁扇公子怎么样，可有危险？"铁手佛道："开了好大一个口子，伤了一根肋骨，没有危险，静养一些时日就会好的……"

"好，多谢了……"金戈的话还未落地，人已跑进城门楼子，来到铁扇公子面前，急忙呼唤："铁扇大哥，你可好些了？"铁扇公子坐在一块木板上，强笑道："好……好……"

铁嘴华正在旁边抽旱烟，吧嗒了一下嘴说道："伤筋动骨一百天！这回好了，歇一阵子吧！"

金戈看着金珠、银珠道："二位妹妹，铁扇公子就交给你们姐妹了，铁铃大哥担当护卫，你们好好照顾他。铁嘴华，咱们走，进城巷战！"

银珠和金珠同声道："你们也小心些。"

铁铃公子道："你们去吧，这里不会有事。"

"好！"金戈和铁嘴华答应了一声，大步向外走去。

金戈和铁嘴华下了城墙，再次来到城门洞子前，停住了脚步。金戈心道："既然城门洞子已经被泥土堵死，一时半会儿打不开，何必还派重兵把守。"金戈看向门洞里有着斜坡的泥土，目光一凝，说道："你们几个，爬到斜坡顶端，用红缨枪捅捅或者刨刨，我估计泥土不会太厚。”

几个武徒爬上斜坡，挖出几个脚窝，挥起红缨枪一阵乱挖乱扎。忽然一声惊呼，一杆红缨枪穿透了泥土，枪杆尽没。“空的！里面是空的！”金戈闻声跑上斜坡，接过红缨枪抽插了几下，大声喊道：“快找工具挖开土墙，里面是空的！”

武徒们找来铁锹背篓，七手八脚一阵忙活，里面露出一道草袋墙。扒开草袋，看见了顶着檩条的城门，武徒们一阵欢呼，干得更欢了。城里的乡亲们闻讯后，立即跑来帮忙，片刻工夫，三丈长的城门洞子就被清理出来。搬开檩条，拉开铁闩，吱扭扭，厚重的城门被拉开了。金戈望着城门前宽阔的大道，说道：“我说，这些倭寇真够狡猾的，弄了一个空心洞，使了一个空心计。”

铁嘴华闻言笑道：“好你个岳金戈，竟敢学我的‘我说’，你找死啊？我说，当年诸葛亮摆下空城计吓退司马懿，今日你金戈智破倭寇空心计，助戚家军勇夺卫城，好！好！”

金戈一愣，说道：“真的啊，‘我说’这个开头语不知不觉就说出来，怪了！还不是跟您老学的。”

铁嘴华嘿嘿一笑：“那才叫不学好呢。”

看见城门大开，戚继光的大队人马立即放弃长梯，呼啦啦潮水般向城门口涌来。“弟兄们，跟我走，杀倭寇去！”金戈大喊一声，转身就跑。

金戈来到一个十字路口，看见几百人混战在一起。金戈仔细看去，戚家军将士们组成了三才阵，围住了一群倭寇。三才阵潮起潮落，顺序井然。倭寇们早慌了，他们挤在一起，没头苍蝇似的乱撞着。

这时，俞大猷带着一群福建兵跑过来，他黑黝黝的面孔上瞪着一双黑黑的眼睛，黑乎乎的刷子胡须围着他黑黑的嘴唇，满脸的杀气。走到近前，俞大猷一声大吼，冲了上去。镔铁齐眉棍带着一股风，嗡的一声砸向一个倭寇。这一招棒法叫作“乌云漫天”，霎时天空一片棍影，宛如一片乌云压下来。只听当啷啷一阵声，一把倭刀飞上了天，噗的一声，一个倭寇的脑袋开了花。

奔来的士兵越来越多，有的士兵结成了三才阵，有的士兵组成了两仪阵，但大部分士兵却在单打独斗。俞大猷看罢大怒，抖着黑色的铁甲叫道：“三才阵！两仪阵！混蛋，快组三才阵，快组两仪阵……”说着，他跑步上前，一把抓住一个士兵，啪地给他一个嘴巴，骂道：“混蛋，快去组阵！谁让你单打独斗了？”挨打的士兵一愣，捂着脸跑开，拉着另一个士兵组成了一个两仪阵，并肩向前冲去。俞大猷还在挥着黑手跳脚大喊，但他的声音被震耳欲聋的喊杀声淹没了。

福建兵们乱砍乱杀，像一群乱飞乱撞的黄蜂。来自浙江的戚家军可就不同了，将士们的阵型清晰无比，无数个三角形的小阵潮起潮落，攻击井然有序。金戈看罢赞道：“果然不同，果然高明，这样可以大幅度地减少伤亡！要不是鸳鸯阵，卫城要攻下来，不定要死伤多少士兵呢。”

铁嘴华催道：“走吧，别看了，再不走连个小鱼小虾都捞不着了！”

“好！”金戈答应了一声，转身就跑。

一个大门前，十几个倭寇奔出来。铁嘴华一见，大叫一声：“这是我们的，站住！”金戈闻声不敢怠慢，立即扑过去。噗噗噗，啪啪啪，登时刺死了几个倭寇。剩下的倭寇见势不好，呼啦一声逃回院子。

金戈带着武徒们冲进大院，却看见马大响带着一群武徒正和十几个倭寇厮杀。这些倭寇头勒白布条子，神态甚是凶恶。但是，马大响等人还是围住了这群倭寇。只见马堂主和武徒们蹿腾跳跃，红缨枪指东打西，逼得倭寇们哇哇暴叫。

“那边！”铁嘴华一声呐喊，烟袋锅子一指后院。

“追！”金戈看见了，有几个倭寇正在翻墙。

金戈和铁嘴华越过一堵土墙，追进一个草棚，看见了三个留着月代头的光脚倭寇。他们高举着柳条刀，瞪着绝望的三角眼，哇啦哇啦怪叫着。金戈大枪摆动，叫道：“放下武器！”

“八嘎！”一个倭寇一声喊喝，三个倭寇同时挥刀砍来。金戈避实就虚，单刃枪一招“秋菊开花”激射而出。铁嘴华身形滴溜一转，烟袋扑棱一声弹了出去。

呛啷啷！两把倭刀落地，两个倭寇胸前喷出了鲜血。噗的一声，一个倭寇脑门瘪进去，翻着白眼晃荡起来。金戈看了看勉强站立还在翻白眼的倭寇，说道：“我们走！”二人走出了草棚，这才听见死尸倒地的声音。

金戈回到了原来的院子，看见几个武徒正围着一个人痛哭。金戈大惊，奔了过去一看，只见马大响躺在地上，手握着红缨枪，脑袋已经滚落一旁。金戈大叫一声，扑通跪倒在地，哀声大叫：“马堂主！马师兄！马大哥……”心里一阵酸痛，好像被针扎了一样，顿时泪如泉涌。

铁嘴华眼睛瞪圆，喊道：“怎么回事？我说，怎么会这样？”

一个武徒哭诉道：“倭寇们投降了，马堂主让他们蹲在地上，回头检查一个兄弟的伤势，谁知道，谁知道，一个俘虏在马堂主身后下了手，一刀……一刀扎进了马堂主的后腰，另一个倭寇趁机砍下了他的头。他们头戴白箍，是倭寇的野狼队，他们假投降……他们逃跑了……”

铁嘴华看着金戈喊道：“别哭了，快追野狼队，宰了那帮狼崽子！”

金戈想起了马大响对自己的恩情，想起了马大娘慈祥的面容，想起了待嫁的义妹海燕，悲从心中来，泪水再也止不住了，扑簌簌滚落而下。金戈扑倒在地，大喊一声："马大哥，我一定会给你报仇雪恨，你安息吧……"

铁嘴华一把拉起金戈，叫道："别哭了，哭还能把死人哭活了？追狗日的要紧……"

金戈抹了一把眼泪，咬着牙命令道："你们几个把马堂主的尸体看好！余下的人跟我去追！"

金戈追上了一队正在沿街搜寻的广东兵，铁嘴华喊道："超过他们，追！"

金戈和铁嘴华顺着街筒子一路狂奔，不大一会儿就追出了北门。

黄土路上，一群倭寇狼群似的向北疾驰。黄土路两边尽是收割过的稻田，有的倭寇慌不择路，跑到稻田里。远处，戚继光的骑兵迎头兜来，挡住了他们的去路。逃跑的倭寇是黑狮子的主力，冲破拦阻是他们的唯一希望。他们眼珠子都红了，嗷嗷叫着向前扑去。

金戈目光锐利，看见了几个头上箍着白布条的倭寇，也看见了驰骋在战马上的戚继光。戚继光铜盔铁甲素罗袍，左侧鸟翅环挂着黑色的盘龙铁臂弓，右面得胜钩上挂着描金箭匣，露在箭匣外的箭羽闪动着蝴蝶翅膀似的斑斓。这时，戚继光令旗一摆，一排火铳开了火，轰隆隆一阵大响，十几个倭寇栽倒了。令旗再一摆，骑兵队的弓箭开始齐射，又有几十个倭寇栽倒在地。但是，倭寇们狼群似的疯狂前扑，片刻间冲到马队前，混战开始了。戚继光摘下了盘龙铁臂弓，张弓搭箭，嗖嗖嗖，箭声呼啸，霎时几个倭寇中箭倒地。一个披着皮甲的黑脸倭寇哇哇暴叫，手中钢刀如闪似电，几个士兵被他斩落马下，几把弓箭飞上了天。戚继光一见，吐气开声，"三箭灭三酋"出手了，嗖嗖嗖，三箭前后成串，间距不到一丈，闪电似的奔向了黑脸倭寇。黑脸倭寇可不简单，啪啪两声，两支雕翎箭被他砸飞，接着长刀再挥，又一支雕翎箭被他击落。随即他纵身跃起，长刀辗转而飞，把一个挥刀的年轻士兵斩落马下。

戚继光纵马上前，黑脸倭寇也跃步前凑。只见他咧咧嘴，龇龇牙，哇呀一声暴叫，腾身而起。戚继光挂上铁臂弓，呛啷一声，宝剑出鞘。接着一提缰绳，战马横旋，宝剑嗡的一声，刺向了黑脸倭寇。黑脸倭寇蛤蟆似的一跳，长刀挥舞，叮叮当当一阵繁音密响，两人过了十几招。戚继光的卫兵冲过来，围住了身披皮甲胸兜铜镜的黑脸倭寇。

金戈老远就看见黑脸倭寇了，早就着了急。他知道戚继光是武举出身，但武艺到底多高不清楚，他的对手可能是浪武社的一头狮子，武艺肯定了得。金戈大吼一声，怪叫着从人群中疾掠而过，片刻间来到黑脸倭寇近前。金戈来势如箭，落地无声，单刃枪带着一股冷风扫了过去。黑脸倭寇缩头猫腰，一个前滚翻滚出了一丈多远。他一个旋身弹腿嗖地站起来，接着蹲身抱刀斜视，带着凶光的三角眼看向来人。

上午的阳光透过薄云，散射在田野里，散射在浴血奋战的士兵身上，散射在巍峨的还在冒着青烟的卫城上。金戈看着黑脸倭寇耳朵下方那片密如毡子的络腮胡子、一对闪着荧荧凶光的三角眼和在阳光下颤抖着又黑又密汗毛的黝黑双臂。此人个子不高，却给人一种即便巨人站在他面前也显渺小的错觉。

“你的，金戈？”黑脸倭寇撇着嘴角叫道，“小明朝第一高手？”

金戈细眉上挑，厉声道：“明朝再小也比你们那几个破岛大！我也不是什么王朝第一高手，我只是中原武林的一个新兵而已，论高手，前十我都进不去，不过，杀你，应当绰绰有余！”

黑脸倭寇看向马上的戚继光，只见他宝剑入鞘，盘龙铁臂弓重新抄在手里，脸上的肌肉顿时哆嗦了几下，转头道：“谦虚的不要，田野要和你单打独斗，敢不敢？有种单打独斗的干活！”

金戈傲然道：“这有何不可，戚大哥，你们退后，看我怎么收拾这头黑狮子！”

黑狮子田野吼道：“哟西！”

周围只有零星战斗了，大部分倭寇已被歼灭。铁嘴华叼着烟袋走过来，光秃秃的脑袋上闪着亮光，他看着弓着身子举着长刀的黑狮子田野道：“黑小子，放下你的屠刀吧，大明王朝不是你撒野的地方……”铁嘴华还没说完，突觉眼前一亮，一道刀光一闪而过，就像天际飞来的一道闪电！金戈撤步闪身，还了一招“落叶飞仙”。黑狮子田野退了一步，接着一个“旱地拔葱”跃起来，倭刀一个“燕子回翔”，凌空劈斩下来。刀光闪烁，竟如数十把倭刀同时攻到，令人虚实莫测。这是浪武社不传之秘“万刃分身”，他凌空下击，更见凌厉。金戈奋力拦击，霎时一阵叮当急响。金戈连退三步，接下了这一刀。

四外的杀声已经停止，士兵们、豪杰们跑过来，围成一个大圆圈。俞大猷也来了，晃着宽厚的肩膀硬挤进来。这时，黑狮子再次腾身而起，他头下脚上，人刀一齐射出，如猎鹰下击。阳光之下，只见那一柄长刀有如汹涌奔腾的江水，铺天盖地而来。金戈连连后退，似乎只有招架之功，并无还手之力了。铁嘴华哼了一声，擎着烟袋的手不动了。戚继光坐在高头大马上，盘龙铁臂弓抬了起来。俞大猷微微下蹲，两只大黑手握紧了乌黑的铁棍。

黑狮子每发一刀都带有极强的内力，刀刀风声霍霍。黑狮子田野连攻五招，金戈连退五步。铁嘴华脸上却露出了喜色，他知道金戈胜利在望，他听见金戈呼吸悠长、不闻喘息，而田野呼吸急促、呼呼有声。这时，金戈一声长啸，单刃枪势如奔雷，突然直刺而去。这是惊天地泣鬼神的一枪！这是“天地八八枪”上八枪中的最后一招“无魂百变”。论武技，金戈的旋风斩并不是最强的，那是用来对付虾兵蟹将的，真正的杀手锏还是他的枪法。这时，田野觉得眼前一亮，一道黑光暴射而来，耀眼生花，好像裂空的闪电，好似突袭的长蛇。呛啷一声，黑狮子的倭刀飞上了云天，噗的一声，单刃枪洞穿了他裹着皮甲的肩膀，余势还冲倒了一片观战的士兵。黑狮子田野也真厉害，他身子一拧，扯断了肩胛上的一片黑肉，单足一跳，冲出了人群，向北飞驰而去。戚继光弓弦弹响，“一箭落幽雁”出手了，只听嘚喽一声，一支雕翎箭钉在了黑狮子的后背上。金戈豹子似的扑过去，一枪斜劈而下，斩落了他的黑头。带着雕翎箭的矮胖身子又跑了好几步，这才扑通跌倒在地。那颗黑乎乎的头颅皮球似的滚了好远，画出了一条弯弯曲曲的黑红色的血线。

战斗结束了，水塘旁到处是死尸。金戈清点人数，一看，有十几个武徒受了伤，但是，最让金戈痛心的是马大响阵亡了。金戈来到一群俘虏面前。一个断臂的武徒跳着脚大喊：“那个家伙，那个留小胡子的倭寇，就是他杀了我们的马堂主。他是假投降，是他从背后偷袭马堂主……”金戈一听眼眉就立了起来，一个跃步扑到小胡子面前，手起掌落，一下子拍扁了他的脑袋。

突然，几个俘虏蹿起来，一齐扑向金戈。金戈身形陡转，掌出花开，啪啪啪，打得他们滚的滚爬的爬。剩下的俘虏一声呐喊，撒腿就跑。金戈兔起鹰飞，东挡西杀，霎时间死尸一片。接着，金戈的凤尾镖出手了，嗖嗖嗖，剩下的几个俘虏也躺倒在地。

戚继光听到报告催马赶来，大声呵斥。金戈闻言站住了，回头再看，几十个俘虏东倒西歪，没有一个活人了。戚继光脸色沉下来，厉声道：“你怎么如此鲁莽，竟敢斩杀俘虏！”

毛四喊道：“那几个倭寇是假投降！在城里，他们已经投降一次了，马堂主一转身，他们就给了马堂主一刀，杀了马堂主。他们假投降，他们该杀，不怪我们院主……”

戚继光闻言脸色缓和下来，说道：“假投降？他们杀了马堂主？”

“是呀！这群王八蛋假投降！”几个武徒同时大喊。

“他们假投降，该杀！”众武徒跳着脚大叫大骂。

戚继光斜身骗腿跃下了战马，大步走到金戈跟前，拍了拍肩膀道：“既然是假投降，杀了就杀了，吓了我一跳，好了，散了吧！”

赵小峰颠颠地跑过来，老远就喊道：“别散！别散！慢着！”赵小峰跑到近前，看着金戈冷笑道：“你就是那个金戈，岳武院的那个院主，嘉靖二十八年进士，号称文学、琴艺、书法三绝的金文杰金公子？”

金戈身子微侧，看着远方的浮云道：“正是本院主。”

“哈哈！太好了！”赵小峰颤着身子，晃着乌纱帽，大声道，“太好了，逮你不着，抓你不住，今天你撞进来了。好，好，太好了！你杀了俘虏，杀得好！”赵小峰一回身，对戚继光道：“这个人斩杀俘虏，罪不可赦，我要带走！”

戚继光摇摇头，说道：“监军大人，金戈杀的是假投降的倭寇，何罪之有？”

赵小峰两眼瞪圆，吼道：“戚继光！你胆大包天，你吃了熊心吞了豹子胆，胆敢蔑视本监军！我看你是活腻了，来人哪，把戚继光一块绑了！”

戚继光冷笑一声，说道：“绑我，怕是没那么容易……”

赵小峰跳着脚喊道：“绑！绑！绑！”

铁嘴华一晃身子挤到近前，叉着腰喊道：“谁敢？我说，你敢绑我们的英雄？你也不撒泡尿照照自己，看看你配不配，看看你家祖坟里冒了几股青烟！真是嗑瓜子嗑出个小王八来，什么人都有！”

赵小峰吼道：“老东西，你找死！”

铁嘴华大声道：“你是打着灯笼拾粪——找死！老鼠舔猫鼻子——找死！虎口里拔牙——找死！哈哈，谁找死呀？”

众豪杰都在周围，戚家军的士兵们也围了个里三层外三层。他们听见铁嘴华的话立即喊叫起来：“赵小峰找死！赵小峰找死！”

铁嘴华又喊：“谁是英雄啊？”

“戚继光是英雄！戚继光是英雄！”豪杰们、士兵们高举着兵器，齐声高呼。

还有人高喊：“赵小峰里通外国，是个汉奸，打死这个狗汉奸！”

“打死他！”士兵们向前拥来。赵小峰看着如林的刀枪，看着一张张怒不可遏的面孔，一缩脖子，不敢说话了。

巡抚谭伦走过来，士兵们立刻闪开道路。谭伦走到戚继光身旁，看了看惶恐不安的赵小峰，看了看威风凛凛的戚继光，又看了看挺身而立的金戈，挥了挥手，高声喊道：“静一静，诸位静一静！”

戚继光一挥手，要大家安静。呼喊声消失了，谭伦登上一个土堆，高声道：“岳武院武徒、少林僧兵、南北豪杰，谭某这厢有礼了！你们助战卫城，功不可没！金戈斩杀假投降的倭寇，斩杀黑狮子，无罪有功！我会上奏朝廷，为你们请功。还有，我三路兵马不到一个时辰就攻破了石头城，可喜可贺！尤其是戚将军率领的浙江兵首先破城，首功一件！这些，我都会据实上奏，给将士们请功！现在，我们还要再接再厉，兵发许家村。那里还盘踞着几千倭寇，关押着我们数百兄弟姐妹。我要你们遵从戚将军的号令，一鼓作气歼灭这些残忍的倭寇！大明王朝会感谢你们，大明百姓会感谢你们！你们不要理睬那些乱臣贼子，你们尽管放手杀敌，天大的事有我谭伦一肩承担！”

“好！”众人欢呼。

戚继光高声喊道：“我为中哨，俞、刘掎角，兵发许家村，出击！”

“出击！”众人高喊。

大军动了，赵小峰气得转圈跺脚。一个随从走过来，嘴巴伸向了赵小峰的耳朵，低声道：“赶紧派人去许家村，通知倭寇，让他们快跑……”赵小峰一愣，急忙叫道：“对，你派人，快去！快去！”

“还有，趁着混乱……”随从目光一引，让赵小峰看到正在说话的金戈和戚继光，接着说，“杀了金戈，一了百了……”

赵小峰道：“杀得了吗？他那么厉害……”

“给他个冷不防啊……”

金戈和戚继光正在说话，金戈道：“我有母亲的消息了，她被困汉城。我想，大军攻打许家村不会太难，有谭伦撑腰，赵小峰也掀不起大浪了，我想先走一步，北去救母。”

戚继光惊道：“去汉城？伯母不是在西北吗？”金戈道：“华山送来的消息，她被桃花会送到了汉城。”

戚继光道：“伯母真是多灾多难。你去吧，此去朝鲜，要做好准备，那里冰天雪地、语言不通，要秘密行事。朝鲜王国已经不是当初的高丽，虽然两国交好，毕竟不是我族之地。你要带去多少人？”

“十五人吧，组成一个鸳鸯小队。”

“好，我送给你五把火铳、五面盾牌、五张硬弩和五柄柳条刀。你要练好鸳鸯阵、三才阵和两仪阵，练熟后还要进行对抗攻杀，不要怕受伤。”

“好！我一会儿派毛四去拿。”

戚继光道：“另外，你还要注意修身养性，学会不急不躁。记住，越急的事越要不急，越怒的事越要冷静，事缓则圆。今天这事，倭寇假投降你可以告诉我，我照样会让他们人头落地。要不是谭巡抚解围，赵小峰这一关就难以应付。赵文华找你的碴还找不到呢，你倒好，送上门来了。”

旁边，戚继光的卫兵拦住了两个衙役打扮的人。

俞大猷提着棍子走过来，镔铁齐眉棍在地上一顿，瓮声瓮气地骂道：“怕他个屌！他再找碴，老子就先毙了他，他休想颠倒乾坤！”

“不可莽撞！”戚继光摇摇头道，“冷静点！汉奸们不会善罢甘休，他们权势滔天，我们要曲中求、迂回走，不可率性而为。”

俞大猷瞪着铃铛大眼问金戈：“你今天怎么了，发那么大的火？”金戈悲声道：“马堂主死了，他是我的授业恩师，我心里难受……”

戚继光劝道：“战争是残酷的，死伤在所难免。今天这一战，浙江兵马的损失要超过五分之一了。马大响堂主求仁得仁，他会含笑九泉的，我们照顾好大响的母亲就是了。”

金戈低声道：“好，兄弟记下了。”

金戈告辞之后找到了笑面佛，说了自己的打算，笑面佛道：“阿弥陀佛，岳院主尽管放心前去，老衲会带好群豪的。”金戈抱拳道：“那就有劳大师了。”

武徒们返回卫城，找来棺木，盛殓了马大响。金戈神色黯然地看着薄皮棺材，回头道：“毛四，你回山后立即去丽水，看看马堂主的母亲回来没有，如果她已经回家，立即接到武夷山来。还有海燕，一并接上山。马师兄的死讯不要告诉她老人家，我要认马堂主的母亲做干娘，到了山上，我再详细诉说。”

毛四低声道：“是，属下记住了。”

四轮车驶过来，金戈让仁义双雄和金珠、银珠上了马车。铁嘴华看着四轮车，抬手挠了挠秃脑袋，说道：“这是哪儿和哪儿呀，怎么他们四人一块上了四轮车？嗨，金戈，我说，你们先回山吧，我晚几天再回去，反正你也不让我去汉城，我跟着戚继光四下里转转，打下许家村再说，你们走吧！”

金戈道：“也好，那我们先走了。”

五十七　冰天雪地

晚霞消失在地平线上，金戈带着众武徒回到武夷山。山上传来锣鼓声：锵锵锵，嚓嚓嚓！锵锵锵，嚓嚓嚓……岳武广场上亮如白昼，灯球火把排成了两条长龙，亮子油松组成了数团锦绣。队伍一过半壁峡，锣鼓声骤然大作：锵锵锵起锵起！锵锵锵起锵起……

“欢迎勇士们凯旋！”

“欢迎英雄们归来！”

火把的长龙此起彼伏，欢呼声一浪高过一浪。一队穿红挂绿的女孩扭着腰肢走来，一群蓝裤蓝衫的小伙敲打着锣鼓前进。班师回山的武徒们露出笑脸，呼啦一声向前奔去，霎时间两股人流汇集一起。他们欢呼雀跃，他们载歌载舞，人流海潮般涌动起来。

岳霞从人群中走出来，迎上金戈。她美目流情，一把抓住了金戈的手。凤玲也跑过来，她站在岳霞身后，默默地望着金戈。金戈四下里张望，没有见到白凤，眉头一皱，嘴角上的笑容消失了。

岳霞摇摇金戈的手，仰着脸问道：“你找谁？”金戈收回目光，看着岳霞的美目，轻声说道：“你怎么出来了？”岳霞眉开眼笑，说道：“该过满月了，还不出来？你回来得正是时候，明天放假好不好？一来庆祝你们卫城大捷，二来给岳鸣过个满月，行不行？”

金戈的目光又在人群中扫视一遍，然后拉拉岳霞的手，温言道：“行啊，怎么不行，你让风玲安排吧……”

“铁嘴钢牙呢？怎么不见那个老东西？”长发婆挤过来，打断了金戈的话，她两眼盯着金戈，满脸都是惶恐之色。

金戈揶揄道：“铁嘴华呀……”金戈的话还没说完，银珠清脆的声音就响起来：“娘！我爹好着呢，他过几天就回来，他要跟着戚继光，打下许家村再回来。”金珠跟着说道：“他好着呢，说话就蹦高，咋呼得可欢了……”说罢拉着长发婆离去。

金戈摸摸鼻子，说道：“看看，一家子就是一家子，真是不一样。”

风玲耸耸肩膀，说道：“那还用说，是灰就比土热。走吧，二院主安排了晚宴，等着给你接风洗尘呢。”

金戈愣住，问道：“二院主？什么二院主？”风玲笑笑，说道：“你是岳武院的大院主，我们小姐自然屈居第二了，她当二院主，难道你不乐意？”

金戈随口答道：“乐意，这有什么乐意不乐意的？岳霞是岳武院的继承人，岳老爷子将岳武院传给我，只是权宜之计。我答应岳老爷子入赘岳家，自然甘居第二，以后，我当二院主就是了。”

岳霞听了笑道：“别争了，什么院主不院主的，反正你是我的夫君，你是一家之主，我挂个院主的虚名有何用。风玲非要挂，挂不挂的你做主。爷爷亲自把这副担子交给你，你就别推辞了。你看看，岳武院多兴旺啊，比爷爷在的时候都兴旺。多亏你了，走吧，回大殿，我给你们接风洗尘。”

金戈跟着岳霞走进大殿。只见大殿里布置一新，墙上挂着红色横幅，屋顶中央吊着一个磨盘大的绸子绣球，四周还点缀着数十个小绣球，绣球下面挂着摇曳的流苏。大殿里安置了四排八仙桌子，上面摆好了酒具。穿红挂绿的丫鬟们穿梭似的飘来荡去。凤玲高声喊道："来吧，攻打卫城的勇士们！岳武院的英雄们！你们都有座位，入座吧！"

武徒们坐好了，岳武院的头领们也坐下来。岳霞招招手，张妈抱着岳鸣走过来，让金戈观看。金戈伸手一逗，岳鸣哇哇大哭，哭声如雷，霎时满堂皆惊。

金戈皱皱眉，说道："怎么啦？哭得声嘶力竭……"

张妈撇嘴道："夜夜啼哭，哭声瘆人。师太说了，孩子没毛病，爱哭就让他哭个够。"

金戈摆摆手，让张妈把小岳鸣抱下去。金戈和岳霞坐了首席，左边是五毒师太、长发婆和凤玲，右边是铁铃公子和受了伤的铁扇公子，挨着铁扇公子的是金珠、银珠。

酒宴开始了，凤玲站在首席前，高声道："今天，我们为了庆祝岳武院协助戚家军胜利攻克卫城，歼灭六千多倭寇精锐，庆祝岳武院的英雄们凯旋，二院主安排酒宴招待各位……"

长发婆一愣，截住了她的话头，说道："慢点！慢点！嗨，什么二院主？你说清楚了，谁是二院主？我这个护法怎么不知道？什么时候任命的？"凤玲看看长发婆，一指岳霞，说道："当然是岳霞岳小姐了，如今岳霞小姐已经大病痊愈，自然是岳武院之主了，刚才金戈还要岳霞当大院主呢，只是我们小姐不愿而已，不信你问问院主……"

岳霞拉拉凤玲的衣袖，低声说道："说正事，瞎扯这些干什么……"凤玲一抬胳膊，眼瞅着金戈道："名不正，言不顺，你别管。大院主，你说我说得对不对，岳霞是不是岳武院的二院主？"

金珠、银珠和长发婆两眼盯着金戈，似乎很在意岳霞的身份。金戈说道："是啊，她……"

"慢着！"长发婆挺身站起来，截断金戈的话头，"我有话说！

原来的岳武院已经不复存在，今天的岳武院，是我们在一片废墟上重新建起来的，是金戈的大旗聚集了众位兄弟，并率领众兄弟浴血奋战，杀倭寇、战黑旗、重创桃花会，开辟了今天的大好局面。现在要我们接受一个二院主，似有不妥。天无二日，院无二主！请院主三思，不然，众位兄弟难以面对两个头领，我们会无所适从！”

银珠也站起来，说道：“金大哥，你说句话！我们是冲着你来的，你说拔锅，我们就卷席！人挪活，树挪死！我相信，众位兄弟都会跟着你走。咱们就是再建个金武院，也不费吹灰之力！你说话吧，什么二院主，我们不接受！”

五毒师太脸色一冷，说道：“岳霞是理所当然的院主，没有什么好争的，不愿意在岳武院待着，尽管走人，没人拉着你们！”

此言一出，大殿里登时安静下来，静得连一根针掉在地上也能听见。长发婆一拍桌子，叫道：“金戈，我们走！人挪活，树挪死！”

金珠和银珠也是满面怒容，霍地站起来，瞪着四只大眼睛看向脸色阴晴不定的金戈。

“好了！好了！”五毒师太刚要说话，岳霞就站起来，摆手拦住她的话头，“诸位，为了庆贺各位英雄凯旋，请诸位举杯痛饮。我不做什么二院主，岳金戈是岳武院唯一的院主，诸位请放心。来！我先敬诸位英雄一杯，给英雄们庆功！”

“谢小姐！”众人都站起来，一齐举起了酒杯。

金戈冷峻的脸色缓和了，跟着站起来，端着酒杯朗声道：“首先，这第一杯酒，让我们敬我们岳武院死去的英烈们，敬此役献身的马大响堂主，岳武院众弟子要永远牢记他们，永远不要忘记他们！他们的英名会留在群英碑上，让我们的子孙万代敬仰！来！第一杯酒，敬先烈！”说完，把酒洒到地上。众人纷纷效仿，也把酒倒在地上。

“会战卫城，我岳武院众武徒奋勇向前，获得大功一件。经评议，决定授予马大响马堂主、铁嘴华白耀华、仁义双雄铁铃公子马森林、铁扇公子荆长生、二堂主李虎子、六堂主白金珠、七堂主白银珠、卫队长毛四、武徒张光一级勇士称号。授予武徒赵强、钱春生、孙修文、李路、周新民、马子、翟贵、李西山一级猛士称号。护卫丁春山、郭得明以及武徒杨虎、姚群山等三十六人获得二级猛士称号，其他参加攻城的武徒，均获得壮士称号！”

掌声四起。金戈又道：“今后，李虎子为神武堂堂主，杨伞为精武堂堂主，江中月任练武堂堂主，毛四任习武堂堂主，张光为大堂协理，傻蛋为大堂卫队长。同时，张光和八名获得一级猛士称号的武徒进入神武堂，成为岳武院第一批正式门徒。内卫丁春山、郭得明和武徒杨虎、姚群山等三十六位二级猛士，进入精武堂学习，其他堂主职位不变。来，为了我们胜利，干杯！”

“干杯！干杯！”随着一阵喧哗，酒宴开始了。中途，金珠、银珠随长发婆离席而去，和相熟的人凑在一起。金戈站起来，逐桌敬酒去了。首席上只剩下了五毒师太、仁义双雄、岳霞和凤玲。岳霞眼睛一红，几颗珍珠似的眼泪滚了下来。一只手抱着肚子的铁扇公子见状，咽口唾沫，低下了头。

第二天，岳鸣过满月，岳武院放了假。金戈准备去汉城救母，大清晨就来到了大殿。他拿出笔墨纸张，又写又画，他要改进四轮车。此去汉城，只能去十几个人，因此要组织一个精明强干的小队。冬天就要到了，要做好保暖的准备。金戈要制作一辆厢式四轮铁皮车，作为移动的战斗堡垒。金戈一边琢磨着，一边画着草图。

岳霞迈着轻快的步子走进来，不声不响地坐在金戈旁边。金戈扫了岳霞一眼，问道：“有事吗？”岳霞笑笑，柔声说道：“打扰你了。我想，是不是把义父请过来？另外，陪客要叫哪些人？安排多少桌酒席？也该准备了。”

金戈停下笔，看了看岳霞，问道：“还没安排吗？”岳霞笑道：“你回来了，一切你做主，我还安排什么？”金戈道：“那你赶快派人去请秦院长，还有朱盟朱先生、江立仁江先生。”

岳霞娇声道：“请那个酸气冲天的文学大师？”

“一并请来！江立仁虽然嫉贤妒能，但文章确实写得好，请来吧。至于本院，凡是头头脑脑，一律请到大殿里陪酒。”

“是，院主！”岳霞抿嘴娇笑，迈着碎步出去了。

片刻之后，岳霞又回来了。她给金戈倒上一杯茶水，仍然默默地坐在旁边。

金戈画完了图纸，叫来了工匠头，交代了任务。这时，大殿里进来了不少丫鬟，开始摆放桌子。金戈看了看岳霞，抬头说道：“还有事？”岳霞摇摇头，笑道：“没有了。”

金戈在一个笔洗里涮好毛笔，按上笔帽，又把散乱的宣纸摞起来。岳霞看着金戈棱角分明的脸，幽幽地说：“听说咱们明年三月初三成婚，是吗？”

“是，那天是我们的大喜之日。但愿我母亲能赶上！”金戈说完，抬头看了看窗户，目光黯淡，满是忧虑之色，低声吟道：“想见父容空落泪，欲闻母语杳无音……”

岳霞站起来，双手扶着桌子，仰着脸道：“我和你一起去救婆婆，好不好？”金戈摇头道：“长途跋涉，冰天雪地，你就不要去了。况且，我们只是听到了一些风声，此去寻母如同大海里捞针，去多长时间还不一定呢，既然你是二院主，就坐镇岳武院吧。”

“什么二院主，你能娶我，我就心满意足了，挂个虚名，有什么意思。都是凤玲，说什么白凤是你的二房，金珠、银珠是你的三房。白凤可厉害了，不挂个院主之名，恐怕要受气。受气就受气吧，受点气有什么了不起？只要你不嫌弃我，我就心满意足了，你不喜欢岳鸣吧？”岳霞说着，眼圈一红，一双大眼里泪花闪动，低声泣道，“我对不住你，可是……可是，我也是身不由己……”

金戈转过身子，拍拍她的香肩，说道：“这事不能怪你，造化弄人，有一得，必有一失。苏东坡曾说‘月有阴晴圆缺，人有悲欢离合，此事古难全’，十全十美，哪里找去？”

“要不，把岳鸣送给别人吧？”

“师太要留着，就留着吧。师太是岳武院仅存的老人，不可忤逆。”

“嗯，你做主吧。”

“金大哥，金大哥！”银珠喊叫着跑进来，金珠也跟着奔进来。姐俩兴高采烈，大声道：“好消息，华山又来了消息！”

“啊？”金戈腾地站起来，袖子扫过，几乎带翻了墨玉笔架。银珠的小手托着一片白绫子，白绫子上布满了密密麻麻的蝇头小字。金戈手颤抖了，他没有去接那片白绫子，眼睛盯着银珠，紧张地问道：“他们怎么说？”

“查清了，伯母一年前确实去了朝鲜，当时送往朝鲜的共有十五个女人，伯母就在其中。桃花会的西北舵主回来了，他在西安只待了一夜，起大早就走了，估计是赶往朝鲜了。我们要不要马上出发？”

金戈接过白绫子，仔细看了一遍，叫道：“派人把韩木匠叫来，要他们连夜赶制铁皮车。张协理，你立即准备五张硬弓和一千支雕翎箭，再把戚将军给的五面盾牌、五支火铳打包装好。凤玲呢？叫凤玲准备日用品，我们明早出发！立即通知水师堂，派一艘黑旗船去山东半岛的荣城港口候命。”

“是，我去通知他们！”说着，张光协理跑了出去。

金戈看了看岳霞，说道：“岳武院就交给你了，你多保重。”

岳霞眼睛湿润了，低声道：“行啊，你放心去吧。”

“报！秦院长来了！”一个人进来报告。

“啊，我们去迎接！”岳霞立即站起来，抹了一把眼睛，率先走出了大殿。

次日清晨，一辆黑色的四轮铁皮车停在了大殿门前。四匹牵引马车的白马嘟噜噜打着响鼻，铁蹄嘚嘚敲打着沙石路面。李虎子带着神武堂九位武徒，骑着同样雪白的战马，护卫着四轮铁皮车。金戈和凤玲告别了岳霞等人，钻进了马车。车辕的坐板上坐着一个驭手和戴着皮帽子的坐地炮。坐地炮看了看晴朗的天色，喊一声："出发！"霎时马挂銮铃声响，车轮滚动，人马随着咕噜噜的车轮声离开了岳武院广场。

岳霞站在台阶上扬着手，呆呆地望着远去的人马。金珠和银珠噘着小嘴，瞩目远去的马车。金珠看见岳霞进了大殿，跺着脚说道："金戈会不会去接白凤？因此不带着我们……"银珠垂下了头，低声道："不知道，可能吧。这回知道了吧？我们两个人在他的心中还是比不上白凤。"

金珠道："岳霞呢？"银珠道："她呀，很难说，或许在白凤之上吧，但她也斗不过白凤，早晚被白凤踩在脚下。白凤是个狐狸精，已经迷住院主了。"

金珠皱着眉头，叹道："他让我们照顾铁扇公子是什么意思，是不是想把我们推出去？不然的话……"银珠一抬头，看着金珠道："不会吧，我们应该照顾铁扇大哥，你忘了他们兄弟是怎么照顾你的？"金珠道："可是，铁扇公子的伤似乎没有大碍呀……"

银珠一跺脚，说道："别说了，烦死了……"

这时，仁义双雄走过来，这兄弟俩脸上没有任何表情，铁铃公子淡淡地说道："回去吧，外面风大。"

金珠看了看铁扇公子，说道："你怎么出来了？你要少活动。"铁扇公子看着眼里噙着泪花的金珠，轻声道："不……不、不……碍……事。"

四轮铁皮车里，车厢壁上钉着白色的毛毯，车厢底铺着厚厚的皮褥，车顶上拴着两架吊床。靠前的厢壁做成了壁橱，大小抽屉里分别装着金叶子、银元宝、药品等应用之物。金戈坐在椅子上，看着方桌子上的地图，手指划向了山东半岛。过了一会儿，金戈抬起了头，看着凤玲道:“我们由湖广而山东，路过黄山时，拐个弯，我们去一下白神庄。”

“是，院主。”凤玲答应了一声，目光转向了窗外。

几天后，四轮车来到黄山白神庄。金戈下了马车，来到大门口，虎子递上了拜帖。不一会儿，白杏和白林两个女孩飞也似的跑出来。白林脸蛋红扑扑的，娇声道:“哟！岳院主大驾光临，欢迎，欢迎……”

白杏道:“找我凤姐吧？才几天不见哪，就找下来了。告诉你，你可不能把凤姐带走，怎么着也得让她过了年……”白杏眨着一双水灵灵的大眼，樱桃小嘴一开一合，叽叽地说着。说话间，白凤和傻蛋出来了。白凤风采依旧，仍然鲜花似的娇艳。她身形略显消瘦，丹凤眼里闪烁着喜悦的光芒。老远就说:“得啦，别白话了，让客人进院子吧！”

白杏莞尔一笑，说道:“哟，看看，我们还没说几句，你就不干了，怎么这样啊，说会儿话都不行吗？”

白凤目光转向坐地炮、虎子和凤玲，笑道:“来吧，左堂主、李堂主、岳堂主，里面请！傻蛋，把车子赶进去！”

“好嘞！”傻蛋答应了一声，接过马鞭子，空中虚击一下，啪的一声，喊道:“驾！”

四轮车动了，白凤抬手让道:“请吧！”

“请！”金戈说着，随白凤来到白家小院。还是那个带篱笆墙的院子，还是那几间刷着白灰的旧砖屋。金戈走进屋子，看见了一个圆脸大眼的小女孩，白凤问道:“哎，爹和三叔呢？”小女孩道:“他们走了，说是有事，让你招呼客人。”

“哦，也好！”白凤回头道:“来，来，坐，坐吧！”

屋里布置一新，新打的家具，新裱糊过的顶棚，新粉刷的墙壁。白凤见坐地炮端详墙上的字画，说道：“这幅字还是院主去年来的时候写的，这次，还要请院主多写几幅。来，坐吧！”

“金大哥，请喝茶！”白杏端来了茶水。接着，屋子里又进来了几位姑娘。姑娘们依然笑逐颜开，但是，她们的笑似乎有些勉强。忽然，金戈看见窗外人影一闪，似乎是九弟。金戈立刻留了神，过了一会儿，果然看见了九弟的头，他正鬼鬼祟祟地向里张望。金戈和他的目光一对，九弟一惊，立即缩头不见了。金戈觉得好笑，又觉得别扭，心里烦躁起来。

金戈强展笑颜，对白凤道：“我接你来了，跟我走吧？”白凤笑道：“刚来就走啊？待两天吧，你见见我奶奶，上次她闭关练功，你没见着，这次怎么着也得见见，她是一家之主，你要娶她的孙女，必须得到她的许可。听说你们卫城之战大获全胜，赵小峰栽了大跟斗，你给讲讲！”

“好啊，讲讲！”几个姑娘随声附和。

“好！”金戈压下了心中的烦恼，打起了精神，说道，“我去汉城救母，时间紧迫，我就简单说说，卫城是一个石头城墙，一丈多宽，两丈多高，易守难攻。但是，最关键的还不是城墙，而是监军赵小峰那个汉奸……我真佩服戚大哥，要是没有鸳鸯阵、三才阵和两仪阵，单对单地和黑狮子这群倭寇武士对打，我们真不是对手。要想攻下石头城，没有一年半载想都不用想。接下来岳武院要好好练练阵法，我们也要做到以多打少、掩护对敌，光凭手上的功夫不行……”金戈比比划划，讲得有声有色，几个姑娘听得入了迷。

傍晚，金戈和白凤沿着镶着花边的山道漫步，夕阳渐渐沉到染成黛色的山峦下方，一抹橘红色的彩云仍在林间徘徊。白凤那眼角微微上翘的丹凤眼里飘荡着阴郁的愁云，光洁如白瓷的脸蛋被初冬的冷风涂上了一片青色的光晕，低沉杂沓的脚步声敲击着二人烦乱的心房。金戈首先打破了绵长无尽的沉默，低声道：“我希望你和我同去汉城，一来我确实想你，二来想让你帮帮我，你可是黄山的女秀才呀。”

白凤仰起下巴，小声道：“好啊，我也想和你在一起，不过……”

金戈问道：“怎么？”

“我奶奶恨死爷爷了，对岳武院也恨透了，对你也不喜欢。你见了她，一定要忍耐，不可顶撞。一切看在我的面子上，嘻嘻哈哈应付过去就行，过后扭头一走，就当刮了一阵大风。我在家里，一合眼就是岳武院，一闭眼就是你，再待下去，我就要疯了。对了，岳霞最近怎么样？”

“岳霞彻底好了，她恢复得很快。”

白凤的眼眶红了，幽幽地说道：“这么说，她是名副其实的大夫人了？”

金戈关切地看着白凤，说道：“是的，你不会在乎吧？”

白凤身子微微扭动，说道：“当然在乎了，我怎么会不在乎呢，可是，在乎又有什么办法？命，这就是命！命里注定的，又有什么办法！”

两人默默向前，过了一会儿，白凤问道：“那个怪物呢？”金戈看着白凤凹凸有致的身材、眉目如画的傲世容颜，以及雪白脖颈上被风吹动的几根青丝，诧异道：“怪物？”白凤伸出一只素手，捏着腰间丝绦上悬挂的一只绿色绒球道：“就是阴阳魔的那个小崽子，那个男不男女不女的二尾子。”

金戈恍然大悟，说道：“哦，你说岳鸣啊，他真是有点怪。刚满月，就会哇哇大叫，声音像青蛙，你说怪不怪，满月那天，抓住他干爷的胡子不放手，他干爷给了他一块桃心玉，他才松开手。据说那块玉是温玉，冬暖夏凉，戴在胸口修身养性。送出去后，秦老爷子颇为心疼，眼皮直跳。岳霞想哄回来还给她义父，可怎么哄，岳鸣就是不撒手。”

白凤揶揄道：“不怪。你不想想，他是谁的骨血？龙生龙，凤生凤，老鼠的儿子会打洞。他早晚要报杀父之仇！你等着吧……”

金戈惊道：“报杀父之仇？找我？那不是养虎为患吗？”白凤白了金戈一眼，道：“你以为呢？”

这时，白杏小跑着找过来。她一脸的严肃，低声道：“奶奶要见金大哥。”金戈笑道：“好啊，我马上就去。”

白凤看着白杏远去的背影，轻轻嘱咐道：“你要谨慎地应答，我奶奶脾气不好，又非常精明。凡事忍耐一二，她不论怎么说，我都会和你心连心，你记住了？”金戈低声道：“记住了，放心吧。怎么着她都是长辈，我会恭敬的。”

金戈随着白凤走进一个大院，来到佛堂前。白凤道：“我奶奶信奉佛教，吃斋念佛，她住在佛堂里，来吧，随我进去。”

白凤一只脚刚跨进门槛，就被一个丫鬟拦住了，说道：“老太君只要客人进去，大小姐请到偏殿等候。”白凤牵牵金戈的手，又用小指挠了挠金戈的手心，柔声道：“好吧，你去吧，记住我的话。”

金戈点点头，走了进去。佛堂正面矗立着一座高大的神像，神像金碧辉煌，庄严肃穆。佛堂里非常安静，神案上供着数色鲜果，紫铜香炉里香烟袅袅。神案旁坐着一个白发苍苍的老婆婆，她盘腿端坐在硕大的绣墩上，手捻着佛珠。旁边，恭恭敬敬站立着四位中年男子，其中一位正是白凤的父亲。金戈迈步上前，躬身行礼，说道：“老太君安好，各位好，晚辈岳金戈有礼了！”

“岳金戈！”老太君的声音尖锐短促，“岳”字咬得特别重，三个字刚刚入耳，尖锐的声音又响起来，“哼！岳金戈，自甘堕落！”话音刚落，她双眼一睁，两道寒光射来，如同漆黑之夜亮起了两盏明灯。金戈心神巨震，心道：“怪不得铁嘴华说打不过他的老婆，看来这位老婆婆果真功力非凡。”

只听老太君接着说道："听说你要娶我家白凤，可是真的？"

"不错，晚辈在春节之后定会托媒人前来求亲，还望老太君成全。"

"哼！哼！哈哈哈……"老太君一阵狂笑，说道，"好！好！但是，我家白凤号称花仙子，无论人品相貌，均是上上之选，不是自夸，托媒说亲者打破了脑袋，踢破了门槛。简短捷说，你要娶我家白凤，那是有条件的。我们的条件是，第一，我家白凤不做小，只做大夫人；第二，我家白凤只嫁给堂堂正正的男子，不嫁给入赘的，并且其夫终生不得纳妾。这两条你能做到吗？"

如何答复？金戈脑子里翻江倒海。答应吧，岳霞怎么办？金珠和银珠又怎么安排？不答应吧，看样子和白凤的婚事就吹了，白凤要自己忍耐，怎么忍？正想着，只听老太君说道："怎么样，小伙子？不用再想了，吃着锅里的，占着碗里的，那可不行，不用想花招，你要答应我的条件，就广撒武林帖，说明你的誓言，否则，不用再见我家白凤了！"

金戈无言以对，心里小鹿乱撞，心说："这老太太厉害，搪塞不了，怎么办？"

这时，老太太叫道："送客！一个连祖宗都不要的人，岂能做白神庄的娇客！少在这儿丢人现眼吧！"

两个中年男子向前一步，扬手送客。金戈想争辩几句，想起白凤的话，话到嘴边，咽了回去，抱拳一揖，恭恭敬敬地说道："晚辈告退！"

走出大殿，两位中年男子继续扬手，一直送他出庭院。金戈观看偏殿，偏殿里黑乎乎的，不见白凤的踪影。

走出院子，金戈忽然看见自己的四轮马车停在路边，武徒们骑着白马站在一侧，凤玲、虎子和坐地炮伫立在马车旁，等着自己。

"哦，这是要我们走啊，白凤呢？"金戈想着，停住了脚步，问道："要我们连夜离开吗？"

两个中年人扬扬手，一言不发，金戈又问：“白凤呢？我要见见她。”两个中年人摇摇手，走进院子，咣当一声，关闭了大门。霎时，金戈觉得天旋地转，脑袋嗡嗡作响，片刻后，稳住了心神，走向四轮车。凤玲打开车门，金戈默默地登上四轮车，看着目光犹疑不定的凤玲，说道：“前行五里宿营。”

“驾！”四轮车启动了，咕噜噜的声音划破了夜空。

金戈辗转反侧，一夜未眠。凌晨，金戈练完功后，默默眺望白神庄，直到太阳走到正南，仍然没有看见白凤的身影。这时，坐地炮走过来，抱拳当胸道：“院主，要不要在下去趟白神庄，请白堂主出来一见？”

金戈摇摇头，说道：“不用了，我们走吧。”

四轮车咯吱响着，天黑时驶进县城。金戈看了看窗外，对凤玲道：“找个客栈住下，歇两天再走。”凤玲看了看金戈，欲言又止，低声道：“好吧。”

凤玲下车去了，金戈盯着摇摇晃晃的车厢，心里翻江倒海，心说：“不论怎样，白凤也该见我一面呀，她是被软禁了，还是变了心？九弟在白神庄干什么呢？对，可以问问傻蛋，傻蛋呢？他怎么也不出来见我……”

“吁！”车外传来坐地炮的喊声，马车好像在拐弯，过了一会儿，马车停住了。凤玲打开车厢厚重的木门，站在门边道：“院主，下来吧，到客栈了。我们包下了一个偏院。”

金戈站起来，说道：“好，好，先住下吧。”

金戈下了车，看了看默默无声的坐地炮和众武徒，随着凤玲走进一间客房。

第二天，日上三竿，凤玲仍不见金戈走出屋子，就上前敲门：“院主，起来了吗？”

“进来吧。”屋里传出金戈低沉的声音。吱扭一声，凤玲推开了雕花风门，走进屋子。凤玲看见金戈坐在窗前，看着窗台上的一盆白花，呆呆出神。

凤玲走过去，叠好了床上的被子，摆好了脸盆。看见金戈仍然默默坐在那里，过来说道：“院主……我想说两句，不知行不行？”

“说吧。”金戈转过身来。凤玲看见金戈的眼睛红红的，布满了血丝，连忙说道：“怎么说呢，姻缘这东西不会遂人愿的。人家常说，千里有缘来相会，无缘对面不相逢。一切都靠缘分。有缘无分，不可强求，男子汉大丈夫，应该拿得起放得下。再说，再说……”

金戈摆摆手，叹道：“说都会说，可是，一个朝思暮想的人，怎么能说放下就放下？往日的情境，就像做梦一样在眼前晃动……”

凤玲看看愁眉苦脸的金戈，婉言道：“那就再等等吧。过两天再走，咱们就是到了山东半岛，黑旗船也赶不到，歇几天再走也不迟。这儿有个大刀会，要不下午会会他们？别整天闷在屋里。”

金戈站起身来，紧了紧腰间的丝绦，又松开了，好像是系得有些紧了，重新系了一下。刚刚系好，又窸窸窣窣地解开了。金戈抓着丝绦反反复复地系着、解着，目光却瞟向了窗台，看着窗台上一盆发了蔫的白花。凤玲看见金戈的细眉微微颤动，往日红润的嘴唇有些发白，并且不停变换着口形。一会儿左嘴角翘起，一会儿右嘴角低垂。凤玲还听到了金戈牙齿的挫动声。他一双精光四射的细眼也失去了往日的光彩，眼白布满了蛛网般的血丝。

凤玲缓缓走上前，轻轻抽下金戈腰间的丝绦，抖开叠了两叠，拽了拽，然后在金戈腰上一围，轻巧地打了一个蝴蝶结，穗头一长一短，系好了。凤玲默默地站在金戈身前，伸出两只白皙的素手，抻直了金戈的交领蓝袍，温言道：“走吧，去外面转转……”

屋子外，几个武徒正练弓箭，几个武徒正使盾牌，还有几个武徒举着火铳……

下午，金戈和坐地炮拜访了大刀会，在那儿吃了晚饭。回来后，金戈看见虎子和武徒们正在切磋，知道白凤没来，一头扎进了屋子。

次日早上，金戈练完功，吩咐饭后启程。凤玲说道："等等，坐地炮办事去了，还没回来。"

金戈睁着细眼问道："哦，左堂主去了白神庄？"凤玲摇摇头："没有，他去附近转转，不会进村的，或许碰上傻蛋呢？再等等吧。"

金戈呆呆坐在椅子上，眼前不时出现白凤的身影，她一会儿奔来，一会儿远去。她就像一只飘在空中的风筝，风筝的丝线拴在金戈心上，牵扯得阵阵绞痛。金戈坐卧不安，脸色苍白，两道长眉间沁出一层米粒大小的汗珠，颧骨下面的小麦色的皮肤痉挛似的颤抖着。金戈仰天长叹，喃喃道："快来吧，我可没有时间等你了，我的母亲还在火坑里痛苦煎熬，我不可能再等下去，快来吧，我求你了，快来吧！"

中午，金戈正在屋里转圈，白凤推门走进来。"白凤！你可来了！"金戈欢呼一声，蹿了上去，一把抱住了她。白凤轻轻推开金戈，眼含热泪："不答应奶奶的条件，你就不要碰我。"

"啊！"金戈闻言一愣。白凤转身，对外说道："赶紧开饭，饭后启程！"门外传来凤玲既兴奋又无奈的声音："是！"

饭菜上来了，金戈与白凤对坐，金戈激动万分，眼泪在眼眶里打转，说道："我知道你不会变心的。"白凤的眼睛也红了，说道："我来是帮你救母的，同时我们也要好好商量一下，你能不能为我，放弃岳武院，放弃岳霞，放弃金珠和银珠？你我二人，携母回归临江，去过逍遥自在的日子。打打杀杀，没完没了，什么时候是个头呢？要不咱们去江南堂，在杭州安家立户，你说好不好呢？"

金戈迟疑道："岳霞怎么办？金珠和银珠还好说，她们云英未嫁，可岳霞带着一个孩子，她岂可无夫。"

白凤道："我能安排好，我保她母子衣食无忧。我给她找一个像模像样的武徒，我们再常去看她，常去帮她，不就行了？"

金戈摇头道：“她不会同意的。让我想想吧，你是不敢背叛家庭了？”

白凤眼皮下垂，说道：“不是不敢背叛，我实在是不愿意做小，何况岳霞又清醒了。”

金戈心里咯噔一下，一股凉意爬上心头，连忙道：“以后咱们再商量好不好？先吃饭吧。”

饭后，队伍出动了，傻蛋又当了车把式。

腊八这一天，四轮车来到山东荣城，黑旗船还未赶到。金戈派人寻找精通朝鲜语言的通译，方便行事。一下子寻来了十几个人，正是那句话，重赏之下必有勇夫。经过筛选，留了三个人，称为采办。十几个人的商队却雇了三个采办，采办们嘀咕起来，心存疑虑。但是，高额的报酬让他们缄口了，一月五两白银，这可是一般人一年的工钱。一个在汉城经商多年的毕姓老汉提出先付一个月的工钱，他说：“一家老小揭不开锅了，能不能先发一个月的薪水，暂解危难？入朝之后，我等定当尽心竭力，恭候驱策。”

金戈答道：“好，每人先给你们十两，如果事情完得早，不用你们退银子。只要你们一心一意帮我等干事，另有赏赐。我看你们衣服单薄，额外再发二两银子，自行购置衣帽，穿戴光鲜一点。凤玲发钱，你们早去早回！毕老先生，你早点回来，我还有事请教。”

“好，太好了！小老儿告退！”三个人听了欢天喜地。

凤玲拿出白花花的纹银，分别给了三位采办。三个人揣到怀里，奔出了店门。三个采办回来后焕然一新，金戈立即把他们封闭在客栈里。

柳眉到了，她带来了一艘黑旗船，还有八十多名武徒打扮的船工。金戈命人结了账，带着搜寻小队上了船。

“哎，过来看看。”白凤站在甲板上，身披白色的裘皮大衣，脚踏黑色高鞠靴，身材亭亭玉立，正挥着手。金戈欣赏地眨眨细眼，笑道："嗬，像个富家小姐、大家闺秀！"

白凤潇洒地一转，裘皮大衣衣襟飞舞。她长长的睫毛忽闪几下，说道："怎么样？美不美？"

"美！美极了！"

"人常说，只羡鸳鸯不羡仙！"白凤偎上来，清澈的眸子里爱意流淌，声音情致缠绵，"我俩正是天作之合、地造的一双，天下之大，还有这样的绝配吗？"

金戈心动了，低声道："我们一块看云卷云舒，一起瞧潮灭潮生，一同观日出日落，赛过神仙眷侣！"

"是呀！仁义双雄和金银双珠也是天下的一双绝配，不是吗？"

金戈叹道："不错！听了你的话，我疏远了金珠、银珠姐妹，也尽量安排她们和仁义双雄在一起。铁扇公子负了伤，我要金珠、银珠一路照顾铁扇公子，可是，我心里总觉得不是滋味……"

白凤柔声说："过一段时间就好了，开始会有些别扭。这么说你同意了？"金戈道："同意什么？"白凤道："奶奶提的条件！"

金戈眉头一皱，说道："这要从长计议，我不能对不起岳霞，也不能强迫她们姐妹……我们回去再说好不好？我们应该有个万全之策。现在，救出母亲最重要。"

白凤的神色黯淡，说道："下去吧，他们都改了装束，在客舱里等你呢。"

"好吧！"金戈拉着白凤的手进了楼厅，顺着楼梯向下走去。到了客舱里，金戈看见了丫鬟打扮的凤玲、富商打扮的虎子、杂役打扮的坐地炮，还有仆人打扮的傻蛋、赵强、钱春生等人。他们见金戈下来了，连忙站起身拱手。众人嘻嘻哈哈，练习着和身份相符的语言。金戈安排完毕，看着柳眉道："戚家军打下许家村了吗？"

"打下来了。戚将军带领三路大军一拥而至，把许家村围了个严严实实。戚将军观察了地形和风向后，决定火攻。三路大军准备停当后，一声呐喊杀到倭寇大寨前，立即点燃了寨门，点着了寨栏。大火顺风蔓延，片刻间倭寇的老巢变成了一片火海。穷凶极恶的倭寇哭爹叫娘，四处逃窜。大火烧了多半天，火势渐弱，戚将军一声令下，三路齐攻，大军风卷残云，高呼着杀声冲了进去。躲在阴沟和墙角的倭寇都跑出来，垂死挣扎。他们哪是戚家军的对手，无数个鸳鸯阵蜈蚣似的绞来绞去，也就是一顿饭的工夫，就把残存的倭寇杀了个精光。"

金戈伸出拇指赞道："好！火烧许家村，高！"

虎子摇摇头，叹道："可惜，我们没赶上……"

金戈又问："铁嘴华呢，回山了吗？"柳眉道："啊，我忘了，铁嘴华立了一个大功，他抓住了赵小峰的信使，搜出了赵小峰写给倭寇的密信。赵小峰要倭寇赶紧撤离许家村，他告诉倭寇，三路明军已经星夜赶来。戚将军说铁嘴华大功一件，密信交给了谭伦，谭伦看过信后大喜。"

"太好了，谭叔父肯定参赵文华一本！"金戈顿了顿，拍了拍巴掌大声道，"此次入朝，风险很大，我们既不能闹出大的动静，还要铲除桃花会的余孽。不相关的事情一定要忍耐，打掉了牙也要往肚里咽！天时地利我们都不占，一个不小心，就会翻了船。我们一共十五人，要准备四套阵法。第一套，我、白堂主、岳堂主组成一个三才阵，其余十二人组成一个鸳鸯阵，这两个阵叫日月鸳鸯阵。我们三人的三才阵为日，李堂主带领的鸳鸯阵为月。李堂主作为阵主在前，左堂主为副阵主在后。第二套阵法，我们的三才阵为龙头，你们的鸳鸯阵紧跟在后，组成一个十五人的大型鸳鸯阵，名叫龙头鸳鸯阵。这个阵李堂主和左堂主都在阵尾。第三个，我的三才阵拆开，单独作战，如星辰般散落鸳鸯阵外，名叫星辰鸳鸯阵。最后一个，鸳鸯阵拆开，组成三才阵、两仪阵，或直线，或圆圈，分散对敌，就叫……就叫五星三才阵吧。我和白凤、凤玲、虎子、左堂主为五个三才阵的阵主。每阵要有一个盾牌火铳手、一个硬弩短刀手，以及长枪手和袖箭手，每人两件兵器。兵器都要隐藏好，我们分则商人，合则奇兵！冲击时日月鸳鸯阵在前，绞杀时用星月鸳鸯阵互助，防守用五星三才阵御敌。散打时三才阵、两仪阵齐出。各位，这几天我们要下苦功演练阵法，戚将军的鸳鸯阵、三才阵和两仪阵是制胜法宝，向来攻无不克、守如磐石，是真正的战神之阵！兄弟们一定练熟练精，做到配合默契。”

“是！”众人齐声回应。

“好，去甲板，练习鸳鸯阵！”一声呐喊，众人跑上甲板，手忙脚乱排列起来。

先练两仪阵站位，又练三才阵站位，再练鸳鸯阵站位。金戈拉这个推那个，经过一上午的排练，武徒们总算知道自己该站在哪个位子，知道怎样就近组阵了。至于利用阵法去杀敌，那还早着呢。

下午，金戈和白凤、凤玲也参加练阵。宽阔的甲板上吼声阵阵，脚步咚咚，四种阵法的雏形练成了。

第二天早晨，一轮红日从浩瀚无垠碧波荡漾的海面上跃出来，霎时间霞光万道，给东方的大海镶上了一道夺目的金边。海上刮起了大风，二十多丈长的大船摇晃起来。海浪吐着白沫，卷起一层层雪花般的浪花肆无忌惮地扑过来，打得黑色的船壁砰砰作响。有几个武徒晕船了，开始呕吐。张光晕得最厉害，黝黑的大手捂着嘴，带着酸味的食物从手指缝里喷射出来，有如天女散花，马子等人见状哈哈大笑。就是这样，阵法练习也没停止，两仪阵、三才阵、鸳鸯阵交替着操练。几天后，日月鸳鸯阵、龙头鸳鸯阵、星辰鸳鸯阵等也练成了。甲板上，十五人穿来插去，不断变换着队形，口号也不时响起：“精忠报国，文死谏，武死战！精忠报国，文死谏，武死战！”

十几天后的一个傍晚，黑旗船来到朝鲜京畿道的一个无人的海滩。四轮车卸下来，奔向了李氏王朝国都的所在地汉城。汉城大街上车水马龙，人流如织。毕先生头前带路，慢腾腾地走着，他在汉城经商二十多年，青春年华都献给了这座城市。一把大火，烧得他一文不名，逃回了山东老家。今日重返旧地，激动得山羊胡子簌簌抖动。

金戈为了避免引人注意，把铁皮车留在了城外，十几个人分散开，晃晃荡荡进了城。毕先生找到一户刘姓富商，两个金元宝的见面礼立即换来殷勤的招待。金戈等人住进了刘家的后花园。安顿好了，毕先生对金戈叹道："姓刘的初来汉城，我帮他找人，帮他拉关系，支持他打下了一片江山。不过俗话说得好：清酒红人面，财帛动人心。我破产之后，他再见到我，只是哼哼哈哈地应付，硬是一毛不拔。今日听说东家是江南首富，又拿出金元宝，脸色马上变了，乐得屁股眼里都是笑纹了。东家，您看见了吧。人哪，光长好心眼不行啊！"

金戈笑道："种瓜得瓜，种豆得豆，到时候就知道了。你把那两位采办叫来，咱们碰个头，商量一下今后的行止。"

毕先生道："好好！我马上去，我看出来了，岳东家是个干大事的人，我老头子别的不行，跑腿练嘴皮子没问题，您瞧好吧！"

不一会儿，三个采办来了，金戈道："我们的目的地到了，现在，我把我们要干的事说一说，我们来到汉城，主要是寻找一个人，一位中年妇女，此人原是一位官太太，她丈夫是我大明朝的一个大学士，曾入主内阁。此人名叫夏秀梅，两年前被桃花会掳去，起初流落西安，后来随十几个女人来到了汉城。此人的名字有可能改了，但是她的相貌不会改，诸位请看！"金戈说着，拿出一卷画轴展开。这是一幅工笔画，画着一位妇人。她婷婷袅袅，端庄秀丽。再细看，只见她柳眉杏眼，眼角微微上翘，瑶鼻菱唇，再配上一张白里透红的鹅蛋脸，果真丰姿绰约。

白凤腾地站起来，丹凤眼圆睁，惊道："这就是伯母？"

金戈把画挂在墙上，回身道："是金夫人。"

毕先生一捋胡子，感叹道："好画，好美的人，好高雅的风韵！"

金戈又道："诸位请看，金夫人的眼角上翘、柳眉细长，这是她的特征。"

凤玲道："画上的金夫人是不是太年轻了？"金戈道："她四年前是这个样子。现在她备受折磨，或许老多了。但是，她的眼睛不会变，她的眉毛不会变，她超然的风韵不会变。我们五个小阵，一个小阵留守，一个小阵负责联络，三个小阵秘密排查。凤玲的小阵留守，白凤的小阵负责联络，其他三阵各配一个采办，出去排查。我们到各妓院找人，不要惹事，低调再低调。但是，每到一个地方，都要把三十到五十岁的女人看一遍，绝不能漏掉一个人。我们不怕花银子，查找一定仔细认真。"

白凤道："我来明号令：此次行动为救金夫人，一切为了这个目的，不得招惹官府，尽量不开战，凡惹是生非者，严惩不贷……"

"我来公赏罚。今后，岳武院照搬'明号令，公赏罚，同甘苦，积功升'的武穆兵经。论功行赏提拔重用均以此经为准。今天我要说的公赏罚是提前的许诺，此次来朝鲜国，首功者授予勇士称号，并在缴获的物资中抽出一部分银两进行封赏。"金戈看看白凤和凤玲，思索了一下又说道，"今后，岳武院所存银两一律登记造册，作为公产，不能随便动用，我也不行，大笔支出要经过堂会，经过院主的批准。凤玲，你兼任管家，把握支出……最后，我要说的是，我们的打扮是商人，要有商人的精明、商人的圆滑、商人的礼貌，要练一练，把草莽锋芒藏起来……各位可有补充？"

凤玲道："没有了，我保证守好家当，管好账目。"

五十八　北国风光

金戈走在汉城大街上，冷眼打量着陌生的街道。一个通译走在身边，两个武徒跟在身后。

金戈左顾右盼，不停地问这问那。通译哪里知道得如此详细，不清楚的就去打听，结结巴巴地说着当地话。金戈看见一座殿式酒楼，停住了脚步，抬头望着门楣上硕大的汉字牌匾。通译立即哈腰上前，仰着脸说道：“这是永乐汉席店，经营中原的菜肴，厨师和店伴都是汉人，是汉城数一数二的大饭店，要不进去坐坐？”金戈摇头道：“不去了，今天多转转，汉城所有的大街都要走到。”

通译的眼睛立即瞪圆了，惊道：“所有的大街都走到？您不是开玩笑吧？汉城十几条大街呢，一天的工夫哪能走完。”

金戈转身迈开了大步：“赶紧着，走到半夜，我们也要把汉城所有的街道走上一遍。”

通译缩缩脖子，拍着胸脯道：“那好，那好，那就赶紧走。”

半个时辰后，金戈走进一条房屋逼仄的狭窄街道。街道两旁灯红酒绿，厅堂楼阁争香斗艳。通译靠近金戈，低声道：“这是汉城有名的九如街，汉人们叫它窑子巷。这里的妓院大部分是汉人开的，女人多是本地人，汉家姑娘也有，不过很少。在下去过几次……”

这时，几个穿红挂绿的姑娘围上来，拉拉扯扯，嗲声嗲气地纠缠起来。金戈叫声快走，肩膀一晃冲出了包围。

二更过后，金戈回到了刘家大院。白凤、凤玲、虎子、坐地炮等人都在客厅里。几个人说了自己的所见所闻，金戈拿起笔墨，画了一张汉城的街道地形图。金戈挺直腰板，看着众人道：“根据地形图，明天分片排查，逐一梳理，各位意下如何？”

白凤伸着雪白的脖子看了地图一眼，说道：“行啊，还是那样，一个小阵留守，一个小阵负责联络支援，三个小阵分片梳理。”

金戈盯着地形图看了片刻，抬头道：“好。”

白凤眼睛眨动，瞟向眉头紧锁的金戈，说道：“我又租了一个院子，天一亮我就带你们去认门，做我们备用落脚点，以备不时之需。”

金戈捂着嘴打个哈欠，伸个懒腰，摆手道：“很好，歇了吧，大家都歇了吧，二更天了，明天还要继续外出。”

凤玲走进里屋，给金戈泡好茶，拉开了被子，看了白凤一眼，咬着嘴唇出去了。

几天过去，三个外出的小阵把汉城所有的妓院、赌场梳理了一遍，没有打听到金夫人的消息。金戈眉头紧锁，心情郁闷无比，夜里又去了一家妓院，和姑娘们闲扯到天明，依然是一无所获。

中午，金戈在一家饭店里，正看着花格窗户上雪白的窗户纸发呆，白凤快步走过来，低声道：“刘家大院被监视了。凤玲告诉我，他们抓了一个奸细，去备用点了。我们也过去吧，别回刘家大院了。”

“哦？”金戈眉头一展，喜道，“好啊，我们正无计可施，奸细就送上了门。你派人告诉凤玲，想法子撬开奸细的嘴。”

白凤眼睛一眯，笑道：“这还用你嘱咐？凤玲肯定会上心。”

正说着，赵强急急忙忙跑进来，老远就喊：“坏了，傻蛋被人抓走了！”

“嗯？怎么回事？他怎么被人抓走了？”金戈转脸又问白凤：“他不是跟着你吗？”白凤眉毛上挑，瞟了一眼赵强，说道：“我让他去通知李堂主，怎么就被抓了？”

赵强左右看看，上前一步，轻声道：“禀告院主，禀告大堂主，李堂主带着我们去了汉城大戏院，他带着通译正和管事的说话，傻蛋就来了，他和李堂主说了几句，就拉着我去后台看戏子，一个小戏子过来和我们搭讪，傻蛋就和她黏糊上了。后来，他们进了一间屋子，我要跟进去，被人拦住了。过了一会儿，有兵丁跑来，说有个小痞子强奸了一个小戏子。不一会儿就看见傻蛋被拉出来，旁边还跟着那个哭哭啼啼的小戏子。他给府兵带走了，我听见一个看热闹的婆婆说：‘看看，又一个傻子被钓色的钓住了，拿钱吧，不花个倾家荡产，怕是出不来了。’”

白凤惊道：“钓色？汉城还有这种行当？傻蛋才多大呀，就知道发坏了？”

金戈皱着眉道：“他们还说什么？”赵强道：“他们留下话了，叫我们到后花园交钱赎人。”白凤问道：“戏院还有后花园？”

“有，从侧门进去。”

金戈问道：“他们有多少人？是不是桃花会的？你说的是不是九如街东头那个戏院？”

“就是那个戏院，是不是桃花会的人不大清楚，不过，看样子他们和官府有勾结，李堂主让我回来报信。”

金戈眼睛一亮，叫道：“好！召集人马，探查戏院后花园。通知各小阵，立即到汉城大戏院接应。”

白凤转身说道：“赵强，你稍等一下，张光就要回来了，见了他，让他通知左堂主前来会合，通知岳堂主立即戒备。”

安排完毕，金戈等人立即跑出饭店，飞奔而去。

金戈和白凤跑到戏院近前，老远就看见翘首以待的李虎子。看见金戈和白凤来到，李虎子立即迎上来，回首一指：“就是这个大门，他们从这里进去的。”

大门洞开，不见有人把守。金戈抬眼看了看，一挺胸脯走进了大门。园子里寂寂无声，一条曲径穿过花圃伸向了远方。曲径弯弯曲曲，点缀着葫芦似的几个池塘。几丛光秃秃的荆条拥着几块太湖石，一排汉白玉灯杆标枪般站立在曲径旁。金戈停住脚步，说道：“通译留在大门口，迎接左堂主，其他人跟我走。”

金戈一行人顺着曲径走了一里多路，前面出现了三座小楼。小楼品字形排开，屹立在一片稀疏的松林前。小楼飞檐斗拱、雕梁画栋，散发着淡淡檀木香味。不知为何，小楼却给人一种轻浮的感觉。金戈暗道：“是了，这就是桃花会的巢穴了，与汉地的建筑如出一辙！”

金戈和白凤走过一座拱形小桥，来到主楼前。这是一座三层高的小楼，汉白玉台阶，雕花的门窗，彩色的梁木。吱扭一声，两扇一丈来高的雕花木门敞开了，两个穿红挂绿的童子跨过一尺高的门槛走出来。他们一左一右伫立大门旁，拱手道：“岳院主请进！”

金戈心里咯噔一下，心说：“不好！他们知道我的名字，先机已失。稳住，千万不可躁进！”

金戈看了一眼白凤和虎子，低声道：“你们不要上去，相机接应。”说罢，金戈对着绣楼哈哈大笑，朗声叫道：“既知客人的大名，主人何不倒履相迎，难道不知礼数吗？”说罢，腾腾腾走上了台阶。

绣楼里鸦雀无声，两个小童哈腰伸手，道：“请！”金戈转眼细看，只见这两个小童眉清目秀，眼珠却是蓝色的。此时，两个小童也在看金戈，四个蓝汪汪的眼珠滴溜溜乱转，闪烁着狡黠的光芒。

金戈突然探手旋身，身子滴溜一转，分别抓住了两个小童的脖颈，嗖的一声，把他们抛到台阶下。两个蓝眼小童牙齿一咬双手一按，立即挺身上跃，身子刚蹿起半尺多高，又哎哟一声趴下了。

金戈回手抽出单刃枪，咔的一声，接在一起，高声叫道："岳金戈造访！"说罢，单刃枪晃动，呼的一声跃进了大厅。

金戈这一跃是雷声大雨点小。他只跃出了一小步，接着又退回了大半步。金戈站在门口向里张望，只见大厅内光线昏暗，靠墙搭着一个宽不过五尺的木头台子，台子上站着三个人。中间是一个年过六旬的老头，面黄肌瘦，白发垂肩。两边立着两个穿红挂绿手持长笛的妙龄少女。少女描眉画眼、姿态妖娆，两片鲜红的嘴唇贴着一杆古铜色的长笛，似欲吹奏。大厅两侧也搭着木头台子，一群奇形怪状的人罗列其上。他们或立或躺或坐，分别抱着锣鼓丝弦，脸上还化着浓妆，像一群正在演出的戏子，又似阎罗殿里的牛鬼蛇神。

"岳院主！我等好心迎你，你却出手抓我的阴阳二童，不是太没风度了吗？"黄脸老头桀桀怪笑，公鸭嗓子犹如破锣。金戈冷笑一声，说道："风度？嘿嘿！你们犯我在先，我效仿之，还谈什么风度？我问你，傻蛋何在？"黄脸老头闻言一愣，接着哈哈一笑，说道："傻蛋？你是说那个黑小子？他真是个傻蛋！你可知老夫是谁？"

"不知，金戈正要洗耳恭听。"

黄脸老头傲然道："哈哈，不知道就算了。傻蛋是郡王抓住的，你想要人，就去找郡王爷。不过，我们之间多少有些来往，我可以为你说情斡旋，你先拿十万雪花银吧。听说公子精通音律，听我一曲如何？奏乐！"

突然，大厅里乐声四起。同时，黄脸老头和红绿两个女孩一晃身子不见了。金戈不知道他们葫芦里装的什么药，登时怔住了。

坐地炮带着两个武徒赶到了，坐地炮冲上台阶就喊："小心暗器！"他扑到门口，却见金戈正在大厅里漫步。坐地炮四下里看了看，又回头看看白凤，问道：“魔笛杜三呢？他人呢？”金戈道：“那个拿笛子的黄脸老家伙？他跑了。”

“跑了？这……这……别吹了！都滚下来！”坐地炮转脸道：“魔笛里藏有金针，五音连吹，金针度厄……”

一个花脸胖子道：“连什么音！这小子一上来就抓了阴阳二童，五去其二，他才不肯冒险呢……”

坐地炮回头一看，见到五花大绑的两个蓝眼童子猴子似的蹲在地上，恍然道：“我说嘛，怎么没动手就跑了。”

金戈皱着眉道：“他要我们拿十万雪花银，到郡王府去赎人。”白凤惊道：“十万雪花银？一个傻蛋能值十万两银子吗？他们疯了？怎么办？郡王府可打不得。”

李虎子堂主提着红缨枪走过来，说道：“要不要先审审他们？”金戈眉头微皱，说道：“好，那就审一下吧。”

李虎子红缨枪一指，叫道：“你们这边来！”这些奇形怪状的人跟着虎子磨蹭到大厅的一角，张光、赵强、李路、马子等人立即围过去，七八条红缨枪逼住了他们。

金戈提着单刃枪出了后门，穿过了一片草地，来到了一个月亮门前。驻足观看，只见月亮门上镶嵌着一个木牌，上写“郡王戏院”四个红字。白凤和坐地炮也过来了，坐地炮凑到跟前道：“定是这里了。”

白凤摇着头道：“他们进了郡王府，缩进了乌龟壳，不好办了。”

金戈抬头看了看松林里露出的一角宫殿，说道：“一定要救出傻蛋，我们不能丢下他不管。”

不一会儿，李虎子堂主等人来了，虎子道：“这些人都是软蛋，没用刑就说了。这里确实是桃花会的舵口，魔笛杜三是舵主。他肯定逃进了郡王府，他和郡王有八拜之交。这里没有金夫人……”

张光跟着说道：“戏院里也没有……”

虎子又道："不过，他们说城南四十里外有个温泉谷，里面有个华清池，那里也是桃花会的产业。有些年岁大的女人，在那里从事按摩等贱役……"

白凤一愣，回身道："啊，说不定在那儿呢，我们连夜出城，立即袭击华清池！城里也不能待了，所有的东西都带走。"

金戈眉头一皱，问道："傻蛋怎么办？"白凤看着金戈的细长的眼睛，柔声道："以后再说吧，他这是自找的，我们不能硬碰郡王府，不能因小失大，都陷在这儿。"金戈摇摇头，低声道："不行，我们要'同甘苦'，不能丢下他不管。"

这时，一个朝鲜装束的女子从月亮门里走出来，她脚踏船形靴子，拖着曳地长裙，摇曳着身子走来。她见了众人未说先笑，婉言道："哪位是岳院主？郡王请你们过府一叙。"

金戈看了看白凤等人，说道："左堂主，你在这里接应。白堂主和张光、赵强，李堂主和马子、李西山，组成两个三才阵随我进去。"说完，金戈车转身形，朗声道："有劳小姐带路。"

"请。"这个女子一转身，袅袅向前行去。

走进院门，转过一个画着山水的影壁墙，看见了两队府兵，他们个个昂首挺胸。金戈走到一个露天的戏台前，看见了魔笛杜三，看见了一个富态的中年朝鲜官吏，也看见了绑在大红柱子上的傻蛋。

金戈细眼微开，说道："杜三，还不把人放了？难道你的童子也不要了？"魔笛杜三哈哈大笑，说道："训练两个童子，有两年工夫就够了，鄙人有他们不多，没他们不少，还是说说你的事吧。这位是郡王爷，拿钱赎人是郡王爷的意思，我可不缺那俩钱。"

金戈道："我们来到异国他乡，怎么会带那么多白银，这不是强人所难吗？"杜三嘿嘿笑着说道："你们不是拉着好多金子吗？你还有珍珠衫、翡翠裙呢。傻蛋全招了，是不是傻蛋？"

傻蛋低声道："他们打我，往死里打，我、我全说了……"

白凤斥道:“哼,怕死鬼!你……”

杜三又道:“要不,你拿花仙子交换也行。”

金戈怒斥道:“休想!听说你们是钓色,设陷阱坑人,以为我们不知道吗?”

杜三道:“钓色也好,钓鱼也好,都是愿者上钩。你问问他,那个女孩的裙子是谁脱下来的?你让他自己说!”

傻蛋叫道:“她、她让我脱的……”

杜三哈哈一笑,说道:“她让你脱你就脱啊?你知道不知道脱姑娘的裙子意味着什么?她让你死去你也死去啊?怎么着,他折腾了半天,你们总得给点遮羞费吧。”

白凤怒道:“无耻!”金戈摆摆手,说道:“好,我们依你,你把人放出来,我把我们带来的一箱子金银都给你,我岳金戈绝不食言。”

白凤急道:“那我们吃什么?花什么?”

杜三摇摇手,说道:“一箱子金银不够,没有那么便宜的事,那个小戏子可是郡王的义女,是个小郡主,她可是金枝玉叶。”

金戈道:“你到底想怎样?”

杜三道:“留下白姑娘交换,或者你们交出全部金银财宝,包括你的珍珠衫、翡翠裙。”

金戈大声道:“好,你先放人!”

白凤道:“别上当,我们,我们……”

“他有官府撑腰,不能硬来,只有舍财一条路了。”金戈拦住白凤的话头,大声道:“你把人带到郊外,我们一手交钱,一手交人,如何?”

杜三拍掌道:“痛快!好!咱们傍晚在西郊青石山见面,你不要要什么花样,这里可是郡王爷的天下。”

走出郡王府,金戈抬头一看,太阳已经偏西了。这时凤玲带着两个人赶来，听了经过，问道："你真的把珍珠衫、翡翠裙给他们？"金戈叹道："不给又怎么办？他们肯定派御林军协防，我们能和大军作战吗？"

凤玲怒道："傻蛋那是自找的，这是什么时候，他竟敢拈花惹草！甭管他，救金夫人要紧，我们赶紧去华清池。"

金戈摇摇头，轻声道："不，同样是救人，我们不能分出远近亲疏。东西是身外之物，生不带来，死不带去，舍了吧。我所担心的，是家底抖搂干净，兄弟们怕是要受苦了。"

傍晚，金戈等人来到西郊青石山。这里有一块青色大岩石，岩石高约三丈，却冠名为山。果然，盔甲鲜明的御林军密密麻麻，里三层、外三层，已经把青石山围得风雨不透。两个妖女拿走了珍珠衫等物，放了傻蛋。

杜三站在青石上，高声喊道："岳院主果然信人，我那两个童子就送你了，你可看好他们，这俩崽子可狡猾得很啊。"

傻蛋走过来。他一瘸一拐的，脸上青一块，紫一块。金戈上前一步，拉住了他。傻蛋蹲在地上呜呜痛哭起来。凤玲怒道："还有脸哭呢，岳武院的脸叫你丢光了！"

白凤厉声道："回去再修理你，别以为你是院主的老乡，就饶了你！"

金戈看了看远去的御林军，低声道："直奔华清池。"

华清池是一片秀丽的园林。它坐落在一条葫芦形的山沟里，景色如画。温泉旁边，种有百十株梅树。现在正是梅花盛开的季节，梅枝骨瘦似铁，梅花姹紫嫣红。皑皑白雪上点缀着鲜艳的梅花，使这白色的世界忽然有了生机。北方梅花稀少，即使有也不茂盛。只有在温泉旁边，在山沟特有的小气候里，才造就了这一片茂盛的梅林。梅林葱茏，假山流水，疑似江南的一处胜地。可是，这里却是桃花会的风月场所，它拆散了无数幸福家庭，那鲜艳的梅花，好似是情人的鲜血染成，那倒悬的冰凌，就像是亲人的泪水铸就。

夜幕渐渐合上，晚风抽打着梅花，雪地里荡起一层白色的泡沫。忽然，人喊马嘶，一队人马狂风似的扑进来，如同静静的湖水里投下了一枚巨石，霎时园林里掀起了波澜。金戈等人如狼似虎，利箭似的射进了华清池。这时大部分游人已经归去，剩下的多是夜不归宿的浪子。桃花会的爪牙慌忙出来拦截，他们哪里是岳武院众兄弟的对手，片刻之间，雪地上留下了一片片殷红的血迹，倒下了几十具尸体。华清池安静了，就像一阵风吹过了池塘。轻风仍在漫游，梅花仍在盛开，只是，华清池的大门已经悄悄关闭，门卫换成了一名手持红缨枪的彪形大汉。

一间浴室里，一个身披浴巾的中年妇女坐在水池边，惊恐地看着金戈和白凤。一个男人围着浴巾，抱着头，蹲在墙角哆嗦着。金戈道："把他带出去！"马子上前抓住发髻，把围着浴巾的男人拖走了。

白凤来到妇女跟前，和声细语地问道："这位大姐，看样子你是个汉人，你可知道，夏秀梅在哪里？"妇女摇摇头，缩了缩脖子。

"把画给我。"白凤向金戈伸出手，金戈急忙掏出画轴递过去。白凤接过来，轻轻展开了画卷，画面冲着那个妇女，说道："你认识她吗？"

金戈脸色铁青，心情激荡，牙齿咬得咯咯作响，白凤回过头来，说道："怎么，你冷啊？"

"不！"金戈激灵灵打个冷颤。白凤看了看金戈颤动的嘴唇，知道他心情激荡。回头再看，那个中年妇女的眼睛亮了，她仔细盯着画卷，点点头，又摇了摇头，欲言又止。白凤微笑，温言道："你认识她，是吧？"白凤一指金戈，"这是她的儿子，找她来了。"

"啊！你，你，你是金文杰？"中年妇女眼睛瞪得像个铃铛。金戈向前一跃，扑通一声跪倒在地。中年妇女吓了一跳，急忙后退。金戈跪行几步，仰着脸答道："是，我是金文杰！我就是金文杰！我的母亲在哪里……"

中年妇女的眼睛红了，几滴泪珠滚落下来。金戈的细眼睁得老大，一眨不眨地看着眼前的妇女。妇女睁着泪眼看着金戈，悲悲切切地说道："夏妹子说他有个进士儿子，才高八斗，难道是你吗？你真的是金文杰吗？你，你怎么跑到汉城来了？我可怜的大妹子！"

金戈的心咯噔一下，又沉了下去，急忙问道："我母亲怎么啦？她在哪里？"

中年妇女哭诉道："我和夏妹子在西安相识。我是从成都来的，一家五口，我的丈夫被杀死了，我和三个女儿被绑到了西安。几天后，我见到了夏秀梅大妹子，一个端庄秀丽的妹子，我们几个岁数大的女人，被装上一辆大车，我们一路向东，一路向北，走了一个多月，来到了汉城，来到了这远隔千山万水的异国他乡……"

金戈打断了她的话，急切地问："我娘还活着吗？她在哪里？"

中年妇人遥望着远方，继续说道："我们被分到这个园子里，当牛作马，接待那些老掉牙的老东西们，可怜的夏妹子，被人买走啦，今年春天……"

金戈又跪行一步，抓着中年妇女的手，问道："买走了？谁买走的？去了哪里？"

"来了几个凶神恶煞，挑走了十多个女人，赶来了两辆马车，把她们拉走了……"

金戈心里一沉，叫道："他们是什么人？住在哪里？"

中年妇女低头看着跪在地上的金戈，幽幽地说道："听说他们是长白山五义寨的人，为首的人叫铁指红狐，是个倭寇，他们……"

"五义寨？"金戈叫道。

中年妇女道："听说那里有个大湖，叫天池，五义寨就在天池旁边。临走时我去看夏妹子，她对我说，万一她的儿子寻来，让我告诉他，不用找她了，她永远爱他的儿子，她说她的儿子才高八斗、顶天立地，一定会来救她的，我怎么也不信。可是，你真的来了，我真为她高兴，为她骄傲……”

金戈握紧了妇女的手，亲切地叫道：“大姨，您贵姓？”

“贱妾韩氏……”

“那我该叫您韩姨了。这样吧，韩姨，您收拾一下，等会儿跟我们走。我去安排一下，我们不能久留，咱们路上再谈。”

正说着，凤玲、坐地炮等人进来了，凤玲愁眉苦脸地说道：“前几天，有人来问过金夫人下落，可是他们都不知道。”

金戈垂泪道：“已经弄清楚了，我的母亲在天池五义寨，你派人立即调四轮车过来，我写个条子给柳眉，让他们见条子开船。毕先生呢？”

“老汉在！”毕先生从旁边走出来。

“你雇辆车，带着韩姨登船。你们先回山东，然后送她们去武夷山。当然，韩姨要回四川也可以。还有，这里所有的汉家人，有愿意回家的，都带走。我写封书信，你交给柳堂主，明白吗？”

毕先生皱眉道：“都带走？那怎么带得了，她们好多人呢，再说，她们可走不快。”金戈脸色一沉，沉声道：“那就雇车。她们当牛作马半辈子了，碰到这个机会不容易，只要是愿意走的，一个不剩，全带走！”毕先生一愣，说道：“好吧！我让黄通译带她们去登船，让杜通译去调四轮车，我去招呼他们行动。”

韩姨双手合十，说道：“多谢金公子，多谢金公子！这下我们可以逃出苦海了，我去告诉姐妹们！”说着，她站起来，抻了一下衣服，颠着小脚奔了出去。

一会儿，凤玲拿来笔墨，金戈写了书信，交给了毕先生。

走出屋子，金戈站在梅林前，向着西北方向呼唤：“娘，我来了！我救您来了，您千万要保重啊……”金戈对着夜风呼叫，声音在深邃的夜空里远远飘荡出去。

蜿蜒的山路上，十匹健马、一辆四轮铁皮车，扬起泡沫似的雪尘，呼啦啦奔向了北方。

四轮车内，金戈闭目思索，凤玲盘腿练功，白凤则趴在窗口，欣赏着起伏的雪景。天灰蒙蒙的，似乎酝酿着风雪。白凤跺跺脚，搓搓手，看看老僧入定似的金戈，皱皱眉头，说道：“冻死啦！死人！你怎么一点都不怜香惜玉呢？”

金戈张开嘴，吐出一团白气。白气成束，缓缓向前，犹如一条白色的棍子。白凤头一歪，睁大了眼睛：“这是什么功夫？我怎么不会？”

金戈揶揄道：“你不会的东西多着呢！冰冻三尺，非一日之寒！你忘了那句老话了？长江不让细流而巨，泰山不让寸土而壮，业精于勤，而荒于嬉……”

“得了，得了，卖盆呢，一套一套的，你也快成铁嘴了？”白凤白了金戈一眼，又瞅瞅凤玲，凑近了说道，“你说，都说朝鲜女子美得不得了，怎么我看见的也不怎么样啊。”

金戈不以为然地一晃脑袋：“你才见到几个呀，管中窥豹、坐井观天，真是少见多怪！”

“不跟你说了！哼！”停了一下，白凤又忍不住说道，“哎，他们说的天池五义寨真有那么厉害吗？他们当中有个女的，叫什么红花锦蛇刘三娘，说是能飞花摘叶，伤人于无形。那不成神仙了？我不信，一个朝鲜女人有那么大的能耐吗？中原怎么不闻其名？”

金戈开言道：“人外有人，天外有天，人不可貌相，海水不可斗量……”白凤的丹凤眼一翻，说道：“又来了，你少说点文词好不好？”金戈笑笑，摸着鼻子道：“好，我正考虑这件事，据说天池五怪聚集了一千多人马，其中有三百多倭寇、六百多悍匪。他们在那三不管的地方盘踞已久，并且沟深寨厚，不能硬拼。我正琢磨对策，要一击得手，一旦被缠住，有全军覆灭的危险。”

白凤正色道：“是要盘算盘算。老大、老二和老三都是倭寇。老大铁指红狐，铁手的四个手指头齐头齐脑的，能开山裂石。老二飞天蝙蝠飞檐走壁，身轻如燕。老三金枪白狼，凶暴残忍，杀人如麻。老四红花锦蛇是个朝鲜女子。老五板斧黑熊是个年轻的汉奸，他力大无穷，身高一丈，板斧斧头三尺来宽，水桶粗的大树能够一斧而断。唉，五义寨厉害呀，比起岳武院来也是不遑多让啊！”

金戈摇摇头，说道：“白道上以我们为首，黑道上以黑旗船、桃花会为尊。天池五义寨偏安一隅，又是倭匪混杂，只能是一方霸主。不过，他们有天时地利，在他们的一亩三分地上，不可小觑。不论怎么谋划，提升武徒们的功力都是必须的，麻烦你和凤玲下车去。”

“什么，下车去？”白凤看看窗外，说道，“下雪了，你没看见？”

金戈坚定地说：“我要把岳武功传给他们，把‘天地八八枪’传给他们，把凤尾镖也传给他们，迅速提高他们的战力。同时，我们的阵法练得差不多了，今后重点练习对抗，我们的三才小阵和鸳鸯大阵对抗，个人和三才阵、两仪阵对抗。你把张光他们叫上车吧。”

白凤无奈地说道：“好吧！我正好想骑着马看一下雪景呢。凤玲，凤玲，咱们下去遛遛腿，看看北国风光。”白凤走了几步，回头又说：“你把毯子卷起来啊，别让他们给踩脏了，要不然我们回来就没法坐了！”

天上白蒙蒙的，一片片铜钱大小的雪片飘飘洒洒，旋转着飘落下来。白凤翻身上马，伸出乳白色的素手，抄住了几朵六角雪花，轻声道：“朝鲜的雪花真大！”

凤玲接口道：“雪花还分朝鲜的大明的？不都一样吗？”

“这你就不懂了，橘生南国便是橘，橘生北国不叫橘，叫什么来着……不和你说了，快走吧。”

张光、赵强等人上了四轮车。他们或坐或蹲，车厢里挤得密不透风。金戈道：“你们都是参加过攻打卫城的好汉，血战过黑旗船的猛将，有几位还是飞夺横屿的死战队员，还有几位是随我西去救母的奔袭队员，你们都获得了勇士称号，都是我岳武院神武堂的精英武徒了。按道理，你们可以拜师了。可是，一场战役连着一场战役，我们没有时间举行拜师仪式，就连你们的李堂主也没有正式拜过师。但是，此去天池，我们或许会碰上一场恶仗。所以，我想利用路上的这段时间，传授你们第一阶岳武功，也叫‘三步追风’。这是一种练力练气之法。岳武功分为三阶，第一阶‘三步追风’是基础，是最重要的一阶，就像楼房的地基。当然，任何功夫都不能速成，你们学会之后，可以边走边练，能掌握多少是多少吧。天池大战在即，我们要以寡敌众、以少胜多，生死存亡全靠自己的努力了。”

“院主，我、我……”钱春生伸了伸脖子，左右看了看，欲言又止。金戈见他吞吞吐吐，鼓励道：“春生，有话就说，你们尽可畅所欲言，说错说对都没关系。”

钱春生直起腰，搓了搓手，咬着牙说道：“院主，我们资质不高，又，又识不得几个字，可是，我们都有一颗忠诚的心，我们都愿意精忠报国。我想，我们已经进了神武院，早晚都要拜师，那就让我们现在拜师吧。我没有家，没有亲人。拜了师，我、我就有了家，就有了师父，有了师兄弟。纵然战死了，我也会高兴万分……”

金戈笑了笑，说道：“这样是不是太仓促了？何况，你们的堂主还没拜师呢。”

“院主！”张光蹦起来，砰的一声，他的脑袋一下子撞到了车顶上。张光站直身子，捂着脑袋，咧着嘴，惹得众人哈哈大笑。他晃了晃梳着马尾髻的脑袋，瞪着眼说道：“笑什么笑！院主，俗话说，名不正则言不顺，我们既然要学岳武功，就该有个师徒之名，院主，你就让我们拜师吧！”他扑通跪下了。接着，扑通扑通，前面几个人都跪倒了。后面的人没有地方下跪，退到车门旁，扑通一声跪倒了。

耳边听着辚辚的车轮滚动声，看着和自己出生入死的患难弟兄，金戈百感交集，说道：“这样吧，我先传授你们岳武功的练习方法，你们下去后，一边走一边练习。过会儿我把几位堂主叫来，商量一下，看看能不能抽出点时间拜师。如果他们没意见，我们就在路边举行拜师典礼。异国他乡，雪地拜师，也许会成为岳武院的一段佳话。要不你们先下去，把几位堂主叫上来？”

“好，我们先下去！”张光答应一声下了车。

白凤、凤玲带着疑惑不解的神色上了四轮车，接着李虎子和坐地炮带着一脸霜花走进来。几人坐好后，金戈道：“张光他们要求正式拜师。按着本院规章，他们既然进了神武堂，理应拜师。因为连续作战，这件事就耽搁下来。刚才把他们叫上来，打算传他们一阶岳武功，可他们说，大战在即，愿意立即拜师，有了名分，纵然战死在所不惜。我想，要拜师，也应当李堂主和左堂主先拜，不能颠倒了次序，所以，想听听你们的意见。如果你们不嫌简陋，我们就在路边上举行拜师典礼如何？”

李虎子皱了皱眉道：“我看行，路边拜师就路边拜师，晚拜不如早拜。”

坐地炮一挺胸道：“我看行，名不正则言不顺嘛。”

凤玲道：“我呢，不让我拜师吗？”

“你是岳家人，天生的岳武院弟子，不用拜师。白堂主出身白神堂，也不用拜师。虎子当初在大堂学艺，就拜已故的大堂主岳中海为师，左堂主也拜岳中海为师吧。我就收神武堂的九大弟子为徒。凤玲，你安排一下，如果没有香，就点一堆火，插上三支火把。虎子想办法找两块木板来，我写个牌位，准备好了，我们就在路边上拜天地、告祖宗，立誓拜师！”

凤玲丹凤眼一挑，说道：“好，我们去安排！”

漫山遍野全是银白色，山峦就像被风舔得光溜溜的巨大雪堆，河流就像蜿蜒爬行的巨大雪龙，树林就像一片开着霜花的仙女银发。只有远处的山脚下，地平线上，有些低矮的顶着厚厚积雪的茅草屋，黑压压的，给无垠的银白世界带来了一点生机。

山路被马车轧得起了一层薄薄的亮皮。十几匹战马和四轮车停在一个馒头状的山包前，燃起了一堆篝火。篝火前插着三支火把，火把前立着两个黑字木牌，一个木牌上写岳飞之灵位，另一个木牌写着岳中海之灵位。李虎子和坐地炮对着岳飞灵牌三拜九叩，又对着岳中海的牌位叩了四个响头，然后念了誓词。接着张光、赵强等九位武徒三拜九叩，拜了祖宗，又拜了金戈。接着，他们又给白凤、凤玲、虎子、坐地炮磕了头。金戈道：“我是你们的师父，大堂主白凤是你们的大师父，神武堂李堂主是你们二师父，岳凤玲是你们的六师父，左堂主是你们的九师父。平时，你们仍称呼院主、堂主即可，不必多礼。”

“是，师父！”赵强等人喊。

“记住，你们拜师的地方是朝鲜江原道馒头岭。”

“记住了，师父！”

“院主，我呢？”傻蛋捏着衣角弱弱地问道。金戈思考了一下，说道：“你可以继续练习岳武功，暂不拜师。但是，你给我记住了，要遵守戒律，不可怕死怕苦！打死也不能泄露岳武机密！此战结束，你要接受处罚。你好好表现吧，争取将功补过。不是大战在即，早就处罚你了。好了，你们都是岳武院弟子了，轮流上车听我传功吧。”

“是！院主！”

金戈带着三个人上了车，教他们运功，传他们枪法和镖法。

车外，雪花飞舞，大地银装素裹。白凤兴致勃勃，凤玲眉飞色舞。二人带着满身的雪花，纤纤玉手指点着江山。

露营了，金戈把所有的人叫到跟前，说道：“你们听说过岳王爷八百破十万的故事吗？当年我们的岳飞老祖带领八百精骑，大破金兀术的十万铁骑，杀得人为血人、马为血马，金兵尸体堆积如山。今天，我们要上演一出十五精英破一千的好戏。天池上有一千多土匪，都是一些乌合之众，真正能征善战的只有五六百人，适合偷袭。我们的鸳鸯小队要像一支利箭，直射敌人心脏。要像庖丁解牛那样游刃顺隙，肢解五义寨。用我们的速度，把敌人打蒙；用我们的阵法，把敌人打傻。所以，我们必须练好阵法，最大限度地发挥阵法威力。以后这几天，我们的‘天天练’要进行阵法对抗练习。记住，盾牌手要练习装药速度，十个呼吸之内必须装好火药。十个呼吸，敌人的进攻就是几十招，两个人掩护你，你不快点，就等死吧。谁要能五个呼吸装填完毕，重赏。还有，弩手也要提高装箭的速度。我相信，岳武院的勇士们会创造奇迹！”

“精忠报国，文死谏，武死战！”张光、赵强等人举着拳头喊起来。

“好，现在练习阵法，再练习对抗。你们要学会认器不认人，打乱了要快速组合。”

众人站好了，金戈一声令下，十五个人穿来插去，一会儿是日月鸳鸯阵，一会儿是龙头鸳鸯阵，一会儿是星辰鸳鸯阵。散开是三才阵、两仪阵，聚拢是各式各样的鸳鸯阵。练了一会儿，金戈喊道：“开始对抗！”

一会儿是三才阵大战鸳鸯阵，一会儿是单兵对抗三才阵，一会儿是一个人对抗两仪阵。没有装添铁砂的火铳也开了火，没有箭矢的硬弩也开始弹射，一时间呼喝之声此起彼伏。

“停！”金戈擦了一把汗，说道，“下面单兵练习，拣重点练，拣弱项练。”

“是！”众人散开了，拿盾牌的练习盾牌和火铳，拿弩箭的练习弩箭和长刀，拿红缨枪的练习枪法和镖法。金戈看见钱春生的刀法生疏，立刻上前做了一个劈刀的动作。几个拿着硬弩的看见了，立即围上来，金戈道：“只要掌握我教的八招刀法即可，你们主要的攻击手段是硬弩，一旦用刀，那就危险了。我教的这八招刀法够用了，用好了，可以所向无敌。现在我就说说左斜劈刀。上身向左后拧转，左腿屈膝上提，长刀甩腕挥臂。腰、臂、腿都要用力。”金戈接过柳条刀，呼的一声斜斩砍下去，刀声呼啸，带起一阵寒风。金戈道：“刀法重气势，要有一往无前的气概！”

“好！”赵强喊了起来。

金戈把柳条刀交给钱春生，说道：“继续练吧，熟能生巧。”

傻蛋和九大弟子散开了，练习起来。旁边，凤玲咬着牙，一枪又一枪地刺向夜空。

天池五义寨的一间瓦房里，屋子当中有道火墙，地炉里炉火熊熊，儿臂粗的两支蜡烛升腾着一尺多长的紫红色的火苗。火苗摇曳，照亮了温暖如春的房间。火墙旁边的土坯大炕上，一个白脸大汉抽着旱烟，两只白白的脚丫子泡在木盆里，木盆里的热水热气腾腾。一个围着头巾的妇女半跪在地上，正在给大汉洗脚。突然，围头巾的女人似乎听见了喊娘的声音，她直起腰来，凝视远方。灯光下，只见她带着灰尘的脸上，两只漂亮的丹凤眼正在一开一合。

“找死呀！”一声暴喊，一只大脚踹在女人的身上，另一只脚掀翻了木盆。洗脚水弄湿了女人的靴子，女人赶紧跪下了，穿着肥棉裤的双腿跪倒在污水中。

吱扭一声，房门开了，两个穿着裘皮大衣的粗壮汉子带着一股冷风走进来。炕上的白脸汉子一惊，说：“大哥，你这是……”

戴着狐皮帽子的大汉瞅瞅跪在地上的女人，说道：“你是夏秀梅吧？起来，起来吧。”说完转过头来，对白脸汉子说道：“三弟，我给你介绍一个朋友，桃花会西安分舵舵主，九头雕赵大年。这是我三弟，金枪白狼黄三，你们多亲近亲近。三弟，赵舵主给咱们送来白银两千两、美女五名，要换走夏秀梅。”

金枪白狼白眼一翻，说道：“哦，客气了。来，把靴子拿来，包脚布拿来！”

金夫人赶紧站起来，拿来靴子和布片，递了过去。金枪白狼吼道：“擦脚，他妈的找死啊你！三天不打，上房揭瓦，八嘎！”说着扬手要打。

“红狐兄……”九头雕赵大年生怕出意外，一面喊叫老大，一面拦住了这个白眼狼。

“哎，算了，金夫人是人家要的人，来人！”铁指红狐连忙喊。两个女孩慌忙走进屋来，铁指红狐道：“三弟，这两个丫头给你，去，给三爷擦脚去。”两个女孩慌忙过去，金夫人瞅了她们一眼，递上了擦脚布。

铁指红狐道：“三弟，我们把人带走了，你歇着吧。”

金枪白狼穿上了靴子，站起来，说道：“说实在的，这娘们真不赖，这些小丫头哪成啊，不过，得了，看赵舵主的金面……”

“多谢成全！多谢成全！”九头雕连忙抱拳称谢，咧着大嘴说道，“兄弟要连夜下山，各位不必相送了！”

金枪白狼道：“怎么那么急，黑灯瞎火，山路崎岖，岂不危险？”

九头雕笑道：“上面要得急，换马不换人，日夜不停，赶回天山。”

“我不去！你们叫我去哪儿？”金夫人哆哆嗦嗦地躲在一旁。九头雕皮笑肉不笑地说道："金夫人，你的罪受够了，你是时来运转，跟我走吧，不用当老妈子了。"

金夫人颤声道："你是桃花会的人……"

"哈哈，不错。金文英，你认识吧？"

"文英，她在哪儿？"

九头雕笑道："文英小姐现在是我们桃花会三公主了，驮龙神魔的干女儿，走吧，你熬出来了，千年的媳妇熬成了婆！"

"这怎么可能！文杰呢，他，他怎么样了？"

九头雕摇头道："你问得太多了，我只是奉命接你。我想，三公主定会知道详情，你去问她吧，走吧。"

金夫人被拉出屋子，推上一辆篷车。一群人举着火把，赶着马车上了路。

雪花飞舞，朔风呼啸，拉车的黑马屁股一坐，啪唧一声摔倒了，唏律律一阵悲鸣。铁指红狐摇头道："走不成了，人不留人天留人，还有两天就过年了，过了年再走吧。"九头雕看看阴沉的天色，叹口气，说道："那就麻烦几位了，得，喝酒去！我请客！他奶奶的，人不留客天留客！"

穿过咸镜道，离天池已经不远了，十几匹战马拥着四轮车驶上了盘山道。

车厢里，金戈、白凤和凤玲在听坐地炮述说桃花会的规矩、天山老巢的地形地貌，以及桃花会的一些旧事。

"我在波尔通谷待了三年，就知道这么多了。"

金戈道："文英的蝎子功有什么特点？"

"这我可不知道，三公主的功夫是驮龙神魔亲自教的。我出谷时三公主还没去。麻面魔应该知道一些，可他在杭州呢。"

原来，白凤想出一计，她要假冒桃花会三公主，带着众人前往五义寨拜山。金戈考虑再三，觉得此计可行。就让白凤在车里了解桃花会的情况，以备不时之需。

众人准备得差不多了，岳武院的鸳鸯小队也到了天池。金戈看着五义寨高高的石头寨墙和厚重的松木花插门，看看门楼上一人多高的紫铜色警钟，苦笑了一声，自嘲道："大年三十，风雪之夜，桃花会的三公主竟来长白山天池拜山，怕是前无古人，后无来者，哈哈……"金戈面色轻松，心里却在咚咚打鼓，心说："这个计策能行吗？"

"什么人喧哗！"随着喊声，当啷一声锣响，寨楼上灯火齐明。坐地炮紧走几步，高声喊道："桃花会三公主金文英带领护卫、通译一十六人前来拜山！请兄台给予通传。"

寨楼上出现了两个举着火把的喽啰，他们伸着脖子看了看站在四轮马车前的白凤、凤玲和坐地炮，又打量一下牵马挺枪的众位武徒，一个喽啰咧着嘴说道："你们等着。真是怪了，桃花会疯了，三天两头来人，大年三十也不让人松心！"说罢，举着火把走了。

金戈闻言大惊，急忙从四轮车后蹿到了车前，看着披着裘皮大衣的白凤道："坏了，桃花会来人了，不知谁在里面，打了照面可不好办哪，强攻吧？"白凤摇摇头，轻言道："不行！你说过冒名智取最好，奇袭次之，强攻最差。我们已经报过名了，奇袭的机会已失……"

"可是，如果赵大年在寨里，你们一个应答不妥，就会身陷虎口了……"

"开弓没有回头箭……"

转眼之间，寨门前走来七八个人，四个人高举着火把，中间的白面大汉大步流星，踩得积雪咯吱咯吱直响。他食指一顶头上的狼皮帽子，脸贴着栅门的空隙喊道："谁是金文英？"

白凤上前一步，微微一顿身子，轻言道："小女便是金文英，大侠贵姓？”

白面大汉冷冷地抱了一下拳，等看清了白凤如玉的俏脸，脸色缓和了：“在下金枪白狼。贵会的赵大年赵舵主正在寨里做客，不知三公主可是前来寻他？”白凤点头道：“听说我的母亲久在山寨叨扰，特来拜谢。”

“哦，金夫人已经交给赵舵主了。这样吧，你们进来三人，放下兵刃随我进寨一叙。其余人马寨外宿营，我会派人送来饭菜木炭。三公主，请吧。”

金戈闻言眉头紧皱，心里开了锅似的翻腾起来。母亲就在寨里，近在咫尺，就要相见了。但是，对方只要白凤带着二人前去，面对九头雕赵大年和一帮狡猾的倭寇，岂不是危险万分，谎言一旦被揭穿，白凤还不被揉成面团？金戈正要开言阻止，却听白凤朗声道：“好，凤玲、老左，你们二人随我进寨一叙。”

金戈拉住白凤的衣袖，喘着粗气低声道：“不可……”

“住嘴！”白凤狠狠地甩开金戈的手，看向缓缓打开的一扇小门，挥挥手，带着凤玲和坐地炮缓步走了进去。

山谷北侧，斜坡上错落着几十栋屋宇，靠近谷中演武场的平台上，矗立着一座前出廊子后出厦的聚义大厅。聚义厅里人声嘈杂，几十位满脸横肉的壮汉正在推杯换盏。这时，一个喽啰跑进来，立定报告：“报！桃花会三公主金文英前来拜山。三寨主带人进来了。三公主带有随从二人进寨，一个丫鬟、一个马弁。寨外还驻扎着随从十余人，携有马车一辆、战马十几匹。”

“三公主来了？她怎么来了？”九头雕赵大年闻报噌地站起来，自语道，“她怎么知道金夫人在五义寨？”

铁指红狐眼睛一立，沉声道：“金夫人不是送走了吗？”九头雕放下酒杯，皱着眉头道：“走了，总舵要得急，马车不能下山，我叫几个手下抬着迷人轿先去了。已经走了两天一夜，她来了也见不到人。我就纳闷了，她怎么跑到这里来了？我听说她年后下山历练，要去江南呀。这个兔子不拉屎的地方，她是怎么寻来的？难道她打听到金夫人的消息了？按说不应该呀，总舵主都不知道夏秀梅在哪儿啊……”

铁指红狐眼珠一转，沉声道：“嗯？你怀疑她……”九头雕脸色骤变，急忙道：“不，不……三公主可是驮龙神魔的掌上明珠，还请寨主高看一眼，我去接一下，各位慢饮。”

片刻之后，金枪白狼和九头雕赵大年带着白凤等人进了聚义大厅。铁指红狐瞪着红眼看着走在前面的一位姑娘。只见她身穿白色裘皮大衣，头戴白色的狐皮帽，脚蹬黑色高勒鹿皮靴，依然是风姿绰约。往脸上看，姑娘美玉般的脸蛋上微微发红，长长的睫毛挂着几朵霜花，整张面容犹如冰山上的雪莲，美不胜收。这时白衣姑娘轻启朱唇，银铃般的声音响起：“各位寨主，各位兄弟，桃花会金文英有礼了！”

众匪徒看见白凤举止彬彬有礼，纷纷站起来，斜着身子抱拳。

赵大年领着白凤来到主桌前，忙不迭地介绍：“这位是大寨主铁指红狐木村一郎太君，这位是二寨主飞天蝙蝠牧夫太君，接你进寨的是五义寨的三寨主，金枪白狼小野太君……”

白凤不住敛衽致礼：“小女子冒昧，小女子打扰了。”

白凤环视一圈，已经明了聚义厅里的形势。这里摆着九桌酒席，左边两排各四桌，对着厅门的这一桌是正桌，半间屋子大的乌木圆桌旁围着七八个人，矮胖的铁指红狐正在主位上木桩似的挺立着。两旁的方桌旁围满了奇形怪状的人，不少人留着小胡子，脸露倨傲之色，一看就知道是一群倭寇。

大圆桌上，盘子里菜肴已经无多，酒坛子东倒西歪，中间的一个汤盆里冒着淡淡的白气。还有两个人趴在桌子上，看样子是喝多了。这时大厅里鸦雀无声，几十双眼睛都盯着白凤玉琢的俏脸和面露不屑之色的凤玲，还有人看着水缸似的坐地炮。铁指红狐缓缓坐下去，抬手让道："三公主这边坐。鄙人久居山村荒野，今日有幸一睹桃花会三公主的风采，幸何如之！来，请坐！"

白凤来到铁指红狐的下首站住，身子微微下蹲，淡淡地道："打扰了。"铁指红狐齐头的手抬起："请！请！"

凤玲拉开座椅，掏出洁白的手绢，掸了掸椅子上的狼皮垫子，接过白凤脱下来的裘皮大衣，扶着白凤坐下了。脱掉皮衣的白凤就像开了屏的孔雀，吸住了众人的眼睛。白凤的脸蛋圆润光洁，鼻正唇红，再配上一双灵动如画的丹凤眼，绝世的容颜艳丽照人。就在众人愣愣地看着白凤的时候，几个穿红挂绿的丫鬟拿来了杯碗盘筷。九头雕赵大年哈哈笑着捧起酒坛子，哗啦啦倒着酒说道："来，大家喝一杯，共庆新春佳节！"

几杯酒下肚，红花锦蛇扭动了一下腰肢发难了："风雪之夜，山高路险，不知三公主因何匆匆而至？"白凤抬头瞟了一眼这个朝鲜美女，轻声道："寻母心切，自是不避风险了，岂有他故。"

"对，对……"九头雕赵大年刚要说话，铁指红狐抬手，打断了他的话："三公主何以得知金夫人在五义寨呢？难道你也去了汉城？"

白凤看着铁指红狐阴沉狰狞的脸，冷言道："我自有消息来源。桃花会特立独行，行踪不需要向贵寨禀告吧？"

一句话出口，大厅里顿时鸦雀无声，众人目不转睛地看着白凤。更有几个人盯着她曲线玲珑的身子直流口水。铁指红狐手指一紧，啪的一声，一个青花酒杯被捏碎了，酒水飞溅，一串晶莹的酒水珠飞到了他颧骨下抖动不停的酱色肌肉上。

"玩笑，玩笑，喝酒！喝酒！今天是除夕之夜，不醉不归！来，喝酒！"赵大年赶紧递去一个有着酒水的细瓷酒杯。

铁指红狐伸出齐头的手掌盖住了赵大年的酒杯，冷声道："听说桃花会夜夜纵情，男的求欢，女的不得拒绝，有这规矩吗？"接着他又看向赵大年，再次问道：“有这规矩吗？”

“有，有。”

“哈哈哈！”铁指红狐一阵大笑，说道，“那么说老夫也有艳福，可以一亲三公主的芳泽了？”

站在白凤身后的凤玲一惊，脸色大变。

金枪白狼也嚷嚷起来：“好啊，我排第二！”

“我第三……我第五……”登时大厅里一阵混乱，倭寇们纷纷站起来。

“住口！”白凤呵斥道，“桃花会确有此规，我也愿意与各位交欢。但驮龙神魔有令，我的身子不许他人染指。你问问赵舵主，此言可虚？”九头雕立刻站起来，拱着手道：“对不起，对不起，三公主乃舵主的掌上明珠，不遵惯例，不遵惯例！”

“那她呢？”白狼指着凤玲。

“这个……”

凤玲仰起雪白的脖子，朗声道：“我行。各位洗好身子，可以排队等候。”

金枪白狼哼了一声，冷声道：“凭你也配排队等候？不瞒你说，方圆百里的姑娘媳妇我们随便用、随便骑，哪个人的鼻子里敢哼一声，我就灭他九族！就你这样的，旁边歇会儿吧……”

“赵舵主！”白凤一声大喝打断了金枪白狼的话头，看着赵大年道，“我母亲呢？带我们先见她吧。”

“三公主，”赵大年躬身道，“金夫人已经下山，前天走的。当时冰雪封山，道路溜滑，我让四人抬着迷人轿送金夫人先走了。矮脚虎和黑脸豹二人操轿，阴老护驾，我保证金夫人安然无恙。”

凤玲一听就急了，叱道：“你怎么不早说，夫人不在山上还磨叽什么！三公主，我们走，追夫人去！”

白凤的脸色也是大变，腾地站起来，推开椅子说道：“赵大年，你好大的胆子！竟敢搪塞本公主！”

“这……这……”九头雕慌忙起身，看看面色不善的铁指红狐，看看匆匆离座的白凤，慌忙追上前去：“总舵要得急，矮脚虎和黑脸豹脚步快，现在已在百里之外，再说阴老自行选择行进路线，您就是追也不知道往哪个方向追呀，您还是先住下吧……”

凤玲回头怒视：“都是你干的好事，哼！”

五十九 血染天池

大年三十晚上，北京城内灯火辉煌，鞭炮声一阵紧过一阵。

一顶八抬大轿吱扭吱扭叫着从烟火深处走来，两辆黑色篷车紧随其后，近百个护卫列队随行。队伍前呼后拥，溪水般地流进了严嵩红灯高照的府邸。

古香古色的大厅里，严嵩正躺在黑色的牛筋躺椅上。两个俏丫鬟跪在左右，四只素手轻起轻落，捶打着他那耷拉着蔫皮的老腿。兽耳宣德炉里燃着檀香，一缕青烟袅袅婷婷飘向红木雕花顶棚。一个光着脚、穿着短裙的少女，正在狼毛毯上轻歌曼舞。这时，一个身穿团花马甲的中年人轻步走来，到了严嵩跟前躬身道："老爷，江南军务总督赵文华来了。"

"叫他进来。"严嵩的眼皮不抬，瘪嘴一张，一个苍老的声音从喉咙中吐出来。随后，他摆了摆布满褐斑的老手。跳舞的女孩腰肢扭动，趿拉上绣鞋，迈着轻快的脚步出去了。捶腿的两个女孩子互相看看，递个眼色，蹑手蹑脚地站起身来，踮着脚尖离去。

"义父痊愈，大吉大利，可喜可贺！义子赵文华给您老拜年了！"

听见赵文华的喊声，严嵩睁开了昏花的老眼。赵文华抱着拳头快步走来，厚厚的两片嘴唇使劲咧着，笑纹一直延伸到耳朵边上。来到近前，赵文华撩起官袍跪了下去，低头道：“义父，孩儿给您叩头了，孩儿祝义父长寿百岁，祝义父万事如意，祝义父官运亨通！”说着，咚咚咚，叩了三个响头。

“好，好，起来吧！我一时半会儿死不了。坐吧！坐吧！”严嵩斜了斜身子，一指旁边的绣墩。赵文华的屁股挨了挨绣墩，又猫腰站起来，脑袋凑到严嵩跟前，轻声道：“义父，您看看这个。”说着，赵文华从袖筒里掏出一张大红礼单，眯着眼睛说道：“浪武社的白狮子进京了，给您拉来两大车礼物，请您过目。”

严嵩立即坐直身子，睁大眼睛，盯着礼单道：“你念念，都是些什么东西？”

赵文华看了一眼大红礼单，念道：“黄金五万两。”

“好东西！这东西实在，嘿嘿……”严嵩嘿嘿奸笑，斜眼扫了一下大红礼单。赵文华接着念道：“白银十万两，三尺红珊瑚一棵，南海豆粒珍珠一升，绸缎一百匹，东洋美女十名……”

严嵩道：“哎，女人不要，接着念，接着念……”

赵文华道：“没啦。”

严嵩问：“没啦？”

赵文华又道：“白狮子说了，瓜子不大是个人心，来年再多多孝敬。”

严嵩闭上了昏花的老眼，身子向后一靠，缓缓地躺了下去，说道：“说吧，他要干什么？”赵文华弯腰低眉，小声道：“他就在外面，是不是叫他进来，让他当面陈述？”严嵩抬了一下眼皮，说道：“行，叫他进来吧！”

赵文华出去了，不一会儿，领着虎背熊腰的白狮子走进来。白狮子来到严嵩跟前，深深鞠了一躬，然后宽宽的胸脯微微上挺，生硬地说道："首辅大人，浪武社白狮子木春给您拜年了！"

严嵩眼皮抬了抬，说道："什么事？说吧。"

"是这样，"白狮子弯下了腰说道，"听说戚继光接替了俞大猷，当上了福建总兵，还兼管浙江温州、金华两府，辖治广东潮州、惠州两地，总领江南沿海兵事了？"

严嵩下巴抬了抬，说道："压不住了。要不是我，半年前戚继光就是福建总兵了，当初我力排众议，让俞大猷官复原职，就想压住戚继光，挫一下他的锐气。可他一个副总兵，却能总领浙江、福建、广西三路兵马，大败诸君。你们呢，拥有卫城的城坚箭利和以逸待劳之优势，却一败涂地。如今谭伦、张居正、方刚等大臣联名保举戚继光总领江南军务，在我竭力阻止之下，双方各退一步，让戚继光当上了福建总兵，要不是我，赵文华的职位都被他拿走了。哼哼，再找机会吧，只要他出现一丁点的差错，我就能把他一捋到底，然后再踏上一只脚，叫他永世不得翻身。"

白狮子神色黯淡，说道："浪武社想在三月初三于南少林与明朝的豪杰们比武决胜，设擂台一较高低。我们定了一个赌约，如果浪武社胜了，明朝就把浙江、福建、广东一带的海岛割让给浪武社。如果浪武社输了，我们交还经营多年的几个岛屿和城池，驾船回归，永不来明朝相扰。"

严嵩老眼睁开，发黄的眼珠子盯了白狮子一眼，嘿嘿一阵冷笑，说道："算盘打得够精的，大明王朝不是傻子，会接受你们的挑战？你们还有几个地盘、几个岛屿？不就是剩下王仓坪、草丕岭和明、龙、钓三岛了吗？开春之后，戚继光会一扫而光……嘿嘿，打不赢了，搞什么比武决胜，简直是痴人说梦！"

白狮子腰板上挺，站直了身子，咽了口唾沫又弯下了熊腰，低声道："阁老，您让我们占据那些荒凉的海岛，我们每年可以给您供奉黄金五万两，我们是您的摇钱树啊！如果让我们回归本土，大明王朝天下太平了，皇上高枕无忧，就不会重用您了！”

赵文华凑上来，蛤蟆眼翻了翻，低声道：“对呀，白狮子说得没错，没有浪武社，天下太平，我们的好处就少了。俗话说，水至清则无鱼。我倒好说，怎么都能凑合，可是阁老府这么大，这大笔的开销从哪儿来呀？”

严嵩坐起来，瞪着眼训斥白狮子：“你们就是一群饭桶，戚继光大战八战八胜，小战八十三战八十三捷，你们呢？大战大败，小战小败，一战不胜！简直是一群废物！浪武社还有什么本钱说话？”

“是！是！我们是饭桶！”白狮子啪啪给了自己两个嘴巴，抽得山响。他瞪着狼似的眼睛道：“有道是有赌不算输，有兵不算败！我们的根基还在，我们可以东山再起！浪武社恳请皇上恩准我们在南少林同戚继光比武决胜，再输了，我白狮子木春剖腹以谢首辅的相助之恩！”

严嵩看见白狮子眼里满是殷切之意，懒洋洋地问道：“怎么个比法？”

“三打两胜！我们设立三个比武擂台，分别是比试暗器，比试兵器，比试拳脚！胜者荣，败者死！三场比试胜两场者为胜，这是比武决胜的细则。”白狮子说着，从袖筒里掏出一个折叠的蓝皮本子，递过来。严嵩看也不看，赵文华连忙接过来。

严嵩继续问道：“擂台比武你们有把握？”

白狮子道：“嗨，有把握！”

“哼哼，不见的吧。”严嵩冷笑道，“听说金世清家那个进士儿子武功练得出神入化、登峰造极，已经成了武林四山之首，你们打得过他吗？”

白狮子笑道：“您说金戈？过去不敢说，现在他不行了。用你们中国的话说，这叫风水轮流转，三十年河东，三十年河西！他偷盗了岳武功，让他的功夫一日千里。如今嘛，我们也拿到了岳武功，而且，我们还有忍术，现在我们是平地高楼起，百尺竿头更进一步，他是望尘莫及了。还有，我们浪武社的第一高手、第二高手都会亲临赛场，因此，我们胜券在握。还有，三月初三是金戈新婚大喜的日子，也是桃花会的开光之节，更是桃花会报仇雪恨的最佳时机。我们派人联系了桃花会，联系了黑旗船，到时候金戈能不能到达赛场，还不一定呢……”

严嵩道：“阴谋诡计！阴谋诡计！好！我喜欢！即使如此，要让皇上接受这样一个比武条约，恐怕也得费几口凉气！”

白狮子道：“我们准备了大批礼物，分头馈送各位大臣，只要您老发句话，众大臣一呼应，皇上岂有不准的道理。”

严嵩思索了片刻，说道：“奏折叫赵总督上，我敲敲锣边。刘娘娘那里多下点功夫，别怕花钱，要一下子喂饱她。这个人用处可不小。另外，皇上老了，怕死。你们写上，比武之后，浪武社愿意奉献长生不老的秘诀！皇上不关心什么海岛不海岛的，多活几年，才是他最关心的，你去吧！”

“是！木春告退！”白狮子倒着退出十几步，这才转身走出去，看样子明朝的礼节他学得还算周全。

严嵩又躺倒了，仰着下巴道：“过年了，戚继光没孝敬你吗？”

赵文华怒道：“这小子连战连胜，尾巴翘到天上去了。俞大猷也跟着他傍狗吃屎，眼皮子不夹我们了。前些日子他派人上我那儿去了一趟，说是准备海战，需要战船，银子特别紧张，请求宽限一二。混账东西，想跟我玩花活，不，跟咱们玩花活，我看他是活腻了！”

严嵩老眼圆睁，说道：“擂台比武叫他出面安排，比输了，要他的脑袋！赢了，调他回京，找个地方晾起来。哼！纵有天大的本事，不用他也是狗屁不是！”

赵文华连忙点头：“对！对！金世清就是他的榜样！不过，这小子四处放风，鼓吹什么‘文死谏，武死战’，冠名‘六字兵魂’，掀起了一股不怕死的恶风，着实可恨可恼！他这是过河拆桥，卸磨杀驴，戚继光这小子软中带硬呀！”

严嵩咂咂嘴又道：“听说你侄子的一封密信落到了谭伦手里，弄出来了吗？”

“那是一个随从写的，不是小峰的亲笔。您放心，他那个随从已经在人间消失了，与小峰脱开了干系。”

“好，脱了干系就好。”严嵩坐直身子，瞪着眼说道，“这样吧，我保本升他为副都御史，让他去江南稽查谭伦。我们要以攻为守，立即反扑，不能坐以待毙！你给他配上几个硬手，一定要弄死谭伦！让小峰设计一个满门抄斩之罪，杀他个鸡犬不留！我们不能让这股歪风邪气蔓延下去，要给张居正等人敲敲警钟。弄死了谭伦，马上彻查戚继光，只要找到些许纰漏，就一棍子把他打入十八层地狱，让他永世不得超生。记住，对付那些所谓的诤臣要狠，要毒，要快刀斩乱麻。文死谏，武死战！这个兵经太厉害了，会鼓励那些诤臣和我们抗争。所以，我们要更狠，像割韭菜一样，冒出一茬，杀一批，绝不手软！”

“是！是！我马上回去，依计而行。不过，小峰能当上副都御史吗？现在督察院可没有空缺呀。”

严嵩冷声道：“没有空缺就现变空缺！这事你不用操心，把你该做的做好就行了。还有，岳金戈那小子可不简单，有勇有谋。他紧随戚继光，是个祸害，你要缜密计划，立即铲除之。”

赵文华叹道：“是，是，我已经筹谋得当，有人混在他身边。他们会伺机下手，刺杀不成就杀官嫁祸。您放心，胳膊拧不过大腿，螳螂挡不住大车，他活不了几天啦。义父大人放心吧，这些事我会办得漂漂亮亮的。这是孩儿给您的礼物，请义父过目。”

严嵩笑道：“咱们父子谁跟谁呀，还用客气？放下吧。你把那十名东洋女人卖了，我可不要奸细，我还没有老糊涂呢！”

赵文华赶紧说:“对对！干爹是谁呀，是当朝第一才子，怎么会上他们的当。您歇着吧，我回去了，明天我再过来给您拜年！”

严嵩笑道:“不用了，明天你不用过来了。礼物来了，比什么都强。嘿嘿……”

赵文华缩着脖子，唯唯诺诺地说道:“是，是……”

“送客！”严嵩喊了一声。

“来了！”穿着团花棉马甲的中年人答应一声，快步走来，抬手送客。

赵文华走了。严嵩脖子后仰，老眼一闭再次躺倒了。宅子外面传来一阵紧过一阵的鞭炮声。

五义寨聚义大厅里，白凤带着凤玲和坐地炮刚走到大厅门口，突闻一声大喝:“白凤！你站住！”

白凤顿时浑身一震，立即站住了。来路上，虽然白凤、凤玲和坐地炮多次演习被冷喝，闻声还是身子一震。白凤嘴唇发白，睫毛发抖，脸色变得煞白。片刻之后，白凤两片灰白的嘴唇恢复了血色，丹凤眼再次亮了起来。她缓缓转过身形，望着狼一样看着自己的铁指红狐和众匪徒，冷笑道:“敢问大寨主，是让本公主站住吗？”随后白凤目光一扫，见凤玲也转过身来，目露坚毅之色，正缓步向自己的身后退去。坐地炮也在转身，但他身子摇摆，双手握拳，似乎支撑不住了。为了转移视线，白凤眉毛上挑，寒着脸厉声道:“大寨主！我在问你！是你让本公主站住吗？”

铁指红狐哈哈大笑，冷言道:“白凤，听说你和桃花会三公主长得一模一样，果真名不虚传，赵舵主都被你瞒过了，好手段！好胆量！”

白凤脸露愠色，挺着胸脯道:“我也听说岳武院有个大堂主白凤，与本公主相貌相差无多。怎么，大寨主见过她，还是与她有旧？你阻拦本公主意欲何为？”

铁指红狐森然道：“既有相似，就要辨别一下真伪。你也说了，你们容貌相差无多。为了本寨的安全，我们要辨别一番，还请莫怪。”

这时，坐地炮已经恢复镇定，缓步退到白凤的身侧。

“赵舵主，”铁指红狐道，“你问上一问，看看她是不是三公主。你问问你们桃花会的一些秘闻、天山洞府不为人知的屋宇景色，我们在旁察言观色。你想好了再问，你要是胆敢欺瞒搪塞，我就把你碎尸万段！”

“是，是。”站在大厅中央的九头雕赵大年黄着脸答应一声，踌躇了一下说道：“三公主……”

呼啦一声，七八个倭寇围上来，赵大年缩缩脖子，两条花白的眉毛不由自主地颤动起来，额头上冒出了一层细细的汗珠。他张了张嘴，又抿上了，眉宇皱起了一个疙瘩。凤玲见状，寒着脸吼道：“赵大年，你敢背叛桃花会，陷害三公主，就摸摸你的脖子吧！”

金枪白狼喝道：“赵舵主快问！你敢糊弄本寨主，就叫你死无葬身之地！”

“是，是。”赵大年微躬的身子站直，仿佛下定了决心，“各位！各位！听我一言，都说岳武院白堂主酷似三公主，但谁也没见过。我可是见过三公主的，凭我的眼力，眼前这位三公主可不像假的，诸位不必草木皆兵。我有几个问题请教三公主，诸位一听必明真假。三公主，你也不必生气，众寨主也是为了寨子的安全。这样吧，我问几个问题，你答对了，五义寨必定以礼相待，我们毕竟是盟友。下面我就问了，各位听好了。三公主，驮龙神魔有三宝，不知三公主可知，在下久居他乡，未睹其颜，还请公主见告！”

白凤面色含霜，冷言道：“大公主梅尔笑，一笑倾城鬼神倒。二公主蓝眼姣，莲步一摇百鸟朝。第三宝是本公主了……”

“啊，三宝是三个人？不会吧？”

九头雕赵大年笑道：“不错，不错！三公主，总舵波尔神谷有何妙处？”

白凤朗声道：“夏无蚊蝇冬无雪飘，温泉湖畔遍红草。”

“对头，对头！”九头雕晃着脑袋，大声道，“我还有一个分辨之法，大明寻常女子，把贞洁视为生命，白凤的丫头必定严守其规，肯定是处子之身。而三公主的丫鬟久居桃花会，定然人尽可夫。验视一下这个丫鬟，便知真假！”

“妙！妙！妙哉！”

“当众脱衣查看！哈哈……脱，快脱！”

大厅里一阵哄笑，气氛缓和下来。

赵大年道：“各位，各位，在下不才，久在桃花会，见过无数的处子妇人，自是识别有术，不用脱衣验身，任何女子在我面前走上两圈，我一看其走路的姿态，就能分辨真伪，百试不爽，哈哈……”

五指红狐转着眼珠道：“如此甚好！”

白凤的脸色唰地变了，没想到他们竟有如此损招，这该如何是好？凤玲眨眨眼，使出个让她安心的眼色，然后道：“废话少说，有招快使！三公主已经累了。”

赵大年奸笑道：“脱了你的外衣，在大厅上走上两圈，我一望便知，哈哈！”

凤玲一拽一扯，麻利地脱了棉袄，一弯腰褪去皮裤，露出了中衣。她瞪着愤怒的眼睛，扭动着腰肢，风似的走了两圈，然后叉着腰问道：“看清楚了没？”

赵大年嘿嘿笑着说道：“是妇人，是妇人，不是姑娘，一点不掺假的妇人，没错……”

凤玲哼了一声，迅速穿上衣服，一挽白凤的手臂，大声道：“我们走！”

赵大年询问的目光看向铁指红狐，见他点了点头，立即颠颠地跑到前边，推开了厚重的厅门。

三更时分，白凤带着凤玲和坐地炮来到大寨门前，杀了把门的喽啰，打开了寨门。金戈看见寨门打开，刚要带人进寨，却被白凤推了出去。他们来到隐蔽处，白凤道："伯母已经下山了，桃花会的阴老护送着一顶快轿走了，走了两天了，我们快追吧。"

"啊！"金戈一惊，说道，"走了两天了……"

凤玲补充道："赵大年说阴老自选路线，风雪又掩盖了形迹，怕是追不上了，我们还是灭了这批倭寇吧。五义寨是倭寇北方的大本营，他们都喝多了，机会千载难逢……"

白凤摇头道："我们已经杀了九头雕赵大年，还是去追伯母吧，不能在这里耽搁。再说了，他们有一千来人呢，可不好打，一个弄不好就会葬送在冰天雪地中。"

凤玲坚持道："这些倭寇太可恶了，明目张胆地蹂躏四乡八野的乡亲们。我们突然袭击，就可以一战胜之……"

金戈摆摆手，不让凤玲再说，看看坐地炮道："你的意思呢？"

"这三不管的地方，杀就杀了，就是风险太大……"

金戈抬头看了看深邃的夜空，又看了看众位弟兄，说道："我看可以杀他个措手不及，寨门已开，机会难得。再说，歼灭倭寇我们义不容辞，既然有机会就不能放过！"

白凤见金戈心意已决，张了张嘴，到嘴边的话又咽了回去。金戈看向高高的寨门楼子，咬咬牙说道："家事国事天下事，天下事为先。灭了这群倭寇再走。即使灭不了，也要重创他们一下！怎么样，你们有没有信心？"

凤玲、虎子等人齐声道："有信心！"

"召集众人，我要明号令。"

众人到齐后，金戈简单说了来龙去脉，说道："第一阶段偷袭时，人人口衔筷子，不准出声。第二阶段强攻时，依靠阵型迅速冲杀。打得赢就打，打不赢就撤。此战奋勇杀敌者必有重赏！畏缩不前者、破坏阵型者、救援不利者，斩！”

“遵命！”

金戈一挥手，一溜黑影无声无息闪进了寨门。吱扭一声，左侧的哨房中有个屋门打开了，一束灯光射出来。一个反穿皮袄的贼寇晃着身子出来了。露着白毛的护耳在脖子上耷拉着，嘴里哼着淫词浪调，回头喊道：“柱子，你他妈的快点行不行？回回磨屁蹭痒痒。”

“来了！来了！急什么，家里又没有撂下吃奶的孩子！”

“你不是等着吃奶吗？吃柳花的奶，吃那个小骚娘们的奶，哈哈！”

“走吧，走吧，脚跟都没了，还去个什么劲……”

两人趔趄了两步，忽然感觉脖子一凉，站立不动了。两个黑影扶住了他们，然后弯腰，轻轻放倒在地。接着，六个黑影分别摸向两侧的平房。霎时间，两排平房的门口都站上了黑衣人。金戈一挥手，黑衣人立即蹿进屋子。耳边风声萧萧，不闻人声。片刻之后，黑衣人退了出来。金戈拿下口中的小木棍，低声道：“细查一遍！不可留下活口！”

四个三才阵迅速散开了，片刻后，十二个黑衣人回到了金戈身边。这时，夜色正浓，已经到了四更时分，大地沉沉睡去，只有星星还瞪着亮晶晶的眼睛。金戈看了看众人，伸手一指，随着白凤向前奔去。

白凤带着金戈等人由远而近，绕道而行。消灭了西面的一个哨队后，接近五更了。山谷更安静了，只有微风不甘寂寞，轻轻摇动着灯笼下鲜红的灯穗。金戈带着蜈蚣似的鸳鸯阵，风似的扑上北坡，又消灭了一个哨队。当他们正在扑击下一个哨队时，聚义厅里传来急促的钟声。金戈知道敌人已经惊觉，立即一挥手，吼道：“直扑聚义厅！”

五个三才阵旋风般扑向了湖边的大厅。有几个匪徒跑出来，不知道发生了什么事，还向金戈他们打听，黑衣人手起枪落，噗噗，几个匪徒倒了下去。眨眼之时，他们冲进了五义寨的聚义大厅。金戈放眼一看，这个聚义厅十分宽敞，前后四间深，左右十间阔。大厅里燃着几十支儿臂粗的蜡烛，照得厅内亮如白昼。十几个收拾杯盘的女孩子目瞪口呆，惊慌失措地望着冲进来的人，看着他们手中滴血的红缨枪、端起的硬弩，还有带着獠牙的黑色盾牌。她们还看到，俊俏的桃花会三公主和她的丫鬟也在其中。

大厅的前门打开了，十几个匪徒闯进来。他们看见金戈等人一怔，停住了脚步。一个竹竿似的瘦长汉子上前一步，手中大刀一指，破口大骂：“什么人？大年初一跑来送死，他妈的，你们……你们也不打听打听，爷爷们是干什么的……”他骂着骂着，忽然一仰脖子，哇的一声，吐了起来，污秽的食物喷了一地。

金戈大喊一声：“纳命来！”身形一跃而起，身前刀光涌出，立即有四五个人头滚落在地。坐地炮脚尖点地，嗖地蹿过去，挥手就是一刀，扑哧一声，一个人被破肚开膛。白凤也冲了过去，一道耀眼的剑光绕身而起，唰唰两声，两个人中剑而亡。与此同时，凤玲一枪洞穿了一个大汉的肚子，虎子一枪刺中了一个匪徒的胸膛。接着，傻蛋、张光、赵强等人换位成功，大厅里出现四个三才阵，三三团立，竖起了盾牌，端起了硬弩，挺起了长枪。金戈、白凤和凤玲三人也是三角形站位。

这时，东侧的屋门响动，走出一人。此人手提一条八尺金枪，对着金戈就是一声大吼：“什么人？吃了不怕死的药了？妈的，没带眼睛吗？敢来五义寨撒野！”

出来的正是金枪白狼。这小子已经脱掉了狐皮大氅，浑身上下裹着一层白色的紧身衣靠，脚蹬黄色高勒抓地快靴，颤着一杆金灿灿的无缨亮银枪。接着，屋子里又蹦出几人，最后出来的是一个一丈来高的巨汉，他拎着一柄磨盘大的巨斧，月牙形的斧刃闪着幽幽乌光。光看这斧头，怕有百斤。这巨汉脚步踉跄，歪歪斜斜，像是喝多了。

“是你！”白眼狼看见白凤，回头大喊：“大哥，是桃花会的三公主，八嘎八嘎！我们上当了！九头雕死哪儿去了？看我剥了他的皮！”

这时，后门咣当一声打开了，拥进来三四十名倭寇。他们大呼小叫，一起扑过来。四个三才阵立即一字排开，每一个小阵都有人举起了盾牌，荡起了枪影，射出了弩箭。金戈手持单刃枪，昂首挺立，头也不回，耳朵听着身后的嗖嗖声和啊啊声，片刻之间，大厅里又归于沉寂。金戈从对面几人惊愕的眼神里，就知道身后那些倭寇已被消灭。

金枪白狼的白眼珠子更白了，哇哇暴叫。突然，一个手持双刀的瘦猴大袖挥舞，扑击而来，双刀直取金戈的项上人头。当一声，金戈的单刃枪晃了一下。同时，凤玲进步挺枪，只听扑棱一声，藤蛟枪荡出了一朵菊花，花蕊一吐，嗤的一声刺中了瘦猴的肩胛。瘦猴嗷的一声怪叫，连滚带爬地逃了回去。凤玲的小虎牙一龇，嘴角上荡起了不屑的微笑：“你就是飞天蝙蝠，倭寇二寨主？我怎么看着像只秋后的蚂蚱呀。”

飞天蝙蝠站定脚步，瞅了一眼染红了皮袄的肩膀，伸着脖子哇啦大叫一通，原来他不会汉语。凤玲哼了一声，突然扑过去，藤蛟枪扑棱一声，直刺飞天蝙蝠的胸口。

“哇呀！”飞天蝙蝠一声惊叫，慌忙后退。

“回去！”铁指红狐大喝一声，闪身蹿出，一个旋身错步，飞起一脚踢向凤玲的肋骨。凤玲左手拉右手推，藤蛟枪闪动，抽向铁指红狐斗大的头颅。铁指红狐立即垫步后撤，同时嘴里哇呀呀大叫：

“住手！我有话说！”

风玲收住式子，昂首而立。铁指红狐眨巴眨巴红眼，气急败坏地说道：“三公主，我等待你不薄，你因何带人袭山破寨？”他猛然醒悟过来，“莫非，你不是桃花会的三公主……你是岳武院的白凤！”

大厅前后又有不少匪徒奔来，大有包围之势。金戈知道，此事没法善了，不能让他们拖延下去，趁着对方人员还没有凑齐，要一鼓作气，把他们分期分批歼灭！金戈单刃枪一摆，喊声：“杀！”

“撤！”铁指红狐掏出一对铁笔，当当挡了几下，跃出了厅门。金戈等人收拾了大厅里的残徒，出门再看，铁指红狐带着众匪徒已经退到冰面上。他们交替掩护，缓缓向湖心退去。一些匪徒也从夜幕中钻出来，举着火把，呐喊着聚拢过去。

“冰！”傻蛋一声惊叫，“他们在冰上。”

“慢着！我下去看看！”金戈说着，缓步下到冰面上。眼前的冰面光滑如镜，表面的积雪已经清除干净。再看对面这些人，脚下刀光闪闪，似乎踩着冰刀。

铁指红狐哈哈狂笑，说道：“白凤，好你个臭婊子，我没招你惹你，你竟跑到太岁头上动土！你记住，明年的今天，就是你的忌日！来吧，快快过来受死！”说着，他两支铁笔互击，身子微蹲，箭一般射过来。

金戈垫步滑行，双臂伸展，单刃枪吐出了一串荧荧寒光。扑棱一声，向铁指红狐小腹刺去。铁指红狐左笔一架，右笔画了半个圆圈，闪射而至。金戈身子一拧，呼的一个一百八十度大转身，单刃枪来了一个“回头望明月”。铁指红狐赶紧蹲下身子，冰刀滑个弧形，旋转着滑了回去。等他立定再看，刚才滑过的冰面上飘洒着一片黑线似的头发。铁指红狐一惊，这才发现自己的头皮有点发麻。一摸，手上沾满了鲜血。接着，几滴鲜血从头顶上流下来，顺着眼角流到鬓角，流到下巴上。铁指红狐抹了一把血水，伸出紫红色的舌头舔了一圈，吞进长满黑牙的大嘴里。

铁指红狐瞪着红眼问道："你是谁？你拿的什么家什？枪上带刀！"

"哈哈！"金戈长笑一声，说道，"我乃岳金戈是也。精忠报国，文死谏，武死战，正是我岳武院之宗旨。我们和倭寇是死敌，明白了吗？"

这时，虎子带着鸳鸯阵走下来，十二个人蜈蚣似的摇摆而至。金戈大步向前，朗声道："尔等犯我国土，烧杀抢掠，罪恶滔天！今天，我岳武院矛头所指，愿意投降的，从轻发落！负隅顽抗的，一律格杀勿论！"

铁指红狐瞪着眼睛，举着胳膊骂道："杀呀！灭了这十几个南蛮子！杀一个奖赏黄金百两，杀两个奖励一千，杀呀！"

倭寇和汉奸们呼啦围上来，看样子有两百多人。铁指红狐真不简单，他知道大殿里放不下那么多人，立即退到冰面上，打算四下包围。另外，他们穿着冰鞋，在冰面上滑动如飞。金戈等人的轻功受到限制，正是以己之长攻彼之短之策。

铁指红狐也是个出类拔萃的人物，在倭国富士山一带赫赫有名。他出身武家，十几岁就杀人放火，不到二十岁就成了富士山西麓霸主。之后走南闯北，名声渐响，成为岛国的一个黑帮之首。加入浪武社后，便带着几十个武士踏上大明国土，建立了五义寨。此人深知义气的重要，结了几个义弟义妹，召集了一批汉奸，使得五义寨声名大噪。特别是他的五弟板斧黑熊，入伙还不到两年，已经屡立奇功，只是今天他喝多了，走路已经歪歪斜斜。

这时候，五义寨的头领们在冰面上滑动起来，大有包围之势。金戈大吼一声："日月鸳鸯阵！杀！"噌地跃起，单刃枪前挺，绽开一朵斗大的枪花。

铁指红狐双眼红光闪射，高声断喝："好！"接着听到叮叮当当一阵繁音密响，金戈和铁指红狐过了几招。悍匪们一声呐喊，一起冲上来。左侧的凤玲跃步向前，急喊：“快！凤尾镖！”右侧的白凤也默契前出。金戈立即旋转身形，腾空而起，一声呐喊：“凤尾镖——”

凤尾镖旋转着，飞翔着，暴雨般射进了倭寇汉奸群中。铁指红狐、金枪白狼和飞花锦蛇脚蹬冰刀，快速冲来，和前出的白凤、凤玲乒乒乓乓打起来。这时，虎子带着鸳鸯阵游龙似的冲击余下的倭寇。火铳开火了，声音震耳欲聋，火光喷射如烟花，一片一片的倭寇倒了下去。倭寇大惊，望着黑不溜秋的火铳，哆嗦起来。“精忠报国，文死谏，武死战！”与倭寇相反，鸳鸯小队的勇士们越战越勇，杀声惊天动地。弩箭如雨，凤尾镖如雨，火铳的铁砂如雨，扫射着倭寇，冰面上开了锅似的翻腾着。只有傻大黑粗的板斧黑熊拄着硕大的板斧，醉眼蒙眬，孤身晃悠着。

李虎子在前，坐地炮在后，鸳鸯阵大显神威。他们十二个人好像一条游龙，龙须前出扫荡，龙爪破浪游击，龙尾抽杀残敌。弩箭、火铳轮番喷射，倭寇根本近不了身，直杀得倭寇鬼哭狼嚎抱头鼠窜。

铁指红狐的眼睛彻底红了，喉咙里发出呵呵声。他的身形快如闪电，双笔飞扬。他放弃了对凤玲的攻击，向鸳鸯天阵冲去。李虎子带领鸳鸯阵龙头一摆，鸳鸯头对准了他。铁指红狐转身向侧面冲去，虎子身子急转，鸳鸯阵摇头摆尾，鸳鸯头依然面对他。鸳鸯阵里利箭不断射出，火铳间断喷发，倭寇又倒下了一大片。铁指红狐眼见大事不妙，急得哇哇大叫。这边，金戈的三才阵大显神威，带着白凤和凤玲横冲直撞。白凤七星剑指点江山，凤玲藤蛟枪蛟龙出水，金戈凤尾镖满天飞舞，杀得倭寇们四散奔逃。金枪白狼挺着金枪向三才阵冲过来，对着凤玲一阵突突连刺。凤玲瞪着圆眼大叫一声：“好！你也使枪，我也使枪，正好咱俩就来个枪对枪！”说着，两人打起来。凤玲攻势如潮，枪出如风。啪啪啪几声连响之后，鲜血从白眼狼的手臂上流下来。白眼狼看了一眼翻着白肉的手臂，嗷的一声怪叫，又扑上来。他知道，今天不是你死，便是我亡。他胳膊上鲜血飞溅，枪法却丝毫不乱，见招拆招，攻如雷霆疾发，守如江海凝光。右侧，白凤对上了飞花锦蛇。这时金戈已经前出，单刃枪飞舞起来，画出了一个血染的扇面。冰面上火把摇曳，刀光摇曳，人影摇曳。天池上寒风猎猎，刀风猎猎，箭风猎猎

激斗的人群外，死尸小堤似的堆了半个圆圈。汉奸们看了看天神般的金戈，看了看他身旁两位英姿勃勃的女将，再看看蜈蚣般游动的鸳鸯阵，呼啦一声，跑了个精光。

五义寨的贼寇剩下不到百人，都是些来自海外的倭寇了。他们猫着腰，缩着脖子聚集在一起。其中也有几个倭寇站立不稳，大概是喝多了，还有一个倭寇索性蹲下身子，哇哇乱吐。铁指红狐斜着身子瞅了醉酒的倭寇一眼，长长的柳条眉皱得更紧了。他拨开了额前一绺黏糊糊的长发，露出了宽阔的带着血水的额头，露出了两只猩红的冒着寒光的三角眼。他披在身上的白色睡袍丢掉了一幅下摆，宽筒绣花袖子分成几片，无精打采地耷拉着。现在的铁指红狐变成了一个披头散发、满脸血水、衣衫褴褛的恶魔。

李虎子的袖子也撕开了一条口子，手背上滴答着殷红的鲜血。李虎子浑然不觉，昂着头，挺着胸，提着红缨枪一动不动，就像一个凛凛生威的天神。后面的盾牌手、弩弓手在这短暂的空闲中，有条不紊地忙活着，快速地装火药，急忙装填弩箭。金戈身侧的凤玲端着藤蛟枪，鼓着腮帮子瞪视着金枪白狼。白凤宝剑斜指冰面，与飞花锦蛇遥遥相对，似不食人间烟火的白衣仙女。

新的一轮厮杀正在酝酿，双方咬牙切齿，都在蓄气聚力。飞花锦蛇悄悄退回去，用她冰凉的小手拍打着板斧黑熊的脸蛋：“五弟，快醒醒！抡起你的板斧杀敌！快醒醒！”板斧黑熊渐渐苏醒了。“他、他们是谁？凭什么、什么……打架？”板斧黑熊瓮声瓮气地发问，

磨盘似的板斧缓缓提了起来。

铁指红狐哇啦哇啦一阵大叫，铁指挥动，几十名倭寇呈扇形向鸳鸯阵冲去。金戈斜眼一瞟，大吼一声："星辰鸳鸯阵！杀！"杀字声若雷霆，轰然入耳。金戈一跃，来到倭寇身前，身形滴溜转动，单刃枪荡起了万道霞光。突然，金戈伏地卧蛇，以足尖为轴心，身子前探，腰间用力，抡起八尺长的单刃枪，嗡的一声扫了过去。在这霹雳闪电般的横击抡扫下，形成了一片一丈多宽的扇形光幕，光幕在离开冰面尺许的高度闪电般扫了出去！这正是那威力无比的"旋风斩"！金戈一连打了九个"飞翅"，冰面上亮起了九个飞旋的光盘，光盘一扫而过。这一斩之威，惊天动地。十几人的腿从膝盖以下与身体分了家，十几条血柱射向天空，十几个身子翻滚在冰面上。凄厉的哀号响彻天池，挣扎的身子抽搐翻腾。现场是一片混乱。

"你是谁？怎么这么歹毒！"板斧黑熊铁塔似的身躯簌簌颤抖，黑黝黝的板斧举了起来。金戈一个"左晃右蹿步"，嗖的一声跃到板斧黑熊身侧，一掌拍在板斧黑熊的脑袋上，接着身子一晃，又冲进了人群。板斧黑熊身子一晃，扑通一声坐倒在冰面上。

这时候，李虎子率领着鸳鸯阵排开阵势，游龙似的盘旋起来。突闻轰轰几声巨响，火铳再次冒出火光。噗噗几声，弩箭弹射，飞蝗似的钻进倭寇群中。左边几个倭寇倒地身亡，右边几个倭寇掩面哀号，后边还有几个倭寇抱着头在冰面上打滚。倭寇们惶恐了，他们猫着腰、缩着脖子，不敢冲杀了。金戈大吼一声："疾风扫泥丸！""天地八八枪"下八枪中的第二枪使出来了，单刃枪再展神威，呼啦一声，冰面上好像抖开了一匹巨大的白绫子，随着裂帛似的一声脆响，白绫子席卷而去。"啊……"又是一阵惨叫传来。只见五六件兵刃飞上了天，三四个倭寇的脑袋落了地。

接着，金枪白狼发出了凄厉的一声厉吼，金枪呛啷一声落地。他翻着白眼绝望地看了看身前这个矮小的女孩子，看了看她滴血的藤蛟枪，身子缓缓倒下去。鲜血，从他的肚子里汩汩流出。凤玲冷笑一声，看一眼身着白袍的白凤，眉头皱了一下，立刻扑向了其他倭寇。

这边，金戈连施绝学，“九转迷魂步”使出来了。金戈左一刀、右一刀，前一枪、后一枪，人影忽左忽右，忽前忽后，忽上忽下，杀得倭寇们晕头转向，昏头涨脑。他们看见无数个金戈在眼前晃动，觉得此人非凡，呼啦一声一哄而散。

此时，白凤一剑扎进飞花锦蛇的身上。血，从她妖娆的身上流了出来。“三才阵！”李虎子大喝一声，鸳鸯阵呼啦一声变了阵，四个三才阵分散开来，分别追向四个倭寇。这时凤玲找上了铁指红狐，两人激斗在一起。铁指红狐偷眼再看，汉奸们已作鸟兽散，倭寇所剩无几，不由得哀叹出声。铁指红狐犹豫间，被凤玲一枪扎中小腹，他哎哟一声，手捂肚子，坐倒冰面上。凤玲垫步摇枪，噗的一声，穿透了铁指红狐裹着裘皮的粗脖子。

朝阳初升，五义寨安静下来。风还在轻轻呜咽，血水缓缓凝固，尸体渐渐僵硬。

“娘！您儿子来了，您的儿子来晚了……”金戈放声大哭，哭声穿云裂雾，恍若龙吟鹤鸣，“娘……文杰来了！文杰救您来了……”

冰在颤抖，松林在颤抖，哭声在颤抖。颤抖的声音饱含着殷切的期望、热切的企盼和深深的思念。盏茶时间过去，金戈的嗓子哭哑了。白凤走到近前，轻轻地拉了拉金戈的手，说道：“我们上去吧，别哭了。”

金戈如梦方醒，抹着眼泪问道：“伤亡如何？”

“完整无缺。只是赵强被刀刮掉了一片皮肉，算不得重伤。鸳鸯阵真是了得。”

金戈嗓子沙哑，低声道：“是啊，戚大哥的鸳鸯阵真乃神阵，今天我算是见到它的威力了，怪不得戚家军每战都伤亡极小。”

凤玲听完了金戈的感慨，指着板斧黑熊道：“他怎么办？”金戈看看坐在冰面上的板斧黑熊，说道：“让他坐着吧，等他清醒了再说。”

金戈拖着疲惫的身子走进聚义厅，凤玲安排金戈坐好，端来茶水。天亮以后，人们陆续归来，虎子带来一个婆子和两个丫鬟，虎子说：“查实了，前天晚上，一乘轿子抬走了伯母，两个瘦子抬轿，一个榆树皮脸的老者跟随，连夜下山去了……”

金戈一听，腾地站起来，急道：“这么说真的走了？”虎子道：“这三个人都看见了。”金戈的目光扫到三人，这三个女人目光畏缩，身子紧紧靠在一起。金戈走过来，温言道：“老妈妈，不必胆怯，我们不会害你们。你们见过金夫人了？”

一个婆子点点头。

“她叫什么？”

婆子颤抖着说：“她，她叫秀梅，夏秀梅，她走时喊：‘文杰，你在哪里？你可安好？’”婆子这一声学舌喊得声嘶力竭、惟妙惟肖。金戈扑通跪倒在地，拍打着地面喊道：“娘，娘，不孝的儿子来晚了！”说罢，放声痛哭，惹得这几个女人也抽泣起来，其中两个丫鬟忽然号啕不止。

白凤也心酸了，她用手帕擦了擦眼说：“别哭了，尽人事、听天命吧，我想，你们母子迟早会见面的，桃花会不敢虐待伯母！”

凤玲站起来，皱着眉头道：“安排一下，我们立刻去追！”

金戈擦把眼泪道：“他们两天前就走了，追不上了。写封书信，放出信鸽，通知华山派，让他们全力拦截。弟兄们连续奔波，几天几夜没合眼了，又有一人受了伤，我们歇歇吧。今天又是大年初一，让弟兄们过个年。”金戈心想：“文武之道，一张一弛，弓弦不能老绷着。十几天了，每天只睡几个时辰，大家都累坏了。而且，最近吃糠咽菜，也该补充一些营养了。身体垮了，遇上恶仗怎么办？”金戈接着说道：“信鸽飞往武夷山，要岳武院再放信鸽通知华山全力拦截。”

四轮铁皮车驶进来，毕先生进来报告：“杜采办跑了！”金戈刚要询问，毕先生又拱手道：“恭贺院主，大获全胜。姓杜的怕死，他说你们是鸡蛋碰石头，吓得屁滚尿流，连夜跑路了。”

金戈抬抬手，说道：“跑了就跑了，人各有志。过了年，你们也可以回家了，着急的可以提前走。”

毕先生道：“岳院主，我能不能跟着你们？你们是英雄，是救民于水火的大英雄。我活了六十多岁了，不能再活六十多岁，我也想为剿灭倭寇黑帮尽一份力，纵死无憾！”

金戈笑道：“好啊，毕先生笔头清楚，就留在岳武院吧！”

信鸽飞走了。凤玲带着毕先生清查了五义寨的仓库，找来六辆大车，搬运黄金白银和珠宝首饰。各寨主的住宅也搜查了一遍。一共获得黄金一万多两、白银五万多两，还有许多珍宝。

金戈看见板斧黑熊还在冰面上晃悠，知道他早醒了，回头道：“左堂主，你下去看看，问问他愿意不愿意归顺岳武院，愿意就把他带上来，不愿意就把他放了。”

“得令！”坐地炮抱抱拳，转身就走。

凤玲看见坐地炮走出大厅，问道：“放了他？哪有那么便宜的事！”金戈细眼张开，道：“板斧黑熊被迫上山，和那些山贼不同。你看，他在冰面上站了小半天了也不敢跑，这就说明他胆子不大，是个实在人，给他讲清了道理，他会跟我们走的。”

果然，坐地炮说服了板斧黑熊，带着他来到聚义厅。板斧黑熊惶恐地站在大厅当中，黑嘴唇一鼓一鼓的，似乎要说什么。金戈抢先道：“你要加入岳武院，我们欢迎。但是，你要明白，岳武院的宗旨是精忠报国，不能欺压百姓。”

板斧黑熊瓮声瓮气地说道：“我听院主大哥的，我脑瓜子不灵，你让我干什么我就干什么，不烧我们村子就行。还有，我吃得多，你得管饱。”

金戈哈哈大笑，朗声道：“管饱，只要你不撑着，尽管吃。”

黑熊的眼睛亮了，大声喊道：“真的？那好，快给弄点吃的，饿死了！”

白凤笑了笑，说道：“来呀，把饺子给他端出来。”

黑熊又叫：“来一盆，少了可不够吃！”

一个丫鬟端来一盆饺子，可能她知道黑熊能吃。黑熊捋胳膊卷袖子，立即下了手，一个接一个往嘴里塞。凤玲走到黑熊跟前，瞪着眼道：“吃慢点，拿筷子！”黑熊抄起一双筷子，盯着饺子道：“好好，我饿坏了，昨晚光喝酒了，没吃饭，还有没有？再煮点！”

初二凌晨，五义寨的几个车把式，赶着六辆马车，浩浩荡荡下了山。黑熊不骑马，扛着他的巨斧，迈开两条大腿后面跟着，快步如飞。

车厢里，舒腿坐着的白凤忽然问凤玲：“你真的是妇人？”几乎要笑出来。凤玲白了她一眼，继续摆弄藤蛟枪。金戈也瞪了白凤一眼，一蜷身子，靠在被摞上眯起了细眼。

山海关前，碰上了几个踩盘子的山贼，看见金戈这伙人的架势，特别是看见板斧黑熊的巨斧，悄悄溜走了。黑熊道：“奶奶的，这批贼子眼睛够亮的！”

钱春生骑马奔到近前，笑道：“你一点也不傻呀？”

“嘿嘿！”黑熊咧着大嘴说道，“傻？告诉你，里撒粮食外撒糠！”

“嘿！大个子，行啊你！”

车到山海关，岳武院鸳鸯队成员走进一个饭店。酒桌上，金戈愁眉不展，惦记着母亲的安危，算计着信鸽到达华山的日期。酒过三巡，坐地炮说话了：“院主，其实你不用担心，伯母到了天山，必受款待，不会受罪了。”

金戈眉头展开，问道：“为何？”

“犰龙神魔视三公主为至宝，能亏待她母亲吗？你大可放心……”

“我妹妹怎么成了三公主，她岂能认贼作父！”

坐地炮道：“在桃花会里，她有别的选择吗？或许她是身在曹营心在汉呢。”

金戈道：“无论如何，我也要救回我的母亲，不能让她待在桃花会。不知信鸽到了没有，如果华山派全力拦截，阴老等人应该逃不过去，愿苍天保佑吧。”

凤玲道：“截不住我们就打上天山。”

虎子道：“对，岳武院马踏天山！”

“行，几十个鸳鸯阵出动，一定会马到成功……”坐地炮看见凤玲看向他，立即缩着粗脖子，住了嘴。

白凤仰起雪白的脖子，轻声道：“既然伯母暂时无忧，我们回去再说，从长计议吧。”

正月十五，车队来到北京。金戈找到了在南京开有分号的天通钱庄，立刻把银两存了进去，拉着一万多两黄金穿城而过。金戈坐在车上，心里翻江倒海。西去天山救母，非同小可，要有足够的准备才行，再说，婚期将近，不能再拖了。三月初三，应该成婚了。

正月二十七，车队驶到长江边上，拐进一家客栈。白凤找过来，对金戈说道：“咱们去临江看看，房子盖好了，一次也没有去过呢。”

金戈道：“我正有此意，正好给父亲上上坟，看看刘妈和梁伯。”

白凤笑道：“你还有两个徒弟妹子呢。”

“什么叫徒弟妹子呀，亏你想得出来！”

“哎，你叫车队先走，留下铁皮车，留下傻蛋，咱们三个去临江。”

金戈道:“一起去怎么了？时间有富裕，待个三天四天的再走也不迟，何必分开。”

白凤秀眼含春，笑意浓浓，说道:“我要和你多待些日子，和你商量商量咱俩的婚事，我不要他们跟着。”

金戈想想，白凤的奶奶提了条件，白凤偷着跑出来，按原计划，自己三月初三要和岳霞成婚，四月初三和白凤成婚，商量如何对付她奶奶也是应该的，就说:“好吧，明天叫他们直接回山，我们去临江。”

金戈找到凤玲，说了打算，最后说:“你回去安排婚礼，广撒请帖。黄金先储存在院主大院里，没有双龙令印模，谁也不能进家庙。现在我可知道了，为什么岳北老爷子防贼似的防着一切……”

凤玲道:“你可早点回来！”

“放心吧，误不了婚期！你回去再放一只信鸽，催华山派全力拦截。”

六十　临江蜜月

次日，傻蛋驾着四轮车，改道向西。板斧黑熊跑过来，咧着大嘴喊道："大哥，大哥！你们上哪儿？"金戈听见喊声跳下车，看着不安不定的黑熊道："你叫我大哥？"

"嘿嘿。"黑熊一只大黑手揉搓着短袍上的黑色扣鼻，憨笑道，"叫顺嘴了！哎，大哥，你们上哪儿？怎么不带着我呀？"

白凤探出头来，看着他的样子笑了，说道："你看他的傻样儿，就叫他跟着吧！"

金戈看见坐地炮水缸似的远远站着，似乎恋恋不舍，喊道："左堂主，你也来吧，你们俩跟我一起去临江。"

坐地炮迈着短腿颠颠跑来，绕到四轮车的另一侧，闪身跨上了车辕。凤玲追过来，问明情况，抿着嘴摇摇手。啪！一声清脆的鞭响，骨碌碌，车轮滚动了。

第二天中午，四轮车来到临江。一进县城，金戈和白凤就下了车，沿街步行。

金戈瘦了，但依然丰神俊朗豪气逼人。他两条柳叶形的眉毛衬托着两只细长的眼睛，光滑细腻的麦色脸蛋上镶嵌着匀称的五官，性感的嘴唇上笼罩着一层黄黄的茸茸的细毛，使这张脸充满了阳刚之气。他敞开了蓝色白边绣花长袍，露出了半扇葱绿色的棉袄和一截黑色的皮裤，步伐悠闲而沉稳。高人一头的身材，草莽的英雄气概，有如鹤立鸡群。身材高挑的白凤依然是一身白衣，白色裘皮帽，白色狐皮大氅，再加上细腰上围绕的一条紫色丝绦和高低错落的两个绿色绒球，有如出水芙蓉。再看她的脸，细腻如羊脂白玉，五官精致周正，脸蛋圆润光滑。特别是那双眼角上翘的丹凤眼，更是美丽动人。长长的睫毛不断扇动，乌黑的眼眸轻轻转动，清澈得有如一泓清水，就连那眼白也是欺霜胜雪洁白如玉。这张脸，这身材，让人一看就会怦然心动，热血上涌。

“是金文杰、金文英兄妹！”街上有人议论，声音很高，生怕别人听不到似的。

“咱们的大明骄子回来了，临江神童回来了，江南一枝花也回来了……”

“金公子，你们回来了？”有人过来搭讪。金戈觉得面熟，可是不认识。他抱拳还礼道：“回来了，乡亲们好！”

有人说：“那可不是文英，那是金公子的媳妇，名叫白凤。相貌、身材和文英差不多，气质可不如咱们的文英恬静！”白凤听了鼻子一哼。金戈嘻嘻一笑，安慰道：“俗话说得好，跑了的鱼是大的。这个理儿你还不懂？我妹妹哪有你漂亮！”

白凤嘴角上翘，眼角上荡起了笑纹。真是千穿万穿，马屁不穿，高帽子人人想戴。除去议论他们，金戈身后一高一矬的两个随从也是他们议论的对象。板斧黑熊身高过丈，扛着磨盘大的巨斧，瞪着铃铛似的大眼，啪嗒啪嗒迈着两只小船似的大脚。坐地炮短小精壮，快速倒腾着两条短腿，晃动着厚实壮硕的身板腾腾而行。

金戈一路打着招呼，很快来到西街口。柳掌柜和刘妈得到消息，带着两个怯生生的女孩子快步迎来。刘妈老远就喊：“少爷，少爷，你可回来了……”她不再明亮的眼睛里滚落下几滴清澈的泪水，布满蛛网般皱纹的脸上露出开心的笑容。金戈紧走两步，上前扶住她，亲切地叫道：“刘妈！”柳掌柜也紧走几步，搓着手叫道：“少爷好！白姑娘好！”

白凤仰着粉白的脖子，笑道：“好！大家好！”

刘妈提起半大袍子的衣角擦了擦眼睛，又用衣袖抹了抹鼻子，这才说道：“白姑娘？你看我这老眼，又不敢认了。你们瞧瞧，和我们家小姐是不是长得一模一样？简直就是一个模子脱出来的。唉……”

白凤看着两个女孩，摸着她们的头说：“长这么高了，行，也胖了。”

刘妈道：“大梅、二梅，还不叫大哥！”

“大哥！”二人异口同声。

刘妈叨叨起来：“平常老念叨你们大哥，见了面，怎么哑巴了？”

乡亲们越聚越多，金戈抱着拳，转着圈作揖，热情地打着招呼。柳掌柜挤到金戈身前，说道：“回去吧，再不走府后街就要堵死了，走，走，回家再说。”

金戈挥挥手，大声道：“改天请乡亲们喝茶，告辞了！”

四轮车驶进院子。金戈一看，青砖墁地的院子好宽绰，好干净。新建的两座小楼遥相呼应，几棵移植来的桂花树枝繁叶茂。刘妈迈着小脚对金戈道：“房子盖好一年多了，你们也不回来看看，知道你们忙。来，跟我走，咱们住后面。饭馆做大了，前面的正房改成雅间了。你们的新房在后院二楼上，早布置好了，我就盼着有个小少爷做伴了！”

后楼八间分成两栋，联排各四间。楼上楼下布局一样，都是连二的客厅配有两间寝室。金戈等人刚坐下，刘妈就招呼两个女孩沏茶，领着傻蛋安排他们的住处。金戈看着刘妈忙来忙去，开言道：“刘妈，你别忙了，让他们自己来。左堂主、黑熊，这是刘妈，咱们的管家。刘妈，这位是岳武院的左堂主左金堂，这个大个子叫黑熊……”

端着茶壶的大梅和捧着茶碗的二梅一愣，低声道：“黑熊？”板斧黑熊看着两个女孩惊愕的神色，嘿嘿一乐，瓮声瓮气地说道：“不错，我是黑熊，你们叫我黑大哥就行了！”

傻蛋盯着大梅二梅的嫩脸道：“他的斧头可大了，一斧子能砍掉一棵大树，像割小葱一样，咔嚓一下，咔嚓一下……”

大梅、二梅惊道：“啊……真的？”

“当然了！”

这时刘妈说道：“少爷、白姑娘，你们回楼吧。你们住东首那四间。我和大梅二梅就住这边楼下，客人们住在这边楼上。”

黑熊咧着嘴道：“我可不是客人，我是院主的兄弟，是吧？大哥，我和你住在一起吧。”

金戈刚要说话，白凤使了个眼色，说道：“你还是和左堂主、傻蛋住这边吧。我和你金大哥有事要商量，你住过去不方便。”

黑熊耸耸肩膀，说道：“那样啊，好吧，不过……”白凤白了他一眼道：“好了，我们也不会老在那边待着，你会见着你金大哥的，没人偷了他去。”

刘妈接上话茬：“是呀，没事的时候都聚在这边，那边只是他们睡觉的地方……”

“你们先坐一会儿，我和院主过去看看。”白凤说完，拉着金戈出了客厅。看他们出去了，刘妈似乎想起了什么，急忙迈着小脚赶出去。刘妈跑进东楼的客厅，见他们已经登上了楼梯，立即停住脚步。听着柏木楼梯咯吱咯吱的响声，刘妈捂着瘪嘴偷着乐了。

楼上宽敞明亮，客厅里一水的硬木家具，寝室里被褥齐全。金戈和白凤把房间都看了一遍，满意地下了楼。走出一楼客厅，正在院子里转悠的黑熊一眼就看见了，立即迈着大脚丫子奔过来，咧着大嘴喊道：“大哥……”

金戈笑道：“既然你爱叫我大哥，那就叫吧，傻蛋也叫我大哥。”

黑熊拍着脑袋叫道：“我傻乎乎的，非有一个大哥管着不可。今后我就是大哥手里的一把斧子，叫我砍哪儿就砍哪儿！别的我可不会，我脑瓜不灵，卖力气我行！左堂主，我喊你一声二哥行吗？你……”黑熊嗓门挺大，哇啦哇啦说个不停。坐地炮摇摇头，嘟噜着肥胖的脸蛋子说道：“我可不敢高攀。再说，再说，这样好像不好。岳武院的武徒都是兄弟相称，或者叫堂主、协理、队长之类，你叫二哥，似乎不妥……”

金戈想想也对，立即道：“左堂主说得对。大家应当称呼师兄师弟，或者叫堂主、院主。黑熊，你还是叫他堂主吧，叫我院主吧。”

黑熊搓着大手道：“这个，这个，好吧，叫堂主就叫堂主，不过……”

“黑熊，我给你找个师父，你就拜已故的堂主岳中海为师，我代师传艺。今后你、我和左堂主就是师兄弟了，你可以叫我师兄，这样行了吧？”金戈顿了顿，接着说道，“我可以关照你。但是，你必须牢记‘精忠报国’的宗旨，这是岳武院的帮号，也是岳武院的魂魄。还有，岳武院的人都要互相帮助，不能搞出仨亲俩好的帮派，要一视同仁。你回山再行拜师之礼，我先传你一些基本功夫。”

晚上，金戈回到楼上，白凤迎过来，喜滋滋地说道：“洗澡去！水都弄好了，说起来就没完没了！”

金戈洗完澡，来到床铺前，拉开被子，准备睡觉。白凤笑眯眯走过来，把一个酒壶放在桌子上，往两个酒杯里斟满酒，点上了两支鸡蛋粗的红蜡烛，眉开眼笑地看着金戈。金戈莫名其妙，看着白凤蓬松的秀发、红红的脸蛋，她好像洗过澡了。金戈说：“干什么，你要喝酒？”

“喝十！”白凤纤纤秀手一抬，眼波流动，说道，“哎，我说，三月初三，就是你和岳霞成婚的日子，定死了？”

金戈点点头。白凤说：“好！那么，她先婚，我先嫁！”金戈细眼睁圆，问道：“你先嫁？什么意思？”白凤扭动了一下窈窕的身子，歪着脖子道：“这还不明白？今晚我俩入洞房，她成婚占先，我嫁你占先，行不？”

白凤俊眼含情，脸上红云飘荡。金戈看看美艳如花的白凤，心里涟漪骤起，急忙道：“行！反正我们的婚期已近，你就是有了身孕，也不会有人知道了。你不顾你奶奶的反对，如此对我，金戈岂敢不依。你待我之恩，金戈当永生不忘！”

白凤媚眼如丝：“来，咱们喝杯交心酒！”

白瓷杯里的酒水瑰红如血，桌子上的蜡烛桃红如血，白凤的嘴唇胭红如血。金戈举起了酒杯，和白凤的酒杯轻轻一碰，二人一饮而尽。白凤泪水涟涟，金戈道：“你怎么了？”白凤娇声道：“高兴！”说着，吹灭了蜡烛，走到床前，款款脱掉衣服，慢慢挂在衣架上，掀起床帷，一转身上了床。金戈赶紧跟过去，三抻两拽脱下衣服，飞快地除去鞋袜，一撩床帷翻上床。

金戈和白凤缠绵了半宿，睁开眼时，天已大亮。金戈急忙坐起来，推了推还在酣睡的白凤，说道：“天都亮了，快起来，‘天天练’的时间到了。”白凤睡眼惺忪，撒娇道：“我再睡会儿，今天请假。”

请什么假呀！金戈抿嘴一乐。他三下五除二穿好衣服，给白凤盖好被子，下了楼。院子里，傻蛋正在教拳，大梅和二梅站在一旁看着。傻蛋看见到金戈，收了式子，说道：“让大哥来教吧！”

“你教吧！”金戈看了看天色，说道，“我起晚了，你们先练着，吃过饭咱们去十里铺上坟。”

吃过早饭，金戈叫傻蛋赶出四轮车，带着刘妈，来到十里铺村南的坟地。三个坟头前都摆了鲜花水果，烧了纸钱。下午，金戈坐在院子里，看着黑熊要斧子。黑熊活动开了，巨斧车轮似的转动起来，激起了呜呜之声。黑熊把二十四式开天斧使完，喘着粗气说道："大哥，啊，院主，左堂主，你们说道说道，这两下子还行吗？"

金戈笑了笑，说道："要得好！不过……"

"怎么？"黑熊盯着金戈问道。

金戈略加思索，说道："你力大无穷，使斧子自然威风。但是对于成群的敌人，杀伤力却小。不如这样，我给你打造一把特号的大刀，对付武功高强的人，可以单打独斗。对付虾兵蟹将，可以成片砍杀，一扫一大片……"

黑熊瞪着大黑眼叫道："好呀！大哥，你那天一扫一扫的好厉害、好威风啊，吓死人了！"

金戈说："那是我的'旋风连三斩'，我给你特制一把大刀，你一扫比我那一扫威力大上一倍，你说好不好？"

黑熊咧着大嘴叫道："好啊！好啊！"坐地炮摸摸鼻子，说道："我看行，他有的是力气。"

金戈又道："好，咱们进屋商量！"

进了屋，金戈拿出笔墨，画了张图，指点着说："刀把长六尺，加上四尺长，三指宽的厚背直刀，总长一丈。此刀打成，会成天下第一窄刀！打出来再算重量吧，怕有六七十斤，但比你的斧头要轻上许多，你练了气功没有？"

"气功？什么气功？"黑熊大脸蛋子一嘟噜，"我没有！"

金戈道："好了，过两天，我传给你运气之法，也就是岳武功，可以提高你的速度和耐力。"

"给我也打件兵器吧。"坐地炮看看金戈，说道，"我手短脚短，不爱使长枪，近身格斗才能发挥我的优势。但是，我也不爱使刀……"

“左堂主善于近战，所以兵器要短，要小，而且要便于携带。”金戈思索了一下，“这样吧，先做个铁护腕，用来防身。至于兵器嘛，让我再想想。你们拿上两个元宝，去锻造大刀，要用好钢，最好找到几把倭刀，把刀刃部分融合在一起，打造大刀的刀身。”

傍晚，金戈坐在桌子旁和白凤说着什么，桌子上摆着两张图，一张纸上画了一副铁护腕，一张纸上画了一对小挠钩。这时傻蛋带着坐地炮和黑熊回来了，坐地炮看见图纸，立即抓起来，说道：“院主，这可是我的兵器？”金戈道：“是啊，你看看行不行啊？”

坐地炮趴在桌子上看起来。金戈指着图纸说道：“这是两个护腕，护腕上带有机关，可装一支短箭，一碰铁护腕就能发射。护腕上这两个卡子用以插接小挠钩。你再看看这张图，这是两把小挠钩，挠钩长约七寸，它可以刺，可以钩，也可以绞。不用时可以插在铁护腕上，用来保护手背。”

坐地炮伸出大拇指，说道：“好！太好了！能发射短箭的铁护腕！能绞夺兵器的小挠钩，适合我！谢谢院主！”金戈笑笑，说道：“谢什么呀，老六队就咱俩了，互相帮衬吧。挠钩护臂的设计应该没问题，打造起来怕是不易，说不定还有缺欠，边制作边改进吧。”

坐地炮转过头去，说道：“我们另找一家铁匠铺，赶时间。走，黑熊、傻蛋，你们俩跟着我，咱们一块去，回来再吃饭！”说着，拉着两人跑了。

一个矮胖子，左手拉着一个铁塔似的大个子，右手拉着一个黑炭似的少年，走在街上，引得不少人驻足观看。

第二天，金戈买了一些礼品，选了几件首饰，赶着马车去见梁伯。梁伯看见金戈来访，高兴极了，颤着花白胡须大喊小叫：“快摆酒菜，我们喝他个三天三夜，不醉不休！”

傻蛋抱着两个酒坛子跑进来，学着跑堂的腔调叫道：“来了，山西杏花村！”

文亮也抱着两坛酒进了门，大声道："爹，这是您爱喝的杜康，还有陈年女儿红！"

梁伯的眼睛眯成了一条线，摸着花白胡须说道："好家伙，净是好东西。可惜呀，你父亲才高八斗，做过文华殿大学士，家里也没有这么多好酒！大侄子，听说你当了院主啦？我就说嘛，土里埋不住珍珠，是金子早晚都会发光！"

几人山南海北地聊了起来。酒菜很快端上来，众人按顺序坐下，端起了酒杯。几杯酒下肚，一些去过十里铺战场的小伙子们听到消息找来了，金戈立即起身和他们打招呼。寒暄过后金戈道："后天是二月二，龙抬头的日子，大伙都去文杰酒楼，咱们聚一聚。你们传个信，让帮过我的朋友都去，到时候我还有礼品相赠！"

一个小伙子道："好啊！金公子请客，我们一定前去叨扰！"

另一个人道："好啊，是该聚一聚了，一转眼几年过去了，当年的情景好像还在眼前。"

二月初一，金戈宴请乡亲们。二月初二，宴请小梁村朋友们。二月初三，宴请十里铺大战的遗孀和子女。金戈准备了好多礼物，对烈士的遗孀子女更有银两馈赠。这几天文杰酒楼热闹非凡，连院子里也摆上了桌椅，吃得柳掌柜直哆嗦。

金戈对白凤说："你和柳掌柜说说，我们照单付款，各码各清。他有分成在内，不让他吃亏！"白凤笑道："这么大的铺面交给他，他能吃亏吗？好吧，我正想看看账呢，一会儿我就过去。"

刚清静下来，柳掌柜就夹着账本来到客厅，见了金戈，说："少爷，白姑娘和您说了吗？您看看，欠账可不少！"白凤走过来，对柳掌柜道："我还没说呢！这些事不用麻烦院主了，我来处置。"柳掌柜连连点头，道："那好，那好。"

金戈看见柳掌柜面带忧愁，连忙问道："怎么回事？"

白凤笑道："是这样，咱们的买卖做大了，有些欠账，一些衙役常来蹭吃蹭喝，都是些芝麻大的小事，我来处理，你别操心了。”

金戈看柳掌柜的神态，知道事情不小，说道：“谁欠账和谁要，对付那些蹭吃蹭喝的，也要想法子控制。你和厨师讲讲，必要时，手艺可以差点……”柳掌柜啊了一声，拍拍脑袋，说道：“啊，我明白了，明白了。”金戈笑道：“俗话说，好吃的菜不撂筷。不好吃的呢……哈哈，自然就吃得少了，你把账单给我，我要让他们知道锅是铁打的……”

白凤伸出素手阻拦，说道：“哎呀，这些鸡毛蒜皮的事你就不用操心了，交给我处置好不好？你还不相信我吗？账单先放在你那儿，用时我去拿。你们放心吧，芝麻大点事，哪能劳动院主的大驾呢。”

“放心，放心，白姑娘办事干净利索，我放心，那我先回去了。”柳掌柜点头哈腰地走了。金戈有些不放心，看看白凤，问道：“你打算怎么处理？是文打官司还是武打架？”白凤道：“哎呀，我还没想好呢，几百两银子，用不着兴师动众。我会处理好，别为个虱子烧个袄。你忘了戚继光怎么说的？大事不含糊，小事随缘溜活。好了，几百两银子，小事一桩，你就别操心了，你陪我到城外走走，咱们踏春去。”

金戈见白凤不耐烦了，摸着鼻子转移了话题：“叫他们买点绸子，弄几片竹篦子来，扎个大风筝。过去，每年的春天，我们都去放风筝……”

“好啊，谁会扎风筝啊？你会吗？……”白凤笑了，眉眼间都是笑意。忽然，她看见金戈脸色变了，知道他又想起了往事、想起了母亲，赶紧闭了嘴。

金戈的眼睛湿润了，抬头看了看天边飘动的白云，翕动了一下鼻翼，说道：“我父亲是个扎风筝的高手，什么老鹰、蝴蝶、蜈蚣，都会扎，一到春天，我就和妹妹一起去放风筝……”

白凤拉住金戈的一只手，轻拍着说道：“伯母不会有事的，文英冰雪聪明，肯定知道韬光养晦，一定会照顾好伯母。”

金戈黯然道：“荡寇一旦结束，我立即西去天山，救母还家……”

白凤挥动拳头道：“我们一起去，来个马踏天山！”

下午，春风徐徐，金戈、白凤带着傻蛋、大梅、二梅来到城南，四轮车停在清水河的岸边，他们拿出来一个六尺长的老鹰风筝。金戈道：“傻蛋，你们架着风筝，我喊放，你们就松手。今天风不大，要跑得很远才能放起来。白凤，你拿着线拐子，一边跑一边放线，你会吧？”

白凤摇头，说：“我没放过，好放吧？”

“好放。你拿着线拐子，逆风拉着风筝跑，凭手感觉线的力度，有劲时你就边跑边放线，没劲只拉着跑，边跑边放，等风筝够着天风了，就不用跑了，稳住就行了。”

“是吗？那么简单呀。好，我来试试。”

金戈道：“先放线，你们架好了。”

傻蛋立在中央，大梅、二梅站在两旁，架着高过二梅一头的大黑鹰。金戈和白凤倒退着放线，木头拐子不住地转动着。白凤看看离开风筝七八丈远了，说道：“行了吧？”金戈道：“行了，准备，放……”

金戈和白凤跑起来，风筝摇摇晃晃飞起三丈多高，金戈叫道：“跑，快跑！放线，边跑边放线……”白凤慌慌张张地放线，扭着身子奔跑。金戈一边跑一边叫：“不用回头看，眼睛看着前面，凭手的感觉放线，有劲就放线，没劲就跑！嗨，跑啊跑……”

片刻间，风筝飞起来了，大黑鹰摇摇晃晃地飞上天空。风筝盘旋在蔚蓝色的天空上，真像一只翱翔天际俯视大地的黑鹰。

白凤仰着脸道：“那么大的风筝也不大了。”金戈却道：“行了，够着天风了。”

傻蛋跑来，高声叫道：“好高啊！”金戈看看他把大梅和二梅丢下了好远，不高兴了，说道：“你也不等等她们？”傻蛋挠挠脑袋，说:“她们就要到了……”

金戈想起了往事，说道:“汉城的事还没处罚你呢，你要记住‘精忠报国，文死谏，武死战’几个字，还要恪守院规。”傻蛋低头道:“是，我接她们去。”

大梅和二梅气喘吁吁地跑来，脸上红扑扑的。

黑鹰还在飞，拉线的手换了，换了傻蛋的黑手和大梅、二梅的小手。

白凤和金戈坐在土坡上，望着天上盘旋的黑鹰。白凤道:“我们怎么办呢？你赶紧拿个主意。”

金戈看着白凤的丹凤眼，问道:“你绝不和岳霞共侍一夫了？”白凤摇摇头，说道:“你有我一个还不够吗？我会好好伺候你的，我求求你了，放弃她们吧，俗话说，脚踩两只船，早晚被水淹。”

金戈目视远方，说道:“岳霞刺腕剜心，对我有救命之恩，我怎能抛弃她。”白凤怒道:“这么说，如果我们两个只能选一个，你要选她了？”

金戈叹了口气，默默无语。白凤推推金戈的胳膊，软声道:“那个岳鸣可是和你有杀父之仇，再说，你娶了岳霞，那可是阴阳魔碰过的身子，你不觉得恶心吗？你……”金戈不高兴了，道:“你怎么这么说？也不是她乐意的……”

“怎么着她也是一只别人穿过的破鞋，你恶心不恶心……”

“别说了！”金戈眼前出现了阴阳魔狰狞的面孔，出现了岳霞的身影，想想还真有点不是滋味。

“哎，凤玲是怎么回事？她不是处子，你碰了她？”

“别胡说了，是梁丫骗了她。”

白凤咯咯娇笑:“我知道不是你，你有贼心也没贼胆！气壮如牛，胆小如鼠！不过，这主仆俩倒真是一对奇葩、一双破鞋……”

“你胡说什么！”金戈的细眼立起来。

白凤扭动腰肢，娇声道："说着玩呢，逗逗你不行啊？真是的，开个玩笑都不行。这样吧，我让九弟娶岳霞，你娶我，三月初三，咱们双婚大喜。你还姓金，婚后我们立即启程，前往天山救母，之后，我们携母周游天下，多么快乐舒心呀。"

金戈皱皱眉头，说："金珠和银珠呢，怎么安排？"

"她们姐俩好说，你没看见铁扇公子和铁铃公子的眼神吗？他们明着躲着金珠、银珠，实际上，早就看上那姐俩了。她们嫁给了仁义双雄，你还有什么不放心的。"

金戈点头道："如果她们姐俩嫁给双雄兄弟，我放心，只是……"

"舍不得是不是？你舍得我吗？别想吃着盘子里的占着碗里的！"

"也不全是……"

白凤忽然莞尔一笑，搂住金戈的脖子道："你说你最喜欢我，是真的吧？为了我，你就放弃她们吧！"

金戈叹道："好吧，只要金珠银珠愿意嫁给仁义双雄，我绝不阻拦。"

白凤道："岳霞呢？"

"岳霞嫁给九弟可不行，九弟是个不学无术的公子哥，他怎么配得上岳霞。"

白凤丹凤眼微张，说道："九弟家私千万，南京首户，人长得也可以，比你还俊呢，怎么配不上岳霞？"

"可他是个纨绔子弟，岳霞能乐意吗？"

"岳霞当然不会乐意，但是我有办法。你不用管了，你只要决心娶我一个，我保准能叫岳霞嫁给九弟，到时候我们皆大欢喜，大家都高高兴兴。"

金戈道："都高高兴兴，真的？"

"真的！"

金戈心动了，是啊，如果非娶一个不可的话，娶白凤最完美了，她肌如凝脂、脸似桃花，想到她美妙的身体，心里就热浪滚滚。想到岳霞，心里依然有挥之不去的阴影。再说白凤精明强干，要哪儿有哪儿，是自己事业上的一大臂助。于是他说道："好吧，如果岳霞真的愿意嫁给九弟，我就顺水推舟。她要岳武院，我就回临江。不要岳武院，我就接着干。"

白凤笑了，第一步计划成功了，她跳起来，孩子似的跑到傻蛋跟前，要过线拐子，拉着风筝就跑。傻蛋后面紧紧追着，大梅和二梅拍着手跑。大黑鹰呼呼叫着，激烈地抖动着翅膀。

白凤边跑边咯咯娇笑，高喊："来呀，金戈，我的好夫君！"金戈纵身一跃，叫道："我来了，我的夫人！"

砰的一声，线断了，风筝摇摇摆摆，像个喝醉了酒的醉汉，向远处飘去。白凤惊叫："啊！坏了，线断了！"金戈跑过来，叫道："它已经飞起来了，你还拉着它跑，不断才怪！"

白凤喊道："傻蛋，快去追！"金戈道："算了，明天再做一个。"白凤大声道："不行，我就要这一个！快追！"

"好，我去追！"傻蛋答应着跑了。

风筝被追回来，已经跌得面目全非。天快黑了，白凤跺着脚说道："回去吧，真扫兴！"

金戈笑道："你怪谁？自己高兴得不知东南西北了，拉着猛跑。"白凤嗔道："都怪你！你不告诉我怎么放！"

金戈哈哈一笑，拉着白凤上了四轮车。

晚饭时，白凤一个劲地劝酒，一坛子酒喝干了，金戈也迷糊了。白凤道："你给岳霞写封信，我给九弟写封信，让傻蛋明天启程，送往武夷山。等傻蛋回来，咱们就启程回山。"

金戈睁开醉眼，问道："写……写什么信？怎么写？"白凤道："你就写你已经和我成了亲，这也是事实。你说九弟要娶她，要她见信后立即去南京和九弟完婚，九弟到时会迎接她的。”

金戈虽然迷迷糊糊，但心里还明白，说道：“她会去吗？”

“会去，她一定会去，她见了你的信就会去。不过，就怕五毒师太阻拦。这样吧，你给五毒师太也写封信，要她立即去杭州协助麻面魔，她走了以后再把信交给岳霞。”

“这不是骗她吗？这怎么可以，岳霞一定会伤心的，不行，不行……”

“这怎么算骗她呢，我们本来就已经是夫妻了。要不然，我就不回武夷山了。”

金戈摇头道：“这样不好！这信……不能写，我不可以骗她！”

正说着，傻蛋砰砰敲门，接着声音传进来：“院主，文亮兄来了，带着一个人。”金戈站起来，说道：“知道了，我马上就下去。”

白凤抿着嘴走到床前，一掀被子钻进去。金戈看了看蒙头盖脸的白凤，摇摇头，悄悄地走下楼梯。

楼下，梁文亮带着一个书生模样的人等在客厅里。书生是来求字的，金戈看在文亮的面子，立即答应了。金戈喝口茶水，摊开宣纸，稀里糊涂地写了两张条幅。送走了文亮和书生，已经二更天了。金戈回到楼上，看见白凤紧紧裹着被子，一动不动，就收拾了桌子上的碗筷，吹灭了蜡烛。

金戈脱掉衣服上了床，搬了搬白凤的身子，温存了好长时间，白凤就是不理不睬，只好拉开被子自己睡了。半夜里，白凤忽然哭起来。金戈大惊失色，赶紧坐起来哄。白凤泪如雨下，哭哭啼啼，闹了半宿，天明时才止住哭声。

第二天，白凤不起床，也不吃饭，愁得金戈来回转圈。到了晚上，白凤又哭起来。一连几天，折腾得金戈筋疲力尽。不过，金戈的脾气也上来了，对着白凤大喊大叫：“我告诉你，岳霞对我恩重如山，我绝不会欺骗她！”

黑熊的大刀打造好了，扛了回来。金戈听见黑熊的喊叫，连忙下楼观看。金戈看他练了几趟，砍杀之招虽然略微别扭，但也是飒飒有风。金戈知道，假以时日，斧招就会变成刀招。金戈叫住黑熊，传了八招枪法。并告诉黑熊，刀法适合群战，单打独斗还是要以枪法为主，这样胸前就少露空门。黑熊虽然憨厚，人却不笨，加之心思单纯，学起来更是韧劲十足，没几天，枪招就掌握了七七八八。金戈呢，这几天忙着教导黑熊，六七十斤重的长把厚背窄刃刀也使顺了手。

金戈看着大刀道："黑熊，我给这把大刀起了一个名字，叫作'霸王刺'，你看怎么样？"

"霸王刺？"黑熊咧着嘴说道，"行啊，霸王刺就霸王刺！霸王刺好！"

霸王刺的刀把鸡蛋粗细，刀刃狭长而锋利，金戈舞动起来，满院生风。坐地炮的弩箭护腕也打造好了，金戈试了试，亲自动手修理，鼓捣了两天才修好。黑熊一看坐地炮的铁护腕黑乎乎的，两手一碰，弩箭啪地射出去了，嚷嚷着也要一副。金戈道："弩箭护腕仅能射几丈远，身子灵活的人才能用，不适合你。这样吧，我看你下盘易受攻击，抽空给你打造个护腿吧。你的外号该换换了，就叫大刀黑熊吧，别叫板斧黑熊了。"

黑熊道："是，大哥。"

金戈摇摇头，说道："叫院主。在心里，我会拿你当兄弟的。你好好练，练好了我让你当岳武院的护法，永远待在我身边。"

黑熊道："是，大哥——不，是，院主。"

这几天忙着改造兵器，疏忽了白凤，白凤似乎也想通了，下了楼。婚事再也不提，该干什么干什么，好像什么事也没发生过。金戈心里暗暗敲着小鼓，小心应承着。过了两天，白凤脸上有了笑模样，金戈心道："谢天谢地，总算云开雾散了。白凤，我知道你委屈，以后我会加倍疼爱你的。”

二月二十八，金戈再次要求启程，白凤同意了，两匹快马护卫着四轮马车离开了临江。还有五天，金戈就要成婚了，怎么也该提前赶到岳武院啊。从正月二十八到临江，到二月二十八启程回山，金戈和白凤刚好住了一个月。

四轮车晃晃荡荡走了一天，傍晚来到祈门镇，马车驶进了客栈。晚饭后，金戈回屋睡觉，白凤忽然拦在门前，冷冷地说道：“岳公子，请你另开房间。我们到此结束了。我明天回黄山，三月初三，我也要出嫁了。”

“你说什么呢？”金戈大惊，愣怔片刻笑道，“你要四月初四才出嫁呢！”

白凤眉眼含霜，冷笑道：“岳公子，到此为止，咱们两旁世人了。我也要三月初三成婚，你娶我也行，我跟你走，你不娶我，我也要在三月初三这一天嫁人。男方是南京世家，月亮山庄的少主！”

金戈惊道：“你说是九弟？李欢乐？”白凤冷笑道：“不错，不过，他现在不叫李欢乐了，他叫银戈，李银戈，现在不兴改名字吗？”

“你怎么能这样，你开玩笑吧？”金戈伸手去拉她。白凤一闪，冷冷道：“金公子！请放尊重点，我奶奶提出的条件，也是我的条件。你要是只娶我一个，答应我的条件，我立即毁婚，马上跟你去成婚，虽然我已经收了聘礼。否则，我们明天分道扬镳，咱们都去成婚，三月三，桃花节，我白凤一定要在那天完婚！”

金戈惊呆了，事隔一天，温柔体贴的白凤忽然变成了一个陌生人，一个凛然不可侵犯的陌生人。金戈讪讪说道：“打个商量好不好，你和岳霞同时成婚，我是说我同一天娶你们两个，你们俩不分大小，我去说服岳霞，可好？”

“不好！”

“有没有商量余地？”

“没有！”

“我不能对不起岳霞呀！”

“你能对不起我？”

金戈急得满院子乱转，金戈看出来，白凤可不是开玩笑。而且，金戈也知道，白凤工于心计，这个决定怕是难以改变。

“别跟着，我要睡了！”白凤说着走进屋子。金戈也要进去，白凤一拦，金戈一个“左闪右蹿步”，噌地抢了进去。白凤急忙转过身子，秀手叉腰，横眉立目，厉声道：“出去！”金戈一哆嗦，脸唰地白了。

白凤翻脸了，金戈惶恐地退出来。咣当！门闩上了。金戈又要了一间客房，默默走进去。坐在床铺上，思绪万千。他知道，自己还有机会，一个做出最后决定的机会！可是，要他对不住岳霞，无论如何是不行的。夜深了，他无法入睡，独自来到白凤入住的客房前，低声求情。屋里寂静无声，白凤已经睡着了？

月底了，天黑得像个锅底。天上的星星眨着眼睛，听着金戈低低绵绵的细语，焦急地等待着白凤的回心转意。傻蛋、大刀黑熊和坐地炮都没有睡，金戈和白凤晚饭后的对话他们都听到了，这种事谁又能帮上忙？

夜深了，金戈默默立着，大刀黑熊出来了，铁塔似的身子立在院子中。坐地炮也悄悄地走出来，轻轻走到金戈跟前。他带来一件披风，给金戈披在身上。金戈木头似的站在那里，一动不动。坐地炮拉拉大刀黑熊，悄悄回了屋子。

春寒料峭，金戈激灵灵打了一个寒颤。天冷，金戈的心更冷。朝夕相处一个月了，白凤那洁白的身躯、滑腻的手臂、俊秀的脸庞，在他脑子里飞快旋转着。白凤蓬松的秀发、身上淡淡的香味，仍在眼前萦绕，那香香的嘴唇……这一切，就近在眼前，却相隔万里，真是咫尺天涯！天哪，我该怎么办？真的只娶白凤一个人吗？真要放弃岳霞吗？岳霞怎么办？岳霞曾以死相救，没有岳霞，哪里有你？怎么办？怎么办？背信岳霞？不！男子汉大丈夫，有所为，有所不为！金戈情不自禁喊道："白凤啊，你回心转意吧！我求你了。"

远处传来打更声，梆梆梆梆！听声音，已经四更天了。一道流星闪过，金戈双手合十，低声叫道："白凤，你回头吧！白凤！我爱你！我真的很爱你！"金戈心如刀绞，话语中含着哭音。

下雨了，细雨如丝，抽打着金戈。金戈心如刀绞，激灵灵打了一个冷颤。

坐地炮再次走出来，站在金戈的身边。大刀黑熊也来到窗前，铁塔似的身子弯了下去。他轻轻敲击窗户，低声道："白堂主，你开开门吧，院主不能没有你，他已经站了一整夜了，天下着雨呢……白堂主，黑熊兄弟求你了……"

金戈的头嗡嗡作响，他听见了黑熊低沉的声音，也跟着叫道："白凤，我真的不能没有你……我们好好商量一下行不行？我真的好爱你……"

雨丝无情地抽打着金戈的面颊，抽打着金戈的心。金戈一阵战栗，坐地炮似乎受到了感染，也打了个冷颤。

五更了！白凤屋里寂静依然。金戈伫立窗外，继续低声哀告。金戈头痛欲裂，脸色焦黄，话语断断续续。

咕咕哏——嘹亮的鸡鸣声叫打破了黎明前的宁静。接着，鸡叫声此起彼伏，响成了一片。金戈麻木了，一动不动。他头痛难忍，眼前金星乱冒。一种悲哀的情绪袭来，他想到了解脱，人活着是多么累啊，死了算了，一了百了。可是，自己解脱了，会给自己的母亲、自己的妹妹、岳霞、金珠、银珠等亲人带来无尽的痛苦，该怎么办呢？……泪水蒙住了金戈的眼睛。

不知什么时候住了雨，东方出现了一道曙光。店小二出现在院子里，看见一个人呆呆地立在一间客房的窗前一动不动，立即大喊起来："嗨！你干啥呢？嗨！说你呢！"

坐地炮一个箭步蹿过去，一把拉住了店小二，说道："去，别管闲事！"

"金戈……金戈……"一阵喊声传来，喊声似乎在数里之外。

"金戈，你在哪里？"呼声摇曳而来。坐地炮噌地蹿出去，大刀黑熊提着霸王刺也呼地奔出院子，嗵嗵嗵，一阵脚步声远去了。片刻之后，院子里闯进两个人，大刀黑熊扛着霸王刺也从门外风似的跑回来，霸王刺碰上了院门的门楣。哗啦一声，门楼倒了，霎时间尘土飞扬。

金戈依然一动不动，仍在窗前默默伫立。

"金戈！我来了！"耳边传来铁嘴华苍老的声音。曙光中，只见铁嘴华风尘仆仆，大步流星奔到近前。铁嘴华一把拉住金戈，说道："我跑到临江找你，又马不停蹄地追来，快跟我走！"

金戈没有动。铁嘴华吼道："你八辈子没见过女人哪？没出息的东西！"坐地炮已经把经过告诉了他。铁嘴华又道："我告诉你，你再立十天也没用！女人要是爱上你，她刀山敢上、火海敢下，打折了腿也会跟着你。岳霞不是例子吗？女人要是变了心，你就是跪得脚底流脓，她们也不睬你！你别犯傻了，三条腿的蛤蟆不好找，两条腿的女人有的是！走！"铁嘴华一拉，刺啦一声，没拉动金戈，竟然扯下一块布片来。

"嘿！你怎么那么笨哪，一棵树上吊死人啊！我告诉你！倭寇挑战我大明武林，在南少林摆下了擂台！三打两胜，三月初三开打，就打一天！戚继光主持比武，我们输了，立约割让江南沿海诸岛。倭寇输了，回归本土，永不相扰。就三月初三一天的工夫，逾期就算我们输，圣旨前几天才到，要不然我怎么会连夜找你。我已经跑了三天了，跑得我快吐血了，神武堂的弟子们也出来了，你还不快走？这可是国家大事，岳武院的宗旨不是精忠报国吗？你岂能为了儿女私情耽误了国家大事！”

金戈脸色蜡黄，缓缓转过身来，摇头道：“你想骗我，皇上又不是傻子，大臣们也不是酒囊饭袋，倭寇已经日落西山、穷途末路，他们的巢穴没几处了，那些地方已经是戚家军的囊中之物，还和他们来什么比武赌输赢，你骗三岁的孩子吗？”

“你怎么不信呢，我骗你我是王八蛋！谁知道嘉靖这个老混蛋是怎么想的，八成是吃了糊涂药了。你不是不知道，有严嵩和赵文华这些乌龟王八蛋把持朝政，什么新鲜事弄不出来！你不知道吧，赵小峰里通外国非但没有事，还当上了副都御史，正查谭伦呢。严嵩的鬼才儿子严世蕃也跟去了，谭伦危险了。还有，这次比武赵文华要亲自督战，败了，就砍戚继光的脑袋。你说，这是什么世道，上哪儿说理去？赶紧走吧，你要是不去，戚继光就悬了！这儿离南少林九百多里路，今天三月初一，满打满算还有两天时间！”接着铁嘴华回头大喊：“赶紧套车，准备出发！”

金戈晃了一下，说道：“我去！不过倭寇有备而来，我们临时抱佛脚，恐怕……再说，我的精神也不好，再连续奔波，去了怕也没用，输的面儿大啊！”金戈说着眼泪流了下来，他竟然哭了。他抽泣着说：“套车吧，走吧！死在战场上也好！”

铁嘴华瞪眼大喊：“白凤，你给我滚出来！你真是你奶奶的孙女，专门争风吃醋！”

吱扭一声，门开了。白凤走出来，她脸色苍白，像是挂了一层霜。她大声喊道：“傻蛋，套车！咱们也走！”她看也不看金戈，径直从他身边走了过去。傻蛋过来，低声道：“金大哥，我也走了，我要跟着凤姐走了，不回山了，你多保重……”

“什么？站住！”金戈眼睛一瞪，叫道，“你早知道了是不是，你为什么不告诉我？你可知道受人点滴之恩，当涌泉相报吗？你走投无路时，是谁对你兄弟相待？你屁股上中了毒针，是谁用嘴给你吸出来的？在汉城，我不惜拿出金珠、银珠赠送的稀世珍宝珍珠换你的性命，难道就不值你一句话吗？重色轻友，知恩不报，必为社稷所弃！怪不得你爹给你起名字叫刘忘，刘忘忘恩，必遭天谴！”金戈怒火不息，又道，“还有，岳武院也讲究公赏罚，还没罚你呢，本来打算回山对你鞭刑百日，以儆效尤。你是在这儿受罚还是回山受罚？你自己决定。”

傻蛋嘟囔道：“我……我……在这里受罚……”

金戈沉吟了片刻，说道：“惩罚本是功勋堂的事，现在，我只好代行其责了。趴在地上！”说罢，金戈一转圈，找到一个木头棍子，对着傻蛋的屁股就猛抽下去。一棍接一棍，打得傻蛋鬼哭狼嚎。连打四十大棍，打得傻蛋皮开肉绽。

金戈啪的一声拗断了棍子，怒声道：“记住，你的岳武功不能外传，包括你的亲人，一旦发现你外泄岳武院的功夫，岳武院会全力追杀！”金戈说着看了白凤一眼，接着叫道：“你也一样！岳武功不得外传！”

铁嘴华对白凤道：“你们另行雇车！坐地炮，拿点吃的，我们赶着四轮车走，快！”

白凤寒着脸道：“我需要些盘缠！傻蛋，把黑箱子拉下来！还有盛衣服的箱子！”

傻蛋歪着身子看向金戈，龇着牙说道：“大哥，你就依了凤姐姐，跟她一个人成亲吧……”

“住口！”金戈斩钉截铁地说，“岳霞对我有救命之恩，我岂可知恩不报！金珠和银珠对我有义，我岂可背信弃义！除非她们自愿离开我，否则，我绝不会抛弃她们！”

傻蛋捂着屁股爬上四轮车，咧着嘴拉下来两个箱子。一个箱子里是白凤的衣物，一个箱子里盛着黄金白银。金戈看着箱子，说道：“白凤，我说过了，所有缴获均为岳武院公有，花销必须财务堂经手。这样吧，攻打五义寨，你是居功至伟，就多给你些奖励。你拿点银子出来，做我们的路费，剩下的你全带走吧，算你的奖赏。”

白凤闻言走到箱子跟前，砰的一声打开箱子，随手扔出了几锭银子。金戈看了看地上的银子，叹了口气，跳上了四轮车。铁嘴华瞅了一眼白凤，默不作声地上了车。坐地炮挥动鞭子，啪的一声，车轮滚滚，四轮车一阵风似的驶出了客栈。大刀黑熊扛着大刀，腾腾腾迈着阔步，紧随其后。

六十一 决战少林

车厢里，铁嘴华正在数落金戈。金戈皱着眉爬上吊床，侧过身子，虾米似的蜷缩床上。铁嘴华站起来，带着蔫皮的老手扶着吊床的绳索：“你知道吗？我们火烧许家村不久，戚继光就接到了皇上的圣旨，做了福建的总兵，同时还兼管浙江广西四府。听说是谭伦保的本。谭伦还真是个干家，真不怕得罪严嵩、赵文华之流。戚继光接到圣旨后，片刻没停，立即兵发仙游，一路穷追猛打，消灭了好几批倭寇。接着，戚家军连克王仓坪、曹丕岭两地。短短两个月，戚家军就风卷残云，追得一万多倭寇四散奔逃，惶惶如漏网之鱼，真是扬眉吐气呀……哎，我说，你在听吗？真睡了？睡吧，睡吧，老头子也要睡了。我说，跑得我骨头架子都要散了。两天两夜，嘿！可找着你了，苍天佑我大明啊……”

江南三月，草长莺飞。四轮马车飞快地奔驰着。车辕上坐着水缸似的坐地炮，车后跟着铁塔似的大刀黑熊。车厢里，铁嘴华鼾声如雷。看来他真的累了，他歪在一摞花格被子上，嘴角流出了长长的涎液。金戈的吊床摇晃着，颠簸着，就像漂泊在风浪中的一艘小船。金戈头痛欲裂，脑袋嗡嗡作响，白凤那美丽的身影晃来晃去，挥之不去。金戈这才知道，他是多么爱白凤，就像人们常说的，友谊和健康一样，只有失去的时候才会觉得珍贵无比。金戈心如刀绞，高声喊道："白凤，我爱你！你回来吧，你快点回心转意吧！"

铁嘴华乏极了，听见金戈的喊声，翻了个身，又呼噜起来。本来，金戈身边还有一张吊床，他可以喊铁嘴华上来睡，让他少受些颠簸之苦。可是，金戈的神志已经麻木，昏昏沉沉，一句话都懒得说。迷迷糊糊之间，他看见白凤站在一朵白云上，飘来荡去。他看见白凤那妩媚如花的俏脸，看见了她那漆黑如墨的秀发，看到了她圆润光滑的秀臂，闻到了她身上那种带着暖意的体香……

后面传来马挂銮铃声，两匹快马带着一股旋风追了上来。马上两名蓝衣彪形大汉挥舞着鞭子，片刻间追到马车前。他们冲着快步奔腾的大刀黑熊喊道："板斧黑熊，院主可在车上？"大刀黑熊看了看马背上的李虎子和张光，大嘴岔子一咧，瓮声瓮气地说道："我改名了，不叫板斧黑熊了，没看见我扛着霸王刺吗？我叫大刀黑熊了。你们听好了，我也是岳武院的护法了，你们就叫我五护法吧。我这把枪叫霸王刺，是院主大哥叫人打的，我还学会了'开天八大枪'……"

张光晃晃白杆马鞭子，急道："好了，好了，我问你，院主可在车上？你可见到铁嘴华了？"

大刀黑熊苦着脸说道："在车上，他们都在车上。可是，你们的主母跑了，院主心里正窝火呢……"

"主母？什么主母？谁的主母？"虎子和张光闻言下马，拦住了大刀黑熊，急忙问道，"怎么回事，什么主母？你说啊！"

大刀黑熊停住了脚步，黑着脸道："嫂子走了，大哥在风雨中立了一夜，怎么求她，她都不开门，她的心可真够狠呀……"

"嫂子？什么嫂子？哎呀呀，你说什么呢？"

“我的嫂子啊，白凤白堂主啊！她已经是院主夫人了。不知怎么了，她不叫大哥进屋睡觉，自个走了，她不要院主了。那个没良心的傻蛋也跟着跑了……”大刀黑熊厚厚的黑嘴唇一开一合，吧唧吧唧地说起来。虎子听明白了，心说：“院主怎能让一个傻子当护法呢，真是的！”

“哎哟，快跑吧，一会儿把我落远了，敢情你们四条腿，我两条腿，赶紧跑吧！”大刀黑熊说完，霸王刺扛上肩头，蹽开长腿就跑。虎子和张光翻身上马，抖缰绳，挥马鞭，銮铃声又叮叮当当响起来。两匹快马从黑熊身边掠过，一溜烟追上了四轮车。虎子回身看了看阔步飞奔的大刀黑熊，说道：“这傻子真了不起，两条腿不输这四条腿的快马！”张光道：“要不怎么让他当护法呢！”

双马经过车辕，虎子抱抱拳，说道：“左堂主，我们先走了。我们前面打尖，顺便通知其他兄弟一声，告辞了！”坐地炮的弧形嘴唇紧闭着，扬了扬带着铁护腕的胖手，算是答应了。

“驾！驾！”虎子和张光一夹马肚子，低身催马。双马立即伸长脖子，绷紧缰绳，四蹄翻飞，嘚嘚奔驰起来。

太阳略微偏西时，四轮车驶进一个村庄。临街的酒馆前，摇摆的酒招子下面站着身材挺拔的虎子和虎背熊腰的张光。他们见四轮车驶过来，赶紧摆手。“吁——”坐地炮一声喊喝，勒住了马车。虎子和张光连忙上前，拉开了车厢门，恭迎铁嘴华和金戈下车。车门一开，铁嘴华苍老浑厚的声音就传出来：“不吃饭怎么行，头疼？头疼也得吃饭呀！老头子千辛万苦找到你，要你活蹦乱跳地赶到南少林，我可不要一个没精打采的痨病鬼去打擂台！我说，你怎么那么没出息，天下的女人又没有死绝，你非要她不行？金珠和银珠姐妹俩比她不强百倍？这姐妹俩要长相有长相，要身段有身段，白凤算什么，醋坛子一个！她离开你，你念佛吧，不然的话，她整天和你较劲，烦也烦死你！走，下去吃饭！吃完了赶紧赶路，还有六七百里地呢，明天就要开打了。明天中午以前，咱们死活都要赶到南少林！跑吐了血也要赶到！快下车！快下车！”

铁嘴华嚷嚷了半天，也不见金戈下床，铁嘴华急得横蹦，叫道：“完了完了！大明王朝完了，真中了俞大猷那句话了，你小子重色轻友，重色轻国！纯粹一个好色之徒！纯粹一个色鬼！是一个见了女人走不动道的大色鬼！”

铁嘴华跺脚拍手地折腾着，也不见金戈动弹。虎子也急了，他扒着车门叫道：“院主，我和张光来了，给您安排了酒席，请您下车。还望院主以社稷为重，以天下苍生为念，快快下车！院主，您乃是大明王朝的擎天白玉柱、架海紫金梁，大明王朝指望着您呢！院主，请您看在大明善良百姓的分上，看在众位豪杰的精忠报国的分上，赶紧下来吃饭，保持体力，赶赴南少林，与倭寇一决雌雄，挽危亡于擂台之上，救黎民于水火之中！院主！李虎子求您了！”

虎子退了一步，屈膝跪倒了。张光见状也大声叫道：“师父！大局为重！下来吧，徒弟张光求您了。”说罢，张光也当街下了跪。黑熊不知如何是好，大眼眨巴了眨巴，稀里糊涂地跟着跪倒了。他这一跪，大街上像是倒塌了半堵墙，只听扑通一声巨响，木杆上挂的酒招子也颤了三颤。

乡亲们看到这一幕，不知缘由，纷纷上前打听。铁嘴华晃着脑袋下了车，添油加醋地嚷嚷起来，众人一听文武双骄岳金戈在车上，因为情场失意竟然不肯吃饭，等会儿还要赶往南少林与倭寇比武决胜，都急了，呼啦啦跪倒了一片，七嘴八舌地呼唤起来。金戈听见众人齐声呼喊，知道再不下去不行了，只好推门走出来。金戈跪倒在车厢口，给衣衫褴褛的乡亲们还礼。金戈泪眼蒙眬，话语悲伤：“乡亲们请起，金戈这就下去吃饭，金戈不敢辜负乡亲们的厚望，只是，我，我恐怕吃不下去，恐怕……恐怕让乡亲们失望了……”

金戈走下车，虎子抬眼观看，吓了一跳。只见金戈双眼含泪，面色焦黄，一副大病缠身的模样。虎子赶紧伸手去搀扶，金戈抬手拒绝了，摇晃着细长的身子向酒馆走去。

饭桌上，金戈勉强吃了几口米饭，喝了几口面汤。铁嘴华看看面色苍白的金戈，不住地唉声叹气。他忽然抄起酒杯，吸溜一口喝干了，酒杯一放就骂开了："丧气，屋漏偏遭连阴雨，着火偏遇顶头风。我说，关键时刻出娄子！添酒！添酒！一醉解千愁，管他明天赢与输！"

酒又满上了，铁嘴华吃了两口菜，吧唧吧唧嘴，又说开了："白凤长得是俊，可金珠、银珠长得也不丑啊，再说了，你是吃她的俊哪还是喝她的俊哪？一个大男人，眼皮子怎么那么浅呢，是人品第一呀还是相貌第一呀？俗话说，得贤妻而兴家，没有说得美女而如何如何的，你饱读诗书，怎么连这个理都分辨不清，没出息！没出息！真是没出息！"

坐地炮也开口了，有一句没一句地劝说着："是呀，丑妻近地家中宝，美女惹事难相处……诸葛亮那么聪明，就是不娶美女……"

大刀黑熊正在大吃大喝，虎子和张光布菜的布菜、添酒的添酒，连吃带忙活。金戈脸色蜡黄，端起一杯酒，一仰脖子灌进肚子。金戈听着铁嘴华没完没了的话语，不知不觉地多喝了几杯。这正是，酒入愁肠愁更愁，酒泪相思更相思。金戈竟然喝醉了，呜呜地哭泣起来，哭声悲悲切切，让人听了好不伤心。

铁嘴华看傻了，叫道："哭什么，哭得我都难受了。你说你个大男人，哭什么呀……哎呀，别哭了，别哭了……"说着说着抄起酒壶，嘴对嘴倒灌如流。

酒足饭饱了，众人扶着摇摇晃晃的金戈上了车。啪的一声鞭响，四轮滚动，辚辚的车声响起来。一辆由四马驾驭的四轮车，两匹开路的骏马，一个扛着大刀的黑大汉车后随行，组成了一支奇特的队伍。

星星出来了。一颗、两颗、三颗，渐渐布满了浩瀚的苍穹，就像一块巨大的黑布上镶嵌了无数朵白色的小花，又像一块巨大的黑布上缀满了亮晶晶的宝石。漆黑的黄土路上，四轮车咯吱咯吱地叫着疾驰，四匹战马的銮铃丁零零响着伴奏，扛着大刀的黑大个在车后脚步腾腾。车轮声、銮铃声、脚步声单调而浑厚，划破了初春静谧的夜空。

远处传来打更声，四轮车驶进一个镇子，拐进一家客栈。启明星出来的时候，四轮车再次启程，一串黑影夹杂着辚辚车声，冲出了漆黑的小镇。

车轮飞转，马蹄翻腾，四轮车碾着夕阳的光辉来到了南少林，停在牌坊下。戚继光、俞大猷、刘显、笑面佛无悔大师、黑脸佛无欲大师、铁手佛无为大师、神鞭赵旭、铁胳膊郑振廷、黑剑罗仁杰，以及江北二杰、江南二秀等豪杰排成一行，迎接金戈。

戚继光已经见到了先行赶到的虎子堂主，因此，对金戈的状况早已了然在胸。

铁嘴华黑着脸下了车，金戈黄着脸下了车。忽然锣鼓声响，唢呐齐鸣，人群分开，一帮吹鼓手敲打着走来。接着，金珠和银珠姐妹闪身出现。这姐俩穿红挂绿，蝴蝶般扑到马车近前。金珠急忙给金戈换上新衣，银珠急忙给金戈戴上红花。金戈不明所以，急得哇哇大叫：“你们干什么？你们疯啦？”

金珠幽幽地说：“今天是三月初三，大哥大喜的日子，怎么？大哥忘了？”

银珠也泪水盈眶，低声道：“恭喜大哥，贺喜大哥，精神点，就要拜堂了。”

金戈一把抓住了银珠的手腕，惊道：“我在这里成亲？不是说倭寇与我大明擂台比武吗，原来铁嘴华在骗我？”

银珠目光黯淡，说道："我爹没有骗你，婚后立刻比武，一场恶斗就要开始了。"

这时，铁铃公子和铁扇公子走过来，他们一左一右站在金戈身旁。金戈看见了徒弟周新民和钱春生，他们俩也是一身新衣，跑前跑后忙活着。

一个穿着彩衣顶着红盖头的新娘，在凤玲的搀扶下款款走来。"吉时到！"有人高声喊喝。

戚继光大声喊道："勇士们！乡亲们！在倭寇挑战我大明武林之时，在南少林擂台赌战之际，我们迎来了我们大明王朝第一勇士，中华民族武林中的爱国英雄，武夷山岳武院年轻的院主，岳飞岳王爷的衣钵传人，人称文武双骄的岳金戈。他，和美丽贤惠、武林四仙子之首的天仙子岳霞小姐成婚大喜之日到了！来吧！中华大地为这对新人同歌，大明王朝为这对新人祝福！五湖四海，同唱赞歌，愿金戈和岳霞白头偕老，一生快乐！"

笑面佛一声狮子吼："婚礼开始！一拜天地！"

金戈和岳霞拜完天地刚站起来，铁嘴华就喊上了："二拜高堂！"

金戈双膝移动，身子转向了西北方向，他双手触地，嘶声高呼："娘！今日是您儿子的新婚大喜之日，不孝之子给您叩头了！娘！请接受您的儿子、媳妇一拜！"

金戈泪流满面，伏地痛哭，心中的悲痛一股脑发泄出来。岳霞也头触地面，呜咽出声。

金戈拉了拉岳霞，身子转向了西南，呼道："岳父大人、岳母大人，金戈给你们叩头了，金戈不忘你们的大恩大德，金戈一定疼爱岳霞！我一定继承武穆遗志，精忠报国！"

金戈和岳霞再次叩头。一阵沉默之后，戚继光一声高呼："夫妻对拜！"

群豪呼应："夫妻对拜！"

金戈和岳霞对拜完毕，双珠仙子来到新娘子跟前，伴随左右，仁义双雄走到金戈身侧，陪护两旁。大刀黑熊哈哈大笑，嚷道：“哎哟，我还有个新嫂子哪，白叫我担了半天心！哈哈……”

戚继光喊道：“送入喜车！”

眨眼之间，虎子等人已经把四轮车打扮得花枝招展，拉车的四匹白马都戴上了红花。金戈牵着岳霞的手，登上了喜车。喜车驶过牌坊，进入了少林寺。车厢里，岳霞依偎着金戈。岳霞凤冠霞帔、珠光宝气。金戈轻轻掀去她的盖头，只见岳霞满面红光、秀眼含春，正痴痴地看着自己。她的眼睛里流露着喜悦，粉红色的嘴唇上荡漾着迷人的笑意，整个人就像一朵灿烂的山花，娇艳欲滴。

少林寺的前院里，摆了近百桌筵席，群豪陆续入座。金戈和岳霞被拥过来，坐了首席。笑面佛特意端来一个砂锅，对金戈说道：“这是大枣红花老参汤，铁手佛亲手调配的，给你补补身子，今日之战，还望岳院主大展神威，一战定乾坤！但愿我佛慈悲，佑我大明不败！”

金戈看见了同生死共患难的朋友，看见了真挚的笑容和深切的期望，霎时间被感动了，一种舍身赴义、视死如归的豪情油然而生。金戈站起来，双手抱拳，高声道：“蒙各位兄弟厚爱，金戈定当不负所托，擂台较技，金戈定会竭尽所能，血战到底！各位请！”

“好！”俞大猷喊道，“这才像话！这才是英雄本色！”

“请！请！”群情激荡，欢声雷动。

因为是在少林寺摆宴，桌面上全是素菜。但是，八煎八炒八烹的席面也是相当丰盛。酒过三巡，菜过五味，俞大猷站起来，说道：“各位！各位！酒到此为止，大胜倭寇之后，咱们在擂台前大摆筵席，不醉不归。现在，我们一边吃着，一边听戚继光将军排兵布阵！”

戚继光把手上的圣旨晃了晃，说道：“比武决胜仅限于三月初三这一天，共比试三场，一场空手擂，一场兵器擂，一场暗器擂。山门外搭了两个擂台，左面是空手擂，右面是兵器擂。两个擂台间隔十丈。比试暗器时，较技的双方派人各上一个擂台，隔空对射。每次打擂，双方只允许派出一人，擂台上悬挂着双方的擂旗，胜者砍掉对方的擂旗，擂旗落地为败。三场比武三打两胜，高悬二旗者为胜方。如果倭寇胜了，福建沿海的岛屿归倭寇所有。倭寇败了，立即交还我明龙三岛及潮州部分土地，退回本土，永不犯我明朝境界。英雄们、豪杰们！此次浪武社的精锐倾巢而来，据报，浪武社社长刀猿佐佐木亲自带队，据说此人功力通玄，并且学会了我们岳武院的‘八步赶蝉功’，更是如虎添翼……”

金戈闻声倒吸了一口冷气，心道：“如果他走火入魔，挟魔火来犯，就无人能敌了，假设他们找出练功法门，不疯不狂，从正途入手练就岳武功，或许可以与之一较高下……可是，短短几个月，他们能把‘九转迷魂步’练熟吗？”

这时候，群豪的目光都转向了金戈，眼睛里充满了疑问。

戚继光继续说道：“听说倭寇还有一个顶尖高手，就是浪武社已故老社长田木的长孙、号称兽猿公子的小魔头也到了，此人的功力到底多高，无人知晓，只知道此人出道以来向无败绩，且来无影去无踪。此人消失两年之久，年初忽然归来。总之，此次比武赌胜，倭寇成竹在胸，胜券在握。我等几天前才接到圣旨，而倭寇准备已经三月有余。我们虽处于不利境地，仍然要以大局为重，赴汤蹈火，义无反顾！文死谏，武死战，与倭寇誓死周旋！精忠报国，留忠义于天地之间！”戚继光端起一杯酒，又道：“各位兄弟，你们都是我戚继光出生入死的朋友，今日之战，恐怕凶多吉少，望各位豪杰量力而行，兄弟我绝不勉强！来，凭我们一腔热血，共筑我中华民族的铜墙铁壁！”他话语顿住，看了看群豪，忽然两眼豪光四射，大声道：“第一场，空手擂！哪位英雄先上？”

金戈呼地站起来，大吼一声：“我上！”

这时，笑面佛站起身来，竖掌当胸，沉声道：“阿弥陀佛！老衲愿打头一阵。岳院主，你千里奔波，鞍马劳顿，先休息一下，养养精神吧。再说，兵器和暗器非我所长，让我在空手擂上为我大明王朝效力尽忠……”

铁嘴华用旱烟袋敲敲鞋底，噌地站起来，叉着腰喊道：“我上，让我会会刀猿佐佐木这个狗东西，我和此人在十年前交过一次手，那时是半斤对八两，你们把他交给我好了，看我怎么把他揍扁了……”

笑面佛神色凝重，他胸前的一缕白须微微抖动，沉声道：“慢来，慢来！阿弥陀佛！倭寇挑战我华夏，选址南少林，老衲忝为北少林寺的住持，在此间也算半个主人，第一阵，还是老衲先上吧。”

戚继光目光炯炯，朗声道：“好，那就由笑面佛无悔大师打第一阵，黑脸佛、铁手佛陪同前往。金戈准备打第二阵兵器擂，先去休息一下，养精蓄锐。”戚继光顿了顿，放眼群豪，又道：“各位，酒足饭饱之后，都到擂台前呐喊助威！”

“是！”群豪异口同声。

豪杰们陆续离开了，金戈慢慢喝着老参汤。岳霞笑靥如花，笑吟吟地陪在金戈旁边，她的眼睛不离金戈，脸上流淌着一股深深的爱意。仁义双雄、双珠仙子和虎子等人围坐另一桌，大刀黑熊仍然咧着腮帮子大吃，短小厚实的坐地炮已经离开了桌子，他背对众人而站，默默地眺望寺外起伏的群山，不知想着什么。

金戈站起来，看着双珠、双雄，说道：“你们都去助擂吧。左堂主、五护法留下来，陪我练会儿功。”说罢，金戈起身走向偏殿，岳霞和凤玲默默地跟过去。双雄兄弟和双珠姐妹互相看看，使个眼色，走出了寺院。

双雄和双珠四人刚走到殿外，就被戚继光的卫兵叫住了，带走了铁铃公子和铁扇公子。双雄兄弟来到戚继光的大帐，戚继光道："倭寇放出消息，桃花会大队人马进犯武夷山，我已命令两个骑兵哨队前往救援，命他们明日天亮以前务必赶到岳武院，我想请你们兄弟快马驰援，随后我让武当派的人马跟进。桃花会此时进犯，怕是早有预谋，你们要全力以赴。"

双雄兄弟齐声道："好！我等即刻回山。"铁铃公子又道，"请不要告诉我们院主，不要告诉双珠姐妹，也不要告诉铁嘴华。让他们安心打擂，只要我们兄弟还有一口气在，我们就会保住岳武院！"铁扇公子挥挥拳头，说道："肯……肯、定！"

铁铃公子道："后会有期！我们走。"

说着，二人出了大帐。

少林寺山门以外，牌坊以内，是一片起伏的坡地，舒缓的山坡上长着绿茸茸的小草。就在这片草地中间，搭着两座擂台。擂台东西排列，间隔十丈。擂台三丈见方，表层钉着三寸厚的白松木板。每个擂台的东西两侧都矗立着两根门框似的旗杆。旗杆高约三丈，上面飘扬着擂旗。擂旗呈长方形，门帘似的吊在两根旗杆上。擂台的东侧旗杆上挂的是一面黄龙旗，一条金色长龙张牙舞爪，盘旋欲飞。擂台西侧旗杆上挂着一面白地黑花兽面旗。一个狮子不像狮子、老虎不像老虎的四不像趴在旗子上。擂台四周空出了一丈宽的空地，围着栏杆，禁止闲人入内。

空手擂比试在东擂台举行，擂台东西北三面人山人海，豪杰们聚集在北面，观战的百姓站在东西两侧，已经是里三层外三层。擂台南面，有一千多个系着白布条的倭寇，他们手捧战刀，默默无声地坐在草地上。阳光下，刀光闪闪，布条翻飞。

当的一声锣响，一个身披官袍头戴乌纱的官员走上了擂台，宣布比武开始。

刀猿佐佐木从挂着四不像的旗子下纵身跳上擂台。此人五短身材，面目狰狞，一看就知道不是个善主。他穿着宽衫短裤，鼻子下露着一片方形短胡子，一双绿豆似的小眼精光闪射。他迈着鸭子步，晃动着满是肌肉疙瘩的胳膊，一会儿缩缩脖子，一会儿扳扳手指，顿时擂台上响起了一阵骨节开合的噼啪声。笑面佛无悔大师走出来，他身披红色袈裟，脸上依然堆着慈祥的笑容。他走到擂台东侧挂着黄龙旗的旗门下，一个“平步青云”，袍袖一展跃上了擂台。台下顿时掌声如雷。

“打死这个倭寇！”

“劈了这个贼种！”

台下拳头如林，声浪惊天动地。

刀猿佐佐木看见笑面佛走上台来，眼睛一亮，似乎有些失望，又似乎有些兴奋。他抬头向天，喉咙里发出了一阵呵呵怪笑，笑声刺耳且毫无笑意。

笑面佛僧袍一展，朗声道：“阿弥陀佛！佐佐木，多行不义必自毙，老衲恭候了！”

“哟西！”刀猿大吼，双脚一错抢向擂台中央。擂台比武，中央位置是双方必争之地，稳占中央，攻其一隅，则进可攻，退可守。迫于一隅，可进而不可退，掉下擂台，那就输了。况且，此次比武不是武林争胜，不是以武会友，乃国家民族之争，乃生死存亡之战。因此，比武一开始，双方就争夺得异常激烈，霎时间你来我往，拳脚生风。

佐佐木吐气开声，攻势如暴风骤雨，身形趋退如电。笑面佛则稳扎稳打，稳健如山。笑面佛出手投足，一招一式清清楚楚，不见其快，不见其狠，但见干净利索，但见沉稳厚重。

铁手佛、黑脸佛以及少林的八大金刚立于围栏之外，目不转睛地看着他们的住持，看着这场生死搏斗。群豪则站在他们身后，紧张地注视擂台上的变化，顷刻之间，万千观众寂然无声。

这时，刀猿啪啪啪连环三掌，好似三个浪头涌向了笑面佛。后掌推前掌，一掌胜过一掌。笑面佛脚步横移，这边一指，那边一掌，好似毫不费力，却闻手上嘶嘶作响，破空有声。

“好！”黑剑罗仁杰等人纵声大叫。铁胳膊郑振廷的大脚一碰罗仁杰，悄悄道：“无悔大师的兰花手炉火纯青、举重若轻，已经登峰造极，看来倭寇太不自量力，担心多余了。”罗仁杰摇摇头，说道：“据说刀猿是倭寇的第一高手，他们设计圈套，诱使我皇允其比武，必有所恃，岂能甘愿受辱！这是一场巅峰对决，一会儿必然石破天惊！”

正说着，擂台上已经有了变化，笑面佛已经稳据中央，刀猿则四面游走，他一会儿前冲，一会儿横走，冲击之时，霹雳闪电，横走之时，敏捷如猿。笑面佛则如大海中的一块礁石，任凭风吹浪打，岿然不动。黑脸佛皱皱眉头，说道：“师弟，住持师兄守多而攻少，是不是有些放不开呢？”

说话间，刀猿身子晃动，一拳澎湃而出。他这一晃，避开了笑面佛迅猛的一击，而回晃的头颅荡偏了笑面佛的手臂，攻出的一拳带着一股疾风向前击去。

“六步摇柳！”有人一声大喊。

笑面佛脚跟用力，身子后跃，偌大的身子贴着刀猿的拳头向后飞去，轻盈得犹如一根鹅毛。

“好！”人们看见笑面佛如此美妙的身姿，喊好赞扬。那边，倭寇群中也响起一片喊声：“哟西！哟西！”

笑面佛失去先机，离开了擂台中心。但他进退趋避得体，面对刀猿急风暴雨般的进攻，也是不遑多让。两人越斗越紧，举手投足之间，无不杀机隐伏。刀猿佐佐木果然不同凡响，上半身晃动不止，下半身却稳如磐石，再加上滔滔的拳劲、澎湃的气势，看似占据了上风。笑面佛左闪右避，十指连弹，似拍似点，一股绵力透指而出，回击也是嗤嗤有声。

突然，刀猿伏地横身，贴地爬行，不时弹起一脚。再看他那只脚，皮色黑如墨，指甲白如霜，一股腥风弥漫开来。笑面佛叫道："浪武蝎子脚，果然了得！"说罢，身子侧摆，嗖的一声离开了原地。刀猿佐佐木则趴在地上摇头摆尾，稳稳占据了中央。他一旦接近笑面佛，就会反弹起一只黑色的大脚，活像一只巨大的黑蝎子弹起了带毒的钩子。

笑面佛改用达摩掌，双掌之上顿时黄光闪射。笑面佛的达摩掌和铁手佛的达摩掌似有不同，少了一些阳刚，多了几分阴柔。刀猿蝎子脚连连弹起，呼呼有声。笑面佛满台游走，手掌连挥，打得难解难分。

戚继光和铁嘴华走过来，戚继光眼睛看看铁手佛，看看黑脸佛，似乎询问战况。铁手佛看了戚继光一眼，说道："阿弥陀佛，如不能速战速决，恐怕凶多吉少。"

戚继光道："那就告诉他呀！"

"可是……"

"旁观者清，当事者迷！你们商量一下，看准了就告诉他，不必犹豫！"戚继光说道，"你们可以场外指挥，但是，不能乱喊，只能一个人出声。"

铁手佛道："好！以我看，久战毒气攻心，应当主动进击，你们说呢？"

"对！对！没错，必须以攻对攻！"铁嘴华叫道，"告诉他，别婆婆妈妈的！"黑脸佛和罗仁杰也点了点头。铁手佛咬了咬牙，下定了决心，喊道："久战不利，放手进击！雷霆连发，击其腰椎！"

笑面佛闻声一声长啸，心领神会。他加强了掌力，顿时台上风声大作。突然，笑面佛一个鱼跃蹿到了刀猿上方，大吼一声："我佛慈悲——"蓦然之间，呼的一声，一掌按了下去。接着耳边砰的一声大响，一条黑色人影飞出去了一丈多远。

“好！好！”赞扬声山呼海啸。倭寇纷纷站起，嗷嗷乱叫。

“可惜！”铁手佛一挥手，咔嚓一声，打断了一根护栏。原来，铁手佛看得清楚，只差半尺，没有打着刀猿的腰盘，余风扫中了佐佐木的肋骨，虽然打翻了他，他并未受伤。笑面佛这雷霆一击，要是打在他的腰盘上，空手擂比武就结束了。

这时，少林寺偏殿里，金戈正在活动筋骨。他一边伸腰振臂，一边问道：“外面怎么样了？”

岳霞轻轻捶打着他的后背，说道：“不知道……”

“我去看看！”大刀黑熊早就按捺不住了，呼地站起来。

“速去速回，叫双珠姐妹和双雄兄弟回来，叫李堂主和张光来一下。”

“噢，好，好，不过我和他们不太熟……”

凤玲扭动了一下身子道：“还是我去吧！”

大刀黑熊看见凤玲燕子似的奔了出去，又一屁股坐下去。岳霞拉着金戈坐下来，转在他身后，解开了他头顶上的马尾似的发髻，用随身带的玳瑁梳子梳理起来。

金珠、银珠等人进来，看见岳霞给金戈梳头，就默默坐在一旁。岳霞把黑油油的青丝绾了一绾，缠上了蓝布带子，打了一个飘花结。金珠看见金戈转过身来，连忙说：“双雄兄弟和李虎子堂主被戚继光派走了，还没回来。”

“哦？知道了。请各位前来，我有几句嘱托，请各位记好。”岳霞把金戈垂在脑后的飘带整理了一下，收起梳子，金戈接着说道，“今日一战，倭寇有备而来，我等匆忙应敌，似有不妥。但我们没有退路，不得不战。如果我战死擂台上，请双雄兄弟和珠仙子姐妹协助岳霞、凤玲掌管岳武院，请韩护法和黑护法协助双珠姐妹、双雄兄弟。板斧黑熊也改了名字，叫大刀黑熊，我答应他做护法了，你们可以择机宣布我的决定。夫人，李虎子堂主等人已经拜师，回武夷山后，当让江中月、杨伞、毛四、黑熊入家庙拜师，也让马大响的灵位拜师归位。从今往后，你们要互相关照、相互扶持，掌管好岳武院。”

岳霞看看挺拔玉立的金戈，眼圈红了，说道：“我们都知道了，你还有三个小妹妹。你放心吧，如果万一有个三长两短，我们会抚养岳鸣长大成人，继承你的事业，我们会救出婆婆和小姑……”

“不！”金戈正色道，“我母亲和妹妹的事情你们不用操心了，母亲去了天山总舵，一时半会儿救不回来。你和金珠、银珠结拜为义姐义妹吧，你也要照顾好我这两位妹妹！双珠姐妹也要好好辅佐你们的姐姐。”金戈向外看了看，又对金珠、银珠道：“本来我想和仁义双雄结为兄弟，但怕因此而束缚了二位恩公，请你们转告铁铃公子、铁扇公子，今日或生或死，二位护法都来去自由。”

“大哥！等会儿我替你上台，让我宰几个倭寇！”黑熊咧着大黑嘴说道。金戈看了黑熊一眼，从怀里掏出双龙令印模，交给了岳霞，继续说道：“你们听我说，如我所料不错，笑面佛快要败了。如若我们败了，倭寇也要付出一定的代价。你们要铁嘴华执掌双龙令，会同少林寺及众位群豪，一鼓作气，灭了观战的这群倭寇！尤其要歼灭比武出战的几个魔头！不必管他什么狗屁圣旨，也不必听从戚将军的命令了。你们要齐心合力，就着人多势众，一拥而上。这几个魔头是倭寇的精英，偷学了岳武功。我们绝不能让岳武功流传海外，当全力护功。五护法，把你的霸王刺借给我，左堂主，把你的铁护腕借给我。”

坐地炮立即脱下铁护腕，金戈接过来，扣在手臂上。他站起身来，接过大刀黑熊的霸王刺，说道：“走吧，去给我站脚助威！希望我的判断是错误的，希望笑面佛安然无恙。”

这时，擂台上已经发生了变化，笑面佛脸色黑暗，显然已经中毒。刀猿的动作虽然不再那么凌厉，但仍然像一只大黑蝎子，每一击都那么突然，那么狠毒。这时，这只趴在地上的大黑蝎子忽然头下脚上，双腿劈叉，飞快地旋转起来，黑褐色的脚带着一股黑气，连环弹击。金戈走到近前，瞳孔突然收缩，大吼一声："不好！旋风陀螺步！快退！"

哪知笑面佛不退反进，竟然合身扑上，砰的一声，刀猿佐佐木的一条腿被打烂了，可他的另一条腿却踹进了笑面佛的肚子。

"住持！"

"笑面佛！"

台下乱了，人们拥向擂台，栏杆被挤得咯吱咯吱响。一队士兵冲过来，鞭子抽得啪啪响，人群又潮水似的退了回去。刀猿佐佐木晃晃荡荡站起来，脸色焦黄而狰狞，一个趔趄，又跌倒了。片刻之后，他重新站起来，单脚蹦到擂台东侧，来到了悬挂黄龙旗的旗杆旁，他一只手抱着旗杆，一只手解开拴在旗杆上的绳索，黄龙旗唰的一声掉下来。擂台另一侧，狰狞的兽面旗仍在迎风飘扬。

人群里响起了哭声，金珠和银珠也是泪流满面。

远处响起了诵经声，一个官员说着什么，不知是声音小，还是现场乱，人们没有听清他说了些什么，只见四个高大的和尚走上台去，扛起笑面佛的尸体，缓缓走下擂台。

"哟西！哟西！"倭寇们举刀欢庆。

"哟你妈！"百姓们跳脚谩骂。

"阿弥陀佛！求仁得仁，住持，你安心去吧！"铁手佛低声吟诵。

金戈抽出护腕上的短箭，递给坐地炮。黑熊诧异地说："大哥！你怎么把它拿出来了？"金戈拍拍黑熊的肩膀，说道："光天化日之下，咱可不能丢了大明王朝的脸！"说罢，手持霸王刺，紧了紧腰间的丝绦，迈步来到兵器擂的擂台下。

兵器擂台上，黄龙旗仍在高高飘扬。金戈银牙紧咬，心道：“今天金戈纵然碎尸万段，也要保住这面黄龙旗！”这时候，一个俊美的小伙子手持盾牌和柳条刀，笑吟吟地走上台来。金戈闪目观看，来人似曾相识。

突然，凤玲一跃而起，跳到了护栏上，高声喊喝：“梁丫！你个王八蛋！你个无耻的盗贼！你给我滚下来！”接着，她又喊道：“院主，他就是兽猿公子！他改扮成梁丫，偷了岳武功！”

“凤玲，我的爱妻，你嚷什么，你一向可好啊？哈哈……”兽猿公子得意忘形，大声喊道，“谢谢你的帮助！谢谢你的温存！哈哈哈……”他狂笑不止。

“王八蛋……你……我……”凤玲说着跳下来，向擂台冲去，金戈一个闪身抓住了她，随手一丢，把她摔到栏杆外。金戈手持霸王刺，大步踏上了擂台。

“金戈！金戈！”台下人群呼喊。他们高举着拳头，拳头如林。

“文武双骄！文武双骄！”人们跳着脚呼喊，喊声如潮。

“吼什么！”兽猿公子瞪着眼狂叫。但是，声音被淹没了，人们只看见他薄薄的粉粉的两片嘴唇不住地开合。凤玲两眼喷火，几次要冲上来，都被人们拉住了。凤玲撕心裂肺地叫喊：“金大哥，为我报仇——”

“哈哈！你的意中人就在眼前，但是他不会要你，你只是被我穿过的破鞋，被我骑过的骒马！哈哈……”兽猿公子的话像锥子一样扎过来。凤玲身子颤抖，脸色苍白，怒骂道：“你个挨千刀的盗贼！你个男扮女装的王八蛋！去死吧！快去死吧你！”

兽猿公子又对金戈大叫：“岳金戈！你我一样，都是通过女人取得岳武功！不如你我结拜兄弟，你归顺我浪武社如何？啊，哈哈……”

“无耻！”金戈的霸王刺一摆，刺刀嗡的一声，利箭般奔向了兽猿公子的胸膛。金戈这一枪挟雷霆之力，裹风云之威，闪射而至。这真是，行家出出手，就知有没有。金戈这一枪，对面观战的倭寇觉得气息一塞，好像这一枪奔向了自己的胸口，顿时跌倒了一片。兽猿公子一个筋斗翻起，向后躲避，双脚落地处，已经到了擂台边上，身子晃了两晃，险些掉下台去。幸亏金戈这一枪只是一试，并未追击，假如金戈再逼近一些，他说不定已经滚下擂台了。当然，金戈这一枪也是出其不意，他抢到中央位置，已经停下。

哗的一声，台下掌声四起。铁嘴华点点头，掏出了烟袋，舔了舔起了皮的嘴唇，点着了烟。他狠狠吸了一大口，长长出了一口气，说道："两天两夜，差点没跑吐了血，看来我没白跑。"

戚继光赞道："铁嘴华当是首功一件……"

黑剑罗仁杰点点头，叹道："厉害，牛皮不是吹的，响鼓不是擂的！凭这一枪之威，就够上一代宗师了。动如脱兔，枪出如风，伺机而攻又渊渟岳峙，枪到中途戛然而止，厉害！果然一代天骄！大明幸之，黎民幸之！"

银珠用胳膊捅捅金珠，两人相视而笑。凤玲怒气平息，虽说胸脯还在不停起伏，但灿烂的笑容说明了她内心的喜悦。

擂台上，兽猿公子嗷的一声怪叫，狼似的扑来。他左手盾，右手刀，刀光盾影带起了一股腥风。金戈的霸王刺一伸，顿时响起了一阵噼噼啪啪声。

"好！"人群里响起了叫好声。

这时，兽猿公子矮身缩骨，狼似的蹲在了地上。忽然，他脚尖点地，一蹿而起，左手盾牌护身，右手长刀横劈，旋转而前。风裹刀光，盾裹身躯，滚滚而来，如同一团旋转的乌云，滚向了金戈。

兽猿公子出身武家，乃浪武社创始人的嫡孙，浪武社的忍术已经练得精纯无比，几个月前又偷盗了岳武院的岳武功，不知怎么练的，居然也练成了"九转迷魂步"。要说心机智慧，浪武社也是人才辈出。岳武院几代人没有迈过去的门槛，他们竟然闯了过去，笑面佛之所以败给刀猿佐佐木，也是因为岳武功被盗的缘故。但是，不论你多么聪明，也不要欺负人，不论你有多大势力，也不能胡作非为。天理昭昭，邪不胜正，这是千古不灭的真理。这个时候，兽猿公子一跺脚，挥刀扑过来。只见他刀刀惊虹，刀刀闪电。霎时间，擂台上寒光纷飞、冷电闪烁，利刃的劈空声呜呜震耳。

岳霞忽然觉得手腕生疼，扭头一看，只见凤玲踮着脚皱着眉，瞪着眼看着擂台，一只手却紧紧抓着了自己的手腕。岳霞心想："看来兽猿公子所说不差，她真的爱着金戈。她会不会为兽猿公子担心呢？他们毕竟做过多日夫妻，况且兽猿公子的长相要比金戈更加秀气……我呢？今天与金戈成了亲，夙愿已偿。但是，我们却没有夫妻之实，如果金戈今日殒命，我还是……"岳霞不敢想下去了，她抬头一看，擂台上有了变化，金戈的"天地八八枪"已经使开，一丈长的霸王刺挂动了风声，光华闪闪的刀影笼罩了大半个擂台。

"看！一枪九鼎！"凤玲一声呐喊。岳霞惊呼："一枪九鼎？"凤玲头也不回，傲然道："这是'天地八八枪'中'秋菊开花'一招中的一式变化，是从'一枪三奔'里演变来的，一枪九个枪尖，笼罩五尺方圆。"

"天地八八枪？这……"岳霞又要问，话才出嘴，就被江北二杰中的枪杰陈子銮打断了。他也是使枪的，问道："一枪九个枪尖，笼罩五尺方圆，这怎么可能呢？"

"怎么不可能！"凤玲生气了，话语爆竹般响起来，"你见过什么世面，你问问铁嘴华白老爷子，能不能一枪刺出九个枪尖？"

铁嘴华听他们的争论，嘴早就痒痒了，没等问就急忙道："能，能！大枪一颤，快如弓弦，刹那间同时闪射出九个枪尖，道理上没问题，只是没人能颤出而已，金戈是个不世奇才，他是蝎子拉屎独一份！自然能办到了。"

“别说了！别说了！”凤玲跺脚，叫道，“害得我好多妙招没看到！”

这时候，金戈的妙招纷至沓来，“秋菊开花”一招展开，变幻多端。擂台上绽开了形形色色的菊花，上一朵、下一朵、左一朵、右一朵，开满了擂台。突然，金戈大喝一声：“看枪！”呼的一声，霸王刺烟花般地炸开了，擂台上开出了一朵硕大的黑色菊花，菊花黑光一闪，奔向了兽猿公子。再看兽猿公子，面对五彩缤纷的刺刀无所适从，他低头乱窜，变成了一只硕大的老鼠。

人们激动了，跳着脚高呼：“打死他！打死他！”

六十二　悠悠白云

兽猿公子急了，眼睛里闪射着红光。人们的吼声停止，惊恐地看着豺狼般的兽猿公子。兽猿公子在枪花中快速游走，忽而跃起直劈，忽而斜走横斩，活像一匹凶狠而敏捷的恶狼，活像一条发了疯的野狗。突然，金戈霸王刺一变，一招“五龙过长江”一挺而出，霎时间金戈身前光带流转，耀眼生花。突然，啪的一声巨响，霸王刺的枪杆抽在盾牌上，打了兽猿公子一个筋斗。兽猿公子一个团身后空翻，稳住了身子。他左脚前，右脚后，身子下蹲，脖子上仰，摆出一个“豺狼嚎月式”，仰望着金戈。他胸脯膨胀如鼓，双臂肌肉抖动，眼睛凶光四射，嘴里发出了呵呵声，身子一起一伏，似乎要一跃而起。

“恶狼！一条恶狼！”有人大喊。

“一鼓作气！一气呵成！一蹴而就！”铁嘴华大叫。

“文武双骄！文武双骄！”众人高呼。

突然，兽猿公子腾身而起，人刀合一，猎豹似的扑向了金戈。金戈一个“左闪右蹿步”，霸王刺一招“回头望明月”，嗖的一声劈了过去。兽猿公子腾身一跃，刀走人飞。突然，兽猿公子盾牌撒了手，闪身一扑，左臂夹住了霸王刺的刺刀，右手刀起惊鸿，一招“大劈棺”直击而下。

“啊！”岳霞的心一下子蹿到了嗓子眼，一闭眼，感觉兽猿公子的柳条刀已经劈中了金戈。

金戈的霸王刺被兽猿公子夹住了，金戈一抖一夺，已经撕裂了兽猿公子的肌肉。但是，兽猿公子的柳条刀已经临头，兽猿公子猩红的眼睛里露出了狞笑，他的冒险似乎成功了。

金戈手臂一抬，叫声：“开！”呛啷一声，柳条刀弹了回去。金戈利用铁护腕挡开了致命的一刀，同时收回霸王刺。兽猿公子的左肋皮开肉绽，鲜血淋漓。他拼着受伤的一击，却无功而返，还被金戈将计就计，划了一道长长的口子，顿时大吃一惊。

此次比武赌胜，倭寇经过了周密的策划，准备了几套迎敌计策，志在必得。而且，这群倭寇对金戈等人武功了如指掌，已经做到了知己知彼，而豪杰们对这群倭寇的武功路数所知甚少，尤其是他们的岳武功练得如何，更是不清楚。可是，倭寇却不知道孙子兵法的根本，不懂“得道多助，失道寡助”的道理，因此逃脱不了覆灭的下场。

金戈好动脑筋，善于创新，在临江县闲来无事，给大刀黑熊打造了这杆霸王刺。霸王刺重达六七十斤，正合金戈使用。金戈教授黑熊，也把霸王刺使熟了，当初并没有想到用到它，因为这种兵器又长又重，不可能提着它行走江湖。但今天可亏了这柄霸王刺了，兽猿公子针对金戈单刃枪设计的“盾刀攻守法”落了空，金戈换了兵刃。还有，金戈给坐地炮打造的铁护腕也派上了用场，百忙之中挡了兽猿公子一刀。虽说没有这个护腕，金戈也能躲开这一刀，不过，那就不能顺手撕破他的肌肤了。

这时，金戈乘胜追击，霸王刺一招紧似一招，一招快似一招，

刺刀上发出了咝咝之声。再看兽猿公子，变成了马戏团里的猴子，骨碌一个后滚翻，哧溜一个侧手飞，啪啪几个倒筋斗。金戈吐气开声，霸王刺劈山剁海，追逐着兽猿公子。突然，金戈大喝一声："旋风斩——"呼的一声，金戈的"旋风连三斩"出手了，只见金戈翻腾而起，霸王刺划出了一片白光，变成了一个旋转的光盘，光盘贴地旋转，耳际立即响起了一阵刺耳的啸声。兽猿公子啊的一声惊叫，身子飞了出去，空中洒下了一片血雨。台下顿时掌声雷动，都想兽猿公子不死也是重伤，肯定掉下台了。可是，兽猿公子也当真了得，他伸手一带旗杆，燕子似的飞翔回来。金戈看见了他美妙的身法，挑起了大拇指，赞道："了不起！"

金戈没有截击，气得铁嘴华跺脚乱喊："痛打落水狗啊，你怎么这么笨啊？呸！笨！笨！"

再看金戈，昂首挺胸，傲然而立。浑身白雾蒸腾，脸上红光闪闪，霸王刺上好像泛起了一层亮光。铁嘴华不叫了，他知道，金戈正在调息运功。

兽猿公子回到了台上，捡起了盾牌，再次摆出了"豺狼嚎月式"，蹲身仰望着金戈。肋间的鲜血已经染红了他雪白的对襟褂子，胳膊上的鲜血染红了他的纤纤细手。他的脸更红了，红得如同涂了一层胭脂，红得妖冶而阴森。

忽然，金戈一跃而起，大吼一声："银河波浪翻！"下八枪的第八枪出手了。只见金戈的霸王刺上下翻腾、左右旋转，顿时白光闪闪，风声震耳。金戈这一枪变幻莫测，台下众人已经看不清枪影了，只见一条白色的光带穿梭往返，左右飘飞。这一枪灿若星河，擂台上风声呼啸。只听当的一声大响，兽猿公子的盾牌飞了出去。身子一晃，兽猿公子使出了"左晃右蹿步"，嗖的一声蹿到了金戈的身侧。他戴着长指甲的纤纤细指已经够着了金戈的脖子。金戈急忙缩肩塌背，脚掌一蹬，一个"旋风陀螺步"离开了原地，接着右手一抬，一个掌刀击在兽猿公子的心口上。同时，兽猿公子左手一个“夜叉探海”，一把抓住了金戈腰间的丝绦，摔在了金戈脚下。

金戈笑了，他的翻天掌击中了兽猿公子的心口。突然，兽猿公子左手一带，右手弹射而出，一个立掌闪电似的拍在金戈肋骨上。金戈噔噔倒退几步，一屁股坐在地上。金戈听见了自己肋骨断裂的声音，一股鲜血从嘴里喷了出来。兽猿公子踉跄着，狞笑着倒退了几步，嘴里吐出一口鲜血，缓缓坐倒地上，慢慢倒了下去。

金戈心里纳闷，翻天掌明明砍在兽猿公子的心口上，他怎么还有反击之能？这不可能！这不可能！金戈觉得天旋地转，感到好累，仿佛看见了白凤，她飘飘而来，又缓缓飞去。金戈无声地喊道：“白凤，你等等我……”白凤越走越远，金戈的视线模糊了，喃喃说道：“我累了，该歇一下了，你走吧，走吧！爹，您的儿子找你来了……”金戈自言自语，缓缓躺下了。

凤玲的泪水奔流而出，她跳着脚呼喊：“金大哥！你不能死！快起来！呜呜……金大哥……你快起来……呜呜……”

岳霞泪眼圆睁，连忙推搡凤玲，叫道：“快！拿我的琴来！”

铁嘴华一蹦老高，两眼瞪得铃铛似的，惊道：“这是怎么回事，这不可能啊，他为什么不闪不避呀？为什么等着挨打呀？他疯了还是傻了？真是个混蛋！真是个笨蛋！真是个臭蛋！气死我了！气死我了！气死我了！”

凤玲擦把眼睛，推开众人，疾奔而去。

春风吹过，人群里传来一阵抽泣声。金珠和银珠泪如泉涌，她们手扶巨鼓，双肩不住颤抖。山坡上站满了黑压压的人群，他们默默无声。如果兵器擂比输了，第三场就不用比了，三打两胜，倭寇已经胜了。即使兵器擂打成平手，大明王朝的赌约也是输多胜少了，因为，暗器擂比武，我方没有合适的人选。论暗器，金戈第一，不做第二人想，其次，就数戚继光的铁臂神弓了。

兽猿公子动了一下，倭寇们哇哇叫起来。兽猿公子又动了，他缓缓收回左手，支起身子，慢慢坐了起来。“哟西！哟西！”倭寇们叫喊起来，他们欢呼跳跃，喊声震天！兽猿公子手按胸口，祷告道：“谢谢祖先庇护，多亏了我的月光宝镜了。”原来，金戈开碑裂石的一个掌刀，击在了他挂在心口的月光镜上。此镜非金非玉，黑夜里能发淡淡月光，表面又坚硬异常，是浪武社传世之宝。金戈打中了兽猿公子之后，看见了兽猿公子挥来的一掌，并没有理睬，心想翻天掌已经打中了兽猿公子的心口，这一掌还有什么用？哪知，兽猿公子虽然受了重伤，劈来的一掌依然力量千钧。

这时候，人群中一个留着大胡子的黑脸大汉走出来，看了看擂台，低头道：“准备好！倭寇一旦放下黄龙旗，我们就冲过去！杀王八羔子！”岳霞眼珠一转，看清了此人，他正是换了便装的俞大猷。看来他的想法和金戈不谋而合。这时候只听他骂道：“什么玩意儿，打不过搞什么比武，去他妈的，老子不管这一套，输了就杀，杀完了就跑，大不了永远不再露面，上山当和尚去！”

其实，就是杀光了这些倭寇也没用，赌约照样生效，大明王朝的台阶将永远失去。

这时兽猿公子已经站起来，晃晃荡荡，艰难地向东面的旗杆走去。

“倒下去，倒下去！死了吧！”这边老百姓们急了，他们呼喊连天，有的人哭着跑了。

“哟西！哟西！”那边，倭刀高举，喊声大作。

叮咚！叮咚！一阵清脆悦耳的琴声传来，透过嘈杂的声音，钻进人们的耳鼓。谁还有心思弹琴？叮叮咚咚，琴声越来越响。人们左右张望，他们看见了一面硕大的战鼓，鼓面上盘腿坐着一个艳妆的少妇，她面前横陈条儿，条儿上摆着一架古琴，少妇素手轻摇，琴声叮咚。她就是天仙子岳霞，今天的新娘子。她五指轻拨，琴音描绘着高山座座，琴音书写着涓涓细流。一曲《高山流水》沁入了金戈沉睡的心田。

金戈远去的记忆又被牵回来，他听见了流水声，叮叮咚咚，啊，这是半壁峡里的水声。不，这是琴声，这是《高山流水》。这是我的古琴在弹奏，是母亲正为我操琴……不，她是岳霞，岳霞在弹琴……母亲来了，父亲也来了，他们大笑着走来，母亲笑得流出了眼泪……不，她不是岳霞，她是白凤……白凤，你怎么变了心……

金戈稍一动，感到了疼痛，右侧的肋骨钻心地疼痛。“对，兽猿公子挨了我一掌之后，又还了我一掌。这怎么可能，简直是岂有此理！”

“啊！”金戈听见了惊叫声，接着听见了一阵急促的琴声。金戈吃力地抬起了头，他看见了兽猿公子，看见了挂着黄龙旗的旗杆。兽猿公子倚在旗杆下，已经用颤抖的手拉开了旗杆上的绳索，黄龙旗掉下一端，另一端在旗杆上无精打采地耷拉着。金戈看见兽猿公子身子一晃又跌倒了，金戈挣扎着坐起来。

“金戈必胜！金戈必胜！”人们又看到了希望，玩命地呼喊。拳头恨不得把天捅破。吼声淹没了琴声，忽然，人们听见了歌声，悦耳动听的歌声穿云破雾，响彻了山野。这是二人合唱：“悠悠白云哟，亭亭的大雁。请你停一停，请你站一站，带去我的祝福，捎去我的思念。远方的情人哟，你可平安？……寒冬来临，可有棉衣换？风雪猖狂，可有屋御寒？愿吾的真情，编织一条红线，牵汝的魂魄，进吾的梦苑，拴紧你我，两心永相连。

“悠悠白云哟，亭亭的大雁。请汝停一停，请汝站一站，带去吾的爱情，捎去吾的思念……”

金戈坐正了，托上了断骨，脸上的汗珠滴滴答答滚落下来。铁手佛、黑脸佛双手合十，高念阿弥陀佛。戚继光目光炯炯，死死地盯着擂台。

兽猿公子几起几落，终于再次站起来，顿时惊呼四起。倭寇又开始狂呼乱喊。

戚继光一挥手，嘹亮的军歌响起："文死谏，武死战，头断血流，无悔无怨。一腔热血，浑身是胆，为民族兴旺，为国家平安，奋勇向前！精忠报国，头断血流，无悔无怨。

"文死谏，武死战，头断血流，无悔无怨。敢下油锅，敢上刀山，为民族兴旺，为国家平安。奋勇向前！……"

金戈踉跄着站起来，歪斜着走向兽猿公子。兽猿公子急了，猛地拉扯绳子，绳子解开了，黄龙旗眼看要落下，又突然稳住了。金戈已经来到跟前，他一只手按住了绳子，一只手卡住了兽猿公子的脖子，兽猿公子双手急掰金戈的手，金戈手臂青筋鼓起、肌肉鼓动，兽猿公子的身体渐渐离了地，被高高地吊在空中。兽猿公子双脚蹬踹了片刻，终于垂下了，面袋似的吊在空中。金戈看他没气了，随手扔下擂台。对凤玲喊道："搜搜他，收回岳武功！"

"文武双骄！文武双骄！"台下欢呼起来

金戈系好了黄龙旗，拾起兽猿公子的柳条刀，蹒跚着来到西侧的旗杆旁，啪啪两刀，剁断了绳子，兽面旗唰啦一声掉下来。人们拥上台去，抬着他走下来。

大刀黑熊叫道："大哥，我去拿霸王刺，行吗？"

戚继光代金戈回答，说道："行！拿回来吧，把兽猿公子的盾牌和柳条刀都拿回来，那是我们的战利品！"

"文武双骄！文武双骄！"人们欢呼雀跃。铁手佛分开众人，连忙检视金戈的伤势。

欢呼的声浪停歇后，戚继光大声道："豪杰们，回去吃饭，餐后休息片刻再行较量。诸位请！诸位请！"

"慢着！"白狮子木春带着两个倭寇走来，见了戚继光弯腰一礼，瞅了一眼被岳霞扶着的金戈，说道，"请把我们的月光宝镜还来？”

“什么月光宝镜？”戚继光问道。

白狮子道：“兽猿公子胸口佩戴的宝镜，我们抬回兽猿公子的尸体，却失了宝镜！”

金戈心里一动，想起了长发婆的话，厉声道：“兽猿公子扮成梁丫，盗取我岳武院秘笈和月光镜，人人皆知……”

白狮子怒道：“什么？你们的月光镜？那是我们的传世之宝！讲不讲理……”

铁嘴华打断他的话，说道：“金戈说是我们的，就是我们的，就算不是我们的，也是我们的战利品！未经我们允许，谁让你们抬走兽猿公子的尸体了？我们还要吊起示众呢，快抬回来！”

“你！你！你……”

铁嘴华怒道：“米什么米！屎壳郎下山，滚蛋！”

“八嘎！咱们没完！八嘎！八嘎！”白狮子木春走了。

“九嘎！九嘎！王八！王八！”铁嘴华跳脚骂道。

偏殿里，铁手佛给金戈包扎完了，铁嘴华张嘴就骂开了：“金戈，你个臭小子，你真是个混蛋，你明明可以躲开他那一掌，为什么不躲，逞能是不是？这下好了，差点把福建的海岛断送了，你真是屎壳郎叫门——臭到家了……”

金珠瞪着眼睛道：“少说点行不行？这是什么时候，你还乱嚷嚷！”她推着铁嘴华，银珠拉着铁嘴华，往外就走。铁嘴华哈哈一笑：“我说，一个推一个拉的，干吗？我走，我走，别推了，别拉了！罗掌门、赵掌门，咱们走，躲了这个臭小子！我说，他死不了啦，不用瞎操心啦。”

岳霞看见铁嘴华走远了，连忙拿起面巾，轻轻拭去金戈额上的汗珠。凤玲站在金戈身后，扶着金戈。金珠和银珠回来了，她们把铁塔似的大刀黑熊拉开，来到了金戈身前。铁手佛拿出了一颗药丸，递给岳霞，对金戈道："断了三根肋骨，有一根断骨已经扎伤了内脏，你要好好将养，千万不可乱动，过了百日当可无恙。少林寺的筋骨再生膏灵验无比，你不必担心。你吃了这粒药丸，过两天再吃几服药，就会好起来。阿弥陀佛，来个人，随我去拿药。"

凤玲道："我去，我一会儿就到。"

铁手佛走了，凤玲掏出一面手掌大小的圆形镜子，镜面光华闪闪，朦朦胧胧的好像流淌着一层白雾。几个人挤在一起，几双眼睛盯住了这面神奇的镜子。凤玲把镜子递过去，说道："没有秘笈，只有这面镜子，还有，还有……一只黑镯子。"凤玲拿出镯子来，似乎不愿放手。

"镯子归你，月光镜归岳武院。"金戈说着接过宝镜，慢慢翻看，镜子背面的青铜托盘上浮雕着花纹，上半部浮雕着云海，云海中高悬着一轮明月。镜子正中刻着"虿二"两个字，下面雕刻着诗文。金戈细看，这是一首唐诗。金戈嘴角露出了一丝笑容，说道："这明明是我中华之物。"月光镜两侧有一对系耳，耳眼上套着一条金链。金戈将月光镜挂在脖子上，收在怀里。

岳霞给金戈擦了把脸，说道："疼吧？闭上眼休息一会儿。"金戈看看众人，说道："现在不能休息，诸位去吃饭吧，饭后准备助战暗器擂。"

"对！"大刀黑熊说道，"去吃饭，我早就饿透了！"

银珠嗔道："你上辈子是饿死的？我看你不用叫大刀黑熊了，叫，叫饿死鬼吧！"大刀黑熊咧着大嘴嘟囔道："我才不管他鬼不鬼的，我就知道，吃饱了不饿！"坐地炮拉了一下黑熊的衣袖："等会儿吧，别急。"

金戈低声道："左堂主陪着他去吧，你们都去。这里有岳霞和珠仙子姐妹就行了，傻兄弟吃得多，你们赶紧去吧。"

黑熊瓮声瓮气地说道："好好，那我们走。"

金珠看见他们走了，眼睛四下里张望，似乎寻找什么。银珠一拉金珠，姐俩走到金戈身边，银珠悄悄道："你找铁扇大哥和铁铃大哥吧？他们给戚将军派出去了。"金珠道："我知道。他们哥俩和李堂主一块走了，怎么不见回来吃饭呢？"银珠道："是啊，可能走远了吧，或许……"

岳霞回头张望，见凤玲还没回来，就道："你待着别动，我去给你拿饭。"金戈道："不急，你们先吃吧，给我来点稀饭就行。"

"好，你等等，我就回来。"岳霞刚迈步，就看见张光和钱春生抬着一张桌子走过来，还有几个精武堂的弟子端着食盒，提着汤罐。张光道："院主、院主夫人，饭来了，看看还缺什么，我们再去拿，东西多着呢。"

岳霞脸色一红，一声"院主夫人"叫得她心里甜甜的，如沐春风。岳霞笑道："不用了，你们去吃饭吧，这里有我们几个呢。"

这时，穿着便装的俞大猷哈哈笑着走过来，他端着一酒壶，老远就叫："色鬼，怎么样，死得了吗？死不了喝杯酒，一喝酒就不疼了。听说你是瞎逞能才挨的这一掌，是吗？按说你小子鬼得很哪，是个贼里不要的精明鬼，怎么还会大意失荆州呢。来，喝一杯吧。"

岳霞看看金戈，又看看俞大猷，说："能喝酒吗？他刚上完药……"俞大猷叫道："行！一喝酒就不疼了。"

金戈叹道："我没想到一掌打他不死，算错了，大意了，后悔也晚了。"

银珠一抬下巴道："金大哥那一掌被月光镜挡了一下，要不然，能把兽猿公子的肠子打出来，你不知道就别瞎嚷嚷。"俞大猷一瞪眼，叫道："哟嗨，色鬼还没说话呢，帮腔的倒上来了，怎么着，你想喝一杯呀？告诉你，想喝也不给你，今天就给了一壶酒，喝完就没了。我还有大事要干呢，没空和你们啰嗦。"银珠笑道："我们还没空和你啰嗦呢。"

俞大猷叫道："喝酒！"

饭后，金戈感觉到肋骨钻心地疼，汗水成串流下。岳霞急道："这会儿缓过劲来了，这几天肯定疼得厉害，张协理，快去找铁手佛……"

金戈摇摇头，皱着眉说道："不用了，没事，没事……你们吃完了饭抬我去大殿，我要见戚继光。没听说暗器擂谁上吧？"俞大猷摇头，道："没听说。"

吃完了喝完了，他们把金戈连人带椅抬到大殿里。戚继光等人赶紧迎过来，说道："你怎么还不歇着去？回去吧，下一场没问题，我们对付得了，你回去吧。"

金戈皱着眉道："三个臭皮匠，顶个诸葛亮，还是让我听听吧，下一场比武至关重要，现在是一比一，暗器擂一战定输赢。"

铁嘴华道："下场我上，我说，金戈，把你那种好看的小镖借给我，拣带毒的，无毒不丈夫！"

"探子的消息还没回来。"戚继光皱了一下眉头，说道，"算啦，不等他们了，咱们先合计合计。"

铁嘴华道："好，你说怎么打，反正下一场我上。"

戚继光道："我们想制作一些麻蛋子，用火药……"

金戈大笑，接着又一皱眉，用手捂住了肋部，戚继光一惊，叫道："怎么？"岳霞赶紧蹲下身子，扶住金戈的腰。凤玲和金珠、银珠赶紧围上来，八只眼睛齐刷刷地盯着他。

金戈额头上沁出了一层细密的汗珠，说道："没事，有点疼，我顶得住。我也是为麻蛋子而来，我们的想法不谋而合。"

铁嘴华惊道："麻蛋子？那是什么玩意儿？"金戈道："麻袋片包火药。火药带来了？"

戚继光道："带来了，火药里掺砂石，用麻布片裹个圆球，麻绳缠紧麻袋蛋子，药信点着，扔过去！三个人在台下点药信供蛋，打擂的接住抛向对方擂台……怎么样？”金戈说道：“好！上上之策！我建议，把少林寺的大锅砸了！”

“啊！砸锅！为什么？”黑脸佛吃惊地叫道。戚继光拍拍桌子，说道：“妙！铁片胜似砂石！黑脸佛，勉为其难，要砸你们的吃饭锅了！”

黑脸佛明白了，呵呵大笑，说道：“阿弥陀佛，砸吧砸吧！砸锅卖铁！”

铁嘴华嚷道：“好！这主意好，我还怕使不惯金戈的小镖呢，这下好了，看我的，炸死那群乌龟王八蛋。”

金戈道：“铁嘴华是最合适的人选。”

戚继光笑道：“那就预祝铁嘴华旗开得胜，马到功成！”

铁嘴华乐得手舞足蹈，叫道：“嘿，你们把眼睛瞪大点，等着看我怎么麻蛋子炸王八吧！”

黑剑罗仁杰上前一步道：“戚将军，让我上吧！论功夫我自愧不如铁嘴华，但我正当壮年，胜在体力充沛……”

神鞭赵旭道：“我来吧，让我神鞭门也露露脸！”

铁嘴华摇头道：“别嘚吧啦！都住嘴！就我上！我说，你也该让我露露脸了，谁让我是武林‘三大高山’之一呢，少林寺、岳武院的头都上了擂台，黄山一派也得有人上场了，你们就歇歇吧！”铁嘴华去掉了一大“高山”，毕竟奔雷寨已经解散了。

铁手佛道：“阿弥陀佛！就铁嘴华吧，我就不争了。俗话说，老将出马，一个顶俩！我们静候佳音便是。”

铁嘴华晃着秃脑袋道：“好，你们可得供好蛋子，把麻蛋子供好了、抛稳了，别炸掉我的蛋。”

金珠和银珠就在旁边，一听这话立即把脸扭了过去，银珠嘴里嘟囔道：“多大年纪了，还嘴无遮拦！”

岳霞笑了笑，转脸看看金戈。金戈笑道：“这对策确实天衣无缝。”

戚继光扳着手指头盘算，他还是有点不放心，看着金戈道：“要不你派两个人，探探倭寇的动静，我就怕他们有阴谋，事关重大，还是小心为妙。天黑后再行比试，我们要准备得万无一失。”

金戈看了看金珠、银珠，说道：“好！我马上派人去。仁义双雄呢？听说被你派走了？”戚继光道：“我派走了，他们和李堂主另有要事，你不介意吧？”金戈道：“不介意，用得着你尽管说。左堂主呢？让他去刺探消息。不行，我真得躺一会儿了。”

擂台北侧一座帐篷里，白狮子、花狮子和几个倭寇坐在地毯上，旁边躺着奄奄一息的佐佐木。小桌子上摆着两个擂台模型，佐佐木断断续续说着什么，几个黑衣人嗨嗨地答应着。白狮子拿着一张精致的弩，另有几个黑衣倭寇垂手站立，每人提着一张一模一样的弩，他们穿着汉人的衣服，神态毕恭毕敬。

白狮子看看花狮子，得意地笑了，说道：“用他们中国人的说法，这叫天不灭曹！天黑了再比暗器，戚继光百密一疏！你们尽量贴近擂台！看准了机会就发箭，不发则已，一发必中！得手后迅速撤离。你们和我用一样的弩箭，他们又怎么分得清是谁射的，哈哈哈……”

南京月亮山庄的大门口挂着大红灯笼，门上贴着大红喜字，一个硕大的红绣球高高挂在门楣上，宽宽的红绸子覆盖了两侧百丈长的高墙。大门外面搭了两个戏台，正唱着对台戏。

两个戏台前围着不少人。院子里却冷冷清清，喜堂上红烛高照，白凤身着凤冠霞帔，端坐太师椅上。九弟十字披红，得意洋洋地喝着香茗，看样子他们已经拜过堂了。既然拜过堂了，为何不入洞房？他们留在喜堂上干什么呢？

喜堂里还有八个如花似玉的姑娘，她们走来走去，显得有些焦躁。再看白凤，她脸色苍白，像是挂了一层霜，一点喜色也没有。白凤到底选择了九弟。现在，她心里正在翻江倒海，她得到了一个能独占的丈夫，得到一大笔家产，同时也失去了自己最心爱的人。权衡利弊，有得有失，毕竟不能十全十美。伴随自己来的八个妹妹在喜堂里转来转去，转得她心烦意乱。白凤知道她们在想什么，她们知道，武林发生了惊天动地的一战，关系大明王朝安危的一战。而且，这一战的主角，正是她们心中的偶像、她们心中的英雄，也是她们大姐刚刚抛弃的人。

这时，白杏偷偷说道："听说了吗？金大哥为了恳求大姐不要变心，在风雨中，在屋外，整整恳求了一夜。"

"嘘，小点声……"

"怕什么！他们还说，金大哥被爷爷拉走了，参加南少林擂台大战，还听说金大哥走时神情恍惚，路上不吃不喝，竟然趴在饭桌上号啕大哭……"

"别说了，都听说了……"

院子里气氛沉闷，贺客们仨一群俩一伙，悄悄议论着擂台大战。因为白凤抛弃了金戈的原因，一部分贺客没来，一部分豪杰来了，在宾客单上签个名就走了。人们给月亮山庄面子，那是因为月亮山庄背后站着一个强大的岳武院。不然单凭月亮山庄的实力，八个月亮山庄也叫人铲平了。因此，金蝉腿李方亮在院子里摆了二百多桌酒席，请了两台大戏，邀请了四大酒楼的十几位大师傅来主厨，结果，喜宴前后开了不到六十桌。浪费了一百多桌酒席不要紧，可他的面子往哪儿搁呀。所以，李方亮躲了起来，喜堂上只剩下了白凤和九弟几人。

这时候，白凤说话了："杏儿，你们别转了好不好？安静待会儿，转得我头都晕了。"

"你早晕了，哪是现在才晕的！"白杏没好气地说。白凤憋着一肚子气，也烦着呢，一听就火了。她一拍桌子，高声说：“别转了！怎么着？你们转给谁看哪？”

白杏噘着嘴道：“转给你看呢！你说，去年大年三十那天，你让我到县城干啥去了？你要我撕告示！大年三十夜里你上东山干啥去了？你当我不知道，你在山头上玩命地练剑，练得大汗淋漓，之后你脱了衣服，光溜溜的立在山岗上任凭夜风吹打，不然你怎么会着凉生病？金大哥再急也得留下来照看你，一下子耽误了十来天，要不然金大哥早就到了南京，早就知道了比武招赘的消息，岳霞也不会受辱。你用尽了心机，到头来却……”

“住口！”白凤站起来，厉声呵斥。

“……始乱终弃！”

白林比较温和，看见白凤发火也不乐意了，接着白杏的话茬说道：“大姐，我们奉命前来伴嫁，你堂也拜了，我们嫁也伴了，你也别急，我们马上就走。大姐，我说句心里话，你反复无常，我们看你不起！我们是坐立不安，因为，我们惦记着金大哥，我们惦记着武林的安危！”白林的眼睛湿润了，续道，“金大哥因为你，精神恍惚，不吃不喝，他此去，此去……若无意外，一切都好说，若是金大哥有个三长两短，咱们就，一刀两断！”

白杏的泪水滚落下来了，大声道：“我们走！”

“你们……”白凤指着她们，脸色煞白，两片薄薄的红红的嘴唇哆嗦起来。

黄山八女向外走去。只有最小的妹妹白梅回头望了她一眼，其他的姐妹头也不回，一阵风似的走了。九弟看她们走了，却很高兴，笑嘻嘻地凑到白凤跟前，猴急地说道：“好！她们终于走了，快，咱们入洞房吧！”

“滚开！”白凤啪的一掌，抽在九弟的脸上，打得九弟转了三圈。白凤道：“你自己找地方睡去！少烦我！”

九弟捂着脸，惊呆了。他抬眼看见了愁眉苦脸的傻蛋，走到近前，抬手给了傻蛋一个大嘴巴，吼道：“滚！滚到外边去，滚到牲口棚子里去！今后当好车把式，不准进内宅！一个没家没业的野小子，也敢登堂入室。听见没有？滚！滚！”

华天酒楼的二楼上，几十个武林人踞桌而坐。桌子上杯盘狼藉，乱糟糟的。有的人低声抽咽，有的人号啕大哭。八女闯进来，顿觉情况不妙，白杏连忙问道：“擂台比武怎么了？”

“笑面佛死了！第一场空手擂我们输了！呜呜……”

“啊？第二场呢，谁上的？怎么样了？消息准确吗？”白杏爆竹似的连连发问。

群豪从月亮山庄出来，自动集聚在这里。如果不是白凤改嫁月亮山庄，他们会在月亮山庄等候消息，因为金戈被抛弃的缘故，众人都厌恶那里，一齐上了华天酒楼。这时候，黑鱼范四站出来，说道：“你们不是白凤的妹妹吗，问这个干吗？这里没你们的事，请回吧！”

白林梗着脖子，大声道：“别忘了，我们还是铁嘴华白耀华的孙女，黄山白神庄的小姐！”

黑鱼范四一听，连忙拱手，说道：“失敬，失敬，腾出一张桌子，安排酒席，记在我账上！”

白杏急道：“先告诉我，第二场兵器擂开打了吗？谁上的场？”

一个小巧的汉子站起来，说道：“开打了，文武双骄岳金戈上的场，对手是浪武社兽猿公子，我们就知道这些。估计已经结束，信鸽快到了，不用担心，文武双骄是谁呀，他是我大明朝第一勇士，当世第一英雄！喝酒！喝酒！我方必胜，败了，我柳燕子就跳楼——自尽！”

有人跑上来叫道：“坏消息！”

“啊！”人群呼啦站起来，柳燕子大叫：“别了！”飞身扑向窗口。

“岳武院遭袭击，桃花会倾巢来犯！”

啊的一声惊呼，柳燕子又飞回来。他本已扑出窗外，闻声用脚钩住了窗户框，跃回了大厅。他一摸额头，叫道：“吓死我了，我以为文武双骄输了！”

白杏大喊：“豪杰们，我们快去支援岳武院，保卫金戈的家园！”

“对！我们走！快，骑马去！”

“走！”

群雄在八女带领下，奔向了武夷山。

南少林上空飞来一只白色的信鸽，白鸽落到金珠手里，金珠解开信鸽腿上的布条，看完后大吃一惊。说道：“啊，岳武院遭袭击！”

银珠急道：“赶快告诉戚将军！”

金珠和银珠跑到戚继光跟前，递上了布条。戚继光看了一眼，沉声道：“我早知道了。仁义双雄、李堂主、二杰二秀和武当派的人马已经赶去，骑兵哨队也在增援的路上。”接着，他对铁手佛等人说：“准备得怎么样了？准备好了即刻开始！”

这时，武夷山岳武院火光冲天。

岳武院大部分宅院失守，人马都被压缩在岳武大殿和院主大院里。这里还有五毒师太、长发婆、杨伞堂主、江中月堂主、神五堂的五大弟子，还有焦头烂额的武徒二百多人。这次，桃花会集中了一千多人，由双妖带队，扑进了岳武院。经过一天的激战，桃花会也损失了几百人。

袭击发生在早上，警钟敲响后，岳武院的人员来不及集中，各自为战，打得一塌糊涂。当时，杨伞要发信鸽求援，五毒师太拦阻不让，她说:“南少林一战，事关民族大业，倭寇有备而来，那里也是危机万分。岳武院要凭自己的力量坚持，我们绝不能让那边分心。”五毒师太发起狠来，颇有将帅之才，她硬是把岳武院分散的人马接应回来。把一千桃花会的匪徒挡在了大殿之外。眼看天就要黑了，估计少林寺的擂台比武已经结束了，长发婆这才发信鸽求救。这个时候，练武堂、习武堂、神武堂、精武堂都丢了，贵宾院和小西街也相继失守。数千间房屋大火熊熊，把半个武夷山都映红了。

又一轮攻击开始了，东、西、北三面，桃花会的匪徒潮水似的扑来。岳武院的弟子们奋力阻挡。岳武大殿里，刀光闪烁，红缨飘飞，正在拼死争夺。这里，长发婆挥舞着柳条刀，带着马子、李路两大弟子和几十名武徒，正面拒敌。西房上，江中月和赵强、翟贵领着几十名武徒正在拼命。东房上，杨伞和毛四、李西山同几十名武徒苦苦坚守。高耸的钟楼上，站着五毒师太和她的四个徒弟，随时准备支援。春姑抱着小岳鸣。岳鸣支棱着小耳朵，兴奋地东张西望。

突然，大殿里一片混乱。两个人不人鬼不鬼的东西钻进来，霎时伤了七八个兄弟，马子也被砍伤了手腕。

“截住他！双妖来了！”长发婆一步上前，截住了一个妖人。长发婆抬眼一看，见此人五尺不到，三尺来宽，塌鼻子、蛤蟆嘴，看年岁三十出头四十不到，人不人鬼不鬼的，真像个妖怪。他旁边还有一个和他一样丑陋的人，正在哇哇暴叫。这时，对面的妖人凶巴巴地叫道:“你是长发婆吧？嘿嘿！今天你乖乖投降，伺候伺候你大爷我，我可以给你一条生路，不然的话，今天就给你来个开膛破肚、掏肺摘心，来个大卸八块！你说你放着自在王一样的长江船队舵主不当，跑到这里活受罪！投降吧！别指望金戈了，告诉你吧，三月初三袭击岳武院、歼灭南少林，三家早就定好了。不过，浪武社想利用我们牵制岳武院，我们也不傻，我们也想利用他们趁火打劫！

嘿嘿，你们黑旗船老当家的也来了，正在山道上打援呢！呵呵！这回你们完蛋啦！”

长发婆一展身形，骂道：“住嘴！一群采花盗柳的癞皮狗！除了会偷袭，还会什么？来！让姑奶奶教教你怎么做人！”

妖人叫道：“好，就让二大爷我收拾你！”

霎时间，长发婆和小妖打在了一起。那边，李路截住了大妖。四个人分成了两对，厮杀在一起。

长发婆自从得到金戈的阴素功后，常练不懈，功夫已经今非昔比。从一流高手挤进了绝顶高手之列，只是她在这批绝顶高手中居末而已。双妖呢，也是个中高手，论功力，他们应该比长发婆差些。因为当初桃花会东进时，带队的是麻面魔，虽然他们兄弟俩对麻面魔七个不服八个不忿，但是总的来说，功力还差一大截，两个人加在一起也不是麻面魔的对手。因此，长发婆对付小妖，开始时旗鼓相当，几十招过后，长发婆已经攻多守少。只见长发婆长发飘飘，藕荷色的裙子激烈地摇摆，手中长把柳条刀上下翻飞，一片白色的光团把小妖裹在了当中。

小妖手中的转轮刀急绞，焦躁起来：“这娘们怎么这么厉害？坏了！”他后悔自己单独冒进了，再想走也走不成了。其实，长发婆心里也急着呢，现在的形势是敌众我寡，要速战速决，大妖一旦得手，二妖联手夹攻，大势必去。

和大妖厮杀的李路咬牙坚持着，虽然他已经把“天地八八枪”中的前几枪练得纯熟无比，但仍然不是大妖的对手，要不是马子时不时过来帮他一枪两枪，早就不行了。但是，他还是缠住了这个妖人，大妖要想援手小妖，也是腾不出手来。正在这时，五毒师太派秋姑、冬姑来援，秋姑一进大殿就看出了便宜，她一步闪到李路身后，举起竹管就是一甩，一溜黑点嗖的一声奔向了大妖。大妖闻风躲闪，李路见机垫步摇枪，扑棱一声，红缨枪直奔大妖的颈嗓咽喉。

“找死！”大妖大叫一声，“力劈华山”一挥而下。当啷一声，李路的红缨枪带着一只手掉落地面。同时，秋姑竹管中的一只毒蜘蛛咬住了大妖的脸。大妖一掌拍在自己脸上，一股黑血四溅开来。他哎呀一声，向后倒去。秋姑的岭南蜘蛛毒性太厉害了，被咬上一口，片刻之间便会失去知觉，如不及时救治，转眼就死。大妖向后摔倒之时，李路一头撞上来，只听咚的一声，大妖被李路顶在墙上。

小妖闻声已知不妙，想去援救，长发婆可不让他走，柳条刀一刀紧似一刀，一刀快似一刀，刀刀惊虹，刀刀逸电，紧紧把小妖裹在刀光之中。这时，武徒们看见大妖倒地，立刻精神大振，嗷嗷叫着追打残敌。随着一阵咻咻的破空声，长发婆得手了，只见她长长的柳条刀上带起一片血雨，小妖哀号一声，丢下一条带着半截肩膀的胳膊，逃出了大殿。

大殿里安静了，马子裹好了李路的伤口，发现大妖已经停止了呼吸。长发婆检点人数，放弃大殿，退到了院主大院中。

岳武院剩下不到一百人了，杨伞浑身是血，柳眉受了重伤，李路也失去了战斗能力，五毒师太看着慢慢黑下来的天色，抱紧了转着黑眼珠的岳鸣。

六十三　风月无边

擂台旁人潮涌动，最后的决战开始。

东西两个擂台上，四周遍插火把。火把上一尺多长的火苗突突地蹿跃着，照得擂台一片通明。人群里也有几支火把在闪烁。不知是谁喊了声：“灭了火把，要照亮就照倭寇去！”

人群中的火把熄灭，吵嚷声消失。东擂台的东、南、北三面各站有一个人，地面上摆了三个大水缸，里面盛满了水，看样子是救急用的。铁嘴华晃着秃脑袋喊道：“嗨，我说伙计们，你们过来，听我说！”铁手佛等人来到近前，铁嘴华指着擂台道：“我说，你们看好了、听好了，我叫谁供蛋谁就供蛋，高低我会告诉你们。甭管我向哪儿跑，甭管我跑到哪一边，你们只可听我的号令。我喊铁上，我就是要去铁手佛那边，要跳起来接麻蛋子。我喊神下，我会扑到神鞭赵旭那一边，或扑或滚，身子一定很低。我喊黑中，就是我去中间，平身，黑脸佛供蛋，明白吗？我在铁手佛一边，喊铁中，接着往中间跑，怎么办？”

铁手佛双手合十，说道：“当然是我们听你的口令，我继续供麻蛋子，平身高度！”

铁嘴华拍着屁股大叫：“对！对！对极了！别管我往哪儿跑，只管听我的口令！知我者铁手佛也！各位可听好了，我的蛋还有用呢，别给炸掉了！”

银珠听了扭过头去，嘟囔道：“什么时候了，还说疯话呢！”金珠低声道：“狗改不了……”铁嘴华耳朵尖，已经听见了，转头道：“狗改不了吃屎，狗嘴里吐不出象牙，狗眼看人低，狗戴嚼子瞎胡嘞……”

银珠一只手搭上金珠的肩膀，一只手扇着鼻子道：“行了行了，好臭！好臭！”

铁嘴华哈哈大笑，说道：“棺材里放屁——臭死人！屎壳郎戴花——臭美！老太太的裹脚布——臭，得，很！”

金珠嗔道：“行啦，行啦，我们知道你能说会道，你把敌人说死才是能耐呢！哼！”

银珠的俊眼闪了闪，嘱咐道：“你多保重吧，不行就跳下来！留着你的馊包子烂卷子回来再白话！”

“跳下来？”铁嘴华摇摇头，瞪着眼睛说道，“亏你说得出来！胜不了，你们就把我抬下来吧。正好和笑面佛就着伴赶往阴曹地府，你们给我准备一口薄皮棺材就行，不必破费。”

银珠跺脚道：“行啦，别说废话了。你是谁呀，你是大名鼎鼎的‘三大高山’之一，黄山白神庄的掌门人，你一定会大胜而归的。”

铁嘴华一拍胸脯，喊道：“好，借我女儿吉言，展我黄山之雄风，诸位看好吧！”

呼啦，人群散开了。铁嘴华紧了紧腰上的丝带，插好旱烟袋，大步走上台去。这是东擂台，是金戈战胜兽猿公子的那个擂台，黄龙旗高高飘扬。对面是那个令人伤心的西擂台，兽面旗随风而舞。远处，金戈坐在二人抬上静静地看着铁嘴华。铁嘴华的目光扫了过来，朝金戈点点头，目光又向金珠、银珠瞅了瞅。金戈身子一震，感到铁嘴华这一眼情意绵长，似有托孤之意。

“准备——”一个官员高喊，接着当的一声锣响。铁嘴华低声呼叫：“铁上！”哧溜一声，铁嘴华扑向擂台的左侧。左侧擂台下供蛋人正是铁手佛。铁手佛一扬手，一个冒着烟的麻蛋子飞上来，麻蛋子甜瓜大小，外层缠着一层黄色的麻布，香头粗的药信子正嗤嗤地冒着火花。

白狮子木春站在对面擂台上，只见他人影晃动，弩箭噗噗连发，利箭带着一股疾风射过来。这时，麻蛋子升起一人来高，力道已尽，将落未落，悬浮空中。这种悬浮非常短暂，但对铁嘴华来说，已经足够了。铁嘴华已经飞身扑到，一个“鹞子翻身”，麻蛋子流星赶月似的飞向对面擂台。同时，铁嘴华一声大喊：“神下！”随着喊声，神鞭赵旭把一个麻蛋子抛上来，铁嘴华一个饿虎扑食扑到近前，接着一个前滚翻送走了麻蛋子，同时喊道：“黑上！”腾身而起，一个“长虹卧波”飘向中间，一挥手送走了麻蛋子。铁嘴华这一连串的呼喊，一连串蹿蹦跳跃，动作干净利索，身手矫健敏捷。金戈看罢暗暗点头，说道：“进退如电，辗转如飞，武林高山之名果然名副其实，不愧一代宗师！”

这时，西擂台上轰的一响，闪起了火光，升腾起一团浓烟。接着，轰轰之声连续爆响，顿时擂台上火光一片。虽然硫黄木炭做的炸药威力不大，但声势吓人。这时候，铁嘴华的身体活动开了，身形更快，简直是脚不沾地。他飞来蹿去，嘴喊手接，挥洒自如。带着火星的麻蛋子小燕子似的吱吱叫着飞向对面的擂台。对面擂台上，好像大火烧着了鞭炮市，轰隆隆响成了一片。倭寇们站起来，他们狂呼乱喊。擂台上白狮子又蹦又跳，哇哇怪叫。

观战的百姓们兴奋了，拍手跺脚，大喊大叫：“好！好！炸得好！炸死王八蛋！炸死龟孙子！”

突然，侧面飞来几支冷箭，嗤的一声，一支弩箭钉在铁嘴华的肩膀上。铁嘴华滴溜一个转身，躲开了另外的两支雕翎箭，接着一个侧手翻，把一个将要落地的麻蛋子抄在手里，送了出去，同时大喊：“有刺客！有刺客！”

“卑鄙！”黑剑罗仁杰大吼一声，一展双手扑了出去。坐地炮也大喝一声，腾身而起，一支袖箭向黑暗中射去。金珠和银珠也扔掉了鼓槌，燕子双抄水似的扑了出去。

两个刺客被抓住了，人们七手八脚地一阵乱打，霎时间把他们打成了肉泥。再看擂台上，铁嘴华一把拔出了肩膀上的弩箭，瞪着眼叫道：“黑中！”

麻蛋子又升起来了，开始打滚腾飞。白狮子被炸得焦头烂额，东躲西藏，无力还击，只剩下铁嘴华一人施展。铁嘴华前冲后跃，左右翻飞，嘴里还不停地大呼小叫：“铁上！神下！黑中……”麻蛋子麻雀似的扑棱棱飞去，带着一串火花，奔向了西擂台。西擂台变成了一个烟火场。

咚咚咚！金珠和银珠擂起了战鼓，给她们的老爹助威。还有人吹响了唢呐，给铁嘴华鼓劲。

“好！好！”百姓们齐声欢呼。

白狮子身上起了火。他满脸是血，神色狰狞，带着火苗东躲西藏。他横着打滚，竖着团身，斜着飞旋，夹杂着呵呵的怪叫声，成了一个火球。过了一会儿，他躺倒不动了，身上焦黑一片，残存的布片依然冒着火苗。铁嘴华止住脚步，哈哈大笑。他肩膀上鲜血直流，染红了半截衣袖，却显得威风凛凛。有人扑上西擂台，解开绳索，兽面旗唰的一声掉下来。起风了，黄龙旗呼啦啦飘扬起来。

“噢！我们胜了！倭寇滚回老家喽！”

“倭寇滚蛋喽！”欢呼声此起彼伏。人群中的火把又亮了起来，照亮了巍峨森严的南少林。

金珠和银珠抢上台去，四只亮晶晶的眼睛盯着铁嘴华，看着他血染袍袖的胳膊，同时说：“嗨！要紧不？”

“死不了！怎么不叫爹，叫嗨？”

“爹！爹！爹！”

“唉！唉！唉唉唉！”铁嘴华哈哈大笑，说道，“我说，要不是老子躲得快，非给我来个透明窟窿不可，明的暗的双管齐下，阴损的乌龟王八蛋！”

金珠、银珠同时拉住铁嘴华的胳膊，一个上药，一个裹伤。银珠皱着眉头道：“你看看，撕了多大口子，你扯那箭杆干吗？”铁嘴华一瞪眼，说道：“带着它怎么蹦啊，碍手巴脚！”

当当当！一阵急促的锣响，火把下，一个官员走上了西擂台，喊道：“各位静一静！各位静一静！浪武社首领说了，刚才的暗器比武违反了规定，此战不算，重新比过，暗器擂不许使用火药……”

铁嘴华挣开金珠的手，跳着脚喊道：“放屁！哪儿写着不让用火药了，啊？比武规定不让用毒，刀猿怎么使用蝎子脚？再说了，刚开始的时候为什么不说，等我们胜了再说？胡说八道，满嘴放炮！输了就是输了，赖什么赖……”

“戚将军！戚将军！赵总督叫你！”喊话的官员又喊起来。人们议论纷纷，淹没了他的喊声。戚继光听见了，假装没听见。

当当当！锣声响了。官员又喊道：“静一静！静一静！请戚将军过来议事！”

戚继光走了过去，不去不行啊，要不怎么说官大一级压死人呢。金戈摇摇头，心说：“朝廷怎么会重用这些汉奸呢？皇上真不知道他们的所作所为吗？简直是昏庸透顶！”

一会儿，戚继光走回来，他脸色冷峻，沉声道：“倭寇狡辩，说不准使用火药，赵总督已经答应重新比过！”

“啊？”铁嘴华大怒，骂道，“放他奶奶的五花屁，放他姥姥的野猪狗熊屁！还看不出来？他是想要你的命！让他龟孙子上台去比！咱们走！反正三场已经比过！管他娘的这个那个，走！哎哟！”

“爹！”双珠异口同声叫道。

“怎么样？”戚继光问道，“伤得不重吧？”

铁手佛说：“阿弥陀佛！铁嘴华，你回大殿吧，我马上就到。戚将军，你下令吧，少林寺众僧以你马首是瞻，你说比，咱就接着比！你说走，咱就撤！”

戚继光皱着眉头环顾了一下四周，沉声道：“回大殿，都回大殿！我们商量一下再说，胡将军！”

“末将在！”胡守仁立即现身答话。

戚继光道：“你派几个人，把赵大人的指示告诉百姓们，让他们继续站脚助威！诸位跟我走，回去商量一下。”

“遵令！”

几个士兵一吆喝，人们呼啦闪开了一条道，戚将军和豪杰们快步走回大殿。铁手佛拿来药物，重新给铁嘴华包扎。金珠关切地问：“有毒吗？”铁手佛道：“没毒！”

铁嘴华撇着嘴道：“他们不敢用毒，谁不知道铁手佛是用毒的祖宗，他们怎敢鲁班门前弄斧头，关公面前耍大刀，孔夫子面前讲《三字经》！”

“爹！行了，别一套一套的了，喏，你看——”银珠说着下巴一指。铁嘴华一转眼，看见金戈和戚继光正在争论什么。

“吵什么，大不了再来一战！王八蛋，放冷箭！什么东西！”铁嘴华嚷嚷着走过去。

“就这样定，下一场我上！”接着戚继光又问：“胡将军，俞大猷呢？”胡守仁转头看了一下，道：“一入夜就不见他的人影，听说他换了便装，拿着镔铁棍走了，带着几十人，钻到老百姓当中去了。”

戚继光脸色铁青，说道：“呈递皇上的奏章你放好，我一旦殉国，你立即快马加鞭，去见谭伦，要他将我的奏章交给皇上。”戚继光顿了顿，看着金戈又道：“我已做了最坏的打算，如果我不在了，还请金兄弟不要忘了我的嘱托，希望你的大块文章早点问世，激励世人，以便再造朗朗乾坤。”

金戈咬着牙齿，点了点头。

戚继光接着说道：“谭伦是个难得的好文官，敢于‘文死谏’，严世蕃、赵小峰正在查他，如果文杰兄能够助他一臂之力，帮他逃过此劫，那是再好没有了，为兄拜托了！”说罢抱拳一揖。

金戈眼里豪光一闪，说道：“小弟绝不辜负大哥所托。不过，我看你还是安排别人上场吧。你的威望、谋略和机智无人能及。或许排兵布阵上，小弟可以不失大格，英勇杀敌上，也不让兄长，但是，小弟刚正有余、柔韧不足，与兄长相比，可以说大为逊色。所以，兄弟难当大任。”

戚继光叹口气道：“我的担心也正在此，你和令尊一样，刚正不阿、清廉自居，自然成了各路贪官之敌。但是，如果兄弟以民族利益为重，在枝节末梢上稍做退让，有何不可？正是大事不糊涂，小事不拘泥……”

金戈摇头道：“江山易改，本性难移！我就是竭力忍让，也怕是有忍不住的一天，我会得罪群臣，闯出大祸……”

戚继光沉声道：“古人为什么要修身养性呢？就是要克制自己，不能率性而为，我们还是讨论一下部署吧！”

“不行！不行！不行！”铁嘴华眼睛一瞪，叫道，“人有的是，用不着你亲自出马，怎么着，我大明王朝没人了，非你出马不可了？铁手佛呢？你过来，该你了！黑脸佛呢？他也行！”

“阿弥陀佛！老衲愿往！”铁手佛道。

黑脸佛双手合十，说道：“下一场，老衲也愿意上场！只是，唉，只是事关重大，老衲怕有负众望……”

黑剑罗仁杰过来了，他看了看金戈，说道：“晚辈不才，愿意登台，尽我微薄之力！”

“好了，不要说了！”戚继光瞅瞅大家，又道，“我算了一下，能上台的高手确实不少，但是，弓箭暗器却不是你们所长，真正使得一手好暗器的，只有金戈，凤尾镖使得出神入化，所向无敌。但是，他受了重伤。算来算去，胜算大一点的还是我。我的盘龙铁臂弓曾经射死过一头半狮子，射死了大肚狮子劭仁，算一头，射死被金戈打伤了的黑狮子田野，算半头狮子吧。我看，还有一头花狮子，等着我埋葬呢。浪武社的五头狮子，我要灭他一半！我曾在岳武院双箭穿二雀，曾在玄武湖飞骑双箭钉双蛇，有人管它叫‘双箭并蒂莲’，不管怎么叫吧，我的箭法还算不错。我也是嘉靖二十年过关斩将的一名武举，江湖人士叫我‘铁臂神弓’，我愧不敢当！但是，我总比诸位多一点希望吧？让我尽忠吧，不成功，则成仁！再说了，皇上明令我主持擂台比武，输了，赵文华也不会放过我，更会连累家人同赴阴曹。戚继光谢谢各位了，戚继光希望各位能替我挡住刺客的暗杀，让我凭真实本领和倭寇一较高下！”

众人你看看我，我看看你，不说话了。良久之后，银珠开了口：“弩发射很快，数量很多……”

戚继光看了看布满了星辰的灿烂夜空，朗声道：“速度很快不假，数量多也不错。但是，力量稍嫌不足，铁嘴华的箭伤不重就是例子，如果是我射中了他的胳膊，定然叫他骨断筋折。况且，我还有盔甲在身，诸位不必说了，准备吧！”

“阿弥陀佛，师兄！”黑脸佛对铁手佛道，“我们动用三百罗汉阵，三面围坐擂台，吟唱回音颂，抵挡刺客，可行否？”

铁手佛道：“招魂吟，回音颂！百年未用了，好！启动回音颂，愿我佛大慈大悲！”

帐篷里，几个倭寇围着脸色苍白的佐佐木。花狮子有点激动，脸上的肌肉变成了酱紫色。这时，他开了口：“社长，花狮子坚决反对使用刺客。别人上台我不管，我要上台，你们就不能搞暗杀，不管对方是谁，我都要凭真实本领和他一较高下，如果我发现有人暗中行刺，我就剖腹谢罪！我是一个武士，是浪武社赫赫有名的花狮子，我绝不允许有人玷污我的名声……”

佐佐木点点头，说道：“好，我……答应你，你去吧！”

“哈依！”花狮子一挺胸，大步走出去。两个黑衣人继续垂手而立，帐篷里寂静无声。

黑衣人就像两段黑色的木头挺立着，过了一会儿，佐佐木命令道：“危急……时刻，你们……尽管出手！”

“哈依！”

戚继光正在准备，胡守仁跑过来，说道：“总督大人催呢，他让快点开始。”

铁嘴华骂道：“催什么催！你告诉他，着急跟着媒人走！我说，来呀，给我也弄个二人抬，我也过过瘾！金珠、银珠，来，过来给爹点烟！”铁嘴华烟瘾上来了，没有白凤，金珠和银珠又成了他的火石火刀。金戈看在眼里，听在耳中，心口一疼，仿佛心被人抓了一把似的。岳霞似乎感觉到了，赶紧拉了拉金戈的手，接着说道：“走吧，我们去擂台。”

岳霞和凤玲带着滑竿向前走去，银珠和金珠互相看了看，神色黯淡，也缓缓移动了脚步。这时，几百位身着灰色袈裟的和尚在她们身边走过，木桶似的围住了东擂台。一声“阿弥陀佛”，群僧坐在了地上。火光之下，一片光头闪亮。

戚继光顶盔掼甲，手挽盘龙铁臂弓，昂首登上东擂台。铁手佛、黑脸佛、坐地炮、黑剑罗仁杰等人四下里散开了，人人手中抱着一捆雕翎箭。

当的一声锣响，比试开始了。戚继光噌地一闪，前把推，后把拉，盘龙铁臂弓开满月，嗖的一声，雕翎箭带着一股冷风飞了出去，“一箭落幽雁”，一支箭接着一支箭飞出，呜呜叫着，流星赶月般飞过去。花狮子滑步闪身，嗖的一声，雕翎箭贴着他的耳朵飞过，射进了倭寇群中，倭寇呼啦一声跌倒了一片。接着戚继光箭射连珠，“双箭并蒂莲”出手了，双箭疾如星火，并肩直奔花狮子的上下两路，接着直取左右两边。花狮子的弩也是啪啪作响，弩箭一支接着一支成串地飞来，犹如一条晃动的长鞭。

这时，一声吟诵传来，接着梵音四起：“啊里杭郎……旺里旺朗……阿里王朗……”金戈不知和尚们唱的是什么，只觉得声浪震耳，如同敲响了暮鼓晨钟。

戚继光脚走八方，弓弦连弹，啪啪啪，“三箭灭三酋”！啪啪，“双箭并蒂莲”！啪，“一箭落幽燕”！金戈看得真切，只见戚继光双眼豪光四射，双脚疾走如飞，双手开合如电，真是威风八面。随着弓弦弹奏，他的呼声也是响彻云霄：“一箭落幽燕，双箭并蒂莲！三箭灭三酋，四箭四狼翻！”嗖嗖嗖！利箭带着尖锐的哨音飞去，前箭刚至，后箭又来，利箭光华闪闪，连成了一条晃动的黑色星链。金戈看罢，赞叹一声：“南塘兄真乃神人，他不但是个武学大师，武艺也是登峰造极，令人钦佩之至！”

岳霞仰脸看看金戈，随声附和道：“戚大哥真是了不起，不愧为大明朝的武曲之星。”

“铁臂神弓戚继光！铁臂神弓戚继光！”百姓们呼喊起来，呼声震耳欲聋。

戚继光的雕翎箭仿佛生出光芒，流星似的扑向对面。西擂台上，瘦小的花狮子上蹿下跳，咬牙瞪眼，活像一只得了疯魔病的猴子。金戈拿出月光镜，借着火光照向花狮子，光圈追随他的身影。花狮子脸色狰狞，眼中凶光四射，眼珠子似乎都要瞪出来了。突然花狮子一个趔趄，肩头上赫然插上了一支雕翎箭。戚继光这一箭力度极大，雕翎箭钉在花狮子的肩胛上，透骨而过，肩胛上只露出寸许长的一段雕翎。花狮子一个踉跄，几乎跌倒在地。好个花狮子，银牙暗咬，嗷的一声怪叫，横走斜飞，带着雕翎箭一连三个侧手翻，同时射出了三支弩箭。

梵音越来越响，声浪滔滔。一个黑衣人刚举起弩，就被人们扑倒在地。另一个黑衣人匆忙间射出两箭，群僧长袖翻飞，弩箭歪歪斜斜地飞上了天空。铁手佛、黑脸佛、坐地炮手中的箭源源不断飞到戚继光手中，戚继光的箭源源不断地飞向花狮子。

突然，戚继光一声高喊：“一箭落幽雁！”耳边只听嘚喽一声，箭发流星，嗤的一声，雕翎箭钻进了花狮子心口，噗的一声透胸而过。花狮子啊的一声惨叫，瞪着眼不动了。接着，戚继光又是高喊一声：“二箭并蒂莲！”只听嗖嗖两声，花狮子的身子一震，胸口同时再中两箭。当啷一声，弩落了地，接着他身子晃了晃，仰面朝天跌倒了。这时，戚继光抬头望天，弓开满月，嘚喽一声，“一箭落幽燕”出手了，嗖的一声，利箭射断兽面旗的一根绳索，嘚喽又是一声弓弦响，利箭穿破了另一条绳索，兽面旗呼啦一声掉下来。

“胜利喽！胜利喽！”欢呼声此起彼伏。

“铁臂神弓戚继光！铁臂神弓戚继光！”百姓们吼声如雷。

忽然，倭寇群中传来凄厉的号叫。随着群僧的吟唱，一部分倭寇自尽倒地。

金珠和银珠跑上擂台，跳起舞来。火光下，二位珠仙子裙子飞舞，秀发飞扬。岳霞心动了，仰起脸看向金戈。金戈浅浅一笑，说道：“看我干什么，想跳就去吧！”岳霞抿嘴笑笑，提着裙子跑上台去。岳霞新婚的粉彩还没褪去，更显得美丽如霞了。三个女孩载歌载舞，顿时吸引了所有人的目光。

一个官员晃着身子大模大样地走来，说道：“岳院主，总督大人叫你过去回话。”

“叫我？”金戈惊诧，还没想好怎么回答，旁边的铁嘴华说话了：“什么事？让他过来！没见我们都有伤吗？少在大爷跟前摆架子！我们是草民一个，不听调不听宣！”

这个官员转过身来，看了看躺在滑竿上的铁嘴华，说道：“哦，是白老爷子呀，失敬失敬！是这样，赵大人说了，月光镜是浪武社家传之物，理应归还，还请岳院主割爱。”

金戈道：“错啦！月光镜乃我岳武院祖传之物，兽猿公子假扮梁丫，偷盗了宝镜和岳武功，现在宝镜已经追回，岳武功秘笈尚未找到，等会儿还要查一查呢。”

官员道：“如果是岳武院的祖传之物，那更好办了。既然总督大人看上了，我想你们不会为了一件宝物，甘冒得罪总督大人的风险吧？啊？呵呵！”

“又错啦！此乃岳武院的传世之宝，岂可轻易送人，阁下请回吧！”金戈见来人阴沉着脸悻悻而回，低声道：“什么东西！卖命没你们的份，巧取豪夺却一刻也不放松！”

戚继光走过来，悄悄道：“赶紧走吧，咱们惹不起，躲得起……”铁嘴华听在耳中，却说道：“屁！得罪他算什么，他还能尿出一丈二的尿？甭搭理他，我看看他怎么着！有什么事我顶着！挺好的心情，让这群王八蛋给搅坏了。什么玩意儿！继续唱！继续跳！”

金戈听戚继光这样说，心说：“戚大哥是当官的，别给他找麻烦，算啦，给他就给他吧。可是，我答应过长发婆‘镜归完婚’，这可怎么办呢？”金戈从怀里掏出宝镜看了看。火光之下，只见镜面上月光流淌如烟似雾，真是奇妙无比。金戈翻转过来再看背面，只见一轮明月悬挂高空，月宫中的玉兔隐隐约约。下面是李太白的诗句：“床前明月光，疑是地上霜，举头望明月，低头思故乡。”金戈盯着中间两个草书大字“虫二”思索起来，这两个字是什么意思？难道是夷文？不对呀，镜中的月宫玉兔图案正是华夏的传说，李白的诗更是一个佐证。金戈正看着，忽然一阵狂风吹过，金戈心中一动，心说：“噢，原来如此，我明白了。”

这时，一乘八抬大轿缓缓行来，数百卫兵前呼后拥。戚继光等人连忙上前迎接。卫兵掀开轿帘，大腹便便的赵文华钻出来。几把椅子立即摆上擂台，赵文华迈着方步，抖着一身肥肉走上了擂台，一屁股坐在椅子上，瞪着蛤蟆眼说道：“传吉田郡仁！”一个灰溜溜的倭寇走上擂台。赵文华又喊：“传金戈！”

“金戈上台参见！”有人喊喝。

“干什么，审案子？少来这一套！”铁嘴华大叫，“我们玩命的时候，你们在哪儿呢？我说，我们刚喘口气，马上跑出来耀武扬威！什么东西！金戈，别搭理他！”

金戈喊道：“在下有伤在身，难以进见。”

戚继光冲铁嘴华摇摇手，拍拍金戈的肩膀，低声道：“小不忍则乱大谋，退一步海阔天空。为了国家民族，身外之物弃了吧……”一引滑竿，带着金戈走上擂台。戚继光躬身道：“金戈重伤在身，不便参拜。”

赵文华蛤蟆眼一睁，说道：“好了！吉田君说月光镜系他们浪武社家传之物，还请金少侠还给他们，以免多生事端。”

金戈欠身掏出了宝镜，说道：“大人明鉴，此镜乃我中华民族之物，请看！”他指着月光镜背面说道：“背面唐诗为证！”

一个官员接过观看，看后点点头，说道：“是唐诗，李太白的诗。”

吉田郡仁道：“那有什么新鲜，我们很多人喜欢唐诗宋词。‘床前明月光，疑是地上霜，举头望明月，低头思故乡。’这首唐诗我们人人会背……”他的声音低沉，似乎真的思念故乡了。

“我们的国宝！不能给他。”有人大喊。

金戈又道：“你知道嫦娥奔月的故事吗？”

吉田郡仁晃着留着短发的小脑袋，说道：“那个神话故事谁人不知？你知道嫦娥是哪里人氏吗？她乃富士山人。嫦娥奔月的美好故事，我们那里妇孺皆知，何必相问。”

铁嘴华瞪着眼大喊：“什么，嫦娥是富士山人氏？嘿！你真敢胡诌！”

金戈心想：“赵文华这狗东西打的什么主意？自己得不到，莫非真要送给倭寇？这明明是我中华之国宝，绝不能给他们，可是……”金戈心里一动，忽然想到一计，抬头道：“吉田先生，你说这是你们代代相传的宝物，那么，你对此镜一定了如指掌了？”

吉田郡仁迟疑道：“当然！”

金戈道：“那么，要请教吉田先生两个字。来人，拿支笔来，把那块板子抬上来！”

两个武徒抬来了一块木板，凤玲拿来笔墨，金戈挥笔写下了“虫二”两字，问道：“这是什么字？什么意思？”

吉田是个中国通，精通汉学，看罢揶揄道：“不过是‘虫二’两字，有什么难认的。‘虫’字上多了一撇，也不过是异体写法，是个扶桑人都知道，哈哈……”

金戈大笑，指着宝镜说：“有眼无珠，目不识丁！”

铁嘴华跟着瞎起哄，说道：“屎壳郎打哈欠，怎么张的臭嘴！”

金戈接着说道：“此镜乃我民族之宝。你们兽猿公子改扮成梁丫，偷去了岳武功，你们的先人偷走了宝镜，现今你们还反咬一口！你能说出这四个字念什么，宝镜就是你们的！”

“四个字？”赵文华大惊。吉田郡仁立即傻了眼，喊道：“这明明是两个字，什么四个字，胡说八道！胡说八道！”

铁嘴华晃着脑袋跳脚大喊：“胡说九道！满嘴放炮！无理取闹！

嗡哇乱叫！”

人们议论纷纷，不知金戈葫芦里卖的什么药。金戈叫道：“你来看！”饱蘸笔墨，挥笔作画，一笔画出了一轮明月，几笔勾勒出几朵飘飞的云彩。接着，他蘸好水墨写下唐诗，又写下了“虫二”两字。台下的百姓们借着火光，看见金戈三笔两笔就画出一幅美丽的图画，顿时掌声如雷。金戈朗声道：“这面宝镜，是我大唐贞观年间制作的国宝，唐诗为证，玉兔为凭。但是，此宝也确实被盗，今日我们失而复得，岂可拱手让人！不知道吧？此镜的全名叫作‘風月无边’！”

“风月无边？啊！啊！妙啊！”戚继光明白了。

“的确妙！”赵文华双手互击，他也清楚了。虽然坏事做绝，他毕竟是进士出身，文思还算敏捷。

吉田跳脚大喊：“胡说八道！胡说九道！这是月光镜，什么风月无边镜！”

金戈毛笔一挥，在“虫二”两字外各加了两笔，说道：“你们看，这就是‘風月’二字！‘風月’没了边，就是‘虫二’。‘虫二’就是镜子的名称，应当念作‘風月无边’。”

岳霞也明白了，“風月”去了外框，就是“虫二”，就是“風月无边”，妙呀！她心说：“我怎么没听说过，这真是我们的宝贝吗？”

“风月无边！风月无边！”

“风月无边镜！我们的风月无边镜！”台下喊声一片。

“诡诈！诡诈！”吉田气得鼻子都歪了，跳着脚叫唤。

金戈道：“你们看看这图案，风起云涌，明月高悬！”接着吟道：“七律·起硝烟——”

风云半壁起硝烟，月色朦胧战火燃。

大汉精英歌死战，一腔热血筑江山！

吉田大叫："岳金戈！金文杰！你，你，不愧大明进士，不愧文武双骄！胡说得好！胡诌得好！瞎编得好！天灭之！天灭之！"说着，他跑下了擂台。人们往他身上乱扔东西，一支火把落在他身上，他身上的衣服起了火。他没有扑打，没有停步，一边喊一边走："月光镜，我们迟早要拿回来！"

"站住！"金戈挥挥手，滑竿抬下擂台。金戈掏出了一块玉佩，说道："你把这玉佩交给刀猿，告诉他这是樱花托付的。她还有一句话要带给刀猿，说她的爱如富士山，说她后悔来到大明王朝……"

吉田哼哼着走回来，一把夺过玉佩，一声不响地走了。他望着夜空，仿佛看见了家乡的月亮。

赵文华听见金戈的传言，身子一哆嗦，双腿不自觉地抖动起来。

又倒下了几个自尽的倭寇，现场乱哄哄的。戚继光看了金戈一眼，叫道："走，我们回大殿！"

戚继光和群豪回到大殿，戚继光突然说："众位豪杰，我请诸位立即赶赴武夷山，连夜出发！今天，在我们南少林擂台比武之际，桃花会集结了两个分舵的兵力袭击岳武院，我已经派了两个骑兵哨队赶去，双雄兄弟、李虎子堂主和武当派、二杰二秀等人赶去了，现在不知战况如何，还请豪杰们立即动身，前往救援！"

金戈闻言大吃一惊，急道："啊？快走！"

岳武院大火冲天，喊声不断。广场较技台上，灯火通明，一个瘸腿老人坐在黑森森的轿子里大发雷霆，只见他胡须乱抖、脸色阴森，拍着扶手吼道："你们听着，限你们三更前彻底剿灭岳武院，五更前必须撤离武夷山！三更打不进岳武院的家庙，你们都抹脖子吧！"

"是！"三个黑影齐声答应。转身之际，可以看见其中一个人肩膀上缠着绷带，他就是幸存的小妖。

三个黑影嘀嘀咕咕，来到院主大院。大院里静悄悄的，燃烧的火把照亮了众多的黑衣人。小妖皱着眉问道：“喊话可有效果？”旁边钻出一个黑衣人，他右拳击左掌，大声道：“没有！”

小妖眼睛里布满血丝，狠狠地说：“继续喊话，你们做好准备，听我号令，三面扑击！违令者斩！退缩者斩！今天，不是鱼死，就是网破！弟兄们，把最后这几个人消灭了，每人赏一个大姑娘！”

这句话真管用，这是一群人间丑鬼，也是一群色鬼。房顶上传来了一个嘶哑的声音：“哎，我说五毒师太，投降吧！青灯孤影，守个什么劲，你怎么着也是活一辈子，死了一把黄土遮身，过来吧，每天晚上让你尝个鲜，一年三百六十五天，让你天天换新郎！嘿嘿，还有，小尼姑们，你们都是如花似玉的大姑娘，当什么尼姑，这不是虚度光阴吗？你们可知道，天下至乐之事，就是男女交合。要解闷！桃花会！武徒们，过来吧，天天做新郎，到处都有丈母娘！来吧！”

又一个声音响了起来：“桃花会还有一个规矩，你们知道吗？那就是‘抢人不留口，斩草必除根’！不投降的，格杀勿论！”

家庙里，横三竖四躺着十几个人。门口和窗口聚集着几个手拿兵器的武徒。外面的火光照进来，斑驳的光影照在五毒师太布满皱纹的脸上，显得阴森狰狞。长发婆的衣着依然洁净如常，瀑布似的长发依然光洁油亮，也不知她是怎么保护的。杨伞堂主浑身是血，成了一个血人。他手持打了绺滴着血的红缨枪靠墙站着，江中月堂主坐在地上，头上裹着白布。白布已经染成了血红色。李路靠在石碑上，捂着断臂，脸上的肌肉不断地抽搐。毛四带着十几个武徒站在窗户旁，看着外面被火光映得通红的夜空。留守岳武院的五大弟子中，没有受伤的仅剩下两人了，一个是赵强，还有一个是马子。大堂记事朗文抱着头蹲在角落里，目光游移不定。五六百人经过一天和半夜的激战，就剩下几十个人了。五毒师太估计对方的总攻就要开始了，抬手一指，大声道："你们看这儿，看看这是谁？他是岳飞岳王爷，是我们的民族英雄，也是我们岳武院的祖宗。他正在看着我们呢！我们没有退路，我们只有战死在岳家庙里。用我们的热血续写英雄史诗，岳武院的勇士们，站起来，准备战斗！"

有几个武徒爬起来，握紧了手中的红缨枪。杨伞大吼一声："准备战斗！"江中月也扶着墙站起来，拄着大枪踉跄着向门口走去。

"我们投降吧！"朗文忽然喊起来，"我们先投降，出去再想办法，我们坚守不住的……"

五毒师太大怒，吼道："你说什么，给我住嘴！"

"我，我，不想死，我还没娶媳妇呢，家里还有八十岁的奶奶呢……"说着，朗文站起身来就往门外跑，同时喊道："我投降，我投降……"

五毒师太身子连闪，一道黑影扫帚似的抽了过去，噗的一声闷响，朗文的叫声戛然而止。接着，五毒师太凶狠嘶哑的声音响起来："找死！你们给我听好了，宁可站着死，不可跪着生！甭想装孬种！不许辱没岳武院的门风！"

"杀呀！"桃花会的色鬼们跳进院子，冲上台阶。门口、窗口展开了激烈的争夺。五毒师太拂尘荡起黑光，长发婆柳条刀银光闪闪，杨伞大枪伸缩不停，江中月靠墙而立，单手托枪，也嗨嗨出声。呼啦一声，窗台倒了，七八个色鬼一窝蜂似的冲进来，家庙里顿时乒乒乓乓打成了一锅粥。兵刃在翻飞，血花在飞扬，嘶哑的吼叫声伴随着兵器撞击声，惊心动魄。

美丽的武夷山在哀鸣，潺潺的九曲溪在呜咽。

突然，大院外冲进来几百人，为首的是三个人，一个人手持铁扇，一个人手持铁铃，一个人手持铁枪，这几十个人如同下山的猛虎，打得色鬼们人仰马翻。这时，一个熟悉的声音响起来："马森林、荆长生、李虎子和武当派、江北二杰、江南二秀来援，戚将军的骑兵哨队来援，当家的何在？”

“老尼在此！”五毒师太应声回答。

“截住他们！截住……”一个色鬼躲在暗处高声喊喝。

丁零零！铁铃骤然大响，喊声立断。

“黄山八女来也！”随着喊声，黄山八女带着一群豪杰赶到了。霎时间大院里风云突变，杀声震天。长发婆住了手，提着带血的长刀注目观看，只见黄山八女围住了小妖，武当的五位剑客围住了一个丑老头。小妖重伤在先，哪里还是黄山八女的对手，片刻间就被斩下脑袋。再加上戚家军骑兵哨队往返穿插，不一会儿，桃花会残匪兵败如山倒，霎时间跑得踪影皆无。铁扇公子、铁铃公子呼哨一声，带着骑兵追了出去。

五毒师太、长发婆等人走出家庙，看着满地的尸体，才知道自己在阎罗殿前转了一圈又回来了。这时，长发婆也接到了戚继光的飞鸽传书，得知少林比武已经结束，倭寇彻底失败，戚继光和金戈已率大队人马来援。

五毒师太面色铁青，抱着岳鸣摇着，喊道：“先救人，再救火！”

“对！先救人，再救火！”黄山八女清脆的声音传来，豪杰们立即动起来。救人的救人，救火的救火，还有人清理院子里的尸体。不久院子里就腾出了一片空地。

东边的天际透出了一片淡淡的曙光，昏暗的大地渐渐明朗。黄山八女跑来跑去，不停喊叫着，白杏银铃般的声音最为响亮：“这里没事了，赶紧走，去别的大院救火！”

过了一会儿，双雄兄弟和骑兵哨队返回来，岳武院广场上顿时人喊马嘶。五毒师太看看长发婆，看看浑身是血的杨伞，看着躺在墙角的赵强，布满皱纹的脸上露出了哭似的笑容。

六十四 流水无情

黄土路上，骏马飞奔，车轮滚滚，一股军民混合的人流向西北方向奔去。到了岔路口，灰衣僧人分流向北，扬镳而去。

人流中，一个铁塔似的黑大个子扛着一丈长的霸王刺，甩开大步，和一匹骏马并排疾驰。马上的矮胖子俯身扬鞭，催马急行。黑大个子脚尖点地，一步五尺，两步一丈，阔步飞腾。步行的就是岳武院的五护法大刀黑熊，骑马的是岳武院的九堂主坐地炮。一高一矮的两人渐渐超过大队人马，绝尘而去。

半个时辰后，十几匹战马护卫着一辆四轮马车疾驰而来。车厢里，两张吊床晃悠着，金戈和铁嘴华并排躺在吊床里。岳霞和凤玲长舒着腿坐在厢板上，听着铁嘴华喋喋不休的话语："哎，我说，你小子就是个倒霉蛋，天下第一大倒霉蛋！来时，两人活蹦乱跳，回去，一对伤员残兵！你说这是哪儿跟哪儿，你说我倒霉不倒霉！还有你这个破车，样子挺气派，还不是照样颠死人吗？你有办法做个一点都不颠的车，那才算你有能耐。得，沾你的光了，跟着你一块躺着歇菜吧。要不是你瞎逞能挨了一掌，哪轮得着我老头子上擂台。

唉，我说，我真是倒了八辈子的血霉了。告诉你吧，这是我第二次受伤，第一次还是三十年前。三十年呀，转瞬而逝，真跟做梦一样，就一眨眼的工夫。你看你，怎么连句话都不说，丢了魂似的，没出息，真是没出息！嗨，说话呀，你小子哑巴了？嗨？嗨？”

岳霞一收腿站起来。她抓住吊床上的布带，探头道：“铁嘴华，您喝水吗？”

“不喝，怎么，你们还没歇着？”

凤玲清脆的声音传来：“你嘚吧嘚吧说个没完没了，我们怎么睡得着，一路上光听你嘚吧了，真不知道你哪来的那么多废话。再说，小姐惦记岳武院呢，能睡得着吗？还有，马车跑得这样快，自然颠得厉害呀。”

“哈哈……”铁嘴华大笑起来，“这不像摇篮吗？金珠和银珠呢，怎么不见她们的影子？她们的老爹受了伤，也不过来伺候着。她们在外面吗？凤玲，你去看看行不行？”

凤玲懒散的声音传来：“知道了，你是想让她们坐车吧，明说呀。我们小姐已经让过啦，她们不愿坐车，愿意骑马。怎么着，我再给你叫叫？”

“对！对！再叫叫，再叫叫！”

凤玲哼了一声，站起来，和岳霞对视一眼，扶着车厢的板壁向外走去。

岳霞转身，看了看闭目养神的金戈，抬起玉手，给他理顺了头发，又轻轻抚摸他的脸颊。金戈闻到了一股淡淡的柔柔的香气，眼睛睁开了。岳霞光滑圆润的俏脸就在眼前，一双秀目里流淌着深深的爱意。金戈心想：“还是岳霞疼爱我，既体贴又文静。金珠和银珠呢，怎么不来看我？白凤已经走了，我还要冷淡她们吗？”金戈的目光离开了岳霞的脸，向后面望去，眼睛里流露出盼望的神色。岳霞似乎明白了金戈的心思，嘴角一动，轻声道：“她们马上就来了，你渴不渴？”金戈摇摇头。

吱扭一声，车门打开了。金珠和银珠带着一股春风走进来，车厢里顿时一亮。“爹！”两个女儿异口同声地喊了一声。铁嘴华的脸上立刻笑开了花。临老得了两个如花似玉的女儿，他心里说不出来地高兴。金戈的眼睛也亮了，细长的眼睛盯住了金珠、银珠。铁嘴华这个那个说个没完没了，金珠、银珠一边和老爹说着话，目光却瞟向了金戈。金戈看着她们洁白如玉的面颊和爱意流淌的明眸，脸上露出了喜色。

岳霞神色一暗，坐了下去，一股酸水流过心头。岳霞暗自安慰自己，慢慢地调整情绪，片刻后，笑容重新出现脸上。这时，耳畔传来银珠悦耳的声音：“金大哥，你好些了吗？”

金戈热切的声音响起来：“好多了！”

岳霞抬头再看，只见金珠、银珠姐妹已经转到了金戈身边，虽然看不见姐妹俩的表情，也知道一定是笑靥如花。只听银珠轻声道：“真的？你可要安心养伤，不要胡思乱想……”

“真的好多了！”金戈欢快地说，“你们不用惦记了，我不会有事的。”

金珠甜腻的声音又响起来：“你们都没事，我们就放心了。我们姐俩先走了，岳武院的情势紧急，先到一步是一步。爹，你好好养着，我们先走了。”铁嘴华道：“去吧，去吧，见了你娘，别提我受了伤。”

金戈恋恋不舍地看了看金珠、银珠，说道：“你们小心点。还有，你们到了岳武院，一旦稳住形势，立即飞鸽传书江南堂，命麻面魔去保护谭伦，并相机除去严世蕃和赵小峰这两个汉奸……”姐妹俩摇着素手道：“行，我们记住了，你好好养伤吧，我们走啦。”

凤玲站起来，看着金戈问道：“我也去，行吗？”金戈低声道：“好，去吧，多一个人多一份力量。”

岳霞站起来，送她们到门边，嘱咐道：“路上小心！”

“好的，我们走了。你们不要着急，慢慢赶来吧。”三个女孩挥挥手，出了车门。

“我说，你们到了武夷山拖住桃花会就行，不必拼命……嗨！嗨！走啦？也不等老爹把话说完。唉，金戈，你说我这两个女儿怎样，不错吧？我不敢说是天下第一，也在前十之内。不，前四，应该是在前四之内……”铁嘴华的话匣子又打开了。

坐地炮和大刀黑熊来到了武夷山，驻足一看，只见岳武院余烟缭绕，死尸遍野。放哨的士兵问明来意，赶紧往里通报。长发婆迎了出来，坐地炮紧走几步，拱手道：“英护法，大队人马就在后面，马上就到了，我们损失如何？”长发婆看看他身旁的黑大个子，反问道：“这就是那个板斧黑熊？”

黑熊叫道：“改了，我叫大刀黑熊了！你是谁？怎么岳武院的女人都是天仙美人吗？”

“嘿嘿！”长发婆乐了，说道，“你小子说对了，武林四仙都在岳武院，美人怎会不多！我可不在四仙子之内，我老了，算不上美人了！你们先去见过武当山的五位星子、二杰二秀、黄山八女，以及南京来的豪杰们，谢一下他们的援手。”

说着话，三人走进岳武大殿，坐地炮看见了五毒师太、仁义双雄、李虎子等人，看见了前来相助的各位豪杰。坐地炮忙着和群豪作揖道谢，忙着打听伤亡情况。武当的几位星子也急着打听比武经过。当他们听说笑面佛饮恨擂台时，悲伤不已，说起金戈力挽狂澜、铁嘴华飞弹破敌时兴高采烈，闻听戚继光三箭射死了花狮子，都高兴得蹦起来。

晚上，金戈和戚继光的大队人马赶到。戚继光知道残敌已退，带着胡守仁上山看了看，立刻掉头返回。金戈和铁嘴华坐着滑竿过来和众人打招呼。长发婆紧紧拉着铁嘴华的手，眼圈都红了。铁嘴华大喊大叫：“你们以寡敌众以少胜多，保住了岳武院，功高盖世！啊，拙荆了不起！长发婆了不起！”

长发婆脸色一红，啐道：“呸！王婆卖瓜——自卖自夸！”

铁嘴华看看金戈和金珠、银珠，说道：“牛皮不是吹的，响鼓不是擂的！你说说，岳武院留守人员的功劳大不大？厉害不厉害？这是老母鸡抱空窝——不简单！老龙王搬家——厉害！黄了的麦田——了不起！金珠、银珠，你们说是不是？”

“爹……”

铁嘴华大笑：“哈哈，看我两个女儿乐的，武林鼎鼎大名的两个珠仙子是我的女儿，哈哈，哎哟！”长发婆脸色一变，急道：“怎么？”铁嘴华一仰脸，叹道：“有点疼。没事，没事，我说，老头子死不了，这点疼算得了什么！”

一连几天，岳武院乱哄哄的，不是缺这就是少那。岳霞主持大局，可不如白凤。白凤精打细算又工于心计，岳霞呢，清澈得好像一潭清水，要说弹琴跳舞，她随心所欲，要她安排上千人吃饭、住宿，安排重建岳武院，可就要了她的命。还好，金戈明确了凤玲大堂主的身份，这才解脱了岳霞。

张光、赵强抬着金戈走进家庙，在岳飞像前摆下香案，让杨伞、江中月、毛四拜了师，又让赵强端着马大响的灵位祭了祖。接着杨伞动手，给师兄弟和师侄们在后背上刺了字。金戈看着精神抖擞的众人，说道：“今天，男弟子都刺了字，拜了师。现在，我们就在岳王爷神像前发誓。来，大家排成一排。好，跪倒！”

十来人呼啦跪倒了，虽然排列得参差不齐，但面色都极为恭谨。

金戈喊：“精忠报国，文死谏，武死战！”

“精忠报国，文死谏，武死战！”众人大喊。

岳武大殿里，金戈看看凤玲，问道：“马大响的母亲怎么安排的？”凤玲道：“马大响的母亲不肯来，海燕还在那儿照顾她呢。海燕的脸治好了，面纱摘了，马大娘的眼也好了，精神着哪。毛四给她们买了二十亩好田，找人翻盖了房子，还留下了一千多两纹银。”

“不行。”金戈想了想，摇头道，“还是请马大娘上山。我写封信，你派人再去请。我要认马大响的母亲为义母，替马师兄尽孝，我还要安排一下海燕的归宿。”

凤玲道：“行，我马上安排。”

几天后，杭州传来消息，少林众僧果然和桃花会残匪遭遇了，一场激战，剩下的桃花会匪徒一哄而散。此次桃花会聚集了一千多人，在岳武院一战中伤亡过半，杭州再战时已如惊弓之鸟，双方一交手，就被打得七零八落。桃花会南征的人马全军覆没了，侥幸逃走的不过十几人，他们自知难成大事，慌忙退出了江南。

武当派一直留到了四月初，得知赵小峰在睡梦中丢了脑袋，严世蕃夹着尾巴跑了，谭伦暂时平安没事，这才动身回转武当山。

几年的抗倭战斗结束了，豪杰们思家心切，纷纷洒泪而别。

四月初三，南京月亮山庄。一个丫鬟匆匆走进后院，进了宽阔的大厅。大厅内，老夫人正在圆桌旁喝茶，金蝉腿李方亮站在窗前，悠闲地逗着鸟笼子里的一只鹦鹉。丫鬟走过来，兴冲冲地说道：“老爷、夫人，三丫说少夫人有喜了，刘半仙刚走，他给少夫人号了脉。”

老夫人一听大喜，说：“啊！太好了，我去看看。哎呀，我要抱孙子了！老爷，一块去看看！”

“啊？慢点！”李方亮眉头皱起，说道，“这也太快了吧，三月初三,四月初三，满打满算成婚才三十天呀，不是说两三个月才能看出来吗？不对吧？刘半仙走了没有？你给我叫回来。”

丫鬟说：“走了。老爷，是不是……”

“不用了。”老夫人对李方亮道，“你知道什么，刘半仙是谁，半个月的身孕他也能瞧出来！要不怎么叫半仙呢，没事，女人的事你少掺和。”说着就和丫鬟走了。她们穿过了回廊，来到了前厅，看见了白凤。白凤一只手翻着账本，一只手拨打着算盘。

自从白凤进了门，李方亮就交了差，库房的钥匙、当铺和珠宝首饰店的账目一股脑交给了白凤，自己搬到后院享清福去了。他年近七十，精力跟不上，早就盼着这一天呢。只可惜，他的儿子浪荡贪玩，是个扶不起来的阿斗。没办法，大权交给儿媳妇。让他欣慰的是，儿媳妇大大有名，是武林四仙之一的花仙子，而且，此女工于心计，是有名的女诸葛，加之背后有武林四山之一的黄山白神庄撑腰，可以想见，南京月亮山庄今后定能发扬光大了。

白凤看见了自己的婆婆，连忙道：“娘，您来了，请坐。三丫，快上茶。”

老夫人颤巍巍地道：“哎呀，账目让账房先生清算就行了，何必亲自动手，你可小心着。听说有喜了？”

白凤脸上一红，说道：“啊，别听他们瞎说，还不一定呢！”

老夫人道：“那你也要小心点！”

这时，九弟从侧门里露出头来，冲着他母亲直招手。老夫人看了看白凤，亲切地说道：“小心点啊，我走了！”

老夫人走后，白凤继续打她的算盘，心里七上八下，又是喜，又是忧。

九弟拉着他的母亲，来到一间偏房。进门后，九弟探头探脑地四下里看了看，关好了门。老夫人嗔道：“干什么鬼鬼祟祟的，自家院里，有什么见不得人的事！”

“娘！”九弟说道，“还真有见不得人的事！”

“怎么？”

九弟一缩脖，再到门口听了听，回身道：“白凤有孕了，知道了吗？”

“刚知道，怎么了？”

“这个孩子可不是我的！”

老夫人一听蒙了，说道：“不是你的？那是谁的？你瞎说什么！”

“这可不是瞎说！”九弟叹道，“自打成婚到现在，我可，可没和她睡过觉，每天晚上她都叫我睡在地板上，沾都别想沾她一下！她怀了孕，关我什么事！”

“啊？你天天睡地板上？”老夫人急了，瞪着眼说道，“小子，你那出息哪？她可是你媳妇，你明媒正娶的媳妇！你这个夙包软蛋，你管不了她？”

九弟一缩脖子，说道：“我哪管得了她呀！有一天后半夜，我起来偷偷摸了摸她，她一脚就把我踹了个大马趴，接着脚丫子踩在我肚子上，我求爷爷告奶奶说了半宿的好话，她才放了我。她的功夫厉害极了，身兼白神、岳武两大神功，我爹爹也不是她的对手。何况，白神庄咱们也惹不起。她的情人可能是……可能是我的表妹夫……”

“金戈！”老夫人一屁股坐在椅子上，喃喃说道，“岳武院，咱们更惹不起……”

“娘，你说怎么办？”

“怎么办？孩子不管是谁的，进了咱家门，就是咱家的崽！她既然肯嫁给你，就说明他们闹翻了，不然轮不到你！这就看你的了，一块石头都有焐化的时候，别说是个人了！”

“可是，可是……”

“没有可是！焐化她，感化她，懂吗？不许和你父亲说，他的脾气你是知道的。好了，回去吧。”

“娘……”

老夫人跺着脚说道：“回去！哄你媳妇去，去！”

岳武院的元气恢复得很快，大部分房子已经修缮完毕。今日是四月二十，离五月初五端午节还有半个月，五月初五，就是金戈和双珠大喜的日子，这是年前就定好的。本来四月初四是金戈与白凤的好日子，结果白凤移情别恋，喜事泡了汤。有人说，四月初四，一月两个四，多不吉利呀，没法不泡汤！五月初五，不冷不热，好日子！金戈的身体复原得也很快，已经能够四处行走，不细看，瞧不出来是个带伤的人。

这天晚上，金戈正在灯前读司马迁的《史记》，双雄兄弟走进来。这兄弟俩向来孟不离焦，焦不离孟。金戈连忙站起来，岳霞连忙招呼泡茶，金戈道："二位哥哥来了，请坐！请坐！"

铁扇公子、铁铃公子先后落座，丫鬟送来了盖碗茶。岳霞又端来了一盘子水果，送到哥俩跟前，对于这两位哥哥，岳霞敬重有加。

铁扇公子、铁铃公子端起盖碗茶，喝了一口，又放下了。金戈看出来，兄弟俩有事。果然，聊了两句，铁铃公子站起来，说："院主，我们有事禀告……"

"坐下，二位哥哥坐下说。"金戈连忙招呼他们坐下。

铁铃公子又坐下了，直言道："我们兄弟想回家。我们离家已经五年多，如今倭寇已除，想起父母，当真归心似箭。今日特来请辞，岳武院护法一职，一并交还。"

金戈笑道："高堂在世，理应速归探望，二位哥哥几时动身？"

铁扇公子急道："明，天！"

"这么急？"金戈说，"两位哥哥回去，暂时不用回来了。但是，岳武院的护法一职，还请二位恩公留着。岳武院没有大事发生，不会麻烦二位哥哥。毕竟我们是共过生死的患难兄弟，岳武院是你们的后盾，你们如果有个马高凳短、少前缺后的，岳武院定会鼎力相助。"说着，金戈掏出一张一万两的银票，说道："两位哥哥，每人五千两，拿回去修家建庙，孝敬父母。还有，请二位兄长回家后去趟沧州，到枣林庄打听一下我大伯、二伯两家的处境，关照一下他们，不要让人欺负他们，包括官府在内。另外问一下他们有多少土地，如果数量低于中等家庭的话，可以购些田地给他们，但不要给他们银两，也不要告诉他们我的去向和处境，避免受我的牵连。”

岳霞静坐在一旁，听着丈夫和双雄兄弟说话，心里就像打翻了五味瓶。这两位哥哥护送自己下南京、去福建，四处寻找金戈，尽心尽力，尤胜亲兄弟。但是，她自幼家训在身，未经丈夫允许，不能插嘴接舌。等金戈把话说完，岳霞这才和二位兄长话别，并且依依不舍地送出老远。

仁义双雄等不及喝自己的喜酒，金戈也不怪他们，正所谓归心似箭，人之常情。第二天，金戈和岳霞、凤玲、五毒师太，以及铁嘴华夫妇、李虎子堂主、杨伞堂主、坐地炮堂主、毛四堂主、大刀黑熊等人出来相送。江中月的伤势好得差不多了，扶着一个武徒的肩膀送出了大殿。众人依依不舍，直到二人骑马过了半壁峡，这才止住了脚步。

“哎，金珠和银珠呢，怎么不见她们？”金戈看看回转的众人，独不见她们二人的身影。岳霞的脸上也露出了诧异之色。凤玲笑道：“可能是喜期将到，她们忙着准备呢！女孩子到了这时候害羞，不敢见你了。”

金戈边走边道：“是吗？这有什么不敢的，武林儿女还会怕羞？”

岳霞笑道：“当然怕羞了，谁像你脸皮那么厚。”

金戈和岳霞说着笑着回到了院主大院，一进屋，就看见了金珠和银珠。她们姐妹正在客厅里喝茶。金戈开怀大笑，说道：“刚才没有看见你们去送仁义双雄，我还问呢，凤玲说你们俩的婚期在即，不敢来见我了。”

金戈看见金珠和银珠好像有些不自在，银珠眼里更是噙着泪花，金戈诧异道："你们怎么啦，谁欺负你们了？"

银珠勉强一乐，擦了擦眼睛，低声道："没有。"金珠脸色凝重，低声道："金大哥，我们也是来辞行的！"

"辞行？啊？"金戈一愣，问道，"你们去哪里？"

金珠低下了头，声音小得像蚊子叫："我们对不住你，我们不想成婚了。我们要出去走走，对于婚事，我们也要好好想一想，行吗？"

"这……"金戈只觉得天旋地转，这是为什么？噢，他明白了，她们要跟仁义双雄一起走，对呀，怪不得她们不去相送。

金戈低头问银珠："你也想出去转转？"

银珠点点头。过了片刻，银珠抬头道："大哥要是不让我们去，我们就不去……"

金戈道："我要是让你们如期举行婚礼呢？"

金珠低声说："大哥不要我们出去，我们就不出去了。可是，婚礼似乎，似乎，似乎不能勉强，我们还要想想……"

金戈思绪万千，双雄兄弟确实仁义过人，而且谦虚诚实，有求必应。当下武林传颂的二英三义一双骄，三义中有两义就是仁义双雄，为了抵御倭寇五年多不回家，就凭这一点，令人不得不佩服。而且，他们二人急人所难，绝不计较个人得失，被誉为当朝义士，二人居之无愧。自己被称为文武双骄，说的是才干，与前面的二英三义比起来，实有不少差距。唉，她们是应该跟了仁义双雄去的，仁义双雄也应当得到美貌贤惠的妻子。这样一来，金珠和银珠也不必做小妾了。其实让她们做小妾，确实有些委屈。

道理如此，但自己舍得吗？不过，她们的心已经悄悄移向了双雄兄弟。当初白凤让仁义双雄照顾珠仙子姐妹，让他们培养感情，自己也同意了，把她们推了出去。如今，感情真的培养出来了，她们也看清楚了，一人跟着一个，确实比做小妾好，她们能得到一个完整的丈夫，在自己这里，最多能得到三分之一。

“大哥！”银珠一声呼唤惊醒了金戈。金戈低声说道：“你们去吧，去找仁义双雄吧，双珠配双雄，天作地合。去吧，哥哥我，我……”金戈颤抖着手掏出一张银票，哽咽道，“这是哥哥给你们的嫁妆……拿去吧！”

“大哥！”银珠痛哭出声，“大哥，你，要不我们晚几天再走……”

金戈道：“不用了，谢谢你，我的好妹妹，我永远是你们的大哥……”

金珠把银票推了回去，说道：“岳武院重建，用钱的地方很多，我们小有积蓄，钱够花。妹妹，我们走吧！”

银珠低声再叫：“大哥！”

金戈擦擦眼睛，把银票塞在银珠手里，说道：“你们拿着吧！这是哥哥的一点心意！他们还没走远，快去吧，一路保重！”

姐妹俩站起身来，对岳霞深深一躬身，说道：“望姐姐好好照顾金大哥，小妹拜托了！”

岳霞眼里噙着泪花，微微一蹲，说道：“二位妹妹请放心，我会尽心尽力照顾他的。”

金珠和银珠走了，金戈觉得像是揪掉了自己的心肝，顿觉心烦意乱，一张嘴，一口鲜血哇地吐出来。岳霞吓坏了，扯嗓子大喊：“快去叫大堂主！快！”金戈擦擦嘴，黄着脸说道：“不要紧，扶我上……上床。”

凤玲来了，大夫也来了。大夫忙着看病，岳霞和凤玲在一边窃窃私语。

凤玲道：“应该拦住双珠仙子。她们姐俩可不像白凤，心地善良，你和她们共侍一夫，一定会和睦相处。”

岳霞道：“她们执意要走，兴许已经和双雄兄弟商量好了……”

凤玲道：“她们心肠软、心眼好，看见院主吐血，绝不会见死不救！”

“你说什么？金戈会有危险？”

“经过白凤的打击，他旧伤未愈，再也经不起折腾了！”凤玲说着哭起来。

大夫出来了，说道：“我给他扎了几针，让丫鬟快去抓药，千万不可再让他激动了！小心，小心！”

大夫走了。岳霞、凤玲大眼瞪小眼，齐声道：“怎么办？”

岳霞说：“你找人去看看她们走没走，要是没走，就说金戈要见她们，如果走了，立即派人追回来，就说是金戈有要事相托。”

“好吧！”凤玲答应一声，急慌慌地走了。

丫鬟们轻手轻脚地清理血迹，金戈心情渐渐稳定。药煎好了，金戈喝了下去。这时，凤玲走进来，眨眨眼，把岳霞叫了出去。过了一会儿，岳霞轻手轻脚地走进屋子，柔声道：“凤玲把金珠、银珠姐妹叫回来了。”

“为什么？”金戈大吃一惊。岳霞的眼泪掉下来，抽泣着说道：“相公深爱着她们姐妹，是吗？你为什么不留下她们呢？金珠、银珠姐妹心地善良，你求她们留下来，她们姐妹一定会留下来。假以时日，她们肯定还会和你成婚，我有办法，我敢保证！”

金戈默默无语，过了片刻道：“你真的有办法让她们回心转意？”

“当然有，她们真正爱的是你，少女的初恋刻骨铭心。白凤把她们推了出去，你完全可以把她们再收回来。过了这个村，可没有这个店了。”岳霞心想：“实在不行，我就退出，金戈的身体要紧。”

金戈沉思不语，心里翻江倒海。刚才一吐血，似乎把心中的不快和烦恼一齐吐了出去。但是，拥有金珠、银珠的想法，又占了上风。对，机不可失！金戈看着岳霞，缓缓点了点头。岳霞赶紧走出去。

不一会儿，金珠和银珠姐妹俩牵着手走进来，金珠心疼地看着金戈，幽幽地说：“你吐了血？”

金戈强颜欢笑：“没事，没事。”

银珠叹了口气，说道：“你的脸色好难看，你是不是舍不得我们？你要是真的舍不得，就说出来。”

看见两个天真无邪的妹妹，金戈鼓起的勇气又消失了。人不能贪，一人一个，你凭什么要仨？金戈从怀里掏出了月光镜，递给金珠，说道：“这是月光镜，你们拿去吧！”金珠接过来，说道：“娘几次叫我们和你要月光镜，我们没答应。今日你送给我们，我们可不可以交给她保管？”金戈摆手道：“可以，当然可以。既然给了你们，你们就有权决定谁保管。你们去吧，我要休息了。”

银珠目光黯淡，叹了一口气，拉着姐姐走出了屋子。

岳武院广场，凤玲和岳霞送走了金珠、银珠，岳霞泪水涟涟。

第二天，金戈到中午都没起床，懒洋洋的没有一点精神，而且，病情似乎一日重似一日。岳霞急得像热锅里的蚂蚁，铁嘴华、五毒师太、长发婆都来探望，众说不一。

长发婆说：“赶紧派人去接铁手佛。”铁嘴华说：“对呀！他就在南京。飞鸽传书，马上请他过来！”长发婆道：“好，我马上安排。”

铁嘴华看看金戈，说道：“你呀，傻吧你。我说，白凤铁石心肠，你在风里雨里求了一天一夜，金珠、银珠菩萨心肠，你却一句不求！你活该！我说，如果你求金珠、银珠，半天都用不了，她们就会回心转意！五月初五，喜酒照喝！嗐，没想到你这么没出息。本来我想，金珠和银珠跟了仁义双雄比跟你强，我能得到两个女婿，跟了你，连半个都捞不着……”

长发婆瞪着眼说道：“闭嘴！没人拿你当哑巴，嘚吧嘚吧没完没了。金戈，月光镜我先放着，我是说，我先保管着，它仍然是岳武院的东西。并且，我当设法夺回‘云遮月’，‘云遮月’是戚继光送你的，刻有‘文死谏，武死战’六字兵魂，更有意义……”

金戈摇头道：“不用了，我已记在心里。况且，天龙爪还在我这里……”

“对嘛，什么‘云遮月’，吃不得嚼不得……”看见长发婆再次瞪眼，铁嘴华嘿嘿笑着说道，“我闭嘴，我闭嘴！”

金戈抬起头，费力地说道：“麻烦婆婆做媒，给坐地炮左堂主、杨伞杨堂主做媒……”金戈喘了几口气，“柳眉柳堂主也不小了，你问问她，能不能嫁给杨伞堂主？还有，问问春子，能不能嫁给左堂主？五月初五，喜事照办。”

长发婆道：“行啊，我安排吧，保证五月初五有喜事！”

长发婆刚走，有人报信马大娘和海燕上山来了。金戈立即吩咐道：“抬着我去迎接马大娘，让张光协理安排列队相迎。”

“是！”凤玲道。

大殿外，两个人抬着金戈，迎来一辆轿车。轿车停住了，海燕低着头，搀扶马大娘走下车。抬着金戈的床板移到马车前，金戈挣扎着叫道：“娘！我替马师兄接您来了！您干儿岳金戈接您来了！”

虎子上前一步，跪倒在地，说道：“干娘，干儿李虎子接您来了！”坐地炮也跪倒在地，喊道：“干娘，干儿左金堂接您来了！”

马大娘顿时泪如雨下，哽咽了半天，才擦擦眼睛说：“起来，起来，孩子们，起来吧。”

虎子和坐地炮站起来，金戈抬手道：“请干娘大厅里说话，请！海燕，到家了，快扶着干娘进屋吧。”

海燕看了金戈一眼，马上低下头，两只手不停地撕扯着自己的衣襟。马大娘沟壑纵横的老脸上点缀着几颗晶莹剔透的泪珠。金戈身子抬了抬，看着马大娘亲切地说道：“娘，咱们进屋吧。”金戈把“干”字去掉了，语调和马大响的一样低沉，一样浑厚，一样流淌着深深的爱意。

“走吧，孩子，你的伤好些了吗……”马大娘眼角的泪珠再次掉下来，布满皱纹的老脸上尽是关切之情。

众人走进大厅里，忙乱过后，金戈叫来凤玲道：“你抽空问问海燕妹子，看她愿意不愿意嫁给李虎子堂主，如果愿意，就让李堂主娶了海燕妹子。”

凤玲道：“这事交给我吧，我来当大媒。”

第三天中午，铁手佛赶到了。检查了一番，说出一句让人震惊的话：“金戈中毒了！”

“啊？”众人大惊失色，连忙查找原因。铁手佛检查了药剂的残渣，说道：“不用查了，就在草药里面，有人动了手脚。哼，要不是草药中和了部分毒性，金戈早就一命呜呼了，也幸亏我来得早。正是那句话，天不灭曹，再耽搁几天，金戈的小命怕是不保……总的来说，还有救……”

“可恨！可恼！在哪儿抓的药？我去查！”凤玲震怒，脸上布满了杀气，说完风似的跑了。

“是不是赵文华的人？我也去看看。”岳霞嘟囔着，迈着碎步跑出去。

凤玲抓了几个人，审问了三天三夜，仍然不得头绪。她怀疑五毒师太，和岳霞咬了几次耳朵。金戈知道了，说道：“不是五毒师太，应该是赵文华的人。如果五毒师太下手，我早就没命了，不会毒不死。五毒师太一心为了岳武院，这时候不会对我下手，重点查外人吧。”

五月初五，金戈再次站起来。岳武院张灯结彩，热闹非凡。喜宴刚摆好，戚继光带着几个人上了山。戚继光一身便装，依然精神抖擞。铁嘴华哈哈大笑，说道：“来得早不如来得巧！来来来，请上座。”

金戈抱抱拳，邀请戚继光坐下。戚继光道："哎呀，新郎官怎么面色这么差……"

岳霞急摆手，金戈已经看见，故作不知，说道："此次我旧伤复发，又中了毒，差点见不着大哥你了。多亏铁手佛妙手回春，让我死里逃生。不过，今天新郎官另有其人。"

戚继光惊道："中了毒？那你可要小心了，赵文华手段百出，无所不用其极。立即排查你身边的人，尤其近一年新招来的人。"

金戈欠欠身子道："带艺投奔的都清除掉了，也关了几个人。走，跟我去见马大娘，我们的干娘来了。"

"马大娘来了？好……"戚继光立即起身，跟着金戈走进一间屋子，见到了穿着一身新衣的马大娘。戚继光紧走几步，一把抓住马大娘满是蔫皮的老手，亲切地叫道："干娘，继光看您来了……"

"戚将军来了，快坐吧，快坐吧！金戈呀，快让戚将军坐呀。"

这时，李虎子带着妻子海燕过来敬酒，杨伞带着妻子柳眉，坐地炮带着妻子春子，一起过来敬酒。戚继光一见大喜，连忙道："李堂主，海燕可是我的妹妹，你不能欺负她！来人，给我安排三份贺礼，恭贺三对新人大喜！"

喜宴上，马大娘坐在首席，五毒师太和铁嘴华夫妇两边坐陪，众人布菜的布菜，端酒的端酒，众星捧月般围着马大娘。李虎子踌躇了一下说道："我也改名了，叫马二响，我是大响哥的弟弟了，我从小就没有娘，今天……我，有娘了……"

虎子的泪水流下来，马大娘的泪水流下来，海燕的泪水也流了下来。但这是喜悦的泪水，幸福的泪水。岳霞看见金戈泪花闪动，急忙掏出一方面巾递过去，金戈摇手推辞，端起了酒杯，说道："干娘，祝贺您收了一个好儿子！马堂主，祝贺你有了家……"

晚上，戚继光和金戈促膝而谈。蜡烛吐着寸许长的火舌，檀香冒着袅袅的青烟。戚继光道："愚兄此次前来，一是贺喜，二是有求。

我已被免去福建总兵之职，奉命北上了……”

“噢，可喜可贺！南塘兄一定是高升了，封公还是封侯？”金戈喜动颜色，由衷为戚继光高兴。戚继光叹了口气，说道：“一言难尽，封侯另有其人，阴扇子赵文华被封为二等镇海侯了，外加太子太保，军队交给俞大猷。赵小峰死了，谭伦暂时没事了，我是平调回京。愚兄此次北上，皇上命我接任直隶总兵，修长城，抵御蒙古。”

“怎么？大哥只是平调吗？”金戈闻言勃然变色，一拍桌子站起来，气愤地喊道，“大哥数年征战，大战九战九捷，小战八十六战八十六胜，立下了不世奇功，就这么无声无息地走了？大哥领导的明军歼灭了倭寇十万有余，而我们才损失了区区数百人，建此奇功而不获封赏，这不让将士们寒心吗？”

戚继光叹了一口气，说道：“来，坐下说，坐下说。唉，为兄早有预料，官场浑浊，不能凭功升迁。过去，我把名声看得很重，追求‘人过留名，雁过留声’，现在看透了，为人一世当问心无愧，为朝廷、为百姓尽力即可。”戚继光一掌击桌，吟道：

南北驱驰报主情，江花边草笑平生。

一年三百六十日，都是横戈马上行。

吟罢，竟是泪流满面。

金戈长叹一声，和道：

铁马金戈报知己，明花暗柳路边离。

一年三百六十夜，风刀霜剑苦相逼。

金戈和罢，也是泪流满面。

岳霞隔着窗子偷看，凤玲倚着窗子，也在静静地倾听，不禁泪水长流。岳霞看见大吃一惊，问道：“你怎么啦？”凤玲擦擦眼泪，说道：“没什么，谁叫我长得差呢。”

“长得差？你什么意思？”岳霞愣住了，忽然道，“哦，你想给金戈做妾吗？”

“不是，是能耐差！至今我都练不成迷魂步。”

“你练第三阶了？我不是也没练成吗？第三阶岳武功不是任谁都能练成的，我父亲和爷爷练了一辈子，不是也没练成吗？”岳霞叹了口气，“金戈说岳武功有缺陷、风险大，不练也罢。”

凤玲低声道：“他是怎么练成的？”

岳霞看着凤玲的眼睛，摇头道：“不要和别人比，我们只能和自己比。”

屋里传来戚继光的声音：“还请贤弟派几位弟兄护送一程，在福州接上你嫂子和你侄子。我的帅印上交了，不能带走一兵一卒，剿寇大军也要解散，我这里有张名单，都是些奋勇杀敌的勇士，也是些无家可归的人，一共一百三十几位好兄弟，还望贤弟收留，给他们一口饭吃……”

“大哥说笑了。”金戈道，“岳武院正是用人之际，这不是雪中送炭嘛。”

戚继光说道：“俞大猷虽然当了总兵，凭他的火爆脾气，怕是待不长久。岳武院也要收敛一些，大明军队不会从你这里招兵选将了，赵文华腾出手来，一定会全力对付你，你要小心了。”

金戈沉声道：“大哥放心，我不怕他。他们有他们的权势，我有我的武功。我和你不一样，大明王朝地大物博，我可处处为家。”

戚继光道：“这我就放心了，还有，大哥我托付过你的大事，你可记着？”

金戈点头道：“我欠大哥一篇震动朝野的大块文章，一篇变法维新的高屋建瓴之作。”

“不错！”戚继光说，“此乃社稷大事，关乎大明王朝的前途，关乎百姓的安危祸福。你看，朝廷黑白颠倒、腐败丛生、用人唯亲、升迁唯财，长此以往，必然天下大乱……唉，百家争鸣万事兴，万马齐喑国衰亡！”

金戈道：“大哥的‘文死谏，武死战’六字兵魂当为文章之魂，我会大力宣扬，也会赞颂精忠报国，当然，这些要等我静下心来，奋笔撰书。”

戚继光道：“好啊。‘精忠报国’是华人之魄，‘文死谏，武死战’是我大明兵魂，应当大力倡导！‘积功升’乃立军之本，也不可或缺，也须时时提起。”

金戈看了看窗外，说道：“我也打算北上。桃花会根基扎在西北天山，陕西是他们进入中原的咽喉要道，我准备移师秦岭，在那里，进可攻，退可守，我要伺机一举歼灭桃花会。岳武院的江南堂也要撤了，只留下一个锄奸队。我派人接送嫂子，一并处理江南堂的财产。”

戚继光大喜，说道：“好！蒙元中兴，鞑靼大有卷土重来之势，有岳武院坐镇西北，你我正可遥相呼应，在北国边疆筑起一道钢铁长城！”

三台旁边搭了一个方亭，摆了四桌酒席为戚继光送行。去年曾经与俞大猷等人在此谈酒论诗，书写碑文。今日再次酒宴，已经物是人非。天上飘起了细雨，众人心情沉重。酒过三巡，长条桌上摆上了瑶琴，两把瑶琴相对。金戈和岳霞走了过去，坐下后对视了一眼，两把瑶琴同时奏响，铮铮，铮铮……一大一小两张嘴同时张开，清朗浑厚的男声伴着婉转悦耳的女声，扶摇而起：

苍苍古道，寂寂长亭，
细雨蒙蒙草木青。

宴席终有散，

天涯海角各西东。

与君一别，

不知何时再相逢。

一杯薄酒，送君远行，

杯酒释豪情。

一句男声独唱，接着一句女声单歌，更多是男女声合唱。琴声叮咚清越，歌声婉转激昂，伴着细雨在空中绵绵飞扬。

铮铮……铮铮……

微微南风，郁郁长空，

流水潺潺燕飘零。

长歌终有止，

天南地北各自行。

与君一别，

不知何时再相逢。

一曲高歌，送君远行，

悲歌释豪情。

戚继光站起来，满饮一杯酒，迈着方步吟道："套用李太白诗一首，以舒情怀：继光挥戈将欲行，忽闻酒宴起歌声。山边半壁深千尺，不及文杰送我情。人生得一知己，夫复何求！幸哉！乐哉！"

戚继光北上之后，果然不少戚家军将士来投，金戈一一安置了。几个月后，岳武院实力大增。不久，坐地炮等人处理了江南堂财产，也回到岳武院。

这一日，金戈带领众武徒评定了几次大战的功过，正在功勋碑上书写《剿寇记》。一只信鸽扑棱棱飞到钟楼上，值班的武徒立即飞跑着把装有书信的竹管送到金戈手上。金戈抽出信笺一看，立即跳起来，扔掉毛笔奔回了大殿，进了大殿就喊：“华山派拦住阴老了，我母亲已经得救，快，鸣钟聚将！”

凤玲对一个护卫道：“快，去鸣钟，三短一长……”说完后要过书信，低头看起来，道：“原来金夫人从五义寨冒雪下山后一病不起，在北京调养了好几个月，怪不得现在才到陕西。好，华山派几个月来缉查毫不松懈，果真可信可交！”

岳霞小跑着来到大殿，知道事情原委后，顿时喜笑颜开。众人到齐后，金戈拿出书信，简单叙述了书信的内容，立即令李虎子、坐地炮、大刀黑熊三人即刻下山，星夜赶往华山，协助华山派保护母亲。

一连数天，岳武院众武徒进进出出地忙碌着。金戈把武夷山岳武院交给了五毒师太，把岳鸣也交到了五毒师太手上。金戈又把习武堂整理了一下，连同部分土地，一起送给了铁嘴华夫妇，以便他们和五毒师太互相扶持。半月后，岳武院的大队人马分批向西北进发，一辆拖着灰尘长龙的四轮车越过了长江。车厢里，蓝布长衫的金戈掩不住内心的兴奋，细长的眼睛里闪射着喜悦的光芒。美若天仙的岳霞和凤玲依偎着靠在被摞上，笑吟吟地看着精神焕发的金戈。

一队官兵阻在前路，金戈接到消息，指示绕行。可官兵们仍然包抄过来，紧追不舍。金戈跳下马车，指挥回击。片刻之后，官军被冲得七零八落，队伍毫不停歇，迤逦而去。

几天之后，赵文华在南京的府邸再次失火，百姓们远远地看热闹，没有一个人上前相助，就是官兵也磨磨蹭蹭畏缩不前。大火扑灭之时，府邸已经变成了一片焦土。

桃花会有一批新人艺成下山，其中最显眼的就是外号“金蝎子”

的三公主金文英。金文英是金戈的嫡亲妹妹，一个酷似白凤的女孩。驮龙神魔用了五年时间，把她造就成一朵武林奇葩。这位桃花会三公主率领着几百轻骑奔向了中原，鞭指南京。

五毒师太在家庙里大礼参拜了岳飞神像，抱过岳鸣，拿出了七根钢针，说道："孽子，该你受罪了，替你的爹娘去赎罪吧！你要头痛七七四十九年！"她啪的一掌，把七根蓝汪汪的钢针拍进岳鸣后脑中，岳鸣哇的一声大叫，扯着嗓子号哭起来。五毒师太把岳鸣交给秋姑，说道："你和冬姑去湖广黄梅县五郎关下的聂家湾，偷一个岳家的男孩来，要和岳鸣岁数相近。得手后，你们就把岳鸣扔在原地，我们来个真假嫡亲大掉包。你们要调查清楚，确认是岳王爷的嫡亲血脉再抱回来，如果弄错了血脉，我就剥了你们的皮！"

"是，师父。"

"哈哈！我就知道，岳武院不会落到外人手里，不会！永远都不会！"

一个月后，秦岭的岳武寨中，一身裙装的金夫人看见满脸泪痕的金戈奔过来，立即扑上去，一声"文杰，我的儿"，顿时泪如泉涌。母子相拥哭泣良久，金夫人抹着眼泪道："你要想办法救你的妹妹，让她逃出火坑……"金戈扶着母亲不住颤抖的肩膀，哽咽道："我会的，请娘放心……"

这一天，南京月亮山庄里，白凤抱着一个裹着尿布的小男孩倚在楼门边，默默西望。远处一棵茂密的柳树上，金文英隐藏其间。她扒开树叶，聚精会神地看着这位酷似自己的女主人。怎么办？要不要执行驮龙神魔密令，杀了她李代桃僵？还是……